罗贯中/著
沈伯俊/评校

三国演义

沈伯俊 评点

上

東方出版中心

沈伯俊

四川省学术带头人，《三国》研究权威专家。1946年4月生于重庆，原籍安徽庐江。1970年毕业于四川大学外文系。历任四川省社会科学院文学研究所副所长、哲学与文化研究所所长、文学研究所所长、研究员，《中华文化论坛》副主编，四川大学文学与新闻学院教授、博士生导师，兼任四川省社会科学重点研究基地“诸葛亮研究中心”首席专家，南开大学客座教授，中国明代文学学会理事，中国《西游记》文化研究会理事。

长期研究明清文学，主攻明清小说。其《三国》研究主要著作有：《三国演义辞典》（合著，已出日文版和韩文版）、《校理本三国演义》、毛本《三国演义》整理本、嘉靖壬午本《三国志通俗演义》整理本、《李卓吾先生批评三国志》整理本、《三国漫谈》（已出韩文版）、《三国演义》评点本、《三国演义》新校本、《罗贯中和〈三国演义〉》、《三国演义新探》、《图说三国》、《沈伯俊说三国》、《三国演义大辞典》、《你不知道的三国》、《三国志通俗演义》校注本、《三国演义（名家批注图文本）》等。

前　言

《三国演义》是中国文学史上第一部成熟的长篇小说[1]。它不仅是中国文学的瑰宝，而且是世界文学的珍品。早在1990年，我就曾经指出：

> 作为中国古代长篇小说中罕见的杰作，《三国演义》问世六百多年来，对中华民族的精神文化生活产生了深远的影响，已经成为公认的中国古典文学基本典籍之一，成为中国传统文化精华的重要组成部分。随着中华文化越来越广泛地向海外传播，它也被公认为世界文学名著之一。今天，《三国演义》不仅在国内家喻户晓，而且在世界各地也拥有广大的读者群。可以肯定，在未来的岁月里，无论是我们的子孙后代、海外华人，还是国外汉学家以及其他对中国感兴趣的朋友，凡是想学习中国古典文学，研究中国传统文化，了解中国封建社会的人，都将把《三国演义》当作必读书。[2]

自1981年秋天以来，我以满腔热忱投入《三国演义》研究，迄今已逾36年，为《三国》研究的逐步深入作出了自己的贡献。在我的《三国演义》评点本即将与读者见面之际，我想就几个主要问题，略加论述。

一、《三国演义》的成书年代、作者与书名

长期以来，学术界公认《三国演义》成书于元末明初。不过，“元末明初”

---

① 多部中国文学史、小说史称《三国演义》是中国长篇小说的“开山之作”，“中国古代第一部长篇小说”。由于罗贯中著有不止一部长篇小说，《三国演义》未必是其第一部，故笔者特地加上定语“成熟的”，以求表述更加严谨准确。

② 沈伯俊：《重新校理〈三国演义〉的几个问题》，原载《社会科学研究》1990年第6期；收入拙著《三国演义新探》，四川人民出版社2002年5月第1版。

这一提法比较笼统，“元末”至少可以包含二三十年，“明初”也长达数十年，将两者合在一起，实在是一种不得已的做法。自20世纪80年代以来，一些学者不满足于此，作了进一步的探讨，提出了四种有代表性的观点：

1.“成书于宋代乃至以前”说；

2.“成书于元代中后期”说；

3.“成书于明初”说；

4.“成书于明中叶”说。

上述四种观点，“成书于宋代乃至以前”说完全忽视了《三国演义》吸取元代《三国志平话》和元杂剧三国戏内容的明显事实，难以成立，因而至今无人赞同；“成书于明中叶”说径直把嘉靖壬午（元年）本《三国志通俗演义》（简称“嘉靖壬午本”）视为《三国演义》的原本，认为弘治甲寅（1494）为之作序的庸愚子（蒋大器）即其作者，从而否定了罗贯中的著作权，其结论难以令人信服；对于二、三两种观点，学术界至今尚在讨论之中。

我认为，要确定《三国演义》的成书年代，必须具备三个条件：

第一，对作者的生平及其创作经历有比较清晰的了解。多年来，人们公认罗贯中是元末明初人，确为《三国演义》的作者，这是“成书于元末明初”说的基础。20世纪80年代以来，一些学者对罗贯中是否即元代理学家赵宝峰的门人罗本、罗贯中与张士诚的关系、罗贯中与施耐庵的关系等问题作了积极的探考；但因资料不足，见解歧异，尚难遽尔断定《三国演义》成书的确切年代。

第二，确认作品的原本或者最接近原本的版本。长期以来，人们普遍以为嘉靖壬午本《三国志通俗演义》基本上保存了罗贯中原作的面貌，甚至直接把它当作罗氏原本，根据它来考察《三国演义》的成书年代，上述后面三种观点均是如此。然而，近30年来的研究表明，嘉靖壬午本乃是一个经过较多加工的整理本，而明代诸本《三国志传》才更接近罗贯中原本的面貌。这样，以往论述的可靠性便不得不打一个相当大的折扣。

第三，对作品进行全面而细致的研究。20世纪80年代前期，有的学者通过书中小字注所提到的“今地名”来考证《三国演义》的成书年代，这不失为一种有益的尝试。但是，这里有两点值得注意：其一，必须证明书中的小字注均出自作者本人之手，否则，其价值就要大大削弱（按：早在1983年，王长友、陈铁民就已分别指出小字注并非出自罗贯中之手。王长友认为：嘉靖壬午本的小字注并非作者本人手笔，“作注时该书已流传较久并得到推崇”，“作注者不但不是作者本人，也不是作者同时代的人。”[①]陈铁民认为：根据嘉靖壬午本注释中有评论和异文校记，以及有不少错误等情况判断，这些注释不大可能为罗贯中自作，而是《演义》的抄阅者和刊刻者零星写下，逐步积累起来的，其中有的作于元末，有的作于明初[②]。）其二，对小字注的考察，应当与对作品各个方面的研究结合起来，才能获得可靠的结论，而在这方面尚需作进一步的努力。

综合以上各种因素，我想，目前比较稳妥的说法仍然是：《三国演义》成书于元末明初，而成于明初的可能性更大一些。

对于《三国演义》的作者罗贯中，我们至今所知不多。比较肯定的是：罗贯中名本，别号湖海散人，主要生活于元代中后期，卒于明初。关于他的籍贯，明代以来有东原（今山东东平）、太原（今山西太原）、钱塘（今浙江杭州）、庐陵（今江西吉安）诸说，20世纪80年代以来集中为“东原”说与“太原”说之争，我个人是倾向于“东原”说的[③]。罗贯中曾被称为“有志图王者”，但毕生不得其遇。作为一个接近社会下层的文人，浪迹湖海的坎坷经历，尤其是元末的大动荡，使他对社会黑暗、民生疾苦有着深刻的感受，对国家统一、政治清平有着强烈的向往。凭着广泛的阅历和惊人的才力，他留下了丰富的著作。今知作者署名为罗贯中的杂剧有三种：《赵太祖龙虎风云会》、《三平章死哭蜚虎子》、《忠正孝子连环谏》；小说有四种：《三国演义》、《隋唐两朝志传》、《残唐五代史演义传》、《三遂平妖传》[④]；此外，《水浒传》也有他的一部分著作权；同时，其“乐府隐语，极为清新”。仅仅《三国演义》这一部代表作，就足以使他成为中国文学史上最杰出的作家之一而享誉千秋。

需要说明的是：《三国演义》并非罗贯中原作的书名，而是自清初以来，特别是近几十年来流行的称谓。20世纪80年代以来，一些学者坚持认为，书名不应叫《三国演义》，而应叫《三国志演义》，主要理由是：《演义》取材于史书《三国志》，是“演”《三国志》之“义”。我认为，这一说法是不确切的。20世纪90年代初，中央电视台筹拍电视连续剧《三国演义》的剧本创作阶段，就有学者主张剧名应该叫《三国志演义》。为此，总导演王扶林先生特地写信征求

---

① 王长友：《嘉靖本〈三国志通俗演义〉小字注是作者手笔吗?》，载《武汉师院学报》1983年第2期。
② 陈铁民：《〈三国演义〉成书年代考》，载《文学遗产增刊十五辑》，中华书局1983年9月第1版。
③ 详见拙作《关于罗贯中的籍贯问题》，载《海南大学学报》1987年第2期。
④ 对其中部分小说的署名，已有学者提出质疑乃至予以否定。例如：我曾发表《〈隋唐志传〉非罗贯中所作》一文（载《明清小说研究》1997年第4期）；陈国军曾发表《〈残唐五代史演义传〉非罗贯中所作》一文（载《明清小说研究》1999年第1期）；我也撰有《〈残唐五代史演义传〉亦非罗贯中作品》一文（写于1999年3月，系在1997年4月完成的《残唐五代史演义传》校点本《前言》基础上扩充而成，收入拙著《三国演义新探》，四川人民出版社2002年5月第1版）。

我的意见。我在回信中明确指出：《三国志演义》的提法虽有一定道理，但剧名仍以《三国演义》为宜。第一，《三国演义》固然取材于史书《三国志》，但同时也承袭了民间三国故事和三国戏的内容，后者在很多地方的影响可能更大。说《演义》就是"演"《三国志》之"义"，并不准确。第二，《三国志演义》与《三国演义》的含义确实不完全相等，但它们都不是罗贯中原作的名称，而是在小说流传的过程中出现的。前者见于明代周弘祖的《古今书刻》，相沿已久；后者则见于毛宗岗的《读三国志法》，三百多年来更是深入人心：它们各自从一定角度反映了《三国》的特点，作为书名都是"合法"的。第三，中国古典小说研究的先驱鲁迅先生，在谈到《三国》一书时，有时称之为《三国志演义》（见其所著《中国小说史略》第十四篇），有时又称之为《三国演义》（见其所著《中国小说的历史的变迁》第四讲），可见在他的心目中，这两个名称都可以使用，并无高低之分，更无正误之分，要不要那个"志"字，并非关键问题。第四，广大民众早已熟悉了《三国演义》这个书名，依据它改编的电视剧没有必要强生分别；如果硬要把剧名改为《三国志演义》，一般观众反而不习惯。总之，剧名就叫《三国演义》，在学术上站得住脚，又为广大观众所喜闻乐见。这一观点，被中央电视台接受了[①]。

2003年，我发表《〈三国志〉与〈三国演义〉关系三论》一文[②]，在第三部分《不宜说〈三国演义〉是"演"〈三国志〉之"义"》中，再次辨析书名问题，重申了90年代的上述观点，并进一步加以深化，提出了以下几点重要补充：

首先，从成书过程来看。《三国演义》固然以史书《三国志》（包括裴注）为主要的史料来源，但同时也大量承袭了民间三国故事和三国戏的内容；就褒贬倾向、主线设置、叙事时空处理等方面而言，后者的影响实际上更大。尽管罗贯中原作书名可能包含"三国志"三字，但这只是表明了作家（甚至可能是书坊老板）对陈寿的敬重和借助史书以提高小说地位的愿望，绝不意味着小说是在亦步亦趋地演绎史书《三国志》。一个有力的证据是：元代刊刻的讲史话本《三国志平话》，书名也有"三国志"三字，却完全不是根据史书《三国志》敷衍，而是讲述"说话"艺人心目中的三国故事，其中许多情节根本不受史实约束，而据民间传说大胆虚构。综观整部《演义》，是在史传文学与通俗文艺这两大系统长期互相影响、互相渗透的双向建构的基础上，通过作家天才的创造，

① 见沈伯俊：《三国烽烟现荧屏——〈三国〉改编的三大艺术工程（中）》，原载1994年6月2日《四川日报》；收入拙著《三国漫话》，四川人民出版社2000年9月第1版。

② 载《福州大学学报》2003年第3期。

才成就了这部皇皇巨著。

其次，从思想内涵来看。史书《三国志》之“义”是什么？陈寿本人没有说，综观全书，陈寿撰写《三国志》，秉持的乃是传统的史学观：“记事”，“存史”，为的是“鉴往知来”。那么，作为小说的《三国演义》呢？可以说，《三国演义》站在特定的历史高度，博采传统文化的多种养分，融会宋元以来的社会心理和道德观念，“演”的是中华民族精神、中华民族文化之“义”，而不仅仅是史书《三国志》之“义”。

再次，从艺术成就来看。我曾经指出：尽管罗贯中十分重视抓住历史运动的基本轨迹，再现史实的基本框架和发展趋势，然而，在具体编织情节、塑造人物时，罗贯中却主要继承了民间通俗文艺的传统，大胆发挥浪漫主义想象，大量进行艺术虚构，运用夸张手法，表现出浓重的浪漫情调和传奇色彩。这种粗看好像与历史“相似”，细看则处处有艺术虚构、时时与史实相出入的情况，在整部作品中比比皆是。这种虚实结合，亦实亦虚的创作方法，乃是《三国演义》的基本创作方法，是其最重要的艺术特征（详见本文第三部分）。这种创作方法和美学风格，与史学著作有着根本的区别，更不能说是“演”《三国志》之“义”。

其实，中国古典小说研究的两位杰出先驱鲁迅先生和胡适先生，对于小说《三国》的书名，都是秉持开通的态度。鲁迅对《三国》的称呼，已见前述。特别是在《中国小说的历史的变迁》第四讲中，鲁迅评述此书，接连八次使用《三国演义》这个书名；而在展开评述之前，又用了一次《三国志演义》这个书名。由此可见，在他看来，这两个名称都可以使用，并未刻意区分。胡适的做法更有意思：其《〈三国志演义〉序》一文[①]，标题称《三国志演义》；而在正文中，总共二十三次提到书名，其中只有两次称《三国志演义》，却有二十一次称《三国演义》，占了绝大部分。同一篇文章中，两个书名混用，胡适却浑然不觉，并不认为有什么问题，这就进一步证明这两个名称均可使用，不必强分轩轾。

因此，本书仍然使用《三国演义》这个通行的书名。

二、《三国演义》的思想内涵

《三国演义》是一部中国封建社会百科全书式的作品，具有极其博大而深厚

① 胡适：《〈三国志演义〉序》，收入《胡适文存》二集卷四；亦载《胡适古典文学研究论集》下册，上海古籍出版社1988年8月第1版，第735—743页。

的思想意蕴和文化内涵，犹如一个巨大的多棱镜，闪射着多方面的思想光彩，给不同时代、不同阶层的人们以历史的教益和人生的启示。

然而，长期以来，对《三国演义》的思想内涵，存在不少争议；特别是近年来，一些学者、文化人在其论著和演讲中，随意评说《三国演义》，包含若干误解乃至曲解，在一定程度上误导了读者和听众。其中一种颇为流行、颇有代表性的观点，认为《三国演义》的主要精髓是谋略。我认为，这种看法是片面的。

诚然，《三国演义》给人印象最深的一个方面，就是擅长战争描写。全书以黄巾起义开端，以西晋灭吴收尾，反映了从汉末失政到三分归晋这一百年间的全部战争生活，叙写了这一时期的所有重要战役和许多著名战斗，大大小小，数以百计。而在战争叙写中，作者信奉“知彼知己，百战不殆”的军事规律，崇尚“斗智优于斗力”的思想，总是把注意力放在对制胜之道的寻绎上。因此，虽写战争，却不见满篇打斗；相反，书中随处可见智慧的碰撞、谋略的较量，而战场厮杀则往往只用粗笔勾勒。可以说，千变万化的谋略确实是全书精华的重要部分。

然而，谋略并非《三国演义》的主要精髓，更非书中精华的全部。

在中国传统文化思想体系中，“道”是最高层次的东西。“道”有多义，首先是指自然和社会的根本规律，在政治上通常指正义的事业，所谓“得道多助，失道寡助”是也。因此，它也是处事为人的基本原则。谋略则属于“术”，是第二层次的东西，是为“道”服务的，必须受“道”的指导和制约。作为一位杰出的进步作家，罗贯中认为，符合正义原则，有利于国家统一、民生安定的谋略才是值得肯定和赞美的，而不义之徒害国残民的谋略只能叫做阴谋诡计。综观全书，罗贯中从未放弃道义的旗帜，从未不加分析地肯定一切谋略；对于那些野心家、阴谋家的各种阴谋权术，他总是加以揭露和批判；对于那些愚而自用者耍的小聪明，他往往加以嘲笑。可以说，《三国演义》写谋略，具有鲜明的道德倾向，而以民本思想为准绳。后人如何看待和借鉴《三国演义》写到的谋略，则取决于自己的政治立场、道德原则和人生态度。如果有人读过《三国演义》却喜欢搞小动作，那是他自己心术不正，与罗贯中无关；恰恰相反，那正是罗贯中反对和批判的。有人谈什么“厚黑学”，也硬往《三国演义》上扯，更是毫无道理的。

那么，《三国演义》的主要精髓究竟是什么？我认为，《三国演义》丰厚的思想内涵，主要表现在五个方面。

第一，对国家统一的强烈向往。

《三国演义》的思想精华，居于首位的就是对国家统一的向往，这是《三国演义》思想价值中最核心最重要的部分。我们这个民族为什么能够历经磨难而不倒？为什么在四大文明古国中是唯一的种族不曾灭亡、文明没有中断的一个国家？一个根本的原因是，从周朝起，就逐步形成了向往国家统一，追求安定太平的共同民族心理。这种共同心理，是中华民族最伟大的聚合力，是一个牢不可破的优良传统。维护国家的统一与安定，是我们民族一贯的政治目标。东周以来的两千多年间，由于种种原因，我们民族曾经屡次被“分”开，饱受分裂战乱之苦。但是，每遭受一次分裂，人民总是以惊人的毅力和巨大的牺牲，清除了分裂的祸患，医治了战争的创伤，促成重新统一的实现。在那“出门无所见，白骨蔽平原”的汉末大动乱时期，以及罗贯中生活了大半辈子的元代末年，广大人民对国家安定统一的向往更是特别强烈。罗贯中敏锐地把握了时代的脉搏，通过对汉末三国时期历史的艺术再现，鲜明地表达了广大人民追求国家统一的强烈愿望。在小说中，当天下大乱以后，那个时代的英雄们想的是什么？怎么做？我认为就是以曹、刘、孙三方为代表的英雄们，顺应时代的潮流和民众的愿望，力图发挥自己的聪明才智，去重新实现国家的统一。三方争天下，争的是什么？争的是重新统一的主导权，而不是单纯的斗智、斗心眼。这是《三国演义》的政治理想，也是其人民性的突出表现。

第二，对封建政治人物的评判选择。

人们常常谈到《三国演义》“尊刘贬曹”的思想倾向，有人把这称为“封建正统思想”，指责《三国演义》“贬低”或者“丑化”了曹操的形象。其实，“尊刘贬曹”的思想倾向，早在宋代就已成为有关三国的各种文艺作品的基调。北宋大文豪苏轼的《东坡志林》有这样一条记载：“王彭尝云：‘涂巷中小儿薄劣，其家所厌苦，辄与钱，令聚坐听说古话。至说三国事，闻刘玄德败，颦蹙有出涕者；闻曹操败，即喜唱快。’以是知君子小人之泽，百世不斩。”这说明在“说三国事”中已经形成“尊刘贬曹”的思想倾向，并得到广大群众，包括儿童的共鸣。在元杂剧的三国戏中，以诸葛亮、关羽、张飞、刘备等刘蜀人物为主角的剧目占了一半以上；即使是写其他人物的，也普遍表现出“尊刘贬曹”的思想倾向。罗贯中只是顺应广大民众的意愿，继承了这种倾向。

罗贯中之所以“尊刘”，并非简单地因为刘备姓刘（刘表、刘璋也是汉室宗亲，而且家世比刘备显赫得多，却每每遭到贬抑和嘲笑；汉桓帝、汉灵帝这两个姓刘的皇帝，更是作者鞭挞的对象），而是由于刘备一生作为，基本符合古人对“明君”的最重要的两点期待：一是仁德爱民，有济世情怀；二是尊贤礼士，有知人之明。

首先，作品多方表现了刘备的宽仁爱民，深得人心。《三国演义》第一回，写刘关张桃园结义，其誓词便赫然标出“上报国家，下安黎庶”八个大字。这既是他们的政治目标，又是他们高高举起的一面道德旗帜。从此，宽仁爱民、深得人心，就成了刘备区别于其他政治集团领袖的显著标志。他第一次担任官职——安喜县尉，便“与民秋毫无犯，民皆感化”。督邮索贿不成，欲陷害他，百姓纷纷为之苦告（第二回）。此后他任平原相，已被誉为“仁义素著，能救人危急”（太史慈语，见第十一回）。陶谦临终，以徐州相让，刘备固辞，徐州百姓“拥挤府前哭拜曰：‘刘使君若不领此州，我等皆不能安生矣！’”（第十二回）曹操擒杀吕布，离开徐州时，“百姓焚香遮道，请留刘使君为牧。”（第二十回）这表明他占据徐州的时间虽然不长，却已深得民心。在他又一次遭到严重挫折，不得不到荆州投奔刘表，受命屯驻新野时，他仍以安民为务，因此“军民皆喜，政治一新”（第三十四回）。新野百姓欣然讴歌道：“新野牧，刘皇叔；自到此，民丰足。”（第三十五回）

当曹操亲率大军南征荆州，刘琮不战而降之时，刘备被迫向襄阳撤退，新野、樊城“两县之民，齐声大呼曰：‘我等虽死，亦愿随使君！’即日号泣而行”（第四十一回）。就这样，在建安十三年（208）秋天的江汉大地上，刘备带领十余万军民，扶老携幼，上演了“携民南行”的悲壮一幕。如此撤退，显然有违于“兵贵神速”的军事原则，对保存实力、避免曹军追击十分不利。故众将皆曰：“今拥民众数万，日行十余里，似此几时得至江陵？倘曹兵到，如何迎敌？不如暂弃百姓，先行为上。”刘备明知此言有理，却泣而拒之曰：“举大事者必以人为本。今人归我，奈何弃之？”行至当阳，果然被曹操亲自率领的精兵追上。这一仗，刘备在军事上一败涂地，而在道义上却赢得了极大的胜利。这种生死关头的选择，决非一般乱世英雄的惺惺作态所能比拟。从此，刘备的“仁德爱民”更加深入人心，并成为他迥别于其他创业之君的最大的政治优势。

其次，作品竭力渲染了刘备的敬贤爱士，知人善任。其中，他对徐庶、诸葛亮、庞统的敬重和信任，都超越史书记载，写得十分生动感人；尤其是对他不辞辛苦、三顾茅庐的求贤佳话，对他与诸葛亮的鱼水关系的描写，更是具有典范意义。

总之，宽仁爱民和敬贤爱士这两大品格的充分表现，使《三国演义》中的刘备形象摆脱了以往三国题材通俗文艺中刘备形象的草莽气息，成了古代文学作品中前所未有的“明君”范型[1]。

另一方面，罗贯中尊重历史，博采史料，以许劭称曹操为“治世之能臣，乱世之奸雄”的评语为基调，塑造了一个高度个性化的、有血有肉的“奸雄”曹操，并未随意“贬低”，更未故意“丑化”。这里所说的“奸雄”，是指曹操既是远见卓识、才智过人、具有强烈功业心的英雄，又具有极端自私、奸诈残忍的性格特征。

在小说中，曹操第一次出场，就写得有声有色：

> 见一彪人马，尽行打红旗，当头来到，截住去路。为首闪出一个好英雄：身长七尺，细眼长髯；胆量过人，机谋出众，笑齐桓、晋文无匡扶之才，论赵高、王莽少纵横之策；用兵仿佛孙、吴，胸内熟谙韬略。（嘉靖壬午本《三国志通俗演义》第二回。毛本第一回作：“忽见一彪军马，尽打红旗，当头来到，截住去路。为首闪出一将：身长七尺，细眼长髯。”以下引文，凡未注明版本者，均引自毛本。）

对比一下小说对刘备出场的描写：

> 时榜文到涿县张挂去，涿县楼桑村引出一个英雄。那人平生不甚乐读书，喜犬马，爱音乐，美衣服；少言语，礼下于人，喜怒不形于色；好交游天下豪杰，素有大志。（嘉靖壬午本《三国志通俗演义》第一回。毛本第一回作：“榜文行到涿县，引出涿县中一个英雄。那人不甚好读书；性宽和，寡言语，喜怒不形于色；素有大志，专好结交天下豪杰。”）

两相对照，曹操形象显然高出刘备一头，哪里说得上“丑化”呢？

罗贯中以大开大阖的笔触，艺术化地展现了曹操在汉末群雄中脱颖而出、逐步战胜众多对手的豪迈历程，对于曹操统一北方的巨大功绩，对他在讨董卓、擒吕布、扫袁术、灭袁绍、击乌桓等重大战役中所表现的非凡胆略和智谋，都作了肯定性的描写，并没有随意贬低。

同时，罗贯中又不断地揭露曹操奸诈的作风、残忍的性格和恶劣的情欲，批判曹操丑恶的一面。为报父仇而攻打徐州，竟下令“但得城池，将城中百

---

① 参见沈伯俊《明君与枭雄——论刘备形象》一文，载《文学与文化》创刊号（2010年第1期）。

姓，尽行屠戮”（第十回）；接受张绣投降后，得意忘形，居然霸占了张绣的婶娘邹氏（第十六回）；对于忠于汉室，反对自己的大臣，毫不留情地挥起屠刀，杀了一批又一批，包括怀孕已经五个月的董贵妃和伏皇后全家（第二十四回、六十六回、六十九回）；甚至辅佐他最得力的首席谋士荀彧，仅仅因为不赞成他封魏公，便被逼服毒而亡（第六十一回）；至于“借头欺众”“梦中杀人”等阴谋诡计，更是花样百出，令人怵目惊心。这种种残忍狡诈的行为，怎能不使人反感和憎恶？

由此可见，“尊刘贬曹”主要反映了广大民众按照“抚我则后，虐我则仇”（《尚书·泰誓下》）的标准，对封建政治和封建政治家的评判和选择，具有历史的合理性。

当代一些人总喜欢以机械的“功过折算法”，替曹操评功摆好，说他“功大于过”，似乎因此就不能批判曹操。上文已经充分肯定，曹操确实功业显赫；然而，其丑恶的一面也不容讳饰。因此，我的态度很鲜明：“人们应当肯定其历史功绩，也有权批判其恶德劣行。”

鲁迅先生在其名篇《魏晋风度及文章与药及酒之关系》中曾经写道：“曹操是一个很有本事的人，至少是一个英雄。”但后面又说：“倘若曹操在世，我们可以问他，当初求才时就说不忠不孝也不要紧，为何又以不孝之名杀人呢？然而事实上纵使曹操再生，也没人敢问他，我们倘若去问他，恐怕他把我们也杀了！”是的，曹操就是这样的典型：机智与奸诈杂糅，豪爽与残忍并存；时而厚遇英雄，时而摧残人才；杀人时心如铁石，杀人后又常常挤出几滴眼泪以示懊悔……昨天蛮横无理地杀人，今天又假惺惺地予以厚葬，这种翻手为云、覆手为雨的手段，充分表现了曹操惊人的权术：做了亏心事却从不认错，企图以“厚葬”来抹掉自己手上的血迹，在自欺欺人中求得心理的平静。今人与曹操相距将近一千八百年，不会有无辜被杀的威胁和含冤莫白的痛苦，可以轻飘飘地说几句不关痛痒的话。但如果设身处地想一想：有谁愿意被曹操冤枉杀害，再得一副好棺材？有谁愿意选择他作顶头上司，或者与他毫无顾忌地交朋友？①

第三，对历史经验的深刻总结。

《三国演义》以很大篇幅描写了汉末三国变幻莫测的政治、军事、外交斗争，总结了各个集团成败兴衰的历史经验，突出强调了争取人心、延揽人才、重视谋略这三大要素的极端重要性。董卓集团败坏朝纲，残害百姓，荒淫腐朽，

① 参见沈伯俊《重提旧案论曹操》一文，载《明清小说研究》2010年第4期。

导致天下大乱，完全是一伙狐群狗党，混世魔王，作品便不遗余力地予以鞭挞。袁术狂妄自大，轻薄无能，既不注意延揽人才，又无明确的战略目标，更不顾百姓死活，却急于过皇帝瘾，大失人心，作品也予以严厉批判。袁绍虽然颇有雄心，其集团一度声势赫赫，实力雄厚，但由于袁绍胸无伟略，见事迟缓，坐失战机；不辨贤愚，用人不当，以致关键时刻内讧不已；心胸狭隘，文过饰非，甚至害贤掩过，终于只能成为曹操的手下败将，无可挽回地走向灭亡。相比之下，刘备、曹操、孙权三大集团在这三方面各有所长：刘备历经磨难，却始终坚持"举大事必以人为本"的信念，深得民心；求贤若渴，"三顾茅庐"堪称千秋佳话；倾心信任诸葛亮，既有正确的战略方针，又有灵活多变的谋略战术。曹操也十分注意争取人心，延揽人才，手下猛将如云，谋臣如雨；在战略战术上，他也高出同时诸雄。孙权手下也是人才济济，周瑜、鲁肃、吕蒙、陆逊四任统帅均为一时之杰，而且有着明确的战略目标。因此，在众多政治军事集团中，刘、曹、孙三大集团得以脱颖而出，形成三分鼎立的局面。

第四，对中华智慧的多彩展现。

数百年来，《三国演义》让人感到魅力无穷的一个重要方面，乃是积淀在其中的中华智慧，是这种智慧的多彩展现。可以说，《三国演义》就是中华民族优秀智慧的结晶，作为全书灵魂人物的诸葛亮，就是中华民族无比智慧的化身。

《三国演义》展现的中华智慧，大致可以分解为这样几个方面：

1. 政治智慧。包括：

（1）善于把握天下大势，总揽全局，制定正确的战略方针。如荀彧的奉迎献帝之策，诸葛亮的《隆中对》，鲁肃的"江东对"。

（2）善于处理君臣关系，推心置腹，善始善终。如诸葛亮与刘备鱼水相谐的关系。

（3）善于治国，遗爱千秋。在《三国志·蜀书·诸葛亮传》末，陈寿评曰："诸葛亮之为相国也，抚百姓，示仪轨，约官职，从权制，开诚心，布公道；尽忠益时者虽雠必赏，犯法怠慢者虽亲必罚，服罪输情者虽重必释，游辞巧饰者虽轻必戮；善无微而不赏，恶无纤而不贬；庶事精练，物理其本，循名责实，虚伪不齿；终於邦域之内，咸畏而爱之，刑政虽峻而无怨者，以其用心平而劝戒明也。可谓识治之良才，管、萧之亚匹矣。"裴注引袁子曰："（诸葛亮）行法严而国人悦服，用民尽其力而下不怨。及其兵出入如宾，行不寇，刍荛者不猎，如在国中。其用兵也，止如山，进退如风，兵出之日，天下震动，而人心不忧。亮死至今数十年，国人歌思，如周人之思召公也。"《三国演义》对此作了形象的再现。

（4）善于识才，后继有人。如诸葛亮选拔蒋琬、费祎、董允[1]；孙吴集团周瑜、鲁肃、吕蒙、陆逊四帅相继。

2. 军事智慧。以诸葛亮为代表。主要表现为：其一，知己知彼，百战不殆；其二，虚虚实实，兵不厌诈；其三，出奇制胜，用兵如神。

《孙子兵法》云："善出奇者，无穷如天地，不竭如江河。"（《兵势篇》）"兵无常势，水无常形，能因敌变化而取胜者，谓之神。"（《虚实篇》）诸葛亮正是体现这些军事原则的光辉典范。

3. 科技智慧。如华佗的麻沸散和外科术，诸葛亮的连弩和木牛流马。

4. 人生智慧。这方面值得发掘的颇多。

例如司马徽："水镜"雅号，传播遐迩。曾有名言："儒生俗士，岂识时务？识时务者在乎俊杰。"又云："伏龙、凤雏，两人得一，可安天下。"却终身不仕，甘当闲云野鹤。

又如诸葛亮："淡泊明志，宁静致远"的格言，垂范千秋。

《三国演义》展现的中华智慧，真是绚丽多彩，熠熠生辉，博大深厚，沾溉后人。

第五，对理想道德的不懈追求。

在艺术地再现汉末三国的历史，描绘形形色色的人物的时候，罗贯中不仅表现了对国家统一、清平政治的强烈向往，而且表现了对理想道德的不懈追求。在这里，他打起了"忠义"的旗号，把它作为臧否人物、评判是非的主要道德标准。通观全书，有许多讴歌理想道德的动人故事。为了忠于"桃园之义"，关羽不为曹操的优礼相待所动，毅然挂印封金，千里跋涉，寻访兄长；为了报答刘备的知遇之恩、托孤之重，诸葛亮殚精竭虑，南征北伐，鞠躬尽瘁、死而后已……

长期以来，对于"忠义"也有各种议论和批评，这里谈谈我的看法。忠是什么？其基本含义是对自己忠于所事，对他人忠于所托。你的本职工作是什么，你就干好什么；与他人相处就要忠于所托，这就是《论语》讲到的"吾日三省吾身"中的一省："为人谋而不忠乎？"经过长期的积淀、提炼和逐渐的抽象化之后，人们把它升华为对事业的忠，对理想的忠，进而再升华为对国家对民族的忠。那绝非是小忠。义是什么？按古汉语的基本含义，"义者宜也。"

---

① 参见沈伯俊《〈三国〉刘蜀后期人物三论》一文，载《上海大学学报》2006年第5期。

（《礼记·中庸》）适宜的事，正确的事，你做了，那就符合义。人们常常说“道义”，就是说做符合“道”的事情才是义。从宏观方面来说，有国家大义、民族大义；用在人际关系上，它追求的是平等互助、患难相扶，甚至是生死与共的理想人际关系。

当然，作为封建时代具有一定进步倾向的文人，罗贯中的“忠义”观不可能越出封建思想的藩篱，但也确实融合了人民群众的观念和感情。这种犬牙交错的状况，使得《三国演义》的“忠义”呈现出复杂的面貌；但就主导方面而言，它反映了中华民族传统的价值观、道德观中积极的一面，值得后人批判地吸收。

《三国演义》的思想内容如此丰厚，那么，它的主题是什么呢？我认为，可以用一句话来概括——向往国家统一，歌颂“忠义”英雄。①

三、《三国演义》的艺术成就

在艺术上，《三国演义》取得了卓越的成就，不仅为后代大量出现的历史演义小说树立了楷模，而且为整个古代小说创作提供了一整套成功的经验。

（一）现实主义精神与浪漫情调、传奇色彩相结合的创作方法。

1996年，在为李保均教授主编的《明清小说比较研究》一书撰写的第二章《明清历史演义小说比较研究》中，我曾经写道：

> 关于《三国演义》的创作方法，学者们提出了四种观点：基本上是现实主义的，主要是浪漫主义的，是现实主义与浪漫主义的结合，是古典主义的。笔者认为，在创作方法上，《三国演义》既不属于今天所说的现实主义，也不属于今天所说的浪漫主义，而是现实主义精神与浪漫情调、传奇色彩的结合。
>
> 综观全书，罗贯中紧紧抓住历史运动的基本轨迹，大致反映了从东汉灵帝即位（168年）到西晋统一全国（280年）这一历史时期的面貌，使作品具有厚重的历史感，表现出强烈的现实主义精神。这是人们普遍承认《三国演义》“艺术地再现了汉末三国历史”的根本原因。然而，在具体编

① 参见沈伯俊《向往国家统一，歌颂“忠义”英雄——论〈三国演义〉的主题》一文，载《宁夏社会科学》1986年第1期；收入拙著《三国演义新探》，四川人民出版社2002年5月第1版。

> 织情节，塑造人物时，罗贯中却主要继承了民间通俗文艺的传统，大胆发挥浪漫主义想象，大量进行艺术虚构，运用夸张手法，表现出浓重的浪漫情调和传奇色彩。这种虚实结合，亦实亦虚的创作方法，乃是《三国演义》的基本创作方法，是其最重要的艺术特征。[①]

在1999年出版的《罗贯中和〈三国演义〉》一书中，我重申了这一观点[②]。2006年，我又发表《现实精神·浪漫情调·传奇色彩——论〈三国演义〉的创作方法》一文[③]，进一步深入论述了这个重要问题。

罗贯中创作史诗型巨著《三国演义》时，一方面以综观天下、悲悯苍生的博大胸怀，直面历史，努力寻绎汉末三国时期的治乱兴亡之道，表现出深刻的现实主义精神；另一方面，他又以“盖世必有非常之人，然后有非常之事；有非常之事，然后有非常之功”[④]的眼光，竭力突出和渲染那个时代的奇人、奇才、奇事、奇遇、奇谋、奇功，使作品洋溢着浓郁的传奇氛围，全书也就成为“既是现实的，又是传奇的”这样一部奇书。

把握《三国演义》这一创作方法，就要将它置于14世纪古代长篇小说开拓期的文化背景下，以传奇眼光看人物，以浪漫情调观情节。这样，就会感到《三国演义》充满奇思妙想，满目珠玑，熠熠生辉，令人读来兴会酣畅，从中得到美的享受、智的启迪。反之，如果简单而生硬地以历史事实来规范小说，以日常生活逻辑来否定那些浪漫情节，那就违背了基本的艺术规律，是行不通的。

需要强调的是，尽管《三国演义》中有许多具有传奇色彩和浪漫情调的人物和情节，但主要是为了突出人物性格的某一侧面，表现事件的非同寻常，并没有改变主要人物形象与其历史原型的本质上的一致，没有改变主要事件的基本轮廓和最终结局。因此，《三国演义》中的浪漫情调、传奇色彩，看似随处可见，实则具有局部性、微观性，并未改变全书基本忠于历史的总体面貌。

（二）擅长描写战争。

《三国演义》描写了大大小小上百次战役，展现了一个个惊心动魄的场面。作者以极为高超的大手笔，把这些战役写得千变万化，各具特色，充分表现了

---

① 李保均主编《明清小说比较研究》，四川大学出版社1996年版，第61页。
② 沈伯俊：《罗贯中和〈三国演义〉》，春风文艺出版社1999年版，第63—64页。
③ 载《明清小说研究》2006年第3期。
④ 司马相如：《难蜀父老》，见《史记·司马相如列传》。

战争的复杂性和多样性。可以毫不夸张地说，《三国演义》描写战争成就之高，堪称千古独步。作为一部古代的“全景军事文学”，其突出特点是：

1. 善于集中笔墨，着重描写战争双方决战前的力量对比、形势分析和战略战术的运用，从而揭示出决定战争胜负的根本原因。作者崇尚“斗智优于斗力”的思想，书中随处可见智慧的碰撞、谋略的较量，而战场厮杀则往往只用粗笔勾勒。

2. 情节波澜起伏，扣人心弦，描写富于变化，有张有弛，使各次战役，特别是官渡之战、赤壁之战、夷陵之战这“三大战役”，呈现出强大的张力，紧紧地抓住读者。

3. 善于运用多种笔墨，多角度、多层次地表现战争的复杂性，给人以多样化的艺术美感。

4. 善于渲染战场气氛，给人以身临其境的逼真感受。

（三）塑造了一批生动鲜明的艺术形象。

《三国演义》总共写了 1 200 多个人物，其中有名有姓的将近 1 000 人，堪称古代小说中写人物最多的巨著。其中，形象生动、性格鲜明、家喻户晓的人物就有几十个，而曹操、诸葛亮、关羽等形象更是文学史上公认的典型。《三国演义》塑造人物的主要方法有：

1. 把人物放到尖锐的矛盾冲突中，通过各具特色的言行，表现其不同的性格。如“空城计”这一情节，就将诸葛亮与司马懿置于面对面的尖锐冲突中，凸显了二者的不同性格，给人留下深刻的印象。

2. 采用典型的情节和生动的细节来突出人物性格。如刘禅投降后“乐不思蜀”的细节描写，就把这个亡国之君的毫无血性写得入木三分。

3. 运用夸张、对比、衬托和侧面描写等手法塑造人物。如“温酒斩华雄”“三顾茅庐”“张飞威镇长坂桥”等情节都是成功的范例。

（四）结构既宏伟壮阔，又严密精巧。

全书所叙时间漫长，人物众多，事件复杂，头绪纷繁；作者却以刘蜀集团的兴衰为中心，精心安排，从容道来，使全书纲举目张，既曲折变化，又前后贯串，脉络分明，布局严谨，从而构成了一个相当完美的艺术整体。

（五）语言简洁明快，生动流畅。

全书用半文半白的语言写成，“文不甚深，言不甚俗”，雅俗共赏，历来为人称道。

当然，《三国演义》在艺术上也还存在一些不足之处。但是，瑕不掩瑜，它仍然不愧为中国小说史上一座巍然屹立的丰碑，不愧为世界文学中的奇珍异宝！

四、关于对《三国演义》的评点

自明代中期起，随着《三国演义》的广泛传播，对它的文学批评也日渐活跃。批评的形式主要有三种：其一，序跋，如嘉靖壬午本卷首的庸愚子（蒋大器）的《〈三国志通俗演义〉序》及修髯子（张尚德）的《〈三国志通俗演义〉引》；其二，笔记杂论，如胡应麟《少室山房笔丛》中的某些论述；其三，评点。相比而言，容量最大，方法最灵活，最为广大读者喜闻乐见的形式乃是评点。从明代万历年间到清代康熙年间，先后出现了余象斗双峰堂刊本《新刻按鉴全像批评三国志传》（简称“余象斗本”）、《李卓吾先生批评三国志》（简称“李卓吾评本”）、《钟伯敬先生批评三国志》（简称“钟惺评本”）、毛宗岗评改本《三国演义》（简称“毛本”）、《李笠翁批阅三国志》等几种评点本。其中，“李卓吾评本”“毛本”尤为引人注目。

（一）关于“李卓吾评本”

首先应当说明，《李卓吾先生批评三国志》并非出自大名鼎鼎的明代思想家李贽(号卓吾)之手，而是比李贽年代稍晚的明代小说评点家叶昼假托其名所为。

叶昼，明代万历、天启年间常州府无锡县（今江苏无锡，别称“梁溪”）人。有关他的文献记载很少，我们只知道其别称有叶阳开、叶文通，其中“阳开”与“昼”文义相应，应当是字；又自号锦翁、叶五叶、叶不夜、梁无知（意为“梁溪无人知之”）等；可能由于他排行老二，又自称叶仲子；大约死于天启五年(1625)或稍后。他是一个典型的封建末世失意文人，功名无着，贫而嗜酒，不得不卖文糊口，以书抵债，把自己的著作寄在李贽的名下，其悲愤而又无可奈何之慨不难想见。

尽管《李卓吾先生批评三国志》实际出自叶昼之手，但为了行文的方便，我们姑且沿用“李卓吾评本”的名称。

“李卓吾评本”的主要贡献是：

第一，第一次将《三国》由原来的二百四十回（通常称为“二百四十则”，不妥，嘉靖壬午本就多次使用“且听下回分解”、“下回便见”的套语）合并为一百二十回，回目由单题变为双题。尽管这种合并还比较简率，各回回目只是由原来的上下两回拼合而成，大都参差不对；但这毕竟是《三国》版本形式上的一大进步。毛本就是在此基础上进行加工的。

第二，第一次为《三国》作了比较系统的批评。“李卓吾评本”之前的明代《三国》刊本，最早打出“批评”旗号的是万历二十年（1592）余象斗双峰堂刊本《新刻按鉴全像批评三国志传》；不过，余象斗本的版式是上评、中图、下文，所谓“批评”只相当于眉批，文字较简单，大多针对《演义》的具体情节加以评说，较少发挥。而“李卓吾评本”不仅有较多眉批，而且各回均有回末总评，总字数多达数万。这样，“李卓吾评本”就具有了古代小说评点中最重要的两种手段，初步形成了《三国》的批评系统。

第三，在批评的内容上敢于标新立异，独树一帜。这突出反映在对曹操、诸葛亮等主要人物形象的评价上。

叶昼的批评也存在明显的缺陷，主要是：（1）缺乏严密的计划，往往是兴之所至，信笔写来。（2）有时标准不一，自相矛盾。这与缺乏严密的计划是分不开的。（3）其批评主要着眼于社会、政治、道德的评价，而较少致力于文学的批评；（4）未能将批评与对小说正文中明显纰谬不当之处的修改结合起来①。

（二）关于“毛本”

毛本《三国》虽然通常署名为“毛宗岗评改”，实际上却是毛纶、毛宗岗父子共同努力的结果。

毛纶，明末清初茂苑(即长洲，今江苏苏州)人，字德音，号声山。生年约在明万历四十年（1612）左右，享寿在六十岁以上，卒年不详。他学识弘富，颇有文名；但命途多舛，未曾出仕，中年以后，又不幸双目失明(其号“声山”即因此而来)。他不甘沉沦，乃著书自娱，在康熙五年（1666）以前评点了《三国演义》、《琵琶记》两部名著，隐然与评点《水浒传》、《西厢记》的金圣叹抗衡。毛纶的评本未能出版。他对此感到痛心疾首，只得把全部希望寄托在其子毛宗岗身上。

毛宗岗，字序始，号孓庵。友人陈翔华兄据蒋祖芬《娄关蒋氏本支录·祖范》存录之毛宗岗跋语，推算他生于明崇祯五年（1632），清康熙四十八年（1709）春尚在世，时年七十八岁，卒年自当在此以后②。与父亲一样，他虽有文名，仍为一介寒儒。在毛纶评改《三国演义》之时，他全力协助，不仅认真

① 参见拙作《〈李卓吾先生批评三国志〉考论》，原载周兆新主编之《三国演义丛考》（北京大学出版社1995年7月第1版），收入拙著《三国演义新探》。

② 见陈翔华著《诸葛亮形象史研究》第300页注，浙江古籍出版社1990年12月第1版。

为之笔录，而且积极“参附末论，共赞其成”；以后，他又倾注大量心血，继续为之校订、加工并最后定稿。因此，尽管毛本《三国演义》出自毛氏父子之手，而后人多归功于毛宗岗。

尽管毛纶、毛宗岗父子困顿终生，但是，他们评改的《三国演义》却战胜了以往的一切旧本，成为三百多年来唯一流行的版本，为他们带来了巨大的、不可磨灭的声誉。

毛氏父子对《三国》的评改主要包括六个方面：

1. 修订文辞。这是毛氏父子致力甚多的一个方面。他们对《演义》的文字进行了精琢细磨的加工和润饰，删去了若干繁冗复沓乃至龃龉不通之处，使全书语言更加规范、简练、流畅。

2. 修改情节。毛氏父子根据自己的思想倾向和审美观点，对《演义》的情节作了某些修改。这些修改，有的使作品情节更加合理，有的使人物性格更加统一，有的则增强了人物形象的生动性和作品情节的趣味性。不过，也有少数修改有损于人物性格的丰富性，或造成个别情节不合历史真实。

3. 整顿回目。在“李卓吾评本”的基础上，毛氏父子对全书回目作了加工，每回均以七字或八字的对偶句为题，文字比较考究，确实起到了“快阅者之目”（《凡例》之五）的作用。

4. 削除论赞。旧本《三国演义》夹有较多论、赞、评，显得累赘繁琐，毛氏父子往往加以削除。如嘉靖壬午本卷二十《孔明秋风五丈原》回写到诸葛亮逝世时，接连引用陈寿评、杨戏赞、朱黻论、张南轩赞、李兴碑文、尹直赞，连篇累牍，拖沓臃肿，反而冲淡了这一情节悲壮苍凉的艺术氛围。毛氏父子均予删除，正符合读者的阅读心理。

5. 改换诗文。旧本《三国演义》写人记事，每每引录诗文，有的重三叠四，有的风格卑弱，有的体例与时代不合。对此，毛氏父子大刀阔斧地改换和删削。如嘉靖壬午本卷十六《玉泉山关公显圣》回写到乡民在玉泉山建庙祭祀关羽时，原有《记》、《传》、《赞》各一首，共一千余字；毛氏一概不要，另引对联一副：“赤面秉赤心，骑赤兔追风，驰驱时无忘赤帝；青灯观青史，仗青龙偃月，隐微处不愧青天。”寥寥三十四字，警策凝练，堪称以少胜多。

6. 重作批评。这是毛氏父子评改《三国演义》中致力最多、成就最大的一个方面。他们不仅撰写了《读三国志法》，置于全书卷首，而且为各回撰写了回前总评和大量夹评，总字数多达二十余万。如此详尽的批评，反映了毛氏父子的历史观、伦理观和文学观，在《三国演义》的研究史上可谓前无古人，产生了很大的影响。对此，学术界作了不少研究。我的《论毛本〈三国演义〉》一文[①]，从五个方面论述了毛氏父子在小说理论批评领域所进行的探索和取得的成就：（1）充分肯定了历史小说的社会功能和艺术价值；（2）阐述了历史小说与历史事实的关系；（3）深入分析了《三国演义》塑造人物形象的艺术辩证法；（4）精辟剖析了《三国演义》的艺术结构；（5）总结了《三国演义》所运用的种种艺术手法。总的来说，毛氏父子对中国古代小说理论的发展，特别是对古代历史小说理论的形成，作出了杰出的贡献，代表了明、清两代《三国》评点的最高成就。

不过，毛评也存在一些明显的不足：第一，过分强调"实录"，忽视甚至贬低艺术虚构，造成理论上的偏颇。毛氏父子一再宣称：《三国演义》之所以是"文章之最妙者"，首先是因为"古事所传，天然有此等波澜，天然有此等层折，以成绝世妙文"（《读三国志法》）。"天然有此妙事，助成此等妙文"（第二十七回回评）。诚然，历史小说必须受基本史实的制约，在大关节上应当与史实的框架大致吻合；但是，作为小说，它又不可能离开艺术虚构，如果仅仅"据实指陈"，就不可能成为"文章之最妙者"。综观《三国》全书，大部分情节都不同程度地带有虚构成分；而且，最生动传神的情节，往往也是虚构成分最多甚至纯属虚构的。事实上，毛氏父子自己对"温酒斩华雄""连环计""过五关斩六将""群英会""草船借箭""华容放曹""空城计"等虚构情节也都啧啧称赞，这就形成了理论上的自相矛盾。第二，由于心存偏见，某些评语不合情理。如第二十七回写关羽挂印封金而去，曹操赶去送行，赠袍赠金，毛氏在回评中便指责曹操不及早给关羽一张过关文凭，有意让各关守将害死关羽，甚为奸诈。其实，送行赠袍本属虚构，匆忙之中，曹操未及给关羽过关文凭是合乎情理的，也有利于后面情节的展开；反之，如果曹操此时就给了文凭，"过五关斩六将"这一系列虚构情节便都失去了存在的必要。毛氏此处的批评，未免缺乏说服力。第三，一些评语只是形式主义的比附，一些评语则纯属废话。如第二十九回写孙策被许贡家客刺伤，毛氏在夹评中写道："前太史慈以一盔抵一戟，今孙策以一弓抵二枪，前后映射。""前周泰以保护孙权而被枪，今孙策以无人保护而被伤，又前后映射。"如此联想便显得牵强。当然，这些不足之处在全部毛评中毕竟只是次要方面，毛评的成就仍然是应当充分肯定的。

---

① 载《海南大学学报》1991年第3期。

今天，距毛评问世已经三百多年，社会的政治标准、伦理观念、审美心理都发生了巨大的变化。因此，在认真研究的基础上对《三国演义》重新加以评点，不仅有此必要，而且完全可行。

正是怀着这样的使命感，我为读者献上了这部《三国演义》评点本。

五、本书的主要特点

本书是一部全面继承中国古代小说评点的形式规范，并力求在历史意识和艺术鉴赏上有所超越的《三国》评点本。

本书“校”“评”结合，而以评点为中心。

（一）“校”：重在校正书中的“技术性错误”，为广大读者提供一个较好的读本，并为专业研究工作者提供有益的参考。

本书以毛本《三国》为基础，重新加以校理：在传统的标点、分段、校勘异文等古籍整理方法的基础上，着重在“理”字上下功夫，尽可能校正书中大量存在的“技术性错误”，使之迥然有别于一般的《三国》整理本。

所谓“技术性错误”，是指那些并非出自作者的创作意图，并非作品艺术虚构和艺术描写的需要，而纯粹由于作者知识的局限，由于作者一时笔误或者传抄、刊刻之误而造成的，属于技术范畴的错误。它们与那些由于作者的世界观、历史观和艺术观而产生的作品内容上的缺陷和艺术上的不足，完全是两码事。明清的各种《三国》版本都存在大量“技术性错误”，毛本也不例外。综观毛本《三国》，“技术性错误”可以分为五个大类：

1. 人物错误。主要包括五种情况：

（1）人名错讹。如第五回写陈留孝廉卫弘资助曹操起兵讨伐董卓，据《三国志·魏书·武帝纪》注引《世语》，“卫弘”当作“卫兹”。

（2）人物字号错讹。如张飞本字“益德”，毛本却误为“翼德”（第一回）。

（3）人物身份错讹。如丁原曾任并州刺史，后入京为执金吾，毛本却误为“荆州刺史”（第三回）。

（4）人物关系错讹。如董贵人本系董承之女（《后汉书·伏皇后纪》），毛本却误为董承之妹（第二十四回）。

（5）人物彼此混淆。如初平三年（192）被青州黄巾军击杀的兖州刺史刘岱，与建安四年（199）被曹操派往徐州攻刘备的刘岱本系两人，毛本却混为一谈（第二十二回）。

2. 地理错误。主要有八种类型：

（1）政区概念错误。如“沛国谯郡”（第一回），当作“沛国谯县”（东汉时王国与郡地位相当，其下为县）。

（2）大小地名混淆。如“兖州、濮阳已失”（第十一回），当作“兖州诸郡县已失”（濮阳仅为兖州之一县，二者不应并列）。

（3）误用后代地名。如“河东解良人”（第一回），当作“河东解县人”（“解良”即“解梁”，系金代地名）。

（4）古今地名混用。如“定州中山府安喜县”（第二回），当作“冀州中山国安喜县”（“定州”系北魏地名，“中山府”系北宋地名）。

（5）方位错乱。如耒阳本在江陵东南约一千里，毛本却写成“东北一百三十里”（第五十七回）。

（6）地名误植。指作品本该用甲地名，却误用了乙地名。如“路近萧关”（第十九回），当作“路近萧县”（萧关在今宁夏，距徐州极远，萧县则在徐州附近）。

（7）地名混位。指甲、乙两地本不相干，却被硬拉在一起，弄得牛头不对马嘴。如第五回写李典为“山阳巨鹿人”，大误（山阳郡属兖州，巨鹿郡则属冀州），当作“山阳巨野人”。

（8）地名文字错讹。如“高堂”（第二回）当作“高唐”。

3. 职官错误。主要指三种情况：

（1）职官混称。如“幽州太守”（第一回），当作“幽州刺史”（州长官为刺史或牧，郡长官才是太守）。

（2）随意杜撰。如第十回写曹操以荀攸为“行军教授”，汉末三国无此官职，据《三国志·魏书·荀攸传》，当作“军师”。

（3）官爵文字错讹。如第十六回有“奉军都尉王则”，据《三国志·魏书·吕布传》注引《英雄记》，当作“奉车都尉王则”。

4. 历法错误。包括：

（1）引用史书而错写日期。如第一回的“建宁二年四月望日”，当作“建宁二年四月癸巳”（《后汉书·灵帝纪》）。

（2）干支错误。如第四十五回写诸葛亮与刘备相约：“以十一月二十甲子日后为期”，而建安十三年十一月二十并非甲子日，而系壬申日。

（3）杜撰历史上没有的日期。如第四十回写曹操“选定建安十三年秋七月丙午日出师”，而此月并无丙午日。

5. 其他错误。例如：

（1）历史人物年龄误差。如第一回写刘备“年已二十八岁矣”，而据《三国志·蜀书·先主传》推算，当作“年已二十四岁矣”。

（2）名物描写前后矛盾。如第三十二回写徐晃“一刀斩汪昭于马下”，而在《演义》中，徐晃一直是用斧的。

上述种种错误，总数多达八九百处，可谓数量惊人。从本质上看，它们是违背作者本意的，是不应有的错误，不仅应该指出，而且应该纠正。重新校理《三国演义》，是有功于罗贯中，有益于读者的好事，也是弘扬民族优秀传统文化的具体行动①。

在校理底本时，我采取了这样的方法：直接改正原文中的错误，使读者看到的是正确的正文；而在书末附录《〈三国演义〉技术性错误校正一览表》，逐个说明错误之处和校改依据，以便读者对照查阅。

（二）“评”：“总评”“夹评”“尾评”相结合，在继承中努力创新。

在评点中，我着重注意了这样几个问题：

1. 对《三国演义》的情节（包括情节单元），一一说明其来历，不仅是为读者提供一些有益的知识，更是便于读者切实了解《三国演义》的艺术特色，更好地把握历史小说处理虚实关系的艺术规律，避免以往在这个问题上的笼统性与模糊性。

2. 着力剖析《三国演义》的思想内涵，探索其给予后人的种种启示。

3. 认真探讨《三国演义》的艺术成就，特别是其塑造人物形象的成败得失，力求反映新的研究成果，达到新的水平。

4. 随时点明各个情节之间的联系，以便读者更好地把握《三国演义》的结构艺术。

5. 努力寻绎作者的文心，力求为读者深入理解作品提供一些帮助。

在评点中，我始终尽量坚持实事求是的原则：既要体现当代意识，又要注意尊重历史；既不盲目地对古人顶礼膜拜，又不以“后来居上”的优越感而藐视前贤；既要满怀对民族优秀传统文化的自豪感，又要力求保持理性的分析态度。

我追求的目标，一是以当代意识观照《三国演义》，既高度评价其杰出成

---

① 参见拙文《重新校理〈三国演义〉的几个问题》，载《社会科学研究》1990年第6期；《再谈重新校理〈三国演义〉的几个问题》，载日本《中国古典小说研究》第二号，1996年7月。二文均收入拙著《三国演义新探》。

就，又指出其不足之处；二是在艺术评点上出新，把对《三国演义》的艺术鉴赏提到新的高度；三是以辩证思维和求实精神，评点《三国演义》中的人物和事件，尽可能给读者以深刻的启迪。当然，要完全达到这一标准并不容易，但为此而努力总是应该的。

评点《三国演义》，对我而言意味着又一场艰苦的拼搏。唯将点点心血化作书稿，诉与日月星辰，付与遐迩知音！只要这番辛劳能对读者有所助益，能为弘扬民族优秀传统文化略尽绵薄之力，我就心满意足了。

2018年1月

于惠东双月湾

目　录

词曰：

滚滚长江东逝水，浪花淘尽英雄。是非成败转头空：青山依旧在，几度夕阳红。　　白发渔樵江渚上，惯看秋月春风。一壶浊酒喜相逢：古今多少事，都付笑谈中。

第一回
宴桃园豪杰三结义　斩黄巾英雄首立功

总评

这是一个天翻地覆、风云变幻的时代。这是一个英雄辈出、灿若繁星的时代。这是一个饱含痛苦又饱含希望的时代。这是一个充满了变革创新、洋溢着阳刚之气的时代。这又是一个永远令人激动、令人缅怀的时代。杰出的作家罗贯中，以自己的艺术方式成功地再现了这个时代，更使它大放光彩，彪炳千秋！

《三国演义》的总体艺术风格是什么？我认为，是现实主义精神与浪漫主义情调、英雄传奇色彩的结合。罗贯中紧紧抓住历史运动的基本轨迹，大致反映了从东汉灵帝即位到西晋统一全国这一历史时期的全貌，表现出强烈的现实主义精神。然而，在塑造人物、处理情节时，罗贯中又充分吸取了通俗文艺的养分，大胆驰骋浪漫主义想象，使《三国演义》的人物和情节与史实具有明显差异，表现出鲜明的传奇色彩。了解这一点，乃是正确把握《三国演义》的关键之一。

卷首的【临江仙】词，出自明代杨慎的《历代史略词话》，系毛纶、毛宗岗父子评改《三国演义》时加入，堪称感慨万端，意味深长。不过，词意略带消沉，未尽符合三国英雄气概。今人再看《三国演义》，又岂能把一切“都付笑谈中”？

开篇第一句:“话说天下大势，分久必合，合久必分”，传播甚广，每每被人称引。但此系毛纶、毛宗岗父子评改《三国演义》时所加，未可与罗贯中的认识一体看待，亦不足以概括《三国演义》的主题思想。

“桃园结义”系在《三国志》关于刘关张“恩若兄弟”记载基础上的合理虚构。结义誓词，铿锵有力，集中体现了桃园兄弟的可贵之处，反映了庶民百姓的道德观念，寄托了罗贯中的政治思想。《三国演义》以刘蜀集团为中心，宜哉!

一部大书，由桓灵失政引出黄巾起义，又由黄巾起义引出桃园结义，可谓开宗明义。在众多政治势力的角逐中，罗贯中突出刘关张，带写曹孟德，足见构思匠心。

话说天下大势，分久必合，合久必分：周末七国分争，并入于秦；及秦灭之后，楚、汉分争，又并入于汉；汉朝自高祖斩白蛇而起义，一统天下，后来光武中兴，传至献帝，遂分为三国。推其致乱之由，殆始于桓、灵二帝。桓帝禁锢善类，崇信宦官。及桓帝崩，灵帝即位，大将军窦武、太傅陈蕃，共相辅佐；时有宦官曹节等弄权，窦武、陈蕃谋诛之，机事不密，反为所害，中涓自此愈横。

建宁二年四月癸巳*，帝御温德殿。方升座，殿角狂风骤起，只见一条大青蛇，从梁上飞将下来，蟠于椅上。帝惊倒，左右急救入宫，百官俱奔避。须臾，蛇不见了。忽然大雷大雨，加以冰雹，落到半夜方止，坏却房屋无数。建宁四年二月，洛阳地震；又海水泛溢，沿海居民，尽被大浪卷入海中。光和元年，雌鸡化雄。六月丁丑*，黑气十余丈，飞入温德殿中。秋七月，有虹现于玉堂，五原山岸，尽皆崩裂。种种不祥，非止一端。帝下诏问群臣以灾异之由，议郎蔡邕上疏，以为蜺堕鸡化，乃妇寺干政之所致，言颇切直。帝览奏叹息，因起更衣。曹节在后窃视，悉宣告左右；遂以他事陷邕于罪，放归田里。后张让、赵忠、夏恽、郭胜、孙璋、毕岚、栗嵩、段珪、高望、张恭、韩悝、宋典等十二人朋比为奸*，号为“十常侍”。帝尊信张让，呼为“阿父”。朝政日非，以致天下人心思乱，盗贼蜂起。

时巨鹿郡有兄弟三人：一名张角，一名张宝，一名张梁。那张角本是个不第秀才，因入山采药，遇一老人，碧眼童颜，手执藜杖，唤角至一洞中，以天书三卷授之，曰：“此名《太平要术》。汝得之，当代天宣化，普救世人。若萌异心，必获恶报。”角拜问姓名，老人曰：“吾乃南华老仙也。”言讫，化阵清风而去。角得此书，晓夜攻习，能呼风唤雨，号为“太平道人”。中平元年正月内，疫气流行，张角散施符水，为人治病，自称“大贤良师”。角有徒弟五百余人，云游四方，皆能书符念咒。次后徒众日多，角乃立三十六方，大方万余人，小方六七千，各立渠帅，称为将军；讹言：“苍天已死，黄天当立；岁在甲子，天下大吉。”令人各以白土，书“甲子”二字于家中大门上。青、幽、徐、冀、荆、扬、兖、豫八州之人，家家侍奉大贤良师张角名字。(评)角遣其党马元义，暗赍金帛，结交中涓封谞，以为内应。角与二弟商议曰：“至难得者，民心也。今民心已顺，若不乘势取天下，诚为可惜。”遂一面私造黄旗，约期举事；一面使弟子唐周，驰书报封谞。唐周乃径赴省中告变。帝召大将军何进调兵擒马元义，斩之；次收封谞等一干人下狱。张角闻知事露，星夜举兵，自称“天公将军”，张宝称“地公将军”，张梁称“人公将军”，申言于众曰：“今汉运将终，大圣人出。汝等皆宜顺天从正，以乐太平。”四方百姓，裹黄巾从张角反者四五十万。(评)贼势浩大，官军望风而靡。何进奏帝火速降诏，令各处备御，讨贼立功，一面遣中郎将卢植、皇甫嵩、朱儁，各引精兵，分三路讨之。

家家侍奉大贤良师张角名字——朝政腐败，疫病流行，老百姓没有活路，怎能不信奉张角？

四方百姓，裹黄巾从张角反者四五十万——民怨沸腾，全国各地早已布满干柴。只要一点火星，就可引起燎原烈火。

且说张角一军，前犯幽州界分。幽州刺史刘焉*，乃江夏竟陵人氏，汉鲁恭王之后也；当时闻得贼兵将至，召校尉邹靖计议。靖曰：“贼兵众，我兵寡，明公宜作速招军应敌。”刘焉然其说，随即出榜招募义兵。

榜文行到涿县，引出涿县中一个英雄。那人不甚好读书，性宽和，寡言语，喜怒不形于色；素有大志，专好结交天下豪杰；生得身长七尺五寸，两耳垂肩，双手过膝，目能自顾其耳，面如冠玉，唇若涂脂；中山靖王刘胜之后，汉景帝阁下玄孙：姓刘，名备，字玄德。昔刘胜之子刘贞，汉武时封中山国陆成侯*，后坐酎金失侯，因此遗这一枝在涿县。玄德祖刘雄，父刘弘。弘曾举孝廉，亦尝作吏，早丧。玄德幼孤，事母至孝；家贫，贩屦织席为业。家住本县楼桑村。其家之东南，有一大桑树，高五丈余，遥望之，童童如车盖。相者云：“此家必出贵人。”玄德幼时，与乡中小儿戏于树下，曰：“我为天子，当乘此车盖。”叔父刘元起奇其言，曰：“此儿非常人也！”因见玄德家贫，常资给之。年十五岁，母使游学，尝师事郑玄、卢植，与公孙瓒等为友。及刘焉发榜招军时，玄德年已二十四岁矣*。(评)

玄德年已二十四岁矣——此段简介刘备的家世经历，大体抄录史书。《三国演义》介绍历史上实有的人物时，往往如此。

当时见了榜文，慨然长叹。随后一人厉声言曰："大丈夫不与国家出力，何故长叹？"玄德回视其人：身长八尺，豹头环眼，燕颔虎须。声若巨雷，势如奔马。玄德见他形貌异常，问其姓名。其人曰："某姓张，名飞，字益德*。世居涿郡，颇有庄田，卖酒屠猪，专好结交天下豪杰。恰才见公看榜而叹，故此相问。"玄德曰："我本汉室宗亲，姓刘，名备。今闻黄巾倡乱，有志欲破贼安民；恨力不能，故长叹耳。"飞曰："吾颇有资财，当招募乡勇，与公同举大事，如何？"玄德甚喜，遂与同入村店中饮酒。正饮间，见一大汉，推着一辆车子，到店门首歇了；入店坐下，便唤酒保："快斟酒来吃，我待赶入城去投军。"玄德看其人：㊣身长九尺，髯长二尺；面如重枣，唇若涂脂；丹凤眼，卧蚕眉：相貌堂堂，威风凛凛。玄德就邀他同坐，叩其姓名。其人曰："吾姓关，名羽，字长生，后改云长，河东解县人也*。因本处势豪，倚势凌人，被吾杀了；逃难江湖，五六年矣。今闻此处招军破贼，特来应募。"玄德遂以己志告之。云长大喜。同到张飞庄上，共议大事。

飞曰："吾庄后有一桃园，花开正盛；明日当于园中祭告天地，我三人结为兄弟，㊣协力同心，然后可图大事。"玄德、云长齐声应曰："如此甚好。"次日，于桃园中，备下乌牛白马祭礼等项，三人焚香再拜而说誓曰："念刘备、关羽、张飞，虽然异性，既结为兄弟，则同心协力，救困扶危；上报国家，下安黎庶；不求同年同月同日生，只愿同年同月同日死。皇天后土，实鉴此心。背义忘恩，天人共戮！"誓毕，拜玄德为兄，关羽次之，张飞为弟。祭罢天地，复宰牛设酒，聚乡中勇士，得三百余人，就桃园中痛饮一醉。来日收拾军器，但恨无马匹可乘。正思虑间，人报有两个客人，引一伙伴儅，赶一群马，投庄上来。玄德曰："此天佑我也！"三人出庄迎接。原来二客乃中山大商：一名张世平，一名苏双，每年往北贩马，近因寇发而回。玄德请二人到庄，置酒管待，诉说欲讨贼安民之意。二客大喜，愿将良马五十匹相送；又赠金银五百两，镔铁一千斤，以资器用。玄德谢别二客，便命良匠打造双股剑；云长造青龙偃月刀，又名"冷艳锯"，重八十二斤；张飞造丈八点钢矛。㊣各置全身铠甲。共聚乡勇五百余人，来见邹靖。邹靖引见刺史刘焉。三人参见毕，各通姓名。玄德说起宗派，刘焉大喜，遂认玄德为侄。

玄德看其人——刘关张三人，出场各不相同：刘备是正面叙写，堂堂正正；张飞是先闻其声，后见其人，气势威猛；关羽则是侧面描写，威风凛凛。写法参差多变，给人以深刻印象。

我三人结为兄弟——桃园结义，乃书中一大关目。由张飞提出结义，正符合其直率性急的特征；在其桃园结义，又正符合其"颇有庄田"的身份。桃花灿若红霞，英雄豪气干云，千载之下，犹令人怦然心动！

张飞造丈八点钢矛——刘关张三人的兵器各不相同，不仅与各人的身份相称，而且都是独一无二的，颇能给人以美感。作者构思之精巧，于此可见一斑。

不数日，人报黄巾贼将程远志统兵五万来犯涿郡。刘焉令邹靖引玄德等三人，统兵五百，前去破敌。玄德等欣然领军前进，直至大兴山下，与贼相见。贼众皆披发，以黄巾抹额。当下两军相对，玄德出马，左有云长，右有益德，扬鞭大骂："反国逆贼，何不早降！"程远志大怒，遣副将邓茂出战。张飞挺丈八蛇矛直出，手起处，刺中邓茂心窝，翻身落马。程远志见折了邓茂，拍马舞刀，直取张飞。云长舞动大刀，纵马飞迎。程远志见了，早吃一惊，措手不及，被云长刀起处，挥为两段。后人有诗赞二人曰：

英雄露颖在今朝，一试矛兮一试刀。

初出便将威力展，三分好把姓名标。

众贼见程远志被斩，皆倒戈而走。玄德挥军追赶，投降者不计其数，大胜而回。刘焉亲自迎接，赏劳军士。

次日，接得青州刺史龚景*牒文，言黄巾贼围城将陷，乞赐救援。刘焉与玄德商议。玄德曰："备愿往救之。"刘焉令邹靖将兵五千，同玄德、关、张，投青州来。贼众见救军至，分兵混战。玄德兵寡不胜，退三十里下寨。玄德谓关、张曰："贼众我寡，必出奇兵，方可取胜。"乃分关公引一千军伏山左，张飞引一千军伏山右，鸣金为号，齐出接应。

次日，玄德与邹靖引军鼓噪而进。贼众迎战，玄德引军便退。贼众乘势追赶，方过山岭，玄德军中一齐鸣金，左右两军齐出，玄德麾军回身复杀。三路夹攻，贼众大溃。直赶至临菑*城下，刺史龚景亦率民兵出城助战。贼势大败，剿戮极多，遂解青州之围。后人有诗赞玄德曰：

运筹决算有神功，二虎还须逊一龙。

初出便能垂伟绩，自应分鼎在孤穷。

龚景犒军毕，邹靖欲回。玄德曰："近闻中郎将卢植与贼首张角战于广宗，备昔曾师事卢植，欲往助之。"于是邹靖引军自回，玄德与关、张引本部五百人投广宗来。至卢植军中，入帐施礼，具道来意。卢植大喜，留在帐前听调。

时张角贼众十五万，植兵五万，相拒于广宗，未见胜负。植谓玄德曰："我今围贼在此，贼弟张梁、张宝在颍川，与皇甫嵩、朱儁对垒。汝可引本部人马，我更助汝一千官军，前去颍川打探消息，约期剿捕。”玄德领命，引军星夜投颍川来。时皇甫嵩、朱儁领军拒贼，战不利，退入长社。贼四面围定，依草结营*。嵩与儁计曰：“贼依草结营，当用火攻之。”遂令军士，每人束草一把，暗地埋伏。其夜大风忽起。二更以后，一齐纵火，嵩与儁各引兵攻击贼寨，火焰张天，贼众惊慌，马不及鞍，人不及甲，四散奔走。

杀到天明，张梁、张宝引败残军士，夺路而逃。忽见一彪军马，尽打红旗，当头来到，截住去路。为首闪出一将：㊞身长七尺，细眼长髯；官拜骑都尉；沛国谯县人也*，姓曹，名操，字孟德。操父曹嵩，本姓夏侯氏；因为中常侍曹腾之养子，故冒姓曹。曹嵩生操，小字阿瞒，一名吉利。操幼时，好游猎，喜歌舞；有权谋，多机变。操有叔父，见操游荡无度，尝怒之，言于曹嵩。嵩责操。操忽心生一计：见叔父来，诈倒于地，作中风之状。叔父惊告嵩，嵩急视之，操故无恙。嵩曰：“叔言汝中风，今已愈乎？”操曰：“儿自来无此病；因失爱于叔父，故见罔耳。”嵩信其言。后叔父但言操过，嵩并不听。因此，操得恣意放荡。时人有桥玄者，谓操曰：“天下将乱，非命世之才不能济。能安之者，其在君乎？”南阳何颙见操，言：“汉室将亡，安天下者，必此人也。”汝南许劭，有知人之名。操往见之，问曰：“我何如人？”劭不答。又问，劭曰：“子治世之能臣，乱世之奸雄也。”操闻言大喜。年二十，举孝廉，为郎，除洛阳北部尉。初到任，即设五色棒十余条于县之四门，有犯禁者，不避豪贵，皆责之。中常侍蹇硕之叔，提刀夜行，操巡夜拿住，就棒责之。由是，内外莫敢犯者，威名颇震。㊞后为顿丘令。因黄巾起，拜为骑都尉，引马步军五千，前来颍川助战。正值张梁、张宝败走，曹操拦住，大杀一阵，斩首万余级，夺得旗幡、金鼓、马匹极多。张梁、张宝死战得脱。操见过皇甫嵩、朱儁，随即引兵追袭张梁、张宝去了。

却说玄德引关、张来颍川，听得喊杀之声，又望见火光烛天，急引兵来时，贼已败散。玄德见皇甫嵩、朱儁，具道卢植之意。嵩曰：“张梁、张宝势穷力乏，必投广宗去依张角。玄德可即星夜往助。”玄德领命，遂引兵复回。到得半路，只见一簇军马，护送一辆槛车：车中之囚，乃卢植也。玄德大惊，滚鞍下马，问其缘故。植

为首闪出一将——嘉靖元年（1522）刊本《三国志通俗演义》（简称“嘉靖本”）、万历十九年（1591）周曰校刊本《新刊校正古本大字音释三国志通俗演义》（简称“周曰校本”）等版本均作“为首闪出一个好英雄”，后面的介绍也与毛本有所不同，可见罗贯中一开始就没有故意丑化曹操。

威名颇震——对曹操早期经历的介绍，已可见“奸雄”性格之端倪；然而此皆本于《三国志·魏书·武帝纪》及裴松之注，并非《三国演义》有意“歪曲”。

曰："我围张角，将次可破；因角用妖术，未能即胜。朝廷差黄门左丰前来体探，问我索取贿赂。我答曰：'军粮尚缺，安有余钱奉承天使？'左丰挟恨，回奏朝廷，说我高垒不战，惰慢军心；因此朝廷震怒，遣中郎将董卓来代将我兵，取我回京问罪。"张飞听罢，大怒，要斩护送军人，以救卢植。玄德急止之曰："朝廷自有公论，汝岂可造次？"军士簇拥卢植去了。

关公曰："卢中郎已被逮，别人领兵，我等去无所依，不如且回涿郡。"玄德从其言，遂引军北行。行无二日，忽闻山后喊声大震。玄德引关、张纵马上高冈望之，见汉军大败，后面漫山塞野，黄巾盖地而来，旗上大书"天公将军"。玄德曰："此张角也！可速战！"三人飞马引军而出。张角正杀败董卓，乘势赶来，忽遇三人冲杀，角军大乱，败走五十余里。三人救了董卓回寨。卓问三人现居何职。玄德曰："白身。"卓甚轻之，不为礼。玄德出，张飞大怒曰："我等亲赴血战，救了这厮，他却如此无礼！若不杀之，难消我气！"便要提刀入帐来杀董卓。正是：人情势利古犹今，谁识英雄是白身？㊟安得快人如益德，尽诛世上负心人！毕竟董卓性命如何，且听下回分解。

谁识英雄是白身——毛宗岗借题发挥，痛斥市侩，一吐寒士不平之气，令人深思。

尾评：

刘关张幽州建功，救青州，救董卓，多系虚构。作者如此描写，意在突出其英雄气概和不凡业绩。

第二回

张益德怒鞭督邮[*]　何国舅谋诛宦竖

总评

孙坚出场，气势也不同寻常，隐然与刘备、曹操相对。作者有意作此安排，分明是为三分鼎立的局面埋下了伏笔。

刘备屡建功绩，却因没有“人情”而迟迟不得授官。东汉王朝在镇压黄巾起义之后，仍然是有功不赏，有才不用，腐败依旧。如此混账的政权，除了垮台，还配有更好的命运吗？！

鞭打督邮，历史上本系刘备所为，正符合其“枭雄”性格；罗贯中巧加改造，将督邮写成一个贪婪可恶的小人，让张飞把他痛打一顿。如此移花接木，既维护了刘备的“仁厚”形象，又突出了张飞嫉恶如仇的刚烈性格，可谓一箭双雕，十分成功。

此回写何进谋诛宦官，一波三折，表现了几个人物的性格特色：何进胸无主见，更无决断；袁绍勇于任事，志大才疏；曹操深谋远虑，洞见利害。不同性格，对比鲜明，煞是好看。

张飞性发，便欲杀之——对手握兵权的董卓，张飞尚且因其傲慢无礼而欲杀之；对倚势索贿的督邮，又怎么能不怒鞭一番呢？

且说董卓字仲颖，陇西临洮人也，官拜河东太守，自来骄傲。当日怠慢了玄德，张飞性发，便欲杀之。㊟玄德与关公急止之曰："他是朝廷命官，岂可擅杀？"飞曰："若不杀这厮，反要在他部下听令，其实不甘！二兄要便住在此，我自投别处去也！"玄德曰："我三人义同生死，岂可相离？不若都投别处去便了。"飞曰："若如此，稍解吾恨。"

于是三人连夜引军来投朱儁。儁待之甚厚，合兵一处，进讨张宝。是时曹操自跟皇甫嵩讨张梁，大战于曲阳。这里朱儁进攻张宝。张宝引贼众八九万，屯于山后。儁令玄德为其先锋，与贼对敌。张宝遣副将高升出马搦战，玄德使张飞击之。飞纵马挺矛，与升交战，不数合，刺升落马。玄德麾军直冲过去。张宝就马上披发仗剑，作起妖法。只见风雷大作，一股黑气，从天而降，黑气中似有无限人马杀来。玄德连忙回军，军中大乱，败阵而归，与朱儁计议。儁曰："彼用妖术，我来日可宰猪羊狗血，令军士伏于山头；候贼赶来，从高坡上泼之，其法可解。"玄德听令，拨关公、张飞各引军一千，伏于山后高冈之上，盛猪羊狗血并秽物准备。次日，张宝摇旗擂鼓，引军搦战，玄德出迎。交锋之际，张宝作法，风雷大作，飞砂走石，黑气漫天，滚滚人马，自天而下。玄德拨马便走，张宝驱兵赶来。将过山头，关、张伏军放起号炮，秽物齐泼。但见空中纸人草马，纷纷坠地；风雷顿息，砂石不飞。张宝见解了法，急欲退军。左关公、右张飞，两军都出，背后玄德、朱儁一齐赶上，贼兵大败。玄德望见"地公将军"旗号，飞马赶来，张宝落荒而走。玄德发箭，中其左臂。张宝带箭逃脱，走入阳城，坚守不出。

朱儁引兵围住阳城攻打，一面差人打探皇甫嵩消息。探子回报，具说："皇甫嵩大获胜捷，朝廷以董卓屡败，命嵩代之。嵩到时，张角已死；张梁统其众，与我军相拒，被皇甫嵩连胜七阵，斩张梁于曲阳。发张角之棺，戮尸枭首，送往京师。余众俱降。朝廷加皇甫嵩为左车骑将军*，领冀州牧。皇甫嵩又表奏卢植有功无罪，朝廷复卢植原官。曹操亦以有功，除济南相，即日将班师赴任。”朱儁听说，催促军马，悉力攻打阳城。贼势危急，贼将严政刺杀张宝，献首投降。朱儁遂平数郡，上表献捷。

时又黄巾余党三人——赵弘、韩忠、孙夏*，聚众数万，望风烧劫，称与张角报仇。㊟朝廷命朱儁即以得胜之师讨之。儁奉诏，率军前进。时贼据宛城，儁引兵攻之，赵弘遣韩忠出战。儁遣玄德、关、张攻城西南角。韩忠尽率精锐之众，来西南角抵敌。朱儁自纵铁骑二千，径取东北角。贼恐失城，急弃西南而回。玄德从背后掩杀，贼众大败，奔入宛城。朱儁分兵四面围定。城中断粮，韩忠使人出城投降，儁不许。玄德曰：“昔高祖之得天下，盖为能招降纳顺；公何拒韩忠耶？”儁曰：“彼一时，此一时也。昔秦、项之际，天下大乱，民无定主，故招降赏附，以劝来耳。今海内一统，惟黄巾造反；若容其降，无以劝善。使贼得利恣意劫掠，失利便投降：此长寇之志，非良策也。”玄德曰：“不容寇降是矣。今四面围如铁桶，贼乞降不得，必然死战。万人一心，尚不可当，况城中有数万死命之人乎？不若撤去东南，独攻西北。贼必弃城而走，无心恋战，可即擒也。”儁然之，随撤东南二面军马，一齐攻打西北。韩忠果引军弃城而奔。儁与玄德、关、张率三军掩杀，射死韩忠，余皆四散奔走。正追赶间，赵弘、孙夏引贼众到，与儁交战。儁见弘势大，引军暂退。弘乘势复夺宛城。

儁离十里下寨，方欲攻打，忽见正东一彪人马到来。为首一将，生得广额阔面，虎体熊腰；吴郡富春人也，姓孙，名坚，字文台，乃孙武子之后。年十七岁时，与父至钱塘，见海贼十余人，劫取商人财物，于岸上分赃。坚谓父曰：“此贼可擒也。”遂奋力提刀上岸，扬声大叫，东西指挥，如唤人状。贼以为官兵至，尽弃财物奔走。坚赶上，杀一贼。由是郡县知名，㊟荐为县尉*。后会稽妖贼许昌造反，自称“阳明皇帝”，聚众数万；坚以郡司马招募勇士千余人*，会合州郡破之，斩许昌并其子许韶。刺史臧旻上表奏其功，除坚为盐渎丞，又除盱眙丞、下邳丞。今见黄巾寇起，聚集乡中少年及诸商旅，并淮泗精兵一千五百余人，前来接应。朱儁大喜，便令

称与张角报仇——颍川黄巾方败，南阳黄巾又起，可见当时阶级矛盾之尖锐，斗争之激烈。

由是郡县知名——刘备出身破落皇族，幼有大志；曹操出身势要之家，幼有权谋；孙坚则出身地方豪强，幼有胆气。出身教养不同，导致性格的明显差异。

坚攻打南门，玄德打北门，朱儁打西门，留东门与贼走。孙坚首先登城，斩贼二十余人，贼众奔溃。赵弘飞马突槊，直取孙坚。坚从城上飞身夺弘槊，刺弘下马；却骑弘马，飞身往来杀贼。孙夏引贼突出北门，正迎玄德，无心恋战，只待奔逃。玄德张弓一箭，正中孙夏，翻身落马。朱儁大军随后掩杀，斩首数万级，降者不可胜计。南阳一路，十数郡皆平。儁班师回京，诏拜为右车骑将军*。儁表奏孙坚、刘备等功。坚有人情，除别部司马*上任去了；惟玄德听候日久，不得除授。

三人郁郁不乐，上街闲行，正值侍中张钧*车到。玄德见之，自陈功绩。钧大惊，随入朝见帝曰："昔黄巾造反，其原皆由十常侍卖官鬻爵，非亲不用，非仇不诛，以致天下大乱。今宜斩十常侍，悬首南郊，遣使者布告天下，有功者重加赏赐，则四海自清平也。"十常侍奏帝曰："张钧欺主。"帝令武士逐出张钧。十常侍共议："此必破黄巾有功者，不得除授，故生怨言。权且教省家铨注微名，待后却再理会未晚。"因此玄德除授冀州中山国安喜县*尉，克日赴任。玄德将兵散回乡里，止带亲随二十余人，与关、张来安喜县中到任。署县事一月，与民秋毫无犯，㊣民皆感化。到任之后，与关、张食则同桌，寝则同床。如玄德在稠人广坐，关、张侍立，终日不倦。

与民秋毫无犯——刘备为官如此清廉，自然会受到百姓的拥戴，又自然会与贪官发生矛盾，这就预示了鞭打督邮的必然性。

到县未及四月，朝廷降诏，凡有军功为长吏者当沙汰。玄德疑在遣中。适督邮行部至县，玄德出郭迎接，见督邮施礼。督邮坐于马上，惟微以鞭指回答。关、张二公俱怒。及到馆驿，督邮南面高坐，㊣玄德侍立阶下。良久，督邮问曰："刘县尉是何出身？"玄德曰："备乃中山靖王之后；自涿郡剿戮黄巾，大小三十余战，颇有微功，因得除今职。"督邮大喝曰："汝诈称皇亲，虚报功绩！目今朝廷降诏，正要沙汰这等滥官污吏！"玄德喏喏连声而退。归到县中，与县吏商议。吏曰："督邮作威，无非要贿赂耳。"玄德曰："我与民秋毫无犯，那得财物与他？"次日，督邮先提县吏去，勒令指称县尉害民。玄德几番自往求免，俱被门役阻住，不肯放参。

督邮南面高坐——督邮官品并不比刘备高，却一再摆臭架子，无非是因为由太守派出而已。谄上压下，仗势欺人，正是奴才的通病！

却说张飞饮了数杯闷酒，乘马从馆驿前过，见五六十个老人，皆在门前痛哭。飞问其故，众老人答曰："督邮逼勒县吏，欲害刘公；我等皆来苦告，不得放入，反遭把门人赶打！"张飞大怒，睁圆环眼，咬碎钢牙，滚鞍下马，径入馆驿，把门人那里阻挡得住，直奔后堂，见督邮正坐厅上，将县吏绑倒在地。飞大喝："害民贼！认得我么？"㊟督邮未及开言，早被张飞揪住头发，扯出馆驿，直到县前马桩上缚住；攀下柳条，去督邮两腿上着力鞭打，一连打折柳条十数枝。玄德正纳闷间，听得县前喧闹，问左右，答曰："张将军绑一人在县前痛打。"玄德忙去观之，见绑缚者乃督邮也。玄德惊问其故，飞曰："此等害民贼，不打死等甚！"督邮告曰："玄德公救我性命！"玄德终是仁慈的人，急喝张飞住手。傍边转过关公来，曰："兄长建许多大功，仅得县尉，今反被督邮侮辱。吾思枳棘丛中，非栖鸾凤之所；不如杀督邮，弃官归乡，别图远大之计。"玄德乃取印绶，挂于督邮之颈，责之曰："据汝害民，本当杀却；今姑饶汝命。吾缴还印绶，从此去矣。"督邮归告中山相*，中山相申文省府，差人捕捉。玄德、关、张三人往代郡*投刘恢，恢见玄德乃汉室宗亲，留匿在家不题。

害民贼，认得我么——怒发冲冠，声若巨雷。莽张飞这一声大吼，表达了广大民众对贪官污吏的切齿痛恨。赓即而来的一顿鞭打，当然也就令人拍手称快了。

却说十常侍既握重权，互相商议，但有不从己者，诛之。赵忠、张让差人问破黄巾将士索金帛，不从者奏罢职。皇甫嵩、朱儁皆不肯与，赵忠等俱奏罢其官。帝又以赵忠为车骑将军*，张让等十三人皆封列侯。㊟朝政愈坏，人民嗟怨。于是长沙贼区星作乱；渔阳张举、张纯反：举称天子，纯称大将军。表章雪片告急，十常侍皆藏匿不奏。

张让等十三人皆封列侯——汉灵帝宠信宦官，至死不悟。腐朽已极的东汉王朝，实在无法挽救了。

一日，帝在后园与十常侍饮宴，谏议大夫刘陶，径到帝前大恸。帝问其故，陶曰："天下危在旦夕，陛下尚自与阉宦共饮耶！"帝曰："国家承平，有何危急？"陶曰："四方盗贼并起，侵掠州郡。其祸皆由十常侍卖官害民，欺君罔上。朝廷正人皆去，祸在目前矣！"十常侍皆免冠跪伏于帝前曰："大臣不相容，臣等不能活矣！愿乞性命归田里，尽将家产以助军资。"言罢痛哭。帝怒谓陶曰："汝家亦有近侍之人，何独不容朕耶？"呼武士推出斩之。刘陶大呼："臣死不惜！可怜汉室天下，四百余年，到此一旦休矣！"武士拥陶出，方欲行刑，一大臣喝住曰："勿得下手，待我谏去。"众视之，乃司徒陈耽。径入宫中来谏帝曰："刘谏议得何罪而受诛？"帝曰："毁谤近臣，冒渎朕躬。"耽曰："天下人民，欲食十常侍之肉，陛下敬之如父母，身无寸功，皆封列侯；况封谞等结连黄巾，欲为内乱：陛下今不自省，社稷立见崩摧矣！”帝曰：“封谞作乱，其事不明。十常侍中，岂无一二忠臣？”陈耽以头撞阶而谏。帝怒，命牵出，与刘陶皆下狱。是夜，十常侍即于狱中谋杀之；假帝诏以孙坚为长沙太守，讨区星。

不五十日，报捷，长沙平*。诏封坚为乌程侯；封刘虞为幽州牧，领兵往渔阳征张举、张纯。代州刘恢以书荐玄德见虞。虞大喜，令玄德为都尉，引兵直抵贼巢，与贼大战数日，挫动锐气。张纯专一凶暴，士卒心变，帐下头目刺杀张纯，将头纳献，率众来降。张举见势败，亦自缢死。渔阳尽平。刘虞表奏刘备大功，朝廷赦免鞭督邮之罪，除下密丞，迁高唐尉*。公孙瓒又表陈玄德前功，荐为别部司马，守平原县令。玄德在平原，颇有钱粮军马，重整旧日气象。刘虞平寇有功，封太尉。

中平六年夏四月，灵帝病笃，召大将军何进入宫，商议后事。那何进起身屠家；因妹入宫为贵人，生皇子辩，遂立为皇后，进由是得权重任。帝又宠幸王美人，生皇子协。何后嫉妒，鸩杀王美人。皇子协养于董太后宫中。董太后乃灵帝之母，解渎亭侯刘苌之妻也。初因桓帝无子，迎立解渎亭侯之子，是为灵帝。灵帝入继大统，遂迎养母氏于宫中，尊为太后。

董太后尝劝帝立皇子协为太子。帝亦偏爱协，欲立之。当时病笃，中常侍蹇硕奏曰：“若欲立协，必先诛何进，以绝后患。”帝然其说，因宣进入宫。进至宫门，蹇硕司马潘隐*谓进曰：“不可入宫。蹇硕欲谋杀公。”进大惊，急归私宅，召诸大臣，欲尽诛宦官。座上一人挺身出曰：“宦官之势，起自冲、质之时；朝廷滋蔓极广，安能尽诛？倘机不密，必有灭族之祸，请细详之。”进视之，乃典军校尉曹操也。进叱曰：“汝小辈安知朝廷大事！”正踌躇间，潘隐至，言：“帝已崩。今蹇硕与十常侍商议，秘不发丧，矫诏宣何国舅入宫，欲绝后患，册立皇子协为帝。”说未了，使命至，宣进速入，以定后事。操曰：“今日之计，先宜正君位，然后图贼。”进曰：“谁敢与吾正君讨贼？”一人挺身出曰：㊟“愿借精兵五千，斩关入内，册立新君，尽诛阉竖，扫清朝廷，以安天下！”进视之，乃司空袁逢*之子，袁隗之侄：名绍，字本初，现为司隶校尉。何进大喜，遂点御林军五千。绍全身披挂。何进引何颙、荀攸、郑泰等大臣三十余员，相

一人挺身出曰——袁绍初次露面，英气逼人，颇有扫清天下之雄心。可惜眼高手低，计谋太拙，反而酿成大祸。

继而入，就灵帝柩前，扶立太子辩即皇帝位。

百官呼拜已毕，袁绍入宫收蹇硕。硕慌走入御园，花阴下为中常侍郭胜所杀。硕所领禁军，尽皆投顺。绍谓何进曰："中官结党，今日可乘势尽诛之。"张让等知事急，慌入告何后曰："始初设谋陷害大将军者，止蹇硕一人，并不干臣等事。今大将军听袁绍之言，欲尽诛臣等，乞娘娘怜悯！"何太后曰："汝等勿忧，我当保汝。"传旨宣何进入。太后密谓曰："我与汝出身寒微，非张让等，焉能享此富贵？今蹇硕不仁，既已伏诛，汝何听信人言，欲尽诛宦官耶？"何进听罢，出谓众官曰："蹇硕设谋害我，可族灭其家。其余不必妄加残害。"袁绍曰："若不斩草除根，必为丧身之本。"进曰："吾意已决，汝勿多言。"众官皆退。次日，太后命何进参录尚书事，其余皆封官职。

董太后宣张让等入宫商议曰："何进之妹，始初我抬举他。今日他孩儿即皇帝位，内外臣僚，皆其心腹，威权太重，我将如何？"让奏曰："娘娘可临朝，垂帘听政；封皇子协为王；加国舅董重大官，掌握军权；重用臣等，大事可图矣。"董太后大喜。次日设朝，董太后降旨，封皇子协为陈留王，董重为骠骑将军，张让等共预朝政。

何太后见董太后专权，于宫中设一宴，请董太后赴席。酒至半酣，何太后起身捧杯再拜曰："我等皆妇人也，参预朝政，非其所宜。昔吕后因握重权，宗族千口皆被戮。今我等宜深居九重；朝廷大事，任大臣元老自行商议，此国家之幸也。愿垂听焉。"董后大怒曰："汝酖死王美人，设心嫉妒。今倚汝子为君，与汝兄何进之势，辄敢乱言！吾敕骠骑断汝兄首，如反掌耳！"何后亦怒曰："吾以好言相劝，何反怒耶？"董后曰："汝家屠沽小辈，有何见识！"两宫互相争竞，张让等各劝归宫。何后连夜召何进入宫，告以前事。何进出，召三公共议。来早设期，使廷臣奏董太后原系藩妃，不宜久居宫中，合仍迁于河间安置，限日下即出国门。一面遣人起送董后；一面点禁军围骠骑将军董重府宅，追索印绶。董重知事急，自刎于后堂。家人举哀，军士方散。张让、段珪见董后一枝已废，遂皆以金珠玩好结搆何进弟何苗并其母舞阳君，令早晚入何太后处，善言遮蔽：因此十常侍又得近幸。

六月，何进暗使人酖杀董后于河间驿庭，葬于慎陵*。进托病进……唯唯而出——何进时而欲尽诛宦官，时而又犹豫不决，全无主见。如此庸人，竟然掌握朝廷大权，实在可悲！如此庸人，偏偏还自以为是，活该自取灭亡！

倒持干戈，授人以柄，功必不成，反生乱矣——小小的主簿陈琳，虽能预见祸患，却无法挽回何进的错误决策，哀哉！

不出。司隶校尉袁绍入见进曰："张让、段珪等流言于外，言公酖杀董后，欲谋大事。乘此时不诛阉宦，后必为大祸。昔窦武欲诛内竖，机谋不密，反受其殃。今公兄弟部曲将吏，皆英俊之士；若使尽力，事在掌握。此天赞之时，不可失也。"进曰："且容商议。"左右密报张让，让等转告何苗，又多送贿赂。苗入奏何后云："大将军辅佐新君，不行仁慈，专务杀伐。今无端又欲杀十常侍，此取乱之道也。"后纳其言。少顷，何进入白后，欲诛中涓。何后曰："中官统领禁省，汉家故事。先帝新弃天下，尔欲诛杀旧臣，非重宗庙也。"进本是没决断之人，听太后言，唯唯而出。(评)袁绍迎问曰："大事若何？"进曰："太后不允，如之奈何？"绍曰："可召四方英雄之士，勒兵来京，尽诛阉竖。此时事急，不容太后不从。"进曰："此计大妙！"便发檄至各镇，召赴京师。主簿陈琳曰："不可！俗云：'掩目而捕燕雀'，是自欺也。微物尚不可欺以得志，况国家大事乎？今将军仗皇威，掌兵要，龙骧虎步，高下在心：若欲诛宦官，如鼓洪炉燎毛发耳。但当速发雷霆，行权立断，则天人顺之。却反外檄大臣，临犯京阙，英雄聚会，各怀一心：所谓倒持干戈，授人以柄，功必不成，反生乱矣。"(评)何进笑曰："此懦夫之见也！"旁边一人鼓掌大笑曰："此事易如反掌，何必多议！"视之，乃曹操也。正是：欲除君侧宵人乱，须听朝中智士谋。不知曹操说出甚话来，且听下文分解。

尾评：

何进采纳袁绍之谋，招引外兵入京，直接导致董卓之乱。这是全书情节的一大转折。

第三回

议温明董卓叱丁原　馈金珠李肃说吕布

总评

何进手握重兵，欲诛宦官，绰绰有余，但却采纳袁绍的馊主意，擅召外兵入京；既召外兵入京，却又不防宦官狗急跳墙，反而送上门去。一误再误，真是愚不可及！结果，不仅他自己丢了性命，而且还酿成一场倾危社稷的大祸。庸人误国之深，后人当永为鉴戒！

董卓接到矫诏后，先是上表声讨宦官，以便名正言顺；继而按兵不动，以便观望风色；待到京师大乱，立刻火急入京，以便乱中取事；然后倚仗兵威，擅谋废立，挟制朝廷：如此老谋深算，可谓乱世豪雄。

袁绍虽无曹操之远见卓识，但在何进被杀之际，敢于率兵尽诛阉宦，尽管杀戮过重，仍可见其胆略；在董卓害死丁原，再谋废立之际，敢于厉声斥其为“谋反”，拔剑与之对峙，可以见其勇气。在东汉末年的社会大动荡中，他毕竟算得上际会风云的英杰之士。

《三国志·魏书·吕布传》注引《曹瞒传》云：“时人语曰：‘人中有吕布，马中有赤兔’。”可见吕布确曾威震一时。然而，他的名声并不好，陈寿就贬斥他“轻狡反覆，唯利是视”。在《三国演义》中，他第一次出场，便卖主求荣，认贼作父，品格极为低下。尽管他器宇轩昂，仪表堂堂，武艺高强，天下无敌，却不能给人以美感。“勇而无谋，见利忘义”，堪称千古定评。

《三国志·魏书·吕布传》仅云：“（董）卓以布见信于（丁）原，诱布令杀原。”如何“诱”法，并未交待。罗贯中在此基础上虚构李肃说吕布，一方抓住对方弱点，竭力煽惑，一方则急于卖身投靠，主动表示愿杀丁原，写得十分精彩。

且说曹操当日对何进曰："宦官之祸，古今皆有；但世主不当假之权宠，使至于此。若欲治罪，当除元恶，但付一狱吏足矣，何必纷纷召外兵乎？欲尽诛之，事必宣露。吾料其必败也。"何进怒曰："孟德亦怀私意耶？"操退曰："乱天下者，必进也。"㊟进乃暗差使命，赍密诏星夜往各镇去。

乱天下者，必进也——果然，果然。孟德眼光，确实出类拔萃。

却说前将军、并州牧、鳌乡侯董卓*，先为破黄巾无功，朝议将治其罪，因贿赂十常侍幸免；后又结托朝贵，遂任显官，统西州大军二十万，常有不臣之心。是时得诏大喜，点起军马，陆续便行；使其婿中郎将牛辅守住陕县*，自己却带李傕、郭汜、张济、樊稠等提兵望洛阳进发。卓婿谋士李儒曰："今虽奉诏，中间多有暗昧。何不差人上表，名正言顺，大事可图。"卓大喜，遂上表。其略曰：

窃闻天下所以乱逆不止者，皆由黄门常侍张让等侮慢天常之故。臣闻扬汤止沸，不如去薪；溃痈虽痛，胜于养毒。臣敢鸣钟鼓入洛阳，请除让等。社稷幸甚！天下幸甚！

何进得表，出示大臣。侍御史郑泰谏曰："董卓乃豺狼也，引入京城，必食人矣。"进曰："汝多疑，不足谋大事。"卢植亦谏曰："植素知董卓为人，面善心狠；一入禁庭，必生祸患。不如止之勿来，免致生乱。"进不听，郑泰、卢植皆弃官而去。朝廷大臣，去者大半。进使人迎董卓于渑池，卓按兵不动。

张让等知外兵到，共议曰："此何进之谋也；我等不先下手，皆灭族矣。"乃先伏刀斧手五十人于长乐宫嘉德门内，入告何太后曰："今大将军矫诏召外兵至京师，欲灭臣等，望娘娘垂怜赐救。"太后曰："汝等可诣大将军府谢罪。"让曰："若到相府，骨肉齑粉矣，望娘娘宣大将军入宫谕止之。如其不从，臣等只就娘娘前请死。"太后乃降诏宣进。进得诏便行，主簿陈琳谏曰："太后此诏，必是十常侍先召十常侍出，然后可入——若能如此，何进当无性命之忧。孟德处处精于盘算，确实机敏过人。

之谋，切不可去。去必有祸。”进曰：“太后诏我，有何祸事？”袁绍曰：“今谋已泄，事已露，将军尚欲入宫耶？”曹操曰：“先召十常侍出，然后可入。”㊟进笑曰：“此小儿之见也。吾掌天下之权，十常侍敢待如何？”绍曰：“公必欲去，我等引甲士护从，以防不测。”于是袁绍、曹操各选精兵五百，命袁绍之弟袁术领之。袁术全身披挂，引兵布列青琐门外。绍与操带剑护送何进至长乐宫前。黄门传懿旨云：“太后特宣大将军，余人不许辄入。”将袁绍、曹操等都阻住宫门外。何进昂然直入。至嘉德殿门，张让、段珪迎出，左右围住，进大惊。让厉声责进曰：“董后何罪，妄以酖死？国母丧葬，托疾不出！汝本屠沽小辈，我等荐之天子，以致荣贵；不思报效，欲相谋害！汝言我等甚浊，其清者是谁？”进慌急，欲寻出路，宫门尽闭，伏甲齐出，将何进砍为两段。后人有诗叹之曰：

汉室倾危天数终，无谋何进作三公。
几番不听忠臣谏，难免宫中受剑锋。

让等……宣谕曰——此时此刻，几乎重演当年曹节、王甫杀害窦武的故事。若非袁绍率兵冲入宫中，诛灭宦官，历史也许会是另一个样子。

让等既杀何进，袁绍久不见进出，乃于宫门外大叫曰：“请将军上车！”让等将何进首级从墙上掷出，宣谕曰：㊟“何进谋反，已伏诛矣！其余胁从，尽皆赦宥。”袁绍厉声大叫：“阉官谋杀大臣！诛恶党者前来助战！”何进部将吴匡，便于青琐门外放起火来。袁术引兵突入宫庭，但见阉官，不论大小，尽皆杀之。袁绍、曹操斩关入内。赵忠、高望、夏恽、郭胜四个被赶至翠花楼前，剁为肉泥。宫中火焰冲天。张让、段珪、毕岚、宋典*将太后及太子并陈留王劫去内省，从后道走北宫。时卢植弃官未去，见宫中事变，擐甲持戈，立于阁下。遥见段珪拥逼何后过来，植大呼曰：“段珪逆贼，安敢劫太后！”段珪回身便走。太后从窗中跳出，植急救得免。吴匡杀入内庭，见何苗亦提剑出。匡大呼曰：“何苗同谋害兄，当共杀之！”众人俱曰：“愿斩谋兄之贼！”㊟苗欲走，四面围定，砍为齑粉。绍复令军士分头来杀十常侍家属，不分大小，尽皆诛绝，多有无须者误被杀死。曹操一面救灭宫中之火，请何太后权摄大事，遣兵追袭张让等，寻觅少帝。

愿斩谋兄之贼——何苗贪图贿赂，与其兄离心离德，触犯众怒，死亦不冤。

且说张让、段珪劫拥少帝及陈留王，冒烟突火，连夜奔走至北邙山。约二更时分，后面喊声大举，人马赶至；当前河南中部掾闵贡*，大呼：“逆贼休走！”张让见事急，遂投河而死。帝与陈留王未知虚实，不敢高声，伏予河边乱草之内。军马四散去赶，不知帝之所在。帝与王伏至四更，露水又下，腹中饥馁，相抱而哭；又怕人知觉，吞声草莽之中。陈留王曰："此间不可久恋，须别寻活路。"于是二人以衣相结，爬上岸边。满地荆棘，黑暗之中，不见行路。正无奈何，忽有流萤千百成群，光芒照耀，只在帝前飞转。陈留王曰："此天助我兄弟也！"遂随萤火而行，渐渐见路。行至五更，足痛不能行，山冈边见一草堆，帝与王卧于草堆之畔。草堆前面是一所庄院。庄主是夜梦两红日坠于庄后，惊觉，披衣出户，四下观望，见庄后草堆上红光冲天，慌忙往视，却是二人卧于草畔。庄主问曰："二少年谁家之子？"帝不敢应。陈留王指帝曰："此是当今皇帝，遭十常侍之乱，逃难到此。吾乃皇弟陈留王也。"庄主大惊，再拜曰："臣先朝司徒崔烈之弟崔毅也。因见十常侍卖官嫉贤，故隐于此。"遂扶帝入庄，跪进酒食。

却说闵贡赶上段珪，拿住问："天子何在？"珪言："已在半路相失，不知何往。"贡遂杀段珪，悬头于马项下，分兵四散寻觅；自己却独乘一马，随路追寻。偶至崔毅庄，毅见首级，问之，贡说详细。崔毅引贡见帝，君臣痛哭。贡曰："国不可一日无君，请陛下还都。"崔毅庄上止有瘦马一匹，备与帝乘。贡与陈留王共乘一马。离庄而行，不到三里，河南尹王允*、卫尉杨彪*、右校尉淳于琼、助军左军校尉赵融*、骑都尉鲍信*、司隶校尉袁绍*，一行人众，数百人马，接着车驾，君臣皆哭。先使人将段珪首级往京师号令，另换好马与帝及陈留王骑坐，簇帝还京。先是洛阳小儿谣曰："帝非帝，王非王，千乘万骑走北邙。"至此果应其谶。

车驾行不到数里，忽见旌旗蔽日，尘土遮天，一枝人马到来。百官失色，帝亦大惊。袁绍骤马出问："何人？"绣旗影里，一将飞出，厉声问："天子何在？"帝战栗不能言。陈留王勒马向前，叱曰："来者何人？"卓曰："董卓也。"陈留王曰："汝来保驾耶？汝来劫驾耶？"卓应曰："特来保驾。"陈留王曰："既来保驾，天子在此，何不下马？"卓大惊，慌忙下马，拜于道左。陈留王以言抚慰董卓，自初至终，并无失语。卓暗奇之，已怀废立之意。是日还宫，见何太后，俱各痛哭。检点宫中，不见了传国玉玺。㊊

不见了传国玉玺——为后面孙坚得到玉玺伏笔。

董卓屯兵城外，每日带铁甲马军入城，横行街市，百姓惶惶不安。卓出入宫庭，略无忌惮。骑都尉鲍信，来见袁绍，言董卓必有异心，可速除之。绍曰："朝廷新定，未可轻动。"鲍信见王允，亦言其事。允曰："且容商议。"信自引本部军兵，投泰山去了。

董卓招诱何进兄弟部下之兵，尽归掌握。李儒劝卓擢用名流以收人望，因荐蔡邕之才。卓命征之，邕不赴。卓怒，使人谓邕曰："如不来，当灭汝族！"邕惧，只得应命而至。卓见邕大喜，一月三迁其官，拜为侍中，甚见亲厚。卓私谓李儒曰*："吾欲废帝立陈留王，何如？"李儒曰："今朝廷无主，不就此时行事，迟则有变矣。来日于温明园中，召集百官，谕以废立；有不从者斩之，则威权之行，正在今日。"卓喜。次日大排筵会，遍请公卿。公卿皆惧董卓，谁敢不到。卓待百官到了，然后徐徐到园门下马，带剑入席。酒行数巡，卓教停酒止乐，乃厉声曰："吾有一言，众官静听。"众皆侧耳。卓曰："天子为万民之主，无威仪不可以奉宗庙社稷。今上懦弱，不若陈留王聪明好学，可承大位。吾欲废帝，立陈留王，诸大臣以为何如？"诸官听罢，不敢出声。座上一人推案直出，立于筵前，大呼："不可！不可！汝是何人，敢发大语？天子乃先帝嫡子，初无过失，何得妄议废立！汝欲为篡逆耶？"卓视之，乃执金吾丁原*也。卓怒叱曰："顺我者生，逆我者死！"遂掣佩剑，欲斩丁原。时李儒见丁原背后一人，生得器宇轩昂，威风凛凛，手执方天画戟，怒目而视。㊣评李儒急进曰："今日饮宴之处，不可谈国政；来日向都堂公论未迟。"众人皆劝丁原上马而去。

怒目而视——吕布初次露面，似乎颇有英雄气概。

卓问百官曰："吾所言，合公道否？"卢植曰："明公差矣。昔太甲不明，伊尹放之于桐宫；昌邑王登位方二十七日，造恶三千余条，故霍光告太庙而废之。今上虽幼，聪明仁智，并无分毫过失。公乃外州刺史*，素未参与国政，又无伊、霍之大才，何可强主废立之事？圣人云：'有伊尹之志则可，无伊尹之志则篡也。'"卓大怒，拔剑向前欲杀植。侍中蔡邕、议郎彭伯谏曰："卢尚书海内人望，今先害之，恐天下震怖。"卓乃止。司徒王允曰："废立之事，不可酒后相商，另日再议。"于是百官皆散。卓按剑立于园门，忽见一人跃马持戟，于园门外往来驰骤。卓问李儒："此何人也？"儒曰："此丁原义儿：姓吕，名布，字奉先者也。主公且须避之。"卓乃入园潜避。

次日，人报丁原引军城外搦战。卓怒，引军同李儒出迎。两阵对圆，只见吕布顶束发金冠，披百花战袍，擐唐猊铠甲，系狮蛮宝带，纵马挺戟，随丁建阳出到阵前。建阳指卓骂曰："国家不幸，阉官弄权，以致万民涂炭。尔无尺寸之功，焉敢妄言废立，欲乱朝廷！"董卓未及回言，吕布飞马直杀过来。㊣董卓慌走，建阳率军掩杀。卓兵大败，退三十余里下寨，聚众商议。卓曰："吾观吕布非常人也。吾若得此人，何虑天下哉！"帐前一人出曰："主公勿忧。某与吕布同乡，知其勇而无谋，见利忘义。㊣某凭三寸不烂之舌，说吕布拱手来降，可乎？"卓大喜，观其人，乃虎贲中郎将李肃也。卓曰："汝将何以说之？"肃曰："某闻主公有名马一匹，号曰'赤兔'，日行千里。须得此马，再用金珠，以利结其心。某更进说词，吕布必反丁原，来投主公矣。"卓问李儒曰："此言可乎？"儒曰："主公欲取天下，何惜一马！"卓欣然与之，更与黄金一千两、明珠数十颗、玉带一条。

吕布飞马直杀过来——吕布初显身手，勇武非凡，越发像个英雄。

知其勇而无谋，见利忘义——李肃看透了吕布的本性，以重利诱之，游说自然成功。自此，吕布的"英雄"外壳开始一步步剥去。

李肃赍了礼物，投吕布寨来。伏路军人围住。肃曰："可速报吕将军，有故人来见。"军人报知，布命入见。肃见布曰："贤弟别来无恙！"布揖曰："久不相见，今居何处？"肃曰："现任虎贲中郎将之职。闻贤弟匡扶社稷，不胜之喜。有良马一匹，日行千里，渡水登山，如履平地，名曰'赤兔'，特献与贤弟，以助虎威。"布便令牵过来看。果然那马浑身上下，火炭般赤，无半根杂毛，从头至尾，长一丈；从蹄至项，高八尺；嘶喊咆哮，有腾空入海之状。后人有诗单道赤兔马曰：

奔腾千里荡尘埃，渡水登山紫雾开。
掣断丝缰摇玉辔，火龙飞下九天来。

布见了此马，大喜，谢肃曰："兄赐此龙驹，将何以为报？"肃曰："某为义气而来，岂望报乎！"布置酒相待。酒酣，肃曰："肃与贤弟少得相见；令尊却常会来。"布曰："兄醉矣！先父弃世多年，安得与兄相会？"肃大笑曰："非也！某说今日丁金吾耳*。"布惶恐曰："某在丁建阳处，亦出于无奈。"肃曰："贤弟有擎天驾海之才，四海孰不钦敬？功名富贵，如探囊取物，何言无奈而在人之下乎？"布曰："恨不逢其主耳。"肃笑曰："'良禽择木而栖，贤臣择主而事。'见机不早，悔之晚矣。"布曰："兄在朝廷，观何人为世之英雄？"肃曰："某遍观群臣，皆不如董卓。董卓为人敬贤礼士，赏罚分明，终成大业。"布曰："某欲从之，恨无门路。"㊣肃取金珠、玉带列于布前。布惊曰："何为有此？"肃令叱退左右，告布曰："此是董公久慕大名，

某欲从之，恨无门路——昨天还将董卓视为国贼，今天为图富贵，便急欲投其门下。吕布心中，还有什么是非可言？

吾欲杀丁原，引军归董卓——为图富贵，竟然以杀义父为投靠董卓的见面礼！见利忘义，卑鄙无耻，简直无以复加！

布请拜为义父——刚刚杀害了义父丁原，马上又迫不及待地认贼作父。至此，吕布的丑恶嘴脸彻底暴露。无论他外表多么英俊，武艺多么高强，也只是一个见利忘义的小人，再也没有资格称为英雄了。

司隶校尉袁绍挺身而出曰——袁绍劝召外兵，引狼入室，难辞其咎；但此时敢于斥责董卓，到底还有几分正气。作者笔下的袁绍，应该说是比较血肉丰满的。

特令某将此奉献。赤兔马亦董公所赠也。”布曰：“董公如此见爱，某将何以报之？”肃曰：“如某之不才，尚为虎贲中郎将；公若到彼，贵不可言。”布曰：“恨无涓埃之功，以为进见之礼。”肃曰：“功在翻手之间，公不肯为耳。”布沉吟良久，曰：“吾欲杀丁原，引军归董卓，(评)何如？”肃曰：“贤弟若能如此，真莫大之功也！但事不宜迟，在于速决。”布与肃约于明日来降，肃别去。

是夜二更时分，布提刀径入丁原帐中。原正秉烛观书，见布至，曰：“吾儿来有何事故？”布曰：“吾堂堂丈夫，安肯为汝子乎！”原曰：“奉先何故心变？”布向前，一刀砍下丁原首级，大呼左右：“丁原不仁，吾已杀之。肯从吾者在此，不从者自去！”军士散其大半。次日，布持丁原首级，往见李肃。肃遂引布见卓。卓大喜，置酒相待。卓先下拜曰：“卓今得将军，如旱苗之得甘雨也。”布纳卓坐而拜之曰：“公若不弃，布请拜为义父。”(评)卓以金甲锦袍赐布，畅饮而散。卓自是威势越大，自为太尉，领前将军事*，封弟董旻为左将军、鄠侯，以吕布为中郎将，封都亭侯*。

李儒劝卓早定废立计。卓乃于省中设宴，会集公卿，令吕布将甲士千余，侍卫左右。是日，太傅袁隗与百官皆到。酒行数巡，卓按剑曰：“今上暗弱，不可以奉宗庙；吾将依伊尹、霍光故事，废帝为弘农王，立陈留王为帝。有不从者斩！”群臣惶怖，莫敢对。司隶校尉袁绍挺身而出曰：(评)“今上即位未几，并无失德；汝欲废嫡立庶，非反而何？”卓怒曰：“天下事在我！我今为之，谁敢不从！汝视我之剑不利否？”袁绍亦拔剑曰：“汝剑利，吾剑未尝不利！”两个在筵上对敌。正是：丁原仗义身先丧，袁绍争锋势又危。毕竟袁绍性命如何，且听下文分解。

尾评：

本回写了何进被杀、诛灭宦官、董卓进京、吕布背叛、丁原被害等情节，而每个情节给人的印象都很深。这显示了作者驾驭情节的功力。

第四回
废汉帝陈留践位　谋董贼孟德献刀

总评

董卓废帝杀帝，祸及后妃，已使自己成为众矢之的；而又奸淫宫女，夜宿龙床，甚至无端残害百姓，杀良冒功，暴虐已极，令人发指！如此倒行逆施，终将自取灭亡。

历史上本无“孟德献刀”之事。《三国志·魏书·武帝纪》仅云：“（董）卓表太祖为骁骑校尉，欲与计事。太祖乃变易姓名，间行东归。”可见曹操是因不愿与董卓同流合污而返回家乡，以图另举，并未谋刺董卓。罗贯中虚构“孟德献刀”这一情节，从“众官皆哭”、束手无策的惶惑与曹操“抚掌大笑”、主动请缨的对比中，表现曹操超乎常人的雄豪气概；从借刀——拔刀——献刀的情节发展中，表现曹操惊人的胆略和机敏，从而突出他“英雄”的一面，写得十分生动传神。

历史上确有“捉放曹”之事，但放走曹操的并非陈宫；不过，陈宫与曹操的关系确实经历了亲密合作——一刀两断——生死斗争的过程。罗贯中移花接木，巧妙地将陈宫拉进“捉放曹”故事中，绘声绘色地描写二人的结识、分歧和决裂，不仅在人物关系上起了删繁就简的作用，而且使陈宫成为表现曹操奸雄性格的一个有力的陪衬人物。

《三国志·魏书·武帝纪》并未提及曹操杀吕伯奢全家之事。裴松之注引了三条与此有关的资料，其中后两条都说曹操杀了吕伯奢全家，但伯奢本人不在；曹操杀人后，“既而凄怆曰：‘宁我负人，毋人负我！’”罗贯中突破史书记载，描写曹操明知错杀了好人，还要故意杀害吕伯奢，并悍然宣称“宁教我负天下人，休教天下人负我”，大大突出了曹操奸恶狠毒的一面。这一情节与“捉放曹”既紧密衔接又急剧转折，大起大落，将曹操既雄才大略又极端自私的“奸雄”形象刻画得入木三分。

且说董卓欲杀袁绍，李儒止之曰："事未可定，不可妄杀。"袁绍手提宝剑，辞别百官而出，悬节东门，奔冀州去了。卓谓太傅袁隗曰："汝侄无礼，吾看汝面，姑恕之。废立之事若何？"隗曰："太尉所见是也。"卓曰："敢有阻大议者，以军法从事！"群臣震恐，皆云："一听尊命。"宴罢，卓问侍中周毖、校尉伍琼曰："袁绍此去若何？"周毖曰："袁绍忿忿而去，若购之急，势必为变。且袁氏树恩四世，门生故吏遍于天下；倘收豪杰以聚徒众，英雄因之而起，山东非公有也。不如赦之，拜为一郡守，则绍喜于免罪，必无患矣。"伍琼曰："袁绍好谋无断，㊟不足为虑；诚不若加之一郡守，以收民心。"卓从之，即日差人拜绍为渤海太守。

袁绍好谋无断——"好谋无断"者，虽以英雄自许，好谋大事，却胸无伟略，见事迟缓，每每坐失战机之谓也。这正是袁绍的致命弱点。

九月朔，请帝升嘉德殿，大会文武。卓拔剑在手，对众曰："天子暗弱，不足以君天下。今有策文一道，宜为宣读。"乃命李儒读策曰：

> 孝灵皇帝，早弃臣民，皇帝承嗣，海内侧望。而帝天资轻佻，威仪不恪，居丧慢惰：否德既彰，有忝大位。皇太后教无母仪，统政荒乱。永乐太后暴崩，众论惑焉。三纲之道，天地之纪，毋乃有阙？陈留王协，圣德伟懋，规矩肃然；居丧哀戚，言不以邪；休声美誉，天下所闻：宜承洪业，为万世统。兹废皇帝为弘农王，皇太后还政。请奉陈留王为皇帝，应天顺人，以慰生灵之望。

李儒读策毕，卓叱左右扶帝下殿，解其玺绶，北面长跪，称臣听命。又呼太后去服候敕。帝后皆号哭，群臣无不悲惨。阶下一大臣，愤怒高叫曰："贼臣董卓，敢为欺天之谋，吾当以颈血溅之！"挥手中象简，直击董卓。卓大怒，喝武士拿下：乃尚书丁管也。卓命牵出斩之。管骂不绝口，至死神色不变。后人有诗叹之曰：

董贼潜怀废立图，汉家宗社委丘墟。

满朝臣宰皆囊括，惟有丁公是丈夫。

卓请陈留王登殿。群臣朝贺毕，卓命扶何太后并弘农王及帝妃唐氏于永安宫闲住，封锁宫门，禁群臣无得擅入。可怜少帝四月登基，至九月即被废。卓所立陈留王协，表字伯和，灵帝中子，即献帝也；时年九岁。改元初平。董卓为相国，入朝不趋，赞拜不名，剑履上殿，威福莫比*。

却说少帝与何太后、唐妃困于永安宫中，衣服饮食，渐渐少缺；少帝泪不曾干。一日，偶见双燕飞于庭中，遂吟诗一首。诗曰：

嫩草绿凝烟，袅袅双飞燕。

洛水一条青，陌上人称羡。

远望碧云深，是吾旧宫殿。

何人仗忠义，泄我心中怨！

杀之有名矣——此语恰恰暴露董卓早有杀害少帝之心，只等找一借口而已，可恶！可怕！

董卓时常使人探听。是日获得此诗，来呈董卓。卓曰："怨望作诗，杀之有名矣。"㊟遂命李儒带武士十人，入宫弑帝。帝与后、妃正在楼上，宫女报李儒至，帝大惊。儒以鸩酒奉帝，帝问何故。儒曰："春日融和，董相国特上寿酒。"太后曰："既云寿酒，汝可先饮。"儒怒曰："汝不饮耶？"呼左右持短刀白练于前曰："寿酒不饮，可领此二物！"唐妃跪告曰："妾身代帝饮酒，愿公存母子性命。"儒叱曰："汝何人，可代王死？"乃举酒与何太后曰："汝可先饮！"后大骂何进无谋，引贼入京，致有今日之祸。儒催逼帝，帝曰："容我与太后作别。"乃恸而作歌。其歌曰：

天地易兮日月翻，弃万乘兮退守藩。

为臣逼兮命不久，大势去兮空泪潸！

唐妃亦作歌曰：

皇天将崩兮后土颓，身为帝姬兮命不随。

生死异路兮从此毕，奈何茕速兮心中悲！

歌罢，相抱而哭。李儒叱曰："相国立等回报，汝等俄延，望谁救耶？"太后大骂："董贼逼我母子，皇天不佑！汝等助恶，必当灭族！"儒大怒，双手扯住太后，直摔下楼；叱武士绞死唐妃；以鸩酒灌杀少帝，还报董卓。卓命葬于城外。自此每夜入宫，奸淫宫女，夜宿龙床。尝引军出城，行到阳城地方，时当二月，村民社赛，男女皆集。卓命军士围住，尽皆杀之，掠妇女财物，装载车上，悬头千余颗于车下，连轸还都，扬言杀贼大胜而回；于城门外焚烧人头，以妇女财物分散众军。㊟

越骑校尉伍孚，字德瑜，见卓残暴，愤恨不平，尝于朝服内披小铠，藏短刀，欲伺便杀卓。一日，卓入朝，孚迎至阁下，拔刀直刺卓。卓气力大，两手抠住；吕布便入，揪倒伍孚。卓问曰："谁教汝反？"孚瞪目大喝曰："汝非吾君，吾非汝臣，何反之有？汝罪恶盈天，人人愿得而诛之！吾恨不车裂汝以谢天下！"卓大怒，命牵出剖剐之。孚至死骂不绝口。㊟后人有诗赞之曰：

汉末忠臣说伍孚，冲天豪气世间无。

朝堂杀贼名犹在，万古堪称大丈夫！

董卓自此出入常带甲士护卫。

时袁绍在渤海，闻知董卓弄权，乃差人赍密书来见司徒王允*。书略曰：

卓贼欺天废主，人不忍言；而公恣其跋扈，如不听闻，岂报国效忠之臣哉？绍今集兵练卒，欲扫清王室，未敢轻动。公若有心，当乘间图之。如有驱使，即当奉命。

王允得书，寻思无计。

一日，于侍班阁子内见旧臣俱在，允曰："今日老夫贱降，晚间敢屈众位到舍小酌。"众官皆曰："必来祝寿。"当晚王允设宴后堂，公卿皆至。酒行数巡，王允忽然掩面大哭。众官惊问曰："司徒贵诞，何故发悲？"允曰："今日并非贱降，因欲与众位一叙，恐董卓见疑，故托言耳。董卓欺主弄权，社稷旦夕难保。想高皇诛秦灭楚，奄有天下；谁想传至今日，乃丧于董卓之手：此吾所以哭也。"于是众官皆哭。坐中一人抚掌大笑曰：㊟"满朝公卿，夜哭到明，明哭到夜，还能哭死董卓否？"允视之，乃骁骑校尉曹操也。允怒曰："汝祖宗亦食禄汉朝，今不思报国，而反笑耶？"操曰："吾非笑别事，笑众位无一计杀董卓耳。操虽不才，愿即断董卓头，悬之都门，以谢天下。"㊟允避席问曰："孟德有何高见？"操曰："近日操屈身以事卓者，实欲乘间图之耳。今卓颇信操，操因得时近卓。闻司徒有七宝刀一口，愿借与操入相府刺杀之，㊟虽死不恨！"允曰："孟德果有是心，天下幸甚！"遂亲自酌酒奉操。操沥酒设誓，允随取宝刀与

以妇女财物分散众军——无端残害百姓，杀良冒功，天地难容。什么"相国"？分明一个江洋大盗！

孚至死骂不绝口——伍孚谋刺董卓失败，慷慨就义，为后面曹操谋刺董卓作了铺垫，此即毛宗岗《读三国志法》所谓"将雪见霰，将雨闻雷之妙"。

坐中有一人大笑曰——众人皆哭，斯人独笑，十分引人注目。

愿即断董卓头……以谢天下——突出奇计，可谓语惊四座，震聋发聩。孟德之胆略，实非常人可及。

愿借与操入相府刺杀之——欲刺董卓，先借宝刀，预留后路。虑事之老练周密，又非常人可及。

之。操藏刀，饮酒毕，即起身辞别众官而去。众官又坐了一回，亦俱散讫。

次日，曹操佩着宝刀来至相府，问："相国何在*？"从人云："在小阁中。"操径入。见董卓坐于床上，吕布侍立于侧。卓曰："孟德来何迟？"操曰："马羸行迟耳。"卓顾谓布曰："吾有凉州进来好马*，奉先可亲去拣一骑赐与孟德。"布领令而出。操暗忖曰："此贼合死！"即欲拔刀刺之，惧卓力大，未敢轻动。卓胖大不耐久坐，遂倒身而卧，转面向内。操又思曰："此贼当休矣！"急掣宝刀在手，恰待要刺，不想董卓仰面看衣镜中，照见曹操在背后拔刀，急回身问曰："孟德何为？"时吕布已牵马至阁外。操惶遽，乃持刀跪下曰："操有宝刀一口，献上恩相。"㊟卓接视之，见其刀长尺余，七宝嵌饰，极其锋利，果宝刀也；遂递与吕布收了。操解鞘付布。卓引操出阁看马，操谢曰："愿借试一骑。"㊟卓就教与鞍辔。操牵马出相府，加鞭望东南而去。布对卓曰："适来曹操似有行刺之状，及被喝破，故推献刀。"卓曰："吾亦疑之。"正说话间，适李儒至，卓以其事告之。儒曰："操无妻小在京，只独居寓所。今差人往召，如彼无疑而便来，则是献刀；如推托不来，则必是行刺，便可擒而问也。"卓然其说，即差狱卒四人往唤操。去了良久，回报曰："操不曾回寓，乘马飞出东门。门吏问之，操曰'丞相差我有紧急公事'，纵马而去矣。"儒曰："操贼心虚逃窜，行刺无疑矣。"卓大怒曰："我如此重用，反欲害我！"儒曰："此必有同谋者，待拿住曹操便可知矣。"卓遂令遍行文书，画影图形，捉拿曹操：擒献者，赏千金，封万户侯；窝藏者同罪。

操有宝刀一口，献上恩相——刺杀不成，立即转而献刀。如此随机应变，遇险不慌，又非常人可及。

愿借试一骑——将计就计，趁机逃走，几乎不留痕迹。形势间不容发，仍能如此从容不迫，更非常人可及。

且说曹操逃出城外，飞奔谯县*。路经中牟县，为守关军士所获，擒见县令。操言："我是客商，复姓皇甫。"县令熟视曹操，沉吟半晌，乃曰："吾前在洛阳求官时，曾认得汝是曹操，如何隐讳！且把来监下，明日解去京师请赏。"把关军士赐以酒食而去。至夜分，县令唤亲随人暗地取出曹操，直至后院中审究；问曰："我闻相国待汝不薄，何故自取其祸？"操曰："'燕雀安知鸿鹄志哉！'汝既拿住我，便当解去请赏。何必多问！"县令屏退左右，谓操曰："汝休小觑我。我非俗吏，奈未遇其主耳。"操曰："吾祖宗世食汉禄，若不思报国，与禽兽何异？吾屈身事卓者，欲乘间图之，为国除害耳。今事不成，乃天意也！”县令曰：“孟德此行，将欲何往？”操曰：“吾将归乡里，发矫诏，召天下诸侯兴兵共诛董卓：评吾之愿也。”县令闻言，乃亲释其缚，扶之上坐，再拜曰：“公真天下忠义之士也！”曹操亦拜，问县令姓名。县令曰：“吾姓陈，名宫，字公台。老母妻子，皆在东郡。今感公忠义，愿弃一官，从公而逃。”操甚喜。是夜陈宫收拾盘费，与曹操更衣易服，各背剑一口，乘马投故乡来。

行了三日，至成皋地方，天色向晚。操以鞭指林深处谓宫曰：“此间有一人，姓吕，名伯奢，是吾父结义弟兄；就往问家中消息，觅一宿，如何？”宫曰：“最好。”二人至庄前下马，入见伯奢。奢曰：“我闻朝廷遍行文书，捉汝甚急，汝父已避陈留去了。汝如何得至此？”操告以前事，曰：“若非陈县令，已粉骨碎身矣。”伯奢拜陈宫曰：“小侄若非使君，曹氏灭门矣。使君宽怀安坐，今晚便可下榻草舍。”说罢，即起身入内。良久乃出，谓陈宫曰：“老夫家无好酒，容往西村沽一樽来相待。”言讫，匆匆上驴而去。

操与宫坐久，忽闻庄后有磨刀之声。操曰：“吕伯奢非吾至亲，此去可疑，评当窃听之。”二人潜步入草堂后，但闻人语曰：“缚而杀之，何如？”操曰：“是矣！今若不先下手，必遭擒获。”遂与宫拔剑直入，不问男女，皆杀之，一连杀死八口。搜至厨下，却见缚一猪欲杀。宫曰：“孟德心多，误杀好人矣！”急出庄上马而行。行不到二里，只见伯奢驴鞍前鞒悬酒二瓶，手携果菜而来，叫曰：“贤侄与使君何故便去？”操曰：“被罪之人，不敢久住。”伯奢曰：“吾已分付家人宰一猪相款，贤侄、使君何憎一宿？速请转骑。”操不顾，策马便行。行不数步，忽拔剑复回，叫伯奢曰：“此来者何人？”伯奢回头看时，操挥剑砍伯奢于驴下。宫大惊曰：“适才误耳，今何为也？”操曰：“伯奢到家，见杀死多人，安肯干休？若率众来追，必遭其祸矣。”宫曰：“知而故杀，大不义也！”评操曰：“宁教我负天下人，休教天下人负我。”评陈宫默然。

当夜，行数里，月明中敲开客店门投宿。喂饱了马，曹操先睡。陈宫寻思：“我将谓曹操是好人，弃官跟他；原来是个狼心之徒！今日留之，必为后患。”便欲拔剑来杀曹操。正是：设心狠毒非良士，

召天下诸侯兴兵共诛董卓——理直气壮，并非矫饰。此时的曹操，绝对想不到自己以后会“挟天子以令诸侯”，确有一片拯救社稷的雄心，因而显得正气凛然。

吕伯奢……此去可疑——由吕伯奢“起身入内，良久乃出”到“匆匆上驴而去”，再到“庄后有磨刀之声”，确有可疑之处，导致曹操误杀好人。

知而故杀，大不义也——完全正确。陈宫以此责备曹操，定见其为人正直。二人品格之高低，由此判然区分。

宁教我负天下人，休教天下人负我——何等冷酷无情！极端利己主义者的自供，简直令人毛骨悚然！这正是曹操落得千古骂名的根本原因。

操卓原来一路人。毕竟曹操性命如何，且听下文分解。

尾评：

本回给人印象最深的是“孟德献刀”、“捉放曹”、“杀奢”三个情节。作者叙事纵放自如，环环相接，丝丝入扣，令人惊心动魄，拍案叫绝。

第五回

发矫诏诸镇应曹公　破关兵三英战吕布

总评

历史上曹操确系最先起兵讨伐董卓，但并未发矫诏号召诸侯。《三国演义》把曹操写成诸侯联合讨伐董卓的号召者，明显突出了他的作用。结合第四回虚构的“孟德献刀”，更可见罗贯中并非一味贬斥曹操。

历史上的斩华雄，本系孙坚的功劳。《三国演义》却在继承“说话”艺术和元杂剧传统的基础上，对史实作了较大改造，虚构出有声有色的“温酒斩华雄”故事，使之成为表现关羽赫赫武功的第一个重要情节。由于罗贯中巧妙运用侧面描写，步步铺垫，层层烘托，虚实结合，并对“温酒”细节精心点染，因而将关羽勇猛无敌的气概写得十分传神。这一情节堪称《三国演义》中艺术成就最高的篇章之一，历来脍炙人口。

当位卑名微的关羽奋勇请战之际，袁术以势压人，连连喝斥；袁绍计较身份，心存疑虑；曹操却注重才干，极力支持。当关羽斩了华雄，张飞大叫“杀入关去”之时，袁术又大加训斥，曹操却暗中抚慰。相形之下，曹操确是慧眼识英雄，远远高出二袁之上。

“三英战吕布”于史无据。罗贯中在《三国志平话》和元杂剧有关故事的基础上，进行合理的艺术虚构，以诸侯联军之连败衬托吕布之勇猛，又以吕布之战败衬托刘、关、张的英雄气概，给人留下深刻印象。

却说陈宫临欲下手杀曹操，忽转念曰："我为国家跟他到此，杀之不义。不若弃而他往。"插剑上马，不等天明，自投东郡去了。操觉，不见陈宫，寻思："此人见我说了这两句，疑我不仁，弃我而去。吾当急行，不可久留。"遂连夜到陈留，寻见父亲，备说前事；欲散家资，招募义兵。父言："资少恐不成事。此间有孝廉卫兹*，疏财仗义，其家巨富；若得相助，事可图矣。"

操置酒张筵，拜请卫兹到家，告曰："今汉室无主，董卓专权，欺君害民，天下切齿。操欲力扶社稷，恨力不足。公乃忠义之士，敢求相助！"卫兹曰："吾有是心久矣，恨未遇英雄耳。既孟德有大志，愿将家资相助。"操大喜。于是先发矫诏，驰报各道；㊟然后招集义兵，竖起招兵白旗一面，上书"忠义"二字。不数日间，应募之士，如雨骈集。

于是先发矫诏，驰报各道——此处承上启下，将曹操置于号召诸侯讨伐董卓的关键地位。

一日，有一个阳平卫国人，姓乐，名进，字文谦，来投曹操。又有一个山阳钜野人*，姓李，名典，字曼成，也来投曹操。操皆留为帐前吏。又有沛国谯人夏侯惇，字元让，乃夏侯婴之后；自小习枪棒；年十四从师学武，有人辱骂其师，惇杀之，逃于外方；闻知曹操起兵，与其族弟夏侯渊两个，各引壮士千人来会。此二人本操之弟兄：操父曹嵩原是夏侯氏之子，过房与曹家，因此是同族。不数日，曹氏兄弟曹仁、曹洪各引兵千余来助。曹仁字子孝，曹洪字子廉，二人弓马熟娴，武艺精通。操大喜，于村中调练军马。卫兹尽出家财，置办衣甲旗幡。四方送粮食者，不计其数。

时袁绍得操矫诏，乃聚麾下文武，引兵三万，离渤海来与曹操会盟。㊟操作檄文以达诸郡。檄文曰：

离渤海来与曹操会盟——袁绍率先响应，可见其诛灭董卓、扫清王室之雄心，正与第四回致书王允相照应。

操等谨以大义布告天下：董卓欺天罔地，灭国弑君；秽乱宫禁，残害生灵；狼戾不仁，罪恶充积！今奉天子密诏，大集义兵，誓欲扫清华夏，剿戮群凶。望兴义师，共泄公愤；扶持王室，拯救黎民。檄文到日，可速奉行！

操发檄文去后，各镇诸侯皆起兵相应：第一镇，后将军、南阳太守袁术。第二镇，冀州牧韩馥*。第三镇，豫州刺史孔伷。第四镇，兖州刺史刘岱。第五镇，河内郡太守王匡。第六镇，陈留太守张邈。第七镇，东郡太守乔瑁。第八镇，山阳太守袁遗。第九镇，济北相鲍信。第十镇，北海相孔融*。第十一镇，广陵太守张超。第十二镇，徐州刺史陶谦。第十三镇，凉州刺史马腾*。第十四镇，右北平太守公孙瓒*。第十五镇，上党太守张杨。第十六镇，乌程侯、长沙太守孙坚。第十七镇，祁乡侯、渤海太守袁绍*。诸路军马，多少不等，有三万者，有一二万者，各领文官武将，投洛阳来。

且说右北平太守公孙瓒，统领精兵一万五千，路经青州平原县*。正行之间，遥见桑树丛中，一面黄旗，数骑来迎。瓒视之，乃刘玄德也。瓒问曰："贤弟何故在此？"玄德曰："旧日蒙兄保备为平原县令，今闻大军过此，特来奉候，就请兄长入城歇马。"瓒指关、张而问曰："此何人也？"玄德曰："此关羽、张飞，备结义兄弟也。"瓒曰："乃同破黄巾者乎？"玄德曰："皆此二人之力。"瓒曰："今居何职？"玄德答曰："关羽为马弓手，张飞为步弓手。"瓒叹曰："如此可谓埋没英雄！㊣今董卓作乱，天下诸侯共往诛之。贤弟可弃此卑官，一同讨贼，力扶汉室，若何？"玄德曰："愿往。"张飞曰："当时若容我杀了此贼，免有今日之事。"云长曰："事已至此，即当收拾前去。"

如此可谓埋没英雄——奸佞当道，势必埋没英雄。刘关张尚且如此，何况其他？

玄德、关、张引数骑跟公孙瓒来，曹操接着。众诸侯亦陆续皆至，各自安营下寨，连接二百余里。操乃宰牛杀马，大会诸侯，商议进兵之策。太守王匡曰："今奉大义，必立盟主；众听约束，然后进兵。"操曰："袁本初四世三公，门多故吏，汉朝名相之裔，可为盟主。"绍再三推辞。众皆曰："非本初不可。"绍方应允。次日筑台三层，遍列五方旗帜，上建白旄黄钺，兵符将印，请绍登坛。绍整衣佩剑，慨然而上，㊣焚香再拜。其盟曰：

汉室不幸，皇纲失统。贼臣董卓，乘衅纵害，祸加至尊，虐流百姓。绍等惧社稷沦丧，纠合义兵，并赴国难。凡我同盟，齐心戮力，以致臣节，必无二志。有渝此盟，俾坠其命，无克遗育。皇天后土，祖宗明灵，实皆鉴之！

绍整衣佩剑，慨然而上——此时的袁绍，际会风云，领袖群雄，声威煊赫，确有几分英杰气概。

读毕，歃血。众因其辞气慷慨，皆涕泗横流。歃血已罢，下坛。众扶绍升帐而坐，两行依爵位年齿分列坐定。操行酒数巡，言曰："今日既立盟主，各听调遣，同扶国家，勿以强弱计较。"袁绍曰："绍虽不才，既承公等推为盟主，有功必赏，有罪必罚。国有常刑，军有纪律；各宜遵守，勿得违犯。"众皆曰："惟命是听。"绍曰："吾弟袁术总督粮草，㊟应付诸营，无使有缺。更须一人为先锋，直抵汜水关挑战。余各据险要，以为接应。"长沙太守孙坚出曰："坚愿为前部。"绍曰："文台勇烈，可当此任。"坚遂引本部人马杀奔汜水关来。

吾弟袁术总督粮草——为下文不发粮草与孙坚伏笔。有此一着，不仅解决了孙坚遭偷袭而败的合理性；而且便于引出关羽斩华雄的情节。

守关将士，差流星马往洛阳相国府告急。董卓自专大权之后，每日饮宴。李儒接得告急文书，径来禀卓。卓大惊，急聚众将商议。温侯吕布挺身出曰："父亲勿虑。关外诸侯，布视之如草芥；愿提虎狼之师，尽斩其首，悬于都门。"卓大喜曰："吾有奉先，高枕无忧矣！"言未绝，吕布背后一人高声出曰："'割鸡焉用牛刀？'不劳温侯亲往。吾斩众诸侯首级，如探囊取物耳！"卓视之，其人身长九尺，虎体狼腰，豹头猿臂；关西人也，姓华，名雄。卓闻言大喜，加为骁骑校尉，拨马步军五万，同李肃、胡轸、赵岑星夜赴关迎敌。

众诸侯内有济北相鲍信，寻思孙坚既为前部，怕他夺了头功，暗拨其弟鲍忠，先将马步军三千，径抄小路，直到关下搦战。华雄引铁骑五百，飞下关来，大喝："贼将休走！"鲍忠急待退，被华雄手起刀落，斩于马下，生擒将校极多。华雄遣人赍鲍忠首级来相府报捷，卓加雄为都督。

却说孙坚引四将直至关前。那四将？第一个，右北平土垠人，姓程，名普，字德谋，使一条铁脊蛇矛；第二个，姓黄，名盖，字公覆，零陵泉陵人也*，使铁鞭；第三个，姓韩，名当，字义公，辽西令支人也，使一口大刀；第四个，姓祖，名茂，字大荣，吴郡富春人也，使双刀。孙坚披烂银铠，裹赤帻，横古锭刀，骑花鬃马，指关上而骂曰："助恶匹夫，何不早降！"华雄副将胡轸引兵五千出关迎战。程普飞马挺矛，直取胡轸。斗不数合，程普刺中胡轸咽喉，死于马下。坚挥军直杀至关前，关上矢石如雨。孙坚引兵回至梁东屯住，使人于袁绍处报捷，就于袁术处催粮。㊟

就于袁术处催粮——孙坚首立战功，后因袁术不发粮草，军心动荡而遭偷袭，虽败犹不失英雄本色。

或说术曰："孙坚乃江东猛虎；若打破洛阳，杀了董卓，正是除狼而得虎也，今不与粮，彼军必散。”术听之，不发粮草。孙坚军缺食，军中自乱，细作报上关来。李肃为华雄谋曰：“今夜我引一军从小路下关，袭孙坚寨后，将军击其前寨，坚可擒矣。”雄从之，传令军士饱餐，乘夜下关。是夜月白风清。到坚寨时，已是半夜，鼓噪直进。坚慌忙披挂上马，正遇华雄。两马相交，斗不数合，后面李肃军到，竟天价放起火来。坚军乱窜。众将各自混战，止有祖茂跟定孙坚，突围而走。背后华雄追来。坚取箭，连放两箭，皆被华雄躲过。再放第三箭时，因用力太猛，拽折了鹊画弓，只得弃弓纵马而奔。祖茂曰：“主公头上赤帻射目，为贼所识认。可脱帻与某戴之。”坚就脱帻换茂盔，分两路而走。雄军只望赤帻者追赶，坚乃从小路得脱。祖茂被华雄追急，将赤帻挂于人家烧不尽的庭柱上，却入树林潜躲。华雄军于月下遥见赤帻，四面围定，不敢近前。用箭射之，方知是计，遂向前取了赤帻。祖茂于林后杀出，挥双刀欲劈华雄；雄大喝一声，将祖茂一刀砍于马下。杀至天明，雄方引兵上关。

程普、黄盖、韩当都来寻见孙坚，再收拾军马屯扎。坚为折了祖茂，伤感不已，星夜遣人报知袁绍。绍大惊曰：“不想孙文台败于华雄之手！”便聚众诸侯商议。众人都到，只有公孙瓒后至，绍请入帐列坐。绍曰：“前日鲍将军之弟不遵调遣，擅自进兵，杀身丧命，折了许多军士；今者孙文台又败于华雄；挫动锐气，为之奈何？”诸侯并皆不语。绍举目遍视，见公孙瓒背后立着三人，容貌异常，都在那里冷笑。㊞绍问曰：“公孙太守背后何人？”瓒呼玄德出曰：“此吾自幼同舍兄弟，平原令刘备是也。”曹操曰：“莫非破黄巾刘玄德乎？”瓒曰：“然。”即令刘玄德拜见。瓒将玄德功劳，并其出身，细说一遍。绍曰：“既是汉室宗派，取坐来。”命坐。备逊谢。绍曰：“吾非敬汝名爵，吾敬汝是帝室之胄耳。”玄德乃坐于末位，关、张叉手侍立于后。

忽探子来报：“华雄引铁骑下关，用长竿挑着孙太守赤帻，来寨前大骂搦战。”绍曰：“谁敢去战？”袁术背后转出骁将俞涉曰：“小将愿往。”绍喜，便著俞涉出马。即时报来：“俞涉与华雄战不三合，被华雄斩了。”众大惊。冀州牧韩馥*曰：“吾有上将潘凤，可斩华雄。”绍急令出战。潘凤手提大斧上马。去不多时，飞马来报：“潘凤又被

都在那里冷笑——众多诸侯，连一区区华雄尚且无法对付，还谈什么诛灭董卓？桃园兄弟的冷笑，既表现对诸侯无能的蔑视，又包含强烈的自信。

华雄斩了。”众皆失色。㊟绍曰：“可惜吾上将颜良、文丑未至！得一人在此，何惧华雄！”言未毕，阶下一人大呼出曰：“小将愿往斩华雄头，献于帐下！”㊟众视之，见其人身长九尺，髯长二尺，丹凤眼，卧蚕眉，面如重枣，声如巨钟，立于帐前。绍问何人。公孙瓒曰：“此刘玄德之弟关羽也。”绍问现居何职。瓒曰：“跟随刘玄德充马弓手。”帐上袁术大喝曰：“汝欺吾众诸侯无大将耶？量一弓手，安敢乱言！与我打出！”曹操急止之曰：“公路息怒。此人既出大言，必有勇略；试教出马，如其不胜，责之未迟。”袁绍曰：“使一弓手出战，必被华雄所笑。”操曰：“此人仪表不俗，华雄安知他是弓手？”关公曰：“如不胜，请斩某头。”㊟操教酾热酒一杯，与关公饮了上马。关公曰：“酒且斟下，某去便来。”㊟出帐提刀，飞身上马。众诸侯听得关外鼓声大振，喊声大举，如天摧地塌，岳撼山崩，众皆失惊。正欲探听，鸾铃响处，马到中军，云长提华雄之头，掷于地上。其酒尚温。㊟后人有诗赞之曰：

威镇乾坤第一功，辕门画鼓响冬冬。
云长停盏施英勇，酒尚温时斩华雄。

曹操大喜。只见玄德背后转出张飞，高声大叫：“俺哥哥斩了华雄，不就这里杀入关去，活拿董卓，更待何时！”袁术大怒，喝曰：“俺大臣尚自谦让，量一县令手下小卒，安敢在此耀武扬威！都与赶出帐去！”曹操曰：“得功者赏，何计贵贱乎？”袁术曰：“既然公等只重一县令，我当告退。”操曰：“岂可因一言而误大事耶？”命公孙瓒且带玄德、关、张回寨。众官皆散。曹操暗使人赍牛酒抚慰三人。㊟

却说华雄手下败军，报上关来。李肃慌忙写告急文书，申闻董卓。卓急聚李儒、吕布等商议。儒曰：“今失了上将华雄，贼势浩大。袁绍为盟主，绍叔袁隗，现为太傅；倘或里应外合，深为不便，可先除之。请相国亲领大军，分拨剿捕。”卓然其说，唤李傕、郭汜领兵五百，围住太傅袁隗家，不分老幼，尽皆诛绝，先将袁隗首级去关前号令。卓遂起兵二十万，分为两路而来：一路先令李傕、郭汜引兵五万，把住汜水关，不要厮杀；卓自将十五万，同李儒、吕布、樊稠、张济等守虎牢关。这关离洛阳五十里。军马到关，卓令吕布领三万军，去关前扎住大寨。卓自在关上屯住。

众皆失色——越发显出众多诸侯之无用，为关羽出场作好铺垫。

小将愿往斩华雄头，献于帐下——关羽主动请战，声如巨雷，震撼人心。

如不胜，请斩某头——斩钉截铁，字字千钧，可谓信心百倍。

酒且斟下，某去便来——语气如此轻松，足见稳操胜券。关羽的三句话，层递而进，充满了藐视敌手的豪迈气概。

其酒尚温——作品完全没有正面描写关羽与华雄交战的过程，只以众诸侯的听觉与表情来反映厮杀之激烈，以铃响、马到、掷头三个动作来表现关羽得胜而归的气势，以“其酒尚温”来印证关羽斩华雄之迅捷。寥寥数十字，写得干净利落，极为传神。

曹操暗使人赍牛酒抚慰三人——曹操既要照顾联盟关系，又不使英雄心冷，处置得宜，大有政治家风度。

流星马探听得，报入袁绍大寨里来。绍聚众商议。操曰："董卓屯兵虎牢，截俺诸侯中路，今可勒兵一半迎敌。"绍乃分王匡、乔瑁、鲍信、袁遗、孔融、张杨、陶谦、公孙瓒八路诸侯，往虎牢关迎敌。操引军往来救应。八路诸侯，各自起兵。

河内太守王匡，引兵先到。吕布带铁骑三千，飞奔来迎。王匡将军马列成阵势，勒马门旗下看时，见吕布出阵：头戴三叉束发紫金冠，体挂西蜀红锦百花袍*，身披兽面吞头连环铠，腰系勒甲玲珑狮蛮带；弓箭随身，手持画戟，坐下嘶风赤兔马：果然是"人中吕布，马中赤兔"！王匡回头问曰："谁敢出战？"后面一将，纵马挺枪而出。匡视之，乃河内名将方悦。两马相交，无五合，被吕布一戟刺于马下，挺戟直冲过来。匡军大败，四散奔走。布东西冲杀，如入无人之境。幸得乔瑁、袁遗两军皆至，来救王匡，吕布方退。三路诸侯，各折了些人马，退三十里下寨。随后五路军马都至，一处商议，言吕布英雄，无人可敌。

正虑间，小校报来："吕布搦战。"八路诸侯，一齐上马。军分八队，布在高冈。遥望吕布一簇军马，绣旗招飐，先来冲阵。上党太守张杨部将穆顺，出马挺枪迎战，被吕布手起一戟，刺于马下。众大惊。北海相孔融部将武安国，使铁锤飞马而出。吕布挥戟拍马来迎。战到十余合，一戟砍断安国手腕，弃锤于地而走。八路军兵齐出，救了武安国。吕布退回去了。众诸侯回寨商议。曹操曰："吕布英勇无敌，可会十八路诸侯，共议良策。若擒了吕布，董卓易诛耳。"

正议间，吕布复引兵搦战，八路诸侯齐出。公孙瓒挥槊亲战吕布。战不数合，瓒败走。㊣吕布纵赤兔马赶来。那马日行千里，飞走如风。看看赶上，布举画戟望瓒后心便刺。傍边一将，圆睁环眼，倒竖虎须，挺丈八蛇矛，飞马大叫："三姓家奴休走！㊣燕人张飞在此！"吕布见了，弃了公孙瓒，便战张飞。飞抖擞精神，酣战吕布。连斗五十余合，不分胜负。云长见了，把马一拍，舞八十二斤青龙偃月刀，来夹攻吕布。三匹马丁字儿厮杀。战到三十合，战不倒吕布。刘玄德掣双股剑，骤黄鬃马，刺斜里也来助战。这三个围住吕布，转灯儿般厮杀。八路人马，都看得呆了。吕布架隔遮拦不定，看着玄德面上，虚刺一戟，玄德急闪。吕布荡开阵角，倒拖画戟，飞马便回。三个那里肯舍，拍马赶来。八路军兵，喊声大震，一齐

瓒败走——方悦被杀，王匡战败，穆顺、武安国一死一伤，公孙瓒又遭败绩，吕布似乎真是所向无敌了。

三姓家奴休走——骂得有理，骂得痛快！一声怒吼，饱含对吕布的极端蔑视。

掩杀。吕布军马望关上奔走；玄德、关、张随后赶来。古人曾有篇言语，单道着玄德、关、张三战吕布：

汉朝天数当桓灵，炎炎红日将西倾。
奸臣董卓废少帝，刘协懦弱魂梦惊。
曹操传檄告天下，诸侯奋怒皆兴兵。
议立袁绍作盟主，誓扶王室定太平。
温侯吕布世无比，雄才四海夸英伟。
护躯银铠砌龙鳞，束发金冠簪雉尾。
参差宝带兽平吞，错落锦袍飞凤起。
龙驹跳踏起天风，画戟荧煌射秋水。
出关搦战谁敢当？诸侯胆裂心惶惶。
踊出燕人张益德，手持蛇矛丈八枪。
虎须倒竖翻金线，环眼圆睁起电光。
酣战未能分胜败，阵前恼起关云长。
青龙宝刀灿霜雪，鹦鹉战袍飞蛱蝶。
马蹄到处鬼神嚎，目前一怒应流血。
枭雄玄德掣双锋，抖擞天威施勇烈。
三人围绕战多时，遮拦架隔无休歇。
喊声震动天地翻，杀气迷漫牛斗寒。
吕布力穷寻走路，遥望家山拍马还。
倒拖画杆方天戟，乱散销金五彩幡。
顿断绒绦走赤兔，翻身飞上虎牢关。

三人直赶吕布到关下，看见关上西风飘动青罗伞盖。张飞大叫："此必董卓！追吕布有甚强处？不如先拿董贼，便是斩草除根！"拍马上关，来擒董卓。正是：擒贼定须擒贼首，奇功端的待奇人。未知胜负如何，且听下文分解。

尾评：

十八路诸侯讨董卓，数十万兵马大会战，不知有多少惊心动魄的场面；作品却着重写了曹操、孙坚、刘关张三家的行动，又特别突出了“温酒斩华雄”“三英战吕布”两个情节，将刘关张置于读者视野的中心。由此可见，作者始终紧扣其总体构思。

第六回
焚金阙董卓行凶　匿玉玺孙坚背约

总评

董卓劫迁天子，焚烧宫室，抄掠富户，残害百姓，甚至发掘陵墓，真是罪恶滔天，旷古未闻！祸国殃民到如此地步，已是天怒人怨，岂能不亡？！

孙坚当先破敌，奋不顾身，又断然拒绝董卓的拉拢，率先杀入洛阳，清扫宫殿陵墓，算得上一条好汉。然而，当他得到传国玉玺，却听信程普之言，竟为了所谓“九五之分”而改变初衷，放弃讨董大计，私自返回江东，甚至不惜说假话，与同盟者拔刀相向。封建时代的政治家，要真心为国为民，难矣！

董卓已败，西迁长安。当此之时，诸侯联军若能采纳曹操之议，乘势追击，必能大获全胜，甚至可能就此消灭董卓集团，重安社稷。然而，众多诸侯却各怀异心，不思进取，白白丧失战机。结果，董卓得以保存实力，继续为非作歹；“齐心戮力，以致臣节，必无二志”的庄严誓词犹然在耳，诸侯之间就已你争我夺，自乱阵脚，导致联盟迅速瓦解。此后的连年军阀混战，袁绍、刘岱等人实不能辞其咎。可叹！可悲！

当袁绍等人按兵不动，欲图私利之时，唯独曹操不避艰险，奋然率兵追击董卓。尽管遇伏而败，险些丧命，但曹操敢作敢为，志在天下，比之有始无终的袁绍、变节易志的孙坚，显然高出一筹。

却说张飞拍马赶到关下，关上矢石如雨，不得进而回。八路诸侯，同请玄德、关、张贺功，使人去袁绍寨中报捷。绍遂移檄孙坚，令其进兵。坚引程普、黄盖至袁术寨中相见。坚以杖画地白："董卓与我，本无仇隙。今我奋不顾身，亲冒矢石，来决死战者：上为国家讨贼，下为将军家门之私；而将军却听谗言，不发粮草，致坚败绩，将军何安？"术惶恐无言，命斩进谗之人，以谢孙坚。

忽人报坚曰："关上有一将，乘马来寨中，要见将军。"坚辞袁术，归到本寨，唤来问时，乃董卓爱将李傕。坚曰："汝来何为？"傕曰："丞相所敬者，惟将军耳。今特使傕来结亲：丞相有女，欲配将军之子。"坚大怒，叱曰[评]："董卓逆天无道，荡覆王室，吾欲夷其九族，以谢天下，安肯与逆贼结亲耶！吾不斩汝，汝当速去，早早献关，饶你性命！倘若迟误，粉骨碎身！"

坚大怒，叱曰——孙坚痛斥董卓一伙，断然拒绝其拉拢，颇有几分凛凛正气。

李傕抱头鼠窜，回见董卓，说孙坚如此无礼。卓怒，问李儒。儒曰："温侯新败，兵无战心。不若引兵回洛阳，迁帝于长安，以应童谣。近日街市童谣曰：'西头一个汉，东头一个汉。鹿走入长安，方可无斯难。'臣思此言，'西头一个汉'，乃应高祖旺于西都长安，传一十二帝；'东头一个汉'，乃应光武旺于东都洛阳，今亦传一十二帝。天运合回。丞相迁回长安，方可无虞。"卓大喜曰："非汝言，吾实不悟。"遂引吕布星夜回洛阳，商议迁都。聚文武于朝堂，卓曰："汉东都洛阳，二百余年，气数已衰。吾观旺气实在长安，吾欲奉驾西幸。汝等各宜促装。"司徒杨彪曰："关中残破零落。今无故捐宗庙，弃皇陵，恐百姓惊动。天下动之至易，安之至难。望丞相鉴察。"卓怒曰："汝阻国家大计耶？"太尉黄琬曰："杨司徒之言是也。往者王莽篡逆，更始赤眉之时，焚烧长安，尽为瓦砾之地；更兼人民流移，百无一二。今弃宫室就荒地，非所宜也。"卓曰："关东贼起，天下播乱。长安有崤函之险；更近陇右，木石砖瓦，克日可办，宫室营造，不须月余。汝等再休乱言。”司空荀爽*谏曰：“丞相若欲迁都，百姓骚动不宁矣。”卓大怒曰：“吾为天下计，岂惜小民哉！”即日罢杨彪、黄琬、荀爽为庶民。卓出上车，只见二人望车而揖，视之，乃尚书周毖、城门校尉伍琼也。卓问有何事，毖曰：“今闻丞相欲迁都长安，故来谏耳。”卓大怒曰：“我始初听你两个，保用袁绍；今绍已反，是汝等一党！”叱武士推出都门斩首。遂下令迁都，限来日便行。(评)

遂下令迁都，限来日便行——罢三公，杀大臣，蛮不讲理，一意孤行；如此大事，竟如此草率，如此匆忙：董卓眼里，上无天子，下无百姓，实为独夫民贼！

李儒曰：“今钱粮缺少，洛阳富户极多，可籍没入官。但是袁绍等门下，杀其宗党而抄其家赀，必得巨万。”卓即差铁骑五千，遍行捉拿洛阳富户，共数千家，插旗头上，大书“反臣逆党”，尽斩于城外，取其金赀。李傕、郭汜尽驱洛阳之民数百万口，前赴长安。每百姓一队，间军一队，互相拖押；死于沟壑者，不可胜数。又纵军士淫人妻女，夺人粮食；啼哭之声，震动天地。如有行得迟者，背后三千军催督，军手执白刃，于路杀人。卓临行，教诸门放火，焚烧居民房屋，并放火烧宗庙宫府。南北两宫，火焰相接；长乐宫庭，尽为焦土。又差吕布发掘先皇及后妃陵寝，取其金宝。军士乘势掘官民坟冢殆尽。董卓装载金珠缎匹好物数千余车，劫了天子并后妃等，竟望长安去了。(评)

竟望长安去了——作者满怀悲愤，一一叙述董卓集团制造的种种罪恶，血泪交融，历历在目，令人怒发冲冠！

却说卓将赵岑，见卓已弃洛阳而去，便献了汜水关。孙坚驱兵先入。玄德、关、张杀入虎牢关，诸侯各引军入。

且说孙坚飞奔洛阳，遥望火焰冲天，黑烟铺地，二三百里，并无鸡犬人烟；坚先发兵救灭了火，令众诸侯各于荒地上屯住军马。曹操来见袁绍曰：“今董贼西去，正可乘势追袭；本初按兵不动，何也？”绍曰：“诸兵疲困，进恐无益。”操曰：“董贼焚烧宫室，劫迁天子，海内震动，不知所归：此天亡之时也，一战而天下定矣。诸公何疑而不进？”众诸侯皆言不可轻动。操大怒曰：“竖子不足与谋！”遂自引兵万余，领夏侯惇、夏侯渊、曹仁、曹洪、李典、乐进，星夜来赶董卓。(评)

星夜来赶董卓——奋勇追击，勇气可嘉。堂堂十八路诸侯，唯孟德有此胆略，不愧为真豪杰。

且说董卓行至荥阳地方，中郎将徐荣*出城。李儒曰：“丞相新弃洛阳，防有追兵。可教徐荣伏军荥阳城外山坞之旁；若有兵追来，可竟放过；待我这里杀败，然后截住掩杀。令后来者不敢复追。”卓从其计，又令吕布引精兵遏后。

布正行间，曹操一军赶上。吕布大笑曰："不出李儒所料也！"将军马摆开。曹操出马，大叫："逆贼！劫迁天子，流徙百姓，将欲何往？"吕布骂曰："背主懦夫，何得妄言！"夏侯惇挺枪跃马，直取吕布。战不数合，李傕引一军，从左边杀来，操急令夏侯渊迎敌。右边喊声又起，郭汜引军杀到，操急令曹仁迎敌。三路军马，势不可当。夏侯惇抵敌吕布不住，飞马回阵。布引铁骑掩杀，操军大败，回望荥阳而走。走至一荒山脚下，时约二更，月明如昼。方才聚集残兵，正欲埋锅造饭，只听得四围喊声，徐荣伏兵尽出。曹操慌忙策马，夺路奔逃，正遇徐荣，转身便走。荣搭上箭，射中操肩膊。操带箭逃命，踅过山坡。两个军士伏于草中，见操马来，二枪齐发，操马中枪而倒。操翻身落马，被二卒擒住。只见一将飞马而来，挥刀砍死两个步军，下马救起曹操。操视之，乃曹洪也。操曰："吾死于此矣，贤弟可速去！"洪曰："公急上马！洪愿步行。"操曰："贼兵赶上，汝将奈何？"洪曰："天下可无洪，不可无公。"㊟操曰："吾若再生，汝之力也。"操上马，洪脱去衣甲，拖刀跟马而走。约走至四更余，只见前面一条大河，阻住去路，后面喊声渐近。操曰："命已至此，不得复活矣！"洪急扶操下马，脱却袍铠，负操渡水。才过彼岸，追兵已到，隔水放箭。操带水而走。比及天明，又走三十余里，土冈下少歇。忽然喊声起处，一彪人马赶来，却是徐荣从上流渡河来追。操正慌急间，只见夏侯惇、夏侯渊引数十骑飞至，大喝："徐荣无伤吾主！"徐荣便奔夏侯惇，惇挺枪来迎。交马数合，惇刺徐荣于马下，杀散余兵。随后曹仁、李典、乐进各引兵寻到，见了曹操，忧喜交集；聚集残兵五百余人，同回河内。卓兵自往长安。

天下可无洪，不可无公——此语出自《三国志·魏书·曹洪传》。纵观当时形势，确有几分道理。

却说众诸侯分屯洛阳。孙坚救灭宫中余火，屯兵城内，设帐于建章殿基上。坚令军士扫除宫殿瓦砾。凡董卓所掘陵寝，尽皆掩闭。于太庙基上，草创殿屋三间，请众诸侯立列圣神位，宰太牢祀之。祭毕，皆散。坚归寨中，是夜星月交辉，乃按剑露坐，仰观天文。见紫微垣中白气漫漫，坚叹曰："帝星不明，贼臣乱国，万民涂炭，京城一空！"言讫，不觉泪下。㊟

言讫，不觉泪下——寥寥数语，如泣如诉，人物形象宛如在目。此时的孙坚确有忧国忧民之心。

傍有军士指曰："殿南有五色毫光起于井中。"坚唤军士点起火把，下井打捞。捞起一妇人尸首，虽然日久，其尸不烂，宫样装束，项下带一锦囊。取开看时，内有朱红小匣，用金锁锁着。启视之，乃一玉玺：方圆四寸，上镌五龙交纽；傍缺一角，以黄金镶之；上有篆文八字云："受命天下，既寿永昌。"坚得玺，乃问程普。普曰："此传国玺也。此玉是昔日卞和于荆山之下，见凤凰栖于石上，载而进之楚文王。解之，果得玉。秦始皇二十六年*，令良工琢为玺，李斯篆此八字于其上。二十八年，始皇巡狩至洞庭湖，风浪大作，舟将覆，急投玉玺于湖而止。至三十六年，始皇巡狩至华阴，有人持玺遮道，与从者曰：'持此还祖龙。'言讫不见，此玺复归于秦。明年，始皇崩。后来子婴将玉玺献与汉高祖。后至王莽篡逆，孝元皇太后将玺打王寻、苏献，崩其一角，以金镶之。光武得此宝于宜阳，传位至今。近闻十常侍作乱，劫少帝出北邙，回宫失此宝。今天授主公，必有登九五之分。此处不可久留，宜速回江东，别图大事。"坚曰："汝言正合吾意。明日便当托疾辞归。"㊟商议已定，密谕军士勿得泄漏。

明白便当托疾辞归——一得玉玺，便来了个一百八十度的大转弯，再不想诛灭国贼，只顾自己"别图大事"了。刚烈如孙坚，竟也无法抗拒私欲的诱惑，为之一叹！

谁想数中一军，是袁绍乡人，欲假此为进身之计，连夜偷出营寨，来报袁绍。绍与之赏赐，暗留军中。次日，孙坚来辞袁绍曰："坚抱小疾，欲归长沙，特来别公。"绍笑曰："吾知公疾：乃害传国玺耳。"坚失色曰："此言何来？"绍曰："今兴兵讨贼，为国除害。玉玺乃朝廷之宝，公既获得，当对众留于盟主处，候诛了董卓，复归朝廷。今匿之而去，意欲何为？"坚曰："玉玺何由在吾处？"绍曰："建章殿井中之物何在？"坚曰："吾本无之，何强相逼？"绍曰："作速取出，免自生祸。"坚指天为誓曰：㊟"吾若果得此宝，私自藏匿，异日不得善终，死于刀箭之下！"众诸侯曰："文台如此说誓，想必无之。"绍唤军士出曰："打捞之时，有此人否？"坚大怒，拔所佩之剑，要斩那军士。㊟绍亦拔剑曰："汝斩军人，乃欺我也。"绍背后颜良、文丑皆拔剑出鞘。坚背后程普、黄盖、韩当亦掣刀在手。众诸侯一齐劝住。坚随即上马，拔寨离洛阳而去。绍大怒，遂写书一封，差心腹人连夜往荆州，送与刺史刘表，教就路上截住夺之。㊟

坚指天为誓曰——分明是说假话，却偏要赌咒发誓，不惜玷污一世英名，可笑！

要斩那军士——抵赖不成，便想杀人灭口。情急之态，生动如画。

教就路上截住夺之——到了这种地步，还谈什么共诛国贼？联军的瓦解，已是必然之势。

次日，人报曹操追董卓，战于荥阳，大败而回。绍令人接至寨中，会众置酒，与操解闷。饮宴间，操叹曰："吾始兴大义，为国除贼。诸公既仗义而来，操之初意，欲烦本初引河内之众，临孟津；酸枣诸将固守成皋，据敖仓，塞轘辕、太谷，制其险要；公路率南阳之军，驻丹、析，入武关，以震三辅：皆深沟高垒，勿与战，益为疑兵，示天下形势，以顺诛逆，可立定也。今迟疑不进，大失天下之望。操窃耻之！”(评)绍等无言可对。既而席散，操见绍等各怀异心，料不能成事，自引军投扬州去了。公孙瓒谓玄德、关、张曰：“袁绍无能为也，久必有变。吾等且归。”遂拔寨北行。至平原，令玄德为平原相，自去守地养军。兖州刺史刘岱*，问东郡太守乔瑁借粮。瑁推辞不与，岱引军突入瑁营，杀死乔瑁，尽降其众。袁绍见众人各自分散，就领兵拔寨，离洛阳，投关东去了。(评)

操窃耻之——义正词严，痛心疾首。袁绍等人岂不愧死！

袁绍……投关东去了——一场轰轰烈烈的讨董大战，就此草草收场，烟消云散，令人仰天长叹！

却说荆州刺史刘表，字景升，山阳高平人也，乃汉室宗亲；幼好结纳，与名士七人为友，时号“八友”*。那七人？汝南陈翔，字仲麟；同郡范滂，字孟博；鲁国孔昱，字世元；渤海苑康*，字仲真；山阳檀敷，字文友；同郡张俭，字元节；南阳岑晊，字公孝。刘表与此七人为友；有中庐人蒯良、蒯越*，襄阳人蔡瑁为辅。当时看了袁绍书，随令蒯越、蔡瑁引兵一万来截孙坚。

坚军方到，蒯越将阵摆开，当先出马。孙坚问曰：“蒯异度何故引兵截吾去路？”越曰：“汝既为汉臣，如何私匿传国之宝？可速留下，放汝归去！”坚大怒，命黄盖出战。蔡瑁舞刀来迎。斗到数合，盖挥鞭打瑁，正中护心镜。瑁拨回马走，孙坚乘势杀过界口。山背后金鼓齐鸣，乃刘表亲自引军来到。孙坚就马上施礼曰：“景升何故信袁绍之书，相逼邻郡？”表曰：“汝匿传国玺，将欲反耶？”坚曰：“吾若有此物，死于刀箭之下！”表曰：“汝若要我听信，将随军行李，任我搜看。”坚怒曰：“汝有何力，将小觑我！”方欲交兵，刘表便退。坚纵马赶去，两山后伏兵齐起，背后蔡瑁、蒯越赶来，将孙坚困在垓心。正是：玉玺得来无用处，反因此宝动刀兵。毕竟孙坚怎地脱身，且听下回分解。

尾评：

本回一面写董卓仓皇西迁，制造浩劫；一面写诸侯联军同床异梦，各怀私心，为后面的军阀混战作了充分铺垫，在书中起了承上启下的作用。

第七回
袁绍磐河战公孙　孙坚跨江击刘表

总评

军阀混战，头绪纷繁，而罗贯中首先写袁绍夺冀州，战公孙，一则因袁绍曾为讨董联军盟主，联盟瓦解，军阀混战，其责尤重；二则因其得冀州以为根本，方能逐步扩张，占据四州，成为实力最强的军阀、曹操的主要对手。作者胸有成竹，剪裁取舍之妙，于此可见一斑。

冀州本系大州，兵多粮广，而渤海仅系其所辖之一郡。韩馥坐拥一州，实力颇强，却不能善用人才，以大制小，一遇风波便六神无主，听信谬说，不纳忠言，结果正中袁绍圈套，拱手交出大权。庸人自误，实属可悲！

在袁绍与公孙瓒的激烈战斗中，作为《三国演义》重要人物的赵云首次出场，便先声夺人，不同凡响。他不仅武艺高超，而且见识过人，明言“因见（袁）绍无忠君救民之心，故特弃彼而投麾下。”（嘉靖本还有“方今天下滔滔，民有倒悬之危。云愿从仁义之主，以安天下”一语）以解民倒悬为人生理想，先投公孙瓒是为此，后归刘备也是为此，这就使赵云大大高出于一般的赳赳武夫。

《三国志·吴书·孙破虏传》评孙坚“勇挚刚毅，”“有忠壮之烈”，然而终因“轻佻果躁，陨身致败”。本回写孙坚进击刘表，在节节胜利之时，竟因轻敌而中埋伏，死于非命，突出表现了人物的性格特色。

却说孙坚被刘表围住，亏得程普、黄盖、韩当三将死救得脱，折兵大半，夺路引兵回江东。自此孙坚与刘表结怨。㊞

自此孙坚与刘表结怨——因争夺玉玺而结怨，已与救国救民毫不相干。此处为下文孙坚攻打刘表埋下伏笔。

且说袁绍屯兵河内，缺少粮草。冀州牧韩馥，遣人送粮以资军用。谋士逢纪说绍曰："大丈夫纵横天下，何待人送粮为食！冀州乃钱粮广盛之地，将军何不取之？"绍曰："未有良策。"纪曰："可暗使人驰书与公孙瓒，令进兵取冀州，约以夹攻，瓒必兴兵。韩馥无谋之辈，必请将军领州事；就中取事，唾手可得。"绍大喜，即发书到瓒处。瓒得书，见说共攻冀州，平分其地，大喜，即日兴兵。绍却使人密报韩馥。

馥慌聚荀谌、辛评二谋士商议。谌曰："公孙瓒将燕、代之众，长驱而来，其锋不可当。兼有刘备、关、张助之，难以抵敌。今袁本初智勇过人，手下名将极广，将军可请彼同治州事，彼必厚待将军，无患公孙瓒矣。"韩馥即差别驾闵纯*去请袁绍。长史耿武谏曰："袁绍孤客穷军，仰我鼻息，譬如婴儿在股掌之上，绝其乳哺，立可饿死。奈何欲以州事委之？此引虎入羊群也。"馥曰："吾乃袁氏之故吏，才能又不如本初。古者择贤者而让之，诸君何嫉妒耶？"耿武叹曰："冀州休矣！"于是弃职而去者三十余人。独耿武与闵纯伏于城外，以待袁绍。数日后，绍引兵至。耿武、闵纯拔刀而出，欲刺杀绍。绍将颜良立斩耿武，文丑砍死闵纯。绍入冀州，以馥为奋威将军，以田丰、沮授、许攸、逢纪分掌州事，尽夺韩馥之权。㊞馥懊悔无及，遂弃下家小，匹马往投陈留太守张邈去了。

尽夺韩馥之权——袁绍本意即在夺冀州，韩馥拱手相让，袁绍自然会毫不客气地尽夺其权。

却说公孙瓒知袁绍已据冀州，遣弟公孙越来见绍，欲分其地。绍曰："可请汝兄自来，吾有商议。"越辞归。行不到五十里，道旁闪出一彪军马，口称："我乃董丞相家将也！"乱箭射死公孙越。从人逃回见公孙瓒，报越已死。瓒大怒曰："袁绍诱我起兵攻韩馥，他却就

里取事；今又诈董卓兵射死吾弟，此冤如何不报！”尽起本部兵，杀奔冀州来。(评)

尽起本部兵，杀奔冀州来——公孙瓒本欲瓜分冀州，今见袁绍坐享其利，自己却全然无分，其弟又被射死，怎能不恼羞成怒，兴兵伐之？军阀混战，就是如此争权夺利。

绍知瓒兵至，亦领军出。二军会于磐河之上：绍军于磐河桥东，瓒军于桥西。瓒立马桥上，大呼曰：“背义之徒，何敢卖我！”绍亦策马至桥边，指瓒曰：“韩馥无才，愿让冀州于吾，与尔何干？”瓒曰：“昔日以汝为忠义，推为盟主；今之所为，真狼心狗行之徒，有何面目立于世间！”袁绍大怒曰：“谁可擒之？”言未毕，文丑策马挺枪，直杀上桥。公孙瓒就桥边与文丑交锋。战不到十余合，瓒抵挡不住，败阵而走。文丑乘势追赶。瓒走入阵中，文丑飞马径入中军，往来冲突。瓒手下健将四员，一齐迎战；被文丑一枪，刺一将下马，三将俱走。文丑直赶公孙瓒出阵后，瓒望山谷而逃。文丑骤马厉声大叫：“快下马受降！”瓒弓箭尽落，头盔堕地；披发纵马，奔转山坡；其马前失，瓒翻身落于坡下。文丑急捻枪来刺。忽见草坡左侧转出一个少年将军，飞马挺枪，直取文丑。公孙瓒扒上坡去，看那少年：生得身长八尺，浓眉大眼，阔面重颐，威风凛凛，与文丑大战五六十合，胜负未分。(评)瓒部下救军到，文丑拨回马去了。那少年也不追赶。瓒忙下土坡，问那少年姓名。那少年欠身答曰：“某乃常山真定人也，姓赵，名云，字子龙。本袁绍辖下之人。因见绍无忠君救民之心，故特弃彼而投麾下。(评)不期于此处相见。”瓒大喜，遂同归寨，整顿甲兵。

与文丑大战五六十合，胜负未分——赵云初次“亮相”，就表现出一个盖世英雄的神勇和气势，给读者留下深刻印象。

故特弃彼而投麾下——此时赵云尚以为公孙瓒有“救民之心”，故而救之、投之，非为一己之私。正由于此，方有下文之“今观所为，亦袁绍等辈耳”一语。子龙胸襟，的确不凡。

次日，瓒将军马分作左右两队，势如羽翼。马五千余匹，大半皆是白马。因公孙瓒曾与乌桓战*，尽选白马为先锋，号为“白马将军”；乌桓但见白马便走，因此白马极多。袁绍令颜良、文丑为先锋，各引弓弩手一千，亦分作左右两队；令在左者射公孙瓒右军，在右者射公孙瓒左军。再令麹义引八百弓手，步兵一万五千，列于阵中。袁绍自引马步军数万，于后接应。公孙瓒初得赵云，不知心腹，令其另领一军在后。遣大将严纲为先锋。瓒自领中军，立马桥上，傍竖大红圈金线“帅”字旗于马前。从辰时擂鼓，直到巳时，绍军不进。麹义令弓手皆伏于遮箭牌下，只听炮响发箭。严纲鼓噪呐喊，直取麹义。义军见严纲兵来，都伏而不动；直到来得至近，一声炮响，八百弓弩手一齐俱发。纲急待回，被麹义拍马舞刀，斩于马下，瓒军大败。左右两军，欲来救应，都被颜良、文丑引弓弩手射住。绍军并进，直杀到界桥边。麹义马到，先斩执旗将，把绣旗砍倒。公孙瓒见砍倒绣旗，回马下桥而走。麹义引军直冲到后军，正撞着赵云，挺枪跃马，直取麹义。战不数合，一枪刺麹义于马下。赵云一骑马飞入绍军，左冲右突，如入无人之境。公孙瓒引军杀回，绍军大败。

却说袁绍先使探马看时，回报麹义斩将搴旗，追赶败兵；因此不作准备，与田丰引着帐下持戟军士数百人，弓箭手数十骑，乘马出观，呵呵大笑曰："公孙瓒无能之辈！"正说之间，忽见赵云冲到面前。弓箭手急待射时，云连刺数人，众军皆走。后面瓒军团团围裹上来。田丰慌对绍曰："主公且于空墙中躲避！"绍以兜鍪扑地，大呼曰："大丈夫愿临阵斗死，岂可入墙而望活乎！"㊞众军士齐心死战，赵云冲突不入。绍兵大队掩至，颜良亦引军来到，两路并杀。赵云保公孙瓒杀透重围，回到界桥。绍驱兵大进，复赶过桥，落水死者，不计其数。袁绍当先赶来，不到五里，只听得山背后喊声大起，闪出一彪人马，为首三员大将，乃是刘玄德、关云长、张益德。因在平原探知公孙瓒与袁绍相争，特来助战。当下三匹马，三般兵器，飞奔前来，直取袁绍。绍惊得魂飞天外，手中宝刀坠于马下，忙拨马而逃，众人死救过桥。公孙瓒亦收军归寨。玄德、关、张动问毕，瓒曰："若非玄德远来救我，几乎狼狈。"教与赵云相见。玄德甚相敬爱，便有不舍之心。㊞

却说袁绍输了一阵，坚守不出。两军相拒月余，有人来长安报知董卓。李儒对卓曰："袁绍与公孙瓒，亦当今豪杰。现在磐河厮杀，宜假天子之诏，差人往和解之。二人感德，必顺太师矣。"卓曰："善。"次日便使太傅马日磾、太仆赵岐，赍诏前去。二人来至河北，绍出迎于百里之外，再拜奉诏。次日，二人至瓒营宣谕，瓒乃遣使致书于绍，互相讲和。二人自回京复命。瓒即日班师，又表荐刘玄德为平原相。玄德与赵云分别，执手垂泪，不忍相离。㊞云叹曰："某曩日误认公孙瓒为英雄；今观所为，亦袁绍等辈耳！"玄德曰："公且屈身事之，相见有日。"洒泪而别。

却说袁术在南阳，闻袁绍新得冀州，遣使来求马千匹。绍不与，术怒。自此，兄弟不睦。㊞又遣使往荆州，问刘表借粮二十万，表亦不与。术恨之，密遣人遗书于孙坚，使伐刘表。其书略曰：

岂可入墙而望活乎——袁本初临危不惧，敢于一搏，到底有些豪雄气概，比公孙瓒高出一筹。

便有不舍之心——同声相应，同气相求，英雄每每爱英雄。

执手垂泪，不忍相离——刘备与赵云一见如故，依依不舍，实为至情。难怪赵云后来不惧艰险，一心投之。

自此，兄弟不睦——兄弟尚且不睦，乃至欲相攻伐，又如何能广揽英雄，平定天下？袁氏之终将覆败，于此可见端倪。

前者刘表截路，乃吾兄本初之谋也。今本初又与表私议欲袭江东。公可速兴兵伐刘表，吾为公取本初，二仇可报。公取荆州，吾取冀州，切勿误也！

坚得书曰："叵耐刘表！昔日断吾归路，今不乘时报恨，更待何年！"聚帐下程普、黄盖、韩当等商议。程普曰："袁术多诈，未可准信。"坚曰："吾自欲报仇，岂望袁术之助乎？"便差黄盖先来江边安排战船，多装军器粮草，大船装载战马，克日兴师。江中细作探知，来报刘表。表大惊，急聚文武将士商议。蒯良曰："不必忧虑。可令黄祖部领江夏之兵为前驱，主公率荆襄之众为援。孙坚跨江涉湖而来，安能用武乎？"表然之，令黄祖设备，随后便起大军。

却说孙坚有四子，皆吴夫人所生：长子名策，字伯符；次子名权，字仲谋；三子名翊，字叔弼；四子名匡，字季佐。吴夫人之妹，即为孙坚次妻，亦生一子一女：子名朗，字早安；女名仁*。坚有一弟，名静，字幼台。坚临行，静引诸子列拜于马前而谏曰："今董卓专权，天子懦弱，海内大乱，各霸一方；江东方稍宁，以一小恨而起重兵，非所宜也。愿兄详之。"坚曰："弟勿多言。吾将纵横天下，有仇岂可不报！"长子孙策曰："如父亲必欲往，儿愿随行。"坚许之，遂与策登舟，杀奔樊城。黄祖伏弓弩手于江边，见船傍岸，乱箭俱发。坚令诸军不可轻动，只伏于船中来往诱之；一连三日，船数十次傍岸。黄祖军只顾放箭，箭已放尽。坚却拔船上所得之箭，约数十万。当日正值顺风，坚令军士一齐放箭。岸上支吾不住，只得退走。坚军登岸，程普、黄盖分兵两路，直取黄祖营寨。背后韩当驱兵大进。三面夹攻，黄祖大败，㊟弃却樊城，走入邓城。坚令黄盖守住船只，亲自统兵追袭。黄祖引军出迎，布阵于野。坚列成阵势，出马于门旗之下。孙策也全副披挂，挺枪立马于父侧。黄祖引二将出马：一个是江夏张虎，一个是襄阳陈生。黄祖扬鞭大骂："江东鼠贼，安敢侵犯汉室宗亲境界！"便令张虎搦战。坚阵内韩当出迎。两骑相交，战三十余合。陈生见张虎力怯，飞马来助。孙策望见，按住手中枪，扯弓搭箭，正射中陈生面门，应弦落马。㊟张虎见陈生坠地，吃了一惊，措手不及，被韩当一刀，削去半个脑袋。程普纵马直来阵前提黄祖。黄祖弃却头盔、战马，杂于步军内逃命。孙坚掩杀败军，直到汉水，命黄盖将船只进泊汉江。

三面夹攻，黄祖大败——寥寥数语，孙坚之精于用兵，黄祖之平庸无能，已成鲜明对比。

正射中陈生面门，应弦落马——孙策小小年纪，随父出征，便初露锋芒，后来成为威震江东的"小霸王"，此处已为伏线。

黄祖聚败军，来见刘表，备言坚势不可当。表慌请蒯良商议。良曰："目今新败，兵无战心；只可深沟高垒，以避其锋；却潜令人求救于袁绍，此围自可解也。"蔡瑁曰："子柔之言，直拙计也。兵临城下，将至壕边，岂可束手待毙！某虽不才，愿请军出城，以决一战。"刘表许之。蔡瑁引军万余，出襄阳城外，于岘山布阵。孙坚将得胜之兵，长驱大进。蔡瑁出马。坚曰："此人是刘表后妻之弟也*，谁与吾擒之？"程普挺铁脊矛出马，与蔡瑁交战。不到数合，蔡瑁败走。㊙坚驱大军，杀得尸横遍野。蔡瑁逃入襄阳。蒯良言瑁不听良策，以致大败，按军法当斩。刘表以新娶其姊*，不肯加刑。㊙

蔡瑁败走——蔡瑁本为庸才，却不自量力，轻率出战，当然非败不可。

刘表……不肯加刑——刘表为私情所累，当断不断，赏罚不明，此乃为政者之大忌，由此亦可见其并无平定天下之雄心。

却说孙坚分兵四面，围住襄阳攻打。忽一日，狂风骤起，将中军"帅"字旗竿吹折。韩当曰："此非吉兆，可暂班师。"坚曰："吾屡战屡胜，取襄阳只在旦夕；岂可因风折旗竿，遽尔罢兵！"遂不听韩当之言，攻城愈急。蒯良谓刘表曰："某夜观天象，见一将星欲坠。以分野度之，当应在孙坚。主公可速致书袁绍，求其相助。"刘表写书，问谁敢突围而出。健将吕公，应声愿往。蒯良曰："汝既敢去，可听吾计：与汝军马五百，多带能射者冲出阵去，即奔岘山。他必引军来赶，汝分一百人上山，寻石子准备；一百人执弓弩伏于林中。但有追兵到时，不可径走；可盘旋曲折，引到埋伏之处，矢石俱发。若能取胜，放起连珠号炮，城中便出接应。如无追兵，不可放炮，趱程而去。今夜月不甚明，黄昏便可出城。"吕公领了计策，拴束军马。黄昏时分，密开东门，引兵出城。孙坚在帐中，忽闻喊声，急上马引三十余骑，出营来看。军士报说："有一彪人马杀将出来，望岘山而去。"坚不会诸将，只引三十余骑赶来。㊙吕公已于山林丛杂去处，上下埋伏。坚马快，单骑独来，前军不远。坚大叫："休走！"吕公勒回马来战孙坚。交马只一合，吕公便走，闪入山路去。坚随后赶入，却不见了吕公。坚方欲上山，忽然一声锣响，山上石子乱下，林中乱箭齐发。坚体中石、箭，脑浆迸流，人马皆死于岘山之内；寿止三十七岁。㊙

只引三十余骑赶来——孙坚轻敌麻痹，竟至于此！勇则勇矣，却非真正的统帅所应为。

寿止三十七岁——孙坚英年早逝，且死得如此之惨，虽说咎由自取，仍令人叹息。

吕公截住三十骑，并皆杀尽，放起连珠号炮。城中黄祖、蒯越、蔡瑁分头引兵杀出，江东诸军大乱。黄盖听得喊声震天，引水军杀来，正迎着黄祖。战不两合，生擒黄祖。程普保着孙策，急待寻路，正遇吕公。程普纵马向前，战不到数合，一矛刺吕公于马下。两军两家各罢兵，再休侵犯——刘表不愿乘人之危，不失长者风度。可惜天下大乱之际，长者风度往往不得好报，有时甚至留下祸根。此等令人哭笑不得之事，实在发人深思！

大战，杀到天明，各自收军。刘表军自入城。孙策回到汉水，方知父亲被乱箭射死，尸首已被刘表军士扛抬入城去了，放声大哭。众军俱号泣。策曰："父尸在彼，安得回乡！"黄盖曰："今活捉黄祖在此，得一人入城讲和，将黄祖去换主公尸首。"言未毕，坚旧吏桓阶*出曰："某与刘表有旧，愿入城为使。"策许之。桓阶入城见刘表，具说其事。表曰："文台尸首，吾已用棺木盛贮在此。可速放回黄祖，两家各罢兵，再休侵犯。"㊣桓阶拜谢欲行，阶下蒯良出曰："不可！不可！吾有一言，令江东诸军片甲不回。请先斩桓阶，然后用计。"正是：追敌孙坚方殒命，求和桓阶又遭殃。未知桓阶性命如何，且听下文分解。

尾评：

本回写袁绍公孙之战、孙坚刘表之战，均曲折多致，胜败之间，忽起忽落，变幻莫测，令人眼花缭乱。作者叙事之奇巧，值得借鉴。

第八回
王司徒巧使连环计　董太师大闹凤仪亭

总评

历史上并无貂蝉其人，更不存在以貂蝉为主角的“连环计”（实即“美人计”）。《三国志·魏书·吕布传》仅云：“（董）卓性刚而偏，忿不思难，尝小失意，拔手戟掷布。布拳捷避之，为卓顾谢，卓意亦解。由是阴怨卓。卓常使布守中阁，布与卓侍婢私通，恐事发觉，心不自安。先是，司徒王允以布州里壮健，厚接纳之。后布诣允，陈卓几见杀状。时允与仆射士孙瑞密谋诛卓，是以告布，使为内应。……布遂许之，手刃刺卓。”由此可见，吕布是因董卓发脾气时将手戟掷向自己而“阴怨卓”，又因与董卓侍婢私通而“心不自安”，加之王允平时就以同乡关系（二人皆系并州人）而“厚接纳之”，这才被王允说动，参与诛灭董卓的。《三国演义》所写，带有很大虚构成分。

美丽机智的貂蝉形象，完全是宋元以来通俗文艺虚构的产物，又是一个逐步完善的艺术形象。元杂剧《锦云堂美女连环计》及《三国志平话》均有王允献貂蝉的故事，尽管二者情节组织有所不同，但都说貂蝉与吕布本是夫妻，因战乱而失散；为了夫妻团圆，吕布愤而杀死霸占貂蝉的董卓。如此设计人物关系，弊病甚多，缺乏美感。罗贯中创造性地改造人物关系，写成吕布与貂蝉本不相识，使貂蝉获得了在董、吕之间纵横捭阖的心理自由，整个情节波澜起伏，摇曳多姿，貂蝉也因之而成为一个优美动人的艺术形象。

貂蝉以一妙龄美女，慨然接受王允布置的“连环计”，舍弃如花青春，巧妙周旋于骄横残暴的董卓与见利忘义的吕布之间，固然与“重扶社稷，再立江山”的崇高目的有关，但主要出于报恩思想，这正与“士为知己者死”的传统观念合拍。对此，既不必过分拔高，更不应简单否定。

吕布爱貂蝉，显系爱其美色。罗贯中虚构“连环计”这一情节，是要为吕布参与诛灭董卓寻求更深刻更充足的动机，在肯定其重要作用的同时，并未模糊其见利忘义的本性。这样，人物形象更加丰满。后人每每着意渲染英雄美女情意缠绵，亦非无根之谈；但若过甚其辞，则恐已非罗氏本意。

却说蒯良曰："今孙坚已丧，其子皆幼。乘此虚弱之时，火速进军，江东一鼓可得。若还尸罢兵，容其养成气力，荆州之患也。"表曰："吾有黄祖在彼营中，安忍弃之？"良曰："舍一无谋黄祖而取江东，有何不可？"表曰："吾与黄祖心腹之交，舍之不义。"㊟遂送桓阶回营，相约以孙坚尸换黄祖。

孙策换回黄祖，迎接灵柩，罢战回江东，葬父于曲阿之原。丧事已毕，引军居江都，招贤纳士，屈己待人，四方豪杰，渐渐投之，不在话下。

却说董卓在长安，闻孙坚已死，乃曰："吾除却一心腹之患也！"问："其子年几岁矣？"或答曰："十七岁。"卓遂不以为意。自此愈加骄横，自号为"尚父"，出入僭天子仪仗；封弟董旻为左将军、鄠侯，侄董璜为侍中，总领禁军。董氏宗族，不问长幼，皆封列侯。离长安城二百五十里，别筑郿坞，役民夫二十五万人筑之：其城郭高下厚薄一如长安，内盖宫室，仓库屯积二十年粮食；选民间少年美女八百人实其中，金玉、彩帛、珍珠堆积不知其数；家属都住在内。卓往来长安，或半月一回，或一月一回，公卿皆候送于横门外；卓常设帐于路，与公卿聚饮。一日，卓出横门，百官皆送，卓留宴，适北地招安降卒数百人到。卓即命于座前，或断其手足，或凿其眼睛，或割其舌，或以大锅煮之。哀号之声震天，百官战栗失箸，卓饮食谈笑自若。又一日，卓于省台大会百官，列坐两行。酒至数巡，吕布径入，向卓耳边言不数句，卓笑曰："原来如此。"命吕布于筵上揪卫尉张温*下堂。百官失色。不多时，侍从将一红盘，托张温头入献。百官魂不附体。卓笑曰："诸公勿惊。张温结连袁术，欲图害我，因使人寄书来，错下在吾儿奉先处，故斩之。公等无故，不必惊畏。"众官唯唯而散。㊟

吾与黄祖……舍之不义——蒯良力主"舍一无谋黄祖而取江东"，刘表却因"舍之不义"而拒绝。纯以利害计较，刘表似乎太迂；若从交友考虑，则刘表可算仁厚。与黄祖毫无瓜葛的后人可以批评刘表不图进取，坐失良机，可以轻松地赞同蒯良之计；但我仍然认为，刘表为人毕竟有可取之处。人，到底不能只讲利害！

众官唯唯而散——此段极写董卓之骄横残暴，以引出王允愈加急迫地密谋诛之的下文。

司徒王允归到府中，寻思今日席间之事，坐不安席。至夜深月明，策杖步入后园，立于荼蘼架侧，仰天垂泪。忽闻有人在牡丹亭畔，长吁短叹。允潜步窥之，乃府中歌伎貂蝉也。其女自幼选入府中，教以歌舞，年方二八，色伎俱佳，允以亲女待之。(评)是夜允听良久，喝曰："贱人将有私情耶？"貂蝉惊跪答曰："贱妾安敢有私！"允曰："汝无所私，何夜深于此长叹？"蝉曰："容妾伸肺腑之言。"允曰："汝勿隐匿，当实告我。"蝉曰："妾蒙大人恩养，训习歌舞，优礼相待，妾虽粉身碎骨，莫报万一。近见大人两眉愁锁，必有国家大事，又不敢问。今晚又见行坐不安，因此长叹。不想为大人窥见。倘有用妾之处，万死不辞！"(评)允以杖击地曰："谁想汉天下却在汝手中耶！(评)随我到画阁中来。"貂蝉跟允到阁中，允尽叱出妇妾，纳貂蝉于坐，叩头便拜。貂蝉惊伏于地曰："大人何故如此？"允曰："汝可怜汉天下生灵！"言讫，泪如泉涌。貂蝉曰："适间贱妾曾言：但有使令，万死不辞。"允跪而言曰："百姓有倒悬之危，君臣有累卵之急，非汝不能救也。贼臣董卓，将欲篡位；朝中文武，无计可施。董卓有一义儿，姓吕，名布，骁勇异常。我观二人皆好色之徒，今欲用'连环计'：先将汝许嫁吕布，后献与董卓；汝于中取便，谍间他父子反颜，令布杀卓，以绝大恶。重扶社稷，再立江山，皆汝之力也。(评)不知汝意若何？"貂蝉曰："妾许大人万死不辞，望即献妾与彼。妾自有道理。"允曰："事若泄漏，我灭门矣。"貂蝉曰："大人勿忧。妾若不报大义，死于万刃之下！"允拜谢。

次日，便将家藏明珠数颗，令良匠嵌造金冠一顶，使人密送吕布。布大喜，亲到王允宅致谢。允预备嘉肴美馔；候吕布至，允出门迎迓，接入后堂，延之上坐。布曰："吕布乃相府一将，司徒是朝廷大臣，何故错敬？"允曰："方今天下别无英雄，惟有将军耳。允非敬将军之职，敬将军之才也。"布大喜。允殷勤敬酒，口称董太师并布之德不绝。布大笑畅饮。允叱退左右，只留侍妾数人劝酒。酒至半酣，允曰："唤孩儿来。"少顷，二青衣引貂蝉艳妆而出。布惊问何人，允曰："小女貂蝉也。(评)允蒙将军错爱，不异至亲，故令其与将军相见。"便命貂蝉与吕布把盏。貂蝉送酒与布，两下眉来眼去。允佯醉曰："孩儿央及将军痛饮几杯。吾一家全靠着将军哩。"布请貂蝉

允以亲女待之——此为貂蝉首次出场。其来历、年龄、色艺、与王允之密切关系，均简要叙明。

倘有用妾之处，万死不辞——正是此语，使王允灵机一动，提出"连环计"；也正是此语，表明了貂蝉执行"连环计"的思想基础。

谁想汉天下却在汝手中耶——忽作惊人之语，使文势如同奇峰突起，读者必欲知其究竟。

重扶社稷……皆汝之力也——此时方说明"连环计"的内容和作用。如此重担，陡然压在貂蝉那柔弱的双肩上，令人为之担心。而貂蝉不惧风险，慨然应允，虽为报答王允之恩，但能牺牲一己青春而诛灭国贼，仍在一定程度上带有崇高而悲壮的色彩。广大民众喜爱貂蝉，正是为此。

小女貂蝉也——称貂蝉为"小女"，意在加重其分量，使吕布不敢轻视，然后主动许配，方可充分获得笼络之效。

坐，貂蝉假意欲入。允曰："将军吾之至友，孩儿便坐何妨。"貂蝉便坐于允侧。吕布目不转睛的看。又饮数杯，允指蝉谓布曰："吾欲将此女送与将军为妾，还肯纳否？"布出席谢曰："若得如此，布当效犬马之报！"允曰："早晚选一良辰，送至府中。"布欣喜无限，频以目视貂蝉。貂蝉亦以秋波送情。少顷席散，允曰："本欲留将军止宿，恐太师见疑。"布再三拜谢而去。㊟

布再三拜谢而去——吕布看中貂蝉，已上王允之钩。

过了数日，允在朝堂，见了董卓，趁吕布不在侧，伏地拜请曰："允欲屈太师车骑，到草舍赴宴，未审钧意若何？"卓曰："司徒见招，即当趋赴。"允拜谢归家，水陆毕陈，于前厅正中设座，锦绣铺地，内外各设帏幔。次日晌午，董卓来到。允具朝服出迎，再拜起居。卓下车，左右持戟甲士百余，簇拥入堂，分列两傍。允于堂下再拜，卓命扶上，赐坐于侧。允曰："太师盛德巍巍，伊、周不能及也。"卓大喜。进酒作乐，允极其致敬。天晚酒酣，允请卓入后堂。卓叱退甲士。允捧觞称贺曰："允自幼颇习天文，夜观乾象，汉家气数已尽。太师功德振于天下，若舜之受尧，禹之继舜，正合天心人意。"卓曰："安敢望此！"允曰："自古'有道伐无道，无德让有德'，岂过分乎！"卓笑曰："若果天命归我，司徒当为元勋。"㊟允拜谢。堂中点上画烛，止留女使进酒供食。允曰："教坊之乐，不足供奉；偶有家伎，敢使承应。"卓曰："甚妙。"允教放下帘栊，笙簧缭绕，簇捧貂蝉舞于帘外。有词赞之曰：

司徒当为元勋——酒酣耳热之际，董卓已露篡位野心。这恰是貂蝉上场献舞的最佳时机。

　　原是昭阳宫里人，惊鸿宛转掌中身，只疑飞过洞庭春。按彻《梁州》莲步稳，好花风袅一枝新，画堂香暖不胜春。

又诗曰：

红牙催拍燕飞忙，一片行云到画堂。
眉黛促成游子恨，脸容初断故人肠。
榆钱不买千金笑，柳带何须百宝妆。
舞罢隔帘偷目送，不知谁是楚襄王。

舞罢，卓命近前。貂蝉转入帘内，深深再拜。卓见貂蝉颜色美丽，便问："此女何人？"允曰："歌伎貂蝉也。"㊟卓曰："能唱否？"允命貂蝉执檀板低讴一曲。正是：

歌伎貂蝉也——此时称貂蝉为"歌伎"，然后主动进献，方可使董卓不疑，欣然接受，放心占有。若称貂蝉为"小女"，董卓决不会如此毫无顾忌，"连环计"将难以实施。视对象而变称呼，此乃王允老练机巧之处。

一点樱桃启绛唇，两行碎玉喷《阳春》。
丁香吞吐衠钢剑，要斩奸邪乱国臣。

卓称赏不已。允命貂蝉把盏。卓擎杯问曰："青春几何？"貂蝉曰："贱妾年方二八。"卓笑曰："真神仙中人也！"允起曰："允欲将此女献上太师，未审肯容纳否？"卓曰："如此见惠，何以报德？"允曰："此女得侍太师，其福不浅。"卓再三称谢。(评)允即命备毡车，先将貂蝉送到相府。卓亦起身告辞。允亲送董卓直到相府，然后辞回。

卓再三称谢——董卓贪恋美色，亦中王允之计。

乘马而行，不到半路，只见两行红灯照道，吕布骑马执戟而来，正与王允撞见，便勒住马，一把揪住衣襟，厉声问曰："司徒既以貂蝉许我，今又送与太师，何相戏耶？"允急止之曰："此非说话处，且请到草舍去。"布同允到家，下马入后堂。叙礼毕，允曰："将军何故怪老夫？"布曰："有人报我，说你把毡车送貂蝉入相府，是何意故？"允曰："将军原来不知！昨日太师在朝堂中，对老夫说：'我有一事，明日要到你家。'允因此准备小宴等候。太师饮酒中间，说：'我闻你有一女，名唤貂蝉，已许吾儿奉先。我恐你言未准，特来相求，并请一见。'老夫不敢有违，随引貂蝉出拜公公。太师曰：'今日良辰，吾即当取此女回去，配与奉先。'将军试思：太师亲临，老夫焉敢推阻？"布曰："司徒少罪。布一时错见，来日自当负荆。"允曰："小女颇有妆奁，待过将军府下，便当送至。"布谢去。(评)

布谢去——王允随机应变，长于言辞，不仅解除了吕布的疑心，而且轻轻将吕布置于与董卓矛盾的地位，更有利于"连环计"的实施。

次日，吕布在府中打听，绝不闻音耗；径入堂中，寻问诸侍妾。侍妾对曰："夜来太师与新人共寝，至今未起。"布大怒，潜入卓卧房后窥探。时貂蝉起于窗下梳头，忽见窗外池中照一人影，极长大，头戴束发冠；偷眼视之，正是吕布。貂蝉故蹙双眉，做忧愁不乐之态，复以香罗频拭眼泪。吕布窥视良久，乃出；少顷，又入。卓已坐于中堂，见布来，问曰："外面无事乎？"布曰："无事。"侍立卓侧。卓方食，布偷目窃望，见绣帘内一女子往来观觑，微露半面，以目送情。布知是貂蝉，神魂飘荡。卓见布如此光景，心中疑忌，曰："奉先无事且退。"布怏怏而出。

董卓自纳貂蝉后，为色所迷，月余不出理事。卓偶染小疾，貂蝉衣不解带，曲意逢迎，卓心愈喜。吕布入内问安，正值卓睡。貂蝉于床后探半身望布，以手指心，又以手指董卓，挥泪不止。布心如碎。卓朦胧双目，见布注视床后，目不转睛，回身一看，见貂蝉立于床后。卓大怒，叱布曰："汝敢戏吾爱姬耶！"唤左右逐出："今后不许入堂！”吕布怒恨而归，路遇李儒，告知其故。儒急入见卓曰：“太师欲取天下，何故以小过见责温侯？倘彼心变，大事去矣。”卓曰：“奈何？”儒曰：“来朝唤入，赐以金帛，好言慰之，自然无事。”卓依言。次日，使人唤布入堂，慰之曰：“吾前日病中，心神恍惚，误言伤汝，汝勿记心。”随赐金十斤，锦二十匹。布谢归；然身虽在卓左右，心实系念貂蝉。㊟

卓疾既愈，入朝议事。布执戟相随，见卓与献帝共谈，便乘间提戟出内门，上马径投相府来；系马府前，提戟入后堂，寻见貂蝉。蝉曰：“汝可去后园中凤仪亭边等我。”㊟布提戟径往，立于亭下曲栏之傍。良久，见貂蝉分花拂柳而来，果然如月宫仙子，泣谓布曰：“我虽非王司徒亲女，然待之如己出。自见将军，许侍箕帚，妾已生平愿足。谁想太师起不良之心，将妾淫污。妾恨不即死；止因未与将军一诀，故且忍辱偷生。今幸得见，妾愿毕矣！此身已污，不得复事英雄；愿死于君前，以明妾志！”言讫，手攀曲栏，望荷花池便跳。吕布慌忙抱住，泣曰：“我知汝心久矣！只恨不能共语！”貂蝉手扯布曰：“妾今生不能与君为妻，愿相期于来世。”布曰：“我今生不能以汝为妻，非英雄也！”蝉曰：“妾度日如年，愿君怜而救之。”布曰：“我今偷空而来，恐老贼见疑，必当速去。”蝉牵其衣曰：“君如此惧怕老贼，妾身无见天日之期矣！”布立住曰：“容我徐图良策。”语罢，提戟欲去。貂蝉曰：“妾在深闺，闻将军之名，如雷灌耳，以为当世一人而已；谁想反受他人之制乎！”言讫，泪下如雨。布羞惭满面，重复倚戟，回身搂抱貂蝉，用好言安慰。两个偎偎倚倚，不忍相离。㊟

却说董卓在殿上，回头不见吕布，心中怀疑，连忙辞了献帝，登车回府；见布马系于府前；问门吏，吏答曰：“温侯入后堂去了。”卓叱退左右，径入后堂中，寻觅不见；唤貂蝉，蝉亦不见。急问侍妾，侍妾曰：“貂蝉在后园看花。”卓寻入后园，正见吕布和貂蝉在凤仪亭下共语，画戟倚在一边。卓怒，大喝一声。布见卓至，大惊，回身便走。卓抢了画戟，挺着赶来。吕布走得快，卓肥胖赶不上，掷戟刺布。布打戟落地。卓拾戟再赶，布已走远。㊟卓赶出园门，一人飞奔前来，与卓胸膛相撞，卓倒于地。正是：冲天怒气高千丈，仆地肥躯做一堆。未知此人是谁，且听下文分解。

心实系念貂蝉——吕布以为貂蝉当属自己，怀疑董卓倚势霸占；董卓则视貂蝉为爱姬，生怕吕布乘虚而入。吕布愈是心系貂蝉，愈是与董卓离心离德。“连环计”已经逐步生效。

汝可去后园中凤仪亭边等我——到凤仪亭相会，既便于说动吕布，又留下回旋余地，便于应付董卓。貂蝉用心之细，令人赞叹。

两个偎偎倚倚，不忍相离——貂蝉步步相激，力图扩大吕布与董卓的矛盾；吕布欲去还留，怕被董卓发现，却不能不撞上董卓。“连环计”又进了一步。

卓拾戟再赶，布已走远——到了此时，所谓“父子之情”，早已名存实亡。

尾评：

本回写王允定计，貂蝉行计，董卓、吕布中计，井井有条，花团锦簇，人物形象栩栩如生，十分好看。

第九回

除暴凶吕布助司徒　犯长安李傕听贾诩

总评

貂蝉巧用“连环计”，已使董卓、吕布产生矛盾，彼此怨恨；却遇李儒从中调和，力图消除董、吕矛盾，几乎使“连环计”无法实施。幸而貂蝉应对得体，使董卓执迷不悟，终至董、吕矛盾激化。作者如此安排，使情节曲折有致，文势起伏，更显生动。

王允说吕布，由小到大，由近及远，由反言相激到正面开导，由一己之私到社稷之重，收放自如，酣畅淋漓，终使吕布决意反董。至此，“连环计”获得了完全成功。

董卓罪恶滔天，一旦伏诛，人心大快；而早年有正直之名的蔡邕却因董卓曾厚待自己，竟“伏其尸而大哭”，实在大错特错！王允以大义责之，固然应该；但在其承认错误，愿以修史弥补之后，仍必欲杀之，则未免太过。

王允谋诛董卓之时，精心策划，不急不躁，稳扎稳打，终成大功，表现何等沉着，何等老练。而在诛灭董卓之后，自以为大祸已除，处事每每不加深思熟虑，率意而行，缺乏善策，以致董卓余党李傕、郭汜等纠合人马，杀入长安，京师大乱。尽管王允临危不惧，杀身成仁，却无法阻止这一场本来可能避免的灾难。善始而不能慎终，后果竟如此悲惨，痛哉！

却说那撞倒董卓的人，正是李儒。当下李儒扶起董卓，至书院中坐定。卓曰："汝为何来此？"儒曰："儒适至府门，知太师怒入后园，寻问吕布。因急走来，正遇吕布奔走，云'太师杀我！'儒慌赶入园中劝解，不意误撞恩相。死罪！死罪！"卓曰："叵耐逆贼！戏吾爱姬，誓必杀之！"儒曰："恩相差矣。昔楚庄王'绝缨'之会，不究戏爱姬之蒋雄，后为秦兵所困，得其死力相救。今貂蝉不过一女子，而吕布乃太师心腹猛将也。太师若就此机会，以蝉赐布，布感大恩，必以死报太师。太师请自三思。"卓沈吟良久曰："汝言亦是，我当思之。"㊞儒谢而出。

汝言亦是，我当思之——李儒虽系帮凶，毕竟较有见识，董卓亦被说动。当此之时，"连环计"危矣！

卓入后堂，唤貂蝉问曰："汝何与吕布私通耶？"蝉泣曰："妾在后花园看花，吕布突至。妾方惊避，布曰：'我乃太师之子，何必相避？'提戟赶妾至凤仪亭。妾见其心不良，恐为所逼，欲投荷池自尽，却被这厮抱住。正在生死之间，得太师来，救了性命。"董卓曰："我今将汝赐与吕布，何如？"貂蝉大惊，哭曰："妾身已事贵人，今忽欲下赐家奴，妾宁死不辱！"遂掣壁间宝剑欲自刎。卓慌夺剑拥抱曰："吾戏汝！"貂蝉倒于卓怀，掩面大哭曰："此必李儒之计！儒与布交厚，故设此计；却不顾惜太师体面与贱妾性命。妾当生噬其肉！"卓曰："吾安忍舍汝耶？"蝉曰："虽蒙太师怜爱，但恐此处不宜久居，必被吕布所害。"卓曰："吾明日和你归郿坞去，同受快乐，慎勿忧疑。"蝉方收泪拜谢。㊞

蝉方收泪拜谢——貂蝉软硬兼施，使董卓晕头转向，将李儒之言忘到九霄云外，保证了"连环计"的继续实施。

次日，李儒入见曰："今日良辰，可将貂蝉送与吕布。"卓曰："布与我有父子之分，不便赐与。我只不究其罪。汝传我意，以好言慰之可也。"儒曰："太师不可为妇人所惑。"卓变色曰："汝之妻肯与吕布否？貂蝉之事，再勿多言；言则必斩！"㊞李儒出，仰天叹曰："吾等皆死于妇人之手矣！"后人读书至此，有诗叹之曰：

再勿多言，言则必斩——从此，董卓更加迷恋貂蝉，只能一步步走向王允安排的死亡之路。

司徒妙算托红裙，不用干戈不用兵。

三战虎牢徒费力，凯歌却奏凤仪亭。

董卓即日下令还郿坞，百官俱拜送。貂蝉在车上，遥见吕布于稠人之内，眼望车中。貂蝉虚掩其面，如痛哭之状。车已去远，布缓辔于土冈之上，眼望车尘，叹惜痛恨。忽闻背后一人问曰："温侯何不从太师去，乃在此遥望而发叹？"布视之，乃司徒王允也。相见毕，允曰："老夫日来因染微恙，闭门不出，故久未得与将军一见。今日太师驾归郿坞，只得扶病出送，却喜得晤将军。请问将军，为何在此长叹？"布曰："正为公女耳。"允佯惊曰："许多时尚未与将军耶？"布曰："老贼自宠幸久矣！"允佯大惊曰："不信有此事！"布将前事一一告允。允仰面跌足，半晌不语；良久，乃言曰："不意太师作此禽兽之行！"因挽布手曰："且到寒舍商议。"

布随允归。允延入密室。置酒款待。布又将凤仪亭相遇之事，细述一遍。允曰："太师淫吾之女，夺将军之妻，诚为天下耻笑。非笑太师，笑允与将军耳！然允老迈无能之辈，不足为道；可惜将军盖世英雄，亦受此污辱也！"布怒气冲天，拍案大叫。允急曰："老夫失语，将军息怒。"布曰："誓当杀此老贼，以雪吾耻！"㊣允急掩其口曰："将军勿言，恐累及老夫。"布曰："大丈夫生居天地间，岂能郁郁久居人下！"允曰："以将军之才，诚非董太师所可限制。"布曰："吾欲杀此老贼，奈是父子之情，恐惹后人议论。"允微笑曰："将军自姓吕，太师自姓董。掷戟之时，岂有父子情耶？"布奋然曰："非司徒言，布几自误！"允见其意已决，便说之曰："将军若扶汉室，乃忠臣也，青史传名，流芳百世；将军若助董卓，乃反臣也，载之史笔，遗臭万年。"㊣布避席下拜曰："布意已决，司徒勿疑。"允曰："但恐事或不成，反招大祸。"布拔带刀，刺臂出血为誓。允跪谢曰："汉祀不斩，皆出将军之赐也。切勿泄漏！临期有计，自当相报。"布慨诺而去。

允即请仆射士孙瑞、司隶校尉黄琬商议。瑞曰："方今主上有疾新愈，可遣一能言之人，往郿坞请卓议事；一面以天子密诏付吕布，使伏甲兵于朝门之内，引卓入诛之：此上策也。"琬曰："何人敢去？"瑞曰："吕布同郡骑都尉李肃，以董卓不迁其官，甚是怀怨。若令此人去，卓必不疑。"允曰："善。"请吕布共议。布曰："昔日劝吾杀丁建阳，亦此人也。今若不去，吾先斩之。"使人密请肃至。布

誓当杀此老贼，以雪吾耻——为了貂蝉，吕布已觉忍无可忍，终于决定与董卓决裂了。"老贼"二字，可见积怨之深。

载之史笔，遗臭万年——有此一番正言，自会使吕布参与诛董之志更加坚决。

曰:"昔日公说布，使杀丁建阳而投董卓；今卓上欺天子，下虐生灵，罪恶贯盈，人神共愤。公可传天子诏往郿坞，宣卓入朝，伏兵诛之，力扶汉室，共作忠臣。尊意若何?"肃曰:"我亦欲除此贼久矣，恨无同心者耳。今将军若此，是天赐也，肃岂敢有二心!"遂折箭为誓。㊎允曰:"公若能干此事，何患不得显官。"

遂折箭为誓——吕布"誓当杀此老贼"，李肃又"欲除此贼久矣"。董卓众叛亲离，灭亡已是不可避免。

次日，李肃引十数骑，前到郿坞。人报天子有诏，卓教唤入。李肃入拜。卓曰:"天子有何诏?"肃曰:"天子病体新痊，欲会文武于未央殿，议将禅位于太师，故有此诏。"卓曰:"王允之意若何?"肃曰:"王司徒已命人筑'受禅台'，只等主公到来。"卓大喜曰:"吾夜梦一龙罩身，今日果得此喜信。时哉不可失!"便命心腹将李傕、郭汜、张济、樊稠四人领飞熊军三千守郿坞，自己即日排驾回京；顾谓李肃曰:"吾为帝，汝当为执金吾。"肃拜谢称"臣"。卓入辞其母。母时年九十余矣，问曰:"吾儿何往?"卓曰:"儿将往受汉禅，母亲早晚为太后也!"母曰:"吾近日肉颤心惊，恐非吉兆。"卓曰:"将为国母，岂不预有惊报!"遂辞母而行。临行，谓貂蝉曰:"吾为天子，当立汝为贵妃。"貂蝉已明知就里，假作欢喜拜谢。

卓出坞上车，前遮后拥，望长安来。行不到三十里，所乘之车，忽折一轮，卓下车乘马。又行不到十里，那马咆哮嘶喊，掣断辔头。卓问肃曰:"车折轮，马断辔，其兆若何?"肃曰:"乃太师应绍汉禅，弃旧换新，将乘玉辇金鞍之兆也。"卓喜而信其言。次日，正行间，忽然狂风骤起，昏雾蔽天。卓问肃曰:"此何祥也?"肃曰:"主公登龙位，必有红光紫雾，以壮天威耳。"卓又喜而不疑。既至城外，百官俱出迎接。只有李儒抱病在家，不能出迎。卓进至相府，吕布入贺。卓曰:"吾登九五，汝当总督天下兵马。"布拜谢，就帐前歇宿。是夜有十数小儿于郊外作歌，风吹歌声入帐。歌曰:"千里草，何青青!十日卜，不得生!"歌声悲切。卓问李肃曰:"童谣主何吉凶?"肃曰:"亦只是言刘氏灭、董氏兴之意。"

次日侵晨，董卓摆列仪从入朝，忽见一道人，青袍白巾，手执长竿，上缚布一丈，两头各书一"口"字。卓问肃曰:"此道人何意?"㊎肃曰:"乃心恙之人也。"呼将士驱去。卓进朝，群臣各具朝服，迎谒于道。李肃手执宝剑，扶车而行。到北掖门，军兵尽挡在门外，独有御车二十余人同入。董卓遥见王允等各执宝剑立于殿门，

此道人何意——种种不祥之兆接连出现，董卓却一心想到接受汉禅，竟浑然不觉，真是该死!

惊问肃曰："持剑是何意？"肃不应，推车直入。王允大呼曰："反贼至此，武士何在？"两旁转出百余人，持戟挺槊刺之。卓衷甲不入，伤臂坠车，大呼曰："吾儿奉先何在？"㊞吕布从车后厉声出曰："有诏讨贼！"一戟直刺咽喉，李肃早割头在手。吕布左手持戟，右手怀中取诏，大呼曰："奉诏讨贼臣董卓，其余不问！"将吏皆呼万岁。后人有诗叹董卓曰：

吾儿奉先何在——此时方才想到依靠吕布保驾，已经太晚了。

霸业成时为帝王，不成且作富家郎。
谁知天意无私曲，郿坞方成已灭亡。

却说当下吕布大呼曰："助卓为虐者，皆李儒也！谁可擒之？"李肃应声愿往。忽听朝门外发喊，人报李儒家奴已将李儒绑缚来献。王允命缚赴市曹斩之；又将董卓尸首，号令通衢。卓尸肥胖，看尸军士以火置其脐中为灯，膏流满地。百姓过者，莫不手掷其头，足践其尸。王允又命吕布同皇甫嵩、李肃领兵五万，至郿坞抄籍董卓家产、人口。

却说李傕、郭汜、张济、樊稠闻董卓已死，吕布将至，便引了飞熊军，连夜奔陕县去了*。

吕布至郿坞，先取了貂蝉。皇甫嵩命将坞中所藏良家子女，尽行释放。但系董卓亲属，不分老幼，悉皆诛戮。卓母亦被杀。卓弟董旻、侄董璜皆斩首号令。收籍坞中所蓄，黄金数十万，白金数百万，绮罗、珠宝、器皿、粮食，不计其数。回报王允。允乃大犒军士，设宴于都堂，召集众官，酌酒称庆。

正饮宴间，忽人报曰："董卓暴尸于市，忽有一人伏其尸而大哭。"允怒曰："董卓伏诛，士民莫不称贺；此何人，独敢哭耶！"遂唤武士："与吾擒来！"须臾擒至。众官见之，无不惊骇：原来那人不是别人，乃侍中蔡邕也。允叱曰："董卓逆贼，今日伏诛，国之大幸。汝为汉臣，乃不为国庆，反为贼哭，何也？"邕伏罪曰："邕虽不才，亦知大义，岂肯背国而向卓？只因一时知遇之感，不觉为之一哭，自知罪大。愿公见原：倘得黥首刖足，使续成汉史，以赎其辜，邕之幸也。"众官惜邕之才，皆力救之。太傅马日磾亦密谓允曰："伯喈旷世逸才，若使续成汉史，诚为盛事。且其孝行素著，若遽杀之，恐失人望。"允曰："昔孝武不杀司马迁，后使作史，遂致谤书流于后世。方今国运衰微，朝政错乱，不可令佞臣执笔于幼主左右，使吾等蒙其讪议也。”日磾无言而退，私谓众官曰：“王允其无后乎！善人，国之纪也；制作，国之典也。灭纪废典，岂能久乎？”当下王允不听马日磾之言，命将蔡邕下狱中缢死。一时士大夫闻者，尽为流涕。后人论蔡邕之哭董卓，固自不是；允之杀之，亦为已甚。有诗叹曰：

董卓专权肆不仁，侍中何自竟亡身？
当时诸葛隆中卧，安肯轻身事乱臣。

且说李傕、郭汜、张济、樊稠逃居陕县，使人至长安上表求赦。王允曰：“卓之跋扈，皆此四人助之；今虽大赦天下，独不赦此四人。”使者回报李傕。傕曰：“求赦不得，各自逃生可也。”谋士贾诩曰：“诸君若弃军单行，则一亭长能缚君矣。不若诱集陕人，并本部军马，杀入长安。与董卓报仇。事济，奉朝廷以正天下；若其不胜，走亦未迟。”㊢傕等然其说，遂流言于凉州人*曰：“王允将欲洗荡此方之人矣！”众皆惊惶。乃复扬言曰：“徒死无益，能从我反乎？”众皆愿从。于是聚众十余万，分作四路，杀奔长安来。路逢董卓女婿中郎将牛辅，引军五千人，欲去与丈人报仇，李傕便与合兵，使为前驱。四人陆续进发。

若其不胜，走亦未迟——贾诩此言，实为助纣为虐。李、郭之乱。诩不能辞其咎。

王允听知凉州兵来*，与吕布商议。布曰：“司徒放心。量此鼠辈，何足数也！”遂引李肃将兵出敌。肃当先迎战，正与牛辅相遇，大杀一阵。牛辅抵敌不过，败阵而去。不想是夜二更，牛辅乘肃不备，竟来劫寨。肃军乱窜，败走三十余里，折军大半，来见吕布。布大怒曰：“汝何挫吾锐气！”遂斩李肃，悬头军门。次日，吕布进兵与牛辅对敌。量牛辅如何敌得吕布，仍复大败而走。是夜牛辅唤心腹人胡赤儿商议曰：“吕布骁勇，万不能敌；不如瞒了李傕等四人，暗藏金珠，与亲随三五人弃军而去。”胡赤儿应允。是夜收拾金珠，弃营而走，随行者三四人。将渡一河，赤儿欲谋取金珠，竟杀死牛辅，将头来献吕布。布问起情由，从人出首：“胡赤儿谋杀牛辅，夺其金宝。”布怒，即将赤儿诛杀。领军前进，正迎着李傕军马。吕布不等他列阵，便挺戟跃马，麾军直冲过来。傕军不能抵当，退走五十余里，依山下寨，请郭汜、张济、樊稠共议，曰：“吕布虽勇，然而无谋，㊢不足为虑。我引军守住谷口，每日诱他厮杀。郭将军可领军抄击其后，效彭越挠楚之法，鸣金进兵，擂鼓收兵。张、樊

吕布虽勇，然而无谋——事实果然如此。这是吕布的致命弱点之一。

二公，却分兵两路，径取长安。彼首尾不能救应，必然大败。”众用其计。

却说吕布勒兵到山下，李傕引兵搦战。布忿怒冲杀过去，傕退走上山。山上矢石如雨，布军不能进。忽报郭汜在阵后杀来，布急回战。只闻鼓声大震，汜军已退。布方欲收军，锣声响处，傕军又来。未及对敌，背后郭汜又领军杀到。及至吕布来时，却又擂鼓收军去了。激得吕布怒气填胸。一连如此几日，欲战不得，欲止不得。正在恼怒，忽然飞马报来，说张济、樊稠两路军马，竟犯长安，京城危急。布急领军回，背后李傕、郭汜杀来。布无心恋战，只顾奔走，折了好些人马。比及到长安城下，贼兵云屯雨集，围定城池，布军与战不利。军士畏吕布暴厉，多有降贼者，布心甚忧。

数日之后，董卓余党李蒙、王方在城中为贼内应，偷开城门，四路贼军一齐拥入。吕布左冲右突，拦挡不住，引数百骑往青琐门外，呼王允曰：“势急矣！请司徒上马，同出关去，别图良策。”允曰：“若蒙社稷之灵，得安国家，吾之愿也；若不获已，则允奉身以死。临难苟免，吾不为也。㊟为我谢关东诸公，努力以国家为念！”吕布再三相劝，王允只是不肯去。不一时，各门火焰竟天，吕布只得弃却家小，引百余骑飞奔出关，投袁术去了。

临难苟免，吾不为也——王允大义凛然，气节可嘉。可惜治国方略不足，致使社稷安而复危，董卓余党再度掌权，教训极为惨痛。

李傕、郭汜纵兵大掠。太常卿种拂、太仆鲁馗、大鸿胪周奂、城门校尉崔烈、越骑校尉王颀皆死于国难。贼兵围绕内庭至急，侍臣请天子上宣平门止乱。李傕等望见黄盖，约住军士，口呼“万岁”。献帝倚楼问曰：“卿不候奏请，辄入长安，意欲何为？”李傕、郭汜仰面奏曰：“董太师乃陛下社稷之臣，无端被王允谋杀，臣等特来报仇，非敢造反。但见王允，臣便退兵。”王允时在帝侧，闻知此言，奏曰：“臣本为社稷计。事已至此，陛下不可惜臣，以误国家。臣请下见二贼。”帝徘徊不忍。允自宣平门楼上跳下楼去，大呼曰：“王允在此！”李傕、郭汜拔剑叱曰：“董太师何罪而见杀？”允曰：“董贼之罪，弥天亘地，不可胜言！受诛之日，长安士民，皆相庆贺，汝独不闻乎？”傕、汜曰：“太师有罪；我等何罪，不肯相赦？”王允大骂：“逆贼何必多言！我王允今日有死而已！”二贼手起，把王允杀于楼下。史官有诗赞曰：

王允运机筹，奸臣董卓休。
心怀家国恨，眉锁庙堂忧。
英气连霄汉，忠诚贯斗牛。
至今魂与魄，犹绕凤凰楼。

众贼杀了王允，一面又差人将王允宗族老幼，尽行杀害。士民无不下泪。当下李傕、郭汜寻思曰："既到这里，不杀天子谋大事，更待何时？"便持剑大呼，杀入内来。正是：巨魁伏罪灾方息，从贼纵横祸又来。未知献帝性命如何，且听下文分解。

尾评：

本回前写王允、吕布诛灭董卓，后写李傕、郭汜进犯长安。两件大事，相距仅两个多月，而一则大喜，一则大悲，这就使本回情节大起大落，急剧转折，始终保持强大的艺术张力。

第十回
勤王室马腾举义　报父仇曹操兴师

总评

李傕、郭汜等人杀害王允之后，倚仗兵势，逼迫汉献帝封官赐爵，从此控制朝中大权，为所欲为。比之其主子董卓，他们更显粗野习气，更加无所顾忌。此时的汉王朝，风雨飘摇，岌岌可危，哪里还有什么“汉宫威仪”？！

借马腾、韩遂起兵勤王之机，后来成为刘蜀集团“五虎大将”之一的马超首次出场“亮相”。他留给我们的鲜明印象，一是相貌英俊，二是武艺高强，活脱脱一个少年英雄。若与赵云相比，其政治识见、性格魅力似乎有所不及。这里可作若干具体分析，但至少可以部分说明，为什么在史书《三国志》中排名为“关张马黄赵”，到了小说《三国演义》却变成了“关张赵马黄”。

本回着重写了曹操的两件事：一是占据兖州，二是攻打徐州。占据兖州，收编“青州军”，乃是曹操一生功业的重要起点，成为他逐步统一北方的基础。攻打徐州，名义上是为父报仇，实则是曹操扩大地盘之必须，既可看出曹操的为人性格，又可引出刘备、吕布、孔融等相关人物。

历史上的陶谦，早年性格刚直，为官清正；但在其统治徐州的后期，却“信用非所，刑政不理”(《后汉书·陶谦传》)，毛病不少。由于他临死前将徐州托付给刘备，又曾被曹操攻伐，罗贯中出于“尊刘贬曹”的思想倾向，便将他写成一个忠厚长者。在古代小说中，像这种次要人物，作者着重表现其某一方面，也并不奇怪。

却说李、郭二贼欲弑献帝，张济、樊稠谏曰："不可。今日若便杀之，恐众人不服；不如仍旧奉之为主，赚诸侯入关，先去其羽翼，然后杀之，天下可图也。"李、郭二人从其言，按住兵器。帝在楼上宣谕曰："王允既诛，军马何故不退？"李傕、郭汜曰："臣等有功王室，未蒙赐爵，故不敢退军。"帝曰："卿欲封何爵？"李、郭、张、樊四人各自写职衔献上，勒要如此官爵*。帝只得从之：㊕封李傕为车骑将军、池阳侯，领司隶校尉，假节钺；郭汜为后将军、美阳侯，假节钺，同秉朝政；樊稠为右将军、万年侯；张济为镇东将军*、平阳侯，领兵屯弘农。其余李蒙、王方等，各为校尉。然后谢恩，领兵出城。又下令追寻董卓尸首，获得些零碎皮骨，以香木雕成形体，安凑停当，大设祭祀，用王者衣冠棺椁，选择吉日，迁葬郿坞。临葬之期，天降大雷雨，平地水深数尺，霹雳震开其棺，尸首提出棺外。李傕候晴再葬，是夜又复如是。三次改葬，皆不能葬，零皮碎骨，悉为雷火消灭。天之怒卓，可谓甚矣。

帝只得从之——悍将勒要官爵，皇帝只得从命，两汉四百年，大概还没有第二个皇帝像这么可怜！

且说李傕、郭汜既掌大权，残虐百姓；密遣心腹侍帝左右，观其动静。献帝此时举动荆棘。朝廷官员，并由二贼升降。因采人望，特宣朱儁入朝，封为太仆，同领朝政。

一日，人报凉州刺史马腾、并州刺史韩遂二将引军十余万，杀奔长安来，声言讨贼。原来二将先曾使人入长安，结连侍中马宇、谏议大夫种邵、左中郎将刘范三人为内应，共谋贼党。三人密奏献帝，封马腾为征西将军、韩遂为镇西将军，各受密诏，并力讨贼。当下李傕、郭汜、张济、樊稠闻二军将至，一同商议御敌之策。谋士贾诩曰："二军远来，只宜深沟高垒，坚守以拒之。不过百日，彼兵粮尽，必将自退，然后引兵追之，二将可擒矣。"李蒙、王方出曰："此非好计。愿借精兵万人，立斩马腾、韩遂之头，献于麾下。"

贾诩曰："今若即战，必当败绩。"李蒙、王方齐声曰："若吾二人败，情愿斩首；若吾战胜，公亦当输首级与我。"诩谓李傕、郭汜曰："长安西二百里盩厔山，其路险峻，可使张、樊两将军屯兵于此，坚壁守之；待李蒙、王方自引兵迎敌，可也。"李傕、郭汜从其言，点一万五千人马与李蒙、王方。二人忻喜而去，离长安二百八十里下寨。

凉州兵到，两个引军迎去。凉州军马拦路摆开阵势。马腾、韩遂联辔而出，指李蒙、王方骂曰："反国之贼！谁去擒之？"言未绝，只见一位少年将军，面如冠玉，眼若流星，虎体猿臂，彪腹狼腰；手执长枪，坐骑骏马，从阵中飞出。原来那将即马腾之子马超，字孟起，年方十七岁，英勇无敌。王方欺他年幼，跃马迎战。战不到数合，早被马超一枪刺于马下。马超勒马便回。李蒙见王方刺死，一骑马从马超背后赶来。超只做不知。马腾在阵门下大叫："背后有人追赶！"声犹未绝，只见马超已将李蒙擒在马上。原来马超明知李蒙追赶，却故意俄延；等他马近举枪刺来，超将身一闪，李蒙搠个空，两马相并，被马超轻舒猿臂，生擒过去。㊀军士无主，望风奔逃。马腾、韩遂乘势追杀，大获胜捷，直逼隘口下寨。把李蒙斩首号令。

被马超轻舒猿臂，生擒过去——顷刻之间，马超刺死王方，生擒李蒙，胜得如此迅捷，如此轻松。综观全书，只有第十五回所写之"小霸王"孙策挟死于麋，喝死樊能与之相近。

李傕、郭汜听知李蒙、王方皆被马超杀了，方信贾诩有先见之明，重用其计，只理会紧守关防，由他搦战，并不出迎。果然凉州军未及两月，粮草俱乏，商议回军。恰好长安城中马宇家僮出首家主与刘范、种邵，外连马腾、韩遂，欲为内应等情。李傕、郭汜大怒，尽收三家老少良贱斩于市，把三颗首级，直来门前号令。马腾、韩遂见军粮已尽，内应又泄，只得拔寨退军。李傕、郭汜令张济引军赶马腾，樊稠引军赶韩遂，凉州军大败。马超在后死战，杀退张济。樊稠去赶韩遂，看看赶上，相近陈仓。韩遂勒马向樊稠曰："吾与公乃同乡之人，今日何太无情？"樊稠也勒住马，答曰："上命不可违！"韩遂曰："吾此来亦为国家耳，公何相逼之甚也？"樊稠听罢，拨转马头，收兵回寨，让韩遂去了。

不提防李傕之侄李利*，见樊稠放走韩遂，回报其叔。李傕大怒，便欲兴兵讨樊稠。贾诩曰："目今人心未宁，频动干戈，深为不便；不若设一宴，请张济、樊稠庆功，就席间擒稠斩之，毫不费力。”李傕大喜，便设宴请张济、樊稠。二将忻然赴宴。酒半阑，李傕忽然变色曰：“樊稠何故交通韩遂，欲谋造反？”稠大惊，未及回言；只见刀斧手拥出，早把樊稠斩首于案下。吓得张济俯伏于地。李傕扶起曰：“樊稠谋反，故尔诛之；公乃吾之心腹，何须惊惧？”将樊稠军拨与张济管领。张济自回弘农去了。

李傕、郭汜自战败凉州兵，诸侯莫敢谁何。贾诩屡劝抚安百姓，结纳贤豪。自是朝廷微有生意。不想青州黄巾又起，聚众数十万，头目不等，劫掠良民，攻入兖州，刺史刘岱被杀。太仆朱儁保举一人*，可破群贼。李傕、郭汜问是何人。朱儁曰：“要破青、兖群贼*，非曹孟德不可。”李傕曰：“孟德今在何处？”儁曰：“现为东郡太守，广有军兵。若命此人讨贼，贼可克日而破也。”李傕大喜，星夜草诏，差人赍往东郡，命曹操与济北相鲍信一同破贼。操领了圣旨，会同鲍信，一同兴兵，击贼于寿张*。鲍信杀入重地，为贼所害。操追赶贼兵，直到济北，降者数万。操即用贼为前驱，兵马到处，无不降顺。不过百余日，招安到降兵三十余万、男女百余万口。操择精锐者，号为“青州兵”，其余尽令归农。曹操自此威名日重。㊟捷书报到长安，朝廷加曹操为兖州牧*。

曹操自此威名日重——占据兖州，乃是曹操图王霸业的重要一步。从此，他便有了一大块地盘，实力大大增强。

操在兖州，招贤纳士。有叔侄二人来投操：乃颍川颍阴人，姓荀，名彧，字文若，荀绲之子也；旧事袁绍，今弃绍投操；操与语大悦，曰：“此吾之子房也！”㊟遂以为司马*。其侄荀攸，字公达，海内名士，曾拜黄门侍郎，后弃官归乡，今与其叔同投曹操，操以为军师*。荀彧曰：“某闻兖州有一贤士，今此人不知何在。”操问是谁，彧曰：“乃东郡东阿人，姓程，名昱，字仲德。”操曰：“吾亦闻名久矣。”遂遣人于乡中寻问。访得他在山中读书，操拜请之。程昱来见，曹操大喜。昱谓荀彧曰：“某孤陋寡闻，不足当公之荐。公之乡人姓郭，名嘉，字奉孝，乃当今贤士，何不罗而致之？”彧猛省曰：“吾几忘却！”遂启操征聘郭嘉到兖州，共论天下之事。郭嘉荐光武嫡派子孙，淮南成德人，姓刘，名晔，字子扬*。操即聘晔至。晔又荐二人：一个是山阳昌邑人，姓满，名宠，字伯宁；一个是任城人*，姓吕，名虔，字子恪。曹操亦素知这两个名誉，就聘为军中从事。满宠、吕虔共荐一人，乃陈留平丘人，姓毛，名玠，字孝先。

此吾之子房也——以荀彧比之西汉开国功臣张良，足见曹操对荀彧评价之高，期望之重。而“吾之子房也”，无意中又暴露出曹操以汉高祖刘邦自许的野心。

曹操亦聘为从事——此段历数曹操的几位主要谋士，皆为难得的英杰，可谓人才济济，一时无二。

曹操亦聘为从事。㊣

又有一将引军数百人，来投曹操：乃泰山巨平人，姓于，名禁，字文则。操见其人弓马熟娴，武艺出众，命为军司马*。一日，夏侯惇引一大汉来见，操问何人，惇曰："此乃陈留己吾人*，姓典，名韦，勇力过人。旧跟张邈，与帐下人不和，手杀数十人，逃窜山中。惇出射猎，见韦逐虎过涧，因收于军中。今特荐之于公。"操曰："吾观此人容貌魁梧，必有勇力。"惇曰："他曾为友报仇杀人，提头直出闹市，数百人不敢近。只今所使两枝铁戟，重八十斤，挟之上马，运使如飞。"操即令韦试之。韦挟戟骤马，往来驰骋。忽见帐下大旗为风所吹，岌岌欲倒，众军士挟持不定；韦下马，喝退众军，一手执定旗杆，立于风中，巍然不动。操曰："此古之恶来也！"遂命为夏侯惇部司马*，解身上锦袄，及骏马雕鞍赐之。㊣

解身上锦袄，及骏马雕鞍赐之——此段以典韦为例，写曹操厚待勇士，不吝千金，难怪四方英雄来投，帐下猛将如云。

自是曹操部下文有谋臣，武有猛将，威镇兖州*。乃遣泰山太守应劭，往琅琊国取父曹嵩*。嵩自陈留避难，隐居琅琊；当日接了书信，便与子曹德*及一家老小四十余人，带从者百余人，车百余辆，径望兖州而来。道经徐州，州牧陶谦*，字恭祖，为人温厚纯笃，向欲结纳曹操，正无其由；知操父经过，遂出境迎接，再拜致敬，大设筵席，款待两日。曹嵩要行，陶谦亲送出郭，特差都尉张闿，将部兵五百护送。曹嵩率家小行到华、费间，时夏末秋初，大雨骤至，只得投一古寺歇宿。寺僧接入。嵩安顿家小，命张闿将军马屯于两廊。众军衣装，都被雨打湿，同声嗟怨。张闿唤手下头目于静处商议曰："我们本是黄巾余党，勉强降顺陶谦，未有好处。如今曹家辎重车辆无数，你们欲得富贵不难，只就今夜三更，大家砍将入去，把曹嵩一家杀了，取了财物，同往山中落草。此计何如？"众皆应允。是夜风雨未息，曹嵩正坐，忽闻四壁喊声大举。曹德提剑出看，就被搠死。曹嵩忙引一妾奔入方丈后，欲越墙而走；妾肥胖不能出，嵩慌急，与妾躲于厕中，被乱军所杀。应劭死命逃脱，投袁绍去了。张闿杀尽曹嵩全家，取了财物，放火烧寺，与五百人逃奔淮南去了。㊣后人有诗曰：

与五百人逃奔淮南去了——陶谦殷切款待曹嵩，本欲以此结交曹操；不料用人不当，曹嵩全家被杀，反给陶谦招来大祸。握用人之权者，慎之，慎之！

曹操奸雄世所夸，曾将吕氏杀全家。

如今阖户逢人杀，天理循环报不差。

当下应劭部下有逃命的军士，报与曹操。操闻之，哭倒于地。

众人救起。操切齿曰："陶谦纵兵杀吾父，此仇不共戴天！吾今悉起大军，洗荡徐州，方雪吾恨！"遂留荀彧、程昱领军三万守鄄城、范县、东阿三县，其余尽杀奔徐州来。夏侯惇、于禁、典韦为先锋。操令但得城池，将城中百姓，尽行屠戮，㊟以雪父仇。当有九江太守边让，与陶谦交厚，闻知徐州有难，自引兵五千来救。操闻之，大怒，使夏侯惇于路截杀之。时陈宫为东郡从事，亦与陶谦交厚；闻曹操起兵报仇，欲尽杀百姓，星夜前来见操。操知是为陶谦作说客，欲待不见，又灭不过旧恩，只得请入帐中相见。宫曰："今闻明公以大兵临徐州，报尊父之仇，所到欲尽杀百姓，某因此特来进言。陶谦乃仁人君子，非好利忘义之辈；尊父遇害，乃张闿之恶，非谦罪也。且州县之民，与明公何仇？杀之不祥。望三思而行。"操怒曰："公昔弃我而去，今有何面目复来相见？陶谦杀吾一家，誓当摘胆剜心，以雪吾恨！公虽为陶谦游说，其如吾不听何！"陈宫辞出，叹曰："吾亦无面目见陶谦也！"遂驰马投陈留太守张邈去了。㊟

且说操大军所到之处，杀戮人民，发掘坟墓。陶谦在徐州，闻曹操起军报仇，杀戮百姓，仰天恸哭曰："我获罪于天，致使徐州之民，受此大难！"急聚众官商议。曹豹曰："曹兵既至，岂可束手待死！某愿助使君破之。"陶谦只得引兵出迎。远望操军如铺霜涌雪，中军竖起白旗二面，大书"报仇雪恨"四字。军马列成阵势，曹操纵马出阵，身穿缟素，扬鞭大骂。陶谦亦出马于门旗下，欠身施礼曰："谦本欲结好明公，故托张闿护送。不想贼心不改，致有此事。实不干陶谦之故。望明公察之。"操大骂曰："老匹夫！杀吾父，尚敢乱言！谁可生擒老贼？"夏侯惇应声而出。陶谦慌走入阵。夏侯惇赶来，曹豹挺枪跃马，前来迎敌。两马相交，忽然狂风大作，飞沙走石，两军皆乱，各自收兵。

陶谦入城，与众计议曰："曹兵势大难敌，吾当自缚往操营，任其剖割，以救徐州百姓之命*。"㊟言未绝，一人进前言曰："使君久镇徐州*，人民感恩。今曹兵虽众，未能即破我城。使君与百姓坚守勿出；某虽不才，愿施小策，教曹操死无葬身之地！"众人大惊，便问计将安出。正是：本为纳交反成怨，那知绝处又逢生。毕竟此人是谁，且听下文分解。

将城中百姓，尽行屠戮——曹操若找陶谦报仇，还算事出有因。但百姓何辜，岂能"尽行屠戮"？！如此暴行，实在令人发指！而书中所写，皆有史实依据。为曹操之残酷暴虐辩解者，可以休矣！

遂驰马投陈留太守张邈去了——当初曹操杀死吕伯奢全家，使陈宫看清其极端利己主义的丑恶嘴脸；如今曹操滥杀徐州百姓，更使陈宫看清其冷酷无情的内心世界。从此，陈宫便与曹操彻底决裂，针锋相对，至死不变。此段末句，又为第十一回陈宫说张邈共迎吕布，同反曹操埋下伏笔。

以救徐州百姓之命——陶谦为救徐州百姓，甘愿自缚受死，恰与曹操滥杀无辜形成鲜明对照。不过，这是作者由其仁厚性格引申出的夸张之笔，是作者对明君贤相的向往之情的又一次流露，并非史实。

尾评：

本回写曹操一方面开疆拓土，延揽人才，展示其欲平世乱的雄才大略；另一方面又为报杀父之仇而滥杀无辜，暴露其视民如草芥的酷虐心态。这是其“奸雄”性格的又一场生动表演。

第十一回

刘皇叔北海救孔融　吕温侯濮阳破曹操

总评

孔融是东汉末年最有独立人格的作家之一，虽被列为“建安七子”之首，但与曹操关系并不亲近，与陈琳、王粲等人不同，后来还死于曹操之手。在《三国演义》中，孔融仅为次要人物，但从本回的描写中，已可见其机敏、幽默、豪爽、耿介，千载之下，犹令人想望其风采。

历史上确有“让徐州”之事。《三国志·蜀书·先主传》云：曹操攻徐州牧陶谦，刘备领兵救谦，“谦表先主为豫州刺史，屯小沛。谦病笃，谓别驾麋竺曰：‘非刘备不能安此州也。’谦死，竺率州人迎先主……先主遂领徐州。”《三国演义》为突出刘备的英雄气概和“仁厚”性格，在史实基础上加以增饰，编织出“三让徐州”的情节。

吕布袭夺兖州，事关曹操根本，曹操势必全力夺回，暂时从徐州撤兵，实为不得不然。毛宗岗以此指责曹操曰：“曹操为父报仇，而竟不克服，以操非孝子故也。”未免有些牵强，没说到点子上。

却说献计之人，乃东海朐县人，姓麋，名竺*，字子仲。此人家世富豪。尝往洛阳买卖，乘车而回，路遇一美妇人，来求同载，竺乃下车步行，让车与妇人坐。妇人请竺同载。竺上车端坐，目不邪视。行及数里，妇人辞去；临别对竺曰："我乃南方火德星君也，奉上帝敕，往烧汝家。感君相待以礼，故明告君。君可速归，搬出财物。吾当夜来。"言讫不见。竺大惊，飞奔到家，将家中所有，疾忙搬出。是晚果然厨中火起，尽烧其屋。竺因此广舍家财，济贫拔苦。后陶谦聘为别驾从事。当日献计曰："某愿亲往北海国*，求孔融起兵救援；更得一人往青州田楷处求救；若二处军马齐来，操必退兵矣。"谦从之，遂写书二封，问帐下谁人敢去青州求救。一人应声愿往。众视之，乃广陵人，姓陈，名登，字元龙。陶谦先打发陈元龙往青州去讫，然后命麋竺赍书赴北海，自己率众守城，以备攻击。

却说北海孔融，字文举，鲁国曲阜人也，孔子二十世孙，泰山都尉孔宙之子。自小聪明，年十岁时，往谒河南尹李膺，阍人难之，融曰："我系李君通家*。"及入见，膺问曰："汝祖与吾祖何亲？"融曰："昔孔子曾问礼于老子，融与君岂非累世通家？"膺大奇之。少顷，太中大夫陈炜至。膺指融曰："此奇童也。"炜曰："小时聪明，大时未必聪明。"融即应声曰："如君所言，幼时必聪明者。"炜等皆笑曰："此子长成，必当代之伟器也。"自此得名。后为中郎将，累迁北海相。㊟极好宾客，常曰："座上客常满，樽中酒不空，㊟吾之愿也。"在北海六年，甚得民心。

累迁北海相——此处介绍孔融简历，可见其自幼聪明而富于幽默感。

樽中酒不空——孔融此语，足见其豪爽、好客，一千余年来一直被视为名言而广泛流传。

当日正与客坐，人报徐州麋竺至。融请入见，问其来意。竺出陶谦书，言："曹操攻围甚急，望明公垂救。"融曰："吾与陶恭祖交厚，子仲又亲到此，如何不去？只是曹孟德与我无仇，当先遣人送书解和。如其不从，然后起兵。"竺曰："曹操倚仗兵威，决不肯和。"融教一面点兵，一面差人送书。正商议间，忽报黄巾贼党管亥部领群寇数万杀奔前来。孔融大惊，急点本部人马，出城与贼迎战。管亥出马曰："吾知北海粮广，可借一万石，即便退兵。不然，打破城池，老幼不留！"孔融叱曰："吾乃大汉之臣，守大汉之地，岂有粮米与贼耶！"管亥大怒，拍马舞刀，直取孔融。融将宗宝挺枪出马；战不数合，被管亥一刀，砍宗宝于马下。孔融兵大乱，奔入城中。管亥分兵四面围城，孔融心中郁闷，糜竺怀愁，更不可言。

次日，孔融登城遥望，贼势浩大，倍添忧恼。忽见城外一人挺枪跃马杀入贼阵，左冲右突，如入无人之境，㊟直到城下，大叫"开门"。孔融不识其人，不敢开门。贼众赶到壕边，那人回身连搠十数人下马，贼众倒退。融急命开门引入。其人下马弃枪，径到城上，拜见孔融。融问其姓名，对曰："某东莱黄县人也，复姓太史，名慈，字子义。老母重蒙恩顾。某昨自辽东回家省亲，知贼寇城。老母说：'屡受府君深恩，汝当往救。'某故单马而来。"孔融大喜。原来孔融与太史慈虽未识面，却晓得他是个英雄。因他远出，有老母住在离城二十里之外，融常使人遗以粟帛；母感融德，故特使慈来救。㊟当下孔融重待太史慈，赠与衣甲鞍马。慈曰："某愿借精兵一千，出城杀贼。"融曰："君虽英勇，然贼势甚盛，不可轻出。"慈曰："老母感君厚德，特遣慈来；如不能解围，慈亦无颜见母矣。愿决一死战！"融曰："吾闻刘玄德乃当世英雄，若请得他来相救，此围自解。只无人可使耳。"慈曰："府君修书，某当急往。"融喜，修书付慈。慈擐甲上马，腰带弓矢，手持铁枪，饱食严装，城门开处，一骑飞出。近壕，贼将率众来战。慈连搠死数人，透围而出。管亥知有人出城，料必是请救兵的，便自引数百骑赶来，八面围定。慈倚住枪，拈弓搭箭，八面射之，无不应弦落马。贼众不敢来追。

太史慈得脱，星夜投平原来见刘玄德。施礼罢，具言孔北海被围求救之事，呈上书札。玄德看毕，问慈曰："足下何人？"慈曰："某太史慈，东海之鄙人也。与孔融亲非骨肉，比非乡党，特以气谊相投，有分忧共患之意。今管亥暴乱，北海被围，孤穷无告，危在旦夕。闻君仁义素著，能救人危急，故特令某冒锋突围，前来求救。"玄德敛容答曰："孔北海知世间有刘备耶？"㊟乃同云长、益德点精兵三千，往北海进发*，管亥望见救军来到，亲自引兵迎敌；因见玄德兵少，不以为意。玄德与关、张、太史慈立马阵前，管亥忿

如入无人之境——太史慈初次露面，便身手不凡，先声夺人。

故特使慈来救——孔融爱惜英雄，惠及其母；太史慈知恩图报，不惧艰险。二者皆令人赞许。

孔北海知世间有刘备耶——太史慈与刘备的对话，出自《三国志·吴书·太史慈传》。太史慈慷慨陈词，可见并非一勇之夫；刘备庄敬自重，闻孔融引为知己而感动肺腑，即刻出兵相救。寥寥数语，人物形象活脱如画。

怒直出。太史慈却待向前，云长早出，直取管亥。两马相交，众军大喊。量管亥怎敌得云长，数十合之间，青龙刀起，劈管亥于马下。太史慈、张飞两骑齐出，双枪并举，杀入贼阵。玄德驱兵掩杀。城上孔融望见太史慈与关、张赶杀贼众，如虎入羊群，纵横莫当，便驱兵出城。两下夹攻，大败群贼，降者无数，余党溃散。

孔融迎接玄德入城，叙礼毕，大设筵宴庆贺。又引麋竺来见玄德，具言张闿杀曹嵩之事："今曹操纵兵大掠，围住徐州，特来求救。"玄德曰："陶恭祖乃仁人君子，不意受此无辜之冤。"孔融曰："公乃汉室宗亲。今曹操残害百姓，倚强欺弱，何不与融同往救之？"玄德曰："备非敢推辞，奈兵微将寡，恐难轻动。"孔融曰："融之欲救陶恭祖，虽因旧谊，亦为大义。公岂独无仗义之心耶？"玄德曰："既如此，请文举先行，容备去公孙瓒处，借三五千人马，随后便来。"融曰："公切勿失信。"玄德曰："公以备为何如人也？圣人云：'自古皆有死，人无信不立。'刘备借得军或借不得军，必然亲至。"[评]孔融应允，教麋竺先回徐州去报，融便收拾起程。太史慈拜谢曰："慈奉母命前来相助，今幸无虞。有扬州刺史刘繇，与慈同郡，有书来唤，不敢不去。容图再见。"融以金帛相酬，慈不肯受而归。其母见之，喜曰："我喜汝有以报北海也！"遂遣慈往扬州去了。

刘备借得军或借不得军，必然亲至——轻生死，重然诺，乃是古代英雄最为重视的信条，也是他们最具吸引力的性格特征之一。

不说孔融起兵。且说玄德离北海来见公孙瓒，具说欲救徐州之事。瓒曰："曹操与君无仇，何苦替人出力？"玄德曰："备已许人，不敢失信。"瓒曰："我借与君马步军二千。"玄德曰："更望借赵子龙一行。"[评]瓒许之。玄德遂与关、张引本部三千人为前部，子龙引二千人随后，往徐州来。

更望借赵子龙一行——玄德自识子龙，便时时念及，每欲一聚。政治家均望得英雄相助，而真心渴慕英雄，有始有终者，并不多见。此正子龙归心玄德之关键。

却说麋竺回报陶谦，言北海又请得刘玄德来助；陈元龙也回报青州田楷欣然领兵来救；陶谦心安。原来孔融、田楷两路军马，惧怕曹兵势猛，远远依山下寨，未敢轻进。曹操见两路军到，亦分了军势，不敢向前攻城。

却说刘玄德军到，见孔融。融曰："曹兵势大，操又善于用兵，未可轻战。且观其动静，然后进兵。"玄德曰："但恐城中无粮，难以久持。备令云长、子龙领军四千，在公部下相助；备与张飞杀奔曹营，径投徐州去见陶使君商议。"融大喜，会合田楷，为掎角之势；云长、子龙领兵两边接应。

是日，玄德、张飞引一千人马杀入曹兵寨边。正行之间，寨内一声鼓响，马军步军，如潮似浪，拥将出来。当头一员大将，乃是于禁，勒马大叫："何处狂徒！往那里去！"张飞见了，更不打话，直取于禁。两马相交，战到数合，玄德掣双股剑，麾兵大进，于禁败走。张飞当前追杀，直到下邳城下*。城上望见红旗白字，大书"平原刘玄德"，陶谦急令开门。玄德入城，陶谦接着，共到府衙。礼毕，设宴相待，一壁劳军。陶谦见玄德仪表轩昂，语言豁达，心中大喜，便命麋竺取徐州牌印，让与玄德。㊟玄德愕然曰："公何意也?"谦曰："今天下扰乱，王纲不振；公乃汉室宗亲，正宜力扶社稷。老夫年迈无能，情愿将徐州相让。公勿推辞。谦当自写表文，申奏朝廷。"玄德离席再拜曰："刘备虽汉朝苗裔，功微德薄，为平原相犹恐不称职。今为大义，故来相助。公出此言，莫非疑刘备有吞并之心耶？若举此念，皇天不佑！"谦曰："此老夫之实情也。"再三相让，玄德那里肯受。麋竺进曰："今兵临城下，且当商议退敌之策。待事平之日，再当相让可也。"玄德曰："备当遗书于曹操，劝令解和。操若不从，厮杀未迟。"于是传檄三寨，且按兵不动；遣人赍书以达曹操。

便命麋竺取徐州牌印，让与玄德——此为陶谦一让徐州。一见便让，非同小可，作者以此来表现刘备异乎寻常的性格力量。

却说曹操正在军中，与诸将议事，人报徐州有战书到。操拆而观之，乃刘备书也。书略曰：

> 备自关外得拜君颜，嗣后天各一方，不及趋侍。向者，尊父曹侯，实因张闿不仁，以致被害，非陶恭祖之罪也。目今黄巾遗孽，扰乱于外；董卓余党，盘踞于内。愿明公先朝廷之急，而后私仇；撤徐州之兵，以救国难：则徐州幸甚，天下幸甚！

曹操看书，大骂："刘备何人，敢以书来劝我！且中间有讥讽之意！"命斩来使，一面竭力攻城。郭嘉谏曰："刘备远来救援，先礼后兵，主公当用好言答之，以慢备心；然后进兵攻城，城可破也。"操从其言，款留来使，候发回书。正商议间，忽流星马飞报祸事。操问其故，报说吕布已袭破兖州，进据濮阳。原来吕布自遭李、郭之乱，逃出武关，去投袁术。术怪吕布反覆不定，拒而不纳。投袁绍，绍纳之，与布共破张燕于常山。布自以为得志，傲慢袁绍手下将士。绍欲杀之，布乃去投张杨，杨纳之。时庞舒在长安城中，私藏吕布妻小，送还吕布。李傕、郭汜知之，遂斩庞舒，写书与张杨，教杀张邈大喜——历史上的张邈乃是曹操老友，此时又是曹操部下，二人关系甚为亲密，张邈之背叛自立，当然给曹操极大震动。《三国演义》若能对此略加点染，效果肯定不错。

操然之……拔寨退兵——善于判断形势，分清主次，随机应变，此乃曹操作为政治家、军事家的过人之处。

老夫情愿乞闲养病——此为陶谦二让徐州。诸军救援徐州，而刘备起了关键作用，此时之让，理由更为充足。

袁公路冢中枯骨，何足挂齿——对袁术极端蔑视，一语定评。孔融之眼力，之耿介，实在令人钦佩。

吕布。布因弃张杨去投张邈。恰好张邈弟张超引陈宫来见张邈。宫说邈曰："今天下分崩，英雄并起；君以千里之众，而反受制于人，不亦鄙乎！今曹操征东，兖州空虚；而吕布乃当世勇士，若与之共取兖州，霸业可图也。"张邈大喜，(评)便迎吕布为兖州牧，进据濮阳，诸郡县皆应之*。止有鄄城、东阿、范县三处，被荀彧、程昱设计死守得全，其余俱破。曹仁屡战，皆不能胜，特此告急。操闻报大惊，曰："兖州有失，使吾无家可归矣，不可不亟图之！"郭嘉曰："主公正好卖个人情与刘备，退军去复兖州。"操然之，即时答书与刘备，拔寨退兵。(评)

且说来使回徐州，入城见陶谦，呈上书札，言曹兵已退。谦大喜，差人请孔融、田楷、云长、子龙等赴城大会。饮宴既毕，谦延玄德于上座，拱手对众曰："老夫年迈，二子不才，不堪国家重任。刘公乃帝室之胄，德广才高，可领徐州。老夫情愿乞闲养病。"(评)玄德曰："孔文举令备来救徐州，为义也。今无端据而有之，天下将以备为无义人矣。"麋竺曰："今汉室陵迟，海宇颠覆，树功立业，正在此时。徐州殷富，户口百万，刘使君领此，不可辞也。"玄德曰："此事决不敢应命。"陈登曰："陶使君多病，不能视事，明公勿辞。"玄德曰："袁公路四世三公，海内所归，近在寿春，何不以州让之？"孔融曰："袁公路冢中枯骨，何足挂齿！(评)今日之事，天与不取，悔不可追。"玄德坚执不肯。陶谦泣下曰："君若舍我而去，我死不瞑目矣！"云长曰："既承陶公相让，兄且权领州事。"张飞曰："又不是我强要他的州郡；他好意相让，何必苦苦推辞！"玄德曰："汝等欲陷我于不义耶？"陶谦推让再三，玄德只是不受。陶谦曰："如玄德必不肯从，此间近邑，名曰小沛，足可屯军，请玄德暂驻军此邑，以保徐州。何如？"众皆劝玄德留小沛，玄德从之。陶谦劳军已毕，赵云辞去，玄德执手挥泪而别。孔融、田楷亦各相别，引军自回。玄德与关、张引本部军来至小沛，修葺城垣，抚谕居民。

却说曹操回军，曹仁接着，言吕布势大，更有陈宫为辅，兖州诸郡县已失*，其鄄城、东阿、范县三处，赖荀彧、程昱二人设计相连，死守城郭。操曰："吾料吕布有勇无谋，不足虑也。"教且安营下寨，再作商议。

吕布知曹操回兵，已过公丘*，召副将薛兰、李封曰："吾欲用汝二人久矣。汝可引军一万，坚守昌邑*。吾亲自率兵，前去破曹。"二人应诺。陈宫急入见曰："将军弃昌邑，欲何往乎？"布曰："吾欲屯兵濮阳，以成鼎足之势。"宫曰："差矣。薛兰必守昌邑不住。——此去正南一百八十里，泰山路险，可伏精兵万人在彼。曹兵闻失兖州，必然倍道而进，待其过半，一击可擒也。"布曰："吾屯濮阳，别有良谋，汝岂知之！"遂不用陈宫之言，而用薛兰守昌邑而行。曹操兵行至泰山险路，郭嘉曰："且不可进，恐此处有伏兵。"曹操笑曰："吕布无谋之辈，故教薛兰守昌邑，自往濮阳，安得此处有埋伏耶？"㊣教曹仁领一军围兖州："吾进兵濮阳，速攻吕布。"陈宫闻曹兵至近，乃献计曰："今曹兵远来疲困，利在速战，不可养成气力。"布曰："吾匹马纵横天下，何愁曹操！㊣待其下寨，吾自擒之。"

安得此处有埋伏耶——曹操胆略惊人，料敌之明，有时连一流谋士郭嘉也觉不及。

吾匹马纵横天下，何愁曹操——吕布有勇无谋，又刚愎自用，堪称其致命弱点。

却说曹操兵近濮阳，下住寨脚。次日，引众将出，陈兵于野。操立马于门旗下，遥望吕布兵到。阵圆处，吕布当先出马，两边排开八员健将：第一个雁门马邑人，姓张，名辽，字文远；第二个泰山华县人*，姓臧，名霸，字宣高。两将又各引三员健将：郝萌、曹性、成廉、魏续、宋宪、侯成。布军五万，鼓声大震。操指吕布而言曰："吾与汝自来无仇，何得夺吾州郡？"布曰："汉家城池，诸人有分，偏尔合得？"便叫臧霸出马搦战。曹军内乐进出迎。两马相交，刀枪齐举*。战到三十余合，胜负不分。夏侯惇拍马便出助战，吕布阵上张辽截住厮杀。恼得吕布性起，挺戟骤马，冲出阵来。夏侯惇、乐进皆走，吕布掩杀，曹军大败，退三四十里。布自收军。曹操输了一阵，回寨与诸将商议。于禁曰："某今日上山观望，濮阳之西，吕布有一寨，约无多军。今夜彼将谓我军败走，必不准备，可引兵击之；若得寨，布军必惧：此为上策。"操从其言，带曹洪、李典、毛玠、吕虔、于禁、典韦六将，选马步二万人，连夜从小路进发。

却说吕布于寨中劳军，陈宫曰："西寨是个要紧去处，倘或曹操袭之，奈何？"布曰："他今日输了一阵，如何敢来！"宫曰："曹操是极能用兵之人，须防他攻我不备。"㊣布乃拨高顺并魏续、侯成引兵往守西寨。

须防他攻我不备——陈宫刚烈而有智谋，其施谋用计，每每有中，只看吕布是否采纳耳。

却说曹操于黄昏时分，引军至西寨，四面突入。寨兵不能抵挡，四散奔走，曹操夺了寨。将及四更，高顺方引军到，杀将入来。曹操自引军马来迎，正逢高顺，三军混战。将及天明，正东鼓声大震*，人报吕布自引救军来了。操弃寨而走。背后高顺、魏续、侯成赶来；当头吕布亲自引军来到。于禁、乐进双战吕布不住。操望北而行。山后一彪军出：左有张辽，右有臧霸。操使吕虔、曹洪战之，不利。操望西而走。忽又喊声大震，一彪军至：郝萌、曹性、成廉、宋宪四将拦住去路。众将死战，操当先冲阵。梆子响处，箭如骤雨射将来。操不能前进，无计可脱，大叫："谁人救我！"马军队里，一将踊出，乃典韦也，手挺双铁戟，大叫："主公勿忧！"飞身下马，插住双戟，取短戟十数枝，挟在手中，顾从人曰："贼来十步乃呼我！"遂放开脚步，冒箭前行。布军数十骑追至。从人大叫曰："十步矣！"韦曰："五步乃呼我！"从人又曰："五步矣！"韦乃飞戟刺之，一戟一人坠马，并无虚发，立杀十数人。(评)众皆奔走。韦复飞身上马，挺一双大铁戟，冲杀入去。郝、曹、成、宋四将不能抵挡，各自逃去。典韦杀散敌军，救出曹操。众将随后也到，寻路归寨。看看天色傍晚，背后喊声起处，吕布骤马提戟赶来，大叫："操贼休走！"此时人困马乏，大家面面相觑，各欲逃生。正是：虽能暂把重围脱，只怕难当劲敌追。不知曹操性命如何，且听下文分解。

立杀十数人——典韦不仅勇猛过人，而且忠心耿耿，故尔深得曹操喜爱。

尾评：

本回情节密度甚大，而又变化多端。作者以史实为基础，经过精心组织，使全篇颇有传奇色彩。

第十二回
陶恭祖三让徐州　曹孟德大战吕布

总评

濮阳之战，在曹操充满惊涛骇浪的一生中可称一大关目。中计被烧，险些被俘，“手臂须发，尽被烧伤”，真是危急之极，狼狈之极；而他却付之一笑，并将计就计，反败为胜。这种败而不馁、殆而复振的气概，使人们不能不惊异他罕见的顽强。这种不服输、不丧气、不死不休的顽强精神，乃是他在众多军阀中脱颖而出，翦灭一个又一个对手的重要原因。

陶谦临终，将徐州托付给刘备，是为“三让徐州”。作者一唱三叹，将刘备之得人心加以着力渲染。尽管今人对刘备形象不尽欣赏，但在那兵火连绵、哀鸿遍野的乱世之中，重视民心如刘备者，终究还是难能可贵的。

曹操抓住战机，连连进攻；吕布却不纳忠言，一误再误。激烈争夺的结果，兖州终重归曹操之手，成为其稳固的根据地。从此，再也没有人可以对兖州构成威胁了。

曹操正慌走间，正南上一彪军到，乃夏侯惇引军来救援，截住吕布大战。斗到黄昏时分，大雨如注，各自引军分散。操回寨，重赏典韦，加为都尉*。

四门放火，外设伏兵——陈宫此计，必欲置曹操于死地，真是十分厉害。

却说吕布到寨，与陈宫商议。宫曰：“濮阳城中有富户田氏，家僮千百，为一郡之巨室；可令彼密使人往操寨中下书，言‘吕温侯残暴不仁，民心大怨。今欲移兵黎阳，止有高顺在城内。可连夜进兵，我为内应’。操若来，诱之入城，四门放火，外设伏兵。(评)曹操虽有经天纬地之才，到此安能得脱也？”吕布从其计，密谕田氏使人径到操寨。操因新败，正在踌躇，忽报田氏人到，呈上密书云：“吕布已往黎阳，城中空虚。万望速来，当为内应。城上插白旗，大书‘义’字，便是暗号。”操大喜曰：“天使吾得濮阳也！”重赏来人，一面收拾起兵。刘晔曰：“布虽无谋，陈宫多计。只恐其中有诈，不可不防。明公欲去，当分三军为三队：两队伏城外接应，一队入城，方可。”(评)

一队入城，方可——刘晔思虑周密，防患未然，与陈宫堪称棋逢对手。曹操能够脱险，城外有兵接应是关键。

操从其言，分军三队，来至濮阳城下。操先往观之，见城上遍竖旗幡，西门角上，有一“义”字白旗，心中暗喜。是日午牌，城门开处，两员将引军出战：前军侯成，后军高顺。操即使典韦出马，直取侯成。侯成抵敌不过，回马望城中走。韦赶到吊桥边，高顺亦拦挡不住，都退入城中去了。数内有军人乘势混过阵来见操，说是田氏之使，呈上密书。约云：“今夜初更时分，城上鸣锣为号，便可进兵。某当献门。”操拨夏侯惇引军在左、曹洪引军在右，自己引夏侯渊、李典、乐进、典韦四将，率兵入城。李典曰：“主公且在城外，容某等先入城去。”操喝曰：“我不自往，谁肯向前！”(评)遂当先领兵直入。

我不自往，谁肯向前——有理。两军对垒，刀兵相加之际，将领身先士卒，极能鼓舞士气；而在双方势均力敌，甚至敌强我弱之时，更是如此。曹操征战多年，每每亲自当先，前面之追击董卓，后面之夜袭乌巢，均为典型事例。此亦孟德过人之处。

时约初更，月光未上。只听得西门上吹蠃壳声，喊声忽起，门上火把燎乱，城门大开，吊桥放落。曹操争先拍马而入。直到州衙，路上不见一人。操知是计，忙拨回马，大叫："退兵！"州衙中一声炮响，四门烈火，轰天而起；金鼓齐鸣，喊声如江翻海沸。东巷内转出张辽，西巷内转出臧霸，夹攻掩杀。操走北门，道傍转出郝萌、曹性，又杀一阵。操急走南门，高顺、侯成拦住。典韦怒目咬牙，冲杀出去。高顺、侯成倒走出城。典韦杀到吊桥，回头不见了曹操，翻身复杀入城来，门下撞着李典。典韦问："主公何在？"典曰："吾亦寻不见。"韦曰："汝在城外催救军，我入去寻主公。"李典去了。典韦杀入城中，寻觅不见；再杀出城壕边，撞着乐进。进曰："主公何在？"韦曰："我往复两遭，寻觅不见。"进曰："同杀入去救主！"两人到门边，城上火炮滚下，乐进马不能入。典韦冒烟突火，又杀入去，到处寻觅。

却说曹操见典韦杀出去了，四下里人马截来，不得出南门；再转北门，火光里正撞见吕布挺戟跃马而来。操以手掩面，加鞭纵马竟过。吕布从后拍马赶来，将戟于操盔上一击，问曰："曹操何在？"操反指曰："前面骑黄马者是他。"㊟吕布听说，弃了曹操，纵马向前追赶。曹操拨转马头，望东门而走，正逢典韦。韦拥护曹操，杀条血路，到城门边，火焰甚盛，城上推下柴草，遍地都是火。韦用戟拨开，飞马冒烟突火先出。曹操随后亦出。方到门道边，城门上崩下一条火梁来，正打着曹操战马后胯，那马扑地倒了。操用手托梁推放地上，手臂须发，尽被烧伤。典韦回马来救，恰好夏侯渊亦到。两个同救起曹操，突火而出。操乘渊马，典韦杀条大路而走。直混战到天明，操方回寨。

前面骑黄马者是他——身处如此险境，竟有如此急智，简直非常人所能想象。其实，急智来自胆大，临危不惧者方可化险为夷。联想第四回刺董卓不成而脱险，更觉曹操胆略惊人。

众将拜伏问安，操仰面笑曰㊟："误中匹夫之计，吾必当报之！"郭嘉曰："计可速发。"操曰："今只将计就计：诈言我被火伤，已经身死。布必引兵来攻。我伏兵于马陵山中，候其兵半度而击之*，布可擒矣。"嘉曰："真良策也！"于是令军士挂孝发丧，诈言操死。早有人来濮阳报吕布，说曹操被火烧伤肢体，到寨身死。布随点起军马，杀奔马陵山来。将到操寨，一声鼓响，伏兵四起。吕布死战得脱，折了好些人马；败回濮阳，坚守不出。是年蝗虫忽起，食尽禾稻。关东一境，每谷一斛，直钱五十贯，人民相食。曹操因军中粮尽，引兵回鄄城暂住。吕布亦引兵出屯山阳就食。因此二处权且罢兵。

操仰面笑曰——吃了败仗，不哭还笑，这又是常人难以做到的。此亦曹操的性格特色之一。其中自然有自我解嘲之意，也有权术成分，但主要还是难以企及的顽强精神。

却说陶谦在徐州，时年已六十三岁，忽然染病，看看沉重，请糜竺、陈登议事。竺曰："曹兵之去，止为吕布袭兖州故也。今因岁荒罢兵，来春又必至矣。使君两番欲让位于刘玄德，时使君尚强健，故玄德不肯受；今病已沉重，正可就此而与之，玄德不肯辞矣。"谦大喜，使人来小沛，请刘玄德商议军务。玄德引关、张带数十骑到徐州，陶谦教请入卧内。玄德问安毕，谦曰："请玄德公来，不为别事：止因老夫病已危笃，朝夕难保；万望明公可怜汉家城池为重，㊞受取徐州牌印，老夫死亦瞑目矣！"玄德曰："君有二子，何不传之？"谦曰："长子商，次子应，其才皆不堪任。老夫死后，犹望明公教诲，切勿令掌州事。"玄德曰："备一身安能当此大任？"谦曰："某举一人，可为公辅：系北海人，姓孙，名乾，字公祐，此人可使为从事。"又谓糜竺曰："刘公当世人杰，汝当善事之。"玄德终是推托，陶谦以手指心而死。众军举哀毕，即捧牌印交送玄德。玄德固辞。次日，徐州百姓，拥挤府前哭拜曰："刘使君若不领此州*，我等皆不能安生矣！"㊞关、张二公亦再三相劝。玄德乃许权领徐州事；使孙乾、糜竺为辅，陈登为幕官；尽取小沛军马入城，出榜安民；一面安排丧事。玄德与大小军士，尽皆挂孝，大设祭奠。祭毕，葬于泗水之原*。将陶谦遗表，申奏朝廷。

万望明公可怜汉家城池为重——嘱托再三，情辞恳切，"汉家城池"四字，分量尤重，刘备实在难以推辞了。

我等皆不能安生矣——众望所归，人心难违，刘备更无法推辞了。作者突出陶谦嘱托与百姓拥戴这两大因素，正契合刘备"上报国家，下安黎庶"的政治理想，为刘备领有徐州安排了十分充足的理由。

操在鄄城，知陶谦已死，刘玄德领徐州牧，大怒曰："我仇未报，汝不费半箭之功，坐得徐州！吾必先杀刘备，后戮谦尸，以雪先君之怨。"即传号令，克日起兵去打徐州。荀彧入谏曰："昔高祖保关中，光武据河内，皆深根固本以制天下，进足以胜敌，退足以坚守，故虽有困，终济大业。明公本首事兖州，且河、济乃天下之要地，是亦昔之关中、河内也。今若取徐州，多留兵则不足用，少留兵则吕布乘虚寇之，是无兖州也。若徐州不得，明公安所归乎？今陶谦虽死，已有刘备守之。徐州之民，既已服备，必助备死战。明公弃兖州而取徐州，是弃大而就小，去本而求末，以安而易危也，愿熟思之。"㊞操曰："今岁荒乏粮，军士坐守于此，终非良策。"彧曰："不如东略陈地，使军就食汝南、颍川。黄巾余党何仪、黄劭等，劫掠州郡，多有金帛、粮食，此等贼徒，又容易破；破而取其粮，以养三军，朝廷喜，百姓悦，乃顺天之事也。"操喜，从之，乃留夏侯

愿熟思之——荀彧高瞻远瞩，总览全局，以确保兖州为曹操之第一要务，实为正确的战略决策，不愧"子房"之美誉。

惇、曹仁守鄄城等处，自引兵先略陈地，次及汝、颍。

黄巾何仪、黄劭知曹兵到，引众来迎，会于羊山。时贼兵虽众，都是狐群狗党，并无队伍行列。操令强弓硬弩射住，令典韦出马。何仪令副元帅出战，不三合，被典韦一戟刺于马下。操引众乘势赶过羊山下寨。次日，黄劭自引军来。阵圆处，一将步行出战，头裹黄巾，身披绿袄，手提铁棒，大叫："我乃截天夜叉何曼也！谁敢与我厮斗？"曹洪见了，大喝一声，飞身下马，提刀步出。两下向阵前厮杀，四五十合，胜负不分。曹洪诈败而走，何曼赶来。洪用拖刀背砍计，转身一踅，砍中何曼，再复一刀，杀死。李典乘势飞马直入贼阵。黄劭不及提备，被李典生擒活捉过来。曹兵掩杀贼众，夺其金帛、粮食无数。何仪势孤，引数百骑奔走葛陂。正行之间，山背后撞出一军。为头一个壮士，身长八尺，腰大十围，手提大刀，截住去路。何仪挺枪出迎，只一合，被那壮士活挟过去。余众着忙，皆下马受缚，被壮士尽驱入葛陂坞中。

却说典韦追袭何仪到葛陂，壮士引军迎住。典韦曰："汝亦黄巾贼耶？"壮士曰："黄巾数百骑，尽被我擒在坞内！"韦曰："何不献出？"壮士曰："你若赢得手中宝刀，我便献出！"韦大怒，挺双戟向前来战。两个从辰至午，不分胜负，各自少歇。不一时，那壮士又出搦战，典韦亦出。直战到黄昏，各因马乏暂止。㊟典韦手下军士，飞报曹操。操大惊，忙引众将来看。次日，壮士又出搦战。操见其人威风凛凛，心中暗喜，分付典韦，今日且诈败。韦领命出战；战到三十合，败走回阵。壮士赶到阵门中，弓弩射回。操急引军退五里，密使人掘下陷坑，暗伏钩手。次日，再令典韦引百余骑出。壮士笑曰："败将何敢复来！"便纵马接战。典韦略战数合，便回马走。壮士只顾望前赶来，不提防连人带马，都落于陷坑之内，被钩手缚来见曹操。操下帐叱退军士，亲解其缚，急取衣衣之，命坐，问其乡贯姓名。壮士曰："我乃沛国谯县人也*，姓许，名褚，字仲康。向遭寇乱，聚宗族数百人，筑坚壁于坞中以御之。一日寇至，吾令众人多取石子准备，吾亲自飞石击之，无不中者，寇乃退去。又一日寇至，坞中无粮，遂与贼和，约以耕牛换米。米已送到，贼驱牛至坞外，牛皆奔走回还，被我双手掣二牛尾，倒行百余步。贼大惊，不敢取牛而走。因此保守此处无事。"操曰："吾闻大名久矣，还肯降

各因马乏暂止——许褚与典韦战成平手，也是一员难得的勇将。

否？”褚曰：“固所愿也。”遂招引宗族数百人俱降。操拜许褚为都尉，赏劳甚厚。随将何仪、黄劭斩讫。汝、颍悉平。

曹操班师，曹仁、夏侯惇接见，言近日细作报说：昌邑薛兰、李封军士皆出掳掠，城邑空虚，可引得胜之兵攻之，一鼓可下。操遂引军径奔昌邑。薛兰、李封出其不意，只得引兵出城迎战。许褚曰：“吾愿取此二人，以为贽见之礼。”操大喜，遂令出战。李封使画戟，向前来迎。交马两合，许褚斩李封于马下。薛兰急走回阵，吊桥边李典拦住。薛兰不敢回城，引军投巨野而去；却被吕虔飞马赶来，一箭射于马下，军皆溃散。

曹操复得昌邑，程昱便请进兵取濮阳。操令许褚、典韦为先锋，夏侯惇、夏侯渊为左军，李典、乐进为右军，操自领中军，于禁、吕虔为合后。兵至濮阳，吕布欲自将出迎，陈宫谏：“不可出战。待众将聚会后方可。”吕布曰：“吾怕谁来？”遂不听宫言，引兵出阵，横戟大骂。许褚便出。斗二十合，不分胜负。操曰：“吕布非一人可胜。”便差典韦助战，两将夹攻；左边夏侯惇、夏侯渊，右边李典、乐进齐到，六员将共攻吕布。㊣布遮拦不住，拨马回城。城上田氏，见布败回，急令人拽起吊桥。布大叫：“开门！”田氏曰：“吾已降曹将军矣。”㊣布大骂，引军奔定陶而去。陈宫急开东门，保护吕布老小出城。操遂得濮阳，恕田氏旧日之罪。刘晔曰：“吕布乃猛虎也，今日困乏，不可少容。”操令刘晔等守濮阳，自己引军赶至定陶。时吕布与张邈、张超尽在城中，高顺、张辽、臧霸、侯成巡海打粮未回。操军至定陶，连日不战，引军退四十里下寨。正值济阴郡麦熟*，操即令军割麦为食。细作报知吕布，布引军赶来。将近操寨，见左边一望林木茂盛，恐有伏兵而回。操知布军回去，乃谓诸将曰：“布疑林中有伏兵耳，可多插旌旗于林中以疑之。寨西一带长堤，无水，可尽伏精兵。明日吕布必来烧林，堤中军断其后，布可擒矣。”于是止留鼓手五十人于寨中擂鼓，将村中掳来男女在寨内呐喊，精兵多伏堤中。

六员将共攻吕布——六员猛将，方可击败吕布，可见吕布之武艺堪称天下无敌。然而，吕布最终还是被俘而死，匹夫之勇，毕竟不是争夺天下的主要因素。

吾已降曹将军矣——如田氏者，可谓精于算计，善于反戈一击了。

却说吕布回报陈宫。宫曰：“操多诡计，不可轻敌。”布曰：“吾用火攻，可破伏兵。”乃留陈宫、高顺守城。布次日引大军来，遥见林中有旗，驱兵大进，四面放火，竟无一人。欲投寨中，却闻鼓声大震。正自疑惑不定，忽然寨后一彪军出。吕布纵马赶来。炮响处，堤内伏兵尽出：夏侯惇、夏侯渊、许褚、典韦、李典、乐进骤马杀来。吕布料敌不过，落荒而走。从将成廉，被乐进一箭射死。布军三停去了二停。败卒回报陈宫，宫曰："空城难守，不若急去。"遂与高顺保着吕布老小，弃定陶而走。曹操将得胜之兵，杀入城中，势如劈竹。张超自刎，张邈投袁术去了。兖州一境，尽被曹操所得*。㊖安民修城，不在话下。

却说吕布正走，逢诸将皆回，陈宫亦已寻着。布曰："吾军虽少，尚可破曹。"遂再引军来。正是：兵家胜败真常事，卷甲重来未可知。不知吕布胜负如何，且听下文分解。

兖州一境，尽被曹操所得——曹操在战略战术上均明显优于吕布，在这场较量中取得胜利，恢复其对兖州的控制，自在情理之中。

尾评：

本回虽然写了陶谦三让徐州，但中心情节乃是曹操与吕布对兖州的激烈争夺。曹操恢复对兖州的控制，是他在与其他军阀混战中取得的第一次重大胜利。汉献帝后来之所以召曹操保驾，实由于此。

第十三回
李傕郭汜大交兵　杨奉董承双救驾

总评

吕布争夺兖州失败后，欲投袁绍而不得，只好投奔刘备。刘备收容吕布，一个重要原因是新领徐州，立足未稳，欲借助吕布而增强实力，未必都出自“仁厚”之心。由于吕布不甘久居人下，刘备之力又不足以控制吕布，双方迟早会发生冲突。作者有意强化刘备好心的一面，是要突出吕布的见利忘义、反覆无常，为其后来袭夺徐州埋下伏笔。

李傕、郭汜之乱，乃是董卓之乱的继续。董卓劫迁天子，践踏黎民，一把大火，将繁华富丽的东都洛阳烧成一片瓦砾；李、郭争夺天子，祸害百姓，一场混战，将本已残破的西都长安弄得更加衰败。这帮穷凶极恶的强盗，制造了一起又一起骇人听闻的浩劫，在东汉末年的历史上写下了最黑暗、最血腥的一页，即使千载之后，仍令人怒发冲冠！

在李郭之乱中，汉献帝先是被扣为人质，后来东归洛阳，又连遭追击，狼狈逃窜，受尽惊吓，吃尽苦头，其可悲处境，证明东汉王朝确实是气数已尽。经过这样连续不断的折磨，这位原本相当聪明的年轻皇帝被弄得心力交瘁。手中没有实力的他，后来落入曹操的手掌，实在也是无可奈何！

却说曹操大破吕布于定陶，布乃收集败残军马于海滨，众将皆来会集，欲再与曹操决战。陈宫曰："今曹兵势大，未可与争。先寻取安身之地，那时再来未迟。"布曰："吾欲再投袁绍，何如？"宫曰："先使人往冀州探听消息，然后可去。"布从之。

且说袁绍在冀州，闻知曹操与吕布相持，谋士审配进曰："吕布，豺虎也，若得兖州，必图冀州。不若助操攻之，方可无患。"绍遂遣颜良将兵五万，往助曹操。㊟细作探知这个消息，飞报吕布。布大惊，与陈宫商议。宫曰："闻刘玄德新领徐州，可往投之。"布从其言，竟投徐州来。有人报知玄德。玄德曰："布乃当今英勇之士，可出迎之。"糜竺曰："吕布乃虎狼之徒，不可收留；收则伤人矣。"玄德曰："前者非布袭兖州，怎解此州之祸*。今彼穷而投我，岂有他心！"张飞曰："哥哥心肠忒好。虽然如此，也要准备。"

玄德领众出城三十里，接着吕布，并马入城，都到州衙厅上，讲礼毕，坐下。布曰："某自与王司徒计杀董卓之后，又遭傕、汜之变，飘零关东，诸侯多不能相容。近因曹贼不仁，侵犯徐州，蒙使君力救陶谦，布因袭兖州以分其势；不料反堕奸计，败兵折将。今投使君，共图大事，未审尊意如何？"玄德曰："陶使君新逝，无人管领徐州，因令备权摄州事。今幸将军至此，合当相让。"遂将牌印送与吕布。㊟吕布却待要接，只见玄德背后关、张二公各有怒色。布乃佯笑曰："量吕布一勇夫，何能作州牧乎？"玄德又让。陈宫曰："'强宾不压主'，请使君勿疑。"玄德方止。遂设宴相待，收拾宅院安下。

次日，吕布回席请玄德，玄德乃与关、张同往。饮酒至半酣，布请玄德入后堂。关、张随入。布令妻女出拜玄德。玄德再三谦让。布曰："贤弟不必推让。"张飞听了，瞋目大叱曰："我哥哥是金枝玉

绍遂遣颜良将兵五万，往助曹操——吕布当初投奔袁绍，已因居功自傲而几乎被杀（见第十一回），袁绍自然不愿其实力强大，而宁可派兵帮助曹操灭之（此时袁绍与曹操关系较好，曹操任东郡太守，即袁绍表荐）。见利忘义、反覆无常之徒，尽管武艺高强，仍然到处不受欢迎。

遂将牌印送与吕布——刘备显然不会真心相让，无非是试探一下吕布而已。由此可以看出刘备的性格特征之一：颇有城府，不露锋芒，善于以退为进，后发制人。

我和你并三百合——张飞胸怀坦荡，嫉恶如仇，从心底看不起吕布，如水火之不容。当面怒声喝斥，一再欲与相斗，正与虎牢关前大骂“三姓家奴”一脉相承。此乃张飞可爱之处，亦正刘备等人不及之处。

自引军投小沛去了——分析当日情势，刘备如何安置吕布，确有难处。但让吕布驻小沛，犹如养虎于侧，终究易生祸患。

剿除奸党，天下幸甚——环顾当时的天下，有实力，有才干，足以匡扶朝廷者，似乎当首推曹操。

叶，你是何等人，敢称我哥哥为贤弟！你来！我和你斗三百合！”玄德连忙喝住，关公劝飞出。玄德与吕布陪话曰：“劣弟酒后狂言，兄勿见责。”布默然无语。须臾席散，布送玄德出门，张飞跃马横枪而来，大叫：“吕布！我和你并三百合！”㊣玄德急令关公劝止。

次日，吕布来辞玄德曰：“蒙使君不弃，但恐令弟辈不能相容。布当别投他处。”玄德曰：“将军若去，某罪大矣。劣弟冒犯，另日当令陪话。近邑小沛，乃备昔日屯兵之处。将军不嫌浅狭，权且歇马，如何？粮食军需，谨当应付。”吕布谢了玄德，自引军投小沛安身去了。㊣玄德自去埋怨张飞不题。

却说曹操平了兖州*，表奏朝廷，加操为镇东将军，封费亭侯*。其时李傕自为大司马，郭汜自为车骑将军*，横行无忌，朝廷无人敢言。太尉杨彪、大司农朱儁暗奏献帝曰：“今曹操拥兵二十余万，谋臣武将数十员，若得此人扶持社稷，剿除奸党，天下幸甚。”㊣献帝泣曰：“朕被二贼欺凌久矣！若得诛之，诚为大幸！”彪奏曰：“臣有一计：先令二贼自相残害，然后诏曹操引兵杀之，扫清贼党，以安朝廷。”献帝曰：“计将安出？”彪曰：“闻郭汜之妻最妒，可令人于汜妻处用反间计，则二贼自相害矣。”帝乃书密诏付杨彪。

彪即暗使夫人以他事入郭汜府，乘间告汜妻曰：“闻郭将军与李司马夫人有染，其情甚密。倘司马知之，必遭其害。夫人宜绝其往来为妙。”汜妻讶曰：“怪见他经宿不归！却干出如此无耻之事！非夫人言，妾不知也。当慎防之。”彪妻告归，汜妻再三称谢而别。过了数日，郭汜又将往李傕府中饮宴。妻曰：“傕性不测，况今两雄不并立，倘彼酒后置毒，妾将奈何？”汜不肯听，妻再三劝住。至晚间，傕使人送酒筵至，汜妻乃暗置毒于中，方始献入。汜便欲食。妻曰：“食自外来，岂可便食？”乃先与犬试之，犬立死。自此汜心怀疑。一日朝罢，李傕力邀郭汜赴家饮宴。至夜席散，汜醉而归，偶然腹痛。妻曰：“必中其毒矣！”急令将粪汁灌之，一吐方定。汜大怒曰：“吾与李傕共图大事，今无端欲谋害我，我不先发，必遭毒手。”遂密整本部甲兵，欲攻李傕。

早有人报知傕。傕亦大怒曰：“郭阿多安敢如此！”遂点本部甲兵，来杀郭汜。两处合兵数万，就在长安城下混战，乘势掳掠居民。㊀傕侄李暹引兵围住宫院，用车二乘，一乘载天子，一乘载伏皇后，使贾诩、左灵监押车驾；其余宫人内侍，并皆步走。拥出后宰门，正遇郭汜兵到，乱箭齐发，射死宫人不知其数。李傕随后掩杀，郭汜兵退。车驾冒险出城，不由分说，竟拥到李傕营中。郭汜领兵入宫，尽抢掳宫嫔采女入营，放火烧宫殿。

乘势掳掠居民——李郭交兵，纯系狗咬狗之争。但身为执政大臣，竟全然不顾脸面，"乘势掳掠居民"，真是地地道道的强盗行径！

次日，郭汜知李傕劫了天子，领军来营前厮杀。帝后都受惊恐。后人有诗叹之曰：

光武中兴兴汉世，上下相承十二帝。
桓灵无道宗社堕，阉臣擅权为叔季。
无谋何进作三公，欲除社鼠招奸雄。
豺獭虽驱虎狼入，西州逆竖生淫凶。
王允赤心托红粉，致令董吕成矛盾。
渠魁殄灭天下宁，谁知李郭心怀愤。
神州荆棘争奈何，六宫饥馑愁干戈。
人心既离天命去，英雄割据分山河。
后王规此存兢业，莫把金瓯等闲缺。
生灵糜烂肝脑涂，剩水残山多怨血。
我观遗史不胜悲，今古茫茫叹《黍离》。
人君当守"苞桑"戒，太阿谁执全纲维。

却说郭汜兵到，李傕出营接战。汜军不利，暂且退去。傕乃移帝后车驾于郿坞，使侄李暹监之，断绝内使，饮食不继，侍臣皆有饥色。帝令人问傕取米五斛，牛骨五具，以赐左右。傕怒曰："朝夕上饭，何又他求？"乃以腐肉朽粮与之，皆臭不可食。帝骂曰："逆贼直如此相欺！"侍中杨琦急奏曰："傕性残暴。事势至此，陛下且忍之，不可撄其锋也。"帝乃低头无语，泪盈袍袖。

忽左右报曰："有一路军马，枪刀映日，金鼓震天，前来救驾。"帝教打听是谁，乃郭汜也。帝心转忧。只闻坞外喊声大起。原来李傕引兵出迎郭汜，鞭指郭汜而骂曰："我待你不薄，你如何谋害我！"汜曰："尔乃反贼，如何不杀你！"傕曰："我保驾在此，何为反贼？"汜曰："此乃劫驾，何为保驾？"傕曰："不须多言！我两个各不许用军士，只自并输赢。赢的便把皇帝取去罢了。"㊀二人便就阵前厮杀。战到十合，不分胜负。只见杨彪拍马而来，大叫："二位将军少

赢的便把皇帝取去罢了——惯于作威作福，心目中全无朝廷纲纪，竟以皇帝为输赢筹码，实为十足的强盗口吻。

歇！老夫特邀众官，来与二位讲和。”傕、汜乃各自还营。杨彪与朱儁会合朝廷官僚六十余人，先诣郭汜营中劝和。郭汜竟将众官尽行监下。众官曰：“我等为好而来，何乃如此相待？”汜曰：“李傕劫天子，偏我劫不得公卿！”㊟杨彪曰：“一劫天子，一劫公卿，意欲何为？”汜大怒，便拔剑欲杀彪。中郎将杨密力劝，汜乃放了杨彪、朱儁，其余都监在营中。彪谓儁曰：“为社稷之臣，不能匡君救主，空生天地间耳！”言讫，相抱而哭，昏绝于地。儁归家成病而死。自此之后，傕、汜每日厮杀，一连五十余日，死者不知其数。

偏我劫不得公卿——强词夺理，以暴易暴，除了骂他一声“狗强盗”，人们还能说什么！

却说李傕平日最喜左道妖邪之术，常使女巫击鼓降神于军中。贾诩屡谏不听。侍中杨琦密奏帝曰：“臣观贾诩虽为李傕腹心，然实未尝忘君，陛下当与谋之。”正说之间，贾诩来到。帝乃屏退左右，泣谕诩曰：“卿能怜汉朝，救朕命乎？”诩拜伏于地曰：“固臣所愿也。陛下且勿言，臣自图之。”㊟帝收泪而谢。少顷，李傕来见，带剑而入，帝面如土色。傕谓帝曰：“郭汜不臣，监禁公卿，欲劫陛下。非臣则驾被掳矣。”帝拱手称谢，傕乃出。

陛下且勿言，臣自图之——贾诩之智，用以助李傕，可谓助纣为虐；用以救献帝，算是改恶从善。

时皇甫郦入见帝。帝知郦能言，又与李傕同乡，诏使往两边解和。郦奉诏，走至汜营说汜。汜曰：“如李傕送出天子，我便放出公卿。”郦即来见李傕曰：“今天子以某是凉州人*，与公同乡，特令某来劝和二公。汜已奉诏，公意若何？”傕曰：“吾有败吕布之大功，辅政四年，多著勋绩，天下共知。郭阿多盗马贼耳，乃敢擅劫公卿，与我相抗，誓必诛之！君试观我方略士众，足胜郭阿多否？”郦答曰：“不然。昔有穷后羿，恃其善射，不思患难，以致死亡。近董太师之强，君所目见也，吕布受恩而反图之，斯须之间，头悬国门。则强固不足恃矣。将军身为上将，持钺仗节，子孙宗族，皆居显位，国恩不可谓不厚。今郭阿多劫公卿，而将军劫至尊，果谁轻谁重耶？”李傕大怒，拔剑叱曰：“天子使汝来辱我乎？我先斩汝头！”骑都尉杨奉谏曰：“今郭汜未除，而杀天使，则汜兴兵有名，诸侯皆助之矣。”贾诩亦力劝，傕怒少息。诩遂推皇甫郦出。郦大叫曰：“李傕不奉诏，欲弑君自立！”侍中胡邈急止之曰：“无出此言，恐于身不利。”郦叱之曰：“胡敬才！汝亦为朝廷之臣，如何附贼？‘君辱臣死’，吾被李傕所杀，乃分也！”大骂不止。㊟帝知之，急令皇甫郦回凉州。

大骂不止——皇甫郦奉诏解和，不畏强暴，敢于直陈是非，可谓大义凛然。虽和解未成，但能挫折李傕气焰，瓦解其军心，仍属难能可贵。

却说李傕之军，大半是凉州人氏，更赖羌兵为助。却被皇甫郦扬言于凉州人曰："李傕谋反，从之者即为贼党，后患不浅。"凉州人多有听郦之言，军心渐涣。傕闻郦言，大怒，差虎贲王昌追之。昌知郦乃忠义之士，竟不往追，只回报曰："郦已不知何往矣。"贾诩又密谕羌人曰："天子知汝等忠义，久战劳苦，密诏使汝还郡，后当有重赏。"羌人正怨李傕不与爵赏，遂听诩言，都引兵去。诩又密奏帝曰："李傕贪而无谋，今兵散心怯，可以重爵饵之。"帝乃降诏，封傕为大司马。傕喜曰："此女巫降神祈祷之力也！"遂重赏女巫，却不赏军将。骑都尉杨奉大怒，谓宋果曰："吾等出生入死，身冒矢石，功反不及女巫耶？"宋果曰："何不杀此贼，以救天子？"奉曰："你于中军放火为号，吾当引兵外应。"二人约定是夜二更时分举事。不料其事不密，有人报知李傕。傕大怒，令人擒宋果先杀之。杨奉引兵在外，不见号火。李傕自将兵出，恰遇杨奉，就寨中混战到四更。奉不胜，引军投东去了*。㊊李傕自此军势渐衰。更兼郭汜常来攻击，杀死者甚多。

引军投东去了——王昌放走皇甫郦，贾诩散去羌兵，杨奉、宋果又公开造反，李傕已是众叛亲离，势力大大削弱了。

忽人来报："张济统领大军，自陕县来到*，欲与二公解和；声言如不从者，引兵击之。"傕便卖个人情，先遣人赴张济军中许和。郭汜亦只得许诺。张济上表，请天子驾幸弘农。帝喜曰："朕思东都久矣。今乘此得还，乃万幸也！"诏封张济为骠骑将军。济进粮食酒肉，供给百官。汜放公卿出营。傕收拾车驾东行，遣旧有御林军数百，持戟护送。

銮舆过新丰，至霸陵，时值秋天，金风骤起。忽闻喊声大作，数百军兵来至桥上，拦住车驾，厉声问曰："来者何人？"侍中杨琦拍马上桥曰："圣驾过此，谁敢拦阻？"有二将出曰："吾等奉郭将军命，把守此桥，以防奸细。既云圣驾，须亲见帝，方可准信。"杨琦高揭珠帘。帝谕曰："朕躬在此，卿何不退？"众将皆呼"万岁"，分于两边，驾乃得过。二将回报郭汜曰："驾已去矣。"汜曰："我正欲哄过张济，劫驾再入郿坞，你如何擅自放了过去？"㊊遂斩二将，起兵赶来。

你如何擅自放了过去——郭汜刚刚同意和解，马上又欲劫驾，全无信义可言。小人！小人！

车驾正到华阴县，背后喊声震天，大叫："车驾且休动！"帝泣告大臣曰："方离狼窝，又逢虎口，如之奈何？"众皆失色。贼军渐近。只听得一派鼓声，山背后转出一将，当先一面大旗，上书"大汉杨奉”四字，引军千余杀来。原来杨奉自为李傕所败，便引军屯终南山下；今闻驾至，特来保护。当下列开阵势。汜将崔勇出马，大骂杨奉“反贼”。奉大怒，回顾阵中曰：“公明何在？”一将手执大斧，飞骤骅骝，直取崔勇。两马相交，只一合，斩崔勇于马下。杨奉乘势掩杀，汜军大败，退走二十余里。奉乃收军来见天子。帝慰谕曰：“卿救朕躬，其功不小！”奉顿首拜谢。帝曰：“适斩贼将者何人？”奉乃引此将拜于车下曰：“此人河东杨县人*，姓徐，名晃，字公明。”帝慰劳之。杨奉保驾至华阴驻跸。将军段煨，具衣服饮膳上献。是夜，天子宿于杨奉营中。

郭汜败了一阵，次日又点军杀至营前来。徐晃当先出马。郭汜大军八面围来，将天子、杨奉困在垓心。正在危急之中，忽然东南上喊声大震，一将引军纵马杀来。贼众奔溃。徐晃乘势攻击，大败汜军。那人来见天子，乃国戚董承也。帝哭诉前事。承曰：“陛下免忧。臣与杨将军誓斩二贼，以靖天下。”帝命早赴东都。连夜驾起，前幸弘农。

却说郭汜引败军回，撞着李傕，言：“杨奉、董承救驾往弘农去了。若到东都*，立脚得牢，必然布告天下，令诸侯共伐我等，三族不能保矣。”傕曰：“今张济兵据长安，未可轻动。我和你乘间合兵一处，至弘农杀了汉君，平分天下，有何不可！”汜喜诺。㊣二人合兵，于路劫掠，所过一空。杨奉、董承知贼兵远来，遂勒兵回，与贼大战于东涧。傕、汜二人商议：“我众彼寡，只可以混战胜之。”于是李傕在左，郭汜在右，漫山遍野拥来。杨奉、董承两边死战，刚保帝后车出；百官宫人，符册典籍，一应御用之物，尽皆抛弃。郭汜引军入弘农劫掠。承、奉保驾走陕北，傕、汜分兵赶来。

> 汜喜诺——时而势不两立，时而又同流合污，哪怕天下大乱百姓遭殃也在所不惜，为的只是一己私欲。小人！小人！

承、奉一面差人与傕、汜讲和，一面密传圣旨往河东，急召故白波帅韩暹、李乐、胡才三处军兵前来救应。那李乐亦是啸聚山林之贼，今不得已而召之。三处军闻天子赦罪赐官，如何不来；并拔本营军士，来与董承约会一齐，再取弘农。其时李傕、郭汜但到之处，劫掠百姓，老弱者杀之，强壮者充军；临敌则驱民兵在前，名曰“敢死军”，㊣贼势浩大。李乐军到，会于曹阳*。郭汜令军士将衣服物件抛弃于道。乐军见衣服满地，争往取之，队伍尽失。傕、汜二军，四面混战，乐军大败。杨奉、董承遮拦不住，保驾北走，

> 名曰“敢死军”——分明是让老百姓充当替死鬼。生当乱世，百姓受尽煎熬，生不如死，令人不胜悲悯。

背后贼军赶来。李乐曰："事急矣！请天子上马先行！"帝曰："朕不可舍百官而去。"众皆号泣相随。胡才被乱军所杀。承、奉见贼追急，请天子弃车驾，步行到黄河岸边。李乐等寻得一只小舟作渡船。时值天气严寒，帝与后强扶到岸，边岸又高，不得下船，后面追兵将至。杨奉曰："可解马缰绳接连，拴缚帝腰，放下船去。"人丛中国舅伏德挟白绢十数匹至，曰："我于乱军中拾得此绢，可接连拽辇。"行军校尉尚弘用绢包帝及后，令众先挂帝往下放之，乃得下船。李乐仗剑立于船头上。后兄伏德，负后下船中。岸上有不得下船者，争扯船缆，李乐尽砍于水中。渡过帝后，再放船渡众人。其争渡者，皆被砍下手指，哭声震天。㊟

哭声震天——献帝及其随从仓皇逃命，真是狼狈不堪。

既渡彼岸，帝左右止剩得十余人。杨奉寻得牛车一辆，载帝至大阳。绝食，晚宿于瓦屋中，野老进粟饭，上与后共食，粗粝不能下咽。次日，诏封李乐为征北将军，韩暹为征东将军，起驾前行。有二大臣寻至，哭拜车前，乃太尉杨彪、太仆韩融也。帝后俱哭。韩融曰："傕、汜二贼，颇信臣言；臣舍命去说二贼罢兵。陛下善保龙体。"韩融去了。李乐请帝入杨奉营暂歇。杨彪请帝都安邑县。驾至安邑，苦无高房，帝后都居于茅屋中；又无门关闭，四边插荆棘以为屏蔽。帝与大臣议事于茅屋之下，诸将引兵于篱外镇压。㊟李乐等专权，百官稍有触犯，竟于帝前殴骂；故意送浊酒粗食与帝，帝勉强纳之。李乐、韩暹又连名保奏无徒、部曲、巫医、走卒二百余名，并为校尉，御史等官。刻印不及，以锥画之，全不成体统。

诸将引兵于篱外镇压——衣食住行，样样短缺，十分寒酸，皇帝落难至此，其实也很可怜。

却说韩融曲说傕、汜二贼，二贼从其言，乃放百官及宫人归。是岁大荒，百姓皆食枣菜，饿莩遍野。河内太守张杨献米肉，河东太守王邑献绢帛，帝稍得宁。董承、杨奉商议，一面差人修洛阳宫院，欲奉车驾还东都。李乐不从。董承谓李乐曰："洛阳本天子建都之地。安邑乃小地面，如何容得车驾？今奉驾还洛阳是正理。"李乐曰："汝等奉驾去，我只在此处住。"承、奉乃奉驾起程。李乐暗令人结连李傕、郭汜，一同劫驾。董承、杨奉、韩暹知其谋，连夜摆布军士，护送车驾前奔箕关。李乐闻知，不等傕、汜军到，自引本部人马前来追赶。四更左侧，赶到箕山下，大叫："车驾休行！李傕、郭汜在此！"吓得献帝心惊胆战。山上火光遍起。正是：前番两贼分为二，今番三贼合为一。不知汉天子怎离此难，且听下文分解。

尾评：

李郭之乱，进一步打乱了东汉王朝的统治秩序，加重了汉献帝的傀儡地位，使他越来越无法按照自己的意愿办事。这实际上为曹操控制朝政、操纵献帝准备了条件。

第十四回

曹孟德移驾幸许县　吕奉先乘夜袭徐州*

总评

奉迎汉献帝移都许县，是曹操一生事业的重大转折。从此以后，他便名正言顺地“挟天子以令诸侯，奉王命而讨不臣”，在彼此攻伐的军阀中率先取得政治上的极大主动。这为他争取人心，壮大实力，逐步消灭割据势力，统一北方提供了极其有利的条件。

曹操奉迎汉献帝，决策于其主要谋士荀彧。荀彧提出这一根本性的战略决策，是希望曹操抓住时机，匡扶社稷，建立周公、齐桓、晋文一样的伟业，成就兴复汉室的千秋美名。而曹操在将献帝抓到手中之后，由于多种因素的作用，已经很难充当汉王朝的中兴名臣，而是为自己的帝业奠定基础。对此，荀彧实在无可奈何。

在荀彧建议曹操奉迎汉献帝之前，袁绍的重要谋士沮授即曾建议袁绍奉迎献帝，移都邺县，以便“挟天子而令诸侯，畜士马以讨不庭”。可谓英雄所见略同。然而，袁绍的某些亲信却认为天下已乱，强者为王，若奉迎献帝，反而会使袁绍受到拘束。袁绍听信后者，未能采纳沮授之议。待到曹操迎献帝移都许县后，袁绍方才感到后悔，但却为时已晚（《三国演义》未写此事）。由此可见，一个正确的战略方针能否被采纳，关键在于领导者能否统览全局，作出英明的决策。由此亦可见，机不可失，时不再来。

历史上的吕布袭夺徐州，本与曹操无关。《三国演义》写曹操刚刚大权在握便把刘备当作心腹之患，先是设法离间刘备与吕布的关系，继则调虎离山，命刘备征讨袁术，给吕布造成可乘之机。这样，尽管袭夺徐州的是吕布，丢失徐州的是张飞，读者仍会归因于曹操的“驱虎吞狼”之计，整个事件便被纳入了曹、刘根本对立的总体构思之中。

却说李乐引军诈称李傕、郭汜，来追车驾，天子大惊。杨奉曰：“此李乐也。”遂令徐晃出迎之。李乐亲自出战。两马相交，只一合，被徐晃一斧砍于马下，杀散余党，保护车驾过箕关。太守张杨具粟帛迎驾于轵道。帝封张杨为大司马。杨辞帝，屯兵野王去了。

帝入洛阳，见宫室烧尽，街市荒芜，满目皆是蒿草，宫院中只有颓墙坏壁，命杨奉且盖小宫居住。百官朝贺，皆立于荆棘之中。诏改兴平为建安元年。是岁又大荒。洛阳居民，仅有数百家，无可为食，尽出城去剥树皮、掘草根食之。尚书郎以下，皆自出城樵采，多有死于颓墙坏壁之间者。汉末气运之衰，无甚于此。㊣后人有诗叹之曰：

> 血流芒砀白蛇亡，赤帜纵横游四方。
> 秦鹿逐翻兴社稷，楚骓推倒立封疆。
> 天子懦弱奸邪起，气色凋零盗贼狂。
> 看到两京遭难处，铁人无泪也凄惶！

太尉杨彪奏帝曰：“前蒙降诏，未曾发遣。今曹操在兖州，*兵强将盛，可宣入朝，以辅王室。”帝曰：“朕前既降诏，卿何必再奏，今即差人前去便了。”彪领旨，即差使命赴兖州，宣召曹操。㊣

却说曹操在兖州，闻知车驾已还洛阳，聚谋士商议。荀彧进曰：“昔晋文公纳周襄王，而诸侯服从；汉高祖为义帝发丧，而天下归心。今天子蒙尘，将军诚因此时首倡义兵，奉天子以从众望，不世之略也。㊣若不早图，人将先我而为之矣。”曹操大喜。正要收拾起兵，忽报有天使赍诏宣召。操接诏，克日兴师。

却说帝在洛阳，百事未备，城郭崩倒，欲修未能。人报李傕、郭汜领兵将到。帝大惊，问杨奉曰：“兖州之使未回，李、郭之兵又至，为之奈何？”杨奉、韩暹曰：“臣愿与贼决死战，以保陛下！”董承曰：“城郭不坚，兵甲不多，战如不胜，当复如何？不若且奉驾往

汉末气运之衰，无甚于此——从董卓进京至此，已经七年。连续不断的天灾人祸，确实把早已衰败的东汉王朝拖得气息奄奄，难以为继了。

即差使命赴兖州，宣召曹操——此时此刻，汉献帝急欲得人辅佐，改变处境，似乎很难有其他选择了。

不世之略也——以“勤王”为旗帜，以奉迎献帝为号召，的确是使曹操在政治上占据主动，成就大业的最佳选择。这是荀彧为曹操提出的最重要的战略决策。

百官无马，皆随驾步行——献帝与百官为避李、郭追击，主动奔赴兖州，更可见宣召曹操之势在必然。

兖州避之。”帝从其言，即日起驾望兖州进发。百官无马，皆随驾步行。㊟

出了洛阳，行无一箭之地，但见尘头蔽日，金鼓喧天，无限人马来到。帝、后战栗不能言。忽见一骑飞来，乃前差往兖州之使命也，至车前拜启曰：“曹将军尽起兖州之兵，应诏前来。闻李傕、郭汜犯洛阳，先差夏侯惇为先锋，引上将十员，精兵五万，前来保驾。”帝心方安。少顷，夏侯惇引许褚、典韦等，至驾前面君，俱以军礼见。帝慰谕方毕，忽报正东又有一路军到。帝即命夏侯惇往探之，回奏曰：“乃曹操步军也。”须臾，曹洪、李典、乐进来见驾。通名毕，洪奏曰：“臣兄知贼兵至近，恐夏侯惇孤力难为，故又差臣等倍道而来协助。”帝曰：“曹将军真社稷臣也！”㊟遂命护驾前行。探马来报：“李傕、郭汜领兵长驱而来。”帝令夏侯惇分两路迎之。惇乃与曹洪分为两翼，马军先出，步军后随，尽力攻击。傕、汜贼兵大败，斩首万余。于是请帝还洛阳故宫。夏侯惇屯兵于城外。

曹将军真社稷臣也——经受了董卓、李、郭制造的长期祸乱之后，汉献帝确实把匡扶社稷的希望寄托在曹操身上。

次日，曹操引大队人马到来。安营毕，入城见帝，拜于殿阶之下。帝赐平身，宣谕慰劳。操曰：“臣向蒙国恩，刻思图报。今傕、汜二贼，罪恶贯盈；臣有精兵二十余万，以顺讨逆，无不克捷。陛下善保龙体，以社稷为重。”帝乃命操领司隶校尉*、假节钺、录尚书事。

却说李傕、郭汜知操远来，议欲速战。贾诩谏曰：“不可。操兵精将勇，不如降之，求免本身之罪。”傕怒曰：“尔敢灭吾锐气！”拔剑欲斩诩。众将劝免。是夜，贾诩单马走回乡里去了。次日，李傕军马来迎操兵。操先令许褚、曹仁、典韦领三百铁骑，于傕阵中冲突三遭，方才布阵。阵圆处，李傕侄李暹、李利出马阵前，未及开言，许褚飞马过去，一刀先斩李暹；李利吃了一惊，倒撞下马，褚亦斩之，双挽人头回阵。曹操抚许褚之背曰：“子真吾之樊哙也！”随令夏侯惇领兵左出，曹仁领兵右出，操自领中军冲阵。鼓响一声，三军齐进。贼兵抵敌不住，大败而走。操亲掣宝剑押阵，率众连夜追杀，剿戮极多，降者不计其数。㊟傕、汜望西逃命，忙忙似丧家之狗；自知无处容身，只得往山中落草去了。

降者不计其数——曹操一到洛阳，便连败李郭贼军，足见兵强将勇，声威赫赫，使杨奉、董承等相形见绌。

曹操回兵，仍屯于洛阳城外。杨奉、韩暹两个商议：“今曹操成了大功，必掌重权，如何容得我等？”乃入奏天子，只以追杀傕、汜为名，引本部军屯于梁县去了*。

帝一日命人至操营，宣操入宫议事。操闻天使至，请入相见。只见那人眉清目秀，精神充足。操暗想曰："今东都大荒，官僚军民皆有饥色，此人何得独肥？"因问之曰："公尊颜充腴，以何调理而至此？"对曰："某无他法，只食淡三十年矣。"操乃颔之；又问曰："君居何职？"对曰："某举孝廉。原为袁绍、张杨从事。今闻天子还都，特来朝觐，官拜议郎*。济阴定陶人，姓董，名昭，字公仁。"曹操避席曰："闻名久矣！幸得于此相见。"遂置酒帐中相待，令与荀彧相会。忽人报曰："一队军往东而去，不知何人。"操急令人探来。董昭曰："此乃李傕旧将杨奉，与白波帅韩暹，因明公来此，故引兵欲投大梁去耳。"操曰："莫非疑操乎？"昭曰："此乃无谋之辈，明公何足虑也。"操又曰："李、郭二贼此去若何？"昭曰："虎无爪，鸟无翼，不久当为明公所擒，无足介意。"㊣

不久当为明公所擒，无足介意——董昭分析形势，头头是道，视杨奉、李、郭等如草芥，可算眼力不俗。可惜过于精明，每每着意迎合曹操，为人不如荀彧正派。

操见昭言语投机，便问以朝廷大事。昭曰："明公兴义兵以除暴乱，入朝辅佐天子，此五霸之功也。但诸将人殊意异，未必服从；今若留此，恐有不便。惟移驾幸许县为上策*。然朝廷播越，新还京师，远近仰望，以冀一朝之安；今复徙驾，不厌众心。夫行非常之事，乃有非常之功：愿将军决计之。"㊣操执昭手而笑曰："此吾之本志也。但杨奉在梁县，大臣在朝，不有他变否？"昭曰："易也。以书与杨奉，先安其心。明告大臣，以京师无粮，欲车驾幸许县，近鲁阳，转运粮食，庶无欠缺悬隔之忧。大臣闻之，当欣从也。"操大喜。昭谢别，操执其手曰："凡操有所图，惟公教之。"昭称谢而去。

愿将军决计之——董昭此计，有利于曹操排除异己，独揽大权，更好地控制献帝，难怪曹操十分欣赏。

操由是日与众谋士密议迁都之事。时侍中太史令王立私谓宗正刘艾曰："吾仰观天文，自去春太白犯镇星于斗牛，过天津，荧惑又逆行，与太白会于天关，金火交会，必有新天子出。吾观大汉气数将终，晋魏之地，必有兴者。"又密奏献帝曰："天命有去就，五行不常盛。代火者土也。代汉而有天下者，当在魏。"操闻之，使人告立曰："知公忠于朝廷，然天道深远，幸勿多言。"操以是告彧。彧曰："汉以火德王，而明公乃土命也。许县属土，到彼必兴。火能生土，土能旺木：正合董昭、王立之言。他日必有兴者。"操意遂决。次日，入见帝，奏曰："东都荒废久矣，不可修葺；更兼转运粮食艰辛。许县地近鲁阳，城郭宫室，钱粮民物，足可备用。臣敢请驾幸许县，惟陛下从之。”帝不敢不从；群臣皆惧操势，亦莫敢有异议。遂择日起驾。操引军护行，百官皆从。

行不到数程，前至一高陵。忽然喊声大举，杨奉、韩暹领兵拦路，徐晃当先，大叫：“曹操欲劫驾何往！”操出马视之，见徐晃威风凛凛，暗暗称奇；便令许褚出马与徐晃交锋。刀斧相交，战五十余合，不分胜败。操即鸣金收军，召谋士议曰：“杨奉、韩暹诚不足道；徐晃乃真良将也。吾不忍以力并之，当以计招之。”㊞从事满宠*曰：“主公勿虑。某向与徐晃有一面之交，今晚扮作小卒，偷入其营，以言说之，管教他倾心来降。”操欣然遣之。

吾不忍以力并之，当以计招之——曹操一见人才，便积极设法延揽。第十二回之对许褚，此处之对徐晃，均可见求才之诚。这是他终成大业的一个重要因素。

是夜满宠扮作小卒，混入彼军队中，偷至徐晃帐前，只见晃秉烛被甲而坐。宠突至其前，揖曰：“故人别来无恙乎！”徐晃惊起，熟视之曰：“子非山阳满伯宁耶！何以至此？”宠曰：“某现为曹将军从事。今日于阵前得见故人，欲进一言，故特冒死而来。”晃乃延之坐，问其来意。宠曰：“公之勇略，世所罕有，奈何屈身于杨、韩之徒？曹将军当世英雄，其好贤礼士，天下所知也；今日阵前，见公之勇，十分敬爱，故不忍以健将决死战，特遣宠来奉邀。公何不弃暗投明，共成大业？”晃沈吟良久，乃喟然叹曰：“吾固知奉、暹非立业之人，奈从之久矣，不忍相舍。”宠曰：“岂不闻‘良禽择木而栖，贤臣择主而事’？㊞遇可事之主，而交臂失之，非丈夫也。”晃起谢曰：“愿从公言。”宠曰：“何不就杀奉、暹而去，以为进见之礼？”晃曰：“以臣弑主，大不义也。吾决不为。”宠曰：“公真义士也！”晃遂引帐下数十骑，连夜同满宠来投曹操。早有人报知杨奉。奉大怒，自引千骑来追，大叫：“徐晃反贼休走！”正追赶间，忽然一声炮响，山上山下，火把齐明，伏军四出。曹操亲自引军当先，大喝：“我在此等候多时，休教走脱！”杨奉大惊，急待回军，早被曹兵围住。恰好韩暹引兵来救，两军混战，杨奉走脱。曹操趁彼军乱，乘势攻击，两家军士大半多降。杨奉、韩暹势孤，引败兵投袁术去了。

良禽择木而栖，贤臣择主而事——此语在《三国演义》中多次出现，这是罗贯中十分强调的一个重要观点。承认贤臣可以择主而事，在一定程度上是对为臣者独立人格的尊重，是对“从一而终”的愚忠观念的批判，具有鲜明的进步色彩。

曹操收军回营，满宠引徐晃入见。操大喜，厚待之。于是迎銮驾到许县，盖造宫室殿宇，立宗庙社稷、省台司院衙门，修城郭府库；封董承等十三人为列侯。赏功罚罪，并听曹操处置。操自封为大将军、武平侯，以荀彧为侍中、尚书令，荀攸为军师，郭嘉为司空军祭酒*，刘晔为司空仓曹掾，毛玠为东曹掾，任峻为典农中郎将*，催督钱粮，程昱为尚书*，范成、董昭为洛阳令，满宠为许县令*，夏侯惇、夏侯渊、曹仁、曹洪皆为将军，吕虔、李典、乐进、于禁、徐晃皆为校尉，许褚、典韦皆为都尉；其余将士，各各封官。自此大权皆归于曹操：㊊朝廷大务，先禀曹操，然后方奏天子。

操既定大事，乃设宴后堂，聚众谋士共议曰："刘备屯兵徐州，自领州事；近吕布以兵败投之，备使居于小沛：若二人同心引兵来犯，乃心腹之患也。公等有何妙计可图之？"许褚曰："愿借精兵五万，斩刘备、吕布之头，献于丞相。"荀彧曰："将军勇则勇矣，不知用谋。今许都新定，未可造次用兵。彧有一计，名曰'二虎竞食'之计。今刘备虽领徐州，未得诏命。明公可奏请诏命，实授备为徐州牧；因密与一书，教杀吕布。事成则备无猛士为辅，亦渐可图；事不成，则吕布必杀备矣：此乃'二虎竞食'之计也。"操从其言，即时奏请诏命，遣使赍往徐州，拜刘备为镇东将军，封宜城亭侯*，领徐州牧；并附密书一封。

却说刘玄德在徐州，闻帝幸许都，正欲上表庆贺。忽报天使至，出郭迎接入府*，拜受恩命毕，设宴管待来使。使曰："君侯得此恩命，实曹将军于帝前保荐之力也。"玄德称谢。使者乃取出私书，递与玄德。玄德看罢，曰："此事尚容计议。"席散，安歇来使于馆驿。玄德连夜与众商议此事。张飞曰："吕布本无义之人，杀之何碍！"玄德曰："他势穷而来投我，我若杀之，亦是不义。"张飞曰："好人难做！"玄德不从。㊊

次日，吕布来贺，玄德教请入见。布曰："闻公受朝廷恩命，特来相贺。"玄德逊谢。只见张飞扯剑上厅，要杀吕布。玄德慌忙阻住。布大惊曰："益德何故只要杀我？"张飞叫曰："曹操道你是无义之人，教我哥哥杀你！"玄德连声喝退。乃引吕布同入后堂，实告前因；就将曹操所送密书与吕布看。布看毕，泣曰："此乃曹贼欲令我二人不和耳！"玄德曰："兄勿忧，刘备誓不为此不义之事。"吕布再三拜谢。备留布饮酒，至晚方回。关、张曰："兄长何故不杀吕布？"玄德曰："此曹孟德恐我与吕布同谋伐之，故用此计，使我两人自相吞并，彼却于中取利。奈何为所使乎？"㊊关公点头道是。张飞曰："我只要杀此贼以绝后患！"玄德曰："此非大丈夫之所为也。"

次日，玄德送使命回京，就拜表谢恩，并回书与曹操，只言容

自此大权皆归于曹操——独揽朝政，为自己的主霸之业披上合法的外衣，这是曹操在政治上赢得的具有关键意义的一分。

玄德不从——张飞力主除掉吕布，固然痛快，但杀死势穷来投者，古人大多认为"不义"，容易留下恶名，刘备当然不愿。这正是刘备比张飞眼光长远之处。

奈何为所使乎——刘备一开始就看穿曹操的"二虎竞食"之计，不愿被其利用，却不动声色，直到此时方才言明。这又表现了刘备胸有城府，深藏不露的性格特点。

缓图之。使命回见曹操，言玄德不杀吕布之事。操问荀彧曰："此计不成，奈何？"彧曰："又有一计，名曰'驱虎吞狼'之计。"操曰："其计如何？"彧曰："可暗令人往袁术处通问，报说刘备上密表，要略淮南*。术闻之，必怒而攻备；公乃明诏刘备讨袁术。两边相并，吕布必生异心：此'驱虎吞狼'之计也。"操大喜，先发人往袁术处；次假天子诏，发人往徐州。

却说玄德在徐州，闻使命至，出郭迎接；开读诏书，却是要起兵讨袁术。玄德领命，送使者先回。糜竺曰："此又是曹操之计。"玄德曰："虽是计，王命不可违也。"遂点军马，克日起程。孙乾曰："可先定守城之人。"玄德曰："二弟之中，谁人可守？"关公曰："弟愿守此城。"玄德曰："吾早晚欲与尔议事，岂可相离？"张飞曰："小弟愿守此城。"玄德曰："你守不得此城：你一者酒后刚强，鞭挞士卒；二者作事轻易，不从人谏。吾不放心。"张飞曰："弟自今以后，不饮酒，不打军士，诸般听人劝谏便了。"糜竺曰："只恐口不应心。"飞怒曰："吾跟哥哥多年，未尝失信，你如何轻料我！"玄德曰："弟言虽如此，吾终不放心。还请陈元龙辅之，早晚令其少饮酒，勿致失事。"㊞陈登应诺。玄德分付了当，乃统马步军三万，离徐州望淮南进发*。

早晚令其少饮酒，勿致失事——再三叮嘱，唯恐张飞酒后失事，正为下文因醉而失徐州埋下伏笔。

却说袁术闻说刘备上表，欲吞其州县，乃大怒曰："汝乃织席编屦之夫，今辄占据一州*，与诸侯同列；吾正欲伐汝，汝却反欲图我！深为可恨！"乃使上将纪灵起兵十万，杀奔徐州。两军会于盱眙。玄德兵少，依山傍水下寨。那纪灵乃山东人，使一口三尖刀，重五十斤。是日引兵出阵，大骂："刘备村夫，安敢侵吾境界！"玄德曰："吾奉天子诏，以讨不臣。汝今敢来相拒，罪不容诛！"纪灵大怒，拍马舞刀，直取玄德。关公大喝曰："匹夫休得逞强！"出马与纪灵大战。一连三十合，不分胜负。纪灵大叫少歇，关公便拨马回阵，立于阵前候之。纪灵却遣副将荀正出马。关公曰："只教纪灵来，与他决个雌雄！"荀正曰："汝乃无名下将，非纪将军对手！"关公大怒，直取荀正；交马一合，砍荀正于马下。玄德驱兵杀将过去，纪灵大败，退守淮阴河口，不敢交战；只教军士来偷营劫寨，皆被徐州兵杀败。两军相拒，不在话下。㊞

两军相拒，不在话下——刘备与袁术战事胶着，一时难决胜负，无法回兵。徐州安危，越发取决于张飞是否信守诺言了。

却说张飞自送玄德起身后，一应杂事，俱付陈元龙管理；军机大务，自家参酌。一日，设宴请各官赴席。众人坐定，张飞开言曰：“我兄临去时，分付我少饮酒，恐致失事。众官今日尽此一醉，明日都各戒酒，㊟帮我守城。今日却都要满饮。”言罢，起身与众官把盏。酒至曹豹面前，豹曰：“我从天戒，不饮酒。”飞曰：“厮杀汉如何不饮酒？我要你吃一盏。”豹惧怕，只得饮了一杯。张飞把遍各官，自斟巨觥，连饮了几十杯，不觉大醉，却又起身与众官把盏。酒至曹豹，豹曰：“某实不能饮矣。”飞曰：“你恰才吃了，如今为何推却？”豹再三不饮。飞醉后使酒，便发怒曰：“你违我将令，该打一百！”便喝军士拿下。陈元龙曰：“玄德公临去时，分付你甚来？”飞曰：“你文官，只管文官事，休来管我！”曹豹无奈，只得告求曰：“益德公，看我女婿之面，且恕我罢。”飞曰：“你女婿是谁？”豹曰：“吕布是也。”飞大怒曰：“我本不欲打你；你把吕布来唬我，我偏要打你！我打你，便是打吕布！”㊟诸人劝不住。将曹豹鞭至五十，众人苦苦告饶，方止。席散，曹豹回去，深恨张飞，连夜差人赍书一封，径投小沛见吕布，备说张飞无礼；且云：玄德已往淮南，今晨可乘飞醉，引兵来袭徐州，不可错此机会。

明日都各戒酒——为了明日戒酒，今日却先要“尽此一醉”，全然不顾醉后效果如何。此等妙事，也只有张飞干得出来。

我打你，便是打吕布——张飞素来厌恶吕布，曹豹却偏偏以吕布为挡箭牌，越发激其愤怒，更是非打不可了。看似说横话，却正符合张飞性格。

吕布见书，便请陈宫来议。宫曰：“小沛原非久居之地。今徐州既有可乘之隙，失此不取，悔之晚矣。”布从之，随即披挂上马，领五百骑先行；使陈宫引大军继进，高顺亦随后进发。小沛离下邳只一百余里*，上马便到。吕布到城下时，恰才四更，月色澄清，城上更不知觉。布到城门边叫曰：“刘使君有机密使人至。”城上有曹豹军报知曹豹，豹上城看之，便令军士开门。吕布一声暗号，众军齐入，喊声大举。张飞正醉卧府中，左右急忙摇醒，报说：“吕布赚开城门，杀将进来了！”张飞大怒，慌忙披挂，绰了丈八蛇矛；才出府门上得马时，吕布军马已到，正与相迎。张飞此时酒犹未醒，不能力战。吕布素知飞勇，亦不敢相逼。十八骑燕将，保着张飞，杀出东门，玄德家眷在府中，都不及顾了。

却说曹豹见张飞只数十人护从，又欺他醉，遂引百十人赶来。飞见豹，大怒，拍马来迎。战了三合，曹豹败走。飞赶到河边，一枪正刺中曹豹后心，连人带马，死于河中。飞于城外招呼士卒，出城者尽随飞投淮南而去。吕布入城安抚居民，令军士一百人守把玄诸人不许擅入——吕布虽然见利忘义，反复无常，但袭夺徐州之后，犹能顾及刘备收容之恩，派兵保护其家眷，可见尚未丧尽天良。

德宅门，诸人不许擅入。㊞

却说张飞引数十骑，直到盱眙来见玄德，具说曹豹与吕布里应外合，夜袭徐州。众皆失色。玄德叹曰："得何足喜，失何足忧！"关公曰："嫂嫂安在？"飞曰："皆陷于城中矣。"玄德默然无语。关公顿足埋怨曰："你当初要守城时说甚来？兄长分付你甚来？今日城池又失了，嫂嫂又陷了，如何是好！"张飞闻言，惶恐无地，掣剑欲自刎。正是：举杯畅饮情何放，拔剑捐生悔已迟！不知性命如何，且听下文分解。

尾评：

张飞自告奋勇守徐州，却因酒醉而失徐州，以至惶恐欲自刎，其粗莽、刚烈、直率性格表现得惟妙惟肖。

第十五回

太史慈酣斗小霸王　孙伯符大战严白虎

总评

刘备虽系皇族，实则出身寒微，势单力薄，好不容易才得到徐州这块像样的地盘，却又被吕布袭夺，反而不得不依附吕布。这是刘备在艰苦创业的过程中遭到的第一次重大挫折。究其根本原因，是由于他身边没有一个像诸葛亮那样高瞻远瞩、总览全局的谋主，难免顾此失彼。不过，遭到如此挫折，刘备能不悲观失望，仍然善待张飞，谦恭自处，堪称能屈能伸的大丈夫。

综观孙策创业的过程，如同欣赏一支狂飙突进式的交响乐，令人倾倒于他那一往无前的英雄气概。他不仅是当时几大政治军事集团中势力发展最快的一个，而且是魏、蜀、吴三国创业者中最年轻的一个。当曹操领兖州牧，奠定一生基业之时，年已38岁；当刘备在赤壁大战后夺得荆州江南四郡，有了一块较为稳固的地盘之时，年已48岁；而孙策据有江东之时，年仅24岁！他是那个干戈扰攘的时代中一只勇猛的雄狮，不愧为威震江东的“小霸王”！

说到“小霸王”，人们自然会联想到当年自称“西楚霸王”的项羽。然而，孙策绝不是楚霸王的复制品，与项羽相比，他具有自己的突出优点：其一，有勇有谋；其二，善于用人；其三，善于争取人心。罗贯中以鲜明的色彩渲染了孙策的飒爽英姿，使其形象独具风采，令人向往。

何至遽欲捐生耶——张飞酒醉而失徐州，过失十分严重，刘备仍能以兄弟情谊为重，予以谅解和宽慰，难得，实在难得！

令人赍书迎玄德回——吕布时而欲助袁术夹攻刘备，时而又请刘备为羽翼，做事全无原则。这是他最终覆灭的根本原因。

却说张飞拔剑要自刎，玄德向前抱住，夺剑掷地曰："古人云：'兄弟如手足，妻子如衣服。衣服破，尚可缝；手足断，安可续？'吾三人桃园结义，不求同生，但愿同死。今虽失了城池家小，安忍教兄弟中道而亡？况城池本非吾有；家眷虽被陷，吕布必不谋害，尚可设计救之。贤弟一时之误，何至遽欲捐生耶！"㊎说罢大哭。关、张俱感泣。

且说袁术知吕布袭了徐州，星夜差人至吕布处，许以粮五万斛、马五百匹、金银一万两、彩缎一千匹，使夹攻刘备。布喜，令高顺领兵五万袭玄德之后。玄德闻得此信，乘阴雨撤兵，弃盱眙而走，思欲东取广陵。比及高顺军来，玄德已去。高顺与纪灵相见，就索所许之物。灵曰："公且回军，容某见主公计之。"高顺乃别纪灵回军，见吕布具述纪灵语。布正在迟疑，忽有袁术书至。书意云："高顺虽来，而刘备未除；且待捉了刘备，那时方以所许之物相送。"布怒骂袁术失信，欲起兵伐之。陈宫曰："不可。术据寿春，兵多粮广，不可轻敌。不如请玄德还屯小沛，使为我羽翼。他日令玄德为先锋，那时先取袁术，后取袁绍，可纵横天下矣。"布听其言，令人赍书迎玄德回。㊎

却说玄德引兵东取广陵，被袁术劫寨，折兵大半。回来正遇吕布之使，呈上书札，玄德大喜。关、张曰："吕布乃无义之人，不可信也。"玄德曰："彼既以好情待我，奈何疑之！"遂来到徐州。布恐玄德疑惑，先令人送还家眷。甘、糜二夫人见玄德，具说吕布令兵把定宅门，禁诸人不得入；又常使侍妾送物，未尝有缺。玄德谓关、张曰："我知吕布必不害我家眷也。"乃入城谢吕布。张飞恨吕布，不肯随往，先奉二嫂往小沛去了。玄德入见吕布拜谢。吕布曰："我非欲夺城；因令弟张飞在此恃酒杀人，恐有失事，故来守之耳。"玄德曰："备欲让兄久矣。"布假意仍让玄德。玄德力辞，还屯小沛住扎。

关、张心中不忿。玄德曰："屈身守分，以待天时，㊟不可与命争也。"吕布令人送粮米缎匹。自此两家和好，不在话下。

却说袁术大宴将士于寿春。人报孙策征庐江太守陆康，得胜而回。术唤策至，策拜于堂下。问劳已毕，便令侍坐饮宴。原来孙策自父丧之后，退居江南，礼贤下士；后因陶谦与策母舅丹阳太守吴景不和，策乃移母并家属居于曲阿，自己却投袁术。术甚爱之，常叹曰："使术有子如孙郎，死复何恨！"因使为怀义校尉，引兵攻泾县大帅祖郎得胜。术见策勇，复使攻陆康，今又得胜而回。

当日筵散，策归营寨。见术席间相待之礼甚微，心中郁闷，乃步月于中庭。因思父孙坚如此英雄，我今沦落至此，不觉放声大哭。㊟忽见一人自外而入，大笑曰："伯符何故如此？尊父在日，多曾用我。君今有不决之事，何不问我，乃自哭耶！"策视之，乃丹阳故鄣人，姓朱，名治，字君理，孙坚旧督军校尉也*。策收泪而延之坐，曰："策所哭者，恨不能继父之志耳。"治曰："君何不告袁公路，借兵往江东，假名救吴景，实图大业，㊟而乃久困于人之下乎？"正商议间，一人忽入曰："公等所谋，吾已知之。吾手下有精壮百人，暂助伯符一马之力。"策视其人，乃汝南细阳人*，姓吕，名范，字子衡。策大喜，延坐共议。吕范曰："只恐袁公路不肯借兵。"策曰："吾有亡父留下传国玉玺，以为质当。"范曰："公路欲得此久矣！以此相质，必肯发兵。"三人计议已定。

次日，策入见袁术，哭拜曰："父仇不能报，今母舅吴景，又为扬州刺史刘繇所逼；策老母家小，皆在曲阿，必将被害。策敢借雄兵数千，渡江救难省亲。恐明公不信，有亡父遗下玉玺，权为质当。"术闻有玉玺，取而视之，大喜曰："吾非要你玉玺，今且权留在此。我借兵三千、马五百匹与你。平定之后，可速回来。你职位卑微，难掌大权。我表你为折冲校尉、行殄寇将军*，克日领兵便行。"

策拜谢，遂引军马，带领朱治、吕范，旧将程普、黄盖、韩当等，择日起兵。行至历阳，见一军到。当先一人，姿质风流，仪容秀丽，见了孙策，下马便拜。策视其人，乃庐江舒城人，姓周，名瑜，字公瑾。原来孙坚讨董卓之时，移家舒城，瑜与孙策同年，交情甚密，因结为昆仲。策长瑜一月*，瑜以兄事策。瑜叔周尚，为丹

屈身守分，以待天时——徐州本是自己所有，现在却被吕布霸占，自己反而要寄其篱下，这口恶气，一般人忍不下来，刘备却能屈身待时。这算是他作为一代英雄的独特之处。

不觉放声大哭——孙策不愿寄人篱下，足见其少年英雄的刚强性格。

假名救吴景，实图大业——朱治此计，为孙策指出了摆脱袁术控制，独立发展的方向，值得赞许。

阳太守；今往省亲，到此与策相遇。策见瑜大喜，诉以衷情。瑜曰："某愿施犬马之力，共图大事。"策喜曰："吾得公瑾，大事谐矣！"便令与朱治、吕范等相见。瑜谓策曰："吾兄欲济大事，亦知江东有'二张'乎？"策曰："何为'二张'？"瑜曰："一人乃彭城张昭，字子布；一人乃广陵张纮，字子纲。二人皆有经天纬地之才，因避乱隐居于此。吾兄何不聘之？"策喜，即便令人赍礼往聘，俱辞不至。策乃亲到其家，与语大悦，力聘之，二人许允。策遂拜张昭为长史，兼抚军中郎将；张纮为正议校尉*：㊟商议攻击刘繇。

张纮为正议校尉——孙策刚刚独树一帜，就得到周瑜、张昭、张纮的辅佐，文有良臣，武有帅才。这是他迅速崛起的一个根本原因。

却说刘繇字正礼，东莱牟平人也，亦是汉室宗亲，太尉刘宠之侄，兖州刺史刘岱之弟；为扬州刺史，旧屯于寿春*，被袁术赶过江东，故来曲阿。当下闻孙策兵至，急聚众将商议。部将张英曰："某领一军屯于牛渚，纵有百万之兵，亦不能近。"言未毕，帐下一人高叫曰："某愿为前部先锋！"众视之，乃东莱黄县人太史慈也。慈自解了北海之围后，便来见刘繇，繇留于帐下。当日听得孙策来到，愿为前部先锋。㊟繇曰："你年尚轻，未可为大将，只在吾左右听命。"太史慈不喜而退。张英领兵至牛渚，积粮十万于邸阁。孙策引兵到，张英出迎，两军会于牛渚滩上。孙策出马，张英大骂，黄盖便出与张英战。不数合，忽然张英军中大乱，报说寨中有人放火。张英急回军。孙策引军前来，乘势掩杀。张英弃了牛渚，望深山而逃。原来那寨后放火的，乃是两员健将：一人乃九江寿春人，姓蒋，名钦，字公奕；一人乃九江下蔡人，姓周，名泰，字幼平。二人皆遭世乱，聚人在洋子江中，劫掠为生；久闻孙策为江东豪杰，能招贤纳士，故特引其党三百余人，前来相投。策大喜，用为军前校尉。收得牛渚邸阁粮食、军器，并降卒四千余人，遂进兵神亭。

愿为前部先锋——太史慈渴望建功立业，自告奋勇当先迎战，可谓胆略过人。

却说张英败回见刘繇，繇怒欲斩之。谋士笮融、薛礼劝免，使屯兵秣陵城拒敌*。繇自领兵于神亭岭南下营，孙策于岭北下营。策问土人曰："近山有汉光武庙否？"土人曰："有庙在岭上。"策曰："吾夜梦光武召我相见，当往祈之。"长史张昭曰："不可。岭南乃刘繇寨，倘有伏兵，奈何？"策曰："神人佑我，吾何惧焉！"遂披挂绰枪上马，引程普、黄盖、韩当、蒋钦、周泰等共十三骑，出寨上岭，到庙焚香。下马参拜已毕，策向前跪祝曰："若孙策能于江东立业，复兴故父之基，即当重修庙宇，四时祭祀。"祝毕，出庙上马，回顾众将曰:“吾欲过岭，探看刘繇寨栅。”诸将皆以为不可。策不从，遂同上岭，南望村林。早有伏路小军飞报刘繇。繇曰:“此必是孙策诱敌之计，不可追之。”太史慈踊跃曰:“此时不捉孙策，更待何时!”遂不候刘繇将令，竟自披挂上马，绰枪出营，大叫曰:“有胆气者，都跟我来!”㊟诸将不动。惟有一小将曰:“太史慈真猛将也!吾可助之!”拍马同行。众将皆笑。

有胆气者，都跟我来——太史慈初次请战受阻，已经憋气，如今孙策就在眼前，更是跃跃欲试，不待将令而出，号召有胆气者跟来，皆是其英雄气质的自然流露。

却说孙策看了半晌，方始回马。正行过岭，只听得岭上叫:“孙策休走!”策回头视之，见两匹马飞下岭来。策将十三骑一齐摆开。策横枪立马于岭下待之。太史慈高叫曰:“那个是孙策?”策曰:“你是何人?”答曰:“我便是东莱太史慈也，特来捉孙策!”策笑曰:“只我便是。你两个一齐来并我一个，我不惧你!我若怕你，非孙伯符也!”慈曰:“你便众人都来，我亦不怕!”纵马横枪，直取孙策。策挺枪来迎。两马相交，战五十合，不分胜负。程普等暗暗称奇。慈见孙策枪法无半点儿渗漏，乃佯输诈败，引孙策赶来。慈却不由旧路上岭，竟转过山背后。策赶到，大喝曰:“走的不算好汉!”慈心中自忖:“这厮有十二从人，我只一个，便活捉了他，也吃众人夺去。再引一程，教这厮没寻处，方好下手。”于是且战且走。策那里肯舍，一直赶到平川之地。慈兜回马再战，又到五十合。策一枪搠去，慈闪过，挟住枪;慈也一枪搠去，策亦闪过，挟住枪。两个用力只一拖，都滚下马来。马不知走的那里去了。两个弃了枪，揪住厮打，战袍扯得粉碎。策手快，掣了太史慈背上的短戟，慈亦掣了策头上的兜鍪。策把戟来刺慈，慈把兜鍪遮架。忽然喊声后起，乃刘繇接应军到来，约有千余。策正慌急，程普等十二骑亦冲到。策与慈方才放手。㊟慈于军中讨了一匹马，取了枪，上马复来。孙策的马却是程普收得，策亦取枪上马。刘繇一千余军，和程普等十二骑混战，逶迤杀到神亭岭下。喊声起处，周瑜领军来到。刘繇自引大军杀下岭来。时近黄昏，风雨暴至，两下各自收军。

策与慈方才放手——孙策与太史慈的这场恶斗，所用篇幅不多，但写得笔墨灵动，十分传神。

次日，孙策引军到刘繇营前，刘繇引军出迎。两阵圆处，孙策把枪挑太史慈的小戟于阵前，令军士大叫曰:“太史慈若不是走的快，已被刺死了!”太史慈亦将孙策兜鍪挑于阵前，也令军士大叫曰:“孙策头已在此!”两军呐喊，这边夸胜，那边道强。太史慈出马，要与孙策决个胜负，策遂欲出。程普曰:“不须主公劳力，某自擒之。”

程普出到阵前，太史慈曰："你非我之敌手，只教孙策出马来！"程普大怒，挺枪直取太史慈。两马相交，战到三十合，刘繇急鸣金收军。太史慈曰："我正要捉拿贼将，何故收军？"刘繇曰："人报周瑜领军袭取曲阿，有庐江松滋人陈武，字子烈，接应周瑜入去。吾家基业已失，不可久留。速往秣陵，会薛礼、笮融军马，急来接应。"太史慈跟着刘繇退军，孙策不赶，收住人马。长史张昭曰："彼军被周瑜袭取曲河，无恋战之心，今夜正好劫营。"孙策然之。当夜分军五路，长驱大进。刘繇军兵大败，众皆四纷五落。太史慈独力难当，引十数骑连夜投泾县去了。(评)

却说孙策又得陈武为辅，其人身长七尺，面黄睛赤，形容古怪。策甚敬爱之，拜为校尉，使作先锋，攻薛礼。武引十数骑突入阵去，斩首级五十余颗。薛礼闭门不敢出。策正攻城，忽有人报刘繇会合笮融去取牛渚。孙策大怒，自提大军竟奔牛渚。刘繇、笮融二人出马迎敌。孙策曰："吾今到此，你如何不降？"(评)刘繇背后一人挺枪出马，乃部将于麋也*。与策战不三合，被策生擒过去，拨马回阵。繇将樊能，见提了于麋，挺枪来赶。那枪刚搠到策后心，策阵上军士大叫："背后有人暗算！"策回头，忽见樊能马到，乃大喝一声，声如巨雷。樊能惊骇，倒翻身撞下马来，破头而死。策到门旗下，将于麋丢下，已被挟死。一霎时挟死一将，喝死一将，自此，人皆呼孙策为"小霸王"。(评)

当日刘繇兵大败，人马大半降策。策斩首级万余。刘繇与笮融走豫章去了*。孙策还兵复攻秣陵，亲到城壕边，招谕薛礼投降。城上暗放一冷箭，正中孙策左腿，翻身落马。众将急救起，还营拔箭，以金疮药傅之。策令军中诈称主将中箭身死。军中举哀，拔寨齐起。薛礼听知孙策已死，连夜起城内之军，与骁将张英、陈横杀出城来追之。忽然伏兵四起，孙策当先出马，高声大叫曰："孙郎在此！"众军皆惊，尽弃枪刀，拜于地下。策令休杀一人。张英拨马回走，被陈武一枪刺死。陈横被蒋钦一箭射死，薛礼死于乱军中。(评)策入秣陵，安辑居民，移兵至泾县来捉太史慈。

却说太史慈招得精壮二千余人，并所部兵，正要来与刘繇报仇。孙策与周瑜商议活捉太史慈之计。瑜令三面攻县，只留东门放走；离城二十五里，三路各伏一军，太史慈到那里，人困马乏，必然被

引十数骑连夜投泾县去了——为下文太史慈被俘伏线。

吾今到此，你如何不降——厉声喝问，简直将刘繇视若无物，真是心雄万夫，壮志凌云。

人皆呼孙策为"小霸王"——孙策武艺高强，勇猛无敌，人们自然会将他与秦末出生于江东的西楚霸王项羽联系起来，所谓"小"者，是因孙策时代晚于项羽，其事业的声势格局也逊于项羽。

薛礼死于乱军中——刘繇在孙策的进攻下连连败退，可见无甚军事才干。战乱时期，仅凭名士风度是无法站稳脚跟的。

擒。原来太史慈所招军大半是山野之民，不谙纪律。泾县城头，苦不甚高。当夜孙策命陈武短衣持刀，首先爬上城放火。太史慈见城上火起，上马投东门走，背后孙策引军赶来。太史慈正走，后军赶至三十里，却不赶了。太史慈走了五十里，人困马乏，芦苇之中，喊声忽起。慈急待走，两下里绊马索齐来，将马绊翻了，生擒太史慈，解投大寨。策知解到太史慈，亲自出营喝散士卒，自释其缚，将自己锦袍衣之，请入寨中，谓曰："我知子义真丈夫也。刘繇蠢辈，不能用为大将，以致此败。"慈见策待之甚厚，遂请降。

策执慈手笑曰："神亭相战之时，若公获我，还相害否？"慈笑曰："未可知也。"策大笑，请入帐，邀之上坐，设宴款待。慈曰："刘君新破，士卒离心。某欲自往收拾余众，以助明公。不识能相信否？"策起谢曰："此诚策所愿也。今与公约：明日日中，望公来还。"慈应诺而去。诸将曰："太史慈此去必不来矣。"策曰："子义乃信义之士，必不背我。"众皆未信。

次日，立竿于营门以候日影。恰将日中，太史慈引一千余众到寨。孙策大喜。众皆服策之知人。㊟于是孙策聚数万之众，下江东，安民恤众，投者无数。江东之民，皆呼策为"孙郎"。但闻孙郎兵至，皆丧胆而走。及策军到，并不许一人掳掠，鸡犬不惊，人民皆悦，赍牛酒到寨劳军。策以金帛答之，欢声遍野。其刘繇旧军，愿从军者听从，不愿为军者给赏归农。江南之民，无不仰颂。㊟由是兵势大盛。策乃迎母叔诸弟俱归曲阿，使弟孙权与周泰守宣城。策领兵南取吴郡。

众皆服策之知人——开诚相见，信而不疑，方能真正赢得英雄的心。高明的领袖，往往在这一方面显示出过人的眼力。

江南之民，无不仰颂——在那兵荒马乱的年代，孙策能够注意恤民，自然深得人心，这是他卓荦不群之处，也是他得以割据江东的根本原因。

时有严白虎，自称"东吴德王"，据吴郡，遣部将守住乌程、嘉兴。当日白虎闻策兵至，令弟严舆出兵，会于枫桥。舆横刀立马于桥上。有人报入中军，策便欲出。张纮谏曰："夫主将乃三军之所系命，不宜轻敌小寇。愿将军自重。"策谢曰："先生之言如金石；但恐不亲冒矢石，则将士不用命耳。"随遣韩当出马。比及韩当到桥上时，蒋钦、陈武早驾小舟从河岸边杀过桥里，乱箭射倒岸上军，二人飞身上岸砍杀。严舆退走。韩当引军直杀到阊门下，贼退入城里去了。策分兵水陆并进，围住吴郡。

一困三日，无人出战。策引众军到阊门外招谕。城上一员裨将，左手托定护梁，右手指着城下大骂。太史慈就马上拈弓取箭，顾军将曰："看我射中这厮左手！"说声未绝，弓弦响处，果然射个正中，把那将的左手射透，反牢钉在护梁上。城上城下人见者，无不喝采。众人救了这人下城。白虎大惊曰："彼军有如此人，安能敌乎！"遂商量求和。次日，使严舆出城，来见孙策。策请舆入帐饮酒。酒酣，问舆曰："令兄意欲如何？"舆曰："欲与将军平分江东。"策大怒曰："鼠辈安敢与吾相等！"㊞命斩严舆。舆拔剑起身，策飞剑砍之，应手而倒，割下首级，令人送入城中。白虎料敌不过，弃城而走。

鼠辈安敢与吾相等——对严白虎之流极端蔑视，绝不愿与之平起平坐，表现出压倒一切敌人的气势。

策进兵追袭，黄盖攻取嘉兴，太史慈攻取乌程，数县皆平*。白虎奔余杭，于路劫掠，被土人凌操领乡人杀败，望会稽而走。凌操父子二人来接孙策，策使为从征校尉，遂同引兵渡江。严白虎聚寇，分布于西津渡口。程普与战，复大败之，连夜赶到会稽。

会稽太守王朗，欲引兵救白虎。忽一人出曰："不可。孙策用仁义之师，白虎乃暴虐之众，还宜擒白虎以献孙策。"朗视之，乃会稽余姚人，姓虞，名翻，字仲翔，现为郡吏。朗怒叱之，翻长叹而出。朗遂引兵会合白虎，同陈兵于山阴之野。两阵对圆，孙策出马，谓王朗曰："吾兴仁义之兵，来安浙江，汝何故助贼？"朗骂曰："汝贪心不足！既得吴郡，而又强并吾界！今日特与严氏雪仇！"孙策大怒，正待交战，太史慈早出。王朗拍马舞刀，与慈战不数合，朗将周昕，杀出助战；孙策阵中黄盖，飞马接住周昕交锋。两下鼓声大震，互相鏖战。忽王朗阵后先乱，一彪军从背后抄来。朗大惊，急回马来迎：原来是周瑜与程普引军刺斜杀来，前后夹攻。王朗寡不敌众，与白虎、周昕杀条血路，走入城中，拽起吊桥，坚闭城门。孙策大军乘势赶到城下，分布众军，四门攻打。王朗在城中见孙策攻城甚急，欲再出兵决一死战。严白虎曰："孙策兵势甚大，足下只宜深沟高垒，坚壁勿出。不消一月，彼军粮尽，自然退走。那时乘虚掩之，可不战而破也。"朗依其议，乃固守山阴城而不出*。

孙策一连攻了数日，不能成功，乃与众将计议。孙静曰："王朗负固守城，难可卒拔。会稽钱粮，大半屯于查渎；其地离此数十里，莫若以兵先据其内：所谓'攻其无备，出其不意'也。"策大喜曰："叔父妙用，足破贼人矣！"即下令于各门燃火，虚张旗号，设为疑兵，连夜撤围南去。周瑜进曰："主公大兵一起，王朗必然出城来赶，可用奇兵胜之。”策曰：“吾今准备下了，取城只在今夜。”遂令军马起行。

却说王朗闻报孙策军马退去，自引众人来敌楼上观望；见城下烟火并起，旌旗不杂，心下迟疑。周昕曰：“孙策走矣，特设此计以疑我耳。可出兵袭之。”严白虎曰：“孙策此走，莫非要去查渎？我令部兵与周将军追之。”朗曰：“查渎是我屯粮之所，正须提防。汝引兵先行，吾随后接应。”白虎与周昕领五千兵出城追赶。将近初更，离城二十余里，忽密林里一声鼓响，火把齐明。白虎大惊，便勒马回走。一将当先拦住，火光中视之，乃孙策也。周昕舞刀来迎，被策一枪刺死。余众皆降。白虎杀条血路，望余杭而走。王朗听知前军已败，不敢入城，引部下奔逃海隅去了。孙策复回大军，乘势取了城池，安定人民。㊟

乘势取了城池，安定人民——至此，江东数郡，已先后被孙策控制，真是一路凯歌，节节胜利。

不隔一日，只见一人将着严白虎首级来孙策军前报献。策视其人，身长八尺，面方口阔。问其姓名，乃会稽余姚人，姓董，名袭，字元代。策喜，命为别部司马。自是东路皆平，令叔孙静守之，令朱治为吴郡太守，收军回江东。

却说孙权与周泰守宣城，忽山贼窃发，四面杀至。时值更深，不及抵敌，泰抱权上马。数十贼众，用刀来砍。泰赤体步行，提刀杀贼，砍杀十余人。随后一贼跃马挺枪直取周泰，被泰扯住枪，拖下马来，夺了枪马，杀条血路，救出孙权。余贼远遁。周泰身被十二枪，金疮发胀，命在须臾。㊟策闻之大惊。帐下董袭曰：“某曾与海寇相持，身遭数枪，得会稽一个贤郡吏虞翻荐一医者，半月而愈。”策曰：“虞翻莫非虞仲翔乎？”袭曰：“然。”策曰：“此贤士也。我当用之。”乃令张昭与董袭同往聘请虞翻。翻至，策优礼相待，拜为功曹，因言及求医之意。翻曰：“此人乃沛国谯县人*，姓华，名佗，字元化。真当世之神医也。当引之来见。”不一日引至。策见其人，童颜鹤发，飘然有出世之姿。乃待为上宾，请视周泰疮。佗曰：“此易事耳。”投之以药，一月而愈。㊟策大喜，厚谢华佗。遂进兵杀除山贼，江南皆平。孙策分拨将士，守把各处隘口；一面写表申奏朝廷；一面结交曹操；一面使人致书与袁术取玉玺。

金疮发胀，命在须臾——周泰如此忠勇，不愧为江东英杰。

投之以药，一月而愈——华佗初次出场，就表现出极其高超的医术，给读者留下深刻的印象。

却说袁术暗有称帝之心，乃回书推托不还；急聚长史杨弘*，都督张勋、纪灵、桥蕤，上将雷薄、陈兰等三十余人商议，曰："孙策借我军起事，今日尽得江东地面；乃不思报本，而反来索玺，殊为无礼。当以何策图之？"长史杨弘曰："孙策据长江之险，兵精粮广，未可图也。今当先伐刘备，以报前日无故相攻之恨，然后图取孙策未迟。某献一计，使备即日就擒。"正是：不去江东图虎豹，却来徐州斗蛟龙*。不知其计若何，且听下文分解。

尾评：

本回主要描写孙策创业的过程，塑造了一个虎虎有生气的少年英雄形象。尽管孙策在《三国演义》中来去匆匆，但仍给读者留下了十分鲜明的印象。

第十六回

吕奉先射戟辕门　曹孟德败师淯水

总评

袁术对吕布本无好感，当初即因其反覆无常而拒绝接纳。如今为了攻打刘备，先是奉送粮食以结其心，未见奏效便欲攻之，忽而又变为求亲，转换无迹，令人难以揣测。军阀之间，忽分忽合，忽友忽敌，完全以利害为转移，毫无原则可言。

当袁术派纪灵大军进攻小沛之际，吕布不顾袁术送粮致书之礼，率兵救援刘备，似乎不守信用。但袁术先曾赖账（见第十五回），吕布此时不过是以赖对赖，以小人对小人罢了，一笑。

吕布决定救援刘备，主要是从自身利害考虑，意在维护自己的根本利益，不失为一次有眼光的决策。而在此关键时刻拉刘备一把，使之避免灭顶之灾，毕竟还是有恩于刘备。

曹操败师淯水，取材于《三国志·魏书·张绣传》："太祖南征，军淯水，绣等举众降。太祖纳（张）济妻，绣恨之。太祖闻其不悦，密有杀绣之计。计漏，绣掩袭太祖。太祖军败，二子没。"可见是曹操因胜而骄，行为不检，使张绣觉得受辱而复反，完全是曹操自取其败。由于好色而遭致如此惨败，丧子侄，折爱将，自己也险些丧命，不能不为人诟病。这是曹操脸上一个难以抹去的污点，也是他当终生记取的教训。

遂修书与吕布——向吕布告急之信，宁折不弯如关、张者决不肯写，唯能屈能伸如刘备者可写。正是此信，对吕布决定救援刘备起了促进作用。

不若救玄德——吕布决定救刘备，固然是因刘备求救，情不能却，但主要还是权衡利弊的结果。这是吕布难得的一次正确选择。

使袁、刘两家都不怨我——胸有成竹，故能出语轻松。

却说杨弘献计欲攻刘备。袁术曰："计将安出？"弘曰："刘备军屯小沛，虽然易取，奈吕布虎踞徐州，前次许他金帛粮马，至今未与，恐其助备。今当令人送与粮食，以结其心，使其按兵不动，则刘备可擒。先擒刘备，后图吕布，徐州可得也。"术喜，便具粟二十万斛，令韩胤赍密书往见吕布。吕布甚喜，重待韩胤。胤回告袁术，术遂遣纪灵为大将，雷薄、陈兰为副将，统兵数万，进攻小沛。玄德闻知此信，聚众商议。张飞要出战。孙乾曰："今小沛粮寡兵微，如何抵敌？可修书告急于吕布。"张飞曰："那厮如何肯来！"玄德曰："乾之言善。"遂修书与吕布。㊞书略曰：

伏自将军垂念，令备于小沛容身，实拜云天之德。今袁术欲报私仇，遣纪灵领兵到县，亡在旦夕，非将军莫能救。望驱一旅之师，以救倒悬之急，不胜幸甚！

吕布看了书，与陈宫计议曰："前者袁术送粮致书，盖欲使我不救玄德也。今玄德又来求救。吾想玄德屯军小沛，未必遂能为我害；若袁术并了玄德，则北连泰山诸将以图我，我不能安枕矣：不若救玄德。"㊞遂点兵起程。

却说纪灵起兵长驱大进，已到沛县东南，扎下营寨。昼列旌旗，遮映山川；夜设火鼓，震明天地。玄德县中，止有五千余人，也只得勉强出县，布阵安营。忽报吕布引兵离县一里、西南上扎下营寨。纪灵知吕布领兵来救刘备，急令人致书于吕布，责其无信。布笑曰："我有一计，使袁、刘两家都不怨我。"㊞乃发使往纪灵、刘备寨中，请二人饮宴。

玄德闻布相请，即便欲往。关、张曰："兄长不可去。吕布必有异心。"玄德曰："我待彼不薄，彼必不害我。"遂上马而行。关、张随往。到吕布寨中，入见。布曰："吾今特解公之危。异日得志，不可相忘！”㊣玄德称谢。布请玄德坐。关、张按剑立于背后。人报纪灵到，玄德大惊，欲避之。布曰：“吾特请你二人来会议，勿得生疑。”玄德未知其意，心下不安。纪灵下马入寨，却见玄德在帐上坐，大惊，抽身便回，左右留之不住。吕布向前一把扯回，如提童稚。灵曰：“将军欲杀纪灵耶？”布曰：“非也。”灵曰：“莫非杀‘大耳儿’乎？”布曰：“亦非也。”灵曰：“然则为何？”布曰：“玄德与布乃兄弟也，今为将军所困，故来救之。”灵曰：“若此则杀灵也？”布曰：“无有此理。布平生不好斗，惟好解斗。吾今为两家解之。”灵曰：“请问解之之法？”布曰：“我有一法，从天所决。”乃拉灵入帐与玄德相见。二人各怀疑忌。布乃居中坐，使灵居左，备居右，且教设宴行酒。

酒行数巡，布曰：“你两家看我面上，俱各罢兵。”玄德无语。灵曰：“吾奉主公之命，提十万之兵，专捉刘备，如何罢得？”张飞大怒，拔剑在手，叱曰：“吾虽兵少，觑汝辈如儿戏耳！你比百万黄巾何如？你敢伤我哥哥！”关公急止之曰：“且看吕将军如何主意，那时各回营寨厮杀未迟。”吕布曰：“我请你两家解斗，须不教你厮杀！”这边纪灵不忿，那边张飞只要厮杀。布大怒，教左右：“取我戟来！”布提画戟在手，纪灵、玄德尽皆失色。布曰：“我劝你两家不要厮杀，尽在天命。”令左右接过画戟，去辕门外远远插定。乃回顾纪灵、玄德曰：“辕门离中军一百五十步。吾若一箭射中戟小枝，你两家罢兵；如射不中，你各自回营，安排厮杀。有不从吾言者，并力拒之。”㊣纪灵私忖：“戟在一百五十步之外，安能便中？且落得应允。待其不中，那时凭我厮杀。”便一口许诺。玄德自无不允。布都教坐，再各饮一杯酒。酒毕，布教取弓箭来。玄德暗祝曰：“只愿他射得中便好！”只见吕布挽起袍袖，搭上箭，扯满弓，叫一声：“着！”正是：弓开如秋月行天，箭去似流星落地。一箭正中画戟小枝。㊣帐上帐下将校，齐声喝采。后人有诗赞之曰：

温侯神射世间稀，曾向辕门独解危。
落日果然欺后羿，号猿直欲胜由基。
虎筋弦响弓开处，雕羽翎飞箭到时。
豹子尾摇穿画戟，雄兵十万脱征衣。

当下吕布射中画戟小枝，呵呵大笑，掷弓于地，执纪灵、玄

异日得志，不可相忘——语云：“施恩不望报。”吕布切切叮咛刘备勿忘其恩，正表明其并非扶危济困的仁厚君子。

有不从吾言者，并力拒之——几经周折，吕布方才说出主意，既出人意料，又充满自信，确是妙计。

一箭正中画戟小枝——百步穿杨，一矢中的，真是神射！吕布的高超武艺，此处表现得最舒展，最潇洒。

德之手曰："此天令你两家罢兵也！"喝教军士："斟酒来！各饮一大觥。"玄德暗称惭愧。纪灵默然半晌，告布曰："将军之言，不敢不听；奈纪灵回去，主人如何肯信？"布曰："吾自作书复之便了。"酒又数巡，纪灵求书先回。布谓玄德曰："非我则公危矣。"玄德拜谢，与关、张回。次日，三处军马都散。

不说玄德入小沛，吕布归徐州。却说纪灵回淮南见袁术，说吕布辕门射戟解和之事，呈上书信。袁术大怒曰："吕布受吾许多粮米，反以此儿戏之事，偏护刘备。吾当自提重兵，亲征刘备，兼讨吕布！"纪灵曰："主公不可造次。吕布勇力过人，兼有徐州之地；若布与备首尾相连，不易图也。灵闻布妻严氏有一女，年已及笄。主公有一子，可令人求亲于布。布若嫁女于主公，必杀刘备：此乃'疏不间亲'之计也。"袁术从之，即日遣韩胤为媒，赍礼物往徐州求亲。㊞

赍礼物往徐州求亲——袁术本欲兼讨刘备、吕布，今为离间二人，竟又主动向吕布求亲。儿女婚嫁大事亦如此轻率，实与吕布一样反覆无常。

胤到徐州见布，称说："主公仰慕将军，欲求令爱为儿妇，永结'秦晋之好'。"布入谋于妻严氏。原来吕布有二妻一妾：先娶严氏为正妻，后娶貂蝉为妾；及居小沛时，又娶曹豹之女为次妻。曹氏先亡无出，貂蝉亦无所出，惟严氏生一女，布最钟爱。当下严氏对布曰："吾闻袁公路久镇淮南，兵多粮广，早晚将为天子。若成大事，则吾女有后妃之望。只不知他有几子？"布曰："止有一子。"妻曰："既如此，即当许之。纵不为皇后，吾徐州亦无忧矣。"布意遂决，厚款韩胤，许了亲事。㊞

厚款韩胤，许了亲事——吕布不管是非好歹，严氏只看来头大小，嫁女如同做生意，真是一对唯利是图的蠢夫妻！

韩胤回报袁术。术即备聘礼，仍令韩胤送至徐州。吕布受了，设席相待，留于馆驿安歇。

次日，陈宫竟往馆驿内拜望韩胤。讲礼毕，坐定。宫乃叱退左右，对胤曰："谁献此计，教袁公与奉先联姻？意在取刘玄德之头乎？"胤失惊，起谢曰："乞公台勿泄！"宫曰："吾自不泄，只恐其事若迟，必被他人识破，事将中变。"胤曰："然则奈何？愿公教之。"宫曰："吾见奉先，使其即日送女就亲，如何？"胤大喜，称谢曰："若如此，袁公感佩明德不浅矣！"宫遂辞别韩胤，入见吕布曰："闻公女许嫁袁公路，甚善。但不知于何日结亲？"布曰："尚容徐议。"宫曰："古者自受聘至成婚之期，各有定例：天子一年，诸侯半年，大夫一季，庶民一月。”布曰：“袁公路天赐国宝，早晚当为帝，今从天子例，可乎？”宫曰：“不可。”布曰：“然则仍从诸侯例？”宫曰：“亦不可。”布曰：“然则将从卿大夫例矣？”宫曰：“亦不可。”布笑曰：“公岂欲吾依庶民例耶？”宫曰：“非也。”布曰：“然则公意欲如何？”宫曰：“方今天下诸侯，互相争雄；今公与袁公路结亲，诸侯保无有嫉妒者乎？若复远择吉期，或竟乘我良辰，伏兵半路以夺之，如之奈何？为今之计：不许便休；既已许之，当趁诸侯未知之时，即便送女到寿春，另居别馆，然后择吉成亲，万无一失也。”布喜曰：“公台之言甚当。”㊣遂入告严氏，连夜具办妆奁，收拾宝马香车，令宋宪、魏续一同韩胤送女前去。鼓乐喧天，送出城外。

公台之言甚当——陈宫为吕布着想，力主与袁术结亲，吕布亦以为得计。

时陈元龙之父陈珪，养老在家，闻鼓乐之声，遂问左右。左右告以故。珪曰：“此乃‘疏不间亲’之计也。玄德危矣。”遂扶病来见吕布。布曰：“大夫何来？”珪曰：“闻将军死至，特来吊丧。”布惊曰：“何出此言？”珪曰：“前者袁公路以金帛送公，欲杀刘玄德，而公以射戟解之；今忽来求亲，其意盖欲以公女为质，随后就来攻玄德而取小沛。小沛亡，徐州危矣。且彼或来借粮，或来借兵：公若应之，是疲于奔命，而又结怨于人；若其不允，是弃亲而启兵端也。况闻袁术有称帝之意，是造反也。彼若造反，则公乃反贼亲属矣，得无为天下所不容乎？”布大惊曰：“陈宫误我！”㊣急命张辽引兵，追赶至三十里之外，将女抢归；连韩胤都拿回监禁，不放归去。却令人回复袁术，只说女儿妆奁未备，俟备毕便自送来。陈珪又说吕布，使解韩胤赴许都。布犹豫未决。

陈宫误我——陈珪为保刘备而极力劝阻吕布与袁术结亲。毕竟其议更高一筹，吕布又认为正确。前后对照，足证吕布胸无定见。

忽人报：“刘备在小沛招军买马*，不知何意。”布曰：“此为将者本分事，何足为怪。”正话间，宋宪、魏续至，告布曰：“我二人奉明公之命，往山东买马，买得好马三百余匹；回至沛县界首，被强寇劫去一半。打听得是刘备之弟张飞，诈妆山贼，抢劫马匹去了。”吕布听了大怒，随即点兵往小沛来斗张飞。

玄德闻知大惊，慌忙领兵出迎。两阵圆处，玄德出马曰：“兄长何故领兵到此？”布指骂曰：“我辕门射戟，救你大难，你何故夺我马匹？”玄德曰：“备因缺马，令人四下收买，安敢夺兄马匹？”布曰：“你便使张飞夺了我好马一百五十匹，尚自抵赖！”张飞挺枪出马曰：“是我夺了你好马！你今待怎么？”布骂曰：“环眼贼！你累次渺你夺我哥哥的徐州便不说了——张飞夺吕布马匹，惹起事端，本为不智之举，但以吕布袭夺徐州反唇相讥，倒觉振振有词，使吕布无话可说。如此妙语，唯张飞说得出来，有趣，有趣！

视我！”飞曰：“我夺你马你便恼，你夺我哥哥的徐州便不说了！”㊞布挺戟出马来战张飞，飞亦挺枪来迎。两个酣战一百余合，未见胜负。玄德恐有疏失，急鸣金收军入城。吕布分军四面围定。玄德唤张飞责之曰：“都是你夺他马匹，惹起事端！如今马匹在何处？”飞曰：“都寄在各寺院内。”玄德随令人出城，至吕布营中，说情愿送还马匹，两相罢兵。布欲从之，陈宫曰：“今不杀刘备，久后必为所害。”布听之，不从所请，攻城愈急。玄德与糜竺、孙乾商议。孙乾曰：“曹操所恨者，吕布也。不若弃城走许都，投奔曹操，借军破布，此为上策。”玄德曰：“谁可当先破围而出？”飞曰：“小弟情愿死战！”玄德令飞在前，云长在后，自居于中，保护老小。当夜三更，乘着月明，出北门而走。正遇宋宪、魏续，被益德一阵杀退，得出重围。后面张辽赶来，关公敌住。吕布见玄德去了，也不来赶，随即入城安民，令高顺守小沛，自己仍回徐州去了。㊞

自己仍回徐州去了——这是吕布第一次攻占小沛，赶走刘备。

却说玄德前奔许都，到城外下寨，先使孙乾来见曹操，言被吕布追逼，特来相投。操曰：“玄德与吾，兄弟也。”便请入城相见。次日，玄德留关、张在城外，自带孙乾、糜竺入见操。操待以上宾之礼。玄德备诉吕布之事。操曰：“布乃无义之辈，吾与贤弟并力诛之。”玄德称谢。操设宴相待，至晚送出。荀彧入见曰：“刘备，英雄也。今不早图，后必为患。”操不答。彧出，郭嘉入。操曰：“荀彧劝我杀玄德，当如何？”嘉曰：“不可。主公兴义兵，为百姓除暴，惟仗信义以招俊杰，犹惧其不来也；今玄德素有英雄之名，以困穷而来投，若杀之，是害贤也。天下智谋之士，闻而自疑，将裹足不前，主公谁与定天下乎？夫除一人之患，以阻四海之望：安危之机，不可不察。”操大喜曰：“君言正合吾心。”次日，即表荐刘备领豫州牧。程昱谏曰：“刘备终不为人之下，不如早图之。”操曰：“方今正用英雄之时，不可杀一人而失天下之心。此郭奉孝与吾有同见也。”㊞遂不听昱言，以兵三千、粮万斛送与玄德，使往豫州到任，进兵屯小沛，招集原散之兵，攻吕布。玄德至豫州，令人约会曹操。

此郭奉孝与吾有同见也——曹操以大局为重，以延揽天下英雄为要，力图争取刘备，不愿杀一人而失天下之心，大是！大是！

操正欲起兵，自往征吕布，忽流星马报说张济自关中引兵攻南阳，为流矢所中而死；济侄张绣统其众，用贾诩为谋士，结连刘表，屯兵宛城，欲兴兵犯阙夺驾。操大怒，欲兴兵讨之，又恐吕布来侵许都，乃问计于荀彧。彧曰："此易事耳。吕布无谋之辈，见利必喜：明公可遣使往徐州，加官赐赏，令与玄德解和。布喜，则不思远图矣。"操曰："善。"遂差奉车都尉王则*，赍官诰并和解书，往徐州去讫。一面起兵十五万，亲讨张绣；分军三路而行，以夏侯惇为先锋。军马至淯水下寨。贾诩劝张绣曰："操兵势大，不可与敌，不如举众投降。"张绣从之，使贾诩至操寨通款。操见诩应对如流，甚爱之，欲用为谋士。诩曰："某昔从李傕，得罪天下；今从张绣，言听计从，不忍弃之。"乃辞去。次日引绣来见操，操待之甚厚。引兵入宛城屯扎，余军分屯城外，寨栅联络十余里。一住数日，绣每日设宴请操。

一日操醉，退入寝所，私问左右曰："此城中有妓女否？"操弟之子曹安民*，知操意，乃密对曰："昨晚小侄窥见馆舍之侧，有一妇人，生得十分美丽，问之，即绣叔张济之妻也。"操闻言，便令安民领五十甲兵往取之。㊟须臾，取到军中。操见之，果然美丽。问其姓，妇答曰："妾乃张济之妻邹氏也。"操曰："夫人识吾否？"邹氏曰："久闻丞相威名，今夕幸得瞻拜。"操曰："吾为夫人故，特纳张绣之降；不然灭族矣。"邹氏拜曰："实感再生之恩。"操曰："今日得见夫人，乃天幸也。今宵愿同枕席，随吾还都，安享富贵，何如？"邹氏拜谢。是夜，共宿于帐中。邹氏曰："久住城中，绣必生疑，亦恐外人议论。"操曰："明日同夫人去寨中住。"次日，移于城外安歇，唤典韦就中军帐房外宿卫。他人非奉呼唤，不许辄入。因此，内外不通。操每日与邹氏取乐，不想归期。

> 便令安民领五十甲兵往取之——为伯父者好色思淫，为侄儿者一味逢迎，全不想后果如何，可鄙！

张绣家人密报绣。绣怒曰："操贼辱我太甚！"㊟便请贾诩商议。诩曰："此事不可泄漏。来日等操出帐议事，如此如此。"次日，操坐帐中，张绣入告曰："新降兵多有逃亡者，乞移屯中军。"操许之。绣乃移屯其军，分为四寨，刻期举事。因畏典韦勇猛，急切难进，乃与偏将胡车儿商议。那胡车儿力能负五百斤，日行七百里，亦异人也。当下献计于绣曰："典韦之可畏者，双铁戟耳。主公明日可请他来吃酒，使尽醉而归。那时某便混入他跟来军士数内，偷入帐房，先盗其戟，此人不足畏矣。"绣甚喜，预先准备弓箭、甲兵，告示各寨。至期，令贾诩致意，请典韦到寨，殷勤待酒。至晚醉归，胡车儿杂在众人队里，直入大寨。是夜曹操于帐中与邹氏饮酒，忽听帐外人言马嘶。操使人观之。回报是张绣军夜巡，操乃不疑。时近

> 操贼辱我太甚——曹操如此胡作非为，张绣不得不怒。可见张绣之反，全由曹操激成。

二更，忽闻寨内呐喊，报说草车上火起。操曰："军人失火，勿得惊动。"须臾，四下里火起，操始着忙，急唤典韦。韦方醉卧，睡梦中听得金鼓喊杀之声，便跳起身来，却寻不见了双戟。时敌兵已到辕门，韦急掣步卒腰刀在手。只见门首无数军马，各挺长枪，抢入寨来。韦奋力向前，砍死二十余人。马军方退，步军又到，两边枪如苇列。韦身无片甲，上下被数十枪，兀自死战。刀砍缺不堪用，韦即弃刀，双手提着两个军人迎敌，击死者八九人。群贼不敢近，只远远以箭射之，箭如骤雨。韦犹死拒寨门。争奈寨后贼军已入，韦背上又中一枪，乃大叫数声，血流满地而死。死了半晌，还无一人敢从前门而入者。

却说曹操赖典韦当住寨门，乃得从寨后上马逃奔，只有曹安民步随。操右臂中了一箭，马亦中了三箭，亏得那马是大宛良马，熬得痛，走得快。刚刚走到淯水河边，贼兵追至，安民被砍为肉泥。操急骤马冲波过河，才上得岸，贼兵一箭射来，正中马眼，那马扑地倒了。操长子曹昂，即以己所乘之马奉操。操上马急奔。曹昂却被乱箭射死。操乃走脱。路逢诸将，收集残兵。时夏侯惇所领青州之兵，乘势下乡，劫掠民家；平虏校尉于禁，即将本部军于路剿杀，安抚乡民。青州兵走回，迎操泣拜于地，言于禁造反，赶杀青州军马。操大惊。须臾，夏侯惇、许褚、李典、乐进都到。操言于禁造反，可整兵迎之。

却说于禁见操等俱到，乃引军射住阵角，凿堑安营。或告之曰："青州军言将军造反，今丞相已到，何不分辩，乃先立营寨耶？"于禁曰："今贼追兵在后，不时即至；若不先准备，何以拒敌？分辩小事，退敌大事。"㊟安营方毕，张绣军两路杀至。于禁身先出寨迎敌。绣急退兵。左右诸将，见于禁向前，各引兵击之，绣军大败，追杀百余里。绣势穷力孤，引败兵投刘表去了。

分辩小事，退敌大事——于禁治军严整，重视民心，有勇有谋，确有名将风度。至于后来晚节不终，则当别论。

曹操收军点将，于禁入见，备言青州之兵，肆行劫掠，大失民望，某故杀之。操曰："不告我，先下寨，何也？"禁以前言对。操曰："将军在匆忙之中，能整兵坚垒，任谤任劳，使反败为胜，虽古之名将，何以加兹！"乃赐以金器一副，封益寿亭侯；责夏侯惇治兵不严之过。又设祭祭典韦，操亲自哭而奠之，顾谓诸将曰："吾折长子、爱侄，俱无深痛；独号泣典韦也！"众皆感叹。次日下令班师。

不说曹操还兵许都。且说王则赍诏至徐州，布迎接入府，开读诏书：封布为平东将军，特赐印绶。又出操私书。王则在吕布面前极道曹公相敬之意。布大喜。忽报袁术遣人至，布唤入问之。使言："袁公早晚即皇帝位，立东宫，催取皇妃早到淮南。"布大怒曰："反贼焉敢如此！"遂杀来使，将韩胤用枷钉了，遣陈登赍谢表，解韩胤，一同王则上许都来谢恩；且答书于操，欲求实授徐州牧。操知布绝婚袁术，大喜，遂斩韩胤于市曹。陈登密谏操曰："吕布，豺狼也，勇而无谋，轻于去就，宜早图之。"操曰："吾素知吕布狼子野心，诚难久养。非公父子莫能穷其情，公当与吾谋之。"登曰："丞相若有举动，某当为内应。"㊟操喜，表赠陈珪秩中二千石，登为广陵太守。登辞回，操执登手曰："东方之事，便以相付。"登点头允诺，回徐州见吕布。布问之，登言："父赠禄，某为太守。"布大怒曰："汝不为吾求徐州牧，而乃自求爵禄！汝父教我协同曹公，绝婚公路，今吾所求，终无一获；而汝父子俱各显贵，吾为汝父子所卖耳！"遂拔剑欲斩之。登大笑曰："将军何其不明之甚也！"布曰："吾何不明？"登曰："吾见曹公，言养将军譬如养虎，当饱其肉；不饱则将噬人。曹公笑曰：'不如卿言。吾待温侯，如养鹰耳；狐兔未息，不敢先饱，饥则为用，饱则飏去。'某问：'谁为狐兔？'曹公曰：'淮南袁术、江东孙策、冀州袁绍、荆襄刘表、益州刘璋、汉中张鲁，皆狐兔也。'"布掷剑笑曰："曹公知我也！"㊟正说话间，忽报袁术军取徐州。吕布闻言失惊。正是：秦晋未谐吴越斗，婚姻惹出甲兵来。毕竟后事如何，且听下文分解。

某当为内应——曹操决心除掉吕布，陈登则愿为内应，吕布之死，只在早晚之间了。

曹公知我也——吕布被陈登玩于股掌之中，竟还以为曹操真的看重自己，真是如在梦中！

尾评：

本回所写的辕门射戟、败师淯水两大情节均甚精彩；而曹操、刘备、吕布、袁术四大集团的分合斗争，时急时缓，时明时暗，瞬息万变，表现了汉末群雄纷争之尖锐复杂，尤为引人注目。

第十七回

袁公路大起七军　曹孟德会合三将

总评

在东汉末年那些割据称雄的军阀中，袁术以其骄奢荒淫、狂妄悖乱而臭名昭著。罗贯中将历史事实与艺术虚构融为一体，把袁术的丑恶形象刻画得活灵活现。这个凭借所谓“四世三公”的显赫门第，动辄以势压人的家伙，完全是一个志大才疏、纨绔气十足的庸人。在政治上，他目光短浅，见利忘义，既没有刘备“上报国家，下安黎庶”的崇高志向，也缺乏曹操“挟天子以令诸侯”的雄才大略和招抚流亡、屯田积谷的战略措施，只知作威作福，纵情享乐，把一个地广粮多的淮南搞得哀鸿遍野，怨声载道。在军事上，他既不会用兵，又不善点将，人马虽多，却尽吃败仗。在用人上，他多疑善忌，刚愎自用，进贤无方，不恤下情。手下文武，多为庸碌之辈。就是这样一个草包，居然野心勃勃，迫不及待地抢先登上皇帝宝座，结果使自己成为众矢之的，遭到曹操、刘备、孙策、吕布的四面围攻，只得仓皇逃跑，真是可笑之至！

曹操“借头欺众”，“割发代首”，均取材于《三国志·魏书·武帝纪》注引《曹瞒传》，而又略有艺术加工。就前者而言，曹操借部下之头欺骗众人，以求暂时稳住军心，确实是酷虐奸诈。就后者而言，曹操因马惊而践踏麦田，违背了自己所下的命令，处于极其尴尬的局面。身为最高统帅，他当然不可能自杀，

“拔剑自刎”确是一种姿态；但他敢于突破所谓“罚不加于尊”的“《春秋》之义”，当众割去自己的头发，以示惩罚，仍属难能可贵，表现了执法如山的勇气和魄力。

却说袁术在淮南，地广粮多，又有孙策所质玉玺，遂思僭称帝号；大会群下议曰："昔汉高祖不过泗上一亭长，而有天下；今历年四百，气数已尽，海内鼎沸。吾家四世三公，百姓所归；吾欲应天顺人，正位九五。尔众人以为何如？"主簿阎象曰："不可。昔周后稷积德累功，至于文王，三分天下有其二，犹以服事殷。明公家世虽贵，未若有周之盛；汉室虽微，未若殷纣之暴也。此事决不可行。"术怒曰："吾袁姓出于陈。陈乃大舜之后，以土承火，正应其运。又谶云：'代汉者，当涂高也。'吾字公路，正应其谶。又有传国玉玺。若不为君，背天道也。吾意已决，多言者斩！"遂建号仲氏，立台省等官，乘龙凤辇，祀南北郊，立冯方女为后，立子为东宫。(评)因命使催取吕布之女为东宫妃，却闻布已将韩胤解赴许都，为曹操所斩，乃大怒。遂拜张勋为大将军，统领大军二十余万，分七路征徐州：第一路大将张勋居中，第二路上将桥蕤居左，第三路上将陈纪居右，第四路副将雷薄居左，第五路副将陈兰居右，第六路降将韩暹居左，第七路降将杨奉居右。各领部下健将，克日起行。(评)命兖州刺史金尚为太尉，监运七路钱粮。尚不从，术杀之。以纪灵为七路都救应使。术自引军三万，使李丰、梁纲*、乐就为催进使，接应七路之兵。

立子为东宫——袁术不顾部下反对，强行称帝，可见其极端不得人心，这就预示其事必败。

各领部下健将，克日起行——七路大军进逼徐州，气势汹汹，不可一世。

吕布使人探听得张勋一军从大路径取下邳，桥蕤一军取小沛，陈纪一军取临沂，雷薄一军取相县，陈兰一军取碣石，韩暹一军取彭城*，杨奉一军取浚山：七路军马，日行五十里，于路劫掠将来。乃急召众谋士商议，陈宫与陈珪父子俱至。陈宫曰："徐州之祸，乃陈珪父子所招，媚朝廷以求爵禄，今日移祸于蒋军。可斩二人之头献袁术，其军自退。"布听其言，即命擒下陈珪、陈登。陈登大笑曰："何如是之懦也？吾观七路之兵，如七堆腐草，何足介意！"布曰："汝若有计破敌，免汝死罪。"陈登曰："将军若用某之言*，徐州可保无虞。"㊣布曰："试言之。"登曰："术兵虽众，皆乌合之师，素不亲信；我以正兵守之，出奇兵胜之，无不成功。更有一计，不止保安徐州，并可生擒袁术。"布曰："计将安出？"登曰："韩暹、杨奉乃汉旧臣，因惧曹操而走，无家可依，暂归袁术；术必轻之，彼亦不乐为术用。若凭尺书结为内应，更连刘备为外合，必擒袁术矣。"布曰："汝须亲到韩暹、杨奉处下书。"陈登允诺。

徐州可保无虞——面对袁术的七路大军，陈登视为腐草，自信有计破之，不仅胆大，而且智高。

布乃发表上许都，并致书与豫州，然后令陈登引数骑，先于下邳道上候韩暹。暹引兵至，下寨毕，登入见。暹问曰："汝乃吕布之人，来此何干？"登笑曰："某为大汉公卿，㊣何谓吕布之人？若将军者，向为汉臣，今乃为叛贼之臣，使昔日关中保驾之功，化为乌有，窃为将军不取也。且袁术性最多疑，将军后必为其所害。今不早图，悔之无及！"暹叹曰："吾欲归汉，恨无门耳。"登乃出布书。暹览书毕曰："吾已知之。公先回。吾与杨将军反戈击之。但看火起为号，温侯以兵相应可也。"登辞暹，急回报吕布。

某为大汉公卿——一句"大汉公卿"，便觉理直气壮。陈登说服韩暹是凭此，愿作内应翦灭吕布也是为此。

布乃分兵五路：高顺引一军进小沛，敌桥蕤；陈宫引一军进临沂，敌陈纪；张辽、臧霸引一军出相县，敌雷薄*；宋宪、魏续引一军出碣石，敌陈兰；吕布自引一军出大道，敌张勋。各领军一万，余者守城。吕布出城三十里下寨。张勋军到，料敌吕布不过，且退二十里屯住，待四下兵接应。是夜二更时分，韩暹、杨奉分兵到处放火，接应吕家军入寨。勋军大乱。吕布乘势掩杀，张勋败走。吕布赶到天明，正撞纪灵接应。两军相迎，恰待交锋，韩暹、杨奉两路杀来。纪灵大败而走，吕布引兵追杀。山背后一彪军到，门旗开处，只见一队军马，打龙凤日月旗幡，四斗五方旌帜，金瓜银斧，黄钺白旄，黄罗销金伞盖之下，袁术身披金甲，腕悬两刀，立马阵前，大骂："吕布，背主家奴！"布怒，挺戟向前。术将李丰挺枪来迎；战不三合，被布刺伤其手，丰弃枪而走。吕布麾兵冲杀，术军大乱。吕布引军从后追赶，抢夺马匹衣甲无数。袁术引着败军，走不上数里，山背后一彪军出，截住去路。当先一将乃关云长也，大叫："反贼！还不受死！"袁术慌走，余众四散奔逃，被云长大杀了一阵。袁术收拾败军。奔回淮南去了。㊣

袁术收拾败军，奔回淮南去了——汹汹而来，经不得几场厮杀，便又惶惶而逃。可笑袁术，真是废物！

吕布得胜，邀请云长并杨奉、韩暹等一行人马到徐州，大排筵宴管待，军士都有犒赏。次日，云长辞归。布保韩暹为沂都令、杨奉为琅琊令*，商议欲留二人在徐州。陈珪曰："不可。韩、杨二人据山东，不出一年，则山东城郭皆属将军也。"布然之，遂送二将暂于沂都、琅琊二处屯扎，以候恩命。陈登私问父曰："何不留二人在徐州，为杀吕布之根？"珪曰："倘二人协助吕布，是反为虎添爪牙也。"登乃服父之高见。

却说袁术败回淮南，遣人往江东问孙策借兵报仇。策怒曰："汝赖吾玉玺，僭称帝号，背反汉室，大逆不道！吾方欲加兵问罪，岂肯反助叛贼乎！"遂作书以绝之。使者赍书回见袁术。术看毕，怒曰："黄口孺子，何敢乃尔！吾先伐之！"长史杨弘力谏方止。

却说孙策自发书后，防袁术兵来，点军守住江口。忽曹操使至，拜策为会稽太守，令起兵征讨袁术。策乃商议，便欲起兵。长史张昭曰："术虽新败，兵多粮足，未可轻敌。不如遗书曹操，劝他南征，吾为后应。两军相援，术军必败。万一有失，亦望操救援。"策从其言，遣使以此意达曹操。

却说曹操至许都，思慕典韦，立祀祭之；拜其子典满为郎中*，收养在府。忽报孙策遣使致书，操览书毕，又有人报袁术乏粮，劫掠陈国*。欲乘虚攻之，遂兴兵南征。令曹仁守许都，其余皆从征：马步兵十七万，粮食辎重千余车。一面先发人会合孙策与刘备、吕布㊟。兵至豫州界上，玄德早引兵来迎，操命请入营。相见毕，玄德献上首级二颗。操惊曰："此是何人首级？"玄德曰："此韩暹、杨奉之首级也。"操曰："何以得之？"玄德曰："吕布令二人权住沂都、琅琊两县。不意二人纵兵掠民，人人嗟怨。因此备乃设一宴，诈请议事；饮酒间，掷盏为号，使关、张二弟杀之，尽降其众。今特来请罪。"操曰："君为国家除害，正是大功，何言罪也！"遂厚劳玄德，合兵到徐州界。吕布出迎，操善言抚慰，封为左将军，许于还都之时，换给印绶，布大喜。操即分吕布一军在左，玄德一军在右，自统大军居中，令夏侯惇、于禁为先锋。

一面先发人会合孙策与刘备、吕布——曹操善于联合同盟者，集中打击主要对手，这是他取胜的诀窍之一。

袁术知操兵至，令大将桥蕤引兵五万作先锋。两军会于蕲县界口*。桥蕤当先出马，与夏侯惇战不三合，被夏侯惇搠死。术军大败，奔走回城。忽报孙策发船攻江边西面，吕布引兵攻东面，刘备、关、张引兵攻南面，操自引兵十七万攻北面。术大惊，急聚众文武商议。杨弘曰："蕲县水旱连年，人皆缺食；今又动兵扰民，民既生怨，兵至难以拒敌。不如留军在蕲县，不必与战；待彼兵粮尽，必然生变。陛下且统御林军渡淮，一者就熟，二者暂避其锐。"术用其言，留李丰、乐就、梁纲、陈纪四人分兵十万，坚守蕲县，其余将卒并库藏金玉宝贝，尽数收拾过淮去了。㊣

尽数收拾过淮去了——眼看四路大军杀到，袁术无力抵敌，只得慌忙逃到淮南。如此"皇帝"，简直不像样子！

却说曹兵十七万，日费粮食浩大，诸郡又荒旱，接济不及。操催军速战，李丰等闭门不出。操军相拒月余，粮食将尽，致书于孙策，借得粮米十万斛，不敷支散。管粮官任峻部下仓官王垕入禀操曰："兵多粮少，当如之何？"操曰："可将小斛散之，权且救一时之急。"垕曰："兵士倘怨，如何？"操曰："吾自有策。"垕依命，以小斛分散。操暗使人各寨探听，无不嗟怨，皆言丞相欺众。操乃密召王垕入曰："吾欲问汝借一物，以压众心，汝必勿吝。"垕曰："丞相欲用何物？"操曰："欲借汝头以示众耳。"垕大惊曰："某实无罪！"操曰："吾亦知汝无罪，但不杀汝，军必变矣。汝死后，汝妻子吾自养之，汝勿虑也。"垕再欲言时，操早呼刀斧手推出门外，一刀斩讫，悬头高竿，出榜晓示曰："王垕故行小斛，盗窃官粮，谨按军法。"于是众怨始解。㊣

于是众怨始解——曹操支使部下以小斛救急，却又诿罪于部下，借其头以欺众。如此冷酷狡诈，令人不寒而栗！

次日，操传令各营将领："如三日内不并力破城，皆斩！"操亲自至城下，督诸军搬土运石，填壕塞堑。城上矢石如雨，有两员裨将畏避而回，操掣剑亲斩于城下，遂自下马接土填坑。于是大小将士无不向前，军威大振。城上抵敌不住。曹兵争先上城，斩关落锁，大队拥入。李丰、陈纪、乐就、梁纲都被生擒，操令皆斩于市。蕲县城中，收掠一空*。商议欲进兵渡淮，追赶袁术。荀彧谏曰："年来荒旱，粮食艰难，若更进兵，劳军损民，未必有利。不若暂回许都，待来春麦熟，粮食足备，方可图之。"操踌躇未决。忽报马到，报说："张绣依托刘表，复肆猖獗；南阳、章陵诸县复反*；曹洪拒敌不住，连输数阵，今特来告急。"操乃驰书与孙策，令其跨江布阵，以为刘表疑兵，使不敢妄动；自己即日班师，别议征张绣之事。临行，令玄德仍屯兵小沛，与吕布结为兄弟，互相救助，再无相侵。吕布领兵自回徐州。操密谓玄德曰："吾令汝屯小沛，是'掘坑待虎'之计也。㊣公但与陈珪父子商议，勿致有失。某当为公外援。"话毕而别。

是"掘坑待虎"之计也——前几天还借助吕布打败袁术，现在表面上又让刘备与吕布"结为兄弟"，但暗地里却命刘备"掘坑待虎"，曹操之老谋深算，不动声色，让人惊叹，又让人害怕。

却说曹操引军回许都，人报段煨杀了李傕，伍习杀了郭汜，将头来献。段煨并将李傕合族老小二百余口活解入许都。操令分于各门处斩，传首号令，人民称快。天子升殿，会集文武，作太平筵宴。封段煨为荡寇将军、伍习为殄虏将军，各引兵镇守长安。二人谢恩而去。操即奏张绣作乱，当兴兵伐之。天子乃亲排銮驾，送操出师。时建安三年夏四月也。

操留荀彧在许都，调遣兵将，自统大军进发。行军之次，见一路麦已熟，民因兵至，逃避在外，不敢刈麦。操使人远近遍谕村人父老，及各处守境官吏曰："吾奉天子明诏，出兵讨逆，与民除害。方今麦熟之时，不得已而起兵，大小将校，凡过麦田，但有践踏者，并皆斩首。军法甚严，尔民勿得惊疑。"百姓闻谕，无不欢喜称颂，望尘遮道而拜。官军经过麦田，皆下马以手扶麦，递相传送而过，并不敢践踏。操乘马正行，忽田中惊起一鸠，那马眼生，窜入麦中，践坏了一大块麦田。操随呼行军主簿，拟议自己践麦之罪。主簿曰："丞相岂可议罪？"操曰："吾自制法，吾自犯之，何以服众？"即掣所佩之剑欲自刎。众急救住。郭嘉曰："古者《春秋》之义：罚不加于尊*。丞相总统大军，岂可自戕？"操沉吟良久，乃曰："既《春秋》有'罚不加于尊'之义，吾姑免死。"乃以剑割自己之发，掷于地曰："割发权代首。"使人以发传示三军曰："丞相践麦，本当斩首号令，今割发以代。"于是三军悚然，无不懔遵军令。㊣后人有诗论之曰：

> 无不懔遵军令——在不可能自杀的前提下，曹操当机立断，割发代首，实为当时所能采取的最好办法，也收到了最佳效果。

十万貔貅十万心，一人号令众难禁。
拔刀割发权为首，方见曹瞒诈术深。

却说张绣知操引兵来，急发书报刘表，使为后应；一面与雷叙、张先二将领兵出城迎敌。两阵对圆，张绣出马，指操骂曰："汝乃假仁义无廉耻之人，与禽兽何异！"操大怒，令许褚出马。绣令张先接战。只三合，许褚斩张先于马下，绣军大败。操引军赶至穰城下*。绣入城，闭门不出。操围城攻打，见城壕甚阔，水势又深，急难近城。乃令军士运土填壕；又用土布袋并柴薪草把相杂，于城边作梯凳；又立云梯窥望城中；操自骑马绕城观之。如此三日。传令教军士于西门角上，堆积柴薪，会集诸将，就那里上城。城中贾诩见如此光景，便谓张绣曰："某已知曹操之意矣。今可将计就计而行。"正是：强中自有强中手，用诈还逢识诈人。不知其计若何，且听下文分解。

尾评：

曹操打败袁术，消灭其大部实力之后，便把翦灭吕布集团视为当务之急。命刘备屯兵小沛，“掘坑待虎”，正为下文埋下伏笔。

第十八回

贾文和料敌决胜　夏侯惇拔矢啖睛

总评

本回连写贾诩三次施谋用计：一是识破曹操攻城之计，大败曹军；二是曹军退却时劝张绣勿追，绣不听而败；三是张绣、刘表败后劝其再追，绣听从而胜。言必有中，真是神机妙算。就智谋而言，贾诩可算得上是汉末三国时期的第一流人才。

曹军败退一节，可谓一波三折：当刘表、张绣前堵后追之际，曹操巧用奇兵，大败表、绣；表、绣合兵追击，又中曹操伏兵，再次大败；张绣采纳贾诩之计，整兵再追，却得大胜；忽而又见曹军有人接应，乃收兵而回。胜败易势，风云变幻，令人目不暇接。

郭嘉分析袁、曹优劣，提出“十胜十败”之议，本于《三国志·魏书·郭嘉传》注引《傅子》。在曹操实力明显不及袁绍之时，他高瞻远瞩，全局在胸，见解精辟，议论风发，大大增强了曹操抗击袁绍的信心。在曹操的众多谋士中，郭嘉与荀彧最具战略眼光。唯其称曹操“以至诚待人，此德胜也”，后人多不以为然。其实作为深受曹操信任的谋士，郭嘉此言，既是对本集团领袖的一种褒扬，也可看作是对本集团领袖的深切希望。

却说贾诩知曹操之意，便欲将计就计而行，乃谓张绣曰：“某在城上见曹操绕城而观者三日。他见城东南角砖土之色，新旧不等，鹿角多半毁坏，意将从此处攻进；却虚去西北上积草，诈为声势，欲哄我撤兵守西北，彼乘夜黑必爬东南角而进也。”绣曰：“然则奈何？”诩曰：“此易事耳。来日可令精壮之兵，饱食轻装，尽藏于东南房屋内；却教百姓假扮军士，虚守西北。夜间任他在东南角上爬城。俟其爬进城时，一声炮响，伏兵齐起，操可擒矣。”㊣绣喜，从其计。早有探马报曹操，说张绣尽撤兵在西北角上，呐喊守城，东南却甚空虚。操曰：“中吾计矣！”遂命军中密备锹镬爬城器具。日间只引军攻西北角。至二更时分，却领精兵于东南角上爬过壕去，砍开鹿角。城中全无动静，众军一齐拥入。只听得一声炮响，伏兵四起。曹军急退，背后张绣亲驱勇壮杀来。曹军大败，退出城外，奔走数十里。张绣直杀至天明，方收军入城。曹操计点败军，折兵五万余人，失去辎重无数，吕虔、于禁俱各被伤。

伏兵齐起，操可擒矣——曹操之计，不可谓不妙，却偏偏被贾诩识破，真是棋逢对手。

却说贾诩见操败走，急劝张绣遗书刘表，使起兵截其后路。表得书，即欲起兵。忽探马报孙策屯兵湖口。蒯良曰：“策屯兵湖口，乃曹操之计也。今操新败，若不乘势击之，后必有患。”表乃令黄祖坚守隘口，自己统兵至安众县截操后路；一面约会张绣。绣知表兵已起，即同贾诩引兵袭操。

且说操军缓缓而行，到淯水*，操忽于马上放声大哭。众惊问其故，操曰：“吾思去年于此地折了吾大将典韦，不由不哭耳！”因即下令屯住军马，大设祭筵，吊奠典韦亡魂。操亲自拈香哭拜，三军无不感叹。祭典韦毕，方祭侄曹安民及长子曹昂，并祭阵亡军士，连那匹射死的大宛马，也都致祭。㊣

连那匹射死的大宛马，也都致祭——曹操如此大设祭奠，当然是为了激励活着的将士，但不应简单斥之为“作假”。虽是奸雄，但对一再救过自己命的典韦及亲近将士，也并非毫无真情。

次日，忽荀彧差人报说：“刘表助张绣屯兵安众，截吾归路。”操答彧书曰："吾日行数里，非不知贼来追我；然吾计划已定，若到安众，破绣必矣。㊟君等勿疑。"便催军行至安众县界。刘表军已守险要，张绣随后引军赶来。操乃令军黑夜凿险开道，暗伏奇兵。及天色微明，刘表、张绣军会合，见操兵少，疑操遁去，俱引兵入险击之。操纵奇兵出，大破两家之兵。曹兵出了安众隘口，于隘外下寨。刘表、张绣各整败兵相见。表曰："何期反中曹操奸计！"绣曰："容再图之。"于是两军集于安众。

若到安众，破绣必矣——曹操每临险境，往往特别沉着冷静，善于死中求活，转危为安。此为其十分难得之处。

且说荀彧探知袁绍欲兴兵犯许都，星夜驰书报曹操。操得书心慌，即日回兵。细作报知张绣，绣欲追之。贾诩曰："不可追也，追之必败。"刘表曰："今日不追，坐失机会矣。"力劝绣引军万余同往追之。约行十余里，赶上曹军后队。曹军奋力接战，绣、表两军大败而还。绣谓诩曰："不用公言，果有此败。"诩曰："今可整兵再往追之。"绣与表俱曰："今已败，奈何复追？"诩曰："今番追去，必获大胜；如其不然，请斩吾首。"绣信之；刘表疑虑，不肯同往。绣乃自引一军往追。操兵果然大败，军马辎重，连路散弃而走。绣正往前追赶，忽山后一彪军拥出。绣不敢前追，收兵回安众。刘表问贾诩曰："前以精兵追退兵，而公曰必败；后以败卒击胜兵，而公曰必克：究竟悉如公言。何其事不同而皆验也？愿公明教我。"诩曰："此易知耳。将军虽善用兵，非曹操敌手。操军虽败，必有劲将为后殿，以防追兵；我兵虽锐，不能敌之也：故知必败。夫操之急于退兵者，必因许都有事；既破我追军之后，必轻车速回，不复为备；我乘其不备而更追之：故能胜也。"㊟刘表、张绣俱服其高见。诩劝表回襄阳，绣守穰城*，以为唇齿。两军各散。

我乘其不备而更追之，故能胜也——贾诩洞见形势，知己知彼，故能料敌决胜。"运筹帷幄之中，决胜千里之外"，信然！

且说曹操正行间，闻报后军为绣所追，急引众将回身救应，只见绣军已退。败兵回告操曰："若非山后这一路人马阻住中路，我等皆被擒矣。"操急问何人。那人绰枪下马，拜见曹操，乃振威中郎将*，江夏平春人，姓李，名通，字文达。操问何来。通曰："近守汝南，闻丞相与张绣、刘表战，特来接应。"操喜，封之为建功侯，守汝南西界，以防表、绣。李通拜谢而去。

操还许都，表奏孙策有功，封为讨逆将军，赐爵吴侯，遣使赍诏江东，谕令防剿刘表。操回府，众官参见毕，荀彧问曰："丞相缓行至安众，何以知必胜贼兵？”操曰：“彼遏吾归路，我军必将死战*，吾缓诱之而暗图之，是以知其必胜也。”荀彧拜服。

郭嘉入，操曰：“公来何暮也？”嘉袖出一书，白操曰：“袁绍使人致书丞相，言欲出兵攻公孙瓒，特来借粮借兵。”操曰：“吾闻绍欲图许都，今见吾归，又别生他议。”遂拆书观之，见其词意骄慢，乃问嘉曰：“袁绍如此无状，吾欲讨之，恨力不及，如何？”嘉曰：“刘、项之不敌，公所知也。高祖惟智胜，项羽虽强，终为所擒。今绍有十败，公有十胜，绍兵虽盛，不足惧也：绍繁礼多仪，公体任自然，此道胜也；绍以逆动，公以顺率，此义胜也；桓、灵以来，政失于宽，绍以宽济，公以猛纠，此治胜也；绍外宽内忌，所任多亲戚，公外简内明，用人惟才，此度胜也；绍多谋少决，公得策辄行，此谋胜也；绍专收名誉，公以至诚待人，此德胜也；绍恤近忽远，公虑无不周，此仁胜也；绍听谗惑乱，公浸润不行，此明胜也；绍是非混淆，公法度严明，此文胜也；绍好为虚势，不知兵要，公以少克众，用兵如神，此武胜也。公有此十胜，于以败绍无难矣。”㉑操笑曰：“如公所言，孤何足以当之！”荀彧曰：“郭奉孝十胜十败之说，正与愚见相合。绍兵虽众，何足惧耶！”嘉曰：“徐州吕布，实心腹大患。今绍北征公孙瓒，我当乘其远出，先取吕布，扫除东南，然后图绍，乃为上计；否则我方攻绍，布必乘虚来犯许都，为害不浅也。”㉑操然其言，遂议东征吕布。荀彧曰：“可先使人往约刘备，待其回报，方可动兵。”操从之，一面发书与玄德，一面厚遣绍使，奏拜绍为大将军*，兼都督冀、青、幽、并四州，密书答之曰：“公可讨公孙瓒。吾当相助。”绍得书大喜，便进兵攻公孙瓒。

于以败绍无难矣——郭嘉“十胜十败”之议，雄辩滔滔，痛快淋漓，算得上一篇高水平的战略分析。这位不到三十岁的年轻谋士，胸襟之大，目光之锐，胆气之雄，都令人惊异，不愧为汉末三国时期最杰出的人才之一。

为害不浅也——与袁绍相比，吕布对曹操威胁较直接，而实力却较弱。先灭吕布，既可除去心腹之患，又可增强曹操实力，然后再对付袁绍，当然对曹操更有利。

且说吕布在徐州，每当宾客宴会之际，陈珪父子必盛称布德。陈宫不悦，乘间告布曰：“陈珪父子面谀将军，其心不可测，宜善防之。”布怒叱曰：“汝无端献谗，欲害好人耶？”宫出叹曰：“忠言不入，吾辈必受殃矣！”意欲弃布他往，却又不忍；又恐被人嗤笑，乃终日闷闷不乐。一日，带领数骑去小沛地面围猎解闷，忽见官道上一骑驿马，飞奔前去。宫疑之，弃了围场，引从骑从小路赶上，问曰：“汝是何处使命？”那使者知是吕布部下人，慌不能答。陈宫令搜其身，得玄德回答曹操密书一封。宫即连人与书，拿见吕布。布问其故。来使曰："曹丞相差我往刘豫州处下书，今得回书，不知书中所言何事。"布乃拆书细看。书略曰：

奉明命欲图吕布，敢不夙夜用心。但备兵微将少，不敢轻动。丞相兴大师，备当为前驱。谨严兵整甲，专待均命。

吕布见了，大骂曰："操贼焉敢如此！"遂将使者斩首。先使陈宫、臧霸结连泰山寇孙观、吴敦、尹礼、昌豨，西取兖州诸郡*；令高顺、张辽取沛城，攻玄德；令宋宪、魏续西取汝、颍；布自总中军，为三路救应。㊘

布自总中军为三路救应——得知曹操欲攻自己，赶快来个"先下手为强"，这既符合吕布性格，也是当时形势所使然。

且说高顺等引兵出徐州，将至小沛，有人报知玄德。玄德急与众商议。孙乾曰："可速告急于曹操。"玄德曰："谁可去许都告急？"阶下一人出曰："某愿往。"视之，乃玄德同乡人，姓简，名雍，字宪和，现为玄德幕宾。玄德即修书付简雍，使星夜赴许都求援；一面整顿守城器具。玄德自守南门，孙乾守北门，云长守西门，张飞守东门，令麋竺与其弟麋芳守护中军。原来麋竺有一妹，嫁与玄德为次妻，玄德与他兄弟有郎舅之亲，故令其守中军保护妻小。高顺军至，玄德在敌楼上问曰："吾与奉先无隙，何故引兵至此？"顺曰："你结连曹操，欲害吾主，今事已露，何不就缚！"言讫，便麾军攻城。玄德闭门不出。

次日，张辽引兵攻打西门。云长在城上谓之曰："公仪表非俗，何故失身于贼？"张辽低头不语。云长知此人有忠义之气，更不以恶言相加，亦不出战。辽引兵退至东门，张飞便出迎战。早有人报知关公。关公急来东门看时，只见张飞方出城，张辽军已退。飞欲追赶，关公急召入城。飞曰："彼惧而退，何不追之？"关公曰："此人武艺不在你我之下。因我以正言感之，颇有自悔之心，故不与我等战耳。"飞乃悟，只令士卒坚守城门，更不出战。

却说简雍至许都见曹操，具言前事。操即聚众谋士议曰："吾欲攻吕布，不忧袁绍掣肘，只恐刘表、张绣议其后耳。"荀攸曰："二人新破，未敢轻动。吕布骁勇，若更结连袁术，纵横淮、泗，急难图矣。"郭嘉曰："今可乘其初叛，众心未附，疾往击之。"操从其言，即命夏侯惇与夏侯渊、吕虔、李典领兵五万先行，自统大军陆续进发，简雍随行。早有探马报知高顺。顺飞报吕布。布先令侯成、郝萌、曹性引二百余骑。接应高顺，使离沛城三十里去迎曹军，自引大军随后接应。玄德在小沛城中见高顺退去，知是曹家兵至，乃只留孙乾守城，麋竺、麋芳守家，自己却与关、张二公，提兵尽出城外，分头下寨，接应曹军。

却说夏侯惇引军前进，正与高顺军相遇，便挺枪出马搦战。高顺迎敌。两马相交，战有四五十合，高顺抵敌不住，败下阵来。惇纵马追赶，顺绕阵而走。惇不舍，亦绕阵追之。阵上曹性看见，暗地拈弓搭箭，觑得亲切，一箭射去，正中夏侯惇左目。惇大叫一声，急用手拔箭，不想连眼珠拔出，乃大呼曰："父精母血，不可弃也！"遂纳于口内啖之，仍复挺枪纵马，直取曹性。㊞性不及提防，早被一枪搠透面门，死于马下。两边军士见者，无不骇然。夏侯惇既杀曹性，纵马便回。高顺从背后赶来，麾军齐上，曹兵大败。夏侯渊救护其兄而走。吕虔、李典将败军退去济北下寨。高顺得胜，引军回击玄德。恰好吕布大军亦至，布与张辽、高顺分兵三路，来攻玄德、关、张三寨。正是：啖睛猛将虽能战，中箭先锋难久持。未知玄德胜负如何，且听下文分解。

仍复挺枪纵马，直取曹性——夏侯惇损伤一目，仍不顾疼痛，奋勇杀敌，真是一员猛将。

尾评：

曹操两次征伐张绣，均未取胜，原因当然很多，第一次尤应归因于曹操自身。但无论如何，读者大概都不会忘记贾诩的作用。谋士之重要，由此可见。

曹操早有除去吕布之意，如今计谋已泄，吕布已经先发制人，曹操必须全力以赴，斗争的节奏自然加快了。

第十九回

下邳城曹操鏖兵　白门楼吕布殒命

总评

吕布一夺徐州，两攻小沛，每次都使刘备无家可归，其中两次还俘虏了刘备的妻小，使其倍感凄惶。语云:“事不过三。”尽管吕布两攻小沛可称事出有因，对刘备还算手下留情，对其妻小也能予以保护；但这三次打击，已经严重伤害了被称为“枭雄”的刘备的自尊心，他再也无法原谅吕布了。

陈珪父子心存汉室，见机而行，积极配合曹操翦灭吕布之举。吕布却有眼如盲，视陈珪父子为心腹，结果被陈登牵着鼻子走，连连中计，节节败退，很快丧失了大部分地盘，不得不退守下邳孤城。

曹操进逼下邳，四面设防，布下天罗地网。形势如此严峻，吕布却不努力寻求破网之计，一误再误：始则不纳陈宫之言，消极防守，坐等曹操收紧包围；继则求救袁术，无功而回，只得借酒浇愁；直至下邳被淹，仍只知与妻妾享乐，全然不顾将士死活，甚至随意毒打骁将，弄得人人自危，众叛亲离。到了这种地步，无论吕布个人如何骁勇，也只能束手就擒了。

吕布武艺高强，勇冠三军，似乎天下无敌；然而被俘之后，却贪生怕死，毫无骨气，令人难以置信：是所谓虽有英雄之表，而无英雄之实。联想他见利忘义、反覆无常的性格，更觉其灵魂渺小。最终，一条白练结束了他的生命，死得十分可怜，留给人们的教训也十分深刻。

却说高顺引张辽击关公寨，吕布自击张飞寨，关、张各出迎战，玄德引兵两路接应。吕布分军从背后杀来，关、张两军皆溃，玄德引数十骑奔回沛城。吕布赶来，玄德急唤城上军士放下吊桥。吕布随后也到。城上欲待放箭，又恐射了玄德，被吕布乘势杀入城门。把门将士，抵敌不住，都四散奔避。吕布招军入城。玄德见势已急，到家不及，只得弃了妻小，穿城而过，走出西门，匹马逃难。㊢吕布赶到玄德家中，糜竺出迎，告布曰："吾闻大丈夫不废人之妻子。今与将军争天下者，曹公耳。玄德常念辕门射戟之恩，不敢背将军也。今不得已而投曹公，惟将军怜之。"布曰："吾与玄德旧交，岂忍害他妻子。"便令糜竺引玄德妻小，去彭城安置*。布自引军投兖州境上*，留高顺、张辽守小沛。此时孙乾已逃出城外。关、张二人亦各自收得些人马，往山中住扎。

走出西门，匹马逃难——这是吕布第二次攻占小沛，也是刘备第三次被吕布赶出自己的地盘，陷于无家可归的狼狈境地。

且说玄德匹马逃难，正行间，背后一人赶至，视之乃孙乾也。玄德曰："吾今两弟不知存亡，妻小失散，为之奈何？"孙乾曰："不若且投曹操，以图后计。"玄德依言，寻小路投许都。途次绝粮，尝往村中求食。但到处，闻刘豫州，皆争进饮食。一日，到一家投宿，其家一少年出拜，问其姓名，乃猎户刘安也。当下刘安闻豫州牧至，欲寻野味供食，一时不能得，乃杀其妻以食之。玄德曰："此何肉也？"安曰："乃狼肉也。"玄德不疑，乃饱食了一顿，天晚就宿。至晓将去，往后院取马，忽见一妇人杀于厨下，臂上肉已都割去。玄德惊问，方知昨夜食者，乃其妻之肉也。玄德不胜伤感，洒泪上马。刘安告玄德曰："本欲相随使君，因老母在堂，未敢远行。"玄德称谢而别，取路出梁国*。忽见尘头蔽日，一彪大军来到。玄德知是曹操之军，同孙乾径至中军旗下，与曹操相见，具说失沛城、散二弟、陷妻小之事。操亦为之下泪。又说刘安杀妻为食之事，操乃令孙乾以金百两往赐之。

军行至济北，夏侯渊等迎接入寨，备言兄夏侯惇损其一目，卧病未痊。操临卧处视之，令先回许都调理。一面使人打探吕布现在何处。探马回报云："吕布与陈宫、臧霸结连泰山贼寇，共攻兖州诸郡。"操即令曹仁引三千兵打沛城；操亲提大军，与玄德来战吕布。路近萧县*，正遇泰山寇孙观、吴敦、尹礼、昌豨领兵三万余拦住去路。操令许褚迎战，四将一齐出马。许褚奋力死战，四将抵敌不住，各自败走。操乘势掩杀，追至萧县。探马飞报吕布。

时布已回徐州，欲同陈登往救小沛，令陈珪守彭城*。陈登临行，珪谓之曰："昔曹公曾言东方事尽付与汝。今布将败，可便图之。"㊟登曰："外面之事，儿自为之；倘布败回，父亲便请糜竺一同守城，休放布入，儿自有脱身之计。"珪曰："布妻小在此，心腹颇多，为之奈何？"登曰："儿亦有计了。"乃入见吕布曰："彭城四面受敌，操必力攻，我当先思退步：可将钱粮移于下邳，倘彭城被围，下邳有粮可救。主公盍早为计？"布曰："元龙之言甚善。吾当并妻小移去。"遂令宋宪、魏续保护妻小与钱粮移屯下邳；一面自引军与陈登往救萧县。到半路，登曰："容某先到萧县*探曹操虚实，主公方可行。"布许之。

今布将败，便可图之——陈珪父子不忘"大汉公卿"身份，以曹操托付为朝廷使命，故能主动配合。这无异于在吕布心中插上一把尖刀。

登乃先到城上*，陈宫等接见。登曰："温侯深怪公等不肯向前，要来责罚。"宫曰："今曹兵势大，未可轻敌。吾等紧守关隘，可劝主公深保沛城，乃为上策。"陈登唯唯。至晚，上城而望，见曹兵直逼城下，乃乘夜连写三封书，拴在箭上，射下城去。次日辞了陈宫，飞马来见吕布曰："城上孙观等皆欲献城，某已留下陈宫守把，将军可于黄昏时杀去救应。"布曰："非公则此城休矣。"便教陈登飞骑先至城，约陈宫为内应，举火为号。登径往报宫曰："曹兵已抄小路到城内，恐徐州有失。公等宜急回。"宫遂引众弃城而走。登就城上放起火来。吕布乘黑杀至，陈宫军与吕布军在黑暗里自相掩杀。曹兵望见号火，一齐杀到，乘势攻击，孙观等各自四散逃避去了。

吕布直杀到天明，方知是计；急与陈宫回彭城。到得城边叫门时，城上乱箭射下。糜竺在敌楼上喝曰："汝夺吾主城池，今当仍还吾主，汝不得复入此城也。"布大怒曰："陈珪何在？"竺曰："吾已杀之矣。"布回顾宫曰："陈登安在？"宫曰："将军尚执迷而问此佞贼乎？"布令遍寻军中，却只不见。宫劝布急投小沛，布从之。行至半路，只见一彪军骤至，视之，乃高顺、张辽也。布问之，答曰："陈登来报说主公被围，令某等急来救解。"宫曰："此又佞贼之计也。"布怒曰："吾必杀此贼！"急驱马至小沛。只见小沛城上尽插曹兵旗号。原来曹操已令曹仁袭了城池，㊞引军把守。吕布于城下大骂陈登。登在城上指布骂曰："吾乃汉臣，安肯事汝反贼耶！"布大怒，正待攻城，忽听背后喊声大起，一队人马来到，当先一将乃是张飞。高顺出马迎敌，不能取胜。布亲自接战。正斗间，阵外喊声复起，曹操亲统大军冲杀前来。吕布料难抵敌，引军东走。曹兵随后追赶。吕布走得人困马乏。忽又闪出一彪军拦住去路，为首一将，立马横刀，大喝："吕布休走！关云长在此！"吕布慌忙接战。背后张飞赶来。布无心恋战，与陈宫等杀开条路，径奔下邳。侯成引兵接应去了。

原来曹操已令曹仁袭了城池——陈登略施小计，便把吕布弄得晕头转向，阵脚大乱，接连丢失彭城、小沛等地。

关、张相见，各洒泪言失散之事。云长曰："我在东海路上住扎*，探得消息，故来至此。"张飞曰："弟在芒砀山住了这几时，今日幸得相遇。"两人叙话毕，一同引兵来见玄德，哭拜于地。玄德悲喜交集，引二人见曹操，便随操入彭城。糜竺接见，具言家属无恙，玄德甚喜。陈珪父子亦来参拜曹操。操设一大宴，犒劳诸将。操自居中，使陈珪居右、玄德居左。其余将士，各依次坐。宴罢，操嘉陈珪父子有功，加赠珪十县之禄*，授登为伏波将军。

且说曹操得了彭城，心中大喜，商议起兵攻下邳。程昱曰："布今止有下邳一城，若逼之太急，必死战而投袁术矣。布与术合，其势难攻。今可使能事者守住淮南径路，内防吕布，外当袁术。况今泰山尚有臧霸、孙观之徒未曾归顺*，防之亦不可忽也。"操曰："吾自当东、西、北诸路*。其淮南径路，请玄德当之。"㊞玄德曰："丞相将令，安敢有违。"次日，玄德留糜竺、简雍在徐州，带孙乾、关、张引军往守淮南径路。曹操自引兵攻下邳。

其淮南径路，请玄德当之——曹操让刘备承担隔断吕布与袁术联系的重任，可能有借机消耗其实力，以便控制异己的深意。

且说吕布在下邳，自恃粮食足备，且有泗水之险，安心坐守，可保无虞。㊞陈宫曰："今操兵方来，可乘其寨栅未定，以逸击劳，无不胜者。"布曰："吾方屡败，不可轻出。待其来攻而后击之，皆落泗水矣。"遂不听陈宫之言。过数日，曹兵下寨已定。操统众将至城下，大叫："吕布答话！"布上城而立。操谓布曰："闻奉先又欲结婚袁术，吾故领兵至此。夫术有反逆大罪，而公有讨董卓之功，今何

安心坐守，可保无虞——此时吕布仅有下邳一城，形势甚危，本当竭力争取化被动为主动，吕布反倒消极防守，又岂能"无虞"？

自弃其前功而从逆贼耶？倘城池一破，悔之晚矣！若早来降，共扶王室，当不失封侯之位。”布曰：“承相且退，尚容商议。”陈宫在布侧大骂曹操“奸贼”，一箭射中其麾盖。操指宫恨曰：“吾誓杀汝！”遂引兵攻城。

宫谓布曰：“曹操远来，势不能久。将军可以步骑出屯于外，宫将余众闭守于内；操若攻将军，宫引兵击其背；若来攻城，将军为救于后；不过旬日，操军食尽，可一鼓而破：此乃掎角之势也。”布曰：“公言极是。”遂归府收拾戎装。时方冬寒，分付从人多带绵衣。布妻严氏闻之，出问曰：“君欲何往？”布告以陈宫之谋。严氏曰：“君委全城，捐妻子，孤军远出，倘一旦有变，妾岂得为将军之妻乎？”布踌躇未决，三日不出。宫入见曰：“近闻操军粮少，遣人往许都去取，早晚将至。将军可引精兵往断其粮道。此计大妙。”布然其言，复入内对严氏说知此事。严氏泣曰：“将军若出，陈宫、高顺安能坚守城池？倘有差失，悔无及矣！妾昔在长安，已为将军所弃，幸赖庞舒私藏妾身，再得与将军相聚；孰知今又弃妾而去乎？将军前程万里，请勿以妾为念！”言罢痛哭。布闻言愁闷不决，入告貂蝉。貂蝉曰：“将军与妾作主，勿轻身自出。”布曰：“汝无忧虑。吾有画戟、赤兔马，谁敢近我！”乃出谓陈宫曰：“操军粮至者，诈也。操多诡计，吾未敢动。”宫出，叹曰：“吾等死无葬身之地矣！”(评)

吾等死无葬身之地矣——陈宫两度良谋，一败于吕布刚愎自用，再败于吕布妻妾作梗，以致坐失战机，再也难以转危为安。可悲的是，陈宫明知吕布集团即将覆灭，却不思及早脱身，反而眼睁睁地跟着吕布走向灭亡，实在令人惋惜！

布于是终日不出，只同严氏、貂蝉饮酒解闷。谋士许汜、王楷入见布，进计曰：“今袁术在淮南，声势大振。将军旧曾与彼约婚，今何不仍求之？彼兵若至，内外夹攻，操不难破也。”布从其计，即日修书，(评)就着二人前去。许汜曰：“须得一军引路冲出方好。”布令张辽、郝萌两个引兵一千，送出隘口。是夜二更，张辽在前，郝萌在后，保着许汜、王楷杀出城去，抹过玄德寨，众将追赶不及，已出隘口。郝萌将五百人，跟许汜、王楷而去。张辽引一半军回来，到隘口时，云长拦住。未及交锋，高顺引兵出城接应，接入城中去了。

布从其计，即日修书——袁术本来就不可靠，吕布又曾悔其婚姻，杀其使者，乃至双方兵戎相见。如今吕布走投无路，竟向袁术求救，可谓病急乱投医。

且说许汜、王楷至寿春，拜见袁术，呈上书信。术曰：“前者杀吾使命，赖我婚姻；今又来相问，何也？”汜曰：“此为曹操奸计所误，愿明上详之。”术曰：“汝主不因曹兵困急，岂肯以女许我？”楷曰：“明上今不相救，恐唇亡齿寒，亦非明上之福也。”术曰：“奉先反覆无信，可先送女，然后发兵。”许汜、王楷只得拜辞，和郝萌回来。到玄德寨边，汜曰：“日间不可过。夜半吾二人先行，郝将军断后。”商量停当。夜过玄德寨，许汜、王楷先将去了。郝萌正行之次，张飞出寨拦路。郝萌交马只一合，被张飞生擒过去，五百人马尽被杀散。张飞解郝萌来见玄德，玄德押往大寨见曹操。郝萌备说求救许婚一事。操大怒，斩郝萌于军门，使人传谕各寨，小心防守：如有走透吕布及彼军士者，依军法处治。各寨悚然。玄德回营，分付关、张曰：“我等正当淮南冲要之处。二弟切宜小心在意，勿犯曹公军令。”飞曰：“捉了一员贼将，操不见有甚褒赏，却反来謊吓，何也？”玄德曰：“非也。曹操统领多军，不以军令，何能服人？弟勿犯之。”关、张应诺而退。

却说许汜、王楷回见吕布，具言袁术先欲得妇，然后起兵救援。布曰：“如何送去？”汜曰：“今郝萌被获，操必知我情，预作准备。若非将军亲自护送，谁能突出重围？”布曰：“今日便送去，如何？”汜曰：“今日乃凶神值日，不可去。明日大利，宜用戌、亥时。”布命张辽、高顺：“引三千军马，安排小车一辆；我亲送至二百里外，却使你两个送去。”次夜二更时分，吕布将女以绵缠身，用甲包裹，负于背上，提戟上马。放开城门，布当先出城，张辽、高顺跟着。将次到玄德寨前，一声鼓响，关、张二人拦住去路，大叫：“休走！”布无心恋战，只顾夺路而行。玄德自引一军杀来，两军混战。吕布虽勇，终是缚一女在身上，只恐有伤，不敢冲突重围。后面徐晃、许褚皆杀来，众军皆大叫曰：“不要走了吕布！”布见军来太急，只得仍退入城。㊟玄德收军，徐晃等各归寨，端的不曾走透一个。吕布回到城中，心中忧闷，只是饮酒。

布见军来太急，只得仍退入城——吕布送女不成，向袁术求救的希望就此断绝，而曹操则更进一步收紧了包围圈。到此地步，吕布已经无路可走了。

却说曹操攻城，两月不下。忽报：“河内太守张杨出兵东市，欲救吕布；部将杨丑杀之，欲将头献丞相，却被张杨心腹将眭固所杀，反投犬城去了。”操闻报，即遣史涣追斩眭固。因聚众将曰：“张杨虽幸自灭，然北有袁绍之忧，西有表、绣之患*，下邳久围不克。吾欲舍布还都，暂且息战，何如？”荀攸急止曰：“不可。吕布屡败，锐气已堕，军以将为主，将衰则军无战心。彼陈宫虽有谋而迟。今布之气未复，宫之谋未定，作速攻之，布可擒也。”郭嘉曰：“某有一计，下邳城可立破，胜于二十万师。”荀彧曰：“莫非决沂、泗之水乎？”嘉笑曰：“正是此意。”操大喜，即令军士决两河之水。曹兵皆居高原，坐视水淹下邳。下邳一城，只剩得东门无水；其余各门，都被水淹。众军飞报吕布。布曰：“吾有赤兔马，渡水如平地，又何惧哉！”㊟乃日与妻妾痛饮美酒。因酒色过伤，形容销减；一日取镜自照，惊曰：“吾被酒色伤矣！自今日始，当戒之。”遂下令城中，但有饮酒者皆斩。

吾有赤兔马……又何惧哉——下邳被淹，你吕布倒是可以骑着赤兔马逃跑，全军将士又怎能“渡水如平地”？！当将士在泥水浸泡中苦苦撑持之际，身为主帅，竟出此语，真是混账透顶！

却说侯成有马十五匹，被后槽人盗去，欲献与玄德。侯成知觉，追杀后槽人，将马夺回；诸将与侯成作贺。侯成酿得五六斛酒，欲与诸将会饮，恐吕布见罪，乃先以酒五瓶诣布府，禀曰：“托将军虎威，追得失马，众将皆来作贺，酿得些酒，未敢擅饮，特先奉上微意。”布大怒曰：“吾方禁酒，汝却酿酒会饮，莫非同谋伐我乎！”命推出斩之。宋宪、魏续等诸将俱入告饶。布曰：“故犯吾令，理合斩首。今看众将面，且打一百！”众将又哀告，打了五十背花，然后放归。众将无不丧气。㊟宋宪、魏续至侯成家来探视，侯成泣曰：“非公等则吾死矣！”宪曰：“布只恋妻子，视吾等如草芥。”续曰：“军围城下，水绕壕边，吾等死无日矣！”宪曰：“布无仁无义，我等弃之而走，何如？”续曰：“非丈夫也。不若擒布献曹公。”侯成曰：“我因追马受责，而布所倚恃者，赤兔马也。汝二人果能献门擒布，吾当先盗马去见曹公。”三人商议定了。是夜侯成暗至马院，盗了那匹赤兔马，飞奔东门来。魏续便开门放出，却佯作追赶之状。侯成到曹操寨，献上马匹，备言宋宪、魏续插白旗为号，准备献门。曹操闻此信，便押榜数十张射入城去。其榜曰：

众将无不丧气——吕布身处绝境，不仅不能体恤下情，反而无理毒打骁将，必然大失人心，众叛亲离。

> 大将军曹，特奉明诏，征伐吕布。如有抗拒大军者，破城之日，满门诛戮。上至将校，下至庶民，有能擒吕布来献，或献其首级者，重加官赏。为此榜谕，各宜知悉。

次日平明，城外喊声震地。吕布大惊，提戟上城，各门点视，责骂魏续走透侯成，失了战马，欲待治罪。城下曹兵望见城上白旗，竭力攻城，布只得亲自抵敌。从平明直打到日中，曹兵稍退。布少憩门楼，不觉睡着在椅上。宋宪赶退左右，先盗其画戟，便与魏续一齐动手，将吕布绳缠索绑，紧紧缚住。㊟布从睡梦中惊醒，急唤左右，却都被二人杀散，把白旗一招，曹兵齐至城下。魏续大叫：

将吕布绳缠索绑，紧紧缚住——吕布自恃勇猛无敌，不料却在睡梦中被自己手下将领所擒，可谓窝囊到了极点，但咎由自取，枉自惹人嗤笑而已！

“已生擒吕布矣！”夏侯渊尚未信。宋宪在城上掷下吕布画戟来，大开城门，曹兵一拥而入。高顺、张辽在西门，水围难出，为曹兵所擒。陈宫奔至南门，为徐晃所获。

曹操入城，即传令退了所决之水，出榜安民；一面与玄德同坐白门楼上，关、张侍立于侧，提过擒获一干人来。吕布虽然长大，却被绳索捆作一团。布叫曰：“缚太急，乞缓之！”(评)操曰：“缚虎不得不急。”布见侯成、魏续、宋宪皆立于侧，乃谓之曰：“我待诸将不薄，汝等何忍背反？”宪曰：“听妻妾言，不听将计，何谓不薄？”布默然。须臾，众拥高顺至。操问曰：“汝有何言？”顺不答。操怒命斩之。

缚太急，乞缓之——两军对垒之时，吕布是那样威风凛凛；一旦沦为阶下囚，竟如此摇尾乞怜，实在没有骨气。

徐晃解陈宫至。操曰，：“公台别来无恙！”宫曰：“汝心术不正，吾故弃汝！”操曰：“吾心不正，公又奈何独事吕布？”宫曰：“布虽无谋，不似你诡诈奸险。”操曰：“公自谓足智多谋，今竟何如？”宫顾吕布曰：“恨此人不从吾言！若从吾言，未必被擒也。”操曰：“今日之事当如何？”宫大声曰：“今日有死而已！”操曰：“公如是，奈公之老母妻子何？”宫曰：“吾闻以孝治天下者，不害人之亲；施仁政于天下者，不绝人之祀。老母妻子之存亡，亦在于明公耳。吾身既被擒，请即就戮，并无挂念。”操有留恋之意。宫径步下楼，左右牵之不住。操起身泣而送之，宫并不回顾。(评)操谓从者曰：“即送公台老母妻子回许都养老，怠慢者斩。”宫闻言，亦不开口，伸颈就刑。众皆下泪。操以棺椁盛其尸，葬于许都。后人有诗叹之曰：

宫并不回顾——陈宫威武不屈，慷慨就戮，充分表现出刚直烈壮的性格，完成了自己的命运悲剧。

生死无二志，丈夫何壮哉！
不从金石论，空负栋梁材。
辅主真堪敬，辞亲实可哀。
白门身死日，谁肯似公台！

方操送宫下楼时，布告玄德曰：“公为坐上客，布为阶下囚，何不发一言而相宽乎？”(评)玄德点头。及操上楼来，布叫曰：“明公所患，不过于布；布今已服矣。公为大将，布副之，天下不难定也。”操回顾玄德曰：“何如？”玄德答曰：“公不见丁建阳、董卓之事乎？”(评)布目视玄德曰：“是儿最无信者！”操令牵下楼缢之。布回顾玄德曰：“大耳儿！不记辕门射戟时耶？”忽一人大叫曰：“吕布匹夫！死则死耳，何惧之有！”众视之，乃刀斧手拥张辽至。操令将吕

何不发一言而相宽乎——既向曹操乞怜，又向刘备求援，吕布实在不想死。然而他忘了，刘备早已恨透了他，绝不会为他求情。

公不见丁建阳、董卓之事乎——刘备此语，正打中吕布要害，也正触动曹操大忌，吕布是非死不可了。

布缢死，然后枭首。后人有诗叹曰：

洪水滔滔淹下邳，当年吕布受擒时：
空余赤兔马千里，漫有方天戟一枝。
缚虎望宽今太懦，养鹰休饱昔无疑。
恋妻不纳陈宫谏，枉骂无恩“大耳儿”。

又有诗论玄德曰：

伤人饿虎缚休宽，董卓丁原血未干。
玄德既知能啖父，争如留取害曹瞒？

却说武士拥张辽至。操指辽曰：“这人好生面善。”辽曰：“濮阳城中曾相遇，如何忘却？”操笑曰：“你原来也记得！”辽曰：“只是可惜！”操曰：“可惜甚的？”辽曰：“可惜当日火不大，不曾烧死你这国贼！”操大怒曰：“败将安敢辱吾！”拔剑在手，亲自来杀张辽。辽全无惧色，引颈待杀。曹操背后一人攀住臂膊，一人跪于面前，说道：“丞相且莫动手！”正是：乞哀吕布无人救，骂贼张辽反得生。毕竟救张辽的是谁，且听下文分解。

尾评：

刘备关键性的一言，促使曹操下决心杀了吕布。这不只是因为刘备不满吕布，更是因为刘备不愿吕布为曹操所用，给自己争雄天下的事业增加阻力。当然，吕布提到辕门射戟时，刘备心中未必毫无所动。仔细揣摸其心理，也许很有意思。

第二十回

曹阿瞒许田打围　董国舅内阁受诏

总评

曹操明知刘备素有英雄之名，故翦灭吕布后，不留刘备镇守徐州，而令其同返许都。如此一来，若刘备愿意为其所用，则收为爪牙；即使不然，亦可将刘备控制起来，使其无法施展才干，难以成为争夺天下的对手。老瞒精于算计，谋虑深远，在古代政治家中确非一般。

历史上的刘备虽系皇族，但支属疏远，家世衰微，谱牒不明，已无法考查其究竟为汉景帝之何代子孙。罗贯中继承民间通俗文艺传统，为将刘备塑造成“明君”的典型，特地为刘备编出一份家谱，称其为“皇叔”，作为文学创作是完全可以理解的。尽管这份家谱漏洞甚多，对刘备与汉献帝辈份关系的推算亦有错误，但这一艺术虚构早已深入人心。从此，“皇叔”身份便成为刘备参与群雄角逐的重要政治资本。

董承接受汉献帝之衣带诏，谋诛曹操，本于《三国志·蜀书·先主传》：“献帝舅车骑将军董承辞受帝衣带中密诏，当诛曹公。”年轻的汉献帝在经受董卓、李郭之乱以后，又见曹操专国弄权，实不愿作傀儡，坐视汉室江山易主，因而企图除掉曹操，维护皇权。这是汉献帝及其拥护者与曹操集团之间的第一次重大较量。

话说曹操举剑欲杀张辽，玄德攀住臂膊，云长跪于面前。玄德曰："此等赤心之人，正当留用。"云长曰："关某素知文远忠义之士，愿以性命保之。"操掷剑笑曰："我亦知文远忠义，故戏之耳。"乃亲释其缚，解衣衣之，延之上坐。辽感其意，遂降。操拜辽为中郎将，赐爵关内侯，使招安臧霸。霸闻吕布已死，张辽已降，遂亦引本部军投降。操厚赏之。臧霸又招安孙观、吴敦、尹礼来降；独昌豨未肯归顺。操封臧霸为琅琊相，孙观等亦各加官，令守青、徐沿海地面。将吕布妻女载回许都，大犒三军，拔寨班师。路过彭城，百姓焚香遮道，请留刘使君为牧。操曰："刘使君功大，且待面君封爵，回来未迟。"㊟百姓叩谢。操唤车骑将军车胄权领徐州。操军回许都*，封赏出征人员，留玄德在相府左近宅院歇定。

且待面君封爵，回来未迟——百姓越是拥戴刘备，曹操越是不会让刘备镇守于此，此处不过信口应付罢了。

次日，献帝设朝，操表奏玄德军功，引玄德见帝。玄德具朝服拜于丹墀。帝宣上殿，问曰："卿祖何人？"玄德奏曰："臣乃中山靖王之后，孝景皇帝阁下玄孙，刘雄之孙，刘弘之子也。"帝教取宗族世谱检看，令宗正卿宣读曰：

> 孝景皇帝生十四子。第七子乃中山靖王刘胜。胜生陆成侯刘贞*。贞生沛侯刘昂。昂生漳侯刘禄。禄生沂水侯刘恋。恋生钦阳侯刘英。英生安国侯刘建。建生广陵侯刘哀。哀生胶水侯刘宪。宪生祖邑侯刘舒。舒生祁阳侯刘谊。谊生原泽侯刘必。必生颍川侯刘达。达生丰因灵侯刘不疑。不疑生济川侯刘惠。惠生东郡范令刘雄。雄生刘弘。弘不仕。刘备乃刘弘之子也。

帝排世谱，则玄德乃帝之叔也。帝大喜，请入偏殿叙叔侄之礼。帝暗思："曹操弄权，国事都不由朕主，今得此英雄之叔，朕有助矣！"遂拜玄德为左将军*。设宴款待毕，玄德谢恩出朝。自此人皆称为刘皇叔。㊟

自此人皆称为刘皇叔——借献帝之口，称刘备为"皇叔"，可谓名正言顺。这样，刘备匡扶汉室就更是当仁不让了。

曹操回府，荀彧等一班谋士入见曰："天子认刘备为叔，恐无益于明公。”操曰：“彼既认为皇叔，吾以天子之诏令之，彼愈不敢不服矣。况吾留彼在许都，名虽近君，实在吾掌握之内。吾何惧哉？吾所虑者，太尉杨彪系袁术亲戚，倘与二袁为内应，为害不浅。当即除之。”乃密使人诬告彪交通袁术，遂收彪下狱，命满宠按治之。时北海相孔融征入许都为将作大匠*，因谏操曰：“杨公四世清德，岂可因袁氏而罪之乎？”操曰：“此朝廷意也。”融曰：“使成王杀召公，周公可得言不知耶？”操不得已，乃免彪官，放归田里。议郎赵彦愤操专横，上疏劾操不奉帝旨、擅收大臣之罪。操大怒，即收赵彦杀之。于是百官无不悚惧。谋士程昱说操曰：“今明公威名日盛，何不乘此时行王霸之事？”操曰：“朝廷股肱尚多，未可轻动。吾当请天子田猎，以观动静。”㊣

吾当请天子田猎，以观动静——曹操此举，分明是仿效赵高“指鹿为马”之计，欲试探朝中大臣的政治态度，以便进一步排除异己，控制朝政，为将来篡汉作准备。

于是拣选良马、名鹰、俊犬，弓矢俱备，先聚兵城外，操入请天子田猎。帝曰：“田猎恐非正道。”操曰：“古之帝王，春蒐夏苗，秋狝冬狩：四时出郊，以示武于天下。今四海扰攘之时，正当借田猎以讲武。”帝不敢不从，随即上逍遥马，带宝雕弓、金鈚箭，排銮驾出城。玄德与关、张各弯弓插箭，内穿掩心甲，手持兵器，引数十骑随驾出许都。曹操骑爪黄飞电马，引十万之众，与天子猎于许田。军士排开围场，周广二百余里。操与天子并马而行，只争一马头。背后都是操之心腹将校。文武百官，远远侍从，谁敢近前。当日献帝驰马到许田，刘玄德起居道傍。帝曰：“朕今欲看皇叔射猎。”玄德领命上马。忽草中赶起一兔，玄德射之，一箭正中那兔。帝喝采。转过土坡，忽见荆棘中赶出一只大鹿。帝连射三箭不中，顾谓操曰：“卿射之。”操就讨天子宝雕弓、金鈚箭，扣满一射，正中鹿背，倒于草中。群臣将校，见了金鈚箭，只道天子射中，都踊跃向帝呼“万岁”。曹操纵马直出，遮于天子之前以迎受之。㊣众皆失色。玄德背后云长大怒，剔起卧蚕眉，睁开丹凤眼，提刀拍马便出，要斩曹操。玄德见了，慌忙摇手送目。关公见兄如此，便不敢动。玄德欠身向操称贺曰：“丞相神射，世所罕及！”操笑曰：“此天子洪福耳。”乃回马向天子称贺，竟不献还宝雕弓，就自悬带。围场已罢，宴于许田。宴毕，驾回许都。众人各自归歇。云长问玄德曰：“操贼欺君罔上，我欲杀之，为国除害，兄何止我？”玄德曰：“‘投鼠忌器’。操与帝相离只一马头，其心腹之人，周回拥侍；吾弟若逞

遮于天子之前以迎受之——曹操故意如此，正欲观文武大臣对自己的“僭越”是否顺从。老瞒之横，与董卓之横不同，在于其更富心计。

一时之怒，轻有举动，倘事不成，有伤天子，罪反坐我等矣。”云长曰：“今日不杀此贼，后必为祸。”玄德曰：“且宜秘之，不可轻言。”

却说献帝回宫，泣谓伏皇后曰：“朕自即位以来，奸雄并起：先受董卓之殃，后遭傕、汜之乱。常人未受之苦，吾与汝当之。后得曹操，以为社稷之臣；不意专国弄权，擅作威福。朕每见之，背若芒刺。今日在围场上，身迎呼贺，无礼已极！早晚必有异谋，吾夫妇不知死所也！”伏皇后曰：“满朝公卿，俱食汉禄，竟无一人能救国难乎？”言未毕，忽一人自外而入曰：“帝、后休忧。吾举一人，可除国害。”帝视之，乃伏皇后之父伏完也。帝掩泪问曰：“皇丈亦知操贼之专横乎？”完曰：“许田射鹿之事，谁不见之？但满朝之中，非操宗族，则其门下。若非国戚，谁肯尽忠讨贼？老臣无权，难行此事。车骑将军国舅董承可托也。”㊟帝曰：“董国舅多赴国难，朕躬素知；可宣入内，共议大事。”完曰：“陛下左右皆操贼心腹，倘事泄，为祸不浅。”帝曰：“然则奈何？”完曰：“臣有一计：陛下可制衣一领，取玉带一条，密赐董承；却于带衬内缝一密诏以赐之，令到家见诏，可以昼夜画策，神鬼不觉矣。”帝然之，伏完辞出。

车骑将军国舅董承可托也——曹操作威，遭致献帝不满，从而引出董承受诏。注意：此处之“舅”，意为“丈人”，切勿弄错。

帝乃自作一密诏，咬破指尖，以血写之，暗令伏皇后缝于玉带紫锦衬内，却自穿锦袍，自系此带，令内史宣董承入。承见帝礼毕，帝曰：“朕夜来与后说霸河之苦，念国舅大功，故特宣入慰劳。”承顿首谢。帝引承出殿，到太庙，转上功臣阁内。帝焚香礼毕，引承观画像。中间画汉高祖容像。帝曰：“吾高祖皇帝起身何地？如何创业？”承大惊曰：“陛下戏臣耳。圣祖之事，何为不知？高皇帝起自泗上亭长，提三尺剑，斩蛇起义，纵横四海，三载亡秦，五年灭楚，遂有天下，立万世之基业。”帝曰：“祖宗如此英雄，子孙如此懦弱，岂不可叹！”因指左右二辅之像曰：“此二人非留侯张良、酂侯萧何耶？”承曰：“然也。高祖开基创业，实赖二人之力。”帝回顾左右较远，乃密谓承曰：“卿亦当如此二人立于朕侧。”㊟承曰：“臣无寸功，何以当此？”帝曰：“朕想卿西都救驾之功，未尝少忘，无可为赐。”因指所着袍带曰：“卿当衣朕此袍，系朕此带，常如在朕左右也。”承顿首谢。帝解袍带赐承，密语曰：“卿归可细观之，勿负朕意。”承会意，穿袍系带，辞帝下阁。

卿亦当如此二人立于朕侧——献帝对董承期望如此之高，实因其可依赖之人太少。可惜董承虽有报效之心，却无张良、萧何之才，难以成就大功。

早有人报知曹操曰："帝与董承登功臣阁说话。"操即入朝来看。董承出阁，才过宫门，恰遇操来；急无躲避处，只得立于路侧施礼。操问曰："国舅何来？"承曰："适蒙天子宣召，赐以锦袍玉带。"操问曰："何故见赐？"承曰："因念某旧日西都救驾之功，故有此赐。"操曰："解带我看。"承心知衣带中必有密诏，恐操看破，迟延不解。操叱左右："急解下来！"看了半晌，笑曰："果然是条好玉带！再脱下锦袍来借看。"承心中畏惧，不敢不从，遂脱袍献上。操亲自以手提起，对日影中细细详看。看毕，自己穿在身上，系了玉带，回顾左右曰："长短如何？"左右称美。操谓承曰："国舅即以此袍带转赐与吾，何如？"承告曰："君恩所赐，不敢转赠；容某别制奉献。"操曰："国舅受此衣带，莫非其中有谋乎？"㊞承惊曰："某焉敢？丞相如要，便当留下。"操曰："公受君赐，吾何相夺？聊为戏耳。"遂脱袍带还承。

莫非其中有谋乎——曹操此语，显系讹诈，乃是其奸雄性格的自然流露。几句问答，使文势顿挫有致。

承辞操归家，至夜独坐书院中，将袍仔细反复看了，并无一物。承思曰："天子赐我袍带，命我细观，必非无意；今不见甚踪迹，何也？"随又取玉带检看，乃白玉玲珑，碾成小龙穿花，背用紫锦为衬，缝缀端整，亦并无一物。承心疑，放于桌上，反复寻之。良久，倦甚。正欲伏几而寝，忽然灯花落于带上，烧着背衬。承惊拭之，已烧破一处，微露素绢，隐见血迹。急取刀拆开视之，乃天子手书血字密诏也。诏曰：

> 朕闻人伦之大，父子为先；尊卑之殊，君臣为重。近日操贼弄权，欺压君父；结连党伍，败坏朝纲；敕赏封罚，不由朕主。朕夙夜忧思，恐天下将危。卿乃国之大臣，朕之至戚，当念高帝创业之艰难，纠合忠义两全之烈士，殄灭奸党，复安社稷，祖宗幸甚！破指洒血，书诏付卿，再四慎之，勿负朕意！
>
> 建安四年春三月诏。

董承览毕，涕泪交流，一夜寝不能寐。晨起，复至书院中，将诏再三观看，无计可施。乃放诏于几上，沉思灭操之计。忖量未定，隐几而卧。忽将军王子服*至。门吏知子服与董承交厚，不敢拦阻，竟入书院。见承伏几不醒，袖底压着素绢，微露"朕"字。子服疑之，默取看毕，藏于袖中，呼承曰："国舅好自在！亏你如何睡得着！"承惊觉，不见诏书，魂不附体，手脚慌乱。子服曰："汝欲杀曹公！吾当出首。”承泣告曰：“若兄如此，汉室休矣！”子服曰：“吾戏耳。吾祖宗世食汉禄，岂无忠心？愿助兄一臂之力，共诛国贼。”承曰：“兄有此心，国之大幸！”子服曰：“当于密室同立义状，各舍三族，以报汉君。”承大喜，取白绢一幅，先书名画字。子服亦即书名画字。书毕，子服曰：“将军吴子兰，与吾至厚，可与同谋。”承曰：“满朝大臣，惟有长水校尉种辑、议郎吴硕是吾心腹，必能与我同事。”

正商议间，家僮入报种辑、吴硕来探。承曰：“此天助我也！”教子服暂避于屏后。承接二人入书院坐定，茶毕，辑曰：“许田射猎之事，君亦怀恨乎？”承曰：“虽怀恨，无可奈何。”硕曰：“吾誓杀此贼，恨无助我者耳！”辑曰：“为国除害，虽死无怨！”王子服从屏后出曰：“汝二人欲杀曹丞相！我当出首，董国舅便是证见。”种辑怒曰：“忠臣不怕死！吾等死作汉鬼，强似你阿附国贼！”承笑曰：“吾等正为此事，欲见二公。王将军之言乃戏耳。”便于袖中取出诏来与二人看。二人读诏，挥泪不止。承遂请书名。子服曰：“二公在此少待，吾去请吴子兰来。”子服去不多时，即同子兰至，与众相见，亦书名毕。㊟承邀于后堂会饮。

与众相见，亦书名毕——王子服、种辑、吴硕、吴子兰等人参与董承之谋，《三国志·蜀书·先主传》及裴注所引《献帝起居注》均有记载。《三国演义》在史实的基础上，着意设计，将四人的出场、言行、情态写得各各不同，颇有层次。

忽报征西将军马腾*相探。承曰：“只推我病，不能接见。”门吏回报。腾大怒曰：“我夜来在东华门外，亲见他锦袍玉带而出，何故推病耶！吾非无事而来，奈何拒我！”门吏入报，备言腾怒。承起曰：“诸公少待，暂容承出。”随即出厅延接。礼毕坐定，腾曰：“腾入觐将还，故来相辞，何见拒也？”承曰：“贱躯暴疾，有失迎候，罪甚！”腾曰：“面带春色，未见病容。”承无言可答。腾拂袖便起，嗟叹下阶曰：“皆非救国之人也！”承感其言，挽留之，问曰：“公谓何人非救国之人？”腾曰：“许田射猎之事，吾尚气满胸膛；公乃国之至戚，犹自殢于酒色，而不思讨贼，安得为皇家救难扶灾之人乎！”承恐其诈，佯惊曰：“曹丞相乃国之大臣，朝廷所倚赖，公何出此言？”腾大怒曰：“汝尚以曹贼为好人耶？”承曰：“耳目甚近，请公低声。”腾曰：“贪生怕死之徒，不足以论大事！”说罢，又欲起身。承知腾忠义，乃曰：“公且息怒。某请公看一物。”遂邀腾入书院，取诏示之。腾读毕，毛发倒竖，咬齿嚼唇，满口流血，㊟谓承曰：“公若有举动，吾即统凉州兵为外应。”承请腾与诸公相见，取出义状，教腾书名。

咬齿嚼唇，满口流血——历史上的马腾并未参与董承之谋。罗贯中为了突出马腾忠勇报国之士的形象，有意安排其参与密谋。此处的描写，着墨不多，却将马腾的刚烈性格和义勇之慨表现得相当生动。

腾乃取酒歃血为盟曰："吾等誓死不负所约！"指坐上五人言曰："若得十人，大事谐矣。"承曰："忠义之士，不可多得。若所与非人，则反相害矣。"腾教取《鸳行鹭序簿》来检看。检到刘氏宗族，乃拍手言曰："何不共此人商议？"众皆问何人。马腾不慌不忙，说出那人来。正是：本因国舅承明诏，又见宗潢佐汉朝。毕竟马腾之言如何，且听下文分解。

尾评：

从曹操奉迎献帝到曹丕篡汉称帝，经历了二十几年的反复斗争。在外，曹操必须削平各地割据势力；在内，曹操必须铲除忠于汉王朝的残余力量。本回着眼于后一方面，表现了几股政治力量的暗中较量，起着承前启后的作用。

第二十一回
曹操煮酒论英雄　关公赚城斩车胄

总评

“煮酒论英雄”是《三国演义》中最富戏剧性的情节之一。它取材于《三国志·蜀书·先主传》:“是时曹公从容谓先主曰:‘今天下英雄，唯使君与操耳。本初之徒，不足数也。’先主方食，失匙箸。”以及裴松之注引《华阳国志》:“于时正当雷震，备因谓操曰:‘圣人去“迅雷风烈必变”，良有以也。一震之威，乃可至于此也!’”罗贯中超越史书的平淡记载，精心设计，巧加点染，将情节组织得迂回曲折，起伏跌宕，充满机趣，给读者留下很深的印象。

“煮酒论英雄”之时，曹操大权在握，睥睨天下，因而主动出击，力图探明已有英雄之名的刘备的政治抱负；刘备栖身虎穴，又刚参与欲诛曹操的密谋，因而故行韬晦，竭力掩盖自己的英雄气概。作者紧紧抓住二人地位、性格的反差，巧妙运用对比手法，写出了一场精彩的智斗：曹操锋芒毕露，咄咄逼人，从一一贬斥割据诸雄，到直称“今天下英雄，惟使君与操耳”，企图窥破刘备的内心；刘备则深藏不露，多方搪塞，尽量伪装成胸无大志的庸人。双方表面谈笑风生，实则暗藏机锋，扣人心弦。若以龙喻英雄，曹操可称升腾于宇宙之间的飞龙，刘备则可称隐伏于波涛之内的潜龙。斗争的结果，刘备以随机应变瞒过了曹操，使其暂时放松了戒心，从而赢得了摆脱曹操羁绊的可能。

却说董承等问马腾曰："公欲用何人？"马腾曰："见有左将军刘玄德在此*，何不求之？"承曰："此人虽系皇叔，今正依附曹操，安肯行此事耶？"腾曰："吾观前日围场之中，曹操迎受众贺之时，云长在玄德背后，挺刀欲杀操，玄德以目视之而止。玄德非不欲图操，恨操牙爪多，恐力不及耳。公试求之，当必应允。"吴硕曰："此事不宜太速，当从容商议。"众皆散去。

次日黑夜里，董承怀诏，径往玄德公馆中来。门吏入报。玄德出迎，请入小阁坐定，关、张侍立于侧。玄德曰："国舅夤夜至此，必有事故。"承曰："白日乘马相访，恐操见疑，故黑夜相见。"玄德命取酒相待。承曰："前日围场之中，云长欲杀曹操，将军动目摇头而退之，何也？"㊟玄德失惊曰："公何以知之？"承曰："人皆不见，某独见之。"玄德不能隐讳，遂曰："舍弟见操僭越，故不觉发怒耳。"承掩面而哭曰："朝廷臣子，若尽如云长，何忧不太平哉！"玄德恐是曹操使他来试探，乃佯言曰："曹丞相治国，为何忧不太平？"承变色而起曰："公乃汉朝皇叔，故剖肝沥胆以相告，公何诈也？"玄德曰："恐国舅有诈，故相试耳。"于是董承取衣带诏令观之，玄德不胜悲愤。又将义状出示，上止有六位：一，车骑将军董承；二，将军王子服*；三，长水校尉种辑；四，议郎吴硕；五，将军吴子兰*；六，征西将军马腾。玄德曰："公既奉诏讨贼，备敢不效犬马之劳。"承拜谢，便请书名。玄德亦书"左将军刘备"，㊟押了字，付承收讫。承曰："尚容再请三人，共聚十义，以图国贼。"玄德曰："切宜缓缓施行，不可轻泄。"共议到五更，相别去了。

玄德也防曹操谋害，就下处后园种菜，亲自浇灌，以为韬晦之计。关、张二人曰："兄不留心天下大事，而学小人之事，何也？"玄德曰："此非二弟所知也。"二人乃不复言。㊟

一日，关、张不在，玄德正在后园浇菜，许褚、张辽引数十人

将军动目摇头而退之，何也——董承开门见山，一语点出要害，意在使刘备不易躲闪。

玄德亦书"左将军刘备"——刘备义不容辞地加入董承密谋，从而将自己置于曹操的对立面。

二人乃不复言——参与董承密谋之后，刘备力行韬晦之计，连对两个结拜兄弟也不明言，其机心之深，非同一般。

入园中曰："丞相有命，请使君便行。"玄德惊问曰："有甚紧事？"许褚曰："不知。只教我来相请。"玄德只得随二人入府见操。操笑曰："在家做得好大事！"諕得玄德面如土色。操执玄德手，直至后园，曰："玄德学圃不易！"玄德方才放心，答曰："无事消遣耳。"操曰："适见枝头梅子青青，忽感去年征张绣时，道上缺水，将士皆渴；吾心生一计，以鞭虚指曰：'前面有梅林。'军士闻之，口皆生唾，由是不渴。[评]今见此梅，不可不赏。又值煮酒正熟，故邀使君小亭一会。"玄德心神方定。随至小亭，已设樽俎：盘置青梅，一樽煮酒。二人对坐，开怀畅饮。

酒至半酣，忽阴云漠漠，骤雨将至。从人遥指天外龙挂，操与玄德凭栏观之。操曰："使君知龙之变化否？"玄德曰："未知其详。"操曰："龙能大能小，能升能隐：大则兴云吐雾，小则隐介藏形；升则飞腾于宇宙之间，隐则潜伏于波涛之内。方今春深，龙乘时变化，犹人得志而纵横四海。龙之为物，可比世之英雄。玄德久历四方，必知当世英雄。请试指言之。"玄德曰："备肉眼安识英雄？"操曰："休得过谦。"玄德曰："备叨恩庇，得仕于朝。天下英雄，实有未知。"[评]操曰："既不识其面，亦闻其名。"玄德曰："淮南袁术，兵粮足备，可为英雄？"操笑曰："冢中枯骨，吾早晚必擒之！"玄德曰："河北袁绍，四世三公，门多故吏；今虎踞冀州之地，部下能事者极多，可为英雄？"操笑曰："袁绍色厉胆薄，好谋无断；干大事而惜身，见小利而忘命：[评]非英雄也。"玄德曰："有一人名称八友，威镇九郡*，刘景升可为英雄？"操曰："刘表虚名无实，非英雄也。"玄德曰："有一人血气方刚，江东领袖，孙伯符乃英雄也？"操曰："孙策藉父之名，非英雄也。"玄德曰："益州刘季玉，可为英雄乎？"操曰："刘璋虽系宗室，乃守户之犬耳，何足为英雄！"玄德曰："如张绣、张鲁、韩遂等辈皆何如？"操鼓掌大笑曰："此等碌碌小人，何足挂齿！"玄德曰："舍此之外，备实不知。"操曰："夫英雄者，胸怀大志，腹有良谋，有包藏宇宙之机，吞吐天地之志者也。"[评]玄德曰："谁能当之？"操以手指玄德，后自指，曰："今天下英雄，惟使君与操耳！"[评]玄德闻言，吃了一惊，手中所执匙箸，不觉落于地下。时正值大雨将至，雷声大作。玄德乃从容俯首拾箸曰："一震之威，乃至于此。"操笑曰："丈夫亦畏雷乎？"玄德曰："圣人迅雷风烈必变，

军士闻之，口皆生唾，由是不渴——随口编一小谎，竟使军士"望梅止渴"，唯曹操有此急智，亦唯曹操有此诡谲。

天下英雄，实有未知——唯英雄能识英雄。刘备一再声称不识天下英雄，无非是要表明自己亦非英雄。

见小利而忘命——曹操不为表面现象所惑，一语道破袁绍本性。若非大英雄，实不能出此语。

吞吐天地之志者也——寥寥数语，即高度概括真正英雄的本质特征，可谓要言不烦。

惟使君与操耳——曹操以英雄自许，而将刘备视为唯一可与自己匹敌者。刘备奋斗半生，虽有英雄之名，但从未有人对其评价如此之高；尽管二人后来长期对立，曹操仍可算刘备的平生知己。

安得不畏？”将闻言失筯缘故，轻轻掩饰过了。操遂不疑玄德。㊣后人有诗赞曰：

勉从虎穴暂趋身，说破英雄惊杀人。
巧借闻雷来掩饰，随机应变信如神。

天雨方住，见两个人撞入后园，手提宝剑，突至亭前，左右拦挡不住。操视之，乃关、张二人也。原来二人从城外射箭方回，听得玄德被许褚、张辽请将去了，慌忙来相府打听；闻说在后园，只恐有失，故冲突而入。却见玄德与操对坐饮酒。二人按剑而立。操问二人何来。云长曰：“听知丞相和兄饮酒，特来舞剑，以助一笑。”操笑曰：“此非‘鸿门会’，安用项庄、项伯乎？”玄德亦笑。操命：“取酒与二‘樊哙’压惊。”关、张拜谢。

须臾席散，玄德辞操而归。云长曰：“险些惊杀我两个！”玄德以落筯事说与关、张。关、张问是何意，玄德曰：“吾之学圃，正欲使操知我无大志；不意操竟指我为英雄，我故失惊落筯。又恐操生疑，故借惧雷以掩饰之耳。”关、张曰：“兄真高见！”

操遂不疑玄德——曹操以为刘备果真害怕雷声，亦是徒有英雄之名的平庸之辈，因而暂时放松了对刘备的戒心。

操次日又请玄德。正饮间，人报满宠去探听袁绍而回。操召入问之。宠曰：“公孙瓒已被袁绍破了。”玄德急问曰：“愿闻其详。”宠曰：“瓒与绍战不利，退守易京，筑城围圈*，圈上建楼，高十丈，名曰易京楼，积粟三百万斛以自守*。战士出入不息，或有被绍围者，众请救之。瓒曰：‘若救一人，后之战者只望人救，不肯死战矣。’遂不肯救。因此袁绍兵来，多有降者。瓒势孤，使人持书赴许都求救，不意中途为绍军所获。瓒又遗书张燕，暗约举火为号，里应外合。下书人又被袁绍擒住，却来城外放火诱敌。瓒自出战，伏兵四起，军马折其大半。退守城中，被袁绍穿地直入瓒所居之楼下，放起火来。瓒无走路，先杀妻子，然后自缢，全家都被火焚了。今袁绍得了瓒军，声势甚盛。绍弟袁术在淮南骄奢过度，不恤军民，众皆背反。术使人归帝号于袁绍。绍欲取玉玺，术约亲自送至，见今弃淮南，欲归河北。若二人协力，急难收复。乞丞相作急图之。”玄德闻公孙瓒已死，追念昔日荐己之恩，不胜伤感；又不知赵子龙如何下落，放心不下。㊣因暗想曰：“我不就此时寻个脱身之计，更待何时？”遂起身对操曰：“术若投绍，必从徐州过。备请一军就半路截

又不知赵子龙如何下落，放心不下——刘备对赵云一往情深，时时牵挂。如此爱惜人才，足令英雄动心。

击，术可擒矣。”操笑曰：“来日奏帝，即便起兵。”

次日，玄德面奏君。操令玄德总督五万人马，又差朱灵、路昭二人同行。玄德辞帝，帝泣送之。玄德到寓，星夜收拾军器鞍马，挂了将军印，催促便行。董承赶出十里长亭来送。玄德曰：“国舅宁耐。某此行必有以报命。”承曰：“公宜留意，勿负帝心。”二人分别。关、张在马上问曰：“兄今番出征，何故如此慌速？”玄德曰：“吾乃笼中鸟、网中鱼。此一行如鱼入大海、鸟上青霄，不受笼网之羁绊也！”㊞因命关、张催朱灵、路昭军马速行。时郭嘉、程昱考较钱粮方回，知曹操已遣玄德进兵徐州，慌入谏曰：“丞相何故令刘备督军？”操曰：“欲截袁术耳。”程昱曰：“昔刘备为豫州牧时，某等请杀之，丞相不听；今日又与之兵，此放龙入海，纵虎归山也。后欲治之，其可得乎？”郭嘉曰：“丞相纵不杀备，亦不当使之去。古人云：‘一日纵敌，万世之患。’望丞相察之。”操然其言，遂令许褚将兵五百前往，务要追玄德转来。许褚应诺而去。

不受笼网之羁绊也——刘备自知在曹操身边不可能长期安然无恙，此时得以摆脱羁绊，不禁顿生轻松之感。

却说玄德正行之间，只见后面尘头骤起，谓关、张曰：“此必曹兵追至也。”遂下了营寨，令关、张各执军器，立于两边。许褚至，见严兵整甲，乃下马入营见玄德。玄德曰：“公来此何干？”褚曰：“奉丞相命，特请将军回去，别有商议。”玄德曰：“‘将在外，君命有所不受。’吾面过君，又蒙丞相钧语。今别无他议，公可速回，为我禀复丞相。”许褚寻思：“丞相与他一向交好，今番又不曾教我来厮杀，只得将他言语回复，另候裁夺便了。”遂辞了玄德，领兵而回。回见曹操，备述玄德之言。操犹豫未决。程昱、郭嘉曰：“备不肯回兵，可知其心变矣。”操曰：“我有朱灵、路昭二人在彼，料玄德未必敢心变。况我既遣之，何可复悔？”遂不复追玄德。㊞后人有诗叹玄德曰：

束兵秣马去匆匆，心念天言衣带中。
撞破铁笼逃虎豹，顿开金锁走蛟龙。

遂不复追玄德——曹操虽对刘备仍有戒心，但以为备一时尚不敢背叛自己，故未下决心追回刘备。对于曹操而言，这是一大失算。

却说马腾见玄德已去，边报又急，亦回凉州去了。

玄德兵至徐州，刺史车胄出迎。公宴毕，孙乾、糜竺等都来参见。玄德回家探视老小，一面差人探听袁术。探子回报：“袁术奢侈太过，雷薄、陈兰皆投灊山*去了。术势甚衰，乃作书让帝号于袁绍。绍命人召术，术乃收拾人马、宫禁御用之物，先到徐州来。”

玄德知袁术将至，乃引关、张、朱灵、路昭五万军出，正迎着先锋纪灵至。张飞更不打话，直取纪灵。斗无十合，张飞大喝一声，刺纪灵于马下，败军奔走。袁术自引军来斗。玄德分兵三路：朱灵、路昭在左，关、张在右，玄德自引兵居中，与术相见，在门旗下责骂曰："汝反逆不道，吾今奉明诏前来讨汝！汝当束手受降，免你罪犯。"袁术骂曰："织席编屦小辈，安敢轻我！"麾兵赶来。玄德暂退，让左右两路军杀出。杀得术军尸横遍野，血流成渠；兵卒逃亡，不可胜计。又被灊山雷薄、陈兰劫去钱粮草料。欲回寿春，又被群盗所袭，只得住于江亭。止有一千余众，皆老弱之辈。时当盛暑，粮食尽绝，只剩麦三十斛，分派军士。家人无食，多有饿死者。术嫌饭粗，不能下咽，乃命庖人取蜜水止渴。庖人曰："止有血水，安有蜜水！"术坐于床上，大叫一声，倒于地下，吐血斗余而死。㊣时建安四年六月也。后人有诗曰：

> 汉末刀兵起四方，无端袁术太猖狂。
> 不思累世为公相，便欲孤身作帝王。
> 强暴枉夸传国玺，骄奢妄说应天祥。
> 渴思蜜水无由得，独卧空床呕血亡。

袁术已死，从弟袁胤*将灵柩及妻子奔庐江来，被徐璆尽杀之。璆夺得玉玺，赴许都献于曹操。操大喜，拜徐璆为廷尉*。此时玉玺归操。㊣

却说玄德知袁术已丧，写表申奏朝廷，书呈曹操，令朱灵、路昭回许都，留下军马保守徐州；一面亲自出城，招谕流散人民复业。

且说朱灵、路昭回许都见曹操，说玄德留下军马。操怒，欲斩二人。荀彧曰："权归刘备，二人亦无奈何。"操乃赦之。彧又曰："可写书与车胄，就内图之。"操从其计，暗使人来见车胄，传曹操钧旨。胄随即请陈登商议此事。登曰："此事极易。今刘备出城招民，不日将还；将军可命军士伏于瓮城边，只作接他，待马到来，一刀斩之；某在城上射住后军，大事济矣。"胄从之。

陈登回见父陈珪，备言其事。珪命登先往报知玄德。登领父命，飞马去报，正迎着关、张，报说如此如此。原来关、张先回，玄德在后。张飞听得，便要去厮杀。云长曰："他伏瓮城边待我，去必有

吐血斗余而死——袁术倒行逆施，众叛亲离，终于自取灭亡，果真成了"冢中枯骨"。

此时玉玺归操——曹操控制了汉献帝，又得到失散数年的传国玉玺，政治上越发名正言顺了。

失。我有一计，可杀车胄：乘夜扮作曹军到徐州，引车胄出迎，袭而杀之。”飞然其言。那部下军原有曹操旗号，衣甲都同。当夜三更，到城边叫门。城上问是谁，众应是曹丞相差来张文远的人马。报知车胄，胄急请陈登议曰：“若不迎接，诚恐有疑；若出迎之，又恐有诈。”胄乃上城回言：“黑夜难以分辨，平明了相见。”城下答应：“只恐刘备知道，疾快开门！”车胄犹豫未定，城外一片声叫开门。车胄只得披挂上马，引一千军出城；跑过吊桥，大叫：“文远何在？”火光中只见云长提刀纵马，直迎车胄，大叫曰：“匹夫安敢怀诈，欲杀吾兄！”车胄大惊，战未数合，遮拦不住，拨马便回。到吊桥边，城上陈登乱箭射下，车胄绕城而走。云长赶来，手起一刀，砍于马下，割下首级提回，望城上呼曰：“反贼车胄，吾已杀之；众等无罪，投降免死！”诸军倒戈投降，军民皆安。㊟

诸军倒戈投降，军民皆安——车胄被杀，徐州重归刘备掌握，刘备与曹操表面上的合作关系也就此结束。

云长将胄头去迎玄德，具言车胄欲害之事，今已斩首。玄德大惊曰：“曹操若来，如之奈何？”云长曰：“弟与张飞迎之。”玄德懊悔不已，遂入徐州。百姓父老，伏道而接。玄德到府，寻张飞，飞已将车胄全家杀尽。玄德曰：“杀了曹操心腹之人，如何肯休？”陈登曰：“某有一计，可退曹操。”正是：既把孤身离虎穴，还将妙计息狼烟。不知陈登说出甚计来，且听下文分解。

尾评：

本回先写刘备参与董承之谋，次写曹、刘煮酒论英雄，再写刘备借机摆脱曹操控制，堪称曹操、刘备关系的一大转折。从此以后，尽管刘备力求延缓曹操对自己的进攻，但双方在政治上已经彻底决裂，势不两立了。

第二十二回

袁曹各起马步三军　关张共擒王刘二将

总评

袁绍击灭公孙瓒，兼有冀、青、幽、并四州后，已为汉末最大军阀，成为曹操的主要对手。双方都具有统一天下的雄心和实力，都将对方视为自己的最大障碍；加之双方地盘彼此相接，要继续发展就必须吃掉对方。因此，袁绍南下攻曹，决非仅仅由于刘备求援，实为形势演变之必然。

陈琳为袁绍起草的伐曹檄文，“或述此休明，或叙彼苛虐；指天时，审人事，算强弱，角权势”(《文心雕龙·檄移》)，言词锋利，气势酣畅，竟使曹操读之而毛骨悚然，不愧檄文中之佳作。可惜袁绍虽有一统天下之雄心，才略却不及曹操，因而连连失误，伐曹不成，反被曹操所灭，遂使此文空有名篇之誉，陈琳本人亦为曹操所虏。

刘备参与董承密谋之后，在政治上已经站在曹操的对立面；但为延缓曹操对自己的进攻，不仅暂不公开与曹操决裂，而且对奉命来攻的刘岱、王忠以礼相待，以便争取时间，巩固对徐州的控制。其能屈能伸、见机而作的性格，在当时割据诸雄中确实别具一格。

却说陈登献计于玄德曰："曹操所惧者袁绍。绍虎踞冀、青、幽、并诸郡，带甲百万，文官武将极多，今何不写书遣人到彼求救？"玄德曰："绍向与我未通往来，今又新破其弟，安肯相助？"登曰："此间有一人，与袁绍三世通家，若得其一书致绍，绍必来相助。"玄德问何人。登曰："此人乃公平日所折节敬礼者，何故忘之？"玄德猛省曰："莫非郑康成先生乎？"登笑曰："然也。"

原来郑康成名玄，好学多才，尝受业于马融。融每当讲学，必设绛帐，前聚生徒，后陈声妓，侍女环列左右。玄听讲三年，目不邪视，融甚奇之。及学成而归，融叹曰："得我学之秘者，惟郑玄一人耳！"玄家中侍婢俱通《毛诗》。一婢尝忤玄意，玄命长跪阶前。一婢戏谓之曰："'胡为乎泥中？'"此婢应声曰："'薄言往愬，逢彼之怒。'"其风雅如此。灵帝朝，玄官至侍中*；后因十常侍之乱，弃官归田，居于徐州。玄德在涿郡时，已曾师事之；及为徐州牧，时时造庐请教，敬礼特甚。

当下玄德想出其人，大喜，便同陈登亲至郑玄家中，求其作书。玄慨然依允，写书一封，付与玄德。玄德便差孙乾星夜赍往袁绍处投递。绍览毕，自忖曰："玄德攻灭吾弟，本不当相助；但重以郑侍中之命，不得不往救之。"遂聚文武官，商议兴兵伐曹操。㊣谋士田丰曰："兵起连年，百姓疲弊，仓廪无积，不可复兴大军。宜先遣人献捷天子，若不得通，乃表称曹操隔我王路，然后提兵屯黎阳；更于河内增益舟楫，缮置军器，分遣精兵，屯扎边鄙。三年之中，大事可定也。"谋士审配曰："不然。以明公之神武，抚河朔之强盛，兴兵讨曹贼，易如反掌，何必迁延日月？"谋士沮授曰："制胜之策，不在强盛。曹操法令既行，士卒精练，比公孙瓒坐受困者不同。今弃献捷良策，而兴无名之兵，窃为明公不取。"谋士郭图曰："非也，兵加曹操，岂曰无名？公正当及时早定大业。愿从郑侍中之言，与刘备

商议兴兵伐曹操——由刘备向袁绍求援，引出袁绍准备讨伐曹操，此为作品内容之一转。

共仗大义，剿灭曹贼，上合天意，下合民情，实为幸甚！”四人争论未定，绍踌躇不决。忽许攸、荀谌自外而入。绍曰：“二人多有见识，且看如何主张。”二人施礼毕，绍曰：“郑侍中有书来，令我起兵助刘备，攻曹操。起兵是乎？不起兵是乎？”二人齐声应曰：“明公以众克寡，以强攻弱，讨汉贼以扶王室：起兵是也。”绍曰：“二人所见，正合我心。”便商议兴兵。先令孙乾回报郑玄，并约玄德准备接应；一面令审配、逄纪为统军，田丰、荀谌、许攸为谋士，颜良、文丑为将军，起马军十五万，步兵十五万，共精兵三十万，望黎阳进发。㊟

分拨已定，郭图进曰：“以明公大义伐操，必须数操之恶，驰檄各郡，声罪致讨，然后名正言顺。”㊟绍从之，遂令记室陈琳草檄*。琳字孔璋，素有才名；灵帝时为大将军何进主簿*，因谏何进不听，复遭董卓之乱，避难冀州，绍用为记室。当下领命草檄，援笔立就。其文曰：

盖闻明主图危以制变，忠臣虑难以立权。是以有非常之人，然后有非常之事；有非常之事，然后立非常之功。夫非常者，固非常人所拟也。

曩者，强秦弱主，赵高执柄，专制朝权，威福由己；时人迫胁，莫敢正言；终有望夷之败，祖宗焚灭，污辱至今，永为世鉴。及臻吕后季年，产、禄专政，内兼二军，外统梁、赵；擅断万机，决事省禁；下陵上替，海内寒心。于是绛侯、朱虚兴兵奋怒，诛夷逆暴，尊立太宗，故能王道兴隆，光明显融：此则大臣立权之明表也。

司空曹操：祖父中常侍腾，与左悺、徐璜，并作妖孽，饕餮放横，伤化虐民；父嵩，乞匄携养，因赃假位，舆金辇璧，输货权门，窃盗鼎司，倾覆重器。操赘阉遗丑，本无懿德；𤞤狡锋协，好乱乐祸。

幕府董统鹰扬，扫除凶逆；续遇董卓，侵官暴国。于是提剑挥鼓，发命东夏，收罗英雄，弃瑕取用；故遂与操同谘合谋，授以裨师，谓其鹰犬之才，爪牙可任。至乃愚佻短略，轻进易退，伤夷折衄，数丧师徒；幕府辄复分兵命锐，修完补辑，表行东郡，领兖州刺史，被以虎文，奖蹙威柄，冀获秦师一克之报。而操遂承资跋扈，恣行凶忒，割剥元元，残贤害善。

共精兵三十万，望黎阳进发——袁绍挟击灭公孙瓒之威，发动大军南下攻曹，可谓声势赫赫，似乎志在必胜。

然后名正言顺——袁绍伐曹，非同小可，故尔力求在政治上占据主动，以便鼓舞士气，在精神上压倒对方。

故九江太守边让，英才俊伟，天下知名；直言正色，论不阿谄；身首被枭悬之诛，妻孥受灰灭之咎。自是士林愤痛，民怨弥重；一夫奋臂，举州同声。故躬破于徐方，地夺于吕布；彷徨东裔，蹈据无所。幕府惟强干弱枝之义，且不登叛人之党，故复援旌擐甲，席卷起征，金鼓响振，布众奔沮；拯其死亡之患，复其方伯之位：则幕府无德于兖土之民，而有大造于操也。

后会銮驾返旆，群虏寇攻。时冀州方有北鄙之警，匪遑离局；故使从事中郎徐勋，就发遣操，使缮修郊庙，翊卫幼主。操便放志：专行胁迁，当御省禁；卑侮王室，败法乱纪；坐领三台，专制朝政；爵赏由心，刑戮在口；所爱光五宗，所恶灭三族；群谈者受显诛，腹议者蒙隐戮；百僚钳口，道路以目，尚书记朝会，公卿充员品而已。

故太尉杨彪，典历二司，享国极位。操因缘眦睚，被以非罪；榜楚参并，五毒备至；触情任忒，不顾宪纲。又议郎赵彦，忠谏直言，义有可纳，是以圣朝含听，改容加饰。操欲迷夺时明，杜绝言路，擅收立杀，不俟报闻。又梁孝王，先帝母昆，坟陵尊显；桑梓松柏，犹宜肃恭。而操帅将吏士，亲临发掘，破棺裸尸，掠取金宝。至令圣朝流涕，士民伤怀！

操又特置“发丘中郎将”、“摸金校尉”，所过隳突，无骸不露。身处三公之位，而行桀虏之态，污国害民，毒施人鬼！加其细政惨苛，科防互设；罾缴充蹊，坑井塞路；举手挂网罗，动足触机陷。是以兖、豫有无聊之民，帝都有吁嗟之怨。历观载籍，无道之臣，贪残酷烈，于操为甚！

幕府方诘外奸，未及整训；加绪含容，冀可弥缝。而操豺狼野心，潜包祸谋，乃欲摧挠栋梁，孤弱汉室，除灭忠正，专为枭雄。往者伐鼓北征公孙瓒，强寇桀逆，拒围一年。操因其未破，阴交书命，外助王师，内相掩袭。会其行人发露，瓒亦枭夷，故使锋芒挫缩，厥图不果。

今乃屯据敖仓，阻河为固，欲以螳螂之斧，御隆车之隧。幕府奉汉威灵，折冲宇宙；长戟百万，胡骑千群；奋中黄、育、获之士，骋良弓劲弩之势；并州越太行，青州涉济、漯；大军泛黄河而角其前，荆州下宛、叶而掎其后：雷震虎步，若举炎火以焫飞蓬，覆沧海以沃熛炭，有何不灭者哉？

又操军吏士，其可战者，皆出自幽、冀，或故营部曲，咸怨旷思归，流涕北顾。其余兖、豫之民，及吕布、张杨之余众，覆亡迫胁，权时苟从；各被创夷，人为仇敌。若回旆方徂，登高冈而击鼓吹，扬素挥以启降路，必土崩瓦解，不俟血刃。

方今汉室陵迟，纲维弛绝；圣朝无一介之辅，股肱无折冲之势。方畿之内，简练之臣，皆垂头搨翼，莫所凭恃；虽有忠义之佐，胁于暴虐之臣，焉能展其节？

又操持部曲精兵七百，围守宫阙，外托宿卫，内实拘执。惧其篡逆之萌，因斯而作。此乃忠臣肝脑涂地之秋，烈士立功之会，可不勖哉！

操又矫命称制，遣使发兵。恐边远州郡，过听给与，违众旅叛，举以丧名，为天下笑：则明哲不取也。

即日幽、并、青、冀四州并进。书到荆州，便勒现兵，与建忠将军协同声势。州郡各整义兵，罗落境界，举武扬威，并匡社稷：则非常之功于是乎著。

其得操首者，封五千户侯，赏钱五千万。部曲偏裨将校诸吏降者，勿有所问。广宣恩信，班扬符赏，布告天下，咸使知圣朝有拘迫之难。如律令！

绍览檄大喜，即命使将此檄遍行州郡，并于各处关津隘口张挂。

檄文传至许都，时曹操方患头风，卧病在床。左右将此檄传进，操见之，毛骨悚然，出了一身冷汗，不觉头风顿愈，从床上一跃而起，顾谓曹洪曰："此檄何人所作？"洪曰："闻是陈琳之笔。"操笑曰："有文事者，必须以武略济之。陈琳文事虽佳，其如袁绍武略之不足何！"㊟遂聚众谋士商议迎敌。

孔融闻之，来见操曰："袁绍势大，不可与战，只可与和。"荀彧曰："袁绍无用之人，何必议和？"融曰："袁绍土广民强。其部下如许攸、郭图、审配、逢纪皆智谋之士；田丰、沮授皆忠臣也；颜良、文丑勇冠三军；其余高览、张郃、淳于琼等俱世之名将。何谓绍为无用之人乎？"彧笑曰："绍兵多而不整。田丰刚而犯上，许攸贪而不智，审配专而无谋，逢纪果而无用：此数人者，势不相容，必生内变。颜良、文丑，匹夫之勇，一战可擒。其余碌碌等辈，纵有

其如袁绍武略之不足何——此言甚为通达有理。袁绍武力不足，终遭失败，使陈琳此文仅仅成为文学名篇，而非战胜者的见证。老瞒于毛骨悚然之后，竟迅即定下心来，笑谈对手之弱点，其胆略实非常人可及。

百万，何足道哉！”孔融默然。操大笑曰：“皆不出荀文若之料。”遂唤司空长史刘岱*、中郎将王忠*引军五万，打着“丞相”旗号，去徐州攻刘备*。操却自引大军二十万，进黎阳，拒袁绍。程昱曰：“恐刘岱、王忠不称其使。”操曰：“吾亦知非刘备敌手，权且虚张声势。”分付：“不可轻进。待我破绍，再勒兵破备。”刘岱、王忠领兵去了。

曹操自引兵至黎阳。两军隔八十里，各自深沟高垒，相持不战。自八月守至十月。原来许攸不乐审配领兵，沮授又恨绍不用其谋，各不相和，不图进取。袁绍心怀疑惑，不思进兵。㊟操乃唤吕布手下降将臧霸守把青、徐；于禁、李典屯兵河上；曹仁总督大军，屯于官渡。操自引一军，竟回许都。

袁绍心怀疑惑，不思进兵——袁绍虽欲灭曹，却并无明确的战略方针，反而左顾右盼，犹豫不决；其手下谋士各怀心思，矛盾重重。如此不图进取，又怎能打败曹操？

且说刘岱、王忠引军五万，离彭城一百里下寨。中军虚打“曹丞相”旗号，未敢进兵，只打听河北消息。这里玄德也不知曹操虚实，未敢擅动，亦只探听河北。忽曹操差人催刘岱、王忠进战。二人在寨中商议，岱曰：“丞相催促攻城，你可先去。”王忠曰：“丞相先差你。”岱曰：“我是主将，如何先去？”忠曰：“我和你同引兵去。”岱曰：“我与你拈阄，拈着的便去。”王忠拈着“先”字，只得分一半军马，来攻彭城。㊟

只得分一半军马，来攻彭城——刘岱、王忠本非刘备对手，又心虚胆怯，自然非败不可。

玄德听知军马到来，请陈登商议曰：“袁本初虽屯兵黎阳，奈谋臣不和，尚未进取。曹操不知在何处。闻黎阳军中，无操旗号，如何这里却反有他旗号？”登曰：“操诡计百出，必以河北为重，亲自监督，却故意不建旗号，乃于此处虚张旗号：吾意操必不在此。”玄德曰：“两弟谁可探听虚实？”张飞曰：“小弟愿往。”玄德曰：“汝为人躁暴，不可去。”飞曰：“便是有曹操也拿将来！”云长曰：“待弟往观其动静。”玄德曰：“云长若去，我却放心。”于是云长引三千人马出彭城来。

时值初冬，阴云布合，雪花乱飘，军马皆冒雪布阵。云长骤马提刀而出，大叫王忠打话。忠出曰：“丞相到此，缘何不降？”云长曰：“请丞相出阵，我自有话说。”忠曰：“丞相岂肯轻见你！”云长大怒，骤马向前。王忠挺枪来迎。两马相交，云长拨马便走。王忠赶来。转过山坡，云长回马，大叫一声，舞刀直取。王忠拦截不住，恰待骤马奔逃，云长左手倒提宝刀，右手揪住王忠勒甲绦，拖下鞍斩，横担于马上，回本阵来。王忠军四散奔走。云长押解王忠，回彭城见玄德。玄德问："尔乃何人？现居何职？敢诈称'曹丞相'！"忠曰："焉敢有诈？奉命教我虚张声势，以为疑兵。丞相实不在此。"玄德教付衣服酒食，且暂监下，待捉了刘岱，再作商议。云长曰："某知兄有和解之意，故生擒将来。"㊟玄德曰："吾恐益德躁暴，杀了王忠，故不教去。此等人杀之无益，留之可为解和之地。"张飞曰："二哥捉了王忠，我去生擒刘岱来！"玄德曰："刘岱乃曹操亲信，多立功绩*。今日为前军，不可轻敌。"飞曰："量此辈何足道哉！我也似二哥生擒将来便了。"玄德曰："只恐坏了他性命，误我大事。"飞曰："如杀了，我偿他命！"㊟玄德遂与军三千。飞引兵前进。

却说刘岱知王忠被擒，坚守不出。张飞每日在寨前叫骂，岱听知是张飞，越不敢出。飞守了数日，见岱不出，心生一计：传令今夜二更去劫寨；日间却在帐中饮酒诈醉，寻军士罪过，打了一顿，缚在营中，曰："待我今夜出兵时，将来祭旗！"却暗使左右纵之去。军士得脱，偷走出营，径往刘岱营中来报劫寨之事。刘岱见降卒身受重伤，遂听其说，虚扎空寨，伏兵在外。是夜张飞却分兵三路：中间使三十余人，劫寨放火；却教两路军抄出他寨后，看火起为号，夹击之。三更时分，张飞自引精兵，先断刘岱后路；中路三十余人，抢入寨中放火。刘岱伏兵恰待杀入，张飞两路兵齐出。岱军自乱，正不知飞兵多少，各自溃散。刘岱引一队残军，夺路而走，正撞见张飞。狭路相逢，急难回避，交马只一合，早被张飞生擒过去。余众皆降。飞使人先报入彭城。玄德闻之，谓云长曰："益德自来粗莽，今亦用智，吾无忧矣！"乃亲自出郭迎之。飞曰："哥哥道我躁暴，今日如何？"玄德曰："不用言语相激，如何肯使机谋！"飞大笑。

玄德见缚刘岱过来，慌下马解其缚曰："小弟张飞误有冒渎，望乞恕罪。"遂迎入彭城，放出王忠，一同管待。玄德曰："前因车胄欲害备，故不得不杀之。丞相错疑备反，遣二将军前来问罪。备受丞相大恩，正思报效，安敢反耶？㊟二将军至许都，望善言为备分诉，备之幸也。"刘岱、王忠曰："深荷使君不杀之恩，当于丞相处方便，以某两家老小保使君。"玄德称谢。次日尽还原领军马，送出郭外。刘岱、王忠行不上十余里，一声鼓响，张飞拦路大喝曰："我哥哥忒没分晓！捉住贼将如何又放了？"諕得刘岱、王忠在马上发颤。张飞

某知兄有和解之意，故生擒将来——关羽虽然勇猛，却能体察刘备心意，处事相当稳重，此乃与张飞性格明显不同之处。

如杀了，我偿他命——张飞急欲立功，刘备却不放心，张飞不服，冲口而出此语，急切之态，刚直之性，跃然纸上。如此生动有趣、富于口语色彩之言，非张益德不能出。

正思报效，安敢反耶——刘备明知曹操欲除自己，仍竭力表白不愿背反曹操，无非是用缓兵之计。备之深沉权略，亦非常人可及。

睁眼挺枪赶来，背后一人飞马大叫："不得无礼！"视之，乃云长也。刘岱、王忠方才放心。云长曰："既兄长放了，吾弟如何不遵法令？"飞曰："今番放了，下次又来。"云长曰："待他再来，杀之未迟。"刘岱、王忠连声告退曰："便丞相诛我三族，也不来了。望将军宽恕。"飞曰："便是曹操自来，也杀他片甲不回！今番权且寄下两颗头！"刘岱、王忠抱头鼠窜而去。

云长、益德回见玄德曰："曹操必然复来。"孙乾谓玄德曰："彭城受敌之地，不可久居；不若分兵屯小沛，守邳城，为犄角之势，以防曹操。"玄德用其言，令云长守下邳；甘、麋二夫人亦于下邳安置。甘夫人乃小沛人也，麋夫人乃麋竺之妹也。孙乾、简雍、麋竺、麋芳守彭城。玄德与张飞屯小沛。

刘岱、王忠回见曹操，具言刘备不反之事。操怒骂："辱国之徒，留你何用！"喝令左右推出斩之。正是：犬豕何堪共虎斗，鱼虾空自与龙争。不知二人性命如何，且听下文分解。

尾评：

本回由刘备向袁绍求援，到袁绍兴兵伐曹，再到曹操命刘岱、王忠攻打刘备，形势一变再变。作者叙事轻松自如，如风行水上，转换无痕。

第二十三回
祢正平裸衣骂贼　吉太医下毒遭刑

总评

在《三国演义》中，当面痛斥曹操者，祢衡可算第一。罗贯中在《后汉书·文苑传·祢衡传》及《三国志·魏书·荀彧传》注引《平原祢衡传》、《文士传》、《傅子》的记载基础上，加以引伸发挥，让祢衡一一嘲笑曹操手下的文臣武将，并怒斥曹操“眼浊”、“口浊”、“耳浊”、“身浊”、“腹浊”、“心浊”，真是声色俱厉，震聋发聩，使曹操难以招架，哭笑不得，从而大大突出了这一情节的贬曹色彩。

祢衡之所以痛斥曹操，一则因为察觉曹操有篡汉之志，对之心存鄙视；二则因为向来恃才傲物，而曹操却未加礼遇。平心而论，祢衡虽然聪颖过人，富有才华，但是否擅长治军理民，安邦定国，尚难断定。身处乱世之中，他既不能像司马徽一样冷眼旁观，隐居不仕；又不能像诸葛亮一样兼修文武，藏器待时；而一味恃才傲物，使气骂座，毕竟不太明智。结果，他的才华未及充分施展，却因与黄祖一言不合而被杀害，英年早夭，令人痛惜。祢衡之死，既是历史的悲剧，也包含性格的悲剧。

历史上的吉本，建安二十三年（218）与其子吉邈、吉穆一起，参预耿纪、韦晃、金祎等人起事，战败被杀。罗贯中在《三国志平话》的基础上，虚构吉本参预董承之谋，欲伺机毒死曹操，事泄不屈而死的情节，塑造了一个心存汉室，铁骨铮铮的忠臣形象。

却说曹操欲斩刘岱、王忠。孔融谏曰："二人本非刘备敌手，若斩之，恐失将士之心。"操乃免其死，黜罢爵禄，欲自起兵伐玄德。孔融曰："方今隆冬盛寒，未可动兵，待来春未为晚也。可先使人招安张绣、刘表，然后再图徐州。"操然其言，先遣刘晔往说张绣。晔至穰城，先见贾诩，陈说曹公盛德。诩乃留晔于家中，次日来见张绣，说曹公遣刘晔招安之事。正议间，忽报袁绍有使至。绣命入。使者呈上书信。绣览之，亦是招安之意。诩问来使曰："近日兴兵破曹操，胜负何如？"使曰："隆冬寒月，权且罢兵。今以将军与荆州刘表俱有国士之风，故来相请耳。"诩大笑曰："汝可便回见本初，道：'汝兄弟尚不能容，何能容天下国士乎！'"当面扯碎书，叱退来使。

张绣曰："方今袁强曹弱；今毁书叱使，袁绍若至，当如之何？"诩曰："不如去从曹操。"绣曰："吾先与操有仇，安得相容？"诩曰："从操其便有三：夫曹公奉天子明诏，征伐天下，其宜从一也；绍强盛，我以少从之，必不以我为重，操虽弱，得我必喜，其宜从二也；曹公王霸之志，必释私怨，以明德于四海，其宜从三也。㉓愿将军无疑焉。"绣从其言，请刘晔相见。晔盛称操德，且曰："丞相若记旧怨，安肯使某来结好将军乎？"绣大喜，即同贾诩等赴许都投降。

其宜从三也——贾诩综观全局，力主张绣在袁、曹相攻之际归顺曹操，可谓算无遗策。

绣见操，拜于阶下。操忙扶起，执其手曰："有小过失，勿记于心。"㉓遂拜绣为扬武将军，拜贾诩为执金吾*。操即命绣作书招安刘表。贾诩进曰："刘景升好结纳名流，今必得一有文名之士往说之，方可降耳。"操问荀攸曰："谁人可去？"攸曰："孔文举可当其任。"操然之。攸出见孔融曰："丞相欲得一有文名之士，以备行人之选。公可当此任否？"融曰："吾友祢衡，字正平，其才十倍于我。此人宜在帝左右，不但可备行人而已。我当荐之天子。"于是遂上表奏帝。其文曰：

有小过失，勿记于心——究竟谁有过失？是曹操逼反张绣，还是张绣几乎置曹操于死地？无论如何，曹操此时含糊其词，毕竟表明其不计前嫌，起到了安抚张绣的作用。

臣闻洪水横流，帝思俾乂；旁求四方，以招贤俊。昔世宗继统，将弘基业；畴咨熙载，群士响臻。陛下睿圣，纂承基绪，遭遇厄运，劳谦日昃；维岳降神，异人并出。窃见处士平原祢衡；年二十四，字正平，淑质贞亮，英才卓跞。初涉艺文，升堂睹奥；目所一见，辄诵之口，耳所暂闻，不忘于心；性与道合，思若有神；弘羊潜计，安世默识，以衡准之，诚不足怪。忠果正直，志怀霜雪；见善若惊，嫉恶若仇；任座抗行，史鱼厉节，殆无以过也。鸷鸟累百，不如一鹗；使衡立朝，必有可观。飞辩骋词，溢气坌涌；解疑释结，临敌有余。

昔贾谊求试属国，诡系单于；终军欲以长缨，牵制劲越：弱冠慷慨，前世美之。近日路粹、严象，亦用异才，擢拜台郎。衡宜与为比。如得龙跃天衢，振翼云汉，扬声紫微，垂光虹蜺，足以昭近署之多士，增四门之穆穆。钧天广乐，必有奇丽之观；帝室皇居，必蓄非常之宝。若衡等辈，不可多得。《激楚》、《阳阿》，至妙之容，掌伎者之所贪；飞兔、騕褭，绝足奔放，良、乐之所急也。臣等区区，敢不以闻？陛下笃慎取士，必须效试，乞令衡以褐衣召见。如无可观采，臣等受面欺之罪。

帝览表，以付曹操。操遂使人召衡至。礼毕，操不命坐。㉂祢衡仰天叹曰："天地虽阔，何无一人也！"操曰："吾手下有数十人，皆当世英雄，何谓无人？"衡曰："愿闻。"操曰："荀彧、荀攸、郭嘉、程昱，机深智远，虽萧何、陈平不及也。张辽、许褚、李典、乐进，勇不可当，虽岑彭、马武不及也。吕虔、满宠为从事，于禁、徐晃为先锋；夏侯惇天下奇才，曹子孝世间福将。安得无人？"衡笑曰："公言差矣！此等人物，吾尽识之：荀彧可使吊丧问疾，荀攸可使看坟守墓，程昱可使关门闭户，郭嘉可使白词念赋；张辽可使击鼓鸣金，许褚可使牧牛放马，乐进可使取状读招，李典可使传书送檄；吕虔可使磨刀铸剑，满宠可使饮酒食糟，于禁可使负版筑墙，徐晃可使屠猪杀狗；夏侯惇称为'完体将军'，曹子孝呼为'要钱太守'。其余皆是衣架、饭囊、酒桶、肉袋耳！"㉂操怒曰："汝有何能？"衡曰："天文地理，无一不通；三教九流，无所不晓"；上可以致君为尧、舜，下可以配德于孔、颜。岂与俗子共论乎！"时止有张辽在侧，掣剑欲斩之。操曰："吾正少一鼓吏；早晚朝贺宴享，可令祢衡充此职。"衡不推辞，应声而去。辽曰："此人出言不逊，何不杀之？"

礼毕，操不命坐——曹操召见祢衡，却故意不命坐，欲观祢衡举止，是无待贤之礼。高傲刚烈如祢衡者，岂能受此窝囊气？以言相抗，势在必然。

其余皆是衣架、饭囊、酒桶、肉袋耳——曹操引为自豪的文臣武将，竟被祢衡贬得一钱不值。虽然贬斥过分，但祢衡敢于嘲骂，总算出了一口恶气，后世遭受权势压迫者亦觉痛快。

操曰："此人素有虚名，远近所闻。今日杀之，天下必谓我不能容物。彼自以为能，故令为鼓吏以辱之。"㊟

故令为鼓吏以辱之——曹操因惧"害贤"恶名而不敢杀祢衡，却又不愿引咎自责，反而欲以卑贱职位折辱祢衡。这就更加激怒祢衡，引来更为猛烈的嘲骂。

来日，操于省厅上大宴宾客，令鼓吏挝鼓。旧吏云："挝鼓必换新衣。"衡穿旧衣而入。遂击鼓为《渔阳三挝》，音节殊妙，渊渊有金石声。坐客听之，莫不慷慨流涕。左右喝曰："何不更衣！"衡当面脱下旧破衣服，裸体而立，浑身尽露。坐客皆掩面。衡乃徐徐着裤，颜色不变。操叱曰："庙堂之上，何太无礼？"衡曰："欺君罔上，乃谓无礼。吾露父母之形，以显清白之体耳！"操曰："汝为清白，谁为污浊？"衡曰："汝不识贤愚，是眼浊也；不读诗书，是口浊也；不纳忠言，是耳浊也；不通古今，是身浊也；不容诸侯，是腹浊也；常怀篡逆，是心浊也。㊟吾乃天下名士，用为鼓吏，是犹阳货轻仲尼，臧仓毁孟子耳！欲成王霸之业，而如此轻人耶？"时孔融在坐，恐操杀衡，乃从容进曰："祢衡罪同胥靡，不足发明王之梦。"操指衡而言曰："令汝往荆州为使。如刘表来降，便用汝作公卿。"衡不肯往。操教备马三匹，令二人扶挟而行；却教手下文武，整酒于东门外送之。

常怀篡逆，是心浊也——一串排比句，如同一排利箭，射向曹操。任凭他权势显赫，也难以招架。

荀彧曰："如祢衡来，不可起身。"衡至，下马入见，众皆端坐。衡放声大哭。荀彧问曰："何为而哭？"衡曰："行于死柩之中，如何不哭？"众皆曰："吾等是死尸，汝乃无头狂鬼耳！"衡曰："吾乃汉朝之臣，不作曹瞒之党，安得无头？"众欲杀之。荀彧急止之曰："量鼠雀之辈，何足污刀！"衡曰："吾乃鼠雀，尚有人性；汝等只可谓之蜾虫！"众恨而散。

衡至荆州，见刘表毕，虽颂德，实讥讽。表不喜，令去江夏见黄祖。或问表曰："祢衡戏谑主公，何不杀之？"表曰："祢衡数辱曹操，操不杀者，恐失人望；故令作使于我，欲借我手杀之，使我受害贤之名也。吾今遣去见黄祖，使曹操知我有识。"㊟众皆称善。

使曹操知我有识——刘表看穿曹操借刀杀人之意，拒不上当，可谓深通人情世故。但在天下分崩之时，仅通世故而无远略，仍然难以长保平安。

时袁绍亦遣使至。表问众谋士曰："袁本初又遣使来，曹孟德又差祢衡在此，当从何便？"从事中郎韩嵩*进曰："今两雄相持，将军若欲有为，乘此破敌可也。如其不然，将择其善者而从之。㊟今曹操善能用兵，贤俊多归，其势必先取袁绍，然后移兵向江汉*，恐将军不能御；莫若举荆州以附操，操必重待将军矣。"表曰："汝且去许都，观其动静，再作商议。"嵩曰："君臣各有定分。嵩今事将军，虽

如其不然，将择其善者而从之——韩嵩此议，从战略大计着眼，可进可退，堪称对刘表的最佳建议。

赴汤蹈火，一唯所命。将军若能上顺天子，下从曹公，使嵩可也；如持疑未定，嵩到京师，天子赐嵩一官，则嵩为天子之臣，不复为将军死矣。”㊟表曰：“汝且先往观之。吾别有主意。”嵩辞表，到许都见操。操遂拜嵩为侍中，领零陵太守。荀彧曰：“韩嵩来观动静，未有微功，重加此职。祢衡又无音耗，丞相遣而不问，何也？”操曰：“祢衡辱吾太甚，故借刘表手杀之，何必再问？”遂遣韩嵩回荆州说刘表。嵩回见表，称颂朝廷盛德，劝表遣子入侍。表大怒曰：“汝怀二心耶！”欲斩之。嵩大叫曰：“将军负嵩，嵩不负将军！”蒯良曰：“嵩未去之前，先有此言矣。”刘表乃不诛而囚之*。

不复为将军死矣——古人最看重名分，依名分而定义务。天子之臣与诸侯之臣不同，义务自然不同。韩嵩有言在先，可谓明智。

人报黄祖斩了祢衡。表问其故，对曰：“黄祖与祢衡共饮，皆醉。祖问衡曰：‘君在许都有何人物？’衡曰：‘大儿孔文举，小儿杨德祖。除此二人，别无人物。’祖曰：‘似我何如？’衡曰：‘汝似庙中之神，虽受祭祀，恨无灵验！’祖大怒曰：‘汝以我为土木偶人耶！’遂斩之。㊟衡至死骂不绝口。”刘表闻衡死，亦嗟呀不已，令葬于鹦鹉洲边。后人有诗叹曰：

黄祖才非长者俦，祢衡珠碎此江头。
今来鹦鹉洲边时，惟有无情碧水流。

祖大怒曰……遂斩之——黄祖虽平庸无能，但其父子均礼敬祢衡。祢衡既轻之，则宜趁早离去，不与为伍；若不能去，则不必轻出恶言。衡不看对象，一味逞才使气，任意褒贬，竟成黄祖刀下之鬼，可惜！可叹！

却说曹操知祢衡受害，笑曰：“腐儒舌剑，反自杀矣！”因不见刘表来降，便欲兴兵问罪。荀彧谏曰：“袁绍未平，刘备未灭，而欲用兵江汉，是犹舍心腹而顾手足也。可先灭袁绍，后灭刘备，江汉可一扫而平矣。”操从之。

且说董承自刘玄德去后，日夜与王子服等商议，无计可施。建安五年，元旦朝贺，见曹操骄横愈甚，感愤成疾。帝知国舅染病，令随朝太医前去医治。此医乃洛阳人，姓吉，名本，当时名医也*。本到董承府用药调治，旦夕不离；常见董承长吁短叹，不敢动问。

时值元宵，吉本辞去，承留住，二人共饮。饮至更余，承觉困倦，就和衣而睡。忽报王子服等四人至，承出接入。服曰：“大事谐矣！”承曰：“愿闻其说。”服曰：“刘表结连袁绍，起兵五十万，共分十路杀来。马腾结连韩遂，起凉州军二十万*，从北杀来。曹操尽起许都兵马，分头迎敌，城中空虚。若聚五家僮仆，可得千余人。乘今夜府中大宴，庆赏元宵，将府围住，突入杀之。不可失此机会！”

承大喜，随即唤家奴各人收拾兵器，自己披挂绰枪上马，约会都在内门前相会，同时进兵。夜至二鼓，众兵皆到。董承手提宝剑，徒步直入，见操设宴后堂，大叫："操贼休走！"一剑剁去，随手而倒。霎时觉来，乃南柯一梦，口中犹骂"操贼"不止。吉本向前叫曰："汝欲害曹公乎？"承惊惧不能答。吉本曰："国舅休慌。某虽医人，未尝忘汉。某连日见国舅嗟叹，不敢动问。恰才梦中之言，已见真情，幸勿相瞒。倘有用某之处，虽灭九族，亦无后悔！"(评)承掩面而哭曰："只恐汝非真心！"本遂咬下一指为誓。承乃取出衣带诏，令本视之，且曰："今之谋望不成者，乃刘玄德、马腾各自去了，无计可施，因此感而成疾。"本曰："不消诸公用心。操贼性命，只在某手中。"承问其故。本曰："操贼常患头风，痛入骨髓；才一举发，便召某医治。如早晚有召，只用一服毒药，必然死矣，何必举刀兵乎？"承曰："若得如此，救汉朝社稷者，皆赖君也！"时吉本辞归。

虽灭九族，亦无后悔——吉本心存汉室，决心杀身以殉。尽管汉王朝大势已去，其事难成，但其刚烈之节仍然可嘉。

承心中暗喜，步入后堂，忽见家奴秦庆童同侍妾云英在暗处私语。承大怒，唤左右捉下，欲杀之。夫人劝免其死，各人杖脊四十，将庆童锁于冷房。庆童怀恨，夤夜将铁锁扭断，跳墙而出，径入曹操府中，告有机密事。(评)操唤入密室问之。庆童云："王子服、吴子兰、种辑、吴硕、马腾五人在家主府中商议机密，必然是谋丞相。家主将出白绢一段，不知写着甚的。近日吉本咬指为誓，我也曾见。"曹操藏匿庆童于府中，董承只道逃往他方去了，也不追寻。

径入曹操府中，告有机密事——董承之谋，吉本之计，竟毁于家奴之手，实在可悲。

次日，曹操诈患头风，召吉本用药。本自思曰："此贼合休！"暗藏毒药入府。操卧于床上，令本下药。本曰："此病可一服即愈。"教取药罐，当面煎之。药已半干，本已暗下毒药，亲自送上。操知有毒，故意迟延不服。本曰："乘热服之，少汗即愈。"操起曰："汝既读儒书，必知礼义：君有疾饮药，臣先尝之；父有疾饮药，子先尝之。汝为我心腹之人，何不先尝而后进？"本曰："药以治病，何用人尝？"本知事已泄，纵步向前，扯住操耳而灌之。操推药泼地，砖皆迸裂。操未及言，左右已将吉本执下。操曰："吾岂有疾，特试汝耳！汝果有害我之心！"遂唤二十个精壮狱卒，执本至后园拷问。操坐于亭上，将本缚倒于地。吉本面不改容，略无惧怯。操笑曰："量汝是个医人，安敢下毒害我？必有人唆使你来。你说出那人，我便饶你。"本叱之曰："汝乃欺君罔上之贼，天下皆欲杀汝，岂独我乎！"

操再三磨问。本怒曰："我自欲杀汝，安有人使我来？今事不成，惟死而已！"操怒，教狱卒痛打。打到两个时辰，皮开肉裂，血流满阶。操恐打死，无可对证，令狱卒揪去静处，权且将息。

传令次日设宴，请众大臣饮酒。惟董承托病不来。王子服等皆恐操生疑，只得俱至。操于后堂设席。酒行数巡，曰："筵中无可为乐，我有一人，可为众官醒酒。"教二十个狱卒："与吾牵来！"须臾，只见一长枷钉着吉本，拖至阶下。操曰："众官不知，此人连结恶党，欲反背朝廷，谋害曹某；今日天败，请听口词。"操教先打一顿，昏绝于地，以水喷面。吉本苏醒，睁目切齿而骂曰："操贼！不杀我，更待何时！"操曰："同谋者先有六人，㉀与汝共七人耶！"本只是大骂。王子服等四人面面相觑，如坐针毡。操教一面打，一面喷。本并无求饶之意。操见不招，且教牵去。

同谋者先有六人——秦庆童只见王子服等五人在董承家中密谋，而不知董承曾访刘备，故曹操以为同谋者共是六人。

众官席散，操只留王子服等四人夜宴，四人魂不附体，只得留待。操曰："本不相留，争奈有事相问。汝四人不知与董承商议何事？"子服曰："并未商议甚事。"操曰："白绢中写着何事？"子服等皆隐讳。操教唤出庆童对证。子服曰："汝于何处见来？"庆童曰："你回避了众人，六人在一处画字，如何赖得？"子服曰："此贼与国舅侍妾通奸，被责诬主，不可听也。"操曰："吉本下毒，非董承所使而谁？"子服等皆言不知。操曰："今晚自首，尚犹可恕；若待事发，其实难容！"子服等皆言并无此事。操叱左右将四人拿住监禁。

次日，带领众人径投董承家探病。承只得出迎。操曰："缘何夜来不赴宴？"承曰："微疾未痊，不敢轻出。"操曰："此是忧国家病耳。"承愕然。操曰："国舅知吉本事乎？"承曰："不知。"操冷笑曰："国舅如何不知？"唤左右："牵来与国舅起病。"承举措无地。须臾，二十狱卒推吉本至阶下。吉本大骂："曹操逆贼！"操指谓承曰："此人曾攀下王子服等四人，吾已拿下廷尉。尚有一人，未曾捉获。"因问本曰："谁使汝来药我？可速招出！"本曰："天使我来杀逆贼！"操怒教打。身上无容刑之处。承在座观之，心如刀割。操又问本曰："你原有十指，今如何只有九指？"本曰："嚼以为誓，誓杀国贼！"操教取刀来，就阶下截去其九指，曰："一发截了，教你为誓！"本曰："尚有口可以吞贼，有舌可以骂贼！"操令割其舌。本曰："且勿动手。吾今熬刑不过，只得招供。可释吾缚。"操曰："释之何碍？"

拜毕，撞阶而死——吉本死得极为惨烈，其宁死不屈之节，千载之下，犹令读者动心。

遂命解其缚。本起身望阙拜曰："臣不能为国家除贼，乃天数也！"拜毕，撞阶而死。㊂操令分其肢体号令。时建安五年正月也。史官有诗曰：

汉朝无起色，医国有吉本*：
立誓除奸党，捐躯报圣明。
极刑词愈烈，惨死气如生。
十指淋漓处，千秋仰异名。

操见吉本已死，教左右牵过秦庆童至面前。操曰："国舅认得此人否？"承大怒曰："逃奴在此！即当诛之！"操曰："他首告谋反，今来对证，谁敢诛之？"承曰："丞相何故听逃奴一面之说？"操曰："王子服等吾已擒下，皆招证明白，汝尚抵赖乎？"即唤左右拿下，命从人直入董承卧房内，搜出衣带诏并义状。操看了，笑曰："鼠辈安敢如此！"遂命："将董承全家良贱，尽皆监禁，休教走脱一个。"操回府，以诏状示众谋士商议，要废献帝，更立新君。正是：数行丹诏成虚望，一纸盟书惹祸殃。未知献帝性命如何，且听下文分解。

尾评：

本回所写祢衡骂曹、吉本下毒两个情节，一方面表现人心仍然思汉，另一方面则表现曹操之奸诈残忍。祢衡、吉本两个人物，虽仅出场一次，却都形象鲜明，给人留下深刻印象。

第二十四回

国贼行凶杀贵人* 皇叔败走投袁绍

总评

曹操诛灭董承等五家老小，勒死董贵人，在与汉献帝及其拥护者的第一次重要较量中赢得了胜利。从此，朝廷大权进一步集中到曹操手里，曹操对汉献帝的控制进一步加强，东汉王朝的残余力量更加衰弱。

曹操为斩草除根，竟不顾献帝亲自恳求，亦不顾腹中胎儿，强行将董贵人勒死，其凶狠残暴，简直令人触目惊心。不过，在曹操集团与东汉王朝残余力量的尖锐斗争中，此亦必然之举；如果董承密谋成功，曹操及其心腹同样也将被满门抄斩，诛灭三族。封建时代的政治斗争，历来就是这样株连无辜，充满残酷与血腥。

尽管刘备力图延缓曹操对自己的进攻，曹操却将刘备视为重要对手，趁其立足未稳，毅然决定东征，而料定袁绍无所作为。操之善于把握战机，决策果断，实为其他军阀望尘莫及。

当曹操东征徐州，刘备向袁绍求救之时，袁绍竟因幼子偶患疥疮而心神恍惚，不愿出兵，坐失袭击许都之良机，确如曹操所讥："好谋无断，干大事而惜身"；而当刘备丧师失地，前去投奔之时，袁绍却又"亲自引众出邺城二百里迎接"，确如郭嘉所评："繁礼多仪"，"专收名誉"。如此轻重颠倒，怎能与曹操争夺天下！

却说曹操见了衣带诏，与众谋士商议，欲废却献帝，更择有德者立之。程昱谏曰："明公所以能威震四方，号令天下者，以奉汉家名号故也。今诸侯未平，遽行废立之事，必起兵端矣。"操乃止。只将董承等五人，并其全家老小，押送各门处斩，死者共七百余人。㊣城中官民见者，无不下泪。后人有诗叹董承曰：

死者共七百余人——董承等人密谋诛杀曹操，最终以彻底失败，惨遭屠戮而告终。

密诏传衣带，天言出禁门。

当年曾救驾，此日更承恩。

忧国成心疾，除奸入梦魂。

忠贞千古在，成败复谁论。

又有叹王子服等四人诗曰：

书名尺素矢忠谋，慷慨思将君父酬。

赤胆可怜捐百口，丹心自是足千秋。

且说曹操既杀了董承等众人，怒气未消，遂带剑入宫，来弑董贵人。贵人乃董承之女*，帝幸之，已怀孕五月。当日帝在后宫，正与伏皇后私论董承之事至今尚无音耗。忽见曹操带剑入宫，面有怒容，帝大惊失色。操曰："董承谋反，陛下知否？"帝曰："董卓已诛矣。"操大声曰："不是董卓！是董承！"帝战栗曰："朕实不知。"操曰："忘了破指修诏耶？"帝不能答。操叱武士擒董妃至。帝告曰："董妃有五月身孕，望丞相见怜。"操曰："若非天败，吾已被害。岂得复留此女，为吾后患！"伏后告曰："贬于冷宫，待分娩了，杀之未迟。"操曰："欲留此逆种，为母报仇乎？"董妃泣告曰："乞全尸而死，勿令彰露。"操令取白练至面前。帝泣谓妃曰："卿于九泉之下，勿怨朕躬！"㊣言讫，泪下如雨。伏后亦大哭。操怒曰："犹作儿女态耶！"叱武士牵出，勒死于宫门之外。后人有诗叹董妃曰：

卿于九泉之下，勿怨朕躬——堂堂皇帝，竟无法保护妃子，而只能希望被害者不要埋怨自己，此时的汉献帝，处境实在可怜。

春殿承恩亦枉然，伤哉龙种并时捐。

堂堂帝主难相救，掩面徒看泪涌泉。

操谕监宫官曰："今后但有外戚宗族，不奉吾旨，辄入宫门者，斩。守御不严，与同罪。"又拨心腹人三千充御林军，令曹洪统领，以为防察。

操谓程昱曰："今董承等虽诛；尚有马腾、刘备，亦在此数，不可不除。"昱曰："马腾屯军凉州，未可轻取；但当以书慰劳，勿使生疑，诱入京师，图之可也。刘备现在徐州，分布掎角之势，亦不可轻敌。况今袁绍屯兵官渡，常有图许都之心。若我一旦东征，刘备势必求救于绍。绍乘虚来袭，何以当之？"操曰："非也。备乃人杰也，今若不击，待其羽翼既成，急难图矣。袁绍虽强，事多怀疑不决，何足忧乎！"正议间，郭嘉自外而入。操问曰："吾欲东征刘备，奈有袁绍之忧，如何？"嘉曰："绍性迟而多疑，其谋士各相妒忌，不足忧也。刘备新整军兵，众心未服，丞相引兵东征，一战可定矣。"操大喜曰："正合吾意。"遂起二十万大军，分兵五路下徐州。㊟

分兵五路下徐州——曹操当机立断，得策便行，不愧为杰出的军事家。

细作探知，报入彭城。孙乾先往下邳报知关公，随至小沛报知玄德。玄德与孙乾计议曰："此必求救于袁绍，方可解危。"于是玄德修书一封，遣孙乾至河北。

乾乃先见田丰，具言其事，求其引进。丰即引孙乾入见绍，呈上书信。只见绍形容憔悴，衣冠不整。丰曰："今日主公何故如此？"绍曰："我将死矣！"丰曰："主公何出此言？"绍曰："吾生五子，惟最幼者极快吾意；今患疥疮，命已垂危。吾有何心更论他事乎？"丰曰："今曹操东征刘玄德，许都空虚，若以义兵乘虚而入，上可以保天子，下可以救万民。此不易得之机会也，惟明公裁之。"绍曰："吾亦知此最好，奈我心中恍惚，恐有不利。"丰曰："何恍惚之有？"绍曰："五子中惟此子生得最异，倘有疏虞，吾命休矣。"遂决意不肯发兵，㊟乃谓孙乾曰："汝回见玄德，可言其故。倘有不如意，可来相投，吾自有相助之处。"田丰以杖击地曰："遭此难遇之时，乃以婴儿之病，失此机会！大事去矣，可痛惜哉！"跌足长叹而出。

遂决意不肯发兵——有志于争夺天下者，往往不顾家室。袁绍明知乘虚袭击许都为上策，却被幼子之病拖住手脚，不仅不如曹操，而且不如刘备。

孙乾见绍不肯发兵，只得星夜回小沛见玄德，具说此事。玄德大惊曰："似此如之奈何？"张飞曰："兄长勿忧。曹兵远来，必然困乏；乘其初至，先去劫寨，可破曹操。"㊟玄德曰："素以汝为一勇夫耳。前者捉刘岱时，颇能用计；今献此策，亦中兵法。"乃从其言，分兵劫寨。

先去劫寨，可破曹操——张飞之计，并非毫无道理；可惜对手乃是曹操，因而难以成功。

且说曹操引军往小沛来。正行间，狂风骤至，忽听一声响亮，将一面牙旗吹折。操便令军兵且住，聚众谋士问吉凶。荀彧曰："风从何方来？吹折甚颜色旗？"操曰："风自东南方来，吹折角上牙旗，旗乃青红二色。"彧曰："不主别事，今夜刘备必来劫寨。"操点头。忽毛玠入见曰："方才东南风起，吹折青红牙旗一面。主公以为主何吉凶？"操曰："公意若何？"毛玠曰："愚意以为今夜必主有人来劫寨。"后人有诗叹曰：

吁嗟帝胄势孤穷，全仗分兵劫寨功。
争奈牙旗折有兆，老天何故纵奸雄？

操曰："天报应我，当即防之。"遂分兵九队，只留一队向前虚扎营寨，余众八面埋伏。

是夜月色微明。玄德在左，张飞在右，分兵两队进发；只留孙乾守小沛。

且说张飞自以为得计，领轻骑在前，突入操寨，但见零零落落，无多人马，四边火光大起，喊声齐举。飞知中计，急出寨外。正东张辽、正西许褚、正南于禁、正北李典、东南徐晃、西南乐进、东北夏侯惇、西北夏侯渊，八处军马杀来。张飞左冲右突，前遮后当；所领军兵原是曹操手下旧军，见事势已急，尽皆投降去了。飞正杀间，逢着徐晃大杀一阵，后面乐进赶到。飞杀条血路，突围而走，只有数十骑跟定。欲还小沛，去路已断；欲投彭城、下邳，又恐曹军截住；寻思无路，只得望芒砀山而去。

却说玄德引军劫寨，将近寨门，忽然喊声大震，后面冲出一军，先截去了一半人马。夏侯惇又到。玄德突围而走，夏侯渊又从后赶来。玄德回顾，止有三十余骑跟随；急欲奔还小沛，早望见小沛城中火起，只得弃了小沛；欲投彭城、下邳，又见曹军漫山塞野，截住去路。玄德自思无路可归，想："袁绍有言，'倘不如意，可来相投'。今不若暂往依栖，别作良图。"遂望青州路而走，正逢李典拦住。玄德匹马落荒望北而逃，㉑李典掳将从骑去了。

> 玄德匹马落荒望北而逃——刘备虽有英雄之名，却无统帅之才，在曹操面前更是一触即溃，落荒而逃。这种情况，直到诸葛亮出山以后，方才改变。

且说玄德匹马投青州，日行三百里，奔至临菑城下叫门*。门吏问了姓名，来报刺史。刺史乃袁绍长子袁谭。谭素敬玄德，闻知匹马到来，即便开门出迎，接入公廨，细问其故。玄德备言兵败相投之意。谭乃留玄德于馆驿中住下，发书报父袁绍；一面差本州人马，护送玄德。至平原界口，袁绍亲自引众出邺城二百里迎接玄德*。玄德拜谢，绍忙答礼曰："昨为小儿抱病，有失救援，于心怏怏不安。今幸得相见，大慰平生渴想之思。"玄德曰："孤穷刘备，久欲投于门下，奈机缘未遇。今为曹操所攻，妻子俱陷，想将军容纳四方之士，故不避羞惭，径来相投。望乞收录，誓当图报。"绍大喜，相待甚厚，同居冀州。

且说曹操当夜取了小沛，随即进兵攻彭城。麋竺、简雍守把不住，只得弃城而走。陈登献了彭城。曹操大军入城，安民已毕，随唤众谋士议取下邳。荀彧曰："云长保护玄德妻小，死守此城。若不速取，恐为袁绍所窃。"操曰："吾素爱云长武艺人材，欲得之以为己用，不若令人说之使降。"郭嘉曰："云长义气深重，必不肯降。若使人说之，恐被其害。"帐下一人出曰："某与关羽有一面之交*，愿往说之。"众视之，乃张辽也。程昱曰："文远虽与云长有旧，吾观此人，非可以言词说也。某有一计，使此人进退无路，然后用文远说之，彼必归丞相矣。"正是：整备窝弓射猛虎，安排香饵钓鳌鱼。未知其计若何，且听下文分解。

尾评：

曹操诛灭董承等人，加强对朝政的控制以后，势必加紧对外征伐。在曹操东征刘备与袁绍坐视不救的对比中，又可见出袁、曹优劣。

刘备、张飞兵败失散，唯剩关羽保护二嫂，镇守下邳，其命运令人关注，由此引出关羽的一大段故事。

第二十五回
屯土山关公约三事　救白马曹操解重围

总评

“降汉不降曹”是《三国演义》塑造关羽形象的一个重要情节。《三国志·蜀书·先主传》云：“（建安）五年，曹公东征先主，先主败绩。曹公尽收其众，虏先主妻子，并禽关羽以归。”《魏书·武帝纪》则明言：“备将关羽屯下邳，复进攻之，羽降。”罗贯中为维护关羽“忠义”、“无敌”的形象，解决“反曹”与“降曹”的矛盾，在《三国志平话》的基础上，精心虚构“土山约三事”这一情节，由“三罪”到“三便”再到“三约”，并打出“降汉不降曹”的旗帜，把关羽降曹改造成有条件的妥协，又竭力渲染曹操对关羽的爱慕与敬重，从而突出了关羽忠贞、刚毅、不负刘备托付的形象。

《三国演义》写到关羽暂栖曹营以后，通过多个细节，反复表现关羽之深明大义，事嫂如兄，不好女色，时刻心系刘备，大大丰富了人物的性格。

“斩颜良”本于《三国志·蜀书·关羽传》：“（袁）绍遣大将颜良攻东郡太守刘延于白马，曹公使张辽及羽为先锋击之。羽望见良麾盖，策马刺良于万众之中，斩其首还，绍诸将莫能当者，遂解白马围。”罗贯中通过层层铺垫，将关羽之出战写得委屈有致，将其斩颜良写得极为轻快洒脱，有力地表现了关羽的高超武艺和英雄气概。

却说程昱献计曰："云长有万人之敌，非智谋不能取之。今可即差刘备手下投降之兵，入下邳，见关羽*，只说是逃回的，伏于城中为内应；却引关羽出战，诈败佯输，诱入他处，以精兵截其归路，然后说之可也。"操听其谋，即令徐州降兵数十，径投下邳来降关公。关公以为旧兵，留而不疑。

次日，夏侯惇为先锋，领兵五千来搦战。关公不出，惇即使人于城下辱骂。关公大怒，引三千人马出城，与夏侯惇交战。约战十余合，惇拨马回走。关公赶来，惇且战且走。关公约赶二十里，恐下邳有失，提兵便回。只听得一声炮响，左有徐晃，右有许褚，两队军截住去路。关公夺路而走，两边伏兵排下硬弩百张，箭如飞蝗。关公不得过，勒兵再回，徐晃、许褚接住交战。关公奋力杀退二人，引军欲回下邳，夏侯惇又截住厮杀。公战至日晚，无路可归，只得到一座土山，引兵屯于山头，权且少歇。曹兵团团将土山围住。关公于山上遥望，下邳城中，火光冲天。却是那诈降兵卒偷开城门，曹操自提大军杀入城，只教举火以惑关公之心。㊟关公见下邳火起，心中惊惶，连夜几番冲下山来，皆被乱箭射回。

只教举火以惑关公之心——曹操采纳程昱之计，将关羽诱出下邳，然后取城，使关羽与二嫂隔开，又故意举火以乱真心，这就为说降关羽创造了条件。

挨到天晓，再欲整顿下山冲突，忽见一人跑马上山来，视之乃张辽也。关公迎谓曰："文远欲来相敌耶?"辽曰："非也。想故人旧日之情，特来相见。"遂弃刀下马，与关公叙礼毕，坐于山顶。公曰："文远莫非说关某乎?"辽曰："不然。昔日蒙兄救弟，今日弟安得不救兄?"公曰："然则文远将欲助我乎?"辽曰："亦非也。"公曰："既不助我，来此何干?"辽曰："玄德不知存亡，益德未知生死。昨夜曹公已破下邳，军民尽无伤害，差人护卫玄德家眷，不许惊扰。如此相待，弟特来报兄。"关公怒曰："此言特说我也。吾今虽处绝地，视死如归。汝当速去，吾即下山迎战。"张辽大笑曰："兄此言岂不为天下笑乎?"公曰："吾仗忠义而死，安得为天下笑?"辽曰："兄兄今即死，其罪有三——如果战死，反而有罪，则关羽不得不沉吟再三，很难以死相拒了。

有此三便，兄宜详之——如果暂归曹操，不仅无罪，而且有种种好处，则关羽很难拒绝这种选择了。由“三罪”到“三便”，张辽可谓善于言辞，煞费苦心，从而为关羽暂归曹操提供了台阶。

兄言三便，吾有三约—尽管张辽给了台阶，关羽仍明确提出自己的条件，既不损害自己的根本原则，又为二嫂提供了有力保障，还为重归刘备预留余地。这样，暂归曹操就完全成了无伤大雅的暂时妥协，作者真是为关羽留足了面子。

何忧云长之不服也——以恩相结，乃是古代政治家养士的惯用手法，一般也能换来士人的知恩图报。这种当时普遍认同的士文化心理，正是曹操愿意接受关羽“三约”的内在依据。

今即死，其罪有三。”㊣公曰：“汝且说我那三罪？”辽曰：“当初刘使君与兄结义之时，誓同生死；今使君方败，而兄即战死，倘使君复出，欲求兄相助，而不可复得，岂不负当年之盟誓乎？其罪一也。刘使君以家眷付托于兄，兄今战死，二夫人无所依赖，负却使君依托之重。其罪二也。兄武艺超群，兼通经史，不思共使君匡扶汉室，徒欲赴汤蹈火，以成匹夫之勇，安得为义？其罪三也。兄有此三罪，弟不得不告。”

公沉吟曰：“汝说我有三罪，欲我如何？”辽曰：“今四面皆曹公之兵，兄若不降，则必死；徒死无益，不若且降曹公；却打听刘使君音信，如知何处，即往投之。一者可以保二夫人，二者不背桃园之约，三者可留有用之身。有此三便，兄宜详之。”㊣公曰：“兄言三便，吾有三约。㊣若丞相能从，我即当卸甲；如其不允，吾宁受三罪而死。”辽曰：“丞相宽洪大量，何所不容。愿闻三事。”公曰：“一者，吾与皇叔设誓，共扶汉室，吾今只降汉帝，不降曹操；二者，二嫂处请给皇叔俸禄养赡，一应上下人等，皆不许到门；三者，但知刘皇叔去向，不管千里万里，便当辞去。三者缺一，断不肯降。望文远急急回报。”

张辽应诺，遂上马，回见曹操，先说降汉不降曹之事。操笑曰：“吾为汉相，汉即吾也。此可从之。”辽又言：“二夫人欲请皇叔俸给，并上下人等不许到门。”操曰：“吾于皇叔俸内，更加倍与之。至于严禁内外，乃是家法，又何疑焉！”辽又曰：“但知玄德信息，虽远必往。”操摇首曰：“然则吾养云长何用？此事却难从。”辽曰：“岂不闻豫让‘众人国士’之论乎？刘玄德待云长不过恩厚耳。丞相更施厚恩以结其心，何忧云长之不服也？”㊣操曰：“文远之言甚当，吾愿从此三事。”

张辽再往山上回报关公。关公曰：“虽然如此，暂请丞相退军，容我入城见二嫂，告知其事，然后投降。”张辽再回，以此言报曹操。操即传令，退军三十里。荀彧曰：“不可，恐有诈。”操曰：“云长义士，必不失信。”遂引军退。

关公引兵入下邳，见人民安妥不动，竟到府中，来见二嫂。甘、糜二夫人听得关公到来，急出迎之。公拜于阶下曰：“使二嫂受惊，某之罪也。”二夫人曰：“皇叔今在何处？”公曰：“不知去向。”二夫人曰："二叔今将若何？"公曰："关某出城死战，被困土山，张辽劝我投降，我以三事相约。曹操已皆允从，故特退兵，放我入城。我不曾得嫂嫂主意，未敢擅便。"二夫人问："那三事？"关公将上项三事，备述一遍。甘夫人曰："昨日曹军入城，我等皆以为必死；谁想毫发不动，一军不敢入门。叔叔既已领诺，何必问我二人？只恐日后曹操不容叔叔去寻皇叔。"公曰："嫂嫂放心，关某自有主张。"二夫人曰："叔叔自家裁处，凡事不必问俺女流。"

关公辞退，遂引数十骑来见曹操。操自出辕门相接。㊣关公下马入拜，操慌忙答礼。关公曰："败兵之将，深荷不杀之恩。"操曰："素慕云长忠义，今日幸得相见，足慰平生之望。"关公曰："文远代禀三事，蒙丞相应允，谅不食言。"操曰："吾言既出，安敢失信。"关公曰："关某若知皇叔所在，虽蹈水火，必往从之。此时恐不及拜辞，伏乞见原。"㊣操曰："玄德若在，必从公去；但恐乱军中亡矣。公且宽心，尚容缉听。"关公拜谢。操设宴相待。

次日班师还许都。关公收拾车仗，请二嫂上车，亲自护车而行。于路安歇馆驿，操欲乱其君臣之礼，使关公与二嫂共处一室。关公乃秉烛立于户外，自夜达旦，毫无倦色。操见公如此，愈加敬服。既到许都，操拨一府与关公居住。关公分一宅为两院，内门拨老军十人把守，关公自居外宅。操引关公朝见献帝，帝命为偏将军。公谢恩归宅。

操次日设大宴，会众谋臣武士，以客礼待关公，延之上座；又备绫锦及金银器皿相送。关公都送与二嫂收贮。关公自到许都，操待之甚厚，小宴三日，大宴五日；又送美女十人，使侍关公。关公尽送入内门，令伏侍二嫂。却又三日一次于内门外躬身施礼，动问"二嫂安否"。二夫人回问皇叔之事毕，曰："叔叔自便"，关公方敢退回。操闻之，又叹服关公不已。

一日，操见关公所穿绿锦战袍已旧，即度其身品，取异锦作战袍一领相赠。关公受之，穿于衣底，上仍用旧袍罩之。操笑曰："云长何如此之俭乎？"公曰："某非俭也。旧袍乃刘皇叔所赐，某穿之如见兄面，不敢以丞相之新赐而忘兄长之旧赐，㊣故穿于上。"操叹曰："真义士也！"然口虽称羡，心实不悦。

一日，关公在府，忽报："内院二夫人哭倒于地，不知为何，请

操自出辕门相接——自关羽暂时归曹之始，曹操就给予特殊礼遇，力图笼络其心。

此时恐不及拜辞，伏乞见原——自关羽暂时归曹之始，作者便不断强调其始终心系刘备。此语正为下回挂印封金、辞曹归刘伏线。

不敢以丞相之新赐而忘兄长之旧赐——关羽始终心系刘备，而又处处明白言之，足见其心胸坦荡。

将军速入。”关公乃整衣跪于内门外，伺二嫂为何悲泣。甘夫人曰：“我夜梦皇叔身陷于土坑之内，觉来与糜夫人论之，想在九泉之下矣！是以相哭。”关公曰：“梦寐之事，不可凭信。此是嫂嫂想念之故。请勿忧愁。”

正说间，适曹操命使来请关公赴宴。公辞二嫂，往见操。操见公有泪容，问其故。公曰：“二嫂思兄痛哭，不由某心不悲。”操笑而宽解之，频以酒相劝。公醉，自绰其髯而言曰：“生不能报国家，而背其兄，徒为人也！”操问曰：“云长髯有数乎？”公曰：“约数百根。每秋月约退三五根。冬月多以皂纱囊裹之，恐其断也。”操以纱锦作囊，与关公护髯。次日，早朝见帝，帝见关公一纱锦囊垂于胸次，帝问之。关公奏曰：“臣髯颇长，丞相赐囊贮之。”帝令当殿披拂，过于其腹。帝曰：“真美髯公也！”(评)因此人皆呼为“美髯公”。

真美髯公也——历史上的关羽就以“美须髯”著称（见《三国志·蜀书·关羽传》）。这里让汉献帝亲口赞美其为“美髯公”，更是郑重其事，给读者以深刻印象。

忽一日，操请关公宴。临散，送公出府，见公马瘦，操曰：“公马因何而瘦？”关公曰：“贱躯颇重，马不能载，因此常瘦。”操令左右备一马来。须臾牵至。那马身如火炭，状甚雄伟。操指曰：“公识此马否？”公曰：“莫非吕布所骑赤兔马乎？”操曰：“然也。”遂并鞍辔送与关公。关公再拜称谢。操不悦曰：“吾累送美女金帛，公未尝下拜；今吾赠马，乃喜而再拜：何贱人而贵畜耶？”关公曰：“吾知此马日行千里，今幸得之，若知兄长下落，可一日而见面矣。”操愕然而悔。关公辞去。后人有诗叹曰：

威倾三国著英豪，一宅分居义气高。
奸相枉将虚礼待，岂知关羽不降曹。

操问张辽曰：“吾待云长不薄，而彼常怀去心，何也？”辽曰：“容某探其情。”次日，往见关公。礼毕，辽曰：“我荐兄在丞相处，不曾落后？”公曰：“深感丞相厚意。只是吾身虽在此，心念皇叔，未尝去怀。”辽曰：“兄言差矣。处世不分轻重，非丈夫也。玄德待兄，未必过于丞相，兄何故只怀去志？”公曰：“吾固知曹公待吾甚厚。奈吾受刘皇叔厚恩，誓以共死，不可背之。吾终不留此。要必立效以报曹公，然后去耳。”辽曰：“倘玄德已弃世，公何所归乎？”公曰：“愿从于地下。”辽知公终不可留，乃告退，回见曹操，具以实告。操叹曰：“事主不忘其本，乃天下之义士也！”(评)荀彧曰：“彼言立功方去，

乃天下之义士也——作者一次又一次地让曹操赞叹关羽为“天下义士”，从侧面强化了关羽忠于桃园之盟的“义气”。

若不教彼立功，未必便去。”操然之。

却说玄德在袁绍处，旦夕烦恼。绍曰：“玄德何故常忧？”玄德曰：“二弟不知音耗，妻小陷于曹贼；上不能报国，下不能保家，安得不忧？”绍曰：“吾欲进兵赴许都久矣。方今春暖，正好兴兵。”便商议破曹之策。田丰谏曰：“前操攻徐州，许都空虚，不及此时进兵；今徐州已破，操兵方锐，未可轻敌。不如以久持之，待其有隙而后可动也。”绍曰：“待我思之。”因问玄德曰：“田丰劝我固守，何如？”玄德曰：“曹操欺君之贼，明公若不讨之，恐失大义于天下。”绍曰：“玄德之言甚善。”遂欲兴兵。田丰又谏。绍怒曰：“汝等弄文轻武，使我失大义！”田丰顿首曰：“若不听臣良言，出师不利。”绍大怒，欲斩之。玄德力劝，乃囚于狱中。沮授见田丰下狱，乃会其宗族，尽散家财，与之诀曰：“吾随军而去，胜则威无不加，败则一身不保矣！”众皆下泪送之。

绍遣大将颜良作先锋，进攻白马。沮授谏曰：“颜良性狭，虽骁勇，不可独任。”绍曰：“吾之上将，非汝等可料。”大军进发至黎阳，东郡太守刘延告急许都。曹操急议兴兵抵敌。关公闻知，遂入相府见操曰：“闻丞相起兵，某愿为前部。”操曰：“未敢烦将军。早晚有事，当来相请。”关公乃退。操引兵十五万，分三队而行。于路又连接刘延告急文书，操先提五万军亲临白马，靠土山扎住。遥望山前平川旷野之地，颜良前部精兵十万，排成阵势。操骇然，回顾吕布旧将宋宪曰：“吾闻汝乃吕布部下猛将，今可与颜良一战。”宋宪领诺，绰枪上马，直出阵前。颜良横刀立马于门旗下；见宋宪马至，良大喝一声，纵马来迎。战不三合，手起刀落，斩宋宪于阵前。曹操大惊曰：“真勇将也！”魏续曰：“杀我同伴，愿去报仇！”操许之。续上马持矛，径出阵前，大骂颜良。良更不打话，交马一合，照头一刀，劈魏续于马下。操曰：“今谁敢当之？”徐晃应声而出，与颜良战二十合，败归本阵，㊣诸将慄然。曹操收军，良亦引军退去。

操见连折二将，心中忧闷。程昱曰：“某举一人，可敌颜良。”操问是谁。昱曰：“非关公不可。”操曰：“吾恐他立了功便去。”昱曰：

与颜良战二十合，败归本阵——颜良接连斩宋宪，劈魏续，败徐晃，足见其勇，正为下文关羽出马作铺垫。

“刘备若在，必投袁绍今若使云长破袁绍之兵，绍必疑刘备而杀之矣。备既死，云长又安往乎？”操大喜，遂差人去请关公。关公即入辞二嫂。二嫂曰：“叔今此去，可打听皇叔消息。”

关公领诺而出，提青龙刀，上赤兔马，引从者数人，直至白马来见曹操。操叙说：“颜良连诛二将，勇不可当，特请云长商议。”关公曰：“容某观之。”操置酒相待。忽报颜良搦战。操引关公上土山观看。操与关公坐，诸将环立。曹操指山下颜良排的阵势，旗帜鲜明，枪刀森布，严整有威，乃谓关公曰：“河北人马，如此雄壮！”关公曰：“以吾观之，如土鸡瓦犬耳！”操又指曰：“麾盖之下，绣袍金甲，持刀立马者，乃颜良也。”关公举目一望，谓操曰：“吾观颜良，如插标卖首耳！”(评)操曰：“未可轻视。”关公起身曰：“某虽不才，愿去万军中取其首级，来献丞相。”张辽曰：“军中无戏言，云长不可忽也。”关公奋然上马，倒提青龙刀，跑下山来，凤目圆睁，蚕眉倒竖，直冲彼阵。河北军如波开浪裂，关公径奔颜良。颜良正在麾盖下，见关公冲来，方欲问时，关公赤兔马快，早已跑到面前。颜良措手不及，被云长手起一刀，斩于马下*；忽地下马，割了颜良首级，拴于马项之下，飞身上马，提刀出阵，如入无人之境。(评)河北兵将大惊，不战自乱。曹军乘势攻击，死者不可胜数；马匹器械，抢夺极多。关公纵马上山，众将尽皆称贺。公献首级于操前。操曰：“将军真神人也！”关公曰：“某何足道哉！吾弟张益德于百万军中取上将之头，如探囊取物耳。”操大惊，回顾左右曰：“今后如遇张益德，不可轻敌。”(评)令写于衣袍襟底以记之。

吾观颜良，如插标卖首耳——众人皆惧颜良，关羽却极端蔑视，可见关羽之勇武气概大大高出众人。

如入无人之境——关羽斩颜良，斩得如此轻松，真是英勇无敌，所向披靡。

今后如遇张益德，不可轻敌——此语乃为第四十二回张飞威镇长坂桥作伏笔。

却说颜良败军奔回，半路迎见袁绍，报说被赤面长须使大刀一勇将，匹马入阵，斩颜良而去，因此大败。绍惊问曰：“此人是谁？”沮授曰：“此必是刘玄德之弟关云长也。”绍大怒，指玄德曰：“汝弟斩吾爱将，汝必通谋，留尔何用！”唤刀斧手推出玄德斩之。正是：初见方为座上客，此日几同阶下囚。未知玄德性命如何，且听下文分解。

尾评：

本回所写的“约三事”，表现关羽之“义”；“斩颜良”，表现关羽之“勇”。这两者正是关羽形象最突出之处。

关羽斩颜良，与斩华雄同样轻松潇洒，而一用侧面描写，一用正面描写，都将关羽之勇写得轻灵而富有气势，实有异曲同工之妙。

第二十六回
袁本初败兵折将　关云长挂印封金

总评

袁绍时而将刘备视为座上宾，时而又将其当作阶下囚；时而声称“兵贵神速”，轻率进攻；时而又按兵不动，无所作为：待人行事，全无一定之规，只凭心血来潮，始终缺乏明确的战略方针。尽管他与公孙瓒、袁术、刘表、刘璋、吕布等人相比，算得上佼佼者；但与曹操抗衡，他却一误再误，不仅接连损兵折将，而且损害内部团结，又怎能战胜曹操？

历史上的“诛文丑”不见于《三国志·蜀书·关羽传》，而《魏书·武帝纪》有曹操以辎重诱敌，趁文丑军乱时挥兵击之，遂斩文丑的记载，可见并非关羽之功。罗贯中在《三国志平话》的基础上，虚构关羽诛文丑的情节，使袁绍的两员大将均死于关羽之手，进一步突出了关羽勇猛无敌的形象。

关羽身居曹营，虽然备受优待，却时时心系刘备，一旦得到刘备音信，便立即封金挂印，辞曹而去。这种不恋高官厚禄，不图荣华富贵，不顾危难艰辛，重然诺，轻生死，始终忠于桃园之盟的高风亮节，确实如青松傲雪，皓月当空，足令后人千秋敬仰！

却说袁绍欲斩玄德，玄德从容进曰："明公只听一面之词，而绝向日之情耶？备自徐州失散，二弟云长未知存否；天下同貌者不少，岂赤面长须之人，即为关某也？明公何不察之？"袁绍是个没主张的人，闻玄德之言，责沮授曰："误听汝言，险杀好人。"遂仍请玄德上帐坐，议报颜良之仇。帐下一人应声而进曰："颜良与我如兄弟，今被曹贼所杀，我安得不雪其恨？"玄德视其人，身长八尺，面如獬豸，乃河北名将文丑也。袁绍大喜曰："非汝不能报颜良之仇。吾与十万军兵，便渡黄河，追杀曹贼！"沮授曰："不可。今宜留屯延津，分兵官渡，乃为上策。若轻举渡河，设或有变，众皆不能还矣。"绍怒曰："皆是汝等迟缓军心，迁延日月，有妨大事！岂不闻'兵贵神速'乎？"沮授出，叹曰："上盈其志，下务其功；悠悠黄河，吾其不反乎*！"遂托疾不出议事。玄德曰："备蒙大恩，无可报效，意欲与文将军同行：一者报明公之德，二者就探云长的实信。"绍喜，唤文丑与玄德同领前部。文丑曰："刘玄德屡败之将，于军不利。既主公要他去时，某分三万军，教他为后部。"于是文丑自领七万军先行，令玄德引三万军随后。㊞

且说曹操见云长斩了颜良，倍加钦敬，表奏朝廷，封云长为汉寿亭侯，㊞铸印送关公。

忽报袁绍又使大将文丑渡黄河，已据延津之上。操乃先使人移徙居民于西河，然后自领兵迎之；传下将令：以后军为前军，以前军为后军；粮草先行，军兵在后。吕虔曰："粮草在先，军兵在后，何意也？"操曰："粮草在后，多被剽掠，故令在前。"虔曰："倘遇敌军劫去，如之奈何？"操曰："且待敌军到时，却又理会。"虔心疑未决。操令粮食辎重沿河堑至延津。操在后军，听得前军发喊，急教人看时，报说："河北大将文丑兵至，我军皆弃粮草，四散奔走。后军又远，将如之何？"操以鞭指南阜曰："此可暂避。"人马急奔土阜。

令玄德引三万军随后——文丑在前，玄德在后，才可能发生关羽斩文丑之事，而刘、关也因此未能见面。

封云长为汉寿亭侯——注意："汉寿亭侯"指以汉寿县之一亭为食邑的侯爵，并非"汉·寿亭侯"。

文丑军大乱——曹操有意以粮草辎重马匹诱敌，难得的是谋士荀攸亦有此意，君臣契合，得策即行，使文丑军贪利而乱，为曹军进攻提供了良机。

文丑沿河赶来——文丑败退之时，仍能沉着对付张辽、徐晃两员大将，反败为胜，可见这员“河北名将”确实勇猛过人，并非平庸之辈。

将文丑斩下马来——张辽、徐晃两员大将胜不得文丑，关羽却在片刻之间轻松斩之，对比之下，更觉关羽神勇无敌。

操令军士皆解衣卸甲少歇，尽放其马。文丑军掩至。众将曰："贼至矣！可急收马匹，退回白马！"荀攸急止之曰："此正可以饵敌，何故反退？"操急以目视荀攸而笑。攸知其意，不复言。文丑军既得粮草车仗，又来抢马。军士不依队伍，自相杂乱。曹操却令军将一齐下土阜击之，文丑军大乱。㊟曹兵围裹将来，文丑挺身独战，军士自相践踏。文丑止遏不住，只得拨马回走。操在土阜上指曰："文丑为河北名将，谁可擒之？"张辽、徐晃飞马齐出，大叫："文丑休走！"文丑回头见二将赶上，遂按住铁枪，拈弓搭箭，正射张辽。徐晃大叫："贼将休放箭！"张辽低头急躲，一箭射中头盔，将簪缨射去。辽奋力再赶，坐下战马，又被文丑一箭射中面颊。那马跪倒前蹄，张辽落地。文丑回马复来，徐晃急轮大斧，截住厮杀。只见文丑后面军马齐到，晃料敌不过，拨马而回。文丑沿河赶来。㊟忽见十余骑马，旗号翩翻，一将当头提刀飞马而来，乃关云长也，大喝："贼将休走！"与文丑交马。战不三合，文丑心怯，拨马绕河而走。关公马快，赶上文丑，脑后一刀，将文丑斩下马来。㊟曹操在土阜上，见关公砍了文丑，大驱人马掩杀。河北军大半落水，粮草马匹仍被曹操夺回。

云长引数骑东冲西杀。正杀之间，刘玄德领三万军随后到。前面哨马探知，报与玄德云："今番又是红面长髯的斩了文丑。"玄德慌忙骤马来看，隔河望见一簇人马，往来如飞，旗上写着"汉寿亭侯关云长"七字。玄德暗谢天地曰："原来吾弟果然在曹操处！"欲待招呼相见，被曹兵大队拥来，只得收兵回去。袁绍接应至官渡，下定寨栅。郭图、审配入见袁绍，说："今番又是关某杀了文丑，刘备佯推不知。"袁绍大怒，骂曰："大耳贼！焉敢如此！"少顷，玄德至，绍令推出斩之。玄德曰："某有何罪？"绍曰："你故使汝弟又坏我一员大将，如何无罪？"玄德曰："容伸一言而死：曹操素忌备，今知备在明公处，恐备助公，故特使云长诛杀二将。公知必怒。此借公之手以杀刘备也。愿明公思之。"袁绍曰："玄德之言是也。汝等几使我受害贤之名。"喝退左右，请玄德上帐而坐。玄德谢曰："荷明公宽大之恩，无可补报，欲令一心腹人持密书去见云长，使知刘备消息，彼必星夜来到，辅佐明公，共诛曹操，以报颜良、文丑之仇，若何？"袁绍大喜曰："吾得云长，胜颜良、文丑十倍也。"玄德修下

书札，未有人送去。㊣

绍令退军阳武*，连营数十里，按兵不动。操乃使夏侯惇领兵守住官渡隘口，自己班师回许都，大宴众官，贺云长之功。因谓吕虔曰："昔日吾以粮草在前者，乃饵敌之计也。惟荀公达知吾心耳。"众皆叹服。正饮宴间，忽报："汝南有黄巾刘辟、龚都，甚是猖獗。曹洪累战不利，乞遣兵救之。"云长闻言，进曰："关某愿施犬马之劳，破汝南贼寇。"操曰："云长建立大功，未曾重酬，岂可复劳征进？"公曰："关某久闲，必生疾病。愿再一行。"曹操壮之，点兵五万，使于禁、乐进为副将，次日便行。荀彧密谓操曰："云长常有归刘之心，倘知消息必去，不可频令出征。"操曰："今次收功，吾不复教临敌矣。"

且说云长领兵将近汝南，扎住营寨。当夜营外拿了两个细作人来。云长视之，内中认得一人，乃孙乾也。关公叱退左右，问乾曰："公自溃散之后，一向踪迹不闻，今何为在此处？"乾曰："某自逃难，飘泊汝南，幸得刘辟收留。今将军为何在曹操处？未识甘、糜二夫人无恙否？"关公因将上项事细说一遍。乾曰："近闻玄德公在袁绍处，欲往投之，未得其便。今刘、龚二人归顺袁绍，相助攻曹。天幸得将军到此，因特令小军引路，教某为细作，来报将军。来日二人当虚败一阵，公可速引二夫人投袁绍处，与玄德公相见。"关公曰："既兄在袁绍处，吾必星夜而往。但恨吾斩绍二将，恐今事变矣。"乾曰："吾当先往探彼虚实，再来报将军。"公曰："吾见兄长一面，虽万死不辞。㊣今回许都，便辞曹操也。"当夜密送孙乾去了。

次日，关公引兵出，龚都披挂出阵。关公曰："汝等何故背反朝廷？"都曰："汝乃背主之人，何反责我？"关公曰："我何为背主？"都曰："刘玄德在袁本初处，汝却从曹操，何也？"关公更不打话，拍马舞刀向前。龚都便走，关公赶上。都回身告关公曰："故主之恩，不可忘也。公当速进，我让汝南。"关公会意，驱军掩杀。刘、龚二人佯输诈败，四散去了。云长夺得郡县*，安民已定，班师回许都。曹操出郭迎接，赏劳军士。

宴罢，云长回家，参拜二嫂于门外。甘夫人曰："叔叔两番出

玄德修下书札，未有人送去——为下文陈震送信伏笔。

吾见兄长一面，虽万死不辞——关羽时刻思念刘备，只要能与刘备相聚，即使因斩颜良、诛文丑而被袁绍报复，也无所畏惧。拳拳之心，可昭日月。

军，可知皇叔音信否？”公答曰：“未也。”关公退，二夫人于门内痛哭曰：“想皇叔休矣！二叔恐我姊妹烦恼，故隐而不言。”正哭间，有一随行老军，听得哭声不绝，于门外告曰：“夫人休哭，主人现在河北袁绍处。”夫人曰：“汝何由知之？”军曰：“跟关将军出征，有人在阵上说来。”夫人急召云长，责之曰：“皇叔未尝负汝，汝今受曹操之恩，顿忘旧日之义，不以实情告我，何也？”关公顿首曰：“兄今委实在河北。未敢教嫂嫂知者，恐有泄漏也。事须缓图，不可欲速。”㊞甘夫人曰：“叔宜上紧。”公退，寻思去计，坐立不安。

事须缓图，不可欲速——此时关羽尚欲探知刘备确切信息，故未即刻辞曹而去。

原来于禁探知刘备在河北，报与曹操。操令张辽来探关公意。关公正闷坐，张辽入贺曰：“闻兄在阵上知玄德音信，特来贺喜。”关公曰：“故主虽在，未得一见，何喜之有！”辽曰：“兄与玄德交，比弟与兄交何如？”公曰：“我与兄，朋友之交也；我与玄德，是朋友而兄弟、兄弟而主臣者也：岂可共论乎？”辽曰：“今玄德在河北，兄往从否？”关公曰：“昔日之言，安肯背之！文远须为我致意丞相。”张辽将关公之言，回告曹操。操曰：“吾自有计留之。”

且说关公正寻思间，忽报有故人相访。及请入，却不相识。关公问曰：“公何人也？”答曰：“某乃袁绍部下南阳陈震也。”关公大惊，急退左右，问曰：“先生此来，必有所为？”震出书一缄，递与关公。公视之，乃玄德书也。其略云：

> 备与足下，自桃园缔盟，誓以同死。今何中道相违，割恩断义？君必欲取功名、图富贵，愿献备首级以成全功。书不尽言，死待来命。㊞

书不尽言，死待来命——刘备明知关羽不会背叛自己，但两番几乎因关羽而被杀，痛切之余，难免出语激切。这正符合刘备的枭雄性格。而此信也促使关羽立即辞曹而去。

关公看书毕，大哭曰：“某非不欲寻兄，奈不知所在也。安肯图富贵而背旧盟乎？”震曰：“玄德望公甚切，公既不背旧盟，宜速往见。”关公曰：“人生天地间，无始终者，非君子也。吾来时明白，去时不可不明白。㊞吾今作书，烦公先达知兄长，容某辞却曹操，奉二嫂来相见。”震曰：“倘曹操不允，为之奈何？”公曰：“吾宁死，岂肯久留于此！”震曰：“公速作回书，免致刘使君悬望。”关公写书答云：

去时不可不明白——清清白白做人，明明白白做事，这是关羽的一贯信条，也是他胸怀坦荡，光明磊落的性格特征。正因为此，暂归曹操之时便明确宣告终将归刘，受曹操优待之时又明确表示不忘刘备情意，此时明白告辞也十分自然。

> 窃闻义不负心，忠不顾死。羽自幼读书，粗知礼义，观羊角哀、左伯桃之事，未尝不三叹而流涕也。前守下邳，内无积

粟，外无援兵；欲即效死，奈有二嫂之重，未敢断首捐躯，致负所托；故尔暂且羁身，冀图后会。近至汝南，方知兄信；即当面辞曹公，奉二嫂归。羽但怀异心，神人共戮。披肝沥胆，笔楮难穷。瞻拜有期，伏惟照鉴。

陈震得书自回。

关公入内告知二嫂，随即至相府，拜辞曹操。操知来意，乃悬回避牌于门。关公怏怏而回，命旧日跟随人役，收拾车马，早晚伺候；分付宅中，所有原赐之物，尽皆留下，分毫不可带去。次日，再往相府辞谢，门首又挂回避牌。关公一连去了数次，皆不得见。乃往张辽家相探，欲言其事。辽亦托疾不出。关公思曰："此曹丞相不容我去之意。我去志已决，岂可复留！"即写书一封，辞谢曹操。书略曰：

羽少事皇叔，誓同生死；皇天后土，实闻斯言。前者下邳失守，所请三事，已蒙恩诺。今探知故主现在袁绍军中，回思昔日之盟，岂容违背？新恩虽厚，旧义难忘。兹特奉书告辞，伏惟照察。其有余恩未报，愿以俟之异日。㊣

写毕，封固，差人去相府投递；一面将累次所受金银，一一封置库中，悬汉寿亭侯印于堂上，㊣请二夫人上车。关公上赤兔马，手提青龙刀，率领旧日跟随人役，护送车仗，径出北门。门吏挡之。关公怒目横刀，大喝一声，门吏皆退避。关公既出门，谓从者曰："汝等护送车仗先行，但有追赶者，吾自当之，勿得惊动二位夫人。"从者推车，望官道进发。

却说曹操正论关公之事未定，左右报关公呈书。操即看毕，大惊曰："云长去矣！"忽北门守将飞报："关羽夺门而去*，车仗鞍马二十余人，皆望北行。"又关公宅中人来报说："关羽尽封所赐金银等物；美女十人，另居内室；其汉寿亭侯印悬于堂上。丞相所拨人役，皆不带去，只带原跟从人，及随身行李，出北门去了。"众皆愕然。一将挺身出曰："某愿将铁骑三千，去生擒关某，献与丞相！"众视之，乃将军蔡阳也。正是：欲离万丈蛟龙穴，又遇三千狼虎兵。蔡阳要赶关公，毕竟如何，且听下文分解。

其有余恩未报，愿以俟之异日——曹操对关羽给予特殊礼遇，也可算平生知己，关羽实难忘其情意。此语可谓出自肺腑，正为第五十回华容道放曹埋下伏笔。

悬汉寿亭侯印于堂上——挂印封金，明确表示在政治上与曹操割断关系，不受其赏赐爵禄之束缚，清清白白而去。壮哉云长！真可谓富贵不能淫，风骨传千秋！

尾评：

关羽保着二嫂，辞曹而去了。等待他的，不知有多少曲折，多少艰险，随时还有杀身之祸；然而，他义无反顾，奋然而行。正是这种视富贵如浮云，将兄弟之谊看得高于一切的精神，为他赢得了千秋美名。

第二十七回

美髯公千里走单骑　汉寿侯五关斩六将

总评

《三国志·蜀书·关羽传》云:“初，曹公壮羽为人，而察其心神无久留之意……及羽杀颜良，曹公知其必去，重加赏赐。羽尽封其所赐，拜书告辞，而奔先主于袁军。左右欲追之，曹公曰:‘彼各为其主，勿追也。’”曹操器重关羽而慨然让其复归旧主，实为难能可贵。可以说，辞曹归刘充分表现了关羽的高风亮节，使之名扬天下；而若没有曹操的大度放行，关羽很可能无法归刘，曹操敢于成人之美，表现了其性格中豁达豪爽的一面。在罗贯中的笔下，曹操不仅以此激励部下忠于自己，而且始终着眼于取信天下，堪称一个成熟而有远见的政治家。

据《三国志·蜀书·先主传》记载，建安五年（200），“曹公与袁绍相拒于官渡，汝南黄巾刘辟等叛曹公应绍。绍遣先主将兵与辟等略许下。关羽亡归先主。”可见关羽系直接从许都南下，到汝南投奔刘备，而不会北上黄河以北；其间距离也不过三四百里。罗贯中虚构“千里走单骑”,“过五关斩六将”的情节，虽有地理方位混乱等漏洞，却环环紧扣，有力地表现了关羽不辞艰辛千里寻兄的忠贞之节和所向披靡的义勇之概，为塑造关羽形象增添了十分重要的一笔。

曹操为关羽送行而未予过关文凭，有人因此指责曹操奸诈。其实，从人物性格逻辑来看，曹操在惊闻关羽离开，匆匆赶去送行之际，一时想不到给予文凭是可以理解的。从情节构成来看，“过五关斩六将”本属虚构，如果曹操在送别关羽之时即给予文凭，这一情节便无从发生。由此可见，艺术的逻辑不能不受事实逻辑的制约。

却说曹操部下诸将中，自张辽而外，只有徐晃与云长交厚，其余亦皆敬服；独蔡阳不服关公，故今日闻其去，欲往追之。操曰："不忘故主，来去明白，真丈夫也。汝等皆当效之。"㊕遂叱退蔡阳，不令去赶。程昱曰："丞相待关某甚厚，今彼不辞而去，乱言片楮，冒渎钧威，其罪大矣。若纵之使归袁绍，是与虎添翼也。不若追而杀之，以绝后患。"操曰："吾昔已许之，岂可失信！彼各为其主，勿追也。"㊕因谓张辽曰："云长封金挂印，财贿不以动其心，爵禄不以移其志，此等人吾深敬之。想他去此不远，我一发结识他做个人情。汝可先去请住他，待我与他送行，更以路费征袍赠之，使为后日记念。"张辽领命，单骑先往。曹操引数十骑随后而来。

却说云长所骑赤兔马，日行千里，本是赶不上，因欲护送车仗，不敢纵马，按辔徐行。忽听背后有人大叫："云长且慢行！"回头视之，见张辽拍马而至。关公教车仗从人，只管望大路紧行；自己勒住赤兔马，按定青龙刀，问曰："文远莫非欲追我回乎？"辽曰："非也。丞相知兄远行，欲来相送，特先使我请住台驾，别无他意。"关公曰："便是丞相铁骑来，吾愿决一死战！"遂立马于桥上望之。见曹操引数十骑，飞奔前来，背后乃是许褚、徐晃、于禁、李典之辈。操见关公横刀立马于桥上，令诸将勒住马匹，左右排开。关公见众人手中皆无军器，方始放心。操曰："云长行何太速？"关公于马上欠身答曰："关某前曾禀过丞相。今故主在河北，不由某不急去。累次造府，不得参见，故拜书告辞，封金挂印，纳还丞相。望丞相勿忘昔日之言。"操曰："吾欲取信于天下，安肯有负前言。㊕恐将军途中乏用，特具路资相送。"一将便从马上托过黄金一盘。关公曰："累蒙恩赐，尚有余资。留此黄金以赏将士。"操曰："特以少酬大功于万一，何必推辞？"关公曰："区区微劳，何足挂齿。"操笑曰："云长天下义士，恨吾福薄，不得相留。锦袍一领，略表寸心。"令一将下

汝等皆当效之——曹操称许关羽之去，正是希望部下效法关羽之忠于刘备，誓死忠于自己。

彼各为其主，勿追也——"各为其主"，与"士为知己者死"含意相通，乃是古代士文化的基本准则之一。

吾欲取信于天下，安肯有负前言——取信于人，方可得人心；得人心者，方可得天下。对此，政治家须臾不可忘之。

马，双手捧袍过来。云长恐有他变，不敢下马，用青龙刀尖挑锦袍披于身上，勒马回头称谢曰："蒙丞相赐袍，异日更得相会。"遂下桥望北而去。许褚曰："此人无礼太甚，何不擒之？"操曰："彼一人一骑，吾数十余人，安得不疑？吾言既出，不可追也。"㊞曹操自引众将回城，于路叹想云长不已。

吾言既出，不可追也——曹操虽然残酷狡诈，却十分注意维护自己"言而有信"的形象。这既表现了他性格的复杂，也表现了他的政治头脑。

不说曹操自回。且说关公来赶车仗，约行三十里，却只不见。云长心慌，纵马四下寻之。忽见山头一人，高叫："关将军且住！"云长举目视之，只见一少年，黄巾锦衣，持枪跨马，马项下悬着首级一颗，引百余步卒，飞奔前来。公问曰："汝何人也？"少年弃枪下马，拜伏于地。云长恐是诈，勒马持刀问曰："壮士，愿通姓名。"答曰："吾本襄阳人，姓廖，名化，字元俭。因世乱流落江湖，聚众五百余人，劫掠为生。恰才同伴杜远下山巡哨，误将两夫人劫掠上山。吾问从者，知是大汉刘皇叔夫人，且闻将军护送在此，吾即欲送下山来。杜远出言不逊，被某杀之。今献头与将军请罪。"关公曰："二夫人何在？"化曰："现在山中。"关公教急取下山。不移时，百余人簇拥车仗前来。关公下马停刀，叉手于车前问候曰："二嫂受惊否？"二夫人曰："若非廖将军保全，已被杜远所辱。"关公问左右曰："廖化怎生救夫人？"左右曰："杜远劫上山去，就要与廖化各分一人为妻。廖化问起根由，好生拜敬；杜远不从，已被廖化杀了。"关公听言，乃拜谢廖化。廖化欲以部下人送关公。关公寻思此人终是黄巾余党，未可作伴，乃谢却之。廖化又拜送金帛，关公亦不受。廖化拜别，自引人伴投山谷中去了。

云长将曹操赠袍事，告知二嫂，催促车仗前行。至天晚，投一村庄安歇。庄主出迎，须发皆白，问曰："将军姓甚名谁？"关公施礼曰："吾乃刘玄德之弟关某也。"老人曰："莫非斩颜良、文丑的关公否？"公曰："便是。"老人大喜，便请入庄。关公曰："车上还有二位夫人。"老人便唤妻女出迎。二夫人至草堂上，关公叉手立于二夫人之侧。老人请公坐，公曰："尊嫂在上，安敢就坐！"老人乃令妻女请二夫人入内室款待，自于草堂款待关公。关公问老人姓名。老人曰："吾姓胡，名华。桓帝时曾为议郎，致仕归乡。今有小儿胡班，在荥阳守将王植*部下为从事。将军若从此处经过，某有一书寄与小儿。”㊟关公允诺。

次日早膳毕，请二嫂上车，取了胡华书信，相别而行，取路投洛阳来。前至一关，名东岭关。把关将姓孔，名秀，引五百军兵在岭上把守。当日关公押车仗上岭，军士报知孔秀，秀出关来迎。关公下马，与孔秀施礼。秀曰："将军何往？"公曰："某辞丞相，特往河北寻兄。"秀曰："河北袁绍，正是丞相对头。将军此去，必有丞相文凭？"公曰："因行期慌迫，不曾讨得。"㊟秀曰："既无文凭，待我差人禀过丞相，方可放行。"关公曰："待去禀时，须误了我行程。"秀曰："法度所拘，不得不如此。"关公曰："汝不容我过关乎？"秀曰："汝要过去，留下老小为质。"关公大怒，举刀就杀孔秀。秀退入关去，鸣鼓聚军，披挂上马，杀下关来，大喝曰："汝敢过去么！"关公约退车仗，纵马提刀，竟不打话，直取孔秀。秀挺枪来迎。两马相交，只一合，钢刀起处，孔秀尸横马下。众军便走。关公曰："军士休走。吾杀孔秀，不得已也，与汝等无干。借汝众军之口，传语曹丞相，言孔秀欲害我，我故杀之。"众军俱拜于马前。

关公即请二夫人车仗出关，望洛阳进发。早有军士报知河南尹韩福*。韩福急聚众将商议。牙将孟坦曰："既无丞相文凭，即系私行；若不阻挡，必有罪责。"韩福曰："关公勇猛，颜良、文丑俱为所杀。今不可力敌，只须设计擒之。"孟坦曰："吾有一计：先将鹿角拦定关口，待他到时，小将引兵和他交锋，佯败诱他来追，公可用暗箭射之。若关某坠马，即擒解许都，必得重赏。"商议停当，人报关公车仗已到。韩福弯弓插箭，引一千人马，排列关口，问："来者何人？"关公马上欠身言曰："吾汉寿亭侯关某，敢借过路。"韩福曰："有曹丞相文凭否？"关公曰："事冗不曾讨得。"㊟韩福曰："吾奉丞相钧命，镇守此地，专一盘诘往来奸细。若无文凭，即系逃窜。"关公怒曰："东岭孔秀，已被吾杀，汝亦欲寻死耶？"韩福曰："谁人与我擒之？"孟坦出马，轮双刀来取关公。关公约退车仗，拍马来迎。孟坦战不三合，拨回马便走。关公赶来。孟坦只指望引诱关公，不想关公马快，早已赶上，只一刀，砍为两段。关公勒马回来，韩福闪在门首，尽力放了一箭，正射中关公左臂。公用口拔出箭，血流不住，飞马径奔韩福，冲散众军。韩福急走不迭，关公手起刀落，带头连肩，斩于马下；杀散众军，保护车仗。

某有一书寄与小儿——为关羽在荥阳与胡班遇而得其救埋下伏笔。

因行期慌迫，不曾讨得——此时关羽只求顺利过关，不愿生事，故与孔秀以礼相见，如实相告，语气亦甚平和。

事冗不曾讨得——此时的关羽，刚被孔秀阻拦，又遭韩福盘问，已经颇不耐烦，故尔将“行期慌迫”改为“事冗”，语气较前强硬。

关公割帛束住箭伤，于路恐人暗算，不敢久住，连夜投汜水关来。把关将乃并州人氏，姓卞，名喜，善使流星锤；原是黄巾余党，后投曹操，拨来守关。当下闻知关公将到，寻思一计：就关前镇国寺中，埋伏下刀斧手二百余人，诱关公至寺，约击盏为号，欲图相害。安排已定，出关迎接关公。公见卞喜来迎，便下马相见。喜曰："将军名震天下，谁不敬仰！今归皇叔，足见忠义！"关公诉说斩孔秀、韩福之事。卞喜曰："将军杀之是也。某见丞相，代禀衷曲。"关公甚喜，同上马过了汜水关，到镇国寺前下马。众僧鸣钟出迎。

原来那镇国寺乃汉明帝御前香火院，本寺有僧三十余人。内有一僧，却是关公同乡人，法名普净。当下普净已知其意，向前与关公问讯，曰："将军离解县几年矣*？"关公曰："将及二十年矣。"普净曰："还认得贫僧否？"公曰："离乡多年，不能相识。"普净曰："贫僧家与将军家只隔一条河。"卞喜见普净叙出乡里之情，恐有走泄，乃叱之曰："吾欲请将军赴宴，汝僧人何得多言！"关公曰："不然。乡人相遇，安得不叙旧情耶？"普净请关公方丈待茶。关公曰："二位夫人在车上，可先献茶。"普净教取茶先奉夫人，然后请关公入方丈。普净以手举所佩戒刀，以目视关公。公会意，命左右持刀紧随。卞喜请关公于法堂筵席。关公曰："卞君请关某，是好意，还是歹意？"卞喜未及回言，关公早望见壁衣中有刀斧手，乃大喝卞喜曰："吾以汝为好人，安敢如此！"卞喜知事泄，大叫："左右下手！"左右方欲动手，皆被关公拔剑砍之。卞喜下堂绕廊而走，关公弃剑，执大刀来赶。卞喜暗取飞锤掷打关公。关公用刀隔开锤，赶将入去，一刀劈卞喜为两段。随即回身来看二嫂，早有军人围住，见关公来，四下奔走。关公赶散，谢普净曰："若非吾师，已被此贼害矣。"普净曰："贫僧此处难容，收拾衣钵，亦往他处云游也。后会有期，将军保重。"㊣关公称谢，护送车仗，往荥阳进发。

> 后会有期，将军保重——普净此处救关羽一命，正与第七十七回为关羽亡灵指点迷津相照应。

荥阳守将王植，却与韩福是两亲家；闻得关公杀了韩福，商议欲暗害关公，乃使人守住关口。待关公到时，王植出关，喜笑相迎。关公诉说寻兄之事。植曰："将军于路驱驰，夫人车上劳困，且请入城，馆驿中暂歇一宵，来日登途未迟。"关公见王植意甚殷勤，遂请二嫂入城。馆驿中皆铺陈了当。王植请公赴宴，公辞不往；植使人送筵席至馆驿。关公因于路辛苦，请二嫂晚膳毕，就正房歇定；令从者各自安歇，饱喂马匹。关公亦解甲憩息。

却说王植密唤从事胡班听令曰："关某背丞相而逃，又于路杀守关将校*，死罪不轻！此人武勇难敌。汝今晚点一千军围住馆驿，一人一个火把，待三更时分，一齐放火；不问是谁，尽皆烧死！吾亦自引军接应。"胡班领命，便点起军士，密将干柴引火之物，搬于馆驿门首，约时举事。胡班寻思："我久闻关云长之名，不识如何模样，试往窥之。"乃至驿中，问驿吏曰："关将军在何处？"答曰："正厅上观书者是也。"胡班潜至厅前，见关公左手绰髯，于灯下凭几看书。班见了，失声叹曰："真天人也！"公问何人，胡班入拜曰："荥阳守将部下从事胡班。"关公曰："莫非许都城外胡华之子否？"班曰："然也。"公唤从者于行李中取书付班。班看毕，叹曰："险些误杀忠良！"遂密告曰："王植心怀不仁，欲害将军，暗令人四面围住馆驿，约于三更放火。今某当先去开了城门，将军急收拾出城。"关公大惊，忙披挂提刀上马，请二嫂上车，尽出馆驿，果见军士各执火把听候。关公急来到城边，只见城门已开。关公催车仗急急出城。胡班还去放火。关公行不到数里，背后火把照耀，人马赶来。当先王植大叫："关某休走！"关公勒马，大骂："匹夫！我与你无仇，如何令人放火烧我？"王植拍马挺枪，径奔关公，被关公拦腰一刀，砍为两段。人马都赶散。关公催车仗速行，于路感胡班不已。

行至白马界首*，有人报与刘延。延引数十骑，出郭而迎。关公马上欠身而言曰："太守别来无恙！"延曰："公今欲何往？"公曰："辞了丞相，去寻家兄。"延曰："玄德在袁绍处，绍乃丞相仇人，如何容公去？"公曰："昔日曾言定来。"延曰："今黄河渡口关隘，夏侯惇部将秦琪据守，恐不容将军过渡。"公曰："太守应付船只，若何？"延曰："船只虽有，不敢应付。"公曰："我前者诛颜良、文丑，亦曾与足下解厄。今日求一渡船而不与，何也？"延曰："只恐夏侯惇知之，必然罪我。"

关公知刘延无用之人，遂自催车仗前进。到黄河渡口，秦琪引军出问："来者何人？"关公曰："汉寿亭侯关某也。"琪曰："今欲何往？"关公曰："欲投河北去寻兄长刘玄德，敬来借渡。"琪曰："丞相公文何在？"公曰："吾不受丞相节制，有甚公文！"㊟琪曰："吾奉夏侯将军将令，守把关隘，你便插翅，也飞不过去！"关公大怒曰："你

吾不受丞相节制，有甚公文——经过前面四关的重重险阻，关羽对妨碍其寻找兄长的曹将已无好感，故一听说"公文"便充满愤懑，语气更加强硬。

知我于路斩戮拦截者乎？”琪曰：“你只杀得无名下将，敢杀我么？”关公怒曰：“汝比颜良、文丑若何？”秦琪大怒，纵马提刀，直取关公。二马相交，只一合，关公刀起，秦琪头落。关公曰：“当吾者已死，余人不必惊走。速备船只，送我渡河。”军士急撑舟傍岸。关公请二嫂上船渡河。渡过黄河，便是袁绍地方。关公所历关隘五处，斩将六员。后人有诗叹曰：

挂印封金辞汉相，寻兄遥望远途还。
马骑赤兔行千里，刀偃青龙出五关。
忠义慨然冲宇庙，英雄从此震江山。
独行斩将应无敌，今古留题翰墨间。

吾非欲沿途杀人，奈事不得已也——关羽本欲“来去明白”，虽归故主，却不想伤害与曹操的交情，只是在曹将一再加害的情况下才被迫杀人。“不得已”一语，实为肺腑之言。

关公于马上自叹曰：“吾非欲沿途杀人，奈事不得已也。㊟曹公知之，必以我为负恩之人矣。”正行间，忽见一骑自北而来，大叫：“云长少住！”关公勒马视之，乃孙乾也。关公曰：“自汝南相别，一向消息若何？”乾曰：“刘辟、龚都自将军回兵之后，复夺了汝南，遣某往河北结好袁绍，请玄德同谋破曹之计。不想河北将士，各相妒忌。田丰尚囚狱中；沮授黜退不用；审配、郭图各自争权；袁绍多疑，主持不定。某与刘皇叔商议，先求脱身之计。今皇叔已往汝南会合刘辟去了。恐将军不知，反到袁绍处，或为所害，特遣某于路迎接将来。幸于此得见。将军可速往汝南，与皇叔相会。”关公教孙乾拜见夫人。夫人问其动静。孙乾备说：“袁绍二次欲斩皇叔，今幸脱身往汝南去了。夫人可与云长到此相会。”二夫人皆掩面垂泪。关公依言，不投河北去，径取汝南来。㊟正行之间，背后尘埃起处，一彪人马赶来。当先夏侯惇大叫：“关某休走！”正是：六将阻关徒受死，一军拦路复争锋。毕竟关公怎生脱身，且听下文分解。

径往汝南来——过五关斩六将之后，关羽方知刘备已到汝南，是为一大周折。

尾评：

过五关斩六将，关羽战胜了重重险阻，其勇毅、刚强、儒雅的英雄形象，令读者久久不能忘怀。

第二十八回

斩蔡阳兄弟释疑　会古城主臣聚义

总评

曹操在关羽离去之后，接连派使者持公文告知各处放行，直至命亲信大将张辽出马传谕，其心理活动究竟如何？罗贯中没有写。有人认为曹操雨后送伞，既暗设羁绊又假装好人，奸猾之至。诚然，曹操奸雄一世，变诈百端；但对关羽，他却确有真情。听张辽所言，其遣使传谕恐非玩弄手腕，而关羽似也不以其为欺骗。分析复杂的人物，不宜过于拘执。

《三国志·蜀书·关羽传》不见斩蔡阳之事；而《先主传》云："关羽亡归先主。曹公遣曹仁将兵击先主，先主还（袁）绍军……绍遣先主将本兵复至汝南，与贼龚都等合，众数千人。曹公遣蔡阳击之，为先主所杀。"可见斩蔡阳并非关羽之功，而刘备确曾两度到汝南。罗贯中在《三国志平话》的基础上巧加编织，虚构出"斩蔡阳"、"古城会"两个情节，形成刘关张再度聚义的小高潮，使人物性格在碰撞中彼此映照，焕发出激动人心的光彩。

赵云初识刘备，便引为知己，刘备对之更是念念不忘；此后几经周折，直到本回，赵云方才归于刘备麾下。从此以后，在长达二十余年的艰苦创业中，二人彼此信任，患难与共，历经种种挫折而始终不渝，堪称君臣遇合的又一楷模。

却说关公同孙乾保二嫂向汝南进发，不想夏侯惇领三百余骑，从后追来。孙乾保车仗前行。关公回身，勒马按刀问曰："汝来赶我，有失丞相大度。"夏侯惇曰："丞相无明文传报，汝于路杀人，又斩吾部将，无礼太甚！我特来擒你，献与丞相发落！"言讫，便拍马挺枪欲斗。只见后面一骑飞来，大叫："不可与云长交战！"关公按辔不动。来使于怀中取出公文，谓夏侯惇曰："丞相敬爱关将军忠义，恐于路关隘拦截，故遣某特赍公文，遍行诸处。"惇曰："关某于路杀把关将士，丞相知否？"来使曰："此却未知。"惇曰："我只活捉他去见丞相，待丞相自放他。"关公怒曰："吾岂惧汝耶！"拍马持刀，直取夏侯惇。惇挺枪来迎。两马相交，战不十合，忽又一骑飞至，大叫："二将军少歇！"惇停枪问来使曰："丞相叫擒关某乎？"使者曰："非也。丞相恐守关诸将阻挡关将军，故又差某驰公文来放行。"惇曰："丞相知其于路杀人否？"使者曰："未知。"惇曰："既未知其杀人，不可放去。"指挥手下军士，将关公围住。关公大怒，舞刀迎战。两个正欲交锋，阵后一人飞马而来，大叫："云长、元让，休得争战！"众视之，乃张辽也。二人各勒住马。㊟张辽近前言曰："奉丞相钧旨：因闻知云长斩关杀将，恐于路有阻，特差我传谕各处关隘，任便放行。"惇曰："秦琪是蔡阳之甥。他将秦琪托付我处，今被关某所杀，怎肯干休？"辽曰："我见蔡将军，自有分解。既丞相大度，教放云长去，公等不可废丞相之意。"㊟夏侯惇只得将军马约退。辽曰："云长今欲何往？"关公曰："闻兄长又不在袁绍处，吾今将遍天下寻之。"㊟辽曰："既未知玄德下落，且再回见丞相，若何？"关公笑曰："安有是理！文远回见丞相，幸为我谢罪。"说毕，与张辽拱手而别。于是张辽与夏侯惇领军自回。

二人各勒住马——第一位使者赶来呼叫住手，关羽"按辔不动"；第二位使者赶来，夏侯惇"停枪"而问；待到张辽赶来，"二人各勒住马"。作者叙事，层次分明而有变化，颇具章法。

公等不可废丞相之意——张辽此语，分量甚重，可见曹操让关羽离去并非虚情假意。即使夏侯惇这样的亲信大将，亦不敢违背其意。

吾今将遍天下寻之——关羽明知刘备已往汝南，却不告知张辽，而托言"遍天下寻之"，因为刘备毕竟已与曹操势不两立。这表现了关羽稳重机警的性格特色。

关公赶上车仗，与孙乾说知此事。二人并马而行。行了数日，忽值大雨滂沱，行装尽湿。遥望山冈边有一所庄院，关公引着车仗，到彼借宿。庄内一老人出迎。关公具言来意。老人曰："某姓郭，名常，世居于此。久闻大名，幸得瞻拜。"遂宰羊置酒相待，请二夫人于后堂暂歇。郭常陪关公、孙乾于草堂饮酒。一边烘焙行李，一边喂养马匹。至黄昏时候，忽见一少年，引数人入庄，径上草堂。郭常唤曰："吾儿来拜将军。"因谓关公曰："此愚男也。"关公问何来。常曰："射猎方回。"少年见过关公，即下堂去了。㊟常流泪言曰："老夫耕读传家，止生此子，不务本业，惟以游猎为事。是家门不幸也！"关公曰："方今乱世，若武艺精熟，亦可以取功名，何云不幸？"常曰："他若肯习武艺，便是有志之人。今专务游荡，无所不为：老夫所以忧耳！"关公亦为叹息。至更深，郭常辞出。关公与孙乾方欲就寝，忽闻后院马嘶人叫。关公急唤从人，却都不应，乃与孙乾提剑往视之。只见郭常之子倒在地上叫唤，从人正与庄客厮打。公问其故。从人曰："此人来盗赤兔马，被马踢倒。我等闻叫唤之声，起来巡看，庄客们反来厮闹。"公怒曰："鼠贼焉敢盗吾马！"恰待发作，郭常奔至，告曰："不肖子为此歹事，罪合万死！奈老妻最怜爱此子，乞将军仁慈宽恕！"关公曰："此子果然不肖，适下老翁所言，真'知子莫若父'也，我看翁面，且姑恕之。"遂分付从人看好了马，喝散庄客，与孙乾回草堂歇息。次日，郭常夫妇出拜于堂前，谢曰："犬子冒渎虎威，深感将军恩恕。"关公令："唤出，我以正言教之。"常曰："他于四更时分，又引数个无赖之徒，不知何处去了。"

少年见过关公，即下堂去了——郭常之子来去匆匆，只不过引出周仓登场而已。

关公谢别郭常，奉二嫂上车，出了庄院，与孙乾并马，护着车仗，取山路而行。不及三十里，只见山背后拥出百余人，为首两骑马：前面那人，头裹黄巾，身穿战袍；后面乃郭常之子也。黄巾者曰："我乃天公将军张角部将也！来者快留下赤兔马，放你过去！"关公大笑曰："无知狂贼！汝既从张角为盗，亦知刘、关、张兄弟三人名字否？"黄巾者曰："我只闻赤面长髯者名关云长，却未识其面。汝何人也？"公乃停刀立马，解开须囊，出长髯令视之。其人滚鞍下马，脑揪郭常之子，拜献于马前。关公问其姓名。告曰："某姓裴，名元绍。自张角死后，一向无主，啸聚山林，权于此处藏伏。今早这厮来报：'有一客人，骑一匹千里马，在我家投宿。'特邀某来劫夺此马。不想却遇将军。"郭常之子拜伏乞命。关公曰："吾看汝父之面，饶你性命！”郭子抱头鼠窜而去。

公谓元绍曰：“汝不识吾面，何以知吾名？”元绍曰：“离此二十里有一卧牛山。山上有一关西人，姓周，名仓，两臂有千斤之力，板肋虬髯，形容甚伟；原在黄巾张宝部下为将，张宝死，啸聚山林。他多曾与某说将军盛名，恨无门路相见。”关公曰：“绿林中非豪杰托足之处，公等今后可各去邪归正，勿自陷其身。”元绍拜谢。正说话间，遥望一彪人马来到。元绍曰：“此必周仓也。”关公乃立马待之。果见一人，黑面长身，持枪乘马，引众而至；见了关公，惊喜曰：“此关将军也！”疾忙下马，俯伏道傍曰：“周仓参拜。”关公曰：“壮士何处曾识关某来？”仓曰：“旧随黄巾张宝时，曾识尊颜；恨失身贼党，不得相随。今日幸得拜见。愿将军不弃，收为步卒，早晚执鞭随镫，死亦甘心！”公见其意甚诚，乃谓曰：“汝若随我，汝手下人伴若何？”仓曰：“愿从则俱从；不愿从者，听之可也。”于是众人皆曰：“愿从。”关公乃下马，至车前禀问二嫂。甘夫人曰：“叔叔自离许都，于路独行至此，历过多少艰难，未尝要军马相随。前廖化欲相投，叔既却之，今何独容周仓之众耶？我辈女流浅见，叔自斟酌。”公曰：“嫂嫂之言是也。”遂谓周仓曰：“非关某寡情，奈二夫人不从。汝等且回山中，待我寻见兄长，必来相招。”周仓顿首告曰：“仓乃一粗莽之夫，失身为盗；今遇将军，如重见天日，岂忍复错过！若以众人相随为不便，可令其尽跟裴元绍去。仓只身步行，跟随将军，虽万里不辞也！”㊟关公再以此言告二嫂。甘夫人曰：“一二人相从，无妨于事。”公乃令周仓拨人伴随裴元绍去。元绍曰：“我亦愿随关将军。”周仓曰：“汝若去时，人伴皆散；且当权时统领。我随关将军去，但有住扎处，便来取你。”元绍怏怏而别。

跟随将军，虽万里不辞也——周仓一心追随关羽，不辞艰辛，虽仅寥寥数语，已可见其憨厚纯朴之性。

周仓跟着关公，往汝南进发。行了数日，遥见一座山城。公问土人：“此何处也？”土人曰：“此名古城。数月前有一将军，姓张，名飞，引数十骑到此，将县官逐去，占住古城，招军买马，积草屯粮。今聚有三五千人马，四远无人敢敌。”关公喜曰：“吾弟自徐州失散，一向不知下落，谁想却在此！”乃令孙乾先入城通报，教来迎接二嫂。

却说张飞在芒砀山中，住了月余，因出外探听玄德消息，偶过古城，入县借粮；县官不肯，飞怒，因就逐去县官，夺了县印，占住城池，权且安身。当日孙乾领关公命，入城见飞。施礼毕，具言："玄德离了袁绍处，投汝南去了。今云长直从许都送二位夫人至此，请将军出迎。"张飞听罢，更不回言，随即披挂持矛上马，引一千余人，径出北门。㊂孙乾惊讶，又不敢问，只得随出城来。关公望见张飞到来，喜不自胜，付刀与周仓接了，拍马来迎。只见张飞圆睁环眼，倒竖虎须，吼声如雷，挥矛望关公便搠。㊂关公大惊，连忙闪过，便叫："贤弟何故如此？岂忘了桃园结义耶？"飞喝曰："你既无义，有何面目来与我相见！"关公曰："我如何无义？"飞曰："你背了兄长，降了曹操，封侯赐爵。今又来赚我！我今与你拼个死活！"关公曰："你原来不知！我也难说。现放着二位嫂嫂在此，贤弟请自问。"二夫人听得，揭帘而呼曰："三叔何故如此？"飞曰："嫂嫂住着。且看我杀了负义的人，然后请嫂嫂入城。"甘夫人曰："二叔因不知你等下落，故暂时栖身曹氏。今知你哥哥在汝南，特不避险阻，送我们到此。三叔休错见了。"糜夫人曰："二叔向在许都，原出于无奈。"飞曰："嫂嫂休要被他瞒过了！忠臣宁死而不辱。大丈夫岂有事二主之理！"㊂关公曰："贤弟休屈了我。"孙乾曰："云长特来寻将军。"飞喝曰："如何你也胡说！他那里有好心，必是来捉我！"关公曰："我若捉你，须带军马来。"飞把手指曰："兀的不是军马来也！"

关公回顾，果见尘埃起处，一彪人马来到。风吹旗号，正是曹军。张飞大怒曰："今还敢支吾么？"挺丈八蛇矛便搠将来。关公急止之曰："贤弟且住。你看我斩此来将，以表我真心。"飞曰："你果有真心，我这里三通鼓罢，便要你斩来将！"关公应诺。须臾，曹军至。为首一将，乃是蔡阳，挺刀纵马大喝曰："你杀吾外甥秦琪，却原来逃在此！吾奉丞相命，特来拿你！"关公更不打话，举刀便砍，张飞亲自擂鼓。只见一通鼓未尽，关公刀起处，蔡阳头已落地。众军士俱走。关公活捉执认旗的小卒过来，问取来由。小卒告说："蔡阳闻将军杀了他外甥，十分忿怒，要来河北与将军交战。丞相不肯，因差他往汝南攻刘辟。不想在这里遇着将军。"关公闻言，教去张飞前告说其事。飞将关公在许都时事细问小卒；小卒从头到尾，说了一遍，飞方才信。㊂

引一千余人，径出北门——一言不发，汹汹而出，举止如此突兀，正符合张飞性格。

挥矛望关公便搠——不等问个青红皂白，挥矛便刺，张飞之性如烈火，嫉恶如仇，真是活脱如画。

大丈夫岂有事二主之理——张飞虽不知关羽"约三事"、"挂印封金"、"过五关斩六将"等事，思想过于简单；但毕竟理直而气壮，义正而词严，其鲁莽举止，反而使读者感到可爱。

小卒从头到尾，说了一遍，飞方才信——关羽活捉小卒，以为见证；张飞仔细盘问，辨明真伪。羽之稳重自信，飞之粗中有细，真是相映成趣。

正说间，忽城中军士来报："城南门外有十数骑来的甚紧，不知是甚人。"张飞心中疑虑，便转出南门看时，果见十数骑轻弓短箭而来。见了张飞，滚鞍下马。视之，乃糜竺、糜芳也。飞亦下马相见。竺曰："自徐州失散，我兄弟二人逃难回乡。使人远近打听，知云长降了曹操，主公在于河北；又闻简雍亦投河北去了；只不知将军在此。昨于路上遇见一伙客人，说有一姓张的将军，如此模样，今据古城。我兄弟度量必是将军，故来寻访。幸得相见！"飞曰："云长兄与孙乾送二嫂方到，已知哥哥下落。"二糜大喜，同来见关公，并参见二夫人。飞遂迎请二嫂入城。至衙中坐定，二夫人诉说关公历过之事，张飞方才大哭，参拜云长。㊟二糜亦俱伤感。张飞亦自诉别后之事，一面设宴贺喜。

张飞方才大哭，参拜云长——怀疑关羽时，恨不得一矛将其刺死；一旦消除误会，又依然视之为好哥哥。快哉益德！可谓真性情，真英雄！

次日，张飞欲与关公同赴汝南见玄德。关公曰："贤弟可保护二嫂，暂住此城，待我与孙乾先去探听兄长消息。"飞允诺。关公与孙乾引数骑奔汝南来。刘辟、龚都接着，关公便问："皇叔何在？"刘辟曰："皇叔到此住了数日，为见军少，复往河北袁本初处商议去了。"关公怏怏不乐。孙乾曰："不必忧虑。再苦一番驱驰，仍往河北去报知皇叔，同至古城便了。"关公依言，辞了刘辟、龚都，回至古城，与张飞说知此事。张飞便欲同至河北。关公曰："有此一城，便是我等安身之处，未可轻弃。我还与孙乾同往袁绍处，寻见兄长，来此相会。贤弟可坚守此城。"飞曰："兄斩他颜良、文丑，如何去得？"关公曰："不妨。我到彼当见机而变。"遂唤周仓问曰："卧牛山裴元绍处，共有多少人马？"仓曰："约有四五百。"关公曰："我今抄近路去寻兄长。汝可往卧牛山招此一枝人马，从大路上接来。"仓领命而去。

关公与孙乾只带二十余骑投河北来。将至界首，乾曰："将军未可轻入，只在此间暂歇。待某先入见皇叔，别作商议。"关公依言，先打发孙乾去了；遥望前村有一所庄院，便与从人到彼投宿。庄内一老翁携杖而出，与关公施礼。公具以实告。老翁曰："某亦姓关，名定。久闻大名，幸得瞻谒。"遂命二子出见，款留关公，并从人俱留于庄内。

且说孙乾匹马入郧城见玄德*，具言前事。玄德曰："简雍亦在此间，可暗请来同议。”少顷，简雍至，与孙乾相见毕，共议脱身之计。雍曰：“主公明日见袁绍，只说要往荆州，说刘表共破曹操，便可乘机而去。”玄德曰：“此计大妙！但公能随我去否？”雍曰：“某亦自有脱身之计。”商议已定。

次日，玄德入见袁绍，告曰：“刘景升镇守荆襄九郡，兵精粮足，宜与相约，共攻曹操。”绍曰：“吾尝遣使约之，奈彼未肯相从。”玄德曰：“此人是备同宗，备往说之，必无推阻。”绍曰：“若得刘表，胜刘辟多矣。”遂命玄德行。绍又曰：“近闻关云长已离了曹操，欲来河北。吾当杀之，以雪颜良、文丑之恨！”玄德曰：“明公前欲用之，吾故召之。今何又欲杀之耶？且颜良、文丑比之二鹿耳，云长乃一虎也：失二鹿而得一虎，何恨之有？”绍笑曰：“吾实爱之，故戏言耳。公可再使人召之，令其速来。”玄德曰：“即遣孙乾往召之可也。”绍大喜从之。玄德出，简雍进曰：“玄德此去，必不回矣。某愿与偕往：一则同说刘表，二则监住玄德。”绍然其言，便命简雍与玄德同行。郭图谏绍曰：“刘备前去说刘辟，未见成事；今又使与简雍同往荆州，必不返矣。”绍曰：“汝勿多疑，简雍自有见识。”郭图嗟呀而出。

却说玄德先命孙乾出城，回报关公；一面与简雍辞了袁绍，上马出城。行至界首，孙乾接着，前往关定庄上。关公迎门接拜，执手啼哭不止。关定领二子拜于草堂之前。玄德问其姓名。关公曰：“此人与弟同姓，有二子：长子关宁，学文；次子关平，学武。”关定曰：“今愚意欲遣次子跟随关将军，未识肯容纳否？”玄德曰：“年几何矣？”定曰：“十八岁矣。”玄德曰：“既蒙长者厚意，吾弟尚未有子，今即以贤郎为子，若何？”关定大喜，便命关平拜关公为父，㊟呼玄德为伯父。玄德恐袁绍追之，急收拾起行。关平随着关公，一齐起身。关定送了一程自回。

关公教取路往卧牛山来。正行间，忽见周仓引数十人带伤而来。关公引他见了玄德，问其何故受伤，仓曰：“某未至卧牛山之前，先有一将单骑而来，与裴元绍交锋，只一合，刺死裴元绍，尽数招降人伴，占住山寨。仓到彼招诱人伴时，止有这几个过来，余者俱惧怕，不敢擅离。仓不忿，与那将交战，被他连胜数次，身中三枪。因此来报主公。”玄德曰：“此人怎生模样？姓甚名谁？”仓曰：“极其

便命关平拜关公为父——关羽既得周仓为亲随，又得关平为义子，从此左右护持，愈加威风矣（按：史书未言关平为关羽义子）。

雄壮，不知姓名。”于是关公纵马当先，玄德在后，径投卧牛山来。周仓在山下叫骂，只见那将全副披挂，持枪骤马，引众下山。玄德早挥鞭出马，大叫曰：“来者莫非子龙否？”那将见了玄德，滚鞍下马，拜伏道旁。原来果然是赵子龙。玄德、关公俱下马相见，问其何由至此。云曰：“云自别使君，不想公孙瓒不听人言，以致兵败自焚。袁绍屡次招云，云想绍亦非用人之人，因此未往。后欲至徐州投使君，又闻徐州失守，云长已归曹操，使君又在袁绍处。云几番欲来相投，只恐袁绍见怪。四海飘零，无容身之地。前偶过此处，适遇裴元绍下山来，欲夺吾马，云因杀之，借此安身。近闻益德在古城，欲往投之，未知真实。今幸得遇使君！”玄德大喜，诉说从前之事。关公亦诉前事。玄德曰：“吾初见子龙，便有留恋不舍之情。今幸得相遇！”(评)云曰：“云奔走四方，择主而事，未有如使君者。今得相随，大称平生。虽肝脑涂地，无恨矣。”(评)当日就烧毁山寨，率领人众，尽随玄德前赴古城。

吾初见子龙……今幸得相遇——刘备早欲得赵云为助，此时如愿以偿，自然十分欣慰。

虽肝脑涂地，无恨矣——赵云几经选择，终于得事明主，亦视为平生之大幸。君臣如此契合，实为难得。

张飞、糜竺、糜芳迎接入城，各相拜诉。二夫人具言云长之事，玄德感叹不已。于是杀牛宰马，先拜谢天地，然后遍劳诸军。玄德见兄弟重聚，将佐无缺，又新得了赵云，关公又得了关平、周仓二人，欢喜无限，连饮数日。后人有诗赞之曰：

当时手足似瓜分，信断音稀杳不闻。

今日君臣重聚义，正如龙虎会风云。

时玄德、关、张、赵云、孙乾、简雍、糜竺、糜芳、关平、周仓部领马步军校共四五千人。玄德欲弃了古城，去守汝南，恰好刘辟、龚都差人来请。于是遂起军往汝南驻扎，招军买马，徐图征进，不在话下。

且说袁绍见玄德不回，大怒，欲起兵伐之。郭图曰：“刘备不足虑。曹操乃劲敌也，不可不除。刘表虽据荆州，不足为强。江东孙伯符威镇三江，地连六郡，谋臣武士极多，可使人结之，共攻曹操。”绍从其言，即修书遣陈震为使，来会孙策。(评)正是：只因河北英雄去，引出江东豪杰来。未知其事如何，且听下文分解。

即修书遣陈震为使，来会孙策——作品叙事至此，姑且放下刘备集团，接叙冷落已久的孙吴集团。于此可见布局之法。

尾评：

自第二十四回刘备兵败徐州，至本回古城会，构成一个情节单元，叙述了刘备集团艰难创业的一段历程。作为这一单元的中心人物，关羽的“义勇”形象得到了极大的强化。

第二十九回
小霸王怒斩于吉　碧眼儿坐领江东

总评

从第十五回关于孙策创业的描写中，人们在赞赏孙策的飒爽英姿的同时，也看到了他的明显缺点：年轻气盛，容易冲动，勇猛有余，谨慎不足。如果经过多年的磨炼，他完全可以逐步成熟起来，成为一个老练的政治家。可惜天年不永，他还没来得及克服这缺点，就因遭到意外袭击，伤重而死，年仅二十六岁，哀哉！

孙策之死，本于《三国志·吴书·孙讨逆传》:“建安五年……策单骑出，卒与（许贡）客遇，客击伤策，创甚……至夜卒。”裴松之注引《江表传》，对孙策杀许贡，许贡家客谋刺孙策之来龙去脉，记载较详，亦为《三国演义》所取资。裴注又引《江表传》、《搜神记》中关于孙策斩于吉的记载，罗贯中出于“好奇”心理，复加夸饰，使这一情节带有怪异色彩。

孙策临终之时，付基业与孙权，托后事于张昭，别慈母，嘱爱妻，井井有条，一毫不乱，头脑极其清醒，真不愧为一世英雄！

鲁肃初归孙权，便综观全局，明确提出孙吴集团的根本战略方针:“汉室不可复兴，曹操不可卒除。为将军计，惟有鼎足江东，以观天下之衅。今乘北方多务，剿除黄祖，进伐刘表，竟长江所极而据守之；然后建号帝王，以图天下。”如此远见卓识，在孙吴集团堪称最为突出。这一战略构想的提出，比诸葛亮之《隆中对》早七年，足可与之相媲美。

却说孙策自霸江东，兵精粮足。建安四年，袭取庐江，败刘勋；使虞翻驰檄豫章，豫章太守华歆投降。自此声势大振，乃遣张纮往许都上表献捷。曹操知孙策强盛，叹曰："狮儿难与争锋也！"遂以曹仁之女许配孙策幼弟孙匡，两家结婚；留张纮在许都。孙策求为大司马，曹操不许。㊊策恨之，常有袭许都之心。于是吴郡太守许贡，乃暗遣使赴许都上书于曹操。其略曰：

孙策骁勇，与项籍相似。朝廷宜外示荣宠，召还京师；不可使居外镇，以为后患。

使者赍书渡江，被防江将士所获，解赴孙策处。策观书大怒，斩其使，遣人假意请许贡议事。贡至，策出书示之，叱曰："汝欲送我于死地耶！"命武士绞杀之。贡家属皆逃散。有家客三人，欲为许贡报仇，㊊恨无其便。

一日，孙策引军会猎于丹徒之西山，赶起一大鹿，策纵马上山逐之。正赶之间，只见树林之内，有三个人持枪带弓而立。策勒马问曰："汝等何人？"答曰："乃韩当军士也。在此射鹿。"策方举辔欲行，一人拈枪望策左腿便刺。策大惊，急取佩剑从马上砍去，剑刃忽坠，止存剑把在手。一人早拈弓搭箭射来，正中孙策面颊。策就拔面上箭，取弓回射放箭之人，应弦而倒。那二人举枪向孙策乱搠，大叫曰："我等是许贡家客，特来为主人报仇！"策别无器械，只以弓拒之，且拒且走。二人死战不退，策身被数枪，马亦带伤。正危急之时，程普引数人至。孙策大叫："杀贼！"程普引众齐上，将许贡家客砍为肉泥。看孙策时，血流满面，被伤至重，乃以刀割袍，裹其伤处，救回吴县养病*。后人有诗赞许家三客曰：

孙郎智勇冠江湄，射猎山中受困危。
许客三人能死义，杀身豫让未为奇。

却说孙策受伤而回，使人寻请华佗医治。不想华佗已往中原去

孙策求为大司马，曹操不许——孙策虽然威镇江东，但在割据诸雄中尚非实力最强，而径自提出要当大司马，足见其年轻气盛，要价太高（袁绍此时为大将军）。曹操不许，亦属自然（历史上的曹操此时尚为司空，至建安十三年方任丞相）。

欲为许贡报仇——三位家客欲为许贡报仇，仍是"各为其主"，"为知己者死"的道德观的必然产物。

若怒气冲激，其疮难治——为下文孙策因一再发怒而金疮迸裂，以致丧命埋下伏笔。

他日必死于小人之手——郭嘉此语，本于《三国志·魏书·郭嘉传》。料人料事，竟如此深刻准确，实在令人惊异！

策怒曰——当孙策设宴待客之时，诸将竟纷纷下楼参拜于吉，无疑是对孙策权威的挑战。身为一方统帅，孙策安得不怒？

了，止有徒弟在吴，命其治疗。其徒曰："箭头有药，毒已入骨。须静养百日，方可无虞。若怒气冲激，其疮难治。"㉈

孙策为人最是性急，恨不得即日便愈。将息到二十余日，忽闻张纮有使者自许都回，策唤问之。使者曰："曹操甚惧主公；其帐下谋士，亦俱敬服；惟有郭嘉不服。"策曰："郭嘉曾有何说？"使者不敢言。策怒，固问之。使者只得从实告曰："郭嘉曾对曹操言主公不足惧也；轻而无备，性急少谋，乃匹夫之勇耳，他日必死于小人之手。"㉈策闻言，大怒曰："匹夫安敢料吾！吾誓取许都！"遂不待疮愈，便欲商议出兵。张昭谏曰："医者戒主公百日休动，今何因一时之忿，自轻万金之躯？"

正话间，忽报袁绍遣使陈震至。策唤入问之。震具言袁绍欲结东吴为外应，共攻曹操。策大喜，即日会诸将于城楼上，设宴款待陈震。饮酒之间，忽见诸将互相耳语，纷纷下楼。策怪问何故。左右曰："有于神仙者，今从楼下过，诸将欲往拜之耳。"策起身凭栏观之，见一道人，身披鹤氅，手携藜杖，立于当道，百姓俱焚香伏道而拜。策怒曰：㉈"是何妖人？快与我擒来！"左右告曰："此人姓于，名吉，寓居东方，往来吴会，普施符水，救人万病，无有不验。当世呼为神仙，未可轻渎。"策愈怒，喝令："速速擒来！违者斩！"左右不得已，只得下楼，拥于吉至楼上。策叱曰："狂道怎敢煽惑人心！"于吉曰："贫道乃琅琊道士*，顺帝时曾入山采药，得神书于曲阳泉水上，号曰《太平青领道》，凡百余卷，皆治人疾病方术。贫道得之，惟务代天宣化，普救万人，未曾取人毫厘之物，安得煽惑人心？"策曰："汝毫不取人，衣服饮食，从何而得？汝即黄巾张角之流，今若不诛，必为后患！"叱左右斩之。张昭谏曰："于道人在江东数十年，并无过犯，不可杀害。"策曰："此等妖人，吾杀之，何异屠猪狗！"众官皆苦谏，陈震亦劝。策怒未息，命且囚于狱中。众官俱散。陈震自归馆驿安歇。

孙策归府，早有内侍传说此事与策母吴太夫人知道。夫人唤孙策入后堂，谓曰："吾闻汝将于神仙下于缧绁。此人多曾医人疾病，军民敬仰，不可加害。"策曰："此乃妖人，能以妖术惑众，不可不除！"夫人再三劝解。策曰："母亲勿听外人妄言，儿自有区处。"乃出唤狱吏取于吉来问。原来狱吏皆敬信于吉，吉在狱中时，尽去其枷锁；及策唤取，方带枷锁而出。策访知大怒，痛责狱吏，仍将于吉械系下狱。张昭等数十人，连名作状，拜求孙策，乞保于神仙。策曰："公等皆读书人，何不达理？昔交州刺史张津，听信邪教，鼓瑟焚香，常以红帕裹头，自称可助出军之威，后竟为敌军所杀。此等事甚无益，诸君自未悟耳。吾欲杀于吉，正思禁邪觉迷也。"㊞

吾欲杀于吉，正思禁邪觉迷也——孙策欲杀于吉，正是为防止其争取人心，以维护自己的权威。

吕范曰："某素知于道人能祈风祷雨。方今天旱，何不令其祈雨以赎罪？"策曰："吾且看此妖人若何。"遂命于狱中取出于吉，开其枷锁，令登坛求雨。吉领命，即沐浴更衣，取绳自缚于烈日之中。百姓观者，填街塞巷。于吉谓众人曰："吾求三尺甘霖，以救万民，然我终不免一死。"众人曰："若有灵验，主公必然敬服。"于吉曰："气数至此，恐不能逃。"少顷，孙策亲至坛中下令："若午时无雨，即焚死于吉。"先令人堆积干柴伺候。将及午时，狂风骤起。风过处，四下阴云渐合。策曰："时已近午，空有阴云，而无甘雨，正是妖人！"叱左右将于吉扛上柴堆，四下举火，焰随风起。忽见黑烟一道，冲上空中，一声响亮，雷电齐发，大雨如注。顷刻之间，街市成河，溪涧皆满，足有三尺甘雨。于吉仰卧于柴堆之上，大喝一声，云收雨住，复见太阳。于是众官及百姓，共将于吉扶下柴堆，解去绳索，再拜称谢。孙策见官民俱罗拜于水中，不顾衣服，乃勃然大怒，叱曰："晴雨乃天地之定数，妖人偶乘其便，你等何得如此惑乱！"掣宝剑令左右速斩于吉。众官力谏，策怒曰："尔等皆欲从于吉造反耶！"众官乃不敢复言。策叱武士将于吉一刀斩头落地。只见一道青气，投东北去了。策命将其尸号令于市，以正妖妄之罪。

是夜风雨交作，及晓，不见了于吉尸首。守尸军士报知孙策。策怒，欲杀守尸军士。忽见一人，从堂前徐步而来，视之，却是于吉。策大怒，正欲拔剑斫之，忽然昏倒于地。左右急救入卧内，半晌方苏。吴太夫人来视疾，谓策曰："吾儿屈杀神仙，故招此祸。"策笑曰："儿自幼随父出征，杀人如麻，何曾有为祸之理？今杀妖人，正绝大祸，安得反为我祸？"夫人曰："因汝不信，以致如此；今可作好事以禳之。"策曰："吾命在天，妖人决不能为祸，何必禳耶！"夫人料劝不信，乃自令左右暗修善事禳解。

是夜二更，策卧于内宅，忽然阴风骤起，灯灭而复明。灯影之下，见于吉立于床前。策大喝曰："吾平生誓诛妖妄，以靖天下！㊞

吾平生誓诛妖妄，以靖天下——生当巫风甚盛之世，人言籍籍，幻象纷纷，孙策仍不惧鬼神作祟，堪称真英雄。

汝既为阴鬼，何敢近我！”取床头剑掷之，忽然不见。吴太夫人闻之，转生忧闷。策乃扶病强行，以宽母心。母谓策曰：“圣人云：‘鬼神之为德，其盛矣乎！’又云：‘祷尔于上下神祇。鬼神之事，不可不信。汝屈杀于先生，岂无报应？吾已令人设醮于郡之玉清观内，汝可亲往拜祷，自然安妥。”策不敢违母命，只得勉强乘轿至玉清观。道士接入，请策焚香，策焚香而不谢。忽香炉中烟起不散，结成一座华盖，上面端坐着于吉。策怒，唾骂之；走离殿宇，又见于吉立于殿门首，怒目视策。策顾左右曰：“汝等见妖鬼否？”左右皆云未见。策愈怒，拔佩剑望于吉掷去，一人中剑而倒。众视之，乃前日动手杀于吉之小卒，被剑斫入脑袋，七窍流血而死。策命扛出葬之。比及出观，又见于吉走入观门来。策曰：“此观亦藏妖之所也！”遂坐于观前，命武士五百人拆毁之。武士方上屋揭瓦，却见于吉立于屋上，飞瓦掷地。策大怒，传令逐出本观道士，放火烧毁殿宇。火起处，又见于吉立于火光之中。策怒归府，又见于吉立于府门前。策乃不入府，随点起三军，出城外下寨，传唤众将商议，欲起兵助袁绍夹攻曹操。众将俱曰：“主公玉体违和，未可轻动。且待平愈，出兵未迟。”是夜孙策宿于寨内，又见于吉披发而来。策于帐中叱喝不绝。

次日，吴太夫人传命，召策回府。策乃归见其母。夫人见策形容憔悴，泣曰：“儿失形矣！”策即引镜自照，果见形容十分瘦损，不觉失惊，顾左右曰：“吾奈何憔悴至此耶！”言未已，忽见于吉立于镜中。策拍镜大叫一声，金疮迸裂，昏绝于地。夫人令扶入卧内。须臾苏醒，自叹曰：“吾不能复生矣！”随召张昭等诸人，及弟孙权，至卧榻前，嘱付曰：“天下方乱，以吴越之众，三江之固，大可有为。(评)子布等幸善相吾弟。”乃取印绶与孙权曰：“若举江东之众，决机于两阵之间，与天下争衡，卿不如我；举贤任能，使各尽力以保江东，我不如卿。(评)卿宜念父兄创业之艰难，善自图之！”权大哭，拜受印绶。策告母曰：“儿天年已尽，不能奉慈母。今将印绶付弟，望母朝夕训之。父兄旧人，慎勿轻怠。”母哭曰：“恐汝弟年幼，不能任大事，当复如何？”策曰：“弟才胜儿十倍，足当大任。倘内事不决，可问张昭；外事不决，可问周瑜。(评)——恨周瑜不在此，不得面嘱之也！”又唤诸弟嘱曰：“吾死之后，汝等并辅仲谋。宗族中敢有生异心者，众共诛之；骨肉为逆，不得入祖坟安葬。”诸弟泣受命。又唤妻

以吴越之众，三江之固，大可有为——临终之时，孙策瞻望前景，颇有眼力。

举贤任能……我不如卿——此语出自《三国志·吴书·孙讨逆传》。孙策对自己与孙权之长短，评价正确，切中肯綮，可谓知己知彼，目光如炬，已被视为千古名句。

外事不决，可问周瑜——对文臣之首张昭、武将之首周瑜，各用其长，相得益彰。至此，孙策对形势，对继位者孙权，对文武大臣均作了正确估价，其生命焕发出最后的辉煌。

乔夫人谓曰："吾与汝不幸中途相分，汝须孝养尊姑。早晚汝妹入见，可嘱其转致周郎，尽力辅佐吾弟，休负我平日相知之雅。"言讫，瞑目而逝，年止二十六岁。后人有诗赞曰：

独战东南地，人称"小霸王"。
运筹如虎踞，决策似鹰扬。
威镇三江靖，名闻四海香。
临终遗大事，专意属周郎。

孙策既死，孙权哭倒于床前。张昭曰："此非将军哭时也。宜一面治丧事，一面理军国大事。"权乃收泪。张昭令孙静理会丧事，请孙权出堂，受众文武谒贺。孙权生得方颐大口，碧眼紫髯。昔汉使刘琬入吴，见孙家诸昆仲，因语人曰："吾遍观孙氏兄弟，虽各才气秀达，然皆禄祚不终。惟仲谋形貌奇伟，骨格非常，乃大贵之表，又享高寿：众皆不及也。"

且说当时孙权承孙策遗命，掌江东之事。经理未定，人报周瑜自巴丘提兵回吴。权曰："公瑾已回，吾无忧矣。"原来周瑜守御巴丘，闻知孙策中箭被伤，因此回来问候；将至吴郡，闻策已亡，故星夜来奔丧。当下周瑜哭拜于孙策灵柩之前。吴太夫人出，以遗嘱之语告瑜。瑜拜伏于地曰："敢不效犬马之力，继之以死！"少顷，孙权入。周瑜拜见毕，权曰："愿公无忘先兄遗命。"瑜顿首曰："愿以肝脑涂地，报知己之恩。"权曰："今承父兄之业，将何策以守之？"瑜曰："自古'得人者昌，失人者亡'。为今之计，须求高明远见之人为辅，然后江东可定也。"㊟权曰："先兄遗言：内事托子布，外事全赖公瑾。"瑜曰："子布贤达之士，足当大任。瑜不才，恐负倚托之重，愿荐一人以辅将军。"权问何人。瑜曰："姓鲁，名肃，字子敬，临淮东城人也*。此人胸怀韬略，腹隐机谋。早年丧父，事母至孝。其家极富。尝散财以济贫乏。瑜为居巢长之时，将数百人过临淮，因乏粮，闻鲁肃家有两囷米，各三千斛，因往求助。肃即指一囷相赠，其慷慨如此。平生好击剑骑射，寓居曲阿。祖母亡，还葬东城。其友刘子扬欲约彼往巢湖投郑宝，肃尚踌躇未往。今主公可速召之。"权大喜。即命周瑜往聘。

瑜奉命亲往，见肃叙礼毕，具道孙权相慕之意，肃曰："近刘子扬约某往巢湖，某将就之。"瑜曰："昔马援对光武云：'当今之世，

须求高明远见之人为辅，然后江东可定也——周瑜辅佐孙权，首先强调吸引人才，是为根本之举。

非但君择臣，臣亦择君。’今吾孙将军亲贤礼士，纳奇录异，世所罕有。足下不须他计，只同我往投东吴为是。”肃从其言，遂同周瑜来见孙权。权甚敬之，与之谈论，终日不倦。

一日，众官皆散，权留鲁肃共饮，至晚同榻抵足而卧。夜半，权问肃曰：“方今汉室倾危，四方纷扰；孤承父兄余业，思为桓、文之事，㊬君将何以教我？”肃曰：“昔汉高祖欲尊事义帝而不获者，以项羽为害也。今之曹操可比项羽，将军何由得为桓、文乎？肃窃料汉室不可复兴，曹操不可卒除。为将军计，惟有鼎足江东，以观天下之衅。今乘北方多务，剿除黄祖，进伐刘表，竟长江所极而据守之；然后建号帝王，以图天下：此高祖之业也。”㊬权闻言大喜，披衣起谢。次日厚赠鲁肃，并将衣服帏帐等物赐肃之母。

孤承父兄余业，思为桓、文之事——此时孙权尚欲仿效齐桓公、晋文公，在“尊奉汉室”的旗帜下建功立业。

此高祖之业也——鲁肃希望孙权自己称王称帝，一统天下。这就为孙权提出了更高的目标。

肃又荐一人见孙权：此人博学多才，事母至孝；复姓诸葛，名瑾，字子瑜，琅琊阳都人也*。权拜之为上宾。瑾劝权勿通袁绍，且顺曹操，然后乘便图之。权依言，乃遣陈震回，以书绝袁绍。

却说曹操闻孙策已死，欲起兵下江南。侍御史张纮谏曰：“乘人之丧而伐之，既非义举；若其不克，弃好成仇：不如因而善遇之。”操然其说，乃即奏拜孙权为讨虏将军*，兼领会稽太守；即令张纮为会稽东部都尉*，赍印往江东。孙权大喜，又得张纮回吴，即命与张昭同理政事。张纮又荐一人于孙权：此人姓顾，名雍，字元叹，乃左中郎将蔡邕之徒*；其为人少言语，不饮酒，严厉正大。权以为丞，行太守事。自是孙权威震江东，深得民心。

且说陈震回见袁绍，具说：“孙策已死，孙权继立。曹操封之为将军，结为外应矣。”袁绍大怒，遂起冀、青、幽、并等处人马七十余万，复来攻取许都。正是：江南兵革方休息，冀北干戈又复兴。未知胜负若何，且听下文分解。

尾评：

孙策之死，使一个天才统帅的生命乐章过早结束，令人深感惋惜。然而，他为孙权留下了江东六郡，留下了一批优秀人才，为孙吴集团的帝王之业奠定了基础。在罗贯中的笔下，他那英武俊爽的形象独具风采，给读者以鲜明而深刻的印象。

第三十回
战官渡本初败绩　劫乌巢孟德烧粮

总评

在官渡之战中，曹操深谋远虑，指挥若定，充分表现了他的雄才大略，不愧为杰出的政治家、军事家。首先，在这场力量悬殊的决战中，面对袁绍这样强悍的对手，他坚韧顽强，苦苦撑持，始终保持着必胜的信心。其次，在瞬息万变的战场上，他善于抓住时机，巧于用奇，敢于冒险，亲率精兵夜袭乌巢，表现出过人的胆略，从而取得主动，战胜对方。其三，他重视发挥谋士的作用，博采众长，为我所用，因而在险象环生的情势中每每应付裕如。其四，他慧眼识人，心胸豁达，善于接纳人才，抚绥部众。从而瓦解了敌军，巩固了己方阵营。诚然，曹操也有嫉贤妒能的一面，干过许多摧残人才的坏事；但在其创业阶段，善于用人却是他的主导方面。因此，其部下人才之盛，在当时堪称第一。这几个方面的长处，使曹操理所当然地成为官渡之战的胜利者。罗贯中以鲜明的笔触，突出了曹操的这些优点，表明他并没有不问青红皂白地一味丑化曹操，这表现了一个杰出艺术家对历史的尊重，对人物性格丰富性的追求。

与曹操相比，袁绍恰恰是一个鲜明的对照。平心而论，在东汉末年的社会大动荡中，袁绍堪称际会风云的英杰之士，确有虎视华夏，一统天下的雄心，也具备最强的实力。然而，在与曹操的抗衡中，他的种种弱点却暴露无遗。可以说，曹操之所长，正是他之所短。这突出表现在：其一，胸无伟略，见事迟缓，坐失战机，轻率否定许攸奔袭许都之计，使自己处于被动挨打的地位。其二，不辨贤愚，用人不当。尽管他手下人才济济，但他在识才、用才上却犯了一系列严重错误，使英雄无用武之地，专事挑拨的小人却大行其道，以致关键时刻内讧不已，整个集团分崩离析。虽然他有过显赫的业绩，却只能成为曹操的手下败将。

却说袁绍兴兵，望官渡进发。夏侯惇发书告急。曹操起军七万，前往迎敌，留荀彧守许都。绍兵临发，田丰从狱中上书谏曰："今且宜静守，以待天时，不可妄兴大兵，恐有不利。"逢纪谮曰："主公兴仁义之师，田丰何得出此不祥之语！"绍因怒，欲斩田丰。众官告免。绍恨曰："待吾破了曹操，明正其罪！"遂催军进发，旌旗遍野，刀剑如林。行至阳武，下定寨栅。沮授曰："我军虽众，而勇猛不及彼军；彼军虽精，而粮草不如我军。彼军无粮，利在急战；我军有粮，宜且缓守。若能旷以日月，则彼军不战自败矣。"绍怒曰："田丰慢我军心，吾回日必斩之。汝安敢又如此！"叱左右："将沮授锁禁军中，待我破曹之后，与田丰一体治罪！"㊟于是下令，将大军七十万，东西南北，周围安营，连络九十余里。

待我破曹之后，与田丰一体治罪——田丰、沮授乃是袁绍手下最有才干的谋士，袁绍不仅不纳其忠言，而且一囚于邺城，一拘于军营，真是自毁栋梁。

细作探知虚实，报至官渡。曹军新到，闻之皆惧。曹操与众谋士商议。荀攸曰："绍军虽多，不足惧也。我军俱精锐之士，无不一以当十；但利在急战，若迁延日月，粮草不敷，事可忧矣。"㊟操曰："所言正合吾意。"遂传令军将鼓噪而进。绍军来迎，两边排成阵势。审配拨弩手一万，伏于两翼；弓箭手五千，伏于门旗内：约炮响齐发。三通鼓罢，袁绍金盔金甲，锦袍玉带，立马阵前。左右排列着张郃、高览、韩猛、淳于琼等诸将。旌旗节钺，甚是严整。曹阵上门旗开处，曹操出马。许褚、张辽、徐晃、李典等，各持兵器，前后拥卫。曹操以鞭指袁绍曰："吾于天子之前，保奏你为大将军，今何故谋反？"绍怒曰："汝托名汉相，实为汉贼！罪恶弥天，甚于莽、卓，乃反诬人造反耶！"操曰："吾今奉诏讨汝！"绍曰："吾奉衣带诏讨贼！"操怒，使张辽出战。张郃跃马来迎。二将斗了四五十合，不分胜负。曹操见了，暗暗称奇。许褚挥刀纵马，直出助战。高览挺枪接住。四员将捉对儿厮杀。曹操令夏侯惇、曹洪，各引三千军，齐冲彼阵。审配见曹军来冲阵，便令放起号炮：两下万弩

若迁延日月，粮草不敷，事可忧矣——荀攸之见，恰与沮授暗合，而荀攸之计被用，沮授却遭锁禁，无非是因主帅明暗不同罢了。

并发，中军内弓箭手一齐拥出阵前乱射。曹军如何抵敌，望南急走。袁绍驱兵掩杀，曹军大败，尽退至官渡。

袁绍移军逼近官渡下寨。审配曰："今可拨兵十万守官渡，就曹操寨前筑起土山，令军人下视寨中放箭。操若弃此而去，吾得此隘口，许都可破矣。"绍从之。于各寨内选精壮军人，用铁锹土担，齐来曹操寨边，垒土成山。曹营内见袁军堆筑土山，欲待出去冲突，被审配弓弩手当住咽喉要路，不能前进。十日之内，筑成土山五十余座，上立高橹，分拨弓弩手于其上射箭。曹军大惧，皆顶着遮箭牌守御。土山上一声梆子响处，箭下如雨。曹军皆蒙楯伏地，袁军呐喊而笑。曹操见军慌乱，集众谋士问计。刘晔进曰："可作发石车以破之。"操令晔进车式，连夜造发石车数百乘，分布营墙内，正对着土山上云梯。候弓箭手射箭时，营内一齐拽动石车，炮石飞空，往上乱打。人无躲处，弓箭手死者无数。袁军皆号其车为"霹雳车"。由是袁军不敢登高射箭。

审配又献一计：令军人用铁锹暗打地道，直透曹营内，号为"掘子军"。曹兵望见袁军于山后掘土坑，报知曹操。操又问计于刘晔。晔曰："此袁军不能攻明而攻暗，发掘伏道，欲从地下透营而入耳。"操曰："何以御之？"晔曰："可绕营掘长堑，则彼伏道无用也。"操连夜差军掘堑。袁军掘伏道到堑边，果不能入，空费军力。㊟

袁军掘伏道到堑边，果不能入，空费军力——审配两番用计，刘晔两番破之，可谓棋逢对手，而刘晔更高一筹。

却说曹操守官渡，自八月起，至九月终，军力渐乏，粮草不继。意欲弃官渡退回许都，迟疑未决，乃作书遣人赴许都问荀彧。彧以书报之。书略曰：

> 承尊命，使决进退之疑。愚以袁绍悉众聚于官渡，欲与明公决胜负，公以至弱当至强，若不能制，必为所乘：是天下之大机也。绍军虽众，而不能用；以公之神武明哲，何向而不济！今军实虽少，未若楚、汉在荥阳、成皋间也。公今画地而守，扼其喉而使不能进，情见势竭，必将有变。此用奇之时，断不可失。惟明公裁察焉。

曹操得书大喜，令将士效力死守。

绍军约退三十余里，操遣将出营巡哨。有徐晃部将史涣获得袁军细作，解见徐晃。晃问其军中虚实，答曰："早晚大将韩猛运粮至乌巢乃屯粮之处，必得重兵守之——韩猛运粮被劫，审配因此联想到守护乌巢之粮。如果守卫得力，战局可能大不一样。

终日与诸将聚饮——袁绍命好酒贪杯的淳于琼防守乌巢，实为一个败着；但他为何如此安排，罗贯中却未点明。原来，淳于琼早年曾与袁绍为同僚，天下大乱后又成为袁绍的部下，可谓袁绍的老关系、亲信；袁绍委以护粮重任，足见其任人唯亲。

正可乘此机会，两路击之——许攸此计，十分厉害。如果袁绍及时采纳，曹操危矣！

可速退出，今后不许相见——袁绍轻率否定许攸妙计，又因审配之信而予以痛斥，甚至诬许攸为曹操作奸细，分明是要把许攸推向曹操一边。如此处置，怎不误了大事！

军前接济，先令我等探路。”徐晃便将此事报知曹操。荀攸曰：“韩猛匹夫之勇耳。若遣一人引轻骑数千，从半路击之，断其粮草，绍军自乱。”操曰：“谁人可往？”攸曰：“即遣徐晃可也。”操遂差徐晃将带史焕并所部兵先出，后使张辽、许褚引兵救应。当夜韩猛押粮车数千辆，解赴绍寨。正走之间，山谷内徐晃、史涣引军截住去路。韩猛飞马来战，徐晃接住厮杀。史涣便杀散人夫，放火焚烧粮车。韩猛抵当不住，拨回马走。徐晃催军烧尽辎重。袁绍军中，望见西北上火起，正惊疑间，败军报来：“粮草被劫！”绍急遣张郃、高览去截大路，正遇徐晃烧粮而回。恰欲交锋，背后张辽、许褚军到。两下夹攻，杀散袁军，四将合兵一处，回官渡寨中。曹操大喜，重加赏劳。又分军于寨前结营；为掎角之势。

却说韩猛败军还营，绍大怒，欲斩韩猛，众官劝免。审配曰：“行军以粮食为重，不可不用心提防。乌巢乃屯粮之处，必得重兵守之。”[评]袁绍曰：“吾筹策已定。汝可回邺城*监督粮草，休教缺乏。”审配领命而去。袁绍遣大将淳于琼，部领督将眭元进、韩莒子、吕威璜、赵睿等，引二万人马守乌巢。那淳于琼性刚好酒，军士多畏之；既至乌巢，终日与诸将聚饮。[评]

且说曹操军粮告竭，急发使往许昌，教荀彧作速措办粮草，星夜解赴军前接济。使者赍书而往，行不上三十里，被袁军捉住，缚见谋士许攸。那许攸字子远，少时曾与曹操为友，此时却在袁绍处为谋士。当下搜得使者所赍曹操催粮书信，径来见绍曰：“曹操屯军官渡，与我相持已久，许都必空虚；若分一军星夜掩袭许都，则许都可拔，而操可擒也。今操粮草已尽，正可乘此机会，两路击之。”[评]绍曰：“曹操诡计极多，此书乃诱敌之计也。”攸曰：“今若不取，后将反受其害。”正话间，忽有使者自邺城来，呈上审配书。书中先说运粮事；后言许攸在冀州时，尝滥受民间财物，且纵令子侄辈多科税，钱粮入己，今已收其子侄下狱矣。绍见书大怒曰：“滥行匹夫！尚有面目于吾前献计耶！汝与曹操有旧，想今亦受他财贿，为他作奸细，啜赚吾军耳！本当斩首，今权且寄头在项！可速退出，今后不许相见！”[评]许攸出，仰天叹曰：“忠言逆耳，竖子不足与谋！吾子侄已遭审配之害，吾何颜复见冀州之人乎！”遂欲拔剑自刎。左右夺剑劝曰："公何轻生至此？袁绍不纳直言，后必为曹操所擒。公既与曹公有旧，何不弃暗投明？"只这两句言语，点醒许攸；于是许攸径投曹操。后人有诗叹曰：

本初豪气盖中华，官渡相持枉叹嗟。

若使许攸谋见用，山河争得属曹家？

却说许攸暗步出营，径投曹寨，伏路军人拿住。攸曰："我是曹丞相故友，快与我通报，说南阳许攸来见。"军士忙报入寨中。时操方解衣歇息，闻说许攸私奔到寨，大喜，不及穿履，跣足出迎。遥见许攸，抚掌欢笑，携手共入，操先拜于地。㊟攸慌扶起曰："公乃汉相，吾乃布衣，何谦恭如此？"操曰："公乃操故友，岂敢以名爵相上下乎！"攸曰："某不能择主，屈身袁绍，言不听，计不从，今特弃之，来见故人。愿赐收录。"操曰："子远肯来，吾事济矣！愿即教我以破绍之计。"攸曰："吾曾教袁绍以轻骑乘虚袭许都，首尾相攻。"操大惊曰："若袁绍用子言，吾事败矣。"攸曰："公今军粮尚有几何？"操曰："可支一年。"攸笑曰："恐未必。"操曰："有半年耳。"攸拂袖而起，趋步出帐曰："吾以诚相投，而公见欺如是，岂吾所望哉！"操挽留曰："子远勿嗔，尚容实诉：军中粮实可支三月耳。"攸笑曰："世人皆言孟德奸雄，今果然也。"操亦笑曰："岂不闻'兵不厌诈'！"遂附耳低言曰："军中止有此月之粮。"攸大声曰："休瞒我！粮已尽矣！"操愕然曰："何以知之？"攸乃出操与荀彧之书以示之曰："此书何人所写？"操惊问曰："何处得之？"攸以获使之事相告。操执其手曰："子远既念旧交而来，愿即有以教我。"攸曰："明公以孤军抗大敌，而不求急胜之方，此取死之道也。攸有一策，不过三日，使袁绍百万之众，不战自破。明公还肯听否？"操喜曰："愿闻良策。"攸曰："袁绍军粮辎重，尽积乌巢，今拨淳于琼守把，琼嗜酒无备。公可选精兵，诈称袁将蒋奇领兵到彼护粮，乘间烧其粮草辎重，则绍军不三日将自乱矣。"操大喜，重待许攸，留于寨中。

携手共入，操先拜于地——闻报"大喜"，"跣足出迎"，"抚掌欢笑"，"先拜于地"，欣喜之情，溢于言表。这一连串举动，可见曹操对许攸之看重，与袁绍之痛斥形成强烈对比，怎不使许攸归心？

次日，操自选马步军士五千，准备往乌巢劫粮。张辽曰："袁绍屯粮之所，安得无备？丞相未可轻往，恐许攸有诈。"操曰："不然。许攸此来，天败袁绍。今吾军粮不给，难以久持；若不用许攸之计，是坐而待困也。彼若有诈，安肯留我寨中？且吾亦欲劫寨久矣。今今劫粮之举，计在必行——曹操欣然采纳许攸之计，建立在对形势精辟分析的基础上，此即所谓“得策辄行”（参见第十八回郭嘉“十胜十败”之说）。

操自引诸将居中——敢于冒险，身先士卒，此为曹操一大特点。主帅奋不顾身，自可大大鼓舞士气。

劫粮之举，计在必行，㊟君请勿疑。”辽曰：“亦须防袁绍乘虚来袭。”操笑曰：“吾已筹之熟矣。”便教荀攸、贾诩、曹洪同许攸守大寨，夏侯惇、夏侯渊领一军伏于左，曹仁、李典领一军伏于右，以备不虞。教张辽、许褚在前，徐晃、于禁在后，操自引诸将居中：㊟共五千人马，打着袁军旗号，军士皆束草负薪，人衔枚，马勒口，黄昏时分，望乌巢进发。是夜星光满天。

且说沮授被袁绍拘禁于军中，是夜因见众星朗列，乃命监者引出中庭，仰观天象。忽见太白逆行，侵犯牛、斗之分，大惊曰：“祸将至矣！”遂连夜求见袁绍。时绍已醉卧，听说沮授有密事启报，唤入问之。授曰：“适观天象，见太白逆行于柳、鬼之间，流光射入牛、斗之分，恐有贼兵劫掠之害。乌巢屯粮之所，不可不提备。宜速遣精兵猛将，于间道山路巡哨，免为曹操所算。”绍怒叱曰：“汝乃得罪之人，何敢妄言惑众！”因叱监者曰：“吾令汝拘囚之，何敢放出！”遂命斩监者，别唤人监押沮授。授出，掩泪叹曰：“我军亡在旦夕，我尸骸不知落何处也！”后人有诗叹曰：

逆耳忠言反见仇，独夫袁绍少机谋。
乌巢粮尽根基拔，犹欲区区守冀州。

却说曹操领兵夜行，前过袁绍别寨，寨兵问是何处军马。操使人应曰：“蒋奇奉命往乌巢护粮。”袁军见是自家旗号，遂不疑惑。凡过数处，皆诈称蒋奇之兵，并无阻碍。及到乌巢，四更已尽。操教军士将束草周围举火，众将校鼓噪直入。时淳于琼方与众将饮了酒，醉卧帐中；闻鼓噪之声，连忙跳起问：“何故喧闹？”言未已，早被挠钩拖翻。眭元进、赵睿运粮方回，见屯上火起，急来救应。曹军飞报曹操，说：“贼兵在后，请分军拒之。”操大喝曰：“诸将只顾奋力向前，待贼至背后，方可回战！”于是众军将无不争先掩杀。一霎时，飞焰四起，烟迷太空。眭、赵二将驱兵来救，操勒马回战。二将抵敌不住，皆被曹军所杀，粮草尽行烧绝。淳于琼被擒见操，操命割去其耳鼻手指，缚于马上，放回绍营以辱之。

却说袁绍在帐中，闻报正北上火光满天，知是乌巢有失，急出帐召文武各官，商议遣兵往救。张郃曰：“某与高览同往救之。”郭图曰：“不可。曹军劫粮，曹操必然亲往；操既自出，寨必空虚，可纵兵先击曹操之寨；操闻之，必速还：此孙膑‘围魏救赵’之计也。”

张郃曰："非也。曹操多谋，外出必为内备，以防不虞。今若攻操营而不拔，琼等见获，吾属皆被擒矣。"郭图曰："曹操只顾劫粮，岂留兵在寨耶！"再三请劫曹营。绍乃遣张郃、高览引军五千，往官渡击曹营；遣蒋奇领兵一万，往救乌巢。㊢

遣蒋奇领兵一万，往救乌巢——袁绍如此调遣，看似兼采张郃、郭图之计，实则轻重不分，仍无法解除乌巢之危。

且说曹操杀散淳于琼部卒，尽夺其衣甲旗帜，伪作淳于琼部下败军回寨，至山僻小路，正遇蒋奇军马。奇军问之，称是乌巢败军奔回。奇遂不疑，驱马径过。张辽、许褚忽至，大喝："蒋奇休走！"奇措手不及，被张辽斩于马下，尽杀蒋奇之兵。又使人当先伪报云："蒋奇已自杀散乌巢兵了。"袁绍因不复遣人接应乌巢，只添兵往官渡。

却说张郃、高览攻打曹营，左边夏侯惇，右边曹仁，中路曹洪，一齐冲出：三下攻击，袁军大败。比及接应军到，曹操又从背后杀来，四下围住掩杀。张郃、高览夺路走脱。袁绍收得乌巢败残军马归寨，见淳于琼耳鼻皆无，手指尽落*。绍问："如何失了乌巢？"败军告说："淳于琼醉卧，因此不能抵敌。"绍怒，立斩之。郭图恐张郃、高览回寨证对是非，先于袁绍前谮曰："张郃、高览见主公兵败，心中必喜。"绍曰："何出此言？"图曰："二人素有降曹之意，今遣击寨，故意不肯用力，以致损折士卒。"绍大怒，遂遣使急召二人归寨问罪。郭图先使人报二人云："主公将杀汝矣。"及绍使至，高览问曰："主公唤我等为何？"使者曰："不知何故。"览遂拔剑斩来使。郃大惊。览曰："袁绍听信谗言，必为曹操所擒；吾等岂可坐而待死？不如去投曹操。"郃曰："吾亦有此心久矣。"于是二人领本部兵马，往曹操寨中投降。㊢夏侯惇曰："张、高二人来降，未知虚实。"操曰："吾以恩遇之，虽有异心，亦可变矣。"㊢遂开营门，命二人入。二人倒戈卸甲，拜伏于地。操曰："若使袁绍肯从二将军之言，不至有败。今二将军肯来相投，如微子去殷，韩信归汉也。"遂封张郃为偏将军、都亭侯，高览为偏将军、东莱侯。二人大喜。

于是二人领本部兵马，往曹操寨中投降——袁绍一再听信谗言，促使张郃、高览投降曹操，导致本集团的分崩离析。

吾以恩遇之，虽有异心，亦可变矣——对来降者坦然接受，表明曹操充满自信。这种广揽英杰的开放气度，对瓦解敌军起到了重要作用。

却说袁绍既去了许攸，又去了张郃、高览，又失了乌巢粮，军心皇皇。许攸又劝曹操作速进兵；张郃、高览请为先锋。操从之，即令张郃、高览领兵往劫绍寨。当夜三更时分，出军三路劫寨。混战到明，各自收兵，绍军折其大半。荀攸献计曰："今可扬言调拨人马，一路取酸枣，攻邺城；一路取黎阳，断袁兵归路。袁绍闻之，必然惊惶，分兵拒我；我乘其兵动时击之，绍可破也。”操用其计，使大小三军，四远扬言。绍军闻此信，来寨中报说：“曹操分兵两路：一路取邺城，一路取黎阳去也。”绍大惊，急遣袁谭分兵五万救邺城，辛明分兵五万救黎阳，连夜起行。曹操探知袁绍兵动，便分大队军马，八路齐出，直冲绍营。袁军俱无斗志，四散奔走，遂大溃。袁绍披甲不迭，单衣幅巾上马；幼子袁尚后随。张辽、许褚、徐晃、于禁四员将，引军追赶袁绍。绍急渡河，尽弃图书车仗金帛，止引随行八百余骑而去。㊧操军追之不及，尽获遗下之物。所杀八万余人，血流盈沟，溺水死者不计其数。操获全胜，将所得金宝缎匹，给赏军士。于图书中检出书信一束，皆许都及军中诸人与绍暗通之书。左右曰：“可逐一点对姓名，收而杀之。”操曰：“当绍之强，孤亦不能自保，况他人乎？”遂命尽焚之，更不再问。㊧

止引随行八百余骑而去——袁绍一误再误，被动挨打，必然会一败涂地，狼狈不堪。

遂命尽焚之，更不再问——曹操如此处置，十分难得。这就大大安定了人心，巩固了自己的阵营。

却说袁绍兵败而奔，沮授因被囚禁，急走不脱，为曹军所获，擒见曹操。操素与授相识。授见操，大呼曰：“授不降也！”操曰：“本初无谋，不用君言，君何尚执迷耶？吾若早得足下，天下不足虑也。”因厚待之，留于军中。授乃于营中盗马，欲归袁氏。操怒，乃杀之。授至死神色不变。操叹曰：“吾误杀忠义之士也！”命厚礼殡殓，为建坟安葬于黄河渡口，题其墓曰：“忠烈沮君之墓”。后人有诗赞曰：

河北多名士，忠贞推沮君：
凝眸知阵法，仰面识天文；
至死心如铁，临危气似云。
曹公钦义烈，特与建孤坟。

操下令攻冀州。正是：势弱只因多算胜，兵强却为寡谋亡。未知胜负如何，且看下文分解。

尾评：

在官渡之战中，袁、曹双方犬牙交错，反复争夺，形势变化之迅速，攻守转换之频繁，都甚为少见，因而使全篇波澜起伏，扣人心弦。

第三十一回

曹操仓亭破本初　玄德荆州依刘表

总评

官渡之战的结局，使袁绍不得不意识到："不听田丰之言，致有此败。"如果袁绍坦率承认错误，重新起用田丰，其事业还有复兴的可能。然而，心胸狭隘的袁绍却置大局于不顾，耿耿于怀的只是自己的面子，喋喋于"羞见此人"，结果听信逢纪关于田丰讥笑他的谎言，竟一怒而将田丰杀死！如此文过饰非，灭善害贤，又怎么谈得上重振基业！随后的仓亭之战，他果然又是一败涂地。尽管他不愿服输，口吐鲜血时还宣称"誓与曹贼一决雌雄"，却无可挽回地走向灭亡。

田丰在《三国演义》中虽然着墨不多，但作为袁绍手下最有才干的谋士，他无疑算得上汉末第一流的人才。然而，尽管他谋略甚高，料事如神，却无法掌握自己的命运，一再遭受打击，竟至自刎而死。在那个"贤臣择主而事"的时代，选择的自由实在有限：有志者期望得遇明主，而一旦所择并非明主，往往很难重新选择，甚至成为庸主昏君的牺牲品。田丰的悲剧，实为历史的悲剧。

汝南之战，刘备又一次被曹操打得大败，失去立足之地，只得往荆州依附刘表。屡遭困厄，他的内心肯定充满悲怆，但作为一代枭雄，他当然不甘就此沉沦。此后数年，既是他重新积蓄力量的时期，又是他重新摸索创业之路的时期。

今回去，有何面目见之耶——真正志在天下者，此时当急欲改弦更张，礼贤敬士，岂能斤斤计较"面子"？袁绍此语，正暴露了其文过饰非的阴暗心理，实在令人鄙视。

逢纪因谮曰——逢纪既为迎合袁绍，又为一己私利，竟然编造谣言以置田丰于死地，真是卑鄙小人！

吾不望生矣——田丰深知袁绍心理，可谓明于料事。可惜未能趁早抽身而去，竟落得个被迫自刎的悲惨结局，哀哉！

却说曹操乘袁绍之败，整顿军马，迤逦追袭。袁绍幅巾单衣，引八百余骑，奔至黎阳北岸，大将蒋义渠出寨迎接。绍以前事诉与义渠。义渠乃招谕离散之众，众闻绍在，又皆蚁聚。军势复振，议还邺城*。军行之次，夜宿荒山。绍于帐中闻远远有哭声，遂私往听之。却是败军相聚，诉说丧兄失弟，弃伴亡亲之苦，各各捶胸大哭，皆曰："若听田丰之言，我等怎遭此祸！"绍大悔曰："吾不听田丰之言，兵败将亡；今回去，有何面目见之耶！"㊎次日，上马正行间，逢纪引军来接。绍对逢纪曰："吾不听田丰之言，致有此败。吾今归去，羞见此人。"逢纪因谮曰：㊎"丰在狱中闻主公兵败，抚掌大笑曰：'果不出吾之料！'"袁绍大怒曰："竖儒怎敢笑我！我必杀之！"遂命使者赍宝剑先往冀州狱中杀田丰。

却说田丰在狱中，一日，狱吏来见丰曰："与别驾贺喜！"丰曰："何喜可贺？"狱吏曰："袁将军大败而回，君必见重矣。"丰笑曰："吾今死矣！"狱吏问曰："人皆为君喜，君何言死也？"丰曰："袁将军外宽而内忌，不念忠诚。若胜而喜，犹能赦我；今战败则羞，吾不望生矣。"㊎狱吏未信。忽使者赍剑至，传袁绍命，欲取田丰之首，狱吏方惊。丰曰："吾固知必死也。"狱吏皆流泪。丰曰："大丈夫生于天地间，不识其主而事之，是无智也！今日受死，夫何足惜！"乃自刎于狱中。后人有诗曰：

> 昨朝沮授军中失，今日田丰狱内亡。
> 河北栋梁皆折断，本初焉不丧家邦！

田丰既死，闻者皆为叹惜。

袁绍回冀州，心烦意乱，不理政事。其妻刘氏劝立后嗣。绍所生三子：长子袁谭字显思，出守青州；次子袁熙字显奕，出守幽州；三子袁尚字显甫，是绍后妻刘氏所出，生得形貌俊伟，绍甚爱之，因此留在身边。自官渡兵败之后，刘氏劝立尚为后嗣，绍乃与审配、逢纪、辛评、郭图四人商议。原来审、逢二人，向辅袁尚；辛、郭二人，向辅袁谭：四人各为其主。㊟当下袁绍谓四人曰："今外患未息，内事不可不早定，吾将议立后嗣：长子谭，为人性刚好杀；次子熙，为人柔懦难成；三子尚，有英雄之表，礼贤敬士，吾欲立之。公等之意若何？"郭图曰："三子之中，谭为长，今又居外；主公若废长立幼，此乱萌也。今军威稍挫，敌兵压境，岂可复使父子兄弟自相争乱耶？主公且理会拒敌之策，立嗣之事，毋容多议。"袁绍踌躇未决。

四人各为其主——谋士早已分为两派，后来二袁相争，显然不可避免。

忽报袁熙引兵六万，自幽州来；袁谭引兵五万，自青州来；外甥高干亦引兵五万，自并州来：各至冀州助战。绍喜，再整人马，来战曹操。

时操引得胜之兵，陈列于河上，有土人箪食壶浆以迎之。操见父老数人，须发尽白，乃命入帐中赐坐，问之曰："老丈多少年纪？"答曰："皆近百岁矣。"操曰："吾军士惊扰汝乡，吾甚不安。"父老曰："桓帝时，有黄星见于楚、宋之分，辽东人殷馗善晓天文，夜宿于此，对老汉等言：'黄星见于乾象，正照此间。后五十年，当有真人起于梁、沛之间。'今以年计之，整整五十年。袁本初重敛于民，民皆怨之。丞相兴仁义之兵，吊民伐罪，官渡一战，破袁绍百万之众，正应当时殷馗之言，兆民可望太平矣。"操笑曰："何敢当老丈所言？"遂取酒食绢帛赐老人而遣之。号令三军："如有下乡杀人家鸡犬者，如杀人之罪！"㊟于是军民震服。操亦心中暗喜。

如有下乡杀人家鸡犬者，如杀人之罪——安民恤众自然应该，但将人命等同于鸡犬，则有玩弄权术之嫌，不见得真的爱民了。

人报袁绍聚四州之兵，得二三十万，前至仓亭下寨。操提兵前进，下寨已定。次日，两军相对，各布成阵势。操引诸将出阵，绍亦引三子一甥及文官武将出到阵前。操曰："本初计穷力尽，何尚不思投降？直待刀临项上，悔无及矣！"绍大怒，回顾众将曰："谁敢出马？"袁尚欲于父前逞能，便舞双刀，飞马出阵，来往奔驰。操指问众将曰："此何人？"有识者答曰："此袁绍三子袁尚也。"言未毕，一将挺枪早出。操视之，乃徐晃部将史涣也。两骑相交，不三合，尚拨马刺斜而走。史涣赶来，袁尚拈弓搭箭，翻身背射，正中史涣左目，坠马而死。袁绍见子得胜，挥鞭一指，大队人马拥将过来，混战大杀一场，各鸣金收军还寨。

操与诸将商议破绍之策。程昱献"十面埋伏"之计，劝操退军于河上，伏兵十队，诱绍追至河上，“我军无退路，必将死战，可胜绍矣。”操然其计，左右各分五队。左：一队夏侯惇，二队张辽，三队李典，四队乐进，五队夏侯渊；右：一队曹洪，二队张郃，三队徐晃，四队于禁，五队高览。中军许褚为先锋。次日，十队先进，埋伏左右已定。至半夜，操令许褚引兵前进，伪作劫寨之势。袁绍五寨人马，一齐俱起。许褚回军便走。袁绍引军赶来，喊声不绝；比及天明，赶至河上。曹军无去路，操大呼曰：“前无去路，诸军何不死战！”众军回身奋力向前。许褚飞马当先，力斩十数将。袁军大乱。袁绍退军急回，背后曹军赶来。正行间，一声鼓响，左边夏侯渊，右边高览，两军冲出。袁绍聚三子一甥，死冲血路奔走。又行不到十里，左边乐进，右边于禁杀出，杀得袁军尸横遍野，血流成渠。又行不到数里，左边李典、右边徐晃，两军截杀一阵。袁绍父子胆丧心惊，奔入旧寨。令三军造饭，方欲待食，左边张辽，右边张郃，径来冲寨。绍慌上马，前奔仓亭。人马困乏，欲待歇息，后面曹操大军赶来，袁绍舍命而走。正行之间，右边曹洪，左边夏侯惇，挡住去路。㊟绍大呼曰：“若不决死战，必为所擒矣！”奋力冲突，得脱重围。袁熙、高干皆被箭伤，军马死亡殆尽。绍抱三子痛哭一场，不觉昏倒。众人急救，绍口吐鲜血不止，叹曰：“吾自历战数十场，不意今日狼狈至此！此天丧吾也！汝等各回本州，誓与曹贼一决雌雄！”㊟便教辛评、郭图火急随袁谭前往青州整顿，恐曹操犯境；令袁熙仍回幽州，高干仍回并州：各去收拾人马，以备调用。袁绍引袁尚等入冀州养病，令尚与审配、逢纪暂掌军事。

右边曹洪，左边夏侯惇，挡住去路——曹军十面埋伏，轮番冲杀，写得声威赫赫，错落有致。

誓与曹贼一决雌雄——袁绍不肯服输，尚有几分豪气；然而大势已去，栋梁已折，他却仍未真正吸取教训，终究还是要输得精光。

却说曹操自仓亭大胜，重赏三军；令人探察冀州虚实。细作回报：“绍卧病在床。袁尚、审配紧守城池。袁潭、袁熙、高干皆回本州。”众皆劝操急攻之。操曰：“冀州粮食极广，审配又有机谋，未可急拔。现今禾稼在田，恐废民业，姑待秋成后取之未晚。”正议间，忽荀彧有书到，报说：“刘备在汝南得刘辟、龚都数万之众，闻丞相提军出征河北，乃令刘辟守汝南，备亲自引兵，乘虚来攻许都。丞相可速回军御之。”操大惊，留曹洪屯兵河上，虚张声势；操自提大兵往汝南来迎刘备。㊟

操自提大兵往汝南来迎刘备——曹操本欲暂停攻袁，又因刘备欲攻许都而回兵，作品内容自然为之一转。

却说玄德与关、张、赵云等，引兵欲袭许都。行近穰山地面，正遇曹兵杀来，玄德便于穰山下寨。军分三队：云长屯兵于东南角上，张飞屯兵于西南角上，玄德与赵云于正南立寨。曹操兵至，玄德鼓噪而出。操布成阵势，叫玄德打话。玄德出马于门旗下。操以鞭指骂曰："吾待汝为上宾，汝何背义忘恩？"玄德曰："汝托名汉相，实为国贼！吾乃汉室宗亲，奉天子密诏，来讨反贼！"遂于马上朗诵衣带诏。操大怒，教许褚出战。玄德背后赵云挺枪出马。二将相交三十合，不分胜负。忽然喊声大震，东南角上，云长冲突而来；西南角上，张飞引军冲突而来。三处一齐掩杀。曹军远来疲困，不能抵当，大败而走。玄德得胜回营。

次日，又使赵云搦战。操兵旬日不出。玄德再使张飞搦战，操兵亦不出。玄德愈疑。忽报龚都运粮至，被曹军围住，玄德急令张飞去救。忽又报夏侯惇引军抄背后径取汝南，玄德大惊曰："若如此，吾前后受敌，无所归矣！"急遣云长救之。两军皆去。不一日，飞马来报夏侯惇已打破汝南，刘辟弃城而走，云长现今被围。玄德大惊。又报张飞去救龚都，也被围住了。玄德急欲回兵，又恐操兵后袭。忽报寨外许褚搦战。玄德不敢出战，候至天黑，教军士饱餐，步军先起，马军后随，寨中虚传更点。玄德等离寨约行数里，转过土山，火把齐明，山头上大呼曰："休教走了刘备！丞相在此专等！"玄德慌寻走路。赵云曰："主公勿忧，但跟某来。"赵云挺枪跃马，杀开条路，玄德掣双股剑后随。正战间，许褚追至，与赵云力战。背后于禁、李典又到。玄德见势危，落荒而走。听得背后喊声渐远，玄德望深山僻路，单马逃生。捱到天明，侧首一彪军冲出。玄德大惊，视之，乃刘辟引败军千余骑，护送玄德家小前来；孙乾、简雍、糜芳亦至，诉说："夏侯惇军势甚锐，因此弃城而走。曹兵赶来，幸得云长当住，因此得脱。"玄德曰："不知云长今在何处？"刘辟曰："将军且行，却再理会。"行到数里，一棒鼓响，前面拥出一彪人马。当先大将，乃是张郃，大叫："刘备快下马受降！"玄德方欲退后，只见山头上红旗磨动，一军从山坞内拥出，为首大将，乃高览也。玄德两头无路，仰天大呼曰："天何使我受此窘极耶！事势至此，不如就死！"欲拔剑自刎。刘辟急止之曰："容某死战，夺路救君。"言讫，便来与高览交锋。战不三合，被高览一枪刺于马下。*玄德正慌，方欲自战，高览后军忽然自乱，一将冲阵而来，枪起处，高览翻身落马。视之，乃赵云也。玄德大喜。云纵马挺枪，杀散后队，又来前军独战张郃。郃与云战三十余合，拨马败走。云乘势冲杀，却被郃兵守住山隘，路窄不得出。正夺路间，只见云长、关平、周仓引三百军到。两下相攻，杀退张郃，各出隘口，占住山险下寨。玄德使云长寻觅张飞。原来张飞去救龚都，龚都已被夏侯渊所杀；飞奋力杀退夏侯渊，迤逦赶去，却被乐进引军围住。云长路逢败军，寻踪而去，杀退乐进，与飞同回见玄德。人报曹军大队赶来，玄德教孙乾等保护老小先行，玄德与关、张、赵云在后，且战且走。操见玄德去远，收军不赶。

玄德败军不满一千，狼狈而奔。㊟前至一江，唤土人问之，乃汉江也。玄德权且安营。土人知是玄德，奉献羊酒，乃聚饮于沙滩之上。玄德叹曰："诸君皆有王佐之才，不幸跟随刘备。备之命窘，累及诸君。今日身无立锥，诚恐有误诸君。君等何不弃备而投明主，以取功名乎？"众皆掩面而哭。云长曰："兄言差矣。昔日高祖与项羽争天下，数败于羽；后九里山一战成功，而开四百年基业。胜负兵家之常，何可自隳其志！"

玄德败军不满一千，狼狈而奔——刘备身边虽有关羽、张飞、赵云等猛将，却无运筹帷幄的帅才，面对善于用兵的曹操，败得既快又惨，真是狼狈不堪。

孙乾曰："成败有时，不可丧志。此离荆州不远。刘景升坐镇九郡，兵强粮足，更且与公皆汉室宗亲，何不往投之？"玄德曰："但恐不容耳。"乾曰："某愿先往说之，使景升出境而迎主公。"玄德大喜，便令孙乾星夜往荆州。到襄阳，入见刘表*。礼毕，刘表问曰："公从玄德，何故至此？"乾曰："刘使君天下英雄，虽兵微将寡，而志欲匡扶社稷。汝南刘辟、龚都素无亲故，亦以死报之。明公与使君，同为汉室之胄；今使君新败，欲往江东投孙仲谋。乾僭言曰：'不可背亲而向疏。荆州刘将军礼贤下士，士归之如水之投东，何况同宗乎？'因此使君特使乾先来拜白。惟明公命之。"表大喜曰："玄德，吾弟也。久欲相会，而不可得。今肯惠顾，实为幸甚！"蔡瑁谮曰："不可。刘备先从吕布，后事曹操，近投袁绍，皆不克终，足可见其为人。今若纳之，曹操必加兵于我，枉动干戈。不如斩孙乾之首，以献曹操，操必重待主公也。"孙乾正色曰："乾非惧死之人也。刘使君忠心为国，非曹操、袁绍、吕布等比。前此相从，不得已也。今闻刘将军汉朝苗裔，谊切同宗，故千里相投。尔何献谗而妒贤如此耶？"刘表闻言，乃叱蔡瑁曰："吾主意已定，汝勿多言。"蔡瑁惭恨而出。㊟刘表遂命孙乾先往报玄德，一面亲自出郭三十里迎接。玄

蔡瑁惭恨而出——蔡瑁身为刘表妻舅，一开始便反对接纳刘备，这就为后面谋害刘备埋下伏笔。

德见表，执礼甚恭。表亦相待甚厚。玄德引关、张等拜见刘表，表遂与玄德等同入襄阳*，分拨院宅居住。

却说曹操探知玄德已往荆州，投奔刘表，便欲引兵攻之。程昱曰："袁绍未除，而遽攻荆襄，倘袁绍从北而起，胜负未可知矣。不如还兵许都，养军蓄锐，待来年春暖，然后引兵先破袁绍，后取荆襄：㊢南北之利，一举可收也。"操然其言，遂提兵回许都。

至建安七年春正月，操复商议兴兵。先差夏侯惇、满宠镇守汝南，以拒刘表；留曹仁、荀彧守许都；亲统大军前赴官渡屯扎。

且说袁绍自旧岁感冒吐血症候，今方稍愈，商议欲攻许都。审配谏曰："旧岁官渡、仓亭之败，军心未振；尚当深沟高垒，以养军民之力。"正议间，忽报曹操进兵官渡，来攻冀州。绍曰："若候兵临城下，将至壕边，然后拒敌，事已迟矣。吾当自领大军出迎。"㊢袁尚曰："父亲病体未痊，不可远征。儿愿提兵前去迎敌。"绍许之，遂使人往青州取袁谭，幽州取袁熙，并州取高干：四路同破曹操。正是：才向汝南鸣战鼓，又从冀北动征鼙。未知胜负如何，且听下文分解。

然后引兵先破袁绍，后取荆襄——曹操及其主要谋士始终把消灭袁绍集团视为首要目标，这在战略上无疑是正确的。

吾当自领大军出迎——袁绍欲作困兽之斗，却已心有余而力不足，只能虚张声势了。

尾评：

官渡之战改变了袁、曹双方的力量对比，仓亭之战则进一步大伤了袁绍的元气。从此，袁绍集团再也无力主动进攻，只能在内外交困中一步步走向灭亡了。

第三十二回
夺冀州袁尚争锋　决漳河许攸献计

总评

经过官渡之战的惨败和仓亭之战的再败，袁绍元气大伤，一病不起，带着壮志难酬的遗憾和不敌曹操的愤懑，撒手尘寰而去了。临终，他又作出最后一个错误决定，让幼子袁尚继位，埋下了兄弟相残的祸根。可以说，是袁绍凭借其雄心魄力，一手缔造了实力强大的袁氏集团；又是他一误再误，亲手敲响了袁氏集团的丧钟。

袁绍死后，幼子袁尚继位，长子袁谭不服，二者必然发生矛盾。如果袁尚处置得当，袁谭顾全大局，矛盾尚可不至激化；然而，二者却由各怀鬼胎迅速发展到公开自相残杀，袁尚必欲置袁谭于死地，袁谭则不惜投降仇人曹操，使曹操得以乘虚而入，各个击破，一步步翦灭袁氏集团。袁氏兄弟相残的惨痛教训，当永为后人鉴戒。

袁氏集团之所以分裂，审配、逢纪、郭图、辛评等谋士起了煽风点火、推波助澜的作用。为了辅佐自己的小主人，以便攀龙附凤，他们不顾袁氏集团的整体利益，积极出谋划策，力图除掉对手，使二袁之争愈演愈烈，终至两败俱伤，共同毁灭。由此可见，离开崇高的社会理想，离开正确的政治原则，所谓“各为其主”往往只是私利的纠合，最多不过是知恩图报，其结果常常害人害己，甚至祸国殃民。

却说袁尚自斩史涣之后，自负其勇，不待袁谭等兵至，自引兵数万出黎阳，与曹军前队相迎。张辽当先出马，袁尚舞双刀来战*，不三合，架隔遮拦不住，大败而走。张辽乘势掩杀，袁尚不能主张，急急引军奔回邺城*。袁绍闻袁尚败回，又受了一惊，旧病复发，吐血数斗，昏倒在地。刘夫人慌救入卧内，病势渐危。刘夫人急请审配、逢纪，直至袁绍榻前，商议后事。绍但以手指而不能言。刘夫人曰："尚可继后嗣否？"绍点头。㊟审配便就榻前写了遗嘱。绍翻身大叫一声，又吐血斗余而死。㊟后人有诗曰：

累世公卿立大名，少年意气自纵横。
空招俊杰三千客，漫有英雄百万兵。
羊质虎皮功不就，凤毛鸡胆事难成。
更怜一种伤心处，家难徒延两弟兄。

袁绍既死，审配等主持丧事。刘夫人便将袁绍所爱宠妾五人，尽行杀害；又恐其阴魂于九泉之下再与绍相见，乃髡其发，刺其面，毁其尸；㊟其妒恶如此。袁尚恐宠妾家属为害，并收而杀之。审配、逢纪立袁尚为大将军*，领冀、青、幽、并四州牧，遣使报丧。此时袁谭已发兵离青州；知父死，便与郭图、辛评商议。图曰："主公不在冀州，审配、逢纪必立显甫为主矣。当速行。"辛评曰："审、逢二人，必预定机谋。今若速往，必遭其祸。"袁谭曰："若此当何如？"郭图曰："可屯兵城外，观其动静。某当亲往察之。"谭依言。郭图遂入冀州，见袁尚。礼毕，尚问："兄何不至？"图曰："因抱病在军中，不能相见。"尚曰："吾受父亲遗命，立我为主，加兄为车骑将军。目下曹军压境，请兄为前部，吾随后便调兵接应也。"图曰："军中无人商议良策，愿乞审正南、逢元图二人为辅。"㊟尚曰："吾亦欲仗此二人早晚画策，如何离得！"图曰："然则于二人内遣一人去，何如？"尚不得已，乃令二人拈阄，拈着者便去。逢纪拈着，尚即命逢纪赍

刘夫人曰……绍点头——袁绍在政治斗争的漩涡中沉浮数十年，熟知封建政治运作的各种法则，临终竟然违背"立嗣以长"的惯例，让幼子袁尚继位，结果铸成又一大错，导致本集团的分裂。

又吐血斗余而死——袁绍死了。作为一个有过赫赫功业，企图统一天下的豪杰之士，他死得心有不甘；然而，各种弱点又决定了他斗不过曹操，只能成为一个失败的英雄。

乃髡其发，刺其面，毁其尸——袁绍一死，不仅几个儿子难保和睦，连其宠妾也都全部丧命。家庭矛盾如此尖锐，实在可悲！

愿乞审正南、逢元图二人为辅——郭图要审配、逢纪二人到袁谭军中，显然是要除掉袁尚的左右手，以便对付袁尚，其心甚恶。

印绶，同郭图赴袁谭军中。纪随图至谭军，见谭无病，心中不安，献上印绶。谭大怒，欲斩逢纪。郭图密谏曰："今曹军压境，且只款留逢纪在此，以安尚心。待破曹之后，却来争冀州不迟。"

谭从其言，即时拔寨起行，前至黎阳，与曹军相抵。谭遣大将汪昭出战，操遣徐晃迎敌。二将战不数合，徐晃一斧斩汪昭于马下*。曹军乘势掩杀，谭军大败。谭收败军入黎阳，遣人求救于尚。尚与审配计议，只发兵五千余人相助。曹操探知救军已到，遣乐进、李典引兵于半路接着，两头围住，尽杀之。袁谭知尚止拨兵五千，又被半路坑杀，大怒，乃唤逢纪责骂。纪曰："容某作书致主公，求其亲自来救。"谭即令纪作书，遣人到冀州致袁尚。尚与审配共议。配曰："郭图多谋，前次不争而去者，为曹军在境也。今若破曹，必来争冀州矣。不如不发救兵，借操之力以除之。"尚从其言，不肯发兵。使者回报，谭大怒，立斩逢纪，议欲降曹。早有细作密报袁尚。尚与审配议曰："使谭降曹，并力来攻，则冀州危矣。"乃留审配并大将苏由固守冀州，自领大军来黎阳救谭。㊟尚问军中谁敢为前部，大将吕旷、吕翔兄弟二人愿去。尚点兵三万，使为先锋，先至黎阳。谭闻尚自来，大喜，遂罢降曹之议。谭屯兵城中，尚屯兵城外，为掎角之势。

自领大军来黎阳救潭——袁尚由只派少量援兵到不肯发兵，再到亲自领兵救援袁谭，始终不曾真心相救，甚至企图借曹操之手除掉袁谭。兄弟之间如此钩心斗角，简直令人寒心！

不一日，袁熙、高干皆领军到城外，屯兵三处，每日出兵与操相持。尚屡败，操兵屡胜。至建安八年春二月，操分路攻打，袁谭、袁熙、袁尚、高干皆大败，弃黎阳而走。操引兵追至邺城*。谭与尚入城坚守；熙与干离城三十里下寨，虚张声势。操兵连日攻打不下。郭嘉进曰："袁氏废长立幼，而兄弟之间，权力相并，各自树党，急之则相救，缓之则相争；不如举兵南向荆州，征讨刘表，以候袁氏兄弟之变；变成而后击之，可一举而定也。"㊟操善其言，命贾诩为太守，守黎阳；曹洪引兵守官渡。操引大军向荆州进兵。

可一举而定也——郭嘉此计，看透了袁氏兄弟的本质。二者自相残杀，曹操自可坐收渔人之利。

谭、尚听知曹军自退，遂相庆贺。袁熙、高干各自辞去。袁谭与郭图、辛评议曰："我为长子，反不能承父业；尚乃继母所生，反承大爵：心实不甘。"图曰："主公可勒兵城外，只做请显甫、审配饮酒，伏刀斧手杀之，大事定矣。"谭从其言。适别驾王修自青州来，谭将此计告之。修曰："兄弟者，左右手也。今与他人争斗，断其右手，而曰我必胜，安可得乎？夫弃兄弟而不亲，天下其谁亲之？彼谗人离间骨肉，以求一朝之利，愿塞耳勿听也。”㊟谭怒，叱退王修，使人去请袁尚。尚与审配商议。配曰：“此必郭图之计也。主公若往，必遭奸计；不如乘势攻之。”袁尚依言，便披挂上马，引兵五万出城。袁谭见袁尚引军来，情知事泄，亦即披挂上马，与尚交锋。尚见谭大骂。谭亦骂曰：“汝药死父亲，篡夺爵位，今又来杀兄耶！”二人亲自交锋㊟，袁谭大败。尚亲冒矢石，冲突掩杀。谭引败军奔平原，尚收兵还。袁谭与郭图再议进兵，令岑璧为将，领兵前来。尚自引兵出冀州。两阵对圆，旗鼓相望。璧出骂阵；尚欲自战，大将吕旷，拍马舞刀，来战岑璧。二将战无数合，旷斩岑璧于马下。谭兵又败，再奔平原。审配劝尚进兵，追至平原。谭抵当不住，退入平原，坚守不出。尚三面围城攻打。谭与郭图计议。图曰：“今城中粮少，彼军方锐，势不相敌。愚意可遣人投降曹操，使操将兵攻冀州，尚必还救。将军引兵夹攻之，尚可擒矣。若操击破尚军，我因而敛其军实以拒操。操军远来，粮食不继，必自退去。我可以仍据冀州，以图进取也。”㊟谭从其言，问曰：“何人可为使？”图曰：“辛评之弟辛毗，字佐治，见为平原令。此人乃能言之士，可命为使。”谭即召辛毗，毗欣然而至。谭修书付毗，使三千军送毗出境。

毗星夜赍书往见曹操。时操屯军西平伐刘表，表遣玄德引兵为前部以迎之，未及交锋。辛毗到操寨，见操礼毕。操问其来意，毗具言袁谭相求之事，呈上书信。操看书毕，留辛毗于寨中，聚文武计议。程昱曰：“袁谭被袁尚攻击太急，不得已而来降，不可准信。”吕虔、满宠亦曰：“丞相既引兵至此，安可复舍表而助谭？”荀攸曰：“三公之言未善。以愚意度之：天下方有事，而刘表坐保江、汉之间，不敢展足，其无四方之志可知矣。袁氏据四州之地，带甲数十万，若二子和睦，共守成业，天下事未可知也；今乘其兄弟相攻，势穷而投我，我提兵先除袁尚，后观其变，并灭袁谭，天下定矣。此机会不可失也。”㊟操大喜，便邀辛毗饮酒，谓之曰：“袁谭之降，真耶诈耶？袁尚之兵，果可必胜耶？”毗对曰：“明公勿问真与诈也，只论其势可耳。袁氏连年丧败，兵革疲于外，谋臣诛于内；兄弟谗隙，国分为二；加之饥馑并臻，天灾人困；无问智愚，皆知土崩瓦

愿塞耳勿听也——王修身为袁谭部属而能顾全大局，劝阻袁谭兄弟相残，其见识比审配、郭图等人高出多矣。

二人亲自交锋——为了争权夺利，亲兄弟竟然刀兵相加，使袁氏集团彻底分裂，可悲！可恨！可叹！

我可以仍据冀州，以图进取也——郭图主张暂降曹操，分明是引狼入室，却企图利用曹操除掉袁尚，使袁谭趁机占据冀州，而不想其权诈是否比得上曹操，真是一厢情愿，白日作梦！

此机会不可失也——袁谭、郭图企图利用曹操之力而得利，荀攸却主张借二袁相争之机翦灭袁氏集团，其计甚妙，而与郭嘉之计一脉相承。

解，此乃天灭袁氏之时也。今明公提兵攻邺，袁尚不还救，则失巢穴；若还救，则谭踵袭其后。以明公之威，击疲惫之众，如迅风之扫秋叶也。不此之图，而伐荆州；荆州丰乐之地，国和民顺，未可摇动。况四方之患，莫大于河北；河北既平，则霸业成矣。㊟愿明公详之。”操大喜曰：“恨与辛佐治相见之晚也！”即日督军还取冀州。玄德恐操有谋，不敢追袭，引兵自回荆州。

河北既平，则霸业成矣——辛毗身为袁谭使者，却为曹操献计，真是绝妙讽刺。对袁氏集团而言，这叫做众叛亲离；对辛毗而言，这就叫“贤臣择主而事”。

却说袁尚知曹军渡河，急急引军还邺，命吕旷、吕翔断后。袁谭见尚退军，乃大起平原军马，随后赶来。行不到数十里，一声炮响，两军齐出：左边吕旷，右边吕翔，兄弟二人截住袁谭。谭勒马告二将曰：“吾父在日，吾并未慢待二将军，今何从吾弟而见逼耶？”二将闻言，乃下马降谭。谭曰：“勿降我，可降曹丞相。”二将因随谭归营。谭候操军至，引二将见操。操大喜，以女许谭为妻，即令吕旷、吕翔为媒。谭请操攻取冀州。操曰：“方今粮草不接，搬运劳苦，我济河，遏淇水入白沟，以通粮道，然后进兵。”令谭且居平原。操引军退屯黎阳，封吕旷、吕翔为列侯，随军听用。郭图谓袁谭曰：“曹操以女许婚，恐非真意。今又封赏吕旷、吕翔，带去军中，此乃牢笼河北人心，后必终为我祸。主公可刻将军印二颗，暗使人送与二吕，令作内应。待操破了袁尚，可乘便图之。”谭依言，遂刻将军印二颗，暗送与二吕。二吕受讫，径将印来禀曹操。㊟操大笑曰：“谭暗送印者，欲汝等为内助，待我破袁尚之后，就中取事耳。汝等且权受之，我自有主张。”自此曹操便有杀谭之心。

二吕受讫，径将印来禀曹操——吕旷、吕翔兄弟又背叛了袁谭，袁谭的如意算盘已不可能实现了。

且说袁尚与审配商议：“今曹兵运粮入白沟，必来攻冀州，如之奈何？”配曰：“可发檄使武安长尹楷屯毛城，通上党运粮道；令沮授之子沮鹄守邯郸，遥为声援。主公可进兵平原，急攻袁谭。先绝袁谭，然后破曹。”袁尚大喜，留审配与陈琳守冀州，使马延、张觊二将为先锋，连夜起兵攻打平原。谭知尚兵来近，告急于操。操曰：“吾今番必得冀州矣。”正说间，适许攸自许都来；闻尚又攻谭，入见操曰：“丞相坐守于此，岂欲待天雷击杀二袁乎？”操笑曰：“吾已料定矣。”遂令曹洪先进兵攻邺，操自引一军来攻尹楷。兵临本境，楷引军来迎。楷出马，操曰：“许仲康安在？”许褚应声而出，纵马直取尹楷。楷措手不及，被许褚一刀斩于马下。余众奔溃，操尽招降之，即勒兵取邯郸。沮鹄进兵来迎。张辽出马，与鹄交锋。战不三合，鹄大败，辽从后追赶。两马相离不远，辽急取弓射之，应弦落马。操指挥军马掩杀，众皆奔散。于是操引大军前抵邺城。曹洪已近城下。操令三军绕城筑起土山，又暗掘地道以攻之。审配设计坚守，法令甚严。东门守将冯礼，因酒醉有误巡警，配痛责之。冯礼怀恨，潜地出城降操。操问破城之策，礼曰："突门内土厚，可掘地道而入。"操便命冯礼引三百壮士，夤夜掘地道而入。

却说审配自冯礼出降之后，每夜亲自登城点视军马。当夜在突门阁上，望见城外无灯火。配曰："冯礼必引兵从地道而入也。"急唤精兵运石击突闸门；门闭，冯礼及三百壮士，皆死于土内。操折了这一场，遂罢地道之计，退军于洹水之上，以候袁尚回兵。袁尚攻平原，闻曹操已破尹楷、沮鹄，大军围困邺城，乃掣兵回救。部将马延曰："从大路去，曹操必有伏兵；可取小路，从西山出滏水口去劫曹营，必解围也。"尚从其言，自领大军先行，令马延与张颢断后。早有细作去报曹操。操曰："彼若从大路上来，吾当避之；若从西山小路而来，一战可擒也。吾料袁尚必举火为号，令城中接应。吾可分兵击之。"于是分拨已定。

却说袁尚出滏水界口，东至阳平亭*，离邺城十七里，一边靠着滏水。尚令军士堆积柴薪干草，至夜焚烧为号；遣主簿李孚扮作曹军都督，直至城下，大叫："开门！"审配认得是李孚声音，放入城中，说："袁尚已陈兵在阳平亭，等候接应。若城中兵出，亦举火为号。"配教城中堆草放火，以通音信。孚曰："城中无粮，可发老弱残兵并妇人出降；彼必不为备，我即以兵继百姓之后出攻之。"㊞配从其论。次日，城上竖起白旗，上写"冀州百姓出降"。操曰："此是城中无粮，教老弱百姓出降，后必有兵出也。"操教张辽、徐晃各引三千军马，伏于两边。操自乘马、张麾盖至城下。果见城门开处，百姓扶老携幼，手持白旗而出。百姓才出尽，城中兵突出。操教将红旗一招，张辽、徐晃两路兵齐出乱杀，城中兵只得复回。操自飞马赶来，到吊桥边，城中弩箭如雨，射中操盔，险透其顶。众将急救回阵。操更衣换马，引众将来攻尚寨，尚自迎敌。时各路军马一齐杀至，两军混战，袁尚大败。尚引败兵退往西山下寨，令人催取马延、张颢军来。不知曹操已使吕旷、吕翔去招安二将。二将随二吕来降，操亦封

我即以兵继百姓之后出攻之——李孚此计，竟以老百姓为掩护，与当年李傕、郭汜之流如出一辙，真是混账！

为列侯。即日进兵攻打西山，先使二吕、马延、张顗截断袁尚粮道。尚情知西山守不住，夜走滥口。安营未定，四下火光并起，伏兵齐出，人不及甲，马不及鞍。尚军大溃，退走五十里，势穷力极，只得遣故豫州刺史阴夔至操营请降*。操佯许之，却连夜使张辽、徐晃去劫寨。尚尽弃印绶、节钺、衣甲、辎重，望中山而逃。

操回军攻邺城。许攸献计曰："何不决漳河之水以淹之？"操然其计，先差军于城外掘壕堑，周围四十里。审配在城上见操军在城外掘堑，却掘得甚浅。配暗笑曰："此欲决漳河之水以灌城耳。壕深可灌；如此之浅，有何用哉！"遂不为备。当夜曹操添十倍军士并力发掘，比及天明，广深二丈，引漳水灌之。城中水深数尺，更兼粮绝，军士皆饿死。辛毗在城外，用枪挑袁尚印绶衣服，招安城内之人。审配大怒，将辛毗家属老小八十余口，就于城上斩之，将头掷下。辛毗号哭不已。审配之侄审荣，素与辛毗相厚，见辛毗家属被害，心中怀忿，乃密写献门之书，拴于箭上，射下城来。㊣军士拾献辛毗，毗将书献操。操先下令：如入邺城，休得杀害袁氏一门老小；军民降者免死。次日天明，审荣大开东门*，放曹兵入。辛毗跃马先入，军将随后，杀入邺城。审配在东南城楼下，见操军已入城中，引数骑下城死战，正迎徐晃交马。徐晃生擒审配，绑出城来。路逢辛毗，毗咬牙切齿，以鞭鞭配首曰："贼杀才！今日死矣！"配大骂："辛毗贼徒！引曹操破我冀州，我恨不杀汝也！"徐晃解配见操。操曰："汝知献门接我者乎？"配曰："不知。"操曰："此汝侄审荣所献也。"配怒曰："小儿不行，乃至于此！"操曰："昨孤至城下，何城中弩箭之多耶？"配曰："恨少！恨少！"操曰："卿忠于袁氏，不容不如此。今肯降吾否？"配曰："不降！不降！"辛毗哭拜于地曰："家属八十余口，尽遭此贼杀害。愿丞相戮之，以雪此恨！"配曰："吾生为袁氏臣，死为袁氏鬼，不似汝辈谗谄阿谀之贼！可速斩我！"操教牵出。临受刑，叱行刑者曰："吾主在北，不可使我面南而死！"乃向北跪，引颈就刃。㊣后人有诗叹曰：

河北多名士，谁如审正南：
命因昏主丧，心与古人参。
忠直言无隐，廉能志不贪。
临亡犹北面，降者尽羞惭。

乃密写献门之书，拴于箭上，射下城来——审配滥杀无辜，连其侄也深感不满，实乃自取其败。

乃向北跪，引颈就刃——审配虽然性格刚烈，宁死不屈；但不明大义，不识大体，袁绍生前不知劝其尊贤爱士，袁尚继位更是助其兄弟相残，身陷朋党，迷不知返：可谓拘于小义，死而无益。

审配既死，操怜其忠义，命葬于城北。

众将请曹操入城。操方欲起行，只见刀斧手拥一人至，操视之，乃陈琳也。操谓之曰："汝前为本初作檄，但罪状孤，可也；何乃辱及祖、父耶？"琳答曰："箭在弦上，不得不发耳。"[评]左右劝操杀之；操怜其才，乃赦之，命为从事。[评]

却说操长子曹丕，字子桓，时年十八岁。丕初生时，有云气一片，其色青紫，圆如车盖，覆于其室，终日不散。有望气者，密谓操曰："此天子气也。令嗣贵不可言！"丕八岁能属文，有逸才，博古通今，善骑射，好击剑。时操破邺城，丕随父在军中，先领随身军，径投袁绍家，下马拔剑而入。有一将当之曰："丞相有命，诸人不许入绍府。"丕叱退，提剑入后堂。见两个妇人相抱而哭，丕向前欲杀之。正是：四世公侯已成梦，一家骨肉又遭殃。未知性命如何，且听下文分解。

箭在弦上，不得不发耳——陈琳此语，虽是实情，亦复可怜。

操怜其才，乃赦之，命为从事——曹操有时忌才害才，有时又识才爱才，予智予雄，难以捉摸。不管怎样，能够赦免辱骂过自己的陈琳，毕竟气魄不凡，值得赞许。

尾评：

袁氏集团虽然占有四州之地，而其重心则在冀州。如今冀州已被曹操夺取，袁氏集团的大厦已经开始倾塌了！

第三十三回

曹丕乘乱纳甄氏　郭嘉遗计定辽东

总评

曹操击败袁尚，夺取冀州之后，又先后击败袁谭、袁熙、高干，夺得青州、幽州、并州，控制了袁氏集团曾经拥有的全部地盘。随着三郡乌桓被平定，袁熙、袁尚被杀，袁氏集团的残余势力亦被消灭，整个北方地区基本得到统一，向全国的重新统一迈出了十分重要的一步。

“遗计定辽东”是《三国演义》中运筹帷幄、致胜千里的精彩范例之一。此事不见于《三国志·魏书·郭嘉传》；而据《武帝纪》:“初，辽东太守公孙康恃远不服。及公破乌丸（按：即乌桓），或说公遂征之，（袁）尚兄弟可擒也。公曰:‘吾方使康斩送尚、熙首，不烦兵矣。’九月，公引兵自柳城还，康即斩尚、熙及速仆丸等，传其首。诸将或问:‘公还而康斩送尚、熙，何也?’公曰:‘彼素畏尚等，吾急之则并力，缓之则自相图，其势然也。’”可见此计出自曹操本人。罗贯中有意张冠李戴，将此功加在郭嘉头上，以突出其料事如神的非凡才智。

综观《三国演义》对郭嘉的描写，堪称曹操手下谋士中最为出色者。他高瞻远瞩，聪颖明达，精通韬略，处事果断，评袁绍，料孙策，均有先见之明，关键时刻，更是奇计迭出，因而极被曹操倚重。尽管作品没有正面描写他的音容笑貌，但这位年轻、自信、洒脱的奇才却给读者留下了相当深刻的印象。

却说曹丕见二妇人啼哭，拔剑欲斩之。忽见红光满目，遂按剑而问曰："汝何人也？"一妇人告曰："妾乃袁将军之妻刘氏也。"丕曰："此女何人？"刘氏曰："此次男袁熙之妻甄氏也。因熙出镇幽州，甄氏不肯远行，故留于此。"丕拖此女近前，见披发垢面。丕以衫袖拭其面而观之，见甄氏玉肌花貌，有倾国之色。遂对刘氏曰："吾乃曹丞相之子也。愿保汝家，汝勿忧虑。"遂按剑坐于堂上。

却说曹操统领众将入邺城*，将入城门，许攸纵马近前，以鞭指城门而呼操曰："阿瞒，汝不得我，安得入此门？"操大笑。众将闻言，俱怀不平。㊞操至绍府门下，问曰："谁曾入此门来？"守将对曰："世子在内。"操唤出责之。刘氏出拜曰："非世子不能保全妾家，愿献甄氏为世子执箕帚。"操教唤出甄氏拜于前。操视之曰："真吾儿妇也！"遂令曹丕纳之。

操既定冀州，亲往袁绍墓下设祭，再拜而哭甚哀，顾谓众官曰："昔日吾与本初共起兵时，本初问吾曰：'若事不辑，方面何所可据？'吾问之曰：'足下意欲若何？'本初曰：'吾南据河，北阻燕、代，兼沙漠之众，南向以争天下，庶可以济乎？'吾答曰：'吾任天下之智力，以道御之，无所不可。'此言如昨，而今本初已丧，吾不能不为流涕也！"㊞众皆叹息。操以金帛粮米赐绍妻刘氏。乃下令曰："河北居民遭兵革之难，尽免今年租赋。"一面写表申朝，操自领冀州牧。

一日，许褚走马入东门，正迎许攸。攸唤褚曰："汝等无我，安能出入此门乎？"褚怒曰："吾等千生万死，身冒血战，夺得城池，汝安敢夸口！"攸骂曰："汝等皆匹夫耳，何足道哉！"褚大怒，拔剑杀攸，提头来见曹操，说许攸如此无礼，"某杀之矣。"操曰："子远与吾旧交，故相戏耳，何故杀之！"深责许褚，令厚葬许攸。乃令人遍访冀州贤士。冀民曰："骑都尉崔琰，字季珪，清河东武城人也。数

众将闻言，俱怀不平——许攸自恃与曹操旧交，居功自傲，言语轻狂，曹操虽以大笑应付，却难以长久容忍，诸将更是不满。其后被许褚所杀，实不奇怪。

吾不能不为流涕也——此事本于《三国志·魏书·武帝纪》。袁绍与曹操，当其争夺天下之时，如同二虎相争，势不两立；但二人相识多年，共过患难，毕竟也有几分交情。在曹操夺取冀州之后，前往祭奠袁绍，未必没有真情流露。封建政治家的内心，确实非常复杂。

曾献计于袁绍，绍不从，因此托疾在家。”操即召琰为本州别驾从事，因谓曰：“昨按本州户籍，共计三十万众，可谓大州。”琰曰：“今天下分崩，九州幅裂，二袁兄弟相争，冀民暴骨原野，丞相不急存问风俗，救其涂炭，而先计校户籍，岂本州士女所望于明公哉？”㊞操闻言，改容谢之，待为上宾。

岂本州士女所望于明公哉——此语出自《三国志·魏书·崔琰传》。崔琰初见曹操，不畏其威势，敢于为民请命，直言规谏，风骨可嘉。

操已定冀州，使人探袁谭消息。时谭引兵劫掠甘陵、安平、渤海、河间等处，闻袁尚败走中山，乃统军攻之。尚无心战斗，径奔幽州投袁熙。谭尽降其众，欲复图冀州。操使人召之，谭不至。操大怒，驰书绝其婚，自统大军征之，直抵平原。㊞谭闻操自统军来，遣人求救于刘表。表请玄德商议。玄德曰：“今操已破冀州，兵势正盛，袁氏兄弟不久必为操擒，救之无益；况操常有窥荆襄之意，我只养兵自守，未可妄动。”表曰：“然则何以谢之？”玄德曰：“可作书与袁氏兄弟，以和解为名，婉词谢之。”表然其言，先遣人以书遗谭。书略曰：

自统大军征之，直抵平原——袁谭本非真心投降，曹操亦早有“并灭袁谭”之意，许婚不过暂时笼络而已。此时袁谭拒不奉召，曹操找到借口，正好趁机攻之。

君子违难，不适仇国。日前闻君屈膝降曹，则是忘先人之仇，弃手足之谊，而遗同盟之耻矣。若冀州不弟，当降心相从。待事定之后，使天下平其曲直，不亦高义耶？

又与袁尚书曰：

青州天性峭急，迷于曲直。君当先除曹操，以卒先公之恨。事定之后，乃计曲直，不亦善乎？若迷而不返，则是韩卢、东郭自困于前，而遗田父之获也。

谭得表书，知表无发兵之意，又自料不能敌操，遂弃平原，走保南皮。曹操追至南皮，时天气寒肃，河道尽冻，粮船不能行动。操令本处百姓敲冰拽船，百姓闻令而逃。操大怒，欲捕斩之。百姓闻得，乃亲往营中投首。操曰：“若不杀汝等，则吾号令不行；若杀汝等，吾又不忍：汝等快往山中藏避，休被我军士擒获。”百姓皆垂泪而去。㊞

百姓皆垂泪而去——此事亦本于《三国志·魏书·武帝纪》。一面下令捕斩百姓，一面又叫百姓躲避，足见曹操之虚伪奸诈。可怜百姓无所适从，唯有向天垂泣！

袁谭引兵出城，与曹军相敌。两阵对圆，操出马，以鞭指谭而骂曰：“吾厚待汝，汝何生异心？”谭曰：“汝犯吾境界，夺吾城池，赖吾妻子，反说我有异心耶！”操大怒，使徐晃出马。谭使彭安接战。两马相交，不数合，晃斩彭安于马下。谭军败走，退入南皮。操遣军四面围住。谭着慌，使辛评见操约降。操曰：“袁谭小子，反覆无常，吾难准信。汝弟辛毗，吾已重用，汝亦留此可也。”评曰：“丞相差矣。某闻‘主贵臣荣，主忧臣辱’。某久事袁氏，岂可背之！”操知其不可留，乃遣回。评回见谭，言操不准投降。谭叱曰：“汝弟现事曹操，汝怀二心耶？”评闻言，气满填胸，昏绝于地。谭令扶出，须臾而死。㊟谭亦悔之。郭图谓谭曰：“来日尽驱百姓当先，以军继其后，与曹操决一死战。”谭从其言。当夜尽驱南皮百姓，皆执刀枪听令。次日平明，大开四门，军在后，驱百姓在前，喊声大举，一齐拥出，直抵曹寨。两军混战，自辰至午，胜负未分，杀人遍地。操见未获全胜，弃马上山，亲自击鼓。将士见之，奋力向前。谭军大败，百姓被杀者无数。曹洪奋威突阵，正迎袁谭，举刀乱砍，谭竟被曹洪杀于阵中。㊟郭图见阵大乱，急驰入城*。乐进望见，拈弓搭箭，射下城壕，人马俱陷。操引兵入南皮，安抚百姓。忽有一彪军来到，乃袁熙部将张南也*。操自引军迎之。张南倒戈卸甲*，特来投降，操封为列侯。又黑山贼张燕，引军十万来降，操封为平北将军。

下令将袁谭首级号令，敢有哭者斩。头挂北门外。一人布冠衰衣，哭于头下。左右拿来见操。操问之，乃青州别驾王修也，因谏袁谭被逐，今知谭死，故来哭之。操曰：“汝知吾令否？”修曰：“知之。”操曰：“汝不怕死耶？”修曰：“我生受其辟命，亡而不哭，非义也。畏死忘义，何以立世乎？若得收葬谭尸，受戮无恨。”操曰：“河北义士，何其如此之多也！可惜袁氏不能用！若能用，则吾安敢正眼觑此地哉！”遂命收葬谭尸，礼修为上宾，以为司金中郎将。因问之曰：“今袁尚已投袁熙，取之当用何策？”修不答。㊟操曰：“忠臣也。”问郭嘉，嘉曰：“可使袁氏降将张南等自攻之*。”操用其言，随差张南，吕旷、吕翔，马延、张顗，各引本部兵，分三路进攻幽州；一面使李典、乐进会合张燕，打并州，攻高干。

且说袁尚、袁熙知曹兵将至，料难迎敌，乃弃城引兵，星夜奔辽西投乌桓去了。袁熙部将焦触，自称幽州刺史*，聚幽州众官，歃血为盟，共议背袁向曹之事。焦触先言曰：“吾知曹丞相当世英雄，今往投降，有不遵令者斩。”依次歃血，循至别驾韩珩。珩乃掷剑于地，大呼曰：“吾受袁公父子厚恩，今主败亡，智不能救，勇不能死，于义缺矣！若北面而降操，吾不为也！”众皆失色。焦触曰：“夫兴

谭令扶出，须臾而死——袁谭与其父袁绍一样不辨贤愚。辛评忠而见疑，竟愤懑而死，实在可悲！

谭竟被曹洪杀于阵中——袁谭既不爱民又不尊贤，既无勇又无谋，死不足惜。

修不答——王修颇识大体，处事有节，既顾全信义，又不为愚忠，可谓明智之士。

大事，当立大义。事之济否，不待一人。韩珩既有志如此，听其自便。”推珩而出。焦触乃出城迎接三路军马，径来降操。操大喜，加为镇北将军。

忽探马来报：“乐进、李典、张燕攻打并州，高干守住壶口关*，不能下。”操自勒兵前往。三将接着，说干拒关难击。操集众将共议破干之计。荀攸曰：“若破干，须用诈降计方可。”操然之，唤降将吕旷、吕翔，附耳低言如此如此。吕旷等引军数十，直抵关下，叫曰：“吾等原系袁氏旧将，不得已而降曹。曹操为人诡谲，薄待吾等；吾今还扶旧主。可疾开关相纳。”高干未信，只教二将自上关说话。二将卸甲弃马而入，谓干曰：“曹军新到，可乘其军心未定，今夜劫寨。某等愿当先。”干喜，从其言，是夜教二吕当先，引万余军前去。将至曹寨，背后喊声大震，伏兵四起。高干知是中计，急回壶关城，乐进、李典已夺了关。高干夺路走脱，往投匈奴单于*。操领兵拒住关口，使人追袭高干。干到单于界，正迎匈奴左贤王*。干下马拜伏于地，言：“曹操吞并疆土，今欲犯王子地面，万乞救援，同力克复，以保北方。”左贤王曰：“吾与曹操无仇，岂有侵我土地？汝欲使我结怨于曹氏耶！”叱退高干。干寻思无路，只得去投刘表。行至上洛，被都尉王琰所杀，将头解送曹操。曹封琰为列侯。

并州既定，操商议北击乌桓*。曹洪等曰：“袁熙、袁尚兵败将亡，势穷力尽，远投沙漠；我今引兵北击，倘刘备、刘表乘虚袭许都，我救应不及，为祸不浅矣：请回师勿进为上。”郭嘉曰：“诸公所言错矣。主公虽威震天下，沙漠之人恃其边远，必不设备；乘其无备，卒然击之，必可破也。且袁绍与乌桓有恩，而尚与熙兄弟犹存，不可不除。刘表坐谈之客耳，自知才不足以御刘备，重任之，则恐不能制；轻任之，则备不为用。虽虚国远征，公无忧也。”㊟操曰：“奉孝之言极是。”遂率大小三军，车数千辆，望前进发。但见黄沙漠漠，狂风四起；道路崎岖，人马难行。操有回军之心，问于郭嘉。嘉此时不伏水土，卧病车上。操泣曰：“因我欲平沙漠，使公远涉艰辛，以至染病，吾心何安！”嘉曰：“某感丞相大恩，虽死不能报万一。”操曰：“吾见北地崎岖，意欲回军，若何？”嘉曰：“兵贵神速。今千里袭人，辎重多而难以趋利，不如轻兵兼道以出，掩其不

虽虚国远征，公无忧也——此语出自《三国志·魏书·郭嘉传》。郭嘉对形势之分析，甚为精辟，增强了曹操北征乌桓的决心。

备。(评)但须得识径路者为引导耳。"

不如轻兵兼道以出，掩其不备——此语亦出自《郭嘉传》。郭嘉所云，深合兵法，确为妙计。

遂留郭嘉于易县养病*，求向导官以引路。人荐刘虞旧将田畴*深知此境，操召而问之。畴曰："此道秋夏间有水，浅不通车马，深不载舟楫，最难行动。不如回军，从卢龙口越白檀之险，出空虚之地，前近柳城，掩其不备：蹋顿可一战而擒也。"操从其言，封田畴为靖北将军，作向导官，为前驱；张辽为次；操自押后：倍道轻骑而进。田畴引张辽前至白狼山，正遇袁熙、袁尚会合蹋顿等数万骑前来。张辽飞报曹操。操自勒马登高望之，见蹋顿兵无队伍，参差不整。操谓张辽曰："敌兵不整，便可击之。"乃以麾授辽。辽引许褚、于禁、徐晃分四路下山，奋力急攻，蹋顿大乱。辽拍马斩蹋顿于马下，余众皆降。袁熙、袁尚引数千骑投辽东去了。

操收军入柳城，封田畴为亭侯*，以守柳城。畴涕泣曰："某负义逃窜之人耳，蒙厚恩全活，为幸多矣；岂可卖卢龙之塞*，以邀赏禄哉！死不敢受侯爵。"操义之，乃拜畴为议郎。操抚慰单于人等，收得骏马万匹，即日回兵。时天气寒且旱，二百里无水，军又乏粮，杀马为食，凿地三四十丈，方得水。操回至易县，重赏先曾谏者；(评)因谓众将曰："孤前者乘危远征，侥幸成功。虽得胜，天所佑也，不可以为法。诸君之谏，乃万安之计，是以相赏。后勿难言。"操到易县时，郭嘉已死数日，停柩在公廨。操往祭之，大哭曰："奉孝死，乃天丧吾也！"回顾众官曰："诸君年齿，皆孤等辈，惟奉孝最少，吾欲托以后事。不期中年夭折，使吾心肠崩裂矣！"(评)嘉之左右，将嘉临死所封之书呈上曰："郭公临亡，亲笔书此，嘱曰：'丞相若从书中所言，辽东事定矣。'"操拆书视之，点头嗟叹。诸人皆不知其意。次日，夏侯惇引众人禀曰："辽东太守公孙康，久不宾服。今袁熙、袁尚又往投之，必为后患。不如乘其未动，速往征之，辽东可得也。"操笑曰："不烦诸公虎威。数日之后，公孙康自送二袁之首至矣。"(评)诸将皆不肯信。

操回至易县，重赏先曾谏者——曹操力排众议，远征乌桓，胆略可嘉，而取胜后重赏谏阻者，以鼓励部下进言，更是难得。老瞒处事，别具一格，确是一个老练的政治家。

使吾心肠崩裂矣——此语本于《郭嘉传》。曹操对郭嘉特别倚重，因而对其早逝也分外伤感。

数日之后，公孙康自送二袁之首至矣——曹操出语惊人，似乎故弄玄虚，令读者急欲知其究竟。

却说袁熙、袁尚引数千骑奔辽东。辽东太守公孙康，本襄平人，武威将军公孙度之子也。当日知袁熙、袁尚来投，遂聚本部属官商议此事。公孙恭曰："袁绍在日，常有吞辽东之心；今袁熙、袁尚兵败将亡，无处依栖，来此相投，是鸠夺鹊巢之意也。若容纳之，后必相图。不如赚入城中杀之，献头与曹公，曹公必重待我。"康曰：

"只怕曹操引兵下辽东，又不如纳二袁，使为我助。"恭曰："可使人探听。如曹兵来攻，则留二袁；如其不动，则杀二袁，送与曹公。"康从之，使人去探消息。

却说袁熙、袁尚至辽东，二人密议曰："辽东军兵数万，足可与曹操争衡。今暂投之，后当杀公孙康而夺其地，养成气力而抗中原，可复河北也。"商议已定，乃入见公孙康。康留于馆驿，只推有病，不即相见。不一日，细作回报："曹操兵屯易县，并无下辽东之意。"公孙康大喜，乃先伏刀斧手于壁衣中，使二袁入。相见礼毕，命坐。时天气严寒，尚见床榻上无裀褥，谓康曰："愿铺坐席。"康瞋目言曰："汝二人之头，将行万里！何席之有！"尚大惊。康叱曰："左右何不下手！"刀斧手拥出，就坐席上砍下二人之头，用木匣盛贮，使人送到易县，来见曹操。时操在易县，按兵不动。夏侯惇、张辽入禀曰："如不下辽东，可回许都。——恐刘表生心。"操曰："待二袁首级至，即便回兵。"众皆暗笑。忽报辽东公孙康遣人送袁熙、袁尚首级至，众皆大惊。使者呈上书信。操大笑曰："不出奉孝之料！"重赏来使，封公孙康为襄平侯、左将军。众官问曰："何为不出奉孝之所料？"操遂出郭嘉书以示之。㊖书略曰：

操遂出郭嘉书以示之——直到此时，曹操方才揭示谜底，使郭嘉之智更加光彩耀眼。

今闻袁熙、袁尚往投辽东，明公切不可加兵。公孙康久畏袁氏吞并，二袁往投必疑。若以兵击之，必并力迎敌，急不可下；若缓之，公孙康、袁氏必自相图，其势然也。

众皆踊跃称善。操引众官复设祭于郭嘉灵前。亡年三十八岁，从征十有一年，多立奇勋。后人有诗赞曰：

天生郭奉孝，豪杰冠群英：
腹内藏经史，胸中隐甲兵；
运谋如范蠡，决策似陈平。
可惜身先丧，中原梁栋倾。

操领兵还冀州，使人先扶郭嘉灵柩于许都安葬。

程昱等请曰："北方既定，今还许都，可早建下江南之策。"操笑曰："吾有此志久矣。诸君所言，正合吾意。"是夜宿于邺城东角楼上*，凭栏仰观天文。时荀攸在侧，操指曰："南方旺气灿然，恐未可图也。"攸曰："以丞相天威，何所不服！"正看间，忽见一道金光，从地而起。攸曰："此必有宝于地下。"操下楼令人随光掘之。

正是：星文方向南中指，金宝旋从北地生。不知所得何物，且听下文分解。

尾评：

曹操平定北方之后，随即将目光投向荆州、江南。于是，从下一回起，作品的叙事重心也自然而然地转向寄居荆州的刘备一方。

第三十四回
蔡夫人隔屏听密语　刘皇叔跃马过檀溪

总评

刘备寄居荆州，依附刘表，其处境颇为微妙：尽管“刘表待之甚厚”，但因他素有英雄之名，荆州人士日渐归之，刘表对他并不完全放心；蔡夫人、蔡瑁姐弟深恐他控制荆州实权，对他甚为敌视，必欲除之而后快；作为同宗兄弟，他真心为刘表出力，又曾屡屡献计，却因刘表胸无伟略，只求自保而难有作为；作为丧失地盘的寄居者，他处处小心，竭力避免引起刘表猜忌；而作为志在天下的英雄，他实在不愿空耗岁月，碌碌无为，苦闷压抑之中，英雄豪气往往又会自然流露出来。因“髀肉复生”而潸然流涕等细节，生动地刻画了其壮志未酬而又不甘沉沦的内心世界，深化了人物形象。

刘表作为《三国演义》中的一个次要人物，仅在本回得到较多描写。他所占据的荆州，地域辽阔，物产丰富，人才荟萃，军力亦颇强盛。若在和平时期，他完全可以成为镇抚一方、深得民心的封疆大吏；然而，在那群雄角逐的战乱时期，他胸无伟略，优柔寡断，身处四战之地，却安于现状，不图进取，坐观成败，多次错过有利战机，只能成为竞争中的失败者。对于刘备，他虽相待甚厚，却不充分信任；对于蔡氏姐弟，他一味纵容，每每被其掣肘；他虽有爱贤之名，却不能真正尽人之才，诸葛亮、庞统等第一流人才均不为其所用；而对黄祖之类庸才，他却委以重任。尽管他不失为仁厚长者，却决非平定天下的英雄，其被曹操翦灭，只是时间迟早问题。作品以简练的笔触，在与刘备的对照中，多方面展示了刘表的性格特色。

“马跃檀溪”一事，本于《三国志·蜀书·先主传》注引《世语》，但东晋史学家孙盛认为并非史实。罗贯中在其基础上加以铺衍，意在表明刘备遇难呈祥，乃真龙天子。

更作两条飞桥，横空而上，乃为壮观——“两条飞桥”既是写实，又为第四十四回“孔明巧改《铜雀台赋》”埋下伏笔。

却说曹操于金光处，掘出一铜雀，问荀攸曰：“此何兆也？”攸曰：“昔舜母梦玉雀入怀而生舜。今得铜雀，亦吉祥之兆也。”操大喜，遂命作高台以庆之。乃即日破土断木，烧瓦磨砖，筑铜雀台于漳河之上。约计一年而工毕。少子曹植进曰：“若建层台，必立三座：中间高者，名为铜雀；左边一座，名为玉龙；右边一座，名为金凤。更作两条飞桥，横空而上，乃为壮观。”㊣操曰：“吾儿所言甚善。他日台成，足可娱吾老矣！”原来曹操有五子，惟植性敏慧，善文章，曹操平日最爱之。于是留曹植与曹丕在邺城造台，使张燕守北寨。操将所得袁绍之兵，共五六十万，班师回许都，大封功臣；又表赠郭嘉为贞侯，养其子奕于府中。复聚众谋士商议，欲南征刘表。荀彧曰：“大军方北征而回，未可复动。且待半年，养精蓄锐，刘表、孙权可一鼓而下也。”操从之，遂分兵屯田，以候调用。

却说玄德自到荆州，刘表待之甚厚。一日，正相聚饮酒，忽报降将张武、陈孙在江夏掳掠人民，共谋造反。表惊曰：“二贼又反，为祸不小！”玄德曰：“不须兄长忧虑，备请往讨之。”表大喜，即点三万军，与玄德前去。玄德领命即行，不一日，来到江夏。张武、陈孙引兵来迎。玄德与关、张、赵云出马在门旗下，望见张武所骑之马，极其雄骏。玄德曰：“此必千里马也。”言未毕，赵云挺枪而出，径冲彼阵。张武纵马来迎，不三合，被赵云一枪刺落马下，随手扯住辔头，牵马回阵。陈孙见了，随赶来夺。张飞大喝一声，挺矛直出，将陈孙刺死。众皆溃散。玄德招安余党，平复江夏诸县，班师而回。表出郭迎接入城，设宴庆功。酒至半酣，表曰：“吾弟如此雄才，荆州有倚赖也。但忧南越不时来寇，张鲁、孙权皆足为虑。”玄德曰：“弟有三将，足可委用：使张飞巡南越之境；云长拒固子城，以镇张鲁；赵云拒三江，以当孙权。何足虑哉？”表喜，欲从其言。蔡瑁告其姊蔡夫人曰："刘备遣三将居外，而自居襄阳*，久必为患。"蔡夫人乃夜对刘表曰："我闻荆州人与刘备往来，不可不防之。今容其居住城中，无益，不若遣使他往。"表曰："玄德仁人也。"蔡氏曰："只恐他人不似汝心。"表沉吟不答。

次日出城，见玄德所乘之马极骏，问之，知是张武之马，表称赞不已。玄德遂将此马送与刘表。表大喜，骑回城中。蒯越见而问之，表曰："此玄德所送也。"越曰："昔先兄蒯良，最善相马；越亦颇晓。此马眼下有泪槽，额边生白点，名为'的卢'，骑则妨主。张武为此马而亡。主公不可乘之。"表听其言。次日请玄德饮宴，因言曰："昨承惠良马，深感厚意。但贤弟不时征进，可以用之。敬当送还。"玄德起谢。表又曰："贤弟久居此间，恐废武事。襄阳属邑新野县，颇有钱粮。弟可引本部军马于本县屯扎，㊢何如？"玄德领诺。次日，谢别刘表，引本部军马径往新野。方出城门，只见一人在马前长揖曰："公所骑马，不可乘也。"玄德视之，乃荆州幕宾伊籍，字机伯，山阳人也。玄德忙下马问之。籍曰："昨闻蒯异度对刘荆州云：'此马名的卢，乘则妨主。'因此还公。公岂可复乘之？"玄德曰："深感先生见爱。但凡人死生有命，岂马所能妨哉！"㊢籍服其高见，自此常与玄德往来。

弟可引本部军马于本县屯扎——听蔡氏之言而沉吟，闻蒯越之语而还马，以至让刘备屯驻新野，均可见刘表之胸无主张，耳软心活，关键时刻易为谗言所误。

但凡人死生有命，岂马所能妨哉——刘备不为俗见所牵，对生死问题泰然处之，正是创业英雄心态，比之刘表，高出多矣。

玄德自到新野，军民皆喜，政治一新。建安十二年春，甘夫人生刘禅。是夜有白鹤一只，飞来县衙屋上，高鸣四十余声，望西飞去。临分娩时，异香满室。甘夫人尝夜梦仰吞北斗，因而怀孕，故乳名阿斗。此时曹操正统兵北征。玄德乃往襄阳*，说刘表曰："今曹操悉兵北征，许都空虚，若以荆襄之众，乘间袭之，大事可就也。"表曰："吾坐据九郡足矣，岂可别图？"玄德默然。表邀入后堂饮酒。酒至半酣，表忽然长叹。玄德曰："兄长何故长叹？"表曰："吾有心事，未易明言。"玄德再欲问时，蔡夫人出立屏后，刘表乃垂头不语。须臾席散，玄德自归新野。

至是年冬，闻曹操自柳城回，玄德甚叹表之不用其言。忽一日，刘表遣使至，请玄德赴襄阳相会。玄德随使而往。刘表接着，叙礼毕，请入后堂饮宴；因谓玄德曰："近闻曹操提兵回许都，势日强盛，必有吞并荆襄之心。昔日悔不听贤弟之言，失此好机会。"玄德曰："今天下分裂，干戈日起，机会岂有尽乎？若能应之于后，未足

若能应之于后，未足为恨也——刘表错过袭击许都的良机，刘备深感惋惜，却又好言安慰刘表，并非虚与委蛇，实为同宗兄弟之所必然。如果刘表认真记取教训，确实还可有所作为。

老将至矣，而功业不建：是以悲耳——见髀肉复生而潸然泪下，这既是壮志未酬的悲叹，更是不甘沉沦的心声，唯真正英雄可出此语。

备若有基本，天下碌碌之辈，诚不足虑也——刘备寄人篱下，一向谦恭谨慎；但英雄豪气，毕竟无法久久压抑，此时便冲口而出了。

请先就馆舍杀之，然后告知主公——蔡氏宗族已握荆州实权，视刘备为潜在威胁，故力图除之，甚至不惜先斩后奏。

为恨也。”㊟表曰：“吾弟之言甚当。”相与对饮。酒酣，表忽潸然泪下。玄德问其故。表曰：“吾有心事，前者欲诉与贤弟，未得其便。”玄德曰：“兄长有何难决之事？倘有用弟之处，弟虽死不辞。”表曰：“前妻陈氏所生长子琦，为人虽贤，而柔懦不足立事；后妻蔡氏所生少子琮，颇聪明。吾欲废长立幼，恐碍于礼法；欲立长子，争奈蔡氏族中，皆掌军务，后必生乱：因此委决不下。”玄德曰：“自古废长立幼，取乱之道。若忧蔡氏权重，可徐徐削之，不可溺爱而立少子也。”表默然。

原来蔡夫人素疑玄德，凡遇玄德与表叙论，必来窃听。是时正在屏风后，闻玄德此言，心甚恨之。玄德自知语失，遂起身如厕。因见己身髀肉复生，亦不觉潸然流涕。少顷复入席。表见玄德有泪容，怪问之。玄德长叹曰：“备往常身不离鞍，髀肉皆散；今久不骑，髀里肉生。日月蹉跎，老将至矣，而功业不建：是以悲耳！”㊟表曰：“吾闻贤弟在许都，与曹操青梅煮酒，共论英雄；贤弟尽举当世名士，操皆不许，而独曰：‘天下英雄，惟使君与操耳。’以曹操之权力，犹不敢居吾弟之先，何虑功业不建乎？”玄德乘着酒兴，失口答曰：“备若有基本，天下碌碌之辈，诚不足虑也。”㊟表闻言默然。玄德自知语失，托醉而起，归馆舍安歇。后人有诗赞玄德曰：

曹公屈指从头数：“天下英雄独使君”。
髀肉复生犹感叹，争教寰宇不三分？

却说刘表闻玄德语，口虽不言，心怀不足，别了玄德，退入内宅。蔡夫人曰：“适间我于屏后听得刘备之言，甚轻觑人，足见其有吞并荆州之意。今若不除，必为后患。”表不答，但摇头而已。蔡氏乃密召蔡瑁入，商议此事。瑁曰：“请先就馆舍杀之，然后告知主公。”㊟蔡氏然其言。瑁出，便连夜点军。

却说玄德在馆舍中秉烛而坐，三更以后，方欲就寝。忽一人叩门而入，视之乃伊籍也：原来伊籍探知蔡瑁欲害玄德，特夤夜来报。当下伊籍将蔡瑁之谋，报知玄德，催促玄德速速起身。玄德曰：“未辞景升，如何便去？”籍曰：“公若辞，必遭蔡瑁之害矣。”玄德乃谢别伊籍，急唤从者，一齐上马，不待天明，星夜奔回新野。比及蔡瑁领军到馆舍时，玄德已去远矣。瑁悔恨无及，乃写诗一首于壁间，径入见表曰：“刘备有反叛之意，题反诗于壁上，不辞而去矣。”表不信，亲诣馆舍观之，果有诗四句。诗曰：

数年徒守困，空对旧山川。

龙岂池中物，乘雷欲上天！

刘表见诗大怒，拔剑言曰："誓杀此无义之徒！"行数步，猛省曰："吾与玄德相处许多时，不曾见他作诗。此必外人离间之计也。"遂回步入馆舍，用剑尖削去此诗，弃剑上马。蔡瑁请曰："军士已点齐，可就往新野擒刘备。"表曰："未可造次，容徐图之。"蔡瑁见表持疑不决，乃暗与蔡夫人商议：即日大会众官于襄阳，就此处谋之*。次日，瑁禀表曰："近年丰熟，合聚众官于襄阳，以示抚劝之意。请主公主持*。"表曰："吾近日气疾作，实不能行。可令二子为主待客。"瑁曰："公子年幼，恐失于礼节。"表曰："可往新野请玄德待客。"瑁暗喜正中其计，便差人请玄德赴襄阳。㊟

瑁暗喜正中其计，便差人请玄德赴襄阳——蔡瑁暗设机关，欲害刘备，使情节顿时一紧。

却说玄德奔回新野，自知失言取祸，未对众人言之。忽使者至，请赴襄阳。孙乾曰："昨见主公匆匆而回，意甚不乐。愚意度之，在襄阳必有事故。今忽请赴会，不可轻往。"玄德方将前项事诉与诸人。云长曰："兄自疑心语失。刘荆州并无嗔责之意。外人之言，未可轻信。襄阳离此不远，若不去，则荆州反生疑矣。"玄德曰："云长之言是也。"张飞曰："'筵无好筵，会无好会'，不如休去。"赵云曰："某将马步军三百人同往，可保主公无事。"玄德曰："如此甚好。"

遂与赵云即日赴襄阳。蔡瑁出郭迎接，意甚谦谨。随后刘琦、刘琮二子，引一班文武官僚出迎。玄德见二公子俱在，并不疑忌。是日请玄德于馆舍暂歇。赵云引三百军围绕保护。云披甲挂剑，行坐不离左右。刘琦告玄德曰："父亲气疾作，不能行动，特请叔父待客，抚劝各处守牧之官。"玄德曰："吾本不敢当此；既有兄命，不敢不从。"次日，人报九郡四十二县官员*，俱已到齐。蔡瑁预请蒯越计议曰："刘备世之枭雄，久留于此，后必为害，可就今日除之。"越曰："恐失士民之望。"瑁曰："吾已密领刘荆州言语在此。"越曰："既如此，可预作准备。"瑁曰："东门岘山大路，已使吾弟蔡和引军守把；南门外已使蔡中守把；北门外已使蔡勋守把。止有西门不必守把：前有檀溪阻隔，虽有数万之众，不易过也。"越曰："吾见赵云行坐不离玄德，恐难下手。"瑁曰："吾伏五百军在城内准备。"越曰：

“可使文聘、王威二人另设一席于外厅，以待武将。先请住赵云，然后可行事。”瑁从其言。当日杀牛宰马，大张筵席。玄德乘的卢马至州衙，命牵入后园拴系。众官皆至堂中。玄德主席，二公子两边分坐，其余各依次而坐。赵云带剑立于玄德之侧。文聘、王威入请赵云赴席，云推辞不去。玄德令云就席，云勉强应命而出。蔡瑁在外收拾得铁桶相似，将玄德带来三百军，都遣归馆舍，只待半酣，号起下手。酒至三巡，伊籍起把盏，至玄德前，以目视玄德，低声谓曰：“请更衣。”玄德会意，即起如厕。伊籍把盏毕，疾入后园，接着玄德，附耳报曰：“蔡瑁设计害君，城外东、南、北三处，皆有军马守把，惟西门可走。公宜速逃！”㊟玄德大惊，急解的卢马，开后园门牵出，飞身上马，不顾从者，匹马望西门而走。门吏问之，玄德不答，加鞭而出。门吏当之不住，飞报蔡瑁。瑁即上马，引五百军随后追赶。

惟西门可走。公宜速逃——刘备命如悬丝，幸亏伊籍为之通风报信，使情节突起转折。

却说玄德撞出西门，行无数里，前有大溪，拦住去路。那檀溪阔数丈，水通襄江，其波甚紧。玄德到溪边，见不可渡，勒马再回，遥望城西尘头大起，追兵将至。玄德曰：“今番死矣！”遂回马到溪边。回头看时，追兵已近。玄德着慌，纵马下溪。行不数步，马前蹄忽陷，浸湿衣袍。玄德乃加鞭大呼曰：“的卢，的卢！今日妨吾！”言毕，那马忽从水中涌身而起，一跃三丈，飞上西岸。㊟玄德如从云雾中起。后来苏学士有古风一篇，单咏跃马檀溪事。诗曰：

那马忽从水中涌身而起，一跃三丈，飞上西岸——在此万分危急之时，的卢马忽然创造奇迹，终于使刘备死里逃生，真是奇绝妙绝！

老去花残春日暮，宦游偶至檀溪路；
停骖遥望独徘徊，眼前零落飘红絮。
暗想咸阳火德衰，龙争虎斗交相持；
襄阳会上王孙饮，坐中玄德身将危。
逃生独出西门道，背后追兵复将到；
一川烟水涨檀溪，急叱征骑往前跳。
马蹄踏碎青玻璃，天风响处金鞭挥；
耳畔但闻千骑走，波中忽见双龙飞：
西川独霸真英主，坐下龙驹两相遇。
檀溪溪水自东流，龙驹英主今何处！
临流三叹心欲酸，斜阳寂寂照空山；
三分鼎足浑如梦，踪迹空留在世间。

玄德跃过溪西，顾望东岸，蔡瑁已引军赶到溪边，大叫："使君何故逃席而去？"玄德曰："吾与汝无仇，何故欲相害？"瑁曰："吾并无此心。使君休听人言。"玄德见瑁手将拈弓取箭，乃急拨马望西南而去。瑁谓左右曰："是何神助也？"方欲收军回城，只见西门内赵云引三百军赶来。正是：跃去龙驹能救主，追来虎将欲诛仇。未知蔡瑁性命如何，且听下文分解。

尾评：

马跃檀溪，使刘备逃脱了一场灾难，也使刘备结束了寄人篱下无所作为的沉闷生活，开始积极寻访贤士以求重振雄风。因此，这一情节堪称书中一个不可忽视的关目。

第三十五回
玄德南漳逢隐沦　单福新野遇英主

总评

刘备巧遇司马徽，视野大为开阔。尽管他一向尊贤爱士，但以往忙于征战，疏于访贤，加之昧于见识，所得或为迂阔君子，或为淳淳儒者，皆系白面书生，而非经纶济世之才。因此，他虽有“上报国家，下安黎庶”之雄心，有关、张、赵云等勇将，却一直缺乏明确的战略规划，更无“运筹帷幄，决胜千里”的贤相辅佐，故尔屡遭挫折，惶惶奔走，以至寄人篱下，还归因于“命途多蹇”。经过司马徽一番指点，他才豁然开朗，下定决心访求奇才，从而走上将平定天下的理想化为切实行动的正确道路。

司马徽眼观天下，识见高远，而又无意仕进，不图私利，因而知人论世，深刻公允，如水之平，如镜之明，不愧“水镜先生”之名。

据《三国志·蜀书·庞统传》注引《襄阳记》:“诸葛孔明为卧龙，庞士元为凤雏，司马德操为水镜，皆庞德公语也。”罗贯中对此语前半稍加改造，借司马徽之口说道:“伏龙、凤雏，两人得一，可安天下。”自此，刘备念念不忘，亿万读者亦念念不忘，遂成千古名句。

徐庶化名单福，一出场便才具不凡，被刘备拜为军师。庶亦不负重任，首战告捷，使刘备取得屯驻新野以来的第一次胜利，初步证明了经纶济世之才的重要作用。

却说蔡瑁方欲回城，赵云引军赶出城来。原来赵云正饮酒间，忽见人马动，急入内观之，席上不见了玄德。云大惊，出投馆舍，听得人说："蔡瑁引军望西赶去了。"云火急绰枪上马，引着原带来三百军，奔出西门，正迎着蔡瑁，急问曰："吾主何在？"瑁曰："使君逃席而去，不知何往。"赵云是谨细之人，不肯造次，即策马前行。遥望大溪，别无去路，乃复回马，喝问蔡瑁曰："汝请吾主赴宴，何故引着军马追来？"瑁曰："九郡四十二县官僚俱在此*，吾为上将，岂可不防护？"云曰："汝逼吾主何处去了？"瑁曰："闻使君匹马出西门，到此却又不见。"云惊疑不定，直来溪边看时，只见隔岸一带水迹。云暗忖曰："难道连马跳过了溪去？……"令三百军四散观望，并不见踪迹。云再回马时，蔡瑁已入城去了。云乃拿守门军士追问，皆说："刘使君飞马出西门而去。"云再欲入城，又恐有埋伏，遂急引军归新野。㊣评

遂急引军归新野——赵云为人精细，处事稳重，于此可见。从此以后，赵云的这一性格特色在书中得到了突出的表现。

却说玄德跃马过溪，似醉似痴，想："此阔涧一跃而过，岂非天意！"迤逦望南漳策马而行，日将沉西。正行之间，见一牧童跨于牛背上，口吹短笛而来。玄德叹曰："吾不如也！"遂立马观之。牧童亦停牛罢笛，熟视玄德，曰："将军莫非破黄巾刘玄德否？"玄德惊问曰："汝乃村僻小童，何以知吾姓字？"牧童曰："我本不知。因常侍师父，有客到日，多曾说有一刘玄德，身长七尺五寸，垂手过膝，目能自顾其耳，乃当世之英雄。今观将军如此模样，想必是也。"玄德曰："汝师何人也？"牧童曰："吾师复姓司马，名徽，字德操，颍川人也。道号'水镜先生'。"玄德曰："汝师与谁为友？"小童曰："与襄阳庞德公、庞统为友。"玄德曰："庞德公乃庞统何人？"童子曰："叔侄也。庞德公长俺师父十岁*；庞统字士元，少俺师父五岁。一日，我师父在树上采桑，适庞统来相访，坐于树下，共相议论，

终日不倦。吾师甚爱庞统，呼之为弟。”玄德曰：“汝师今居何处？”牧童遥指曰：“前面林中，便是庄院。”玄德曰：“吾正是刘玄德。汝可引我去拜见你师父。”

童子便引玄德，行二里余，到庄前下马，入至中门，忽闻琴声甚美。玄德教童子且休通报，侧耳听之。琴声忽住而不弹。一人笑而出曰：“琴韵清幽，音中忽起高抗之调，必有英雄窃听。”童子指谓玄德曰：“此即吾师水镜先生也。”玄德视其人，松形鹤骨，器宇不凡。慌忙进前施礼，衣襟尚湿。水镜曰：“公今日幸免大难！”玄德惊讶不已。小童曰：“此刘玄德也。”水镜请入草堂，分宾主坐定。玄德见架上满堆书卷，窗外盛栽松竹，横琴于石床之上，清气飘然。水镜问曰：“明公何来？”玄德曰：“偶尔经由此地，因小童相指，得拜尊颜，不胜万幸！”水镜笑曰：“公不必隐讳。公今必逃难至此。”玄德遂以襄阳一事告之。水镜曰：“吾观公气色，已知之矣。”因问玄德曰：“吾久闻明公大名，何故至今犹落魄不偶耶？”玄德曰：“命途多蹇，所以至此。”水镜曰：“不然。盖因将军左右不得其人耳。”㊟玄德曰：“备虽不才，文有孙乾、糜竺、简雍之辈，武有关、张、赵云之流，竭忠辅相，颇赖其力。”水镜曰：“关、张、赵云，皆万人敌，惜无善用之之人。若孙乾、糜竺辈，乃白面书生，非经纶济世之才也。”㊟玄德曰：“备亦尝侧身以求山谷之遗贤，奈未遇其人何！”水镜曰：“岂不闻孔子云：‘十室之邑，必有忠信。’何谓无人？”玄德曰：“备愚昧不识，愿赐指教。”水镜曰：“公闻荆襄诸郡小儿谣言乎？其谣曰：‘八九年间始欲衰，至十三年无孑遗。到头天命有所归，泥中蟠龙向天飞。’此谣始于建安初：建安八年，刘景升丧却前妻，便生家乱，此所谓‘始欲衰’也；‘无孑遗’者，不久则景升将逝，文武零落无孑遗矣；‘天命有归’，‘龙向天飞’，盖应在将军也。”玄德闻言，惊谢曰：“备安敢当此！”水镜曰：“今天下之奇才，尽在于此，公当往求之。”玄德急问曰：“奇才安在？果系何人？”水镜曰：“伏龙、凤雏，两人得一，可安天下。”㊟玄德曰：“伏龙、凤雏何人也？”水镜抚掌大笑曰：“好！好！”玄德再问时，水镜曰：“天色已晚，将军可于此暂宿一宵，明日当言之。”即命小童具饮馔相待，马牵入后院喂养。

玄德饮膳毕，即宿于草堂之侧。玄德因思水镜之言，寝不成

盖因将军左右不得其人耳——水镜先生指出刘备缺乏高明之士辅佐，乃是其屡遭挫折的根本原因，可谓一针见血。

乃白面书生，非经纶济世之才也——饱读诗书，文籍满腹，虽能高谈阔论，却无安邦之术，可谓“白面书生”；明辨时势，精通韬略，既有报国安民之志，又有克敌制胜之能，方可谓之“经纶济世之才”。

伏龙、凤雏，两人得一，可安天下——“两人得一，可安天下”，这是对伏龙（卧龙）、凤雏的最高评价，又是有志于得天下者的最佳辅佐。刘备闻此，怎能不千方百计地寻访？

寐。㊟约至更深，忽听一人叩门而入，水镜曰："元直何来？"玄德起床密听之，闻其人答曰："久闻刘景升善善恶恶，特往谒之。及至相见，徒有虚名，盖善善而不能用，恶恶而不能去者也。故遗书别之，而来至此。"水镜曰："公怀王佐之才，宜择人而事，奈何轻身往见景升乎？且英雄豪杰，只在眼前，公自不识耳。"其人曰："先生之言是也。"玄德闻之大喜，暗忖此人必是伏龙、凤雏，即欲出见，又恐造次。

候至天晓，玄德求见水镜，问曰："昨夜来者是谁？"水镜曰："此吾友也。"玄德求与相见。水镜曰："此人欲往投明主，已到他处去了。"玄德请问其姓名，水镜笑曰："好！好！"玄德再问："伏龙、凤雏，果系何人？"水镜亦只笑曰："好！好！"㊟玄德拜请水镜出山相助，同扶汉室。水镜曰："山野闲散之人，不堪世用。自有胜吾十倍者来助公，公宜访之。"正谈论间，忽闻庄外人喊马嘶，小童来报："有一将军，引数百人到庄来也。"玄德大惊，急出视之，乃赵云也。玄德大喜。云下马入见曰："某夜来回县，寻不见主公，连夜跟问到此。主公可作速回县，只恐有人来县中厮杀。"玄德辞了水镜，与赵云上马，投新野来。行不数里，一彪人马来到，视之，乃云长、益德也，相见大喜。玄德诉说跃马檀溪之事，共相嗟讶。

到县中，与孙乾等商议。乾曰："可先致书于景升，诉告此事。"玄德从其言，即令孙乾赍书至襄阳。刘表唤入问曰："吾请玄德襄阳赴会，缘何逃席而去？"孙乾呈上书札，具言蔡瑁设谋相害，赖跃马檀溪得脱。表大怒，急唤蔡瑁责骂曰："汝焉敢害吾弟！"命推出斩之。蔡夫人出，哭求免死，表怒犹未息。孙乾告曰："若杀蔡瑁，恐皇叔不能安居于此矣。"表乃责而释之，使长子刘琦同孙乾至玄德处请罪。琦奉命赴新野，玄德接着，设宴相待。酒酣，琦忽然堕泪。玄德问其故。琦曰："继母蔡氏，常怀谋害之心；侄无计免祸，幸叔父指教。"玄德劝以"小心尽孝，自然无祸"。次日，琦泣别。玄德乘马送琦出郭，因指马谓琦曰："若非此马，吾已为泉下之人矣。"琦曰："此非马之力，乃叔父之洪福也。"说罢，相别，刘琦涕泣而去。

玄德回马入城，忽见市上一人，葛巾布袍，皂绦乌履，长歌而来。歌曰：

玄德因思水镜之言，寝不成寐——司马徽之言，使刘备茅塞顿开，大大激发了他求贤若渴的心理。思前想后，这位飘荡半生的枭雄确实难以入睡了。

水镜亦只笑曰："好！好！"——刘备一再追问伏龙、凤雏是谁，水镜先生却避而不答，只以"好，好"应付，可谓"好好先生"。但他有意引而不发，闪烁其词，既是对卧龙、凤雏的尊重，又是对刘备求贤之诚的考验，与后世回避矛盾，谨小慎微的"好好先生"完全不同。

天地反覆兮，火欲殂；大厦将崩兮，一木难扶。

山谷有贤兮，欲投明主；明主求贤兮，却不知吾。

此人莫非水镜所言伏龙、凤雏乎——自闻水镜之言，伏龙、凤雏之名便铭记在刘备心中，真是朝思暮想，梦寐以求。

玄德闻歌，暗思："此人莫非水镜所言伏龙、凤雏乎？"[评]遂下马相见，邀入县衙，问其姓名。答曰："某乃颍上人也，姓单，名福。久闻使君纳士招贤，欲来投托，未敢辄造；故行歌于市，以动尊听耳。"玄德大喜，待为上宾。单福曰："适使君所乘之马，再乞一观。"玄德命去鞍牵于堂下。单福曰："此非的卢马乎？虽是千里马，却只妨主，不可乘也。"玄德曰："已应之矣。"遂具言跃檀溪之事。福曰："此乃救主，非妨主也；终必妨一主。某有一法可禳。"玄德曰："愿闻禳法。"福曰："公意中有仇怨之人，可将此马赐之；待妨过了此人，然后乘之，自然无事。"玄德闻言变色曰："公初至此，不教吾以正道，便教作利己妨人之事，备不敢闻教。"福笑谢曰："向闻使君仁德，未敢便信，故以此言相试耳。"玄德亦改容起谢曰："备安能有仁德及人，惟先生教之。"福曰："吾自颍上来此，闻新野之人歌曰：'新野牧，刘皇叔；自到此，民丰足。'可见使君之仁德及人也。"玄德乃拜单福为军师，调练本部人马。

却说曹操自冀州回许都，常有取荆州之意，特差曹仁、李典并降将吕旷、吕翔等领兵三万，屯樊城*，虎视荆襄，就探看虚实。时吕旷、吕翔禀曹仁曰："今刘备屯兵新野，招军买马，积草储粮，其志不小，不可不早图之。吾二人自降丞相之后，未有寸功，愿请精兵五千，取刘备之头，以献丞相。"曹仁大喜，与二吕兵五千，前往新野厮杀。探马飞报玄德。玄德请单福商议。福曰："既有敌兵，不可令其入境。可使关公引一军从左而出，以敌来军中路；张飞引一军从右而出，以敌来军后路；公自引赵云出兵前路相迎：敌可破矣。"玄德从其言，即差关、张二人去讫；然后与单福、赵云等，共引二千人马出关相迎。行不数里，只见山后尘头大起，吕旷、吕翔引军来到。两边各射住阵角。玄德出马于旗门下，大呼曰："来者何人，敢犯吾境？"吕旷出马曰："吾乃大将吕旷也。奉丞相命，特来擒汝！"玄德大怒，使赵云出马。二将交战，不数合，赵云一枪刺吕旷于马下。玄德麾军掩杀，吕翔抵敌不住，引军便走。正行间，路傍一军突出，为首大将，乃关云长也；冲杀一阵，吕翔折兵大半，夺路走脱。行不到十里，又一军拦住去路，为首大将，挺矛大叫："张益德在此！”直取吕翔。翔措手不及，被张飞一矛刺中，翻身落马而死。余众四散奔走。玄德合军追赶，大半多被擒获。㊟玄德班师回县，重待单福，犒赏三军。

大半多被擒获——徐庶初任军师，便旗开得胜，从而迅速树立了在刘备军中的威信，使刘备尝到了辅佐得人的甜头。

却说败军回见曹仁，报说："二吕被杀，军士多被活捉。"曹仁大惊，与李典商议。典曰："二将欺敌而亡，今只宜按兵不动，申报丞相，起大兵来征剿，乃为上策。"仁曰："不然。今二将阵亡，又折许多军马，此仇不可不急报。量新野弹丸之地，何劳丞相大军？"典曰："刘备人杰也，不可轻视。"仁曰："公何怯也！"典曰："兵法云：'知彼知己，百战百胜。'某非怯战，但恐不能必胜耳。"仁怒曰："公怀二心耶？吾必欲生擒刘备！"典曰："将军若去，某守穰城。"仁曰："汝若不同去，真怀二心矣！"典不得已，只得与曹仁点起二万五千军马，渡河投新野而来。正是：偏裨既有舆尸辱，主将重兴雪耻兵。未知胜负何如，且听下文分解。

尾评：

水镜先生司马徽在本回中初次出现，尽管作者着墨不多，却将其飘逸不群、机智豁达、明于知人的隐士形象刻画得十分生动传神，给读者留下极为深刻的印象。

刘备得到水镜先生的启迪后，一心一意寻求奇才辅佐，为“三顾草庐”作了必要的心理准备。

第三十六回

玄德用计袭穰城　元直走马荐诸葛

总评

历史上的徐庶投奔刘备后，虽被刘备器重，但究竟有何作为，史书失载。罗贯中将徐庶写成刘备的第一个军师，指挥刘备所部接连打败曹军，又让曹操的重要谋士程昱称赞其才“十倍于昱”，从而突出了他机警通达、精通韬略的非凡才干，为诸葛亮的出场作了有力的铺垫。

据《三国志·蜀书·诸葛亮传》，建安十三年（208），曹操南征，刘琮投降，“先主在樊闻之，率其众南行，亮与徐庶并从，为曹公所追破，获庶母。庶辞先主而指其心曰：‘本欲与将军共图王霸之业者，以此方寸之地也。今已失老母，方寸乱矣，无益于事，请从此别。’遂诣曹公。”可见徐母本在徐庶身边，在刘备败于当阳时被俘，徐庶为保老母，乃辞别刘备。罗贯中出于“尊刘贬曹”的思想倾向，虚构程昱行诈、徐母骂曹等情节，使徐母之刚烈、徐庶之至孝跃然纸上，并自然引出“走马荐诸葛”的情节。

“走马荐诸葛”这一情节，本于《三国志·蜀书·诸葛亮传》：“时先主屯新野，徐庶见先主，先主器之，谓先主曰：‘诸葛孔明者，卧龙也，将军岂愿见之乎？’先主曰：‘君与俱来。’庶曰：‘此人可就见，不可屈致也。将军宜枉驾顾之。’由是先主遂诣亮……”罗贯中对史实加以改造，将徐庶荐诸葛的时间安排在其告别刘备之时，不仅有意让二人先后登场，各显其才；而且通过委婉动人的情节，借助徐庶的极力揄扬，将尚未出场的诸葛亮置于极高的地位，调动起刘备前往寻访的急切心情。

却说曹仁忿怒，遂大起本部之兵，星夜渡河，意欲踏平新野。

且说单福得胜回县，谓玄德曰："曹仁屯兵穰城，今知二将被诛，必起大军来战。"玄德曰："当何以迎之？"福曰："彼若尽提兵而来，穰城空虚，可乘间夺之。"玄德问计。福附耳低言如此如此。玄德大喜，预先准备已定。忽报马报说："曹仁引大军渡河来了。"单福曰："果不出吾之料。"遂请玄德出军迎敌。两阵对圆，赵云出马，唤彼将答话。曹仁命李典出阵，与赵云交锋。约战十数合，李典料敌不过，拨马回阵。云纵马追赶，两翼军射住，遂各罢兵归寨。

李典回见曹仁，言："彼军精锐，不可轻敌，不如回穰城。"曹仁大怒曰："汝未出军时，已慢吾军心；今又卖阵，罪当斩首！"便喝刀斧手推出李典要斩，众将苦告方免。乃调李典领后军，仁自引兵为前部。次日鸣鼓进军，布成一个阵势，使人问玄德曰："识吾阵否？"单福便上高处观看毕，谓玄德曰："此'八门金锁阵也'。八门者：休、生、伤、杜、景、死、惊、开。如从生门、景门、开门而入则吉；从伤门、惊门、休门而入则伤；从杜门、死门而入则亡。今八门虽布得整齐，只是中间通欠主持。如从东南角上生门击入，往正西景门而出，其阵必乱。"玄德传令，教军士把住阵角，命赵云引五百军从东南而入，径往西出。云得令，挺枪跃马，引兵径投东南角上，呐喊杀入中军。曹仁便投北走。云不追赶，却突出西门，又从西杀转东南角上来。曹仁军大乱。玄德麾军冲击，曹兵大败而退。㊟单福命休追赶，收军自回。

曹兵大败而退——曹仁乃曹操手下数一数二的大将，而在徐庶面前，其"八门金锁阵"顷刻被破，被打得大败而退，由此更可见徐庶才干不凡。

却说曹仁输了一阵，方信李典之言；因复请典商议，言："刘备军中必有能者。吾阵竟为所破。"李典曰："吾虽在此，甚忧穰城。"曹仁曰："今晚去劫寨。如得胜，再作计议；如不胜，便退军回穰城。"李典曰："不可。刘备必有准备。"仁曰："若如此多疑，何以用兵！"遂不听李典之言，自引军为前队，使李典为后应，当夜二更劫寨。

却说单福正与玄德在寨中议事，忽信风骤起。福曰："今夜曹仁必来劫寨。"玄德曰："何以敌之？"福笑曰："吾已预算定了。"遂密密分拨已毕。至二更，曹仁兵将近寨，只见寨中四围火起，烧着寨栅。曹仁知有准备，急令退军。赵云掩杀将来。仁不及收兵回寨，急望北河而走。将到河边，才欲寻船渡河，岸上一彪军杀到：为首大将，乃张飞也。曹仁死战，李典保护曹仁下船渡河。曹军大半淹死水中。曹仁渡过河面，上岸奔至穰城，令人叫门。只见城上一声鼓响，一将引军而出，大喝曰："吾已取穰城多时矣！"㊣众惊视之，乃关云长也。仁大惊，拨马便走。云长追杀过来。曹仁又折了好些军马，星夜投许都。于路打听，方知有单福为军师，设谋定计。

不说曹仁败回许都。且说玄德大获全胜，引军入穰城，县令刘泌出迎。玄德安民已定。那刘泌乃长沙人，亦汉室宗亲，遂请玄德到家，设宴相待。只见一人侍立于侧。玄德视其人器宇轩昂，因问泌曰："此何人？"泌曰："此吾之甥寇封，本罗侯寇氏之子也；因父母双亡，故依于此。"玄德爱之，欲嗣为义子。刘泌欣然从之，遂使寇封拜玄德为父，改名刘封。玄德带回，令拜云长、益德为叔。云长曰："兄长既有子，何必用螟蛉？后必生乱。"玄德曰："吾待之如子，彼必事吾如父，何乱之有！"云长不悦。㊣玄德与单福计议，令赵云引一千军守穰城，玄德领众自回新野。

却说曹仁与李典回许都，见曹操，泣拜于地请罪，具言折将损兵之事。操曰："胜负乃军家之常。但不知谁为刘备画策？"曹仁言是单福之计。操曰："单福何人也？"程昱笑曰："此非单福也。此人幼好学击剑；中平末年，尝为人报仇杀人，披发涂面而走，为吏所获；问其姓名不答，吏乃缚于车上，击鼓行于市，令市人识之，虽有识者不敢言，而同伴窃解救之。乃更姓名而逃，折节向学，遍访名师，尝与司马徽谈论。此人乃颍川徐庶，字元直。单福乃其托名耳。"㊣操曰："徐庶之才，比君何如？"昱曰："十倍于昱。"操曰："惜乎贤士归于刘备！羽翼成矣！奈何？"昱曰："徐庶虽在彼，丞相要用，召来不难。"操曰："安得彼来归？"昱曰："徐庶为人至孝。幼丧其父，止有老母在堂。现今其弟徐康已亡，老母无人侍养。丞相可使人赚其母至许都，令作书召其子，则徐庶必至矣。"

吾已取穰城多时矣——徐庶既破曹仁八门之阵，又败曹仁劫寨之兵，同时遣关羽乘虚袭取穰城，使曹仁狼狈逃回许都，其谋略之高，更加令人佩服。

云长不悦——刘备收刘封为义子，关羽认为有碍其父子继承而加劝阻，由此埋下刘封对关羽不满的种子。

此人乃颍川徐庶，字元直。单福乃其托名耳——单福于上回出场，来得颇为突兀而略带神秘。直到此时，读者方知其真名徐庶，并了解其大致经历，在接受心理上产生惊喜之感，堪称叙事妙品。

操大喜，使人星夜前去取徐庶母，不一日取至。操厚待之，因谓之曰："闻令嗣徐元直，乃天下奇才也。今在新野，助逆臣刘备，背叛朝廷，正犹美玉落于污泥之中，诚为可惜。今烦老母作书，唤回许都，吾于天子之前保奏，必有重赏。"遂命左右捧过文房四宝，令徐母作书。徐母曰："刘备何如人也？"操曰："涿郡小辈*，妄称'皇叔'，全无信义。所谓外君子而内小人者也。"徐母厉声曰："汝何虚诳之甚也！吾久闻玄德乃中山靖王之后，孝景皇帝阁下玄孙，屈身下士，恭己待人，仁声素著，世之黄童、白叟、牧子、樵夫皆知其名：真当世之英雄也。吾儿辅之，得其主矣。汝虽托名汉相，实为汉贼。乃反以玄德为逆臣，欲使吾儿背明投暗，岂不自耻乎！"言讫，取石砚便打曹操。操大怒，叱武士执徐母出，将斩之。程昱急止之，入谏操曰："徐母触忤丞相者，欲求死也。丞相若杀之，则招不义之名，而成徐母之德。徐母既死，徐庶必死心助刘备以报仇矣；不如留之，使徐庶身心两处，纵使助刘备，亦不尽力也。且留得徐母在，昱自有计赚徐庶至此，以辅丞相。"操然其言，遂不杀徐母，送于别室养之。程昱日往问候，诈言曾与徐庶结为兄弟，待徐母为亲母；时常馈送物件，必具手启。徐母因亦作手启答之。程昱赚得徐母笔迹，乃仿其字体，诈修家书一封，差一心腹人，持书径奔新野县，㊣寻问"单福"行幕。军士引见徐庶，庶知母有家书至，急唤入问之。来人曰："某乃馆下走卒，奉老夫人言语，有书附达。"庶拆封视之。书曰：

近汝弟康丧，举目无亲。正悲凄间，不期曹丞相使人赚至许都，言汝背反，下我于缧绁，赖程昱等救免。若得汝降，能免我死。如书到日，可念劬劳之恩，星夜前来，以全孝道；然后徐图归耕故园，免遭大祸。吾今命若悬丝，专望救援，更不多嘱。

徐庶览毕，泪如泉涌。持书来见玄德曰："某本颍川徐庶，字元直；为因逃难，更名单福。前闻刘景升招贤纳士，特往见之；及与论事，方知是无用之人，故作书别之。夤夜至司马水镜庄上，诉说其事。水镜深责庶不识主，因说：'刘豫州在此，何不事之？'庶故作狂歌于市，以动使君；幸蒙不弃，即赐重用。争奈老母今被曹操奸计，赚至许都囚禁，将欲加害。老母手书来唤，庶不容不去。非不欲效犬马之劳，以报使君；奈慈亲被执，不得尽力。今当告归，容图后会。"㊣玄德闻言大哭曰："子母乃天性之

持书径奔新野县——程昱本欲利用徐庶之孝，使徐母作书召徐庶至许都；徐母不肯，昱便假冒其笔迹以赚徐庶，可谓挖空心思，变诈百端。

今当告归，容图后会——徐庶虽然精通韬略，善于用兵；但天性至孝，得书后无暇辨别真假，只得放弃辅佐刘备以成大业的志向，匆匆告别。此即所谓"君子可欺以其道"。读书至此，怎能不抚膺长叹！

亲，元直无以备为念。待与老夫人相见之后，或者再得奉教。"徐庶便拜谢欲行。玄德曰："乞再聚一宵，来日饯行。"孙乾密谓玄德曰："元直天下奇才，久在新野，尽知我军中虚实。今若使归曹操，必然重用，我其危矣。主公宜苦留之，切勿放去。操见元直不去，必斩其母。元直知母死，必为母报仇，力攻曹操也。"玄德曰："不可。使人杀其母，而吾用其子，不仁也；留之不使去，以绝其子母之道，不义也。吾宁死，不为不仁不义之事。"㊣众皆感叹。

玄德请徐庶饮酒，庶曰："今闻老母被囚，虽金波玉液不能下咽矣。"玄德曰："备闻公将去，如失左右手，虽龙肝凤髓，亦不甘味。"二人相对而泣，坐以待旦。诸将已于郭外安排筵席饯行。玄德与徐庶并马出城，至长亭，下马相辞。玄德举杯谓徐庶曰："备分浅缘薄，不能与先生相聚。望先生善事新主，以成功名。"庶泣曰："某才微智浅，深荷使君重用。今不幸半途而别，实为老母故也。纵使曹操相逼，庶亦终身不设一谋。"㊣玄德曰："先生既去，刘备亦将远遁山林矣。"庶曰："某所以与使君共图王霸之业者，恃此方寸耳；今以老母之故，方寸乱矣，纵使在此，无益于事。使君宜别求高贤辅佐，共图大业，何便灰心如此？"玄德曰："天下高贤，无有出先生右者。"庶曰："某樗栎庸材，何敢当此重誉。"临别，又顾谓诸将曰："愿诸公善事使君，以图名垂竹帛，功标青史，切勿效庶之无始终也。"诸将无不伤感。玄德不忍相离，送了一程，又送一程。庶辞曰："不劳使君远送，庶就此告别。"玄德就马上执庶之手曰："先生此去，天各一方，未知相会却在何日！"说罢，泪如雨下。庶亦涕泣而别。玄德立马于林畔，看徐庶乘马与从者匆匆而去。玄德哭曰："元直去矣！吾将奈何？"凝泪而望，却被一树林隔断。玄德以鞭指曰："吾欲尽伐此处树林。"众问何故。玄德曰："因阻吾望徐元直之目也。"㊣

正望间，忽见徐庶拍马而回。玄德曰："元直复回，莫非无去意乎？"遂欣然拍马向前迎问曰："先生此回，必有主意。"庶勒马谓玄德曰："某因心绪如麻，忘却一语：此间有一奇士，只在襄阳城外二十里隆中。使君何不求之？"玄德曰："敢烦元直为备请来相见。"庶曰："此人不可屈致，使君可亲往求之。若得此人，无异周得吕

吾宁死，不为不仁不义之事——徐庶若归曹操，确有可能不利于刘备；但刘备决不因此而强留徐庶，损害其孝道。"不为不仁不义之事"，这是刘备真诚奉行的信条，也是他所以深得人心的关键。

纵使曹操相逼，庶亦终身不设一谋——辅佐刘备，这是徐庶的政治选择；辞刘归曹，这又是徐庶为尽孝道的不得已之举。"忠孝不能两全"，徐庶只好以"终身不设一谋"来应付曹操。对于一个胸怀大志、精通韬略的人才来说，其心情该是多么悲苦！

因阻吾望徐元直之目也——徐庶即将远去，刘备依依不舍；通宵相对，长亭饯行，文含泪目送，竟嫌树林障目而欲伐之。其深情厚意，千古之下，犹令人动心。

若得此人，无异周得吕望、汉得张良也——开口举荐，便将诸葛亮与开创西周、西汉王朝的功臣吕望、张良相提并论，可见其对诸葛亮评价之高。

此人有经天纬地之才，盖天下一人也——诸葛亮自比辅佐其主称霸一时的管仲、乐毅，徐庶则称之为继往开来统一全国的"天下（第）一人"，其推崇可谓无以复加。

说罢，拂袖而入——诸葛亮不因徐庶举荐而喜，反而责怪徐庶以己为献给刘备之礼。这不仅表现了诸葛亮的清高自爱，而且表明他必须了解刘备是否真心求贤之后才能决定是否出山。

望、汉得张良也。"㊟玄德曰："此人比先生才德何如？"庶曰："以某比之，譬犹驽马并麒麟、寒鸦配鸾凤耳。此人每尝自比管仲、乐毅；以吾观之，管、乐殆不及此人。此人有经天纬地之才，盖天下一人也！"㊟玄德喜曰："愿闻此人姓名。"庶曰："此人乃琅琊阳都人，复姓诸葛，名亮，字孔明，乃汉司隶校尉诸葛丰之后。其父名珪，字君贡*，为泰山郡丞，早卒；亮从其叔玄。玄与荆州刘景升有旧，因往依之，遂家于襄阳。后玄卒，亮与弟诸葛均躬耕于南阳邓县之隆中*。尝好为《梁父吟》。所居之地有一冈，名卧龙冈，因自号为'卧龙先生'。此人乃绝代奇才，使君急宜枉驾见之。若此人肯相辅佐，何愁天下不定乎！"玄德曰："昔水镜先生曾为备言：'伏龙、凤雏，两人得一，可安天下。'今所云莫非即伏龙、凤雏乎？"庶曰："凤雏乃襄阳庞统也。伏龙正是诸葛孔明。"玄德踊跃曰："今日方知'伏龙、凤雏'之语。何期大贤只在目前！非先生言，备有眼如盲也！"后人有赞徐庶走马荐诸葛诗曰：

痛恨高贤不再逢，临岐泣别两情浓。
片言却似春雷震，能使南阳起卧龙。

徐庶荐了孔明，再别玄德，策马而去。玄德闻徐庶之语，方悟司马德操之言，似醉方醒，如梦初觉。引众将回至新野，便具厚币，同关、张前去隆中请孔明*。

且说徐庶既别玄德，感其留恋之情，恐孔明不肯出山辅之，遂乘马直至卧龙冈下，入草庐见孔明。孔明问其来意，庶曰："庶本欲事刘豫州，奈老母为曹操所囚，驰书来召，只得舍之而往。临行时，将公荐与玄德。玄德即日将来奉谒，望公勿推阻，即展平生之大才以辅之，幸甚！"孔明闻言作色曰："君以我为享祭之牺牲乎！"说罢，拂袖而入。㊟庶羞惭而退，上马趱程，赴许都见母。正是：嘱友一言因爱主，赴家千里为思亲。未知后事若何，下文便见。

尾评：

徐庶走了，怀着事明主而不终的遗憾和壮志难酬的悲切，他走得心有不甘，走得那样无奈，那样沉重。

在上一回中，司马徽提到了诸葛亮的雅号“伏龙”（卧龙），称之为“可安天下”的奇才；而在本回中，徐庶又提到了诸葛亮的本名，称之为“天下一人”。从此，不仅刘备急欲求其出山辅佐，广大读者也渴望见到这位了不起的英雄。

第三十七回
司马徽再荐名士　刘玄德三顾草庐

总评

刘备寻访诸葛亮一事,《三国志·蜀书·诸葛亮传》中仅有一句话:"由是先主遂诣亮,凡三往,乃见。"至于"三往"的时节如何,过程怎样,均无片言。罗贯中充分发挥艺术家的天才想象,精心编织了"三顾茅庐"这一情节。在第三十五、三十六回中,他让司马徽、徐庶两度举荐诸葛亮,在本回前半又再次让司马徽对诸葛亮予以极高评价,激发起刘备欲请诸葛亮出山辅佐的强烈愿望。本回大部分篇幅,则具体叙述了刘备"一顾"、"二顾"的过程。作者成功运用侧面描写手法,通过隆中秀丽的景色、诸葛亮之友的潇洒风度、诸葛亮亲属的高雅情趣,层层衬托,不断强化诸葛亮在刘备心目中的分量;而在一次又一次地误把他人当卧龙,一次又一次地寻访不遇中,刘备爱才之诚、求才之切也逐步突出。整个情节曲折有致,摇曳多姿,情韵深长,遂使"三顾茅庐"成为千秋佳话。

诸葛亮隐居的隆中,位于襄阳城西二十里,而距新野则有百里之遥。当驻守新野的刘备以诸葛亮为一代大贤,不辞鞍马劳顿,一次又一次地前往隆中寻访之时,身居襄阳的刘表却似乎不知有诸葛亮其人,毫无征辟任用之举。由此可见,即使是第一流人才,也有待掌权者发现;而二刘之胸襟眼光,更是高低判然。

却说徐庶趱程赴许都。曹操知徐庶已到，遂命荀彧、程昱等一班谋士往迎之。庶入相府拜见曹操。操曰："公乃高明之士，何故屈身而事刘备乎？"庶曰："某幼逃难，流落江湖，偶至新野，遂与玄德交厚。老母在此，幸蒙慈念，不胜愧感。"操曰："公今至此，正可晨昏侍奉令堂，吾亦得听清诲矣。"庶拜谢而出，急往见其母，泣拜于堂下。母大惊曰："汝何故至此？"庶曰："近于新野事刘豫州；因得母书，故星夜至此。"徐母勃然大怒，拍案骂曰："辱子飘荡江湖数年，吾以为汝学业有进，何其反不如初也！汝既读书，须知忠孝不能两全。岂不识曹操欺君罔上之贼？刘玄德仁义布于四海，况又汉室之胄，汝既事之，得其主矣。今凭一纸伪书，更不详察，遂弃明投暗，自取恶名，真愚夫也！吾有何面目与汝相见！汝玷辱祖宗，空生于天地间耳！"骂得徐庶拜伏于地，不敢仰视。母自转入屏风后去了。少顷，家人出报曰："老夫人自缢于梁间。"㊣徐庶慌入救时，母已气绝。后人有《徐母赞》曰：

贤哉徐母，流芳千古：守节无亏，于家有补；教子多方，处身自苦；气若丘山，义出肺腑；赞美"豫州"，毁触魏武；不畏鼎镬，不惧刀斧；唯恐后嗣，玷辱先祖。伏剑同流，断机堪伍；生得其名，死得其所：贤哉徐母，流芳千古！

徐庶见母已死，哭绝于地，良久方苏。曹操使人赍礼吊问，又亲往祭奠。徐庶葬母柩于许都之南原，居丧守墓。凡曹操所赐，庶俱不受。㊣

时操欲商议南征。荀彧谏曰："天寒未可用兵；姑待春暖，方可长驱大进。"操从之，乃引漳河之水作一池，名玄武池，于内教练水军，准备南征。

却说玄德正安排礼物，欲往隆中谒诸葛亮，忽人报："门外有一

老夫人自缢于梁间——徐母愤然自尽，不仅是表示对徐庶"弃明投暗"的强烈不满，而且是要阻止徐庶为曹操效力。其刚烈性格，给人印象颇深。

凡曹操所赐，庶俱不受——徐母之死，全因曹操用程昱之计，使徐庶受骗而辞刘归曹。徐庶痛定思痛，又怎会接受曹操的赏赐呢？

此莫非即孔明乎——刘备一听说“有道貌非常”之人来访，便以为是孔明，真是念念不忘，寤寐思服。

可比……旺汉四百年之张子房也——司马徽将诸葛亮与姜子牙、张良相比，与徐庶之见不谋而合，可谓英雄所见略同。两位高明之士如此推崇诸葛亮，证明诸葛亮确系当时最杰出的人才。

卧龙虽得其主，不得其时，惜哉——时势造英雄。即使最杰出的人才，不得其时也无法扭转乾坤。司马徽此语，正为诸葛亮后来“出师未捷身先死”作一注脚。

玄德同关、张并从人等来隆中——这是刘备一顾茅庐。

先生，峨冠博带，道貌非常，特来相探。”玄德曰：“此莫非即孔明否？”㊎遂整衣出迎。视之，乃司马徽也。玄德大喜，请入后堂高坐，拜问曰：“备自别仙颜，因军务倥偬，有失拜访。今得光降，大慰仰慕之私。”徽曰：“闻徐元直在此，特来一会。”玄德曰：“近因曹操囚其母，徐母遣人驰书，唤回许都去矣。”徽曰：“此中曹操之计矣！吾素闻徐母最贤，虽为操所囚，必不肯驰书召其子：此书必诈也。元直不去，其母尚存；今若去，母必死矣。”玄德惊问其故，徽曰：“徐母高义，必羞见其子也。”玄德曰：“元直临行，荐南阳诸葛亮，其人若何？”徽笑曰：“元直欲去，自去便了，何又惹他出来呕心血也？”玄德曰：“先生何出此言？”徽曰：“孔明与博陵崔州平、颍川石广元、汝南孟公威与徐元直四人为密友。此四人务于精纯，惟孔明独观其大略。尝抱膝长吟，而指四人曰：‘公等仕进可至刺史、郡守。’众问孔明之志若何，孔明但笑而不答。每常自比管仲、乐毅，其才不可量也。”玄德曰：“何颍川之多贤乎！”徽曰：“昔有殷馗善观天文，尝谓‘群星聚于颍分，其地必多贤士’。”时云长在侧曰：“某闻管仲、乐毅乃春秋、战国名人，功盖寰宇；孔明自比此二人，毋乃太过？”徽笑曰：“以吾观之，不当比此二人；我欲另以二人比之。”云长问：“那二人？”徽曰：“可比兴周八百年之姜子牙、旺汉四百年之张子房也。”㊎众皆愕然。徽下阶相辞欲行，玄德留之不住。徽出门，仰天大笑曰：“卧龙虽得其主，不得其时，惜哉！”㊎言罢，飘然而去。玄德叹曰：“真隐居贤士也！”

次日，玄德同关、张并从人等来隆中。㊎遥望山畔数人，荷锄耕于田间，而作歌曰：

苍天如圆盖，陆地似棋局；
世人黑白分，往来争荣辱：
荣者自安安，辱者定碌碌。
南阳有隐居，高眠卧不足！

玄德闻歌，勒马唤农夫问曰：“此歌何人所作？”答曰：“乃卧龙先生所作也。”玄德曰：“卧龙先生住何处？”农夫曰：“自此山之南，一带高冈，乃卧龙冈也。冈前疏林内茅庐中，即诸葛先生高卧之地。”玄德谢之，策马前行。不数里，遥望卧龙冈，果然清景异常。后人有古风一篇，单道卧龙居处。诗曰：

襄阳城西二十里，一带高冈枕流水：
高冈屈曲压云根，流水潺湲飞石髓；
势若困龙石上蟠，形如单凤松阴里；
柴门半掩闭茅庐，中有高人卧不起。
修竹交加列翠屏，四时篱落野花馨；
床头堆积皆黄卷，座上往来无白丁；
叩户苍猿时献果，守门老鹤夜听经；
囊里名琴藏古锦，壁间宝剑挂七星。
庐中先生独幽雅，闲来亲自勤耕稼。
专待春雷惊梦回，一声长啸安天下。

玄德来到庄前，下马亲叩柴门。一童出问，玄德曰：“汉左将军、宜城亭侯、领豫州牧、皇叔刘备，特来拜见先生。”童子曰：“我记不得许多名字。”㊟玄德曰：“你只说刘备来访。”童子曰：“先生今早少出。”玄德曰：“何处去了？”童子曰：“踪迹不定，不知何处去了。”玄德曰：“几时归？”童子曰：“归期亦不定，或三五日，或十数日。”玄德惆怅不已。张飞曰：“既不见，自归去罢了。”玄德曰：“且待片时。”云长曰：“不如且归，再使人来探听。”玄德从其言，嘱付童子：“如先生回，可言刘备拜访。”

我记不得许多名字——刘备一本正经报出一大堆头衔，孔明之童却不屑一听。“记不得”者，不耐烦也，蔑视官场俗套，真是可爱。

遂上马，行数里，勒马回观隆中景物，果然山不高而秀雅，水不深而澄清；地不广而平坦，林不大而茂盛；猿鹤相亲，松篁交翠：㊟观之不已。忽见一人，容貌轩昂，丰姿俊爽，头戴逍遥巾，身穿皂布袍，杖藜从山僻小路而来。玄德曰：“此必卧龙先生也！”急下马向前施礼，问曰：“先生非卧龙否？”其人曰：“将军是谁？”玄德曰：“刘备也。”其人曰：“吾非孔明，乃孔明之友：博陵崔州平也。”玄德曰：“久闻大名，幸得相遇。乞即席地权坐，请教一言。”二人对坐于林间石上，关、张侍立于侧。州平曰：“将军何故欲见孔明？”玄德曰：“方今天下大乱，四方云扰，欲见孔明，求安邦定国之策耳。”州平笑曰：“公以定乱为主，虽是仁心，但自古以来，治乱无常。自高祖斩蛇起义，诛无道秦，是由乱而入治也；至哀、平之世二百年，太平日久，王莽篡逆，又由治而入乱；光武中兴，重整基业，复由乱而入治；至今二百年，民安已久，故干戈又复四起：此正由治入乱之时，未可猝定也。将军欲使孔明斡旋天地，补缀乾坤，恐不易

猿鹤相亲，松篁交翠——隆中风光如此秀丽，正是高人雅士如诸葛亮者所宜居处。

为，徒费心力耳。岂不闻‘顺天者逸，逆天者劳’、‘数之所在，理不得而夺之；命之所在，人不得而强之’乎？”玄德曰：“先生所言，诚为高见。但备身为汉胄，合当匡扶汉室，何敢委之数与命？”州平曰：“山野之夫，不足与论天下事，适承明问，故妄言之。”玄德曰：“蒙先生见教。但不知孔明往何处去了？”州平曰：“吾亦欲访之，正不知其何往。”玄德曰：“请先生同至敝县，若何？”州平曰：“愚性颇乐闲散，无意功名久矣；容他日再见。”言讫，长揖而去。㊟玄德与关、张上马而行。张飞曰：“孔明又访不着，却遇此腐儒，闲谈许久！”玄德曰：“此亦隐者之言也。”

言讫，长揖而去——有兴则放言畅谈，兴尽则飘然而去，不慕荣利，无意功名，崔州平可谓真隐士。

三人回至新野，过了数日，玄德使人探听孔明，回报曰：“卧龙先生已回矣。”玄德便教备马。张飞曰：“量一村夫，何必哥哥自去，可使人唤来便了。”玄德叱曰：“汝岂不闻孟子云：‘欲见贤而不以其道，犹欲其入而闭之门也。’孔明当世大贤，岂可召乎！”遂上马再往访孔明。㊟关、张亦乘马相随。

遂上马再往访孔明——这是刘备二顾茅庐。

时值隆冬，天气严寒，彤云密布。行无数里，忽然朔风凛凛，瑞雪霏霏；山如玉簇，林似银妆。张飞曰：“天寒地冻，尚不用兵，岂宜远见无益之人乎！不如回新野以避风雪。”玄德曰：“吾正欲使孔明知我殷勤之意。如弟辈怕冷，可先回去。”飞曰：“死且不怕，岂怕冷乎！但恐哥哥空劳神思。”玄德曰：“勿多言，只相随同去。”将近茅庐，忽闻路傍酒店中有人作歌。玄德立马听之，其歌曰：

壮士功名尚未成，呜呼久不遇阳春！
君不见：东海老叟辞荆榛，后车遂与文王亲；
八百诸侯不期会，白鱼入舟涉孟津；
牧野一战血流杵，鹰扬伟烈冠武臣。
又不见：高阳酒徒起草中，长揖芒砀“隆準公”；
高谈王霸惊人耳，辍洗延坐钦英风；
东下齐城七十二，天下无人能继踪。
二人功绩尚如此，至今谁肯论英雄？

歌罢，又有一人击桌而歌。其歌曰：

吾皇提剑清寰海，创业垂基四百载；
桓灵季业火德衰，奸臣贼子调鼎鼐。
青蛇飞下御座傍，又见妖虹降玉堂；

群盗四方如蚁聚，奸雄百辈皆鹰扬。
吾侪长啸空拍手，闷来村店饮村酒；
独善其身尽日安，何须千古名不朽！

二人歌罢，抚掌大笑。玄德曰："卧龙其在此间乎！"遂下马入店。见二人凭桌对饮：上首者白面长须，下首者清奇古貌。玄德揖而问曰："二公谁是卧龙先生？"长须者曰："公何人？欲寻卧龙何干？"玄德曰："某乃刘备也。欲访先生，求济世安民之术。"长须者曰："我等非卧龙，皆卧龙之友也：吾乃颍川石广元，此位是汝南孟公威。"玄德喜曰："备久闻二公大名，幸得邂逅。今有随行马匹在此，敢请二公同往卧龙庄上一谈。"广元曰："我等皆山野慵懒之徒，不省治国安民之事，不劳下问。㊟明公请自上马，寻访卧龙。"

我等皆山野慵懒之徒，……不劳下问——石广元、孟公威皆不热中功名，宁可独善其身，亦可谓之真隐士。作者有意描写孔明之友，为的是衬托孔明之超凡脱俗。

玄德乃辞二人，上马投卧龙冈来。到庄前下马，扣门问童子曰："先生今日在庄否？"童子曰："现在堂上读书。"玄德大喜，遂跟童子而入。至中门，只见门上大书一联云："淡泊以明志。宁静而致远。"㊟玄德正看间，忽闻吟咏之声，乃立于门侧窥之，见草堂之上，一少年拥炉抱膝，歌曰：

淡泊以明志。宁静而致远——此联乃化用诸葛亮《诫子书》中"非淡泊无以明志，非宁静无以致远"一语而成，言简意赅，堪称名联。

凤翱翔于千仞兮，非梧不栖；
士伏处于一方兮，非主不依。
乐躬耕于陇亩兮，吾爱吾庐；
聊寄傲于琴书兮，以待天时。

玄德待其歌罢，上草堂施礼曰："备久慕先生，无缘拜会。昨因徐元直称荐，敬至仙庄，不遇空回。今特冒风雪而来。得瞻道貌，实为万幸！"那少年慌忙答礼曰："将军莫非刘豫州，欲见家兄否？"玄德惊讶曰："先生又非卧龙耶？"少年曰："某乃卧龙之弟诸葛均也。愚兄弟三人，长兄诸葛瑾，现在江东孙仲谋处为幕宾；孔明乃二家兄。"玄德曰："卧龙今在家否？"均曰："昨为崔州平相约，出外闲游去矣。"玄德曰："何处闲游？"均曰："或驾小舟游于江湖之中，或访僧道于山岭之上，或寻朋友于村落之间，或乐琴棋于洞府之内：往来莫测，不知去所。"玄德曰："刘备直如此缘分浅薄，两番不遇大贤！"均曰："少坐献茶。"张飞曰："那先生既不在，请哥哥上马。"玄德曰："我既到此间，如何无一语而回？"因问诸葛均曰："闻令兄卧龙先生熟谙韬略，日看兵书，可得闻乎？"均曰："不知。"张飞曰："问他则甚！风雪甚紧，不如早归。"玄德叱止之。均曰："家兄不在，不敢久留车骑；容日却来回礼。"㊟玄德曰："岂敢望先生枉驾。数日之后，备当再至。愿借纸笔作一书，留达令兄，以表刘备殷勤之意。"均遂进文房四宝。玄德呵开冻笔，拂展云笺，写书曰：

不敢久留车骑；容日却来回礼——诸葛均在刘皇叔面前也是不卑不亢，淡然应对，不愧为孔明之弟。

> 备久慕高名，两次晋谒，不遇空回，惆怅何似！窃念备汉朝苗裔，滥叨名爵，伏睹朝廷陵替，纲纪崩摧，群雄乱国，恶党欺君，备心胆俱裂。虽有匡济之诚，实乏经纶之策。仰望先生仁慈忠义，慨然展吕望之大才，施子房之鸿略，天下幸甚！社稷幸甚！先此布达，再容斋戒薰沐，特拜尊颜，面倾鄙悃。统希鉴原。

玄德写罢，递与诸葛均收了，拜辞出门。均送出，玄德再三殷勤致意而别。

方上马欲行，忽见童子招手篱外，叫曰："老先生来也。"玄德视之，见小桥之西，一人暖帽遮头，狐裘蔽体，骑着一驴，后随一青衣小童，携一葫芦酒，踏雪而来；转过小桥，口咏诗一首。㊟诗曰：

转过小桥，口咏诗一首——孔明岳父黄承彦，同样气度风雅，越发衬托出孔明之飘逸高洁。

一夜北风寒，万里彤云厚；
长空雪乱飘，改尽江山旧。
仰面观太虚，疑是玉龙斗：
纷纷鳞甲飞，顷刻遍宇宙。
骑驴过小桥，独叹梅花瘦！

玄德闻歌曰："此真卧龙矣！"滚鞍下马，向前施礼曰："先生冒寒不易，刘备等候久矣！"那人慌忙下驴答礼。诸葛均在后曰："此非卧龙家兄，乃家兄岳父黄承彦也。"玄德曰："适间所吟之句，极其高妙。"承彦曰："老夫在小婿家观《梁父吟》，记得这一篇，适过小桥，偶见篱落间梅花，故感而诵之。不期为尊客所闻。"玄德曰："曾见令婿否？"承彦曰："便是老夫也来看他。"玄德闻言，辞别承彦，上马而归。正值风雪又大，回望卧龙冈，悒怏不已。后人有诗，单道玄德风雪访孔明。诗曰：

一天风雪访贤良，不遇空回意感伤。
冻合溪桥山石滑，寒侵鞍马路途长。
当头片片梨花落，扑面纷纷柳絮狂。
回首停鞭遥望处，烂银堆满卧龙冈。

玄德回新野之后，光阴荏苒，又早新春。乃命卜者揲蓍，选择吉期，斋戒三日，薰沐更衣，再往卧龙冈谒孔明。㊟关、张闻之不悦，遂一齐入谏玄德。正是：高贤未服英雄志，屈节偏生杰士疑。未知其言若何，下文便晓。

再往卧龙冈谒孔明——这是刘备三顾茅庐。一个“谒”字，揭示了刘备对孔明的敬重。

尾评：

综观《三国演义》，在众多的人物中，诸葛亮的出场最为郑重，也最为扣人心弦，仅此已可见其全书头号主角的地位。经过整整三回的逐层铺垫，尽管他尚未露面，但其盖世奇才的形象已经呼之欲出，令人神往。

第三十八回
定三分隆中决策　战长江孙氏报仇

总评

作品侧面刻画人物之法，有正衬，有反衬。写孔明所居环境之秀丽、孔明童儿之清俊、孔明友人之潇洒、孔明兄弟之淡泊、孔明岳父之风雅，以衬托孔明之超凡绝伦、飘逸高洁，是为正衬；写关羽、张飞对刘备一再寻访诸葛亮不以为然，勉强陪伴乃至强烈不满，以表现刘备一心求贤的真诚和百折不回的毅力，则为反衬。

当刘备寻访诸葛亮之时，年已四十七岁，而诸葛亮年仅二十七岁。尽管刘备屡遭挫折，寄人篱下，但毕竟已是天下闻名、受人敬重的英雄；而诸葛亮虽然得到司马徽、徐庶的高度评价，但毕竟只是一个躬耕陇亩的年轻书生，尚未建立任何功业。然而，刘备对这位从未谋面，比自己小二十岁的青年却深信不疑，满怀敬意，不辞辛劳，一次又一次地登门拜访，恳请其出山辅佐。这种求贤若渴，不计名位年齿的真诚实在极其难得。难怪“三顾茅庐”会成为千秋佳话，会那样深深地打动一代又一代志士的心！

经过一层层烘云托月的描写，诸葛亮终于露面了，真是“千呼万唤始出来”。这位年仅二十七岁的奇才，初晤刘备，便胸有成竹，提出了著名的《隆中对》，为刘备制定了明确的战略规划，表现出高瞻远瞩的眼光和把握全局的睿智，使刘备的人生发生了根本转折，从此走上了开基创业的正确道路。正如罗贯中热情赞扬的："孔明未出茅庐，已知三分天下，真万古之人不及也！"

作为"少有逸群之才，英霸之器"的一代人杰，诸葛亮志在天下，决不轻易许人。刘备三顾茅庐，他隐而不现，冷静观察；直到刘备反复恳请，泪湿衣襟，他才答应出山辅佐。这不是一般名士的故作姿态，而是一个杰出政治家的艰难而郑重的选择。《三国演义》对诸葛亮在刘备面前自尊自重，轻快洒脱的举止的描写，既是历史人物诸葛亮性格的合理延伸，更寄托了罗贯中对知识分子独立人格和君臣而兼师友的政治关系的向往与追求。

却说玄德访孔明两次不遇，欲再往访之。关公曰："兄长两次亲往拜谒，其礼太过矣。想诸葛亮有虚名而无实学，故避而不敢见。兄何惑于斯人之甚也！"玄德曰："不然。昔齐桓公欲见东郭野人，五反而方得一面。况吾欲见大贤耶？"张飞曰："哥哥差矣。量此村夫，何足为大贤！今番不须哥哥去；他如不来，我只用一条麻绳缚将来！"玄德叱曰："汝岂不闻周文王谒姜子牙之事乎？文王且如此敬贤，汝何太无礼！今番汝休去，我自与云长去。"飞曰："既两位哥哥都去，小弟如何落后！"玄德曰："汝若同往，不可失礼。"飞应诺。

于是三人乘马引从者往隆中。离草庐半里之外，玄德便下马步行，㊊正遇诸葛均。玄德忙施礼，问曰："令兄在庄否？"均曰："昨暮方归。将军今日可与相见。"言罢，飘然而去。玄德曰："今番侥幸得见先生矣！"张飞曰："此人无礼！便引我等到庄也不妨，何故竟自去了！"玄德曰："彼各有事，岂可相强。"三人来到庄前叩门，童子开门出问。玄德曰："有劳仙童转报：刘备专来拜见先生。"童子曰："今日先生虽在家，但今在草堂上昼寝未醒。"玄德曰："既如此，且休通报。"分付关、张二人，只在门首等着。玄德徐步而入，见先生仰卧于草堂几席之上。玄德拱立阶下。㊊半晌，先生未醒。关、张在外立久，不见动静，入见玄德犹然侍立。张飞大怒，谓云长曰："这先生如何傲慢！见我哥哥侍立阶下，他竟高卧，推睡不起！等我去屋后放一把火，看他起不起！"云长再三劝住。玄德仍命二人出门外等候。望堂上时，见先生翻身将起，忽又朝里壁睡着。童子欲报，玄德曰："且勿惊动。"㊊又立了一个时辰，孔明才醒，口吟诗曰：

大梦谁先觉？平生我自知。
草堂春睡足，窗外日迟迟。

孔明吟罢，翻身问童子曰："有俗客来否？"童子曰："刘皇叔在此，立候多时。"孔明乃起身曰："何不早报！尚容更衣。"遂转入后

离草庐半里之外，玄德便下马步行——刘备以堂堂左将军、豫州牧身份拜访年轻的诸葛亮，竟如此谦恭虔诚，其求才之切，确实非同一般。

玄德拱立阶下——好不容易见到诸葛亮，却又昼寝未醒，刘备竟不敢惊动，拱手侍立，实在难为了这位大英雄，更是一般官僚无法做到的——当然，这里已经融入了罗贯中的想象。

玄德曰："且勿惊动。"——孔明安然高卧，刘备恭谨侍立，甚至不让童子通报，其对孔明之敬重可谓无以复加。

堂。又半晌，方整衣冠出迎。㊟

玄德见孔明身长八尺，面如冠玉，头戴纶巾，身披鹤氅，飘飘然有神仙之概。玄德下拜曰："汉室末胄、涿郡愚夫，久闻先生大名，如雷贯耳。昨两次晋谒，不得一见，已书贱名于文几，未审得入览否？"孔明曰："南阳野人，疏懒成性，屡蒙将军枉临，不胜愧赧。"二人叙礼毕，分宾主而坐，童子献茶。茶罢，孔明曰："昨观书意，足见将军忧民忧国之心；但恨亮年幼才疏，有误下问。"玄德曰："司马德操之言，徐元直之语，岂虚谈哉？望先生不弃鄙贱，曲赐教诲。"孔明曰："德操、元直，世之高士。亮乃一耕夫耳，安敢谈天下事？二公谬举矣。将军奈何舍美玉而求顽石乎？"玄德曰："大丈夫抱经世奇才，岂可空老于林泉之下？愿先生以天下苍生为念，开备愚鲁而赐教。"孔明笑曰："愿闻将军之志。"玄德屏人促席而告曰："汉室倾颓，奸臣窃命，备不量力，欲伸大义于天下，而智术浅短，迄无所就。惟先生开其愚而拯其厄，实为万幸！"㊟孔明曰："自董卓造逆以来，天下豪杰并起。曹操势不及袁绍，而竟能克绍者，非惟天时，抑亦人谋也。今操已拥百万之众，挟天子以令诸侯，此诚不可与争锋。孙权据有江东，已历三世，国险而民附，此可用为援而不可图也。荆州北据汉沔，利尽南海，东连吴会，西通巴蜀，此用武之地，而其主不能守*：是殆天所以资将军，将军岂有意乎？益州险塞，沃野千里，天府之国，高祖因之以成帝业；今刘璋暗弱，民殷国富，而不知存恤，智能之士，思得明君。将军既帝室之胄，信义著于四海，总揽英雄，思贤若渴，若跨有荆、益，保其岩阻，西和诸戎，南抚彝、越，外结孙权，内修政理；待天下有变，则命一上将将荆州之兵以向宛、洛，将军身率益州之众以出秦川，百姓有不箪食壶浆以迎将军者乎？诚如是，则大业可成，汉室可兴矣。㊟此亮所以为将军谋者也。惟将军图之。"言罢，命童子取出画一轴，挂于中堂，指谓玄德曰："此益州五十四县之图也*。将军欲成霸业，北让曹操占天时，南让孙权占地利，将军可占人和。先取荆州为家，后即取益州建基业*，以成鼎足之势，然后可图中原也。"玄德闻言，避席拱手谢曰："先生之言，顿开茅塞，使备如拨云雾而睹青天。但荆州刘表、益州刘璋，皆汉室宗亲，备安忍夺之？"孔明曰："亮夜观天象，刘表不久人世；刘璋非立业之主：久后必归将军。"玄德闻

又半晌，方整衣冠出迎——贵客临门，且已等候多时，孔明却不惊不诧，不慌不忙，索性让刘备再等一会。这不是摆架子，而是有意观察刘备求贤的诚意究竟如何。

惟先生开其愚而拯其厄，实为万幸——刘备回顾自己屡遭挫折的经历，恳请诸葛亮予以指点，其诚意确是发自内心。

诚如是，则大业可成，汉室可兴矣——诸葛亮总览时局，深刻分析全国大势，为刘备提出跨有荆、益，徐图天下的战略规划。这一番精辟论述，就是千古传诵的《隆中对》。

言，顿首拜谢。只这一席话，乃孔明未出茅庐，已知三分天下，真万古之人不及也！后人有诗赞曰：

“豫州”当日叹孤穷，何幸南阳有卧龙！
欲识他年分鼎处，先生笑指画图中。

玄德拜请孔明曰：“备虽名微德薄，愿先生不弃鄙贱，出山相助。备当拱听明诲。”孔明曰：“亮久乐耕锄，懒于应世，不能奉命。”玄德泣曰：“先生不出，如苍生何！”言毕，泪沾袍袖，衣襟尽湿。(评)孔明见其意甚诚，乃曰：“将军既不相弃，愿效犬马之劳。”(评)玄德大喜，遂命关、张入，拜献金帛礼物。孔明固辞不受。玄德曰：“此非聘大贤之礼，但表刘备寸心耳。”孔明方受。于是玄德等在庄中共宿一宵。次日，诸葛均回，孔明嘱付曰：“吾受刘皇叔三顾之恩，不容不出。汝可躬耕于此，勿得荒芜田亩。待我功成之日，即当归隐。”后人有诗叹曰：

身未升腾思退步，功成应忆去时言。
只因先主丁宁后，星落秋风五丈原。

又有古风一篇曰：

高皇手提三尺雪，芒砀白蛇夜流血；
平秦灭楚入咸阳，二百年前几断绝。
大哉光武兴洛阳，传至桓灵又崩裂；
献帝迁都幸许昌，纷纷四海生豪杰：
曹操专权得天时，江东孙氏开鸿业；
孤穷玄德走天下，独居新野愁民厄。
南阳卧龙有大志，腹内雄兵分正奇；
只因徐庶临行语，茅庐三顾心相知。
先生尔时年三九，收拾琴书离陇亩；
先取荆州后取川，大展经纶补天手；
纵横舌上鼓风雷，谈笑胸中换星斗；
龙骧虎视安乾坤，万古千秋名不朽！

玄德等三人别了诸葛均，与孔明同归新野。玄德待孔明如师，食则同桌，寝则同榻，终日共论天下之事。(评)孔明曰：“曹操于冀州作玄武池以练水军，必有侵江南之意。可密令人过江探听虚实。”玄德从之，使人往江东探听。

言毕，泪沾袍袖，衣襟尽湿——刘备把重振雄风，兴复汉室的希望寄托在诸葛亮身上，见诸葛亮有所推托，竟热泪长流。如此殷殷情意，不能不使诸葛亮深受感动，他实在无法拒绝出山了。

将军既不相弃，愿效犬马之劳——经过反复斟酌，诸葛亮终于决定出山了。这是一个杰出政治家的郑重选择，是对苍生社稷的庄严诺言。从此，他便充分发挥自己的聪明才智，披荆斩棘，南征北战，鞠躬尽瘁，死而后已。

终日共论天下之事——刘备得诸葛亮辅佐，“待孔明如师”，真是君臣相谐，如鱼得水。

却说孙权自孙策死后，据住江东，承父兄基业，广纳贤士，开宾馆于吴县*，命顾雍、张纮延接四方宾客。连年以来，你我相荐。时有会稽阚泽，字德润；彭城严畯，字曼才；沛郡薛综*，字敬文；汝南程秉*，字德枢；吴郡朱桓，字休穆；陆绩，字公纪；吴人张温，字惠恕；乌伤骆统，字公绪；乌程吾粲，字孔休：此数人皆至江东，孙权敬礼甚厚。又得良将数人：乃汝南吕蒙，字子明；吴郡陆逊，字伯言；琅琊徐盛，字文向；东郡潘璋，字文珪；庐江丁奉，字承渊。文武诸人，共相辅佐，由此江东称得人之盛。

建安七年，曹操破袁绍，遣使往江东，命孙权遣子入朝随驾。权犹豫未决。吴太夫人命周瑜、张昭等面议。张昭曰："操欲令我遣子入朝，是牵制诸侯之法也。然若不令去，恐其兴兵下江东，势必危矣。"周瑜曰："将军承父兄遗业，兼六郡之众，兵精粮足，将士用命，有何逼迫而欲送质于人？质一人，不得不与曹氏连和；彼有命召，不得不往；如此，则见制于人也。不如勿遣，徐观其变，别以良策御之。"㉓吴太夫人曰："公瑾之言是也。"权遂从其言，谢使者，不遣子。自此曹操有下江南之意，但正值北方未宁，无暇南征。

不如勿遣，徐观其变，别以良策御之——周瑜之计，使孙权免受曹操控制，得以独立发展，确是良策。

建安八年十一月，孙权引兵伐黄祖，战于大江之中。祖军败绩。权部将凌操，轻舟当先，杀入夏口，被黄祖部将甘宁一箭射死。凌操子凌统，时年方十五岁，奋力往夺父尸而归。权见风色不利，收军还东吴。

却说孙权弟孙翊为丹阳太守。翊性刚好酒，醉后尝鞭挞士卒。丹阳督将妫览、郡丞戴员二人，常有杀翊之心；乃与翊从人边洪结为心腹，共谋杀翊。时诸将县令，皆集宛陵*，翊设宴相待。翊妻徐氏美而慧，极善卜《易》；是日卜一卦，其象大凶，劝翊勿出会客。翊不从，遂与众大会。至晚席散，边洪带刀跟出门外，即抽刀砍死孙翊。妫览、戴员乃归罪边洪，斩之于市。二人乘势掳翊家资侍妾。妫览见徐氏美貌，乃谓之曰："吾为汝夫报仇，汝当从我；不从则死。"徐氏曰："夫死未几，不忍便相从；可待至晦日，设祭除服，然后成亲未迟。"览从之。徐氏乃密召孙翊心腹旧将孙高、傅婴二人入府，泣告曰："先夫在日，常言二公忠义。今妫、戴二贼，谋杀我夫，只归罪边洪，将我家资童婢尽皆分去。妫览又欲强占妾身，妾已诈许之，以安其心。二将军可差人星夜报知讨虏将军*，一面设密计以图二贼，雪此仇辱，生死衔恩！”言毕再拜。孙高、傅婴皆泣曰：“我等平日感府君恩遇，今日所以不即死难者，正欲为复仇计耳。夫人所命，敢不效力！”于是密遣心腹使者往报孙权。至晦日，徐氏先召孙、傅二人，伏于密室帏幕之中，然后设祭于堂上。祭毕，即除去孝服，沐浴薰香，浓妆艳裹，言笑自若。妫览闻之甚喜。至夜，徐氏遣婢妾请览入府，设席堂中饮酒。饮既醉，徐氏乃邀览入密室。览喜，乘醉而入。徐氏大呼曰：“孙、傅二将军何在！”二人即从帏幕中持刀跃出。妫览措手不及，被傅婴一刀砍倒在地，孙高再复一刀，登时杀死。徐氏复传请戴员赴宴。员入府来，至堂中，亦被孙、傅二将所杀。一面使人诛戮二贼家小，及其余党。徐氏遂重穿孝服，将妫览、戴员首级，祭于孙翊灵前。不一日，孙权自领军马至丹阳，见徐氏已杀妫、戴二贼，乃封孙高、傅婴为牙门将，令守丹阳，取徐氏归家养老。江东人无不称徐氏之德。[评]后人有诗赞曰：

江东人无不称徐氏之德——徐氏既美且慧，有勇有谋，身处险境而能报杀夫之仇，不愧为汉末三国时期的一位奇女子。

才节双全世所无，奸回一旦受摧锄。
庸臣从贼忠臣死，不及东吴女丈夫。

且说东吴各处山贼，尽皆平复。大江之中，有战船七千余只。孙权拜周瑜为大都督，总统江东水陆军马。建安十二年，冬十月，权母吴太夫人病危，召周瑜、张昭二人至，谓曰：“我本吴人，幼亡父母，与弟吴景徙居越中。后嫁与孙氏，生四子。长子策生时，吾梦月入怀；后生次子权，又梦日入怀。卜者云：‘梦日月入怀者，其子大贵。’不幸策早丧，今将江东基业付权。望公等同心助之，吾死不朽矣！”又嘱权曰：“汝事子布、公瑾以师傅之礼，不可怠慢。吾妹与我共嫁汝父，则亦汝之母也；吾死之后，事吾妹如事我。[评]汝妹亦当恩养，选佳婿以嫁之。”言讫遂终。孙权哀哭，具丧葬之礼，自不必说。

吾死之后，事吾妹如事我——为第五十四回吴国太打破周瑜之“美人计”，主持甘露寺相亲埋下伏笔。

至来年春，孙权商议欲伐黄祖。张昭曰：“居丧未及期年，不可动兵。”周瑜曰：“报仇雪恨，何待期年？”[评]权犹豫未决。适平北都尉吕蒙入见，告权曰：“某把龙湫水口，忽有黄祖部将甘宁来降。某细询之：宁字兴霸，巴郡临江人也；颇通书史，有气力，好游侠；尝招合亡命，纵横于江湖之中；腰悬铜铃，人听铃声，尽皆避之。又尝以西蜀锦作帆幔，时人皆称为‘锦帆贼’。后悔前非，改行从

报仇雪恨，何待期年——每临大事，周瑜往往不拘常规，当机立断，比张昭更有魄力。

善，引众投刘表。见表不能成事，即欲来投东吴，却被黄祖留在夏口。前东吴破祖时，祖得甘宁之力，救回夏口；乃待宁甚薄。都督苏飞屡荐宁于祖，祖曰：'宁乃劫江之贼，岂可重用！'宁因此怀恨。苏飞知其意，乃置酒邀宁到家，谓之曰：'吾荐公数次，奈主公不能用。日月逾迈，人生几何，宜自远图。吾当保公为鄂县长，自作去就之计。'宁因此得过夏口，欲投江东，恐江东恨其救黄祖杀凌操之事。某具言主公求贤若渴，不记旧恨；况各为其主，又何恨焉？宁欣然引众渡江，来见主公。乞钧旨定夺。"孙权大喜曰："吾得兴霸，破黄祖必矣！"遂命吕蒙引甘宁入见。参拜已毕，权曰："兴霸来此，大获我心，岂有记恨之理？请无怀疑。愿教我以破黄祖之策。"宁曰："今汉祚日危，曹操终必篡窃。南荆之地，操所必争也。刘表无远虑，其子又愚劣，不能承业传基，明公宜早图之；若迟，则操先图之矣。今宜先取黄祖。祖今年老昏迈，务于货利；侵求吏民，人心皆怨；战具不修，军无法律。明公若往攻之，其势必破。既破祖军，鼓行而西，据楚关而图巴、蜀，霸业可定也。"㊠孙权曰："此金玉之论也！"遂命周瑜为大都督，总水陆军兵；吕蒙为前部先锋；董袭与甘宁为副将；权自领大军十万，征讨黄祖。

据楚关而图巴、蜀，霸业可定也——甘宁初归孙权，便提出明确的战略构想，其见识之高，决非一般武将可比。

细作探知，报至江夏。黄祖急聚众商议，令苏飞为大将，陈就、邓龙为先锋，尽起江夏之兵迎敌。陈就、邓龙各引一队艨艟截住沔口，艨艟上各设强弓硬弩千余张，将大索系定艨艟于水面上。东吴兵至，艨艟上鼓响，弓弩齐发，兵不敢进，约退数里水面。甘宁谓董袭曰："事已至此，不得不进。"乃选小船百余只，每船用精兵五十人：二十人撑船，三十人各披衣甲，手执钢刀，不避矢石，直至艨艟傍边，砍断大索，艨艟遂横。甘宁飞上艨艟，将邓龙砍死。陈就弃船而走。吕蒙见了，跳下小船，自取橹棹，直入船队，放火烧船。陈就急待上岸，吕蒙舍命赶到跟前，当胸一刀砍翻。比及苏飞引军于岸上接应时，东吴诸将一齐上岸，势不可当。祖军大败。苏飞落荒而走，正遇东吴大将潘璋，两马相交，战不数合，被璋生擒过去，径至船中来见孙权。权命左右以槛车囚之，待活捉黄祖，一并诛戮。催动三军，不分昼夜，攻打夏口。正是：只因不用锦帆贼，至令冲开大索船。未知黄祖胜负如何，且看下文分解。

尾评：

诸葛亮出山之时，曹操已经统一北方，且有“挟天子以令诸侯”的政治优势；孙权据有江东，根基已固；刘表久镇荆州，并与诸葛亮有亲戚关系（《三国演义》未写此点）；而刘备则寄人篱下，势单力薄。然而，诸葛亮却选择了刘备。尽管后人可以对此众说纷纭，而在罗贯中的笔下，这却是最英明最正确的选择，是明君贤相鱼水相谐的理想楷模。

本回后半虽然写了东吴得甘宁、击黄祖等情节，但仅起情节过渡的作用。这与整个东吴集团在全书中的陪衬地位是相称的。

第三十九回
襄阳城公子三求计　博望坡军师初用兵

总评

刘表病重时，欲将荆州托付与刘备，本于《三国志·蜀书·先主传》注引王沉《魏书》:“(刘)表病笃，托国于(刘)备，顾谓曰:‘我儿不才，而诸将并零落，我死之后，卿便摄荆州。’备曰:‘诸子自贤，君其忧病。’或劝备宜从表言，备曰:‘此人待我厚，今从其言，人必以我为薄，所不忍也。’”裴松之对此提出质疑，罗贯中却信手拈来，以表现刘备不忍乘人之危的仁厚形象。

刘琦向诸葛亮求计，本于《三国志·蜀书·诸葛亮传》:“刘表长子琦，亦深器亮……每欲与亮谋自安之术，亮辄拒塞，未与处画。琦乃将亮游观后园，共上高楼，饮宴之间，令人去梯，因谓亮曰:‘今日上不至天，下不至地，言出子口，入于吾耳，可以言未?’亮答曰:‘君不见申生在内而危，重耳在外而安乎?’琦意感悟，阴规出计。会黄祖死，得出，遂为江夏太守。”罗贯中对史实稍加点染，就将刘琦之惶恐不安、苦苦求计，诸葛亮之胸有成竹、妙计无穷表现得活灵活现。

指点刘琦，只是略施小计，不足为奇。人们真正关心的是，刘备满怀希望恭请出山的军师诸葛亮，其军事谋略究竟如何?能否指挥刘备军克敌制胜?于是，火烧博望便成为本回的中心情节。据《三国志·蜀书·先主传》:“(刘表)

使（刘备）拒夏侯惇、于禁等于博望。久之，先主设伏兵，一旦自烧屯伪遁，惇等追之，为伏兵所破。”此事在刘备三顾茅庐之前，自非诸葛亮之功。然而，罗贯中却移花接木，巧妙虚构，将“火烧博望”写成诸葛亮初出茅庐第一功，从而一开始就树立起诸葛亮神机妙算的“智绝”形象。

却说孙权督众攻打夏口，黄祖兵败将亡，情知守把不住，遂弃江夏，望襄阳而走*。甘宁料得黄祖必走襄阳，乃于东门外伏兵等候。祖带数十骑突出东门，正走之间，一声喊起，甘宁拦住。祖于马上谓宁曰："我向日不曾轻待汝，今何相逼耶？"宁叱曰："吾昔在江夏，多立功绩，汝乃以'劫江贼'待我，今日尚有何说！"黄祖自知难免，拨马而走。甘宁冲开士卒，直赶将来。只听得后面喊声起处，又有数骑赶来；宁视之，乃程普也。宁恐普来争功，慌忙拈弓搭箭，背射黄祖。祖中箭翻身落马；宁枭其首级，回马与程普合兵一处，回见孙权，献黄祖首级。权命以木匣盛贮，待回江东祭献于亡父灵前；重赏三军，升甘宁为都尉；商议欲分兵守江夏。张昭曰："孤城不可守，不如且回江东。刘表知我破黄祖，必来报仇；我以逸待劳，必败刘表；表败而后乘势攻之，荆襄可得也。"权从其言，遂弃江夏，班师回江东。

苏飞在槛车内，密使人告甘宁求救。宁曰："飞即不言，吾岂忘之？"大军既至吴会，权命将苏飞枭首，与黄祖首级一同祭献。甘宁乃入见权，顿首哭告曰："某向日若不得苏飞，则骨填沟壑矣，安能效命将军麾下哉？今飞罪当诛，某念其昔日之恩情，愿纳还官爵，以赎飞罪。"权曰："彼既有恩于君，吾为君赦之，但彼若逃去奈何？"宁曰："飞得免诛戮，感恩无地，岂肯走乎！若飞去，宁愿将首级献于阶下。"权乃赦苏飞，㊣止将黄祖首级祭献。祭毕设宴，大会文武庆功。正饮酒间，忽见座上一人大哭而起，拔剑在手，直取甘宁。宁忙举坐椅以迎之。权惊视其人，乃凌统也。因甘宁在江夏时，射死他父亲凌操，今日相见，故欲报仇。权连忙劝住，谓统曰："兴霸射死卿父，彼时各为其主，不容不尽力。今既为一家人，岂可复理旧仇？万事皆看吾面。"凌统叩头大哭曰："不共戴天之仇，岂容不报！"权与众官再三劝之，凌统只是怒目而视甘宁。权即日命甘宁领

权乃赦苏飞——甘宁对薄待自己的黄祖毫不留情，对有恩于己的苏飞则竭力搭救。此即所谓"恩怨分明"。

兵五千、战船一百只，往当口镇守*，以避凌统。宁拜谢，领兵自往当口去了。权又加封凌统为承烈都尉，统只得含恨而止。东吴自此广造战船，分兵守把江岸；又命孙静引一枝军守吴会；孙权自领大军，屯柴桑；周瑜日于鄱阳湖教练水军，以备攻战。㊟

教练水军，以备攻战——此处紧承上回，对东吴态势略加交代，为后文写诸葛亮出使江东埋下伏笔。

话分两头。却说玄德差人打探江东消息，回报："东吴已攻杀黄祖，现今屯兵柴桑。"玄德便请孔明计议。正话间，忽刘表差人来请玄德赴襄阳议事，孔明曰："此必因江东破了黄祖，故请主公商议报仇之策也。某当与主公同往，相机而行，自有良策。"玄德从之，留云长守新野，令张飞引五百人马跟随往襄阳来。玄德在马上谓孔明曰："今见景升，当若何对答？"孔明曰："当先谢襄阳之事。他若令主公去征讨江东，切不可应允，但说容归新野，整顿军马。"玄德依言。来到襄阳，馆驿安下，留张飞屯兵城外，玄德与孔明入城见刘表。礼毕，玄德请罪于阶下。表曰："吾已悉知贤弟被害之事。当时即欲斩蔡瑁之首，以献贤弟；因众人告免，故姑恕之。贤弟幸勿见罪。"玄德曰："非干蔡将军之事，想皆下人所为耳。"㊟表曰："今江夏失守，黄祖遇害，故请贤弟共议报复之策。"玄德曰："黄祖性暴，不能用人，故致此祸。今若兴兵南征，倘曹操北来，又当奈何？"表曰："吾今年老多病，不能理事，贤弟可来助我。我死之后，弟便为荆州之主也。"玄德曰："兄何出此言？量备安敢当此重任。"孔明以目视玄德。玄德曰："容徐思良策。"遂辞出，回至馆驿。孔明曰："景升欲以荆州付主公，奈何却之？"玄德曰："景升待我，恩礼交至，安忍乘其危而夺之？"㊟孔明叹曰："真仁慈之主也！"

非干蔡将军之事，想皆下人所为耳——刘备明知蔡瑁设计害己，但因刘表难以下决心除掉蔡瑁，故不愿当面点破，姑且应付几句。此亦官场常见的世故之言。

安忍乘其危而夺之——在那天下大乱之时，尔虞我诈之行、恩将仇报之举层出不穷，刘备却感念刘表待己之恩，不愿乘其病重之机而得荆州，实非那些为达目的不择手段的实用主义者所能想象。仅此一点，就证明刘备不愧"仁厚"美名。

正商论间，忽报公子刘琦来见。玄德接入，琦泣拜曰："继母不能相容，性命只在旦夕，望叔父怜而救之。"玄德曰："此贤侄家事耳，奈何问我？"孔明微笑。玄德求计于孔明。孔明曰："此家事，亮不敢与闻。"少时，玄德送琦出，附耳低言曰："来日我使孔明回拜贤侄，可如此如此，彼定有妙计相告。"琦谢而去。次日，玄德只推腹痛，乃浼孔明代往回拜刘琦。孔明允诺，来至公子宅前下马，入见公子。公子邀入后堂。茶罢，琦曰："琦不见容于继母，幸先生一言相救。"孔明曰："亮客寄于此，岂敢与人骨肉之事？——倘有漏泄，为害不浅。"说罢，起身告辞。琦曰："既承光顾，安敢慢别。"乃挽留孔明入密室共饮。饮酒之间，琦又曰：“继母不见容，乞先生一言救我。”孔明曰：“此非亮所敢谋也。”言讫，又欲辞去。琦曰：“先生不言则已，何便欲去？”孔明乃复坐。琦曰：“琦有一古书，请先生一观。”乃引孔明登一小楼。孔明曰：“书在何处？”琦泣拜曰：“继母不见容，琦命在旦夕，先生忍无一言相救乎？”孔明作色而起，便欲下楼，只见楼梯已撤去。琦告曰：“琦欲求教良策，先生恐有泄漏，不肯出言；今日上不至天，下不至地，出君之口，入琦之耳：可以赐教矣。”孔明曰：“‘疏不间亲’，亮何能为公子谋？”琦曰：“先生终不幸教琦乎！琦命固不保矣，请即死于先生之前。”乃掣剑欲自刎。孔明止之曰：“已有良策。”㊖琦拜曰：“愿即赐教。”孔明曰：“公子岂不闻申生、重耳之事乎？申生在内而亡，重耳在外而安。今黄祖新亡，江夏乏人守御，公子何不上言，乞屯兵守江夏，则可以避祸矣。”㊖琦再拜谢教，乃命人取梯，送孔明下楼。孔明辞别，回见玄德，具言其事。玄德大喜。

孔明止之曰：“已有良策。”——不到万不得已，决不介入刘表家事，可见孔明之稳重；一开口便有良策，又可见孔明之机智。

乞屯兵守江夏，则可以避祸矣——建议刘琦请求镇守江夏，既可屏障荆州，又可避免被害，确是良策。

次日，刘琦上言，欲守江夏。刘表犹豫不决，请玄德共议。玄德曰：“江夏重地，固非他人可守，正须公子自往。东南之事，兄父子当之；西北之事，备愿当之。”表曰：“近闻曹操于邺城作玄武池以练水军，必有南征之意，不可不防。”玄德曰：“备已知之，兄勿忧虑。”遂拜辞回新野。刘表令刘琦引兵三千往江夏镇守。

却说曹操罢三公之职，自以丞相兼之。以毛玠为东曹掾，崔琰为西曹掾，司马懿为文学掾。懿字仲达，河内温人也，颍川太守司马隽之孙，京兆尹司马防之子，主簿司马朗之弟也。自是文官大备，乃聚武将商议南征。夏侯惇进曰：“近闻刘备在新野，每日教演士卒，必为后患，可早图之。”操即命夏侯惇为都督，于禁、李典、夏侯兰、韩浩为副将，领兵十万，直抵博望城，以窥新野。荀彧谏曰：“刘备英雄，今更兼诸葛亮为军师，不可轻敌。”惇曰：“刘备鼠辈耳，吾必擒之！”徐庶曰：“将军勿轻视刘玄德。今玄德得诸葛亮为辅，如虎生翼矣。”操曰：“诸葛亮何人也？”庶曰：“亮字孔明，道号卧龙先生。有经天纬地之才，出鬼入神之计，真当世之奇才，非可小觑。”操曰：“比公若何？”庶曰：“庶安敢比亮？庶如萤火之光，亮乃皓月之明也。”㊖夏侯惇曰：“元直之言谬矣。吾看诸葛亮如草芥耳，何足惧哉！吾若不一阵生擒刘备，活捉诸葛，愿将首级献与丞相。”操

庶如萤火之光，亮乃皓月之明也——徐庶又一次极力揄扬孔明之奇才，已为夏侯惇之败敲响警钟。

曰："汝早报捷书，以慰吾心。"惇奋然辞曹操，引军登程。

却说玄德自得孔明，以师礼待之，关、张二人不悦，曰："孔明年幼，有甚才学？兄长待之太过，又未见他真实效验！"(评)玄德曰："吾得孔明，犹鱼之得水也。两弟勿复多言。"关、张见说，不言而退。一日，有人送犛牛尾至，玄德取尾亲自结帽。孔明入见，正色曰："明公无复有远志，但事此而已耶？"玄德投帽于地而谢曰："吾聊假此以忘忧耳。"孔明曰："明公自度比曹操若何？"玄德曰："不如也。"孔明曰："明公之众，不过数千人，万一曹兵至，何以迎之？"玄德曰："吾正愁此事，未得良策。"孔明曰："可速招募民兵，亮自教之，可以待敌。"玄德遂招新野之民，得三千人。孔明朝夕教演阵法。

又未见他真实效验——关羽、张飞对刘备尊孔明为师感到不悦，并非嫉贤妒能，而是两位身经百战的"老资格"对这位初出茅庐的年轻人还不服气，他们需要看到的是孔明的真才实学，是其克敌制胜的实际效果。

忽报曹操差夏侯惇引兵十万，杀奔新野来了。张飞闻知，谓云长曰："可着孔明前去迎敌便了。"正说之间，玄德召二人入，谓曰："夏侯惇引兵到来，如何迎敌？"张飞曰："哥哥何不使'水'去？"玄德曰："智赖孔明，勇须二弟，何可推调？"关、张出，玄德请孔明商议。孔明曰："但恐关、张二人不肯听吾号令；主公若欲亮行兵，乞假剑印。"玄德便以剑印付孔明，孔明遂聚集众将听令。张飞谓云长曰："且听令去，看他如何调度。"孔明令曰："博望之左有山，名曰豫山；右有林，名曰安林：可以埋伏军马。云长可引一千军往豫山埋伏，等彼军至，放过休敌；其辎重粮草，必在后面，但看南面火起，可纵兵出击，就焚其粮草。益德可引一千军去安林背后山谷中埋伏，只看南面火起，便可出，向博望城旧屯粮草处纵火烧之。关平、刘封可引五百军，预备引火之物，于博望坡后两边等候，至初更兵到，便可放火矣。"又命于穰城取回赵云*，令为前部，不要赢，只要输。"主公自引一军为后援。各须依计而行，勿使有失。"云长曰："我等皆出迎敌，未审军师却作何事？"孔明曰："我只坐守县城。"张飞大笑曰："我们都去厮杀，你却在家里坐地，好自在！"孔明曰："剑印在此，违令者斩！"玄德曰："岂不闻'运筹帷幄之中，决胜千里之外'？(评)二弟不可违令。"张飞冷笑而去。云长曰："我们且看他的计应也不应，那时却来问他未迟。"二人去了。众将皆未知孔明韬略，今虽听令，却都疑惑不定。孔明谓玄德曰："主公今日

岂不闻"运筹帷幄之中，决胜千里之外"——真正的军事家，其高明不在战场厮杀，而在"运筹帷幄，决胜千里"的指挥能力。孔明不同于关、张者正在于此，孔明高出于关、张者亦在于此。

可便引兵就博望山下屯住。来日黄昏，敌军必到，主公便弃营而走；但见火起，便回军掩杀。亮与麋竺、麋芳引五百军守县。”命孙乾、简雍准备喜庆筵席，安排“功劳簿”伺候。派拨已毕，玄德亦疑惑不定。㊟

玄德亦疑惑不定——孔明调兵遣将之后，众人皆心存疑虑，连要求关羽、张飞服从命令的刘备也疑惑不定。在不了解孔明韬略之时，这实属自然，因而形成强烈的悬念。

却说夏侯惇与于禁等引兵至博望，分一半精兵作前队，其余尽护粮车而行。时当秋月，商飚徐起。人马趱行之间，望见前面尘头忽起。惇便将人马摆开，问向导官曰：“此间是何处？”答曰：“前面便是博望坡，后面是罗川口。”惇令于禁、李典押住阵脚，亲自出马阵前。遥望军马来到，惇忽然大笑。众问：“将军为何而笑？”惇曰：“吾笑徐元直在丞相面前，夸诸葛亮为天人；今观其用兵，乃以此等军马为前部，与吾对敌，正如驱犬羊与虎豹斗耳！吾于丞相前夸口，要活捉刘备、诸葛亮，今必应吾言矣。”遂自纵马向前。赵云出马，惇骂曰：“汝等随刘备，如孤魂随鬼耳！”云大怒，纵马来战。两马相交，不数合，云诈败而走。夏侯惇从后追赶。云约走十余里，回马又战，不数合又走。韩浩拍马向前谏白：“赵云诱敌，恐有埋伏。”惇曰：“敌军如此，虽十面埋伏，吾何惧哉！”㊟遂不听浩言，直赶至博望坡。一声炮响，玄德自引军冲将过来，接应交战。夏侯惇笑谓韩浩曰：“此即埋伏之兵也！吾今晚不到新野，誓不罢兵！”乃催军前进。玄德、赵云退后便走。

虽十面埋伏，吾何惧哉——夏侯惇为孔明故意示弱的假象所惑，骄傲轻敌，麻痹大意，岂有不败之理？

时天色已晚，浓云密布，又无月色；昼风既起，夜风愈大。夏侯惇只顾催军赶杀。于禁、李典赶到窄狭处，两边都是芦苇。典谓禁曰：“欺敌者必败。南道路狭，山川相逼，树木丛杂，倘彼用火攻，奈何？”㊟禁曰：“君言是也。吾当往前为都督言之；君可止住后军。”李典便勒回马，大叫：“后军慢行！”人马走发，那里拦当得住？于禁骤马大叫：“前军都督且住！”夏侯惇正走之间，见于禁从后军奔来，便问何故。禁曰：“南道路狭，山川相逼，树木丛杂，可防火攻。”夏侯惇猛省，即回马令军马勿进。言未已，只听背后喊声震起，早望见一派火光烧着，随后两边芦苇亦着。一霎时，四面八方，尽皆是火；又值风大，火势愈猛。曹家人马，自相践踏，死者不计其数。赵云回军赶杀，夏侯惇冒烟突火而走。

倘彼用火攻，奈何——李典前佐曹仁，此佐夏侯惇，均仅寥寥数语，却可见其小心谨慎的性格特色。

且说李典见势头不好，急奔回博望城时，火光中一军拦住。当先大将，乃关云长也。李典纵马混战，夺路而走。于禁见粮草车辆，都被火烧，便投小路奔逃去了。夏侯兰、韩浩来救粮草，正遇张飞。战不数合，张飞一枪刺夏侯兰于马下。韩浩夺路走脱。直杀到天明，却才收军。(评)杀得尸横遍野，血流成河。后人有诗曰：

博望相持用火攻，指挥如意笑谈中。

直须惊破曹公胆，初出茅庐第一功！

夏侯惇收拾残军，自回许都。

直杀到天明，却才收军——这一仗，刘备方面大获全胜，有力地证明了诸葛亮的神机妙算。

却说孔明收军，关、张二人相谓曰：“孔明真英杰也！”行不数里，见糜竺、糜芳引军簇拥着一辆小车，车中端坐一人，乃孔明也。关、张下马，拜伏于车前。(评)须臾，玄德、赵云、刘封、关平等皆至，收聚众军，把所获粮草辎重，分赏将士，班师回新野。新野百姓望尘遮道而拜，“吾属生全，皆使君得贤人之力也！”孔明回至县中，谓玄德曰：“夏侯惇虽败去，曹操必自引大军来。”玄德曰：“似此如之奈何？”孔明曰：“亮有一计，可敌曹军。”正是：破敌未堪息战马，避兵又必赖良谋。未知其计若何，且看下回分解。

关、张下马拜伏于车前——关羽、张飞看到了诸葛亮克敌制胜的实际效果，立即转变态度，倾心敬服，这正是真英雄之本色。

尾评：

火烧博望，第一次显示了诸葛亮的高度指挥才能，确立了他在刘备集团中的权威，为他那充满传奇色彩的军事生涯写下了精妙的开篇。

第四十回
蔡夫人议献荆州　诸葛亮火烧新野

总评

据《三国志·魏书·武帝纪》，建安十二年（207）夏，曹操北征乌桓，连连获胜，消灭了袁绍集团残余势力，统一了北方，于建安十三年（208）正月回到邺城。是年七月，曹操即南征荆州，企图挟战胜之威，迅速翦灭刘表、刘备、孙权等集团，统一全国。《三国演义》在曹操平定北方与兴兵南征之间，用整整六回的篇幅（第三十四—三十九回），着重写刘备集团寄居荆州期间的种种情节，特别是“三顾茅庐”的起因、过程和结果，并带写孙吴集团的发展变化，使曹操兴兵南征紧承火烧博望，从而突出了刘备集团的兴衰这一主线和曹、刘两大集团的斗争这一主要矛盾。

刘表胸无伟略，不图进取，根本无法适应激烈竞争的形势。及至晚年，他愈加老病昏庸，外被曹操、孙权两大集团夹攻，内被蔡氏宗族掣肘，只得坐视其实力日益削弱；加之偏爱少子，重蹈袁绍覆辙，使其集团内部矛盾重重。尽管他曾将荆州托付刘备，但并无果断措施；而刘备囿于信义，又不愿轻易据有荆州。于是，刘表一死，其集团便四分五裂，竟使曹操不战而得荆州，为后人留下极其深刻的教训。

据《三国志·蜀书·诸葛亮传》：“（刘）表卒，（刘）琮闻曹公来征，遣使请降。先主在樊闻之，率其众南行。”可见历史上并无火烧新野之事。罗贯中紧承上回文气，精心虚构了“火烧新野”这一情节，使诸葛亮的神机妙算又一次大放光彩。

却说玄德问孔明求拒曹兵之计。孔明曰："新野小县，不可久居。近闻刘景升病在危笃，可乘此机会，取彼荆州为安身之地，庶可拒曹操也。"玄德曰："公言甚善；但备受景升之恩，安忍图之！"孔明曰："今若不取，后悔何及！"玄德曰："吾宁死，不忍作负义之事。"㊟孔明曰："且再作商议。"

却说夏侯惇败回许都，自缚见曹操，伏地请死。操释之。惇曰："惇遭诸葛亮诡计，用火攻破我军。"操曰："汝自幼用兵，岂不知狭处须防火攻？"惇曰："李典、于禁曾言及此，悔之不及。"操乃赏二人。惇曰："刘备如此猖狂，真腹心之患也，不可不急除。"操曰："吾所虑者，刘备、孙权耳；余皆不足介意。今当乘此时扫平江南。"㊟便传令起大兵五十万，令曹仁、曹洪为第一队，张辽、张郃为第二队，夏侯渊、夏侯惇为第三队，于禁、李典为第四队，操自领诸将为第五队：每队各引兵十万。又令许褚为折冲将军，引兵三千为先锋。选定建安十三年秋七月丙子日出师*。

太中大夫孔融谏曰："刘备、刘表皆汉室宗亲，不可轻伐；孙权虎踞六郡，且有大江之险，亦不易取。今丞相兴此无义之师，恐失天下之望。"操怒曰："刘备、刘表、孙权皆逆命之臣，岂容不讨！"遂叱退孔融，下令："如有再谏者，必斩！"孔融出府，仰天叹曰："以至不仁伐至仁，安得不败乎！"时御史大夫郗虑家客闻此言，报知郗虑。虑常被孔融侮慢，心正恨之，乃以此言入告曹操；且曰："融平日每每狎侮丞相，又与祢衡相善，衡赞融曰'仲尼不死'，融赞衡曰'颜回复生'。向者祢衡之辱丞相，乃融使之也。"操大怒，遂命廷尉捕捉孔融。融有二子，年尚少，时方在家，对坐弈棋。左右急报曰："尊君被廷尉执去，将斩矣！二公子何不急避？"二子曰："破巢之下，安有完卵乎？"言未已，廷尉又至，尽收融家小并二子，

吾宁死，不忍作负义之事——联系第三十六回孙乾建议留住徐庶时，刘备所说的"吾宁死，不为不仁不义之事"，可见刘备与人交往，首重信义，即使一时利益受损，也在所不惜。这是刘备受人敬重的一个重要原因。

今当乘此时扫平江南——曹操既已统一北方，力图尽快征服南方便是顺理成章之事。《三国演义》虚构"火烧新野"，使情节衔接更加紧凑。

号令融尸于市——孔融豪爽洒脱，重友好客，文名颇盛；但因心存汉室，对曹操多有得罪，竟然全家被杀，哀哉！

皆斩之，号令融尸于市。㊟京兆脂习伏尸而哭。操闻之，大怒，欲杀之。荀彧曰："彧闻脂习常谏融曰：'公刚直太过，乃取祸之道。今融死而来哭，乃义人也，不可杀。"操乃止。习收融父子尸首，皆葬之。后人有诗赞孔融曰：

孔融居北海，豪气贯长虹。
坐上客长满，樽中酒不空。
文章惊世俗，谈笑侮王公。
史笔褒忠直，存官纪"太中"。

曹操既杀孔融，传令五队军马次第起行，只留荀彧等守许都。

使蔡瑁、张允二人把住外门——蔡夫人专横跋扈，擅自隔绝内外，使刘表、刘琦父子竟不能见上一面，未免令人憎恶。

大叫数声而死——刘表生前优柔寡断，临死已被蔡氏宗族架空，身不由己，死得实在窝囊！

却说荆州刘表病重，使人请玄德来托孤。玄德引关、张至襄阳见刘表。表曰："我病已入膏肓，不久便死矣，特托孤于贤弟。我子无才，恐不能承父业；我死之后，贤弟可自领荆州。"玄德拜泣曰："备当竭力以辅贤侄，安敢有他意乎！"正说间，人报曹操自统大兵至。玄德急辞刘表，星夜回新野。刘表病中闻此信，吃惊不小，商议写遗嘱，令玄德辅佐长子刘琦为荆州之主。蔡夫人闻之大怒，关上内门，使蔡瑁、张允二人把住外门。㊟时刘琦在江夏，知父病危，来至襄阳探病。方到外门，蔡瑁当住曰："公子奉父命镇守江夏，其任至重；今擅离职守，倘东吴兵至，如之奈何？若入见主公，主公必生嗔怒，病将转增，非孝也。宜速回。"刘琦立于门外，大哭一场，上马仍回江夏。刘表病势危笃，望刘琦不来，至八月戊申日，大叫数声而死。㊟后人有诗叹刘表曰：

昔闻袁氏居河朔，又见刘君霸汉阳。
总为牝晨致家累，可怜不久尽销亡！

刘表既死，蔡夫人与蔡瑁、张允商议，假写遗嘱，令次子刘琮为荆州之主，然后举哀报丧。时刘琮年方十四岁，颇聪明，乃聚众言曰："吾父弃世，吾兄现在江夏，更有叔父玄德在新野。汝等立我为主，倘兄与叔兴兵问罪，如何解释？"众官未及对，幕官李珪答曰："公子之言甚善。今可急发哀书至江夏，请大公子为荆州之主，就命玄德一同理事：北可以敌曹操，南可以拒孙权。此万全之策也。"蔡瑁叱曰："汝何人，敢乱言以逆主公遗命！"李珪大骂曰："汝内外朋谋，假称遗命，废长立幼，眼见荆襄九郡，送于蔡氏之手！

故主有灵，必当殛汝！”蔡瑁大怒，喝令左右推出斩之。李珪至死大骂不绝。于是蔡瑁遂立刘琮为主。蔡氏宗族分领荆州之兵；命治中邓义、别驾刘先守江陵*；蔡夫人自与刘琮驻扎襄阳*，以防刘琦、刘备。㊟就葬刘表之柩于襄阳城东汉阳之原，竟不讣告刘琦与玄德。

忽报曹操引大军径望襄阳而来*。琮大惊，遂请蒯越、蔡瑁等商议。东曹掾傅巽进言曰："不特曹操兵来为可忧；今大公子在江夏，玄德在新野，我皆未往报丧，若彼兴兵问罪，荆襄危矣。巽有一计，可使荆襄之民，安如泰山，又可保全主公名爵。"琮曰："计将安出？"巽曰："不如将荆襄九郡，献与曹操，操必重待主公也。"琮叱曰："是何言也！孤受先君之基业，坐尚未稳，岂可便弃之他人？"蒯越曰："傅公悌之言是也。夫逆顺有大体，强弱有定势。今曹操南征北讨，以朝廷为名，主公拒之，其名不顺。且主公新立，外患未宁，内忧将作。荆襄之民，闻曹兵至，未战而胆先寒，安能与之敌哉？"琮曰："诸公善言，非我不从，但以先君之业，一旦弃与他人，恐贻笑于天下耳。"

言未已，一人昂然而进曰："傅公悌、蒯异度之言甚善，何不从之？"众视之，乃山阳高平人，姓王，名粲，字仲宣。粲容貌瘦弱，身材短小；幼时往见左中郎将蔡邕*，时邕高朋满座，闻粲至，倒履迎之。宾客皆惊曰："蔡中郎何独敬此小子耶？"邕曰："此子有异才，吾不如也。"粲博闻强记，人皆不及：尝观道旁碑文一过，便能记诵，观人弈棋，棋局乱，粲复为摆出，不差一子。又善算术。其文词妙绝一时。年十七，辟为黄门侍郎，不就。后因避乱至荆襄，刘表以为上宾。当日谓刘琮曰："将军自料比曹公何如？"琮曰："不如也。"粲曰："曹公兵强将勇，足智多谋，擒吕布于下邳，摧袁绍于官渡，逐刘备于徐州*，破乌桓于白狼：枭除荡定者，不可胜计。今以大军南下荆襄，势难抵敌。傅、蒯二君之谋，乃长策也，将军不可迟疑，致生后悔。"琮曰："先生见教极是。但须禀告母亲知道。"只见蔡夫人从屏后转出，谓琮曰："既是仲宣、公悌、异度三人所见相同，何必告我？"于是刘琮意决，便写降书，令宋忠潜地往曹操军前投献。㊟宋忠领命，直至宛城，接着曹操，献上降书。操大喜，重赏宋忠，分付教刘琮出城迎接，便着他永为荆州之主。㊟

宋忠拜辞曹操，取路回襄阳*。将欲渡江，忽见一枝人马到来，

以防刘琦、刘备——曹操南征，大敌当前，蔡氏宗族不思抵御，却千方百计防备刘备、刘琦，真是利令智昏，荒唐透顶！

令宋忠潜地往曹操军前投献——面对曹操大军，刘琮集团人心涣散，毫无斗志，竟然不战而降，在汉末各个政治军事集团中，创造了迅速灭亡的最快纪录。

便着他永为荆州之主——刘琮不战而降，曹操立即抛出诱饵，以安其心，可谓老奸巨猾。

视之，乃关云长也。宋忠回避不迭，被云长唤住，细问荆州之事。忠初时隐讳；后被云长盘问不过，只得将前后事情，一一实告。云长大惊，随捉宋忠至新野见玄德，备言其事。玄德闻之大哭。张飞曰："事已如此，可先斩宋忠，随起兵渡江，夺了襄阳，杀了蔡氏、刘琮，然后与曹操交战。"玄德曰："你且缄口。我自有斟酌。"乃叱宋忠曰："你知众人作事，何不早来报我？今虽斩汝，无益于事。可速去。"忠拜谢，抱头鼠窜而去。

玄德正忧闷间，忽报公子刘琦差伊籍到来。玄德感伊籍昔日相救之恩，降阶迎之，再三称谢。籍曰："大公子在江夏，闻荆州已故，蔡夫人与蔡瑁等商议，不来报丧，竟立刘琮为主。公子差人往襄阳探听，回说是实；恐使君不知，特差某赍哀书呈报，并求使君尽起麾下精兵，同往襄阳问罪。"玄德看书毕，谓伊籍曰："机伯只知刘琮僭立，更不知刘琮已将荆襄九郡献与曹操矣！"籍大惊曰："使君从何知之？"玄德具言拿获宋忠之事。籍曰："若如此，使君不如以吊丧为名，前往襄阳，诱刘琮出迎，就便擒下，诛其党类，则荆州属使君矣。"孔明曰："机伯之言是也。主公可从之。"玄德垂泪曰："吾兄临危托孤于我，今若执其子而夺其地，异日死于九泉之下，何面目复见吾兄乎？"㊟孔明曰："如不行此事，今曹兵已至宛城，何以拒敌？"玄德曰："不如走樊城以避之。"

何面目复见吾兄乎——刘琮已向曹操请降，此时若能夺取荆州，已无异于从曹操手中夺取地盘。但刘备仍然顾念刘表之情而不忍下手，未免令人惋惜。

正商议间，探马飞报曹兵已到博望了。玄德慌忙发付伊籍回江夏整顿军马，一面与孔明商议拒敌之计。

孔明曰："主公且宽心。前番一把火，烧了夏侯惇大半人马；今番曹军又来，必教他中这条计。㊟我等在新野住不得了，不如早到樊城去。"便差人四门张榜，晓谕居民："无问老幼男女，愿从者，即于今日皆跟我往樊城暂避，不可自误。"差孙乾往河边调拨船只，救济百姓；差糜竺护送各官家眷到樊城；一面聚诸将听令。先教云长："引一千军去白河上流头埋伏。各带布袋，多装沙土，遏住白河之水；至来日三更后，只听下流头人喊马嘶，急取起布袋，放水淹之，却顺水杀将下来接应。"又唤张飞："引一千军去白河渡口埋伏*。此处水势最慢，曹军被淹，必从此逃难，可便乘势杀来接应。"又唤赵云："引军三千，分为四队：自领一队伏于东门外，其三队分伏西、

今番曹军又来，必教他中这条计——刘琮请降，曹兵临近，形势已很紧迫，诸葛亮却从容自如，要再给曹军一个迎头痛击，表现出极大的自信。

南、北三门，却先于城内人家屋上，多藏硫黄焰硝引火之物。曹军入城，必安歇民房。来日黄昏后，必有大风；但看风起，便令西、南、北三门伏军尽将火箭射入城去；待城中火势大作，却于城外呐喊助威，只留东门放他出走。汝却于东门外从后击之。天明会合关、张二将，收军回樊城。”再令麋芳、刘封二人：“带二千军，一半红旗，一半青旗，去新野城外三十里鹊尾坡前屯住。一见曹军到，红旗军走在左，青旗军走在右。他心疑必不敢追。汝二人却去分头埋伏。只望城中火起，便可追杀败兵，然后却来白河上流头接应。”孔明分拨已定，乃与玄德登高了望，只候捷音。

却说曹仁、曹洪引军十万为前队，前面已有许褚引三千铁甲军开路，浩浩荡荡，杀奔新野来。是日午牌时分，来到鹊尾坡。望见坡前一簇人马，尽打青、红旗号。许褚催军向前。刘封、麋芳分为四队，青、红旗各归左右。许褚勒马，教且休进：“前面必有伏兵。我兵只在此处住下。”许褚一骑马飞报前队曹仁。曹仁曰：“此是疑兵，必无埋伏。可速进兵。我当催军继至。”许褚复回坡前，提兵杀入。至林下追寻时，不见一人。时日已坠西。许褚方欲前进，只听得山上大吹大擂。抬头看时，只见山顶上一簇旗，旗丛中两把伞盖：左玄德，右孔明，二人对坐饮酒。许褚大怒，引军寻路上山。山上擂木炮石打将下来，不能前进。又闻山后喊声大震。欲寻路厮杀，天色已晚。

曹仁领兵到，教且夺新野城歇马。军士至城下时，只见四门大开。曹兵突入，并无阻当，城中亦不见一人，竟是一座空城了。曹仁曰：“此是势孤计穷，故尽带百姓逃窜去了。我军权且在城安歇，来日平明进兵。”此时各军走乏，都已饥饿，皆去夺房造饭。曹仁、曹洪就在衙内安歇。初更已后，狂风大作，守门军士飞报火起。曹仁曰：“此必军士造饭不小心，遗漏之火，不可自惊。”说犹未了，接连几次飞报，西、南、北三门皆火起。曹仁急令众将上马时，满县火起，上下通红。是夜之火，更胜前日博望烧屯之火。㊟后人有诗叹曰：

奸雄曹操守中原，九月南征到汉川。
风伯怒临新野县，祝融飞下焰摩天。

是夜之火，更胜前日博望烧屯之火——火烧博望，是在曹军追赶之时；火烧新野，则是在曹军疲惫之中：后者给曹军造成的损失自然更大。

曹仁引众将突烟冒火，寻路奔走，闻说东门无火，急急奔出东门。军士自相践踏，死者无数。

曹仁等方才脱了火厄，背后一声喊起，赵云引军赶来混战。败军各逃性命，谁肯回身厮杀。正奔走间，糜芳引一军至，又冲杀一阵。曹仁大败，夺路而走，刘封又引一军截杀一阵。到四更时分，人困马乏，军士大半焦头烂额；奔至白河边，喜得河水不甚深，人马都下河吃水：人相喧嚷，马尽嘶鸣。

却说云长在上流用布袋遏住河水，黄昏时分，望见新野火起；至四更，忽听得下流头人喊马嘶，急令军士一齐掣起布袋。水势滔天，望下流冲去，曹军人马俱溺于水中，死者极多。曹仁引众将望水势慢处夺路而走。行到白河渡口，只听喊声大起，一军拦路，当先大将，乃张飞也，㊞大叫："曹贼快来纳命！"曹军大惊。正是：城内才看红焰吐，水边又遇黑风来。未知曹仁性命如何，且看下文分解。

当先大将，乃张飞也——火烧新野，一切都按诸葛亮的计划进行，简直令人拍案叫绝。

尾评：

从"火烧博望"到"火烧新野"，这"两把火"烧得曹军心惊胆战，使诸葛亮威名大振。从此以后，每当曹军面对诸葛亮的奇谋妙计，都不得不畏惧三分。这对曹、刘之间的战争产生了深刻的心理影响。

第四十一回
刘玄德携民渡江　赵子龙单骑救主

总评

本回充分表现了刘备的仁厚明君形象：一方面，顾念刘表待己之恩，不愿乘乱而夺荆州，本于《三国志·蜀书·先主传》："过襄阳，诸葛亮说先主攻（刘）琮，荆州可有。先主曰：'吾不忍也。'"《先主传》注引《汉魏春秋》："或劝备劫将（刘）琮及荆州吏士径南到江陵，备答曰：'刘荆州临亡托我以孤遗，背信自济，吾所不为，死何面目以见刘荆州乎！'"《先主传》注引《典略》："备过辞（刘）表墓，遂涕泣而去。"另一方面，带领新野、樊城两县军民，扶老携幼，拖儿带女，赴襄阳，奔当阳，宁可冒着被曹操赶上的危险，也不抛弃追随自己的百姓，本于《先主传》："（刘）琮左右及荆州人多归先主。比到当阳，众十余万，辎重数千辆，日行十余里……或谓先主曰：'宜速行保江陵，今虽拥大众，被甲者少，若曹公兵至，何以拒之？'先主曰：'夫济大事必以人为本，今人归吾，吾何忍弃去！'"尽管他暂时失去了夺取荆州的机会，在当阳又几乎全军覆没，但却深深地赢得了人心。从此，刘备作为"明君"的典型、"仁政"的象征，更加得到广大民众的拥戴。

罗贯中在史实的基础上，对刘备之仁厚作了生动的描写；但写刘备由樊城渡江时见两县百姓哭声不绝，竟欲投江而死，则显然夸饰过分，反而使人觉得虚假。不过，如果因此而说刘备携民南下是一味作假，亦是片面之见。

据《三国志·魏书·刘表传》，刘琮投降曹操之后，曹操“以琮为青州刺史，封列侯。”另据裴注引《魏武故事》，曹操后来又表刘琮为谏议大夫。《三国演义》写曹操先答应让刘琮“永为荆州之主，”后却食言而命琮为青州刺史，随即又命于禁追杀琮母子，以表现曹操的奸诈残酷。然而，刘琮母子远赴青州，已毫无实力，有何“后患”可言？此处虚构也显然不当。由此可见，即使是罗贯中这样杰出的作家，有时也有败笔。

在《三国演义》所构建的那个英雄辈出的艺术舞台上，赵云是一个深受读者喜爱的形象。而在赵云一生的赫赫战功中，人们印象最深的便是长坂坡单骑救阿斗的故事。《三国志·蜀书·赵云传》曰：“及先主为曹公所追于当阳长坂，弃妻子南走，云身抱弱子，即后主也，保护甘夫人，即后主母也，皆得免难。”根据这一记载，赵云在怀抱阿斗、保着甘夫人的情况下，只能避开强敌，匆匆撤退，根本不可能在敌军阵中横冲直撞。然而，罗贯中摆脱史料的束缚，通过巧妙的虚构、生发和渲染，写出了一场惊心动魄的长坂坡之战，浓墨重彩地表现了赵云的忠贞品格、英雄气概和高超武艺，使“常山赵子龙”的壮美形象犹如一尊大理石雕像，巍然屹立在千百万读者心中。

却说张飞因关公放了上流水，遂引军从下流杀将来，截住曹仁混杀。忽遇许褚，便与交锋；许褚不敢恋战，夺路走脱。张飞赶来，接着玄德、孔明，一同沿河到上流。刘封、糜芳已安排船只等候，遂一齐渡河，尽望樊城而去。孔明教将船筏放火烧毁。

却说曹仁收拾残军，就新野屯住，使曹洪去见曹操，具言失利之事。操大怒曰："诸葛村夫，安敢如此！"催动三军，漫山塞野，尽至新野下寨。传令军士一面搜山，一面填塞白河。令大军分作八路，一齐去取樊城。刘晔曰："丞相初至襄阳，必须先买民心。今刘备尽迁新野百姓入樊城，若我兵径进，二县为齑粉矣；不如先使人招降刘备。备即不降，亦可见我爱民之心；若其来降，则荆州之地，可不战而定也。"㊟操从其言，便问："谁可为使？"刘晔曰："徐庶与刘备至厚，今现在军中，何不命他一往？"操曰："他去恐不复来。"晔曰："他若不来，贻笑于人矣。丞相勿疑。"操乃召徐庶至，谓曰："我本欲踏平樊城，奈怜众百姓之命。公可往说刘备：如肯来降，免罪赐爵；若更执迷，军民共戮，玉石俱焚。吾知公忠义，故特使公往。愿勿相负。"徐庶受命而行。至樊城，玄德、孔明接见，共诉旧日之情。庶曰："曹操使庶来招降使君，乃假买民心也。今彼分兵八路，填白河而进，樊城恐不可守，宜速作行计。"玄德欲留徐庶。庶谢曰："某若不还，恐惹人笑。今老母已丧，抱恨终天。身虽在彼，誓不为设一谋。公有卧龙辅佐，何愁大业不成。庶请辞。"玄德不敢强留。

则荆州之地，可不战而定也——在曹操军力占压倒优势的情况下，刘晔建议作两手准备，可谓曹操的最佳选择。

徐庶辞回，见了曹操，言玄德并无降意。操大怒，即日进兵。玄德问计于孔明。孔明曰："可速弃樊城，取襄阳暂歇。"玄德曰："奈百姓相随许久，安忍弃之？"孔明曰："可令人遍告百姓：有愿随者同去，不愿者留下。"先使云长往江岸整顿船只，令孙乾、简雍在城中声扬曰："今曹兵将至，孤城不可久守。百姓愿随者，便同过江。"两县之民，齐声大呼曰："我等虽死，亦愿随使君！"㊟即日号

我等虽死，亦愿随使君——新野、樊城百姓誓死追随刘备，可视为封建社会中广大民众对"明君"的向往与选择。

泣而行，扶老携幼，将男带女，滚滚渡河，两岸哭声不绝。玄德于船上望见，大恸曰："为吾一人而使百姓遭此大难，吾何生哉！"欲投江而死，㊊左右急救止。闻者莫不痛哭。船到南岸，回顾百姓，有未渡者，望南而哭。玄德急令云长催船渡之，方才上马。

欲投江而死——刘备见百姓受难，自应感到痛心；但"欲投江而死"则既不符合其枭雄性格，对百姓亦毫无益处，反而显得虚假。作者夸饰过分，反成败笔。

行至襄阳东门，只见城上遍插旌旗，壕边密布鹿角。玄德勒马大叫曰："刘琮贤侄，吾但欲救百姓，并无他念。可快开门。"刘琮闻玄德至，惧而不出。蔡瑁、张允径来敌楼上，叱军士乱箭射下。城外百姓，皆望敌楼而哭。城中忽有一将，引数百人径上城楼，大喝："蔡瑁、张允卖国之贼！刘使君乃仁德之人，今为救民而来投，何得相拒！"众视其人，身长八尺，面如重枣，乃义阳人也，姓魏，名延，字文长。当下魏延轮刀砍死守门将士，开了城门，放下吊桥，大叫："刘皇叔快领兵入城，共杀卖国之贼！"㊊张飞便跃马欲入，玄德急止之曰："休惊百姓！"魏延只管招呼玄德军马入城。只见城内一将飞马引军而出，大喝："魏延无名小卒，安敢造乱！认得我大将文聘么！"魏延大怒，挥刀跃马*，便来交战。两下军兵在城边混杀，喊声大震。玄德曰："本欲保民，反害民也。吾不愿入襄阳。"孔明曰："江陵乃荆州要地，不如先取江陵为家。"玄德曰："正合吾心。"于是引着百姓，尽离襄阳大路，望江陵而走。襄阳城中百姓，多有乘乱逃出城来，跟玄德而去。魏延与文聘交战，从巳至未，手下兵卒皆已折尽。延乃拨马而逃，却寻不见玄德，自投长沙太守韩玄去了。

刘皇叔快领兵入城，共杀卖国之贼——在刘备处境困难之时，魏延初次露面，就表现出爱憎分明、见义勇为的品格，给人印象不错。

却说玄德同行军民十余万，大小车数千辆，挑担背包者不计其数。路过刘表之墓，玄德率众将拜于墓前，哭告曰："辱弟备无德无才，负兄寄托之重，罪在备一身，与百姓无干。望兄英灵，垂救荆襄之民！"㊊言甚悲切，军民无不下泪。忽哨马报说："曹操大军已屯樊城，使人收拾船筏，即日渡江赶来也。"众将皆曰："江陵要地，足可拒守。今拥民众数万，日行十余里，似此几时得至江陵？倘曹兵到，如何迎敌？不如暂弃百姓，先行为上。"玄德泣曰："举大事者必以人为本。今人归我，奈何弃之？"㊊百姓闻玄德此言，莫不伤感。后人有诗赞之曰：

望兄英灵，垂救荆州之民——刘备不忘刘表之情，更顾念荆襄百姓。在那战乱频仍，百姓颠沛流离之时，实为难得。

今人归我，奈何弃之——即使在最艰难的时候，刘备仍始终牢记"举大事者必以人为本"，令人感佩。这才是真正的政治家！

临难仁心存百姓，登舟挥泪动三军。
至今凭吊襄江口，父老犹然忆使君。

却说玄德拥着百姓，缓缓而行。孔明曰："追兵不久即至，可遣云长往江夏求救于公子刘琦，教他速起兵乘船会于江陵。"玄德从之，即修书，令云长同孙乾引五百军往江夏求救；令张飞断后，赵云保护老小；其余俱管顾百姓而行。每日只走十余里便歇。

却说曹操在樊城，使人渡江至襄阳，召刘琮相见。琮惧怕，不敢往见，蔡瑁、张允请行。王威密告琮曰："将军既降，玄德又走，曹操必懈弛无备。愿将军奋整奇兵，设于险处击之，操可获矣。获操则威震天下，中原虽广，可传檄而定。此难遇之机，不可失也。"㊞琮以其言告蔡瑁。瑁叱王威曰："汝不知天命，安敢妄言！"威怒骂曰："卖国之徒，吾恨不生啖汝肉！"瑁欲杀之，蒯越劝止。瑁遂与张允同至樊城，拜见曹操。瑁等辞色甚是谄佞。操问："荆州军马钱粮，今有多少？"瑁曰："马军五万，步军十五万，水军八万：共二十八万。钱粮大半在江陵；其余各处，亦足供给一载。"操曰："战船多少？原是何人管领？"瑁曰："大小战船，共七千余只，原是瑁等二人掌管。"操遂加瑁为镇南侯、水军大都督，张允为助顺侯、水军副都督。二人大喜拜谢。操又曰："刘景升既死，其子降顺，吾当表奏天子，使永为荆州之主。"二人大喜而退。荀攸曰："蔡瑁、张允乃谄佞之徒，主公何遂加以如此显爵，更教都督水军乎？"操笑曰："吾岂不识人！止因吾所领北地之众，不习水战，故且权用此二人；待成事之后，别有理会。"

此难遇之机，不可失也——王威之计，本于《三国志·魏书·刘表传》注引《汉晋春秋》，诚为良策。如果刘琮欣然采纳，此计很可能成功，那么，汉末历史的演变将大不相同了。

却说蔡瑁、张允归见刘琮，具言："曹操许保奏将军永镇荆襄。"琮大喜；次日，与母蔡夫人赍捧印绶兵符，亲自渡江拜迎曹操。操抚慰毕，即引随征军将，进屯襄阳城外。蔡瑁、张允令襄阳百姓焚香拜接，曹操俱用好言抚谕。入城至府中坐定，即召蒯越近前，抚慰曰："吾不喜得荆州，喜得异度也。"遂拜蒯越为章陵太守，封樊亭侯*；傅巽、王粲等皆为关内侯；释韩嵩之囚，加为大鸿胪；其余众官，各有封赏*。而以刘琮为青州刺史，便教起程。琮闻命大惊，辞曰："琮不愿为官，愿守父母乡土。"操曰："异日教你随朝为官*，免在荆襄被人图害。"琮再三推辞，曹操不准。琮只得与母蔡夫人同赴青州。只有故将王威相随，其余官员俱送至江口而回。操唤于禁嘱付曰："你可引轻骑追刘琮母子，杀之以绝后患。"㊞于禁得令，领众赶上，大喝曰："我奉丞相令，教来杀汝母子！可早纳下首级！"蔡

你可引轻骑追刘琮母子，杀之以绝后患——刘琮母子离开荆州，远赴青州，无兵无勇，有何后患可言？曹操纵然奸恶，亦不必出此下策。

夫人抱刘琮而大哭。于禁喝令军士下手。王威忿怒，奋力相斗，竟被众军所杀。军士杀死刘琮及蔡夫人。于禁回报曹操，操重赏于禁。便使人往隆中搜寻孔明妻小，却不知去向。原来孔明先已令人搬送至三江内隐避矣。操深恨之。

襄阳既定，荀攸进言曰："江陵乃荆襄重地，钱粮极广，刘备若据此地，急难动摇。"操曰："孤岂忘之！"随命于襄阳诸将中，选一员引军开道。诸将中却独不见文聘。操使人寻访，方才来见。操曰："汝来何迟？"对曰："为人臣而不能使其主保全境土，心实悲惭，无颜早见耳。"言讫，欷歔流涕。操曰："真忠臣也！"除江夏太守，赐爵关内侯，便教引军开道。探马报说："刘备带领百姓，日行止十数里，计程只有三百余里。"操教各部下精选五千铁骑，星夜前进，限一日一夜，赶上刘备。㊢大军陆续随后而进。

限一日一夜，赶上刘备——曹操抓住战机，星夜追赶，力求彻底消灭刘备集团。刘备危矣！

却说玄德引十数万百姓、三千余军马，一程程挨着往江陵进发，赵云保护老小，张飞断后。孔明曰："云长往江夏去了，绝无回音，不知若何。"玄德曰："敢烦军师亲自走一遭。刘琦感公昔日之教，今若见公亲至，事必谐矣。"孔明允诺，便同刘封引五百军，先往江夏求救去了。㊢当日玄德自与简雍、糜竺、糜芳同行。正行间，忽然一阵狂风就马前刮起，尘土冲天，平遮红日。玄德惊曰："此何兆也？"简雍颇明阴阳，袖占一课，失惊曰："此大凶之兆也。应在今夜。主公可速弃百姓而走。"玄德曰："百姓从新野相随至此，吾安忍弃之？"㊢雍曰："主公若恋而不弃，祸不远矣。"玄德问："前面是何处？"左右答曰："前面是当阳县。有座山，名为景山。"玄德便教就此山扎住。时秋末冬初，凉风透骨，黄昏将近，哭声遍野。至四更时分，只听得西北喊声震地而来。玄德大惊，急上马，引本部精兵二千余人迎敌。曹兵掩至，势不可当。玄德死战。正在危迫之际，幸得张飞引军至，杀开一条血路，救玄德望东而走。文聘当先拦住，玄德骂曰："背主之贼，尚有何面目见人！"文聘羞惭满面，引兵自投东北去了。张飞保着玄德，且战且走。奔至天明，闻喊声渐渐远去，玄德方才歇马。看手下随行人，止有百余骑；百姓、老小并糜竺、糜芳、简雍、赵云等一千人，皆不知下落。玄德大哭曰："十数万生灵，皆因恋我，遭此大难；诸将及老小，皆不知存亡：虽土木之人，

孔明允诺……先往江夏求救去了——写孔明前往江夏求救，则下文刘备惨败于当阳时，孔明不在其身边，有利于维护孔明神机妙算、战无不胜的"智绝"形象。

百姓从新野相随至此，吾安忍弃之——大难即将临头，刘备仍不忍抛弃百姓，实在难能可贵。

宁不悲乎！”

正凄惶时，忽见糜芳面带数箭，踉跄而来，口言：“赵子龙反投曹操去了也！”玄德叱曰：“子龙是我故交，安肯反乎？”张飞曰：“他今见我等势穷力尽，或者反投曹操，以图富贵耳！”玄德曰：“子龙从我于患难，心如铁石，非富贵所能动摇也。”糜芳曰：“我亲见他投西北去了。”张飞曰：“待我亲自寻他去。若撞见时，一枪刺死！”玄德曰：“休错疑了。岂不见你二兄诛颜良、文丑之事乎？子龙此去，必有事故。吾料子龙必不弃我也。”㊈张飞那里肯听，引二十余骑，至长坂桥。见桥东有一带树木，飞生一计：教所从二十余骑，都砍下树枝，拴在马尾上，在树林内往来驰骋，冲起尘土，以为疑兵。飞却亲自横矛立马于桥上，向西而望。㊈

却说赵云自四更时分，与曹军厮杀，往来冲突，杀至天明，寻不见玄德，又失了玄德老小。云自思曰：“主公将甘、糜二夫人与小主人阿斗，托付在我身上；今日军中失散，有何面目去见主人？不如去决一死战，好歹要寻主母与小主人下落！”㊈回顾左右，只有三四十骑相随。云拍马在乱军中寻觅。二县百姓号哭之声，震天动地；中箭着枪、抛男弃女而走者，不计其数。赵云正走之间，见一人卧在草中，视之，乃简雍也。云急问曰：“曾见两位主母否？”雍曰：“二主母弃了车仗，抱阿斗而走。我飞马赶去，转过山坡，被一将刺了一枪，跌下马来，马被夺了去。我争斗不得，故卧在此。”云乃将从骑所骑之马，借一匹与简雍骑坐；又着二卒扶护简雍，先去报与主人：“我上天入地，好歹寻主母与小主人来。如寻不见，死在沙场上也！”㊈

说罢，拍马望长坂坡而去。忽一人大叫：“赵将军那里去？”云勒马问曰：“你是何人？”答曰：“我乃刘使君帐下护送车仗的军士，被箭射倒在此。”赵云便问二夫人消息。军士曰：“恰才见甘夫人披头跣足，相随一伙百姓妇女，投南而走。”云见说，也不顾军士，急纵马望南赶去。只见一伙百姓，男女数百人，相携而走。云大叫曰：“内中有甘夫人否？”夫人在后面望见赵云，放声大哭。云下马插枪而泣曰：“使主母失散，云之罪也！糜夫人与小主人安在？”甘夫人曰：“我与糜夫人被逐，弃了车仗，杂于百姓内步行，又撞见一枝军马冲散。糜夫人与阿斗不知何往，我独自逃生至此。”正言间，百姓发

吾料子龙必不弃我也——刘备对赵云信而不疑，表现了一个政治家的知人之明和广阔胸襟。这正是赵云以死相报的一个重要原因。

飞却亲自横矛立马于桥上，向西而望——张飞威风凛凛，又有疑兵为背景，正为下文大闹长坂桥埋下伏笔。

好歹要寻主母与小主人下落——忠心耿耿的赵云此时心急如焚，决心拼死寻找甘、糜二夫人和阿斗，从而引出了后面的一场恶战。

如寻不见，死在沙场上也——得知二夫人与阿斗处境危险，赵云更加急迫，进一步为后面的恶战作好了心理准备。

喊，又撞出一枝军来。赵云拔枪上马看时，面前马上绑着一人，乃糜竺也。背后一将，手提大刀，引着千余军，乃曹仁部将淳于导，拿住糜竺，正要解去献功。赵云大喝一声，挺枪纵马，直取淳于导。导抵敌不住，被云一枪刺落马下，向前救了糜竺，夺得马二匹。云请甘夫人上马，杀开条大路，直送至长坂坡。㊟只见张飞横矛立马于桥上，大叫："子龙！你如何反我哥哥？"云曰："我寻不见主母与小主人，因此落后，何言反耶？"飞曰："若非简雍先来报信，我今见你，怎肯干休也！"云曰："主公在何处？"飞曰："只在前面不远。"云谓糜竺曰："糜子仲保甘夫人先行，待我仍往寻糜夫人与小主人去。"言罢，引数骑再回旧路。

云请甘夫人上马……直送至长坂坡——罗贯中对史实略加改造，巧妙地将甘夫人与阿斗分开，为后面的情节提供了很大方便。

正走之间，见一将手提铁枪，背着一口剑，引十数骑跃马而来。赵云更不打话，直取那将。交马只一合，把那将一枪刺倒，从骑皆走。原来那将乃曹操随身背剑之将夏侯恩也。曹操有宝剑二口：一名"倚天"，一名"青釭"；倚天剑自佩之，青釭剑令夏侯恩佩之。那青釭剑砍铁如泥，锋利无比。当时夏侯恩自恃勇力，背着曹操，只顾引人抢夺掳掠。不想撞着赵云，被他一枪刺死，夺了那口剑，看靶上有金嵌"青釭"二字，方知是宝剑也。云插剑提枪，复杀入重围；回顾手下从骑，已没一人，只剩得孤身。云并无半点退心，只顾往来寻觅；但逢百姓，便问糜夫人消息。忽一人指曰："夫人抱着孩儿，左腿上着了枪，行走不得，只在前面墙缺内坐地。"

赵云听了，连忙追寻。只见一个人家，被火烧坏土墙，糜夫人抱着阿斗，坐于墙下枯井之傍啼哭。云急下马，伏地而拜。夫人曰："妾得见将军，阿斗有命矣。望将军可怜他父亲飘荡半世，只有这点骨血。将军可护持此子，教他得见父面，妾死无恨！"云曰："夫人受难，云之罪也。不必多言，请夫人上马。云自步行死战，保夫人透出重围。"糜夫人曰："不可！将军岂可无马！此子全赖将军保护。妾已重伤，死何足惜！望将军速抱此子前去，勿以妾为累也。"云曰："喊声将近，追兵已至，请夫人速速上马。"糜夫人曰："妾身委实难去，休得两误。"乃将阿斗递与赵云曰："此子性命，全在将军身上！"赵云三回五次请夫人上马，夫人只不肯上马。四边喊声又起。云厉声曰："夫人不听吾言，追兵若至，为之奈何？"糜夫人乃弃阿斗于地，翻身投入枯井中而死。㊟后人有诗赞之曰：

糜夫人……翻身投入枯井中而死——历史上的糜夫人当卒于长坂坡之战以前。《三国演义》写成她在身负重伤之时仍竭力护持阿斗，为让赵云护持阿斗冲出重围，毅然投井而死，既表现了她善良忠厚、深明大义的品格，又使赵云没有拖累，为赵云在敌军中往来冲突作了最后的铺垫。

战将全凭马力多，步行怎把幼君扶？

拚将一死存刘嗣，勇决还亏女丈夫。

赵云见夫人已死，恐曹军盗尸，便将土墙推倒，掩盖枯井。掩讫，解开勒甲绦，放下掩心镜，将阿斗抱护在怀，绰枪上马。早有一将，引一队步军至，乃曹洪部将晏明也，持三尖两刃刀来战赵云。不三合，被赵云一枪刺倒，杀散众军，冲开一条路。正走间，前面又一枝军马拦路。当先一员大将，旗号分明，大书“河间张郃”。云更不答话，挺枪便战。约十余合，云不敢恋战，夺路而走。背后张郃赶来。云加鞭而行，不想趷跶一声，连马和人，颠入土坑之内。张郃挺枪来刺，忽然一道红光，从土坑中滚起，那匹马平空一跃，跳出坑外。后人有诗曰：

红光罩体困龙飞，征马冲开长坂围。

四十二年真命主，将军因得显神威。

张郃见了，大惊而退。赵云纵马正走，背后忽有二将大叫：“赵云休走！”前面又有二将，使两般军器，截住去路：后面赶的是马延、张顗，前面阻的是焦触、张南，都是袁绍手下降将。赵云力战四将，曹军一齐拥至。云乃拔青釭剑乱砍，手起处，衣甲平过，血如泉涌。杀退众军将，直透重围。㊟

却说曹操在景山顶上，望见一将，所到之处，威不可当，急问左右是谁。曹洪飞马下山，大叫曰：“军中战将，可留姓名！”云应声曰：“吾乃常山赵子龙也！”曹洪回报曹操。操曰：“真虎将也！吾当生致之。”遂令飞马传报各处：“如赵云到，不许放冷箭，只要捉活的。”㊟因此赵云得脱此难，此亦阿斗之福所致也。这一场杀：赵云怀抱后主，直透重围，砍倒大旗两面，夺槊三条；前后枪刺剑砍，杀死曹营名将五十余员。后人有诗曰：

血染征袍透甲红，当阳谁敢与争锋！

古来冲阵扶危主，只有常山赵子龙。

赵云当下杀透重围，已离大阵，血满征袍。正行间，山坡下又撞出两枝军，乃夏侯惇部将钟缙、钟绅兄弟二人，一个使大斧，一个使画戟，大喝：“赵云快下马受缚！”正是：才离虎窟逃生去，又遇龙潭鼓浪来。毕竟子龙怎地脱身，且听下回分解。

杀退众军将，直透重围——这一段描写，紧凑激越，酣畅淋漓，有力地突出了赵云一往无前的勇气和所向披靡的威风。

不许放冷箭，只要捉活的——曹操此令，实在为赵云帮了大忙，使他能够在曹军中放开手脚，纵横驰骋，终于冲出重围。

尾评：

罗贯中不仅以艺术家的天才，虚构出一场惊天动地的长坂之战，而且按照自己的美学原则，把这一场厮杀加以净化。人们从中感到的，不是战场的恐怖，死亡的可怕，而是对忠诚、勇敢和力量的赞美。于是，这一篇章便成为一曲“忠义”英雄的高亢颂歌。

第四十二回

张益德大闹长坂桥　刘豫州败走汉津口

总评

历史上的张飞，确实曾在长坂桥头大显威风。《三国志·蜀书·张飞传》云:“曹公入荆州，先主奔江南。曹公追之，一日一夜，及于当阳之长坂。先主闻曹公卒至，弃妻子走，使飞将二十骑拒后。飞据水断桥，瞋目横矛曰:‘身是张益德也，可来共决死！’敌皆无敢近者，故遂得免。”在刘备濒于绝境的危急关头，张飞以罕见的英雄气概震慑强敌，保护了刘备的残余力量，令人惊叹不已。罗贯中在保留史实基本轮廓的基础上，竭力渲染了张飞威慑敌军的气势，精心描写了张飞的三次大喝，并逐层递进地描写了三次大喝的奇特效果，充分表现了张飞英勇无畏、粗中有细的性格特征，使“大闹长坂桥”成为《三国演义》中又一个雄奇壮美的篇章。

作品对张飞英雄气概的渲染，具有浓郁的浪漫主义色彩。但是，作者并没有孤立地描写张飞的凛凛威风，更没有随心所欲地神化他。由于作品前面有诸葛亮两次火烧曹军的情节，有张飞巧设疑兵的伏笔，在描写张飞大喝时又照应了关羽当初夸赞张飞的情节，并以曹军方面的反应为对照，这就从内在和外在两方面规定了情节发展的必然性，使人既感到惊险奇妙，又觉得合乎情理。

作品写张飞喝退曹军，情节达到高潮之后，笔势一转，写张飞下令将桥拆断，然后撤退，乃是作者的匠心之笔。它巧妙地表现了人物性格的丰富性：莽张飞到底还是比较鲁莽，“粗中有细”的主导方面毕竟还是“粗”，所以，他在偶尔用计的同时又常常失于计较。这一失误，露出了张飞力量单薄，并无埋伏的马脚。这样，张飞性格的不同侧面便生动地呈现在读者面前。

孙、刘联盟，共拒曹操，首先倡议者乃是鲁肃，《三国演义》反映了这一史实。此时刘备败退江夏，形势仍很危急，正需向孙权求援；而《三国演义》为了突出诸葛亮之智，有意写成鲁肃力主孙、刘联合，刘备、孔明则故作沉吟，然后勉强应允，虽然增加了情节波澜，却使人觉得孔明似乎过分做作。当代读者的思想情趣，毕竟与罗贯中颇有差别。

却说钟缙、钟绅二人拦住赵云厮杀。赵云挺枪便刺，钟缙当先挥大斧来迎。两马相交，战不三合，被云一枪刺落马下，夺路便走。背后钟绅持戟赶来，马尾相衔，那支戟只在赵云后心内弄影。云急拨转马头，恰好两胸相拍。云左手持枪隔过画戟，右手拔出青釭宝剑砍去，带盔连脑，砍去一半，绅落马而死，余众奔散。赵云得脱，望长坂桥而走。只闻后面喊声大震，原来文聘引军赶来。赵云到得桥边，人困马乏。见张飞挺矛立马于桥上，云大呼曰："益德援我！"飞曰："子龙速行，追兵我自当之。"㊟

云纵马过桥，行二十余里，见玄德与众人憩于树下。云下马伏地而泣。玄德亦泣。云喘气而言曰："赵云之罪，万死犹轻！糜夫人身带重伤，不肯上马，投井而死。云只得推土墙掩之，怀抱公子，身突重围；赖主公洪福，幸而得脱。适来公子尚在怀中啼哭，此一会不见动静，多是不能保也。"遂解视之，原来阿斗正睡着未醒。云喜曰："幸得公子无恙！"双手递与玄德。玄德接过，掷之于地曰："为汝这孺子，几损我一员大将！"㊟赵云忙向地下抱起阿斗，泣拜曰："云虽肝脑涂地，不能报也！"后人有诗曰：

曹操军中飞虎出，赵云怀内小龙眠。
无由抚慰忠臣意，故把亲儿掷马前。

却说文聘引军追赵云至长坂桥，只见张飞倒竖虎须，圆睁环眼，手绰蛇矛，立于桥上；又见桥东树林之后，尘头大起，疑有伏兵，便勒住马，不敢近前。㊟俄而，曹仁、李典、夏侯惇、夏侯渊、乐进、张辽、张郃、许褚等都至。见飞怒目横矛，立马于桥上，又恐是诸葛孔明之计，都不敢近前。㊟扎住阵脚，一字儿摆在桥西，使人飞报曹操。操闻知，急上马，从阵后来。张飞睁圆环眼，隐隐见后军青罗伞盖、旄钺旌旗来到，料得是曹操心疑，亲自来看。飞乃厉声大喝曰："我乃燕人张益德也！谁敢与我决一死战？"声如巨雷。

子龙速行，追兵我自当之——赵云人困马乏，张飞及时接应。于是，作品自然而然地把张飞推入读者视野的中心。

为汝这孺子，几损我一员大将——刘备将阿斗掷于地上这一虚构情节，后人多视为"刁买人心"。其实，古代政治家以"为天下者不顾家"为信条，在危急关头往往将保存谋士大将看得更为重要，历史上的刘备就不止一次"弃妻子走"。刘备此举，固有抚慰左右之意，但也有对心腹大将感到痛惜的真情流露，不宜简单地视为做假。

便勒住马，不敢近前——此处照应上文，表明张飞的疑兵计已经收到了效果。

又恐是诸葛孔明之计，都不敢近前——经过火烧博望、火烧新野，曹军众将都已对诸葛亮心存畏惧，以为张飞乃奉命行事，不敢上前。这更有利于张飞威慑敌军。

曹军闻之，尽皆股栗。曹操急令去其伞盖，回顾左右曰："我向曾闻云长言：益德于百万军中，取上将之首，如探囊取物。今日相逢，不可轻敌。"(评)言未已，张飞睁目又喝曰："燕人张益德在此！谁敢来决死战？"曹操见张飞如此气概，颇有退心。(评)飞望见曹操后军阵脚移动，乃挺矛又喝曰："战又不战，退又不退，却是何故！"喊声未绝，曹操身边夏侯杰惊得肝胆碎裂，倒撞于马下。操便回马而走。于是诸军众将一齐望西奔走。(评)正是：黄口孺子，怎闻霹雳之声；病体樵夫，难听虎豹之吼。一时弃枪落盔者，不计其数，人如潮涌，马似山崩，自相践踏。后人有诗赞曰：

长坂桥头杀气生，横枪立马眼圆睁。

一声好似轰雷震，独退曹家百万兵。

却说曹操惧张飞之威，骤马望西而走，冠簪尽落，披发奔逃。张辽、许褚赶上，扯住辔环。曹操仓皇失措。张辽曰："丞相休惊。料张飞一人，何足深惧！今急回军杀去，刘备可擒也。"曹操神色方才稍定，乃令张辽、许褚再至长坂桥探听消息。

且说张飞见曹军一拥而退，不敢追赶；速唤回原随二十余骑，解去马尾树枝，令将桥梁拆断，(评)然后回马来见玄德，具言断桥一事。玄德曰："吾弟勇则勇矣，惜失于计较。"飞问其故。玄德曰："曹操多谋。汝不合拆断桥梁，彼必追至矣。"飞曰："他被我一喝，倒退数里，何敢再追？"玄德曰："若不断桥，彼恐有埋伏，不敢进兵；今拆断了桥，彼料我无军而怯，必来追赶。彼有百万之众，虽涉江汉，可填而过，岂惧一桥之断耶？"于是即刻起身，从小路斜投汉津，望沔阳路而走。

却说曹操使张辽、许褚探长坂桥消息，回报曰："张飞已拆断桥梁而去矣。"操曰："彼断桥而去，乃心怯也。"(评)遂传令差一万军，速搭三座浮桥，只今夜就要过。李典曰："此恐是诸葛亮之诈谋，不可轻进。"操曰："张飞一勇之夫，岂有诈谋！"遂传下号令，火速进兵。

却说玄德行近汉津，忽见后面尘头大起，鼓声连天，喊声震地。玄德曰："前有大江，后有追兵，如之奈何？"急命赵云准备抵敌。曹操下令军中曰："今刘备釜中之鱼，阱中之虎；若不就此时擒捉，如

今日相逢，不可轻敌——张飞的第一声大喝，如同巨雷震天，极富挑战意味。曹操"急令去其伞盖"的行动和"不可轻敌"的言词，表明他已生怯意。"不可轻敌"一语，照应第二十五回关羽对曹操所言。

曹操见张飞如此气概，颇有退心——张飞的第二声大喝，给曹军心理上增加了新的压力，也使曹操更加动摇。

于是诸军众将一齐望西奔走——张飞趁热打铁，发出第三声大喝，使曹军精神防线顿时崩溃，主帅曹操带头退走，全军陷于一片混乱之中。作品写张飞的这三次大喝，层次感极强，极富传奇色彩。

令将桥梁拆断——莽张飞吓退曹军后，赶快拆断桥梁，自以为得计，其实反而露了马脚，真是又可爱又可笑。

彼断桥而去，乃心怯也——曹操到底不是平庸之辈，虽然一时被吓走，一俟恢复平静，仍能一眼看穿张飞的把戏。

放鱼入海，纵虎归山矣。众将可努力向前！”众将领命，一个个奋威追赶。忽山坡后鼓声响处，一队军马飞出，大叫曰：“我在此等候多时了！”当头那员大将，手执青龙刀，坐下赤兔马，原来是关云长，去江夏借得军马一万，探知当阳长坂大战，特地从此路截出。曹操一见云长，即勒住马，回顾众将曰：“又中诸葛亮之计也！”㊡传令大军速退。

云长追赶十数里，即回军保护玄德等到汉津，已有船只伺候；云长请玄德并甘夫人、阿斗至船中坐定。云长问曰：“二嫂嫂如何不见？”玄德诉说当阳之事。云长叹曰：“曩日猎于许田时，若从吾意，可无今日之患。”玄德曰：“我于此时亦‘投鼠忌器’耳。”㊡正说之间，忽见江南岸战鼓大鸣，舟船如蚁，顺风扬帆而来。玄德大惊。船来至近，只见一人白袍银铠，立于船头上，大呼曰：“叔父别来无恙！小侄得罪！”玄德视之，乃刘琦也。琦过船哭拜曰：“闻叔父困于曹操，小侄特来接应。”玄德大喜，遂合兵一处，放舟而行。在船中正诉情由，江西南上战船一字儿摆开，乘风唿哨而至。刘琦惊曰：“江夏之兵，小侄已尽起至此矣。今有战船拦路，非曹操之军，即江东之军也。如之奈何？”玄德出船头视之，见一人纶巾道服，坐在船头上，乃孔明也，背后立着孙乾。玄德慌请过船，问其何故却在此。孔明曰：“亮自至沙羡*，先令云长于汉津登陆地而接。我料曹操必来追赶，主公必不从江陵来，必斜取汉津矣；故特请公子先来接应，我竟往夏口，尽起军前来相助。”玄德大悦，合为一处，商议破曹之策。孔明曰：“夏口城险，颇有钱粮，可以久守。请主公且到夏口屯住。公子自回沙羡*，整顿战船，收拾军器，为犄角之势，可以抵当曹操。若共归沙羡，则势反孤矣。”刘琦曰：“军师之言甚善。但愚意欲请叔父暂至沙羡，整顿军马停当，再回夏口不迟。”玄德曰：“贤侄之言亦是。”遂留下云长，引五千军守夏口，玄德、孔明、刘琦共投沙羡。

却说曹操见云长在旱路引军截出，疑有伏兵，不敢来追，又恐水路先被玄德夺了江陵，便星夜提兵赴江陵来。荆州治中邓义、别驾刘先，已备知襄阳之事，料不能抵敌曹操，遂引江陵军民出郭投降*。曹操入城，安民已定*，与众将议曰：“今刘备已投江夏，恐结

又中诸葛亮之计也——曹操及其部将，动不动就疑神疑鬼，以为又中了诸葛亮之计，可见诸葛亮已经成为对曹军的巨大威胁。

我于此时亦“投鼠忌器”耳——此语本于《三国志·蜀书·关羽传》注引《蜀记》，与第二十回刘备对关羽所言照应。

孙权必惊疑而来降——荀攸建议示威于孙权，逼其来降。此计固然可能收到“不战而屈人之兵”之效，但也可能促使对方奋起反抗。有帝王之志的孙权正是选择了后者。

备若喜而从命，则大事可定矣——鲁肃主张孙、刘联盟，共拒曹操，不仅十分及时，而且具有战略意义。这是鲁肃第二次向孙权提出重大决策，他确实不愧为汉末三国时期杰出的人才。

连东吴，是滋蔓也。当用何计破之？”荀攸曰：“我今大振兵威，遣使驰檄江东，请孙权会猎于江夏，共擒刘备，分荆州之地，永结盟好。孙权必惊疑而来降，㊟则吾事济矣。”操从其计，一面发檄遣使赴东吴，一面计点马步水军共八十三万，诈称一百万，水陆并进，船骑双行，沿江而来。西起江陵，东接蕲春*，寨栅联络三百余里。

话分两头。却说江东孙权，屯兵柴桑*，闻曹操大军至襄阳，刘琮已降，今又星夜兼道取江陵，乃集众谋士，商议御守之策。鲁肃曰：“荆州与国邻接，江山险固，士民殷富。吾若据而有之，此帝王之资也。今刘表新亡，刘备新败，肃请奉命往江夏吊丧，因说刘备，使抚刘表众将，同心一意，共破曹操。备若喜而从命，则大事可定矣。”㊟权喜从其言，即遣鲁肃赍礼往江夏吊丧。

却说玄德至江夏，与孔明、刘琦共议良策。孔明曰：“曹操势大，急难抵敌，不如往投东吴孙权，以为应援。使南北相持，吾等于中取利，有何不可？”玄德曰：“江东人物极多，必有远谋，安肯相容耶？”孔明笑曰：“今操引百万之众，虎踞江汉，江东安得不使人来探听虚实？若有人到此，亮借一帆风，直至江东，凭三寸不烂之舌，说南北两军互相吞并。若南军胜，共诛曹操以取荆州之地；若北军胜，则我乘势以取江南可也。”玄德曰：“此论甚高。但如何得江东人到？”

正说间，人报江东孙权差鲁肃来吊丧，船已傍岸。孔明笑曰：“大事济矣！”遂问刘琦曰：“往日孙策亡时，襄阳曾遣人去吊丧否？”琦曰：“江东与我家有杀父之仇，安得通庆吊之礼！”孔明曰：“然则鲁肃之来，非为吊丧，乃来探听军情也。”遂谓玄德曰：“鲁肃至，若问曹操动静，主公只推不知。再三问时，主公只说可问诸葛亮。”计会已定，使人迎接鲁肃。

肃入城吊丧；收过礼物，刘琦请肃与玄德相见。礼毕，邀入后堂饮酒。肃曰：“久闻皇叔大名，无缘拜会；今幸得见，实为欣慰。近闻皇叔与曹操会战，必知彼虚实：敢问操军约有几何？”玄德曰：“备兵微将寡，一闻操至即走，竟不知彼虚实。”鲁肃曰：“闻皇叔用诸葛孔明之谋，两场火烧得曹操魂亡胆落，何言不知耶？”玄德曰：

"除非问孔明，便知其详。"肃曰："孔明安在？愿求一见。"玄德教请孔明出来相见。

肃见孔明，礼毕，问曰："向慕先生才德，未得拜晤；今幸相遇，愿闻目今安危之事。"孔明曰："曹操奸计，亮已尽知；但恨力未及，故且避之。"肃曰："皇叔今将止于此乎？"孔明曰："使君与苍梧太守吴巨*有旧，将往投之。"肃曰："吴巨粮少兵微，自不能保，焉能容人？"孔明曰："吴巨处虽不足久居，今且暂依之，别有良图。"肃曰："孙将军虎踞六郡，兵精粮足，又极敬贤礼士，江表英雄，多归附之。今为君计，莫若遣心腹往结东吴，以共图大事。"㊟孔明曰："刘使君与孙将军自来无旧，恐虚费词说。且别无心腹之人可使。"肃曰："先生之兄，现为江东参谋，日望与先生相见。肃不才，愿与公同见孙将军，共议大事。"玄德曰："孔明是吾之师，顷刻不可相离，安可去也？"肃坚请孔明同去。玄德佯不许。孔明曰："事急矣，请奉命一行。"㊟玄德方才许诺。

鲁肃遂别了玄德、刘琦，与孔明登舟，望柴桑来。正是：只因诸葛扁舟去，致使曹兵一旦休。不知孔明此去毕竟如何，且看下文分解。

莫若遣心腹往结东吴，以共图大事——鲁肃直接向刘备、孔明提出联盟建议，正符合刘备集团的迫切需要。

事急矣，请奉命一行——《三国志·蜀书·诸葛亮传》原作"事急矣，请奉命求救于孙将军。"罗贯中稍加改动，便减弱了刘备一方急于求援的口气，表现了诸葛亮的矜持与从容。

尾评：

刘备败走江夏，曹操虎视江南，鲁肃倡议孙、刘联盟共拒曹操，并邀请诸葛亮同到江东。于是，群雄聚会，好戏连台，规模空前的赤壁大战揭开了序幕。

第四十三回
诸葛亮舌战群儒　鲁子敬力排众议

总评

当曹操大军兵临长江，东吴群臣纷纷主张纳降之际，唯有鲁肃以孙吴集团的霸业为重，力排众议，坚决反对降曹，坚定了孙权抗曹的决心，表现出战略家的胆识和魄力。尽管罗贯中为了衬托诸葛亮，有意突出鲁肃的“忠厚长者”形象，但忠厚决非无能，长者自有见识，鲁肃此处的果断言行仍给人留下深刻的印象。

在《三国演义》中，诸葛亮被塑造为一个全能的智慧的化身，而诸葛亮的无比智慧是在纷纭复杂的政治、军事斗争中逐步表现出来的。如果说“隆中决策”第一次表现了诸葛亮的战略眼光，“火烧博望”第一次表现了诸葛亮的军事艺术的话，那么“舌战群儒”便第一次表现了诸葛亮的雄辩才能。

历史上，诸葛亮确曾出使江东，却并未与孙权手下诸谋士展开论辩。然而，历史小说不是史籍的奴隶，它不仅可以描写历史上曾经有过的事，而且有权虚构在一定历史条件下“可能发生”的事。元代的《三国志平话》就虚构了诸葛亮会见孙权时，当着孙权的面与张昭等东吴谋士进行战、和之争的情节，他时而高声斥责张昭等人，时而“结袍挽衣”，当众杀死曹操派来的使者，企图迫使孙权与曹操对立，显得刚武、急躁而鲁莽，而缺乏雍容儒雅的名士风度。《三国演义》对这一情节进行了根本的改造，写孙权有意让诸葛亮在会见自己之前见识江东人才，诸葛亮则以争取建立孙、刘联盟为目标，在论战中只是在精神上压倒主降派，而不愿穷追猛打，有理有节，留有余地，从而生动地表现了诸葛亮的雅量高致、从容气度和无碍辩才。

《三国志·蜀书·诸葛亮传》本有诸葛亮以言词激孙权联刘抗曹的记载。罗贯中在史实基础上巧妙设置矛盾，将“智激孙权”写得一波三折，使诸葛亮的机智自信、孙权的外柔内刚如在目前。

却说鲁肃、孔明辞了玄德、刘琦，登舟望柴桑来。二人在舟中共议。鲁肃谓孔明曰："先生见孙将军，切不可实言曹操兵多将广。"孔明曰："不须子敬叮咛，亮自有对答之语。"及船到岸，肃请孔明于馆驿中暂歇，先自往见孙权。

闻鲁肃回，急召入问曰——曹操大兵压境，迫使孙权尽快作出选择，故尔急欲了解鲁肃江夏之行的情况。

权正聚文武于堂上议事，闻鲁肃回，急召入问曰：㊞"子敬往江夏，体探虚实若何？"肃曰："已知其略，尚容徐禀。"权将曹操檄文示肃曰："操昨遣使赍文至此，孤先发遣来使，现今会众商议未定。"肃接檄文观看。其略曰：

孤近承帝命，奉词伐罪。旄麾南指，刘琮束手；荆襄之民，望风归顺。今统雄兵百万，上将千员，欲与将军会猎于江夏，共伐刘备，同分土地，永结盟好。幸勿观望，速赐回音。

孙权低头不语——"低头不语"，表明孙权并不接受张昭等人降曹之议；但因前途未卜，故尔又不予正面反驳。由此可见孙权外柔内刚的性格和矛盾犹豫的心理。

岂得南面称孤哉——鲁肃指出，孙权若降曹操，则再也不可能"南面称孤"。这正打中了素有王霸之志的孙权的要害，使其增强了抗曹的决心。

鲁肃看毕，曰："主公尊意若何？"权曰："未有定论。"张昭曰："曹操拥百万之众，借天子之名，以征四方，拒之不顺。且主公大势可以拒操者，长江也。今操既得荆州，长江之险，已与我共之矣，势不可敌。以愚之计，不如纳降，为万安之策。"众谋士皆曰："子布之言，正合天意。"孙权沉吟不语。张昭又曰："主公不必多疑。如降操，则东吴民安，江南六郡可保矣。"孙权低头不语。㊞须臾，权起更衣，鲁肃随于权后。权知肃意，乃执肃手而言曰："卿欲如何？"肃曰："恰才众人所言，深误将军。众人皆可降曹操，惟将军不可降曹操。"权曰："何以言之？"肃曰："如肃等降操，当以肃还乡党，累官故不失州郡也。将军降操，欲安所归乎？位不过封侯，车不过一乘，骑不过一匹，从不过数人，岂得南面称孤哉！㊞众人之意，各自为己，不可听也。将军宜早定大计。"权叹曰："诸人议论，大失孤望。子敬开说大计，正与吾见相同。此天以子敬赐我也！但操新得袁绍之众，近又得荆州之兵，恐势大难以抵敌。"肃曰："肃至江夏，引诸葛瑾之弟诸葛亮在此。主公可问之，便知虚实。"权曰："卧龙先生在此乎？”肃曰：“现在馆驿中安歇。”权曰：“今日天晚，且未相见。来日聚文武于帐下，先教见我江东英俊，然后升堂议事。”

肃领命而去。次日至馆驿中见孔明，又嘱曰：“今见我主，切不可言曹操兵多。”孔明笑曰：“亮自见机而变，决不有误。”肃乃引孔明至幕下。早见张昭、顾雍等一班文武二十余人，峨冠博带，整衣端坐。孔明逐一相见，各问姓名，施礼已毕，坐于客位。张昭等见孔明丰神飘洒，器宇轩昂，料道此人必来游说。张昭先以言挑之曰：㊟“昭乃江东微末之士，久闻先生高卧隆中，自比管、乐。此语果有之乎？”孔明曰：“此亮平生小可之比也。”昭曰：“近闻刘豫州三顾先生于草庐之中，幸得先生，以为‘如鱼得水’，思欲席卷荆襄。今一旦以属曹操，未审是何主见？”孔明自思：张昭乃孙权手下第一个谋士，若不先难倒他，如何说得孙权？遂答曰：“吾观取汉上之地，易如反掌。我主刘豫州躬行仁义，不忍夺同宗之基业，故力辞之。刘琮孺子，听信佞言，暗自投降，致使曹操得以猖獗。今我主屯兵江夏，别有良图，非等闲可知也。”昭曰：“若此，是先生言行相违也。先生自比管、乐——管仲相桓公，霸诸侯，一匡天下；乐毅扶持微弱之燕，下齐七十余城：此二人者，真济世之才也。先生在草庐之中，但笑傲风月，抱膝危坐。今既从事刘豫州，当为生灵兴利除害，剿灭乱贼。且刘豫州未得先生之前，尚且纵横寰宇，割据城池；今得先生，人皆仰望，虽三尺童蒙，亦谓彪虎生翼，将见汉室复兴，曹氏即灭矣。朝廷旧臣，山林隐士，无不拭目而待：以为拂高天之云翳，仰日月之光辉，拯民于水火之中，措天下于衽席之上，在此时也。何先生自归豫州，曹兵一出，弃甲抛戈，望风而窜；上不能报刘表以安庶民，下不能辅孤子而据疆土；乃弃新野，走樊城，败当阳，奔夏口，无容身之地：是豫州既得先生之后，反不如其初也。管仲、乐毅，果如是乎？愚直之言，幸勿见怪！”孔明听罢，哑然而笑曰：“鹏飞万里，其志岂群鸟能识哉？譬如人染沉疴，当先用糜粥以饮之，和药以服之；待其腑脏调和，形体渐安，然后用肉食以补之，猛药以治之：则病根尽去，人得全生也。若不待气脉和缓，便投以猛药厚味，欲求安保，诚为难矣。吾主刘豫州，向日军败于汝南，寄迹刘表，兵不满千，将止关、张、赵云而已：此正如病势尪羸已极之时也。新野山僻小县，人民稀少，粮食鲜薄，豫州不过暂

张昭先以言挑之曰——孔明出使江东，意在建立孙、刘联盟，共抗曹操，其主张与主降派尖锐对立，一场争论不可避免。张昭作为主降派的首领，率先出马挑战，实乃必然。

借以容身，岂真将坐守于此耶？夫以甲兵不完，城郭不固，军不经练，粮不继日，然而博望烧屯，白河用水，使夏侯惇、曹仁辈心惊胆裂：窃谓管仲、乐毅之用兵，未必过此。至于刘琮降操，豫州实出不知，且又不忍乘乱夺同宗之基业，此真大仁大义也。当阳之败，豫州见有数十万赴义之民，扶老携幼相随，不忍弃之，日行十里，不思进取江陵，甘与同败，此亦大仁大义也。寡不敌众，胜负乃其常事。昔高皇数败于项羽，而垓下一战成功，此非韩信之良谋乎？夫信久事高皇，未尝累胜。盖国家大计，社稷安危，是有主谋。非比夸辩之徒，虚誉欺人：坐议立谈，无人可及；临机应变，百无一能。诚为天下笑耳！”㊣这一篇言语，说得张昭并无一言回答。

诚为天下笑耳——面对张昭的恶语攻击，孔明不急不躁，沉着应战，逐层反驳，正打中主降派在强敌面前“临机应变，百无一能”的要害。

座上忽一人抗声问曰：“今曹公兵屯百万，将列千员，龙骧虎视，平吞江夏，公以为何如？”孔明视之，乃虞翻也。孔明曰：“曹操收袁绍蚁聚之兵，劫刘表乌合之众，虽数百万不足惧也。”虞翻冷笑曰：“军败于当阳，计穷于夏口，区区求救于人，而犹言‘不惧’，此真大言欺人也！”孔明曰：“刘豫州以数千仁义之师，安能敌百万残暴之众？退守夏口，所以待时也。今江东兵精粮足，且有长江之险，犹欲使其主屈膝降贼，不顾天下耻笑。由此论之，刘豫州真不惧操贼者矣！”㊣虞翻不能对。

刘豫州真不惧操贼者矣——孔明以孙、刘双方作对比，指责主降派“欲使其主屈膝降贼”，使之无话可说。

座间又一人问曰：“孔明欲效仪、秦之舌，游说东吴耶？”孔明视之，乃步骘也。孔明曰：“步子山以苏秦、张仪为辩士，不知苏秦、张仪亦豪杰也：苏秦佩六国相印，张仪两次相秦，皆有匡扶人国之谋，非比畏强凌弱，惧刀避剑之人也。君等一闻曹操虚发诈伪之词，便畏惧请降，敢笑苏秦、张仪乎？”㊣步骘默然无语。

敢笑苏秦、张仪乎——主降派视苏秦、张仪为只会摇唇鼓舌的说客，欲以此贬低孔明；孔明则反戈一击，又刺中了主降派在危难之时只知保全自己的怯懦心理。

忽一人问曰：“孔明以曹操何如人也？”孔明视其人，乃薛综也。孔明答曰：“曹操乃汉贼也，又何必问？”综曰：“公言差矣。汉传世至今，天数将终。今曹公已有天下三分之二，人皆归心。刘豫州不识天时，强欲与争，正如以卵击石，安得不败乎？”孔明厉声曰：“薛敬文安得出此无父无君之言乎！夫人生天地间，以忠孝为立身之本。公既为汉臣，则见有不臣之人，当誓共戮之：臣之道也。今曹操祖宗叨食汉禄，不思报效，反怀篡逆之心，天下之所共愤；公乃以天数归之，真无父无君之人也！不足与语！请勿复言！”㊣薛综满面羞惭，不能对答。

不足与语，请勿复言——主降派吹捧曹操“人皆归心”，孔明则以士大夫最看重的“忠孝”观念为武器，予以痛斥，使之难以对答。

座上又一人应声问曰："曹操虽挟天子以令诸侯，犹是相国曹参之后。刘豫州虽云中山靖王苗裔，却无可稽考，眼见只是织席贩屦之夫耳，何足与曹操抗衡哉！"孔明视之，乃陆绩也。孔明笑曰："公非袁术座间怀桔之陆郎乎？请安坐，听吾一言：曹操既为曹相国之后，则世为汉臣矣；今乃专权肆横，欺凌君父，是不惟无君，亦且蔑祖，不惟汉室之乱臣，亦曹氏之贼子也。刘豫州堂堂帝胄，当今皇帝，按谱赐爵，何云'无可稽考'？且高祖起身亭长，而终有天下；织席贩屦，又何足为辱乎？公小儿之见，不足与高士共语！"㊕陆绩语塞。

座上一人忽曰："孔明所言，皆强词夺理，均非正论，不必再言。且请问孔明治何经典？"孔明视之，乃严畯也。孔明曰："寻章摘句，世之腐儒也，何能兴邦立事？且古耕莘伊尹，钓渭子牙，张良、陈平之流，邓禹、耿弇之辈，皆有匡扶宇宙之才，未审其生平治何经典。岂亦效书生，区区于笔砚之间，数黑论黄，舞文弄墨而已乎？"严畯低头丧气而不能对。

忽又一人大声曰："公好为大言，未必真有实学，恐适为儒者所笑耳。"孔明视其人，乃汝南程德枢也*。孔明答曰："儒有君子小人之别。君子之儒，忠君爱国，守正恶邪，务使泽及当时，名留后世。若夫小人之儒，惟务雕虫，专工翰墨；青春作赋，皓首穷经；笔下虽有千言，胸中实无一策。且如扬雄以文章名世，而屈身事莽，不免投阁而死，此所谓小人之儒也；虽日赋万言，亦何取哉！"㊕程德枢不能对。众人见孔明对答如流，尽皆失色。

时座上张温、骆统二人，又欲问难。忽一人自外而入，厉声言曰："孔明乃当世奇才，君等以唇舌相难，非敬客之礼也。曹操大军临境，不思退敌之策，乃徒斗口耶！"众视其人，乃零陵人，姓黄，名盖，字公覆，现为东吴丹阳都尉*。当时黄盖谓孔明曰："愚闻多言获利，不如默而无言。何不将金石之论为我主言之，乃与众人辩论也？"孔明曰："诸君不知世务，互相问难，不容不答耳。"于是黄盖与鲁肃引孔明入。至中门，正遇诸葛瑾，孔明施礼。瑾曰："贤弟既到江东，如何不来见我？"孔明曰："弟既事刘豫州，理宜先公后私。公事未毕，不敢及私。㊕望兄见谅。"瑾曰："贤弟见过孙将军*，却来叙话。"说罢自去。

公小儿之见，不足与高士共语——主降派以曹操、刘备出身之高低为投降借口，孔明"以子之矛，攻子之盾"，使之语塞。

虽日赋万言，亦何取哉——主降派转移话题，欲攻孔明无学；孔明则将儒者分为"君子之儒"与"小人之儒"，对那些不明大义，沾沾自喜于一孔之见的"小人之儒"予以贬斥，无异于对主降派的当头棒喝。

公事未毕，不敢及私——孔明先公后私，处处以事业为重，确实令人敬佩。

鲁肃曰："适间所嘱，不可有误。"孔明点头应诺。引至堂上，孙权降阶而迎，优礼相待。施礼毕，赐孔明坐。众文武分两行而立。鲁肃立于孔明之侧，只看他讲话。孔明致玄德之意毕，偷眼看孙权：碧眼紫髯，堂堂一表。孔明暗思："此人相貌非常，只可激，不可说。等他问时，用言激之便了。"㊊献茶已毕，孙权曰："多闻鲁子敬谈足下之才，今幸得相见，敢求教益。"孔明曰："不才无学，有辱明问。"权曰："足下近在新野，佐刘豫州与曹操决战，必深知彼军虚实。"孔明曰："刘豫州兵微将寡，更兼新野城小无粮，安能与曹操相持？"权曰："曹兵共有多少？"孔明曰："马步水军，约有一百余万。"权曰："莫非诈乎？"孔明曰："非诈也。曹操就兖州已有青州军二十万；平了袁绍，又得五六十万；中原新招之兵三四十万；今又得荆州之军二三十万；以此计之，不下一百五十万。亮以百万言之，恐惊江东之士也。"鲁肃在旁，闻言失色，以目视孔明；孔明只做不见。权曰："曹操部下战将，还有多少？"孔明曰："足智多谋之士，能征惯战之将，何止一二千人。"权曰："今曹操平了荆、楚，复有远图乎？"孔明曰："即今沿江下寨，准备战船，不欲图江东，待取何地？"㊊权曰："若彼有吞并之意，战与不战，请足下为我一决。"孔明曰："亮有一言，但恐将军不肯听从。"权曰："愿闻高论。"孔明曰："向者宇内大乱，故将军起江东，刘豫州收众汉南，与曹操并争天下。今操芟除大难，略已平矣；近又新破荆州，威震海内；纵有英雄，无用武之地：故豫州遁逃至此。愿将军量力而处之：若能以吴、越之众，与中国抗衡，不如早与之绝；若其不能，何不从众谋士之论，按兵束甲，北面而事之？"权未及答。孔明又曰："将军外托服从之名，内怀疑贰之见，事急而不断，祸至无日矣！"㊊权曰："诚如君言，刘豫州何不降操？"孔明曰："昔田横，齐之壮士耳，犹守义不辱。况刘豫州王室之胄，英才盖世，众士仰慕。事之不济，此乃天也，又安能屈处人下乎！"㊊

孙权听了孔明此言，不觉勃然变色，拂衣而起，退入后堂。众皆哂笑而散。鲁肃责孔明曰："先生何故出此言？幸是吾主宽洪大度，不即面责。先生之言，藐视吾主甚矣。"孔明仰面笑曰："何如此不能容物耶！我自有破曹之计，彼不问我，我故不言。"肃曰："果有良策，肃当请主公求教。"孔明曰："吾视曹操百万之众，如群蚁耳！

等他问时，用言激之便了——善用激将法，乃是孔明一大特点。智激孙权，可谓初试锋芒。

不欲图江东，待取何地——孔明故意夸大曹军实力，强调曹操欲取江东之意，使孙权不得不问计于己。

事急而不断，祸至无日矣——此段出自《三国志·蜀书·诸葛亮传》。孔明向孙权摆明两种前途，指出犹豫不决的危害，促使其迅速作出决断。

又安能屈处人下乎——此语亦出自《诸葛亮传》。孔明明褒刘备，暗讽孙权，有意刺激其自尊心，使文章顿起波澜。

但我一举手，则皆为齑粉矣！”肃闻言，便入后堂见孙权。权怒气未息，顾谓肃曰：“孔明欺吾太甚！”肃曰：“臣亦以此责孔明，孔明反笑主公不能容物。破曹之策，孔明不肯轻言，主公何不求之？”权回嗔作喜曰：“原来孔明有良谋，故以言词激我。我一时浅见，几误大事。”便同鲁肃重复出堂，再请孔明叙话。权见孔明，谢曰：“适来冒渎威严，幸勿见罪。”孔明亦谢曰：“亮言语冒犯，望乞恕罪。”权邀孔明入后堂，置酒相待。㊖

数巡之后，权曰：“曹操平生所恶者：吕布、刘表、袁绍、袁术、豫州与孤耳。今数雄已灭，独豫州与孤尚存。孤不能以全吴之地，受制于人。吾计决矣。非刘豫州莫与当曹操者；然豫州新败之后，安能抗此难乎？”㊖孔明曰：“豫州虽新败，然关云长犹率精兵万人；刘琦领江夏战士，亦不下万人。曹操之众，远来疲惫；近追豫州，轻骑一日夜行三百里，此所谓‘强弩之末，势不能穿鲁缟’者也。且北方之人，不习水战。荆州士民附操者，迫于势耳，非本心也。今将军诚能与豫州协力同心，破曹军必矣。操军破，必北还，则荆、吴之势强，而鼎足之形成矣。成败之机，在于今日。惟将军裁之。”㊖权大悦曰：“先生之言，顿开茅塞。吾意已决，更无他疑。即日商议起兵，共灭曹操！”遂令鲁肃将此意传谕文武官员，就送孔明于馆驿安歇。

张昭知孙权欲兴兵，遂与众议曰：“中了孔明之计也！”急入见权曰：“昭等闻主公将兴兵与曹操争锋。主公自思比袁绍若何？曹操向日兵微将寡，尚能一鼓克袁绍；何况今日拥百万之众南征，岂可轻敌？若听诸葛亮之言，妄动甲兵，此所谓负薪救火也。”孙权只低头不语。顾雍曰：“刘备因为曹操所败，故欲借我江东之兵以拒之，主公奈何为其所用乎？愿听子布之言。”孙权沉吟未决。张昭等出，鲁肃入见曰：“适张子布等，又劝主公休动兵，力主降议，此皆全躯保妻子之臣，为自谋之计耳。愿主公勿听也。”孙权尚在沉吟。肃曰：“主公若迟疑，必为众人误矣。”权曰：“卿且暂退，容我三思。”肃乃退出。时武将或有要战的，文官都是要降的，议论纷纷不一。

且说孙权退入内宅，寝食不安，犹豫不决。㊖吴国太见权如此，问曰：“何事在心，寝食俱废？”权曰：“今曹操屯兵于江汉，有下江南之意。问诸文武，或欲降者，或欲战者。欲待战来，恐寡不敌众；

权邀孔明入后堂，置酒相待——经过一番试探，双方这才开诚相见，文势为之一转。

安能抗此难乎——孙权欲与刘备联合抗曹，又恐刘备缺乏实力，此亦自然之理。

成败之机，在于今日，惟将军裁之——孔明不仅介绍了刘备集团的实力，而且预告了孙、刘联军必然胜利的前景，大大增强了孙权抗曹的决心。

且说孙权……犹豫不决——孙权虽有抗曹决心，但因左右意见不一，取胜信心仍觉不足，于是文章又起波澜。

欲待降来，又恐曹操不容：因此犹豫不决。”吴国太曰：“汝何不记吾姐临终之语乎？”孙权如醉方醒，似梦初觉，想出这句话来。正是：追思国母临终语，引得周郎立战功。毕竟说着甚的，且看下文分解。

尾评：

在“舌战群儒”中，诸葛亮高屋建瓴，洞察全局，对于对手的根底了如指掌，完全掌握了论辩的主动权。他时而义正词严，时而语含调侃，轻松自如，游刃有余，口若悬河，妙语连珠。读着这一段音调铿锵的辩词，真是一种美的享受。

第四十四回
孔明用智激周瑜　孙权决计破曹操

总评

历史上的铜雀台建于建安十五年（210），在赤壁之战以后两年；而曹植《铜雀台赋》中并无“揽二乔于东南兮”等句：可见本无诸葛亮智激周瑜之事。元代《三国志平话》虚构诸葛亮出使江东，说动孙权决定抗曹之后，孙权命人到豫章请周瑜挂帅领兵，周瑜却贪恋妻子小乔美色，不愿出征；诸葛亮与鲁肃急赴豫章，厉声喝斥周瑜；周瑜被激，遂决意挂帅出征。《三国演义》吸取了《平话》的合理内核，在艺术上另起炉灶，将故事处理成孙、刘两大政治军事集团的两个杰出人物之间互相斗智的起点，从而创造出一个脍炙人口的精彩情节。

周瑜劝孙权决策抗曹一节，本于《三国志·吴书·周瑜传》。罗贯中通过吴国太以孙策遗言“外事不决问周瑜”提醒孙权，东吴主战、主和两派均希望得到周瑜支持等细节，层层铺垫，有力地突出了周瑜在决定东吴和、战大计上的关键作用。

据《周瑜传》，历史上的周瑜“性度恢廓”，宽宏大量，深得东吴将士之心。罗贯中为了突出诸葛亮之无比智慧，自本回起便有意描写周瑜企图除掉孔明，给人以周瑜“气量狭窄”的印象。其实，周瑜之所以欲除孔明，并非忌孔明之才，而是忌孔明之才不能为东吴所用，乃是“英雄各为其主”的心理反射；尽管其眼光不如鲁肃长远，但与小人之嫉贤妒能、害才营私泾渭分明，不可混为一谈。更重要的是，周瑜欲除孔明、孔明从容应付的系列情节虽出虚构，却从本质上反映了孙、刘联盟内部又联合又斗争的关系。罗贯中将这一斗争写得波澜起伏，扣人心弦，贯穿于赤壁大战的全过程，不仅具有相当的思想深度，而且把人物形象刻画得十分鲜明。

却说吴国太见孙权疑惑不决，乃谓之曰："先姊遗言云：'伯符临终有言：内事不决问张昭，外事不决问周瑜。'今何不请公瑾问之？"权大喜，即遣使往鄱阳请周瑜议事。㊟原来周瑜在鄱阳湖训练水师，闻曹操大军至汉上，便星夜回柴桑议军机事。使者未发，周瑜已先到。鲁肃与瑜最厚，先来接着，将前项事细述一番。周瑜曰："子敬休忧，瑜自有主张。今可速请孔明来相见。"鲁肃上马去了。

权大喜，即遣使往鄱阳请周瑜议事——吴国太以孙策"外事不决问周瑜"的临终遗言提醒孙权，遂将周瑜置于决定东吴是否抗曹的关键地位。

周瑜方才歇息，忽报张昭、顾雍、张纮、步骘四人来相探。瑜接入堂中坐定，叙寒温毕。张昭曰："都督知江东之利害否？"瑜曰："未知也。"昭曰："曹操拥众百万，屯于汉上，昨传檄文至此，欲请主公会猎于江夏。虽有相吞之意，尚未露其形。昭等劝主公且降之，庶免江东之祸。不想鲁子敬从江夏带刘备军师诸葛亮至此，彼因自欲雪愤，特下说词以激主公。子敬却执迷不悟。正欲待都督一决。"瑜曰："公等之见皆同否？"顾雍等曰："所议皆同。"瑜曰："吾亦欲降久矣。公等请回。明早见主公，自有定议。"㊟昭等辞去。

明早见主公，自有定议——面对张昭等主降派，周瑜随口附和，使情节为之一顿。

少顷，又报程普、黄盖、韩当等一班战将来见。瑜迎入，各问慰讫。程普曰："都督知江东早晚属他人否？"瑜曰："未知也。"普曰："吾等自随孙将军开基创业，大小数百战，方才战得六郡城池。今主公听谋士之言，欲降曹操，此真可耻可惜之事！吾等宁死不辱。望都督劝主公决计兴兵，吾等愿效死战。"瑜曰："将军等所见皆同否？"黄盖忿然而起，以手拍额曰："吾头可断，誓不降曹！"众人皆曰："吾等都不愿降！"瑜曰："吾正欲与曹操决战，安肯投降！将军等请回。瑜见主公，自有定议。"㊟程普等别去。

瑜见主公，自有定议——面对程普等主战派，周瑜又表示赞同。那么，他究竟是主战还是主和？仿佛一个谜。

又未几，诸葛瑾、吕范等一班儿文官相候。瑜迎之，讲礼方毕，诸葛瑾曰："舍弟诸葛亮自汉上来，言刘豫州欲结东吴，共伐曹操，文武商议未定。因舍弟为使，瑾不敢多言，专候都督来决此事。"瑜曰："以公论之若何？"瑾曰："降者易安，战者难保。"周瑜笑曰："瑜自有主张，来日同至府下定议。”瑾等辞退。

忽又报吕蒙、甘宁等一班儿来见。瑜请入，亦叙谈此事。有要战者，有要降者，互相争论。瑜曰：“不必多言，来日都到府下公议。”众乃辞去。周瑜冷笑不止。㊟

周瑜冷笑不止——周瑜那“冷笑不止”的神情，使人感到他自有主张，只是不肯轻易吐露而已，这就初步表现了周瑜聪明而机警、矜持而自负的性格特点。

至晚，人报鲁子敬引孔明来拜。瑜出中门迎入。叙礼毕，分宾主而坐。肃先问瑜曰：“今曹操驱众南侵，和与战二策，主公不能决，一听于将军。将军之意若何？”瑜曰：“曹操以天子为名，其师不可拒。且其势大，未可轻敌。战则必败，降则易安。吾意已决。来日见主公，便当遣使纳降。”鲁肃愕然曰：“君言差矣！江东基业，已历三世，岂可一旦弃于他人？伯符遗言，外事付托将军。今正欲仗将军保全国家，为泰山之靠，奈何从懦夫之议耶？”瑜曰：“江东六郡，生灵无限；若罹兵革之祸，必有归怨于我，故决计请降耳。”肃曰：“不然。以将军之英雄，东吴之险固，操未必便能得志也。”二人互相争辩，孔明只袖手冷笑。㊟瑜曰：“先生何故哂笑？”孔明曰：“亮不笑别人，笑子敬不识时务耳。”肃曰：“先生如何反笑我不识时务？”孔明曰：“公瑾主意欲降操，甚为合理。”瑜曰：“孔明乃识时务之士，必与吾有同心。”肃曰：“孔明，你也如何说此？”孔明曰：“操极善用兵，天下莫敢当。向只有吕布、袁绍、袁术、刘表敢与对敌。今数人皆被操灭，天下无人矣。独有刘豫州不识时务，强与争衡；今孤身江夏，存亡未保。将军决计降曹，可以保妻子，可以全富贵。——国祚迁移，付之天命，何足惜哉！”鲁肃大怒曰：“汝教吾主屈膝受辱于国贼乎！”

二人互相争辩，孔明只袖手冷笑——孔明“袖手冷笑”，表明他已看出周瑜是在故意卖关子；而这高深莫测的神态，反而使周瑜心中发虚。于是，情节自然转入了孔明与周瑜的交锋。

孔明曰：“愚有一计，并不劳牵羊担酒，纳土献印；亦不须亲自渡江；只须遣一介之使，扁舟送两个人到江上。操一得此两人，百万之众，皆卸甲卷旗而退矣。”㊟瑜曰：“用何二人，可退操兵？”孔明曰：“江东去此两人，如大木飘一叶，太仓减一粟耳；而操得之，必大喜而去。”瑜又问：“果用何二人？”孔明曰：“亮居隆中时，即闻操于漳河新造一台，名曰铜雀，极其壮丽；广选天下美女以实其中。操本好色之徒，久闻江东乔公有二女，长曰大乔，次曰小乔，有沉鱼落雁之容，闭月羞花之貌。操曾发誓曰：‘吾一愿扫平四海，以成帝业；一愿得江东二乔，置之铜雀台，以乐晚年，虽死无恨矣。’今虽引百万之众，虎视江南，其实为此二女也。将军何不去寻乔公，

百万之众，皆卸甲卷旗而退矣——孔明突出奇想，提出极为新奇的纳降主意，大大出人意料，诱使周瑜不得不问，从而引出下文。

以千金买此二女，差人送与曹操？操得二女，称心满意，必班师矣。此范蠡献西施之计，何不速为之？”瑜曰：“操欲得二乔，有何证验？”(评)孔明曰：“曹操幼子曹植，字子建，下笔成文。操尝命作一赋，名曰《铜雀台赋》。赋中之意，单道他家合为天子，誓取二乔。”瑜曰：“此赋公能记否？”孔明曰：“吾爱其文华美，尝窃记之。”瑜曰：“试请一诵。”孔明即时诵《铜雀台赋》云：(评)

操欲得二乔，有何证验——周瑜毕竟聪明过人，对孔明之言仍然半信半疑，故尔要孔明拿出证据。

孔明即时诵《铜雀台赋》云——孔明早有精神准备，面对周瑜的步步追问，信口背诵经过改造的曹植《铜雀台赋》，遂使其奇计天衣无缝。

从明后以嬉游兮，登层台以娱情。见太府之广开兮，观圣德之所营。建高门之嵯峨兮，浮双阙乎太清。立中天之华观兮，连飞阁乎西城。临漳水之长流兮，望园果之滋荣。立双台于左右兮，有玉龙与金凤。揽‘二乔’于东南兮，乐朝夕之与共。俯皇都之宏丽兮，瞰云霞之浮动。欣群才之来萃兮，协飞熊之吉梦。仰春风之和穆兮，听百鸟之悲鸣。云天亘其既立兮，家愿得乎获逞。扬仁化于宇宙兮，尽肃恭于上京。惟桓文之为盛兮，岂足方乎圣明？

休矣！美矣！惠泽远扬。翼佐我皇家兮，宁彼四方。同天地之规量兮，齐日月之辉光。永贵尊而无极兮，等年寿于东皇。御龙旂以遨游兮，回鸾驾而周章。恩化及乎四海兮，嘉物阜而民康。愿斯台之永固兮，乐终古而未央！

周瑜听罢，勃然大怒，离座指北而骂曰：“老贼欺吾太甚！”孔明急起止之曰：“昔单于屡侵疆界，汉天子许以公主和亲，今何惜民间二女乎？”瑜曰：“公有所不知：大乔是孙伯符将军主妇，小乔乃瑜之妻也。”孔明佯作惶恐之状，曰：“亮实不知，失口乱言，死罪！死罪！”瑜曰：“吾与老贼誓不两立！”孔明曰：“事须三思，免致后悔。”瑜曰：“吾承伯符寄托，安有屈身降操之理？适来所言，故相试耳。吾自离鄱阳湖，便有北伐之心，虽刀斧加头，不易其志也！望孔明助一臂之力，同破曹贼。”(评)孔明曰：“若蒙不弃，愿效犬马之劳，早晚拱听驱策。”瑜曰：“来日入见主公，便议起兵。”孔明与鲁肃辞出，相别而去。

望孔明助一臂之力，同破曹贼——事已至此，周瑜再也按捺不住，终于吐露真言，并要孔明相助破曹。这正达到了孔明出使江东之目的。

次日清晨，孙权升堂。左边文官张昭、顾雍等三十余人；右边武官程普、黄盖等三十余人；衣冠济济，剑佩锵锵，分班侍立。少顷，周瑜入见。礼毕，孙权问慰罢，瑜曰：“近闻曹操引兵屯汉上，驰书至此，主公尊意若何？”权即取檄文与周瑜看。瑜看毕，笑曰：“老贼以我江东无人，敢如此相侮耶！”权曰：“君之意若何？”瑜曰：“主公曾与众文武商议否？”权曰：“连日议此事：有劝我降者，有劝我战者。吾意未定，故请公瑾一决。”瑜曰：“谁劝主公降？”权曰：“张子布等皆主其意。”瑜即问张昭曰：“愿闻先生所以主降之意。”昭曰：“曹操挟天子而征四方，动以朝廷为名；近又得荆州，威势愈大。吾江东可以拒操者，长江耳。今操艨艟战舰，何止千百？水陆并进，何可当之？不如且降，更图后计。”瑜曰：“此迂儒之论也！江东自开国以来，今历三世，安忍一旦废弃！”权曰：“若此，计将安出？”瑜曰：“操虽托名汉相，实为汉贼。将军以神武雄才，仗父兄余业，据有江东，兵精粮足，正当横行天下，为国家除残去暴，奈何降贼耶？㊟且操今此来，多犯兵家之忌：北土未平，马腾、韩遂为其后患，而操久于南征，一忌也；北军不熟水战，操舍鞍马，仗舟楫，与东吴争衡，二忌也；又时值隆冬盛寒，马无藁草，三忌也；驱中国士卒，远涉江湖，不服水土，多生疾病，四忌也。操兵犯此数忌，虽多必败。将军擒操，正在今日。瑜请得精兵数万人，进屯夏口，为将军破之！”㊟权矍然起曰：“老贼欲废汉自立久矣，所惧二袁、吕布、刘表与孤耳。今数雄已灭，惟孤尚存。孤与老贼，誓不两立！卿言当伐，甚合孤意。此天以卿授我也。”瑜曰：“臣为将军决一血战，万死不辞！只恐将军狐疑不定。”权拔佩剑砍面前奏案一角曰：“诸官将有再言降操者，与此案同！”㊟言罢，便将此剑赐周瑜，即封瑜为大都督，程普为副都督，鲁肃为赞军校尉。如文武官将有不听号令者，即以此剑诛之。瑜受了剑，对众言曰：“吾奉主公之命，率众破曹。诸将官吏来日俱于江畔行营听令。如迟误者，依七禁令五十四斩施行。”言罢，辞了孙权，起身出府。众文武各无言而散。

正当横行天下……奈何降贼耶——周瑜先对孙权晓以大义，说明不应降曹。

进屯夏口，为将军破之——接着，周瑜又向孙权分析形势，说明有把握打败曹操，从而坚定了孙权抗曹的决心。

诸官将有再言降操者，与此案同——到了此时，孙权终于下定了抗曹的决心。作者描写孙权心理变化的过程，极有分寸。

周瑜回到下处，便请孔明议事。孔明至，瑜曰：“今日府下公议已定，愿求破曹良策。”孔明曰：“孙将军心尚未稳，不可以决策也。”瑜曰：“何谓心不稳？”孔明曰：“心怯曹兵之多，怀寡不敌众之意。将军能以军数开解，使其了然无疑，然后大事可成。”瑜曰：“先生之论甚善。”乃复入见孙权。权曰：“公瑾夜至，必有事故。”瑜曰：“来日调拨军马，主公心有疑否？”权曰：“但忧曹操兵多，寡不敌众耳。他无所疑。”瑜笑曰：“瑜特为此来开解主公。主公因见操檄文，言水陆大军百万，故怀疑惧，不复料其虚实。今以实较之：彼将中国之兵，不过十五六万，且已久疲；所得刘表之众，亦止七八万耳*，尚多怀疑未服。夫以久疲之卒，御狐疑之众，其数虽多，不足畏也。瑜得五万兵，自足破之。愿主公勿以为虑。”权抚瑜背曰：“公瑾此言，足释吾疑。子布无谋，深失孤望；独卿及子敬，与孤同心耳。卿可与子敬、程普即日选军前进。孤当续发人马，多载资粮，为卿后应。卿前军倘不如意，便还就孤。孤当亲与操贼决战，更无他疑。”周瑜谢出，暗忖曰：“孔明早已料着主公之心，其计画又高我一头，久必为江东之患，不如杀之。”㊣乃令人连夜请鲁肃入帐，言欲杀孔明之事。肃曰：“不可。今操贼未破，先杀贤士，是自去其助也。”瑜曰：“此人助刘备，必为江东之患。”肃曰：“诸葛瑾乃其亲兄，可令招此人同事东吴，岂不妙哉？”瑜善其言。

次日平明，瑜赴行营，升中军帐高坐。左右立刀斧手，聚集文官武将听令。原来程普年长于瑜，今瑜爵居其上，心中不乐；是日乃托病不出，令长子程咨自代。瑜令众将曰：“王法无亲，诸君各守乃职。方今曹操弄权，甚于董卓：囚天子于许都，屯暴兵于境上。吾今奉命讨之，诸君幸皆努力向前。大军到处，不得扰民。赏劳罚罪，并不徇纵。”令毕，即差韩当、黄盖为前部先锋，领本部战船，即日起行，前至三江口下寨，别听将令；蒋钦、周泰为第二队；凌统、潘璋为第三队；太史慈、吕蒙为第四队；陆逊、董袭为第五队；吕范、朱治为四方巡警使，催督六郡官军，水陆并进，克期取齐。调拨已毕，诸将各自收拾船只军器起行。程咨回见父程普，说周瑜调兵，动止有法。普大惊曰：“吾素欺周郎懦弱，不足为将；今能如此，真将才也！我如何不服！”遂亲诣行营谢罪。㊣瑜亦逊谢。

次日，瑜请诸葛瑾，谓曰：“令弟孔明有王佐之才，如何屈身事刘备？今幸至江东，欲烦先生不惜齿牙余论，使令弟弃刘备而事东吴，则主公既得良辅，而先生兄弟又得相见，岂不美哉？㊣先生幸即一行。”瑾曰：“瑾自至江东，愧无寸功。今都督有命，敢不效力。”即时上马，径投驿亭来见孔明。孔明接入，哭拜，各诉阔情。瑾泣曰：“弟知伯夷、叔齐乎？”孔明暗思：“此必周郎教来说我也。”遂答曰：“夷、齐古之圣贤也。”瑾曰：“夷、齐虽至饿死首阳山下，兄弟二人亦在一处。我今与你同胞共乳，乃各事其主，不能旦暮相聚，视

久必为江东之患，不如杀之——此处说得很清楚；周瑜将孔明视为对东吴的潜在威胁，故欲除之，并非对孔明有什么个人成见。

遂亲诣行营谢罪——程普之举动，从侧面描写了周瑜用兵有方，确为将帅之才。

而先生兄弟又得相见，岂不美哉——周瑜请诸葛瑾说孔明归吴，越发证明其对孔明并无个人成见。

夷、齐之为人，能无愧乎？”孔明曰：“兄所言者，情也；弟所守者，义也。弟与兄皆汉人。今刘皇叔乃汉室之胄，兄若能去东吴，而与弟同事刘皇叔，则上不愧为汉臣，而骨肉又得相聚，此情义两全之策也。㊣不识兄意以为何如？”瑾思曰：“我来说他，反被他说了我也。”遂无言回答，起身辞去。回见周瑜，细述孔明之言。瑜曰：“公意若何？”瑾曰：“吾受孙将军厚恩，安肯相背！”瑜曰：“公既忠心事主，不必多言。吾自有伏孔明之计。”正是：智与智逢宜必合，才和才角又难容。毕竟周瑜定何计伏孔明，且看下回分解。

此情义两全之策也——孔明以“义”带“情”，要诸葛瑾同归刘备，使其无法劝自己归吴，可谓先发制人。

尾评：

在“智激周瑜”这个才与才敌、智与智斗的情节中，周瑜和诸葛亮都采取了迂回战术。周瑜故作姿态，藏而不露，结果却上了诸葛亮的当，不得不主动说出抗曹的主张；诸葛亮后发制人，因势利导，结果出奇制胜，完全掌握了主动权。斗智的结果证明，诸葛亮确是技高一筹。

周瑜视诸葛亮为最大对手，企图除之，使孙、刘联盟内部的矛盾与联盟同曹操的矛盾彼此交织，使赤壁大战充满了情节的丰富性和生动性。

第四十五回
三江口曹操折兵　群英会蒋干中计

总评

周瑜欲使孔明断曹操粮道，以便借刀杀人。孔明故作不知，略施激将法，便使好胜的周瑜改变主意，反被孔明所笑。这是周瑜第一次欲除孔明而未得逞。它反映了以后各次类似斗争的模式：周瑜手握兵权，暗藏杀机，连设陷阱，欲以“合法”手段除掉孔明；孔明身居虎口，明察秋毫，随机应变，每次都化险为夷，使周瑜一次又一次地长叹：“吾不如孔明也！”

据《三国志·蜀书·先主传》注引《江表传》，当周瑜出兵时，刘备曾派人慰问，周瑜邀刘备往晤，备“乃乘单舸往见瑜”，以表同盟之意。罗贯中在此基础上，虚构了周瑜欲借机杀死刘备，为东吴除去后患的情节。然而，尽管同是虚构，欲杀刘备却与欲杀孔明大不相同：孔明作为联盟中一方的使者，周瑜欲以借刀杀人的手段除之，情理上可以说通；而刘备作为一方的主帅，周瑜竟欲在抗曹之初，于宴席上公开杀之，则实在难以解释。因此，此处的虚构并不合理。

在“赤壁之战”这一情节单元中，罗贯中着力突出“人谋”的作用，把大部分笔墨用于描写孙、刘、曹三方在决战之前的谋划与斗智。在孙、刘联盟内部，周瑜与诸葛亮互逞才思，面对面地反复较量。而在孙、刘联盟与曹操之间，则一直是隔江斗智。后一种斗智的特殊性，使它往往需要借助于一些中介人物来展开。《群英会蒋干中计》便是作者为此而精心设计的一个扣人心弦的情节。

据《三国志·吴书·周瑜传》注引《江表传》，历史上的蒋干本是九江郡人，与庐江郡人周瑜并非同窗好友；他“有仪容，以才辩见称，独步江、淮之间，莫与为对”故曹操于建安十四年（209），即赤壁之战以后，遣其往见周瑜，虽未说动周瑜，却也并未上当；而历史上的曹操与蔡瑁关系颇为亲密，并未将其诛杀：由此可见，“蒋干盗书”纯属虚构。尽管这一虚构给蒋干鼻子上抹了一点白粉，但在艺术上却十分成功。

却说周瑜闻诸葛瑾之言，转恨孔明，存心欲谋杀之。次日，点齐军将，入辞孙权。权曰："卿先行，孤即起兵继后。"瑜辞出，与程普、鲁肃领兵起行，便邀孔明同往。孔明欣然从之。一同登舟，驾起帆樯，迤逦望夏口而进。离三江口五六十里，船依次第歇定。周瑜在中央下寨，岸上依西山结营，周围屯住。孔明只在一叶小舟内安身。

周瑜分拨已定，使人请孔明议事。孔明至中军帐，叙礼毕，瑜曰："昔曹操兵少，袁绍兵多，而操反胜绍者，因用许攸之谋，先断乌巢之粮也。今操兵八十三万，我兵只五六万，安能拒之？亦必须先断操之粮，然后可破。我已探知操军粮草，俱屯于聚铁山。先生久居汉上，熟知地理。敢烦先生与关、张、子龙辈——吾亦助兵千人——星夜往聚铁山断操粮道。彼此各为主人之事，幸勿推调。"㊊孔明暗思："此因说我不动，设计害我。我若推调，必为所笑；不如应之，别有计议。"乃欣然领诺。瑜大喜。孔明辞出。鲁肃密谓瑜曰："公使孔明劫粮，是何意见？"瑜曰："吾欲杀孔明，恐惹人笑，故借曹操之手杀之，以绝后患耳。"肃闻言，乃往见孔明，看他知也不知。只见孔明略无难色，整点军马要行。肃不忍，以言挑之曰：㊊"先生此去可成功否？"孔明笑曰："吾水战、步战、马战、车战，各尽其妙，何愁功绩不成？非比江东公与周郎辈止一能也。"肃曰："吾与公瑾何谓一能？"孔明曰："吾闻江南小儿谣言云：'伏路把关饶子敬，临江水战有周郎。'公等于陆地但能伏路把关；周公瑾但堪水战，不能陆战耳。"

肃乃以此言告知周瑜。瑜怒曰："何欺我不能陆战耶！不用他去！我自引一万马军，往聚铁山断操粮道。"肃又将此言告孔明。孔明笑曰："公瑾令吾断粮者，实欲使曹操杀吾耳。吾故以片言戏之，公瑾便容纳不下。目今用人之际，只愿孙将军与刘使君同心，则功

彼此各为主人之事，幸勿推调——周瑜请孔明断曹操粮道，明明是要借刀杀人，却打着"公事"旗号，欲使孔明无法摆脱。

肃不忍，以言挑之曰——周瑜一心要除掉孔明，鲁肃却不忍心。作者不仅以此表现鲁肃的忠厚性格，而且安排他周旋于周瑜、孔明之间，有意无意地成为孔明应付周瑜陷阱的帮手。

可成；如各相谋害，大事休矣。曹贼多谋，他平生惯断人粮道，今如何不以重兵提备？公瑾若去，必为所擒。今只当先决水战，挫动北军锐气，别寻妙计破之。㊟望子敬善言以告公瑾为幸。”鲁肃遂连夜回见周瑜，备述孔明之言。瑜摇首顿足曰：“此人见识胜吾十倍，今不除之，后必为我国之祸！”肃曰：“今用人之际，望以国家为重。且待破曹之后，图之未晚。”瑜然其说。

挫动北军锐气，别寻妙计破之——对周瑜设下的陷阱，孔明轻轻化解，毫不在意，又提出破曹之正确途径，真是高屋建瓴，气度恢宏。

却说玄德分付刘琦守沙羡*，自领众将引兵往夏口。遥望江南岸旗幡隐隐，戈戟重重，料是东吴已动兵矣，乃尽移江夏之兵，至樊口屯扎。玄德聚众曰：“孔明一去东吴，杳无音信，不知事体如何。谁人可去探听虚实回报？”糜竺曰：“竺愿往。”玄德乃备羊酒礼物，令糜竺至东吴，以犒军为名，探听虚实。竺领命，驾小舟顺流而下，径至周瑜大寨前。军士入报周瑜，瑜召入。竺再拜，致玄德相敬之意，献上酒礼。瑜受讫，设宴款待糜竺。竺曰：“孔明在此已久，今愿与同回。”瑜曰：“孔明方与我同谋破曹，岂可便去？吾亦欲见刘豫州，共议良策；奈身统大军，不可暂离。若豫州肯枉驾来临，深慰所望。”竺应诺，拜辞而回。肃问瑜曰：“公欲见玄德，有何计议？”瑜曰：“玄德世之枭雄，不可不除。吾今乘机诱至杀之，实为国家除一后患。”㊟鲁肃再三劝谏，瑜只不听，遂传密令：“如玄德至，先埋伏刀斧手五十人于壁衣中，看吾掷杯为号，便出下手。”

吾今乘机诱至杀之，实为国家除一后患——周瑜欲杀刘备，固然忠于孙吴集团利益，但破坏孙、刘联盟，实为不智。比之鲁肃，其胸襟、气度确有不及。

却说糜竺回见玄德，具言周瑜欲请主公到彼面会，别有商议。玄德便教收拾快船一只，只今便行。云长谏曰：“周瑜多谋之士，又无孔明书信，恐其中有诈，不可轻去。”玄德曰：“我今结东吴以共破曹操，周郎欲见我，我若不往，非同盟之意。两相猜忌，事不谐矣。”㊟云长曰：“兄长若坚意要去，弟愿同往。”张飞曰：“我也跟去。”玄德曰：“只云长随我去。益德与子龙守寨。简雍固守鄂县。我去便回。”分付毕，即与云长乘小舟，并从者二十余人，飞棹赴江东。玄德观看江东艨艟战舰、旌旗甲兵，左右分布整齐，心中甚喜。军士飞报周瑜：“刘豫州来了。”瑜问：“带多少船只来？”军士答曰：“只有一只船，二十余从人。”瑜笑曰：“此人命合休矣！”乃命刀斧手先埋伏定，然后出寨迎接。玄德引云长等二十余人，直到中军帐，叙礼毕，瑜请玄德上坐。玄德曰：“将军名传天下，备不才，何烦将

两相猜忌，事不谐矣——刘备明知周瑜多谋，仍以同盟破曹为重，欣然往见，不愧为有远见的政治家。

军重礼？”乃分宾主而坐。周瑜设宴相待。

且说孔明偶来江边，闻说玄德来此与都督相会，吃了一惊，急入中军帐窃看动静。只见周瑜面有杀气，两边壁衣中密排刀斧手。孔明大惊曰：“似此如之奈何？”回视玄德，谈笑自若；却见玄德背后一人，按剑而立，乃云长也。孔明喜曰：“吾主无危矣。”㊣遂不复入，仍回身至江边等候。

孔明喜曰：“吾主无危矣。”——孔明此语，从侧面表现了关羽凛然不可犯的威风。

周瑜与玄德饮宴，酒行数巡，瑜起身把盏，猛见云长按剑立于玄德背后，忙问何人。玄德曰：“吾弟关云长也。”瑜惊曰：“非向日斩颜良、文丑者乎？”玄德曰：“然也。”瑜大惊，汗流满背，便斟酒与云长把盏。少顷，鲁肃入。玄德曰：“孔明何在？烦子敬请来一会。”瑜曰：“且待破了曹操，与孔明相会未迟。”玄德不敢再言。云长以目视玄德。玄德会意，即起身辞瑜曰：“备暂告别。即日破敌收功之后，专当叩贺。”瑜亦不留，送出辕门。

玄德别了周瑜，与云长等来至江边，只见孔明已在舟中。玄德大喜。孔明曰：“主公知今日之危乎？”玄德愕然曰：“不知也。”孔明曰：“若无云长，主公几为周郎所害矣。”玄德方才省悟，便请孔明同回樊口。孔明曰：“亮虽居虎口，安如泰山。今主公但收拾船只军马候用。以十一月二十壬申日后为期*，可令子龙驾小舟来南岸边等候。切勿有误。”玄德问其意。孔明曰：“但看东南风起，亮必还矣。”㊣玄德再欲问时，孔明催促玄德作速开船，言讫自回。玄德与云长及从人开船，行不数里，忽见上流头放下五六十只船来。船头上一员大将，横矛而立，乃张飞也。因恐玄德有失，云长独力难支，特来接应。于是三人一同回寨，不在话下。

但看东南风起，亮如还矣——此时诸葛亮已经算定“借东风”等事，其神机妙算，真是匪夷所思。

却说周瑜送了玄德，回至寨中，鲁肃入问曰：“公既诱玄德至此，为何又不下手？”瑜曰：“关云长，世之虎将也，与玄德行坐相随，吾若下手，他必来害我。”肃愕然。忽报曹操遣使送书至。瑜唤入。使者呈上书看时，封面上判云：“汉大丞相付周都督开拆。”瑜大怒，更不开看，将书扯碎，掷于地下，喝斩来使。肃曰：“两国相争，不斩来使。”瑜曰：“斩使以示威！”遂斩使者，将首级付从人持回。随令甘宁为先锋，韩当为左翼，蒋钦为右翼，瑜自部领诸将接应。来日四更造饭，五更开船，鸣鼓呐喊而进。

却说曹操知周瑜毁书斩使，大怒，便唤蔡瑁、张允等一班荆州降将为前部，操自为后军，催督战船，到三江口。早见东吴船只，蔽江而来。为首一员大将，坐在船头上大呼曰："吾乃甘宁也！谁敢来与我决战？"蔡瑁令弟蔡壎前进。两船将近，甘宁拈弓搭箭，望蔡壎射来，应弦而倒。宁驱船大进，万弩齐发。曹军不能抵当。右边蒋钦，左边韩当，直冲入曹军队中。曹军大半是青、徐之兵，素不习水战，大江面上，战船一摆，早立脚不住。甘宁等三路战船，纵横水面。周瑜又催船助战。曹军中箭着炮者，不计其数。从巳时直杀到未时。周瑜虽得利，只恐寡不敌众，遂下令鸣金，收住船只。曹军败回。操登旱寨，再整军士，唤蔡瑁、张允责之曰："东吴兵少，反为所败，是汝等不用心耳！"蔡瑁曰："荆州水军，久不操练；青、徐之军，又素不习水战，故尔致败。今当先立水寨，令青、徐军在中，荆州军在外，每日教习精熟，方可用之。"操曰："汝既为水军都督，可以便宜从事，何必禀我！"于是张、蔡二人，自去训练水军。沿江一带分二十四座水门，以大船居于外为城郭，小船居于内，可通往来。至晚点上灯火，照得天心水面通红。㊖旱寨三百余里，烟火不绝。

至晚点上灯火，照得天心水面通红——蔡瑁、张允布局得法，防范森严，可见并非等闲之辈。

却说周瑜得胜回寨，犒赏三军，一面差人到孙权处报捷*。当夜瑜登高观望，只见西边火光接天。左右告曰："此皆北军灯火之光也。"瑜亦心惊。次日，瑜欲亲往探看曹军水寨，乃命收拾楼船一只，带着鼓乐，随行健将数员，各带强弓硬弩，一齐上船，迤逦前进。至操寨边，瑜命下了矴石，楼船上鼓乐齐奏。瑜暗窥他水寨，大惊曰："此深得水军之妙也！"问："水军都督是谁？"左右曰："蔡瑁、张允。"瑜思曰："二人久居江汉*，谙习水战。吾必设计先除此二人，然后可以破曹。"㊖正窥看间，早有曹军飞报曹操，说："周瑜偷看吾寨。"操命纵船擒捉。瑜见水寨中旗号动，急教收起矴石，两边四下一齐轮转橹棹，望江面上如飞而去。比及曹寨中船出时，周瑜的楼船已离了十数里远，追之不及，回报曹操。

吾必设计先除此二人，然后可以破曹——周瑜深感蔡瑁、张允对东吴构成了威胁，决心除之。要做到这一点，最好的办法当然是诱使曹操犯错误，借刀杀人。这就为下文交代了背景。

操问众将曰："昨日输了一阵，挫动锐气；今又被他深窥吾寨。吾当作何计破之？"言未毕，忽帐下一人出曰："某自幼与周郎同窗交契，愿凭三寸不烂之舌，往江东说此人来降。"曹操大喜，视之，乃九江人，姓蒋，名干，字子翼，现为帐下幕宾。操问曰："子翼与周公瑾相厚乎？”干曰：“丞相放心。干到江左，必要成功。”操问：“要将何物去？”干曰：“只消一童随往，二仆驾舟，其余不用。”操甚喜，置酒与蒋干送行。㊟干葛巾布袍，驾一只小舟，径到周瑜寨中，命传报：“故人蒋干相访。”周瑜正在帐中议事，闻干至，笑谓诸将曰：“说客至矣！”遂与众将附耳低言，如此如此，众皆应命而去。㊟

瑜整衣冠，引从者数百，皆锦衣花帽，前后簇拥而出。蒋干引一青衣小童，昂然而来。瑜拜迎之。干曰：“公瑾别来无恙！”瑜曰：“子翼良苦：远涉江湖，为曹氏作说客耶？”干愕然曰：“吾久别足下，特来叙旧，奈何疑我作说客也？”瑜笑曰：“吾虽不及师旷之聪，闻弦歌而知雅意。”干曰：“足下待故人如此，便请告退。”瑜笑而挽其臂曰：“吾但恐兄为曹氏作说客耳。既无此心，何速去也？”㊟遂同入帐。叙礼毕，坐定，即传令悉召江左英杰与子翼相见。

须臾，文官武将，各穿锦衣；帐下偏裨将校，都披银铠：分两行而入。瑜都教相见毕，就列于两傍而坐。大张筵席，奏军中得胜之乐，轮换行酒。瑜告众官曰：“此吾同窗契友也。虽从江北到此，却不是曹家说客。公等勿疑。”遂解佩剑付太史慈曰：“公可佩我剑作监酒：今日宴饮，但叙朋友交情；如有提起曹操与东吴军旅之事者，即斩之！”太史慈应诺，按剑坐于席上。蒋干惊愕，不敢多言。㊟周瑜曰：“吾自领军以来，滴酒不饮；今日见了故人，又无疑忌，当饮一醉。”说罢，大笑畅饮。座上觥筹交错。饮至半酣，瑜携干手，同步出帐外。左右军士，皆全装惯带，持戈执戟而立。瑜曰：“吾之军士，颇雄壮否？”干曰：“真熊虎之士也。”瑜又引干到帐后一望，粮草堆如山积。瑜曰：“吾之粮草，颇足备否？”干曰：“兵精粮足，名不虚传。”瑜佯醉大笑曰：“想周瑜与子翼同学业时，不曾望有今日。”干曰：“以吾兄高才，实不为过。”瑜执干手曰：“大丈夫处世，遇知己之主，外托君臣之义，内结骨肉之恩，言必行，计必从，祸福共之。假使苏秦、张仪、陆贾、郦生复出，口似悬河，舌如利刃，安能动我心哉！”言罢大笑。蒋干面如土色。㊟瑜复携干入帐，会诸将再饮；因指诸将曰：“此皆江东之英杰。今日此会，可名‘群英会’。”饮至天晚，点上灯烛，瑜自起舞剑作歌。歌曰：

丈夫处世兮立功名，立功名兮慰平生。

慰平生兮吾将醉，吾将醉兮发狂吟！

操甚喜，置酒与蒋干送行——蒋干自告奋勇说降周瑜，曹操喜而遣之。于是，蒋干便成了周瑜与曹操斗智的中介人物。

如此如此，众皆应命而去——蒋干的到来，正适应了周瑜的需要。一番神秘的布置，给读者造成了强烈的悬念。

既无此心，何速去也——周瑜一见蒋干，便单刀直入，擒而复纵，掌握了主动权，使蒋干根本无法施展说客的伎俩。

蒋干惊愕，不敢多言——周瑜的当众宣布，进一步封住了蒋干的嘴，使其完全处于被动地位。

蒋干面如土色——周瑜以对老友剖露心迹的姿态所作的表白，实为对一切劝降企图的严正警告，无异于又给了蒋干当头一棒，他哪里还敢摇动如簧之舌？

歌罢，满座欢笑。至夜深，干辞曰："不胜酒力矣。"瑜命撤席，诸将辞出。瑜曰："久不与子翼同榻，今宵抵足而眠。"于是佯作大醉之状，携干入帐共寝。(评)

携干入帐共寝——经过几个回合的交锋，蒋干一无所获，而又心有不甘。周瑜与之共寝，正是故意给蒋干制造空隙，使"盗书"成为可能。

瑜和衣卧倒，呕吐狼藉。蒋干如何睡得着？伏枕听时，军中鼓打二更，起视残灯尚明。看周瑜时，鼻息如雷。干见帐内桌上，堆着一卷文书，乃起床偷视之，却都是往来书信。内有一封，上写"蔡瑁张允谨封"。干大惊，暗读之。书略曰：

某等降曹，非图仕禄，迫于势耳。今已赚北军困于寨中，但得其便，即将操贼之首，献于麾下。早晚人到，便有关报。幸勿见疑。先此敬复。

遂将书暗藏于衣内——对于蒋干来说，这封伪造的书信犹如输光了的赌徒意外捡到的金子，使他大喜过望，自然要忙不迭地偷走。

干思曰："原来蔡瑁、张允结连东吴！"遂将书暗藏于衣内。(评)再欲检看他书时，床上周瑜翻身，干急灭灯就寝。瑜口内含糊曰："子翼，我数日之内，教你看操贼之首！"干勉强应之。瑜又曰："子翼，且住！……教你看操贼之首！……'"及干问之，瑜又睡着。干伏于床上。将近四更，只听得有人入帐唤曰："都督醒否？"周瑜梦中做忽觉之状，故问那人曰："床上睡着何人？"答曰："都督请子翼同寝，何故忘却？"瑜懊悔曰："吾平日未尝饮醉；昨日醉后失事，不知可曾说甚言语？"那人曰："江北有人到此。"瑜喝："低声！"便唤："子翼。"蒋干只妆睡着。瑜潜出帐。干窃听之，只闻有人在外曰："蔡、张二都督道*：'急切不得下手，……'"后面言语颇低，听不真实。少顷，瑜入帐，又唤："子翼。"蒋干只是不应，蒙头假睡。(评)瑜亦解衣就寝。干寻思："周瑜是个精细人。天明寻书不见，必然害我。"睡至五更，干起唤周瑜；瑜却睡着。干戴上巾帻，潜步出帐，唤了小童，径出辕门。军士问："先生那里去？"干曰："吾在此恐误都督事，权且告别。"军士亦不阻当。

蒋干只是不应，蒙头假睡——周瑜表演的一连串好戏，更使蒋干自以为得计，心甘情愿地上了大当。

干下船，飞棹回见曹操。操问："子翼干事若何？"干曰："周瑜雅量高致，非言词所能动也。"操怒曰："事又不济，反为所笑！"干曰："虽不能说周瑜，却与丞相打听得一件事。乞退左右。"干取出书信，将上项事逐一说与曹操。操大怒曰："二贼如此无礼耶！"即便唤蔡瑁、张允到帐下。操曰："我欲使汝二人进兵。"瑁曰："军尚未曾练熟，不可轻进。"操怒曰："军若练熟，吾首级献于周郎矣！"蔡、张二人不知其意，惊慌不能回答。操喝武士推出斩之。须臾，献头帐下，操方省悟曰："吾中计矣！"㊟后人有诗叹曰：

曹操奸雄不可当，一时诡计中周郎。
蔡张卖主求生计，谁料今朝剑下亡！

众将见杀了蔡、张二人，入问其故。操虽心知中计，却不肯认错，乃谓众将曰："二人怠慢军法，吾故斩之。"众皆嗟呀不已。操于众将内选毛玠、于禁为水军都督，以代蔡、张二人之职。

细作探知，报过江东。周瑜大喜曰："吾所患者，此二人耳。今既剿除，吾无忧矣。"肃曰："都督用兵如此，何愁曹贼不破乎！"瑜曰："吾料诸将不知此计，独有诸葛亮识见胜我，想此谋亦不能瞒也。子敬试以言挑之，看他知也不知，便当回报。"㊟正是：还将反间成功事，去试从旁冷眼人。未知肃去问孔明还是如何，且看下文分解。

吾中计矣——在《三国演义》中，生性多疑的曹操本来就不相信蔡瑁、张允这班降将，见了蒋干偷来的书信，不禁大怒，不暇辨别真假，便将二人斩首。等他恍然大悟时，已经悔之晚矣！

看他知也不知，便当回报——周瑜最担心孔明智高一筹，故叫鲁肃前往试探。于是，小说的情节发展如同行云流水，自然地由敌对双方的斗智转入了同盟者之间的斗智。

尾评：

在《群英会蒋干中计》这一篇章中，周瑜和蒋干的性格形成了鲜明的对照：周瑜机警过人，足智多谋，一听蒋干来访便巧设奇计，一步一步地把蒋干引入布下的圈套之中。蒋干则气粗心浮，昏庸无能，在周瑜的摆布下处处被动，本想当说客，却做了窃贼，自以为占了便宜，实则上了大当，活现出一副愚而自用的蠢相。作者按照人物的性格逻辑编排情节，又通过巧妙的情节突出了人物性格。

作者写周瑜与蒋干斗智，目的是要表现周瑜与曹操的隔江斗智。蒋干的上当直接导致了曹操的上当，而曹操的上当则表明其智谋比之周瑜略逊一筹。

第四十六回
用奇谋孔明借箭　献密计黄盖受刑

总评

历史上并无诸葛亮“草船借箭”之事。据《三国志·吴书·吴主传》注引《魏略》，建安十八年（213），孙权与曹操相持于濡须，孙权乘大船观察曹军营寨，曹操下令乱箭射之，船的一面中箭，偏重将覆，孙权沉着应付，命令将船掉头，让另一面受箭，等“箭均船平，乃还”。这只是被动“受箭”，而不是主动“借箭”。元代《三国志平话》写周瑜挂帅出兵后，与曹操在江上打话，曹军放箭，周瑜让船接满箭支而回。但这也只是随机应变的“接箭”，而非有计划的“借箭”。罗贯中对事件的时间、地点、原因、过程都进行了根本改造，虚构诸葛亮有计划地“借箭”的精彩故事，把它纳入孙、刘联盟内部和联盟与曹操之间“斗智”的范畴，堪称又一杰作。

“草船借箭”之妙，妙在周瑜一心欲以“造箭”难为孔明，必欲置之死地而后快；孔明却根本不想“造箭”，而是向曹军“借箭”。真是神来之笔，想出天外！

“借箭”之后，鲁肃问孔明：“何以知今日如此大雾？”孔明答曰：“为将而不通天文，不识地利，不知奇门，不晓阴阳，不看阵图，不明兵势，是庸才也。”是为千古名言。

孔明不仅知天，而且知人：知周瑜暗设陷阱，而故作懵懂，使其放松监视；知鲁肃忠厚诚朴，而径直求援，使其不得不助；知曹操“于重雾中必不敢出”，而虚张声势，使其拼命放箭。知己知彼，如此透彻，自然从容自如，稳操胜券，安如泰山！

作者善于设置悬念，精于层层蓄势，在波谲云诡的情节中造成“山重水复疑无路”的艺术氛围，然后急转直下，抽丝剥茧，使人在“柳暗花明又一村”的惊喜中得到美的享受。

黄盖献火攻之策，诈降曹操，《三国志·吴书·周瑜传》有载；但他如何取得曹操信任，史无明文。作者针对读者心理，虚构“苦肉计”一节，可谓合情合理。

却说鲁肃领了周瑜言语，径来舟中相探孔明。孔明接入小舟对坐。肃曰："连日措办军务，有失听教。"孔明曰："便是亮亦未与都督贺喜。"肃曰："何喜？"孔明曰："公瑾使先生来探亮知也不知，便是这件事可贺喜耳。"諕得鲁肃失色，问曰："先生何由知之？"孔明曰："这条计只好弄蒋干。曹操虽被一时瞒过，必然便省悟，只是不肯认错耳。今蔡、张两人既死，江东无患矣，如何不贺喜！吾闻曹操换毛玠、于禁为水军都督，则这两个手里，好歹送了水军性命。"鲁肃听了，开口不得，把些言语支吾了半晌，别孔明而回。孔明嘱曰："望子敬在公瑾面前勿言亮先知此事。恐公瑾心怀妒忌，又要寻事害亮。"鲁肃应诺而去，回见周瑜，把上项事只得实说了。瑜大惊曰："此人决不可留！吾决意斩之！"肃劝曰："若杀孔明，却被曹操笑也。"瑜曰："吾自有公道斩之，教他死而无怨。"㊟肃曰："何以公道斩之？"瑜曰："子敬休问，来日便见。"

> 吾自有公道斩之，教他死而无怨——"公道"何在？无非是巧设陷阱而已。不言中隐含杀气，自信中可见刚狠，好一个风流倜傥的周郎！

次日，聚众将于帐下，教请孔明议事。孔明欣然而至。㊟坐定，瑜问孔明曰："即日将与曹军交战。水路交兵，当以何兵器为先？"孔明曰："大江之上，以弓箭为先。"瑜曰："先生之言，甚合愚意。但今军中正缺箭用，敢烦先生监造十万枝箭，以为应敌之具。此系公事，先生幸勿推却。"孔明曰："都督见委，自当效劳。㊟敢问十万枝箭，何时要用？"瑜曰："十日之内，可完办否？"孔明曰："操军即日将至，若候十日，必误大事。"瑜曰："先生料几日可完办？"孔明曰："只消三日，便可拜纳十万枝箭。"瑜曰："军中无戏言。"孔明曰："怎敢戏都督！愿纳军令状：三日不办，甘当重罚。"㊟瑜大喜，唤军政司当面取了文书，置酒相待曰："待军事毕后，自有酬劳。"孔明曰："今日已不及，来日造起。至第三日，可差五百小军到江边搬箭。"饮了数杯，辞去。鲁肃曰："此人莫非诈乎？"瑜曰："他自送死，非我逼他。今明白对众要了文书，他便两胁生翅，也飞不去。

> 孔明欣然而至——孔明一请便到，总是那么轻松自如。但先生可知周郎暗藏杀机？实实令人捏一把冷汗！

> 都督见委，自当效劳——周瑜故设陷阱，要孔明造箭；孔明却好似浑然不觉，满口答应。这是一"奇"。

> 三日不办，甘当重罚——周瑜只给孔明十天时间，以些收紧圈套；孔明反倒只要三天，并且自立军令状"自投罗网"。这是二"奇"。

我只分付军匠人等，教他故意迟延，凡应用物件，都不与齐备。如此，必然误了日期。㊢那时定罪，有何理说？公今可去探他虚实，却来回报。”

肃领命来见孔明。孔明曰：“吾曾告子敬，休对公瑾说，他必要害我。不想子敬不肯为我隐讳，今日果然又弄出事来。三日内如何造得十万箭？子敬只得救我！”肃曰：“公自取其祸，我如何救得你？”孔明曰：“望子敬借我二十只船，每船要军士三十人，船上皆用青布为幔，各束草千余个，分布两边。吾别有妙用。第三日包管有十万枝箭。㊢只不可又教公瑾得知。若彼知之，吾计败矣。”肃允诺，却不解其意。回报周瑜，果然不提起借船之事，只言：“孔明并不用箭竹、翎毛、胶漆等物，自有道理。”瑜大疑曰：“且看他三日后如何回复我！”

却说鲁肃私自拨轻快船二十只，各船三十余人，并布幔束草等物，尽皆齐备，候孔明调用。第一日却不见孔明动静；第二日亦只不动。至第三日四更时分，孔明密请鲁肃到船中。肃问曰：“公召我来何意？”孔明曰：“特请子敬同往取箭。”肃曰：“何处去取？”孔明曰：“子敬休问，前去便见。”遂命将二十只船，用长索相连，径望北岸进发。㊢是夜大雾漫天，长江之中，雾气更甚，对面不相见。㊢孔明促舟前进。果然是好大雾！前人有篇《大雾垂江赋》曰：

> 大哉长江！西接岷、峨，南控三吴，北带九河。汇百川而入海，历万古以扬波。至若龙伯、海若、江妃、水母，长鲸千丈，天蜈九首，鬼怪异类，咸集而有。盖夫鬼神之所依，英雄之所战守也。
>
> 时也阴阳既乱，昧爽不分。讶长空之一色，忽大雾之四屯。虽舆薪而莫睹，惟金鼓之可闻。初若溟濛，才隐南山之豹；渐而充塞，欲迷北海之鲲。然后上接高天，下垂厚地；渺乎苍茫，浩乎无际。鲸鲵出水而腾波，蛟龙潜渊而吐气。又如梅霖收溽，春阴酿寒；溟溟漠漠，浩浩漫漫。东失柴桑之岸，南无夏口之山。战船千艘，俱沉沦于岩壑；渔舟一叶，惊出没于波澜。甚则穹昊无光，朝阳失色；返白昼为昏黄，变丹山为水碧。虽大禹之智，不能测其浅深；离娄之明，焉能辨乎咫尺？
>
> 于是冯夷息浪，屏翳收功；鱼鳖遁迹，鸟兽潜踪。隔断蓬

如此，必然误了日期——周瑜进一步设置障碍，欲使孔明无论如何卖力造箭，都“必然误了日期”。面对如此绝境，孔明有何妙计？这是三“奇”。

第三日包管有十万枝箭——孔明不去设法造箭，却向鲁肃借二十只草船，还声称“第三日包管有十万枝箭”，葫芦里究竟卖什么药？这是四“奇”。

径望北岸进发——到了第三天凌晨，孔明约鲁肃同去取箭，在漫天大雾中将船驶向长江北岸。明明不曾造箭，又到哪里取箭？越发令人不解。这是五“奇”。

长江之中，雾气更甚，对面不相见——大雾弥漫，而孔明的行动神秘莫测，更使人如堕五里雾中。

莱之岛，暗围阊阖之宫。恍惚奔腾，如骤雨之将至；纷纭杂沓，若寒云之欲同。乃能中隐毒蛇，因之而为瘴疠；内藏妖魅，凭之而为祸害。降疾厄于人间，起风尘于塞外。小民遇之夭伤，大人观之感慨。盖将返元气于洪荒，混天地为大块。

当夜五更时候，船已近曹操水寨。孔明教把船只头西尾东，一带摆开，就船上擂鼓呐喊。鲁肃惊曰："倘曹兵齐出，如之奈何？"孔明笑曰："吾料曹操于重雾中必不敢出。吾等只顾酌酒取乐，待雾散便回。"

却说曹寨中，听得擂鼓呐喊，毛玠、于禁二人慌忙飞报曹操。操传令曰：㊢"重雾迷江，彼军忽至，必有埋伏，切不可轻动。可拨水军弓弩手，乱箭射之。"又差人往旱寨内唤张辽、徐晃各带弓弩军三千，火速到江边助射。比及号令到来，毛玠、于禁怕南军抢入水寨，已差弓弩手在寨前放箭；少顷，旱寨内弓弩手亦到，约一万余人，尽皆向江中放箭：㊢箭如雨发。孔明教把船吊回，头东尾西，逼近水寨受箭，一面擂鼓呐喊。待至日高雾散，孔明令收船急回。二十只船两边束草上，排满箭枝。孔明令各船上军士齐声叫曰："谢丞相箭！"㊢比及曹军寨内报知曹操时，这里船轻水急，已放回二十余里，追之不及。曹操懊悔不已。

却说孔明回船，谓鲁肃曰："每船上箭约五六千矣。不费江东半分之力，已得十万余箭。明日即将来射曹军，却不甚便！"肃曰："先生真神人也！何以知今日如此大雾？"孔明曰："为将而不通天文，不识地利，不知奇门，不晓阴阳，不看阵图，不明兵势，是庸才也。亮于三日前已算定今日有大雾，因此敢任三日之限。公瑾教我十日完办，工匠料物，都不应手，将这一件风流罪过，明白要杀我。我命系于天，公瑾焉能害我哉！"鲁肃拜服。

船到岸时，周瑜已差五百军在江边等候搬箭。孔明教于船上取之，可得十余万枝，都搬入中军帐交纳。鲁肃入见周瑜，备说孔明取箭之事。瑜大惊，慨然叹曰："孔明神机妙算，吾不如也！"㊢后人有诗赞曰：

一天浓雾满长江，远近难分水渺茫。
骤雨飞蝗来战舰，孔明今日伏周郎。

少顷，孔明入寨见周瑜。瑜下帐迎之，称羡曰："先生神算，使

操传令曰——曹操精通兵法，深知"兵不厌诈"之理，谁知偏偏中了孔明之计。

约一万余人，尽皆向江中放箭——直到此时，读者方才恍然大悟，原来孔明根本不打算"造箭"，而是来向曹军"借箭"！既匪夷所想，又不违情理。真乃大奇，大妙！

谢丞相箭——孔明白白得了曹军十余万支箭，还要幽默调侃一番。老瞒听了，岂不气破肚也！

孔明神机妙算，吾不如也——面对现实，周瑜又惊羡，又嫉妒，又无可奈何，只得喟然长叹。真是神情毕肖，活脱如见。

人敬服。”孔明曰：“诡谲小计，何足为奇。”瑜邀孔明入帐共饮。瑜曰：“昨吾主遣使来催督进军，瑜未有奇计，愿先生教我。”孔明曰：“亮乃碌碌庸才，安有妙计？”瑜曰：“某昨观曹操水寨，极是严整有法，非等闲可攻。思得一计，不知可否。先生幸为我一决之。”孔明曰：“都督且休言。各自写于手内，看同也不同。”瑜大喜，教取笔砚来，先自暗写了，却送与孔明；孔明亦暗写了。两个移近坐榻，各出掌中之字，互相观看，皆大笑。原来周瑜掌中字，乃一“火”字；孔明掌中，亦一“火”字。㊟瑜曰：“既我两人所见相同，更无疑矣。幸勿漏泄。”孔明曰：“两家公事，岂有漏泄之理！吾料曹操虽两番经我这条计，然必不为备。今都督尽行之可也。”饮罢分散，诸将皆不知其事。

孔明掌中，亦一“火”字——周瑜与孔明都想到以“火”破曹，固然证明英雄所见略同，同时也表明孙、刘双方虽有矛盾，但只有同心协力，方能打败曹操。

却说曹操平白折了十五六万箭，心中气闷。荀攸进计曰：“江东有周瑜、诸葛亮二人用计，急切难破。可差人去东吴诈降，为奸细内应，以通消息，方可图也。”操曰：“此言正合吾意。汝料军中谁可行此计？”攸曰：“蔡瑁被诛，蔡氏宗族，皆在军中。瑁之族弟蔡中、蔡和现为副将，丞相可以恩结之，差往诈降东吴，必不见疑。”操从之，当夜密唤二人入帐，嘱付曰：“汝二人可引些少军士，去东吴诈降。但有动静，使人密报。事成之后，重加封赏。休怀二心！”二人曰：“吾等妻子俱在荆州，安敢怀二心？丞相勿疑。某二人必取周瑜、诸葛亮之首，献于麾下。”操厚赏之。次日，二人带五百军士，驾船数只，顺风望着南岸来。

且说周瑜正理会进兵之事，忽报江北有船来到江口，称是蔡瑁之弟蔡和、蔡中，特来投降。瑜唤入。二人哭拜曰：“吾兄无罪，被操贼所杀。吾二人欲报兄仇，特来投降。望赐收录，愿为前部。”瑜大喜，重赏二人，即命与甘宁引军为前部。二人拜谢，以为中计。瑜密唤甘宁分付曰：“此二人不带家小，非真投降，乃曹操使来为奸细者。吾今欲将计就计，教他通报消息。汝可殷勤相待，就里提防。至出兵之日，先要杀他两个祭旗。汝切须小心，不可有误。”甘宁领命而去。鲁肃入见周瑜曰：“蔡中、蔡和之降，多应是诈，不可收用。”瑜叱曰：“彼因曹操杀其兄，，欲报仇而来降，何诈之有！你若如此多疑，安能容天下之士乎！”肃默然而退，乃往告孔明。孔明笑而不言。肃曰："孔明何故哂笑？"孔明曰："吾笑子敬不识公瑾用计耳。大江隔远，细作极难往来。操使蔡中、蔡和诈降，刺探我军中事；公瑾将计就计，正要他通报消息。'兵不厌诈'，公瑾之谋是也。"(评)肃方才省悟。

"兵不厌诈"，公瑾之谋是也——曹操命蔡中、蔡和诈降东吴，却被周瑜一眼识破。孔明不仅识破曹操之用诈，而且看穿周瑜之将计就计。由此可见，周瑜之智高于曹操，孔明之智又高于周瑜。

却说周瑜夜坐帐中，忽见黄盖潜入中军来见周瑜。瑜问曰："公覆夜至，必有良谋见教？"盖曰："彼众我寡，不宜久持，何不用火攻之？"瑜曰："谁教公献此计？"(评)盖曰："某出自己意，非他人之所教也。"瑜曰："吾正欲如此，故留蔡中、蔡和诈降之人，以通消息；但恨无一人为我行诈降计耳。"盖曰："某愿行此计。"瑜曰："不受些苦，彼如何肯信？"盖曰："某受孙氏厚恩，虽肝脑涂地，亦无怨悔。"瑜拜而谢之曰："君若肯行此苦肉计，则江东之万幸也。"盖曰："某死亦无怨！"遂谢而出。

谁教公献此计——在周瑜眼里，黄盖只是一介纠纠武夫，谁知竟能提出火攻之计，与他和孔明所见略同，周瑜怎不感到意外？

次日，周瑜鸣鼓大会诸将于帐下。孔明亦在座。周瑜曰："操引百万之众，连络三百余里，非一日可破。今令诸将各领三个月粮草，准备御敌。"言未讫，黄盖进曰："莫说三个月，便支三十个月粮草，也不济事！若是这个月破的，便破；若是这个月破不的，只可依张子布之言，弃甲倒戈，北面而降之耳！"周瑜勃然变色，大怒曰："吾奉主公之命，督兵破曹，敢有再言降者必斩。今两军相敌之际，汝敢出此言，慢我军心，不斩汝首，难以服众！"喝左右将黄盖斩讫报来。黄盖亦怒曰："吾自随破虏将军，纵横东南，已历三世，那有你来？"瑜大怒，喝令速斩。甘宁进前告曰：(评)"公覆乃东吴旧臣，望宽恕之。"瑜喝曰："汝何敢多言，乱吾法度！"先叱左右将甘宁乱棒打出。众官皆跪告曰："黄盖罪固当诛，但于军不利。望都督宽恕，权且记罪。破曹之后，斩亦未迟。"瑜怒未息。众官苦苦告求。瑜曰："若不看众官面皮，决须斩首！今且免死！"命左右："拖翻打一百脊杖，以正其罪！"众官又告免。瑜推翻案桌，叱退众官，喝教行杖。将黄盖剥了衣服，拖翻在地，打了五十脊杖。众官又复苦苦求免。瑜跃起指盖曰："汝敢小觑我耶！且寄下五十棍！再有怠慢，二罪俱罚！"恨声不绝而入帐中。

甘宁进前告曰——甘宁知机识趣，主动配合，使"苦肉计"天衣无缝，实非一般武将可比。

众官扶起黄盖，打得皮开肉绽，鲜血迸流，扶归本寨，昏绝几次。动问之人，无不下泪。鲁肃也往看问了，来至孔明船中，谓孔明曰："今日公瑾怒责公覆，我等皆是他部下，不敢犯颜苦谏；先生是客，何故袖手旁观，不发一语？"孔明笑曰："子敬欺我。"肃曰："肃与先生渡江以来，未尝一事相欺。今何出此言？"孔明曰："子敬岂不知公瑾今日毒打黄公覆，乃其计耶？如何要我劝他？"肃方悟。孔明曰："不用苦肉计，何能瞒过曹操？今必令黄公覆去诈降，却教蔡中、蔡和报知其事矣。子敬见公瑾时，切勿言亮先知其事，只说亮也埋怨都督便了。"肃辞去，入帐见周瑜。瑜邀入帐后。肃曰："今日何故痛责黄公覆？"瑜曰："诸将怨否？"肃曰："多有心中不安者。"瑜曰："孔明之意若何？"肃曰："他也埋怨都督忒情薄。"瑜笑曰："今番须瞒过他也。"肃曰："何谓也？"瑜曰："今日痛打黄盖，乃计也。吾欲令他诈降，先须用苦肉计瞒过曹操，就中用火攻之，可以取胜。"肃乃暗思孔明之高见，却不敢明言。

且说黄盖卧于帐中，诸将皆来动问。盖不言语，但长吁而已。㉇忽报参谋阚泽来问。盖令请入卧内，叱退左右。阚泽曰："将军莫非与都督有仇？"盖曰："非也。"泽曰："然则公之受责，莫非苦肉计乎？"盖曰："何以知之？"泽曰："某观公瑾举动，已料着八九分。"盖曰："某受主公三世厚恩，无以为报，故献此计，以破曹操。吾虽受苦，亦无所恨。吾遍观军中，无一人可为心腹者。惟公素有忠义之心，敢以心腹相告。"泽曰："公之告我，无非要我献诈降书耳。"盖曰："实有此意。未知肯否？"阚泽欣然领诺。㉇正是：勇将轻身思报主，谋臣为国有同心。未知阚泽所言若何，且看下文分解。

盖不言语，但长吁而已——一般同僚只问皮肉之苦，不知心腹之言，黄盖能说什么？"长吁"者，期待有人能替自己传递诈降书也。

阚泽欣然领诺——阚泽看出黄盖用意，并欣然答应替黄盖传递诈降书，又使情节自然转入下一回。

尾评：

"草船借箭"素来脍炙人口，其中某些细节，则未经仔细推敲。作为古代作家创作的富于浪漫主义情调的传奇性故事，今人自然不应以严格的现实主义标准加以衡量。

"苦肉计"文字不多，却写得笔墨灵动。周瑜之刚决气盛，黄盖之倚老不服，均煞有介事。为了同心破曹，青年都督不惜冒犯众怒，白发将军愿舍血肉之躯。千载之下，犹见其凛凛正气、耿耿丹心！

蔡中、蔡和诈降，看似无关紧要，却将孙刘联盟与曹操之间的隔江斗智串连起来，使阚泽密献诈降书得以取信于曹操，使黄盖的“苦肉计”得以奏效。由此可见，优秀作家的笔下，没有无用的情节。

第四十七回

阚泽密献诈降书　庞统巧授连环计

总评

据《三国志·吴书·阚泽传》，历史上的阚泽入仕甚晚，并未参与赤壁之战。罗贯中针对读者心理，虚构“苦肉计”后，又虚构阚泽密献诈降书，实为顺理成章之事。在这一情节中，阚泽之胆大机敏、能言善辩表现得淋漓尽致，保证了“苦肉计”的成功，给人留下了十分深刻的印象。

据《三国志·蜀书·庞统传》，历史上的庞统虽与孔明齐名，但并未参与赤壁之战，自然也就不曾向曹操献“连环计”。罗贯中为了充分表现火攻之计取得成功的可能性，在黄盖行“苦肉计”、阚泽献诈降书之后，又虚构“庞统巧授连环计”这一情节，不仅为赤壁之战增加了波澜，而且使庞统第一次出场即显得不同凡响。

庞统本在江南，要到江北去向曹操献“连环计”，仍然需要中介人物。于是，蒋干又一次出场了。他一心要为曹操建功，一见大名鼎鼎的庞统，便积极劝其归曹，却正中周瑜、庞统下怀，又一次上了大当。至此，蒋干作为次要人物的使命算是完成了，然而他那眼高手低、志大才疏、愚而自用的形象却十分鲜明生动，使人难以忘怀。

庞统的“连环计”之所以能够成功，一是因为“凤雏先生”早已名闻遐迩，曹操对之信而不疑；二是因为庞统与曹操谈论兵法，应答如流，更使曹操倾心佩服，其计易被接受；三是因为曹军不习水战，多生疾病，将船连锁正合其心意。三者缺一，则此计虽妙，亦难以奏效。

却说阚泽字德润，会稽山阴人也；家贫好学，常为人佣书，以供纸笔，写过一遍，更不遗忘*；口才辨给，少有胆气。孙权召为参谋，与黄盖最相善。盖知其能言有胆，故欲使献诈降书。泽欣然应诺曰："大丈夫处世，不能立功建业，不几与草木同腐乎！公既捐躯报主，泽又何惜微生！"黄盖滚下床来，拜而谢之。泽曰："事不可缓，即今便行。"盖曰："书已修下了。"

泽领了书，只就当夜扮作渔翁，驾小舟，望北岸而行。是夜寒星满天。三更时候，早到曹军水寨。巡江军士拿住，连夜报知曹操。操曰："莫非是奸细么？"军士曰："只一渔翁，自称是东吴参谋阚泽，有机密事来见。"操便教引将入来。军士引阚泽至，只见帐上灯烛辉煌，曹操凭几危坐，问曰："汝既是东吴参谋，来此何干？"泽曰："人言曹丞相求贤若渴，今观此问，甚不相合。㊕黄公覆，汝又错寻思了也！"操曰："吾与东吴旦夕交兵，汝私行到此，如何不问？"泽曰："黄公覆乃东吴三世旧臣，今被周瑜于众将之前，无端毒打，不胜忿恨。因欲投降丞相，为报仇之计，特谋之于我。我与公覆，情同骨肉，径来为献密书。未知丞相肯容纳否？"操曰："书在何处？"阚泽取书呈上。操拆书，就灯下观看。书略曰：

> 盖受孙氏厚恩，本不当怀二心。然以今日事势论之：用江东六郡之卒，当中国百万之师，众寡不敌，海内所共见也。东吴将吏，无有智愚，皆知其不可。周瑜小子，偏怀浅戆，自负其能，辄欲以卵敌石；兼之擅作威福，无罪受刑，有功不赏。盖系旧臣，无端为所摧辱，心实恨之！伏闻丞相诚心待物，虚怀纳士，盖愿率众归降，以图建功雪耻。粮草军仗，随船献纳。泣血拜白，万勿见疑。

曹操于几案上翻覆将书看了十余次，忽然拍案张目大怒曰："黄盖用苦肉计，令汝下诈降书，就中取事，却敢来戏侮我耶！"便教左右推出斩之。左右将阚泽簇下。泽面不改容，仰天大笑。㊕操教

今观此问，甚不相合——阚泽往见曹操，态度不卑不亢，不失才士身份；并针对曹操好名之心，反语相激，使曹操不得不稍加客气。若一味低声下气，反被曹操所轻。

泽面不改容，仰天大笑——曹操拍案大怒，表明他对黄盖之降心存怀疑，而又并无把握，故欲以恫吓判明真情。在此千钧一发之时，阚泽毫不畏惧，不为所动，正表现了"能言有胆"的性格特色。

牵回，叱曰："吾已识破奸计，汝何故哂笑？"泽曰："吾不笑你。吾笑黄公覆不识人耳。"操曰："何不识人？"泽曰："杀便杀，何必多问！"操曰："吾自幼熟读兵书，深知奸伪之道。汝这条计，只好瞒别人，如何瞒得我！"泽曰："你且说书中那件事是奸计？"操曰："我说出你那破绽，教你死而无怨：你既是真心献书投降，如何不明约几时？你今有何理说？"阚泽听罢，大笑曰："亏汝不惶恐，敢自夸熟读兵书！还不及早收兵回去！倘若交战，必被周瑜擒矣！无学之辈！可惜吾屈死汝手！"操曰："何谓我无学？"泽曰："汝不识机谋，不明道理，岂非无学？操曰："你且说我那几般不是处。"泽曰："汝无待贤之礼，吾何必言！"但有死而已。"操曰："汝说得有理，我自然敬服。"泽曰："岂不闻'背主作窃，不可定期'？倘今约定日期，急切下不得手，这里反来接应，事必泄露。但可觑便而行，岂可预期相订乎？汝不明此理，欲屈杀好人，真无学之辈也！"(评)操闻言，改容下席而谢曰："某见事不明，误犯尊威，幸勿挂怀。"(评)泽曰："吾与黄公覆，倾心投降，如婴儿之望父母，岂有诈乎！"操大喜曰："若二人能建大功，他日受爵，必在诸人之上。"泽曰："某等非为爵禄而来，实应天顺人耳。"操取酒待之。

欲屈杀好人，真无学之辈也——针对曹操的怀疑，阚泽不仅在道理上巧言分辩，而且在气势上压倒对方，从而使多疑善忌、深知奸伪之道的曹操消除了怀疑。

误犯尊威，幸勿挂怀——曹操虽然奸诈，虽然霸道，但对真正有本事的人才，仍不得不表示尊重。在那天下分崩的时代，任何一个政治集团的领袖都必须牢记"得人才者昌"的道理。

少顷，有人入帐，于操耳边私语。操曰："将书来看。"其人以密书呈上。操观之，颜色颇喜。阚泽暗思："此必蔡中、蔡和来报黄盖受刑消息，操故喜我投降之事为真实也。"操曰："烦先生再回江东，与黄公覆约定，先通消息过江，吾以兵接应。"泽曰："某已离江东，不可复还。望丞相别遣机密人去。"操曰："若他人去，事恐泄漏。"泽再三推辞；良久，乃曰："若去则不敢久停，便当行矣。"(评)

若去则不敢久停，便当行矣——阚泽先是假意表示不可再回江东，推辞不了，方才表示要去便当从速，其机警从容的表演老到自然，天衣无缝，堪称孙吴集团的又一个杰出人才。

操赐以金帛，泽不受，辞别出营，再驾扁舟，重回江东，来见黄盖，细说前事。盖曰："非公能辩，则盖徒受苦矣。"泽曰："吾今去甘宁寨中，探蔡中、蔡和消息。"盖曰："甚善。"泽至宁寨，宁接入。泽曰："将军昨为救黄公覆，被周公瑾所辱，吾甚不平。"宁笑而不答。正话间，蔡和、蔡中至。泽以目送甘宁，宁会意，乃曰："周公瑾只自恃其能，全不以我等为念。我今被辱，羞见江左诸人！"说罢，咬牙切齿，拍案大叫。泽乃虚与宁耳边低语。宁低头不言，长叹数声。蔡和、蔡中见宁、泽皆有反意，以言挑之曰："将军何故烦恼？先生有何不平？"泽曰："吾等腹中之苦，汝岂知耶！”蔡和曰：“莫非欲背吴投曹耶？”阚泽失色，甘宁拔剑而起曰：“吾事已为窥破，不可不杀之以灭口！”评蔡和、蔡中慌曰：“二公勿忧。吾亦当以心腹之事相告。”宁曰：“可速言之！”蔡和曰：“吾二人乃曹公使来诈降者。二公若有归顺之心，吾当引进。”宁曰：“汝言果真？”二人齐声曰：“安敢相欺！”宁佯喜曰：“若如此，是天赐其便也！”二蔡曰：“黄公覆与将军被辱之事，吾已报知丞相矣。”泽曰：“吾已为黄公覆献书丞相，今特来见兴霸，相约同降耳。”宁曰：“大丈夫既遇明主，自当倾心相投。”于是四人共饮，同论心事。二蔡即时写书，密报曹操，说“甘宁与某同为内应”。阚泽另自修书，遣人密报曹操，书中具言：黄盖欲来，未得其便，但看船头插青牙旗而来者，即是也。

不可不杀之以灭口——甘宁与阚泽“心有灵犀一点通”，配合默契，煞有介事，又使前来诈降的蔡中、蔡和为其所利用。

却说曹操连得二书，心中疑惑不定，聚众谋士商议曰：“江左甘宁，被周瑜所辱，愿为内应；黄盖受责，令阚泽来纳降：俱未可深信。谁敢直入周瑜寨中，探听实信？”蒋干进曰：“某前日空往东吴，未得成功，深怀惭愧。今愿舍身再往，务得实信，回报丞相。”操大喜，即时令蒋干上船。干驾小舟，径到江南水寨边，便使人传报。周瑜听得干又到，大喜曰：“吾之成功，只在此人身上！”评遂嘱付鲁肃：“请庞士元来，为我如此如此。”原来襄阳庞统，字士元，因避乱寓居江东，鲁肃曾荐之于周瑜，统未及往见。瑜先使肃问计于统曰：“破曹当用何策？”统密谓肃曰：“欲破曹兵，须用火攻。但大江面上，一船着火，余船四散；除非献‘连环计’，教他钉作一处，然后功可成也。”评肃以告瑜，瑜深服其论，因谓肃曰：“为我行此计者，非庞士元不可。”肃曰：“只怕曹操奸猾，如何去得？”周瑜沉吟未决。正寻思没个机会，忽报蒋干又来。瑜大喜，一面分付庞统用计；一面坐于帐上，使人请干。干见不来接，心中疑虑，教把船于僻静岸口缆系，乃入寨见周瑜。瑜作色曰：“子翼何故欺吾太甚？”蒋干笑曰：“吾想与你乃旧日弟兄，特来吐心腹事，何言相欺也？”瑜曰：“汝要说我降，除非海枯石烂！前番吾念旧日交情，请你痛饮一醉，留你共榻；你却盗吾私书，不辞而去，归报曹操，杀了蔡瑁、张允，致使吾事不成。今日无故又来，必不怀好意！吾不看旧日之情，一刀两段！本待送你过去，怎奈吾一二日间，便要破曹贼；待

吾之成功，只在此人身上——蒋干上次到吴营，中了周瑜圈套，偷走了伪造的书信，使曹操误杀蔡瑁、张允，为东吴除去一大障碍。当周瑜听说他再次到来，十分高兴，不知又有什么圈套？

除非献“连环计”……然后功可成也——周瑜、孔明定计火攻，庞统亦见及此，又是“英雄所见略同”；而庞统提出之“连环计”，则使火攻之策更加完善，效果更佳。

送子翼往西山庵中歇息——周瑜上次让蒋干在自己宫帐中共寝，是为其盗书提供条件；此次送蒋干到西山庵中，又是为其遇见庞统创造条件。

留你在军中，又必有泄漏。”便教左右：“送子翼往西山庵中歇息。[评]待吾破了曹操，那时渡你过江未迟。”蒋干再欲开言，周瑜已入帐后去了。左右取马与蒋干乘坐，送到西山背后小庵歇息，拨两个军人伏侍。

干在庵内，心中忧闷，寝食不安。是夜星露满天，独步出庵后，只听得读书之声。信步寻去，见山岩畔有草屋数椽，内射灯光。干往窥之，只见一人挂剑灯前，诵孙、吴兵书。干思：“此必异人也。”叩户请见。其人开门出迎，仪表非俗。干问姓名，答曰：“姓庞，名统，字士元。”干曰：“莫非凤雏先生否？”统曰：“然也。”干喜曰：“久闻大名，今何僻居此地？”答曰：“周瑜自恃才高，不能容物，吾故隐居于此。公乃何人？”干曰：“吾蒋干也。”统乃邀入草庵，共坐谈心。干曰：“以公之才，何往不利？如肯归曹，干当引进。”统曰：“吾亦欲离江东久矣。公既有引进之心，即今便当一行。[评]如迟则周瑜闻之，必将见害。”于是与干连夜下山，至江边寻着原来船只，飞棹投江北。

公既有引进之心，即今便当一行——蒋干劝庞统归曹，正为庞统献“连环计”提供机会，庞统怎能不欣然与之同行？

既至操寨，干先入见，备述前事。操闻凤雏先生来，亲自出帐迎入，分宾主坐定，问曰：“周瑜年幼，恃才欺众，不用良谋。操久闻先生大名，今得惠顾，乞不吝教诲。”统曰：“某素闻丞相用兵有法，今愿一睹军容。”操教备马，先邀统同观旱寨。统与操并马登高而望。统曰：“傍山依林，前后顾盼，出入有门，进退曲折，虽孙、吴再生，穰苴复出，亦不过此矣。”操曰：“先生勿得过誉，尚望指教。”于是又与同观水寨。见向南分二十四座门，皆有艨艟战舰，列为城郭，中藏小船，往来有巷，起伏有序。统笑曰：“丞相用兵如此，名不虚传！”因指江南而言曰：“周郎，周郎！克期必亡！”操大喜。回寨，请入帐中，置酒共饮，同说兵机。统高谈雄辩，应答如流。操深敬服，殷勤相待。统佯醉曰：“敢问军中有良医否？”操问何用。统曰：“水军多疾，须用良医治之。”时操军因不服水土，俱生呕吐之疾，多有死者；操正虑此事，忽闻统言，如何不问？统曰：“丞相教练水军之法甚妙，但可惜不全。”操再三请问。统曰：“某有一策，使大小水军，并无疾病，安稳成功。”操大喜，请问妙策。统曰：“大江之中，潮生潮落，风浪不息；北兵不惯乘舟，受此颠播，便生疾病。若以大船小船各皆配搭，或三十为一排，或五十为一排，首尾用铁环连锁，上铺阔板，休言人可渡，马亦可走矣：乘此而行，任他风浪潮水上下，复何惧哉？”[评]曹操下席而谢曰：“非先生良谋，安能破东吴耶！”统曰：“愚浅之见，丞相自裁之。”操即时传令，唤军中铁匠，连夜打造连环大钉，锁住船只。诸军闻之，俱各喜悦。后人有诗曰：

赤壁鏖兵用火攻，运筹决策尽皆同。

若非庞统连环计，公瑾安能立大功？

庞统又谓操曰：“某观江左豪杰，多有怨周瑜者；某凭三寸舌，为丞相说之，使皆来降。周瑜孤立无援，必为丞相所擒。瑜既破，则刘备无所用矣。”操曰：“先生果能成大功，操请奏闻天子，封为三公之列。”统曰：“某非为富贵，但欲救万民耳。丞相渡江，慎勿杀害。”操曰：“吾替天行道，安忍杀戮人民！”统拜求榜文，以安宗族。[评]操曰：“先生家属，现居何处？”统曰：“只在江边。若得此榜，可保全矣。”操命写榜佥押付统。统拜谢曰：“别后可速进兵，休待周郎知觉。”操然之。

统拜别，至江边，正欲下船，忽见岸上一人，道袍竹冠，一把扯住统曰：“你好大胆！黄盖用苦肉计，阚泽下诈降书，你又来献连环计：只恐烧不尽绝！你们把出这等毒手来，只好瞒曹操，也须瞒我不得！”就得庞统魂飞魄散。正是：莫道东南能制胜，谁云西北独无人？毕竟此人是谁，且看下文分解。

任他风浪潮水上下，复何惧哉——庞统在得到曹操信任、敬佩之后，方才进献“连环计”，似乎信口道来，十分自然；而此计又正合曹军摆脱颠簸之苦的需要，因而立即被曹操采纳。

统拜求榜文，以安宗族——庞统此举，似乎已经在为曹操胜利之后预作安排，越发使曹操以为其真心归降，更不疑其计有诈，妙哉！

尾评：

周瑜、诸葛亮定下火攻之策以后，又接连采纳黄盖的“苦肉计”，安排阚泽密献诈降书，遣庞统巧授“连环计”。至此，一场惊天动地的总攻正在加紧准备，曹操和他的数十万大军正面临着覆灭的危险。

第四十八回
宴长江曹操赋诗　锁战船北军用武

总评

在“赤壁之战”这个情节单元里，作者是以孙刘联盟一方为主，以曹操一方为宾来展开描写的。从第四十三回到第四十七回，小说着重表现了诸葛亮、周瑜等人的精神风貌和谋略智慧，曹操一方则处于陪衬地位。然而，艺术上的主与宾、正与从既是相辅相成，又是彼此转化的，对“宾”、“从”一方的描写，具有多方面的美学价值，实在不可忽视。罗贯中深通此理，特地在描写火烧赤壁的决战场面之前，在本回中着力刻画了曹操的精神状态。

自从与东吴军队隔江对峙以来，曹操虽然具有兵力优势，却几乎毫无建树：三江口初次交兵，失利了；派蒋干说降周瑜，落空了；诸葛亮“草船借箭”，上当了；命令蔡中、蔡和诈降东吴，又被识破了。相反，周瑜一封伪造的书信，使他误杀了自己的水军都督蔡瑁、张允；庞统的“连环计”，又使他下令把战船钉在一起，为对方的火攻提供了极大的方便，真是错误不断，失败连连！直到此时，他还拿不出一套战胜对方的计划，以致曹军的处境越来越不利。然而，他却毫无危机的预感，反而以为胜利在握，大肆饮酒作乐，实在是骄奢之极！

当曹操横槊赋诗之时，由于错估形势，志得意满，乃至把自己想象成全知全能，战无不胜；扬州刺史刘馥稍有逆耳之言，竟被他一槊刺死，真是蛮横无理，滥杀无辜，标志着曹操已经听不进任何劝谏。如果说，不战而得荆州使曹操一生的事业达到了高峰的话，那么，他此时的表现便是他一生中骄傲的顶点，由此而导致他一生中最大的失败。从此以后，他再也无力征服南方，统一全国了。这是曹操的悲剧，但也正是曹操之为曹操。

需要说明的是，《三国志·魏书·武帝纪》注中虽有曹操“登高必赋，及造新诗，被之管弦，皆成乐章”的记载，但并无在长江横槊赋诗之事；历史上的刘馥远在扬州任刺史，镇守合肥，职责重大，根本不会随曹操征荆州，亦非被曹操所杀。所以，“横槊赋诗”这一情节基本出于虚构。由于作者深刻地把握了历史给艺术家提供的各种可能性，巧于捏合，善于在特定的艺术氛围中刻画人物，因此，尽管情节是虚构的，却完全符合曹操的心理特质，仍然给读者造成了强烈的真实感。

却说庞统闻言，吃了一惊，急回视其人，原来却是徐庶。统见是故人，心下方定。回顾左右无人，乃曰："你若说破我计，可惜江南八十三县百姓*，皆是你送了也！"庶笑曰："此间八十三万人马，性命如何？"统曰："元直真欲破我计耶？"庶曰："吾感刘皇叔厚恩，未尝忘报。曹操送死吾母，吾已说过终身不设一谋，今安肯破兄良策？只是我亦随军在此，兵败之后，玉石不分，岂能免难？君当教我脱身之术，我即缄口远避矣。"统笑曰："元直如此高见远识，谅此有何难哉！"庶曰："愿先生赐教。"统去徐庶耳边略说数句。庶大喜，拜谢。㊣庞统别却徐庶，下船自回江东。

庶大喜，拜谢——徐庶自第四十一回被曹操派去说降刘备后，久未露面。此处写他识破庞统"连环计"，又向庞统请教脱身之计，既为作品增添波澜，又使徐庶最终仍以智者的形象退出读者的视野。

且说徐庶当晚密使近人去各寨中暗布谣言。次日，寨中三三五五，交头接耳而说。早有探事人报知曹操，说："军中传言凉州韩遂、马腾谋反，杀奔许都来。"操大惊，急聚众谋士商议曰："吾引兵南征，心中所忧者，韩遂、马腾耳。军中谣言，虽未辨虚实，然不可不防。"言未毕，徐庶进曰："庶蒙丞相收录，恨无寸功报效。请得三千人马，星夜往散关把住隘口；如有紧急，再行告报。"操喜曰："若得元直去，吾无忧矣！散关之上，亦有军兵，公统领之。目下拨三千马步军，命臧霸为先锋，星夜前去，不可稽迟。"徐庶辞了曹操，与臧霸便行。此便是庞统救徐庶之计。后人有诗曰：

曹操征南日日忧，马腾韩遂起戈矛。

凤雏一语教徐庶，正似游鱼脱钓钩。

曹操自遣徐庶去后，心中稍安，遂上马先看沿江旱寨，次看水寨。乘大船一只于中央，上建"帅"字旗号，两傍皆列水寨，船上埋伏弓弩千张。操居于上。时建安十三年冬十一月十五日，天气晴明，平风静浪。操令："置酒设乐于大船之上，吾今夕欲会诸将。"㊣天色向晚，东山月上，皎皎如同白日。长江一带，如横素练。操坐

吾今夕欲会诸将——此时曹军已经面临巨大危险，但曹操却自我感觉良好，故设酒宴会聚诸将，以图一乐。

大船之上，左右侍御者数百人，皆锦衣绣袄，荷戈执戟。文武众官，各依次而坐。操见南屏山色如画，东视柴桑之境，西观夏口之江，南望樊山，北觑乌林，四顾空阔，心中欢喜，谓众官曰："吾自起义兵以来，与国家除凶去害，誓愿扫清四海，削平天下；所未得者江南也。今吾有百万雄师，更赖诸公用命，何患不成功耶！收服江南之后，天下无事，与诸公共享富贵，以乐太平。"㊟文武皆起谢曰："愿得早奏凯歌！我等终身皆赖丞相福荫。"操大喜，命左右行酒。饮至半夜，操酒酣，遥指南岸曰："周瑜、鲁肃，不识天时！今幸有投降之人，为彼心腹之患，此天助吾也。"荀攸曰："丞相勿言，恐有泄漏。"操大笑曰："座上诸公，与近侍左右，皆吾心腹之人也，言之何碍！"又指夏口曰："刘备、诸葛亮，汝不料蝼蚁之力，欲撼泰山，何其愚耶！"㊟顾谓诸将曰："吾今年五十四岁矣，如得江南，窃有所喜。——吾知乔公二女皆有国色，不料为孙策、周瑜所娶*。吾今新构铜雀台于漳水之上，如得江南，当娶二乔，置之台上，以娱暮年，吾愿足矣。"㊟言罢大笑。唐人杜牧之有诗曰：

折戟沉沙铁未消，自将磨洗认前朝。

东风不与周郎便，铜雀春深锁二乔。

曹操正笑谈间，忽闻鸦声望南飞鸣而去。操问曰："此鸦缘何夜鸣？"左右答曰："鸦见月明，疑是天晓，故离树而鸣也。"操又大笑。时操已醉，乃取槊立于船头上，以酒奠于江中，满饮三爵，横槊谓诸将曰："我持此槊，破黄巾、擒吕布、灭袁术、收袁绍，深入塞北，直抵辽东，纵横天下：颇不负大丈夫之志也。今对此景，甚有慷慨。吾当作歌，汝等和之。"歌曰：

对酒当歌，人生几何：譬如朝露，去日苦多。慨当以慷，忧思难忘；何以解忧，惟有杜康。青青子衿，悠悠我心；但为君故，沉吟至今。呦呦鹿鸣，食野之苹；我有嘉宾，鼓瑟吹笙。皎皎如月，何时可辍？忧从中来，不可断绝！越陌度阡，枉用相存；契阔谈宴，心念旧恩。月明星稀，乌鹊南飞；绕树三匝，无枝可依。山不厌高，水不厌深；周公吐哺，天下归心。㊟

歌罢，众和之，共皆欢笑。忽座间一人进曰："大军相当之际，将士用命之时，丞相何故出此不吉之言？"操视之，乃扬州刺史，沛国相人，姓刘，名馥，字元颖。馥起自合肥，创立州治，聚逃散之

与诸公共享富贵，以乐太平——在曹操看来，凭着数十万大军和不战而得到荆州的余威，胜利已非他莫属。

欲撼泰山，何其愚耶——对于敌对的孙刘联盟，曹操简直没放在眼里，以为轻易便可消灭。可以说，曹操对正在变化的形势缺乏了解，既不知彼，又不知己，岂有不败之理！

如得江南，当娶二乔……吾愿足矣——此处照应第四十四回，让曹操直接出面表示觊觎二乔美色的欲念，既表现曹操自以为胜券在握的骄傲，又揭露他"好色之徒"的丑恶嘴脸。

周公吐哺，天下归心——在错误估计形势的情况下，曹操的头脑进一步膨胀，公然以周公自比，得意之状，无以复加。

民，立学校，广屯田，兴治教，久事曹操，多立功绩。当下操横槊问曰："吾言有何不吉？"馥曰："'月明星稀，乌鹊南飞；绕树三匝，无枝可依。'此不吉之言也。"操大怒曰："汝安敢败吾兴！"手起一槊，刺死刘馥。㊣众皆惊骇，遂罢宴。次日，操酒醒，懊恨不已。馥子刘靖*，告请父尸归葬。操泣曰："吾昨因醉误伤汝父，悔之无及。可以三公厚礼葬之。"又拨军士护送灵柩，即日回葬。

手起一槊，刺死刘馥——刘馥之言，虽不顺耳，却毫无恶意；何况他身为高级官员，多立功绩，更应礼遇。然而，曹操竟以"败兴"为名，随意杀害，真是骄横到了极点！既然如此，他随之遭到惨败也就毫不奇怪了。

次日，水军都督毛玠、于禁诣帐下，请曰："大小船只，俱已配搭连锁停当，旌旗战具，一一齐备。请丞相调遣，克日进兵。"操至水军中央大战船上坐定，唤集诸将，各各听令。水旱二军，俱分五色旗号：水军中央黄旗毛玠、于禁，前军红旗张郃，后军皂旗吕虔，左军青旗文聘，右军白旗吕通；马步前军红旗徐晃，后军皂旗李典，左军青旗乐进，右军白旗夏侯渊。水陆路都接应使：夏侯惇、曹洪；护卫往来监战使：许褚、张辽。其余骁将，各依队伍。令毕，水军寨中发擂三通，各队伍战船，分门而出。是日西北风骤起，各船拽起风帆，冲波激浪，稳如平地。北军在船上，踊跃施勇，刺枪使刀。前后左右各军，旗幡不杂。又有小船五十余只，往来巡警催督。操立于将台之上，观看调练，心中大喜，以为必胜之法；教且收住帆幔，各依次序回寨。

操升帐，谓众谋士曰："若非天命助吾，安得凤雏妙计？铁索连舟，果然渡江如履平地。"程昱曰："船皆连锁，固是平稳；但彼若用火攻，难以回避。不可不防。"操大笑曰："程仲德虽有远虑，却还有见不到处。"荀攸曰："仲德之言甚是，丞相何故笑之？"操曰："凡用火攻，必藉风力。方今隆冬之际，但有西风北风，安有东风南风耶？吾居于西北之上，彼兵皆在南岸，彼若用火，是烧自己之兵也，吾何惧哉？若是十月小春之时，吾早已提备矣。"㊣诸将皆拜伏曰："丞相高见，众人不及。"操顾诸将曰："青、徐、燕、代之众，不惯乘舟。今非此计，安能涉大江之险！"

若是十月小春之时，吾早已提备矣——曹操此言，固然有理，但因此而放松警惕，仍是骄傲情绪作怪。结果，程昱倒不幸而言中了。

只见班部中二将挺身出曰："小将虽幽、燕之人，也能乘舟。今愿借巡船二十只，直至江口，夺旗鼓而还，以显北军亦能乘舟也。"操视之，乃袁绍手下旧将焦触、张南也。操曰："汝等皆生长北方，恐乘舟不便。江南之兵，往来水上，习练精熟，汝勿轻以性命为儿戏也。”焦触、张南大叫曰：“如其不胜，甘受军法！”操曰：“战船尽已连锁，惟有小舟。每舟可容二十人，只恐未便接战。”触曰：“若用大船，何足为奇？乞付小舟二十余只，某与张南各引一半，只今日直抵江南水寨，须要夺旗斩将而还。”操曰：“吾与汝二十只船，差拨精锐军五百人，皆长枪硬弩。到来日天明，将大寨船出到江面上，远为之势。更差文聘亦领三十只巡船接应汝回。”焦触、张南欣喜而退。次日，四更造饭，五更结束已定，早听得水寨中擂鼓鸣金。船皆出寨，分布水面，长江一带，青红旗号交杂。焦触、张南领哨船二十只，穿寨而出，望江南进发。

却说南岸隔夜听得鼓声喧震，遥望曹操调练水军，探事人报知周瑜。瑜往山顶观之，操军已收回。次日，忽又闻鼓声震天，军士急登高观望，见有小船冲波而来，飞报中军。周瑜问帐下：“谁敢先出？”韩当、周泰二人齐出曰：“某当权为先锋破敌。”瑜喜，传令各寨严加守御，不可轻动。韩当、周泰各引哨船五只，分左右而出。

却说焦触、张南凭一勇之气，飞棹小船而来。韩当独披掩心，手执长枪，立于船头。焦触船先到，便命军士乱箭望韩当船上射来。当用牌遮隔。焦触捻长枪与韩当交锋。当手起一枪，刺死焦触。张南随后大叫赶来。隔斜里周泰船出。张南挺枪立于船头，两边弓矢乱射。周泰一臂挽牌，一手提刀，两船相离七八尺，泰即飞身一跃，直跃过张南船上，手起刀落，砍张南于水中，㊟乱杀驾舟军士。众船飞棹急回。韩当、周泰催船追赶，到半江中，恰与文聘船相迎。两边便摆定船厮杀。

却说周瑜引众将立于山顶，遥望江北水面艨艟战船，排合江上，旗帜号带，皆有次序。回看文聘与韩当、周泰相持，韩当、周泰奋力攻击，文聘抵敌不住，回船而走，韩、周二人，急催船追赶。周瑜恐二人深入重地，便将白旗招飐，令众鸣金。二人乃挥棹而回。周瑜于山顶看隔江战船，尽入水寨。瑜顾谓众将曰：“江北战船如芦苇之密，操又多谋，当用何计以破之？”众未及对，忽见曹军寨中，被风吹折中央黄旗，飘入江中。瑜大笑曰：“此不祥之兆也！”正观之际，忽狂风大作，江中波涛拍岸。一阵风过，刮起旗角，于周瑜脸上拂过。瑜猛然想起一事在心，大叫一声，往后便倒，口吐鲜血。㊟诸将急救起时，却早不省人事。正是：一时忽笑又忽叫，难使南军

砍张南于水中——焦触、张南被杀，再一次证明曹军不善水战，也更使曹操对“连环计”坚信不移。

往后便倒，口吐鲜血——正当吴军又一次取胜之时，周瑜却突然倒地吐血，真是变生意外，令人吃惊。

破北军。毕竟周瑜性命如何，且看下文分解。

尾评：

本回刻画曹操性格，结构甚为紧凑：横槊赋诗之时，先是逐层递进，然后急转直下，造成戏剧化的艺术效果；次日操练，又沾沾自喜，以为必胜，轻率否定程昱防备火攻之议。于是，曹操那自信、自满、自恣的形象刻画得十分鲜明。

第四十九回
七星坛诸葛祭风　三江口周瑜纵火

总评

据《三国志·吴书·周瑜传》注引《江表传》，在历史上的赤壁之战中，东吴军队火攻曹军时，确实是“东南风急”，这本属自然现象，而非诸葛亮之功。但宋元以来，民间盛传诸葛亮“借东风”之说，《三国志平话》及元杂剧中已有诸葛祭风故事。罗贯中承袭此说而又予以丰富和发展，创造出“借东风”这一精彩情节，把诸葛亮的神机妙算和超凡才智表现得淋漓尽致。

诸葛亮回到夏口，调兵遣将之时，明知关羽可能放过曹操，却仍让关羽把守最关键的华容道，为什么？诸葛亮的解释是：“亮夜观乾象，操贼未合身亡。留这人情，教云长做了，亦是美事。”后人对此又有新的解释。其实，真正的秘密在于：历史上的曹操败退华容道时，并未遇到任何埋伏，“义释曹操”纯属虚构（详见下文）。罗贯中既无法改变曹操逃走的事实，又要突出关羽的“义绝”形象，因而作出这样的情节安排，并让未卜先知的诸葛亮以“天命”自圆其说。对于古代作家而言，这实在是一种既无奈又巧妙的选择。

通过前面几回的一系列情节，作者已经令人信服地预示了孙、刘联盟必胜，曹军必败的结局。但是，这一切虽然把故事一浪高一浪地推向前进，毕竟还不是高潮。直到本回，作者在史实基础上进行改造加工，写出一个气势磅礴的篇章——火烧赤壁，才使整个赤壁大战达到真正的高潮。至此，孙、刘联盟获得了辉煌的胜利，曹军则遭到空前的惨败，曹操征服江南、统一全国的美梦化成了泡影。

却说周瑜立于山顶，观望良久，忽然望后而倒，口吐鲜血，不省人事。左右救回帐中。诸将皆来动问，尽皆愕然相顾曰："江北百万之众，虎踞鲸吞，不争都督如此。倘曹兵一至，如之奈何？"慌忙差人申报孙权，一面求医调治。

却说鲁肃见周瑜卧病，心中忧闷，来见孔明，言周瑜卒病之事。孔明曰："公以为何如？"肃曰："此乃曹操之福，江东之祸也。"孔明笑曰："公瑾之病，亮亦能医。"肃曰："诚如此，则国家万幸！"即请孔明同去看病。肃先入见周瑜，瑜以被蒙头而卧。肃曰："都督病势若何？"周瑜曰："心腹搅痛，时复昏迷。"肃曰："曾服何药饵？"瑜曰："心中呕逆，药不能下。"㊞肃曰："适来去望孔明，言能医都督之病。现在帐外，烦来医治，何如？"瑜命请入，教左右扶起，坐于床上。孔明曰："连日不晤君颜，何期贵体不安！"瑜曰："'人有旦夕祸福'，岂能自保？"孔明笑曰："'天有不测风云'，人又岂能料乎？"瑜闻失色，乃作呻吟之声。孔明曰："都督心中似觉烦积否？"瑜曰："然。"孔明曰："必须用凉药以解之。"瑜曰："已服凉药，全然无效。"孔明曰："须先理其气；气若顺，则呼吸之间，自然痊可。"瑜料孔明必知其意，乃以言挑之曰："欲得顺气，当服何药？"孔明笑曰："亮有一方，便教都督气顺。"瑜曰："愿先生赐教。"孔明索纸笔，屏退左右，密书十六字曰：

欲破曹公，宜用火攻；万事俱备，只欠东风。㊞

写毕，递与周瑜曰："此都督病源也。"瑜见了大惊，暗思："孔明真神人也！早已知我心事！只索以实情告之。"乃笑曰："先生已知我病源，将用何药治之？事在危急，望即赐教。"孔明曰："亮虽不才，曾遇异人，传授奇门遁甲天书，可以呼风唤雨。都督若要东南风时，可于南屏山建一台，名曰'七星坛'：高九尺，作三层，用一百二十人，手执旗幡围绕。亮于台上作法，借三日三夜东南大风，助都督用兵，

心中呕逆，药不能下——周瑜突然发病，而且似乎病得不轻，究竟原因何在？给读者造成一个悬念。

万事俱备，只欠东风——孔明明察秋毫，一语中的，令人叫绝。而"万事俱备，只欠东风"也成了千古名句。

瑜闻言大喜，矍然而起——遇难题则倒地吐血，得良方则矍然而起，周瑜一忧一喜，皆表现出气盛性急的特点，真是活脱如见。

焚香于炉，注水于盂，仰天暗祝——孔明“借”东风之举，可谓煞有介事。他究竟是真的借东风，还是预先料定届时会有东风，这是一个谜。既然这只是罗贯中虚构的传奇性情节，两者似乎都说得通。

一个个磨拳擦掌，准备厮杀——作者通过紧锣密鼓的描写，表现了主帅周瑜必胜的信心，也表现了东吴将士高昂的斗志和整肃的军威。真是万事俱备，只欠东风了！

何如？”瑜曰：“休道三日三夜，只一夜大风，大事可成矣。只是事在目前，不可迟缓。”孔明曰：“十一月二十日壬申祭风，至二十二日甲戌风息*，如何？”瑜闻言大喜，矍然而起。㊣便传令差五百精壮军士，往南屏山筑坛；拨一百二十人，执旗守坛，听候使令。

孔明辞别出帐，与鲁肃上马，来南屏山相度地势，令军士取东南方赤土筑坛。方圆二十四丈，每一层高三尺，共是九尺。下一层插二十八宿旗：东方七面青旗，按角、亢、氐、房、心、尾、箕，布苍龙之形；北方七面皂旗，按斗、牛、女、虚、危、室、壁，作玄武之势；西方七面白旗，按奎、娄、胃、昴、毕、觜、参，踞白虎之威；南方七面红旗，按井、鬼、柳、星、张、翼、轸，成朱雀之状。第二层周围黄旗六十四面，按六十四卦，分八位而立。上一层用四人，各人戴束发冠，穿皂罗袍，凤衣博带，朱履方裾。前左立一人，手执长竿，竿尖上用鸡羽为葆，以招风信；前右立一人，手执长竿，竿上系七星号带，以表风色；后左立一人，捧宝剑；后右立一人，捧香炉。坛下二十四人，各持旌旗、宝盖、大戟、长戈、黄钺、白旄、朱幡、皂纛，环绕四面。孔明于十一月二十日壬申吉辰，沐浴斋戒，身披道衣，跣足散发，来到坛前。分付鲁肃曰：“子敬自往军中相助公瑾调兵。倘亮所祈无应，不可有怪。”鲁肃别去。孔明嘱付守坛将士：“不许擅离方位。不许交头接耳。不许失口乱言。不许失惊打怪。如违令者斩！”众皆领命。孔明缓步登坛，观瞻方位已定，焚香于炉，注水于盂，仰天暗祝。㊣下坛入帐中少歇，令军士更替吃饭。孔明一日上坛三次，下坛三次。却并不见有东南风。

且说周瑜请程普、鲁肃一班军官，在帐中伺候，只等东南风起，便调兵出；一面关报孙权接应。黄盖已自准备火船二十只，船头密布大钉；船内装载芦苇干柴，灌以鱼油，上铺硫黄、焰硝引火之物，各用青布油单遮盖；船头上插青龙牙旗，船尾各系走舸：在帐下听候，只等周瑜号令。甘宁、阚泽窝盘蔡和、蔡中在水寨中，每日饮酒，不放一卒登岸；周围尽是东吴军马，把得水泄不通：只等帐上号令下来。周瑜正在帐中坐议，探子来报：“讨虏将军船只离寨八十五里停泊，只等都督好音。”瑜即差鲁肃遍告各部下官兵将士：“俱各收拾船只、军器、帆橹等物。号令一出，时刻休违。倘有违误，即按军法。”众兵将得令，一个个磨拳擦掌，准备厮杀。㊣是日，看看近夜，天色清明，微风不动。瑜谓鲁肃曰："孔明之言谬矣。隆冬之时，怎得东南风乎？"肃曰："吾料孔明必不谬谈。"将近三更时分，忽听风声响，旗幡转动。瑜出帐看时，旗脚竟飘西北，霎时间东南风大起。

瑜骇然曰："此人有夺天地造化之法、鬼神不测之术！若留此人，乃东吴祸根也。及早杀却，免生他日之忧。"急唤帐前护军校尉丁奉、徐盛二将："各带一百人。徐盛从江内去，丁奉从旱路去，都到南屏山七星坛前，休问长短，拿住诸葛亮便行斩首，将首级来请功。"二将领命。㊙徐盛下船，一百刀斧手荡开棹桨；丁奉上马，一百弓弩手各跨征驹：往南屏山来。于路正迎着东南风起。后人有诗曰：

> 七星坛上卧龙登，一夜东风江水腾。
> 不是孔明施妙计，周郎安得逞才能？

丁奉马军先到，见坛上执旗将士，当风而立。丁奉下马，提剑上坛，不见孔明，慌问守坛将士。答曰："恰才下坛去了。"丁奉忙下坛寻时，徐盛船已到，二人聚于江边。小卒报曰："昨晚一只快船停在前面滩口。适间却见孔明披发下船，那船望下水去了*。"丁奉、徐盛便分水陆两路追袭。徐盛教拽起满帆，抢风而使。遥望前船不远，徐盛在船头上高声大叫："军师休去！都督有请！"只见孔明立于船尾，大笑曰："上复都督：好好用兵；诸葛亮暂回夏口，异日再容相见。"徐盛曰："请暂少住，有紧话说。"孔明曰："吾已料定都督不能容我，必来加害，预先教赵子龙来相接。㊙将军不必追赶。"徐盛见前船无篷，只顾赶去。看看至近，赵云拈弓搭箭，立于船尾大叫曰："吾乃常山赵子龙也！奉令特来接军师。你如何来追赶？本待一箭射死你来，显得两家失了和气。教你知我手段！"言讫，箭到处，射断徐盛船上篷索。那篷堕落下水，其船便横。赵云却教自己船上拽起满帆，乘顺风而去。其船如飞，追之不及。岸上丁奉唤徐盛船近岸，言曰："诸葛亮神机妙算，人不可及。更兼赵云有万夫不当之勇，汝知他当阳长坂时否？吾等只索回报便了。"于是二人回见周瑜，言孔明预先约赵云迎接去了。周瑜大惊曰："此人如此多谋，使我晓夜不安矣！"鲁肃曰："且待破曹之后，却再图之。"

瑜从其言，唤集诸将听令。先教甘宁："带了蔡中并降卒，沿南

二将领命——周瑜见孔明果真"借"来东风，情急之下，连忙命丁奉、徐盛去杀掉孔明。然而，既然孔明连东风尚可借来，又怎会无计遁逃？周瑜此举，只不过又一次衬托孔明之神机妙算罢了。

预先教赵子龙来相接——此处照应第四十五回，将孔明的神算表现得天衣无缝。

岸而走，只打北军旗号，直取乌林地面，正当曹操屯粮之所，深入军中，举火为号。只留下蔡和一人在帐下，我有用处。”第二唤太史慈分咐：“你可领三千兵，直奔鄂县地界*，断曹操合肥接应之兵，就逼曹兵，放火为号；只看红旗，便是主公接应兵到。”这两队兵最远，先发。第三唤吕蒙领三千兵，去乌林接应甘宁，焚烧曹操寨栅。第四唤凌统领三千兵，直截州陵界首*，只看乌林火起，以兵应之。第五唤董袭领三千兵，直取汉阳，从汉川杀奔曹操寨中，看白旗接应。第六唤潘璋领三千兵，尽打白旗，往汉阳接应董袭。六队船只各自分路去了。却令黄盖安排火船，使小卒驰书约曹操，今夜来降。一面拨战船四队*，随于黄盖船后接应。第一队领兵军官韩当，第二队领兵军官周泰，第三队领兵军官蒋钦，第四队领兵军官陈武：四队各引战船三百只，前面各摆列火船二十只。周瑜自与程普在大艨艟上督战，徐盛、丁奉为左右护卫，只留鲁肃共阚泽及众谋士守寨。㊢程普见周瑜调军有法，甚相敬服。

只留鲁肃共阚泽及众谋士守寨——这番调遣，井井有条，严密周到，充分显示了周瑜临机决断，指挥有方的大将之才。

却说孙权差使命持兵符至，说已差陆逊为先锋，直抵蕲春地面进兵*，孙权自为后应。㊢瑜又差人西山放火炮，南屏山举号旗。各各准备停当，只等黄昏举动。

孙权自为后应——在此关键时刻，孙权也亲自率兵接应。东吴军水旱配合，前后呼应，可谓兵强马壮，胜券在握。

话分两头。且说刘玄德在夏口专候孔明回来，忽见一队船到，乃是公子刘琦自来探听消息。玄德请上敌楼坐定，说：“东南风起多时，子龙去接孔明，至今不见到，吾心甚忧。”小校遥指樊口港上：“一帆风送扁舟来到，必军师也。”玄德与刘琦下楼迎接。须臾船到，孔明、子龙登岸，玄德大喜。问候毕，孔明曰：“且无暇告诉别事。前者所约军马战船，皆已办否？”玄德曰：“收拾久矣，只候军师调用。”孔明便与玄德、刘琦升帐坐定，㊢谓赵云曰：“子龙可带三千军马，渡江径取乌林小路，拣树木芦苇密处埋伏。今夜四更已后，曹操必然从那条路奔走。等他军马过，就半中间放起火来。虽然不杀他尽绝，也杀一半。”云曰：“乌林有两条路：一条通竟陵，一条取江陵*。不知向那条路来？”孔明曰：“竟陵势迫，曹操不敢往；必往江陵*，然后大军投许都而去。”云领计去了。又唤张飞曰：“益德可领三千兵渡江，截断江陵这条路*，去葫芦谷口埋伏。来日雨过，曹操必然来埋锅造饭*。只看烟起，便就山边放起火来。虽然不捉得曹

孔明便与玄德、刘琦升帐坐定——孔明一回夏口，便立即调兵遣将。由于东吴军担任了主攻任务，所以他主要着眼于截击败逃的曹军，争取多擒俘虏，多缴军资器械。

操，益德这场功料也不小。”飞领计去了。又唤糜竺、糜芳、刘封三人各驾船只，绕江剿擒败军，夺取器械。三人领计去了。孔明起身，谓公子刘琦曰：“沙羡一望之地*，最为紧要。公子便请回，率领所部之兵，陈于岸口。操一败必有逃来者，就而擒之，却不可轻离城郭。”刘琦便辞玄德、孔明去了。孔明谓玄德曰：“主公可于樊口屯兵，凭高而望，坐看今夜周郎成大功也。”

时云长在侧，孔明全然不睬。云长忍耐不住，乃高声曰：“关某自随兄长征战，许多年来，未尝落后。今日逢大敌，军师却不委用，此是何意？”孔明笑曰：“云长勿怪！某本欲烦足下把一个最紧要的隘口，怎奈有些违碍，不敢教去。”云长曰：“有何违碍，愿即见谕。”孔明曰：“昔日曹操待足下甚厚，足下当有以报之。今日操兵败，必走华容道；若令足下去时，必然放他过去。因此不敢教去。”云长曰：“军师好心多！当日曹操果是重待某，某已斩颜良，诛文丑，解白马之围，报过他了。今日撞见，岂肯放过！”孔明曰：“倘若放了时，却如何？”云长曰：“愿依军法！”孔明曰：“如此，立下文书。”云长便与了军令状。云长曰：“若曹操不从那条路上来，如何？”孔明曰：“我亦与你军令状。”云长大喜。孔明曰：“云长可于华容小路高山之处，堆积柴草，放起一把火烟，引曹操来。”云长曰：“曹操望见烟，知有埋伏，如何肯来？”孔明笑曰：“岂不闻兵法‘虚虚实实’之论？操虽能用兵，只此可以瞒过他也。他见烟起，将谓虚张声势，必然投这条路来。㊙将军休得容情。”云长领了将令，引关平、周仓并五百校刀手，投华容道埋伏去了。玄德曰：“吾弟义气深重，若曹操果然投华容道去时，只恐端的放了。”孔明曰：“亮夜观乾象，操贼未合身亡。留这人情，教云长做了，亦是美事。”㊙玄德曰：“先生神算，世所罕及！”孔明遂与玄德往樊口，看周瑜用兵，留孙乾、简雍守城。

却说曹操在大寨中，与众将商议，只等黄盖消息。当日东南风起甚紧，程昱入告曹操曰：“今日东南风起，宜预提防。”操笑曰：“冬至一阳生，来复之时，安得无东南风？何足为怪！”㊙军士忽报江东一只小船来到，说有黄盖密书。操急唤入。其人呈上书，书中诉说：“周瑜关防得紧，因此无计脱身。今有鄱阳湖新运到粮，周瑜差盖巡

他见烟起……必然投这条路来——孔明对曹操的败逃路线一一作了精确的预见，这样的描写带有浓郁的传奇色彩。但因孔明的预见建立在对形势准确分析和对曹操性格深刻把握的基础上，所以并不显得违背情理。

留这人情，教云长做了，亦是美事——在无法改变曹操逃脱的史实的前提下，罗贯中要虚构“关云长义释曹操”的情节，便只能将事物的发展归于天命了。

安得无东南风？何足为怪——曹操此言，固然有理，但依然不采取防范措施，还是骄傲情绪作怪。读者可与第四十八回曹操答程昱、荀攸之言对读。

哨，已有方便。好歹杀江东名将，献首来降。只在今晚二更，船上插青龙牙旗者，即粮船也。”操大喜，遂与众将来水寨中大船上，观望黄盖船到。

且说江东，天色向晚，周瑜唤出蔡和，令军士缚倒。和叫：“无罪！”瑜曰：“汝是何等人，敢来诈降！吾今缺少福物祭旗，愿借你首级。”和抵赖不过，大叫曰：“汝家阚泽、甘宁亦曾与谋！”瑜曰：“此乃吾之所使也。”蔡和悔之无及。瑜令捉至江边皂纛旗下，奠酒烧纸，一刀斩了蔡和，用血祭旗毕，便命开船。黄盖在第三只火船上，独披掩心，手提利刃，旗上大书“先锋黄盖”。盖乘一天顺风，望赤壁进发。是时东风大作，波浪汹涌。(评)

是时东风大作，波浪汹涌——这里再次点明“东风大作”，为即将燃起的赤壁大火烘托气氛。

操在中军遥望隔江，看看月上，照耀江水，如万道金蛇，翻波戏浪。操迎风大笑，自以为得志。忽一军指说：“江南隐隐一簇帆幔，使风而来。”操凭高望之。报称：“皆插青龙牙旗。内中有大旗，上书先锋黄盖名字。”操笑曰：“公覆来降，此天助我也！”(评)来船渐近。程昱观望良久，谓操曰：“来船必诈。且休教近寨。”操曰：“何以知之？”程昱曰：“粮在船中，船必稳重；今观来船，轻而且浮。更兼今夜东南风甚紧，倘有诈谋，何以当之？”操省悟，便问：“谁去止之？”文聘曰：“某在水上颇熟，愿请一往。”言毕，跳下小船，用手一指，十数只巡船，随文聘船出。聘立于船头，大叫：“丞相钧旨：南船且休近寨，就江心抛住。”众军齐喝：“快下了篷！”言未绝，弓弦响处，文聘被箭射中左臂，倒在船中。船上大乱，各自奔回。南船距操寨止隔二里水面。黄盖用刀一招，前船一齐发火。火趁风威，风助火势，船如箭发，烟焰涨天。二十只火船，撞入水寨，曹寨中船只一时尽着；又被铁环锁住，无处逃避。隔江炮响，四下火船齐到，但见三江面上，火逐风飞，一派通红，漫天彻地。(评)

公覆来降，此天助我也——黄盖率领的火船队驶近曹军水寨，曹操已经大祸临头，居然还在说什么“天助我也”，真是痴人说梦！

火逐风飞，一派通红，漫天彻地——作者以急促有力的语言、略貌取神的手法，渲染火烧赤壁的声势，把战况之激烈、吴军之勇猛写得活灵活现，如在目前。

曹操回观岸上营寨，几处烟火。黄盖跳在小船上，背后数人驾舟，冒烟突火，来寻曹操。操见势急，方欲跳上岸，忽张辽驾一小脚船，扶操下得船时，那只大船，已自着了。张辽与十数人保护曹操，飞奔岸口。黄盖望见穿绛红袍者下船，料是曹操，乃催船速进，手提利刃，高声大叫：“曹贼休走！黄盖在此！”(评)操叫苦连声。张辽拈弓搭箭，觑着黄盖较近，一箭射去。此时风声正大，黄盖在火光中，那里听得弓弦响？正中肩窝，翻身落水。正是：火厄盛时遭

曹贼休走！黄盖在此——黄盖拼舍血肉之躯，实行“苦肉计”，并率先发动火攻，立下头功。此时又发现曹操逃走，紧紧追赶，真是老当益壮，令人敬佩！

水厄，棒疮愈后患金疮。未知黄盖性命如何，且看下文分解。

尾评：

“火烧赤壁”这一篇章，艺术上的最大特点是对“火烧”之前的布置详加交代，而对“火烧”的过程则粗笔勾勒。这种写法，与整个“赤壁之战”情节单元乃至《三国演义》全书所贯穿的重视人谋，认为“斗智优于斗力”的思想是一致的。这种布局，使得全篇节奏鲜明，波澜起伏：前半写周瑜调兵遣将，诸葛亮巧妙布置，曹操懵然不觉，层层蓄势，犹如截江蓄洪；后半正写火烧赤壁，则一气呵成，犹如飞流直下，一泻千里。这种大开大阖的气势，令人读来痛快淋漓。

第五十回
诸葛亮智算华容　关云长义释曹操

总评

在赤壁大战中，曹操一败涂地，损失惨重，只得率领少数残兵仓皇逃窜，途中还一再遭到拦截，真是狼狈不堪。境况如此糟糕，一般人早已垂头丧气，一蹶不振；然而，曹操却三次放声大笑，贬斥“周瑜无谋，诸葛亮少智”。这不仅表现了曹操强烈的虚荣心，表明他欲以贬低对手来掩饰自己的恐慌和沮丧，稳定军心，而且表现了曹操惊人的顽强，无论遭到何等惨败，他都决不自行解除精神武装，决不轻易认输。这种不服输、不丧气、不死不休的顽强性格，我们已经多次见识，这正是曹操屡次危而复振，甚至反败为胜，终于在众多政治军事集团中脱颖而出，占据主导地位的一个重要原因。

《三国演义》中的关羽，历来号称“义绝”。而表现关羽“义气”的情节，最重要者有二：一是千里走单骑，二是华容道放曹。其实，“华容道放曹”纯属虚构。据《三国志·魏书·武帝纪》注引《山阳公载记》，历史上的曹操败退华容道时，虽然境况十分狼狈，死者甚众，但并未遇到任何埋伏，自然也谈不上被关羽“义释”的问题。元代的《三国志平话》为了突出诸葛亮的智谋，写了曹操连续三次遭到拦截，第三次是被关羽挡住去路，曹操软语求情，关羽以

“军师严令”拒绝，曹操只好强行“撞阵”，由于关羽突然“面生尘露”，曹操才侥幸逃脱。罗贯中对此情节作了大幅度的改造和加工，从而创造出一个深刻表现关羽内心世界的精妙篇章。

却说当夜张辽一箭射黄盖下水，救得曹操登岸，寻着马匹走时，军已大乱。韩当冒烟突火来攻水寨，忽听得士卒报道："后梢舵上一人，高叫将军表字。"韩当细听，但闻高叫："义公救我！"当曰："此黄公覆也！"急教救起。见黄盖负箭着伤，咬出箭杆，箭头陷在肉内。韩当急为脱去湿衣，用刀剜出箭头，扯旗束之，脱自己战袍与黄盖穿了，先令别船送回大寨医治。原来黄盖深知水性，故大寒之时，和甲堕江，也逃得性命。

却说当日满江水滚，喊声震地。左边是韩当、蒋钦两军从赤壁西边杀来；右边是周泰、陈武两军从赤壁东边杀来；正中是周瑜、程普、徐盛、丁奉大队船只都到。火须兵应，兵仗火威。此正是：三江水战，赤壁鏖兵。曹军着枪中箭、火焚水溺者，不计其数。后人有诗曰：

魏吴争斗决雌雄，赤壁楼船一扫空。
烈火初张照云海，周郎曾此破曹公。

又有一绝云：

山高月小水茫茫，追叹前朝割据忙。
南士无心迎魏武，东风有意便周郎。㊟

东风有意便周郎——火烧赤壁，首先由火攻曹军水寨开始。这里承接上文，对水战作一小结。

不说江中鏖兵。且说甘宁令蔡中引入曹寨深处，宁将蔡中一刀砍于马下，就草上放起火来。吕蒙遥望中军火起，也放十数处火，接应甘宁。潘璋、董袭分头放火呐喊，四下里鼓声大震。曹操与张辽引百余骑，在火林内走，㊟看前面无一处不着。正走之间，毛玠救得文聘，引十数骑到。操令军寻路。张辽指道："只乌林地面，空阔可走。"操径奔乌林。正走间，背后一军赶到，大叫："曹贼休走！"火光中现出吕蒙旗号。操催军马向前，留张辽断后，抵敌吕蒙。却见前面火把又起，从山谷中拥出一军，大叫："凌统在此！"曹操肝胆皆裂。忽刺斜里一彪军到，大叫："丞相休慌！徐晃在此！"彼此混战一

曹操与张辽引百余骑，在火林内走——在东吴水军向曹军水寨发动火攻后，周瑜派到陆路的几支兵马也向曹军旱寨发起火攻，使曹军寨栅变成一片"火林"，曹操只得仓皇逃窜。

场，夺路往北而走。忽见一队军马，屯在山坡前。徐晃出问，乃是袁绍手下降将马延、张顗，有三千北地军马，列寨在彼；当夜见满天火起，未敢转动，恰好接着曹操。操教二将引一千军马开路，其余留着护身。操得这枝生力军马，心中稍安。马延、张顗二将飞骑前行。不到十里，喊声起处，一彪军出。为首一将，大呼曰："吾乃东吴甘兴霸也！"马延正欲交锋，早被甘宁一刀斩于马下；张顗挺枪来迎，宁大喝一声，顗措手不及，被宁手起一刀，翻身落马。后军飞报曹操。操此时指望合肥有兵救应；不想孙权在合肥路口，望见江中火光，知是我军得胜，便教陆逊举火为号，太史慈见了，与陆逊合兵一处，冲杀将来。操只得望江陵而走。*㊟路上撞见张郃，操令断后。

纵马加鞭，走至五更，回望火光渐远，操心方定，问曰："此是何处？"左右曰："此是乌林之西。*"操见树木丛杂，山川险峻，乃于马上仰面大笑不止。㊟诸将问曰："丞相何故大笑？"操曰："吾不笑别人，单笑周瑜无谋，诸葛亮少智。若是吾用兵之时，预先在这里伏下一军，如之奈何？"说犹未了，两边鼓声震响，火光竟天而起，惊得曹操几乎坠马。刺斜里一彪军杀出，大叫："我赵子龙奉军师将令，在此等候多时了！"操教徐晃、张郃双敌赵云，自己冒烟突火而去。子龙不来追赶，只顾抢夺旗帜。曹操得脱。

天色微明，黑云罩地，东南风尚不息。忽然大雨倾盆，湿透衣甲。操与军士冒雨而行，诸军皆有饥色。操令军士往村落中劫掠粮食，寻觅火种。方欲造饭，后面一军赶到。操心甚慌，原来却是李典、许褚保护着众谋士来到。操大喜，令军马且行，问："前面是那里地面？"人报："一边是大路，一边是山路*。"操问："那里投南郡江陵去近？"军士禀曰："取山路过葫芦口去最便。"操教走山路*。行至葫芦口，军皆饥馁，行走不上，马亦困乏，多有倒于路者。操教前面暂歇。马上有带得锣锅的，也有村中掠得粮米的，便就山边拣干处埋锅造饭，割马肉烧吃。尽皆脱去湿衣，于风头吹晒；马皆摘鞍野放，咽咬草根。操坐于疏林之下，仰面大笑。㊟众官问曰："适来丞相笑周瑜、诸葛亮，引惹出赵子龙来，又折了许多人马，如今为何又笑？"操曰："吾笑诸葛亮、周瑜毕竟智谋不足。若是我用兵时，就这个去处，也埋伏一彪军马，以逸待劳；我等纵然脱得性命，也不免重伤矣。彼见不到此，我是以笑之。"正说间，前军后军一齐发喊。操大惊，弃甲上

操只得望江陵而走——在东吴军重重拦截之下，曹操只得沿着乌林小路，"望江陵而走"，走向诸葛亮为他安排的充满危险之路。

乃于马上仰面大笑不止——曹操惊魂稍定，竟"仰面大笑"，简直出人意外。这是曹操在逃跑途中第一次大笑，纯属自我安慰。

操坐于疏林之下，仰面大笑——这是曹操在逃跑中第二次大笑。明明处境比刚才更加狼狈，他却偏要大笑，不过是自我解嘲而已。但这种"笑比哭好"的顽强气概，毕竟是曹操所独有的。

马。众军多有不及收马者。早见四下火烟布合，山口一军摆开，为首乃燕人张益德，横矛立马，大叫："操贼走那里去！"诸军众将见了张飞，尽皆胆寒。许褚骑无鞍马来战张飞；张辽、徐晃二将，纵马也来夹攻。两边军马混战做一团。操先拨马走脱，诸将各自脱身。张飞从后赶来。操迤逦奔逃，追兵渐远，回顾众将，多已带伤。

正行间，军士禀曰："前面有两条路，请问丞相从那条路去？"操问："那条路近？"军士曰："大路稍平，却远五十余里。小路投华容道，却近五十余里；只是地窄路险，坑坎难行。"操令人上山观望，回报："小路山边有数处烟起；大路并无动静。"操教前军便走华容道小路。诸将曰："烽烟起处，必有军马，何故反走这条路？"操曰："岂不闻兵书有云：'虚则实之，实则虚之。'诸葛亮多谋，故使人于山僻烧烟，使我军不敢从这条山路走，他却伏兵于大路等着。吾料已定，偏不教中他计！"㊣诸将皆曰："丞相妙算，人不可及。"遂勒兵走华容道。此时人皆饥倒，马尽困乏，焦头烂额者扶策而行，中箭着枪者勉强而走。衣甲湿透，个个不全；军器旗幡，纷纷不整：大半皆是道上被赶得慌*，只骑得秃马，鞍辔衣服，尽皆抛弃。正值隆冬严寒之时，其苦何可胜言。

吾料已定，偏不教中他计——曹操深知"兵不厌诈"之理，自以为看穿了诸葛亮的虚张声势，偏偏要走小路，却恰恰中了诸葛亮之计。相比之下，诸葛亮之智确实高出一筹。

操见前军停马不进，问是何故。回报曰："前面山僻路小，因早晨下雨，坑堑内积水不流，泥陷马蹄，不能前进。"操大怒，叱曰："军旅逢山开路，遇水叠桥，岂有泥泞不堪行之理！"传下号令，教老弱中伤军士在后慢行，强壮者担土束柴，搬草运芦，填塞道路，务要即时行动，如违令者斩。众军只得都下马，就路旁砍伐竹木，填塞山路。操恐后军来赶，令张辽、许褚、徐晃引百骑执刀在手，但迟慢者便斩之。此时军已饿乏，众皆倒地，操喝令人马践踏而行，死者不可胜数。号哭之声，于路不绝。操怒曰："生死有命，何哭之有！如再哭者立斩！"三停人马：一停落后，一停填了沟壑，一停跟随曹操。过了险峻，路稍平坦。操回顾止有三百余骑随后，并无衣甲袍铠整齐者。操催速行，众将曰："马尽乏矣，只好少歇。"操曰："赶到江陵将息未迟*。"又行不到数里，操在马上扬鞭大笑。㊣众将问："丞相何又大笑？"操曰："人皆言周瑜、诸葛亮足智多谋，以吾观之，到底是无能之辈。若使此处伏一旅之师，吾等皆束手受缚矣。"

又行不到数里，操在马上扬鞭大笑——这是曹操在逃跑中第三次大笑。到了如此地步，他竟然还笑得出来，实非常人可及，但毕竟笑得太勉强，底气已经弱得多了。

言未毕，一声炮响，两边五百校刀手摆开，为首大将关云长，提青龙刀，跨赤兔马，截住去路。操军见了，亡魂丧胆，面面相觑。㊣

操军见了，亡魂丧胆，面面相觑——此时拦路的是武勇盖世的关羽和五百名精锐的校刀手；而曹军只有三百余骑，经过沿途的重重截击和风雨侵袭，早已意志消沉，精疲力尽，哪里还敢与关羽交锋？

操曰："既到此处，只得决一死战！"众将曰："人纵然不怯，马力已乏，安能复战？"程昱曰："某素知云长傲上而不忍下，欺强而不凌弱；恩怨分明，信义素著。丞相旧日有恩于彼，今只亲自告之，可脱此难。"操从其说，即纵马向前，欠身谓云长曰："将军别来无恙！"㊟云长亦欠身答曰："关某奉军师将令，等候丞相多时。"操曰："曹操兵败势危，到此无路，望将军以昔日之情为重。"云长曰："昔日关某虽蒙丞相厚恩，然已斩颜良，诛文丑，解白马之围，以奉报矣。今日之事，岂敢以私废公？"操曰："五关斩将之时，还能记否？大丈夫以信义为重。将军深明《春秋》，岂不知庾公之斯追子濯孺子之事乎？"云长是个义重如山之人，想起当日曹操许多恩义，与后来五关斩将之事，如何不动心？又见曹军惶惶，皆欲垂泪，一发心中不忍。㊟于是把马头勒回，谓众军曰："四散摆开。"这个分明是放曹操的意思。㊟操见云长回马，便和众将一齐冲将过去。云长回身时，曹操已与众将过去了。云长大喝一声，众军皆下马，哭拜于地。云长愈加不忍。正犹豫间，张辽纵马而至。云长见了，又动故旧之情，长叹一声，并皆放去。㊟后人有诗曰：

曹瞒兵败走华容，正与关公狭路逢。
只为当初恩义重，放开金锁走蛟龙。

曹操既脱华容之难，行至谷口，回顾所随军兵，止有二十七骑。比及天晚，已近江陵*，火把齐明，一簇人马拦路。操大惊曰："吾命休矣！"只见一群哨马冲到，方认得是曹仁军马。操才心安。曹仁接着，言："虽知兵败，不敢远离，只得在附近迎接。"操曰："几与汝不相见也！"于是引众入江陵安歇。随后张辽也到，说云长之德。操点将校，中伤者极多，操皆令将息。曹仁置酒与操解闷，众谋士俱在座。操忽仰天大恸。众谋士曰："丞相于虎窟中逃难之时，全无惧怯；今到城中，人已得食，马已得料，正须整顿军马复仇，何反痛哭？"操曰："吾哭郭奉孝耳！若奉孝在，决不使吾有此大失也！"㊟遂捶胸大哭曰："哀哉，奉孝！痛哉，奉孝！惜哉，奉孝！"众谋士皆默然自惭。

次日，操唤曹仁曰："吾今暂回许都，收拾军马，必来报仇。汝可保全南郡。吾有一计，密留在此，非急休开，急则开之，依计而行，使东吴不敢正视南郡。"仁曰："合肥、襄阳，谁可保守？"操

将军别来无恙——曹操眼看无力硬拼，只得接受程昱建议，采用动之以情的办法，企图软化关羽的心。于是，矛盾的重心自然而然地转到了关羽身上。

一发心中不忍——在曹操的感情攻势下，关羽处在"忠"与"义"的尖锐矛盾之中，经受着理智与情感的巨大冲突。几经犹豫，他那"恩怨分明"的性格终于占了上风，其思想防线就此崩溃。

这个分明是放曹操的意思——此时，关羽的心中躁动着以恩报恩的情感，听任曹操逃走，什么军令状，什么两军的生死搏斗，他都顾不得了。

长叹一声，并皆放去——关羽的一声"大喝"，包含着十分复杂的感情，其中或许有抓住剩余的曹军以为补偿的念头。然而，面对"哭拜于地"的曹军，特别是看到曾经有恩于己的张辽，关羽又一次心软，将他们全部放走。作品描写关羽的感情起伏，真是一波三折，宛曲有致。

若奉孝在，决不使吾有此大失也——曹操此语，本于《三国志·魏书·郭嘉传》，看似追怀郭嘉，实为责怪众谋士。然而，此一时非彼一时，赤壁之战中，曹操志得意满，趾高气扬，即使郭嘉还在，曹操也不一定能听进其劝谏。所以，应当责怪的还是曹操自己！

曰："南郡托汝管领*；襄阳吾已拨夏侯惇守把；合肥最为紧要之地，吾令张辽为主将，乐进、李典为副将，保守此地。但有缓急，飞报将来。"操分拨已定，遂上马引众奔回许都，荆州原降文武各官，依旧带回许都调用。曹仁自遣曹洪据守彝陵*，以防周瑜。

却说关云长放了曹操，引军自回。此时诸路军马，皆得马匹、器械、钱粮，已回夏口；独云长不获一人一骑，空身回见玄德。孔明正与玄德作贺，忽报云长至。孔明忙离坐席，执杯相迎曰："且喜将军立此盖世之功，与普天下除大害。合宜远接庆贺！"云长默然。孔明曰："将军莫非因吾等不曾远接，故尔不乐？"回顾左右曰："汝等缘何不先报？"云长曰："关某特来请死。"孔明曰："莫非曹操不曾投华容道上来？"云长曰："是从那里来。关某无能，因此被他走脱。"孔明曰："拿得甚将士来？"云长曰："皆不曾拿。"孔明曰："此是云长想曹操昔日之恩，故意放了。但既有军令状在此，不得不按军法。"遂叱武士推出斩之。(评)正是：拼将一死酬知己，致令千秋仰义名。(评)未知云长性命如何，且看下文分解。

遂叱武士推出斩之——诸葛亮既然事先已经预见到如此结果，却又故意向关羽举杯祝贺，故意下令将其斩首，未免显得有些做作。

拼将一死酬知己，致令千秋仰义名——此联系毛宗岗评改《三国演义》时所加，可见即使是"尊刘贬曹"倾向最强的毛氏父子，对关羽的"义释曹操"也大加肯定。

尾评：

对于关羽的放曹，今人多持否定态度，认为关羽严重丧失立场，为了一己私恩而出卖原则。然而，对于关羽而言，这却是由他的性格所导致的必然行动。按照"士为知己者死"的古代观点，关羽为忠于桃园之盟而死固然值得称赞，为了顾全旧交而放走曹操也是可以理解的。因此，华容道放曹虽然从根本上违背了刘备集团的利益，刘备却原谅了关羽，罗贯中对此也大加颂扬。是的，华容道放曹体现了古代士文化的价值观。它为塑造关羽这个性格复杂的"义绝"典型写下了最浓重的一笔。

第五十一回

曹仁大战东吴兵　孔明一气周公瑾

总评

自本回至第五十七回，构成“三气周瑜”情节单元。这是紧接“赤壁之战”以后的又一精彩的情节单元。它通过刘备、孙权两大集团对荆州的明争暗夺，集中表现了诸葛亮与周瑜之间的反复斗智，生动地刻画了这两个天下奇才的艺术形象。

历史上的周瑜和诸葛亮，一为孙权集团的统兵大将，一为刘备集团的股肱之臣，由于“各为其主”，彼此之间存在矛盾实乃自然；但是，史书中并无有关二人“斗智”的任何记载。据《三国志·吴书·周瑜传》、《鲁肃传》，赤壁之战后，周瑜立即进兵南郡，经过一年激烈战斗，终于打败曹仁，于建安十四年（209）夺得南郡。在交战中，周瑜曾被流箭射中右肋，伤势颇重；但并无诸葛亮派赵云趁机袭夺南郡之事。直到周瑜死后，刘备向孙权“借”荆州，南郡才属刘备。由此可见，“一气周瑜”纯属虚构。宋元以来的通俗文艺抓住史实中的某些由头，生发出许多表现诸葛亮与周瑜斗智的故事。这些故事虽然写得热闹，但漏洞太多，随意性太强，历史感较差。罗贯中在此基础上重新进行改造加工，使情节更加连贯流畅，针线细密（其中也有经不起推敲之处），具有较强的历史感，加之贯注其中的浪漫主义情调，“三气周瑜”便成了妙趣横生的精彩篇章。

尽管“三气周瑜”的情节与史实多不相合，而主要是罗贯中艺术想象的产物，但它充分揭示了荆州得失对于孙、刘两家的极端重要性。对于刘备集团来说，先取荆州，再夺益州，待时机成熟，则分两路北伐，以成霸业，乃是早在诸葛亮隆中对策时便已规划好了的蓝图；而对于孙权集团来说，夺取荆州，全据长江，徐图进取，也是它一贯的愿望。显然，两家的利益和目标存在矛盾，产生明争暗斗是不可避免的。事实上，孙、刘联盟一度紧张乃至破裂，双方彼此攻伐，也正是为了争夺荆州。所以，从某种意义上说，罗贯中的艺术虚构恰恰反映了历史本质的真实。

却说孔明欲斩云长，玄德曰："昔吾三人结义时，誓同生死。今云长虽犯法，不忍违却前盟。望权记过，容将功赎罪。"孔明方才饶了。

且说周瑜收军点将，各各叙功，申报孙权。所得降卒，尽行发付渡江。大犒三军，遂进兵攻取南郡。前队临江下寨，前后分五营，周瑜居中。瑜正与众商议征进之策，忽报："刘玄德使孙乾来与都督作贺。"瑜命请入。乾施礼毕，言："主公特命乾拜谢都督大德，有薄礼上献。"瑜问曰："玄德在何处？"乾答曰："现移兵屯油江口。"瑜惊曰："孔明亦在油江否？"乾曰："孔明与主公同在油江。"瑜曰："足下先回，某亲来相谢也。"瑜收了礼物，发付孙乾先回。肃曰："却才都督为何失惊？"瑜曰："刘备屯兵油江，必有取南郡之意。㊣我等费了许多军马，用了许多钱粮，目下南郡反手可得；彼等心怀不仁，要就现成，须放着周瑜不死！"肃曰："当用何策退之？"瑜曰："吾自去和他说话。好便好；不好时，不等他取南郡，先结果了刘备！"肃曰："某愿同往。"于是瑜与鲁肃引三千轻骑，径投油江口来。

刘备屯兵油江，必有取南郡之意——周瑜一心要夺取南郡，扩大东吴地盘，故对刘备之动向十分警惕，一眼便看穿其觊觎南郡之意。

先说孙乾回见玄德，言周瑜将亲来相谢。玄德乃问孔明曰："来意若何？"孔明笑曰："那里为这些薄礼肯来相谢。止为南郡而来。"玄德曰："他若提起*，何以待之？"孔明曰："他来便可如此如此应答。"遂于油江口摆开战船，岸上列着军马。人报："周瑜、鲁肃引兵到来。"孔明使赵云领数骑来接。瑜见军势雄壮，心甚不安。行至营门外，玄德、孔明迎入帐中。各叙礼毕，设宴相待，玄德举酒致谢鏖兵之事。酒至数巡，瑜曰："豫州移兵在此，莫非有取南郡之意否？"玄德曰："闻都督欲取南郡，故来相助。若都督不取，备自取之。"㊣瑜笑曰："吾东吴久欲吞并江汉*，今南郡已在掌中，如何不取？"玄德曰："胜负不可预定。曹操临归，令曹仁守南郡*，必有奇计；更兼曹仁勇不可当：但恐都督不能取耳。"瑜曰："吾若取不得，

若都督不取，备自取之——刘备明知周瑜欲取荆州，却出此语，显然别有打算。

吾若取不得，那时任从公取——周瑜刚在赤壁大战中大获全胜，踌躇满志，视取南郡如同探囊取物，因而虚做人情，假意答应刘备在自己之后去取南郡。

今为曹操之地，理合取之——荆州为刘表之地，则刘备不忍夺取；为曹操之地，则刘备竭力夺取。如刘备者，方是既讲信义，又不迂腐的有原则的政治家。

遂复翻身杀入，救出重围——曹仁骁勇善战，气势充盈，不愧为曹操手下大将。

吴军败走，曹仁得胜而回——吴军与曹仁首次交锋，竟然战败，这是周瑜万万想不到的。

那时任从公取。”㊟玄德曰：“子敬、孔明在此为证，都督休悔。”鲁肃踌躇未对。瑜曰：“大丈夫一言既出，何悔之有！”孔明曰：“都督此言，甚是公论。先让东吴去取；若不下，主公取之，有何不可！”瑜与肃辞别玄德、孔明，上马而去。玄德问孔明曰：“却才先生教备如此回答，虽一时说了，展转寻思，于理未然。我今孤穷一身，无置足之地，欲得南郡，权且容身；若先教周瑜取了，城池已属东吴，却如何得住？”孔明大笑曰：“当初亮劝主公取荆州，主公不听，今日却想耶？”玄德曰：“前为景升之地，故不忍取；今为曹操之地，理合取之。”㊟孔明曰：“不须主公忧虑。尽着周瑜去厮杀，早晚教主公在江陵城中高坐*。”玄德曰：“计将安出？”孔明曰：“只须如此如此。”玄德大喜，只在江口屯扎，按兵不动。

却说周瑜、鲁肃回寨。肃曰：“都督如何亦许玄德取南郡？”瑜曰：“吾弹指可得南郡，落得虚做人情。”随问帐下将士：“谁敢先取南郡？”一人应声而出，乃蒋钦也。瑜曰：“汝为先锋，徐盛、丁奉为副将，拨五千精锐军马，先渡江，吾随后引兵接应。”

且说曹仁在江陵*，曹洪守彝陵，以为掎角之势。人报：“吴兵已渡大江*。”仁曰：“坚守勿战为上。”骁将牛金奋然进曰：“兵临城下而不出战，是怯也。况吾兵新败，正当重振锐气。某愿借精兵五百，决一死战！”仁从之，令牛金引五百军出战。丁奉纵马来迎。约战四五合，奉诈败，牛金引军追赶入阵。奉指挥众军一裹，围牛金于阵中。金左右冲突，不能得出。曹仁在城上望见牛金困在垓心，遂披甲上马，引麾下壮士数百骑出城，奋力挥刀，杀入吴阵。徐盛迎战，不能抵当。曹仁杀到垓心，救出牛金。回顾尚有数十骑在阵，不能得出，遂复翻身杀入，救出重围。㊟正遇蒋钦拦路，曹仁与牛金奋力冲散。仁弟曹纯，亦引兵接应，混杀一阵。吴军败走，曹仁得胜而回。㊟

蒋钦兵败，回见周瑜，瑜怒欲斩之，众将告免。瑜即点兵，要亲与曹仁决战。甘宁曰：“都督未可造次。今曹仁令曹洪据守彝陵，为掎角之势；某愿以精兵三千，径取彝陵，都督然后可取江陵。”瑜服其论，先教甘宁领三千兵攻打彝陵。早有细作报知曹仁，仁与陈矫商议。矫曰：“彝陵有失，江陵亦不可守矣。宜速救之。”仁遂令曹纯与牛金暗地引兵救曹洪。曹纯先使人报知曹洪，令洪出城诱敌。

甘宁引兵至彝陵，洪出与甘宁交锋。战有二十余合，洪败走。宁夺了彝陵。至黄昏时，曹纯、牛金兵到，两下相合，围了彝陵。探马飞报周瑜，说甘宁困于彝陵城中，瑜大惊。程普曰："可急分兵救之。"瑜曰："此地正当冲要之处，若分兵去救，倘曹仁引兵来袭，奈何？"吕蒙曰："甘兴霸乃江东大将，岂可不救？"瑜曰："吾欲自往救之；但留何人在此，代当吾任？"蒙曰："留凌公绩当之。蒙为前驱，都督断后；不须十日，必奏凯歌。"瑜曰："未知凌公绩肯暂代吾任否？"凌统曰："若十日为期，可当之；十日之外，不胜其任矣。"瑜大喜，遂留兵万余，付与凌统；即日起大兵投彝陵来。蒙谓瑜曰："彝陵南僻小路，取江陵极便。可差五百军去砍倒树木，以断其路。彼军若败，必走此路；马不能行，必弃马而走，吾可得其马也。"瑜从之，差军去讫。大兵将至彝陵，瑜问："谁可突围而入，以救甘宁？"周泰愿往，即时绰刀纵马，直杀入曹军之中，径到城下。甘宁望见周泰至，自出城迎之。泰言："都督自提兵至。"宁传令教军士严装饱食，准备内应。

却说曹洪、曹纯、牛金闻周瑜兵将至，先使人往江陵报知曹仁，一面分兵拒敌。及吴兵至，曹兵迎之。比及交锋，甘宁、周泰分两路杀出。曹兵大乱，吴兵四下掩杀。曹洪、曹纯、牛金果然投小路而走；却被乱柴塞道，马不能行，尽皆弃马而走。吴兵得马五百余匹。周瑜驱兵星夜赶到江陵，正遇曹仁军来救彝陵。两军接着，混战一场。㊟天色已晚，各自收兵。

> 两军接着，混战一场——围绕着彝陵的争夺，两军你来我往，忽胜忽败，吴军好不容易才拿下彝陵。这预示着夺取整个南郡之不易。

曹仁回城中，与众商议。曹洪曰："目今失了彝陵，势已危急，何不拆丞相遗计观之，以解此危？"曹仁曰："汝言正合吾意。"遂拆书观之，大喜，便传令教五更造饭；平明，大小军马，尽皆弃城；城上遍插旌旗，虚张声势，军分三门而出。

却说周瑜救出甘宁，陈兵于江陵城外。见曹兵分三门而出，瑜上将台观看。只见女墙边虚搠旌旗，无人守护；又见军士腰下各束缚包裹。瑜暗忖曹仁必先准备走路，遂下将台号令，分布两军为左右翼；如前军得胜，只顾向前追赶，直待鸣金，方许退兵。命程普督后军，瑜亲自引军取城。对阵鼓声响处，曹洪出马搦战。瑜自至旗门下，使韩当出马，与曹洪交锋；战到三十余合，洪败走。曹仁自出接战，周泰纵马相迎；斗十余合，仁败走，阵势错乱。周瑜麾两翼军杀出，曹军大败。瑜自引军马追至江陵城下，曹军皆不入城，望西北而走。韩当、周泰引前部尽力追赶。瑜见城门大开，城上又无人，遂令众军抢城。数十骑当先而入。瑜在背后纵马加鞭，直入瓮城。陈矫在敌楼上，望见周瑜亲自入城来，暗暗喝彩道："丞相妙策如神！"一声梆子响，两边弓弩齐发，势如骤雨。先入城的，都颠入陷坑内。周瑜急勒马回时，被一弩箭，正射中左肋，翻身落马。㊟牛金从城中杀出，来捉周瑜；徐盛、丁奉二人舍命救去。城中曹兵突出，吴兵自相践踏，落堑坑者无数。程普急收军时，曹仁、曹洪分兵两路杀回，吴兵大败。幸得凌统引一军从刺斜里杀来，敌住曹兵。曹仁引得胜兵进城，程普收败军回寨。丁、徐二将救得周瑜到帐中，唤行军医者用铁钳子拔出箭头，将金疮药敷掩疮口，疼不可当，饮食俱废。医者曰："此箭头上有毒，急切不能痊可。若怒气冲激，其疮复发。"㊟程普令三军紧守各寨，不许轻出。三日后，牛金引军来搦战，程普按兵不动。牛金骂至日暮方回，次日又来骂战。程普恐瑜生气，不敢报知。第三日，牛金直至寨门外叫骂，声声只道要捉周瑜。程普与众商议，欲暂且退兵，回见讨虏将军，却再理会。

正射中左肋，翻身落马——周瑜求胜心切，竟然中了曹操留给曹仁之计，受了箭伤，实在可惜！

若怒气冲激，其疮复发——中了毒箭，不能动怒，偏偏周瑜性情急躁。于是，这箭伤便成了周瑜的致命伤。

却说周瑜虽患疮痛，心中自有主张；已知曹兵常来寨前叫骂，却不见众将来禀。一日，曹仁自引大军，擂鼓呐喊，前来搦战。程普拒住不出。周瑜唤众将入帐，问曰："何处鼓噪呐喊？"众将曰："军中教演士卒。"瑜怒曰："何欺我也！吾已知曹兵常来寨前辱骂。程德谋既同掌兵权，何故坐视？"遂命人请程普入帐问之。普曰："吾见公瑾病疮，医者言勿触怒，故曹兵搦战，不敢报知。"瑜曰："公等不战，主意若何？"普曰："众将皆欲收兵，暂回江东，待公箭疮平复，再作区处。"瑜听罢，于床上奋然跃起曰："大丈夫既食君禄，当死于战场，以马革裹尸还，幸也！岂可为我一人，而废国家大事乎？"言讫，即披甲上马。㊟诸军众将，无不骇然。遂引数百骑出营前。望见曹兵已布成阵势，曹仁自立马于门旗下，扬鞭大骂曰："周瑜孺子，料必横夭，再不敢正觑我兵！"骂犹未绝，瑜从群骑内突然出曰："曹仁匹夫！见周郎否！"曹军看见，尽皆惊骇。曹仁回顾众将曰："可大骂之！"众军厉声大骂。周瑜大怒，使潘璋出战。未及交锋，周瑜忽大叫一声，口中喷血，坠于马下。曹兵冲来，众将

言讫，即披甲上马——周瑜忠勤国事，带伤出战，其英武气概令人起敬。壮哉，周郎！

向前抵住，混战一场，救起周瑜，回到帐中。程普问曰："都督贵体若何？"瑜密谓普曰："此吾之计也。"普曰："计将安出？"瑜曰："吾身本无甚痛楚；吾所以为此者，欲令曹兵知我病危，必然欺敌。可使心腹军士去城中诈降，说吾已死。今夜曹仁必来劫寨，吾却于四下埋伏以应之，则曹仁可一鼓而擒也。"㊣程普曰："此计大妙！"随就帐下举起哀声。众军大惊，尽传言都督箭疮大发而死，各寨尽皆挂孝。

却说曹仁在城中与众商议，言周瑜怒气冲发，金疮崩裂，以致口中喷血，坠于马下，不久必亡。正论间，忽报："吴寨内有十数个军士来降。中间亦有二人，原是曹兵被掳过去的。"曹仁忙唤入问之。军士曰："今日周瑜阵前金疮碎裂，归寨即死。今众将皆已挂孝举哀。我等皆受程普之辱，故特归降，便报此事。"曹仁大喜，随即商议今晚便去劫寨，夺周瑜之尸，斩其首级，送赴许都。㊣陈矫曰："此计速行，不可迟误。"曹仁遂令牛金为先锋，自为中军，曹洪、曹纯为合后，只留陈矫领些少军士守城，其余军兵尽起。初更后出城，径投周瑜大寨。来到寨门，不见一人，但见虚插旗枪而已。情知中计，急忙退军。四下炮声齐发：东边韩当、蒋钦杀来，西边周泰、潘璋杀来，南边徐盛、丁奉杀来，北边陈武、吕蒙杀来。曹兵大败，三路军皆被冲散，首尾不能相救。曹仁引十数骑杀出重围，正遇曹洪，遂引败残军马一同奔走。杀到五更，离江陵不远，一声鼓响，凌统又引一军拦住去路，截杀一阵。曹仁引军刺斜而走，又遇甘宁大杀一阵。曹仁不敢回江陵，径投襄阳大路而行。吴军赶了一程，自回。

周瑜、程普收住众军，径到江陵城下，见旌旗布满，敌楼上一将叫曰："都督少罪！吾奉军师将令，已取城了——吾乃常山赵子龙也。"周瑜大怒，㊣便命攻城。城上乱箭射下。瑜命且回军商议，使凌统引数千军马，径取襄阳*；然后却再取江陵未迟。正分拨间，忽然探马急来报说："夏侯惇在襄阳，被诸葛亮差人赍兵符，诈称曹仁求救，诱惇引兵出，却教关羽袭取了襄阳*。"周瑜曰："诸葛亮怎得兵符？"程普曰："他得了江陵，拿住陈矫，兵符自然尽属之矣*。"周瑜大叫一声，金疮迸裂。㊣正是：几郡城池无我分，一场辛苦为谁忙！未知性命如何，且看下文分解。

则曹仁可一鼓而擒也——周瑜有意制造假象，迷惑曹仁，诱其前来劫寨，确是取胜良方。

斩其首级，送赴许都——曹仁被假象所惑，竟欲借机建立奇功，真是利令智昏，结果必然中周瑜之计。

周瑜大怒——周瑜几经反复，身受重伤，方才打败曹仁，眼看南郡唾手可得，不料却被赵云乘虚而入，怎能不怒？！

周瑜大叫一声，金疮迸裂——自己费心费力却一无所获，而一旁观望的刘备则大捡便宜，气得周瑜伤口破裂。这就是"一气周瑜"。

尾评：

周瑜是赤壁大战中的英雄，他英武有为，机智果敢，精通韬略，把雄视天下二十余年的曹操打得大败而逃，堪称人中豪杰。然而，在争夺荆州时，在与诸葛亮斗智中，他却捉襟见肘，力不从心，白白让刘备占了便宜，气得箭疮破裂。这是周瑜命运悲剧的开始。

第五十二回

诸葛亮智辞鲁肃　赵子龙计取桂阳

总评

历史上的赤壁之战以后，曹、刘、孙三家共分荆州：曹操占据南阳郡和南郡、江夏郡的一部分，刘备占据长江以南的零陵、桂阳、武陵、长沙四郡，孙权则占据南郡、江夏的另一部分。建安十五年（210）周瑜死后，孙权纳鲁肃之议，把自己所据部分“借”给刘备，于是刘备领有荆州绝大部分地盘。罗贯中围绕荆州的争夺，编织了一系列生动的情节，使之成为全书最脍炙人口的部分之一。但由于他对荆州的归属变化的把握不透，对荆州的辖境及治所不够明确（荆州治所原在汉寿；刘表为荆州刺史后，移治襄阳；刘备领荆州牧，驻公安，“借”荆州后，又移治江陵），因而叙事不够清晰，其艺术虚构也存在若干破绽。

《三国演义》写诸葛亮命赵云乘虚而入，夺占南郡，又利用得到的兵符顺便夺了襄阳，意在表现诸葛亮的神机妙算，证明其智谋高出周瑜一筹。不过，作者既要虚构刘备集团巧夺荆襄，又要维护刘备“借荆州”的历史框架，在艺术处理上实在相当困难。于是，面对鲁肃之索还荆州，诸葛亮一方面强调荆州本系刘表基业，刘备“以叔辅侄，而取荆州”，既合理，也合法；另一方面对鲁肃所云“若公子不在，须将城池还我东吴”却又含糊应承。这样虽然可以暂时避免双方正面冲突，却使刘备方面显得不够理直气壮。

赵范欲将寡居三年的嫂子樊氏嫁给赵云，赵云却断然拒绝。对赵云此举，明清读者大都啧啧称赞，以为不愧大丈夫；当代读者则往往为之惋惜，有人甚至指责赵云“缺乏主体意识”，“压抑自身感情”。其实，这一情节本于《三国志·蜀书·赵云传》注引《赵云别传》:“从平江南，以为偏将军，领桂阳太守，代赵范。范寡嫂曰樊氏，有国色，范欲以配云。云辞曰:‘相与同姓，卿兄犹我兄。’固辞不许。时有人劝云纳之，云曰:‘范迫降耳，心未可测；天下女不少。’遂不取。范果逃走。”历史上的赵云对赵范是否真心归降尚有怀疑，有意与之保持一定距离，可见其政治上头脑清醒，不贪美色。在《三国演义》中，赵云与樊氏并未一见钟情，哪里谈得上“压抑自身感情”？既与赵范结为兄弟，则敬重其嫂而不愿娶之，又有何不是？如果赵云一见美女便神魂颠倒，欣然纳之，又岂是真正品德高尚的英雄？岂能如此深受读者喜爱？

却说周瑜见孔明袭了南郡，又闻他袭了襄阳*，如何不气？气伤箭疮，半晌方苏。众将再三劝解。瑜曰："若不杀诸葛村夫，怎息我心中怨气！程德谋可助我攻打南郡，定要夺还东吴。"正议间，鲁肃至。瑜谓之曰："吾欲起兵与刘备、诸葛亮共决雌雄，复夺城池，子敬幸助我。"鲁肃曰："不可。方今与曹操相持，尚未分成败；主公现攻合肥不下。不争自家互相吞并，倘曹兵乘虚而来，其势危矣。况刘玄德旧曾与曹操相厚，若逼得紧急，献了城池，一同攻打东吴，如之奈何？"㊟瑜曰："吾等用计策，损兵马，费钱粮，他去图现成，岂不可恨！"肃曰："公瑾且耐。容某亲见玄德，将理来说他。若说不通，那时动兵未迟。"诸将曰："子敬之言甚善。"

于是鲁肃引从者径投江陵来*。见旌旗整列，军容甚盛，肃暗羡曰："孔明真非常人也！"军士报入城中，说鲁子敬要见。孔明令大开城门，接肃入衙。讲礼毕，分宾主而坐。茶罢，肃曰："吾主孙将军，与都督公瑾，教某再三申意皇叔：前者，操引百万之众，名下江南，实欲来图皇叔；幸得东吴杀退曹兵，救了皇叔。所有荆州九郡，合当归于东吴。今皇叔用诡计，夺占荆襄，使江东空费钱粮军马，而皇叔受其利，恐于理未顺。"㊟孔明曰："子敬乃高明之士，何故亦出此言？常言道：'物必归主。'荆襄九郡，非东吴之地，乃刘景升之基业。吾主固景升之弟也。景升虽亡，其子尚在；以叔辅侄，而取荆州，有何不可？"肃曰："若果系公子刘琦占据，尚有可解；今公子在江夏，须不在这里！"孔明曰："子敬欲见公子乎？"便命左右："请公子出来。"只见两从者从屏风后扶出刘琦。琦谓肃曰："病躯不能施礼，子敬勿罪。"鲁肃吃了一惊，默默无语，良久，言曰："公子若不在，便如何？"孔明曰："公子在一日，守一日；若不在，别有商议。"㊟肃曰："若公子不在，须将城池还我东吴。"孔明曰："子敬之言是也。"遂设宴相待。

一同攻打东吴，如之奈何——在孙吴集团中，唯鲁肃始终主张孙、刘联盟，共拒曹操；周瑜则因过分注重集团利益而不够顾全大局。可以说，尽管鲁肃智谋不及周瑜，而其政治远见则胜于周瑜。

而皇叔受其利，恐于理未顺——鲁肃索取荆州，仍言辞委婉，不伤和气，确有长者风度。

若不在，别有商议——东吴对荆州本无拥有权，诸葛亮也不想承认此权；但为避免联盟马上破裂，故对鲁肃之说含糊应之。不过，这又导致了后来的一系列麻烦。

宴罢，肃辞出城，连夜归寨，具言前事。瑜曰："刘琦正青春年少，如何便得他死？这荆州何日得还？"肃曰："都督放心。只在鲁肃身上，务要讨荆襄还东吴。"瑜曰："子敬有何高见？"肃曰："吾观刘琦过于酒色，病入膏肓，现今面色羸瘦，气喘呕血；不过半年，其人必死。那时往取荆州，刘备须无得推故。"周瑜犹自忿气未消。忽孙权遣使至，瑜令请入。使曰："主公围合肥，累战不捷。特令都督收回大军，且拨兵赴合肥相助。"周瑜只得班师回柴桑养病，令程普部领战船士卒，来合肥听孙权调用。

却说刘玄德自得南郡、襄阳*，心中大喜，商议久远之计。忽见一人上厅献策，视之，乃伊籍也。玄德感其旧日之恩，十分相敬，坐而问之。籍曰："要知荆州久远之计，何不求贤士以问之？"玄德曰："贤士安在？"籍曰："襄阳马氏*，兄弟五人并有才名：幼者名谡，字幼常；其最贤者，眉间有白毛，名良，字季常。乡里为之谚曰：'马氏五常，白眉最良。'公何不求此人而与之谋？"玄德遂命请之。马良至，玄德优礼相待，请问保守荆襄之策。良曰："襄阳四面受敌之地，恐不可久守*；可令公子刘琦在此养病，招谕旧人以守之，就表奏公子为荆州刺史，以安民心。然后南征武陵、长沙、桂阳、零陵四郡，积收钱粮，以为根本。此久远之计也。"㊟玄德大喜，遂问："四郡当先取何郡？"良曰："湘江之西，可先取零陵*；次取武陵；然后湘江之东取桂阳；长沙为后。"玄德遂用马良为从事，伊籍副之。请孔明商议送刘琦回襄阳，替云长回江陵*。便调兵取零陵，差张飞为先锋，赵云合后，孔明、玄德为中军，人马一万五千；留云长守江陵*。

此久远之计也——马良此计，确系长远之策，不愧"白眉最良"美誉。"白眉"一词，作为最优秀者的代称，亦已化作典故，沿用至今。

却说零陵太守刘度，闻玄德军马到来，乃与其子刘贤商议。贤曰："父亲放心。他虽有张飞、赵云之勇，我本郡上将邢道荣*，力敌万人，可以抵对。"刘度遂命刘贤与邢道荣引兵万余，离泉陵城三十里*，依山靠水下寨。探马报说："孔明自引一军到来。"道荣便引军出战。两阵对圆，道荣出马，手使开山大斧，厉声高叫："反贼安敢侵我境界！"只见对阵中，一簇黄旗出。旗开处，推出一辆四轮车，车中端坐一人，头戴纶巾，身披鹤氅，手执羽扇，用扇招邢道荣曰："吾乃琅琊诸葛孔明也*。曹操引百万之众，被吾聊施小计，杀得片甲不回。汝等岂堪与我对敌？我今来招安汝等，何不早降？"道荣大笑曰："赤壁鏖兵，乃周郎之谋也，干汝何事，敢来诳语！”轮大斧竟奔孔明。孔明便回车，望阵中走，阵门复闭。道荣直冲杀过来，阵势急分两下而走。道荣遥望中央一簇黄旗，料是孔明，乃只望黄旗而赶。抹过山脚，黄旗扎住，忽地中央分开，不见四轮车，只见一将挺矛跃马，大喝一声，直取道荣，乃张益德也。道荣轮大斧来迎，战不数合，气力不加，拨马便走。益德随后赶来。喊声大震，两下伏兵齐出。道荣舍死冲过，前面一员大将，拦住去路，大叫："认得常山赵子龙否！”道荣料敌不过，又无处奔走，只得下马请降。子龙缚来寨中见玄德、孔明。玄德喝教斩首，孔明急止之，问道荣曰："汝若与我捉了刘贤，便准你投降。”道荣连声愿往。孔明曰："你用何法捉他？”道荣曰："军师若肯放某回去，某自有巧说。今晚军师调兵劫寨，某为内应，活捉刘贤，献与军师。刘贤既擒，刘度自降矣。”玄德不信其言。孔明曰："邢将军非谬言也。”遂放道荣归。道荣得放回寨，将前事实诉刘贤。贤曰："如之奈何？”道荣曰："可将计就计。今夜将兵伏于寨外，寨中虚立旗旛，待孔明来劫寨，就而擒之。”刘贤依计。㊣

刘贤依计——孔明命邢道荣擒刘贤来降，邢道荣却欲“将计就计”，擒获孔明，野心可谓不小；谁知其心早已被孔明看透，正好中计。

当夜二更，果然有一彪军到寨口，每人各带草把，一齐放火。刘贤、道荣两下杀来，放火军便退。刘贤、道荣两军乘势追赶，赶了十余里，军皆不见。刘贤、道荣大惊，急回本寨，只见火光未灭，寨中突出一将，乃张益德也。刘贤叫道荣："不可入寨，却去劫孔明寨便了。”于是复回军。走不十里，赵云引一军刺斜里杀出，一枪刺道荣于马下。刘贤急拨马奔走，背后张飞赶来，活捉过马，绑缚见孔明。贤告曰："邢道荣教某如此，实非本心也。”孔明令释其缚，与衣穿了，赐酒压惊，教人送入城说父投降；如其不降，打破城池，满门尽诛。刘贤回泉陵见父刘度*，备述孔明之德，劝父投降。度从之，遂于城上竖起降旗，大开城门，赍捧印绶出城，竟投玄德大寨纳降。孔明教刘度仍为郡守，其子刘贤赴江陵随军办事*。零陵一郡居民，尽皆喜悦。

玄德入城安抚已毕，赏劳三军。乃问众将曰："零陵已取了，桂阳郡何人敢取？”赵云应曰："某愿往。”张飞奋然出曰："飞亦愿往！”二人相争。孔明曰："终是子龙先应，只教子龙去。”张飞不服，定要去取。孔明教拈阄，拈着的便去。又是子龙拈着。张飞怒曰："我并不要人相帮，只独领三千军去，稳取城池。”赵云曰："某也只领三千

军去。如不得城，愿受军令。”孔明大喜，责了军令状，选三千精兵付赵云去。张飞不服，玄德喝退。㊟

张飞不服，玄德喝退——此处写张飞与赵云争取桂阳，略加点染，便为作品平添波澜，并为下文埋下伏笔。

赵云领了三千人马，径往桂阳进发。早有探马报知桂阳太守赵范。范急聚众商议。管军校尉陈应、鲍隆愿领兵出战。原来二人都是桂阳岭山乡猎户出身，陈应会使飞叉，鲍隆曾射杀双虎。二人自恃勇力，乃对赵范曰：“刘备若来，某二人愿为前部。”赵范曰：“我闻刘玄德乃大汉皇叔；更兼孔明多谋，关、张极勇；今领兵来的赵子龙，在当阳长坂百万军中，如入无人之境。我桂阳能有多少人马？不可迎敌，只可投降。”应曰：“某请出战。若擒不得赵云，那时任太守投降不迟。”赵范拗不过，只得应允。

陈应领三千人马出郴县城迎敌*，早望见赵云领军来到。陈应列成阵势，飞马绰叉而出。赵云挺枪出马，责骂陈应曰：“吾主刘玄德，乃刘景升之弟，今辅公子刘琦同领荆州，特来抚民。汝何敢迎敌！”陈应骂曰：“我等只服曹丞相，岂顺刘备！”赵云大怒，挺枪骤马，直取陈应，应捻叉来迎。两马相交，战到四五合，陈应料敌不过，拨马便走。赵云追赶。陈应回顾赵云马来相近，用飞叉掷去，被赵云接住，回掷陈应。应急躲过。云马早到，将陈应活捉过马，掷于地下，喝军士绑缚回寨。败军四散奔走。云入寨，叱陈应曰：“量汝安敢敌我！我今不杀汝，放汝回去，说与赵范，早来投降。”陈应谢罪，抱头鼠窜，回到城中，对赵范尽言其事。范曰：“我本欲降，汝强要战，以致如此。”遂叱退陈应，赍捧印绶，引十数骑出城，投大寨纳降。㊟

引十数骑出城，投大寨纳降——桂阳兵马不堪一击，太守赵范迅速出降，赵云之勇猛无敌，跃然纸上。

云出寨迎接，待以宾礼，置酒共饮，纳了印绶。酒至数巡，范曰：“将军姓赵，某亦姓赵，五百年前，合是一家。将军乃真定人，某亦真定人，又是同乡。倘得不弃，结为兄弟，实为万幸。”云大喜，各叙年庚。云与范同年，云长范四个月，范遂拜云为兄。二人同乡，同年，又同姓，十分相得。㊟至晚席散，范辞回城。次日，范请云入城安民。云教军士休动，只带五十骑随入城中。居民执香伏道而接。云安民已毕，赵范邀请入衙饮宴。酒至半酣，范复邀云入后堂深处，洗盏更酌。云饮微醉。范忽请出一妇人，与云把酒。子龙见妇人身穿缟素，有倾国倾城之色，乃问范曰：“此何人也？”范曰：“家嫂樊氏也。”子龙改容敬之。樊氏把盏毕，范令就坐。云辞

二人同乡，同年，又同姓，十分相得——历史上的赵范并未与赵云结拜兄弟，《三国演义》如此描写，使二人关系更显亲密，以便引出樊氏。

谢。樊氏辞归后堂。云曰："贤弟何必烦令嫂举杯耶？"范笑曰："中间有个缘故，乞兄勿阻：先兄弃世已三载，家嫂寡居，终非了局，弟常劝其改嫁。嫂曰：'若得三件事兼全之人，我方嫁之：第一要文武双全，名闻天下；第二要相貌堂堂，威仪出众；第三要与汝兄同姓*。'你道天下那得有这般凑巧的？今尊兄堂堂仪表，名震四海，又与家兄同姓，正合家嫂所言。若不嫌家嫂貌陋，愿陪嫁资，与将军为妻，结累世之亲，如何？"云闻言，大怒而起，厉声曰："吾既与汝结为兄弟，汝嫂即吾嫂也，岂可作此乱人伦之事乎！"㊟赵范羞惭满面，答曰："我好意相待，如何这般无礼！"遂目视左右，有相害之意。云已觉，一拳打倒赵范，径出府门，上马出城去了。

范急唤陈应、鲍隆商议。应曰："这人发怒去了，只索与他厮杀。"范曰："但恐赢他不得。"鲍隆曰："我两个诈降在他军中，太守却引兵来搦战，我二人就阵上擒之。"陈应曰："必须带些人马。"隆曰："五百骑足矣。"当夜二人引五百军，径奔赵云寨来投降。云已心知其诈，遂教唤入。二将到帐下，说："赵范欲用美人计赚将军，只等将军醉了，扶入后堂谋杀，将头去曹丞相处献功：如此不仁。某二人见将军怒出，必连累于某，因此投降。"赵云佯喜，置酒与二人痛饮。二人大醉，云乃缚于帐中，擒其手下人问之，果是诈降。云唤五百军入，各赐酒食，传令曰："要害我者，陈应、鲍隆也，不干众人之事。汝等听吾行计，皆有重赏。"众军拜谢。将降将陈、鲍二人当时斩了；却教五百军引路，云引一千军在后，连夜到郴县城下叫门*。城上听时，说陈、鲍二将军杀了赵云回军，请太守商议事务。城上将火照看，果是自家军马。赵范急忙出城，云喝左右捉下。遂入城，安抚百姓已定，㊟飞报玄德。

玄德与孔明亲赴桂阳。云迎接入城，推赵范于阶下。孔明问之，范备言以嫂许嫁之事。孔明谓云曰："此亦美事，公何如此？"云曰："赵范既与某结为兄弟，今若娶其嫂，惹人唾骂，一也；其妇再嫁，使失大节，二也；赵范初降，其心难测，三也。主公新定江汉，枕席未安，云安敢以一妇人而废主公之大事？"玄德曰："今日大事已定，与汝娶之，若何？"云曰："天下女子不少，但恐名誉不立，何患无妻子乎？"玄德曰："子龙真丈夫也！"遂释赵范，仍令为桂阳太守，重赏赵云。

岂可作此乱人伦之事乎——即使按照《三国演义》的描写，赵云以此言拒绝娶樊氏，仍应视为有理。

遂入城，安抚百姓已定——赵云将计就计，智夺桂阳，但捉住赵范而不杀，其有勇有谋、稳重谨慎的性格与关羽、张飞明显不同。

张飞大叫曰："偏子龙干得功！偏我是无用之人！只拨三千军与我去取武陵郡，活捉太守金旋来献！"孔明大喜曰："益德要去不妨，但要依一件事。"正是：军师决胜多奇策，将士争先立战功。未知孔明说出那一件事来，且看下文分解。

尾评：

诸葛亮含糊应对鲁肃，为第五十四回鲁肃再次索还荆州，刘备立据"借"荆州埋下了伏笔。

在平定桂阳的过程中，赵云勇猛而心细，处事果断而有节，表现出独特的性格光彩，给人留下了深刻的印象。

第五十三回

关云长义释黄汉升　孙仲谋大战张文远

总评

《三国志·蜀书·关羽传》、《黄忠传》均无关羽“义释黄忠”的记载，从关羽后来称黄忠为“老兵”，不愿与之同列的态度来看，此事应非史实。罗贯中虚构这一情节，让黄忠首次出场便表现出高超的武艺、老当益壮的精神和知恩图报的忠义之节，意在证明黄忠完全有资格与关羽、张飞、赵云、马超并列为刘备集团的“五虎大将”。

历史上的魏延多谋善断，智勇兼备，为蜀汉政权建立了累累功勋；但因与杨仪长期不和，诸葛亮死后，擅自率兵截击杨仪，兵败被杀。这一悲剧结局，固然主要应由魏延自己负责，但与诸葛亮临终处置不当也有一定关系。在《三国演义》中，魏延在襄阳首次露面，就表现了爱憎分明、见义勇为的特点；在本回中，魏延再次出场，又是于千钧一发之际挺身而出，救黄忠，斩韩玄，献长沙，可谓正气凛然，一呼百应。然而，为了证明诸葛亮对魏延心存怀疑不仅完全正确，而且具有先见之明，罗贯中虚构了诸葛亮一见魏延便欲将其斩首的情节，还振振有词地说：“食其禄而杀其主，是不忠也；居其土而献其地，是不义也。”此论实为似是而非之谈。照此说来，只有听任黄忠乖乖地被韩玄斩首，甚至让魏延也帮助韩玄多杀几个刘备的部下，才算是“忠义”？依此类推，法正、严颜等人食刘璋之禄，居益州之地，却帮助刘备夺取益州，岂不也是“不忠不义”，都该杀头？就是诸葛亮后来当作接班人培养的姜维，不也是“居其土而献其地”吗？诸葛亮对这些人一概欢迎，为什么对魏延要特别苛刻？至于“吾观魏延脑后有反骨”云云，更是荒诞不经。说句开玩笑的话，魏延当时头戴铁盔，诸葛亮怎么能看见他的后脑勺呢？罗贯中既希望塑造一个真实的魏延形象，又企图回护诸葛亮对待魏延的某些失误，表现出一种左右为难的矛盾心态。

张辽镇守合肥，以弱敌强，却屡次挫败孙权，不愧为一代名将。本回写其临阵破敌，胜而不骄，处变不惊，有力地表现了张辽的大将之才。

却说孔明谓张飞曰："前者子龙取桂阳郡时，责下军令状而去。今日益德要取武陵，必须也责下军令状，方可领兵去。"张飞遂立军令状，欣然领三千军，星夜投武陵界上来。金旋听得张飞引兵到，乃集将校，整点精兵器械，出临沅城迎敌*。从事巩志谏曰："刘玄德乃大汉皇叔，仁义布于天下；加之张益德骁勇非常。不可迎敌，不如纳降为上。"金旋大怒曰："汝欲与贼通连为内变耶？"喝令武士推出斩之。众官皆告曰："先斩家人，于军不利。"金旋乃喝退巩志，自率兵出。离城二十里，正迎张飞。飞挺矛立马，大喝金旋。旋问部将："谁敢出战？"众皆畏惧，莫敢向前。旋自骤马舞刀迎之。张飞大喝一声，浑如巨雷。金旋失色，不敢交锋，拨马便走。飞引众军随后掩杀。金旋走至城边，城上乱箭射下。旋惊视之，见巩志立于城上曰："汝不顺天时，自取败亡，吾与百姓自降刘矣。"言未毕，一箭射中金旋面门，坠于马下，军士割头献张飞。巩志出城纳降。飞就令巩志赍印绶，往桂阳见玄德。玄德大喜，遂令巩志代金旋之职。㊀

玄德亲至武陵安民毕，驰书报云长，言益德、子龙各得一郡。云长乃回书上请曰："闻长沙尚未取，如兄长不以弟为不才，教关某干这件功劳甚好。"㊀玄德大喜，遂教张飞星夜去替云长守江陵*，令云长来取长沙。云长既至，入见玄德、孔明。孔明曰："子龙取桂阳，益德取武陵，都是三千军去。今长沙太守韩玄，固不足道。只是他有一员大将，乃南阳人，姓黄，名忠，字汉升；是刘表帐下中郎将，与刘表之侄刘磐共守长沙，后事韩玄；虽今年近六旬，却有万夫不当之勇，不可轻敌。云长去，必须多带军马。"㊀云长曰："军师何故长别人锐气，灭自己威风？量一老卒，何足道哉！关某不须用三千军，只消本部下五百名校刀手，决定斩黄忠、韩玄之首，献来麾下。"玄德苦挡。云长不依，只领五百校刀手而去。㊀孔明谓玄德曰："云长轻敌黄忠，只恐有失。主公当往接应。"玄德从之，随后

遂令巩志代金旋之职——张飞为人干脆利落，攻取武陵也干脆利落，读之令人痛快。

教关某干这件功劳甚好——刘备驰书关羽，分明是要激发其建功之心，关羽怎会不积极请战？

云长去，必须多带军马——孔明此语，固然反映实情，但也未尝不是激将之法。

云长不依，只领五百校刀手而去——关羽争强好胜，自视甚高，此处又是一次鲜明表现。

引兵望长沙进发。

却说长沙太守韩玄，平生性急，轻于杀戮，众皆恶之。是时听知云长军到，便唤老将黄忠商议。忠曰："不须主公忧虑。凭某这口刀，这张弓，一千个来，一千个死！"原来黄忠能开二石力之弓，百发百中。言未毕，阶下一人应声而出曰："不须老将军出战，只就某手中定活捉关某。"韩玄视之，乃管军校尉杨龄。韩玄大喜，遂令杨龄引军一千，飞奔出临湘城*。约行五十里，望见尘头起处，云长军马早到。杨龄挺枪出马，立于阵前骂战。云长大怒，更不打话，飞马舞刀，直取杨龄。龄挺枪来迎。不三合，云长手起刀落，砍杨龄于马下，(评)追杀败兵，直至城下。韩玄闻之大惊，便教黄忠出马，玄自来城上观看。忠提刀纵马，引五百骑兵飞过吊桥。云长见一老将出马，知是黄忠，把五百校刀手一字摆开，横刀立马而问曰："来将莫非黄忠否？"忠曰："既知我名，焉敢犯我境！"云长曰："特来取汝首级！"言罢，两马交锋。斗一百余合，不分胜负。(评)韩玄恐黄忠有失，鸣金收军。黄忠收军入城。云长也退军，离城十里下寨，心中暗忖："老将黄忠，名不虚传：斗一百合，全无破绽。来日必用拖刀计，背砍赢之。"

云长手起刀落，砍杨龄于马下——关羽瞬间刀劈杨龄，不过是为下文大战黄忠作引子。

斗一百余合，不分胜负——黄忠与关羽旗鼓相当，不分胜负，证明其确有万夫不当之勇。

次日早饭毕，又来城下搦战。韩玄坐在城上，教黄忠出马。忠引数百骑杀过吊桥，再与云长交马。又斗五六十合，胜负不分。两军齐声喝采。鼓声正急时，云长拨马便走。黄忠赶来。云长方欲用刀砍去，忽听脑后一声响；急回头看时，见黄忠被战马前失，掀在地下。云长急回马，双手举刀，猛喝曰："我且饶你性命！快换马来厮杀！"(评)黄忠急提起马蹄，飞身上马，奔入城中。玄惊问之。忠曰："此马久不上阵，故有此失。"玄曰："汝箭百发百中，何不射之？"忠曰："来日再战，必然诈败，诱到吊桥边射之。"玄以自己所乘一匹青马与黄忠。忠拜谢而退，寻思："难得云长如此义气！他不忍杀害我，我又安忍射他？若不射，又恐违了将令。"是夜踌躇未定。

快换马来厮杀——关羽此时不杀黄忠，系出于好胜之心，不愿乘人之危。但在性命相搏之际，对强劲对手能够刀下留情，实非常人所能为，称之为"义释"，并不过分。

次日天晓，人报云长搦战。忠领兵出城。云长两日战黄忠不下，十分焦躁，抖擞威风，与忠交马。战不到三十余合，忠诈败，云长赶来。忠想昨日不杀之恩，不忍便射，带住刀，把弓虚拽弦响。云长急闪，却不见箭；云长又赶，忠又虚拽，云长急闪，又无箭；只道黄忠不会射，放心赶来。将近吊桥，黄忠在桥上搭箭开弓，弦响箭到，正射在云长盔缨根上。㉑前面军齐声喊起。云长吃了一惊，带箭回寨，方知黄忠有百步穿杨之能，今日只射盔缨，正是报昨日不杀之恩也。云长领兵而退。

黄忠回到城上来见韩玄，玄便喝左右捉下黄忠。忠叫曰："无罪！"玄大怒曰："我看了三日，汝敢欺我！汝前日不力战，必有私心；昨日马失，他不杀汝，必有关通；今日两番虚拽弓弦，第三箭却止射他盔缨，如何不是外通内连？若不斩汝，必为后患！"喝令刀斧手推下城门外斩之。㉑众将欲告，玄曰："但告免黄忠者，便是同情！"刚推到门外，恰欲举刀，忽然一将挥刀杀入，砍死刀手，救起黄忠，大叫曰："黄汉升乃长沙之保障，今杀汉升，是杀长沙百姓也！韩玄残暴不仁，轻贤慢士，当众共殛之！愿随我者便来！"众视其人，面如重枣，目若朗星，乃义阳人魏延也。——自襄阳赶刘玄德不着，来投韩玄；玄怪其傲慢少礼，不肯重用，故屈沉于此。当日救下黄忠，教百姓同杀韩玄，袒臂一呼，相从者数百余人。黄忠拦当不住。魏延直杀上城头，一刀砍韩玄为两段，提头上马，引百姓出城，投拜云长。㉑云长大喜，遂入城。安抚已毕，请黄忠相见；忠托病不出。云长即使人去请玄德、孔明。

却说玄德自云长来取长沙，与孔明随后催促人马接应。正行间，青旗倒卷，一鸦自北南飞，连叫三声而去。玄德曰："此应何祸福？"孔明就马上袖占一课，曰："长沙郡已得，又主得大将。午时后定见分晓。"少顷，见一小校飞报前来，说："关将军已得长沙郡，降将黄忠、魏延。专等主公到彼。"玄德大喜，遂入临湘*。云长接入厅上，具言黄忠之事。玄德乃亲往黄忠家相请，忠方出降，求葬韩玄尸首于临湘之东。后人有诗赞黄忠曰：

将军气概与天参，白发犹然困江南*。
至死甘心无怨望，临降低首尚怀惭。
宝刀灿雪彰神勇，铁骑临风忆战酣。
千古高名应不泯，长随孤月照湘潭。

玄德待黄忠甚厚。云长引魏延来见，孔明喝令刀斧手推下斩之。玄德惊问孔明曰："魏延乃有功无罪之人，军师何故欲杀之？"孔明曰："食其禄而杀其主，是不忠也；居其土而献其地，是不义也。吾

弦响箭到，正射在云长盔缨根上——黄忠甘冒违背军令之险，不愿射死关羽，是知恩图报，也是英雄惜英雄。

喝令刀斧手推下城门外斩之——韩玄既欲抗拒刘备，命斩黄忠，实出必然。这就导致情节的急转直下。

引百姓出城，投拜云长——魏延救黄忠，斩韩玄，献长沙，为刘备集团立下大功。

故先斩之，以绝祸根——在那群雄并起之时，刘备欲成帝王之业，必须延揽天下英雄，包括接纳来自对手营垒的人才。孔明此语，似是而非，罗贯中不过欲以此为孔明后来的处置不当预作文饰而已。

若斩此人，恐降者人人自危——刘备此语，方体现出政治家广揽英雄的胸襟和气度。

观魏延脑后有反骨，久后必反，故先斩之，以绝祸根。”(评)玄德曰：“若斩此人，恐降者人人自危。(评)望军师恕之。”孔明指魏延曰：“吾今饶汝性命。汝可尽忠报主，勿生异心；若生异心，我好歹取汝首级！”魏延喏喏连声而退。黄忠荐刘表侄刘磐——现在攸县闲居。玄德取回，教掌长沙郡。四郡已平，玄德班师回江陵*，改油江口为公安。自此钱粮广盛，贤士归之，将军马四散屯于隘口。

使肃名书竹帛，始为显矣——孙权与鲁肃此段对话，本于《三国志·吴书·鲁肃传》。孙权之敬贤，鲁肃之见识，均鲜明如画。

却说周瑜自回柴桑养病，令甘宁守巴丘，令凌统守汉昌郡*，二处分布战船，听候调遣。程普引其余将士投合肥县来。原来孙权自从赤壁鏖兵之后，久在合肥，与曹兵交锋，大小十余战，未决胜负，不敢逼城下寨，离城五十里屯兵。闻程普兵到，孙权大喜，亲自出营劳军。人报鲁子敬先至，权乃下马立待之。肃慌忙滚鞍下马施礼。众将见权如此待肃，皆大惊异。权请肃上马，并辔而行，密谓曰：“孤下马相迎，足显公否？”肃曰：“未也。”权曰：“然则何如而后为显耶？”肃曰：“愿明公威德加于四海，总括九州，克成帝业，使肃名书竹帛，始为显矣。”(评)权抚掌大笑。同至帐中，大设饮宴，犒劳鏖兵将士，商议破合肥之策。

来日吾不用新军赴敌，看我大战一场——孙权毕竟年轻，好胜之心，一激便生。这正为后面战败埋下伏笔。

忽报张辽差人来下战书。权拆书观毕，大怒曰：“张辽欺吾太甚！汝闻程普军来，故意使人搦战！来日吾不用新军赴敌，看我大战一场！”(评)传令当夜五更，三军出寨，望合肥进发。辰时左右，军马行至半途，曹兵已到。两边布成阵势。孙权金盔金甲，披挂出马；左宋谦，右贾华，二将使方天画戟，两边护卫。三通鼓罢，曹军阵中，门旗两开，三员将全装惯带，立于阵前：中央张辽，左边李典，右边乐进。张辽纵马当先，专搦孙权决战。权绰枪欲自战，阵门中一将挺枪骤马早出，乃太史慈也。张辽挥刀来迎。两将战有七八十合，不分胜负。曹阵上李典谓乐进曰：“对面金盔者，孙权也。若捉得孙权，足可与八十三万大军报仇。”说犹未了，乐进一骑马，一口刀，从刺斜里径取孙权，如一道电光，飞至前面，手起刀落。宋谦、贾华急将画戟遮架。刀到处，两枝戟齐断，只将戟杆望马头上打。乐进回马，宋谦绰军士手中枪赶来。李典搭上箭，望宋谦心窝里便射，应弦落马。太史慈见背后有人堕马，弃却张辽，望本阵便回。张辽乘势掩杀过来，吴兵大乱，四散奔走。张辽望见孙权，骤马赶

来。看看赶上，刺斜里撞出一军，为首大将，乃程普也；截杀一阵，救了孙权。张辽收兵自回合肥。㊞

程普保孙权归大寨，败军陆续回营。孙权因见折了宋谦，放声大哭。长史张纮曰："主公恃盛壮之气，轻视大敌，三军之众，莫不寒心。即使斩将搴旗，威振疆场，亦偏将之任，非主公所宜也。愿抑贲、育之勇，怀王霸之计。且今日宋谦死于锋镝之下，皆主公轻敌之故。今后切宜保重。"权曰："是孤之过也。从今当改之。"少顷，太史慈入帐，言："某手下有一人，姓戈，名定，与张辽手下养马后槽是弟兄。后槽被责怀怨，今晚使人报来，举火为号，刺杀张辽，以报宋谦之仇。某请引兵为外应。"权曰："戈定何在？"太史慈曰："已混入合肥城中去了。某愿乞五千兵去。"诸葛瑾曰："张辽多谋，恐有准备，不可造次。"太史慈坚执要行。权因伤感宋谦之死，急要报仇，遂令太史慈引兵五千，去为外应。

却说戈定乃太史慈乡人；当日杂在军中，随入合肥城，寻见养马后槽，两个商议。戈定曰："我已使人报太史慈将军去了，今夜必来接应。你如何用事？"后槽曰："此间离中军较远，夜间急不能进。只就草堆上放起一把火，你去前面叫反，我在后面叫反*，城中兵乱，就里刺杀张辽，余军自走也。"戈定曰："此计大妙！"是夜张辽得胜回城，赏劳三军，传令不许解甲宿睡。左右曰："今日全胜，吴兵远遁，将军何不卸甲安息？"辽曰："非也。为将之道：勿以胜为喜，勿以败为忧。倘吴兵度我无备，乘虚攻击，何以应之？今夜防备，当比每夜更加谨慎。"㊞说犹未了，后寨火起，一片声叫反，报者如麻。张辽出帐上马，唤亲从将校十数人，当道而立。左右曰："喊声甚急，可往观之。"辽曰："岂有一城皆反者？此是造反之人，故惊军士耳。如乱者先斩！"㊞无移时，李典擒戈定并后槽至。辽询得其情，立斩于马前。只听得城外鸣锣击鼓，喊声大震。辽曰："此是吴兵外应，可就计破之。"便令人于城门内放起一把火，众皆叫反，大开城门，放下吊桥。太史慈见城门大开，只道内变，挺枪纵马先入。城上一声炮响，乱箭射下，太史慈急退，身中数箭。背后李典、乐进杀出，吴兵折其大半，乘势直赶到寨前。陆逊、董袭杀出，救了太史慈。曹兵自回。孙权见太史慈身带重伤，愈加伤感。张昭请权罢兵，权从之，遂收兵下船，回京城*。比及屯住军马，太

张辽收兵自回合肥——作品第一次正面描写张辽与东吴的交战，便突出其英勇无畏，善于把握战机的特点，见机而行，适可而止，因而取胜。

今夜防备，当比每夜更加谨慎——战胜之后，毫不懈怠，反而进一步加强防备，张辽确实见识不凡。

如乱者先斩——面对突发事件，毫不惊慌，从容处置，使军心保持稳定，张辽之胆略更令人称赞。

史慈病重，权使张昭等问安。太史慈大叫曰："大丈夫生于乱世，当带七尺之剑，立不世之功*；今所志未遂，奈何死乎！"(评)言讫而亡，年四十一岁。后人有诗赞曰：

矢志全忠孝，东莱太史慈：
姓名昭远塞，弓马震雄师。
北海酬恩日，神亭酣战时。
临终言壮志，千古共嗟咨！

今所志未遂，奈何死乎——太史慈英雄一生，临终仍不忘建功立业，可谓真英雄（历史上的太史慈死于建安十一年，即206年，《三国演义》据情节需要，安排于此）。

孙权闻慈死，伤悼不已，命厚葬于京城北固山下*，养其子太史享于府中*。

却说玄德在荆州整顿军马，闻孙权合肥兵败，已回京城，与孔明商议。孔明曰："亮夜观星象，见西北有星坠地，必应折一皇族。"正言间，忽报公子刘琦病亡。玄德闻之，痛哭不已。孔明劝曰："生死分定，主公勿忧，恐伤贵体。且理大事：可急差人到彼守御城池，并料理葬事。"玄德曰："谁可去？"孔明曰："非云长不可。"即时便教云长前去襄阳保守。玄德曰："今日刘琦已死，东吴必来讨荆州，如何对答？"孔明曰："若有人来，亮自有言对答。"过了半月，人报东吴鲁肃特来吊丧。正是：先将计策安排定，只等东吴使命来。未知孔明如何对答，且看下文分解。

尾评：

本回写刘蜀集团之关羽、黄忠，固多褒扬；写孙吴集团之鲁肃、太史慈，曹魏集团之张辽、李典，亦毫无贬抑。由此可见，作者评判人物，系以"忠义"为基本道德标准。

第五十四回

吴国太佛寺看新郎　刘皇叔洞房续佳偶

总评

刘琦死后，鲁肃再度交涉荆州问题，诸葛亮软硬兼施，将这位忠厚长者弄得无法招架，然后提出“暂借荆州为本”，使鲁肃不得不同意，从而使小说情节与鲁肃劝孙权“借”荆州与刘备的史实框架大致趋向合榫。孔明此计，虽然为刘备集团赢得了回旋余地；但既然称为“借”，则已承认东吴对荆州具备拥有权，实为一种让步，为东吴后来之争荆州、袭夺荆州留下口实。罗贯中将本来处于被动地位的孔明写得居高临下，轻松自如，每每使对方无可奈何，表现了追求奇趣的浪漫风格。

据《三国志·蜀书·先主传》:“(刘)琦病死，群下推先主为荆州牧，治公安。(孙)权稍畏之，进妹固好。”可见历史上确有“孙刘联姻”之事，原因很清楚——孙权对雄据荆州的刘备有所畏惧，便以此方式来“固好”，并非“美人计”；过程也很简单——是孙权“进妹”，即孙夫人出嫁到荆州，而非刘备远赴东吴招亲。在此以后，刘备才到京城(今江苏镇江)去见孙权。另据《吴书·周瑜传》，周瑜曾建议孙权软禁刘备，使其与关羽、张飞分开，以便为东吴所用；但孙权“以曹公在北方，当广揽英雄，又恐备难卒制，故不纳。”罗贯中巧妙地颠倒了这两件事的时间顺序，并加以别出心裁的改造，酿造出周瑜献

“美人计”——孙权采纳——刘备过江招亲的情节，使本来并不复杂的孙刘联姻变成了一场双方斗智的好戏。作者又请出了性情泼辣、说一不二的吴国太和豁达大度、乐于成人之美的乔国老，让他们凭借其特殊身份，打破了孙权、周瑜的如意算盘，使刘备得以弄假成真，高高兴兴地娶了孙夫人，一场喜剧，遂成千秋佳话。

历史上并无吴国太其人。至于乔国老，《三国志》中仅《周瑜传》提到一次，称其为“桥公”，孙刘联姻时是否尚在人世还是疑问；人们常把他与东汉太尉桥玄视为一人，实为大错特错：桥玄（109—184）乃是睢阳（今河南商丘南）人，乔国老则是皖县（今安徽潜山）人，生年大约比桥玄晚四十年，二者岂能混为一谈？在《三国演义》中，吴国太与乔国老均为次要人物；但因其在孙刘联姻中所起的关键作用，也成了妇孺皆知的文学形象。

却说孔明闻鲁肃到，与玄德出城迎接，接到公廨。相见毕，肃曰："主公闻令侄弃世，特具薄礼，遣某前来致祭。周都督再三致意刘皇叔、诸葛先生。"玄德、孔明起身称谢，收了礼物，置酒相待。肃曰："前者皇叔有言：'公子不在，即还荆州。'今公子已去世，必然见还。不识几时可以交割？"(评)玄德曰："公且饮酒，有一个商议。"肃强饮数杯，又开言相问。玄德未及回答，孔明变色曰："子敬好不通理，直须待人开口！自我高皇帝斩蛇起义，开基立业，传至于今；不幸奸雄并起，各据一方；少不得天道好还，复归正统。我主人乃中山靖王之后，孝景皇帝玄孙，今皇上之叔，岂不可分茅裂土？况刘景升乃我主之兄也，弟承兄业，有何不顺？汝主乃钱塘小吏之子，素无功德于朝廷；今倚势力，占据六郡八十三县*，尚自贪心不足，而欲并吞汉土。刘氏天下，我主姓刘倒无分，汝主姓孙反要强争？且赤壁之战，我主多负勤劳，众将并皆用命，岂独是汝东吴之力？若非我借东风，周郎安能展半筹之功？江南一破，休说二乔置于铜雀宫，虽公等家小，亦不能保。适来我主人不即答应者，以子敬乃高明之士，不待细说。何公不察之甚也！"(评)

一席话，说得鲁子敬缄口无言；半晌乃曰："孔明之言，怕不有理；争奈鲁肃身上甚是不便。"孔明曰："有何不便处？"肃曰："昔日皇叔当阳受难时，是肃引孔明渡江，见我主公；后来周公瑾要兴兵取荆州，又是肃挡住；至说待公子去世还荆州，又是肃担承：今却不应前言，教鲁肃如何回复？我主与周公瑾必然见罪。肃死不恨，只恐惹恼东吴，兴动干戈，皇叔亦不能安坐荆州，空为天下耻笑耳。"(评)孔明曰："曹操统百万之众，动以天子为名，吾亦不以为意，岂惧周郎乎*！若恐先生面上不好看，我劝主人立纸文书，暂借荆州为本；待我主别图得城池之时，便交付还东吴。(评)此论如何？"肃曰："孔明待夺得何处，还我荆州？"孔明曰："中原急未可图；益州

不识几时可以交割——鲁肃吊唁刘琦方毕，立即索还荆州，更不会拐弯抹角，正是老实人的口吻。

何公不察之甚也——孔明此论，态度强硬，理由充足，层层递进，为刘备占据荆州作了有力的辩护，使鲁肃无法反驳。

空为天下耻笑耳——鲁肃追述前因后果，情词恳切，欲以打动刘备、孔明，仍是老实人口吻。

待我主别图得城池之时，便交付还东吴——孔明亦不愿与东吴闹翻，于是提出"借荆州"的折衷方案，实为一种让步。

刘璋闇弱，我主将图之。若图得益州，那时便还。”肃无奈，只得听从。玄德亲笔写成文书一纸，押了字。保人诸葛孔明也押了字。孔明曰：“亮是皇叔这里人，难道自家作保？烦子敬先生也押个字，回见孙将军也好看。”肃曰：“某知皇叔乃仁义之人，必不相负。”遂押了字，收了文书。宴罢辞回，玄德与孔明送到船边。孔明嘱曰：“子敬回见孙将军，善言伸意，休生妄想。若不准我文书，我翻了面皮，连八十三县都夺了。今只要两家和气，休教曹贼笑话。”[评]

休教曹贼笑话——孔明之所以提出“借荆州”，目的即在于暂时缓和矛盾，以求“两家和好”。但此处亦可见刘备方面并不打算有借有还；而若长期不还荆州，“两家和好”实在难以长期维持。

肃作别下船而回，先到柴桑见周瑜。瑜问曰：“子敬讨荆州如何？”肃曰：“有文书在此。”呈与周瑜。瑜顿足曰：“子敬中诸葛之谋也！名为借地，实是混赖。他说取了益州便还，知他几时取益州？假如十年不得益州，十年不还？这等文书，如何中用，你却与他做保！他若不还时，必须连累足下，主公见罪奈何？”肃闻言，呆了半晌，曰：“恐玄德不负我。”瑜曰：“子敬乃诚实人也。刘备枭雄之辈，诸葛亮奸猾之徒，恐不似先生心地。”肃曰：“若此，如之奈何？”瑜曰：“子敬是我恩人，想昔日指囷相赠之情，如何不救你？你且宽心住数日，待江北探细的回，别有区处。”鲁肃踧踖不安。

过了数日，细作回报：“江陵城中扬起布幡做好事，城外别建新坟，军士各挂孝。”瑜惊问曰：“没了甚人？”细作曰：“刘玄德没了甘夫人，即日安排殡葬。”瑜谓鲁肃曰：“吾计成矣：使刘备束手就缚，荆州反掌可得！”肃曰：“计将安出？”瑜曰：“刘备丧妻，必将续娶。主公有一妹，极其刚勇，侍婢数百，居常带刀，房中军器摆列遍满，虽男子不及。我今上书主公，教人去荆州为媒，说刘备来入赘；赚到京城，妻子不能勾得，幽囚在狱中，却使人讨荆州换刘备。等他交割了荆州城池，我别有主意。[评]于子敬身上，须无事也。”鲁肃拜谢。周瑜写了书呈，选快船送鲁肃投京城见孙权，先说借荆州一事，呈上文书。权曰：“你却如此糊涂！这样文书，要他何用！”肃曰：“周都督有书呈在此，说用此计，可得荆州。”权看毕，点头暗喜，寻思谁人可去。猛然省曰：“非吕范不可。”遂召吕范至，谓曰：“近闻刘玄德丧妇。吾有一妹，欲招赘玄德为婿，永结姻亲，同心破曹，以扶汉室。非子衡不可为媒，望即往荆州一言。”范领命，即日收拾船只，带数个从人，望荆州来。

等他交割了荆州城池，我别有主意——周瑜欲以孙权之妹为诱饵，将刘备赚到江东，逼其交出荆州，是为“美人计”。刘备、诸葛亮将何以处之？给读者造成强烈的悬念。

却说玄德自没了甘夫人，昼夜烦恼。一日，正与孔明闲叙，人报东吴差吕范到来。孔明笑曰："此乃周瑜之计，必为荆州之故。(评)亮只在屏风后潜听。但有甚说话，主公都应承了。留来人在馆驿中安歇，别作商议。"玄德教请吕范入。礼毕坐定，茶罢，玄德问曰："子衡来，必有所谕？"范曰："范近闻皇叔失偶，有一门好亲，故不避嫌，特来作媒，未知尊意若何？"玄德曰："中年丧妻，大不幸也。骨肉未寒，安忍便议亲？"范曰："人若无妻，如屋无梁，岂可中道而废人伦？吾主孙将军有一妹，美而贤，堪奉箕帚。若两家共结秦、晋之好，则曹贼不敢正视东南也。此事家国两便，请皇叔勿疑。但我国太吴夫人甚爱幼女，不肯远嫁，必求皇叔到东吴就婚。"玄德曰："此事孙将军知否？"范曰："不先禀孙将军，如何敢造次来说！"玄德曰："吾年近半百*，鬓发斑白；孙将军之妹，正当妙龄：恐非配偶。"范曰："孙将军之妹，身虽女子，志胜男儿，常言：'若非天下英雄，吾不事之。'(评)今皇叔名闻四海，正所谓淑女配君子，岂以年齿上下相嫌乎！"玄德曰："公且少留，来日回报。"是日设宴相待，留于馆舍。至晚，与孔明商议。孔明曰："来意亮已知道了。适间卜《易》，得一大吉大利之兆。主公便可应允。先教孙乾和吕范回见孙将军，面许已定，择日便去就亲。"玄德曰："周瑜定计欲害刘备，岂可以身轻入危险之地？"孔明大笑曰："周瑜虽能用计，岂能出诸葛亮之料乎！略用小谋，使周瑜半筹不展；孙将军之妹，又属主公；荆州万无一失。"(评)玄德怀疑未决。孔明竟教孙乾往江南说合亲事。孙乾领了言语，与吕范同到江南，来见孙权。权曰："吾愿将小妹招赘玄德，并无异心。"孙乾拜谢，回荆州见玄德，言："孙将军专候主公去结亲。"玄德怀疑不敢往，孔明曰："吾已定下三条计策，非子龙不可行也。"遂唤赵云近前，附耳言曰："汝保主公入吴，当领此三个锦囊。囊中有三条妙计，依次而行。"(评)即将三个锦囊，与云贴肉收藏。孔明先使人往东吴纳了聘，一切完备。

时建安十四年冬十月。玄德与赵云、孙乾取快船十只，随行五百余人，离了江陵，前往京城进发。荆州之事，皆听孔明裁处。玄德心中怏怏不安。到京城，船已傍岸，云曰："军师分付三条妙计，依次而行。今已到此，当先开第一个锦囊来看。"于是开囊看了计策。便唤五百随行军士，一一分付如此如此。众军领命而去。又教

此乃周瑜之计，必为荆州之故——孔明虽尚不知吕范来说何事，但已断定必是周瑜之计，必是为了荆州，可谓目光如电。

若非天下英雄，吾不事之——孙夫人此语，英气十足，为下文英雄得配美女，夫妻同心挫败追兵埋下伏笔。

荆州万无一失——诸葛亮看穿周瑜之计，却毫不在意，反而极力撺掇刘备前往江东，包他满意而归，实非常人所可预料。

囊中有三条妙计，依次而行——孔明预先料定各种情况，预先准备三条妙计，一切按计而行，真是神乎其神。对于古代小说中此类充满传奇色彩的情节，当代读者切勿以严格现实主义的眼光去挑剔。

玄德先往见乔国老。

那乔国老乃二乔之父，居于京城。玄德牵羊担酒，先往拜见，说吕范为媒、娶夫人之事。随行五百军士，俱披红挂彩，入京城买办物件，传说玄德入赘东吴，城中人尽知其事。㊟孙权知玄德已到，教吕范相待，且就馆舍安歇。

传说玄德入赘东吴，城中人尽知其事——一面让刘备拜访乔国老，打通内线；一面命军士大肆张扬，弄得全城轰动，人人皆知，使孙权君臣无法否认联姻之事，而刘备则占据主动：此即孔明的第一条妙计。

却说乔国老既见玄德，便入见吴国太贺喜。国太曰："有何喜事？"乔国老曰："令爱已许刘玄德为夫人，今玄德已到，何故相瞒？"国太惊曰："老身不知此事！"㊟便使人请孙权问虚实，一面先使人于城中探听。人皆回报："果有此事。女婿已在馆驿安歇，五百随行军士都在城中买猪羊果品，准备成亲。做媒的女家是吕范，男家是孙乾，俱在馆驿中相待。"国太吃了一惊。少顷，孙权入后堂见母亲，国太捶胸大哭。权曰："母亲何故烦恼？"国太曰："你直如此将我看承得如无物！我姐姐临危之时，分付你甚么话来！"孙权失惊曰："母亲有话明说，何苦如此？"国太曰："男大须婚，女大须嫁，古今常理。我为你母亲，事当禀命于我。你招刘玄德为婿，如何瞒我？女儿须是我的！"权吃了一惊，问曰："那里得这话来？"国太曰："若要不知，除非莫为。满城百姓，那一个不知？你倒瞒我！"乔国老曰："老夫已知多时了*，今特来贺喜。"权曰："非也，此是周瑜之计。因要取荆州，故将此为名，赚刘备来拘囚在此，要他把荆州来换；若其不从，先斩刘备。此是计策，非实意也。"国太大怒，骂周瑜曰："汝做六郡八十三县大都督，直恁无条计策去取荆州，却将我女儿为名，使美人计！杀了刘备，我女便是望门寡，明日再怎的说亲？须误了我女儿一世！你们好做作！"乔国老曰："若用此计，便得荆州，也被天下人耻笑。此事如何行得！"说得孙权默然无语。

老身不知此事——乔国老去向吴国太贺喜，吴国太大感意外，一下子就打破了孙权瞒天过海的如意算盘。

国太不住口的骂周瑜。乔国老劝曰："事已如此，刘皇叔乃汉室宗亲，不如真个招他为婿，免得出丑。"权曰："年纪恐不相当。"国老曰："刘皇叔乃当世豪杰，若招得这个女婿，也不辱了令妹。"国太曰："我不曾认得刘皇叔。明日约在甘露寺相见：如不中我意，任从你们行事；若中我的意，我自把女儿嫁他！"孙权乃大孝之人，见母亲如此言语，随即应承，出外唤吕范，分付来日甘露寺方丈设宴，国太要见刘备。吕范曰："何不令贾华部领三百刀斧手，伏于两廊；

若国太不喜时，一声号举，两边齐出，将他拿下。”权遂唤贾华，分付预先准备，㊟只看国太举动。

却说乔国老辞吴国太归，使人去报玄德，言：“来日孙将军、国太亲自要见，好生在意！”玄德与孙乾、赵云商议。云曰：“来日此会，多凶少吉，云自引五百军保护。”次日，吴国太、乔国老先在甘露寺方丈里坐定。孙权引一班谋士，随后都到，却教吕范来馆驿中请玄德。玄德内披细铠，外穿锦袍，从人背剑紧随，上马投甘露寺来。赵云全装惯带，引五百军随行。来到寺前下马，先见孙权。权观玄德仪表非凡，心中有畏惧之意。二人叙礼毕，遂入方丈见国太。国太见了玄德，大喜，谓乔国老曰：“真吾婿也！”国老曰：“玄德有龙凤之姿，天日之表；更兼仁德布于天下：国太得此佳婿，真可庆也！”㊟玄德拜谢，共宴于方丈之中。

少刻，子龙带剑而入，立于玄德之侧。国太问曰：“此是何人？”玄德答曰：“常山赵子龙也。”国太曰：“莫非当阳长坂抱阿斗者乎？”玄德曰：“然。”国太曰：“真将军也！”遂赐以酒。赵云谓玄德曰：“却才某于廊下巡视，见房内有刀斧手埋伏，必无好意。可告知国太。”玄德乃跪于国太席前，泣而告曰：“若杀刘备，就此请诛。”国太曰：“何出此言？”玄德曰：“廊下暗伏刀斧手，非杀备而何？”国太大怒，责骂孙权：“今日玄德既为我婿，即我之儿女也。何故伏刀斧手于廊下！”权推不知，唤吕范问之；范推贾华。国太唤贾华责骂，华默然无言。国太喝令斩之。玄德告曰：“若斩大将，于亲不利，备难久居膝下矣。”㊟乔国老也相劝。国太方叱退贾华。刀斧手皆抱头鼠窜而去。

玄德更衣出殿前，见庭下有一石块。玄德拔从者所佩之剑，仰天祝曰：“若刘备能勾回荆州，成王霸之业，一剑挥石为两段。如死于此地，剑剁石不开。”言讫，手起剑落，火光迸溅，砍石为两段。孙权在后面看见，问曰：“玄德公如何恨此石？”玄德曰：“备年近五旬，不能为国家剿除贼党，心常自恨。今蒙国太招为女婿，此平生之际遇也。恰才问天买卦，如破曹兴汉，砍断此石。今果然如此。”权暗思：“刘备莫非用此言瞒我？”亦掣剑谓玄德曰：“吾亦问天买卦。若破得曹贼，亦断此石。”却暗暗祝告曰：“若再取得荆州，兴旺东吴，砍石为两半！”手起剑落，巨石亦开。㊟至今有十字纹“恨石”尚存。后人观此胜迹，作诗赞曰：

权遂唤贾华，分付预先准备——孙权采纳吕范建议，在甘露寺设下埋伏，使情节又生波澜。

国太得此佳婿，真可庆也——吴国太一锤定音，乔国老热心撮合，其特殊身份使孙权无法抗拒，遂使刘备招亲弄假成真。

若斩大将……备难久居膝下矣——刘备知机识趣，善做好人，其求情不仅化解了尴尬局面，而且赢得了吴国太更大的好感。

手起剑落，巨石亦开——刘备、孙权均砍开巨石，预示二人均可实现其心愿。——自然，此亦《三国演义》中的传奇情节之一。

宝剑落时山石断，金环响处火光生。

两朝旺气皆天数，从此乾坤鼎足成。

二人弃剑，相携入席。又饮数巡，孙乾目视玄德。玄德辞曰："备不胜酒力，告退。"孙权送出寺前，二人并立，观江山之景。玄德曰："此乃天下第一江山也！"至今甘露寺牌上云："天下第一江山"。后人有诗赞曰：

江山雨霁拥青螺，境界无忧乐最多。

昔日英雄凝目处，岩崖依旧抵风波。

二人共览之次，江风浩荡，洪波滚雪，白浪掀天。忽见波上一叶小舟，行于江面上，如行平地。玄德叹曰："'南人驾船，北人乘马'，信有之也。"孙权闻言，自思曰："刘备此言，戏我不惯乘马耳。"乃令左右牵过马来，飞身上马，驰骤下山，复加鞭上岭，笑谓玄德曰："南人不能乘马乎？"玄德闻言，撩衣一跃，跃上马背，飞走下山，复驰骋而上。二人立马于山坡之上，扬鞭大笑。㊣至今此处名为"驻马坡"。后人有诗曰：

> 二人立马于山坡之上，扬鞭大笑——孙刘联姻，虽然打破了孙权的计谋，但毕竟有利于维护孙刘联盟，故尔二人心情暂时为之一松，小说氛围也因此而得以调节。

驰骤龙驹气概多，二人并辔望山河。

东吴西蜀成王霸，千古犹存驻马坡。

当日二人并辔而回。京城之民，无不称贺。

玄德自回馆驿，与孙乾商议。乾曰："主公只是哀求乔国老，早早毕姻，免生别事。"次日，玄德复至乔国老宅前下马，国老接入。礼毕，茶罢，玄德告曰："江左之人，多有要害刘备者，恐不能久居。"国老曰："玄德宽心。吾为公告国太，令作护持。"玄德拜谢自回。乔国老入见国太，言玄德恐人谋害，急急要回。国太大怒曰："我的女婿，谁敢害他！"即时便教搬入书院暂住，择日毕姻。㊣玄德自入告国太曰："只恐赵云在外不便，军士无人约束。"国太教尽搬入府中安歇，休留在馆驿中，免得生事。玄德暗喜。

> 即时便教搬入书院暂住，择日毕姻——吴国太性格刚毅，说一不二，终于使刘备与孙夫人成就姻缘。

数日之内，大排筵会，孙夫人与玄德结亲。至晚客散，两行红炬，接引玄德入房。灯光之下，但见枪刀簇满；侍婢皆佩剑悬刀，立于两傍。諕得玄德魂不附体。正是：惊看侍女横刀立，疑是东吴设伏兵。毕竟是何缘故，且看下文分解。

尾评：

刘备过江招亲故事，大部分是罗贯中想象和虚构的产物。作者凭着一支妙笔，把这段文字写得花团锦簇，峰回路转，成为脍炙人口的名篇。

第五十五回
玄德智激孙夫人　孔明二气周公瑾

总评

历史上的孙夫人，《三国志》中未见其名。元杂剧称之为“孙安小姐”，纯系虚构，且显得俗气；罗贯中在《三国演义》中称之为“孙仁”，属于“技术性错误”（“孙仁”系孙坚庶子孙朗的别名）；直至近代，戏曲作者们另给她取了“孙尚香”这个典雅而有闺秀气的名字。许多人以为孙夫人真的名叫“孙尚香”，那只是一种误会。

据《三国志·蜀书·赵云传》、《法正传》，孙夫人性格刚猛，作风骄豪，刘备对她很不放心。其实，孙夫人与刘备的婚事，只是历史上无数次政治性联姻之一：孙权为了巩固联盟而主动“进妹”，刘备出于同样的原因而欣然接受，如此而已。二人成婚之时，刘备已经四十九岁，而孙夫人不过二十岁左右，年龄相差约三十岁，如果男方有怜香惜玉之意，女方有赞襄夫君之心，倒也有琴瑟和合的可能；偏偏一个是志在图王霸业的枭雄，一个又是刚猛骄豪的娇女，双方互不信任，何来欢爱？罗贯中出于“尊刘”的思想倾向，对史实作了根本的改造，把孙刘联姻写成了英雄美人共谐鱼水之欢的喜剧，把孙夫人塑造为一个崇尚英雄，与刘备齐心协力、患难相随的女中豪杰。由于这样的情节符合广大群众的审美心理，几百年来一直广泛传播，脍炙人口。

历史上的孙刘联姻，既是孙夫人出嫁到荆州，则刘备与孙夫人不辞而别，孙权、周瑜派兵追赶拦截，诸葛亮预先设下埋伏，“二气周瑜”等一系列情节，均属虚构。罗贯中却紧承“甘露寺相亲”之后，描写刘备与孙夫人夫妻恩爱，孙权、周瑜欲以声色迷惑刘备，刘备乐不思归，而这一切均在诸葛亮预料之中，于是赵云用第二条锦囊妙计，促使刘备与孙夫人偷回荆州，又用第三条锦囊妙计，让孙夫人喝退追赶拦截之兵，使亲自率兵追击的周瑜气得“金疮迸裂，倒于船上”。这样，整个孙刘联姻在诸葛亮与周瑜彼此斗智的情节系统中，以“美人计”为开端，以英雄美女共谐鱼水之欢为高潮，以周瑜“赔了夫人又折兵”为结局，波澜起伏，扣人心弦，使读者享受了极大的审美愉悦。

居常令侍婢击剑为乐——作品写孙夫人英武刚毅，以击剑为乐，不仅为洞房花烛平添插曲，而且为下文威慑诸将，喝退追赶拦截之兵预作铺垫。

当夜玄德与孙夫人成亲，两情欢洽——英雄美人共谐鱼水，两情欢洽，遂使孙权、周瑜的“美人计”彻底破产。于是，孙夫人帮助刘备返回荆州，也就顺理成章了。

愿明公熟思之——周瑜此书，本于《三国志·吴书·周瑜传》，而有所修改。其计虽巧，可惜孙夫人已心属刘备，难以奏效。

却说玄德见孙夫人房中两边枪刀森列，侍婢皆佩剑，不觉失色。管家婆进曰：“贵人休得惊惧：夫人自幼好观武事，居常令侍婢击剑为乐，㊟故尔如此。”玄德曰：“非夫人所观之事，吾甚心寒，可命暂去。”管家婆禀复孙夫人曰：“房中摆列兵器，娇客不安，今且去之。”孙夫人笑曰：“厮杀半生，尚惧兵器乎！”命尽撤去，令侍婢解剑伏侍。当夜玄德与孙夫人成亲，两情欢洽。㊟玄德又将金帛散给侍婢，以买其心，先教孙乾回荆州报喜。自此连日饮酒，国太十分爱敬。

却说孙权差人来柴桑报周瑜，说：“我母亲力主，已将吾妹嫁刘备，不想弄假成真。此事还复如何？”瑜闻大惊，行坐不安，乃思一计，修密书，付来人持回见孙权。权拆书视之。书略曰：

> 瑜所谋之事，不想反覆如此。既已弄假成真，又当就此用计。刘备以枭雄之姿，有关、张、赵云之将，更兼诸葛用谋，必非久屈人下者。愚意莫如软困之于吴中：盛为筑宫室，以丧其心志；多送美色玩好，以娱其耳目；使分开关、张之情，隔远诸葛之契：各置一方，然后以兵击之，大事可定矣。今若纵之，恐蛟龙得云雨，终非池中物也。愿明公熟思之。㊟

孙权看毕，以书示张昭。昭曰：“公瑾之谋，正合愚意。刘备起身微末，奔走天下，未尝受享富贵。今若以华堂大厦，子女金帛，令彼享用，自然疏远孔明、关、张等，使彼各生怨望，然后荆州可图也。主公可依公瑾之计而速行之。”权大喜，即日修整东府，广栽花木，盛设器用，请玄德与妹居住；又增女乐数十余人，并金玉锦绮玩好之物。国太只道孙权好意，喜不自胜。玄德果然被声色所迷，全不想回荆州。

却说赵云与五百军在东府前住，终日无事，只去城外射箭走马。看看年终，云猛省：“孔明分付三个锦囊与我，教我一到京城，开第一个；住到年终，开第二个；临到危急无路之时，开第三个：于内有神出鬼没之计，可保主公回家。此时岁已将终，主公贪恋女色，并不见面。何不拆开第二个锦囊，看计而行？”遂拆开视之，原来如此神策。即日径到府堂，要见玄德。侍婢报曰：“赵子龙有紧急事来报贵人。”玄德唤入问之。云佯作失惊之状曰：“主公深居画堂，不想荆州耶？”玄德曰：“有甚事如此惊怪？”云曰：“今早孔明使人来报，说曹操要报赤壁鏖兵之恨，起精兵五十万，杀奔荆州，甚是危急，请主公便回。”㊟玄德曰：“必须与夫人商议。”云曰：“若和夫人商议，必不肯教主公回。不如休说，今晚便好起程，迟则误事！”玄德曰：“你且暂退，我自有道理。”云故意催逼数番而出。玄德入见孙夫人，暗暗垂泪。孙夫人曰：“丈夫何故烦恼？”玄德曰：“念备一身飘荡异乡，生不能侍奉二亲，又不能祭祀宗祖，乃大逆不孝也。今岁旦在迩，使备悒怏不已。”孙夫人曰：“你休瞒我，我已听知了也！方才赵子龙报说荆州危急，你欲还乡，故推此意。”玄德跪而告曰：“夫人既知，备安敢相瞒。备欲不去，使荆州有失，被天下人耻笑；欲去，又舍不得夫人：因此烦恼。”夫人曰：“妾已事君，任君所之，妾当相随。”㊟玄德曰：“夫人之心，虽则如此，争奈国太与孙将军安肯容夫人去？夫人若可怜刘备，暂时辞别。”言毕，泪如雨下。孙夫人劝曰：“丈夫休得烦恼。妾当苦告母亲，必放妾与君同去。”玄德曰：“纵然国太肯时，孙将军必然阻挡。”孙夫人沉吟良久，乃曰：“妾与君正旦拜贺时，推称江边祭祖，不告而去，若何？”玄德又跪而谢曰：“若如此，生死难忘！切勿漏泄。”两个商议已定。玄德密唤赵云分付：“正旦日，你先引军士出城，于官道等候。吾推祭祖，与夫人同走。”云领诺。

杀奔荆州，甚是危急，请主公便回——假称荆州危急，促使刘备返回，此即孔明的第二条锦囊妙计。

任君所之，妾当相随——孙夫人既已与刘备一心，自然愿与刘备患难相随，这又是孙权、周瑜没有估计到的。

建安十五年春正月元旦，孙权大会文武于堂上。玄德与孙夫人入拜国太。孙夫人曰：“夫主想父母宗祖坟墓，俱在涿郡，昼夜伤感不已。今日欲往江边，望北遥祭，须告母亲得知。”国太曰：“此孝道也，岂有不从？汝虽不识舅姑，可同汝夫前去祭拜，亦见为妇之礼。”孙夫人同玄德拜谢而出。

此时只瞒着孙权。夫人乘车，止带随身一应细软。玄德上马，引数骑跟随出城，与赵云相会。五百军士前遮后拥，离了京城，趱程而行。当日，孙权大醉，左右近侍扶入后堂，文武皆散。比及众官探得玄德、夫人逃遁之时，天色已晚。要报孙权，权醉不醒。及至睡觉，已是五更。次日，孙权闻知走了玄德，急唤文武商议。张昭曰："今日走了此人，早晚必生祸乱。可急追之。"孙权令陈武、潘璋选五百精兵，无分昼夜，务要赶上拿回。㊀二将领命去了。孙权深恨玄德，将案上玉砚摔为碎粉。程普曰："主公空有冲天之怒，某料陈武、潘璋必擒此人不得。"权曰："焉敢违我令！"普曰："郡主自幼好观武事，严毅刚正，诸将皆惧。既然肯顺刘备，必同心而去。所追之将，若见郡主，岂肯下手？"权大怒，掣所佩之剑，唤蒋钦、周泰听令，曰："汝二人将这口剑去取吾妹并刘备头来！违令者立斩！"蒋钦、周泰领命，随后引一千军赶来。㊀

无分昼夜，务要赶上拿回——孙权先命陈武、潘璋追赶刘备夫妇，使形势为之一紧。

蒋钦、周泰领命，随后引一千军赶来——孙权又命蒋钦、周泰持其佩剑赶来，形势更加紧急。

却说玄德加鞭纵辔，趱程而行；当夜于路暂歇两个更次，慌忙起行。看看来到柴桑界首，望见后面尘头大起，人报："追兵至矣！"玄德慌问赵云曰："追兵既至，如之奈何？"赵云曰："主公先行，某愿当后。"转过前面山脚，一彪军马拦住去路。当先两员大将，厉声高叫曰："刘备早早下马受缚！吾奉周都督将令，守候多时！"原来周瑜恐玄德走脱，先使徐盛、丁奉引三千军马，于冲要之处扎营等候，时常令人登高遥望，料得玄德若投旱路，必经此道而过。当日徐盛、丁奉瞭望得玄德一行人到，各绰兵器，截住去路。玄德惊慌，勒回马问赵云曰："前有拦截之兵，后有追赶之兵：前后无路，如之奈何？"云曰："主公休慌。军师有三条妙计，多在锦囊之中。已拆了两个，并皆应验。今尚有第三个在此，分付遇危难之时，方可拆看。今日危急，当拆观之。"便将锦囊拆开，献与玄德。玄德看了，急来车前泣告孙夫人曰："备有心腹之言，至此尽当实诉。"夫人曰："丈夫有何言语，实对我说。"玄德曰："昔日孙将军与周瑜同谋，将夫人招嫁刘备，实非为夫人计，乃欲幽困刘备而夺荆州耳。夺了荆州，必将杀备：是以夫人为香饵而钓备也。备不惧万死而来，盖知夫人有男子之胸襟，必能怜备。昨闻孙将军将欲加害，故托荆州有难，以图归计。幸得夫人不弃，同至于此。今孙将军又令人在后追赶，周瑜又使人于前截住，非夫人莫解此祸。㊀如夫人不允，备请死于车前，以报夫人之德。"夫人怒曰："吾兄既不以我为亲骨肉，我有何面目重相见乎！今日之危，我当自解。"于是叱从人推车直出，卷起车帘，亲喝徐盛、丁奉曰："你二人欲造反耶？"徐、丁二将慌忙下马，弃了兵器，声喏于车前曰："安敢造反。为奉周都督将令，屯兵在此，

非夫人莫解此祸——让孙夫人利用其特殊身份，对付前堵后追之兵，此即孔明的第三条锦囊妙计。

专候刘备。”孙夫人大怒曰:“周瑜逆贼!我东吴不曾亏负你!玄德乃大汉皇叔,是我丈夫。我已对母亲、哥哥说知回荆州去。今你两个于山脚去处,引着军马拦截道路,意欲劫掠我夫妻财物耶?”徐盛、丁奉喏喏连声,口称:“不敢。请夫人息怒。这不干我等之事,乃是周都督的将令。”孙夫人叱曰:“你只怕周瑜,独不怕我?周瑜杀得你,我岂杀不得周瑜?”把周瑜大骂一场,喝令推车前进。徐盛、丁奉自思:“我等是下人,安敢与夫人违拗?”又见赵云十分怒气,只得把军喝住,放条大路教过去。㊢

只得把军喝住,放条大路教过去——孙夫人一顿喝斥,首先退去了徐盛、丁奉的拦截之兵。

恰才行不得五六里,背后陈武、潘璋赶到。徐盛、丁奉备言其事。陈、潘二将曰:“你放他过去差了也。我二人奉主公旨意,特来追捉他回去。”于是四将合兵一处,趱程赶来。玄德正行间,忽听得背后喊声大起。玄德又告孙夫人曰:“后面追兵又到,如之奈何?”夫人曰:“丈夫先行,我与子龙当后。”玄德先引三百军,望江岸去了。子龙勒马于车傍,将士卒摆开,专候来将。四员将见了孙夫人,只得下马,叉手而立。夫人曰:“陈武、潘璋,来此何干?”二将答曰:“奉主公之命,请夫人、玄德回。”夫人正色叱曰:“都是你这伙匹夫,离间我兄妹不睦!我已嫁他人,今日归去,须不是与人私奔。我奉母亲慈旨,令我夫妇回荆州。便是我哥哥来,也须依礼而行。你二人倚仗兵威,欲待杀害我耶?”骂得四人面面相觑,各自寻思:“他一万年也只是兄妹。更兼国太作主;主公乃大孝之人,怎敢违逆母言?明日翻过脸来,只是我等不是。不如做个人情。”军中又不见玄德;但见赵云怒目睁眉,只待厮杀,因此四将喏喏连声而退。㊢孙夫人令推车便行。徐盛曰:“我四人同去见周都督,告禀此事。”四人犹豫未定。忽见一军如旋风而来,视之,乃蒋钦、周泰。二将问曰:“你等曾见刘备否?”四人曰:“早晨过去,已半日矣。”蒋钦曰:“何不拿下?”四人各言孙夫人发话之事。蒋钦曰:“便是主公怕道如此,封一口剑在此,教先杀他妹,后斩刘备。违者立斩!”四将曰:“去之已远,怎生奈何?”蒋钦曰:“他终是些步军,急行不上。徐、丁二将军可飞报都督,教水路棹快船追赶;我四人在岸上追赶:无问水旱之路,赶上杀了,休听他言语。”于是徐盛、丁奉飞报周瑜。蒋钦、周泰、陈武、潘璋四个领兵沿江赶来。㊢

因此四将喏喏连声而退——孙夫人又一顿喝斥,使合兵赶来的陈武、潘璋、徐盛、丁奉四将不敢动手,只得退去。这两处均写到赵云怒目而视,其实仅起陪衬作用。

蒋钦、周泰、陈武、潘璋四个领兵沿江赶来——蒋钦、周泰因有孙权佩剑作护身符,故敢于大着胆子追赶。于是,形势再度紧张起来。

却说玄德一行人马，离柴桑较远，来到刘郎浦，心才稍宽。沿着江岸寻渡，一望江水弥漫，并无船只。玄德俯首沉吟。赵云曰："主公在虎口中逃出，今已近本界，吾料军师必有调度，何用忧疑？"玄德听罢，蓦然想起在吴繁华之事，不觉凄然泪下。后人有诗叹曰：

吴蜀成婚此水浔，明珠步障屋黄金。
谁知一女轻天下，欲易刘郎鼎峙心。

玄德令赵云望前哨探船只，忽报后面尘土冲天而起。玄德登高望之，但见军马盖地而来，叹曰："连日奔走，人困马乏，追兵又到，死无地矣！"看看喊声渐近。正慌急间，忽见江岸边一字儿抛着拖篷船二十余只。赵云曰："天幸有船在此！何不速下，棹过对岸，再作区处！"玄德与孙夫人便奔上船，子龙引五百军亦都上船。只见船舱中一人纶巾道服，大笑而出，曰："主公且喜！诸葛亮在此等候多时。"㊟船中扮作客人的，皆是荆州水军。玄德大喜。不移时，四将赶到。孔明笑指岸上人言曰："吾已算定多时矣。汝等回去传示周郎，教休再使美人局手段。"岸上乱箭射来，船已开的远了。蒋钦等四将，只好呆看。

诸葛亮在此等候多时——在孙刘联姻这场喜剧中，诸葛亮凭着三条锦囊妙计，一直进行远距离导演，直到此时方才从容露面，其轻松潇洒，令人叹羡不已。

玄德与孔明正行间，忽然江声大震。回头视之，只见战船无数。帅字旗下，周瑜自领惯战水军，左有黄盖，右有韩当，势如飞马，疾似流星，看看赶上。孔明教棹船投北岸，弃了船，尽皆上岸而走，车马登程。周瑜赶到江边，亦皆上岸追袭。大小水军，尽是步行；止有为首官军骑马。周瑜当先，黄盖、韩当、徐盛、丁奉紧随。周瑜曰："此处是那里？"军士答曰："前面是鄂县界首。"望见玄德车马不远，瑜令并力追袭。正赶之间，一声鼓响，山崦内一彪刀手拥出，为首一员大将，乃关云长也。周瑜举止失措，急拨马便走；云长赶来，周瑜纵马逃命。正奔走间，左边黄忠，右边魏延，两军杀出。吴兵大败。周瑜急急下得船时，岸上军士齐声大叫曰："周郎妙计安天下，赔了夫人又折兵！"㊟瑜怒曰："可再登岸决一死战！"黄盖、韩当力阻。瑜自思曰："吾计不成，有何面目去见主公！"大叫一声，金疮迸裂，倒于船上。㊟众将急救，却早不省人事。正是：两番弄巧翻成拙，此日含嗔却带羞。未知周郎性命如何，且看下文分解。

周郎妙计安天下，赔了夫人又折兵——刘备军以胜利者的姿态齐声大叫，充满调侃意味。"赔了夫人又折兵"一语，既生动，又风趣，从此便化作成语，广泛运用。

金疮迸裂，倒于船上——周瑜费尽心思，却连连失败，还受到如此挖苦，怎不气得发昏？这就是"二气周瑜"。

尾评：

刘备过江招亲，是同盟者之间的斗智，与势不两立的敌对双方的血腥厮杀大不相同。因此，作者以轻快的笔调展开描写，即使刘备与孙夫人遭到重重追赶拦截，也都有惊无险，孔明的埋伏只是吓吓周瑜而已。读者展卷之余，颇觉轻松愉快，兴味盎然。

第五十六回
曹操大宴铜雀台　孔明三气周公瑾

总评

曹、刘、孙三足鼎立，互相牵制，互为连环，互逞心思，形成一种奇特的斗争格局。孙权欲得荆州，反而表奏刘备为荆州牧；曹操欲使孙、刘两家自相吞并，又表奏周瑜为南郡太守；诸葛亮对周瑜意图了如指掌，因势利导，使其“假途灭虢”之计又遭破产。真是才与才敌，智与智斗，奇谋迭出，波澜起伏，令人眼花缭乱，应接不暇。

曹操大宴铜雀台时的一番自我表白，本于《三国志·魏书·武帝纪》注引《魏武故事》所载曹操之令（通称《让县自明本志令》），仅文字有所删改，可谓直言不讳，十分坦率。其言“如国家无孤一人，正不知几人称帝，几人称王”，慷慨自许，确是事实；其言“孤败则国家倾危，是以不得慕虚名而处实祸也”，直陈祸福，亦有道理。然而，曹操之坦率并非一味老实，其一再声称“人臣之贵已极，又复何望哉”，“或见孤权重，妄相忖度，疑孤有异心，此大谬也”，便很值得怀疑。事实上，他多年来挟制献帝，独断专行，诛灭异己，杀害皇妃，已非人臣所为，又岂能说毫无异心？因此，对于封建政治家的种种表白，必须具体分析，决不可轻易完全相信。

据《三国志·吴书·周瑜传》、《蜀书·先主传》及注引《献帝春秋》，周瑜欲趁刘璋暗弱，曹操暂时无力南侵之机，攻取益州，意在为东吴扩大地盘，并与马超结援，以图北方，并非用诈；孙权还曾派人去见刘备，希望联合取蜀；刘备为了以后独占益州，以“新据诸郡，未可兴动”为由，加以拒绝；周瑜自京城返回江陵（此时江陵尚为周瑜所据），准备进兵，途中死于巴丘（今湖南岳阳南）。罗贯中虚构周瑜设“假途灭虢”之计，欲借刘备出城劳军之机，擒杀刘备，夺取荆州；诸葛亮将计就计，设下埋伏，使周瑜仓皇败逃，又一次气得箭疮破裂，是为“三气周瑜”。

却说周瑜被诸葛亮预先埋伏关公、黄忠、魏延三枝军马，一击大败。黄盖、韩当急救下船，折却水军无数。遥观玄德、孙夫人车马仆从，都停住于山顶之上，瑜如何不气？箭疮未愈，因怒气冲激，疮口迸裂，昏绝于地。众将救醒，开船逃去。孔明教休追赶，自和玄德归荆州庆喜，赏赐众将。

周瑜自回柴桑。蒋钦等一行人马自归京城报孙权。权不胜忿怒，欲拜程普为都督，起兵取荆州。周瑜又上书，请兴兵雪恨。张昭谏曰："不可。曹操日夜思报赤壁之恨，因恐孙、刘同心，故未敢兴兵。今主公若以一时之忿，自相吞并，操必乘虚来攻，国势危矣。"顾雍曰："许都岂无细作在此？若知孙、刘不睦，操必使人勾结刘备。备惧东吴，必投曹操。若是，则江南何日得安？为今之计，莫若使人赴许都，表刘备为荆州牧。㊟曹操知之，则惧而不敢加兵于东南；且使刘备不恨于主公。然后使心腹用反间之计，令曹、刘相攻，吾乘隙而图之，斯为得耳。"权曰："元叹之言甚善。但谁可为使？"雍曰："此间有一人，乃曹操敬慕者，可以为使。"权问何人。雍曰："华歆在此，何不遣之？"权大喜，即遣歆赍表赴许都。歆领命起程，径到许都来见曹操。闻操会群臣于邺城*，庆赏铜雀台，歆乃赴邺城候见。

莫若使人赴许都，表刘备为荆州牧——东吴本欲取荆州，但为防止曹、刘联合，反倒表奏刘备为荆州牧，以俟将来，真是九曲回肠，出人意料。

操自赤壁败后，常思报仇；只疑孙、刘并力，因此不敢轻进。时建安十五年春，造铜雀台成，操乃大会文武于邺城，设宴庆贺。其台正临漳河，中央乃铜雀台，左边一座名玉龙台，右边一座名金凤台，各高十丈，上横二桥相通，千门万户，金碧交辉。是日，曹操头戴嵌宝金冠，身穿绿锦罗袍，玉带珠履，凭高而坐。文武侍立台下。

操欲观武官比试弓箭，乃使近侍将西蜀红锦战袍一领，挂于垂杨枝上，下设一箭垛，以百步为界。分武官为两队，曹氏宗族俱穿红，其余将士俱穿绿，各带雕弓长箭，跨鞍勒马，听候指挥。操传令曰："有能射中箭垛红心者，即以锦袍赐之；如射不中，罚水一杯。"号令方下，红袍队中，一个少年将军骤马而出，众视之，乃曹休也。休飞马往来，奔驰三次，扣上箭，拽满弓，一箭射去，正中红心。金鼓齐鸣，众皆喝采。曹操于台上望见，大喜曰："此吾家千里驹也！"方欲使人取锦袍与曹休，只见绿袍队中，一骑飞出，叫曰："丞相锦袍，合让俺外姓先取，宗族中不宜搀越。"操视其人，乃文聘也。众官曰："且看文仲业射法。"文聘拈弓纵马，一箭亦中红心。众皆喝采，金鼓乱鸣。聘大呼曰："快取袍来！"只见红袍队中，又一将飞马而出，厉声曰："文烈先射，汝何得争夺？看我与你两个解箭！"拽满弓，一箭射去，也中红心。众人齐声喝采，视其人，乃曹洪也。洪方欲取袍，只见绿袍队里又一将出，扬弓叫曰："你三人射法，何足为奇！看我射来！"众视之，乃张郃也。郃飞马翻身，背射一箭，也中红心。四枝箭齐齐的攒在红心里。众人都道："好射法！"郃曰："锦袍须该是我的！"言未毕，红袍队中一将飞马而出，大叫曰："汝翻身背射，何足称异！看我夺射红心！"众视之，乃夏侯渊也。渊骤马至界口，扭回身，一箭射去，正在四箭当中，金鼓齐鸣。渊勒马按弓大叫曰："此箭可夺得锦袍么？"只见绿袍队里，一将应声而出，大叫："且留下锦袍与我徐晃！"渊曰："汝更有何射法，可夺我袍？"晃曰："汝夺射红心，不足为异。看我单取锦袍！"拈弓搭箭，遥望柳条射去，恰好射断柳条，锦袍坠地。徐晃飞取锦袍，披于身上，㊣骤马至台前声喏曰："谢丞相袍！"曹操与众官无不称羡。晃才勒马要回，猛然台边跃出一个绿袍将军，大呼曰："你将锦袍那里去？早早留下与我！"众视之，乃许褚也。晃曰："袍已在此，汝何敢强夺！"褚更不回答，竟飞马来夺袍。两马相近，徐晃便把弓打许褚。褚一手按住弓，把徐晃拖离鞍鞒。晃急弃了弓，翻身下马，褚亦下马，两个揪住厮打。操急使人解开，那领锦袍已是扯得粉碎。㊣操令二人都上台。徐晃睁眉怒目，许褚切齿咬牙，各有相斗之意。操笑曰："孤特视公等之勇耳，岂惜一锦袍哉？"便教诸将尽都上台，各赐蜀锦一匹。㊣诸将各各称谢。操命各依位次而坐。乐声竞奏，水陆并陈。文官武将轮次把盏，献酬交错。

徐晃飞取锦袍，披于身上——六员大将争取锦袍，射法新奇多变，愈出愈巧，煞是好看。

那领锦袍已是扯得粉碎——徐晃本已夺得锦袍，不料半路杀出个莽许褚，强行争夺，乃至大打出手，演出了一场喜剧。

便教诸将尽都上台，各赐蜀锦一匹——曹操善于解和诸将，弄得皆大欢喜，其乐融融。

操顾谓众文官曰:“武将既以骑射为乐，足显威勇矣。公等皆饱学之士，登此高台，可不进佳章以纪一时之胜事乎？”众官皆躬身而言曰:“愿从钧命。”时有王朗、钟繇、王粲、陈琳一班文官，进献诗章。诗中多有称颂曹操功德巍巍、合当受命之意。曹操逐一览毕，笑曰:“诸公佳作，过誉甚矣。孤本愚陋，始举孝廉。后值天下大乱，筑精舍于谯东五十里，欲春夏读书，秋冬射猎，以待天下清平，方出仕耳。不意朝廷征孤为典军校尉，遂更其意，专欲为国家讨贼立功，图死后得题墓道曰:‘汉故征西将军曹侯之墓’，平生愿足矣。念自讨董卓、剿黄巾以来，除袁术、破吕布、灭袁绍、定刘表，遂平天下。身为宰相，人臣之贵已极，又复何望哉？如国家无孤一人，正不知几人称帝，几人称王。㊊或见孤权重，妄相忖度，疑孤有异心，此大谬也。孤常念孔子称文王之至德，此言耿耿在心。但欲孤委捐兵众，归就所封武平侯之国，实不可耳：诚恐一解兵柄，为人所害；孤败则国家倾危；是以不得慕虚名而处实祸也。㊊诸公必无知孤意者。”众皆起拜曰:“虽伊尹、周公，不及丞相矣。”后人有诗曰：

周公恐惧流言日，王莽谦恭下士时：
假使当年身便死，一生真伪有谁知！

曹操连饮数杯，不觉沉醉，唤左右捧过笔砚，亦欲作《铜雀台诗》。刚才下笔，忽报:“东吴使华歆表奏刘备为荆州牧，孙权以妹嫁刘备，江汉九郡大半已属备矣*。”操闻之，手脚慌乱，投笔于地。程昱曰:“丞相在万军之中，矢石交攻之际，未尝动心；今闻刘备得了荆州，何故如此失惊？”操曰:“刘备，人中之龙也，生平未尝得水。今得荆州，是困龙入大海矣。孤安得不动心哉！”㊊程昱曰:“丞相知华歆来意否？”操曰:“未知。”昱曰:“孙权本忌刘备，欲以兵攻之；但恐丞相乘虚而击，故令华歆为使，表荐刘备。乃安备之心，以塞丞相之望耳。”操点头曰:“是也。”昱曰:“某有一计，使孙、刘自相吞并，丞相乘间图之，一鼓而二敌俱破。”操大喜，遂问其计。程昱曰:“东吴所倚者，周瑜也。丞相今表奏周瑜为南郡太守，程普为江夏太守，留华歆在朝重用之；瑜必自与刘备为仇敌矣。我乘其相并而图之，不亦善乎？”㊊操曰:“仲德之言，正合孤意。”遂召华歆上台，重加赏赐。当日筵散，操即引文武回许都，表奏周瑜

正不知几人称帝，几人称王——曹操东征西讨，历尽艰辛，方才翦灭若干军阀，统一北方，确有资格傲视天下，出此豪语。

是以不得慕虚名而处实祸也——曹操一面表白自己并无异心，一面又明确宣告决不放弃兵权，比之那些处处口是心非的伪君子，这位奸雄倒有一点坦率可爱之处。

孤安得不动心哉——早在煮酒论英雄之时，曹操便将刘备视为潜在对手，声称“今天下英雄，唯使君与操耳”。如今刘备占据荆州，实力大增，怎能不使曹操吃惊？

我乘其相并而图之，不亦善乎——程昱看穿孙权表奏刘备为荆州牧的用意，反过来建议表奏周瑜为南郡太守，欲激周瑜攻取荆州，以便从中渔利。这正是曹操离间孙、刘联盟的一贯方针。

为南郡太守*，程普为江夏太守。拜华歆为议郎*，留在许都。使命至东吴，周瑜、程普各受职讫。

周瑜既领南郡，愈思报仇，遂上书孙权，乞令鲁肃去讨还荆州。孙权乃命肃曰："汝昔保借荆州与刘备，今备迁延不还，等待何时？"肃曰："文书上明白写着，得了益州便还。"权叱曰："只说取益州，到今又不动兵，不等老了人！"肃曰："某愿往言之。"遂乘船投荆州而来。

却说玄德与孔明在荆州广聚粮草，调练军马，远近之士多归之。忽报鲁肃到。玄德问孔明曰："子敬此来何意？"孔明曰："昨者孙权表主公为荆州牧，此是惧曹操之计。操封周瑜为南郡太守，此欲令我两家自相吞并，他好于中取事也。今鲁肃此来，又是周瑜既受太守之职，要来索荆州之意。"玄德曰："何以答之？"孔明曰："若肃提起荆州之事，主公便放声大哭。哭到悲切之处，亮自出来解劝。"计会已定，接鲁肃入府，礼毕，叙坐。肃曰："今日皇叔做了东吴女婿，便是鲁肃主人，如何敢坐？"玄德笑曰："子敬与我旧交，何必太谦？"肃乃就坐。茶罢，肃曰："今奉孙将军钧命，专为荆州一事而来。皇叔已借住多时，未蒙见还。今既两家结亲，当看亲情面上，早早交付。"玄德闻言，掩面大哭。肃惊曰："皇叔何故如此？"玄德哭声不绝。孔明从屏后出曰："亮听之久矣。子敬知吾主人哭的缘故么？"肃曰："某实不知。"孔明曰："有何难见？当初我主人借荆州时，许下取得益州便还。仔细想来：益州刘璋是我主人之弟，一般都是汉朝骨肉，若要兴兵去取他城池时，恐被外人唾骂；若要不取，还了荆州，何处安身？若不还时，于尊舅面上又不好看。事实两难，因此泪出痛肠。"孔明说罢，触动玄德衷肠，真个捶胸顿足，放声大哭。鲁肃劝曰："皇叔且休烦恼，与孔明从长计议。"孔明曰："有烦子敬，回见孙将军，勿惜一言之劳，将此烦恼情节，恳告孙将军，再容几时。"肃曰："倘孙将军不从，如之奈何？"孔明曰："孙将军既以亲妹聘嫁皇叔，安得不从乎？望子敬善言回复。"鲁肃是个宽仁长者，见玄德如此哀痛，只得应允。㊣玄德、孔明拜谢。

鲁肃是个宽仁长者……只得应允——鲁肃本是来讨荆州，现见刘备假意痛哭，反倒好言安慰，以致答应为刘备说情，实在是宽厚到家了。

宴毕，送鲁肃下船。径到柴桑，见了周瑜，具言其事。周瑜顿足曰："子敬又中诸葛亮之计也！当初刘备依刘表时，常有吞并之意，何况益州刘璋乎？似此推调，未免累及老兄矣。吾有一计，使诸葛亮不能出吾算中。子敬便当一行。”肃曰：“愿闻妙策。”瑜曰：“子敬不必去见主公，再去荆州对刘备说：孙、刘两家，既结为亲，便是一家。若刘氏不忍去取益州，我东吴起兵去取；取得益州时，以作嫁资，却把荆州交还东吴。”肃曰：“益州迢递，取之非易。都督此计，莫非不可？”瑜笑曰：“子敬真长者也。你道我真个去取益州与他？我只以此为名，实欲去取荆州，且教他不做准备。东吴军马收蜀*，路过荆州，就问他索要钱粮，刘备必然出城劳军。那时乘势杀之，夺取荆州，㉑雪吾之恨，解足下之祸。”鲁肃大喜，便再往荆州来。玄德与孔明商议。孔明曰：“鲁肃必不曾见孙权，只到柴桑和周瑜商量了甚计策，来诱我耳。但说的话，主公只看我点头，便满口应承。”计会已定。鲁肃入见，礼毕，曰：“孙将军甚是称赞皇叔盛德，遂与诸将商议，起兵替皇叔收蜀。取了益州，去换荆州，以益州权当嫁资。但军马经过，却望应些钱粮。”孔明听了，忙点头曰：“难得孙将军好心！”玄德拱手称谢曰：“此皆子敬善言之力。”孔明曰：“如雄师到日，即当远接犒劳。”鲁肃暗喜，宴罢辞回。玄德问孔明曰：“此是何意？”孔明大笑曰：“周瑜死日近矣！㉑这等计策，小儿也瞒不过！”玄德又问如何，孔明曰：“此乃‘假途灭虢’之计也。虚名收蜀，实取荆州。等主公出城劳军，乘势拿下，杀入城来，‘攻其无备，出其不意’也。”玄德曰：“如之奈何？”孔明曰：“主公宽心，只顾‘准备窝弓以擒猛虎，安排香饵以钓鳌鱼’。等周瑜到来，他便不死，也九分无气。”便唤赵云听计：“如此如此，其余我自有摆布。”玄德大喜。后人有诗叹云：

周瑜决策取荆州，诸葛先知第一筹。

指望长江香饵稳，不知暗里钓鱼钩。

却说鲁肃回见周瑜，说玄德、孔明欢喜一节，准备出城劳军。周瑜大笑曰：“原来今番也中了吾计！”㉑便教鲁肃禀报孙权，并遣程普引军接应。周瑜此时箭疮已渐平愈，身躯无事，使甘宁为先锋，自与徐盛、丁奉为第二，凌统、吕蒙为后队，水陆大兵五万，望荆州而来。周瑜在船中，时复欢笑，以为孔明中计。前军至夏口，周瑜问：“荆州有人在前面接否？”人报：“刘皇叔使糜竺来见都督。”瑜唤至，问劳军如何。糜竺曰：“主公皆准备安排下了。”瑜曰：“皇叔何在？”竺曰：“在江陵城门外相等，与都督把盏。”瑜曰：“今为汝家

那时乘势杀之，夺取荆州——周瑜接过刘备不忍夺取益州的借口，诈称愿替刘备攻取益州，实欲使刘备不防，趁机夺取荆州。

周瑜死日近矣——诸葛亮一眼便识破了周瑜“假途灭虢”之计，这就注定了周瑜必然失败的命运。

原来今番也中了吾计——周瑜与诸葛亮多次斗智，总是以失败告终；此次好不容易见诸葛亮中了自己之计，禁不住放声大笑。这看似十分得意，实则饱含苦涩。

之事，出兵远征；劳军之礼，休得轻易。”糜竺领了言语先回。战船密密排在江上，依次而进。看看至公安，并无一只军船，又无一人远接。周瑜催船速行。离江陵十余里，只见江面上静荡荡的。哨探的回报：“江陵城上，插两面白旗，并不见一人之影。”瑜心疑，教把船傍岸，亲自上岸乘马，带了甘宁、徐盛、丁奉一班军官，引亲随精军三千人，径望江陵来。既至城下，并不见动静。瑜勒住马，令军士叫门。城上问是谁人。吴军答曰：“是东吴周都督亲自在此。”言未毕，忽一声梆子响，城上军一齐都竖起枪刀。敌楼上赵云出曰：“都督此行，端的为何？”瑜曰：“吾替汝主取益州，汝岂犹未知耶？”云曰：“孔明军师已知都督‘假途灭虢’之计，故留赵云在此。吾主公有言：‘孤与刘璋，皆汉室宗亲，安忍背义而取益州？若汝东吴端的取蜀，吾当披发入山，不失信于天下也’。”周瑜闻之，勒马便回。㊣只见一人打着令字旗，于马前报说：“探得四路军马，一齐杀到：关羽从襄阳杀来*，张飞从秭归杀来，黄忠从公安杀来，魏延从孱陵路杀来，四路正不知多少军马。喊声远近震动百余里，皆言要捉周瑜。”瑜马上大叫一声，箭疮复裂，坠于马下。㊣正是：一着棋高难对敌，几番算定总成空。未知性命如何，且看下文分解。

周瑜闻之，勒马便回——周瑜挖空心思，满以为胜券在握，谁知又中了诸葛亮之计？怎能不心惊胆战，仓皇退兵？

箭疮复裂，坠于马下——此时的周瑜，又气又急，一直未能康复的箭疮再次破裂，这就是“三气周瑜”。

尾评：

经过“一气”、“二气”，周瑜已经伤痕累累，身心俱困。“假途灭虢”，是他图谋夺取荆州的最后一搏；然而，他又一次败在诸葛亮手下，气破箭疮。至此，孙、刘两家对荆州的争夺以刘备保有荆州而暂时告一段落，周瑜与诸葛亮的斗智则以周瑜的失败而告终。

第五十七回
柴桑口卧龙吊丧　耒阳县凤雏理事

总评

作为东汉末年群雄纷争中杰出的人才，周瑜文武双全，为东吴集团建立了丰功伟绩；可惜天年不永，正当他欲大展宏图时，却病死于巴丘，年仅三十六岁。而在《三国演义》中，在与诸葛亮斗智时，这位心高气傲的周郎却总是捉襟见肘，着鞭在后，略逊一筹。他精心制定的计策，总是被诸葛亮一眼看穿；他谋取荆州的各种措施，也总是被诸葛亮一一化解。尽管他竭力争取主动，但劳神费力一番，却是要么功亏一篑，要么弄巧成拙。经过“三气”的沉重打击，他的身心均已崩溃。临终前那“既生瑜，何生亮”的长叹，强烈地表达了他力图压倒诸葛亮却又无可奈何的心情。于是，怀着无限的哀怨，他走完了自己的人生旅途，完成了一出命运悲剧，给后人留下不尽的叹惋与追思。

周瑜死后，诸葛亮不顾个人安危，前往柴桑吊丧，沉痛祭奠。尽管罗贯中对孔明的心理活动未加展现，“乃笑曰”之类语句也未必恰当；但综观全篇，孔明此举绝非虚情假意，而是一个天下奇才对另一个天下奇才的真诚悼念。虽说他与周瑜各为其主，不断斗智；但在内心深处，他们却始终互相敬重，何况他们毕竟有过并肩打败曹操的一段难忘经历。命运使他们无法长期合作，然而人才难得，一个奇才的夭折，必然会引起另一个奇才的心灵震动。孔明祭文中

“从此天下，更无知音”一语，饱含热泪，确是对逝者充满痛惜的深沉浩叹。而这一番动人心弦的祭奠，终于为“三气周瑜”这一情节单元画上了最后一个句号。

据《三国志·蜀书·庞统传》，历史上的庞统在刘备领荆州牧后归之，以从事身份守耒阳令，因治绩不佳，被免官；后经鲁肃、诸葛亮大力推荐，刘备与之深谈，甚为器重，立即任命为治中从事（州牧的主要属官），不久又与诸葛亮并为军师中郎将。罗贯中对史实加以改造，将庞统被任用的过程写得迂回曲折，并虚构“半日了断百日公务”的传奇性情节，大大突出了庞统心高气傲、才智优卓的形象。

据《三国志·蜀书·马超传》及注引《典略》，历史上的马腾并未参与董承“衣带诏”之谋，系因与韩遂不和而被征入京，任卫尉；建安十六年（211），马超起兵反曹，致使马腾全家被杀。罗贯中颠倒马腾被杀与马超起兵的因果关系，虚构马腾早已参与董承之谋，曹操为除后患而召马腾入京，马腾反欲趁机诛灭曹操，事泄被害等情节，以便表现马超反曹的正义性，塑造马腾父子“忠义之士”的形象。

却说周瑜怒气填胸，坠于马下，左右急救归船。军士传说："刘备、诸葛亮在前山顶上饮酒取乐。"*瑜大怒，咬牙切齿曰："你道我取不得益州，吾誓取之！"正恨间，人报孙权遣从兄孙瑜到*。周瑜接入，具言其事。孙瑜曰："吾奉命来助都督*。"遂令催军前行。行至巴丘，人报上流有刘封、关平二人领军截住水路。周瑜愈怒。忽又报孔明遣人送书至。周瑜拆封视之。书曰：

汉军师中郎将诸葛亮，致书于东吴大都督公瑾先生麾下：亮自赤壁一别*，至今恋恋不忘。闻足下欲取益州，亮窃以为不可。益州民强地险，刘璋虽闇弱，足以自守。今劳师远征，转运万里，欲收全功，虽吴起不能定其规，孙武不能善其后也。曹操失利于赤壁，志岂须臾忘报仇哉？今足下兴兵远征，倘操乘虚而行，江南齑粉矣！亮不忍坐视，特此告知。幸垂照鉴。㊣

亮不忍坐视，特此告知。幸垂照鉴——孔明此书，本系《三国志·蜀书·先主传》注引《献帝春秋》中刘备答复孙权之语。罗贯中信手拈来，既可见孔明之高瞻远瞩，又可见其顾全大局，更使周瑜相形见绌。

周瑜览毕，长叹一声，唤左右取纸笔，作书上孙权。乃聚众将曰："吾非不欲尽忠报国，奈天命已绝矣。汝等善事主公，共成大业。"言讫，昏绝。徐徐又醒，仰天长叹曰："既生瑜，何生亮！"㊣连叫数声而亡。寿三十六岁。后人有诗叹曰：

既生瑜，何生亮——周瑜少年得志，自负好胜，不料却一再败于诸葛亮之手。"既生瑜，何生亮"的长叹，既有壮志未酬的悲愤，也有智不如人的无奈。

赤壁遗雄烈，青年有俊声。
弦歌知雅意，杯酒谢良朋。
曾谒三千斛，常驱十万兵。
巴丘终命处，凭吊欲伤情。

周瑜停丧于巴丘。众将将所遗书缄，遣人飞报孙权。权闻瑜死，放声大哭。拆视其书，乃荐鲁肃以自代也。书略曰：

瑜以凡才，荷蒙殊遇，委任腹心，统御兵马，敢不竭股肱之力，以图报效。奈死生不测，修短有命；愚志未展，微躯已殒，遗恨何极！方今曹操在北，疆埸未静；刘备寄寓，有似养虎；天下之事，尚未可知。此正朝士旰食之秋，至尊垂虑之日

也。鲁肃忠烈，临事不苟，可以代瑜之任。“人之将死，其言也善。”倘蒙垂鉴，瑜死不朽矣。㊟

孙权览毕，哭曰：“公瑾有王佐之才，今忽短命而死，孤何赖哉？既遗书特荐子敬，孤敢不从之！”即日便命鲁肃为都督，总统兵马；㊟一面教发周瑜灵柩回葬。

却说孔明在荆州，夜观天文，见将星坠地，乃笑曰：“周瑜死矣。”至晓，告于玄德。玄德使人探之，果然死了。玄德问孔明曰：“周瑜既死，还当如何？”孔明曰：“代瑜领兵者，必鲁肃也。亮观天象，将星聚于东方。亮以吊丧为由，往江东走一遭，就寻贤士佐助主公。”㊟玄德曰：“只恐吴中将士加害于先生。”孔明曰：“瑜在之日，亮犹不惧；今瑜已死，又何患乎？”乃与赵云引五百军，具祭礼，下船赴巴丘吊丧。于路探听得孙权已令鲁肃为都督，周瑜灵柩已回柴桑。孔明径至柴桑，鲁肃以礼迎接。㊟周瑜部将皆欲杀孔明，因见赵云带剑相随，不敢下手。孔明教设祭物于灵前，亲自奠酒，跪于地下，读祭文曰：

呜呼公瑾，不幸夭亡！修短故天，人岂不伤？我心实痛，酹酒一觞；君其有灵，享我蒸尝！吊君幼学，以交伯符；仗义疏财，让舍以居。吊君弱冠，万里鹏抟；定建霸业，割据江南。吊君壮力，远镇巴丘；景升怀虑，讨逆无忧。吊君丰度，佳配小乔；汉臣之婿，不愧当朝。吊君气概，谏阻纳质；始不垂翅，终能奋翼。吊君鄱阳，蒋干来说；挥洒自如，雅量高志。吊君弘才，文武筹略；火攻破敌，挽强为弱。想君当年，雄姿英发；哭君早逝，俯地流血。忠义之心，英灵之气；命终三纪，名垂百世。哀君情切，愁肠千结；惟我肝胆，悲无断绝。昊天昏暗，三军怆然；主为哀泣，友为泪涟。

亮也不才，丐计求谋；助吴拒曹，辅汉安刘；掎角之援，首尾相俦；若存若亡，何虑何忧？呜呼公瑾！生死永别！朴守其贞，冥冥灭灭。魂如有灵，以鉴我心：从此天下，更无知音！㊟呜呼痛哉！伏惟尚飨。

孔明祭毕，伏地大哭，泪如涌泉，哀恸不已。众将相谓曰：“人尽道公瑾与孔明不睦，今观其祭奠之情，人皆虚言也。”鲁肃见孔明如此悲切，亦为感伤，自思曰：“孔明自是多情，乃公瑾量窄，自取死

倘蒙垂鉴，瑜死不朽矣——周瑜临终上书，仍念念不忘东吴霸业，并推举鲁肃以自代，而无一语及于私事，真是忠心耿耿，可昭日月，不愧为一代英杰。

即日便命鲁肃为都督，总统兵马——孙权命鲁肃继任都督，既是由于周瑜极力举荐，更是由于鲁肃的远见卓识，确是英明之举。

就寻贤士佐助主公——罗贯中此处为孔明设计的语言不尽恰当。应当说，孔明前往江东的目的有三：首先是吊唁周瑜，以表知音之谊；其次是会见鲁肃，维护孙刘联盟；第三才是寻访贤士。

鲁肃以礼迎接——周瑜刚刚去世，东吴群情激愤，鲁肃却以大局为重，不急不火，坚持以礼迎接孔明，其雍容大度，实在令人敬佩。

从此天下，更无知音——孔明与周瑜，既是对手，更是知音。惺惺相惜，痛悼知音，正是祭文的主调。

耳。”后人有诗叹曰：

卧龙南阳睡未醒，又添列曜下舒城。

苍天既已生公瑾，尘世何须出孔明！

鲁肃设宴款待孔明。宴罢，孔明辞回。方欲下船，只见江边一人道袍竹冠，皂绦素履，一手揪住孔明大笑曰：“汝气死周郎，却又来吊孝，明欺东吴无人耶！”孔明急视其人，乃凤雏先生庞统也。孔明亦大笑。两人携手登舟，各诉心事。孔明乃留书一封与统，嘱曰：“吾料孙仲谋必不能重用足下。稍有不如意，可来荆州共扶玄德。㊟此人宽仁厚德，必不负公平生之所学。”统允诺而别。孔明自回荆州。

稍有不如意，可来荆州共扶玄德——孔明料定孙权不会重用庞统，为庞统投奔刘备预先作了安排，其料事如神，随处可见。

却说鲁肃送周瑜灵柩至芜湖，孙权接着，哭祭于前，命厚葬于本乡。瑜有两男一女，长男循，次男胤，权皆厚恤之。鲁肃曰：“肃碌碌庸才，误蒙公瑾重荐，其实不称所职。愿举一人以助主公。此人上通天文，下晓地理；谋略不减于管、乐，枢机可并于孙、吴。往日周公瑾多用其言，孔明亦深服其智。现在江南，何不重用？”权闻言大喜，便问此人姓名。肃曰：“此人乃襄阳人，姓庞，名统，字士元，道号凤雏先生。”㊟权曰：“孤亦闻其名久矣。今既在此，可即请来相见。”于是鲁肃邀请庞统入见孙权。施礼毕。权见其人浓眉掀鼻，黑面短髯，形容古怪，心中不喜，乃问曰：“公平生所学，以何为主？”统曰：“不必拘执，随机应变。”权曰：“公之才学，比公瑾如何？”统笑曰：“某之所学，与公瑾大不相同。”权平生最喜周瑜，见统轻之，心中愈不乐，乃谓统曰：“公且退。待有用公之时，却来相请。”统长叹一声而出。鲁肃曰：“主公何不用庞士元？”权曰：“狂士也，用之何益！”肃曰：“赤壁鏖兵之时，此人曾献连环策，成第一功。主公想必知之。”权曰：“此时乃曹操自欲钉船，未必此人之功也。吾誓不用之！”㊟鲁肃出谓庞统曰：“非肃不荐足下，奈孙将军不肯用公。公且耐心。”统低头长叹不语。肃曰：“公莫非无意于吴中乎？”统不答。肃曰：“公抱匡济之才，何往不利？可实对肃言，将欲何往？”统曰：“吾欲投曹操去也。”肃曰：“此明珠暗投矣。可往荆州投刘皇叔，必然重用。”统曰：“统意实欲如此，前言戏耳。”肃曰：“某当作书奉荐。公辅玄德，必令孙、刘两家、无相攻击，同力破

道号凤雏先生——鲁肃继任都督，首先便向孙权推荐庞统。以尊贤重士为第一要务，正是鲁肃的不凡之处。

吾誓不用之——连孙权这样的明主，竟也以貌取人，并被一己好恶所左右，错过了奇才庞统。由此可见识才用才之难！

曹。”统曰：“此某平生之素志也。”乃求肃书，径往荆州来见玄德。

此时孔明按察四郡未回。门吏传报：“江南名士庞统，特来相投。”玄德久闻统名，便教请入相见。统见玄德，长揖不拜。玄德见统貌陋，心中亦不悦，乃问统曰：“足下远来不易？”统不拿出鲁肃、孔明书投呈，但答曰：“闻皇叔招贤纳士，特来相投。”玄德曰：“荆楚稍定，苦无闲职。此去东南一千里*，有一县名耒阳县，缺一县宰，屈公任之。如后有缺，却当重用。”统思：“玄德待我何薄！”欲以才学动之，见孔明不在，只得勉强相辞而去。统到耒阳县，不理政事，终日饮酒为乐；一应钱粮词讼，并不理会。㊢有人报知玄德，言庞统将耒阳县事尽废。玄德怒曰：“竖儒焉敢乱吾法度！”遂唤张飞分付，引从人去荆南诸县巡视：“如有不公不法者，就便究问。恐于事有不明处，可与孙乾同去。”

张飞领了言语，与孙乾前至耒阳县。军民官吏，皆出郭迎接，独不见县令。飞问曰：“县令何在？”同僚复曰：“庞县令自到任及今，将百余日，县中之事，并不理问，每日饮酒，自旦及夜，只在醉乡。今日宿酒未醒，犹卧不起。”张飞大怒，欲擒之。孙乾曰：“庞士元乃高明之人，未可轻忽。且到县问之。如果于理不当，治罪未晚。”飞乃入县，正厅上坐定，教县令来见。统衣冠不整，扶醉而出。飞怒曰：“吾兄以汝为人，令作县宰，汝焉敢尽废县事！”统笑曰：“将军以吾废了县中何事？”飞曰：“汝到任百余日，终日在醉乡，安得不废政事？”统曰：“量百里小县，些小公事，何难决断！将军少坐，待我发落。”随即唤公吏，将百余日所积公务，都取来剖断。吏皆纷然赍抱案卷上厅，诉词被告人等，环跪阶下。统手中批判，口中发落，耳内听词，曲直分明，并无分毫差错。民皆叩首拜伏。不到半日，将百余日之事，尽断毕了，㊢投笔于地而对张飞曰：“所废之事何在？曹操、孙权，吾观视若掌上观文，量此小县，何足介意！”飞大惊，下席谢曰：“先生大才，小子失敬。吾当于兄长处极力举荐。”㊢统乃将出鲁肃荐书。飞曰：“先生初见吾兄，何不将出？”统曰：“若便将出，似乎专藉荐书来干谒矣。”飞顾谓孙乾曰：“非公则失一大贤也。”遂辞统，回江陵见玄德，具说庞统之才。玄德大惊曰：“屈待大贤，吾之过也！”飞将鲁肃荐书呈上。玄德拆视之。书略曰：

庞士元非百里之才，使处治中、别驾之任，始当展其骥足。㊢

一应钱粮词讼，并不理会——刘备竟也以貌取人，使庞统大感委屈。但他不愿靠鲁肃、孔明的荐书来改变处境，乃故意不理政事。于是，作品顿起波澜。

不到半日，将百余日之事，尽断毕了——这一虚构情节，极富夸张意味，大大突出了庞统非凡的才干。

吾当于兄长处极力举荐——张飞虽然性急如火，且不知庞统之来龙去脉，但一旦亲眼看到庞统之才，便立即表示敬服，并愿极力向刘备举荐，又一次令人感到可爱。

始当展其骥足——鲁肃此语，本于《三国志·蜀书·庞统传》，可谓深知庞统。

如以貌取之，恐负所学，终为他人所用，实可惜也！

玄德看毕，正在嗟叹，忽报孔明回。玄德接入，礼毕，孔明先问曰："庞军师近日无恙否？"玄德曰："近治耒阳县，好酒废事。"孔明笑曰："士元非百里之才，胸中之学，胜亮十倍。亮曾有荐书在士元处，曾达主公否？"玄德曰："今日方得子敬书，却未见先生之书。"孔明曰："大贤若处小任，往往以酒糊涂，倦于视事。"㊟玄德曰："若非吾弟所言，险失大贤。"随即令张飞往耒阳县，敬请庞统到江陵。玄德下阶请罪。统方将出孔明所荐之书。㊟玄德看书中之意，言凤雏到日，宜即重用。玄德喜曰："昔司马德操言：'伏龙、凤雏，两人得一，可安天下。'今吾二人皆得，汉室可兴矣。"㊟遂拜庞统为军师中郎将*，与孔明共赞方略，教练军士，听候征伐。

往往以酒糊涂，倦于视事——孔明此语，切中心高气傲的奇才们的心理，十分深刻。

统方将出孔明所荐之书——鲁肃、孔明的两封荐书，庞统直到显过本事之后，还要分两次拿出，足见其高度自信。这才是真正的贤才！

今吾二人皆得，汉室可兴矣——当了荆州牧的刘备，毕竟与当年寄人篱下的刘备大不相同。直到此时，他才想起司马徽当年之言。照理说，卧龙、凤雏均为他所得，平定天下当不成问题。可惜仍如司马徽所言，卧龙、凤雏"虽得其主，不得其时"，终究只能成就鼎足之势。

早有人报到许都，言刘备有诸葛亮、庞统为谋士，招军买马，积草屯粮，连结东吴，早晚必兴兵北伐。曹操闻之，遂聚众谋士商议南征。荀攸进曰："周瑜新死，可先取孙权，次攻刘备。"操曰："我若远征，恐马腾来袭许都。前在赤壁之时，军中有讹言，亦传凉州入寇之事，今不可不防也。"荀攸曰："以愚所见，不若降诏，加马腾为征南将军，使讨孙权，诱入京师，先除此人，则南征无患矣。"㊟操大喜，即日遣人赍诏至凉州召马腾。

先除此人，则南征无患矣——曹操每次欲南征，均以马腾为后患，故欲召其入京而除之。于是，小说内容发生了转移。

却说腾字寿成，汉伏波将军马援之后。父名肃，字子硕，桓帝时为天水兰干县尉；后失官流落陇西，与羌人杂处，遂取羌女生腾。腾身长八尺，体貌雄异，禀性温良，人多敬之。灵帝末年，羌人多叛，腾招募民兵破之。初平中年，因讨贼有功，拜征西将军，与镇西将军韩遂为弟兄。当日奉诏，乃与长子马超商议曰："吾自与董承受衣带诏以来，与刘玄德约共讨贼，不幸董承已死，玄德屡败。我又僻处凉州，未能协助玄德。今闻玄德已得荆州，我正欲展昔日之志，而曹操反来召我，当是如何？"马超曰："操奉天子之命以召父亲，今若不往，彼必以'逆命'责我矣。当乘其来召，竟往京师，于中取事，则昔日之志可展也。"㊟马腾兄子马岱谏曰："曹操心怀叵测，叔父若往，恐遭其害。"超曰："儿愿尽起凉州之兵，随父亲杀入许都，为天下除害，有何不可？"腾曰："汝自统羌兵保守凉州，只教次子马休、马铁并侄马岱随我同往。曹操见有汝在凉州，又有韩遂

于中取事，则昔日之志可展也——马超希望马腾借入京之机，设法除掉曹操，用心虽好，却对困难估计不足，自然难以实现。由此可见马超性格的一个突出特点：处事简单，不善筹划。

相助，谅不敢加害于我也。”超曰：“父亲欲往，切不可轻入京师。当随机应变，观其动静。”腾曰：“吾自有处，不必多虑。”于是马腾乃引凉州兵五千，先教马休、马铁为前部，留马岱在后接应，迤逦望许都而来，离许都二十里屯住军马。

曹操听知马腾已到，唤侍郎黄奎*分付曰：“目今马腾南征，吾命汝为行军参谋，先至马腾寨中劳军。可对马腾说：凉州路远，运粮甚难，不能多带人马。我当更遣大兵，协同前进。来日教他入城面君，吾就应付粮草与之。”奎领命，来见马腾。腾置酒相待。奎酒半酣而言曰：“吾父黄琬死于李傕、郭汜之难，尝怀痛恨。不想今日又遇欺君之贼！”腾曰：“谁为欺君之贼？”奎曰：“欺君者操贼也。公岂不知之，而问我耶？”腾恐是操使来相探，急止之曰：“耳目较近，休得乱言。”奎叱曰：“公竟忘却衣带诏乎！”腾见他说出心事，乃密以实情告之。奎曰：“操欲公入城面君，必非好意。公不可轻入。来日当勒兵城下，待曹操出城点军，就点军处杀之，大事济矣。”二人商议已定。黄奎回家，恨气未息。其妻再三问之，奎不肯言。不料其妾李春香，与奎妻弟苗泽私通。泽欲得春香，正无计可施。妾见黄奎愤恨，遂对泽曰：“黄侍郎今日商议军情回，意甚愤恨，不知为谁？”泽曰：“汝可以言挑之曰：‘人皆说刘皇叔仁德，曹操奸雄，何也？’看他说甚言语。”是夜黄奎果到春香房中。妾以言挑之，奎乘醉言曰：“汝乃妇人，尚知邪正，何况我乎？吾所恨者，欲杀曹操也！”妾曰：“若欲杀之，如何下手？”奎曰：“吾已约定马将军，明日在城外点兵时杀之。”妾告于苗泽，泽报知曹操。操便密唤曹洪、许褚，分付如此如此；又唤夏侯渊、徐晃，分付如此如此。各人领命去了，一面先将黄奎一家老小拿下。

次日，马腾领着凉州兵马，将次近城，只见前面一簇红旗，打着丞相旗号。马腾只道曹操自来点军，拍马向前。忽听得一声炮响，红旗开处，弓弩齐发，一将当先，乃曹洪也。马腾急拨马回时，两下喊声又起：左边许褚杀来，右边夏侯渊杀来，后边又是徐晃领兵杀至，截断凉州军马，将马腾父子三人困在垓心。马腾见不是头，奋力冲杀。马铁早被乱箭射死。马休随着马腾，左冲右突，不能得出。二人身带重伤，坐下马又被箭射倒，父子二人俱被执。曹操教将黄奎与马腾父子，一齐绑至，黄奎大叫：“无罪！”操教苗泽对证。马腾大骂与其子马休及黄奎一同遇害——马腾有勇无谋，策划不密，与其二子死于非命，惜哉！

曰："竖儒误我大事！我不能为国杀贼，是乃天也！"操命牵出。马腾骂不绝口，与其子马休及黄奎一同遇害。㊖后人有诗叹马腾曰：

父子齐芳烈，忠贞著一门。
捐生图国难，誓死答君恩。
嚼血盟言在，诛奸义状存。
西凉推世胄，不愧伏波孙！

苗泽告操曰："不愿加赏，只求李春香为妻。"操笑曰："你为了一妇人，害了你姐夫一家，留此不义之人何用！"㊖便教将苗泽、李春香与黄奎一家老小并斩于市。观者无不叹息。后人有诗叹曰：

留此不义之人何用——曹操对出卖黄奎的苗泽利用完毕，立即除掉，毫不留情。类似情节，书中不止一处，可见奸雄也憎恶反覆无常的小人。

苗泽因私害荩臣，春香未得反伤身。
奸雄亦不相容恕，枉自图谋作小人。

曹操教招安凉州兵马，谕之曰："马腾父子谋反，不干众人之事。"一面使人分付把住关隘，休教走了马岱。

且说马岱自引一千兵在后。早有许都城外逃回军士，报知马岱。岱大惊，只得弃了兵马，扮作客商，连夜逃遁去了。

曹操杀了马腾等，便决意南征。忽人报曰："刘备调练军马，收拾器械，将欲取蜀。"操惊曰："若刘备收蜀，则羽翼成矣。将何以图之？"言未毕，阶下一人进言曰："某有一计，使刘备、孙权不能相顾，江南、益州皆归丞相。"正是：西州豪杰方遭戮，南国英雄又受殃。未知献计者是谁，且看下文分解。

尾评：

观庞统之事，令人十分感慨。孙权、刘备均系明主，面对庞统这等名闻遐迩的大贤，尚且失误，何况其他？庞统之所以终得重用，一方面是因庞统本人确有真才实学，并得以充分表现；另一方面则因有鲁肃、孔明这样的关键人物热心举荐。如果有才者均能自信自尊，自强自立，有权者均能识才爱才，使人才各得其所，各尽其用，一个集团，一个社会必将大大兴旺。

第五十八回

马孟起兴兵雪恨　曹阿瞒割须弃袍

总评

据《三国志·魏书·武帝纪》，建安十六年（211），曹操遣钟繇讨伐张鲁（当时钟繇以侍中守司隶校尉，持节督关中诸军，镇守长安），并命夏侯渊等出兵河东，与钟繇会合。马超、韩遂等关中诸将怀疑钟繇欲攻己，便公开起兵反曹。罗贯中按照自己的思想倾向，先写马腾欲诛曹操，事泄被害，再写马超受刘备之约，为了报父仇、诛国贼而兴兵，从而赋予此举以正义色彩。

历史上的马超，生于乱世，长于军旅，武艺高强，骁勇善战，威震凉州；然而，他却屡遭失败，亲属被诛灭殆尽，归附刘备后又未得到充分信任，几乎无所建树，实为心头伤痕累累的悲剧性人物。罗贯中满怀对马超的同情，将他塑造为一个充满着阳刚之气、洋溢着壮美色彩的浪漫主义英雄。在本回中，继描写他率领凉州大军，接连攻占长安、潼关之后，又在《三国志平话》及元杂剧《曹操夜走陈仓路》的基础上，虚构其与曹操军队在潼关大战，杀得曹操割须弃袍，狼狈逃窜的情节，有力地突出了马超俊爽威武、所向无敌的英雄风貌。

在西征马超的战役中，曹操又一次表现了一个杰出军事家的雄才大略和顽强精神。尽管他曾被打得大败，险些丧命；但他毫不气馁，咬牙坚持。凉州军增添人马，他不仅不惧，反而大喜，还对迷惑不解的诸将声称取胜后再说明原因。面对强敌，他并不消极防御，而是先命徐晃、朱灵暗渡河西，再亲率主力迂回至渭北，迫使马超、韩遂改变部署。虽然战事暂时处于拉锯状态，但他一直充满必胜的信心。这就为他后来利用矛盾，促使形势转化奠定了基础。

却说献策之人，乃治书侍御史陈群，字长文。操问曰："陈长文有何良策？"群曰："今刘备、孙权结为唇齿，若刘备欲取益州，丞相可命上将提兵，会合肥之众，径取江南，则孙权必求救于刘备；备意在益州，必无心救权；权无救则力乏兵衰，江东之地，必为丞相所得。若得江东，则荆州一鼓可平也。荆州既平，然后徐图益州：㊊天下定矣。"操曰："长文之言，正合吾意。"即时起大兵三十万，径下江南；令合肥张辽，准备粮草，以为供给。

早有细作报知孙权。权聚众将商议。张昭曰："可差人往鲁子敬处，教急发书到荆州，使玄德同力拒曹。子敬有恩于玄德，其言必从；且玄德既为东吴之婿，亦义不容辞。若玄德来相助，江南可无患矣。"权从其言，即遣人谕鲁肃，使求救于玄德。肃领命，随即修书，使人送玄德。玄德看了书中之意，留使者于馆舍，差人往临烝请孔明*。孔明到江陵，玄德将鲁肃书与孔明看毕，孔明曰："也不消动江南之兵，也不必动荆州之兵，自使曹操不敢正觑东南。"便回书与鲁肃，教："高枕无忧。若但有北兵侵犯，皇叔自有退兵之策"。使者去了。玄德问曰："今操起三十万大军，会合肥之众，一拥而来，先生有何妙计，可以退之？"孔明曰："操平生所虑者，乃凉州之兵也。今操杀马腾，其子马超，现统凉州之众，必切齿操贼。主公可作一书，往结马超，使超兴兵入关，则操又何暇下江南乎？"㊊玄德大喜，即时作书，遣一心腹人，径往凉州投下。

荆州既平，然后徐图益州——陈群之计，走一步，看三步，进退皆宜，可谓妙策。

却说马超在凉州，夜感一梦：梦见身卧雪地，群虎来咬。惊惧而觉，心中疑惑，聚帐下将佐，告说梦中之事。帐下一人应声曰："此梦乃不祥之兆也。"众视其人，乃帐前心腹校尉，姓庞，名德，字令明。超问："令明所见若何？"德曰："雪地遇虎，梦兆殊恶。莫非老将军在许都有事否？"言未毕，一人踉跄而入，哭拜于地曰："叔

使超兴兵入关，则操又何暇下江南乎——诸葛亮不为曹操所制，而是别出机杼，建议促使马超兴兵报仇，以调动曹操，陈群之计，遂成无的放矢。

父与弟皆死矣！”超视之，乃马岱也。超惊问何为。岱曰：“叔父与侍郎黄奎同谋杀操，不幸事泄，皆被斩于市。二弟亦遇害。惟岱扮作客商，星夜走脱。”超闻言，哭倒于地。众将救起。超咬牙切齿，痛恨操贼。忽报荆州刘皇叔遣人赍书至。超拆视之。书略曰：

伏念汉室不幸，操贼专权，欺君罔上，黎民凋残。备昔与令先君同受密诏，誓诛此贼。今令先君被操所害，此将军不共天地、不同日月之仇也。若能率凉州之兵，以攻操之右，备当举荆襄之众，以遏操之前：则逆操可擒，奸党可灭，仇辱可报，汉室可兴矣。书不尽言，立待回音。

马超看毕，即时挥涕回书，发使者先回，随后便起凉州军马。㊟正欲进发，忽镇西将军韩遂*使人请马超往见。超至遂府，遂将出曹操书示之。内云：“若将马超擒赴许都，即封汝为允吾侯*。”㊟超拜伏于地曰：“请叔父就缚俺兄弟二人，解赴许都，免叔父戈戟之劳。”韩遂扶起曰：“吾与汝父结为兄弟，安忍害汝？汝若兴兵，吾当相助。”马超拜谢。韩遂便将操使者推出斩之，乃点手下八部军马，一同进发。那八部？乃侯选、程银、李堪、张横、梁兴、成宜、马玩、杨秋也。八将随着韩遂，合马超手下庞德、马岱，共起二十万大兵，杀奔长安来。

发使者先回，随后便起凉州军马——马超既欲报父仇，又欲诛国贼，故决意起兵反曹。

即封汝为允吾侯——马超尚未起兵，曹操已欲使韩遂擒之。这为下文曹操离间韩、马，使其互相残杀埋下伏笔。

长安守将钟繇*，飞报曹操；一面引军拒敌，布阵于野。凉州前部先锋马岱，引军一万五千，浩浩荡荡，漫山遍野而来。钟繇出马答话。岱使宝刀一口，与繇交战。不一合，繇大败奔走。岱提刀赶来，马超、韩遂引大军都到，围住长安。钟繇上城守护。长安乃西汉建都之处，城郭坚固，壕堑险深，急切攻打不下。一连围了十日，不能攻破。庞德进计曰：“长安城中土硬水碱，甚不堪食，更兼无柴。今围十日，军民饥荒。不如暂且收军，只须如此如此，长安唾手可得。”马超曰：“此计大妙！”即时差“令”字旗传与各部，尽教退军，马超亲自断后。各部军马渐渐退去。钟繇次日登城看时，军皆退了，只恐有计；令人哨探，果然远去，方才放心。纵令军民出城打柴取水，大开城门，放人出入。至第五日，人报马超又到，军民竞奔入城，钟繇仍复闭城坚守。

却说钟繇弟钟进，守把西门。约近三更，城门里一把火起。钟进急来救时，城边转过一人，举刀纵马大喝曰：“庞德在此！”钟进措手不及，被庞德一刀斩于马下，杀散军校，斩关断锁，放马超、韩遂军马入城。钟繇从东门弃城而走。㊟马超、韩遂得了城池，赏劳三军。

钟繇从东门弃城而走——庞德献计，先撤兵，再混进城里，然后里应外合，夺取长安。在凉州诸将中，他不仅勇猛，而且有谋，堪称难得。

钟繇退守潼关，飞报曹操。操知失了长安，不敢复议南征。遂唤曹洪、徐晃分付："先带一万人马，替钟繇紧守潼关。如十日内失了关隘，皆斩；十日外，不干汝二人之事。我统大军随后便至。"二人领了将令，星夜便行。曹仁谏曰："洪性躁，诚恐误事。"操曰："你与我押送粮草，便随后接应。"

却说曹洪、徐晃到潼关，替钟繇坚守关隘，并不出战。马超领军来关下，把曹操三代毁骂。曹洪大怒，要提兵下关厮杀。徐晃谏曰："此是马超要激将军厮杀，切不可与战。待丞相大军来，必有主画。"马超军日夜轮流来骂。曹洪只要厮杀，徐晃苦苦挡住。至第九日，在关上看时，凉州军都弃马在于关前草地上坐；多半困乏，就于地上睡卧。曹洪便教备马，点起三千兵，杀下关来。㊟凉州军都弃马抛戈而走，洪迤逦追赶。时徐晃正在关上点视粮车，闻曹洪下关厮杀，大惊，急引兵随后赶来，大叫曹洪回马。忽然背后喊声大震，马岱引军杀至。曹洪、徐晃急回走时，一棒鼓响，山背后两军截出：左是马超，右是庞德，混杀一阵。曹洪抵挡不住，折军大半，撞出重围，奔到关上。凉州兵随后赶来，洪等弃关而走。庞德直追过潼关，撞见曹仁军马，救了曹洪等一军。马超接应庞德上关。曹洪失了潼关，奔见曹操。操曰："与你十日限，如何九日失了潼关？"洪曰："凉州军兵，百般辱骂。因见彼军懈怠，乘势赶去，不想中贼奸计。"操曰："洪性躁暴*，徐晃你须晓事！"晃曰："累谏不从。当日晃在关上点粮车，比及知道，曹洪将军已下关了*。晃恐有失，连忙赶去，已中贼奸计矣。"操大怒，喝斩曹洪。众官告免。曹洪服罪而退。

曹洪便教备马，点起三千兵，杀下关来——曹洪性情急躁，被凉州军懈怠的假象所迷惑，轻易出击，结果中了埋伏，失了潼关。

操进兵直叩潼关。曹仁曰："可先下定寨栅，然后打关未迟。"操令砍伐树木，起立排栅，分作三寨：左寨曹仁，右寨夏侯渊，操自居中寨。次日，操引三寨大小将校，杀奔关隘前去，正遇凉州军马。两边各布阵势。操出马于门旗下，看凉州之兵，人人勇健，个个英雄。又见马超生得面如傅粉，唇若抹朱，腰细膀宽，声雄力猛，白袍银铠，手执长枪，立马阵前；上首庞德，下首马岱。操暗暗称奇，自纵马谓超曰："汝乃汉朝名将子孙，何故背反耶？"超咬牙切齿，大骂："操贼！欺君罔上，罪不容诛！害我父弟，不共戴天之仇！吾当活捉生啖汝肉！"说罢，挺枪直杀过来。曹操背后于禁出迎。两马交战，斗得八九合，于禁败走。张郃出迎，战二十合亦败走。李通出迎，超奋威交战，数合之中，一枪刺李通于马下。㉑超把枪望后一招，凉州兵一齐冲杀过来。操兵大败。凉州兵来得势猛，左右将佐，皆抵当不住。马超、庞德、马岱引百余骑，直入中军来捉曹操。操在乱军中，只听得凉州军大叫："穿红袍的是曹操！"操就马上急脱下红袍。又听得大叫："长髯者是曹操！"操惊慌，掣所佩刀断其髯。军中有人将曹操割髯之事，告知马超，超遂令人叫拿："短髯者是曹操！"操闻知，即扯旗角包颈而逃。㉑后人有诗曰：

一枪刺李通于马下——马超连败于禁、张郃，刺死李通，足见其武艺高强，骁勇善战。

操闻知，即扯旗角包颈而逃——此处寥寥数语，把曹操败逃时惊惶失措的狼狈相写得活灵活现。

潼关战败望风逃，孟德怆惶脱锦袍。
剑割髭髯应丧胆，马超声价盖天高。

曹操正走之间，背后一骑赶来，回头视之，正是马超。操大惊。左右将校见超赶来，各自逃命，只撇下曹操。超厉声大叫曰："曹操休走！"操惊得马鞭坠地。看看赶上，马超从后使枪搠来。操绕树而走，超一枪搠在树上，急拔下时，操已走远。超纵马赶来，山坡边转过一将，大叫："勿伤吾主！曹洪在此！"㉑轮刀纵马，拦住马超。操得命走脱。洪与马超战到四五十合，渐渐刀法散乱，气力不加。夏侯渊引数十骑随到。马超独自一人，恐被所算，乃拨马而回。夏侯渊也不来赶。

勿伤吾主！曹洪在此——马超紧紧追赶曹操，形势十分危急，幸亏曹洪及时赶到，救了曹操。这是曹洪继荥阳兵败后第二次救曹操，其忠勇之概，如在目前。

曹操回寨，却得曹仁死据定了寨栅，困此不曾多折军马。操入帐叹曰："吾若杀了曹洪，今日必死于马超之手也！"遂唤曹洪，重加赏赐。收拾败军，坚守寨栅，深沟高垒，不许出战。超每日引兵来寨前辱骂搦战。操传令教军士坚守，如乱动者斩。诸将曰："凉州之兵，尽使长枪，当选弓弩迎之。"操曰："战与不战，皆在于我，非在贼也。贼虽有长枪，安能便刺？诸公但坚壁观之，贼自退矣。"诸将皆私相议曰："丞相自来征战，一身当先；今败于马超，何如此之弱也？"过了几日，细作报来："马超又添二万生力兵来助战，乃是羌人部落。"操闻知大喜。诸将曰："马超添兵，丞相反喜，何也？"操曰："待吾胜了，却对汝等说。"三日后，又报关上又添军马。操又大喜，就于帐中设宴作贺。㉑诸将皆暗笑。操曰："诸公笑我无破马超之谋，公等

操又大喜，就于帐中设宴作贺——凉州军增兵，曹操反而"大喜"，甚至设宴庆贺，令人莫名其妙，造成一个悬念。

有何良策？”徐晃进曰：“今丞相盛兵在此，贼亦全部现屯关上，此去河西，必无准备，若得一军暗渡蒲阪津，先截贼归路，丞相径发河北击之，贼两不相应，势必危矣。”㊟操曰：“公明之言，正合吾意。”便教徐晃引精兵四千，和朱灵同去径袭河西，伏于山谷之中，“待我渡河北，同时击之。”徐晃、朱灵领命，先引四千军暗暗去了。操下令，先教曹洪于蒲阪津，安排船筏。留曹仁守寨，操自领兵渡河水*。

早有细作报知马超。超曰：“今操不攻潼关，而使人准备船筏，欲渡河北，必将遏吾之后也。吾当引一军循河拒住河岸*。操兵不得渡，不消二十日，操兵粮尽，必乱*，却循河南而击之，操可擒矣。”韩遂曰：“不必如此。岂不闻‘兵法’有云：‘兵半渡可击。’待操兵渡至一半，汝却于南岸击之，操兵皆死于河内矣。”超曰：“叔父之言甚善。”即使人探听曹操几时渡河。

却说曹操整兵已毕，分三停军，前渡河水*。比及人马到河口时，日光初起。操先发精兵渡过北岸，开创营寨。操自引亲随护卫军将百人，按剑坐于南岸，看军渡河。忽然人报：“后边白袍将军到了！”众皆认得是马超，一拥下船。河边军争上船者，声喧不止。操犹坐而不动，按剑指约休闹。只听得人喊马嘶，蜂拥而来。船上一将跃身上岸，呼曰：“贼至矣！请丞相下船！”操视之，乃许褚也。操口内犹言：“贼至何妨？”回头视之，马超已离不得百余步。许褚拖操下船时，船已离岸一丈有余。褚负操一跃上船。随行将士尽皆下水，扳住船边，争欲上船逃命。船小将翻，褚掣刀乱砍，傍船手尽折，倒于水中，急将船望下水棹去。许褚立于梢上，忙用木篙撑之。操伏在许褚脚边。马超赶到河岸，见船已流在半河，遂拈弓搭箭，喝令骁将绕河射之，矢如雨急。褚恐伤曹操，以左手举马鞍遮之。马超箭不虚发，船上驾舟之人，应弦落水；船中数十人皆被射倒。其船反撑不定，于急水中旋转。许褚独奋神威，将两腿夹舵摇撼，一手使篙撑船，一手举鞍遮护曹操。㊟

时有校尉丁斐*，在南山之上，见马超追操甚急，恐伤操命，遂将寨内牛只马匹，尽驱于外，漫山遍野，皆是牛马。凉州兵见之，都回身争取牛马，无心追赶，曹操因此得脱。㊟方到北岸，便把船筏凿沉。诸将听得曹操在河中逃难，急来救时，操已登岸。许褚身被重铠，箭皆嵌在甲上。众将保操至野寨中，皆拜于地而问安。操大笑

贼两不相应，势必危矣——徐晃所献之计，可谓避实击虚，出其不意，因而被曹操欣然采纳。

一手举鞍遮护曹操——这又是一个危急时刻，许褚随机应变，临危不慌，又救了曹操一命。其勇猛比曹洪更为突出，给读者留下了深刻印象。

无心追赶　曹操因此得脱——丁斐驱放牛马，使凉州兵为利所诱，无心追赶曹操。在《三国演义》中，此法多次使用，每每有效，可见乃是古代战争中常见的现象。

曰：“我今日几为小贼所困！”褚曰：“若非有人纵马放牛以诱贼，贼必努力渡河矣。”操问曰：“诱贼者谁也？”有知者答曰：“校尉丁斐也。”少顷，斐入见。操谢曰：“若非公之良策，则吾被贼所擒矣。”遂重赏丁斐*。斐曰：“贼虽暂去，明日必复来。须以良策拒之。”操曰：“吾已准备了也。”遂唤诸将渡往河西，各分头循河筑起甬道*，暂为寨脚。贼若来时，陈兵于甬道外，内虚立旌旗，以为疑兵；更沿河掘下壕堑，虚土棚盖，河内以兵诱之：“贼急来必陷，贼陷便可击矣。”

却说马超回见韩遂，说：“几乎捉住曹操！有一将奋勇负操下船去了，不知何人。”遂曰：“吾闻曹操选极精壮之人，为帐前侍卫，名曰‘虎卫军’，以骁将典韦、许褚领之。典韦已死，今救曹操者，必许褚也。此人勇力过人，人皆称为‘虎痴’；如遇之，不可轻敌。”(评)超曰：“吾亦闻其名久矣。”遂曰：“今操渡河，将袭我后，可速攻之，不可令他创立营寨。若立营寨，急难剿除。”超曰：“以侄愚意，还只拒住北岸，使彼不得渡渭*，乃为上策。”遂曰：“贤侄守寨，吾引军循河战操，若何？”超曰：“令庞德为先锋，跟叔父前去。”于是韩遂与庞德将兵五万，直抵渭北*。操令众将于甬道两旁诱之。庞德先引铁骑千余，冲突而来。喊声起处，人马俱落于陷马坑内。庞德踊身一跳，跃出土坑，立于平地，立杀数人，步行砍出重围。韩遂已被困在垓心，庞德步行救之。正遇着曹仁部将曹永，被庞德一刀砍于马下，夺其马，杀开一条血路，救出韩遂，投东南而走。(评)背后曹兵赶来，马超引军接应，杀败曹兵，复救出大半军马，战至日暮方回。计点人马，折了将佐程银、张横，陷坑中死者二百余人。超与韩遂商议：“若迁延日久，操于渭北立了营寨*，难以退敌；不若乘今夜引轻骑去劫野营。”遂曰：“须分兵前后相救。”于是超自为前部，令庞德、马岱为后应，当夜便行。

却说曹操收兵屯渭北，唤诸将曰：“贼欺我未立寨栅，必来劫野营。可四散伏兵，虚其中军。号炮响时，伏兵尽起，一鼓可擒也。”众将依令，伏兵已毕。当夜，马超却先使成宜引三十骑往前哨探。成宜见无人马，径入中军。操军见凉州兵到，遂放号炮。四面伏兵皆出，只围得三十骑。成宜被夏侯渊所杀。马超却自从背后与庞德、马岱兵分三路，蜂拥杀来。(评)正是：纵有伏兵能候敌，怎当健将共争先？未知胜负若何，且看下文分解。

如遇之，不可轻敌——称许褚为“虎痴”，本于《三国志·魏书·许褚传》。“虎”者，言其勇猛力大也；“痴”者，言其忠实可靠也。韩遂郑重提醒马超“不可轻敌”，为下文预作张本。

救出韩遂，投东南而走——庞德临危不慌，血战突围，表现出过人的勇猛，给曹操留下了深刻印象。

马超却从背后……兵分三路，蜂拥杀来——马超劫寨，曹操设伏，马超却又来反包围。双方斗智斗勇，使战况更显激烈。

尾评：

本回写曹军与凉州军相持，以凉州军为主，而以曹军为宾，着重表现了马超的勇猛和凉州军的强悍。这不仅有利于塑造马超的英雄形象，而且为下文曹军的取胜作了充分的铺垫。

第五十九回
许褚裸衣斗马超　曹操抹书间韩遂

总评

据《三国志·魏书·许褚传》，历史上的许褚于建安十六年（211）随曹操征马超时，“太祖与（韩）遂、（马）超等单马会语，左右皆不得从，唯将褚。超负其力，阴欲前突太祖，素闻褚勇，疑从骑是褚。乃问太祖曰：‘公有虎侯者，安在？’太祖顾指褚，褚瞋目眄之。超不敢动，乃各罢。”可见马、许二人并未交手。罗贯中在史实的基础上再往前跨进一步，运用浪漫主义想象，创造出“许褚裸衣斗马超”这一精彩篇章，把一场两雄相争的恶战写得层次分明，惊心动魄，使马超和许褚的骁勇气概与高超武艺得到充分的渲染，给读者留下了深刻的印象。

据《三国志·魏书·武帝纪》、《贾诩传》，曹操征马超、韩遂时，采纳贾诩之谋，竭力离间马、韩关系，与韩遂见面时只说旧事不谈军情，故意将书信涂抹后送与韩遂等等，均系史实，致使马、韩互相怀疑，军心动摇，曹操趁机发动进攻；不过，韩遂并未投降曹操，而是兵败后逃回凉州，直到建安二十年（215）才被杀。罗贯中努力发掘史实背后的可能性，充分发挥艺术虚构的权利，将马超因中反间计而怀疑韩遂，生发为韩遂因无法洗清嫌疑，在部将怂恿下向曹操请降，并欲谋害马超，马超得知，欲杀韩遂，双方彼此混战，曹操乘势大举进攻，大败马超。由于虚构生动逼真，合情合理，因而使得曹操之胜、马超之败更加可信。

在上一回及本回中，马超的英武善战表现得淋漓尽致，但其有勇无谋、急躁轻率的弱点也暴露得非常充分。面对曹操的反间计，他不辨真假，轻易上当；韩遂之投降曹操，在某种程度上也是由他的简单粗暴促成的。这种性格，实难在错综复杂的政治、军事斗争中应付裕如，只能导致他屡遭失败的悲剧命运。

却说当夜两军混战*，直到天明，各自收兵。马超屯兵渭口，日夜分兵，前后攻击。曹操在渭河内将船筏锁链作浮桥三条，连接南岸。曹仁引军夹河立寨，将粮草车辆穿连，以为屏障。马超闻之，教军士各挟草一束，带着火种，与韩遂引军并力杀到寨前，堆积草把，放起烈火。操兵抵敌不住，弃寨而走。车乘、浮桥，尽被烧毁。凉州兵大胜，截住渭河。㊟曹操立不起营寨，心中忧惧。荀攸曰："可取渭河沙土筑起土城，可以坚守。"操拨三万军担土筑城。马超又差庞德、马岱各引五百马军，往来冲突；更兼沙土不实，筑起便倒，操无计可施。时当九月尽，天气暴冷，彤云密布，连日不开。曹操在寨中纳闷。忽人报曰："有一老人来见丞相，欲陈说方略。"操请入。见其人鹤骨松姿，形貌苍古。问之，乃京兆人也，隐居终南山，姓娄，名子伯，道号"梦梅居士"。操以客礼待之。子伯曰："丞相欲跨渭安营久矣，今何不乘时筑之？"操曰："沙土之地，筑垒不成。隐士有何良策赐教？"子伯曰："丞相用兵如神，岂不知天时乎？连日阴云布合，朔风一起，必大冻矣。风起之后，驱兵士运土泼水，比及天明，土城已就。"操大悟，厚赏子伯。子伯不受而去。

凉州兵大胜，截住渭河——在战场交锋中，马超冲锋陷阵，每每获胜，颇有将才，但却决非帅才。

是夜北风大作。操尽驱兵士担土泼水；为无盛水之具，作缣囊盛水浇之，随筑随冻。比及天明，沙水冻紧，土城已筑完。㊟细作报知马超。超领兵观之，大惊，疑有神助。次日，集大军鸣鼓而进。操自乘马出营，止有许褚一人随后。操扬鞭大呼曰："孟德单骑至此，请马超出来答话。"超乘马挺枪而出。操曰："汝欺我营寨不成，今一夜天已筑就，汝何不早降！"马超大怒，意欲突前擒之，见操背后一人，睁圆怪眼，手提钢刀，勒马而立。超疑是许褚，乃扬鞭问曰："闻汝军中有虎侯，安在哉？"许褚提刀大叫曰："吾即沛国许褚也*！"目射神光，威风抖擞。超不敢动，乃勒马回。㊟操亦引许褚

沙水冻紧，土城已筑完——此事本于《三国志·魏书·武帝纪》注引《曹瞒传》。筑起土城，有利于曹军抵御凉州军的冲击，是为曹操改变战场形势的重要一步。

超不敢动，乃勒马回——面对许褚金刚怒目式的气势，马超一时被震慑住，竟"不敢动"而放弃了突袭曹操的打算。许褚之威猛，令人惊叹。

回寨。两军观之，无不骇然。操谓诸将曰："贼亦知仲康乃虎侯也！"自此军中皆称褚为虎侯。许褚曰："某来日必擒马超。"操曰："马超英勇，不可轻敌。"褚曰："某誓与死战！"即使人下战书，说虎侯单搦马超来日决战。超接书大怒曰："何敢如此相欺耶！"即批次日誓杀"虎痴"。㊊

次日，两军出营，布成阵势。超分庞德为左翼，马岱为右翼，韩遂押中军。超挺枪纵马，立于阵前，高叫："虎痴快出！"曹操在门旗下回顾众将曰："马超不减吕布之勇！"言未绝，许褚拍马舞刀而出，马超挺枪接战。斗了一百余合，胜负不分。马匹困乏，各回军中，换了马匹，又出阵前。又斗一百余合，不分胜负。㊊许褚性起，飞回阵中，卸了盔甲，浑身筋突，赤体提刀，翻身上马，来与马超决战。两军大骇。两个又斗到三十余合，褚奋威举刀便砍马超。超闪过，一枪望褚心窝刺来。褚弃刀将枪挟住。两个在马上夺枪。许褚力大，一声响，拗断枪杆，各拿半节在马上乱打。㊊操恐褚有失，遂令夏侯渊、曹洪两将齐出夹攻。庞德、马岱见操将齐出，麾两翼铁骑，横冲直撞，混杀将来。操兵大乱，许褚臂中两箭，诸将慌退入寨。马超直杀到壕边，操兵折伤大半。操令坚闭休出。马超回至渭口，谓韩遂曰："吾见恶战者莫如许褚，真'虎痴'也！"㊊

却说曹操料马超可以计破，乃密令徐晃、朱灵尽渡渭南结营*，前后夹攻。一日，操于城上见马超引数百骑，直临寨前，往来如飞。操观良久，掷兜鍪于地曰："马儿不死，吾无葬地矣。"夏侯渊听了，心中气忿，厉声曰："吾宁死于此地，誓灭马贼！"遂引本部千余人，大开寨门，直赶去。操急止不住，恐其有失，慌自上马前来接应。马超见曹兵至，乃将前军作后队，后队作先锋，一字儿摆开。夏侯渊到，马超接住厮杀。超于乱军中遥见曹操，就撇了夏侯渊，直取曹操。操大惊，拨马而走。曹兵大乱。

正追之际，忽报操有一军，已在渭南下了营寨*。超大惊，无心追赶，急收军回寨，与韩遂商议，言："操兵乘虚已渡渭南*，吾军前后受敌，如之奈何？"部将李堪曰："不如割地请和，两家且各罢兵。捱过冬天，到春暖别作计议。"韩遂曰："李堪之言最善，可从之。"超犹豫未决。杨秋、侯选皆劝求和。于是韩遂遣杨秋为使，直往操

即批次日誓杀"虎痴"——马超从未遇过对手，虽一时被震慑，但决不害怕许褚。因此，面对许褚咄咄逼人的挑战，他不禁勃然大怒。"誓杀虎痴"一语，预示着一场两雄相争的决斗即将来临。

又斗一百余合，不分胜负——从上文的"胜负不分"到此处的"不分胜负"，仅仅颠倒了一下词序，却大大加强了读者的印象。

各拿半节在马上乱打——双方势均力敌，竟拗断枪杆，"各拿半截在马上乱打"。这个戏剧化的镜头，把这场激战推向了顶点。

吾见恶战者莫如许褚，真"虎痴"也——马超此语，充满赞叹之意，使许褚的威猛形象大大突出，可谓画龙点睛之笔。

于是韩遂遣杨秋为使，直往操寨下书——凉州军虽在交锋中屡占上风，但并未取得决定性胜利；随着曹军前后夹击之势形成，凉州军的处境开始转为不利。于是，韩遂及其部将主张请和。这就为曹操使用反间计提供了条件。

令韩、马相疑，则一鼓可破也——贾诩建议使用反间计，在凉州军内部制造混乱，成为曹操取胜的关键性策略。

只把旧事细说，并不提起军情——两军对垒，主将答话，竟只说旧事，不谈军务，简直不合常理。难怪这会引起马超的怀疑。曹操之善于用诈，于此可见。

超心甚疑，不言而退——韩遂毫无戒备，被曹操所用而不知，马超却不能不怀疑。就这样，曹操的反间计开始奏效了。

寨下书，㊣言割地请和之事。操曰："汝且回寨。吾来日使人回报。"杨秋辞去。贾诩入见操曰："丞相主意若何？"操曰："公所见若何？"诩曰："兵不厌诈，可伪许之；然后用反间计，令韩、马相疑，则一鼓可破也。"㊣操抚掌大喜曰："天下高见，多有相合。文和之谋，正吾心中之事也。"于是遣人回书，言："待我徐徐退兵，还汝河西之地。"一面教搭起浮桥，作退军之意。马超得书，谓韩遂曰："曹操虽然许和，奸雄难测。倘不准备，反受其制。超与叔父轮流调兵，今日叔向操，超向徐晃；明日超向操，叔向徐晃：分头提备，以防其诈。"韩遂依计而行。

早有人报知曹操。操顾贾诩曰："吾事济矣！"问："来日是谁合向我这边？"人报曰："韩遂。"次日操引众将出营，左右围绕，操独显一骑于中央。韩遂部卒多有不识操者，出阵观看。操高叫曰："汝诸军欲观曹公耶？吾亦犹人也，非有四目两口，但多智谋耳。"诸军皆有惧色。操使人过阵谓韩遂曰："丞相谨请韩将军会话。"韩遂即出阵；见操并无甲仗，亦弃衣甲，轻服匹马而出。二人马头相交，各按辔对语。操曰："吾与将军之父，同举孝廉，吾尝以叔事之。吾亦与公同登仕路，不觉有年矣。将军今年年寿几何*？"韩遂答曰："年近七十矣*。"操曰："往日在京师，皆青春年少，何期又入晚境矣*！安得天下清平共乐耶！"只把旧事细说，并不提起军情。㊣说罢大笑。相谈有一个时辰，方回马而别，各自归寨。早有人将此事报知马超，超忙来问韩遂曰："今日曹操阵前所言何事？"遂曰："只诉京师旧事耳。"超曰："安得不言军务乎？"遂曰："曹操不言，吾何独言之？"超心甚疑，不言而退。㊣

却说曹操回寨，谓贾诩曰："公知吾阵前对语之意否？"诩曰："此意虽妙，尚未足间二人。某有一策，令韩、马自相仇杀。"操问其计，贾诩曰："马超乃一勇之夫，不识机密。丞相亲笔作一书，单与韩遂，中间朦胧字样，于要害处，自行涂抹改易，然后封送与韩遂，故意使马超知之。超必索书来看。若看见上面要紧去处，尽皆改抹，只猜是韩遂恐超知其机密事，自行改涂，正合着单骑会语之疑；疑则必生乱。我更暗结韩遂部下诸将，使互相离间，超可图矣。"操曰："此计甚妙。"随写书一封，将紧要处尽皆改抹，然后实封，故意多遣从人送过寨去，下了书自回。(评)果然有人报知马超。超心愈疑，径来韩遂处索书看。韩遂将书与超。超见上面有改抹字样，问遂曰："书上如何都改抹糊涂？"遂曰："原书如此，不知何故。"超曰："岂有以草稿送与人耶？必是叔父怕我知了详细，先改抹了。"遂曰："莫非曹操错将草稿误封来了？"超曰："吾又不信。曹操是精细之人，岂有差错？吾与叔父并力杀贼，奈何忽生异心！"(评)遂曰："汝若不信吾心，来日吾在阵前赚操说话，汝从阵内突出，一枪刺杀便了。"超曰："若如此，方见叔父真心。"两人约定。

次日，韩遂引侯选、李堪、梁兴、马玩、杨秋五将出阵。马超藏在门影里。韩遂使人到操寨前，高叫："韩将军请丞相攀话。"操乃令曹洪引数十骑，径出阵前与韩遂相见。马离数步，洪马上欠身曰："夜来丞相拜意将军之言，切莫有误。"言讫便回马。超听得大怒，挺枪骤马，便刺韩遂。(评)五将拦住，劝解回寨。遂曰："贤侄休疑，我无歹心。"马超那里肯信，恨怨而去。韩遂与五将商议曰："这事如何解释？"杨秋曰："马超倚仗武勇，常有欺凌主公之心，便胜得曹操，怎肯相让？以某愚见，不如暗投曹公，他日不失封侯之位。"遂曰："吾与马腾结为兄弟，安忍背之？"杨秋曰："事已至此，不得不然。"遂曰："谁可以通消息？"杨秋曰："某愿往。"遂乃写密书，遣杨秋径来操寨，说投降之事。操大喜，许封韩遂为允吾侯、杨秋为安定太守*，其余皆有官爵。约定放火为号，共谋马超。(评)杨秋拜辞，回见韩遂，备言其事："约定今夜放火，里应外合。"遂大喜，就令军士于中军帐后堆积干柴，五将各悬刀剑听候。韩遂商议，欲设宴赚请马超，就席图之，犹豫未决。

不想马超早已探知备细，便带亲随数人，仗剑先行，令庞德、马岱为后应。超潜步入韩遂帐中，只见五将与韩遂密语，只听得杨秋口中说道："事不宜迟，可速行之！"超大怒，挥剑直入，大喝曰："群贼焉敢谋害我！"众皆大惊。超一剑望韩遂面门剁去，遂慌以手迎之，左手早被砍落。五将挥刀齐出。超纵步出帐外，五将围绕混杀。(评)超独挥宝剑，力敌五将。剑光明处，鲜血溅飞：砍翻马玩，剁倒梁兴，三将各自逃生。超复入帐中来杀韩遂时，已被左右救去。帐后一把火起，各寨兵皆动。超连忙上马。庞德、马岱亦至，互相混战。超领军杀出时，操兵四至：前有许褚，后有徐晃，左有夏侯

故意多遣从人送过寨去，下了书自回——曹操再用贾诩之计，故意将信涂抹后封死，又故意大张旗鼓送与韩遂，既使韩遂来不及分析情况，又可引起马超注意。

吾与叔父并力杀贼，奈何忽生异心——果然，韩遂刚把信拆开，马超已来索看。韩遂尚在莫名其妙，马超已怀疑他将信涂抹；韩遂越是解释，马超越是以为他心中有鬼。于是，反间计进一步奏效了。

挺枪骤马，便刺韩遂——曹洪奉曹操之命，故意再出含混之言，与涂抹之信相呼应，使韩遂有口难辩，马超则断定他已经背叛自己：反间计基本成功了。

约定放火为号，共谋马超——韩遂进退两难，决定投降曹操，共谋马超。至此，反间计弄假成真，完全成功。

超纵步出帐外，五将围绕混杀——马超与韩遂由心存怀疑到互相残杀，已经自乱阵脚，为曹操大举进攻提供了绝好的机会。

渊，右有曹洪。凉州之兵，自相并杀。超不见了庞德、马岱，乃引百余骑，截于渭桥之上。天色微明，只见李堪领一军从桥下过，超挺枪纵马逐之。李堪拖枪而走。恰好于禁从马超背后赶来，禁开弓射马超。超听得背后弦响，急闪过，却射中前面李堪，落马而死。超回马来杀于禁，禁拍马走了。超回桥上住扎。操兵前后大至，虎卫军当先，乱箭夹射马超。超以枪拨之，矢皆纷纷落地。超令从骑往来突杀。争奈曹兵围裹坚厚，不能冲出。超于桥上大喝一声，杀入渭北*，从骑皆被截断。超独在阵中冲突，却被暗弩射倒坐下马，马超堕于地上，操军逼合。正在危急，忽西北角上一彪军杀来，乃庞德、马岱也。二人救了马超，将军中战马与马超骑了，翻身杀条血路，望西北而走。曹操闻马超走脱，传令诸将："无分晓夜，务要赶到马儿。如得首级者，千金赏，万户侯；生获者封大将军。"众将得令，各要争功，迤逦追袭。马超顾不得人马困乏，只顾奔走。从骑渐渐皆散。兵马走不上者，多被擒去。止剩得三十余骑，与庞德、马岱望陇西临洮而去。㊣

与庞德、马岱望陇西临洮而去——马超虽勇，此时已无回天之力。这一战役，终于以马超的惨败而告结束。

曹操亲自追至安定，知马超去远，方收兵回长安。众将毕集。韩遂已无左手，做了残疾之人，操教就于长安歇马，授允吾侯之爵*。杨秋、侯选皆封列侯，令守渭口。下令班师回许都。凉州参军杨阜，字义山，径来长安见操。操问之，杨阜曰："马超有吕布之勇，深得羌人之心。今丞相若不乘势剿绝，他日养成气力，陇上诸郡，非复国家之有也。㊣望丞相且休回兵。"操曰："吾本欲留兵征之，奈中原多事，南方未定，不可久留。君当为孤保之。"阜领诺，又保荐韦康为凉州刺史，同领兵屯冀城，以防马超。阜临行，请于操曰："长安必留重兵，以为后援。"操曰："吾已定下，汝但放心。"阜辞而去。众将皆问曰："初贼据潼关，渭北道缺，丞相不从河东击冯翊，而反守潼关，迁延日久，而后北渡，立营固守，何也？"操曰："初贼守潼关，若吾初到，便取河东，贼必以各寨分守诸渡口，则河西不可渡矣。吾故盛兵皆聚于潼关前，使贼尽南守，而河西不准备，故徐晃、朱灵得渡也。吾然后引兵北渡，连车树栅为甬道，筑冰城，欲贼知吾弱，以骄其心，使不准备。吾乃巧用反间，畜士卒之力，一旦击破之。正所谓'疾雷不及掩耳'。兵之变化，固非一道也。"众将又请问曰："丞相每闻贼加兵添众，则有喜色，何也？"操曰："关

陇上诸郡，非复国家之有也——杨阜此语，本于《三国志·魏书·杨阜传》，可谓洞见利害，为第六十四回马超攻占凉州诸郡埋下伏笔。

中边远，若群贼各依险阻，征之非一二年不可平复；今皆来聚一处，其众虽多，人心不一，易于离间，一举可灭：吾故喜也。”㊟众将拜曰：“丞相神谋，众不及也！”操曰：“亦赖汝众文武之力。”遂重赏诸军，留夏侯渊屯兵长安，所得降兵，分拨各部。夏侯渊保举冯翊高陵人，姓张、名既，字德容，为京兆尹，与渊同守长安。操班师回都。献帝排銮驾出郭迎接。诏操“赞拜不名，入朝不趋，剑履上殿”：如汉相萧何故事。㊟自此威震中外。

一举可灭：吾故喜也——取胜之后，曹操向诸将解释因由，深合兵法，表现了一个杰出军事家的胆略和眼光。

如汉相萧何故事——此事本于《三国志·魏书·武帝纪》。曹操享受“剑履上殿”的特殊待遇，虽不一定出自汉献帝本意；但西征马超的胜利，确实进一步增强了曹操的威势。

这消息播入汉中，早惊动了汉宁太守张鲁。原来张鲁乃沛国丰人。其祖张陵在益州鹄鸣山中造作道书以惑人，人皆敬之。陵死之后，其子张衡行之。百姓但有学道者，助米五斗，世号“米贼”。张衡死，张鲁行之。鲁在汉中，自号为“师君”；其来学道者皆号为“鬼卒”；为首者号为“祭酒”；领众多者号为“治头大祭酒”。务以诚信为主，不许欺诈。如有病者，即设坛，使病人居于静室之中，自思己过，当面陈首，然后为之祈祷。主祈祷之事者，号为“奸令祭酒”。祈祷之法，书病人姓名，说服罪之意，作文三通，名为“三官手书”：一通放于山顶以奏天，一通埋于地以奏地，一通沉于水以申水官。如此之后，但病痊可，将米五斗为谢。又盖义舍：舍内饭米、柴火、肉食齐备，许过往人量食多少，自取而食；多取者受天诛。境内有犯法者，必恕三次；不改者，然后施刑。所在并无官长，尽属祭酒所管。如此雄据汉中之地已三十年。㊟国家以为地远不能征伐，就命鲁为镇民中郎将*，领汉宁太守，通进贡而已。当年闻操破凉州之众，威震天下，乃聚众商议曰：“西凉马腾遭戮，马超新败，曹操必将侵我汉中。我欲自称汉宁王，督兵拒曹操，诸君以为何如？”阎圃曰：“汉川之民，户出十万余众，财富粮足，四面险固。今马超新败，凉州之民，从子午谷奔入汉中者，不下数万。愚意益州刘璋昏弱，不如先取益州四十五县为本*，㊟然后称王未迟。”张鲁大喜，遂与弟张卫商议起兵。早有细作报入蜀中*。

如此雄据汉中之地已三十年——此处交代张陵、张衡、张鲁三代创立、推行“五斗米道”之事，说明张鲁雄据汉中之来历。

不如先取益州四十五县为本——阎圃之议，引出益州之争，起了承上启下的作用。

却说益州刘璋，字季玉，即刘焉之子，汉鲁恭王之后。章帝元和中，徙封竟陵，支庶因居于此。后焉官至益州牧，兴平元年患病疽而死，州大吏赵韪等，共保璋为益州牧。璋曾杀张鲁母及弟，因此有仇。璋使庞羲为巴西太守，以拒张鲁。时庞羲探知张鲁欲兴兵取蜀，急报知刘璋。

璋平生懦弱，闻得此信，心中大忧，急聚众官商议。忽一人昂然而出曰："主公放心。某虽不才，凭三寸不烂之舌，使张鲁不敢正眼来觑益州。"正是：只因蜀地谋臣进，致引荆州豪杰来。未知此人是谁，且看下文分解。

尾评：

"许褚裸衣斗马超"这一篇章，艺术上的最大特色是"静"与"动"的对照和变化。马超与许褚，静如山峰对峙，动如狂涛搏击。场面的交替，使一个并不复杂的情节显得起伏有致，给读者带来美的享受。

曹操云："兵之变化，固非一道也。"信然！

第六十回
张永年反难杨修　庞士元议取西蜀

总评

据《三国志·蜀书·刘二牧传》、《先主传》，刘璋曾于建安十三年（208）遣别驾张松去见曹操以修好。此时曹操不战而得荆州，志得意满，对张松不加礼遇（此前刘璋先后遣阴溥、张肃向曹操致敬，均得厚待）。张松怀怨而归，劝刘璋与曹操断绝往来，而与刘备交往。至建安十六年（211），刘璋听说曹操欲讨张鲁，深恐其灭鲁后顺势进攻益州（汉中原为益州之一郡，张鲁原为刘焉部将，实力不及刘璋，故对璋威胁不大）。张松劝璋请刘备先伐张鲁，以便增强益州实力，抵御曹操，璋然之，遂迎刘备入蜀。罗贯中巧妙融合史料，并吸收《先主传》注引韦昭《吴书》的记载，虚构张鲁欲攻益州，刘璋恐惧，遣张松向曹操求援，松因被操折辱，转赴荆州，感刘备恩遇而劝其夺取益州，并主动进献益州地图等情节，将刘璋之软弱无能、张松之傲骨嶙峋、曹操之恃胜而骄、刘备之宽仁爱士描绘得十分鲜明。

张松身为刘璋别驾，却投靠刘备，愿为其夺取益州作内应，似乎有违臣道；但因刘璋暗弱，刘备则系明君，张松作为智能之士，为施展抱负而心许刘备，仍属“贤臣择主而事”。罗贯中对至死忠于刘璋的王累加以褒扬，而对先后归顺刘备的张松、法正、严颜、许靖、董和等人也予以肯定，表现了对“忠义”

思想与“贤臣择主而事”的臣道观的兼容，具有一定进步意义。

曹操本来拥有明显的政治优势，对四方才智之士最具号召力；然而，随着权位的巩固、声望的提高，他的骄矜之气日益膨胀，傲慢之行日益增多，早年那种求贤若渴、唯才是举的精神大大削弱，忌才、害才的毛病却逐渐抬头。不礼张松，使他失去了取得益州的极好机会。三国戏曲戏称他棒打张松是“把益州打掉了”，确实如此。由此可见，为政者要真正做到尊贤爱士，慎终如始，是多么不容易！

刘备答庞统所云:“今与吾水火相敌者，曹操也。……每与操相反，事乃可成。”本于《三国志·蜀书·庞统传》注引《九州春秋》。这是刘备的政治信条，也是他的政治策略。尽管刘备难以完全照此行事，但这已足以使他赢得“明君”的美名。

却说那进计于刘璋者，乃益州别驾，姓张，名松，字永年。其人生得额钁头尖，鼻偃齿露，身短不满五尺，言语有若铜钟。刘璋问曰："别驾有何高见，可解张鲁之危？"松曰："某闻许都曹操，扫荡中原，吕布、二袁皆为所灭，近又破马超，天下无敌矣。主公可备进献之物，松亲往许都，说曹操兴兵取汉中，以图张鲁。则鲁拒敌不暇，何敢复窥蜀中耶？"刘璋大喜，收拾金珠锦绮，为进献之物，遣张松为使。松乃暗画益州地理图本藏之，㊢带从人数骑，取路赴许都。早有人报入荆州。孔明便使人入许都打探消息。㊢

却说张松到了许都馆驿中住定，每日去相府伺候，求见曹操。原来曹操自破马超回，傲睨得志，每日饮宴，无事少出，国政皆在相府商议。张松候了三日，方得通姓名。左右近侍先要贿赂，却才引入。操坐于堂上，松拜毕，操问曰："汝主刘璋连年不进贡，何也？"松曰："为路途艰难，贼寇窃发，不能通进。"操叱曰："吾扫清中原，有何盗贼？"松曰："南有孙权、刘备，西有张鲁*，至少者亦带甲十余万，岂得为太平耶？"㊢操先见张松人物猥琐，五分不喜；又闻语言冲撞，遂拂袖而起，转入后堂。

左右责松曰："汝为使命，何不知礼，一味冲撞？幸得丞相看汝远来之面，不见罪责。汝可急急回去！"松笑曰："吾蜀中无谄佞之人也。"

忽然阶下一人大喝曰："汝蜀中不会谄佞，吾中原岂有谄佞者乎？"松观其人，单眉细眼，貌白神清。问其姓名，乃太尉杨彪之子杨修，字德祖，现为丞相仓曹属主簿*。此人博学能言，智识过人。松知修是个舌辩之士，有心难之。修亦自恃其才，小觑天下之士。当时见张松言语讥讽，遂邀出外面书院中，分宾主而坐，谓松曰："蜀道崎岖，远来劳苦。"松曰："奉主之命，虽赴汤蹈火，弗敢辞也。"修问："蜀中风土如何？"松曰："蜀为西郡，古号益州。路有锦

松乃暗画益州地理图本藏之——张松名为替刘璋求援，却将益州地理图本带在身边，显然已经打算另投明主。

孔明便使人入许都打探消息——孔明早在《隆中对》里已将夺取益州列入其战略规划，得到荆州后，取益州更是势在必行。因此，随时注意益州动态，实在情理之中。

岂得为太平耶——张松虽有献益州与曹操之心，但生就一副傲骨，不会阿谀奉承，又自恃才高，对曹操难免出语不恭。如果曹操以礼相待，事态的发展当大不一样。

江之险，地连剑阁之雄。回还二百八程，纵横三万余里。鸡鸣犬吠相闻，市井闾阎不断。田肥地茂，岁无水旱之忧；国富民丰，时有管弦之乐。所产之物，阜如山积：天下莫可及也！”修又问曰：“蜀中人物如何？”松曰：“文有相如之赋，武有伏波之才；医有仲景之能，卜有君平之隐。九流三教，‘出乎其类，拔乎其萃’者，不可胜记，岂能尽数！”修又问曰：“方今刘季玉手下，如公者还有几人？”松曰：“文武全才，智勇足备，忠义慷慨之士，动以百数。如松不才之辈，车载斗量，不可胜记。”修曰：“公近居何职？”松曰：“滥充别驾之任，甚不称职。敢问公为朝廷何官？”修曰：“现为丞相府主簿。”松曰：“久闻公世代簪缨，何不立于庙堂，辅佐天子，乃区区作相府门下一吏乎？”㊟杨修闻言，满面羞惭，强颜而答曰：“某虽居下寮，丞相委以军政钱粮之重，早晚多蒙丞相教诲，极有开发，故就此职耳。”松笑曰：“松闻曹丞相文不明孔、孟之道，武不达孙、吴之机，专务强霸而居大位，安能有所教诲，以开发明公耶？”修曰：“公居边隅，安知丞相大才乎？吾试令公观之。”呼左右于箧中取书一卷，以示张松。松观其题曰：“孟德新书”。从头至尾，看了一遍，共一十三篇，皆用兵之要法。松看毕，问曰：“公以此为何书耶？”修曰：“此是丞相酌古准今，仿《孙子十三篇》而作。公欺丞相无才，此堪以传后世否？”松大笑曰：“此书吾蜀中三尺小童，亦能暗诵，何为‘新书’？此是战国时无名氏所作，曹丞相盗窃以为己能，止好瞒足下耳！”修曰：“丞相秘藏之书，虽已成帙，未传于世，公言蜀中小儿暗诵如流，何相欺乎？”松曰：“公如不信，吾试诵之。”遂将《孟德新书》，从头至尾，朗诵一遍，并无一字差错。㊟修大惊曰：“公过目不忘，真天下奇才也！”后人有诗赞曰：

乃区区作相府门下一吏乎——初次见面，曹操之傲慢无礼已使张松大感不快，故对出身高贵、才识过人的杨修依附曹操很不以为然，乃有此语含讥讽之问。

从头至尾，朗诵一遍，并无一字差错——张松过目不忘，令人惊叹。这个虚构的情节，使这位其貌不扬的蜀中才子给人留下了极深的印象。

古怪形容异，清高礼貌疏*。
语倾三峡水，目视十行书。
胆量魁西蜀，文章贯太虚。
百家并诸子，一览更无馀。

当下张松欲辞回。修曰：“公且暂居馆舍，容某再禀丞相，令公面君。”松谢而退。

修入见操曰：“适来丞相何慢张松乎？”操曰：“言语不逊，吾故慢之。”修曰：“丞相尚容一祢衡，何不纳张松？”操曰：“祢衡文章，播于当今，吾故不忍杀之。松有何能？”修曰：“且无论其口似悬河，辩才无碍。适修以丞相所撰《孟德新书》示之，彼观一遍，即能暗诵。如此博闻强记，世所罕有。松言此书乃战国时无名氏所作，蜀中小儿，皆能熟记。”操曰：“莫非古人与我暗合否？”令扯碎其书烧之。修曰：“此人可使面君，教见天朝气象。”操曰：“来日我于西教场点军，汝可先引他来，使见我军容之盛，教他回去传说：吾即日下了江南，便来收蜀。”修领命。

至次日，与张松同至西教场。操点虎卫雄兵五万，布于教场中。果然盔甲鲜明，衣袍灿烂；金鼓震天，戈矛耀日；四方八面，各分队伍；旌旗飏彩，人马腾空。松斜目视之。良久，操唤松，指而示曰：“汝蜀中曾见此英雄人物否？”松曰：“吾蜀中不曾见此兵革，但以仁义治人。”操变色视之，松全无惧意。杨修频以目视松。操谓松曰：“吾视天下鼠辈犹草芥耳。大军到处，战无不胜，攻无不取，顺吾者生，逆吾者死。汝知之乎？”松曰：“丞相驱兵到处，战必胜，攻必取，松亦素知。昔日濮阳攻吕布之时，宛城战张绣之日；赤壁遇周郎，华容逢关羽；割须弃袍于潼关，夺船避箭于河水*：此皆无敌于天下也！”㊟操大怒曰：“竖儒怎敢揭吾短处！”喝令左右推出斩之。杨修谏曰：“松虽可斩，奈从蜀道而来入贡，若斩之，恐失远人之意。”操怒气未息。荀彧亦谏。操方免其死，令乱棒打出。㊟

松归馆舍，连夜出城，收拾回蜀。松自思曰：“吾本欲献益州州郡与曹操，谁想如此慢人！我来时于刘璋之前，开了大口；今日怏怏空回，须被蜀中人所笑。吾闻荆州刘玄德仁义远播久矣，不如径由那条路回，试看此人如何，我自有主见。”㊟于是乘马引仆从望荆州界上而来。前至江夏界口*，忽见一队军马，约有五百余骑，为首一员大将，轻妆软扮，勒马前问曰：“来者莫非张别驾乎？”松曰：“然也。”那将慌忙下马，声喏曰：“赵云等候多时。”松下马答礼曰：“莫非常山赵子龙乎？”云曰：“然也。某奉主公刘玄德之命，为大夫远涉路途，勒马驱驰，特命赵云聊奉酒食。”言罢，军士跪奉酒食，云敬进之。松自思曰：“人言刘玄德宽仁爱客，今果如此。”遂与赵云饮了数杯，上马同行，来到南郡界首*。是日天晚，前到馆驿，见驿门外百余人侍立，击鼓相接。一将于马前施礼曰：“奉兄长将令，为大夫远涉风尘，令关某洒扫驿庭，以待歇宿。”松下马，与云长、赵

此皆无敌于天下也——张松见曹操一味傲慢，对之已不抱幻想，因而索性毫不客气地大加嘲讽。祢衡之后，从未有人将曹操骂得如此厉害；而因其语处处有根有据，句句戳着曹操伤疤，又反话正说，就使曹操更加狼狈。

操方免其死，令乱棒打出——此时的曹操，比祢衡骂曹时更加骄横，岂能容忍张松嘲讽？“乱棒打出”已算手下留情。但如此一来，送上门来的益州也就得不到了。

试看此人如何，我自有主见——到此地步，张松转而想到刘备，亦属自然而然。

云同入馆舍，讲礼叙坐。须臾，排上酒筵，二人殷勤相劝。饮至更阑，方始罢席，宿了一宵。

> 遥见张松，早先下马等候——刘备不仅派赵云、关羽两员大将于路迎候张松，而且亲自与孔明、庞统出城迎接，给张松以最高礼遇，从而一开始就与曹操形成鲜明对比，使张松深受感动。

次日早膳毕，上马行不到三五里，只见一簇人马到。乃是玄德引着伏龙、凤雏，亲自来接。遥见张松，早先下马等候。(评)松亦慌忙下马相见。玄德曰："久闻大夫高名，如雷灌耳。恨云山遥远，不得听教。今闻自许都回程*，专此相接。倘蒙不弃，到荒州暂歇片时，以叙渴仰之思，实为万幸！"松大喜，遂上马并辔入城。至府堂上各各叙礼，分宾主依次而坐，设宴款待。饮酒间，玄德只说闲话，并不提起益州之事，松以言挑之曰："今皇叔守荆州，还有几郡？"孔明答曰："荆州乃暂借东吴的，每每使人取讨。今我主因是东吴女婿，故权且在此安身。"松曰："东吴据六郡八十三县*，民强国富，犹且不知足耶？"庞统曰："吾主汉朝皇叔，反不能占据州郡；其他皆汉之蟊贼，却都恃强侵占地土：惟智者不平焉。"玄德曰："二公休言。吾有何德，敢多望乎？"松曰："不然。明公乃汉室宗亲，仁义充塞乎四海。休道占据州郡，便代正统而居帝位，亦非分外。"玄德拱手谢曰："公言太过，备何敢当！"

> 言罢，潸然泪下——刘备不提益州之事，只是对张松发动感情攻势：优礼款待三日不说，临别还依依不舍，潸然泪下。心高气傲的张松，不能不更加感动了。

> 松愿施犬马之劳，以为内应——张松感动之余，主动建议刘备夺取益州，并愿充当内应。这当然正合刘备心意。

自此一连留张松饮宴三日，并不提起蜀中之事。松辞去，玄德于十里长亭设宴送行。玄德举酒酌松曰：甚荷大夫不外，留叙三日；今日相别，不知何时再得听教。"言罢，潸然泪下。(评)张松自思："玄德如此宽仁爱士，安可舍之？不如说之，令取益州。"乃言曰："松亦思朝暮趋侍，恨未有便耳。松观荆州，东有孙权，常怀虎踞；北有曹操，每欲鲸吞：亦非可久恋之地也。"玄德曰："故知如此，但未有安迹之所。"松曰："益州险塞，沃野千里，民殷国富；智能之士，久慕皇叔之德。若起荆襄之众，长驱西指，霸业可成，汉室可兴矣。"玄德曰："备安敢当此？刘益州亦帝室宗亲，恩泽布蜀中久矣。他人岂可得而动摇乎？"松曰："某非卖主求荣；今遇明公，不敢不披沥肝胆：刘季玉虽有益州之地，禀性暗弱，不能任贤用能；加之张鲁在北，时思侵犯；人心离散，思得明主。松此一行，专欲纳款于操；何期逆贼恣逞奸雄，傲贤慢士，故特来见明公。明公先取益州为基，然后北图汉中，收复中原，匡正天朝，名垂青史，功莫大焉。明公果有取益州之意，松愿施犬马之劳，以为内应。(评)未知钧意若何？"玄德曰："深感君之厚意。奈刘季玉与备同宗，若攻之，恐天下人唾骂。”松曰:“大丈夫处世,当努力建功立业,著鞭在先。今若不取,为他人所取,悔之晚矣。”玄德曰:“备闻蜀道崎岖,千山万水,车不能方轨,马不能联辔;虽欲取之,用何良策?”松于袖中取出一图,递与玄德曰:㊟“松感明公盛德,敢献此图。但看此图,便知蜀中道路矣。”玄德略展视之,上面尽写着地理行程,远近阔狭,山川险要,府库钱粮,一一俱载明白。松曰:“明公可速图之。松有心腹契友二人:法正、孟达。此二人必能相助。如二人到荆州时,可以心事共议。”玄德拱手谢曰:“青山不老,绿水长存。他日事成,必当厚报。”松曰:“松遇明主,不得不尽情相告,岂敢望报乎?”㊟说罢作别。孔明命云长等护送数十里方回。

松于袖中取出一图,递与玄德曰——直到此时,张松才将益州地理图本献与刘备,可谓水到渠成。作者将“献图”之举,写得十分曲折,十分郑重,令人拍案叫好。

松遇明主……岂敢望报乎——对于才智之士而言,得遇明主,已为毕生幸事。张松此语,确系肺腑之言。

张松回益州,先见友人法正。正字孝直,右扶风郿人也,贤士法真之孙*。松见正,备说:“曹操轻贤傲士,只可同忧,不可同乐。吾已将益州许刘皇叔矣。专欲与兄共议。”法正曰:“吾料刘璋无能,已有心见刘皇叔久矣。此心相同,又何疑焉?”少顷,孟达至。达字子度*,与法正同乡。达入,见正与松密语。达曰:“吾已知二公之意。将欲献益州耶?”松曰:“是欲如此。兄试猜之,合献与谁?”达曰:“非刘玄德不可。”三人抚掌大笑。法正谓松曰:“兄明日见刘璋,当若何?”松曰:“吾荐二公为使,可往荆州。”二人应允。

次日,张松见刘璋。璋问:“干事若何?”松曰:“操乃汉贼,欲篡天下,不可为言。彼已有取蜀之心。”璋曰:“似此如之奈何?”松曰:“松有一谋,使张鲁、曹操必不敢轻犯益州。”璋曰:“何计?”松曰:“荆州刘皇叔,与主公同宗,仁慈宽厚,有长者风。赤壁鏖兵之后,操闻之而胆裂,何况张鲁乎?主公何不遣使结好,使为外援,可以拒曹操、张鲁矣。”璋曰:“吾亦有此心久矣。谁可为使?”松曰:“非法正、孟达,不可往也。”㊟璋即召二人入,修书一封,令法正为使,先通情好;次遣孟达领精兵五千,迎玄德入蜀为援。正商议间,一人自外突入,汗流满面,大叫曰:“主公若听张松之言,则四十五县*,已属他人矣!”松大惊;视其人,乃巴西阆中人*,姓黄,名权,字公衡,现为刘璋府下主簿。璋问曰:“玄德与我同宗,吾故结之为援;汝何出此言?”权曰:“某素知刘备宽以待人,柔能克刚,英雄莫敌,远得人心,近得民望;兼有诸葛亮、庞统之智谋,关、张、赵云、黄忠、魏延为羽翼。若召到蜀中,以部曲待之,刘

非法正、孟达,不可往也——张松已与法正、孟达商定共投刘备,故此处举荐二人,以便与刘备沟通信息。

备安肯伏低做小？若以客礼待之，又一国不容二主。今听臣言，则西蜀有泰山之安；不听臣言，则主公有累卵之危矣。张松昨从荆州过，必与刘备同谋。可先斩张松，后绝刘备，则益州万幸也。”璋曰：“曹操、张鲁到来，何以拒之？”权曰：“不如闭境绝塞，深沟高垒，以待时清。”璋曰：“贼兵犯界，有烧眉之急；若待时清，则是慢计也。”遂不从其言，遣法正行。又一人阻曰：“不可！不可！”璋视之，乃从事王累也*。累顿首言曰：“主公今听张松之说，自取其祸。”璋曰：“不然。吾结好刘玄德，实欲拒张鲁也。”累曰：“张鲁犯界，乃癣疥之疾；刘备入蜀，乃心腹之大患。况刘备世之枭雄，先事曹操，便思谋害；后从孙权，便夺荆州。心术如此，安可同处乎？今若召来，益州休矣！”㊣璋叱曰：“再休乱道！玄德是我同宗，他安肯夺我基业？”㊣便教扶二人出。遂命法正便行。

今若召来，益州休矣——黄权、王累深知刘备雄才大略，刘璋决非其对手，因而坚决反对请刘备入蜀，堪称有先见之明。

玄德是我同宗，他安肯夺我基业——刘璋此语，真是痴人说梦。为了争夺天下，父子兄弟尚可相残，何况同宗乎！刘备纵有仁人之心，也不过在方法上比较注意，决不会不要益州。

法正离益州，径取荆州，来见玄德。参拜已毕，呈上书信。玄德拆封视之。书曰：

> 族弟刘璋，再拜致书于玄德宗兄将军麾下：久伏电誉*，蜀道崎岖，未及赍贡，甚切惶愧。璋闻“吉凶相救，患难相扶”，朋友尚然，况宗族乎？今张鲁在北，旦夕兴兵，侵犯璋界，甚不自安。专人谨奉尺书，上乞钧听。倘念同宗之情，全手足之义，即日兴师剿灭狂寇，永为唇齿，自有重酬。书不尽言，专候车骑。

玄德看毕大喜，设宴相待法正。酒过数巡，玄德屏退左右，密谓正曰：“久仰孝直英名，张别驾多谈盛德。今获听教，甚慰平生。”法正谢曰：“蜀中小吏，何足道哉！盖闻马逢伯乐而嘶，人遇知己而死。张别驾昔日之言，将军复有意乎？”玄德曰：“备一身寄客，未尝不伤感而叹息。尝思鹪鹩尚存一枝，狡兔犹藏三窟，何况人乎？蜀中丰余之地，非不欲取；奈刘季玉系备同宗，不忍相图。”法正曰：“益州天府之国，非治乱之主，不可居也。今刘季玉不能用贤，此业不久必属他人。今日自付与将军，不可错失，岂不闻‘逐兔先得’之语乎？将军欲取，某当效死。”玄德拱手谢曰：“尚容商议。”

当日席散，孔明亲送法正归馆舍。玄德独坐沉吟。庞统进曰：“事当决而不决者，愚人也。主公高明，何多疑耶？”玄德问曰：“以公之意，当复何如？”统曰：“荆州东有孙权，北有曹操，难以得志。

益州户口百万，土广财富，可资大业。今幸张松、法正为内助，此天赐也。何必疑哉？”玄德曰：“今与吾水火相敌者，曹操也。操以急，吾以宽；操以暴，吾以仁；操以谲，吾以忠：每与操相反，事乃可成。若以小利而失信义于天下，吾不忍也。”㊟庞统笑曰：“主公之言，虽合天理，奈离乱之时，用兵争强，固非一道；若拘执常理，寸步不可行矣。宜从权变。且‘兼弱攻昧’、‘逆取顺守’，汤、武之道也。若事定之后，报之以义，封为大国，何负于信？今日不取，终被他人取耳。㊟主公幸熟思焉。”玄德乃恍然曰：“金石之言，当铭肺腑。”于是遂请孔明，同议起兵西行。孔明曰：“荆州重地，必须分兵守之。”玄德曰：“吾与庞士元、黄忠、魏延前往益州；军师可与关云长、张益德、赵子龙守荆州。”孔明应允。于是孔明总守荆州；关羽拒襄阳要路，当青泥河口*；张飞领四郡巡江；赵云屯江陵，镇公安。玄德令黄忠为前部，魏延为后军，玄德自与刘封、关平在中军，庞统为军师，马步兵五万，起程西行。临行时，忽廖化引一军来降。玄德便教廖化辅佐云长，以拒曹操。

是年冬月，引兵望益州进发。行不数程，孟达接着，拜见玄德，说刘益州令某领兵五千，远来迎接。玄德使人入益州，先报刘璋。璋便发书告报沿途郡县*，供给钱粮。璋欲自出涪城亲接玄德，㊟即下令准备车乘帐幔，旌旗铠甲，务要鲜明。主簿黄权入谏曰：“主公此去，必被刘备之害。某食禄多年，不忍主公中他人奸计。望三思之！”张松曰：“黄权此言，疏间宗族之义，滋长寇盗之威，实无益于主公。”璋乃叱权曰：“吾意已决，汝何逆吾！”权叩首流血，近前口衔璋衣而谏。璋大怒，扯衣而起。权不放，顿落门牙两个。璋喝左右，推出黄权。权大哭而归。

璋欲行，一人叫曰：“主公不纳黄公衡忠言，乃欲自就死地耶！”伏于阶前而谏。璋视之，乃建宁俞元人也，姓李，名恢。叩首谏曰：“窃闻‘君有诤臣，父有诤子。’黄公衡忠义之口，必当听从。若容刘备入蜀，是犹迎虎于门也。”璋曰：“玄德是吾宗兄，安肯害吾？再言者必斩！”叱左右推出李恢。张松曰：“今蜀中文官各顾妻子，不复为主公效力；诸将恃功骄傲，各有外意。不得刘皇叔，则敌攻于外，民攻于内，必败之道也。”璋曰：“公所谋，深于吾有益。”次日，上马出榆桥门。人报：“从事王累，自用绳索倒吊于城门之上，一手执

若以小利而失信义于天下，吾不忍也——此语亦本于《庞统传》注引《九州春秋》。刘备虽欲得益州，却担心“失信义于天下”，故尔一度沉吟。这正可看出刘备的性格特点。

今日不取，终被他人取耳——庞统之论，亦本于《庞统传》注引《九州春秋》，将利害关系说得十分透彻。对于有志于天下者，常常不得不让个人情感服从政治需要。刘备自然懂得此理，故稍加提醒，便立即下决心入蜀。

璋欲自出涪城亲接玄德——刘璋不仅命令沿途郡县供给钱粮，而且亲自到涪城迎接刘备，确是好人。然而，群雄混战之时，软弱的好人往往难以立足，奈何！

谏章，一手仗剑，口称如谏不从，自割断其绳索，撞死于此地。”刘璋教取所执谏章观之。其略曰：

益州从事臣王累，泣血恳告：窃闻“良药苦口利于病，忠言逆耳利于行”。昔楚怀王不听屈原之言，会盟于武关，为秦所困。今主公轻离大郡，欲迎刘备于涪城，恐有去路而无回路矣。倘能斩张松于市，绝刘备之约，则蜀中老幼幸甚，主公之基业亦幸甚！

刘璋观毕，大怒曰：“吾与仁人相会，如亲芝兰，汝何数侮于吾耶！”王累大叫一声，自割断其索，撞死于地。㊟后人有诗叹曰：

倒挂城门捧谏章，拚将一死报刘璋。
黄权折齿终降备，矢节何如王累刚！

刘璋将三万人马往涪城来。后军装载资粮钱帛一千余辆，来接玄德。

却说玄德前军已到垫江。所到之处，一者是益州供给；二者是玄德号令严明，如有妄取百姓一物者斩：于是所到之处，秋毫无犯。百姓扶老携幼，满路瞻观，焚香礼拜。玄德皆用好言抚慰。

却说法正密谓庞统曰：“近张松有密书到此，言于涪城相会刘璋，便可图之。机会切不可失。”统曰：“此意且勿言，待二刘相见，乘便图之。若预走泄，于中有变。”法正乃秘而不言。涪城离成都三百六十里。璋已到，使人迎接玄德。两军皆屯于涪江之上。玄德入城，与刘璋相见，各叙兄弟之情。礼毕，挥泪诉告衷情。饮宴毕，各回寨中安歇。

璋谓众官曰：“可笑黄权、王累等辈，不知宗兄之心，妄相猜疑。吾今日见之，真仁义之人也。吾得他为外援，又何虑曹操、张鲁耶？非张松则失之矣。”乃脱所穿绿袍，并黄金五百两，令人往成都赐与张松。时部下将佐刘璝、冷苞*、张任、邓贤等一班文武官曰：“主公且休欢喜。刘备柔中有刚，其心未可测，还宜防之。”璋笑曰：“汝等皆多虑。吾兄岂有二心哉！”㊟众皆嗟叹而退。

却说玄德归到寨中。庞统入见曰：“主公今日席上见刘季玉动静乎？”玄德曰：“季玉真诚实人也。”统曰：“季玉虽善，其臣刘璝、张任等皆有不平之色，其间吉凶未可保也。以统之计，莫若来日设宴，请季玉赴席；于壁衣中埋伏刀斧手一百人，主公掷杯为号，就筵上杀之；一拥入成都，刀不出鞘，弓不上弦，可坐而定也。”㊟玄

王累大叫一声……撞死于地——王累忠于刘璋，不惜以死相谏，虽然无济于事，但其忠贞之节毕竟令人敬佩。

吾兄岂有二心哉——刘璋只见刘备仁厚的一面，却不防刘备柔中有刚，以夺取益州为目标，真是有眼如盲。

弓不上弦，可坐而定也——庞统此计，本于《三国志·蜀书·庞统传》，虽易于得手，但操之过急，难免惹人嘲骂。

德曰："季玉是吾同宗，诚心待吾；更兼吾初到蜀中，恩信未立；若行此事，上天不容，下民亦怨。公此谋，虽霸者亦不为也。"㊟统曰："此非统之谋，是法孝直得张松密书，言事不宜迟，只在早晚当图之。"言未已，法正入见，曰："某等非为自己，乃顺天命也。"玄德曰："刘季玉与吾同宗，不忍取之。"正曰："明公差矣。若不如此，张鲁与蜀有杀母之仇，必来攻取。明公远涉山川，驱驰士马，既到此地，进则有功，退则无益。若执狐疑之心，迁延日久，大为失计。且恐机谋一泄，反为他人所算。不若乘此天与人归之时，出其不意，早立基业，实为上策。"庞统亦再三相劝。正是：人主几番存厚道，才臣一意进权谋。未知玄德心下如何，且看下文分解。

公此谋，虽霸者亦不为也——刘备看重人心向背，宁可从树立恩信入手，稳扎稳打。比之庞统，刘备更具政治家眼光。

尾评：

从张松献图到涪城相会，刘备时时处于矛盾之中：既欲夺取益州，又怕"失信义于天下"；既要仰仗庞统辅佐，又不愿采纳其就地杀掉刘璋之计。对此不能简单地斥为虚伪，而应视为一个封建时代"明君"性格丰富性的表现。天下之志与同宗之情彼此交错，既要行"仁政"而又不得不杂用王霸之道，必然使其呈现出复杂的心态。

第六十一回
赵云截江夺阿斗　孙权遗书退老瞒

总评

刘备入蜀，目的自然是要夺取益州；但因“恩信未立”，人心未顺，他断然拒绝庞统立即杀掉刘璋之计，而宁可从“广施恩惠，以收民心”入手。尽管他终究与刘璋刀兵相见，但这种看重人心向背的态度，毕竟与那种为达目的不择手段的极端利己主义和一味嗜杀的残暴作风大相径庭，在封建政治家中仍属难能可贵。刘备之所以被视为“明君”，这是一个重要原因。

据《三国志·蜀书·法正传》及《赵云传》注引《赵云别传》，历史上的刘备与孙夫人婚后感情并不和谐，孙夫人倚势骄纵，刘备则处处加以防范。因此，刘备入益州不久，孙权便“大遣舟船迎妹，而夫人内欲将后主还吴，（赵）云与张飞勒兵截江，乃得后主还。”从此，孙夫人一去不返，杳无音信，与刘备恩断情绝。罗贯中在将孙刘联姻改造为英雄美人共谐鱼水之欢的情节基础上，把孙夫人归吴写成由于受骗，把“截江夺阿斗”写得十分曲折惊险，不仅维护了孙夫人与刘备的夫妻之情，更突出了赵云忠勇正直的品格和奋不顾身的气概。

董昭迎合曹操，主张封之为魏公，荀彧独持异议，竟遭曹操忌恨，被迫服毒而亡。以荀彧之高瞻远瞩，显然明知曹操早已独揽大权，篡夺汉室已是必然之势，如果他“现实”一些，圆滑一些，完全可以顺水推舟；但他为恪守延续汉祀的初衷，仍冒险劝阻曹操进封魏公，给自己招来大祸。荀彧之死，实为一个改朝换代之际的杰出人才，虽有绝顶智慧，却无铁石心肠，而对行将就木的旧王朝尚存依恋所形成的命运悲剧。

濡须交兵，是曹操与孙权第一次面对面地交战。此时的孙权，虎踞江东已经十余年，曹操对之早已心存畏忌，如今又亲眼见其严阵以待，军容整肃，不由得发出“生子当如孙仲谋”的赞叹。这是一个大英雄对另一个大英雄既高度评价，又以长辈自居（曹操与孙坚同年，比孙权大二十七岁）的豪语，已成千古名言。

却说庞统、法正二人，劝玄德就席间杀刘璋，益州唾手可得。玄德曰："吾初入蜀中，恩信未立，此事决不可行。"二人再三说之，玄德只是不从。次日，复与刘璋宴于城中，彼此细叙衷曲，情好甚密。酒至半酣，庞统与法正商议曰："事已至此，由不得主公了。"便教魏延登堂舞剑，乘势杀刘璋。[评]延遂拔剑进曰："筵间无以为乐，愿舞剑为戏。"庞统便唤众武士入，列于堂下，只待魏延下手。刘璋手下诸将，见魏延舞剑筵前，又见阶下武士手按刀把，直视堂上，从事张任亦掣剑舞曰："舞剑必须有对，某愿与魏将军同舞。"二人对舞于筵前。魏延目视刘封，封亦拔剑助舞。于是刘璝、泠苞、邓贤各掣剑出曰："我等当群舞，以助一笑。"玄德大惊，急掣左右所佩之剑，立于席上曰："吾兄弟相逢痛饮，并无疑忌。又非'鸿门会'上，何用舞剑？不弃剑者立斩！"刘璋亦叱曰："兄弟相聚，何必带刀？"命侍卫者尽去佩剑。众皆纷然下堂。玄德唤诸将士上堂，以酒赐之，曰："吾弟兄同宗骨血，共议大事，并无二心。汝等勿疑。"诸将皆拜谢。刘璋执玄德之手而泣曰："吾兄之恩，誓不敢忘！"二人欢饮，至晚而散。玄德归寨，责庞统曰：[评]"公等奈何欲陷备于不义耶？今后断勿为此。"统嗟叹而退。

便教魏延登堂舞剑，乘势杀刘璋——庞统急欲不战而得益州，竟不顾刘备反对，擅自命魏延伺机杀死刘璋。诚然，刘璋暗弱，刘备取而代之自无不可；但人家好意而来，若一见面便欲杀之，毕竟令人难以接受。由此可见庞统急功近利的性格特点。

玄德归寨，责庞统曰——庞统之计，虽与刘备的根本目标一致，却不合其重在争取人心的政治策略，刘备责之，自有道理。

却说刘璋归寨，刘璝等曰："主公见今日席上光景乎？不如早回，免生后患。"刘璋曰："吾兄刘玄德，非比他人。"众将曰："虽玄德无此心，他手下人皆欲吞并益州，以图富贵。"璋曰："汝等无间吾兄弟之情。"遂不听，日与玄德欢叙。忽报张鲁整顿军马，将犯葭萌关。刘璋便请玄德往拒之。玄德慨然领诺，即日引本部兵望葭萌关去了。众将劝刘璋令大将紧守各处关隘，以防玄德兵变。璋初时不从，后因众人苦劝，乃令白水军督杨怀、高沛二人，守把白水关*。刘璋自回成都。玄德到葭萌关，严禁军士，广施恩惠，以收

民心。㊣

早有细作报入东吴，孙权会文武商议。顾雍进曰："刘备分兵远涉山险而去，未易往还。何不差一军先截川口，断其归路，后尽起东吴之兵，一鼓而下荆襄？此不可失之机会也。"权曰："此计大妙！"正商议间，忽屏风后一人大喝而出曰："进此计者可斩之！欲害吾女之命耶！"众惊视之，乃吴国太也。国太怒曰："吾一生惟有一女，嫁与刘备。今若动兵，吾女性命如何！"因叱孙权曰："汝掌父兄之业，坐领八十三县*，尚自不足，乃顾小利而不念骨肉！"孙权喏喏连声，答曰："老母之训，岂敢有违！"遂叱退众官。国太恨恨而入。孙权立于轩下，自思："此机会一失，荆襄何日可得？"正沉吟间，只见张昭入问曰："主公有何忧疑？"孙权曰："正思适间之事。"张昭曰："此极易也：今差心腹将一人，只带五百军，潜入荆州，下一封密书与郡主，只说国太病危，欲见亲女，取郡主星夜回东吴。玄德平生只有一子，就教带来。那时玄德定把荆州来换阿斗。如其不然，一任动兵，更有何碍？"权曰："此计大妙！吾有一人，姓周，名善，最有胆量。自幼穿房入户，多随吾兄。今可差他去。"昭曰："切勿漏泄。只此便令起行。"

于是密遣周善，将五百人，扮为商人，分作五船；更诈修国书，以备盘诘；船内暗藏兵器。周善领命，取荆州水路而来。船泊江边，善自入江陵，令门吏报孙夫人。夫人命周善入。善呈上密书。夫人见说国太病危，洒泪动问。周善拜诉曰："国太好生病重，旦夕只是思念夫人。倘去得迟，恐不能相见。就教夫人带阿斗去见一面。"夫人曰："皇叔引兵远出，我今欲回，须使人知会军师，方可以行。"周善曰："若军师回言道：'须报知皇叔，候了回命，方可下船'，如之奈何？"夫人曰："若不辞而去，恐有阻当。"周善曰："大江之中，已准备下船只。只今便请夫人上车出城。"孙夫人听知母病危急，如何不慌？便将五岁孩子阿斗*，载在车中；随行带三十余人，各挎刀剑，上马离江陵城，便来江边上船。府中人欲报时，孙夫人已到沙头镇，下在船中了。

周善方欲开船，只听得岸上有人大叫："且休开船，容与夫人饯行！"视之，乃赵云也。原来赵云巡哨方回，听得这个消息，吃了一

玄德到葭萌关，严禁军士，广施恩惠，以收民心——每到一地，首先争取民心，这是刘备的一贯作风，也是他在群雄竞争中由弱变强，得以成功的根本原因。

惊，只带四五骑，旋风般沿江赶来。周善手执长戈，大喝曰："汝何人，敢当主母！"叱令军士一齐开船，各将军器出来，摆列在船上。风顺水急，船皆随流而去。赵云沿江赶叫："任从夫人去，只有一句话拜禀。"周善不睬，只催船速进。赵云沿江赶到十余里，忽见江滩斜缆一只渔船在那里。赵云弃马执枪，跳上渔船。只两人驾船前来，望着夫人所坐大船追赶。周善教军士放箭。赵云以枪拨之，箭皆纷纷落水。离大船悬隔丈余，吴兵用枪乱刺。赵云弃枪在小船上，掣所佩青釭剑在手，分开枪搠，望吴船涌身一跳，早登大船。吴兵尽皆惊倒。赵云入舱中，见夫人抱阿斗于怀中，喝赵云曰："何故无礼！"云插剑声诺曰："主母欲何往？何故不令军师知会？"㊟夫人曰："我母亲病在危笃，无暇报知。"云曰："主母探病，何故带小主人去？"夫人曰："阿斗是吾子，留在荆州，无人看觑。"云曰："主母差矣。主人一生，只有这点骨血，小将在当阳长坂坡百万军中救出；今日夫人却欲抱将去，是何道理？"㊟夫人怒曰："量汝只是帐下一武夫，安敢管我家事！"云曰："夫人要去便去。只留下小主人。"夫人喝曰："汝半路辄入船中，必有反意！"㊟云曰："若不留下小主人，纵然万死，亦不敢放夫人去。"夫人喝侍婢向前揪捽，被云推倒，就怀中夺了阿斗，抱出船头上。欲要傍岸，又无帮手；欲要行凶，又恐碍于道理：进退不得。夫人喝侍婢夺阿斗，赵云一手抱定阿斗，一手仗剑，人不敢近。周善在后梢挟住舵，只顾放船下水。风顺水急，望中流而去。赵云孤掌难鸣，只护得阿斗，安能移舟傍岸？

主母欲何往？何故不令军师知会——赵云此问，有理有节，软中有硬，颇能见其谨慎机警的性格。

今日夫人却欲抱将去，是何道理——赵云此语，分明触及东吴欲将阿斗作为人质，以之要挟刘备交出荆州的图谋，使孙夫人无法答对。

汝半路辄入船中，必有反意——孙夫人拿出当年喝斥东吴诸将的威风，又欲以势压人。可惜她面对的是忠勇正直、无所畏惧的赵云，虚声恫吓竟毫无作用。

正在危急，忽见下流头港内一字儿使出十余只船来，船上磨旗擂鼓。赵云自思："今番中了东吴之计！"只见当头船上一员大将，手执长矛，高声大叫："嫂嫂留下侄儿去！"原来张飞巡哨，听得这个消息，急来油江夹口，正撞着吴船，急忙截住。当下张飞提剑跳上吴船。周善见张飞上船，提刀来迎，被张飞手起一剑砍倒，提头掷于孙夫人前。夫人大惊曰："叔叔何故无礼？"张飞曰："嫂嫂不以俺哥哥为重，私自归家，这便无礼！"㊟夫人曰："吾母病重，甚是危急，若等你哥哥回报，须误了我事。若你不放我回去，我情愿投江而死！"

嫂嫂……私自归家，这便无礼——张飞以硬对硬，反斥孙夫人无礼，可谓快人快语，非他人可及。

张飞与赵云商议："若逼死夫人，非为臣下之道。只护着阿斗过船去罢。"乃谓夫人曰："俺哥哥大汉皇叔，也不辱没嫂嫂。今日相别，若思哥哥恩义，早早回来。"说罢，抱了阿斗，自与赵云回船，放孙夫人五只船去了。后人有诗赞子龙曰：

昔年救主在当阳，今日飞身向大江。
船上吴兵皆胆裂，子龙英勇世无双！

又有诗赞益德曰：

长坂桥边怒气腾，一声虎啸退曹兵。
今朝江上扶危主，青史应传万载名。

二人欢喜回船。行不数里，孔明引大队船只接来。只见阿斗已夺回，大喜。三人并马而归。孔明自申文书往葭萌关，报知玄德。

却说孙夫人回吴，具说张飞、赵云杀了周善，截江夺了阿斗。孙权大怒曰："今吾妹已归，与彼不亲，杀周善之仇，如何不报！"唤集文武，商议起军，攻取荆州。正商议调兵，忽报曹操起军四十万，来报赤壁之仇。孙权大惊，且按下荆州，商议拒敌曹操。人报长史张纮辞疾回家，今已病故，有哀书上呈。权拆视之，书中劝孙权迁居秣陵，言秣陵山川有帝王之气，可速迁于此，以为万世之业。孙权览书大哭，谓众官曰："张子纲劝吾迁居秣陵，吾如何不从！"即命迁治建业，筑石头城。㊞吕蒙进曰："曹操兵来，可于濡须水口筑坞以拒之。"诸将皆曰："上岸击贼，洗足入船*，何用筑城？"蒙曰："兵有利钝，战无必胜。如猝然遇敌，步骑相促，人尚不暇及水，何能入船乎？"权曰："'人无远虑，必有近忧'。子明之见甚远。"便差军数万筑濡须坞。晓夜并工，刻期告竣。

即命迁治建业，筑石头城——孙权由京城（今江苏镇江）迁治建业（今江苏南京），在孙吴集团历史上算是一件大事。

却说曹操在许都，威福日甚。长史董昭进曰："自古以来，人臣未有如丞相之功者，虽周公、吕望，莫可及也：栉风沐雨，三十余年，扫荡群凶，与百姓除害，使汉室复存。岂可与诸臣宰同列乎？合受魏公之位，加'九锡'以彰功德。"㊞你道那九锡？

合受魏公之位，加"九锡"以彰功德——董昭作为曹操心腹，主张进封曹操为魏公，乃势所必然。但称曹操"虽周公、吕望莫可及也"，则吹捧过分，不值一哂。

一，车马 大辂、戎辂各一。大辂，金车也。戎辂，兵车也。玄牡二驷，黄马八匹。二，衣服 衮冕之服，赤舄副焉。衮冕，王者之服。赤舄，朱履也。三，乐悬 乐悬，王者之乐也。四，朱户 居以朱户，红门也。五，纳陛 纳陛以登。陛，阶也。六，虎贲 虎贲三百人，守门之军也。七，铁钺 铁、钺各一。铁，即斧也。钺，斧属。八，弓矢 彤弓一，彤矢百。彤，赤色也。玈弓十，玈矢千。玈，黑色也。九，秬鬯圭瓒 秬鬯一卣，圭瓒副焉。秬，黑黍也。鬯，香酒，灌地以求神于阴。卣，中樽也。圭瓒，宗庙祭器，以祀先王也。

侍中荀彧曰："不可。丞相本兴义兵，匡扶汉室，当秉忠贞之志，守谦退之节。君子爱人以德，不宜如此。"㊟曹操闻言，勃然变色。董昭曰："岂可以一人而阻众望？"遂上表请尊操为魏公，加九锡。荀彧叹曰："吾不想今日见此事！"操闻，深恨之，以为不助己也。建安十七年冬十月，曹操兴兵下江南，就命荀彧同行。彧已知操有杀己之心，托病止于寿春。忽曹操使人送饮食一盒至，盒上有操亲笔封记。开盒视之，并无一物。彧会其意，遂服毒而亡，㊟年五十岁。后人有诗叹曰：

文若才华天下闻，可怜失足在权门。
后人休把留侯比，临没无颜见汉君。

其子荀恽，发哀书报曹操。操甚懊悔，命厚葬之，谥曰敬侯。

且说曹操大军至濡须，先差曹洪领三万铁甲马军，哨至江边。回报云："遥望沿江一带，旗幡无数，不知兵聚何处。"操放心不下，自领兵前进，就濡须口排开军阵。操领百余人上山坡，遥望战船，各分队伍，依次摆列；旗分五色，兵器鲜明；当中大船上青罗伞下，坐着孙权；左右文武，侍立两边。操以鞭指曰："生子当如孙仲谋！若刘景升儿子，豚犬耳！"㊟忽一声响动，南船一齐飞奔过来。濡须坞内又一军出，冲动曹兵。曹操军马退后便走，止喝不住。忽有千百骑赶到山边，为首马上一人，碧眼紫髯，众人认得正是孙权。权自引一队马军来击曹操。操大惊，急回马时，东吴大将韩当、周泰，两骑马直冲将上来。操背后许褚纵马舞刀，敌住二将，曹操得脱归寨。许褚与二将战三十合方回。操回寨，重赏许褚，责骂众将："临敌先退，挫吾锐气！后若如此，尽皆斩首！"是夜二更时分，忽寨外喊声大震。操急上马，见四下里火起，却被吴兵劫入大寨。杀至天明，曹兵退五十余里下寨。操心中郁闷，闲看兵书。程昱曰："丞相既知兵法，岂不知'兵贵神速'乎？丞相起兵，迁延日久，故孙权得以准备，夹濡须水口为坞，难于攻击。不若且退兵还许都，别作良图。"操不应。

程昱出。操伏几而卧，忽闻潮声汹涌，如万马争奔之状。操急视之，见大江中推出一轮红日，光华射目；仰望天上，又有两轮太阳对照。忽见江心那轮红日，直飞起来，坠于寨前山中，其声如雷。猛然惊觉，原来在帐中做了一梦。帐前军报道午时。曹操教备马，

君子爱人以德，不宜如此——荀彧此语，确是真心想维护曹操的形象。然而，此时的曹操早已不想当汉室之忠臣，这就注定了荀彧好心不得好报的命运。

彧会其意，遂服毒而亡——荀彧作为头号谋士，辅佐曹操长达二十余年，劳苦功高，曹操却不念旧德，竟因进封魏公之事而逼其自杀，其冷酷无情，实在令人惊骇。

生子当如孙仲谋！若刘景升儿子，豚犬耳——对兴兵抗拒者大加称赞，对不战而降者反而十分轻蔑，这是一种有趣的现象。但曹操对孙权、刘琮的不同评价，确有道理，故成名言。

引五十余骑，径奔出寨，至梦中所见落日山边。正看之间，忽见一簇人马，当先一人，金盔金甲。操视之，乃孙权也。权见操至，也不慌忙，在山上勒住马，以鞭指操曰："丞相坐镇中原，富贵已极，何故贪心不足，又来侵我江南？"操答曰："汝为臣下，不尊王室。吾奉天子诏，特来讨汝！"孙权笑曰："此言岂不羞乎？天下岂不知你挟天子令诸侯？吾非不尊汉朝，正欲讨汝以正国家耳。"操大怒，叱诸将上山捉孙权。忽一声鼓响，山背后两彪军出：右边韩当、周泰，左边陈武、潘璋。四员将带三千弓弩手乱射，矢如雨发。操急引众将回走，背后四将赶来甚急。赶到半路，许褚引众虎卫军敌住，救回曹操。吴兵齐奏凯歌，回濡须去了。操还营自思："孙权非等闲人物。红日之应，久后必为帝王。"于是心中有退兵之意，又恐东吴耻笑，进退未决。㊣两边又相拒了月余，战了数场，互相胜负。

直至来年正月，春雨连绵，水港皆满，军士多在泥水之中，困苦异常。操心甚忧。当日正在寨中，与众谋士商议。或劝操收兵；或云目今春暖，正好相持，不可退归。操犹豫未定。忽报东吴有使赍书到。操启视之。书略曰：

孤与丞相，彼此皆汉朝臣宰。丞相不思报国安民，乃妄动干戈，残虐生灵，岂仁人之所为哉？即日春水方生，公当速去。如其不然，复有赤壁之祸矣。公宜自思焉。

书背后又批两行云："足下不死，孤不得安。"㊣

曹操看毕，大笑曰："孙仲谋不欺我也。"重赏来使，遂下令班师，㊣命庐江太守朱光镇守皖城，自引大军回许都。

孙权亦收军回秣陵。权与众将商议："曹操虽然北去，刘备尚在葭萌关未还。何不引拒曹操之兵，以取荆州？"张昭献计曰："且未可动兵。某有一计，使刘备不能再还荆州。"正是：孟德雄兵方退北，仲谋壮志又图南。不知张昭说出甚计来，且看下文分解。

又恐东吴耻笑，进退未决——曹操明明想退兵，但为保全面子，却硬着头皮拖下去，害得全军将士白白多受许多罪。

足下不死，孤不得安——孙权此语，表现了对曹操的敬畏，可谓英雄识英雄。

重赏来使，遂下令班师——孙权之信，给曹操留足了面子，使他欣然下令班师。面子竟然如此重要，可发一笑。

尾评：

孙权致曹操之书，正面晓以大义，喻以祸福，堂堂正正，充满自信；背面却向对方表示了足够的尊重：可谓不卑不亢，不温不火，轻重适宜，留有余地，实为一篇高水平的杰作。

第六十二回
取白水杨高授首　攻雒城黄魏争功

总评

刘备在葭萌关广施恩惠，民心渐顺，必然要设法实现其夺取益州的既定目标。所谓刘璋少拨军马钱粮，不过是其与刘璋撕破脸皮，激怒军心的借口而已。封建政治家处事，终究是从其政治需要出发的。

庞统向刘备进献之上、中、下三计，本于《三国志·蜀书·庞统传》，其分析形势利弊甚为透彻。刘备用其中计，表现了既不愿放弃夺取益州的目标，又宁可渐进缓图，不为已甚的心理。这仍是他一贯奉行的“操以急，吾以宽”（见第六十回）的政治策略。

刘备不战而得涪城，设宴庆贺，酒酣耳热之际，不禁有些飘飘然。然而，一直积极主张吞并益州，甚至一见刘璋便欲杀之，以图省事的庞统，却似乎不那么兴奋，而以“伐人之国而以为乐，非仁者之兵也”相答。素来以“仁义之主”自居的刘备对此大为不满，竟违反其谨言慎行的一贯作风，喝令庞统退席。这也本于《三国志·蜀书·庞统传》。这一对彼此相得的君臣，在夺取益州的第一步顺利成功之时，为何表现都显得反常？其中究竟有何奥妙？读者若能仔细剖析其复杂心态，对封建政治和封建政治家的认识，当会深入一步。

据《三国志·蜀书·先主传》及地理，历史上的刘备进攻刘璋的路线为涪城—绵竹—雒城—成都；而《三国演义》却写成涪城—雒城—绵竹—成都。这不是一般的地理错误（《三国演义》写邓艾偷度阴平，奇袭江油之后，其进军路线便是涪城—绵竹—雒城—成都，并无错误），而是作者为了突出诸葛亮的作用，有意颠倒时空，先写攻打雒城的有关情节，以便将庞统之死提前（详见第六十三回总评）。

却说张昭献计曰："且休要动兵。若一兴师，曹操必复至。不如修书二封：一封与刘璋，言刘备结连东吴，共取益州，使刘璋心疑而攻刘备；一封与张鲁，教进兵向荆州来，着刘备首尾不能救应。我然后起兵取之，事可谐矣。"权从之，即发使二处去讫。

且说玄德在葭萌关日久，甚得民心。忽报得孔明文书，知孙夫人已回东吴，又闻曹操兴兵犯濡须，乃与庞统议曰："曹操击孙权，操胜必将取荆州，权胜亦必取荆州矣。为之奈何？"庞统曰："主公勿忧。有孔明在彼，料想东吴不敢犯荆州。主公可驰书去刘璋处，只推：'曹操攻击孙权，权求救于荆州。吾与孙权唇齿之邦，不容不相援。张鲁自守之贼，决不敢来犯界。吾今欲勒兵回荆州，与孙权会同破曹操，奈兵少粮缺。望推同宗之谊，速发精兵三、四万，行粮十万斛相助。请勿有误。'若得军马钱粮，却另作商议。"㊟

玄德从之，遣人往成都。杨怀、高沛闻知此事*，遂教高沛守关，杨怀同使者入成都见刘璋，呈上书信。刘璋看毕，问杨怀为何亦同来。杨怀曰："专为此书而来。刘备自从入蜀，广布恩德，以收民心，其意甚是不善。今求军马钱粮，切不可与。如若相助，是把薪助火也。"刘璋曰："吾与玄德有兄弟之情，岂可不助？"一人出曰："刘备枭雄，久留于蜀而不遣，是纵虎入室矣。今更助之以军马钱粮，何异与虎添翼乎？"众视其人，乃零陵蒸阳人，姓刘，名巴，字子初。刘璋闻刘巴之言，犹豫未决。黄权又复苦谏。㊟璋乃量拨老弱军四千，米一万斛，发书遣使报玄德。仍令杨怀、高沛紧守关隘。刘璋使者到葭萌关见玄德，呈上回书。玄德大怒曰："吾为汝御敌，费力劳心。汝今积财吝赏，何以使士卒效命乎？"遂扯毁回书，大骂而起。㊟使者逃回成都。庞统曰："主公只以仁义为重，今日毁书发怒，前情尽弃矣。"玄德曰："如此，当若何？"庞统曰："某有三

若得军马钱粮，却另作商议——庞统此议，故意来个狮子大开口，可谓不怀好意。无论刘璋提供多少军马钱粮，刘备与庞统"商议"的结果都只能是夺取益州，最多不过是方式略有不同而已。

黄权又复苦谏——杨怀、刘巴、黄权对刘备意图洞若观火，自然要竭力劝阻刘璋为之提供军马钱粮。

遂扯毁回书，大骂而起——刘璋的答复，本应在刘备、庞统意料之中。刘备毁书发怒，不妨看作一种表演，无非是要使自己进攻刘璋显得理由更加充足罢了。

条计策，请主公自择而行。”玄德问：“那三条计？”统曰：“只今便选精兵，昼夜兼道径袭成都：此为上计。杨怀、高沛乃蜀中名将，各仗强兵拒守关隘；今主公佯以回荆州为名，二将闻知，必来相送；就送行处，擒而杀之，夺了关隘，先取涪城，然后却向成都：此中计也。退还白帝，连夜回荆州，徐图进取：此为下计。若沉吟不去，将至大困，不可救矣。”(评)玄德曰：“军师上计太促，下计太缓；中计不迟不疾，可以行之。”(评)于是发书致刘璋，只说曹操令部将乐进引兵至青泥*，众将抵敌不住，吾当亲往拒之，不及面会，特书相辞。

若沉吟不去，将至大困，不可救矣——庞统进献之三计，分析透彻，利弊清楚，表现了一个高水平谋士善于把握全局的能力。

中计不迟不疾，可以行之——刘备经过权衡，选择了庞统的中计，这既体现了儒家的“中庸”之道，又是一种稳扎稳打的策略。

书至成都，张松听得说刘玄德欲回荆州，只道是真心，乃修书一封，欲令人送与玄德。却值亲兄广汉太守张肃到，松急藏书于袖中，与肃相陪说话。肃见松神情恍惚，心中疑惑。松取酒与肃共饮。献酬之间，忽落此书于地，被肃从人拾得。席散后，从人以书呈肃。肃开视之。书略曰：

> 松昨进言于皇叔，并无虚谬，何乃迟迟不发？逆取顺守，古人所贵。今大事已在掌握之中，何故欲弃此而回荆州乎？使松闻之，如有所失。书呈到日，疾速进兵。松当为内应，万勿自误！

张肃见了，大惊曰：“吾弟作灭门之事，不可不首。”连夜将书见刘璋，具言弟张松与刘备同谋，欲献益州。刘璋大怒曰：“吾平日未尝薄待他，何故欲谋反！”遂下令捉张松全家，尽斩于市。(评)后人有诗叹曰：

一览无遗世所稀，谁知书信泄天机。
未观玄德兴王业，先向成都血染衣。

遂下令捉张松全家，尽斩于市——张松愿为刘备夺取益州充当内应，虽有对不起刘璋之处，但弃暗弱之主而归英明之君，仍可谓“贤臣择主而事”。可惜他一时疏忽，竟被其兄张肃告发，以致全家被杀，令人叹息！

刘璋既斩张松，聚集文武商议曰：“刘备欲夺吾基业，当如之何？”黄权曰：“事不宜迟，即便差人告报各处关隘，添兵把守，不许放荆州一人一骑入关。”璋从其言，星夜驰檄各关去讫。

却说玄德提兵而回，先令人报上白水关*，请杨怀、高沛出关相别。杨、高二将闻报，商议曰：“刘备此回若何*？”高沛曰：“合死。我等各藏利刃在身，就送行处刺之，以绝吾主之患。”杨怀曰：“此计大妙。”二人只带随行二百人，出关送行，其余并留在关上。玄德大军尽发。前至白水之上*，庞统在马上谓玄德曰："杨怀、高沛若欣然而来，可提防之；若彼不来，便起兵径取其关，不可迟缓。"正说间，忽起一阵旋风，把马前"帅"字旗吹倒。玄德问庞统曰："此何兆也？"统曰："此警报也：杨怀、高沛二人必有行刺之意，宜善防之。"玄德乃身披重铠，自佩宝剑防备。人报杨、高二将前来送行。玄德令军马歇定。庞统分付魏延、黄忠："但关上来的军士，不问多少，马步军兵，一个也休放回。"二将得令而去。

却说杨怀、高沛二人身边各藏利刃，带二百军兵，牵羊送酒，直至军前。见并无准备，心中暗喜，以为中计。入至帐下，见玄德正与庞统坐于帐中。二将声喏曰："闻皇叔远回，特具薄礼相送。"遂进酒劝玄德。玄德曰："二将军守关不易，当先饮此杯。"二将饮酒毕，玄德曰："吾有密事与二将军商议，闲人退避。"遂将带来二百人尽赶出中军。玄德叱曰："左右与吾捉下二贼！"帐后刘封、关平应声而出。杨、高二人急待争斗，刘封、关平各捉住一人。玄德喝曰："吾与汝主是同宗兄弟，汝二人何故同谋，离间亲情？"庞统叱左右搜其身畔，果然各搜出利刃一口，统便喝斩二人。玄德还犹未决，统曰："二人本意欲杀吾主，罪不容诛。"遂叱刀斧手斩杨怀、高沛于帐前。黄忠、魏延早将二百从人，先自捉下，不曾走了一个。玄德唤入，各赐酒压惊。玄德曰："杨怀、高沛离间吾兄弟，又藏利刃行刺，故行诛戮。尔等无罪，不必惊疑。"众各拜谢。庞统曰："吾今即用汝等引路，带吾军取关。各有重赏。"众皆应允。是夜二百人先行，大军随后。前军至关下叫曰："二将军有急事回，可速开关。"城上听得是自家军，即时开关。大军一拥而入，兵不血刃，得了白水关*。㊣蜀兵皆降。玄德各加重赏，遂即进据涪城，分兵前后守把*。

次日劳军，设宴于公厅。玄德酒酣，顾庞统曰："今日之会，可为乐乎？"庞统曰："伐人之国而以为乐，非仁者之兵也。"玄德曰："吾闻昔日武王伐纣，作乐象功，此亦非仁者之兵欤？汝言何不合道理？可速退！"㊣庞统大笑而起。左右亦扶玄德入后堂。睡至半夜，酒醒，左右以逐庞统之言，告知玄德，玄德大悔。次早穿衣升堂，请庞统谢罪曰：㊣"昨日酒醉，言语触犯，幸勿挂怀。"庞统谈笑自若。玄德曰："昨日之言，惟吾有失。"庞统曰："君臣俱失，何独主公？"㊣玄德亦大笑，其乐如初。

兵不血刃，得了白水关——诱擒杨怀、高沛，智取白水关，庞统的中计一开始便进行得十分顺利。

汝言何不合道理？可速退——对庞统一向尊重的刘备，此时竟因一言不合而喝令其"速退"，虽是酒后偶然失态，但也暴露了刘备性格深处隐藏的专横因子。

玄德大悔……请庞统谢罪曰——刘备及时向庞统道歉，毕竟还是尊贤重士，知错能改，在封建政治家中仍属难得。

君臣俱失，何独主公——庞统轻轻一句，便抹去了一时的不快，减轻了刘备的负疚感，使君臣和好如初，确是明智之举。

却说刘璋闻玄德杀了杨、高二将，袭了涪城*，大惊曰："不料今日果有此事！"遂聚文武，问退兵之策。黄权曰："可连夜遣兵屯雒县，塞住咽喉之路。刘备虽有精兵猛将，不能过也。"璋遂令刘璝、冷苞、张任、邓贤点五万大军，星夜往守雒县，以拒刘备。

四将行兵之次，刘璝曰："吾闻锦屏山中有一异人，道号'紫虚上人'，知人生死贵贱。吾辈今日行军，何不试往问之*？"张任曰："大丈夫行兵拒敌，岂可问于山野之人乎？"璝曰："不然。圣人云：'至诚之道，可以前知。'吾等问于高明之人，当趋吉避凶。"于是四人引五六十骑至山下，问径樵夫。樵夫指高山绝顶上，便是上人所居。四人上山至庵前，见一道童出迎。问了姓名，引入庵中。只见紫虚上人，坐于蒲墩之上。四人下拜，求问前程之事。紫虚上人曰："贫道乃山野废人，岂知休咎？"刘璝再三拜问，紫虚遂命道童取纸笔，写下八句言语，付与刘璝。其文曰：

左龙右凤，飞入蜀关*。雏凤坠地，卧龙升天。

一得一失，天数当然。见机而作，勿丧九泉。

刘璝又问曰："我四人气数如何？"紫虚上人曰："定数难逃，何必再问！"璝又请问时，上人眉垂目合，恰似睡着的一般，并不答应。四人下山。刘璝曰："仙人之言，不可不信。"张任曰："此狂叟也，听之何益！"遂上马前行。既至雒县，分调人马，守把各处隘口。刘璝曰："雒城乃成都之保障，失此则成都难保。吾四人公议，着二人守城，二人去雒县前面，依山傍险，扎下两个寨子，勿使敌兵临城。"冷苞、邓贤曰："某愿往结寨。"刘璝大喜，分兵二万，与冷、邓二人，离城六十里下寨。刘璝、张任守护雒城。

却说玄德既得涪城*，与庞统商议进取雒城。人报刘璋拨四将前来，即日冷苞、邓贤领二万军离城六十里，扎下两个大寨。玄德聚众将问曰："谁敢建头功，去取二将寨栅？"老将黄忠应声出曰："老夫愿往。"玄德曰："老将军率本部人马，前至雒城，如取得冷苞、邓贤营寨，必当重赏。"

黄忠大喜，即领本部兵马，谢了要行。忽帐下一人出曰："老将军年纪高大，如何去得？小将不才愿往。"㊣玄德视之，乃是魏延。黄忠曰："我已领下将令，你如何敢搀越？"魏延曰："老者不以筋骨为能。吾闻冷苞、邓贤乃蜀中名将，血气方刚。恐老将军近他不得，

小将不才愿往——魏延以黄忠"年纪高大"为由，要取代黄忠充当先锋，使作品突起波澜。

岂不误了主公大事？因此愿相替，本是好意。”黄忠大怒曰：“汝说吾老，敢与我比试武艺么？”魏延曰：“就主公之前，当面比试。赢得的便去，何如？”黄忠遂趋步下阶，便叫小校：“将刀来！”玄德急止之曰：“不可！吾今提兵取蜀，全仗汝二人之力。今两虎相斗，必有一伤，须误了我大事。吾与你二人劝解，休得争论。”庞统曰：“汝二人不必相争。即今冷苞、邓贤下了两个营寨。今汝二人自领本部军马，各打一寨。如先夺得者，便为头功。”于是分定黄忠打冷苞寨，魏延打邓贤寨。二人各领命去了。庞统曰：“此二人去，恐于路上相争。主公可自引军为后应。”玄德留庞统守城，自与刘封、关平引五千军随后进发。

却说黄忠归寨，传令来日四更造饭，五更结束，平明进兵，取左边山谷而进。魏延却暗使人探听黄忠甚时起兵。探事人回报：“来日四更造饭，五更起兵。”魏延暗喜，分付众军士二更造饭，三更起兵，平明要到邓贤寨边。[评]军士得令，都饱餐一顿，马摘铃，人衔枚，卷旗束甲，暗地去劫寨。三更前后，离寨前进。到半路，魏延马上寻思：“只去打邓贤寨，不显能处；不如先去打冷苞寨，却将得胜兵打邓贤寨。两处功劳，都是我的。”[评]就马上传令，教军士都投左边山路里去。天色微明，离冷苞寨不远，教军士少歇，排搠金鼓旗幡、枪刀器械。

魏延暗喜，分付众军士……平明要到邓贤寨边——由争当先锋到抢先出兵，表现了魏延争强好胜的性格。

两处功劳，都是我的——魏延一味贪功，却未作充分准备，岂有不败之理？

早有伏路小军飞报入寨，冷苞已有准备了。一声炮响，三军上马，杀将出来。魏延纵马提刀，与冷苞接战。二将交马，战到三十合，蜀兵分两路来袭汉军。汉军走了半夜，人马力乏，抵挡不住，退后便走。魏延听得背后阵脚乱，撇了冷苞，拨马回走。蜀兵随后赶来，汉军大败。走不到五里，山背后鼓声震地，邓贤引一彪军从山谷里截出来，大叫：“魏延快下马受降！”魏延策马飞奔，那马忽失前蹄，双足跪地，将魏延掀将下来。邓贤马奔到，挺枪来刺魏延。枪未到处，弓弦响，邓贤倒撞下马。后面冷苞方欲来救，一员大将，从山坡上跃马而来，厉声大叫：“老将黄忠在此！”舞刀直取冷苞。冷苞抵敌不住，望后便走。黄忠乘势追赶，蜀兵大乱。

黄忠一枝军救了魏延，杀了邓贤，直赶到寨前。冷苞回马与黄忠再战。不到十余合，后面军马拥将上来，冷苞只得弃了左寨，引败军来投右寨。只见寨中旗帜全别，冷苞大惊。兜住马看时，当头一员大将，金甲锦袍，乃是刘玄德——左边刘封，右边关平——大喝道："寨子吾已夺下，汝欲何往？"原来玄德引兵从后接应，便乘势夺了邓贤寨子。冷苞两头无路，取山僻小径，要回雒城。行不到十里，狭路伏兵忽起，搭钩齐举，把冷苞活捉了。原来却是魏延自知罪犯，无可解释，收拾后军，令蜀兵引路，伏在这里，等个正着。用索缚了冷苞，解投玄德寨来。

却说玄德立起免死旗，但蜀兵倒戈卸甲者，并不许杀害，如伤者偿命；又谕众降兵曰："汝蜀人皆有父母妻子，愿降者充军，不愿降者放回。"于是欢声动地。黄忠安下寨脚，径来见玄德，说魏延违了军令，可斩之。玄德急召魏延，魏延解冷苞至。玄德曰："延虽有罪，此功可赎。"令魏延谢黄忠救命之恩，今后毋得相争。㊟魏延顿首伏罪。玄德重赏黄忠。使人押冷苞到帐下，玄德去其缚，赐酒压惊，问曰："汝肯降否？"冷苞曰："既蒙免死，如何不降？刘璝、张任与某为生死之交；若肯放某回去，当即招二人来降，就献雒城。"玄德大喜，便赐衣服鞍马，令回雒城。魏延曰："此人不可放回。若脱身一去，不复来矣。"玄德曰："吾以仁义待人，人不负我。"

令魏延谢黄忠救命之恩，今后毋得相争——刘备如此处置，既分清了是非，又不伤和气，堪称十分得体。

却说冷苞得回雒城，见刘璝、张任，不说捉去放回，只说："被我杀了十余人，夺得马匹逃回。"刘璝忙遣人往成都求救。刘璋听知折了邓贤，大惊，慌忙聚众商议。长子刘循进曰："儿愿领兵前去守雒城。"璋曰："既吾儿肯去，当遣谁人为辅？"一人出曰："某愿往。"璋视之，乃舅氏吴懿也。璋曰："得尊舅去最好。谁可为副将？"吴懿保吴兰、雷铜二人为副将，点二万军马来到雒城。刘璝、张任接着，具言前事。吴懿曰："兵临城下，难以拒敌，汝等有何高见？"冷苞曰："此间一带，正靠涪江，江水大急；前面寨占山脚，其形最低。某乞五千军，各带锹锄前去，决涪江之水，可尽淹死刘备之兵也。"㊟吴懿从其计，即令冷苞前往决水，吴兰、雷铜引兵接应。冷苞领命，自去准备决水器械。

可尽淹死刘备之兵也——冷苞此计，甚为毒辣。刘备方面可知防范？由此造成悬念。

却说玄德令黄忠、魏延各守一寨，自回涪城，与军师庞统商议。细作报说："东吴孙权遣人结好汉中张鲁*，将欲来攻葭萌关。"玄德惊曰："若葭萌关有失，截断后路，吾进退不得，当如之何？"庞统谓孟达曰："公乃蜀中人，多知地理，去守葭萌关如何？"达曰："某保一人与某同去守关，万无一失。"玄德问何人。达曰："此人曾在荆州刘表部下*，乃南郡枝江人，姓霍，名峻，字仲邈。”玄德大喜，即时遣孟达、霍峻守葭萌关去了。

庞统退归馆舍，门吏忽报：“有客特来相访。”统出迎接，见其人身长八尺，形貌甚伟；头发截短，披于颈上；衣服不甚齐整。统问曰：“先生何人也？”其人不答，径登堂，仰卧床上。统甚疑之，再三请问。其人曰：“且消停，吾当与汝说知天下大事。”统闻之愈疑，命左右进酒食。其人起而便食，并无谦逊；饮食甚多，食罢又睡。统疑惑不定，使人请法正视之，恐是细作。法正慌忙到来。统出迎接，谓正曰：“有一人如此如此。”法正曰：“莫非彭永言乎？”升阶视之。其人跃起曰：“孝直别来无恙！”正是：只为蜀人逢旧识，遂令涪水息洪流。毕竟此人是谁，且看下文分解。

尾评：

庞统进献三计后，又积极协助刘备指挥全军，在夺取益州的第一阶段节节胜利，表现了强烈的事业心和杰出的军事才能，给读者留下了相当深刻的印象。

第六十三回

诸葛亮痛哭庞统　张益德义释严颜*

总评

据《三国志·蜀书·庞统传》，历史上的庞统在夺取益州的过程中，作为刘备的主要助手，协助指挥全军，取白水，袭涪城，夺绵竹，节节胜利，进围雒城，发挥了关键性的作用。直到建安十九年（214），他在率兵攻城时不幸中流矢身亡，年仅三十六岁。此后不久，刘备便夺得雒城，进逼成都。而诸葛亮则是在这年初统兵入蜀，与张飞、赵云等“分定郡县”，然后“与先主共围成都”。罗贯中为了突出诸葛亮的作用，在《三国志平话》的基础上，虚构了庞统在“落凤坡”遭到埋伏，被乱箭射死的情节，有意将庞统之死提前，以便诸葛亮尽早入蜀。这样，庞统所起的关键作用被降低，诸葛亮则被写成了夺取益州的主要指挥者。这对庞统来说不够公平，却有助于集中笔墨，把诸葛亮塑造为用兵如神的谋略大师，成为中华民族无比智慧的化身。

历史上确有张飞义释严颜之事。《三国志·蜀书·张飞传》云：“至江州，破（刘）璋将巴郡太守严颜，生获颜。飞呵颜曰：‘大军至，何以不降而敢拒战？’颜答曰：‘卿等无状，侵夺我州，我州但有断头将军，无有降将军也。’飞怒，令左右牵去斫头。颜色不变，曰：‘斫头便斫头，何为怒邪！’飞壮而释之，引为宾客。”罗贯中在史实的基础上，合理运用想象和虚构，创造出“义释严颜”这一生动感人的情节，通过“生擒”的曲折过程和“义释”的心理变化，着力描写了两位三国时代的“忠义”英雄。在这一篇章里，严颜那刚毅倔强、老当益壮的形象表现得相当鲜明；而以“莽”著称的张飞，不仅其勇猛善战的雄风丝毫未减，其智谋与胸襟也焕发出光彩，这就为塑造性格丰满的张飞，添加了十分重要的一笔。

却说法正与那人相见，各抚掌而笑。庞统问之，正曰："此公乃广汉人，姓彭，名羕，字永言，蜀中豪杰也。因直言触忤刘璋，被璋髡钳为徒隶，因此短发。"统乃以宾礼待之，问羕从何而来。羕曰："吾特来救汝数万人性命，见刘将军方可说。"法正忙报玄德。玄德亲自谒见，请问其故。羕曰："将军有多少军马在前寨？"玄德实告："有魏延、黄忠在彼。"羕曰："为将之道，岂可不知地理乎？前寨紧靠涪江，若决动江水，前后以兵塞之，一人无可逃也。"玄德大悟。彭羕曰："罡星在西方，太白临于此地，当有不吉之事，切宜慎之。"玄德即拜彭羕为幕宾，使人密报魏延、黄忠，教朝暮用心巡警，以防决水。黄忠、魏延商议：二人各轮一日；如遇敌军到来，互相通报。

却说冷苞见当夜风雨大作，引了五千军，径循江边而进，安排决江。只听得后面喊声乱起，冷苞知有准备，急急回军。前面魏延引军赶来，蜀兵自相践踏。冷苞正奔走间，撞着魏延，交马不数合，被魏延活捉去了。比及吴兰、雷铜来接应时，又被黄忠一军杀退。魏延解冷苞到涪城*。玄德责之曰："吾以仁义相待，放汝回去，何敢背我！今次难饶！"将冷苞推出斩之，重赏魏延。玄德设宴管待彭羕。忽报：荆州诸葛亮军师特遣马良奉书至此。玄德召入问之。马良礼毕曰："荆州平安，不劳主公忧念。"遂呈上军师书信。玄德拆书观之，略云：

> 亮夜算太乙数，今年岁次癸巳，罡星在西方；又观乾象，太白临于雒城之分：主将帅身上多凶少吉。切宜谨慎。(评)

玄德看了书，便教马良先回。玄德曰："吾将回荆州，去论此事。"庞统暗思："孔明怕我取了益州，成了功，故意将此书相阻耳。"(评)乃对玄德曰："统亦算太乙数，已知罡星在西，应主公合得益州，别不主凶事。统亦占天文，见太白临于雒城，先斩蜀将冷苞，

主将帅身上多凶少吉。切宜谨慎——孔明特地寄书报警，提醒刘备、庞统谨慎行事。这当然是虚构的情节，意在表现其先见之明。

孔明……故意将此书相阻耳——庞统看了孔明书信，不仅不引起警惕，反而怀疑孔明不愿其成就大功。这就使人感到，庞统的胸襟、见识比孔明略逊一筹，从而为其误中埋伏设下伏笔。

已应凶兆矣。主公不可疑心，可急进兵。”

玄德见庞统再三催促，乃引兵前进。黄忠同魏延接入寨去。庞统问法正曰：“前至雒城，有多少路？”法正画地作图。玄德取张松所遗图本对之，并无差错。法正言：“山北有条大路，正取雒城东门；山南有条小路，却取雒城西门：两条路皆可进兵。”庞统谓玄德曰：“统令魏延为先锋，取南小路而进；主公令黄忠作先锋，从山北大路而进：并到雒城取齐。”玄德曰：“吾自幼熟于弓马，多行小路。军师可从大路去取东门，吾取西门。”庞统曰：“大路必有军邀拦，主公引兵当之。统取小路。”玄德曰：“军师不可。吾夜梦一神人，手执铁棒击吾右臂，觉来犹自臂疼。此行莫非不佳？”庞统曰：“壮士临阵，不死带伤，理之自然也。何故以梦寐之事疑心乎？”玄德曰：“吾所疑者，孔明之书也。军师还守涪城，如何？”庞统大笑曰：“主公被孔明所惑矣：彼不欲令统独成大功，故作此言以疑主公之心。心疑则致梦，何凶之有？统肝脑涂地，方称本心。主公再勿多言，来早准行。”当日传下号令，军士五更造饭，平明上马。黄忠、魏延领军先行。玄德再与庞统约会，忽坐下马眼生前失，把庞统掀将下来。玄德跳下马，自来笼住那马。玄德曰：“军师何故乘此劣马？”庞统曰：“此马乘久，不曾如此。”玄德曰：“临阵眼生，误人性命。吾所骑白马，性极驯熟，军师可骑，万无一失。劣马吾自乘之。”遂与庞统更换所骑之马。庞统谢曰：“深感主公厚恩，虽万死亦不能报也。”㊞遂各上马取路而进。玄德见庞统去了，心中甚觉不快，怏怏而行。

却说雒城中吴懿、刘璝听知折了冷苞，遂与众商议。张任曰：“城东南山僻有一条小路，最为要紧，某自引一军守之。诸公紧守雒城，勿得有失。”忽报汉兵分两路前来攻城。张任急引三千军，先来抄小路埋伏。见魏延兵过，张任教尽放过去，休得惊动。后见庞统军来，张任军士遥指军中大将：“骑白马者必是刘备。”张任大喜，传令教如此如此。

却说庞统迤逦前进，抬头见两山逼窄，树木丛杂；又值夏末秋初，枝叶茂盛。庞统心下甚疑，勒住马问：“此处是何地？”数内有新降军士，指道：“此处地名落凤坡。”庞统惊曰：“吾道号凤雏，此处名落凤坡，不利于吾。”令后军疾退。只听山坡前一声炮响，箭如飞蝗，只望骑白马者射来。可怜庞统竟死于乱箭之下，㊞时年止

深感主公厚恩，虽万死亦不能报也　庞统马失前蹄，刘备与之换马，统感动而出此语。这固然反映了庞统的忠烈，更为其中伏被射酿造出一种悲剧氛围。

可怜庞统竟死于乱箭之下——由于缺乏必要的警戒，庞统果真在“落凤坡”遭到埋伏，竟被乱箭射死。这位与“卧龙”齐名的“凤雏”先生，其杰出才干虽然在“巧授连环计”、“耒阳断案”、“进献三计”等情节中焕发光彩，但尚未充分施展，便像流星一样匆匆陨落，怎不令人喟然长叹！

三十六岁。后人有诗叹曰：

古岘相连紫翠堆，士元有宅傍山隈。
儿童惯识呼鸠曲，闾巷曾闻展骥才。
预计三分平刻削，长驱万里独徘徊。
谁知天狗流星坠，不使将军衣锦回。

先是东南有童谣云：

一凤并一龙，相将到蜀中。才到半里路，凤死落坡东。风送雨，雨随风，隆汉兴时蜀道通，蜀道通时只有龙。

当时张任射死庞统，汉军拥塞，进退不得，死者大半。前军飞报魏延。魏延忙勒兵欲回，奈山路逼窄，厮杀不得。又被张任截断归路，在高阜处用强弓硬弩射来。魏延心慌。有新降蜀兵曰："不如杀奔雒城下，取大路而进。"延从其言，当先开路，杀奔雒城来。尘埃起处，前面一军杀至，乃雒城守将吴兰、雷铜也；后面张任引兵追来：前后夹攻，把魏延围在垓心。魏延死战，不能得脱。但见吴兰、雷铜后军自乱，二将急回马去救。魏延乘势赶去。当先一将，舞刀拍马，大叫："文长，吾特来救汝！"视之，乃老将黄忠也。两下夹攻，杀败吴、雷二将，直冲至雒城之下。刘璝引兵杀出，却得玄德在后当住接应。黄忠、魏延翻身便回。玄德军马比及奔到寨中，张任军马又从小路里截出。刘璝、吴兰、雷铜当先赶来。玄德守不住二寨，且战且走，奔回涪城*。蜀兵得胜，迤逦追赶。玄德人困马乏，那里有心厮杀，且只顾奔走。将近涪城，张任一军追赶至紧。幸得左边刘封，右边关平，二将领三万生力军截出，杀退张任；还赶二十里，夺回战马极多。

玄德一行军马，再入涪城，问庞统消息。有落凤坡逃得性命的军士，报说："军师连人带马，被乱箭射死于坡前。"玄德闻言，望西痛哭不已，遥为招魂设祭。诸将皆哭。黄忠曰："今番折了庞统军师，张任必然来攻打涪城，如之奈何？不若差人往荆州，请诸葛军师来商议收蜀之计。"㊟正说之间，人报张任引军直临城下搦战。黄忠、魏延皆要出战。玄德曰："锐气新挫，宜坚守以待军师来到。"黄忠、魏延领命。只谨守城池。玄德写一封书，教关平分付："你与我往荆州请军师去。"关平领了书，星夜往荆州来。玄德自守涪城，并不出战。

请诸葛军师来商议收蜀之计——庞统既死，刘备身边没了谋主，不得不请诸葛亮赶快入蜀。于是，诸葛亮自然而然地成了夺取益州的主要指挥者。

却说孔明在荆州，时当七夕佳节，大会众官夜宴，共说收蜀之事。只见正西上一星，其大如斗，从天坠下，流光四散。孔明失惊，掷杯于地，掩面哭曰："哀哉！痛哉！"众官慌问其故。孔明曰："吾前者算今年罡星在西方，不利于军师；天狗犯于吾军，太白临于雒城，已拜书主公，教谨防之。谁想今夕西方星坠，庞士元命必休矣！"言罢，大哭曰："今吾主丧一臂矣！"众官皆惊，未信其言。孔明曰："数日之内，必有消息。"是夕酒不尽欢而散。

数日之后，孔明与云长等正坐间，人报关平到。众官皆惊。关平入，呈上玄德书信。孔明视之，内言："本年七月初七日，庞军师被张任在落凤坡前箭射身故。"孔明大哭，众官无不垂泪。孔明曰："既主公在涪城进退两难之际，亮不得不去。"云长曰："军师去，谁人保守荆州？荆州乃重地，干系非轻。"孔明曰："主公书中虽不明言其人，吾已知其意了。"乃将玄德书与众官看曰："主公书中，把荆州托在吾身上，教我自量才委用。虽然如此，今教关平赍书前来，其意欲云长公当此重任。云长想桃园结义之情，可竭力保守此地。责任非轻，公宜勉之。"云长更不推辞，慨然领诺。㊣孔明设宴，交割印绶。云长双手来接。孔明擎着印曰："这干系都在将军身上。"云长曰："大丈夫既领重任，除死方休。"孔明见云长说个"死"字，心中不悦；欲待不与，其言已出。孔明曰："倘曹操引兵来到，当如之何？"云长曰："以力拒之。"孔明又曰："倘曹操、孙权齐起兵来，如之奈何？"云长曰："分兵拒之。"孔明曰："若如此，荆州危矣。吾有八个字，将军牢记，可保守荆州。"云长问："那八个字？"孔明曰："北拒曹操，东和孙权。"㊣云长曰："军师之言，当铭肺腑。"

孔明遂与了印绶，令文官马良、伊籍、向朗、麋竺，武将麋芳、廖化、关平、周仓，一班儿辅佐云长，同守荆州。一面亲自统兵入蜀。先拨精兵一万，教张飞部领，取大路杀奔雒城之西*，先到者为头功。又拨一枝兵，教赵云为先锋，溯江而上，会于雒城，孔明随后引简雍、蒋琬等起行。那蒋琬字公琰，零陵湘乡人也，乃荆襄名士，现为书记。

当日孔明引兵一万五千，与张飞同日起行。张飞临行时，孔明嘱付曰："益州豪杰甚多，不可轻敌。于路戒约三军，勿得掳掠百姓，以失民心。所到之处，并宜存恤，勿得恣逞鞭挞士卒。㊣望将军早

云长更不推辞，慨然领诺——诸葛亮既要入蜀，那么，论资历，论地位，论本事，镇守荆州的重任都只能交给关羽。关羽"更不推辞，慨然领诺"，足见其充满自信。

北拒曹操，东和孙权——联孙抗曹，这是三方力量对比给刘备集团造成的唯一选择，也是诸葛亮早在《隆中对》就已确定的一贯方针。可惜关羽并未像他保证的那样，将此八个字铭记肺腑，却因骄傲自大而与东吴失和，终于痛失荆州。

勿得恣逞鞭挞士卒——诸葛亮提出的三点要求——尊重益州豪杰，爱护百姓，存恤士卒——乃是张飞行动准则，为他义释严颜奠定了思想基础。

会雒城，不可有误。”

张飞欣然领诺，上马而去。迤逦前行，所到之处，但降者秋毫无犯。径取汉川路，前至江州*。细作回报：“巴郡太守严颜，乃蜀中名将，年纪虽高，精力未衰，善开硬弓，使大刀，有万夫不当之勇：据住城郭，不竖降旗。”(评)张飞教离城十里下寨，差人入城去，“说与老匹夫：早早来降，饶你满城百姓性命；若不归顺，即踏平城郭，老幼不留！”

据住城郭，不竖降旗——严颜坚决拒绝投降，于是，张飞与严颜的矛盾斗争开始了。

却说严颜在巴郡，闻刘璋差法正请玄德入蜀，拊心而叹曰：“此所谓独坐穷山，引虎自卫者也！”后闻玄德据住涪城，大怒，屡欲提兵往战，又恐这条路上有兵来。当日闻知张飞兵到，便点起本部五六千人马，准备迎敌。或献计曰：“张飞在当阳长坂，一声喝退曹兵百万之众。曹操亦闻风而避之，不可轻敌。今只宜深沟高垒，坚守不出。彼军无粮，不过一月，自然退去。更兼张飞性如烈火，专要鞭挞士卒；如不与战，必怒；怒则必以暴厉之气，待其军士。军心一变，乘势击之，张飞可擒也。”严颜从其言，教军士尽数上城守护。忽见一个军士，大叫：“开门！”严颜教放入问之。那军士告说是张将军差来的，把张飞言语依直便说。严颜大怒，骂：“匹夫怎敢无礼！吾严将军岂降贼者乎！借你口说与张飞！”唤武士把军人割下耳鼻，却放回寨。(评)

唤武士把军人割下耳鼻，却放回寨——作品描写了严颜连续三次激怒张飞的行动。将张飞派去招降的士卒割下耳鼻放回，这是第一次。

军人回见张飞，哭告严颜如此毁骂。张飞大怒，咬牙睁目，披挂上马，引数百骑来江州城下搦战*。城上众军百般痛骂。张飞性急，几番杀到吊桥，要过护城河，又被乱箭射回。(评)到晚全无一个人出，张飞忍一肚气还寨。次日早晨，又引军去搦战。那严颜在城敌楼上，一箭射中张飞头盔。(评)飞指而恨曰：“若拿住你这老匹夫，我亲自食你肉！”到晚又空回。第三日，张飞引了军，沿城去骂。原来那座城子是个山城，周围都是乱山。张飞自乘马登山，下视城中。见军士尽皆披挂，分列队伍，伏在城中，只是不出；又见民夫来来往往，搬砖运石，相助守城。张飞教马军下马，步军皆坐，引他出敌，并无动静。又骂了一日，依旧空回。张飞在寨中，自思：“终日叫骂，彼只不出，如之奈何？”猛然思得一计，教众军不要前去搦战，都结束了，在寨中等候；却只教三五十个军士，直去城下叫骂，引严颜军出来，便与厮杀。张飞磨拳擦掌，只等敌军来。小军连骂

要过护城河，又被乱箭射回——对亲自挑战的张飞“百般痛骂”，却并不出战，而将其乱箭射回，这是严颜第二次激怒张飞。

一箭射中张飞头盔——严颜亲手射中张飞头盔，差点要了张飞的命。这是他第三次激怒张飞。

了三日，全然不出。张飞眉头一纵，又生一计，传令教军士四散砍打柴草，寻觅路径，不来搦战。严颜在城中，连日不见张飞动静，心中疑惑，着十数个小军，扮作张飞砍柴的军，潜地出城，杂在军内，入山中探听。

当日诸军回寨，张飞坐在寨中，顿足大骂："严颜老匹夫！枉气杀我！"只见帐前三四个人说道："将军不须心焦：这几日打探得一条小路，可以偷过巴郡。"张飞故意大叫曰："既有这个去处，何不早来说？"众应曰："这几日却才哨探得出。"张飞曰："事不宜迟，只今二更造饭，趁三更明月，拔寨都起，人衔枚，马去铃，悄悄而行。我自前面开路，汝等依次而行。"传了令，便满寨告报。

探细的军听得这个消息，尽回城中来，报与严颜。颜大喜曰："我算定这匹夫忍耐不得！你偷小路过去，须是粮草辎重在后；我截住后路，你如何得过？好无谋匹夫，中我之计！"㊞即时传令，教军士准备赴敌："今夜二更也造饭，三更出城，伏于树木丛杂去处。只等张飞过咽喉小路去了，车仗来时，只听鼓响，一齐杀出。"传了号令，看看近夜，严颜全军尽皆饱食，披挂停当，悄悄出城，四散伏住，只听鼓响；严颜自引十数裨将，下马伏于林中。约三更后，遥望见张飞亲自在前，横矛纵马，悄悄引军前进。去不得三四里，背后车仗人马，陆续进发。严颜看得分晓，一齐擂鼓，四下伏兵尽起。正来抢夺车仗，背后一声锣响，一彪军掩到，大喝："老贼休走！我等的你恰好！"严颜猛回头看时，为首一员大将，豹头环眼，燕颔虎须，使丈八矛，骑深乌马：乃是张飞。四下里锣声大震，众军杀来。严颜见了张飞，举手无措。交马战不十合，张飞卖个破绽，严颜一刀砍来，张飞闪过，撞将入去，扯住严颜勒甲绦，生擒过来，掷于地下；众军向前，用索绑缚住了。㊞原来先过去的是假张飞。料道严颜击鼓为号，张飞却教鸣金为号：金响诸军齐到。蜀兵大半弃甲倒戈而降。

张飞杀到江州城下，后军已自入城。张飞叫休杀百姓，出榜安民。群刀手把严颜推至。飞坐于厅上，严颜不肯下跪。飞怒目咬牙大叱曰："大将到此，何为不降，而敢拒敌？"严颜全无惧色，回叱飞曰："汝等无义，侵我州郡！但有断头将军，无降将军！"㊞飞大怒，喝左右斩来。严颜喝曰："贼匹夫！砍头便砍，何怒也？"张飞见

好无谋匹夫，中我之计——严颜老谋深算，稳扎稳打，以为莽张飞已经无法可想，只能中计，谁知反而中了张飞之计。

众军向前，用索绑缚住了——"无谋匹夫"偏偏想出了令人叫绝的妙计，使久经战阵的严颜也不觉手足无措，只好勉强迎战，终被生擒。

但有断头将军，无降将军——面对死亡的威胁，严颜毫无畏惧，厉声高叫，真是铁骨铮铮，正气凛然。从此，严颜便赢得了"断头将军"的美名。

严颜感其恩义，乃降——临死不屈的“断头将军”，竟突然甘心归降，这戏剧性的变化，关键全在一个“义”字。这个“义”，乃是折节下士的敬贤精神，是“英雄惜英雄”的感情沟通，是“士为知己者死”的道德规范。正因为此，张飞之义释，严颜之归降，都受到人们的赞美。

严颜声音雄壮，面不改色，乃回嗔作喜，下阶喝退左右，亲解其缚，取衣衣之，扶在正中高坐，低头便拜曰：“适来言语冒渎，幸勿见责。吾素知老将军乃豪杰之士也。”严颜感其恩义，乃降。㊞后人有诗赞严颜曰：

白发居西蜀，清名震大邦。
忠心如皎月，浩气卷长江。
宁可断头死，安能屈膝降？
巴郡年老将，天下更无双。

又有赞张飞诗曰：

生获严颜勇绝伦，惟凭义气服军民。
至今庙貌留巴蜀，社酒鸡豚日日春。

张飞请问入蜀之计。严颜曰：“败军之将，荷蒙厚恩，无可以报。愿施犬马之劳，不须张弓只箭，径取成都。”正是：只因一将倾心后，致使连城唾手降。未知其计如何，且看下文分解。

尾评：

庞统中埋伏而死，充满了悲剧情调；张飞义释严颜，却洋溢着喜剧气氛。悲喜交集，使读者感情起伏跌宕，产生了强烈的艺术效果。

罗贯中／著
沈伯俊／评校

沈伯俊评点

三国演义

下

東方出版中心

第六十四回
孔明定计捉张任　杨阜借兵破马超

总评

据《三国志·蜀书·先主传》注引《益部耆旧杂记》:“刘璋遣张任、刘璝率精兵拒捍先主于涪，为先主所破，退与璋子循守雒城。任勒兵出于雁桥，战复败，禽任。先主闻任之忠勇，令军降之，任厉声曰:‘老臣终不复事二主矣。’乃杀之。先主叹息焉。”此事本与诸葛亮无关。罗贯中紧承庞统中埋伏身亡，诸葛亮率兵入蜀的上文，虚构诸葛亮设计擒张任的情节，又一次突出了诸葛亮的神机妙算。

刘备夺取雒城后，益州从事郑度向刘璋建议实行坚壁清野，使刘备无所取资。此计若被采纳，将对刘备形成极大威胁；但刘璋却以“吾闻拒敌以安民，未闻动民以避敌也”为理由，予以拒绝。此事本于《三国志·蜀书·法正传》。由此可见，刘璋虽然暗弱，却有爱民之心。可惜他缺乏应付危局的才干，既不愿“动民以避敌”，又不能“拒敌以安民”，只好眼睁睁地看着刘备一步步逼近成都。

马超东山再起，攻取凉州郡县后，如果举措得当，本来应能有所作为。然而，马超既无长远的战略目标，又无明确的施政方针，有勇无谋，处事轻率，结果被杨阜、姜叙、夏侯渊等人内外配合，前后堵截，弄得进退失据，妻子被杀，比渭南之战败得更惨。由此可见，仅凭匹夫之勇，终究难成大事。

尽管罗贯中具有“尊刘贬曹”的思想倾向，但当他臧否人物，评判是非时，主要还是以“忠义”为基本道德标准。张任至死不降刘备，杨阜、姜叙、姜叙之母等人一致反对未来的刘备集团大将马超，作者不仅未加贬斥，而且给予肯定性的描写。这体现了传统“忠义”观的包容性，而与君主专制恶性膨胀的明清时期的“忠义”观有所不同。

却说张飞问计于严颜，颜曰："从此取雒城，凡守御关隘，都是老夫所管，官军皆出于掌握之中。今感将军之恩，无可以报，老夫当为前部，所到之处，尽皆唤出拜降。"张飞称谢不已。于是严颜为前部，张飞领军随后。凡到之处，尽是严颜所管，都唤出投降。有迟疑未决者，颜曰："我尚且投降，何况汝乎？"自是望风归顺，并不曾厮杀一场。㊎

自是望风归顺，并不曾厮杀一场——张飞义释严颜，换来严颜的尽心帮助，极大地争取了人心，因而进军极为顺利。

却说孔明已将起程日期申报玄德，教都会聚雒城。玄德与众官商议："今孔明、益德分两路取蜀，会于雒城，同入成都。水陆舟车，已于七日二十日起程，此时将及待到。今我等便可进兵。"黄忠曰："张任每日来搦战，见城中不出，彼军懈怠，不做准备。今日夜间分兵劫寨，胜如白昼厮杀。"玄德从之，教黄忠引兵取左，魏延引兵取右，玄德取中路。当夜二更，三路军马齐发。张任果然不做准备。汉军拥入大寨，放起火来，烈焰腾空。蜀兵奔走，连夜直赶到雒城，城中兵接应入去。玄德还中路下寨；次日，引兵直到雒城，围住攻打。张任按兵不出。攻到第四日，玄德自提一军攻打西门，令黄忠、魏延在东门攻打，留南门北门放军行走。原来北门一带都是山路，南门有雒水*：因此不围。张任望见玄德在西门，骑马往来，指挥打城，从辰至未，人马渐渐力乏。张任教吴兰、雷铜二将引兵出北门，转东门，敌黄忠、魏延；自己却引军出南门，转西门，单迎玄德。城内尽拨民兵上城，擂鼓助喊。

却说玄德见红日平西，教后军先退。军士方回身，城上一片声喊起，南门内军马突出。张任径来军中捉玄德，玄德军中大乱。黄忠、魏延又被吴兰、雷铜敌住，两下不能相顾。玄德敌不住张任，拨马往山僻小路而走。张任从背后追来，看看赶上。玄德独自一人一马，张任引数骑赶来。玄德正望前尽力加鞭而行，忽山路一军冲来。玄德马上叫苦曰："前有伏兵，后有追兵，天亡我也！"只见来军当头一员大将，乃是张飞。原来张飞与严颜正从那条路上来，望见尘埃起，知与蜀兵交战。张飞当先而来，正撞着张任，便就交马。战到十余合，背后严颜引兵大进。张任火速回身。张飞直赶到城下。张任退入城，拽起吊桥。

张飞回见玄德曰："军师溯江而来，尚且未到，反被我夺了头功。"㊟玄德曰："山路险阻，如何无军阻挡，长驱大进，先到于此？"张飞曰："于路关隘四十五处，皆出老将严颜之功，因此于路并不曾费分毫之力。"遂把义释严颜之事，从头说了一遍，引严颜见玄德。玄德谢曰："若非老将军，吾弟安能到此？"㊟即脱身上黄金锁子甲以赐之。严颜拜谢。正待安排宴饮，忽闻哨马回报："黄忠、魏延和蜀将吴兰、雷铜交锋，城中吴懿、刘璝又引兵助战，两下夹攻，我军抵敌不住，魏、黄二将败阵，投东去了。"张飞听得，便请玄德分兵两路，杀去救援。于是张飞在左，玄德在右，杀奔前来。吴懿、刘璝见后面喊声起，慌退入城中。吴兰、雷铜只顾引兵追赶黄忠、魏延，却被玄德、张飞截住归路。黄忠、魏延又回马转攻。吴兰、雷铜料敌不住，只得将本部军马前来投降。玄德准其降，收兵近城下寨。

反被我夺了头功——张飞比孔明先到雒城，连他自己也没想到，得意之情，溢于言表。

若非老将军，吾弟安能到此——刘备此语，甚为有理。如此善待降将，更有利于争取人心。

却说张任失了二将，心中忧虑。吴懿、刘璝曰："兵势甚危，不决一死战，如何得兵退？一面差人去成都见主公告急，一面用计敌之。"张任曰："吾来日领一军搦战，诈败，引转城北；城中再以一军冲出，截断其中：可获胜也。"吴懿曰："刘将军相辅公子守城，我引兵冲出助战。"约会已定。次日，张任引数千人马，摇旗呐喊，出城搦战。张飞上马出迎，更不打话，与张任交锋。战不十余合，张任诈败，绕城而走。张飞尽力追之。吴懿一军截住，张任引军复回，把张飞围在垓心，进退不得。正没奈何，只见一队军从江边杀出。当先一员大将，挺枪跃马，与吴懿交锋；只一合，生擒吴懿，战退敌军，救出张飞。视之，乃赵云也。飞问："军师何在？"云曰："军师已至。想此时已与主公相见了也。"二人擒吴懿回寨。张任自退入东门去了。

张飞、赵云回寨中，见孔明、简雍、蒋琬已在帐中。飞下马来参军师。孔明惊问曰："如何得先到？"玄德具述义释严颜之事。孔明贺曰："张将军能用谋，皆主公之洪福也。"赵云解吴懿见玄德。玄德曰："汝降否？"吴懿曰："我既被捉，如何不降？"玄德大喜，亲解其缚。孔明问："城中有几人守城？"吴懿曰："有刘季玉之子刘循，辅将刘璝、张任。刘璝不打紧；张任乃蜀郡人，极有胆略，不可轻敌。"孔明曰："先捉张任，然后取雒城。"㊟问："城东这座桥，名为何桥？"吴懿曰："金雁桥。"孔明遂乘马至桥边，绕河看了一遍，回到寨中，唤黄忠、魏延听令曰："离金雁桥南五六里，两岸都是芦苇蒹葭，可以埋伏。魏延引一千枪手伏于左，单戳马上将；黄忠引一千刀手伏于右，单砍坐下马。杀散彼军，张任必投山东小路而来。张益德引一千军伏在那里，就彼处擒之。"又唤赵云伏于金雁桥北："待我引张任过桥，你便将桥拆断，却勒兵于桥北，遥为之势，使张任不敢望北走，退投南去，却好中计。"调遣已定，军师自去诱敌。

先捉张任，然后取雒城——雒城守将，唯张任最有胆识；若能俘获张任，夺取雒城也就不在话下了。

却说刘璋差卓膺、张翼二将，前至雒城助战。张任教张翼与刘璝守城，自与卓膺为前后二队：任为前队，膺为后队，出城退敌。孔明引一队不整不齐军，过金雁桥来，与张任对阵。孔明乘四轮车，纶巾羽扇而出，两边百余骑簇捧，遥指张任曰："曹操以百万之众，闻吾之名，望风而走；今汝何人，敢不投降？"张任看见孔明军伍不齐，在马上冷笑："人说诸葛亮用兵如神，原来有名无实！"把枪一招，大小军校齐杀过来。孔明弃了四轮车，上马退走过桥。张任从背后赶来。过了金雁桥，见玄德军在左，严颜军在右，冲杀将来。张任知是计，急回军时，桥已拆断了；欲投北去，只见赵云一军隔岸摆开，遂不敢投北，径往南绕河而走。走不到五七里，早到芦苇丛杂处。魏延一军从芦中忽起，都用长枪乱戳。黄忠一军伏在芦苇里，用长刀只剁马蹄。马军尽倒，皆被执缚。步军那里敢来？张任引数十骑望山路而走，正撞着张飞。张任方欲退走，张飞大喝一声，众军齐上，将张任活捉了。㊟原来卓膺见张任中计，已投赵云军前降了，一发都到大寨。玄德赏了卓膺。张飞解张任至。孔明亦坐于帐中。玄德谓张任曰："蜀中诸将，望风而降，汝何不早投降？"张任睁目怒叫曰："忠臣岂肯事二主乎？"玄德曰："汝不识天时耳。降即免死。"任曰："今日便降，久后也不降！可速杀我！"玄德不忍杀之。张任厉声高骂。孔明命斩之以全其名。后人有诗赞曰：

众军齐上，将张任活捉了——孔明事先布下天罗地网，张任虽有胆略，至此也只能束手就擒。

烈士岂甘从二主，张君忠勇死犹生。
高明正似天边月，夜夜流光照雒城。

葬于金雁桥侧，以表其忠——在刘璋部下诸将中，张任抵御刘备最力，且至死不降。刘备以礼葬之，也有利于争取益州人士。

玄德感叹不已，令收其尸首，葬于金雁桥侧，以表其忠。㊗

次日，令严颜、吴懿等一班蜀中降将为前部，直至雒城，大叫："早开门受降，免一城生灵受苦！"刘璝在城上大骂。严颜方待取箭射之，忽见城上一将，拔剑砍翻刘璝，开门投降。玄德军马入雒城，刘循开西门走脱，投成都去了。玄德出榜安民。杀刘璝者，乃武阳人张翼也。玄德得了雒城，重赏诸将。孔明曰："雒城已破，成都只在目前。惟恐外郡县不宁*，可令张翼、吴懿引赵云抚外水江阳、犍为等处所属诸县*，令严颜、卓膺引张飞抚巴西、德阳诸郡县*，就委官按治平靖，即勒兵回成都取齐。"张飞、赵云领命，各自引兵去了。孔明问："前去有何处关隘？"蜀中降将曰："止绵竹有重兵守御；若得绵竹，成都唾手可得。"孔明便商议进兵。法正曰："雒城既破，蜀中危矣。主公欲以仁义服众，且勿进兵。某作一书上刘璋，陈说利害，璋自然降矣。"孔明曰："孝直之言最善。"便令写书，遣人径往成都。

吾闻拒敌以安民，未闻动民以避敌也——若能拒敌安民，当然不必动民避敌。不过，刘璋应当扪心自问：自己是否能够"拒敌以安民"？若不能，又当如何？

却说刘循逃回见父，说雒城已陷，刘璋慌聚众官商议。从事郑度献策曰："今刘备虽攻城夺地，然兵不甚多，士众未附，野谷是资，军无辎重。不如尽驱巴西、梓潼民，过涪水以西。其仓廪野谷，尽皆烧除，深沟高垒，静以待之。彼至请战，勿许。久无所资，不过百日，彼兵自走。我乘虚击之，备可擒也。"刘璋曰："不然。吾闻拒敌以安民，未闻动民以避敌也*。㊗此言非保全之计。"正议间，人报法正有书至。刘璋唤入。呈上书，璋拆开视之。其略曰：

> 昨蒙遣差结好荆州，不意主公左右不得其人，以致如此。今荆州眷念旧情，不忘族谊。主公若能幡然归顺，量不薄待。望三思裁示。

璋乃修书，遣使前赴汉中——刘璋迎刘备入蜀，原本是要对付张鲁；如今刘备要夺其基业，刘璋反过来又向张鲁求救，实在具有讽刺意义（此系《三国演义》虚构之情节）。

刘璋大怒，扯毁其书，大骂："法正卖主求荣、忘恩背义之贼！"逐其使者出城。即时遣女婿费观*，提兵前去守把绵竹。费观举保南阳人姓李，名严，字正方，一同领兵。当下费观、李严点三万军来守绵竹。益州太守董和，字幼宰，南郡枝江人也，上书与刘璋，请往汉中借兵。璋曰："张鲁与吾世仇，安肯相救？"和曰："虽然与我有仇，刘备军在雒城，势在危急，唇亡则齿寒，若以利害说之，必然肯从。"璋乃修书，遣使前赴汉中。㊗

却说马超自兵败入羌，二载有余，结好羌兵，攻拔陇上郡县*。所到之处，尽皆归降，惟冀城攻打不下。凉州刺史韦康*，累遣人求救于夏侯渊。渊不得曹操言语，未敢动兵。韦康见救兵不来，与众商议："不如投降马超。"参军杨阜哭谏曰："超等叛君之徒，岂可降之？"康曰："事势至此，不降何待？"阜苦谏不从。韦康大开城门，投拜马超。超大怒曰："汝今事急请降，非真心也！"将韦康四十余口尽斩之，不留一人。有人言："杨阜劝韦康休降，可斩之。"超曰："此人守义，不可斩也。"复用杨阜为参军。阜荐梁宽、赵衢二人，超尽用为军官。杨阜告马超曰：阜妻死于临洮，乞告两个月假，归葬其妻便回。马超从之。

杨阜过历城，来见抚夷将军姜叙*。叙与阜是姑表兄弟：叙之母是阜之姑，时年已八十二。当日，杨阜入姜叙内宅，拜见其姑，哭告曰："阜守城不能保，主亡不能死，愧无面目见姑。马超叛君，妄杀刺史*，一州士民，无不恨之。今吾兄坐据历城，竟无讨贼之心，此岂人臣之理乎？"言罢，泪流出血。叙母闻言，唤姜叙入，责之曰："韦使君遇害，亦尔之罪也。"又谓阜曰："汝既降人，且食其禄，何故又兴心讨之？"阜曰："吾从贼者，欲留残生，与主报冤也。"叙曰："马超英勇，急难图之。"阜曰："有勇无谋，易图也。吾已暗约下梁宽、赵衢。兄若肯兴兵，二人必为内应。"叙母曰："汝不早图，更待何时？谁不有死，死于忠义，死得其所也。勿以我为念。汝若不听义山之言，吾当先死，以绝汝念。"

叙乃与统兵校尉尹奉、赵昂商议。原来赵昂之子赵月，现随马超为裨将。赵昂当日应允，归见其妻王氏曰："吾今日与姜叙、杨阜、尹奉一处商议，欲报韦康之仇。吾想子赵月现随马超，今若兴兵，超必先杀吾子，奈何？"其妻厉声曰："雪君父之大耻，虽丧身亦不惜，何况一子乎！君若顾子而不行，吾当先死矣！"㊊赵昂乃决。次日一同起兵。姜叙、杨阜屯历城，尹奉、赵昂屯祁山。王氏乃尽将首饰资帛，亲自往祁山军中，赏劳军士，以励其众。

马超闻姜叙、杨阜会合尹奉、赵昂举事，大怒，即将赵月斩之；令庞德、马岱尽起军马，杀奔历城来。姜叙、杨阜引兵出。两阵圆处，杨阜、姜叙衣白袍而出，大骂曰："叛君无义之贼！"马超大怒，冲将过来，两军混战。姜叙、杨阜如何抵得马超，大败而走。马超

君若顾子而不行，吾当先死矣——姜叙之母劝其子，王氏劝其夫，均以"忠义"相勉，亦是"各为其主"之意。

驱兵赶来。背后喊声起处，尹奉、赵昂杀来。超急回时，两下夹攻，首尾不能相顾。正斗间，刺斜里大队军马杀来。原来是夏侯渊得了曹操军令，正领军来破马超。超如何当得三路军马，大败奔回。走了一夜，比及平明，到得冀城叫门时，城上乱箭射下。梁宽、赵衢立在城上，大骂马超；将马超妻杨氏从城上一刀砍了，撇下尸首来；又将马超幼子三人，并至亲十余口，都从城上一刀一个，剁将下来。超气噎塞胸，几乎坠下马来。背后夏侯渊引兵追赶。超见势大，不敢恋战，与庞德、马岱杀开一条路走。前面又撞见姜叙、杨阜，杀了一阵；冲得过去，又撞着尹奉、赵昂，杀了一阵。零零落落，剩得五六十骑，连夜奔走。四更前后，走到历城下。守门者只道姜叙兵回，大开门接入。超从城南门边杀起，尽洗城中百姓。㊕至姜叙宅，拿出老母。母全无惧色，指马超而大骂。超大怒，自取剑杀之。尹奉、赵昂全家老幼，亦尽被马超所杀。昂妻王氏因在军中，得免于难。次日，夏侯渊大军至，马超弃城杀出，望西而逃。行不到二十里，前面一军摆开，为首的是杨阜。超切齿而恨，拍马挺枪刺之。阜兄弟七人，一齐来助战。马岱、庞德敌住后军。阜弟七人，皆被马超杀死。阜身中五枪，犹然死战。后面夏侯渊大军赶来，马超遂走，只有庞德、马岱五七骑后随而去。㊕夏侯渊自行安抚陇上诸郡人民*，令姜叙等各各分守，用车载杨阜赴许都，见曹操。操封阜为关内侯。阜辞曰："阜无捍难之功，又无死难之节，于法当诛，何颜受爵*？"操嘉之，卒与之爵。

超从城南门边杀起，尽洗城中百姓——马超又遭兵败，妻子被杀，痛恨之余，杀姜叙、赵昂亲属尚有可说；但百姓无辜，竟也滥杀一气，就实在毫无道理，应予斥责。

只有庞德、马岱五七骑后随而去——尽管马超勇猛无敌，这一仗却一败涂地，甚至比渭南之战输得更惨。

却说马超与庞德、马岱商议，径往汉中投张鲁。张鲁大喜，以为得马超，则南可以吞益州*，东可以拒曹操，乃商议欲以女招超为婿。大将杨柏谏曰："马超妻子遭惨祸，皆超之贻害也。主公岂可以女与之?"鲁从其言，遂罢招婿之议。或以杨柏之言，告知马超。超大怒，有杀杨柏之意。杨柏知之，与兄杨松商议，亦有图马超之心。㊕正值刘璋遣使求救于张鲁，鲁不从。忽报刘璋又遣黄权到。权先来见杨松，说："益州、汉中，实为唇齿；益州若破，汉中亦难保矣*。今若肯相救，当以二十县相酬*。"松大喜，即引黄权来见张鲁，说唇齿利害，更以二十县相谢。鲁喜其利，从之。巴西阎圃谏曰："刘璋与主公世仇，今事急求救，诈许割地，不可从也。"忽阶下

杨柏知之……亦有图马超之心——马超投奔张鲁后，又得罪了张鲁最信任的杨松、杨柏兄弟，使自己处于易受诬陷的地位，这就为下文埋下了伏笔。

一人进曰："某虽不才，愿乞一旅之师，生擒刘备。务要割地以还。"正是：方看真主来西蜀，又见精兵出汉中。未知其人是谁，且看下文分解。

尾评：

从第六十二回到第六十五回，情节主线是刘备进攻刘璋，夺取益州。作品借刘璋向张鲁求救之机，插写马超兵败凉州，投奔张鲁之事，以便引出下文张飞夜战马超等情节。

第六十五回
马超大战葭萌关　刘备自领益州牧

总评

历史上的刘璋在被刘备进攻时，并未向张鲁求救，张鲁也不曾派兵支援刘璋。而据《三国志·蜀书·马超传》:“(马超)奔汉中依张鲁。鲁不足与计事，内怀於邑，闻先主围刘璋于成都，密书请降。先主遣人迎超。”裴松之注引《典略》说得更具体:“(张)鲁将杨白等数害其能，超遂从武都逃入氐中，转奔往蜀。”由此可见，马超是因受到张鲁的某些心腹的忌恨而逃离汉中，辗转投奔刘备，根本没有带兵进攻葭萌关，也未与张飞交战。马超归顺刘备之后，虽然地位比较显贵，但因不是刘备嫡系，并未真正受到重用，再也没有什么业绩可写了。罗贯中出于对这位虎将的同情，精心设计了马超大战张飞的故事，使其英武形象再一次焕发出夺目的光彩。同时，这一情节也为塑造张飞的刚猛形象添上了精彩的一笔。真是并写两面，相得益彰。

当已经归顺刘备的马超兵临成都之际，尽管城中尚有兵三万，钱粮可支一年；但毕竟大势已去，人心已散，据城固守并不能挽回败局，而只会造成更大的牺牲。在这生死存亡的关键时刻，一向软弱的刘璋决定停止抵抗，开门投降，以救满城百姓。联系上回其拒绝郑度坚壁清野之议，可见刘璋颇有仁厚之心，算得上一个好人。然而，天下大乱之时，好人并不等于够格的政治领袖。以刘璋之暗弱，早已导致政局混乱，难以为继，被刘备取代已是大势所趋。正如陈寿所评："其见夺取，非不幸也。"(《三国志·蜀书·刘二牧传》)

刘备夺取益州后，欲将成都有名田宅分赐众官，这种以胜利者自居，急于分享战利品的作法，必将大失人心。此时赵云以争取民心为重，挺身而出，竭力谏阻，使刘备改变了主意。赵云之深明大义，忠直敢谏，在刘备集团众多武将中堪称最为突出。

务要刘璋割二十县奉还主公——马超虽经两次惨败，仍然雄心勃勃，自视甚高，急欲建功立业。这就为作品掀起了新的波澜。

却说阎圃正劝张鲁勿助刘璋，只见马超挺身出曰："超感主公之恩，无可上报。愿领一军攻取葭萌关，生擒刘备。务要刘璋割二十县奉还主公*。"㊟张鲁大喜，先遣黄权从小路而回，随即点兵二万与马超。此时庞德卧病不能行，留于汉中。张鲁令杨柏监军，超与弟马岱选日起程。

却说玄德军马在雒城，法正所差下书人回报说："郑度劝刘璋尽烧野谷，并各处仓廪，率巴西之民，避于涪水西，深沟高垒而不战。"玄德、孔明闻之，皆大惊曰："若用此言，吾势危矣！"法正笑曰："主公勿忧。此计虽毒，刘璋必不能用也。"不一日，人传刘璋不肯迁动百姓，不从郑度之言。玄德闻之，方始宽心。

孔明曰："可速进兵取绵竹，如得此处，成都易取矣。"遂遣黄忠、魏延领兵前进。费观听知玄德兵来，差李严出迎。严领三千兵出，各布阵完。黄忠出马，与李严战四五十合，不分胜败。孔明在阵中教鸣金收军。黄忠回阵，问曰："正待要擒李严，军师何故收兵？"孔明曰："吾已见李严武艺，不可力取。来日再战，汝可诈败，引入山峪，出奇兵以胜之。"黄忠领计。次日，李严再引兵来。黄忠又出战，不十合诈败，引兵便走。李严赶来，迤逦赶入山峪，猛然省悟。急待回来，前面魏延引兵摆开。孔明自在山头，唤曰："公如不降，两下已伏强弩，欲与吾庞士元报仇矣。"李严慌下马，卸甲投降，军士不曾伤害一人。孔明引李严见玄德，玄德待之甚厚。严曰："费观虽是刘益州亲戚，与某甚密，当往说之。"玄德即命李严回城招降费观。严入绵竹城，对费观赞玄德如此仁德；今若不降，必有大祸。观从其言，开门投降。㊟玄德遂入绵竹，商议分兵取成都。

观从其言，开门投降——李严、费观均系刘璋集团的重要成员，如今均已投降刘备。至此，刘璋手下的大部分人才，死的死，降的降，大势去矣！

忽流星马急报，言："孟达、霍峻守葭萌关，今被汉中张鲁遣马超与杨柏、马岱领兵攻打甚急，救迟则关隘休矣。"玄德大惊。孔明曰："须是张、赵二将，方可与敌。"玄德曰："子龙引兵在外未回。益德已在此，可急遣之。"孔明曰："主公且勿言，容亮激之。"㊞

主公且勿言，容亮激之——孔明善用激将法，对于性如烈火的张飞，此法尤其有效。

却说张飞闻马超攻关，大叫而入曰："辞了哥哥，便去战马超也！"孔明佯作不闻，对玄德曰："今马超侵犯关隘，无人可敌；除非往荆州取关云长来，方可与敌。"张飞曰："军师何故小觑吾！吾曾独拒曹操百万之兵，岂愁马超一匹夫乎！"孔明曰："益德拒水断桥，此因曹操不知虚实耳；若知虚实，将军岂得无事？今马超之勇，天下皆知，潼关大战，杀得曹操割须弃袍*，几乎丧命，非等闲之比。云长且未必可胜。"飞曰："我只今便去；如胜不得马超，甘当军令！"孔明曰："既尔肯写文书，便为先锋。请主公亲自去一遭，留亮守绵竹。待子龙来，却作商议。"魏延曰："某亦愿往。"孔明令魏延带五百哨马先行，张飞第二，玄德后队，望葭萌关进发。

魏延哨马先到关下，正遇杨柏。魏延与杨柏交战，不十合，杨柏败走。魏延要夺张飞头功，乘势赶去。前面一军摆开，为首乃是马岱。魏延只道是马超，舞刀跃马迎之。与岱战不十合，岱败走。延赶去，被岱回身一箭，中了魏延左臂。延急回马走。马岱赶到关前，只见一将喊声如雷，从关上飞奔至面前。原来是张飞初到关上，听得关前厮杀，便来看时，正见魏延中箭，因骤马下关，救了魏延。飞喝马岱曰："汝是何人？先通姓名，然后厮杀！"马岱曰："吾乃凉州马岱是也。"张飞曰："你原来不是马超，快回去！非吾对手！㊞只令马超那厮自来，说道燕人张飞在此！"马岱大怒曰："汝焉敢小觑我！"挥刀跃马*，直取张飞。战不十合，马岱败走。张飞欲待追赶，关上一骑马到来，叫："兄弟且休去！"飞回视之，原来是玄德到来。飞遂不赶，一同上关。玄德曰："恐怕你性躁，故我随后赶来到此。既然胜了马岱，且歇一宵，来日战马超。"㊞

你原来不是马超，快回去！非吾对手——张飞一心要与马超分个高低，对马岱根本不屑交手。如此快人快语，虽让马岱生气，却使读者觉得可爱。

且歇一宵，来日战马超——刘备视马超为强敌，深恐张飞急躁有失，故劝其暂且养精蓄锐。这又一次反映了刘备的稳重性格。

次日天明，关下鼓声大震，马超兵到。玄德在关上看时，门旗影里，马超纵骑持枪而出，狮盔兽带，银甲白袍：一来结束非凡，二者人才出众。玄德叹曰："人言'锦马超'，名不虚传！"张飞便要下关。玄德急止之曰："且休出战。先当避其锐气。"关下马超单搦张飞出马，关上张飞恨不得平吞马超，三五番皆被玄德当住。看看午后，玄德望见马超阵上人马皆倦，遂选五百骑，跟着张飞，冲下关来。㊞

遂选五百骑，跟着张飞，冲下关来——面对气势旺盛的马超，刘备劝住张飞，避实击虚，后发制人，处置甚为恰当。

约战百余合，不分胜负——寥寥数语，包含了多少枪去矛来的激烈厮杀。真是二虎相争，势均力敌。

看张飞与马超又斗百余合，两个精神倍加——拼杀多时，二人不仅不觉倦怠，反而激发起更加高昂的斗志。棋逢对手，将遇良才，煞是好看。

点起千百火把，照耀如同白日——雄关之前，夜幕之下，两员虎将点起火把厮杀，这真是一场奇妙的战斗！作者虚构这一情节，极具壮美色彩。

张飞……回射马超；超却闪过——双方斗智斗力，杀法几经变化，仍是势均力敌，不分胜负。这样，就把张飞、马超的威猛形象写得活脱如见。

待其来撤时，便可用计招降马超矣——孔明此计，欲先使张鲁与马超相疑，使马超进退失据，然后招降，确是妙计。

马超见张飞军到，把枪望后一招，约退军有一箭之地。张飞军马一齐扎住；关上军马，陆续下来。张飞挺枪出马，大呼："认得燕人张益德么！"马超曰："吾家屡世公侯，岂知村野匹夫！"张飞大怒。两马齐出，二枪并举。约战百余合，不分胜负。㊟玄德观之，叹曰："真虎将也！"恐张飞有失，急鸣金收军。两将各回。张飞回到阵中，略歇马片时，不用头盔，只裹包巾上马，又出阵前搦马超厮杀。超又出。两个再战。玄德恐张飞有失，自披挂下关，直至阵前；看张飞与马超又斗百余合，两个精神倍加。㊟玄德教鸣金收军。二将分开，各回本阵。是日天色已晚，玄德谓张飞曰："马超英勇，不可轻敌，且退上关，来日再战。"张飞杀得性起，那里肯休？大叫曰："誓死不回！"玄德曰："今日天晚，不可战矣。"飞曰："多点火把，安排夜战！"马超亦换了马，再出阵前，大叫曰："张飞！敢夜战么？"张飞性起，问玄德换了坐下马，抢出阵来，叫曰："我捉你不得，誓不上关！"超曰："我胜你不得，誓不回寨！"两军呐喊，点起千百火把，照耀如同白日。㊟两将又向阵前鏖战。到二十余合，马超拨回马便走。张飞大叫曰："走那里去！"原来马超见赢不得张飞，心生一计：诈败佯输，赚张飞赶来，暗掣铜锤在手，扭回身觑着张飞便打将来。张飞见马超走，心中也提防；比及铜锤打来时，张飞一闪，从耳朵边过去。张飞便勒回马走时，马超却又赶来。张飞带住马，拈弓搭箭，回射马超；超却闪过。㊟二将各自回阵。玄德自于阵前叫曰："吾以仁义待人，不施谲诈。马孟起，你收兵歇息，我不乘势赶你。"马超闻言，亲自断后，诸军渐退。玄德亦收军上关。

次日，张飞又欲下关战马超。人报军师来到，玄德接着孔明。孔明曰："亮闻孟起世之虎将，若与益德死战，必有一伤；故令子龙、汉升守住绵竹，我星夜来此。可用条小计，令马超归降主公。"玄德曰："吾见马超英勇，甚爱之。如何可得？"孔明曰："亮闻汉中张鲁，欲自立为'汉宁王'；手下谋士杨松，极贪贿赂。主公可差人从小路径投汉中，先用金银结好杨松，后进书与张鲁云：'吾与刘璋争益州，是与汝报仇，不可听信离间之语。事定之后，保汝为汉宁王。'令其撤回马超兵。待其来撤时，便可用计招降马超矣。"㊟玄德大喜，即时修书，差孙乾赍金珠从小路径至汉中，先来见杨松，说知此事，送了金珠。松大喜，先引孙乾见张鲁，陈言方便。鲁曰："玄德只是左将军，如何保得我为汉宁王？”杨松曰：“他是大汉皇叔，正合保奏。”张鲁大喜，便差人教马超罢兵。孙乾只在杨松家听回信。

不一日，使者回报：“马超言：未成功，不可退兵。”张鲁又遣人去唤，又不肯回。一连三次不至。杨松曰：“此人素无信行，不肯罢兵，其意必反。”遂使人流言云：“马超意欲夺益州，自为蜀主，与父报仇，不肯臣于汉中。”张鲁闻之，问计于杨松。松曰：“一面差人去说与马超：‘汝既欲成功，与汝一月限，要依我三件事。若依得，便有赏；否则必诛：一要取益州，二要刘璋首级，三要退荆州兵。三件事不成，可献头来。’㊣一面教张卫点军守把关隘，防马超兵变。”鲁从之，差人到马超寨中，说这三件事。超大惊曰：“如何变得恁的！”乃与马岱商议：“不如罢兵。”杨松又流言曰：“马超回兵，必怀异心。”于是张卫分七路军，坚守隘口，不放马超兵入。超进退不得，无计可施。孔明谓玄德曰：“今马超正在进退两难之际，亮凭三寸不烂之舌，亲往超寨，说马超来降。”玄德曰：“先生乃吾之股肱心腹，倘有疏虞，如之奈何？”孔明坚意要去，玄德再三不肯放去。

三件事不成，可献头来——杨松所提三点要求，纯属故意刁难，只能把马超逼反。如此愚蠢的主意，张鲁居然采纳，实在令人奇怪！

正踌躇间，忽报赵云有书荐益州一人来降。玄德召入问之。其人乃建宁俞元人也，姓李，名恢，字德昂。玄德曰：“向日闻公苦谏刘璋，今何故归我？”恢曰：“吾闻：‘良禽相木而栖，贤臣择主而事。’前谏刘益州者，以尽人臣之心；既不能用，知必败矣。今将军仁德布于蜀中，知事必成，故来归耳。”㊣玄德曰：“先生此来，必有益于刘备。”恢曰：“今闻马超在进退两难之际。恢昔在陇西，与彼有一面之交，愿往说马超归降，若何？”孔明曰：“正欲得一人替吾一往。愿闻公之说词。”李恢于孔明耳畔陈说如此如此。孔明大喜，即时遣行。

知事必成，故来归耳——李恢先尽臣属之心，谏而不从，则改弦更张，另择明主而事之，甚为明智。

恢行至超寨，先使人通姓名。马超曰：“吾知李恢乃辩士，今必来说我。”先唤二十刀斧手伏于帐下，嘱曰：“令汝砍，即砍为肉酱！”须臾，李恢昂然而入。马超端坐帐中不动，叱李恢曰：“汝来为何？”恢曰：“特来作说客。”㊣超曰：“吾匣中宝剑新磨。汝试言之。其言不通，便请试剑！”恢笑曰：“将军之祸不远矣！但恐新磨之剑，不能试吾之头，将欲自试也！”超曰：“吾有何祸？”恢曰：“吾闻越之西子，善毁者不能闭其美；齐之无盐，善美者不能掩其丑；‘日中则昃，月满则亏’：此天下之常理也。今将军与曹操有杀

恢曰：“特来作说客。”——《三国演义》中有各种各样的说客。像李恢这样，一见面便自称来作说客者，自信心特别强。试与蒋干之吞吞吐吐对照，简直截然相反。

何面目见天下之人乎——李恢洞见利害，将马超进退两难的处境剖析得入木三分，使马超不得不服。

未曾安席，子龙已斩二人之头，献于筵前——赵云片刻而斩二将，武艺之高，使马超亦感敬服。刘备手下有如此猛将，马超的傲气不能不有所收敛了。

如或执迷，吾先攻城矣——刘璋寄希望于马超的救兵，没想到马超已归刘备，竟率先进逼成都。这简直无异于晴天霹雳。

不如投降，以安百姓——刘璋面临绝境，尚能想到百姓，尽管软弱无能，还算有仁者之心。

父之仇，而陇西又有切齿之恨；前不能救刘璋而退荆州之兵，后不能制杨松而见张鲁之面；目下四海难容，一身无主；若复有渭桥之败，冀城之失，何面目见天下之人乎？”㊟超顿首谢曰：“公言极善，但超无路可行。”恢曰：“公既听吾言，帐下何故伏刀斧手？”超大惭，尽叱退。恢曰：“刘皇叔礼贤下士，吾知其必成，故舍刘璋而归之。公之尊人，昔年曾与皇叔约共讨贼，公何不背暗投明，以图上报父仇，下立功名乎？”马超大喜，即唤杨柏入，一剑斩之，将首级共恢一同上关来降玄德。玄德亲自接入，待以上宾之礼。超顿首谢曰：“今遇明主，如拨云雾而见青天！”时孙乾已回。玄德复命霍峻、孟达守关，便撤兵来取成都。赵云、黄忠接入绵竹。人报蜀将刘晙、马汉引军到。赵云曰：“某愿往擒此二人！”言讫，上马引军出。玄德在城上管待马超吃酒。未曾安席，子龙已斩二人之头，献于筵前。㊟马超亦惊，倍加敬重。超曰：“不须主公军马厮杀，超自唤出刘璋来降。如不肯降，超自与弟马岱取成都，双手奉献。”玄德大喜。是日尽欢。

却说败兵回到成都*，报刘璋，璋大惊，闭门不出。人报城北马超救兵到，刘璋方敢登城望之，见马超、马岱立于城下，大叫：“请刘季玉答话。”刘璋在城上问之。超在马上以鞭指曰：“吾本领张鲁兵来救益州，谁想张鲁听信杨松谗言，反欲害我。今已归降刘皇叔。公可纳土拜降，免致生灵受苦。如或执迷，吾先攻城矣！”㊟刘璋惊得面如土色，气倒于城上。众官救醒。璋曰：“吾之不明，悔之何及！不若开门投降，以救满城百姓。”董和曰：“城中尚有兵三万余人；钱帛粮草，可支一年。奈何便降？”刘璋曰：“吾父子在蜀二十余年，无恩德以加百姓；攻战三年，血肉捐于草野，皆我罪也。我心何安？不如投降，以安百姓。”㊟众人闻之，皆堕泪。忽一人进曰：“主公之言，正合天意。”视之，乃巴西西充国人也，姓谯，名周，字允南。此人素晓天文。璋问之，周曰：“某夜观乾象，见群星聚于蜀郡；其大星光如皓月，乃帝王之象也。况一载之前，小儿谣云：‘若要吃新饭，须待先主来。’此乃预兆。不可逆天道。”黄权、刘巴闻言皆大怒，欲斩之。刘璋当住。忽报：“蜀郡太守许靖，逾城出降矣。”刘璋大哭归府。

次日，人报刘皇叔遣幕宾简雍在城下唤门。璋令开门接入。雍坐车中，傲睨自若。忽一人掣剑大喝曰："小辈得志，傍若无人！汝敢藐视吾蜀中人物耶！"㊣雍慌下车迎之。此人乃广汉绵竹人也，姓秦，名宓，字子敕。雍笑曰："不识贤兄，幸勿见责。"遂同入见刘璋，具说玄德宽洪大度，并不相害之意。于是刘璋决计投降，厚待简雍。次日，亲赍印绶文籍，与简雍同车出城投降。玄德出寨迎接，握手流涕曰："非吾不行仁义，奈势不得已也！"共入寨，交割印绶文籍，并马入城。

汝敢藐视吾蜀中人物耶——秦宓初次露面，便刚直不阿，正气凛然。这一声大喝，充满了"蜀中人物"的自尊自豪。

玄德入成都，百姓香花灯烛，迎门而接。玄德到公厅，升堂坐定。郡内诸官，皆拜于堂下；惟黄权、刘巴，闭门不出。众将忿怒，欲往杀之。玄德慌忙传令曰："如有害此二人者，灭其三族！"玄德亲自登门，请二人出仕。二人感玄德恩礼，乃出。孔明请曰："今益州平定，难容二主：可将刘璋送去荆州。"㊣玄德曰："吾方得蜀*，未可令季玉远去。"孔明曰："刘璋失基业者，皆因太弱耳。主公若以妇人之仁，临事不决，恐此土难以长久。"玄德从之，设一大宴，请刘璋收拾财物，佩领振威将军印绶，令将妻子良贱，尽赴南郡公安住歇，即日起行。

可将刘璋送去荆州——"一国难容二主"。黄权早已如此劝过刘璋，可惜刘璋听不进去；如今刘璋已被征服，孔明却要以此为由将他遣送荆州，以免其东山再起。政治斗争的法则，确是冷酷无情。

玄德自领益州牧。其所降文武，尽皆重赏，定拟名爵：严颜为裨将军*，法正为蜀郡太守，董和为掌军中郎将，许靖为左将军长史，庞羲为左将军司马*，刘巴为左将军西曹掾*，黄权为偏将军*。其余吴懿、费观、彭羕、卓膺、李严、吴兰、雷铜、李恢、张翼、秦宓、谯周、吕乂*、霍峻、邓芝、杨洪、周群、费祎、费诗、孟达，文武投降官员，共六十余人，并皆擢用。诸葛亮为军师，关云长为荡寇将军、汉寿亭侯，张飞为征虏将军、新亭侯，赵云为翊军将军*，黄忠为讨虏将军*，魏延为牙门将军*，马超为平西将军。孙乾、简雍、糜竺、糜芳、刘封、吴班、关平、周仓、廖化、马良、马谡、蒋琬、伊籍，及旧日荆襄一班文武官员，尽皆升赏。㊣遣使赍黄金五百斤、白银一千斤、钱五千万、蜀锦一千匹，赐与云长。其余官将，给赏有差。杀牛宰马，大餉士卒，开仓赈济百姓：军民大悦。

及旧日荆襄一班文武官员，尽皆升赏——刘备夺得益州后，对新近归降的蜀中人才和追随多年的荆襄旧部都加以任用，使其各得其所，从而使本集团的实力大为增强。

益州既定，玄德欲将成都有名田宅，分赐诸官。赵云谏曰："益州人民，屡遭兵火，田宅皆空。今当归还百姓，令安居复业，民心方服；不宜夺之为私赏也。”(评)玄德大喜，从其言。使诸葛军师定拟治国条例，刑法颇重。法正曰：“昔高祖约法三章，黎民皆感其德。愿军师宽刑省法，以慰民望。”孔明曰：“君知其一，未知其二：秦用法暴虐，万民皆怨，故高祖以宽仁得之。今刘璋暗弱，德政不举，威刑不肃；君臣之道，渐以陵替。宠之以位，位极则贱*；顺之以恩，恩竭则慢。所以致弊，实由于此。吾今威之以法，法行则知恩；限之以爵，爵加则知荣。恩荣并济，上下有节。为治之道，于斯著矣。”(评)法正拜服。自此军民安堵。四十五县地面*，分兵镇抚，并皆平定。

法正为蜀郡太守，凡平日一餐之德，睚眦之怨，无不报复。或告孔明曰：“孝直太横，宜稍斥之。”孔明曰：“昔主公困守荆州，北畏曹操，东惮孙权，赖孝直为之辅翼，遂翻然翱翔，不可复制。今奈何禁止孝直，使不得少行其意耶？”因竟不问。法正闻之，亦自敛戢。

一日，玄德正与孔明闲叙，忽报云长遣关平来谢所赐金帛。玄德召入。平拜罢，呈上书信曰：“父亲知马超武艺过人，要入蜀来与之比试高低。(评)教就禀伯父此事。”玄德大惊曰：“若云长入蜀，与孟起比试，势不两立。”孔明曰：“无妨。亮自作书回之。”玄德只恐云长性急，便教孔明写了书，发付关平星夜回荆州。平回至荆州，云长问曰：“我欲与马孟起比试，汝曾说否？”平答曰：“军师有书在此。”云长拆开视之。其书曰：

> 亮闻将军欲与孟起分别高下。以亮度之：孟起虽雄烈过人，亦乃黥布、彭越之徒耳；当与益德并驱争先，犹未及美髯公之绝伦超群也。今公受任守荆州，不为不重；倘一入蜀，若荆州有失，罪莫大焉。惟冀明照。(评)

云长看毕，自绰其髯笑曰：“孔明知我心也。”将书遍示宾客，遂无入蜀之意。

却说东吴孙权，知玄德并吞益州，将刘璋逐于公安，遂召张昭、顾雍商议曰：“当初刘备借我荆州时，说取了益州，便还荆州，今已得巴蜀四十五县，须用取索江汉诸郡*。如其不还，即动干戈。”张昭曰：“吴中方宁，不可动兵。昭有一计，使刘备将荆州双手奉还主

不宜夺之为私赏也——赵云此谏，十分及时，表现了杰出的政治远见，在武将中尤为难得。

为治之道，于斯著矣——诸葛亮此处论为治之道，十分深刻，其精髓在于审时度势，宽严得宜。否则，便会如清代赵藩那副名联所云：“不审势即宽严皆误”。

要入蜀来与之比试高低——关羽镇守荆州，责任重大；然而，当听说马超武艺过人时，竟提出要入蜀与之比试高低。无论后人如何为之辩解，这都是不识大体的行为。

若荆州有失，罪莫大焉。惟冀明照——孔明此书，前半截本于《三国志·蜀书·关羽传》，主要照顾关羽的好胜情绪；后半截则是罗贯中的创作，对关羽晓以大义。作者如此处理，比史实站得更高，又维护了诸葛亮英明而有原则的形象。

公。”正是：西蜀方开新日月，东吴又索旧山川。未知其计如何，且看下文分解。

尾评：

从第六十回到本回，构成一个情节单元，艺术地再现了刘备夺取益州的起因、过程和结局。尽管头绪纷纭，作者却写得条理分明，而又富于变化，塑造了一系列鲜明的人物形象。

第六十六回
关云长单刀赴会　伏皇后为国捐生

总评

“单刀赴会”之事，本于《三国志·吴书·鲁肃传》:“肃住益阳，与（关）羽相拒。肃邀羽相见，各驻兵马百步上，但诸将军单刀俱会。肃因责数羽曰：‘国家区区本以土地借卿家者，卿家军败远来，无以为资故也。今已得益州，既无奉还之意，但求三郡，又不从命。’语未究竟，坐有一人曰:‘夫土地者，惟德所在耳，何常之有!’肃厉声呵之，辞色甚切。羽操刀起谓曰:‘此自国家事，是人何知!’目使之去。”在这里，鲁肃据理力争，义正词严；关羽则较为被动，推诿而去。罗贯中出于“尊刘”的倾向，在元杂剧《单刀会》的基础上，对史实予以改造，着重刻画了关羽高傲自负、倜傥不群、有勇有谋、敢作敢为的性格，突出了他那震慑对手的大将风度，使“单刀赴会”成为千古传颂的英雄壮举。

据《后汉书·皇后纪》，曹操诛灭董承等人，杀害董贵人后，伏皇后愤懑不平，写信给其父伏完，令其密谋除掉曹操，但伏完不敢行动。直到建安十九年（214）十一月，事情暴露，曹操遂将伏皇后置于暴室，幽禁而死，鸩杀其二子，并诛灭伏完全家。罗贯中将事件的时间加以集中，并虚构宦官穆顺传递书信，被曹操亲自搜查而暴露等细节，进一步表现了曹操的狡诈与凶残。

却说孙权要索荆州。张昭献计曰："刘备所倚仗者，诸葛亮耳。其兄诸葛瑾今仕于吴，何不将瑾老小执下，使瑾入蜀告其弟，令劝刘备交割荆州：'如其不还，必累及我老小。'亮念同胞之情，必然应允。"权曰："诸葛瑾乃诚实君子，安忍拘其老小？"昭曰："明教知是计策，自然放心。"权从之，召诸葛瑾老小，虚监在府；一面修书，打发诸葛瑾往益州去。㊢不数日，早到成都，先使人报知玄德。玄德问孔明曰："令兄此来为何？"孔明曰："来索荆州耳。"玄德曰："何以答之？"孔明曰："只须如此如此。"

计会已定，孔明出郭接瑾，不到私宅，径入宾馆。参拜毕，瑾放声大哭。亮曰："兄长有事但说。何故发哀？"瑾曰："吾一家老小休矣！"亮曰："莫非为不还荆州乎？因弟之故，执下兄长老小，弟心何安？兄休忧虑，弟自有计还荆州便了。"瑾大喜，即同孔明入见玄德，呈上孙权书。玄德看了，怒曰："孙权既以妹嫁我，却乘我不在荆州，竟将妹子潜地取去，情理难容！我正要大起蜀兵，杀下江南，报我之恨，却还想来索荆州乎！"孔明哭拜于地，曰："孙将军执下亮兄长老小，倘若不还，吾兄将全家被戮。兄死，亮岂能独生？望主公看亮之面，将荆州还了东吴，全亮兄弟之情！"玄德再三不肯，孔明只是哭求。㊢玄德徐徐曰："既如此，看军师面，分荆州一半还之：将长沙、零陵、桂阳三郡与他。"亮曰："既蒙见允，便可写书与云长，令交割三郡。"玄德曰："子瑜到彼，须用善言求吾弟。吾弟性如烈火，吾尚惧之。切宜仔细。"

瑾求了书，辞了玄德，别了孔明，登途径到荆州。云长请入中堂，宾主相叙。瑾出玄德书曰："皇叔许先以三郡还东吴，望将军即日交割，令瑾好回见吾主。"云长变色曰："吾与吾兄桃园结义，誓共匡扶汉室。荆州本大汉疆土，岂得妄以尺寸与人？㊢'将在外，君命有所不受'。虽吾兄有书来，我却只不还。"瑾曰："今孙将军执下

打发诸葛瑾往益州去——孙权欲利用诸葛亮与诸葛瑾的兄弟之情，逼诸葛亮劝刘备交还荆州，可谓花样翻新。但以诸葛亮之明，岂能识不破此计？

玄德再三不肯，孔明只是哭求——刘备与诸葛亮表演双簧，一个做好，一个做歹，看来真是有趣。

荆州本大汉疆土，岂得妄以尺寸与人——关羽既看穿孙权之计，又明白刘备、诸葛亮之意，断然拒绝交还长沙等三郡。"大汉疆土"一语，可谓正气凛然。是的，身为大汉忠臣，他当然不会将自己镇守之地拱手让人。

瑾老小，若不得荆州，必将被诛。望将军怜之！”云长曰：“此是孙将军谲计，如何瞒得我过！”瑾曰：“将军何太无面目？”云长执剑在手曰：“休再言！此剑上并无面目！”关平告曰：“军师面上不好看，望父亲息怒。”云长曰：“不看军师面上，教你回不得东吴！”

瑾满面羞惭，急辞下船，再往益州见孔明。孔明已自出巡去了。瑾只得再见玄德，哭告云长欲杀之事。玄德曰：“吾弟性急，极难与言。子瑜可暂回，容吾取了凉州*，调云长往守之，那时方得交付荆州。”

瑾不得已，只得回东吴见孙权，具言前事。孙权大怒曰：“子瑜此去，反复奔走，莫非皆是诸葛亮之计？”瑾曰：“非也。吾弟亦哭告玄德，方许将三郡先还，又无奈云长恃顽不肯。”孙权曰：“既刘备有先还三郡之言，便可差官前去长沙、零陵、桂阳三郡赴任，且看如何。”瑾曰：“主公所言极善。”权乃令瑾取回老小，一面差官往三郡赴任。不一日，三郡差去官吏，尽被逐回，告孙权曰：“关云长不肯相容，连夜赶逐回吴，迟后者便要杀。”孙权大怒，差人召鲁肃，责之曰：“子敬昔为刘备作保，借吾荆州。今刘备已得益州，不肯归还，子敬岂得坐视？”肃曰：“肃已思得一计，正欲告主公。”权问：“何计？”肃曰：“今屯兵于陆口，使人请关云长赴会。若云长肯来，以善言说之；如其不从，伏下刀斧手杀之。如彼不肯来，随即进兵，与决胜负，夺取荆州便了。”㊣孙权曰：“正合吾意。可即行之。”阚泽进曰：“不可。关云长乃世之虎将，非等闲可及。恐事不谐，反遭其害。”孙权怒曰：“若如此，荆州何日可得！”便命鲁肃速行此计。肃乃辞孙权，至陆口，召吕蒙、甘宁商议，设宴于陆口寨外临江亭上，修下请书，选帐下能言快语一人为使，登舟渡江。江口关平问了，遂引使人入荆州，叩见云长，具道鲁肃相邀赴会之意，呈上请书。云长看书毕，谓来人曰：“既子敬相请，我明日便来赴宴。汝可先回。”使者辞去。

随即进兵，与决胜负，夺取荆州便了——孙权逼迫鲁肃设法要回荆州，事关东吴的根本利益。一向为人忠厚，坚持联刘抗曹的鲁肃实在无奈，只得下狠心定下邀关羽赴宴，逼其交还荆州之计。面对东吴摆下的“鸿门宴”，关羽将何以处之？

关平曰：“鲁肃相邀，必无好意；父亲何故许之？”云长笑曰：“吾岂不知耶？此是诸葛瑾回报孙权，说吾不肯还三郡，故令鲁肃屯兵陆口，邀我赴会，便索荆州。吾若不往，道吾怯矣。吾来日独驾小舟，只用亲随十余人，单刀赴会，看鲁肃如何近我！”平谏曰：“父亲奈何以万金之躯，亲蹈虎狼之穴？恐非所以重伯父之寄托也。”云长曰："吾于千枪万刃之中，矢石交攻之际，匹马纵横，如入无人之境；岂忧江东群鼠乎！"㊟马良亦谏曰："鲁肃虽有长者之风，但今事急，不容不生异心。将军不可轻往。"云长曰："昔战国时赵人蔺相如，无缚鸡之力，于渑池会上，觑秦国君臣如无物；况吾曾学万人敌者乎！既已许诺，不可失信。"良曰："纵将军去，亦当有准备。"云长曰："只教吾儿选快船十只，藏善水军五百，于江上等候。看吾认旗起处，便过江来。"平领命，自去准备。

却说使者回报鲁肃，说云长慨然应允，来日准到。肃与吕蒙商议："此来若何？"蒙曰："彼带军马来，某与甘宁各人领一军伏于岸侧，放炮为号，准备厮杀。如无军来，只于庭后伏刀斧手五十人，就筵间杀之。"㊟计会已定。次日，肃令人于岸口遥望。辰时后，见江面上一只船来，梢公水手只数人，一面红旗，风中招飐，显出一个大"关"字来。船渐近岸，见云长青巾绿袍，坐于船上；傍边周仓捧着大刀；八九个关西大汉，各挎腰刀一口。㊟鲁肃惊疑，接入庭内。叙礼毕，入席饮酒，举杯相劝，不敢仰视。云长谈笑自若。

酒至半酣，肃曰："有一言诉与君侯，幸垂听焉：昔日令兄皇叔，使肃于吾主之前，保借荆州暂住，约于取蜀之后归还。今益州已得，而荆州未还，得毋失信乎？"云长曰："此国家之事，筵间不必论之。"肃曰："吾主只区区江东之地，而肯以荆州相借者，为念君侯等兵败远来，无以为资故也。今已得益州，则荆州自应见还；乃皇叔但肯先割三郡，而君侯又不从，恐于理上说不去。"云长曰："乌林之役，左将军亲冒矢石，戮力破敌，岂得徒劳而无尺土相资？今足下复来索地耶？"肃曰："不然。君侯始与皇叔同败于长坂，计穷力竭，将欲远窜。吾主矜念皇叔身无处所，不爱土地，使有所托足，以图后功；而皇叔愆德隳好，已得益州，又占荆州，贪而背义，恐为天下所耻笑。惟君侯察之。"云长曰："此皆吾兄之事，非某所宜与也。"肃曰："某闻君侯与皇叔桃园结义，誓同生死。皇叔即君侯也，何得推托乎？"㊟云长未及回答，周仓在阶下厉声言曰："天下土地，惟有德者居之，岂独是汝东吴当有耶！"云长变色而起，夺周仓所捧大刀，立于庭中，目视周仓而叱曰："此国家之事，汝何敢多言！可速去！"仓会意，先到岸口，把红旗一招。关平船如箭发，奔过江东

岂忧江东群鼠乎——把英才济济的东吴诸将称作"江东群鼠"，这种对对手的极度蔑视，既是关羽英雄气概的自然流露，也蕴含着他后来大意失荆州的悲剧种子。

只于庭后伏刀斧手五十人，就筵间杀之——吕蒙的布置，杀气腾腾，使临江亭外形成剑拔弩张之势，为下文关羽的从容应付作了铺垫。

八九个关西大汉，各挎腰刀一口——关羽果然单刀赴会来了。只见他青巾绿袍，潇洒自如，身边不过数人，与东吴的层层布置形成鲜明的对比。好一个既勇武又儒雅的大将！

皇叔即君侯也，何得推托乎——在归还荆州之事上，刘备集团确是有些理亏的。面对鲁肃的一再追问，关羽甚感为难：要守信用就得削弱刘备集团的实力，而若不还荆州就只好回避信用问题。这位信义素著的英雄不得不推托其辞。鲁肃对此抓住不放，更使关羽尴尬。

来。云长右手提刀，左手挽住鲁肃手，[评]佯推醉曰：“公今请吾赴宴，莫提起荆州之事。吾今已醉，恐伤故旧之情。他日令人请公到荆州赴会，另作商议。”鲁肃魂不附体，被云长扯至江边。吕蒙、甘宁各引本部军欲出，见云长手提大刀，亲握鲁肃，恐肃被伤，遂不敢动。云长到船边，却才放手，早立于船首，与鲁肃作别。肃如痴似呆，看关公船已乘风而去。[评]后人有诗赞关公曰：

> 藐视吴臣若小儿，单刀赴会敢平欺。
> 当年一段英雄气，尤胜相如在渑池。

云长右手提刀，左手挽住鲁肃手——关羽假意喝斥周仓，夺过大刀，一手拉住鲁肃。这一突如其来的行动，充分表现了关羽的机警和谋略，使他立即摆脱了被动局面，牢牢掌握了主动权。这一行动，使鲁肃成了关羽手中的人质，使东吴诸将束手无策，只好眼睁睁地看着关羽离去。

肃如痴似呆，看关公船已乘风而去——关羽到了船边才放开鲁肃，以胜利者的姿态向鲁肃告别，然后乘风破浪而去。至此，东吴方面预定的计划全部化为泡影。

云长自回荆州。鲁肃与吕蒙共议：“此计又不成，如之奈何？”蒙曰：“可即申报主公，起兵与云长决战。”肃即时使人申报孙权。权闻之大怒，商议起倾国之兵，来取荆州。忽报：“曹操又起三十万大军来也！”权大惊，且教鲁肃休惹荆州之兵，移兵向合肥、濡须，以拒曹操。

却说操将欲起程南征，参军傅干，字彦材，上书谏操，书略曰：

> 干闻用武则先威，用文则先德；威德相济，而后王业成。往者天下大乱，明公用武攘之，十平其九；今未承王命者，吴与蜀耳。吴有长江之险，蜀有崇山之阻，难以威胜。愚以为：且宜增修文德，按甲寝兵，息军养士，待时而动。今若举数十万之众，顿长江之滨，倘贼凭险深藏，使我士马不得逞其能，奇变无所用其权，则天威屈矣。惟明公详察焉。

曹操览之，遂罢南征，兴设学校，延礼文士。于是侍中王粲、杜袭、卫觊*、和洽四人，议欲尊曹操为“魏王”。尚书令荀攸曰*：“不可。丞相爵至魏公*，荣加九锡，位已极矣。今又进升王位，于理不可。”曹操闻之，怒曰：“此人欲效荀彧耶！”荀攸知之，忧愤成疾，卧病十数日而卒，[评]亡年五十八岁。操厚葬之，遂罢“魏王”事。

荀攸……卧病十数日而卒——据《三国志·魏书·荀攸传》，荀攸并未反对曹操进封魏王，而是建安十九年（214）随曹操征孙权，死于途中。《三国演义》因荀彧连带而及荀攸，将二者都写成被曹操迫害、威胁而死，以加重操之罪恶。

一日，曹操带剑入宫，献帝正与伏后共坐。伏后见操来，慌忙起身。帝见曹操，战栗不已。操曰：“孙权、刘备各霸一方，不尊朝廷，当如之何？”帝曰：“尽在魏公裁处。”操怒曰：“陛下出此言，外人闻之，只道吾欺君也。”帝曰：“君若肯相辅则幸甚；不尔，愿垂恩相舍。”操闻言，怒目视帝，恨恨而出。左右或奏帝曰：“近闻魏公欲自立为王，不久必将篡位。”帝与伏后大哭。后曰：“妾父伏完常有杀操之心，妾今当修书一封，密与父图之。”帝曰：“昔董承为事不密，反遭大祸。今恐又泄漏，朕与汝皆休矣！”后曰：“旦夕如坐针毡，似此为人，不如早亡！㊟妾看宦官中之忠义可托者，莫如穆顺，当令寄此书。”乃即召穆顺入屏后，退去左右近侍。帝后大哭告顺曰：“操贼欲为‘魏王’，早晚必行篡夺之事。朕欲令后父伏完密图此贼，而左右之人，俱贼心腹，无可托者。欲汝将皇后密书，寄与伏完。量汝忠义，必不负朕。”顺泣曰：“臣感陛下大恩，敢不以死报！臣即请行。”后乃修书付顺。顺藏书于发中，潜出禁宫，径至伏完宅，将书呈上。完见是伏后亲笔，乃谓穆顺曰：“操贼心腹甚众，不可遽图。除非江东孙权、益州刘备，二处起兵于外，操必自往。此时却求在朝忠义之臣，一同谋之。内外夹攻，庶可有济。”顺曰：“皇丈可作书复帝后，求密诏，暗遣人往吴、蜀二处，令约会起兵，讨贼救主。”伏完即取纸写书付顺。㊟顺乃藏于头髻内，辞完回宫。

似此为人，不如早亡——伏皇后不愿长期忍受曹操的专横霸道，宁可冒险一搏，可见其性格颇为刚烈。

伏完即取纸写书付顺——穆顺既已将伏皇后之信交给伏完，则伏完托其带一口信足矣，又何必定要写在纸上？这岂不增加暴露的危险？其实，作者如此描写，正是要解释密谋暴露的原因。

原来早有人报知曹操。操先于宫门等候。穆顺回遇曹操，操问：“那里去来？”顺答曰：“皇后有病，命求医去。”操曰：“召得医人何在？”顺曰：“还未召至。”操喝左右，遍搜身上，并无夹带，放行。忽然风吹落其帽。操又唤回，取帽视之，遍观无物，还帽令戴。穆顺双手倒戴其帽。操心疑，令左右搜其头发中，搜出伏完书来。操看时，书中言欲结连孙、刘为外应。操大怒，执下穆顺，于密室问之，顺不肯招。操连夜点起甲兵三千，围住伏完私宅，老幼并皆拿下，搜出伏后亲笔之书，随将伏氏三族尽皆下狱。平明，使御史大夫郗虑*持节入宫，先收皇后玺绶。

是日，帝在外殿，见郗虑引三百甲兵直入。帝问曰：“有何事？”虑曰：“奉魏公命，收皇后玺。”帝知事泄，心胆皆碎。虑至后宫，伏后方起。虑便唤管玺绶人，索取玉玺而出。伏后情知事发，便于殿后椒房内夹壁中藏躲。少顷，尚书令华歆引五百甲兵入到后殿，问宫人：“伏后何在？”宫人皆推不知。歆教甲兵打开朱户，寻觅不见。料在壁中，便喝甲士破壁搜寻。歆亲自动手，揪后头髻拖出。后曰：“望免我一命！”歆叱曰：“汝自见魏公诉去！”后披发跣足，二甲士推拥而出。原来华歆素有才名，向与邴原、管宁相友善。时人称三人为一龙：华歆为龙头，邴原为龙腹，管宁为龙尾。一日，宁与歆共种园蔬，锄地见金。宁挥锄不顾，歆拾而视之，然后掷下。又一日，宁与歆同坐观书，闻户外传呼之声，有贵人乘轩而过。宁端坐不动，歆弃书往观。宁自此鄙歆之为人，遂割席分坐，不复与之为友。后来管宁避居辽东，常戴白帽，坐卧一楼，足不履地，终身不肯仕魏；而歆乃先事孙权，后归曹操，至此乃有收捕皇后一事。后人有诗叹华歆曰：

华歆当日逞凶谋，破壁生将母后收。

助虐一朝添虎翼，骂名千载笑"龙头"！

又有诗赞管宁曰：

辽东传有管宁楼，人去楼空名独留。

笑杀子鱼贪富贵，岂如白帽自风流。

且说华歆将伏后拥至外殿。帝望见后，乃下殿抱后而哭。歆曰："魏公有命，可速行！"后哭谓帝曰："不能复相活耶？"帝曰："我命亦不知在何时也！"甲士拥后而去，帝捶胸大恸。见郗虑在侧，帝曰："郗公！天下宁有是事乎！"哭倒在地。郗虑令左右扶帝入宫。华歆拿伏后见操。操骂曰："吾以诚心待汝等，汝等反欲害我耶！吾不杀汝，汝必杀我！"喝左右乱棒打死。随即入宫，将伏后所生二子，皆酖杀之。当晚将伏完、穆顺等宗族二百余口，皆斩于市。㊣朝野之人，无不惊骇。时建安十九年十一月也。后人有诗叹曰：

当晚将伏完、穆顺等宗族二百余口，皆斩于市——曹操棒杀伏皇后，鸩杀二皇子，并诛灭伏完、穆顺宗族，又一次表现了残酷屠戮一切反对派的铁石心肠。

曹瞒凶残世所无，伏完忠义欲何如。

可怜帝后分离处，不及民间妇与夫！

献帝自从坏了伏后，连日不食。操入曰："陛下无忧，臣无异心。臣女已与陛下为贵人，大贤大孝，宜居正宫。"献帝安敢不从？于建安二十年正月朔，就庆贺正旦之节，册立曹操女曹贵人为正宫皇后。群下莫敢有言。

此时曹操威势日甚，会大臣商议收吴灭蜀之事。贾诩曰："须召夏侯惇、曹仁二人回，商议此事。"操即时发使，星夜唤回。夏侯惇未至，曹仁先到，连夜便入府中见操。操方被酒而卧，许褚仗剑立于堂门之内。曹仁欲入，被许褚当住。曹仁大怒曰："吾乃曹氏宗族，汝何敢阻当耶？"许褚曰："将军虽亲，乃外藩镇守之官；许褚虽疏，现充内侍。主公醉卧堂上，不敢放入。"仁乃不敢入。曹操闻之，叹曰："许褚真忠臣也！"不数日，夏侯惇亦至，共议征伐。惇曰："吴、蜀急未可攻，宜先取汉中张鲁，㊣以得胜之兵取蜀，可一鼓而下

吴、蜀急未可攻，宜先取汉中张鲁——夏侯惇此计甚为有理，由此引出曹操平定汉中的下文。

也。”曹操曰：“正合吾意。”遂起兵西征。正是：方逞凶谋欺弱主，又驱劲卒扫偏邦。未知后事如何，且看下文分解。

尾评：

曹操杀害伏皇后及其亲属后，又胁迫汉献帝册立其女为皇后。从此，东汉王朝的残余势力进一步被削弱，汉献帝身边已无可信之人，因而更加孤立，更加无法与曹操较量了。

第六十七回
曹操平定汉中地　张辽威震逍遥津

总评

据《三国志·魏书·张鲁传》注引《魏名臣奏》，历史上的曹操征张鲁时，因地势险峻，易守难攻，曹操一度打算撤退；由于前军误入张鲁军营，张鲁军惊惶溃退，曹军趁势进攻，这才侥幸获胜。罗贯中描写这一战役时，着重突出了两个因素：其一，曹操的多谋善断。张鲁军据险固守，曹操便假作退兵，而令轻骑分两路抄袭阳平关之后；庞德勇猛善战，曹操便巧用离间计，将其生擒后劝降。其二，张鲁谋士杨松的奸佞误国。为贪图贿赂，他先曾逼反马超（见第六十五回），此处又诬陷庞德，使张鲁连失勇将；当张鲁败退巴中时，他又劝鲁出战，然后闭门不纳，使其无路可走。如此小人，张鲁竟深信不疑，怎能不覆亡？！

曹操夺得汉中以后，司马懿、刘晔均力主趁势进攻益州。此时刘备占据益州不久，根基尚不稳固，人心惶惶不安，确有可乘之机；但曹操却按兵不动，坐失战机。刘备、诸葛亮及时联络东吴，牵制曹操，很快避免了一场危机，而曹操则再也无法进攻益州本土了。在尖锐复杂的政治军事斗争中，形势瞬息万变，机会稍纵即逝，一旦错过，便后悔莫及了。

当孙权亲率大军夺取皖城，进逼合肥之时，张辽凭着自己尽忠奉职、奋不顾身的精神，感动了李典，消除了内部矛盾，在逍遥津巧设埋伏，奋勇冲杀，把东吴军打得大败而逃。在这次激战中，张辽再一次表现了智勇双全的品格，不愧为曹魏集团的杰出将领。

却说曹操兴师西征，分兵三队：前部先锋夏侯渊、张郃；操自领诸将居中；后部曹仁、夏侯惇，押运粮草。早有细作报入汉中来。张鲁与弟张卫，商议退敌之策。卫曰："汉中最险无如阳平关；可于关之左右，依山傍林，下十余个寨栅，迎敌曹兵。兄在南郑*，多拨粮草应付。"张鲁依言，遣大将杨昂、杨任，与其弟即日起程。军马到阳平关，下寨已定。夏侯渊、张郃前军随到；闻阳平关已有准备，离关十五里下寨。是夜，军士疲困，各自歇息。忽寨后一把火起，杨昂、杨任两路兵杀来劫寨。夏侯渊、张郃急上得马，四下里大兵拥入，曹兵大败，退见曹操。㊟操怒曰："汝二人行军许多年，岂不知'兵若远行疲困，可防劫寨'？如何不作准备？"欲斩二人，以明军法。众官告免。

曹兵大败，退见曹操——曹操西征张鲁，两军尚未正式交战，曹军便因遭偷袭而大败。作者写此，意在表现张鲁军并非不堪一击，使情节多几分曲折。

操次日自引兵为前队；见山势险恶，林木丛杂，不知路径，恐有伏兵，即引军回寨，谓许褚、徐晃二将曰："吾若知此处如此险恶，必不起兵来。"许褚曰："兵已至此，主公不可惮劳。"次日，操上马，只带许褚、徐晃二人，来看张卫寨栅。三匹马转过山坡，早望见张卫寨栅。操扬鞭遥指，谓二将曰："如此坚固，急切难下！"言未已，背后一声喊起，箭如雨发，杨昂、杨任分两路杀来。操大惊。许褚大呼曰："吾当敌贼！徐公明善保主公！"说罢，提刀纵马向前，力敌二将。杨昂、杨任不能当许褚之勇，回马退去，其余不敢向前。徐晃保着曹操奔过山坡，前面又一军到；看时，却是夏侯渊、张郃二将，听得喊声，故引军杀来接应。于是杀退杨昂、杨任，救得曹操回寨。操重赏四将。自此两边相拒五十余日，只不交战。曹操传令退军。贾诩曰："贼势未见强弱，主公何故自退耶？"操曰："吾料贼兵每日提备，急难取胜。吾以退军为名，使贼懈而无备，然后分轻骑抄袭其后，必胜贼矣。"㊟贾诩曰："丞相神机，不可测也。"于是令夏侯渊、张郃分兵两路，各引轻骑三千，取小路抄阳平关后。曹

然后分轻骑抄袭其后，必胜贼矣——张鲁军坚守不出，曹操假作退军，欲使对方放松警戒，趁机分兵偷袭。

操一面引大军拔寨尽起。杨昂听得曹兵退，请杨任商议，欲乘势击之。杨任曰："操诡计极多，未知真实，不可追赶。"杨昂曰："公不往，吾当自去。"杨任苦谏不从。杨昂尽提五寨军马前进，只留些少军士守寨。是日，大雾迷漫，对面不相见。杨昂军至半路，不能行，且权扎住。

却说夏侯渊一军抄过山后，见重雾垂空，又闻人语马嘶，恐有伏兵，急催人马行动，大雾中误走到杨昂寨前。守寨军士，听得马蹄响，只道是杨昂兵回，开门纳之。曹军一拥而入，见是空寨，便就寨中放起火来。五寨军士，尽皆弃寨而走。比及雾散，杨任领兵来救，与夏侯渊战不数合，背后张郃兵到。杨任杀条大路，奔回南郑。杨昂待要回时，已被夏侯渊、张郃两个占了寨栅。背后曹操大队军马赶来。两下夹攻，四边无路。杨昂欲突阵而出，正撞着张郃。两个交手，被张郃杀死。败兵回投阳平关，来见张卫。原来卫知二将败走，诸营已失，半夜弃关，奔回去了。㊟曹操遂得阳平关并诸寨。张卫、杨任回见张鲁，卫言二将失了隘口，因此守关不住。张鲁大怒，欲斩杨任。任曰："某曾谏杨昂，休追操兵。他不肯听信，故有此败。任再乞一军前去挑战，必斩曹操。如不胜，甘当军令。"张鲁取了军令状。杨任上马，引二万军离南郑下寨。

却说曹操提军将进，先令夏侯渊领五千军，往南郑路上哨探，正迎着杨任军马，两军摆开。任遣部将昌奇出马，与渊交锋；战不三合，被渊一刀斩于马下。杨任自挺枪出马，与渊战三十余合，不分胜负。渊佯败而走，任从后追来；被渊用拖刀计，斩于马下。军士大败而回。曹操知夏侯渊斩了杨任，即时进兵，直抵南郑下寨。张鲁慌聚文武商议。阎圃曰："某保一人，可敌曹操手下诸将。"鲁问是谁。圃曰："南安庞德，前随马超投主公；后马超往益州，庞德卧病不曾行。现今蒙主公恩养，何不令此人去？"㊟

张鲁大喜，即召庞德至，厚加赏劳；点一万军马，令庞德出。离城十余里，与曹兵相对，庞德出马搦战。曹操在渭桥时，深知庞德之勇，乃嘱诸将曰："庞德乃凉州勇将，原属马超；今虽依张鲁，未称其心。吾欲得此人。㊟汝等须皆与缓斗，使其力乏，然后擒之。"张郃先出，战了数合便退。夏侯渊也战数合退了。徐晃又战三五合也退了。临后许褚战五十余合亦退。庞德力战四将，并无惧

半夜弃关，奔回去了——张卫一直主战，然而初战失利，他就放弃阳平关，率先逃回南郑，实为色厉内荏之徒。

现今蒙主公恩养，何不令此人去——曹军进逼南郑，阎圃向张鲁保举庞德。于是，庞德自然成为读者关注的人物。

庞德乃凉州勇将……吾欲得此人——庞德在张鲁手下久久未得任用，而曹操一见便欲得之。曹操与张鲁之眼力，确有天渊之别。

怯。各将皆于操前夸庞德好武艺。曹操心中大喜，与众将商议："如何得此人投降？"贾诩曰："某知张鲁手下，有一谋士杨松。其人极贪贿赂。今可暗以金帛送之，使谮庞德于张鲁，便可图矣。"(评)操曰："何由得人入南郑？"诩曰："来日交锋，诈败佯输，弃寨而走，使庞德据我寨；我却于夤夜引兵劫寨，庞德必退入城；却选一能言军士，扮作彼军，杂在阵中，便得入城。"操听其计，选一精细军校，重加赏赐，付与金掩心甲一副，令披在贴肉，外穿汉中军士号衣，先于半路上等候。次日，先拨夏侯渊、张郃两枝军，远去埋伏；却教徐晃挑战，不数合败走。庞德招军掩杀，曹兵尽退。庞德却夺了曹操寨栅，见寨中粮草极多，大喜，即时申报张鲁；一面在寨中设宴庆贺。当夜二更之后，忽然三路火起：正中是徐晃、许褚，左张郃，右夏侯渊。三路军马，齐来劫寨。庞德不及提备，只得上马冲杀出来，望城而走。背后三路兵追来，庞德急唤开城门，领兵一拥而入。

使谮庞德于张鲁，便可图矣——贾诩此计，与第六十五回诸葛亮利用杨松牵制马超之计，如出一辙。小人得势于内，大将欲立功于外，难矣哉！

此时细作已杂到城中，径投杨松府下谒见，具说："魏公曹丞相久闻盛德，特使某送金甲为信。更有密书呈上。"松大喜，看了密书中言语，谓细作曰："上复魏公，但请放心。某自有良策奉报。"打发来人先回，便连夜入见张鲁，说庞德受了曹操贿赂，卖此一阵。张鲁大怒，唤庞德责骂，欲斩之。阎圃苦谏。张鲁曰："你来日出战，不胜必斩！"庞德抱恨而退。

次日，曹兵攻城，庞德引兵冲出。操令许褚交战。褚诈败，庞德赶来。操自乘马于山坡上唤曰："庞令明何不早降？"庞德寻思："拿住曹操，抵一千员上将！"遂飞马上坡。一声喊起，天崩地塌，连人和马，跌入陷坑内去；四壁钩索一齐上前，活捉了庞德，押上坡来。曹操下马，叱退军士，亲释其缚，问庞德肯降否。庞德寻思张鲁不仁，情愿拜降。曹操亲扶上马，共回大寨，故意教城上望见。人报张鲁，德与操并马而行。鲁益信杨松之言为实。(评)

鲁益信杨松之言为实——张鲁已被杨松所惑，曹操又故意制造假象，使张鲁越发信任杨松，以便杨松继续卖主求荣。操之诡诈，实非常人可及。

次日，曹操三面竖立云梯，飞炮攻打。张鲁见其势已极，与弟张卫商议。卫曰："放火尽烧仓廪府库，出奔南山，去守巴中可也。"杨松曰："不如开门投降。"张鲁犹豫不定。卫曰："只是烧了便行。"张鲁曰："我向本欲归命国家，而意未得达；今不得已而出奔。仓廪府库，国家之有，不可废也。"(评)遂尽封锁。是夜二更，张鲁引全家老小，开南门杀出。曹操教休追赶；提兵入南郑，见鲁封闭库藏，

仓廪府库，国家之有，不可废也——张鲁战败出逃，却能不事破坏，不烧仓廪府库，实属难能可贵。曹操以此而优待之，完全应该。

心甚怜之。遂差人往巴中，劝使投降。张鲁欲降，张卫不肯。杨松以密书报操，便教进兵，松为内应。操得书，亲自引兵往巴中。张鲁使弟卫领兵出敌，与许褚交锋，被褚斩于马下。败军回报张鲁，鲁欲坚守。杨松曰："今若不出，坐而待毙矣。某守城，主公当亲与决一死战。"鲁从之。阎圃谏鲁休出，鲁不听，遂引军出迎。未及交锋，后军已走。张鲁急退，背后曹兵赶来。鲁到城下，杨松闭门不开。张鲁无路可走，操从后追至，大叫："何不早降！"鲁乃下马投拜。操大喜，念其封仓库之心，优礼相待，拜鲁为镇南将军，封阆中侯*。阎圃等皆封列侯。于是汉中皆平。曹操传令分汉中置西城郡、上庸郡，各郡分设太守，置都尉*，大赏士卒。惟有杨松卖主求荣，即命斩之于市曹示众。㊕后人有诗叹曰：

妨贤卖主逞奇功，积得金银总是空。

家未荣华身受戮，令人千载笑杨松！

曹操已得汉中，主簿司马懿进曰："刘备以诈力取刘璋，蜀人尚未归心。今主公已得汉中，益州震动。可速进兵攻之，势必瓦解。智者贵于乘时，时不可失也。"曹操叹曰："'人苦不知足，既得陇，复望蜀'耶？"刘晔曰："司马仲达之言是也。若少迟缓，诸葛亮明于治国而为相，关、张等勇冠三军而为将，蜀民既定，据守关隘，不可犯矣。"操曰："士卒远涉劳苦，且宜存恤。"遂按兵不动。㊕

却说益州百姓，听知曹操已取汉中，料必来取益州，一日之间，数遍惊恐。玄德请军师商议，孔明曰："亮有一计，曹操自退。"玄德问何计。孔明曰："曹操分军屯合肥，惧孙权也。今我若分江夏、长沙、桂阳三郡还吴，遣舌辩之士，陈说利害，令吴起兵袭合肥，牵动其势，操必勒兵南向矣。"㊕玄德问："谁可为使？"伊籍曰："某愿往。"玄德大喜，遂作书具礼，令伊籍先到荆州，知会云长，然后入吴。到建业*，来见孙权，先通了姓名。权召籍入。籍见权礼毕，权问曰："汝到此何为？"籍曰："昨承诸葛子瑜取长沙等三郡，为军师不在，有失交割，今传书送还。所有南郡、零陵、武陵*，本欲送还；被曹操袭取汉中，使关将军无容身之地。今合肥空虚，望将军起兵攻之*，使曹操撤兵回南。吾主若取了汉中，即还荆州全土。"权曰："汝且归馆舍，容吾商议。"伊籍退出，权问计于众谋士。张昭

惟有杨松卖主求荣，即命斩之于市曹示众——对杨松这类小人，曹操虽然利用，内心却十分厌恶，每每利用完毕即下令除掉。这是曹操清醒之处，也是他可爱之处。

遂按兵不动——曹操不纳司马懿、刘晔之计，不愿趁势进攻益州，为什么？"士卒远涉劳苦"只是表面理由，真正的原因可能是对夺取益州并无把握，甚至害怕遭到失败。

操必勒兵南向矣——在益州面临威胁之时，请东吴进攻合肥以牵制曹操，使其无力南下益州，确是上策。

曰："此是刘备恐曹操取益州，故为此谋。虽然如此，可因操在汉中，乘势取合肥，亦是上计。"㊟权从之，发付伊籍回蜀去讫，便议起兵攻操：令鲁肃收取长沙、江夏、桂阳三郡，屯兵于陆口，取吕蒙、甘宁回；又去余杭取凌统回。

乘势取合肥，亦是上计——东吴明知刘备、孔明用意，但从自身利益出发，亦愿乘势夺取合肥。而一旦出兵，便正合刘备集团的需要。三方谋士互逞才思，煞是好看。

不一日，吕蒙、甘宁先到。蒙献策曰："现今曹操令庐江太守朱光，屯兵于皖城，大开稻田，纳谷于合肥，以充军实。今可先取皖城，然后攻合肥。"权曰："此计甚合吾意。"遂教吕蒙、甘宁为先锋，蒋钦、潘璋为合后，权自引周泰、陈武、董袭、徐盛为中军。时程普、黄盖、韩当在各处镇守，都未随征。

却说军马渡江，取历阳*，径到皖城。庐江太守朱光*，使人往合肥求救；一面固守城池，坚壁不出。权自到城下看时，城上箭如雨发，射中孙权麾盖。权回寨，问众将曰："如何取得皖城？"董袭曰："可差军士筑起土山攻之。"徐盛曰："可竖云梯，造虹桥，下观城中而攻之。"吕蒙曰："此法皆费日月而成，合肥救军一至，不可图矣。今我军初到，士气方锐，正可乘此锐气，奋力攻击。来日平明进兵，午未时便当破城。"权从之。次日五更饭毕，三军大进。城上矢石齐下。甘宁手执铁链，冒矢石而上。朱光令弓弩手齐射，甘宁拨开箭林，一链打倒朱光。吕蒙亲自擂鼓，士卒皆一拥而上，乱刀砍死朱光，余众多降。得了皖城，方才辰时。㊟张辽引军至半路，哨马回报皖城已失。辽即回兵归合肥。

得了皖城，方才辰时——东吴军一鼓作气，夺得皖城，证明吕蒙之计完全正确。

孙权入皖城，凌统亦引军到。权慰劳毕，大犒三军，重赏吕蒙、甘宁诸将，设宴庆功。吕蒙逊甘宁上坐，盛称其功劳。酒至半酣，凌统想起甘宁杀父之仇，又见吕蒙夸美之，心中大怒，瞪目直视良久，忽拔左右所佩之剑，立于筵上曰："筵前无乐，看吾舞剑。"甘宁知其意，推开果桌起身，两手取两枝戟挟定，纵步出曰："看我筵前使戟。"吕蒙见二人各无好意，便一手挽牌，一手提刀，立于其中曰："二公虽能，皆不如我巧也。"说罢，舞起刀牌，将二人分于两下。早有人报知孙权。权慌跨马，直至筵前。众见权至，方各放下军器。权曰："吾常言二人休念旧仇，今日又何如此？"凌统哭拜于地。孙权再三劝止。至次日，起兵进取合肥，三军尽发。

张辽为失了皖城，回到合肥，心中愁闷。忽曹操差人送教帖与护军薛悌*，上有操封，傍书云："贼来乃发。"是日报说孙权自引十万大军，来攻合肥，薛悌教张辽拆开教帖*。内书云："若孙权至，张、李二将军出战，乐将军守城。"张辽将教帖与李典、乐进观之。乐进曰："将军之意若何？"张辽曰："主公远征在外，吴兵以为破我必矣。今可发兵出迎，奋力与战，折其锋锐，以安众心，然后可守也。"李典素与张辽不睦，闻辽此言，默然不答。乐进见李典不语，便道："贼众我寡，难以迎敌，不如坚守。"张辽曰："公等皆是私意，不顾公事。吾今自出迎敌，决一死战！"便教左右备马。李典慨然而起曰："将军如此，典岂敢以私憾而忘公事乎？愿听指挥。"㊣张辽大喜曰："既曼成肯相助，来日引一军于逍遥津北埋伏；待吴兵杀过来，可先断小师桥，吾与乐文谦击之。"李典领命，自去点军埋伏。

典岂敢以私憾而忘公事乎？愿听指挥——李典被张辽忠勇奋发的精神所感动，愿释私憾，同心对敌，令人敬佩。可惜的是，"以私憾而忘公事"者，所在多有，每每给事业造成极大损失。

却说孙权令吕蒙、甘宁为前队，自与凌统居中，其余诸将陆续进发，望合肥杀来。吕蒙、甘宁前队兵进，正与乐进相迎。甘宁出马与乐进交锋，战不数合，乐进诈败而走。甘宁招呼吕蒙一齐引军赶去。孙权在第二队，听得前军得胜，催兵行至逍遥津北。忽闻连珠炮响，左边张辽一军杀来，右边李典一军杀来。孙权大惊，急令人唤吕蒙、甘宁回救时，张辽兵已到。凌统手下，止有三百余骑，当不得曹军势如山倒。凌统大呼曰："主公何不速渡小师桥！"言未毕，张辽引二千余骑，当先杀至。凌统翻身死战。孙权纵马上桥，桥南已折丈余，并无一片板。孙权惊得手足无措。牙将谷利大呼曰："主公可约马退后，再放马向前，跳过桥去。"孙权收回马来有三丈余远，然后纵辔加鞭，那马一跳，飞过桥南。后人有诗曰：

"的卢"当日跳檀溪，又见孙权败合肥*。
退后着鞭驰骏骑，逍遥津上玉龙飞。

孙权跳过桥南，徐盛、董袭驾舟相迎。凌统、谷利抵住张辽。甘宁、吕蒙引军回救，却被乐进从后追来，李典又截住厮杀，吴兵折了大半。凌统所领三百余人，尽被杀死。统身中数枪，杀到桥边，桥已折断，绕河而逃。孙权在舟中望见，急令董袭棹舟接之，乃得渡回。吕蒙、甘宁皆死命逃过河南。这一阵杀得江南人人害怕，㊣闻张辽大名，小儿也不敢夜啼。众将保护孙权回营。权乃重赏凌统、谷利，收军回濡须，整顿船只，商议水陆并进；一面差人回江南，再起人马来助战。

这一阵杀得江南人人害怕——逍遥津之战，吴军大败，孙权本人几乎做了俘虏，使东吴上下十分震惊，张辽威名深入人心。

杀奔濡须坞来——曹操亲率大军来救合肥，引出了下文更大规模的濡须之战。

却说张辽闻孙权在濡须将欲兴兵进取，恐合肥兵少，难以抵敌，急令薛悌星夜往汉中，报知曹操，求请救兵。操同众官议曰："此时可收益州否？"刘晔曰："今蜀中稍定，已有提备，不可击也。不如撤兵去救合肥之急，就下江南。"操乃留夏侯渊守汉中定军山隘口，留张郃守蒙头岩等隘口；其余军兵拔寨都起，杀奔濡须坞来。㊀正是：铁骑甫能平汉中*，旌旄又复指江南。未知胜负如何，且看下文分解。

尾评：

曹操夺得汉中，迫使刘备主动将长沙等三郡还给孙权；孙权进攻合肥，又使曹操无法南征益州。这种犬牙交错的斗争，体现了当时政治形势的基本格局：曹、刘、孙三方，鼎足而立，互相牵制；任何一方有所动作，都将对另外两方产生连带反应，令人看来眼花缭乱。

第六十八回
甘宁百骑劫魏营　左慈掷杯戏曹操

总评

甘宁百骑劫魏营之事，本于《三国志·吴书·甘宁传》:“曹公出濡须，宁为前部督，受敕出斫敌前营。(孙)权特赐米酒众肴，宁乃料赐手下百余人食。……至二更时，衔枚出斫敌。敌惊动，遂退。”裴注引《江表传》:“(孙)权密敕宁，使夜入魏军。宁乃选手下健儿百余人，径诣曹公营下，使拔鹿角，逾垒入营，斩得数十级。北军惊骇鼓噪，举火如星，宁已还入营，作鼓吹，称万岁。因夜见权，权喜……即赐绢千匹，刀百口。权曰:‘孟德有张辽，孤有兴霸，足相敌也。’”罗贯中略加增饰，便把甘宁的骁勇威猛表现得淋漓尽致。

甘宁在黄祖部下时，曾在交战中射死凌统之父凌操(见第三十八回)，因而一直被凌统视为仇人，每欲报仇。面对如此尴尬的处境，甘宁不仅多作退让，而且在凌统几乎被杀时，放箭救之，终于感动了凌统，从此捐弃前嫌，与甘宁结为生死之交。如此顾全大局，以德报怨，表现了甘宁又一个可贵之处，实在令人称赞。

曹操进封魏王之后，欲立世子，使曹丕、曹植争立的矛盾凸显出来。作品对此虽未展开，但可以说，后人对曹植的好感较多，而曹丕的政治才能较高；尽管曹丕耍了许多令人厌恶的小动作，但为曹家天下计，立他为世子仍较恰当，曹植却只得郁郁而终：历史就是这样充满无奈与遗憾！

关于左慈的故事，东晋葛洪《抱朴子·内篇》、《神仙传》、干宝《搜神记》等均有记载，南朝宋范晔还将其写入《后汉书·方术传》，足见其在魏晋南北朝时期影响甚大。罗贯中在这些故事基础上，再加夸饰，并赋予“贬曹”倾向，让左慈尽情捉弄曹操一番，使在人世间凶残霸道、为所欲为的曹操面对幻象而无可奈何，也让憎恶曹操者出了一口恶气。

却说孙权在濡须口收拾军马，忽报曹操自汉中领兵四十万前来救合肥。孙权与谋士计议，先拨董袭、徐盛二人领五十只大船，在濡须口埋伏；令陈武带领人马，往来江岸巡哨。张昭曰："今曹操远来，必须先挫其锐气。"权乃问帐下曰："曹操远来，谁敢当先破敌，以挫其锐气？"凌统出曰："某愿往。"权曰："带多少军去？"统曰："三千人足矣。"甘宁曰："只须百骑，便可破敌，何必三千！"凌统大怒。两个就在孙权面前争竞起来。权曰："曹军势大，不可轻敌。"乃命凌统带三千军出濡须口去哨探，遇曹兵，便与交战。凌统领命，引着三千人马，离濡须坞。尘头起处，曹兵早到。先锋张辽与凌统交锋，斗五十合，不分胜败。孙权恐凌统有失，令吕蒙接应回营。

甘宁见凌统回，即告权曰："宁今夜只带一百人马去劫曹营；若折了一人一骑，也不算功。"㊎孙权壮之，乃调拨帐下一百精锐马兵付宁；又以酒五十瓶，羊肉五十斤，赏赐军士。甘宁回到营中，教一百人皆列坐，先将银碗斟酒，自吃两碗，乃语百人曰："今夜奉命劫寨，请诸公各满饮一觞，努力向前。"众人闻言，面面相觑。甘宁见众人有难色，乃拔剑在手，怒叱曰："我为上将，且不惜命；汝等何得迟疑！"众人见甘宁作色，皆起拜曰："愿效死力。"甘宁将酒肉与百人共饮食尽，约至二更时候，取白鹅翎一百根，插于盔上为号；都披甲上马，飞奔曹操寨边，拔开鹿角，大喊一声，杀入寨中，径奔中军来杀曹操。原来中军人马，以车仗伏路穿连，围得铁桶相似，不能得进。甘宁只将百骑，左冲右突。曹兵惊慌，正不知敌兵多少，自相扰乱。那甘宁百骑，在营内纵横驰骤，逢着便杀。各营鼓噪，举火如星，喊声大震。甘宁从寨之南门杀出，无人敢当。孙权令周泰引一枝兵来接应。甘宁将百骑回到濡须。操兵恐有埋伏，不敢追袭。后人有诗赞曰：

鼙鼓声喧震地来，吴师到处鬼神哀！

若折了一人一骑，也不算功——曹操大兵压境，气势汹汹，甘宁却欲以百骑去劫曹营，以挫其锋，而且担保不折一人一骑，真是骁勇过人，充满自信。

百翎直贯曹家寨，尽说甘宁虎将才。

甘宁引百骑到寨，不折一人一骑；至营门，令百人皆击鼓吹笛，口称："万岁！"欢声大震。孙权自来迎接。甘宁下马拜伏。权扶起，携宁手曰："将军此去，足使老贼惊骇。非孤相舍，正欲观卿胆耳！"即赐绢千匹，利刀百口。宁拜受讫，遂分赏百人。权语诸将曰："孟德有张辽，孤有甘兴霸，足以相敌也。"㊟

孟德有张辽，孤有甘兴霸，足以相敌也——孙权此语，取自《甘宁传》注引《江表传》，其对甘宁的喜爱，溢于言表。

次日，张辽引兵搦战。凌统见甘宁有功，奋然曰："统愿敌张辽！"权许之。统遂领兵五千，离濡须。权自引甘宁临阵观战。对阵圆处，张辽出马，左有李典，右有乐进。凌统纵马提刀，出至阵前。张辽使乐进出迎。两个斗到五十合，未分胜败。曹操闻知，亲自策马到门旗下来看，见二将酣斗，乃令曹休暗放冷箭。曹休便闪在张辽背后，开弓一箭，正中凌统坐下马，那马直立起来，把凌统掀翻在地。乐进连忙挥刀来砍。刀还未到*，只听得弓弦响处，一箭射中乐进面门，翻身落马。两军齐出，各救一将回营，鸣金罢战。凌统回寨中，拜谢孙权。权曰："放箭救你者，甘宁也。"凌统乃顿首拜宁曰："不想公能如此垂恩！"自此与甘宁结为生死之交，再不为恶。㊟

自此与甘宁结为生死之交，再不为恶——甘宁以德报怨，确是真英雄；凌统捐弃前嫌，也是真好汉。三国豪杰，又一次垂范于后人。

且说曹操见乐进中箭，令自到帐中调治。次日，分兵五路来袭濡须：操自领中路；左一路张辽，二路李典；右一路徐晃，二路庞德。每路各带一万人马，杀奔江边来。时董袭、徐盛二将，在楼船上见五路军马来到，诸军各有惧色。徐盛曰："食君之禄，忠君之事，何惧哉！"遂引猛士数百人，用小船渡过江边，杀入李典军中去了。董袭在船上，令众军擂鼓呐喊助威。忽然江上猛风大作，白浪掀天，波涛汹涌。军士见大船将覆，争下脚舰逃命。董袭仗剑大喝曰："将受君命，在此防贼，怎敢弃船而去！"立斩下船军士十余人。须臾，风急船覆，董袭竟死于江口水中。徐盛在李典军中，往来冲突。

却说陈武听得江边厮杀，引一军来，正与庞德相遇，两军混战。孙权在濡须坞中，听得曹兵杀到江边，亲自与周泰引军前来助战。正见徐盛在李典军中搅做一团厮杀，便麾军杀入接应。却被张辽、徐晃两枝军把孙权困在垓心。曹操上高阜处，看见孙权被围，急令许褚纵马持刀杀入军中，把孙权军冲作两段，彼此不能相救。

却说周泰从军中杀出，到江边，不见了孙权，勒回马，从外又杀人阵中，问本部军："主公何在？"军人以手指兵马厚处，曰："主公被围甚急！”周泰挺身杀入，寻见孙权。泰曰：“主公可随泰杀出。”于是泰在前，权在后，奋力冲突。泰到江边，回头又不见孙权，乃复翻身杀入围中，又寻见孙权。权曰：“弓弩齐发，不能得出，如何？”泰曰：“主公在前，某在后，可以出围。”孙权乃纵马前行。周泰左右遮护，身被数枪，箭透重铠，救得孙权。㊟到江边，吕蒙引一枝水军前来接应下船。权曰：“吾亏周泰三番冲杀，得脱重围。但徐盛在垓心，如何得脱？”周泰曰：“吾再救去。”遂轮枪复翻身杀入重围之中，救出徐盛。二将各带重伤。吕蒙教军士乱箭射住岸上兵，救二将下船。

周泰左右遮护……救得孙权——周泰在乱军中奋不顾身，几番冲杀，终于救出孙权，不愧为江东虎将。其忠勇形象，使读者难以忘怀。

却说陈武与庞德大战，后面又无应兵，被庞德赶到峪口，树林丛密；陈武再欲回身交战，被树株抓住袍袖，不能迎敌，为庞德所杀。曹操见孙权走脱了，自策马驱兵，赶到江边对射。吕蒙箭尽，正慌间，忽对江一宗船到，为首一员大将，乃是孙策女婿陆逊，自引十万兵到。一阵射退曹兵，乘势登岸追杀曹兵，复夺战马数千匹。曹兵伤者，不计其数，大败而回。于乱军中寻见陈武尸首。

孙权知陈武已亡，董袭又沉江而死，哀痛至切，令人入水中寻见董袭尸首，与陈武尸一齐厚葬之。又感周泰救护之功，设宴款之。权亲自把盏，抚其背，泪流满面，曰：“卿两番相救，不惜性命，被枪数十，肤如刻画，孤亦何心不待卿以骨肉之恩、委卿以兵马之重乎！卿乃孤之功臣，孤当与卿共荣辱、同休戚也。”㊟言罢，令周泰解衣与众将观之：皮肉肌肤，如同刀剜，斑痕遍体*。孙权手指其痕，一一问之。周泰具言战斗被伤之状。一处伤令吃一觥酒。是日，周泰大醉。权以青罗伞赐之，令出入张盖，以为显耀。

孤当与卿共荣辱、同休戚也——孙权痛悼陈武、董袭，抚慰周泰，均情真意切，涕泪交流。如此爱惜和尊崇人才，自然会激励江东文武人人自强，尽忠报国。

权在濡须，与操相拒月余，不能取胜。张昭、顾雍上言：“曹操势大，不可力取；若与久战，大损士卒：不若求和安民为上。”孙权从其言，令步骘往曹营求和，许年纳岁贡。㊟操见江南急未可下，乃从之，令：“孙权先撤人马，吾然后班师。”步骘回复，权只留蒋钦、周泰守濡须口，尽发大兵上船回建业。

令步骘往曹营求和，许年纳岁贡——在实力不及对方的情况下，孙权宁可暂时求和，以求保境安民，徐图进取，确是明智之举。

操留曹仁、张辽屯合肥，班师回许都。文武众官皆议立曹操为“魏王”，尚书崔琰力言不可。众官曰：“汝独不见荀文若乎？”琰大怒曰：“时乎，时乎！会当有变！任自为之！”有与琰不和者，告知操。

操令杖杀崔琰在狱中——据《三国志·魏书·崔琰传》，建安二十一年（216），曹操进封魏王，崔琰举荐杨训作表称颂曹操功德，有人讥笑杨训希世浮伪，崔琰写信支持杨训曰："省表，事佳耳！时乎时乎，会当有变时。"有人曲解此意，向曹操诬告他"傲世怨谤"。曹操误会，将他下狱，冤死于狱中。罗贯中借此误会而虚构崔琰反对曹操封王，以表现曹操摧残人才的一面。

遂立长子曹丕为王世子——贾诩之语，确实打动了曹操。为了避免出现袁绍、刘表那样兄弟争立乃至自相残杀的局面，曹操终于下决心立曹丕为世子，以符合封建政治的惯例。

操大怒，收琰下狱问之。琰虎目虬髯，只是大骂曹操欺君奸贼。廷尉白操，操令杖杀崔琰在狱中。㊣后人有赞曰：

清河崔琰：天性坚刚；虬髯虎目，铁石心肠。

奸邪辟易，声节显昂；忠于汉主，千古名扬！

建安二十一年夏五月，群臣表奏献帝，颂魏公曹操功德："极天际地，伊、周莫及，宜进爵为王。"献帝即令钟繇草诏，册立曹操为"魏王"。曹操假意上书三辞。诏三报不许，操乃拜命受"魏王"之爵，冕十二旒，乘金根车，驾六马，用天子车服銮仪，出警入跸，于邺城盖魏王宫，议立世子。操大妻丁夫人无出。妾刘氏生子曹昂，因征张绣时死于宛城。卞氏所生四子：长曰丕，次曰彰，三曰植，四曰熊。于是黜丁夫人，而立卞氏为魏王后。第三子曹植，字子建，极聪明，举笔成章，操欲立之为后嗣。长子曹丕，恐不得立，乃问计于太中大夫贾诩*。诩教如此如此。自是但凡操出征，诸子送行，曹植乃称述功德，发言成章；惟曹丕辞父，只是流涕而拜，左右皆感伤。于是操疑植乖巧，诚心不及丕也。丕又使人嘱近侍，皆言丕之德。操欲立后嗣，踌躇不定，乃问贾诩曰："孤欲立后嗣，当立谁？"贾诩不答，操问其故。诩曰："正有所思，故不能即答耳。"操曰："何所思？"诩对曰："思袁本初、刘景升父子也。"操大笑，遂立长子曹丕为王世子。㊣

冬十月，魏王宫成，差人往各处收取奇花异果，栽植后苑。有使者到吴地，见了孙权，传魏王令旨，再往永宁取柑子*。时孙权正尊让魏王，便令人于本城选了大柑子四十余担，星夜送往邺城。至中途，挑担役夫疲困，歇于山脚下，见一先生，眇一目，跛一足，头戴白藤冠，身穿青懒衣，来与脚夫作礼，言曰："你等挑担劳苦，贫道都替你挑一肩如何？"众人大喜。于是先生每担各挑五里。但是先生挑过的担儿都轻了，众皆惊疑。先生临去，与领柑子官说："贫道乃魏王乡中故人，姓左，名慈，字元放，道号'乌角先生'。如你到邺城，可说左慈申意。"遂拂袖而去。

取柑人至邺城见操，呈上柑子。操亲剖之，但只空壳，内并无肉。操大惊，问取柑人。取柑人以左慈之事对。操未肯信。门吏忽报："有一先生，自称左慈，求见大王。"操召入。取柑人曰："此正途中所见之人。"操叱之曰："汝以何妖术，摄吾佳果？"慈笑曰："岂有此事！”取柑剖之，内皆有肉，其味甚甜。但操自剖者，皆空壳。操愈惊，乃赐左慈坐而问之。慈索酒肉，操令与之，饮酒五斗不醉，肉食全羊不饱。操问曰：“汝有何术，以至于此？”慈曰：“贫道于益州峨嵋山中*，学道三十年，忽闻石壁中有声呼我之名；及视，不见。如此者数日。忽有天雷震碎石壁，得天书三卷，名曰‘遁甲天书’。上卷名‘天遁’，中卷名‘地遁’，下卷名‘人遁’。天遁能腾云跨风，飞升太虚；地遁能穿山透石；人遁能云游四海，藏形变身，飞剑掷刀，取人首极。大王位极人臣，何不退步，跟贫道往峨嵋山中修行？当以三卷天书相授。”操曰：“我亦久思急流勇退，奈朝廷未得其人耳。”慈笑曰：“益州刘玄德乃帝室之胄，何不让此位与之？不然，贫道当飞剑取汝之头也。”操大怒曰：“此正是刘备细作！”喝左右拿下。慈大笑不止。操令十数狱卒，捉下拷之。狱卒着力痛打，看左慈时，却齁齁熟睡，全无痛楚。操怒，命取大枷，铁钉钉了，铁锁锁了，送入牢中监收，令人看守。只见枷锁尽落，左慈卧于地上，并无伤损。连监禁七日，不与饮食。及看时，慈端坐于地上，面皮转红。狱卒报知曹操，操取出问之。慈曰：“我数十年不食，亦不妨；日食千羊，亦能尽。”操无可奈何。㊟

操无可奈何——在现实政治斗争中，曹操手握生杀大权，人人畏惧；但对半人半神的左慈，他却无可奈何。世界就是这样奇妙！

是日，诸官皆至王宫大宴。正行酒间，左慈足穿木履，立于筵前。众官惊怪。左慈曰：“大王今日水陆俱备，大宴群臣，四方异物极多。内中欠少何物，贫道愿取之。”操曰：“我要龙肝作羹，汝能取否？”慈曰：“有何难哉！”取墨笔于粉墙上画一条龙，以袍袖一拂，龙腹自开。左慈于龙腹中提出龙肝一副，鲜血尚流。操不信，叱之曰：“汝先藏于袖中耳！”慈曰：“即今天寒，草木枯死；大王要甚好花，随意所欲。”操曰：“吾只要牡丹花。”慈曰：“易耳。”令取大花盆放筵前，以水噀之。顷刻发出牡丹一株，开放双花。众官大惊，邀慈同坐而食。少刻，庖人进鱼脍。慈曰：“脍必松江鲈鱼者方美。”操曰：“千里之隔，安能取之？”慈曰：“此亦何难取！”教把钓竿来，于堂下鱼池中钓之。顷刻钓出数十尾大鲈鱼，放在殿上。操曰：“吾池中原有此鱼。”慈曰：“大王何相欺耶？天下鲈鱼只两腮，惟松江鲈鱼有四腮：此可辨也。”众官视之，果是四腮。慈曰：“烹松江鲈鱼，须紫芽姜方可。”操曰：“汝亦能取之否？”慈曰：“易耳。”令取金盆一个，慈以衣覆之。须臾，得紫芽姜满盆，进上操前。操以手取之，忽盆内有书一本，题曰《孟德新书》。操取视之，一字不差。操大疑。慈取桌上玉杯，满斟佳酿，进操曰："大王可饮此酒，寿有千年。"操曰："汝可先饮。"慈遂拔冠上玉簪，于杯中一画，将酒分为两半；自饮一半，将一半奉操。操叱之。慈掷杯于空中，化成一白鸠，绕殿而飞。众官仰面视之，左慈不知所往。左右忽报："左慈出宫门去了。"操曰："如此妖人，必当除之！否则必将为害。"遂命许褚引三百铁甲军追擒之。褚上马引军赶至城门，望见左慈穿木履在前，慢步而行。褚飞马追之，却只追不上。直赶到一山中，有牧羊小童，赶着一群羊而来，慈走入羊群内。褚取箭射之，慈即不见。褚尽杀群羊而回。牧羊小童守羊而哭。忽见羊头在地上作人言，唤小童曰："汝可将羊头都凑在死羊腔子上。"小童大惊，掩面而走。忽闻有人在后呼曰："不须惊走，还汝活羊。"小童回顾，见左慈已将地上死羊凑活，赶将来了。小童急欲问时，左慈已拂袖而去，其行如飞，倏忽不见。㊣

左慈已拂袖而去，其行如飞，倏忽不见——左慈花样百出，来去自由，曹操始终无可奈何，只得以出尽洋相收场。

小童归告主人，主人不敢隐讳，报知曹操。操画影图形，各处捉拿左慈。三日之内，城里城外，所捉眇一目、跛一足、白藤冠、青懒衣、穿木履先生，都一般模样者，有三四百个，哄动街市。操令众将，将猪羊血泼之，押送城南教场。曹操亲自引甲兵五百人围住，尽皆斩之。人人颈腔内各起一道青气，到上天聚成一处，化成一个左慈，向空招白鹤一只骑坐，拍手大笑曰："土鼠随金虎，奸雄一旦休！"操令众将以弓箭射之。忽然狂风大作，走石扬沙；所斩之尸，皆跳起来，手提其头，奔上演武厅来打曹操。文官武将，掩面惊倒，各不相顾。正是：奸雄权势能倾国，道士仙机更异人。未知曹操性命如何，且看下文分解。

尾评：

左慈戏曹，嘻笑怒骂，不仅可以在连续不断、紧张激烈的政治军事斗争中调节艺术氛围，而且便于引出后面的情节，在书中起到了承上启下的作用。

第六十九回
卜周易管辂知机　讨汉贼五臣死节

总评

据《三国志·魏书·方技传·管辂传》推算，管辂生于建安十四年（209）。当建安二十三年（218）耿纪、韦晃等人起事反曹，曹操亲征汉中时，他年仅十岁（古人皆算虚岁），不可能在此之前便为曹操占卜。罗贯中继上文左慈戏曹之后，打破时间界限，顺便写到管辂，让读者见识了又一位三国时代的奇才。管辂占卜灵验的种种奇事，基本上出自《管辂传》，但仍应视为传闻之辞，未可当作史实。

耿纪、韦晃等人在曹操进封魏王之后，眼看汉祚将移，遂趁曹操留居邺城之机，合谋起事反曹，但因实力相差过于悬殊，曹操集团又严密控制皇宫，耿、韦等人无法与汉献帝沟通信息，更无法得到外援，只能孤军作战，因而兵败被杀。这是东汉王朝残余势力最后一次与曹操公开较量。此后，虽然还会有人心系汉室，憎恶曹操集团，但再也不可能组织起有效的反抗，更不可能挽回颓势了。

曹操残酷镇压耿纪、韦晃等人后，又下令“将在朝大小百官，尽行拿解邺城，听候发落”，并将自称曾救火者全部斩首。此事本于《三国志·魏书·武帝纪》注引《山阳公载记》。曹操如此处置，实在蛮横已极，凶残已极。然而，这还不仅是蛮横凶残，更是一个政治阴谋：曹操实际上是借此机会，将自己平时看不顺眼者、被怀疑为忠于汉室者，统统除掉。通过这次血腥的大清洗，曹操几乎将反对派一网打尽，进一步树立起自己在朝廷中的绝对权威。至此，东汉王朝已经完全成了一副空架子，汉献帝被废只是时间问题了。

却说当日曹操见黑风中群尸皆起，惊倒于地。须臾风定，群尸皆不见。左右扶操回宫，惊而成疾。后人有诗赞左慈曰：

飞步凌云遍九州，独凭遁甲自遨游。

等闲施设神仙术，点悟曹瞒不转头。

曹操染病，服药无愈。适太史丞许芝，自许都来见操。操令芝卜《易》。芝曰："大王曾闻神卜管辂否？"㊟操曰："颇闻其名，未知其术。汝可详言之。"芝曰："管辂字公明，平原人也。容貌粗丑，好酒疏狂。其父曾为琅琊即丘长。辂自幼便喜仰视星辰，夜不肯寐，父母不能禁止。常云：'家鸡野鹄，尚自知时，何况为人在世乎？'与邻儿共戏，辄画地为天文，分布日月星辰。及稍长，即深明《周易》，仰观风角，数学通神，兼善相术。琅琊太守单子春闻其名，召辂相见。时有坐客百余人，皆能言之士。辂谓子春曰：'辂年少，胆气未坚，先请美酒三升，饮而后言。'子春奇之，遂与酒三升。饮毕，辂问子春：'今欲与辂为对者，若府君四座之士耶？'子春曰：'吾自与卿旗鼓相当。'于是与辂讲论《易》理。辂亹亹而谈，言言精奥。子春反复辩难，辂对答如流。从晓至暮，酒食不行，子春及众宾客，无不叹服。于是天下号为'神童'。后有居民郭恩者，兄弟三人，皆得躄疾，请辂卜之。辂曰：'卦中有君家本墓中女鬼，非君伯母即叔母也。昔饥荒之年，谋数升米之利，推之落井，以大石压破其头，孤魂痛苦，自诉于天，故君兄弟有此报。不可禳也。'郭恩等涕泣伏罪。安平太守王基，知辂神卜，延辂至家。适信都令妻，常患头风，其子又患心痛，因请辂卜之。辂曰：'此堂之西角有二死尸：一男持矛，一男持弓箭。头在壁内，脚在壁外。持矛者主刺头，故头痛；持弓箭者主刺胸腹，故心痛。'乃掘之。入地八尺，果有二棺。一棺中有矛，一棺中有角弓及箭，木俱已朽烂。辂令徙骸骨去城外十里埋之，妻与子遂无恙。馆陶令诸葛原，迁新兴太守，辂往送行。客言辂能覆射。

大王曾闻神卜管辂否——曹操被左慈惊吓成病，许芝推荐管辂为之占卜，由此引出管辂的故事。

诸葛原不信，暗取燕卵、蜂窠、蜘蛛三物，分置三盒之中，令辂卜之。卦成，各写四句于盒上。其一曰：'含气须变，依乎宇堂；雌雄以形，羽翼舒张：此燕卵也。'其二曰：'家室倒悬，门户众多；藏精育毒，得秋乃化：此蜂窠也。'其三曰：'觳觫长足，吐丝成罗；寻网求食，利在昏夜：此蜘蛛也。'满堂惊骇。乡中有老妇失牛，求卜之。辂判曰：'北溪之滨，七人宰烹；急往追寻，皮肉尚存。'老妇果往寻之，七人于茅舍后煮食，皮肉犹存。妇告本郡太守刘邠，捕七人罪之，因问老妇曰：'汝何以知之？'妇告以管辂之神卜。刘邠不信，请辂至府，取印囊及山鸡毛藏于盒中，令卜之。辂卜其一曰：'内方外圆，五色成文；含宝守信，出则有章：此印囊也。'其二曰：'岩岩有鸟，锦体朱衣；羽翼玄黄，鸣不失晨：此山鸡毛也。'刘邠大惊，遂待为上宾。一日，出郊闲行，见一少年耕于田中。辂立道傍，观之良久，问曰：'少年高姓、贵庚？'答曰："姓赵，名颜，年十九岁矣。敢问先生为谁？'辂曰：'吾管辂也。吾见汝眉间有死气，三日内必死。汝貌美，可惜无寿。'赵颜回家，急告其父。父闻之，赶上管辂，哭拜于地曰：'请归救吾子！'辂曰：'此乃天命也，安可禳乎？'父告曰：'老夫止有此子，望乞垂救！'赵颜亦哭求。辂见其父子情切，乃谓赵颜曰：'汝可备净酒一瓶，鹿脯一块，来日赍往南山之中，大树之下，看盘石上有二人弈棋：一人向南坐，穿白袍，其貌甚恶；一人向北坐，穿红袍，其貌甚美。汝可乘其弈兴浓时，将酒及鹿脯跪进之。待其饮食毕，汝乃哭拜求寿，必得益算矣。但切勿言是吾所教。'老人留辂在家。次日，赵颜携酒脯杯盘入南山之中。约行五六里，果有二人于大松树下盘石上着棋，全然不顾。赵颜跪进酒脯。二人贪着棋，不觉饮酒已尽。赵颜哭拜于地而求寿，二人大惊。穿红袍者曰：'此必管子之言也。吾二人既受其私，必须怜之。'穿白袍者，乃于身边取出簿籍检看，谓赵颜曰：'汝今年十九岁，当死。吾今于"十"字上添一"九"字，汝寿可至九十九。回见管辂，教再休泄漏天机；不然，必致天谴。'穿红者出笔添讫，一阵香风过处，二人化作二白鹤，冲天而去。赵颜归问管辂，辂曰：'穿红者，南斗也；穿白者，北斗也。'颜曰：'吾闻北斗九星，何止一人？'辂曰：'散而为九，合而为一也。北斗注死，南斗注生。今已添注寿算，子复何忧？'父子拜谢。自此管辂恐泄天机，更不轻为人卜。㊟此人现在平原，大王

自此管辂恐泄天机，更不轻为人卜——许芝讲述的这一大通故事，基本上出自《三国志·魏书·方技传·管辂传》。罗贯中本来好奇，信手拈来，今人则不应轻信。

欲知休咎，何不召之？”

操大喜，即差人往平原召辂。辂至，参拜讫，操令卜之。辂答曰：“此幻术耳，何必为忧？”㊟操心安，病乃渐可。操令卜天下之事。辂卜曰：“三八纵横，黄猪遇虎；定军之南，伤折一股。”㊟又令卜传祚修短之数。辂卜曰：“狮子宫中，以安神位；王道鼎新，子孙极贵。”㊟操问其详。辂曰：“茫茫天数，不可预知。待后自验。”操欲封辂为太史。辂曰：“命薄相穷，不称此职，不敢受也。”操问其故。答曰：“辂额无主骨，眼无守睛；鼻无梁柱，脚无天根；背无三甲，腹无三壬；只可泰山治鬼，不能治生人也。”操曰：“汝相吾若何？”辂曰：“位极人臣，又何必相？”再三问之，辂但笑而不答。操令辂遍相文武官僚。辂曰：“皆治世之臣也。”操问休咎，皆不肯尽言。后人有诗赞曰：

平原神卜管公明，能算南辰北斗星。
八卦幽微通鬼窍，六爻玄奥究天庭。
预知相法应无寿，自觉心源极有灵。
可惜当年奇异术，后人无复授遗经。

操令卜东吴、西蜀二处。辂设卦云：“东吴主亡一大将，西蜀有兵犯界。”操不信。忽合肥报来：“东吴陆口守将鲁肃身故。”操大惊，便差人往汉中探听消息。不数日，飞报刘玄德遣张飞、马超兵屯下辨取关。操大怒，便欲自领大兵再入汉中，令管辂卜之。辂曰：“大王未可妄动。来春许都必有火灾。”操见辂言累验，故不敢轻动，留居邺城，使曹洪领兵五万，往助夏侯渊、张郃同守汉中；又差夏侯惇领兵三万，于许都来往巡警，以备不虞；又教长史王必总督御林军马。㊟主簿司马懿曰：“王必嗜酒性宽，恐不堪任此职。”操曰：“王必是孤披荆棘历艰难时相随之人，忠而且勤，心如铁石，最足相当。”遂委王必领御林军马，屯于许都东华门外。

时有一人，姓耿，名纪，字季行，洛阳人也；旧为丞相府掾，后迁侍中、少府，与司直韦晃甚厚；见曹操进封王爵，出入用天子车服，心甚不平。时建安二十三年春正月，耿纪与韦晃密议曰：“操贼奸恶日甚，将来必为篡逆之事。吾等为汉臣，岂可同恶相济？”韦晃曰：“吾有心腹人，姓金，名祎，乃汉功臣金日磾之后*，素有讨操之心；更兼与王必甚厚。若得同谋，大事济矣。”耿纪曰：“他既与王

此幻术耳，何必为忧——管辂此语，甚为有理，顿时解除了曹操的心病，也因此赢得了曹操的敬重。

三八纵横，黄猪遇虎；定军之南，伤折一股——这是《三国演义》编造的隐语，借管辂之口说出，意指建安二十四年（219）正月，曹操的一位亲属将在定军山之南丧命。

狮子宫中，以安神位；王道鼎新，子孙极贵——此亦《三国演义》编造的隐语，意指曹操将死于洛阳，其子将取代东汉王朝，称帝自立。

又教长史王必总督御林军马——曹操留居邺城，而命“嗜酒性宽”的王必统领御林军马，这就为耿纪、韦晃等人起事提供了可乘之机。

必交厚，岂肯与我等同谋乎？”韦晃曰：“且往说之，看是如何。”于是二人同至金祎宅中。祎接入后堂，坐定。晃曰：“德伟与王长史甚厚，吾二人特来告求。”祎曰：“所求何事？”晃曰：“吾闻魏王早晚受禅，将登大宝，公与王长史必高迁。望不相弃，曲赐提携，感德非浅！”祎拂袖而起。适从者奉茶至，便将茶泼于地上。晃佯惊曰：“德伟故人，何薄情也？”祎曰：“吾与汝交厚，为汝等是汉朝臣宰之后；今不思报本，欲辅造反之人，吾有何面目与汝为友！”耿纪曰：“奈天数如此，不得不为耳！”祎大怒。耿纪、韦晃见祎果有忠义之心，乃以实情相告曰：“吾等本欲讨贼，来求足下。前言特相试耳。”祎曰：“吾累世汉臣，安能从贼！公等欲扶汉室，有何高见？”晃曰：“虽有报国之心，未有讨贼之计。”祎曰：“吾欲里应外合，杀了王必，夺其兵权，扶助銮舆。更结刘皇叔为外援，操贼可灭矣。”㊣二人闻之，抚掌称善。

更结刘皇叔为外援，操贼可灭矣——金祎之计，包含三个要点：其一，里应外合，杀死王必，夺取兵权；其二，杀入皇宫，请献帝降诏，取得“讨贼”的合法名义；其三，联络刘备，以为外援。如果三者均得实现，耿、韦等人之起事尚有成功的可能；然而，三个要点无一实现，起事就只能以失败告终了。

祎曰：“我有心腹二人，与操贼有杀父之仇，现居城外，可用为羽翼。”耿纪问是何人。祎曰：“太医吉本之子*：长名吉邈，字文然；次名吉穆，字思然。操昔日为董承衣带诏事，曾杀其父；二子逃窜远乡，得免于难。今已潜归许都，若使相助讨贼，无有不从。”耿纪、韦晃大喜。金祎即使人密唤二吉。须臾，二人至。祎具言其事。二人感愤流泪，怨气冲天，誓杀国贼。金祎曰：“正月十五日夜间，城中大张灯火，庆赏无宵。耿少府、韦司直，你二人各领家僮，杀到王必营前，只看营中火起，分两路杀入；杀了王必，径跟我入内，请天子登五凤楼，召百官面谕讨贼。吉文然兄弟于城外杀入，放火为号，各要扬声，叫百姓诛杀国贼，截住城内救军；待天子降诏，招安已定，便进兵杀投邺城擒曹操，即发使赍诏召刘皇叔。今日约定，至期二更举事，勿似董承自取其祸。”五人对天说誓，歃血为盟，各自归家，整顿军马器械，临期而行。

且说耿纪、韦晃二人，各有家僮三四百，预备器械。吉邈兄弟，亦聚三百人口，只推围猎，安排已定。金祎先期来见王必，言：“方今海宇稍安，魏王威震天下。今值元宵令节，不可不放灯火以示太平气象。”王必然其言，告谕城内居民，尽张灯结彩，庆赏佳节。至正月十五夜，天色晴霁，星月交辉，六街三市，竞放花灯。真个金吾不禁，玉漏无催！王必与御林诸将，在营中饮宴。二更以后，忽闻营中呐喊，人报营后火起。王必慌忙出帐看时，只见火光乱滚；又闻喊杀连天，知是营中有变，急上马出南门。正遇耿纪，一箭射中肩膊，几乎坠马，遂望西门而走。背后有军赶来，王必着忙，弃马步行。至金祎门首，慌叩其门。原来金祎一面使人于营中放火，一面亲领家僮随后助战，只留妇女在家。时家中闻王必叩门之声，只道金祎归来。祎妻从隔门便问曰："王必那厮杀了么？" ㊣王必大惊，方悟金祎同谋，径投曹休家，报知金祎、耿纪等同谋反。休急披挂上马，引千余人在城中拒敌。城内四下火起，烧着五凤楼，帝避于深宫。曹氏心腹爪牙，死据宫门。城中但闻人叫："杀尽曹贼，以扶汉室！"

原来夏侯惇奉曹操命，巡警许都，领三万军，离城五里屯扎；是夜，遥望见城中火起，便领大军前来，围住许都，使一枝军入城接应曹休，直混杀至天明。耿纪、韦晃等无人相助。人报金祎、二吉皆被杀死。耿纪、韦晃夺路杀出城门，正遇夏侯惇大军围住，活捉去了。手下百余人皆被杀。夏侯惇入城，救灭遗火，尽收五人老小宗族，使人飞报曹操。操传令教将耿、韦二人，及五家宗族老小，皆斩于市；㊣并将在朝大小百官，尽行拿解邺城，听候发落。夏侯惇押耿、韦二人至市曹。耿纪厉声大叫曰："曹阿瞒！吾生不能杀汝，死当作厉鬼以击贼！"刽子以刀搠其口，流血满地，大骂不绝而死。韦晃以面颊顿地曰："可恨！可恨！"咬牙皆碎而死。后人有诗赞曰：

耿纪精忠韦晃贤，各持空手欲扶天。

谁知汉祚相将尽，恨满心胸丧九泉。

夏侯惇尽杀五家老小宗族，将百官解赴邺城。曹操于教场立红旗于左、白旗于右，下令曰："耿纪、韦晃等造反，放火焚许都，汝等亦有出救火者，亦有闭门不出者。如曾救火者，可立于红旗下；如不曾救火者，可立于白旗下。"众官自思救火者必无罪，于是多奔红旗之下。三停内只有一停立于白旗下。操教尽拿立于红旗下者。众官各言无罪。操曰："汝当时之心，非是救火，实欲助贼耳。"尽命牵出漳河边斩之，死者三百余员。㊣其立于白旗下者，尽皆赏赐，仍令还许都。时王必已被箭疮发而死，操命厚葬之。令曹休总督御林军马，钟繇为相国，华歆为御史大夫。遂定封爵六等：除列侯、关内侯之外，又置名号侯爵十八级*，关中侯爵十七级，皆金印

王必那厮杀了么——王必逃奔金祎家，本可就此擒之；可惜金祎之妻粗心大意，错失良机，反而暴露了金祎。如此富有戏剧性的细节，却出自《三国志·魏书·武帝纪》注引《三辅决录注》，可见历史本身就充满戏剧性。

操传令教将耿、韦二人，及五家宗族老小，皆斩于市——起事失败，五家宗族惨遭屠戮，汉王朝的残余力量更加凋零。

死者三百余员——曹操大肆屠戮无辜，清洗反对派，使东汉王朝只剩下一副躯壳，随时都可以扔掉了。

紫绶；关外侯十六级*，铜印龟纽墨绶*；五大夫十五级，铜印环纽墨绶。定爵封官，朝廷又换一班人物。曹操方悟管辂火灾之说，遂重赏辂。辂不受。

却说曹洪领兵到汉中，令张郃、夏侯渊各据险要，曹洪亲自进兵拒敌。时张飞自与雷铜守把巴西。马超兵至下辨，令吴兰为先锋，领军哨出，正与曹洪军相遇。吴兰欲退，牙将任夔曰："贼兵初至，若不先挫其锐气，何颜见孟起乎？"于是骤马挺枪，搦曹洪战。洪自提刀跃马而出，交锋三合，斩夔于马下，乘势掩杀。吴兰大败，回见马超。超责之曰："汝不得吾令，何故轻敌致败？"吴兰曰："任夔不听吾言，故有此败。"马超曰："可紧守隘口，勿与交锋。"一面申报成都，听候行止。曹洪见马超连日不出，恐有诈谋，引军退回南郑。张郃来见曹洪，问曰："将军既已斩将，如何退兵？"洪曰："吾见马超不出，恐有别谋。且我在邺城，闻神卜管辂有言：当于此地折一员大将。吾疑此言，故不敢轻进。"张郃大笑曰："将军行兵半生，今奈何信卜者之言而惑其心哉！郃虽不才，愿以本部兵取巴西。若得巴西，蜀郡易耳。"洪曰："巴西守将张飞，非比等闲，不可轻敌。"张郃曰："人皆怕张飞，吾视之如小儿耳！此去必擒之！"㊟洪曰："倘有疏失，若何？"郃曰："甘当军令。"洪勒了文状，张郃进兵。正是：自古骄兵多致败，从来轻敌少成功。未知胜负如何，且看下文分解。

吾视之如小儿耳！此去必擒之——张郃口出狂言，欲敌张飞，不知究竟如何？读者将拭目以待。

尾评：

曹洪击败蜀将吴兰后，驻守汉中，张郃却力主趁势进攻巴西，由此引出下一个情节单元——曹、刘双方争夺汉中之战。

第七十回
猛张飞智取瓦口隘　老黄忠计夺米仓山

总评

据《三国志·蜀书·张飞传》:“(张)郃别督诸军下巴西，欲徙其民于汉中，进军宕渠、蒙头、荡石，与飞相拒五十余日。飞率精卒万余人，从他道邀郃军交战，山道窄狭，前后不得相救，飞遂破郃。郃弃马缘山，独与麾下十余人从间道退，引军还南郑。”《三国演义》写此战役，分为三个层次：第一层，张郃来攻阆中，张飞与部将雷铜前后夹攻，使张郃败退宕渠三寨；第二层，张郃坚守三寨，张飞假意终日饮酒，引诱张郃下山劫寨，设伏破之，并分兵袭取三寨，使张郃退守瓦口关；第三层，设法破掉张郃的埋伏计，使其大败而不敢出战，再令百姓引路，从背后袭击瓦口关，使张郃一败涂地，仅与十余人步行逃回南郑。在这连续不断的战斗中，张飞从不恃勇蛮干，而是努力思谋用计，知己知彼，凭借智谋取得了一个又一个胜利。综观全书，莽张飞次数不多的用计中，这一次最为成熟，成效也最为显著，给读者留下了相当深刻的印象。

当张郃又率兵攻打葭萌关时，老将黄忠主动请战，与另一员老将严颜前去迎敌。两位老将同心协力，紧密配合，打败张郃，大破增援张郃的夏侯尚、韩浩，并趁势夺取曹军屯粮之所米仓山，充分表现了“宝刀不老”的豪迈气概和有勇有谋的大将之才。

黄忠、严颜夺取米仓山后，法正及时向刘备提出进取汉中，建立战略基地之策。刘备欣然采纳，率兵亲征。此事本于《三国志·蜀书·法正传》，表现了法正高瞻远瞩的战略眼光。自此，刘备与曹操争夺汉中的重要战役开始了。

却说张郃部兵三万，分为三寨，各傍山险：一名宕渠寨，一名蒙头寨，一名荡石寨。当日张郃于三寨中，各分军一半，去取巴西，留一半守寨。早有探马报到巴西，说张郃引兵来了。张飞急唤雷铜商议。铜曰："阆中地恶山险，可以埋伏。将军引兵出战，我出奇兵相助，郃可擒矣。"张飞拨精兵五千与雷铜去讫。飞自引兵一万，离阆中三十里，与张郃兵相遇。两军摆开，张飞出马，单搦张郃。郃挺枪纵马而出。战到二十余合，郃后军忽然喊起：原来望见山背后有蜀兵旗幡，故此扰乱。张郃不敢恋战，拨马回走。张飞从后掩杀，前面雷铜又引兵杀出，两下夹攻，郃兵大败。张飞、雷铜连夜追袭，直赶到宕渠寨*。㊊张郃仍旧分兵守住三寨，多置擂木炮石，坚守不战。张飞离宕渠十里下寨，次日引兵搦战。郃在山上大吹大擂饮酒，并不下山。张飞令军士大骂，郃只不出。飞只得还营。次日，雷铜又去山下搦战，郃又不出。雷铜驱军士上山，山上擂木炮石打将下来，雷铜急退。荡石、蒙头两寨兵出，杀败雷铜。次日，张飞又去搦战，张郃又不出。飞使军人百般秽骂，郃在山上亦骂。张飞寻思，无计可施。相拒五十余日，飞就在山前扎住大寨，每日饮酒；饮至大醉，坐于山前辱骂。㊊

张飞、雷铜连夜追袭，直赶到宕渠寨——张飞、雷铜前后夹攻，大败张郃，进逼宕渠寨，从而取得了第一个回合的胜利。

饮至大醉，坐于山前辱骂——张郃坚守宕渠寨，张飞挑战不得，便每日饮酒，这不能不使人担心：莽张飞是不是老毛病又犯了？借酒浇愁，岂不误事？

玄德差人犒军，见张飞终日饮酒，使者回报玄德。玄德大惊，忙来问孔明。孔明笑曰："原来如此！军前恐无好酒；成都佳酿极多，可将五十瓮作三车装，送到军前与张将军饮。"玄德曰："吾弟自来饮酒失事，军师何故反送酒与他？"孔明笑曰："主公与益德做了许多年兄弟，还不知其为人耶？益德自来刚强，然前于收蜀之时，义释严颜，此非勇夫所为也。今与张郃相拒五十余日，酒醉之后，便坐山前辱骂，傍若无人：此非贪杯，乃败张郃之计耳。"玄德曰："虽然如此，未可托大。可使魏延助之。"孔明令魏延解酒赴军前，车上各插黄旗，大书"军前公用美酒"。魏延领命，解酒到寨中，见张飞，传说主公赐酒。飞拜受讫，分付魏延、雷铜各引一枝人马，为左右翼；只看军中红旗起，便各进兵；教将酒摆列帐下，令军士大开旗鼓而饮。㊟有细作报上山来。张郃自来山顶观望，见张飞坐于帐下饮酒，令二小卒于面前相扑为戏。郃曰："张飞欺我太甚！"传令今夜下山劫飞寨，令蒙头、荡石二寨，皆出为左右援。

令军士大开旗鼓而饮——正如孔明所料，张飞果真是在用计。得到魏延送来的酒后，他一面布置伏兵，一面故意叫军士大张旗鼓地饮酒，以便激怒张郃，诱其出战。

当夜张郃乘着月色微明，引军从山侧而下，径到寨前。遥望张飞大明灯烛，正在帐中饮酒。张郃当先大喊一声，山头擂鼓为助，直杀入中军，但见张飞端坐不动。张郃骤马到面前，一枪刺倒，却是一个草人。急勒马回时，帐后连珠炮起。一将当先，拦住去路，睁圆环眼，声如巨雷：乃张飞也。挺矛跃马，直取张郃。两将在火光中，战到三五十合。张郃只盼两寨来救，谁知两寨救兵，已被魏延、雷铜两将杀退，就势夺了二寨。张郃不见救兵至，正没奈何，又见山上火起，已被张飞后军夺了寨栅。张郃三寨俱失，只得奔瓦口关去了。㊟张飞大获胜捷，报入成都。玄德大喜，方知益德饮酒是计，只要诱张郃下山。

张郃三寨俱失，只得奔瓦口关去了——张郃中了张飞之计，三寨俱失，张飞又取得了第二个回合的胜利。

却说张郃退守瓦口关，三万军已折了二万，遣人向曹洪求救。洪大怒曰："汝不听吾言，强要进兵，失了紧要隘口，却又来求救！"遂不肯发兵，使人催督张郃出战。郃心慌，只得定计，分两军去关口前山僻埋伏，分付曰："我诈败，张飞必然赶来，汝等就截其归路。"当日张郃引军前进，正遇雷铜。战不数合，张郃败走，雷铜赶来。两军齐出，截断回路。张郃复回，刺雷铜于马下。败军回报张飞，飞自来与张郃挑战。郃又诈败，张飞不赶。郃又回战，不数合，又败走。张飞知是计，收军回寨，与魏延商议曰："张郃用埋伏计，杀了雷铜，又要赚吾，何不将计就计？"延问曰："如何？"飞曰："我明日先引一军前往，汝却引精兵于后，待伏兵出，汝可分兵击之。用车十余乘，各藏柴草，塞住小路，放火烧之。吾乘势擒张郃，与雷铜报仇。"魏延领计。次日，张飞引兵前进。张郃兵又至，与张飞交锋。战到十合，郃又诈败，张飞引马步军赶来。郃且战且走，引张飞过山峪口。郃将后军为前，复扎住营，与飞又战，指望两彪伏兵出，要围困张飞。不想伏兵却被魏延精兵到，赶入峪口，将车辆截住山路，放火烧车，山谷草木皆着，烟迷其径，兵不得出。张飞

只顾引军冲突，张郃大败，死命杀开条路，走上瓦口关，收聚败兵，坚守不出。㊟

张飞和魏延连日攻打关隘不下。飞见不济事，把军退二十里，却和魏延引数十骑，自来两边哨探小路。忽见男女数人，各背小包，于山僻路攀藤附葛而走。飞于马上用鞭指与魏延曰："夺瓦口关，只在这几个百姓身上。"便唤军士分付："休要惊恐他，好生唤那几个百姓来。"军士连忙唤到马前。飞用好言以安其心，问其何来。百姓告曰："某等皆汉中居民，今欲还乡。听知大军厮杀，塞闭阆中官道；今过苍溪，从梓潼山桧钎川入汉中，还家去。"飞曰："这条路取瓦口关远近若何？"百姓曰："从梓潼山小路，却是瓦口关背后。"飞大喜，带百姓入寨中，与了酒食；分付魏延："引兵扣关攻打，我亲自引轻骑出梓潼山攻关后。"便令百姓引路，选轻骑五百，从小路而进。

却说张郃为救军不到，心中正闷。人报魏延在关下攻打。张郃披挂上马，却待下山，忽报："关后四五路火起，不知何处兵来。"郃自领兵来迎。旗开处，早见张飞。郃大惊，急往小路而走。马不堪行，后面张飞追赶甚急，郃弃马上山，寻径而逃，方得走脱。随行只有十余人，步行入南郑，㊟见曹洪。洪见张郃只剩下十余人，大怒曰："吾教汝休去，汝取下文状要去；今日折尽大兵，尚不自死，还来做甚！"喝令左右推出斩之。行军司马郭淮谏曰："'三军易得，一将难求。'张郃虽然有罪，乃魏王所深爱者也，不可便诛。可再与五千兵，径取葭萌关，牵动其各处之兵，汉中自安矣。如不成功，二罪俱罚。"曹洪从之，又与兵五千，教张郃取葭萌关。郃领命而去。

却说葭萌关守将孟达、霍峻，知张郃兵来，霍峻只要坚守；孟达定要迎敌，引军下关与张郃交锋，大败而回。霍峻急申文书到成都。玄德闻知，请军师商议。孔明聚众将于堂上，问曰："今葭萌关紧急，必须阆中取益德，方可退张郃也。"㊟法正曰："今益德兵屯瓦口，镇守阆中，亦是紧要之地，不可取回。帐中诸将内选一人去破张郃。"孔明笑曰："张郃乃魏之名将，非等闲可及。除非益德，无人可当。"忽一人厉声而出曰："军师何轻视众人耶！吾虽不才，愿斩张郃首级，献于麾下！"众视之，乃老将黄忠也。孔明曰："汉升虽勇，

走上瓦口关，收聚败兵，坚守不出——张飞识破张郃的埋伏计，却将计就计，又一次打败张郃。

随行只有十余人，步行入南郑——张郃率领三万大军来攻巴西，一度气势汹汹；如今仅剩十余人逃回南郑，真是一败涂地。

必须阆中取益德，方可退张郃也——俗语云："请将不如激将。"每逢大敌当前，孔明都喜欢用激将法，这又是一次。

争奈年老，恐非张郃对手。”忠听了，白发倒竖而言曰：“某虽老，两臂尚开三石之弓，浑身还有千斤之力，岂不足敌张郃匹夫耶！”孔明曰：“将军年近七十，如何不老？”忠趋步下堂，取架上大刀，轮动如飞；壁上硬弓，连拽折两张。孔明曰：“将军要去，谁为副将？”忠曰：“老将严颜，可同我去。但有疏虞，先纳下这白头。”玄德大喜，即时令严颜、黄忠去与张郃交战。赵云谏曰：“今张郃亲犯葭萌关，军师休为儿戏。若葭萌一失，益州危矣。何故以二老将当此大敌乎？”孔明曰：“汝以二人老迈，不能成事，吾料汉中必于此二人手内可得。”赵云等各各哂笑而退。

却说黄忠、严颜到关上，孟达、霍峻见了，心中亦笑孔明欠调度：“是这般紧要去处，如何只教两个老的来！”黄忠谓严颜曰：“你可见诸人动静么？他笑我二人年老。今可建奇功，以服众心。”严颜曰：“愿听将军之令。”两个商议定了。黄忠引军下关，与张郃对阵。张郃出马，见了黄忠，笑曰：“你许大年纪，犹不识羞，尚欲出战耶！”忠怒曰：“竖子欺吾年老！吾手中宝刀却不老！”㊢遂拍马向前，与郃决战。二马相交，约战二十余合，忽然背后喊声起：原来是严颜从小路抄在张郃军后。两军夹攻，张郃大败。连夜赶去，张郃兵退八九十里。黄忠、严颜收兵入寨，俱各按兵不动。

吾手中宝刀却不老——说得好！老当益壮，雄心不减，足以压倒任何强敌。“宝刀不老”，堪称警句。

曹洪听知张郃输了一阵，又欲见罪。郭淮曰：“张郃被迫，必投西蜀。今可遣将助之，就如监临，使不生外心。”曹洪从之，即遣夏侯惇之侄夏侯尚并降将韩玄之弟韩浩，二人引五千兵，前来助战。二将即时起行。到张郃寨中，问及军情，言：“老将黄忠，甚是英雄，更有严颜相助，不可轻敌。”韩浩曰：“我在长沙知此老贼利害。他和魏延献了城池，害吾亲兄，今既相遇，必当报仇！”遂与夏侯尚引新军离寨前进。原来黄忠连日哨探，已知路径。严颜曰：“此去有山，名米仓山*，山中乃是曹操屯粮积草之地。若取得那个去处，断其粮草，汉中可得也。”忠曰：“将军之言，正合吾意。可与吾如此如此。”㊢严颜依计，自领一枝军去了。

可与吾如此如此——两员老将不仅勇冠三军，而且深谋远虑，密切配合。有此优势，怎不连连取胜？

却说黄忠听知夏侯尚、韩浩来，遂引军马出营。韩浩在阵前，大骂黄忠：“无义老贼！”拍马挺枪，来取黄忠。夏侯尚便出夹攻。黄忠力战二将，各斗十余合，黄忠败走。二将赶二十余里，夺了黄忠寨。忠又草创一营。次日，夏侯尚、韩浩赶来，忠又出阵，战数合，又败走。二将又赶二十余里，夺了黄忠营寨，唤张郃守后寨。郃来前寨谏曰："黄忠连退二日，于中必有诡计。"夏侯尚叱张郃曰："你如此胆怯，可知屡次战败！今再休多言，看吾二人建功！"张郃羞赧而退。次日，二将又战，黄忠又败退二十里；二将迤逦赶上。次日，二将兵出，黄忠望风而走，连败数阵，直退在关上。二将扣关下寨，黄忠坚守不出。孟达暗暗发书，申报玄德，说："黄忠连输数阵，现今退在关上。"玄德慌问孔明。孔明曰："此乃老将骄兵之计也。"赵云等不信。玄德差刘封来关上接应黄忠。忠与封相见，问刘封曰："小将军来助战何意？"封曰："父亲得知将军数败，故差某来。"忠笑曰："此老夫骄兵之计也。看今夜一阵，可尽复诸营，夺其粮食马匹。此是借寨与彼屯辎重耳。㊞今夜留霍峻守关，孟将军可与我搬粮草夺马匹，小将军看我破敌！"

是夜二更，忠引五千军，开关直下。原来夏侯尚、韩浩二将连日见关上不出，尽皆懈怠；被黄忠破寨直入，人不及甲，马不及鞍，二将各自逃命而走，军马自相践踏，死者无数。比及天明，连夺三寨。寨中丢下军器鞍马无数，尽教孟达搬运入关。黄忠催军马随后而进，刘封曰："军士力困，可以暂歇。"忠曰："'不入虎穴，焉得虎子？'"策马先进。士卒皆努力向前。张郃军兵，反被自家败兵冲动，都屯扎不住，望后而走；尽弃了许多寨栅，直奔至汉水傍。

张郃寻见夏侯尚、韩浩议曰："此米仓山，乃粮草之所；更有天荡山，亦屯粮之地*：是汉中军士养命之源。倘若疏失，是无汉中也。当思所以保之。"夏侯尚曰："天荡山有吾叔夏侯渊分兵守护，那里正接定军山，不必忧虑。米仓山有吾兄夏侯德镇守，我等宜往投之，就保此山。"于是张郃与二将连夜投米仓山来*，见夏侯德，具言前事。夏侯德曰："吾此处屯十万兵，你可引去，复取原寨。"郃曰："只宜坚守，不可妄动。"忽听山前金鼓大震，人报黄忠兵到。夏侯德大笑曰："老贼不谙兵法，只恃勇耳！"郃曰："黄忠有谋，非止勇也。"德曰："蜀兵远涉而来，连日疲困，更兼深入战境，此无谋也！"郃曰："亦不可轻敌，且宜坚守。"韩浩曰："愿借精兵三千击之，当无不克。"德遂分兵与浩下山。黄忠整兵来迎。刘封谏曰："日已西沉矣，军皆远来劳困，且宜暂息。"忠笑曰："不然。此天赐奇

此是借寨与彼屯辎重耳——黄忠采用骄兵之计，假作一败再败，以便迷惑对方，诱敌深入。"借寨与彼屯辎重"一语，充分表现了这位老将的自信和风趣。

功，不取是逆天也。”言毕，鼓噪大进。韩浩引兵来战。黄忠挥刀直取浩，只一合，斩浩于马下。蜀兵大喊，杀上山来。张郃、夏侯尚急引军来迎。忽听山后大喊，火光冲天而起，上下通红。夏侯德提兵来救火时，正遇老将严颜，手起刀落，斩夏侯德于马下。原来黄忠预先使严颜引军埋伏于山僻去处，只等黄忠军到，却来放火，[评]柴草堆上，一齐点着，烈焰飞腾，照耀山峪。严颜既斩夏侯德，从山后杀来。张郃、夏侯尚前后不能相顾，只得弃米仓山*，望定军山投奔夏侯渊去了。

只等黄忠军到，却来放火——上文的“如此如此”，此处作了说明：严颜事先埋伏于米仓山附近，正好配合黄忠夺取此山。两位老将，一为正兵，一为奇兵，真是配合默契，相得益彰。

黄忠、严颜守住米仓山，捷音飞报成都。玄德闻之，聚众将庆喜。法正曰：“昔曹操降张鲁，定汉中，不因此势以图巴、蜀，乃留夏侯渊、张郃二将屯守，而自引大军北还：此失计也。今张郃新败，米仓失守，主公若乘此时，举大兵亲往征之，汉中可定也。既定汉中，然后练兵积粟，观衅伺隙，进可讨贼，退可自守。此天与之时，不可失也。”[评]玄德、孔明皆深然之，遂传令赵云、张飞为先锋，玄德与孔明亲自引兵十万，择日图汉中；传檄各处，严加提备。

此天与之时，不可失也——法正竭力主张趁势夺取汉中，这是他向刘备提出的又一个重大战略决策。

时建安二十三年，秋七月吉日。玄德大军出葭萌关下营，召黄忠、严颜到寨，厚赏之。玄德曰：“人皆言将军老矣，惟军师独知将军之能。今果立奇功。但今汉中定军山，乃南郑保障，粮草积聚之所；若得定军山，阳平一路，无足忧矣。将军还敢取定军山否？”黄忠慨然应诺，便要领兵前去。孔明急止之曰：[评]“老将军虽然英勇，然夏侯渊非张郃之比也。渊深通韬略，善晓兵机，曹操倚之为凉州藩蔽：先曾屯兵长安，拒马孟起；今又屯兵汉中。操不托他人，而独托渊者，以渊有将才也。今将军虽胜张郃，未卜能胜夏侯渊。吾欲酌量着一人去荆州，替回关将军来，方可敌之。”忠奋然笑曰：“昔廉颇年八十，尚食斗米、肉十斤，诸侯畏其勇，不敢侵犯赵界，何况黄忠未及七十乎？军师言吾老，吾今并不用副将，只将本部兵三千人去，立斩夏侯渊首级，纳于麾下。”孔明再三不容。黄忠只是要去。孔明曰：“既将军要去，吾使一人为监军同去，若何？”正是：请将须行激将法，少年不若老年人。未知其人是谁，且看下文分解。

孔明急止之曰——孔明巧用激将法，使黄忠打败张郃，立下奇功。如今刘备出征汉中，黄忠愿取定军山，孔明又用激将法，是要进一步激发黄忠的斗志，为其斩夏侯渊鼓劲。

尾评：

张飞与黄忠，均系刘备集团大将，一以粗莽刚烈著称，一以老当益壮闻名。而在本回中，二人均主要依靠智谋，接连战胜强悍对手，令人读来赏心悦目，兴味无穷。

第七十一回
占对山黄忠逸待劳　据汉水赵云寡胜众

总评

据《三国志·蜀书·法正传》，法正不仅率先向刘备进献夺取汉中之策，而且随从刘备出征，为之充当谋主，出谋划策；诸葛亮则“镇守成都，足食足兵”（《三国志·蜀书·诸葛亮传》）。罗贯中为了把诸葛亮塑造成用兵如神的谋略大师，有意将法正降为次要谋士，而把诸葛亮写成夺取汉中的主要指挥者。如此安排，削弱了法正在刘备集团中的重要地位，却与全书以诸葛亮为头号主角的艺术构思合拍。

黄忠计斩夏侯渊之事，本于《三国志·蜀书·法正传》：“（建安）二十四年，先主自阳平南渡沔水，缘山稍前，于定军山势作营。（夏侯）渊将兵来争其地。正曰：‘可击矣。’先主命黄忠乘高鼓噪攻之，大破渊军，渊等授首。”罗贯中在史实的基础上，描写法正为黄忠充当监军，与黄忠一同领兵去打定军山。他先设“反客为主”之计，激励士卒，步步为营，逐渐逼近定军山；然后设“以逸待劳”之计，让黄忠在夏侯渊倦怠之时突然出击，一举斩了夏侯渊，夺得定军山。这样，既突出了黄忠勇猛善战的形象，又表现了法正善于出奇制胜的才能。

据《三国志·蜀书·赵云传》注引《赵云别传》，在争夺汉中之战中，黄忠到北山夺取曹军粮草，过期未归，赵云带领数十骑前去接应，救出黄忠、张著，且战且退；曹军追至赵云军营，赵云大开营门，偃旗息鼓，曹军疑有伏兵，退去；赵云下令擂鼓放箭，曹军惊骇，自相践踏，堕于汉水中死者甚多。次日，刘备亲自来看赵云作战处，不禁称赞道："子龙一身都是胆也！"从此军中称赵云为"虎威将军"。罗贯中在史实的基础上，以热烈灵动的笔墨，通过正面描写与侧面衬托，着力突出了赵云所向无敌、威震敌胆的壮举，表现了他既艺高胆大，又谦虚谨慎的性格特色，使其英雄形象又一次大放光彩。

却说孔明分付黄忠："你既要去，吾教法正助你。凡事计议而行。吾随后拨人马来接应。"黄忠应允，和法正领本部兵去了。孔明告玄德曰："此老将不着言语激他，虽去不能成功。他今既去，须拨人马前去接应。"乃唤赵云："将一枝人马，从小路出奇兵接应黄忠：若忠胜，不必出战；倘忠有失，即去救应。"又遣刘封、孟达："领三千兵，于山中险要去处，多立旌旗，以壮我兵之声势，令敌人惊疑。"三人各自领兵去了。又差人往下辨，授计与马超，令他如此而行。又差严颜往巴西阆中守隘，替张飞、魏延来同取汉中。(评)

替张飞、魏延来同取汉中——为了争夺汉中，刘备集团的大将，除关羽镇守荆州外，全部出马，可谓声威赫赫，非同寻常。其中马超、张飞两路，到第七十二回方才露面。

却说张郃与夏侯尚来见夏侯渊，说："米仓山已失，折了夏侯德、韩浩。今闻刘备亲自领兵来取汉中，可速奏魏王，早发精兵猛将，前来策应。"夏侯渊便差人报知曹洪。洪星夜差人前到许都*，禀知曹操。操大惊，急聚文武，商议发兵救汉中。长史刘晔进曰："汉中若失，中原震动。大王休辞劳苦，必须亲自征讨。"操自悔曰："恨当时不用卿言，以致如此！"忙传令旨，起兵四十万亲征。(评)时建安二十三年秋七月也。曹操兵分三路而进：前部先锋夏侯惇，操自领中军，使曹休押后，三军陆续起行。操骑白马金鞍，玉带锦衣；武士手执大红罗销金伞盖，左右金瓜银钺，镫棒戈矛，打日月龙凤旌旗；护驾龙虎官军二万五千，分为五队，每队五千，按青、黄、赤、白、黑五色，旗幡甲马，并依本色：光辉灿烂，极其雄壮。

起兵四十万亲征——刘备出兵汉中，曹操震惊、后悔之余，只得亲率大军与之抗衡。然而，时过境迁，曹操已经很难把握主动权了。

兵出潼关，操在马上望见一簇林木，极其茂盛，问近侍曰："此何处也？"答曰："此名蓝田。林木之间，乃蔡邕庄也。今邕女蔡琰，与其夫董祀居此。"原来操素与蔡邕相善。先时其女蔡琰，乃卫仲道之妻；后被北方掳去，于北地生二子，作《胡笳十八拍》，流入中原。操深怜之，使人持千金入北方赎之。左贤王惧操之势，送蔡琰还汉。操乃以琰配与董祀为妻。当日到庄前，因想起蔡邕之事，令军马先行，操引近侍百余骑，到庄门下马。时董祀出仕于外，止有蔡琰在家。琰闻操至，忙出迎接。操至堂，琰起居毕，侍立于侧。操偶见壁间悬一碑文图轴，起身观之。问于蔡琰，琰答曰："此乃曹娥之碑也。昔顺帝时*，上虞有一巫者，名曹旴，能婆娑乐神；五月五日，醉舞舟中，堕江而死。其女年十四岁，绕江啼哭七昼夜，跳入波中；后五日，负父之尸浮于江面；里人葬之江边。至元嘉元年，上虞长度尚奏闻朝廷*，表为孝女。度尚令邯郸淳作文镌碑以记其事。时邯郸淳年方十三岁，文不加点，一挥而就，立石墓侧，时人奇之。妾父闻而往观*，时日已暮，乃于暗中以手摸碑文而读之，索笔大书八字于其背。后人镌石，并镌此八字。"操读八字云："黄绢幼妇，外孙齑臼。"操问琰曰："汝解此意否？"琰曰："虽先人遗笔，妾实不解其意。"操回顾众谋士曰："汝等解否？"众皆不能答。于内一人出曰："某已解其意。"操视之，乃主簿杨修也。操曰："卿且勿言，容吾思之。"遂辞了蔡琰，引众出庄。上马行三里，忽省悟，笑谓修曰："卿试言之。"修曰："此隐语耳。'黄绢'乃颜色之丝也：色傍加丝，是'绝'字。'幼妇'者，少女也：女傍少字，是'妙'字。'外孙'乃女之子也：女傍子字，是'好'字。'齑臼'乃受五辛之器也：受傍辛字，是'辤'字。总而言之，是'绝妙好辤'四字。"㊞操大惊曰："正合孤意！"众皆叹羡杨修才识之敏。

不一日，军至南郑。曹洪接着，备言张郃之事。操曰："非郃之罪，胜负乃兵家常事耳。"洪曰："目今刘备使黄忠攻打定军山，夏侯渊知大王兵至，固守未曾出战。"操曰："若不出战，是示懦也。"㊞便差人持节到定军山，教夏侯渊进兵。刘晔谏曰："渊性太刚，恐中奸计。"操乃作手书与之。使命持节到渊营，渊接之。使者出书，渊拆视之。略曰：

> 凡为将者，当以刚柔相济，不可徒恃其勇。若但任勇，则是一夫之敌耳。吾今屯大军于南郑，欲观卿之"妙才"，㊞勿辱二字可也。

夏侯渊览毕大喜，打发使命回讫，乃与张郃商议曰："今魏王率大兵屯于南郑，以讨刘备。吾与汝久守此地，岂能建立功业？来日吾出战，务要生擒黄忠。"张郃曰："黄忠谋勇兼备，况有法正相助，不可轻敌。此间山路险峻，只宜坚守。"渊曰："若他人建了功劳，吾与汝有何面目见魏王耶？汝只守山，吾去出战。"遂下令曰："谁敢出

总而言之，是"绝妙好辤"四字——此事本于《世说新语·捷悟》。杨修聪明颖悟，巧解蔡邕隐语，天分之高，确实非常人可及，因而在历史上传为美谈。

若不出战，是示懦也——曹操催促夏侯渊出战，使作品内容自然转入夏侯渊与黄忠的交锋。

欲观卿之"妙才"——夏侯渊字"妙才"。曹操此处语含双关，意在勉励渊刚柔相济，谋勇结合，以建功业。

哨诱敌？”夏侯尚曰：“吾愿往。”渊曰：“汝去出哨，与黄忠交战，只宜输，不宜赢。吾有妙计，如此如此。”尚受令，引三千军离定军山大寨前行。

却说黄忠与法正引兵屯于定军山口，累次挑战，夏侯渊坚守不出；欲要进攻，又恐山路危险，难以料敌，只得据守。是日，忽报山上曹兵下来搦战。黄忠恰待引军出迎，牙将陈式曰：“将军休动，某愿当之。”忠大喜，遂令陈式引军一千，出山口列阵。夏侯尚兵至，遂与交锋。不数合，尚诈败而走。式赶去，行到半路，被两山上擂木炮石，打将下来，不能前进。正欲回时，背后夏侯渊引兵突出，陈式不能抵当，被夏侯渊生擒回寨，部卒多降。有败军逃得性命，回报黄忠，说陈式被擒。忠慌与法正商议，正曰：“渊为人轻躁，恃勇少谋。可激劝士卒，拔寨前进，步步为营，诱渊来战而擒之：此乃‘反客为主’之法。”㊘忠用其谋，将应有之物，尽赏三军，欢声满谷，愿效死战。黄忠即日拔寨而进，步步为营；每营住数日，又进。渊闻之，欲出战。张郃曰：“此乃‘反客为主’之计，不可出战，战则有失。”渊不从，令夏侯尚引数千兵出战，直到黄忠寨前。忠上马提刀出迎，与夏侯尚交马，只一合，生擒夏侯尚归寨。余皆败走，回报夏侯渊。渊急使人到黄忠寨，言愿将陈式来换夏侯尚。忠约定来日阵前相换。次日，两军皆到山谷阔处，布成阵势。黄忠、夏侯渊各立马于本阵门旗之下。黄忠带着夏侯尚，夏侯渊带着陈式，各不与袍铠，只穿蔽体薄衣。一声鼓响，陈式、夏侯尚各望本阵奔回。夏侯尚比及到阵门时，被黄忠一箭，射中后心。尚带箭而回。渊大怒，骤马径取黄忠。忠正要激渊厮杀。两将交马，战到二十余合，曹营内忽然鸣金收兵。渊慌拨马而回，被忠乘势杀了一阵。渊回阵问押阵官：“为何鸣金？”答曰：“某见山凹中有蜀兵旗幡数处，恐是伏兵，故急招将军回。”渊信其说，遂坚守不出。

此乃“反客为主”之法——所谓“反客为主”，就是步步为营，稳扎稳打，逐步逼近对方，以争取主动。此法对夏侯渊颇有威胁。

黄忠逼到定军山下，与法正商议。正以手指曰：“定军山南*，巍然有一座高山，四下皆是险道。此山上足可下视定军山之虚实。将军若取得此山，定军山只在掌中也。”忠仰见山头稍平，山上有些少人马。是夜二更，忠引军士鸣金击鼓，直杀上山顶。此山有夏侯渊部将杜袭守把，止有数百余人。当时见黄忠大队拥上，只得弃山而走。忠得了山顶，正与定军山相对。法正曰：“将军可守在半山，某居山顶。待夏侯渊兵至，吾举白旗为号，将军却按兵勿动；待他倦怠无备，吾却举起红旗，将军便下山击之：以逸待劳，必当取胜。”㊣忠大喜，从其计。

以逸待功，必当取胜——黄忠占了定军山对面之山，使夏侯渊无法安守；法正再设“以逸待劳”之计，让黄忠在最有利的时机出击，这就使夏侯渊难逃被斩之厄了。

却说杜袭引军逃回，见夏侯渊，说黄忠夺了对山。渊大怒曰：“黄忠占了对山，不容我不出战。”张郃谏曰：“此乃法正之谋也。将军不可出战，只宜坚守。”渊曰：“占了吾对山，观吾虚实，如何不出战？”郃苦谏不听。渊分军围住对山，大骂挑战。法正在山上举起白旗；任从夏侯渊百般辱骂，黄忠只不出战。午时以后，法正见曹兵倦怠，锐气已堕，多下马坐息，乃将红旗招展——鼓角齐鸣，喊声大震。黄忠一马当先，驰下山来，犹如天崩地塌之势。夏侯渊措手不及，被黄忠赶到麾盖之下，大喝一声，犹如雷吼。渊未及相迎，黄忠宝刀已落，连头带肩，砍为两段。㊣后人有诗赞黄忠曰：

连头带肩，砍为两段——黄忠之勇与法正之谋巧妙结合，使久经战阵，颇有谋略的夏侯渊处处被动，终于成了黄忠的刀下之鬼，这无疑是对曹操的沉重打击。

苍头临大敌，皓首逞神威。
力趁雕弓发，风迎雪刃挥。
雄声如虎吼，骏马似龙飞。
献馘功勋重，开疆展帝畿。

黄忠斩了夏侯渊，曹兵大溃，各自逃生。黄忠乘势去夺定军山，张郃领兵来迎。忠与陈式两下夹攻，混杀一阵，张郃败走。忽然山傍闪出一彪人马，当住去路；为首一员大将，大叫：“常山赵子龙在此！”张郃大惊，引败军夺路望定军山而走。只见前面一枝兵来迎，乃杜袭也。袭曰：“今定军山已被刘封、孟达夺了。”郃大惊，遂与杜袭引败兵到汉水扎营；一面令人飞报曹操。

操闻渊死，放声大哭，方悟管辂所言“三八纵横”，乃建安二十四年也；“黄猪遇虎”，乃岁在己亥正月也；“定军之南”，乃定军山之南也；“伤折一股”，乃渊与操有兄弟之亲情也。操令人寻管辂时，不知何处去了。操深恨黄忠，遂亲统大军，来定军山与夏侯渊报仇，令徐晃作先锋。行到汉水，张郃、杜袭接着曹操。二将曰：“今定军山已失，可将天荡山粮草移于北山寨中屯积*，然后进兵。”曹操依允。

却说黄忠斩了夏侯渊首级，来葭萌关上见玄德献功。玄德大喜，加忠为征西将军*，设宴庆贺。忽牙将张著来报说：“曹操自领大军二十万，来与夏侯渊报仇。目今张郃在天荡山搬运粮草*，移于汉水北山脚下。”孔明曰：“今操引大兵至此，恐粮草不敷，故勒兵不进。若得一人深入其境，烧其粮草，夺其辎重，则操之锐气挫矣。”黄忠曰：“老夫愿当此任。”㊟孔明曰：“张郃非夏侯渊之比*，不可轻敌。”玄德曰：“夏侯渊虽是总帅，乃一勇夫耳，安及张郃？若斩得张郃，胜斩夏侯渊十倍也。”忠奋然曰：“吾愿往斩之。”孔明曰：“你可与赵子龙同领一枝兵去；凡事计议而行，看谁立功。”忠应允便行。孔明就令张著为副将同去。云谓忠曰：“今操引二十万众，分屯十营。将军在主公前要去夺粮，非小可之事。将军当用何策？”忠曰：“看我先去，如何？”云曰：“等我先去。”忠曰：“我是主将，你是副将，如何争先？”云曰：“我与你都一般为主公出力，何必计较？我二人拈阄，拈着的先去。”忠依允。当时黄忠拈着先去。云曰：“既将军先去，某当相助。可约定时刻。如将军依时而还，某按兵不动；若将军过时而不还，某即引军来接应。”㊟忠曰：“公言是也。”于是二人约定午时为期。云回本寨，谓部将张翼曰：“黄汉升约定明日去夺粮草，若午时不回，我当往助。吾营前临汉水，地势危险；我若去时，汝可谨守寨栅，不可轻动。”张翼应诺。

老夫愿当此任——黄忠连立大功，威名远扬，却毫无倦怠之意，又主动要求承担火烧曹军粮草之任，确是“宝刀不老”！

若将军过时而不还，某即引军来接应——赵云虽欲立功，却不争功，甘愿配合黄忠行动，其谦虚大度，善处同僚的作风，令人赞佩。

却说黄忠回到寨中，谓副将张著曰：“我斩了夏侯渊，张郃丧胆。吾明日领命去劫粮草，只留五百军守营。你可助吾。今夜三更，尽皆饱食；四更离营，杀到北山脚下，先捉张郃，后劫粮草。”张著依令。当夜黄忠领人马在前，张著在后，偷过汉水，直到北山之下。东方日出，见粮积如山，有些少军士看守，见蜀兵到，尽弃而走。黄忠教马军一齐下马，取柴堆于米粮之上。正欲放火，张郃兵到，与忠混战一处。曹操闻知，急令徐晃接应。晃领兵前进，将黄忠困于垓心。张著引三百军走脱，正要回寨，忽一枝兵撞出，拦住去路；为首大将，乃是文聘；后面曹兵又至，把张著围住。㊟

后面操兵又至，把张著围住——黄忠烧粮不成，却被曹军团团围住。这正是赵云估计的第二种情况，他必须前去接应了。

却说赵云在营中，看看等到午时，不见忠回，急忙披挂上马，引三千军向前接应；临行，谓张翼曰：“汝可坚守营寨。两壁厢多设弓弩，以为准备。”翼连声应诺。云挺枪骤马，直杀往前去。迎头一将拦路，乃文聘部将慕容烈也，拍马舞刀来迎赵云；被云手起一枪刺死。曹兵败走。云直杀入重围，又一枝兵截住，为首乃魏将焦炳。云喝问曰：“蜀兵何在？”炳曰：“已杀尽矣！”云大怒，骤马一枪，又刺死焦炳，杀散余兵。直至北山之下，见张郃、徐晃两人围住黄忠，军士被困多时。云大喝一声，挺枪骤马，杀入重围；左冲右突，如入无人之境。那枪浑身上下，若舞梨花；遍体纷纷，如飘瑞雪。张郃、徐晃心惊胆战，不敢迎敌。云救出黄忠，且战且走；所到之处，无人敢阻。操于高处望见，惊问众将曰："此将何人也？"有识者告曰："此乃常山赵子龙也。"操曰："昔日当阳长坂英雄尚在！"急传令曰："所到之处，不许轻敌。"赵云救了黄忠，杀透重围。有军士指曰："东南上围的，必是副将张著。"云不回本寨，遂望东南杀来。所到之处，但见"常山赵云"四字旗号，曾在当阳长坂知其勇者，互相传说，尽皆逃窜。云又救了张著。㊣

云又救了张著——赵云先救黄忠，再救张著，所向披靡。作品通过曹军的反应，从侧面烘托了赵云的英雄气概。

曹操见云东冲西突，所向无前，莫敢迎敌，救了黄忠，又救了张著，奋然大怒，自领左右将士来赶赵云。云已杀回本寨。部将张翼接着，望见后面尘起，知是曹兵追来，即谓云曰："追兵渐近，可令军士闭上寨门，上敌楼防护。"云喝曰："休闭寨门！汝岂不知吾昔在当阳长坂时，单枪匹马，觑曹兵八十三万如草芥！今有军有将，又何惧哉！"遂拨弓弩手于寨外壕中埋伏；将营内旗枪，尽皆倒偃，金鼓不鸣。云匹马单枪，立于营门之外。㊣

云匹马单枪，立于营门之外——面对追来的曹军，赵云下令大开寨门，埋伏弓弩手，独自立马于营门之外，使曹军摸不清虚实。这算得上真正的"空城计"。

却说张郃、徐晃领兵追至蜀寨，天色已暮；见寨中偃旗息鼓，又见赵云匹马单枪，立于营外，寨门大开，二将不敢前进。正疑之间，曹操亲到，急催督众军向前。众军听令，大喊一声，杀奔营前；见赵云全然不动，曹兵翻身就回。赵云把枪一招，壕中弓弩齐发。时天色昏黑，正不知蜀兵多少。操先拨回马走。只听得后面喊声大震，鼓角齐鸣，蜀兵赶来。曹兵自相践踏，拥到汉水河边，落水死者，不知其数。赵云、黄忠、张著各引兵一枝，追杀甚急。操正奔走间，忽刘封、孟达率二枝兵，从天荡山路杀来*，放火烧粮草。操弃了北山粮草，忙回南郑。徐晃、张郃扎脚不住，亦弃本寨而走。赵云占了曹寨，黄忠夺了粮草，汉水所得军器无数，大获胜捷，差人去报玄德。玄德遂同孔明前至汉水，问赵云的部卒曰："子龙如何厮杀？"军士将子龙救黄忠、拒汉水之事，细述一遍。玄德大喜，看了山前山后险峻之路，欣然谓孔明曰："子龙一身都是胆也！"㊣后人有诗赞曰：

子龙一身都是胆也——赵云冲锋陷阵，以寡敌众，使曹军闻风丧胆，其高超武艺和惊人胆略，确实无愧于刘备这句衷心的赞美。

昔日战长坂，威风犹未减。

突阵显英雄，被围施勇敢。

鬼哭与神号，天惊并地惨：
常山赵子龙，一身都是胆！

于是玄德号子龙为“虎威将军”，大劳将士，欢宴至晚。

忽报曹操复遣大军从斜谷小路而进，来取汉水。玄德笑曰：“操此来无能为也。我料必得汉川矣*。”[评]乃率兵于汉水之西以迎之。曹操命徐晃为先锋，前来决战。帐前一人出曰：“某深知地理，愿助徐将军同去破蜀。”操视之，乃巴西宕渠人也，姓王，名平，字子均；现充校尉*。操大喜，遂命王平为副先锋，相助徐晃。操屯兵于定军山北。徐晃、王平引军至汉水，晃令前军渡水列阵。平曰：“军若渡水，倘要急退，如之奈何？”晃曰：“昔韩信背水为阵，所谓‘致之死地而后生’也。”平曰：“不然，昔者韩信料敌人无谋而用此计；今将军能料赵云、黄忠之意否？”[评]晃曰：“汝可引步军拒敌，看我引马军破之。”遂令搭起浮桥，随即过河来战蜀兵。正是：魏人妄意宗韩信，蜀相那知是子房。未知胜负如何，且看下文分解。

我料必得汉川矣——刘备此语，本于《三国志·蜀书·先主传》。通过前面一连串的胜利，蜀军士气大振，刘备已经有了夺取汉中的充分信心。

今将军能料赵云、黄忠之意否——王平此问，甚为有理。施谋用计，贵在知己知彼。如果不知己，不知彼，生搬前人经验，往往适得其反。

尾评：

在争夺汉中的第一阶段，刘备集团士气高昂，计斩夏侯渊，攻占定军山，夺取曹军粮草，真是节节胜利。这为整个战役的胜利奠定了良好的基础。其间，老当益壮的黄忠、一身是胆的赵云，给读者留下的印象尤为鲜明。

第七十二回
诸葛亮智取汉中　曹阿瞒兵退斜谷

总评

据《三国志·魏书·武帝纪》，建安二十四年（219）“三月，王（按：曹操已于三年前封魏王）自长安出斜谷，军遮要以临汉中，遂至阳平。（刘）备因险拒守。夏五月，引军还长安。”《三国志·蜀书·先主传》亦云：“及曹公至，先主敛众拒险，终不交锋，积月不拔，亡者日多。夏，曹公果引军还，先主遂有汉中。”由此可见，在历史上的汉中之战中，刘备击斩夏侯渊后，面对曹操亲率的大军，采取据险固守的策略；曹操进无所得，相持两月之后，只得退军。罗贯中巧为虚构，描写诸葛亮针对曹操多疑的性格特征，连连使用疑兵计，使曹操心虚胆怯，疑神疑鬼，自乱阵脚，难以发挥其军事才干；在蜀军或实或虚的进攻下，曹军士气不振，节节败退；而蜀军则胜得轻松，胜得迅速，终于夺得汉中。这样精彩的情节虽多虚构，却符合“兵不厌诈”，“攻其无备，出其不意”，“乱而取之”的古代军事思想，符合人物的性格逻辑，具有很强的可信性，诸葛亮的神机妙算也因此又一次给读者留下了深刻印象。

历史上的杨修确实死于曹操之手。据《三国志·魏书·陈思王传》及裴注引《典略》、《后汉书·杨震传》附《杨修传》，杨修被杀的原因主要有二：一是因曹操忌其才，二是因他卷入了曹操的立嗣之争，曹操恐有后患。杨修被杀的时间，则是在建安二十四年（219）秋天，即曹操从汉中退兵之后。罗贯中深入发掘隐藏在史实背后的人的思想活动，并巧妙地把杨修被杀的时间移到曹操从汉中退兵之前，从而创造出一个撼人心魄的篇章，有力地鞭挞了曹操的奸雄心理。

却说徐晃引军渡汉水，王平苦谏不听，渡过汉水扎营。黄忠、赵云告玄德曰："某等各引本部兵去迎曹兵。"玄德应允。二人引兵而行。忠谓云曰："今徐晃恃勇而来，且休与敌；待日暮兵疲，你我分兵两路击之可也。"云然之，各引一军据住寨栅。徐晃引兵从辰时搦战，直至申时，蜀兵不动。晃尽教弓弩手向前，望蜀营射去。黄忠谓赵云曰："徐晃令弓弩射者，其军必将退也。可乘时击之。"言未已，忽报曹兵后队果然退动。于是蜀营鼓声大震：黄忠领兵左出，赵云领兵右出，两下夹攻。徐晃大败，军士逼入汉水，死者无数。晃死战得脱，回营责王平曰："汝见吾军势将危，如何不救?"平曰："我若来救，此寨亦不能保。我曾谏公休去，公不肯听，以致此败。"晃大怒，欲杀王平。平当夜引本部军就营中放起火来，曹兵大乱，徐晃弃营而走。王平渡汉水来投赵云，云引见玄德。王平尽言汉水地理。玄德大喜曰："孤得王子均，取汉中无疑矣。"遂命王平为牙门将*，领向导使。

却说徐晃逃回见操，说："王平反去降刘备矣！"操大怒，亲统大军来夺汉水寨栅。赵云恐孤军难立，遂退于汉水之西。两军隔水相拒。玄德与孔明来观形势。孔明见汉水上流头，有一带土山，可伏千余人。乃回到营中，唤赵云分付："汝可引五百人，皆带鼓角，伏于土山之下；或半夜，或黄昏，只听我营中炮响：炮响一番，擂鼓一番，只不要出战。"㊟子龙受计去了。孔明却在高山上暗窥。次日，曹兵到来搦战，蜀营中一人不出，弓弩亦都不发。曹兵自回。当夜更深，孔明见曹营灯火方息，军士歇定，遂放号炮。子龙听得，令鼓角齐鸣。曹兵惊慌，只疑劫寨。及至出营，不见一军。方才回营欲歇，号炮又响，鼓角又鸣，呐喊震地，山谷应声。曹兵彻夜不安。一连三夜，如此惊疑。操心怯，拔寨退三十里，就空阔处扎营。㊟孔明笑曰："曹操虽知兵法，不知诡计。"遂请玄德亲渡汉水，背水结营。玄

炮响一番，擂鼓一番，只不要出战——此计意在干扰曹军，使其不战自乱，十分巧妙。

操心怯，拔寨退三十里，就空阔处扎营——曹操经不住干扰，果然后撤。这是诸葛亮的疑兵计第一次生效。

德问计，孔明曰："可如此如此。"

曹操见玄德背水下寨，心中疑惑，使人来下战书。孔明批来日决战。次日，两军会于中路五界山前，列成阵势。操出马立于门旗下，两行布列龙凤旌旗，擂鼓三通，唤玄德答话。玄德引刘封、孟达并蜀中诸将而出。操扬鞭大骂曰："刘备忘恩失义、反叛朝廷之贼！"玄德曰："吾乃大汉宗亲，奉诏讨贼。汝上弑母后，自立为王，僭用天子銮舆，非反而何？"操怒，命徐晃出马来战。刘封出迎。交战之时，玄德先走入阵。封敌晃不住，拨马便走。操下令："捉得刘备，便为益州之主！"大军齐呐喊杀过阵来。蜀兵望汉水而逃，尽弃营寨；马匹军器，丢满道上。曹军皆争取。操急鸣金收兵。众将曰："某等正待捉刘备，大王何故收军？"操曰："吾见蜀兵背汉水安营，其可疑一也；多弃马匹军器，其可疑二也。可急退军，休取衣物。"遂下令曰："妄取一物者立斩。火速退兵。"曹兵方回头时，孔明号旗举起：玄德中军领兵便出，黄忠左边杀来，赵云右边杀来。曹兵大溃而逃。孔明连夜追赶。操传令军回南郑。只见五路火起，原来魏延、张飞得严颜代守阆中，分兵杀来，先得了南郑。操心惊，望阳平关而走。玄德大兵追至褒中*。安民已毕，玄德问孔明曰："曹操此来，何败之速也？"孔明曰："操平生为人多疑，虽能用兵，疑则多败。吾以疑兵胜之。"㊢玄德曰："今操退守阳平关，其势已孤，先生将何策以退之？"孔明曰："亮已算定了。"便差张飞、魏延分兵两路去截曹操粮道，令黄忠、赵云分兵两路去放火烧山。四路军将，各引向导官军去了。

操平生为人多疑……吾以疑兵胜之——蜀军背水结营，刚一交战便往后退，使曹操又起疑心，下令退兵，被蜀军趁势打败。这是诸葛亮的疑兵计第二次生效。孔明的解释，完全符合情理。

却说曹操退守阳平关，令军哨探，回报曰："今蜀兵将远近小路，尽皆塞断；砍柴去处，尽放火烧绝。不知兵在何处。"操正疑惑间，又报张飞、魏延分兵劫粮。操问曰："谁敢敌张飞？"许褚曰："某愿往！"操令许褚引一千精兵，去阳平关路上护接粮草。解粮军接着，喜曰："若非将军到此，粮不得到阳平矣。"遂将车上的酒肉，献与许褚。褚痛饮，不觉大醉，便乘酒兴，催粮车行。解粮官曰："日已暮矣，前褒中之地，山势险恶，未可过去。"褚曰："吾有万夫之勇，岂惧他人哉！今夜乘着月色，正好使粮车行走。"许褚当先，横刀纵马，引军前进。二更已后，往褒中路上而来*。行至半路，忽山凹里鼓角震天，一枝军当住。为首大将，乃张飞也，挺矛纵马，直取许褚。褚舞刀来迎，却因酒醉，敌不住张飞；战不数合，被飞一矛刺中肩膀，翻身落马。军士急忙救起，退后便走。张飞尽夺粮草车辆而回。

却说众将保着许褚，回见曹操。操令医士疗治金疮，一面亲自提兵来与蜀兵决战。玄德引军出迎。两阵对圆，玄德令刘封出马。操骂曰："卖履小儿，常使假子拒敌！吾若唤黄须儿来，汝假子为肉泥矣！"刘封大怒，挺枪骤马，径取曹操。操令徐晃来迎。封诈败而走，操引兵追赶。蜀兵营中，四下炮响，鼓角齐鸣。操恐有伏兵，急教退军，曹兵自相践踏，死者极多。奔回阳平关，方才歇定，蜀兵赶到城下：东门放火，西门呐喊；南门放火，北门擂鼓。操大惧，弃关而走。㊟蜀兵从后追袭。操正走之间，前面张飞引一枝兵截住，赵云引一枝兵从背后杀来，黄忠又引兵从褒中杀来。操大败。诸将保护曹操，夺路而走。方逃至斜谷界口，前面尘头忽起，一枝兵到。操曰："此军若是伏兵，吾休矣！"及兵将近，乃操次子曹彰也。

操大惧，弃关而走——曹操退守阳平关，蜀兵在交战时又是四面放炮擂鼓，使曹操心慌意乱，弃关而走。这是诸葛亮的疑兵计第三次生效。

彰字子文，少善骑射；膂力过人，能手格猛兽。操尝戒之曰："汝不读书而好弓马，此匹夫之勇，何足贵乎？"彰曰："大丈夫当学卫青、霍去病，立功沙漠，长驱数十万众，纵横天下，何能作博士耶？"操尝问诸子之志。彰曰："好为将。"操问："为将何如？"彰曰："披坚执锐，临难不顾，身先士卒；赏必行，罚必信。"操大笑。建安二十三年，代郡乌桓反，操令彰引兵五万讨之；临行戒之曰："居家为父子，受事为君臣。法不徇情，尔宜深戒。"彰到代北，身先战阵，直杀到桑干，北方皆平；因闻操在阳平败阵，故来助战。操见彰至，大喜曰："我黄须儿来，破刘备必矣！"遂勒兵复回，于斜谷界口安营。有人报玄德，言曹彰到。玄德问曰："谁敢去战曹彰？"刘封曰："某愿往。"孟达又说要去。玄德曰："汝二人同去，看谁成功。"各引兵五千来迎：刘封在先，孟达在后。曹彰出马与封交战，只三合，封大败而回。孟达引兵前进，方欲交锋，只见曹兵大乱。原来马超、吴兰两军杀来，曹兵惊动。孟达引兵夹攻。马超士卒，蓄锐日久，到此耀武扬威，势不可当。曹兵败走。曹彰正遇吴兰，两个交锋，不数合，曹彰一戟刺吴兰于马下。三军混战。操收兵于斜谷界口扎住。

操屯兵日久，欲要进兵，又被马超拒守；欲收兵回，又恐被蜀兵耻笑：心中犹豫不决。适庖官进鸡汤。操见碗中有鸡肋，因而有感于怀。正沉吟间，夏侯惇入帐，禀请夜间口号，操随口曰：“鸡肋！鸡肋！”(评)惇传令众官，都称“鸡肋”。行军主簿杨修，见传“鸡肋”二字，便教随行军士，各收拾行装，准备归程。有人报夏侯惇。惇大惊，遂请杨修至帐中问曰：“公何收拾行装？”修曰：“以今夜号令，便知魏王不日将退兵归也：鸡肋者，食之无肉，弃之有味。今进不能胜，退恐人笑，在此无益，不如早归：来日魏王必班师矣。故先收拾行装，免得临行慌乱。”夏侯惇曰：“公真知魏王肺腑也！”遂亦收拾行装。于是寨中诸将，无不准备归计。(评)当夜曹操心乱，不能稳睡，遂手提钢斧，绕寨私行。只见夏侯惇寨内军士，各准备行装。操大惊，急回帐，召惇问其故。惇曰：“主簿杨德祖先知大王欲归之意。”操唤杨修问之，修以鸡肋之意对。操大怒曰：“汝怎敢造言，乱我军心！”喝刀斧手推出斩之，将首级号令于辕门外。(评)

原来杨修为人恃才放旷，数犯曹操之忌：(评)操尝造花园一所；造成，操往观之，不置褒贬，只取笔于门上书一“活”字而去。人皆不晓其意。修曰：“‘门’内添‘活’字，乃‘阔’字也。丞相嫌园门阔耳。”于是再筑墙围，改造停当，又请操观之。操大喜，问曰：“谁知吾意？”左右曰：“杨修也。”操虽称美，心甚忌之。又一日，塞北送酥一盒至。操自写“一合酥”三字于盒上，置之案头。修入见之，竟取匙与众分食讫。操问其故，修答曰：“盒上明书‘一人一口酥’，岂敢违丞相之命乎？”操虽喜笑，而心恶之。操恐人暗中谋害己身，常分付左右：“吾梦中好杀人；凡吾睡着，汝等切勿近前。”一日，昼寝帐中，落被于地，一近侍慌取覆盖。操跃起拔剑斩之，复上床睡；半晌而起，佯惊问：“何人杀吾近侍？”众以实对。操痛哭，命厚葬之。人皆以为操果梦中杀人；惟修知其意，临葬时指而叹曰：“丞相非在梦中，君乃在梦中耳！”操闻而愈恶之。操第三子曹植，爱修之才，常邀修谈论，终夜不息。操与众商议，欲立植为世子。曹丕知之，密请朝歌长吴质入内府商议；因恐有人知觉，乃用大簏藏吴质于中，只说是绢匹在内，载入府中。修知其事，

操随口曰：“鸡肋！鸡肋！”——此事本于《三国志·魏书·武帝纪》注引《九州春秋》。言为心声，曹操以“鸡肋”为口令，已经流露了欲放弃汉中而又犹豫不决的心理。

于是寨中诸将，无不准备归计——曹操进退两难的矛盾心理，正与诸将心理吻合。于是，杨修一旦说破曹操之意，众将便都准备归计。但是，这样会导致军心动荡，又是曹操所不希望的。

将首级号令于辕门外——曹操问知原故，勃然大怒，立即以“惑乱军心”的罪名，将杨修斩首示众。这一突发事件，使小说情节波澜陡起，一下子抓住了读者的心。作为曹操身边随时听从驱遣的部属，杨修为什么突然遭此杀身之祸？

原来杨修为人恃才放旷，数犯曹操之忌——作品采用插叙笔法，说明了杨修被杀的原因。“恃才放旷”是杨修最突出的性格特征，“犯曹操之忌”却是要命之处。

径来告操。操令人于丕府门伺察之。丕慌告吴质，质曰："无忧也：明日用大簏装绢再入以惑之。"丕如其言，以大簏载绢入。使者搜看簏中，果绢也，回报曹操。操因疑修谮害曹丕，愈恶之。操欲试曹丕、曹植之才干。一日，令各出邺城门；却密使人分付门吏，令勿放出。曹丕先至。门吏阻之，丕只得退回。植闻之，问于修。修曰："君奉王命而出，如有阻当者，竟斩之可也。"植然其言。及至门，门吏阻住，植叱曰："吾奉王命，谁敢阻当！"立斩之。于是曹操以植为能。后有人告操曰："此乃杨修之所教也。"操大怒，因此亦不喜植。修又尝为曹植作答教十余条，但操有问，植即依条答之。操每以军国之事问植，植对答如流，操心中甚疑。后曹丕暗买植左右，偷答教来告操。操见了，大怒曰："匹夫安敢欺我耶！"此时已有杀修之心；今乃借惑乱军心之罪杀之。㊟修死年四十五岁*。后人有诗曰：

聪明杨德祖，世代继簪缨。
笔下龙蛇走，胸中锦绣成。
开谈惊四座，捷对冠群英。
身死因才误，非关欲退兵。

曹操既杀杨修，佯怒夏侯惇，亦欲斩之。众官告免。操乃叱退夏侯惇，下令来日进兵。㊟次日，兵出斜谷界口，前面一军相迎，为首大将乃魏延也。操招魏延归降，延大骂。操令庞德出战。二将正斗间，曹寨内火起。人报马超劫了中后二寨。操拔剑在手曰："诸将退后者斩！"众将努力向前。魏延诈败而走，操方麾军回战马超，自立马于高阜处，看两军争战。忽一彪军撞至面前，大叫："魏延在此！"拈弓搭箭，射中曹操。操翻身落马。延弃弓绰刀，骤马上山坡来杀曹操。刺斜里闪出一将，大叫："休伤吾主！"视之，乃庞德也。德奋力向前，战退魏延，保操前行。马超已退。操带伤归寨：原来被魏延射中人中，折却门牙两个，急令医士调治。方忆杨修之言，随将修尸收回厚葬，就令班师；㊟却教庞德断后。操卧于毡车之中，左右虎贲军护卫而行。忽报斜谷山上两边火起，伏兵赶来。曹兵人人惊恐。正是：依稀昔日潼关厄，仿佛当年赤壁危。未知曹操性命如何，且看下文分解。

今乃借惑乱军心之罪杀之——上面叙述了六件"犯忌"之事。它们由生活琐事到政治品质，再到立嗣大计，性质越来越严重，清楚地显示了曹操对杨修由"忌之"到憎恶的思想演变过程，说明了杨修被杀的必然性。

操乃叱退夏侯惇，下令来日进兵——曹操杀了杨修之后，为了掩人耳目，故意下令来日进兵。明明有撤退之意，却偏要硬着头皮进兵，目的只是为了证明自己杀人应该。统治者的心理就是这样可恶而又可悲！

随将修尸收回厚葬，就令班师——昨天蛮横无理地杀人，今天又假惺惺地予以厚葬，企图以此来抹掉自己手上的血迹，在自欺欺人中求得心灵的平静。这就深刻暴露了曹操的阴险和狡诈。

尾评：

“杨修之死”这一篇章在结构上很有特色：作品一开始就写杨修被杀，掀起高潮，强烈地吸引住读者；中间巧用插叙，逐层揭示情节的内在联系；最后是尾声，既写出结局，又照应开头。这种布局，不仅使这个本来并不复杂的情节文势起伏，而且使之与曹、刘争夺汉中的情节主干契合无间，在艺术上是十分成功的。

第七十三回
玄德进位汉中王　云长攻拔襄阳城*

总评

刘备夺取益州以后，即已实现《隆中对》提出的“跨有荆、益”的战略目标。如今夺得汉中（汉中原为益州之一郡，被张鲁割据后，暂时脱离益州），既为益州腹地建立了可靠屏障，又为以后的北伐准备了前进基地，堪称又一大胜利。在这捷报频传、人心欢腾之时，刘备自称汉中王已是水到渠成。至此，刘备集团实力空前增强，人才空前整齐，政治上也足以与曹操抗衡，达到了其事业的顶点。

在《三国演义》中，罗贯中对刘备的称呼颇有讲究：从第一回到本回称汉中王之前，称之为“玄德”；从本回称汉中王以后到第八十回称帝之前，称之为“汉中王”；称帝以后，则称之为“先主”。古人看重名分，综观全书，在所有政治集团领袖中，惟有刘备的称呼如此严谨，可见罗贯中“尊刘”倾向之鲜明。

刘备称王之后，即命关羽攻取襄阳、樊城。按照《隆中对》的战略设想：“天下有变，则命一上将将荆州之军以向宛、洛，将军身率益州之众出于秦川”，以便两路配合，彼此呼应。然而，奇怪的是，从关羽出兵攻曹直到被擒身亡，刘备一直没有亲自率兵出秦川北伐，诸葛亮也未见有何积极建议，致使关羽陷于孤军作战的境地。在事关全局的重要时刻，刘备、诸葛亮为何如此无所作为？真是千古之谜！

关羽拒绝孙权联姻之议，本于《三国志·蜀书·关羽传》:“(孙)权遣使为子索羽女，羽骂辱其使，不许婚，权大怒。”不愿与黄忠并列为“五虎大将”，本于《三国志·蜀书·费诗传》:“先主为汉中王，遣诗拜关羽为前将军。羽闻黄忠为后将军，怒曰:‘大丈夫终不与老兵同列！’不肯受拜。”对盟友、对同僚均如此无礼，其骄傲自大、不识大体实在令人难以容忍。关羽之所以最终败亡，骄傲乃是最重要的内因。

却说曹操退兵至斜谷，孔明料他必弃汉中而走，故差马超等诸将，分兵十数路，不时攻劫。因此操不能久住；又被魏延射了一箭，急急班师。三军锐气堕尽。前队才行，两下火起，乃是马超伏兵追赶。曹兵人人丧胆。操令军士急行，晓夜奔走无停；直至京兆，方始安心。ⓟ

且说玄德命刘封、孟达、王平等，攻取上庸诸郡。申耽等闻操已弃汉中而走，遂皆投降。玄德安民已定，大赏三军，人心大悦。于是众将皆有推尊玄德为帝之心；未敢径启，却来禀告诸葛军师。孔明曰："吾意已有定夺了。"随引法正等入见玄德，曰："今曹操专权，百姓无主；主公仁义著于天下，今已抚有两州之地*，可以应天顺人，即皇帝位，名正言顺，以讨国贼。事不宜迟，便请择吉。"玄德大惊曰："军师之言差矣。刘备虽然汉之宗室，乃臣子也；若为此事，是反汉矣。"孔明曰："非也。方今天下分崩，英雄并起，各霸一方；四海才德之士，舍死亡生而事其上者，皆欲攀龙附凤，建立功名也。今主公避嫌守义，恐失众人之望。愿主公熟思之。"玄德曰："要吾僭居尊位，吾必不敢。可再商议长策。"诸将齐言曰："主公若只推却，众心解矣。"孔明曰："主公平生以义为本，未肯便称尊号。今有荆、益两州之地*，可暂为汉中王。"ⓟ玄德曰："汝等虽欲尊吾为王，不得天子明诏，是僭也。"孔明曰："今宜从权，不可拘执常理。"张飞大叫曰："异姓之人，皆欲为君，何况哥哥乃汉朝宗派！莫说汉中王，就称皇帝，有何不可！"玄德叱曰："汝勿多言！"孔明曰："主公宜从权变，先进位汉中王，然后表奏天子，未为迟也。"玄德再三推辞不过，只得依允。ⓟ

建安二十四年秋七月，筑坛于沔阳，方圆九里，分布五方，各设旌旗仪仗。群臣皆依次序排列。许靖、法正请玄德登坛，进冠冕

直至京兆，方始安心——曹操被诸葛亮层出不穷的疑兵弄得心惊肉跳，慌忙逃回长安。至此，争夺汉中之战以其彻底失败而告终。

可暂为汉中王——作品有意写群臣先劝刘备称帝，然后退而劝其称王，以表明刘备自称汉中王乃是人心所向。

玄德再三推辞不过，只得依允——刘备之所以称王，固然与群臣皆欲攀龙附凤，积极拥戴有关，但刘备本人显然也很乐意。其实，以刘备此时的实力及与曹操抗衡的政治需要，称王并无不可，却偏要做出再三推辞，被迫依允的样子。封建政治的这套把戏，今人看来未免觉得好笑。

玺绶讫，面南而坐，受文武官员拜贺为汉中王。子刘禅，立为王世子。封许靖为太傅，法正为尚书令；诸葛亮为军师，总理军国重事。封关羽、张飞、赵云、马超、黄忠为五虎大将；魏延为督汉中镇远将军，领汉中太守*。其余各拟功勋定爵。

玄德既为汉中王，遂修表一道，差人赍赴许都。表曰：

备以具臣之才，荷上将之任，总督三军，奉辞于外；不能扫除寇难，靖匡王室，久使陛下圣教陵迟，六合之内，否而未泰；惟忧反侧，疢如疾首。

曩者董卓，造为乱阶*。自是之后，群凶纵横，残剥海内。赖陛下圣德威灵，人神同应*，或忠义奋讨，或上天降罚，暴逆并殪，以渐冰消。惟独曹操，久未枭除，侵擅国权，恣心极乱。臣昔与车骑将军董承，图谋讨操，机事不密，承见陷害。臣播越失据，忠义不果，遂得使操穷凶极逆：主后戮杀，皇子鸩害。虽纠合同盟，念在奋力；懦弱不武，历年未效。常恐殒没，辜负国恩；寤寐永叹，夕惕若厉。

今臣群僚以为：在昔《虞书》，敦叙九族，庶明励翼；帝王相传，此道不废；周监二代，并建诸姬，实赖晋、郑，夹辅之力；高祖龙兴，尊王子弟，大启九国，卒斩诸吕，以安大宗。今操恶直丑正，实繁有徒，包藏祸心，篡盗已显。既宗室微弱，帝族无位，斟酌古式，依假权宜，上臣为大司马、汉中王。

臣伏自三省：受国厚恩，荷任一方，陈力未效，所获已过，不宜复忝高位，以重罪谤。群僚见逼，迫臣以义。臣退惟寇贼不枭，国难未已；宗庙倾危，社稷将坠：诚臣忧心碎首之日。若应权通变，以宁静圣朝，虽赴水火，所不得辞：辄顺众议，拜受印玺，以崇国威。

仰惟爵号，位高宠厚；俯思报效，忧深责重：惊怖惕息，如临于谷。敢不尽力输诚，奖励六师，率齐群义，应天顺时，以宁社稷。谨拜表以闻。

表到许都。曹操在长安，闻知玄德自立汉中王*，大怒曰："织席小儿，安敢如此！吾誓灭之！"即时传令，尽起倾国之兵，赴益州与汉中王决雌雄。一人出班谏曰："大王不可因一时之怒，亲劳车驾远征。臣有一计，不须张弓只箭，令刘备在蜀自受其祸；待其兵衰力尽，只须一将往征之，便可成功。”操视其人，乃司马懿也。操喜问曰：“仲达有何高见？”懿曰：“江东孙权，以妹嫁刘备，而又乘间窃取回去；刘备又据占荆州不还：彼此俱有切齿之恨。今可差一舌辩之士，赍书往说孙权，使兴兵取荆州；㊟刘备必发益州之兵以救荆州。那时大王兴兵去取汉川，令刘备首尾不能相救，势必危矣。”

使兴兵取荆州——在三足鼎立的政治格局中，刘备与曹操早已势不两立，孙权则时有摇摆。如果孙、刘联盟巩固，曹操难以得志；反之曹操便有可乘之机。因此，曹操每欲拉拢孙权，以便集中力量对付刘备。

操大喜，即修书，令满宠为使，星夜投江东来见孙权。权知满宠到，遂与谋士商议。张昭进曰：“魏与吴本无仇；前因听诸葛之说词，致两家连年征战不息，生灵遭其涂炭。今满伯宁来，必有讲和之意，可以礼接之。”权依其言，令众谋士接满宠入城相见。礼毕，权以宾礼待宠。宠呈上操书，曰：“吴、魏自来无仇，皆因刘备之故，致生衅隙。魏王差某到此，约将军攻取荆州，魏王以兵临汉川，首尾夹击。破刘之后，共分疆土，誓不相侵。”孙权览书毕，设筵相待满宠，送归馆舍安歇。

权与众谋士商议。顾雍曰：“虽是说词，其中有理。今可一面送满宠回，约会曹操，首尾相击；一面使人过江探云长动静，方可行事。”诸葛瑾曰：“某闻云长自到荆州，刘备娶与妻室，先生一子，次生一女。其女尚幼，未许字人。某愿往，与主公世子求婚。若云长肯许，即与云长计议共破曹操；若云长不肯，然后助曹取荆州。”孙权用其谋，先送满宠回许都；却遣诸葛瑾为使，投荆州来。入城见云长，礼毕。云长曰：“子瑜此来何意？”瑾曰：“特来求结两家之好：吾主孙将军有一子，甚聪明；闻将军有一女，特来求亲。两家结好，并力破曹。此诚美事，请君侯思之。”云长勃然大怒曰：“吾虎女安肯嫁犬子乎！㊟不看汝弟之面，立斩汝首！再休多言！”遂唤左右逐出。瑾抱头鼠窜，回见孙权；不敢隐匿，遂以实告。权大怒曰：“何太无礼耶！”便唤张昭等文武官员，商议取荆州之策。步骘曰：“曹操久欲篡汉，所惧者刘备也；今遣使来令吴兴兵吞蜀，此嫁祸于吴也。”权曰：“孤亦欲取荆州久矣。”骘曰：“今曹仁现屯兵于襄阳、樊城，又无长江之险，旱路可取荆州；如何不取，却令主公动兵？只此便见其心。主公可遣使去许都见操，令曹仁旱路先起兵取荆州，云长必掣荆州之兵而取樊城。若云长一动，主公可遣一将，暗取荆州，一举可得矣。”权从其议，即时遣使过江，上书

吾虎女安肯嫁犬子乎——孙权提出联姻，关羽可以不从，“勃然大怒”则不必，而称己女为“虎女”，骂对方之子为“犬子”就更不应该。身为一代雄主的孙权，闻此安得不怒？孙、刘联盟又岂能不受损害？

曹操，陈说此事。操大喜，发付使者先回，随遣满宠往樊城助曹仁，为参谋官，商议动兵；一面驰檄东吴，令领兵水路接应，以取荆州。

却说汉中王令魏延总督军马，守御汉中*。遂引百官回成都，差官起造宫庭，又置馆舍，自成都至白水，共建四百余处馆舍亭邮。广积粮草，多造军器，以图进取中原。细作人探听得曹操结连东吴，欲取荆州，即飞报入蜀。汉中王忙请孔明商议。孔明曰："某已料曹操必有此谋；然吴中谋士极多，必教操令曹仁先兴兵矣。"汉中王曰："似此如之奈何？"孔明曰："可差使命就送官诰与云长，令先起兵取樊城，㊣使敌军胆寒，自然瓦解矣。"汉中王大喜，即差前部司马费诗为使，赍捧诰命，投荆州来。云长出郭，迎接入城。至公廨礼毕，云长问曰："汉中王授我何职*？"诗曰："'五虎大将'之首。"云长问："那五虎将？"诗曰："关、张、赵、马、黄是也。"云长怒曰："益德吾弟也；孟起世代名家；子龙久随吾兄，即吾弟也：位与吾相并，可也。黄忠何等人，敢与吾同列？大丈夫终不与老卒为伍！"㊣遂不肯受印。诗笑曰："将军差矣。昔萧何、曹参与高祖同举大事，最为亲近，而韩信乃楚之亡将也；然信位为王，居萧、曹之上，未闻萧、曹以此为怨。今汉中王虽有'五虎将'之封，而与将军有兄弟之义，视同一体。将军即汉中王，汉中王即将军也，岂与诸人等哉？将军受汉中王厚恩，当与同休戚、共祸福，不宜计较官号之高下。愿将军熟思之。"云长大悟，乃再拜曰："某之不明，非足下见教，几误大事。"即拜受印绶。

可差使命就送官诰与云长，令先起兵取樊城——孔明欲令关羽先发制人，争取主动，当然可以。问题在于，仅让关羽出兵能否成功？益州方面有何配合措施？

大丈夫终不与老卒为伍——黄忠忠勇奋发，战功卓著，关羽却称之为"老卒"，不愿与之同列，其目中无人简直到了惊人的地步。难道关羽就忘了取长沙时与黄忠不分胜负的往事吗？

费诗方出王旨，令云长领兵取樊城。云长领命，即时便差士仁*、糜芳二人为先锋，先引一军于江陵城外屯扎*，一面设宴城中，款待费诗。饮至二更，忽报城外寨中火起。云长急披挂上马，出城看时，乃是士仁、糜芳饮酒，帐后遗火，烧着火炮，满营撼动，把军器粮草，尽皆烧毁。云长引兵救扑，至四更方才火灭。云长入城，召士仁、糜芳责之曰："吾令汝二人作先锋，不曾出师，先将许多军器粮草烧毁，火炮打死本部军人。如此误事，要你二人何用！"叱令斩之。费诗告曰："未曾出师，先斩大将，于军不利。可暂免其罪。"云长怒气不息，叱二人曰："吾不看费司马之面，必斩汝二人之首！”乃唤武士各杖四十，摘去先锋印绶，罚糜芳守江陵*，士仁守公安；㊟且曰：“若吾得胜回来之日，稍有差池，二罪俱罚！”二人满面羞惭，喏喏而去。云长便令廖化为先锋，关平为副将，自总中军，马良、伊籍为参谋，一同征进。先是，有胡华之子胡班，到荆州来投降关公；公念其旧日相救之情，甚爱之；令随费诗入蜀，见汉中王受爵。费诗辞别关公，带了胡班，自回蜀中去了。

罚糜芳守江陵，士仁守公安——糜芳、士仁皆系关羽部下大将，二人有过，自应责罚，但关羽只知严厉惩处，而不注意抚慰，又委以镇守江陵、公安的重任，甚为不妥。

且说关公是日祭了“帅”字大旗，假寐于帐中。忽见一猪，其大如牛，浑身黑色，奔入帐中，径咬云长之足。云长大怒，急拔剑斩之，声如裂帛。霎然惊觉，乃是一梦，便觉左足阴阴疼痛。心中大疑，唤关平至，以梦告之。平对曰：“猪亦有龙象。龙附足，乃升腾之意，不必疑忌。”云长聚多官于帐下，告以梦兆。或言吉祥者，或言不祥者，众论不一。云长曰：“吾大丈夫年近六旬，即死何憾！”正言间，蜀使至，传汉中王旨，拜云长为前将军，假节钺，都督荆州事*。云长受命讫，众官拜贺曰：“此足见猪龙之瑞也。”于是云长坦然不疑，遂起兵奔襄阳大路而来。

曹仁正在城中，忽报云长自领兵来。仁大惊，欲坚守不出。副将翟元曰：“今魏王令将军约会东吴取荆州；今彼自来，是送死也，何故避之？”参谋满宠谏曰：“吾素知云长勇而有谋，未可轻敌。不如坚守，乃为上策。”骁将夏侯存曰：“此书生之言耳。岂不闻‘水来土掩，将至兵迎’？我军以逸待劳，自可取胜。”曹仁从其言，令满宠守樊城，自领兵来迎云长。云长知曹兵来，唤关平、廖化二将，受计而往。与曹兵两阵对圆，廖化出马搦战。翟元出迎。二将战不多时，化诈败，拨马便走，翟元从后追杀，荆州兵退二十里。次日，又来搦战。夏侯存、翟元一齐出迎，荆州兵又败，又追杀二十余里。忽听得背后喊声大震，鼓角齐鸣。曹仁急命前军速回。背后关平、廖化杀来，曹兵大乱。曹仁知是中计，先掣一军飞奔襄阳。离城数里，前面绣旗招飐，云长勒马横刀，拦住去路。曹仁胆战心惊，不敢交锋，望襄阳斜路而走。云长不赶。须臾，夏侯存军至，见了云长，大怒，便与云长交锋，只一合，被云长砍死。翟元便走，被关平赶上，一刀斩之。乘势追杀，曹兵大半死于襄江之中。曹仁退守樊城。㊟

曹仁退守樊城——关羽进攻襄阳，一举成功，其勇猛善战确实非同一般。

云长得了襄阳，赏军抚民。随军司马王甫曰："将军一鼓而下襄阳，曹兵虽然丧胆，然以愚意论之：今东吴吕蒙屯兵陆口，常有吞并荆州之意；倘率兵径取荆州，如之奈何？"云长曰："吾亦念及此。汝便可提调此事：去沿江上下，或二十里，或三十里，选高阜处置一烽火台，每台用五十军守之；倘吴兵渡江，夜则明火，昼则举烟为号。吾当亲往击之。"王甫曰："麋芳、士仁守二隘口，恐不竭力：必须再得一人以总督荆州。"云长曰："吾已差治中潘濬守之，有何虑焉？"甫曰："潘濬平生多忌而好利，不可任用。可差都督赵累代之*。赵累为人忠诚廉直。若用此人，万无一失。"云长曰："吾素知潘濬为人。今既差定，不必更改。赵累现掌粮料，亦是重事。汝勿多疑，只与我筑烽火台去。"王甫快快拜辞而行。[评]云长令关平准备船只渡襄江，攻打樊城。

王甫快快拜辞而行——王甫劝关羽以赵累取代潘濬，本属虚构（潘濬身为荆州治中，本应掌管留守事宜，且其为人并非"多忌而好利"）。作品如此描写，意在表现关羽的刚愎自用，为荆州失守作一伏笔。

却说曹仁折了二将，退守樊城，谓满宠曰："不听公言，兵败将亡，失却襄阳，如之奈何？"宠曰："云长虎将，足智多谋，不可轻敌，只宜坚守。"正言间，人报云长渡江而来，攻打樊城。仁大惊。宠曰："只宜坚守。"部将吕常奋然曰："某乞兵数千，愿当来军于襄江之内。"宠谏曰："不可。"吕常怒曰："据汝等文官之言，只宜坚守，何能退敌？岂不闻兵法云：'军半渡可击。'今云长军半渡襄江，何不击之？若兵临城下，将至壕边，急难抵当矣。"仁即与兵二千，令吕常出樊城迎战。吕常来至江口，只见前面绣旗开处，云长横刀出马。吕常却欲来迎，后面众军见云长神威凛凛，不战先走，吕常喝止不住。云长混杀过来，曹兵大败，马步军折其大半，残败军奔入樊城。[评]曹仁差人求救。

曹兵大败……残败军奔入樊城——曹仁退守樊城，部将吕常欲趁关羽军半渡襄江时击之，此亦古代作战之常例。但曹兵被关羽的威风所震慑，不战自乱，又一次大败而回。关羽的勇猛善战，再次得到有力的渲染。

使命星夜至长安，将书呈上曹操，言："云长破了襄阳，现围樊城甚急。望拨大将前来救援。"曹操指班部内一人而言曰："汝可去解樊城之围。"其人应声而出。众视之，乃于禁也。禁曰："某求一将作先锋，领兵同去。"操又问众人曰："谁敢作先锋？"一人奋然出曰："某愿施犬马之劳，生擒关某，献于麾下。"操观之大喜。正是：未见东吴来伺隙，先看北魏又添兵。未知此人是谁，且看下文分解。

尾评：

自本回后半至第七十七回，构成一个情节单元，描写了关羽因胜而骄，痛失荆州，败走麦城，被擒身亡的全过程，成为刘备集团由盛而衰的一大转折，亦为全书情节演变的一大关目，十分引人注目。

第七十四回
庞令明抬榇决死战　关云长放水淹七军

总评

据《三国志·魏书·庞德传》，关羽进攻樊城时，庞德本在曹仁部下，曾发誓要与关羽决一死战，声称："今年我不杀羽，羽当杀我。""后亲与羽交战，射羽中额。"罗贯中在史实的基础上，虚构庞德为于禁充当先锋，为表誓与关羽拼死一战的决心，特意制一木榇相随等情节，描写庞德与关羽交战，不分胜负，并以冷箭射中关羽左臂，大大突出了庞德的勇猛，更让庞德在与于禁的对比中，表现出刚烈的性格。

据《三国志·蜀书·关羽传》："(建安)二十四年……羽率众攻曹仁于樊。曹公遣于禁助仁。秋，大霖雨，汉水泛溢，禁所督七军皆没。禁降羽，羽又斩将军庞德。"《魏书·于禁传》亦称因汉水暴涨，其所督七军皆被淹没，遂降。《庞德传》则称曹仁命庞德驻扎樊城北面十里，因汉水暴涨，避于堤上，战败被擒。《三国演义》对史实作了一点关键性的改造，把纯属自然性的汉水暴涨写成关羽利用自然现象，在连日大雨时将其军移于高处，准备船筏，并堰住各处水口，待汉水(即襄江)暴涨，乘夜放水冲淹曹军。于是，本属意外事故的七军被淹便成了关羽有意策划的"水淹七军"，关羽谋勇兼备的军事才能得到了强化。

历史上的于禁，追随曹操近三十年，治军严整，战功卓著；但在遭到水淹的危急关头，却惊惶投降，晚节不保。罗贯中将他安排为庞德的顶头上司，写他生怕庞德成功，处处掣肘，自陷危地，又拒绝劝谏，导致七军被淹，落得个屈膝投降的可耻下场。作品以此告诉人们：那些自私怯懦，滥用职权的小人，终将害人害己。

却说曹操欲使于禁赴樊城救援，问众将谁敢作先锋。一人应声愿往。操视之，乃庞德也。操大喜曰："关某威震华夏，未逢对手；今遇令明，真劲敌也。"遂加于禁为征南将军，加庞德为征南都先锋*，大起七军，前往樊城。这七军，皆北方强壮之士。两员领军将校：一名董衡，一名董超；当日引各头目参拜于禁。董衡曰："今将军提七枝重兵，去解樊城之厄，期在必胜；乃用庞德为先锋，岂不误事？"禁惊问其故。衡曰："庞德原系马超手下副将，不得已而降魏王*；今其故主在蜀，职居'五虎上将'；况其从兄庞柔*亦在益州为官：今使他为先锋，是泼油救火也。将军何不启知魏王，别换一人去？"

禁闻此语，遂连夜入府启知曹操。操省悟，即唤庞德至阶下，令纳下先锋印。德大惊曰："某正欲与大王出力，何故不肯见用？操曰："孤本无猜疑；但今马超现在益州，汝兄庞柔亦在益州，俱佐刘备：孤纵不疑，奈众口何？"庞德闻之，免冠顿首，流血满面而告曰："某自汉中投降大王，每感厚恩，虽肝脑涂地，不能补报；大王何疑于德也？德昔在故乡时，与兄同居，嫂甚不贤，德乘醉杀之；兄恨德入骨髓，誓不相见，恩已断矣。故主马超，有勇无谋，兵败地亡，孤身入蜀，今与德各事其主，旧义已绝。德感大王恩遇，安敢萌异志？惟大王察之。"操乃扶起庞德，抚慰曰："孤素知卿忠义，前言特以安众人心耳。卿可努力建功。卿不负孤，孤亦必不负卿也。"(评)

卿不负孤，孤亦必不负卿也——曹操深通世故，善于笼络人心，使庞德感到知遇之恩，因而以死报之。

德拜谢回家，令匠人造一木榇。次日，请诸友赴席，列榇于堂。众亲友见之，皆惊问曰："将军出师，何用此不祥之物？"德举杯谓亲友曰："吾受魏王厚恩，誓以死报。今去樊城与关某决战，我若不能杀彼，必为彼所杀；即不为彼所杀，我亦当自杀：故先备此榇，以示无空回之理。"(评)众皆嗟叹。德唤其妻李氏与其子庞会出，谓其

故先备此榇，以示无空回之理——庞德自备木榇，誓与关羽决一死战，其勇悍狂烈在曹操诸将中实为罕见。

妻曰："吾今为先锋，义当效死疆场。我若死，汝好生看养吾儿；吾儿有异相，长大必当与吾报仇也。"妻子痛哭送别，德令扶榇而行。临行，谓部将曰："吾今去与关某死战，我若被关某所杀，汝等即取吾尸置此榇中；我若杀了关某，吾亦即取其首，置此榇内，回献魏王。"部属五百人皆曰*："将军如此忠勇，某等敢不竭力相助！"于是引军前进。有人将此言报知曹操，操喜曰："庞德忠勇如此，孤何忧焉！"贾诩曰："庞德恃血气之勇，欲与关某决死战，臣窃虑之。"操然其言，急令人传旨戒庞德曰："关某智勇双全，切不可轻敌。可取则取，不可取则宜谨守。"庞德闻命，谓众将曰："大王何重视关某也？吾料此去，当挫关某三十年之声价。"㊗禁曰："魏王之言，不可不从。"德奋然趱军前至樊城，耀武扬威，鸣锣击鼓。

吾料此去，……声价——庞德不仅有与关羽决一死战的决心，而且有挫败关羽的雄心，确非泛泛之辈。与那些闻关羽之名便胆战心惊者相比，其自信亦为罕见。

却说关公正坐帐中，忽探马飞报："曹操差于禁为将，领七枝精壮兵到来。前部先锋庞德，军前抬一木榇，口出不逊之言，誓欲与将军决一死战。兵离城止三十里矣。"关公闻言，勃然变色，美髯飘动，大怒曰："天下英雄，闻吾之名，无不畏服；庞德竖子，何敢藐视吾耶！关平一面攻打樊城，吾自去斩此匹夫，以雪吾恨！"平曰："父亲不可以泰山之重，与顽石争高下。辱子愿代父去战庞德。"关公曰："汝试一往，吾随后便来接应。"关平出帐，提刀上马，领兵来迎庞德。两阵对圆，魏营一面皂旗上大书"南安庞德"四个白字。庞德青袍银铠，钢刀白马，立于阵前；背后五百军兵紧随，步卒数人肩抬木榇而出。关平大骂庞德："背主之贼！"庞德问部卒曰："此何人也？"或答曰："此关公义子关平也。"德叫曰："吾奉魏王旨，来取汝父之首！汝乃疥癞小儿，吾不杀汝！快唤汝父来！"平大怒，纵马舞刀，来取庞德。德横刀来迎。战三十合，不分胜负，两家各歇。

早有人报知关公。公大怒，令廖化去攻樊城，自己亲来迎敌庞德。关平接着，言与庞德交战，不分胜负。关公随即横刀出马，大叫曰："关云长在此，庞德何不早来受死！"鼓声响处，庞德出马曰："吾奉魏王旨，特来取汝首！恐汝不信，备榇在此。汝若怕死，早下马受降！"关公大骂曰："量汝一匹夫，亦何能为！可惜我青龙刀斩汝鼠贼！"纵马舞刀，来取庞德。德轮刀来迎。二将战有百余合，精神倍长。两军各看得痴呆了。魏军恐庞德有失，急令鸣金收军。关平恐父年老，亦急鸣金。二将各退。庞德归寨，对众曰："人言关公英雄，今日方信也。”正言间，于禁至。相见毕，禁曰：“闻将军战关公，百合之上，未得便宜，何不且退军避之？”德奋然曰：“魏王命将军为大将，何太弱也？吾来日与关某共决一死，誓不退避！”禁不敢阻而回。

却说关公回寨，谓关平曰：“庞德刀法惯熟，真吾敌手。”平曰：“俗云：‘初生之犊不惧虎。’父亲纵然斩了此人，只是西羌一小卒耳；倘有疏虞，非所以重伯父之托也。”关公曰：“吾不杀此人，何以雪恨？吾意已决，再勿多言！”次日，上马引兵前进。庞德亦引兵来迎。两阵对圆，二将齐出，更不打话，出马交锋。斗至五十余合，庞德拨回马，拖刀而走。关公随后追赶。关平恐有疏失，亦随后赶去。关公口中大骂：“庞贼！欲使拖刀计，吾岂惧汝？”原来庞德虚作拖刀势，却把刀就鞍鞒挂住，偷拽雕弓，搭上箭，射将来。关平眼快，见庞德拽弓，大叫：“贼将休放冷箭！”关公急睁眼看时，弓弦响处，箭早到来；躲闪不及，正中左臂。㊟关平马到，救父回营。庞德勒回马，轮刀赶来，忽听得本营锣声大震。德恐后军有失，急勒马回。原来于禁见庞德射中关公，恐他成了大功，灭禁威风，故鸣金收军。㊟庞德回马，问：“何故鸣金？”于禁曰：“魏王有戒：关公智勇双全。他虽中箭，只恐有诈，故鸣金收军。”德曰：“若不收军，吾已斩了此人也。”禁曰：“‘紧行无好步’，当缓图之。”庞德不知于禁之意，只懊悔不已。

躲闪不及，正中左臂——庞德先与关羽打个平手，后又箭射关羽，总算使多年未遇对手的关羽受到一点挫折。

恐他成了大功……故鸣金收军——于禁私心作怪，竟不顾曹军大局，阻挠庞德追赶关羽，真是小人！——当然，关羽已有关平接应，即使庞德追赶，也不可能斩了关羽，作品不过以此表现于禁之可恶而已。

却说关公回营，拔了箭头。幸得箭射不深，用金疮药敷之。关公痛恨庞德，谓众将曰：“吾誓报此一箭之仇！”众将对曰：“将军且暂安息几日，然后与战未迟。”次日，人报庞德引军搦战。关公就要出战，众将劝住。庞德令小军毁骂，关平把住隘口，分付众将休报知关公。庞德搦战十余日，无人出迎，乃与于禁商议曰：“眼见关公箭疮举发，不能动止；不若乘此机会，统七军一拥杀入寨中，可救樊城之围。”于禁恐庞德成功，只把魏王戒旨相推，不肯动兵。庞德累欲动兵，于禁只不允，乃移七军转过山口，离樊城北十里，依山下寨；禁自领兵截断大路，令庞德屯兵于谷后，使德不能进兵成功。㊟

令庞德屯兵于谷后，使德不能进兵成功——。于禁如此安排，不仅卑劣，而且愚蠢，分明使曹军处于无所作为，易被攻击的地位。

却说关平见关公箭疮已合，甚是喜悦，忽听得于禁移七军于樊城之北下寨，未知其谋，即报知关公。公遂上马，引数骑上高阜处望之，见樊城城上旗号不整，军士慌乱；城北十里山谷之内，屯着军马；又见襄江水势甚急。看了半晌，唤向导官问曰："樊城北十里山谷，是何地名？"对曰："罾口川也。"关公喜曰："于禁必为我擒矣。"将士问曰："将军何以知之？"关公曰："'鱼'入'罾口'，岂能久乎？"诸将未信。公回本寨。时值八月秋天，骤雨数日。公令人预备船筏，收拾水具。关平问曰："陆地相持，何用水具？"公曰："非汝所知也。于禁七军不屯于广易之地，而聚于罾口川险隘之处。方今秋雨连绵，襄江之水必然泛涨；吾已差人堰住各处水口，待水发时，乘高就船，放水一淹，樊城、罾口川之兵皆为鱼鳖矣。"关平拜服。

却说魏军屯于罾口川，连日大雨不止。督将成何来见于禁曰："大军屯于川口，地势甚低；虽有土山，离营稍远。即今秋雨连绵，军士艰辛。近有人报说荆州兵移于高阜处，又于汉水中预备战筏；倘江水泛涨，我军危矣：宜早为计。"于禁叱曰："匹夫惑吾军心耶！再有多言者斩之！"成何羞惭而退，却来见庞德，说此事。德曰："汝所见甚当。于将军不肯移兵，吾明日自移军屯于他处。"

计议方定，是夜风雨大作。庞德坐于帐中，只听得万马争奔，征鼙震地。德大惊，急出帐上马看时，四面八方，大水骤至；七军乱窜，随波逐浪者，不计其数。平地水深丈余，于禁、庞德与诸将各登小山避水。比及平明，关公及众将皆摇旗鼓噪，乘大船而来。于禁见四下无路，左右止有五六十人，料不能逃，口称"愿降"。㊙关公令尽去衣甲，拘收入船，然后来擒庞德。时庞德并二董及成何，与步卒五百人，皆无衣甲，立在堤上。见关公来，庞德全无惧怯，奋然前来接战。关公将船四面围定，军士一齐放箭，射死魏兵大半。董衡、董超见势已危，乃告庞德曰："军士折伤大半，四下无路，不如投降。"庞德大怒曰："吾受魏王厚恩，岂肯屈节于人！"遂亲斩董衡、董超于前，厉声曰："再说降者，以此二人为例！"于是众皆奋力御敌。自平明战至日中，勇力倍增。关公催四面急攻，矢石如雨。德令军士用短兵接战。德回顾成何曰："吾闻'勇将不怯死以苟免，壮士不毁节而求生'。今日乃我死日也。汝可努力死战。"成何依令向前，被关公一箭射落水中。众军皆降，止有庞德一人力战。正遇

料不能逃，口称"愿降"——精于营私内讧者，往往怯于拒敌，危急时甚至屈膝投降，于禁便是这样的典型。

荆州数十人，驾小船近堤来，德提刀飞身一跃，早上小船，立杀十余人，余皆弃船赴水逃命。庞德一手提刀，一手使短棹，欲向樊城而走。㊟只见上流头，一将撑大筏而至，将小船撞翻，庞德落于水中。筏上那将跳下水去，生擒庞德上筏*。众视之，擒庞德者，乃周仓也。仓素知水性，又在荆州住了数年，愈加惯熟；更兼力大，因此擒了庞德。于禁所领七军，皆死于水中。其会水者料无去路，亦皆投降。后人有诗曰：

庞德一手提刀，一手使短棹，欲向樊城而走——身处绝境，庞德毫无畏惧，奋勇接战，甚至大发神威，夺船而走，真是一员难得的勇将。

夜半征鼙响震天，襄樊平地作深渊。
关公神算谁能及，华夏威名万古传。

关公回到高阜去处，升帐而坐。群刀手押过于禁来。禁拜伏于地，乞哀请命。关公曰："汝怎敢抗吾？"禁曰："上命差遣，身不由己。望君侯怜悯，誓以死报。"公绰髯笑曰："吾杀汝，犹杀狗彘耳，空污刀斧！"令人缚送荆州大牢内监候："待吾回，别作区处。"发落去讫，关公又令押过庞德。德睁眉怒目，立而不跪。关公曰："汝兄现在汉中；汝故主马超，亦在蜀中为大将：汝如何不早降？"德大怒曰："吾宁死于刀下，岂降汝耶！"骂不绝口。公大怒，喝令刀斧手推出斩之。德引颈受刑。㊟关公怜而葬之。于是乘水势未退，复上战船，引大小将校来攻樊城。

德引颈受刑——庞德被俘之后，仍断然拒绝投降，甘愿一死。尽管他是为曹操而死，作者仍以赞许的态度描写，又一次表现了对"士为知己者死"的普遍认同。

却说樊城周围，白浪滔天，水势益甚，城垣渐渐浸塌，男女担土搬砖，填塞不住。曹军众将，无不丧胆，慌忙来告曹仁曰："今日之危，非力可救；可趁敌军未至，乘舟夜走：虽然失城，尚可全身。"仁从其言，方欲备船出走，满宠谏曰："不可。山水骤至，岂能长存？不旬日即当自退。关公虽未攻城，已遣别将在郏下，其所以不敢轻进者，虑吾军袭其后也。今若弃城而去，黄河以南，非国家之有矣。愿将军固守此城，以为保障。"㊟仁拱手称谢曰："非伯宁之教，几误大事。"乃骑白马上城，聚众将发誓曰："吾受魏王命，保守此城，但有言弃而去者斩！"诸将皆曰："某等愿以死据守！"仁大喜，就城上设弓弩数百，军士昼夜防护，不敢懈怠。老幼居民，担土石填塞城垣。旬日之内，水势渐退。

愿将军固守此城，以为保障——满宠此语，本于《三国志·魏书·满宠传》，在关键时刻起了关键作用。

关公自擒魏将于禁等，威震天下，无不惊骇。忽次子关兴来寨内省亲。公就令兴赍诸官立功文书去成都见汉中王，各求升迁。兴拜辞父亲，径投成都去讫。

却说关公分兵一半，直抵郏下。公自领兵四面攻打樊城。当日关公自到北门，立马扬鞭，指而问曰："汝等鼠辈，不早来降，更待何时？"正言间，曹仁在敌楼上，见关公身上止披掩心甲，斜袒着绿袍，乃急招五百弓弩手，一齐放箭。公急勒马回时，右臂上中一弩箭，㊟翻身落马。正是：水里七军方丧胆，城中一箭忽伤身。未知关公性命如何，且看下文分解。

公急勒马回时，右臂上中一弩箭——关羽攻打樊城，亲到城门下喝斥曹军，其藐视敌军的英雄气概固然可嘉，但疏于防范，白白中一弩箭，却太不值得。这再次表现了关羽刚而自矜、高傲轻敌的毛病。

尾评：

关羽率兵北伐，夺襄阳，围樊城，水淹七军，擒斩庞德，节节胜利，所向披靡，其威名和功业都达到了顶点。然而，古代军事思想强调的见利思害、居安思危的观点，关羽似乎并不重视；敌手将采取什么措施，盟友会不会有所变化，他也很少考虑。因此，凯歌高奏入云之时，危机已在滋生。

第七十五回
关云长刮骨疗毒　吕子明白衣渡江

总评

“刮骨疗毒”之事，本于《三国志·蜀书·关羽传》:“羽尝为流矢所中，贯其左臂，后创虽愈，每至阴雨，骨常疼痛。医曰 :‘矢镞有毒，毒入于骨，当破臂作创，刮骨去毒，然后此患乃除耳。’羽便伸臂令医劈之。时羽适请诸将饮食相对，臂血流离，盈于盘器，而羽割炙引酒，言笑自若。”其时当在建安二十年（215）左右。事件本身很有传奇色彩，很能表现关羽的英雄气概。不过，历史上的华佗死于建安十三年（208），不可能为关羽刮骨疗毒。罗贯中在元代《三国志平话》的基础上，巧妙运用颠倒时序、移花接木的艺术手法，把历史上那位不知名的医生变成了神医华佗，让这位医术高超的奇才，主动前来探视关羽这位威震华夏的奇人，并运用奇特的刮骨疗毒方法，迅速治愈了箭伤。三“奇”相映成趣，遂成小说史上的一段佳话。

“白衣渡江”之事，本于《三国志·吴书·吕蒙传》:“蒙上疏曰 :‘（关）羽讨樊而多留备兵，必恐蒙图其后故也。蒙常有病，乞分士众还建业，以治疾为名。羽闻之，必撤备兵，尽赴襄阳。大军浮江，昼夜驰上，袭其空虚，则南郡可下，而羽可擒也。’遂称病笃，（孙）权乃露檄召蒙还，阴与图计。羽果信之，稍撤兵以赴樊。……蒙至寻阳，尽伏其精兵𦪇𦪒中，使白衣摇橹，作商贾人服，昼夜兼行，至羽所置江边屯候，尽收缚之，是故羽不闻知。遂到南郡，士仁、麋芳皆降。”罗贯中在史实基础上略加增饰，表现了吕蒙善于用兵的大将之才。不过，由于罗贯中地理概念不清，叙述较为混乱。对此，笔者已予校正。

历史上的陆逊，在吕蒙献计袭夺荆州、称病返回建业途中，往见吕蒙，主张乘关羽轻敌无备而袭之，其见解正与吕蒙相合。吕蒙以其“意思深长，而未有远名”，推荐他暂代自己，以麻痹关羽，观察形势。陆逊出色地完成了任务，协助吕蒙夺得荆州。罗贯中对史实加以改造，描写吕蒙得知关羽沿江设置烽火台，一时无计可施，只好称病不出；陆逊知吕蒙并非真病，前往探视，建议以无名者取代吕蒙，麻痹关羽，然后奇袭荆州，吕蒙欣然接受。这样，就突出了陆逊的作用，使之初露头角。

却说曹仁见关公落马，即引兵冲出城来；被关平一阵杀回，救关公归寨，拔出臂箭。原来箭头有药，毒已入骨，右臂青肿，不能运动。关平慌与众将商议曰："父亲若损此臂，安能出敌？不如暂回荆州调理。"于是与众将入帐见关公。公问曰："汝等来有何事？"众对曰："某等因见君侯右臂损伤，恐临敌致怒，冲突不便。众议可暂班师，回荆州调理。"公怒曰："吾取樊城，只在目前；取了樊城，即当长驱大进，径到许都，剿灭操贼，以安汉室。岂可因小疮而误大事？㊣汝等敢慢吾军心耶！"平等默然而退。

岂可因小疮而误大事——关羽身中毒箭，右臂已经青肿，却称箭伤为"小疮"，断然拒绝退兵。这充分表现了关羽以兴复汉室为己任、奋不顾身的英雄气概。

众将见公不肯退兵，疮又不痊，只得四方访问名医。忽一日，有人从江东驾小舟而来，直至寨前。小校引见关平。平视其人：方巾阔服，臂挽青囊；自言姓名："乃沛国谯县人*，姓华，名佗，字元化。因闻关将军乃天下英雄，今中毒箭，特来医治。"平曰："莫非昔日医东吴周泰者乎？"佗曰："然。"平大喜，即与众将同引华佗入帐见关公。时关公本是臂疼，恐慢军心，无可消遣，正与马良弈棋；闻有医者至，即召入。礼毕，赐坐。茶罢，佗请臂视之。公袒下衣袍，伸臂令佗看视。佗曰："此乃弩箭所伤，其中有乌头之药，直透入骨；若不早治，此臂无用矣。"㊣公曰："用何物治之？"佗曰："某自有治法，但恐君侯惧耳。"公笑曰："吾视死如归，有何惧哉？"佗曰："当于静处立一标柱，上钉大环，请君侯将臂穿于环中，以绳系之，然后以被蒙其首。吾用尖刀割开皮肉，直至于骨，刮去骨上箭毒，用药敷之，以线缝其口，方可无事。但恐君侯惧耳。"公笑曰："如此，容易！何用柱环？"㊣令设酒席相待。

若不早治，此臂无用矣——华佗一语剖明伤势的根源和危害，确实不愧为名医。这使他一下子就赢得了关羽的信任。

如此，容易！何用柱环——这番对话，已经预示了刮骨疗毒的痛苦；而关羽那毫不畏缩的神态，使他的英雄气概又突出了几分。

公饮数杯酒毕，一面仍与马良弈棋，伸臂令佗割之。佗取尖刀在手，令一小校捧一大盆于臂下接血。佗曰："某便下手，君侯勿惊。"

公曰："任汝医治。吾岂比世间俗子，惧痛者耶！"㊟佗乃下刀，割开皮肉，直至于骨，骨上已青；佗用刀刮骨，悉悉有声。帐上帐下见者，皆掩面失色。公饮酒食肉，谈笑弈棋，全无痛苦之色。㊟

须臾，血流盈盆。佗刮尽其毒，敷上药，以线缝之。公大笑而起，谓众将曰："此臂伸舒如故，并无痛矣。先生真神医也！"佗曰："某为医一生，未尝见此。君侯真天神也！"㊟后人有诗曰：

治病须分内外科，世间妙艺苦无多。

神威罕及惟关将，圣手能医说华佗。

关公箭疮既愈，设席款谢华佗。佗曰："君侯箭疮虽治，然须爱护，切勿怒气伤触。过百日后，平复如旧矣。"关公以金百两酬之。佗曰："某闻君侯高义，特来医治，岂望报乎！"坚辞不受，㊟留药一帖，以敷疮口，辞别而去。

却说关公擒了于禁，斩了庞德，威名大震，华夏皆惊。探马报到许都，曹操大惊，聚文武商议曰："孤素知云长智勇盖世，今据荆襄，如虎生翼。于禁被擒，庞德被斩，我兵挫锐*。倘彼率兵直至许都，如之奈何？孤欲迁都以避之。"司马懿谏曰："不可。于禁等被水所淹，非战之故；于国家大计，本无所损。今孙、刘失好，云长得志，孙权必不喜。大王可遣使去东吴陈说利害，令孙权暗暗起兵蹑云长之后，许事平之日，割江南之地以封孙权，则樊城之危自解矣。"主簿蒋济曰："仲达之言是也。今可即发使往东吴，不必迁都动众。"操依允，遂不迁都；因叹谓诸将曰："于禁从孤三十年，何期临危反不如庞德也！今一面遣使致书东吴，一面必得一大将以当云长之锐。"言未毕，阶下一将应声而出曰："某愿往。"操视之，乃徐晃也。操大喜，遂拨精兵五万，令徐晃为将，吕建副之，克日起兵，前到阳陵陂驻扎*；看东南有应，然后征进。

却说孙权接得曹操书信，览毕，欣然应允，㊟即修书发付使者先回，乃聚文武商议。张昭曰："近闻云长擒于禁，斩庞德，威震华夏，操欲迁都以避其锋。今樊城危急，遣使求救；事定之后，恐有反覆。"权未及发言，忽报："吕蒙乘小舟自陆口来，有事面禀。"权召入问之，蒙曰："今云长提兵围樊城，可乘其远出，袭取荆州。"权

吾岂比世间俗子，惧痛者耶——华佗第三次试探，关羽却说一不二。此语充满矜持与自信，进一步表现了关羽无所畏惧的英雄气概。

公饮酒食肉，谈笑弈棋，全无痛苦之色——"用刀刮骨，悉悉有声"，意味着常人难以忍受的痛苦："帐上帐下见者，皆掩面失色"，表现了手术对人们心理的巨大考验。对比之下，经受着痛苦煎熬的关羽本人却镇定自若。至此，情节达到了高潮。

君侯真天神也——华佗的热情赞叹，可谓全篇的点睛之笔，使关羽那超群绝伦的勇气和毅力焕发出夺目的光彩。

坚辞不受——华佗主动前来医治，并坚决推辞重金报酬，从侧面表现了关羽那令人倾倒的性格力量。

却说孙权接得曹操书信，览毕，欣然应允——孙权欣然同意袭夺荆州，固然与他对关羽不满有关，但根本原因还是为了实现东吴集团"全据长江"的一贯目标。

曰："孤欲北取徐州，如何？"蒙曰："今操远在许都*，未暇东顾，徐州守兵无多，往自可克；然其地势利于陆战，不利水战，纵然得之，亦难保守。不如先取荆州，全据长江，别作良图。"权曰："孤本欲取荆州，前言特以试卿耳。卿可速为孤图之。孤当随后便起兵也。"

吕蒙辞了孙权，回至陆口。早有哨马报说："沿江上下，或二十里，或三十里，高阜处各有烽火台。"又闻荆州军马整肃，预有准备。蒙大惊曰："若如此，急难图也。我一时在主公面前劝取荆州，今却如何处置？"寻思无计，乃托病不出，使人回报孙权。权闻吕蒙患病，心甚怏怏。陆逊进言曰："吕子明之病，乃诈耳，非真病也。"权曰："伯言既知其诈，可往视之。"陆逊领命，星夜至陆口寨中，来见吕蒙，果然面无病色。逊曰："某奉主公命，敬探子明贵恙。"蒙曰："贱躯偶病，何劳探问。"逊曰："主公以重任付公，公不乘时而动，空怀郁结，何也？"蒙目视陆逊，良久不语。逊又曰："愚有小方，能治将军之疾，未审可用否？"蒙乃屏退左右而问曰："伯言良方，乞早赐教。"逊笑曰："子明之疾，不过因荆州兵马整肃，沿江有烽火台之备耳。予有一计，令沿江守吏，不能举火；荆州之兵，束手归降，可乎？"蒙惊谢曰："伯言之语，如见我肺腑。愿闻良策。"陆逊曰："云长倚恃英雄，自料无敌，所虑者惟将军耳。将军乘此机会，托疾辞职，以陆口之任让之他人，使他人卑辞赞美关公，以骄其心，彼必尽撤荆州之兵，以向樊城。若荆州无备，用一旅之师，别出奇计以袭之，则荆州在掌握之中矣。"㊟蒙大喜曰："真良策也！"

别出奇计以袭之，则荆州在掌握之中矣——陆逊此计，切中关羽骄傲轻敌的毛病，便于乘虚而入，因而深得吕蒙赞许。

由是吕蒙托病不起，上书辞职。陆逊回见孙权，具言前计。孙权乃召吕蒙还建业养病。蒙至，入见权，权问曰："陆口之任，昔周公瑾荐鲁子敬以自代，后子敬又荐卿自代，今卿亦须荐一才望兼隆者，代卿为妙。"蒙曰："若用望重之人，云长必然提备。陆逊意思深长，而未有远名，非云长所忌；若即用以代臣之任，必有所济。"㊟权大喜，即日拜陆逊为偏将军、右部督*，代蒙守陆口。逊谢曰："某无学*，恐不堪重任。"权曰："子明保卿，必不差错。卿毋得推辞。"逊乃拜受印绶，连夜往陆口；交割马步水三军已毕，即修书一封，具名马、异锦、酒礼等物，遣使赍赴樊城见关公。

若即用以代臣之任，必有所济——陆逊深知吕蒙的战略意图，而又缺乏名气，容易麻痹关羽，正是取代吕蒙的最佳人选。

时公正将息箭疮，按兵不动。忽报："江东陆口守将吕蒙病危，孙权取回调理；近拜陆逊为将，代吕蒙守陆口。今逊差人赍书具礼，特来拜见。”关公召入，指来使而言曰：“仲谋见识短浅，用此孺子为将！”㊟来使伏地告曰：“陆将军呈书备礼，一来与君侯作贺，二来求两家和好。幸乞笑留。”公拆书视之，书词极其卑谨。关公览毕，仰面大笑，令左右收了礼物，发付使者回去。

仲谋见识短浅，用此孺子为将——关羽不知吕蒙之计，更不知陆逊之才，自己麻痹大意，反而讥笑孙权见识短浅，岂能不上大当！

使者回见陆逊曰：“关公欣喜，无复有忧江东之意。”逊大喜，密遣人探得关公果然撤荆州大半兵赴樊城听调，只待箭疮痊可，便欲进兵。逊察知备细，即差人星夜报知孙权。孙权召吕蒙商议曰：“今云长果撤荆州之兵，攻取樊城，便可设计袭取荆州。卿与吾弟孙皎同引大军前去，何如？”孙皎字叔明，乃孙权叔父孙静之次子也。蒙曰：“主公若以蒙可用则独用蒙；若以叔明可用则独用叔明。岂不闻昔日周瑜、程普为左右都督，事虽决于瑜，然普自以旧臣而居瑜下，颇不相睦；后因见瑜之才，方始敬服？今蒙之才不及瑜，而叔明之亲胜于普，恐未必能相济也。”㊟权大悟，遂拜吕蒙为大都督，总制江东诸路军马；令孙皎在后接应粮草。

恐未必能相济也——此语本于《三国志·吴书·宗室传》。吕蒙洞见利害，坦诚进言，维护了指挥权的集中统一，保证了战事的成功，值得后人认真借鉴。

蒙拜谢，点兵三万，快船八十余只，选会水者扮作商人，皆穿白衣，在船上摇橹，却将精兵伏于𦪇𦪙船中。次调韩当、蒋钦、朱然、潘璋、周泰、徐盛、丁奉等七员大将，相继而进。其余皆随孙权为合后救应。一面遣使致书曹操，令进兵以袭云长之后；一面先传报陆逊。然后发白衣人，驾快船往寻阳去*。昼夜趱行，直抵北岸。江边烽火台上守台军盘问时，吴人答曰：“我等皆是客商；因江中阻风，到此一避。”随将财物送与守台军士。军士信之，遂任其停泊江边。约至二更，𦪇𦪙中精兵齐出，将烽火台上官军缚倒，暗号一声，八十余船精兵俱起，将紧要去处墩台之军，尽行捉入船中，不曾走了一个。㊟于是长驱大进，径取公安，无人知觉*。将至公安，吕蒙谓众将曰：“公安士仁、江陵糜芳，此二处如何收复*？”言未毕，忽一人出曰：“不须张弓只箭，某凭三寸不烂之舌，说公安士仁来降，可乎？”众视之，乃虞翻也。蒙曰*：“仲翔有何良策，可使士仁归降？”翻曰：“某自幼与士仁交厚；今若以利害说之，彼必归矣。”蒙大喜，遂令虞翻领五百军，径奔公安来。

尽行捉入船中，不曾走了一个——烽火台上的蜀军全部被擒，荆州失去耳目，行将落入东吴手中了。

却说士仁听知东吴军至*，急令闭城坚守。虞翻至，见城门紧闭，遂写书拴于箭上，射入城中。军士拾得，献与士仁。士仁拆书即令大开城门，请虞翻入城——士仁对关羽早已离心离德，因而虞翻一劝，即开城出降。这样一来，荆州被打开了一个大缺口。

视之，乃招降之意。览毕，想起关公去日恨己之意*，不如早降。即令大开城门，请虞翻入城。㊣二人礼毕，各诉旧情。翻说孙权宽洪大度，礼贤下士；士仁大喜，即同虞翻赍印绶来吕蒙军前投降*。吕蒙大悦，仍令去守公安。虞翻密谓蒙曰："今云长未获，留士仁于公安，久必有变；不若使往江陵招麋芳归降。"蒙乃召士仁谓曰："麋芳与卿交厚，卿可招来归降，吾自当有重赏。"士仁慨然领诺，遂引十余骑，径投江陵招安麋芳*。正是：今日公安无守志，从前王甫是良言。未知此去如何，且看下文分解。

尾评：

在"刮骨疗毒"中，作者善于层层蓄势，使本来并不复杂的情节显得起伏有致，借以层层表现关羽的英雄气概。华佗的反复试探，写得一波三折，而手术的过程则一泻而下。这种写法，与"温酒斩华雄"中关羽出马前的层层铺垫有异曲同工之妙。

第七十六回
徐公明大战沔水　关云长败走麦城

总评

士仁投降东吴后，麋芳亦降，使关羽失去了后方依托。吕蒙奇袭得手，一面严肃军纪，一面优待蜀军家属，表现出很高的政治才能，从而迅速加强了对荆州的控制。这样一来，关羽要想夺回荆州，就难上加难了。

徐晃以前主要以勇猛著称，而在救援樊城之役中，他既善于声东击西，调动对方；又敢于冒险犯难，长驱直入；不仅胆略过人，而且智谋甚佳，治军严整，实有大将之才，因而被曹操大加赞扬。毛宗岗从过于偏狭的“拥刘”立场出发，指责徐晃“独穷（关）公于患难之际，则晃之为人，殆逊于（张）辽云。”其实，按照“英雄各为其主”的传统伦理观，徐晃不徇私情，击败关羽，亦无可指责。

荆州的失陷，使关羽一下子由胜利的高峰跌入前所未有的危机。由于军心涣散，吴军又前后堵截，他兵败如山倒，已不可能夺回荆州，只得带领数百残兵，退守麦城，向驻守上庸的刘封、孟达求援。如果二人奋力救援，关羽尚有生还的希望。然而，孟达害怕曹、孙两家的强兵，又挑起刘封对关羽不赞成刘备立己为嗣的不满情绪，于是二人以“山城初附，民心未定”为借口，拒不发兵。就这样，关羽孤陷弹丸之地，叫天天不应，呼地地不灵，英雄末路，竟至于此，实在令人喟叹！

却说麋芳闻公安有失*，正无计可施。忽报公安守将士仁至，芳忙接入城，问其事故。士仁曰："吾非不忠。势危力困，不能支持。我今已降东吴，将军亦不如早降。"芳曰："吾等受汉中王厚恩，安忍背之？"士仁曰："关公去日，痛恨吾二人；倘一日得胜而回，必无轻恕：公细察之。"芳曰："吾兄弟久事汉中王，岂可一朝相背？"正犹豫间，忽报关公遣使至，接入厅上。使者曰："关公军中缺粮，特来南郡、公安二处取白米十万石，令二将军星夜解去军前交割。如迟立斩。"芳大惊，顾谓士仁曰："今荆州已被东吴阻隔*，此粮怎得过去？"士仁厉声曰："不必多疑！"遂拔剑斩来使于堂上。芳惊曰："公如何斩之？"士仁曰："关公此意，正要斩我二人。我等安可束手受死？公今不早降东吴，必被关公所杀。"正说间，忽报吕蒙引兵杀至城下。芳大惊，乃同士仁出城投降。(评)蒙大喜，引兵入了江陵城。

芳大惊，乃同士仁出城投降——关羽不知东吴已袭荆州，还只顾催运军粮，且要求甚严，促使麋芳亦降东吴。于是，荆州中心区域落入东吴手中。

吕蒙便传令军中："如有妄杀一人，妄取民间一物者，定按军法。"原任官吏，并依旧职。将关公家属另养别宅，不许闲人搅扰。一面遣人申报孙权。

一日大雨，蒙上马引数骑点看四门。忽见一人取民间箬笠以盖铠甲，蒙喝左右执下问之，乃蒙之乡人也。蒙曰："汝虽系我同乡，但吾号令已出，汝故犯之，当按军法。"其人泣告曰："某恐雨湿官铠，故取遮盖，非为私用。乞将军念同乡之情！"蒙曰："吾固知汝为覆官铠，然终是不应取民间之物。"叱左右推下斩之。枭首传示毕，然后收其尸首，泣而葬之。自是三军整肃。(评)

自是三军整肃——此事本于《三国志·吴书·吕蒙传》。吕蒙治军严整，执法如山，不徇私情，大大安定了人心，加强了东吴对荆州的控制，毛宗岗斥之为"与曹操割发以示众一样奸诈"，显系偏见。

不一日，孙权领众至，吕蒙出郭迎接入衙。权慰劳毕，仍命潘濬为治中，掌荆州事；监内放出于禁，遣归曹操；安民赏军，设宴庆贺。

时曹操在许都，正与众谋士议荆州之事，忽报东吴遣使奉书至。

操召入，使者呈上书信。操拆视之，书中具言吴兵将袭荆州，求操夹攻云长；且嘱："勿泄漏，使云长有备也。"操与众谋士商议，主簿董昭曰："今樊城被困，引颈望救，不如令人将书射入樊城，以宽军心；且使关公知东吴将袭荆州。彼恐荆州有失，必速退兵。却令徐晃乘势掩杀，可获全功。"㊖操从其谋，一面差人催徐晃急战；一面亲统大兵，径往洛阳之南摩陂驻扎*，以救曹仁。

却说徐晃正坐帐中，忽报魏王使至。晃接入问之，使曰："今魏王引兵，已过洛阳；令将军急战关公，以解樊城之困。"正说间，探马报说："关平屯兵在偃城，廖化屯兵在四冢：前后一十二个寨栅，连络不绝。"晃即差副将徐商、吕建假着徐晃旗号，前赴偃城与关平交战。晃却自引精兵五百，循沔水去袭偃城之后。

且说关平闻徐晃自引兵至，遂提本部兵迎敌。两阵对圆，关平出马，与徐商交锋，只三合，商大败而走；吕建出战，五六合亦败走。平乘胜追杀二十余里，忽报城中火起。平知中计，急勒兵回救偃城。正遇一彪军摆开，徐晃立马在门旗下，高叫曰："关平贤侄，好不知死！汝荆州已被东吴夺了，犹然在此狂为！"平大怒，纵马轮刀，直取徐晃；不三四合，三军喊叫，偃城中火光大起。平不敢恋战，杀条大路，径奔四冢寨来。廖化接着。化曰："人言荆州已被吕蒙袭了，军心惊慌，如之奈何？"平曰："此必讹言也。军士再言者斩之。"忽流星马到，报说正北第一屯被徐晃领兵攻打。平曰："若第一屯有失，诸营岂得安宁？此间皆靠沔水，贼兵不敢到此。吾与汝同去救第一屯。"廖化唤部将分付曰："汝等坚守营寨，如有贼到，即便举火。"部将曰："四冢寨鹿角十重，虽飞鸟亦不能入，何虑贼兵！"于是关平、廖化尽起四冢寨精兵，奔至第一屯驻扎。关平看见魏兵屯于浅山之上，谓廖化曰："徐晃屯兵，不得地利，今夜可引兵劫寨。"化曰："将军可分兵一半前去，某当谨守本寨。"

是夜，关平引一枝兵杀入魏寨，不见一人。平知是计，火速退时，左边徐商，右边吕建，两下夹攻。平大败回营，魏兵乘势追杀前来，四面围住。关平、廖化支持不住，弃了第一屯，径投四冢寨来。早望见寨中火起。急到寨前，只见皆是魏兵旗号。关平等退兵，忙奔樊城大路而走。前面一军拦住，为首大将，乃是徐晃也。㊖平、化二人奋力死战，夺路而走，回到大寨，来见关公曰："今徐晃夺了

却令徐晃乘势掩杀，可获全功——董昭此计，本于《三国志·魏书·董昭传》。从曹操方面考虑，此计既可安定樊城将士之心，又可使关羽分心，实为有利。当然，此举暴露东吴意图，非其所愿。曹、孙本因利害关系而暂时合伙，尔虞我诈，也不奇怪。

为首大将，乃是徐晃也——徐晃声东击西，机动灵活，连夺蜀军营寨，关平、廖化简直不是其对手。

偃城等处；又兼曹操自引大军，分三路来救樊城；多有人言荆州已被吕蒙袭了。”关公喝曰：“此敌人讹言，以乱我军心耳！东吴吕蒙病危，孺子陆逊代之，不足为虑！”㊟言未毕，忽报徐晃兵至。公令备马。平谏曰：“父体未痊，不可与敌。”公曰：“徐晃与吾有旧，深知其能；若彼不退，吾先斩之，以警魏将。”遂披挂提刀上马，奋然而出。魏军见之，无不惊惧。公勒马问曰：“徐公明安在？”魏营门旗开处，徐晃出马，欠身而言曰：“自别君侯，倏忽数载，不想君侯须发已苍白矣！忆昔壮年相从，多蒙教诲，感谢不忘。今君侯英风震于华夏，使故人闻之，不胜叹羡！兹幸得一见，深慰渴怀。”公曰：“吾与公明交契深厚，非比他人；今何故数穷吾儿耶？”晃回顾众将，厉声大叫曰：“若取得云长首级者，重赏千金！”公惊曰：“公明何出此言？”晃曰：“今日乃国家之事，某不敢以私废公。”㊟言讫，挥大斧直取关公。公大怒，亦挥刀迎之。战八十余合，公虽武艺绝伦，终是右臂少力。关平恐公有失，火急鸣金，公拨马回寨。

东吴吕蒙病危，孺子陆逊代之，不足为虑——直到此时，关羽尚被吕蒙、陆逊制造的假象所迷惑，不相信东吴会袭夺荆州，如此麻痹大意，焉能不败？

今日乃国家之事，某不敢以私废公——此语本于《三国志·蜀书·关羽传》注引《蜀记》。战场之上，刀兵相见，徐晃不能不以国事为重，关羽同样如此。尽管当时的“国家”概念与今天颇有区别，但那种忠于职守，“不敢以私废公”的精神，仍然值得借鉴吸取。

忽闻四下里喊声大震。原来是樊城曹仁闻曹操救兵至，引军杀出城来，与徐晃会合。两下夹攻，荆州兵大乱。关公上马，引众将急奔襄江上流头。背后魏兵追至。关公急渡过襄江，望襄阳而奔。忽流星马到，报说：“荆州已被吕蒙偷袭*。”关公大惊，不敢奔襄阳，提兵投公安来。探马又报：“公安士仁已降东吴了。”关公大怒。忽催粮人到，报说：“公安士仁往江陵，杀了使命，招麋芳都降东吴去了。家眷皆被陷*。”关公闻言，怒气冲塞，疮口迸裂，昏绝于地。众将救醒。公顾谓司马王甫曰：“悔不听足下之言，今日果有此事！”因问：“沿江上下，何不举火？”探马答曰：“吕蒙使水手尽穿白衣，扮作客商渡江，将精兵伏于𦪇𦩻之中，先擒了守台士卒，因此不得举火。”公跌足叹曰：“吾中奸贼之谋矣！㊟有何面目见兄长耶！”管粮都督赵累曰：“今事急矣，可一面差人往成都求救，一面从旱路去取荆州。”关公依言，差马良、伊籍赍文三道，星夜赴成都求救；一面引兵来取荆州，自领前队先行，留廖化、关平断后。

吾中奸贼之谋矣——关羽直到兵败于樊城，方才得知荆州被夺，家眷被陷，情报何其不灵！指挥何其疏忽！此时跌足长叹，已是悔之晚矣！

却说樊城围解，曹仁引众将来见曹操，泣拜请罪。操曰：“此乃天数，非汝等之罪也。”操重赏三军，亲至四冢寨周围阅视，顾谓众将曰：“荆州兵围堑鹿角数重，徐公明深入其中，竟获全功。孤用兵三十余年，未敢长驱径入敌围。公明真胆识兼优者也！”㊞众皆叹服。操班师，还于摩陂驻扎。徐晃兵至，操亲出寨迎之，见晃军皆按队伍而行，并无差乱。操大喜曰：“徐将军真有周亚夫之风矣！”遂封徐晃为平南将军，同夏侯尚守襄阳，以遏关公之师。操因荆州未定，就屯兵于摩陂，以候消息。

公明真胆识兼优者也——徐晃在樊城之战中，既善于出奇，避实击虚，又长于料敌，因势取胜，体现了“致人而不致于人”的古代军事思想，因而击败了威震华夏的关羽，不愧“胆识兼优”的评价。

却说关公在荆州路上，进退无路，谓赵累曰：“目今前有吴兵，后有魏兵，吾在其中，救兵不至，如之奈何？”累曰：“昔吕蒙在陆口时，尝致书君侯，两家约好，共诛操贼；今却助操而袭我，是背盟也。君侯暂驻军于此，可差人遗书吕蒙责之，看彼如何对答。”关公从其言，遂修书遣使赴江陵来。

却说吕蒙在江陵，传下号令：凡荆州诸郡，有随关公出征将士之家，不许吴兵搅扰，按月给与粮米；有患病者，遣医治疗。将士之家，感其恩惠，安堵不动。㊞忽报关公使至，吕蒙出郭迎接入城，以宾礼相待。使者呈书与蒙。蒙看毕，谓来使曰：“蒙昔日与关将军结好，乃一己之私见；今日之事，乃上命差遣，不得自主。烦使者回报将军，善言致意。”遂设宴款待，送归馆驿安歇。于是随征将士之家，皆来问信；有附家书者，有口传音信者，皆言家门无恙，衣食不缺。

将士之家，感其恩惠，安堵不动——吕蒙优待蜀军将士家眷，意在争取人心，瓦解对方，在政治上是可取的。

使者辞别吕蒙，蒙亲送出城。使者回见关公，具道吕蒙之语，并说：“江陵城中，君侯宝眷并诸将家属，俱各无恙，供给不缺。”公大怒曰：“此奸贼之计也！我生不能杀此贼，死必杀之，以雪吾恨！”喝退使者。使者出寨，众将皆来探问家中之事；使者具言各家安好，吕蒙极其恩恤，并将书信传送各将。各将欣喜，皆无战心。㊞

各将欣喜，皆无战心——果然，蜀军将士得知家眷受到优待，“皆无战心”。军心既已涣散，关羽很难有所作为了。

关公率兵取江陵，军行之次，将士多有逃回江陵者。关公愈加恨怒，遂催军前进。忽然喊声大震，一彪军拦住，为首大将，乃蒋钦也，勒马挺枪大叫曰：“云长何不早降！”关公骂曰：“吾乃汉将，岂降贼乎！”拍马舞刀，直取蒋钦。不三合，钦败走。关公提刀追杀二十余里，喊声忽起，左边山谷中韩当领军冲出，右边山谷中周泰引军冲出，蒋钦回马复战：三路夹攻。关公急撤军回走。行无数里，只见南山冈上人烟聚集，一面白旗招飐，上写“荆州土人”四字，众人都叫：“本处人速速投降！”关公大怒，欲上冈杀之。山崦内，又军心尽变，皆应声而去——吕蒙的攻心战取得了进一步的成效，关羽军很快瓦解。至此，关羽已无回天之力。

催促残军前至麦城，分兵紧守四门——关羽败走麦城，手下仅剩数百残兵，只能固守待援。曾几何时，一度统率雄兵进攻樊城，吓得曹操几乎迁都的名将，竟落到如此地步，实在令人叹息！

有两军撞出：左边丁奉，右边徐盛；并合蒋钦等三路军马，喊声震地，鼓角喧天，将关公困在垓心。手下将士，渐渐消疏。比及杀到黄昏，关公遥望四山之上，皆是荆州土兵，呼兄唤弟，觅子寻爷，喊声不住。军心尽变，皆应声而去。㊟关公止喝不住，部从止有三百余人。杀至三更，正东上喊声连天，乃是关平、廖化分两路兵杀入重围，救出关公。关平告曰："军心乱矣，必得城池暂屯，以待援兵。麦城虽小，足可屯扎。"关公从之，催促残军前至麦城，分兵紧守四门，㊟聚将士商议。赵累曰："此处相近上庸，现有刘封、孟达在彼把守，可速差人往求救兵。若得这枝军马接济，以待蜀兵大至，军心自安矣。"

正议间，忽报吴兵已至，将城四面围定。公问曰："谁敢突围而出，往上庸求救？"廖化曰："某愿往。"关平曰："我护送汝出重围。"关公即修书，付廖化藏于身畔，饱食上马，开门出城。正遇吴将丁奉截住，被关平奋力冲杀，奉败走。廖化乘势杀出重围，投上庸去了，关平入城，坚守不出。

且说刘封、孟达自取上庸，太守申耽率众归降，因此汉中王加刘封为副军将军*，与孟达同守上庸。当日探知关公兵败，二人正议间，忽报廖化至。封令请入问之。化曰："关公兵败，现困于麦城，被围至急。蜀中援兵，不能旦夕即至。特命某突围而出，来此求救。望二将军速起上庸之兵，以救此危。倘稍迟延，公必陷矣。"封曰："将军且歇，容某计议。"

化乃至馆驿安歇，专候发兵。刘封谓孟达曰："叔父被困，如之奈何？"达曰："东吴兵精将勇；且荆州数郡，俱已属彼*，止有麦城，乃弹丸之地；又闻曹操亲督大军四五十万，屯于摩陂。量我等山城之众，安能敌得两家之强兵？不可轻敌。"封曰："吾亦知之。奈关公是吾叔父，安忍坐视而不救乎？"达笑曰："将军以关公为叔，恐关公未必以将军为侄也。某闻汉中王初嗣将军时，关公即不悦。后汉中王登位之后，欲立后嗣，问于孔明。孔明曰：'此家事也，问关、张可矣。'汉中王遂遣人至荆州问关公。关公以将军乃螟蛉之子，不可僭立，劝汉中王远置将军于上庸山城之地，以杜后患。此事人人知之，将军岂反不知耶？何今日犹沾沾以叔侄之义，而欲冒险轻动乎？"封曰："君言虽是，但以何词却之？"达曰："但言山城初附，民心未定，不敢造次兴兵，恐失所守。”㊟封从其言。次日，请廖化至，言：“此山城初附之所，未能分兵相救。”化大惊，以头叩地曰：“若如此，则关公休矣！”达曰：“我今即往，一杯之水，安能救一车薪之火乎？将军速回，静候蜀兵至可也。”化大恸告求，刘封、孟达皆拂袖而入。廖化知事不谐，寻思须告汉中王求救，遂上马大骂出城，望成都而去。

却说关公在麦城盼望上庸兵到，却不见动静；手下止有五六百人，多半带伤；城中无粮，甚是苦楚。忽报城下一人教休放箭，有话来见君侯。公令放入，问之，乃诸葛瑾也。礼毕茶罢，瑾曰：“今奉孙将军命，特来劝谕将军。自古道：‘识时务者为俊杰。’今将军所统数郡*，皆已属他人矣；止有孤城一区，内无粮草，外无救兵，危在旦夕。将军何不从瑾之言：归顺孙将军，复镇荆襄，可以保全家眷。幸君侯熟思之。”关公正色而言曰：“吾乃解县一武夫，蒙吾主以手足相待，安肯背义投敌国乎？城若破，有死而已。玉可碎而不可改其白，竹可焚而不可毁其节：身虽殒，名可垂于竹帛也。㊟汝勿多言，速请出城，吾欲与孙权决一死战！”瑾曰：“孙将军欲与君侯结秦、晋之好，同力破曹，共扶汉室，别无他意。君侯何执迷如是？”言未毕，关平拔剑而前，欲斩诸葛瑾。公止之曰：“彼弟孔明在蜀，佐汝伯父，今若杀彼，伤其兄弟之情也。”遂令左右逐出诸葛瑾。

瑾满面羞惭，上马出城，回见孙权曰：“关公心如铁石，不可说也。”孙权曰：“真忠臣也！似此如之奈何？”吕范曰：“某请卜其休咎。”权即令卜之。范揲蓍成象，乃“地水师卦”，更有玄武临应，主敌人远奔。权问吕蒙曰：“卦主敌人远奔，卿以何策擒之？”蒙笑曰：“卦象正合某之机也。关公虽有冲天之翼，飞不出吾罗网矣！”正是：龙游沟壑遭虾戏，凤入牢笼被鸟欺。毕竟吕蒙之计若何，且看下文分解。

不敢造次兴兵，恐失所守——孟达害怕曹、孙两家强兵，又挑起刘封对关羽的不满，竟以“恐失所守”为借口，拒绝出兵救援关羽。然而，关羽身为刘备集团头号大将，二人不去救援，岂能逃脱罪责？

身虽殒，名可垂于竹帛也——关羽身处绝境，仍忠于桃园结义之盟，断然拒绝诸葛瑾的劝降，宁死不屈，保持了一个“忠义”英雄的气节。

尾评：

从出兵进攻襄阳到痛失荆州，短短几个月，关羽就由一个威震华夏的名将变成一个落难的英雄，失败之快，简直令人震惊。分析荆州之失，关羽本人当然首先应负主要责任。由于骄傲自大，他忘记了诸葛亮谆谆嘱咐的“北拒曹操，东和孙权”的根本方针，任性而行，使自己陷于两面受敌的危险境地；也由于骄傲自大，他轻信了陆逊的假意奉承之辞，低估了东吴的力量，轻率地调走了荆州大部分守军，给吕蒙、陆逊以可乘之机。因此，所谓“大意失荆州”，实际上是“骄傲失荆州”。

不过，荆州之失，绝非关羽个人的责任。当关羽出兵襄阳之时，刘备、诸葛亮既未按照《隆中对》的战略设想，出兵秦川以为配合，也未派兵支援关羽，使其孤军深入，无法成就大功；而且，明知东吴一直觊觎荆州，刘备、诸葛亮也未采取任何措施加强荆州防务。在这几个月中，他们完全听凭关羽横冲直撞，没有给予任何指导和帮助。刘备之雄图大略，诸葛亮之神机妙算，到底跑到哪儿去了？以关羽之智谋和实力，都难以抵挡曹操、孙权的两面夹攻，荆州之失，绝非偶然，刘备、诸葛亮亦不能辞其咎。

第七十七回
玉泉山关公显圣　洛阳城曹操感神

总评

关羽之死，本于《三国志·吴书·吴主传》:“关羽还当阳，西保麦城……因遁走，兵皆解散，尚十余骑。(孙)权先使朱然、潘璋断其径路。十二月，璋司马马忠获羽及其子平、都督赵累等于漳乡，遂定荆州。”《吕蒙传》亦云：“(关)羽自知孤穷，乃走麦城，西至漳乡，众皆委羽而降。(孙)权使朱然、潘璋断其径路，即父子俱获，荆州遂定。”《三国演义》描写关羽在继续坚守已无任何意义的困境下，乘夜从麦城突围，突破几道封锁线之后，赵累战死，他身边只剩十余人，他本人也已精疲力尽——此时的关羽，已非斩颜良时的壮年汉子，而是年近六旬的老将了。在饥肠辘辘、两眼昏花之际，他突然被绊翻战马，倒地被俘，关平也力尽被擒。在厉声斥骂孙权之后，父子二人同时被杀，一代名将就此殒亡！

关羽之死，完成了一个悲剧英雄的性格悲剧。综观关羽一生，堪称典型的“忠义”英雄，而其区别于其他英雄的性格特点则是“刚强”和“骄矜”。刚强使他在长达三十五年的征战生涯中战胜重重艰险，建立累累功勋，成为天下闻名的勇将。骄矜则使他傲慢自大，目中无人；功劳越大，声望越高，骄矜越甚。尽管他对刘蜀集团忠心耿耿，念念不忘“上报国家，下安黎庶”的誓言，却被自己那骄矜的性格一步步地推向悲剧的结局，成为一个失败的英雄。当然，失败的英雄仍然是英雄，关羽以自己富贵不能淫，威武不能屈的坚毅言行和凛然正气，为自己的英雄交响曲谱写了最后一个悲壮的乐章，仍然具有响遏行云的力量。

关羽之死，也是其命运的悲剧。当关羽所向披靡，达到其胜利顶点之时，曹仁固守樊城，徐晃率兵救援，曹操也亲统大军为其后盾，敌军实力和士气都已大大增强，关羽要想再胜，已经很难；孙权一直以控制荆州，全据长江为其战略目标的第一步，早已虎视眈眈，一旦曹操拉拢，便乘虚而入。关羽两面受敌，实在难以招架。对于刘蜀集团而言，占据荆州与“东和孙权”原本存在根本矛盾，刘备、诸葛亮对此应有清醒认识；然而，他们却始终未采取任何有效措施，直到关羽败走麦城，仍未及时救援，致使关羽孤穷无助，力尽而亡。这一悲剧，不仅是关羽的命运悲剧，而且是刘蜀集团的历史悲剧。它使刘蜀集团遭到惨重损失，成为其由盛而衰的转折点，给后人留下了极为丰富而深刻的教训。

却说孙权求计于吕蒙。蒙曰："吾料关某兵少，必不从大路而逃。麦城正北有险峻小路，必从此路而去。可令朱然引精兵五千，伏于麦城之北二十里；彼军至，不可与敌，只可随后掩杀。彼军定无战心，必奔临沮。却令潘璋引精兵五百，伏于临沮山僻小路，关某可擒矣。㊣今遣将士各门攻打，只空北门，待其出走。"权闻计，令吕范再卜之。卦成，范告曰："此卦主敌人投西北而走，今夜亥时必然就擒。"权大喜，遂令朱然、潘璋领两枝精兵，各依军令埋伏去讫。

却令潘璋引精兵五百……关某可擒矣——吕蒙料知关羽必将突围，精心设计以擒之，关羽危矣！

且说关公在麦城，计点马步军兵，止剩三百余人；粮草又尽。是夜，城外吴兵招唤各军姓名，越城而去者甚多。救兵又不见到。心中无计，谓王甫曰："吾悔昔日不用公言！今日危急，将复何如？"甫哭告曰："今日之事，虽子牙复生，亦无计可施也。"赵累曰："上庸救兵不至，乃刘封、孟达按兵不发之故。何不弃此孤城，奔入益州，再整兵来，以图恢复？"公曰："吾亦欲如此。"遂上城观之。见北门外敌军不多，因问本城居民："此去往北，地势若何？"答曰："此去皆是山僻小路，可通益州。"公曰："今夜可走此路。"王甫谏曰："小路有埋伏，可走大路。"公曰："虽有埋伏，吾何惧哉！"㊣即下令：马步官军，严整装束，准备出城。甫哭曰："君侯于路，小心保重！某与部卒百余人，死据此城；城虽破，身不降也！专望君侯速来救援！"

虽有埋伏，吾何惧哉——突围之时，关羽不顾王甫"小路有埋伏"的警告，偏要走小路，勇气固然可嘉，但不设法安全突围，硬要自投罗网，仍是骄矜的毛病作怪。

公亦与泣别，遂留周仓与王甫同守麦城，关公自与关平、赵累引残卒二百余人，突出北门。关公横刀前进。行至初更以后，约走二十余里，只见山凹处，金鼓齐鸣，喊声大震，一彪军到，为首大将朱然，骤马挺枪叫曰："云长休走！趁早投降，免得一死！"公大怒，拍马轮刀来战。朱然便走，公乘势追杀。一棒鼓响，四下伏兵皆起。公不敢战，望临沮小路而走，朱然率兵掩杀。关公所随之兵，渐渐稀少。走不得四五里，前面喊声又震，火光大起，潘璋骤马舞刀杀来。公大怒，轮刀相迎；只三合，潘璋败走。公不敢恋战，急望山路而走。背后关平赶来，报说赵累已死于乱军中。关公不胜悲惶，遂令关平断后，公自在前开路，随行止剩得十余人。行至夹石*，两下是山，山边皆芦苇败草，树木丛杂。时已五更将尽。正走之间，一声喊起，两下伏兵尽出，长钩套索，一齐并举，先把关公坐下马绊倒。关公翻身落马，被潘璋部将马忠所获。㊟关平知父被擒，火速来救；背后潘璋、朱然率兵齐至，把关平四下围住。平孤身独战，力尽亦被执。至天明，孙权闻关公父子已被擒获，大喜，聚众将于帐中。

被潘璋部将马忠所获——关羽果然中了埋伏，在匆匆奔走中被绊倒战马，竟被东吴的无名小将马忠擒获，令人拍案长叹！

少时，马忠簇拥关公至前。权曰："孤久慕将军盛德，欲结秦、晋之好，何相弃耶？公平昔自以为天下无敌，今日何由被吾所擒？将军今日还服孙权否？"关公厉声骂曰："碧眼小儿，紫髯鼠辈！吾与刘皇叔桃园结义，誓扶汉室，岂与汝叛汉之贼为伍耶！我今误中奸计，有死而已，何必多言！"㊟权回顾众官曰："云长世之豪杰，孤深爱之。今欲以礼相待，劝使归降，何如？"主簿左咸曰："不可。昔曹操得此人时，封侯赐爵，三日一小宴，五日一大宴，上马一提金，下马一提银：如此恩礼，毕竟留之不住，听其斩关杀将而去，致使今日反为所逼，几欲迁都以避其锋。今主公既已擒之，若不即除，恐贻后患。"孙权沉吟半晌，曰："斯言是也。"遂命推出。于是关公父子皆遇害。时建安二十四年冬十二月也。关公亡年五十八岁。后人有诗叹曰：

我今误中奸计，有死而已，何必多言——关羽虽然被俘，却正气凛然，怒斥孙权，表现了宁死不屈的英雄气概。

汉末才无敌，云长独出群：
神威能奋武，儒雅更知文。
天日心如镜，《春秋》义薄云。
昭然垂万古，不止冠三分。

又有诗曰：

人杰惟追古解良，士民争拜汉云长。
桃园一日兄和弟，俎豆千秋帝与王。
气挟风雷无匹敌，志垂日月有光芒。
至今庙貌盈天下，古木寒鸦几夕阳。

关公既殁，坐下赤兔马被马忠所获，献与孙权。权即赐马忠骑坐。其马数日不食草料而死。㊟

其马数日不食草料而死——按照《三国演义》所写，赤兔马出现于董卓进京之时（189），到建安二十四年（219）关羽被杀，已经整整三十年，不可能仍驰骋于战场。作品如此描写，无非是要通过马通人性，为主尽忠，来衬托关羽“忠义”精神之感天动地。

却说王甫在麦城中，骨颤肉惊，乃问周仓曰："昨夜梦见主公浑身血污，立于前；急问之，忽然惊觉。不知主何吉凶？"正说间，忽报吴兵在城下，将关公父子首级招安。王甫、周仓大惊，急登城视之，果关公父子首级也。王甫大叫一声，堕城而死，周仓自刎而亡。于是麦城亦属东吴。

却说关公一魂不散，荡荡悠悠，直至一处：乃南郡当阳县一座山*，名为玉泉山。山上有一老僧，法名普净，原是汜水关镇国寺中长老；后因云游天下，来到此处，见山明水秀，就此结草为庵，每日坐禅参道。身边只有一小行者，化饭度日。是夜月白风清，三更已后，普净正在庵中默坐，忽闻空中有人大呼曰："还我头来！"普净仰面谛视，只见空中一人，骑赤兔马，提青龙刀，左有一白面将军、右有一黑脸虬髯之人相随，一齐按落云头，至玉泉山顶。普净认得是关公，遂以手中麈尾击其户曰："云长安在？"关公英魂顿悟，即下马乘风落于庵前，叉手问曰："吾师何人？愿求法号。"普净曰："老僧普净，昔日汜水关前镇国寺中，曾与君侯相会，今日岂遂忘之耶？"公曰："向蒙相救，铭感不忘。今某已遇祸而死，愿求清诲，指点迷途。"普净曰："昔非今是，一切休论；后果前因，彼此不爽。今将军为吕蒙所害，大呼'还我头来'，然则颜良、文丑、五关六将等众人之头，又将向谁索耶？"于是关公恍然大悟，稽首皈依而去。㊞后往往于玉泉山显圣护民，乡人感其德，就于山顶上建庙，四时致祭。后人题一联于其庙云：

赤面秉赤心、骑赤兔追风，驰驱时、无忘赤帝。

青灯观青史、仗青龙偃月，隐微处、不愧青天。

却说孙权既害了关公，遂收荆州之地*，赏犒三军，设宴大会诸将庆功；置吕蒙于上座，顾谓众将曰："孤久不得荆州，今唾手而得，皆子明之功也。"蒙再三逊谢。权曰："昔周郎雄略过人，破曹操于赤壁，不幸早夭。鲁子敬代之。子敬初见孤时，便及帝王大略，此一快也；曹操东下，诸人皆劝孤降，子敬独劝孤召公瑾逆而击之，此二快也；惟劝吾借荆州与刘备，是其一短。今子明设计定谋，立取荆州，胜子敬、周郎多矣！"

于是亲酌酒赐吕蒙。吕蒙接酒欲饮，忽然掷杯于地，一手揪住

于是关公恍然大悟，稽首皈依而去——关羽皈依佛教，在玉泉山显圣护民的故事，始于隋唐以来的佛教传说。由于关羽深受中国民众的崇敬，各种宗教皆以之为本门神祇，形成一种重要的文化现象。

孙权，厉声大骂曰："碧眼小儿！紫髯鼠辈！还识我否？"众将大惊，急救时，蒙推倒孙权，大步前进，坐于孙权位上，两眉倒竖，双眼圆睁，大喝曰："我自破黄巾以来，纵横天下三十余年，今被汝一旦以奸计图我。我生不能啖汝之肉，死当追吕贼之魂！我乃汉寿亭侯关云长也。"权大惊，慌忙率大小将士，皆下拜。只见吕蒙倒于地上，七窍流血而死。㊟众将见之，无不恐惧。权将吕蒙尸首，具棺安葬，赠南郡太守、孱陵侯；命其子吕霸袭爵。孙权自此感关公之事，惊讶不已。

只见吕蒙倒于地上，七窍流血而死——历史上的吕蒙，于建安二十四年（219）底因病而死。《三国演义》因其袭夺荆州，使关羽被擒身亡，故特地虚构其不得好死。不仅吕蒙，凡与关羽被杀有关者，皆遭厄运。这是典型的借虚构以泄愤的情节。

忽报张昭自建业而来。权召入问之。昭曰："今主公损了关公父子，江东祸不远矣！此人与刘备桃园结义之时，誓同生死。今刘备已有益州之兵*，更兼诸葛亮之谋，张、黄、马、赵之勇。备若知云长父子遇害，必起倾国之兵，奋力报仇，恐东吴难与敌也。"权闻之大惊，跌足曰："孤失计较也！似此如之奈何？"昭曰："主公勿忧。某有一计，令西蜀之兵不犯东吴，荆州如磐石之安。"权问何计。昭曰："今曹操拥百万之众，虎视华夏，刘备急欲报仇，必与操约和。若二处连兵而来，东吴危矣。不如先遣人将关公首级，转送与曹操，㊟明教刘备知是操之所使，必痛恨于操，西蜀之兵，不向吴而向魏矣。吾乃观其胜负，于中取事：此为上策。"

不如先遣人将关公首级，转送与曹操——孙权送关羽首级与曹操，本为表功。作品如此描写，意在表现孙、曹之间的勾心斗角，互欲嫁祸于对方的复杂政治斗争。

权从其言，随遣使者以木匣盛关公首级，星夜送与曹操。时操从摩陂班师回洛阳，闻东吴送关公首级至，喜曰："云长已死，吾夜眠贴席矣。"阶下一人出曰："此乃东吴移祸之计也。"操视之，乃主簿司马懿也。操问其故，懿曰："昔刘、关、张三人桃园结义之时，誓同生死。今东吴害了关公，惧其复仇，故将首级献与大王，使刘备迁怒大王，不攻吴而攻魏，他却于中乘便而图事耳。"操曰："仲达之言是也。孤以何策解之？"懿曰："此事极易。大王可将关公首级，刻一香木之躯以配之，葬以大臣之礼。刘备知之，必深恨孙权，尽力东征*。我却观其胜负：蜀胜则击吴，吴胜则击蜀。㊟二处若得一处，那一处亦不久也。"操大喜，从其计，遂召吴使入，呈上木匣。操开匣视之，见关公面如平日。操笑曰："云长公别来无恙！"言未讫，只见关公口开目动，须发皆张，操惊倒。众官急救，良久方醒，顾谓众官曰："关将军真天神也！"吴使又将关公显圣附体、骂孙权追吕蒙之事告操。操愈加恐惧，遂设牲醴祭祀，刻沉香木为躯，以王

我却观其胜负……则击蜀——司马懿主张坐山观虎斗，确是最有利于曹操方面的策略。自关羽进攻襄阳以来，此公之精通韬略，已露端倪。

侯之礼，葬于洛阳南门外，令大小官员送殡，操自拜祭，赠为荆王，差官守墓；即遣吴使回江东去讫。

却说汉中王自汉中回成都，法正奏曰："王上先夫人去世；孙夫人又东归*，未必再来。人伦之道，不可废也，必纳王妃，以襄内政。"汉中王从之。法正复奏曰："吴懿有一妹，美而且贤。尝闻有相者，相此女后必大贵。先曾许刘焉之子刘瑁，瑁早殁。其女至今寡居，大王可纳之为妃。"汉中王曰："刘瑁与我同宗，于理不可。"法正曰："论其亲疏，何异晋文之与怀嬴乎？"汉中王乃依允，遂纳吴氏为王后。后生二子，长刘永，字公寿；次刘理，字奉孝。

且说益州民安国富，田禾大成。忽有人自荆州来，言东吴求婚于关公，关公力拒之。孔明曰："荆州危矣！可使人替关公回。"正商议间，荆州捷报使命，络绎而至。不一日，关兴到，具言水淹七军之事。忽又报马到来，报说关公于江边多设墩台，提防甚密，万无一失。因此玄德放心。㊄

因此玄德放心——此段叙述，意在为历史上刘备、诸葛亮在关羽北伐时无所作为加以开脱。

忽一日，玄德自觉浑身肉颤，行坐不安；至夜，不能宁睡，起坐内室，秉烛看书，觉神思昏迷，伏几而卧。就室中起一阵冷风，灯灭复明，抬头见一人立于灯下。玄德问曰："汝何人，夤夜至吾内室？"其人不答。玄德疑怪，自起视之，乃是关公，于灯影下往来躲避。玄德曰："贤弟别来无恙！夜深至此，必有大故。吾与汝情同骨肉，因何回避？"关公泣告曰："愿兄起兵，以雪弟恨！"言讫，冷风骤起，关公不见。玄德忽然惊觉，乃是一梦：时正三鼓。玄德大疑，急出前殿，使人请孔明来。孔明入见，玄德细言梦警。孔明曰："此乃王上心思关公，故有此梦。何必多疑？"玄德再三疑虑，孔明以善言解之。

孔明辞出，至中门外，迎见许靖。靖曰："某才赴军师府下报一机密，听知军师入宫，特来至此。"孔明曰："有何机密？"靖曰："某适闻外人传说，东吴吕蒙已袭荆州，关公已遇害。故特来密报军师。"孔明曰："吾夜观天象，见将星落于荆楚之地，已知云长必然被祸；但恐王上忧虑，故未敢言。"二人正说之间，忽然殿内转出一人，扯住孔明衣袖而言曰："如此凶信，公何瞒我！"孔明视之，乃玄德也。孔明、许靖奏曰："适来所言，皆传闻之事，未足深信。愿王上宽怀，勿生忧虑。”玄德曰：“孤与云长，誓同生死；彼若有失，孤岂能独生耶！”

孔明、许靖正劝解之间，忽近侍奏曰：“马良、伊籍至。”玄德急召入问之。二人具说荆州已失，关公兵败求救，呈上表章。未及拆观，侍臣又奏荆州廖化至。玄德急召入。化哭拜于地，细奏刘封、孟达不发救兵之事。玄德大惊曰：“若如此，吾弟休矣！”孔明曰：“刘封、孟达如此无礼，罪不容诛！王上宽心，亮亲提一旅之师，去救荆襄之急。”玄德泣曰：“云长有失，孤断不独生！㊖孤来日自提一军去救云长！”遂一面差人赴阆中报知益德，一面差人会集人马。未及天明，一连数次，报说关公夜走临沮，为吴将所获，义不屈节，父子归神。玄德听罢，大叫一声，昏绝于地。正是：为念当年同誓死，忍教今日独捐生！未知玄德性命如何，且看下文分解。

云长有失，孤断不独生——作品极力表现刘备对关羽的关切、担心，突出其生死相连的感情，系为下文坚决伐吴作铺垫。

尾评：

从“败走麦城”到“关羽之死”，人们的阅读心理是压抑的。透过书页，似乎可以看到这位盖世英雄走投无路时的悲愤神情，听到赤兔马凄厉的嘶鸣。读到篇末，似乎可以看到这位老将军高高昂起不屈的头颅，任花白的头发在寒风中飘动，大踏步地走向刑场……压抑的心情也随之一振。这一情节，堪称《三国演义》中描写英雄人物结局的精彩之笔。在全书的同类情节中，它仅次于描写诸葛亮之死的《遗恨五丈原》。尽管在今人看来，关羽的某些言行并不值得赞美，然而，这一篇章在艺术上仍然达到了较高的水平，具有震撼人心的力量。

第七十八回
治风疾神医身死　传遗命奸雄数终

总评

据《三国志·魏书·华佗传》，早在建安十三年（208）之前，华佗已被曹操召到身边，经常为曹操治病。到了建安十三年，他因久别思乡，请假回家探望。到家后，他以妻子生病为名，一再要求延迟行期。曹操屡次催他返回，他却迟迟不动。曹操大怒，把他抓进许都监狱。荀彧因其医术精湛，请曹操予以宽恕；曹操竟说什么“天下当无此鼠辈邪?”悍然将他杀害。罗贯中继虚构华佗为关羽刮骨疗毒之后，又虚构他提出“先饮麻沸散，然后用利斧砍开脑袋，取出风涎”之法为曹操治疗风疾，却被曹操怀疑为欲行谋杀；虽有贾诩进谏（因第六十一回已写到荀彧之死，故此处将进谏者写成贾诩），仍被下狱，终于冤死狱中。一代奇才，竟成了最高统治者的无知和多疑的牺牲品，这从一个侧面反映了古代知识分子动辄被当作工具利用，利用不成便被摧残的悲剧命运，令人深感痛惜。

曹操死了。这个纵横天下三十余年，功业赫赫，权势熏天的大人物，在死神面前耍不了任何威风，终于无可奈何地撒手尘寰。在《三国演义》中，曹操被塑造为“奸雄”的典型，屡遭鞭挞，受尽嘲骂。这反映了一个千古不变的法则：任何一位政治家，无论其地位多高，功劳多大，都将被历史送上道德的天平，接受亿万民众的评判。

说到曹操，很容易想到一度流行的“为曹操翻案”的口号。其实，从历史学的角度审视，这种提法很不科学：首先，对历史人物曹操的评价，从来不是一团漆黑，一概骂倒，从西晋到晚清的一千六百余年，对曹操一直是有褒有贬（褒贬的比例时有变化），并未盖棺定论。既未定“案”，又怎么谈得上“翻案”？其次，历史上对曹操的贬斥，大多堪称“基本属实”，并未使他“蒙受不白之冤”，这个“案”又怎么能“翻”呢？从文学艺术的角度来看，《三国演义》塑造的曹操形象基本符合史实，而且是一个十分成功的艺术典型，早已得到广大人民的认可，更是无法否定，无法“翻案”的。

作为一种文化现象，曹操形象具有永恒的价值。主要表现在三个层面：

其一，社会历史层面。文学形象曹操不是历史人物曹操的照相式复制品，二者不能简单地画等号；但他却是历史人物曹操基本特征的演绎：既是雄才大略、志在统一的杰出政治家，又是极端利己、残民以逞的封建统治者；既精通韬略、长于用兵，又师心自用、果于杀戮；既以周公吐哺自许，又忌贤妒能；既是文采风流的诗人，又是残害文士的刽子手……这个二律背反式的人物，连同他的时代价值，将永远留在人们的记忆中。更重要的是，曹操形象集中涵盖了千百个同类型的封建统治者的品性，因而具有更高层次、更大范围的历史真实性。通过他，一代又一代的读者将会更深刻地认识封建社会和封建政治家。

其二，艺术美学层面。在中国文学史上，很难找到像曹操这样集真伪、善恶、美丑于一体的封建政治家典型，这样的“圆的人物”。他完全可以列入世界名著之林的不朽艺术典型的行列之中，永葆其高度的美学价值。

其三，文化心理层面。曹操形象的复杂性，体现了人类社会在自身发展的历史进程中，对功利的追求与对道德进步的向往的矛盾关系。当人们认识曹操性格的道德批判意义时，将得到深刻的启示：人类在不断推进物质文明的同时，决不能忽视对真善美的追求。

却说汉中王闻关公父子遇害，哭倒于地。众文武急救，半晌方醒，扶入内殿。孔明劝曰："王上少忧。自古道'死生有命'；关公平日刚而自矜，故今日有此祸。王上且宜保养尊体，徐图报仇。"玄德曰："孤与关、张二弟桃园结义时，誓同生死。今云长已亡，孤岂能独享富贵乎！"言未已，只见关兴号恸而来。玄德见了，大叫一声，又哭绝于地。众官救醒。一日哭绝三五次，三日水浆不进，只是痛哭；泪湿衣襟，斑斑成血。孔明与众官再三劝解。玄德曰："孤与东吴，誓不同日月也！"孔明曰："闻东吴将关公首级献与曹操，操以王侯礼祭葬之。"玄德曰："此何意也？"孔明曰："此是东吴欲移祸于曹操，操知其谋，故以厚礼葬关公，令王上归怨于吴也。"玄德曰："吾今即提兵问罪于吴，以雪吾恨！"孔明谏曰："不可。方今吴欲令我伐魏，魏亦欲令我伐吴：各怀谲计，伺隙而乘。王上只宜按兵不动，且与关公发丧。待吴、魏不和，乘时而伐之，可也。"㊟众官又再三劝谏，玄德方才进膳，传旨蜀中大小将士，尽皆挂孝。汉中王亲出南门招魂祭奠，号哭终日。

待吴、魏不和，乘时而伐之，可也——孔明此语，剖析形势颇为透彻，使刘备暂时按下了伐吴的念头。

却说曹操在洛阳，自葬关公后，每夜合眼便见关公。操甚惊惧，问于众官。众官曰："洛阳行宫旧殿多妖，可造新殿居之。"操曰："吾欲起一殿，名建始殿。恨无良工。"贾诩曰："洛阳良工有苏越者，最有巧思。"操召入，令画图像。苏越画成九间大殿，前后廊庑楼阁，呈与操。操视之曰："汝画甚合孤意，但恐无栋梁之材。"苏越曰："此去离城三十里，有一潭，名跃龙潭；前有一祠，名跃龙祠。祠傍有一株大梨树，高十余丈，堪作建始殿之梁。"

操大喜，即令人工到彼砍伐。次日，回报此树锯解不开，斧砍不入，不能斩伐。操不信，自领数百骑，直至跃龙祠前下马，仰观那树，亭亭如华盖，直侵云汉，并无曲节。操命砍之。乡老数人前来谏曰："此树已数百年矣，常有神人居其上，恐未可伐。"操大怒曰："吾平生游历，普天之下，四十余年，上至天子，下及庶人，无不惧孤。是何妖神，敢违孤意！"言讫，拔所佩剑亲自砍之，铮然有声，血溅满身。操愕然大惊，掷剑上马，回至宫内。是夜二更，操睡卧不安，坐于殿中，隐几而寐。忽见一人披发仗剑，身穿皂衣，直至面前，指操喝曰："吾乃梨树之神也。汝盖建始殿，意欲篡逆，却来伐吾神木！吾知汝数尽，特来杀汝！"操大惊，急呼："武士安在？"皂衣人仗剑砍操。操大叫一声，忽然惊觉，头脑疼痛不可忍。急传旨遍求良医治疗，不能痊可，众官皆忧。

大王知有神医华佗否——由于华歆之荐，华佗再次出场。但他这次面对的是奸雄曹操，其医术能够自由发挥吗？

华歆入奏曰："大王知有神医华佗否？"㊟操曰："即江东医周泰者乎？"歆曰："是也。"操曰："虽闻其名，未知其术。"歆曰："华佗字元化，沛国谯县人也。其医术之妙，世所罕有：但有患者，或用药，或用针，或用灸，随手而愈。若患五脏六腑之疾，药不能效者，以麻沸散饮之*，令病者如醉死，却用尖刀剖开其腹，以药汤洗其脏腑，病人略无疼痛。洗毕，然后以药线缝口，用药敷之；或一月，或二十日，即平复矣：其神妙如此！一日，佗行于道上，闻一人呻吟之声。佗曰：'此饮食不下之病。'问之果然。佗令取蒜齑汁三升饮之，吐蛇一条，长二三尺，饮食即下。广陵太守陈登，心中烦懑，面赤，不能饮食，求佗医治。佗以药饮之，吐虫三升，皆赤头，首尾动摇。登问其故，佗曰：'此因多食鱼腥，故有此毒。今日虽可，三年之后，必将复发，不可救也。'后陈登果三年而死。又有一人眉间生一瘤，痒不可当，令佗视之。佗曰：'内有飞物。'人皆笑之。佗以刀割开，一黄雀飞去，病者即愈。有一人被犬咬足指，随长肉二块，一痛一痒，俱不可忍。佗曰：'痛者内有针十个，痒者内有黑白棋子二枚。'人皆不信。佗以刀割开，果应其言。此人真扁鹊、仓公之流也！现居金城，离此不远，大王何不召之？"

呼左右拿下狱中，拷问其情——华佗提出的治疗方法，常人看来简直不可思议，曹操更怀疑其欲加谋害，竟将他关进监狱。面对统治者的无知，天下奇才不仅无法施展，甚至还会遭到迫害，实在可悲可叹！

操即差人星夜请华佗入内，令诊脉视疾。佗曰："大王头脑疼痛，因患风而起。病根在脑袋中，风涎不能出，枉服汤药，不可治疗。某有一法：先饮麻沸散，然后用利斧砍开脑袋，取出风涎，方可除根。"操大怒曰："汝要杀孤耶！"佗曰："大王曾闻关公中毒箭，伤其右臂，某刮骨疗毒，关公略无惧色；今大王小可之疾，何多疑焉？"操曰："臂痛可刮，脑袋安可砍开？汝必与关公情熟，乘此机会，欲报仇耳！"呼左右拿下狱中，拷问其情。㊟贾诩谏曰："似此良医，世罕其匹，未可废也。”操叱曰：“此人欲乘机害我，正与吉本无异！”急令追拷。

华佗在狱，有一狱卒，姓吴，人皆称为“吴押狱”。此人每日以酒食供奉华佗。佗感其恩，乃告曰：“我今将死，恨有青囊书未传于世。感公厚意，无可为报；我修一书，公可遣人送与我家，取青囊书来赠公，以继吾术。”吴押狱大喜曰：“我若得此书，弃了此役，医治天下病人，以传先生之德。”佗即修书付吴押狱。吴押狱直至金城，问佗之妻取了青囊书；回至狱中，付与华佗检看毕，佗即将书赠与吴押狱。吴押狱持回家中藏之。旬日之后，华佗死于狱中。吴押狱买棺殡殓讫，脱了差役回家，欲取青囊书看习，只见其妻正将书在那里焚烧。吴押狱大惊，连忙抢夺，全卷已被烧毁，只剩得一两叶。吴押狱怒骂其妻。妻曰：“纵然学得与华佗一般神妙，只落得死于牢中，要他何用！”㊟吴押狱嗟叹而止。因此青囊书不曾传于世，所传者止阉鸡猪等小法，乃烧剩一两叶中所载也。后人有诗叹曰：

华佗仙术比长桑，神识如窥垣一方。
惆怅人亡书亦绝，后人无复见青囊！

却说曹操自杀华佗之后，病势愈重，又忧吴、蜀之事。正虑间，近臣忽奏东吴遣使上书。操取书拆视之，略曰：

> 臣孙权久知天命已归王上，伏望早正大位，遣将剿灭刘备，扫平益州，臣即率群下纳士归降矣。

操观毕大笑，出示群臣曰：“是儿欲使吾居炉火上耶！”㊟侍中陈群等奏曰：“汉室久已衰微，殿下功德巍巍，生灵仰望。今孙权称臣归命，此天人之应，异气齐声。殿下宜应天顺人，早正大位。”操笑曰：“吾事汉多年，虽有功德及民，然位至于王，名爵已极，何敢更有他望？苟天命在孤，孤为周文王矣。”㊟司马懿曰：“今孙权既称臣归附，王上可封官赐爵，令拒刘备。”操从之，表孙权为骠骑将军，领荆州牧，封南昌侯*。即日遣使赍、诰敕赴东吴去讫。

操病势转加。忽一夜梦三马同槽而食，及晓，问贾诩曰：“孤向日曾梦三马同槽，疑是马腾父子为祸；今腾已死，昨宵复梦三马同槽。主何吉凶？”诩曰：“禄马，吉兆也。禄马归于曹，王上何必疑乎？”操因此不疑。后人有诗曰：

只落得死于牢中，要他何用——在统治者的压迫和屠戮之下，任何知识，任何人才都会显得“无用”，这是历史的悲剧！

是儿欲使吾居炉火上耶——曹操此语，本于《三国志·魏书·武帝纪》注引《魏略》。这既表明曹操不愿被天下群起而攻之，也是他欲试探文武群臣是否赞同其篡汉的一种手段。

苟天命在孤，孤为周文王矣——此语本于《三国志·魏书·武帝纪》注引《魏氏春秋》，暴露了曹操欲让其子曹丕篡汉自立的用心。

三马同槽事可疑，不知已植晋根基。

曹瞒空有奸雄略，岂识朝中司马师？

是夜，操卧寝室，至三更，觉头目昏眩，乃起，伏几而卧。忽闻殿中声如裂帛，操惊视之，忽见伏皇后、董贵人、二皇子，并伏完、董承等二十余人，浑身血污，立于愁云之内，隐隐闻索命之声。操急拔剑，望空砍去，忽然一声响亮，震塌殿宇西南一角。操惊倒于地，近侍救出，迁于别宫养病。次夜，又闻殿外男女哭声不绝。至晓，操召群臣入曰："孤在戎马之中，三十余年，未尝信怪异之事。今日为何如此？"群臣奏曰："大王当命道士设醮修禳。"操叹曰："圣人云：'获罪于天，无所祷也。'孤天命已尽，安可救乎？"遂不允设醮。

次日，觉气冲上焦，目不见物，急召夏侯惇商议。惇至殿门前，忽见伏皇后、董贵人、二皇子、伏完、董承等，立在阴云之中。惇大惊昏倒，左右扶出，自此得病。操召曹洪、陈群、贾诩、司马懿等，同至卧榻前，嘱以后事。曹洪等顿首曰："大王善保玉体，不日定当霍然。"操曰："孤纵横天下三十余年，群雄皆灭，止有江东孙权，西蜀刘备，未曾剿除。孤今病危，不能再与卿等相叙，特以家事相托。孤长子曹昂，刘氏所生，不幸早年殁于宛城；今卞氏生四子：丕、彰、植、熊。孤平生所爱第三子植，为人虚华少诚实，嗜酒放纵，因此不立。次子曹彰，勇而无谋；四子曹熊，多病难保。惟长子曹丕，笃厚恭谨，可继我业。卿等宜辅佐之。"

曹洪等涕泣领命而出。操令近侍取平日所藏名香，分赐诸侍妾，且嘱曰："吾死之后，汝等须勤习女工，多造丝履，卖之可以得钱自给。"又命诸妾多居于铜雀台中，每日设祭，必令女伎奏乐上食。又遗命于邺城外*，设立疑冢七十二：(评)"勿令后人知吾葬处，恐为人所发掘也。"嘱毕，长叹一声，泪如雨下。须臾，气绝而死。(评)寿六十六岁。时建安二十五年春正月也。后人有《邺中歌》一篇，叹曹操云：

设立疑冢七十二——曹操设立疑冢之事，不见于《三国志》；但宋元以来，记载、议论、题咏甚多。单就文学形象而言，生前耍尽阴谋，死后还设立疑冢，既可见其奸诈，又可见其心虚。

须臾，气绝而死——曹操之死，宣告一位绝代奸雄走完了自己的人生旅程。他的功绩与罪行，才华与恶德，将被后人反复议论评价，成为人类进步的思维材料。

邺则邺城水漳水，定有异人从此起：

雄谋韵事与文心，君臣兄弟而父子；

英雄未有俗胸中，出没岂随人眼底？

功首罪魁非两人，遗臭流芳本一身；
文章有神霸有气，岂能苟尔化为群？
横流筑台距太行，气与理势相低昂；
安有斯人不作逆，小不为霸大不王？
霸王降作儿女鸣，无可奈何中不平；
向帐明知非有益，分香未可谓无情。
呜呼！古人作事无巨细，寂寞豪华皆有意；
书生轻议冢中人，冢中笑尔书生气！

却说曹操身亡，文武百官尽皆举哀；一面遣人赴世子曹丕、鄢陵侯曹彰、临淄侯曹植、萧侯曹熊*处报丧。众官用金棺银椁将操入殓，星夜举灵榇赴邺郡来。曹丕知父丧，放声痛哭，率大小官员出城十里，伏道迎榇入城，停于偏殿。官僚挂孝，聚哭于殿上。忽一人挺身而出曰："请世子息哀，且议大事。"众视之，乃中庶子司马孚也。孚曰："魏王既薨，天下震动；当早立嗣王，以安众心。何但哭泣耶？"群臣曰："世子宜嗣位；但未得天子诏命，岂可造次而行？"尚书陈矫曰*："王薨于外，爱子私立，彼此生变，则社稷危矣。"遂拔剑割下袍袖，厉声曰："即今日便请世子嗣位。众官有异议者，以此袍为例！"百官悚惧。忽报华歆自许都飞马而至，众皆大惊。须臾华歆入，众问其来意。歆曰："今魏王薨逝，天下震动，何不早请世子嗣位？"众官曰："正因不及候诏命，方议欲以王后卞氏慈旨立世子为王。"歆曰："吾已于汉帝处索得诏命在此。"众皆踊跃称贺。歆于怀中取出诏命开读。原来华歆谄事魏，故草此诏，威逼献帝降之；帝只得听从，故下诏即封曹丕为魏王、丞相、冀州牧。丕即日登位，㊞受大小官僚拜舞起居。

丕即日登位——曹丕继位，表明曹魏集团的发展有了新的起点。

正宴会庆贺间，忽报鄢陵侯曹彰，自长安领十万大军来到。㊞丕大惊，遂问群臣曰："黄须小弟，平日性刚，深通武艺。今提兵远来，必与孤争王位也。如之奈何？"忽阶下一人应声出曰："臣请往见鄢陵侯，以片言折之。"众皆曰："非大夫莫能解此祸也。"正是：试看曹氏丕彰事，几作袁家谭尚争。未知此人是谁，且看下文分解。

忽报鄢陵侯曹彰，自长安领十万大军来到——据《三国志·魏书·任城王传》及注引《魏略》，曹操病重时，急召曹彰至洛阳；曹彰未至，曹操已死。彰对曹植曰："先王召我者，欲立汝也。"曹植谢绝道："不可。不见袁氏兄弟乎！"《三国演义》虽未写此，但也写出曹彰对曹丕继承王位有所不服。

尾评：

本回写曹操之死，写其嘱托众臣，吩咐诸妾，遗命设立疑冢，以至气绝前泪如雨下，均活脱如见，表现了这位奸雄留恋人世，不甘撒手尘寰而又无可奈何的复杂心态，给人留下很深的印象。

第七十九回
兄逼弟曹植赋诗　侄陷叔刘封伏法

总评

据《三国志·魏书·贾逵传》及《任城王传》注引《魏略》，曹操死后，次子曹彰曾向主办丧事的贾逵询问“先王玺绶所在”，并对曹植云：“先王召我者，欲立汝也。”由于贾逵正色谏劝曹彰，曹植不愿发生袁氏兄弟那样争立相残之事，而曹彰本人乃一勇之夫，并无切实打算，遂使曹魏集团避免了一场内乱。诚然，按照封建宗法制度及实际治国才能，曹丕继位较为恰当；然而，曹丕一掌权便把矛头指向同胞兄弟，故设陷阱加以迫害，其冷酷无情极其令人憎恶。

“七步赋诗”之事，本于《世说新语·文学篇》：“文帝尝令东阿王（按：曹植曾封东阿王）七步中作诗，不成者行大法。应声便为诗曰：‘煮豆持作羹，漉菽以为汁。萁在釜下燃，豆在釜中泣。本自同根生，相煎何太急？’帝深有惭色。”《三国演义》将此事安排在曹操刚死，曹丕刚刚继位之时，并加以增饰，生动地描写了一场封建王朝上层骨肉相残的斗争，把曹植之悲愤填膺、托物抒怀，曹丕之刻薄寡恩、闻诗自惭写得活灵活现，给读者留下了十分深刻的印象。

孟达投降曹丕，刘封兵败被斩，均系罗贯中在《三国志·蜀书·刘封传》

的基础上，改造增饰而写成。其中刘封之死，虽系咎由自取，但刘备之处置，犹有值得商榷之处。不管怎样，这一事变使刘蜀集团失去上庸等郡，失去一条由上庸奇袭洛阳的捷径，乃是刘蜀集团一个不小的损失。

却说曹丕闻曹彰提兵而来，惊问众官；一人挺身而出，愿往折服之。众视其人，乃谏议大夫贾逵也。曹丕大喜，即命贾逵前往。逵领命出城，迎见曹彰。彰问曰："先王玺绶安在？"逵正色而言曰："家有长子，国有储君。先王玺绶，非君侯之所宜问也。"彰默然无语，乃与贾逵同入城。至宫门前，逵问曰："君侯此来，欲奔丧耶？欲争位耶？"彰曰："吾来奔丧，别无异心。"逵曰："既无异心，何故带兵入城？"彰即时叱退左右将士，只身入内，拜见曹丕。兄弟二人，相抱大哭。曹彰将本部军马尽交与曹丕。㊟丕令彰回鄢陵自守，彰拜辞而去。

于是曹丕安居王位，改建安二十五年为延康元年；封贾诩为太尉，华歆为相国，王朗为御史大夫；大小官僚，尽皆升赏。谥曹操曰武王，葬于邺城高陵*，令于禁董治陵事。禁奉命到彼。只见陵屋中白粉壁上，图画关云长水淹七军擒获于禁之事：画云长俨然上坐，庞德愤怒不屈，于禁拜伏于地，哀求乞命之状。原来曹丕以于禁兵败被擒，不能死节，既降敌而复归，心鄙其为人，故先令人图画陵屋粉壁，故意使之往见以愧之。㊟当下于禁见此画像，又羞又恼，气愤成病，不久而死。后人有诗叹曰：

三十年来说旧交，可怜临难不忠曹。

知人未向心中识，画虎今从骨里描。

却说华歆奏曹丕曰："鄢陵侯已交割军马，赴本国去了。临淄侯植，萧侯熊，二人竟不来奔丧，理当问罪。"丕从之，即分遣二使往二处问罪。不一日，萧县使者回报："萧侯曹熊惧罪，自缢身死。"*丕令厚葬之，后追赠萧怀公*。又过了一日，临淄使者回报，说："临淄侯日与丁仪、丁廙兄弟二人酣饮，悖慢无礼。闻使命至，临淄侯端坐不动；丁仪骂曰：'昔者先王本欲立吾主为世子，被谗臣所阻；今王丧未远，便问罪于骨肉，何也？'丁廙又曰：'据吾主聪明冠世，

曹彰将本部军马尽交与曹丕——曹氏兄弟中，曹植虽文采焕然，但无权无能，对曹丕并无威胁；曹彰手握大军，且勇猛刚烈，却令曹丕很不放心。如今曹彰自动交出兵权，曹丕可以安然入睡了。

故意使之往见以愧之——司马光在《资治通鉴》中评曰："于禁将数万众，败不能死，生降于敌，既而复归；文帝废之可也，杀之可也，乃画陵屋以辱之，斯为不君矣！"是的，身为皇帝，如果大臣有罪，当依法处置；但若故意羞辱，就实在不像皇帝了。

自当承嗣大位，今反不得立。汝那庙堂之臣，何不识人才若此！’临淄侯因怒，叱武士将臣乱棒打出。”丕闻之，大怒，即令许褚领虎卫军三千，火速至临淄，擒曹植等一干人来。

褚奉命，引军至临淄城。守将拦阻，褚立斩之，直入城中，无一人敢当锋锐，径到府堂。只见曹植与丁仪、丁廙等尽皆醉倒。褚皆缚之，载于车上，并将府下大小属官，尽行拿解邺城，听候曹丕发落。丕下令，先将丁仪、丁廙等尽行诛戮。丁仪字正礼，丁廙字敬礼，沛郡人，乃一时文士；及其被杀，人多惜之。㊕

及其被杀，人多惜之——丁氏兄弟素有文名，又曾力劝曹操立曹植为嗣（《三国演义》未写此），故曹丕特恨之，一旦掌握大权，便立即除之。曹丕对待反对派，真可谓心狠手辣。

却说曹丕之母卞氏，听得曹熊缢死，心甚悲伤；忽又闻曹植被擒，其党丁仪等已杀，大惊。急出殿，召曹丕相见。丕见母出殿，慌来拜谒。卞氏哭谓丕曰："汝弟植平生嗜酒疏狂，盖因自恃胸中之才，故尔放纵。汝可念同胞之情，存其性命。吾至九泉亦瞑目也。"丕曰："儿亦深爱其才，安肯害他？今正欲戒其性耳。母亲勿忧。"卞氏洒泪而入。

丕出偏殿，召曹植入见。华歆问曰："适来莫非太后劝殿下勿杀子建乎？"丕曰："然。"歆曰："子建怀才抱智，终非池中物；若不早除，必为后患。"丕曰："母命不可违。"歆曰："人皆言子建出口成章，臣未深信。主上可召入，以才试之。若不能，即杀之；若果能，则贬之，以绝天下文人之口。"㊕丕从之。须臾，曹植入见，惶恐伏拜请罪。丕曰："吾与汝情虽兄弟，义属君臣，汝安敢恃才蔑礼？昔先君在日，汝常以文章夸示于人，吾深疑汝必用他人代笔。吾今限汝行七步吟诗一首。若果能，则免一死；若不能，则从重治罪，决不姑恕！"植曰："愿乞题目。"时殿上悬一水墨画，画着两只牛，斗于土墙之下，一牛坠井而亡。丕指画曰："即以此画为题。诗中不许犯着'二牛斗墙下，一牛坠井死'字样。"植行七步，其诗已成。诗曰：

若果能，则贬之，以绝天下文人之口——华歆此计，必欲置曹植于死地，简直恶毒之至，混账已极！"绝天下文人之口"，正反映了统治者害怕任何批评议论的阴暗心理。然而，"天下文人之口"代表了公道人心，又岂是有权有势者"绝"得了的？！

两肉齐道行，头上带凹骨。
相遇块山下，欻起相搪突。
二敌不俱刚，一肉卧土窟。
非是力不如，盛气不泄毕。

曹丕及群臣皆惊。丕又曰："七步成章，吾犹以为迟。汝能应声而作诗一首否？"植曰："愿即命题。"丕曰："吾与汝乃兄弟也。以此为题，亦不许犯着‘兄弟’字样。”植略不思索，即口占一首曰：

煮豆燃豆萁，豆在釜中泣。

本是同根生，相煎何太急！㊟

曹丕闻之，潸然泪下。其母卞氏，从殿后出曰："兄何逼弟之甚耶？"丕慌忙离坐告曰："国法不可废耳。"于是贬曹植为安乡侯。植拜辞，上马而去。

本是同根生，相煎何太急——曹植此诗，悲愤哀婉，撼人心魄，堪称千古名作。古往今来，为了权势和贪欲，不知上演了多少父子反目，兄弟相残的惨剧。此诗正是对一切利欲熏心、残害骨肉者的鞭挞和控拆。

曹丕自继位之后，法令一新，威逼汉帝，甚于其父。早有细作报入成都。汉中王闻之，大惊，即与文武商议曰："曹操已死，曹丕继位，威逼天子，更甚于操。东吴孙权，拱手称臣。孤欲先伐东吴，以报云长之仇；次讨中原，以除乱贼。"言未毕，廖化出班，哭拜于地曰："关公父子遇害，实刘封、孟达之罪。乞诛此二贼。"玄德便欲遣人擒之，孔明谏曰："不可。且宜缓图之，急则生变矣。可命此二人为郡守*，分调开去，然后可擒。"玄德从之，遂遣使升刘封去守绵竹。

原来彭羕与孟达甚厚，听知此事，急回家作书，遣心腹人驰报孟达。使者方出南门外，被马超巡视军捉获，解见马超。超审知此事，即往见彭羕。羕接入，置酒相待。酒至数巡，超以言挑之曰："昔汉中王待公甚厚，今何渐薄也？"羕因酒醉，恨骂曰："老革荒悖，吾必有以报之！"超又探曰："某亦怀怨心久矣。"羕曰："公起本部军，结连孟达为外合，某领蜀兵为内应，大事可图也。"超曰："先生之言甚当。来日再议。"超辞了彭羕，即将人与书解见汉中王，细言其事。玄德大怒，即令擒彭羕下狱，拷问其情。羕在狱中，悔之无及。玄德问孔明曰："彭羕有谋反之意，当何以治之？"孔明曰："羕虽狂士，然留之久必生祸。"于是玄德赐彭羕死于狱。

羕既死，有人报知孟达。达大惊，举止失措。忽使命至，调刘封回守绵竹去讫。孟达慌请上庸太守申耽、西城太守申仪弟兄二人*商议曰："我与法孝直同有功于汉中王；今孝直已死，而汉中王忘我前功，乃欲见害，为之奈何？"耽曰："某有一计，使汉中王不能加害于公。"达大喜，急问何计。耽曰："吾弟兄欲投魏久矣。公可作一表，辞了汉中王，投魏王曹丕，丕必重用。吾二人亦随后来降也。"达猛然省悟，即写表一通，付与来使；当晚引五十余骑投魏去

当晚引五十余骑投魏去了——孟达不救关羽，本来就心怀鬼胎，如今见势不妙，自然会投降曹丕。

了。㊟使命持表回成都，奏汉中王，言孟达投魏之事。先主大怒，览其表曰：

臣达伏惟殿下：将建伊、吕之业，追桓、文之功，大事草创，假势吴、楚，是以有为之士，望风归顺。臣委质以来，愆戾山积；臣犹自知，况于君乎？今王朝英俊鳞集，臣内无辅佐之器，外无将领之才，列次功臣，诚足自愧！

臣闻范蠡识微，浮于五湖；舅犯谢罪，逡巡河上。夫际会之间，请命乞身，何哉？欲洁去就之分也。况臣卑鄙，无元功巨勋，自系于时，窃慕前贤，早思远耻。昔申生至孝，见疑于亲；子胥至忠，见诛于君；蒙恬拓境而被大刑，乐毅破齐而遭谗佞。臣每读其书，未尝不感慨流涕；而亲当其事，益用伤悼！

迩者，荆州覆败，大臣失节，百无一还；惟臣寻事，自致房陵、上庸，而复乞身，自放于外。伏想殿下圣恩感悟，愍臣之心，悼臣之举。臣诚小人，不能始终。知而为之，敢谓非罪？臣每闻“交绝无恶声，去臣无怨辞”。臣过奉教于君子，愿君王勉之。臣不胜惶恐之至！

玄德看毕，大怒曰：“匹夫叛吾，安敢以文辞相戏耶？”即欲起兵擒之。孔明曰：“可就遣刘封进兵，令二虎相并；刘封或有功，或败绩，必归成都，就而除之，可绝两害。”玄德从之，遂遣使到绵竹，传谕刘封。封受命，率兵来擒孟达。

却说曹丕正聚文武议事，忽近臣奏曰：“蜀将孟达来降。”丕召入问曰：“汝此来，莫非诈降乎？”达曰：“臣为不救关公之危，汉中王欲杀臣，因此惧罪来降，别无他意。”曹丕尚未准信，忽报刘封引五万兵来取襄阳，单搦孟达厮杀。丕曰：“汝既是真心，便可去襄阳取刘封首级来，孤方准信。”达曰：“臣以利害说之，不必动兵，令刘封亦来降也。”丕大喜，遂加孟达为散骑常侍、建武将军、平阳亭侯，领新城太守，去守襄阳、樊城。原来夏侯尚、徐晃已先在襄阳，正将收取上庸诸郡。孟达到了襄阳，与二将礼毕，探得刘封离城五十里下寨。达即修书一封，使人赍赴蜀寨，招降刘封。刘封览书，大怒曰：“此贼误吾叔侄之义，又间吾父子之亲，使吾为不忠不孝之人也！”㊟遂扯碎来书，斩其使。次日，引军前来搦战。

使吾为不忠不孝之人也——刘封对不救关羽已感后悔，又断然拒绝孟达的劝降，可见其虽有严重过错，但尚有挽救余地。

孟达知刘封扯书斩使，勃然大怒，亦领兵出迎。两阵对圆，封立马于门旗下，以刀指骂曰："背国反贼，安敢乱言！"孟达曰："汝死已临头，还自执迷不省！"封大怒，拍马轮刀，直奔孟达。战不三合，达败走，封乘虚追杀二十余里。一声喊起，伏兵尽出，左边夏侯尚杀来，右边徐晃杀来，孟达回身复战。三军夹攻，刘封大败而走，连夜奔回上庸。背后魏兵赶来。刘封到城下叫门，城上乱箭射下。申耽在敌楼上叫曰："吾已降了魏也！"封大怒，欲要攻城，背后追军将至。封立脚不住，只得望西城而奔*，见城上已尽插魏旗。申仪在敌楼上将旗一飐，城后一彪军出，旗上大书"右将军徐晃"。封抵敌不住，急望益州而走。晃乘势追杀。刘封部下只剩得百余骑，到了成都，入见汉中王，哭拜于地，细奏前事。玄德怒曰："辱子有何面目复来见吾！"封曰："叔父之难，非儿不救，因孟达谏阻故耳。"玄德转怒曰："汝须食人食、穿人衣，非土木偶人！安可听谗贼所阻！"命左右推出斩之。汉中王既斩刘封，后闻孟达招之，毁书斩使之事，心中颇悔；㉑又哀痛关公，以致染病。因此按兵不动。

汉中王既斩刘封……心中颇悔——刘备认刘封为义子已经十余年，父子之情不可谓不厚；如今一怒而斩之，确实操之过急，又得知其颇有悔改之意，怎能不感到痛惜？

且说魏王曹丕，自即王位，将文武官僚，尽皆升赏；遂统甲兵三十万，南巡沛国谯县，大飨先茔。乡中父老，扬尘遮道，奉觞进酒，效汉高祖还沛之事。人报大将军夏侯惇病危，丕即还邺城。时惇已卒，丕为挂孝，以厚礼殡葬。

是岁八月间，报称石邑县凤凰来仪，临淄城麒麟出现，黄龙现于邺城。于是中郎将李伏、太史丞许芝商议：种种瑞征，乃魏当代汉之兆，可安排受禅之礼，令汉帝将天下让于魏王。遂同华歆、王朗、辛毗、贾诩、刘廙、刘晔、陈矫、陈群、桓阶等一班文武官僚，四十余人，直入内殿，来奏汉献帝，请禅位于魏王曹丕。正是：魏家社稷今将建，汉代江山忽已移。未知献帝如何回答，且看下文分解。

尾评：

曹丕有意逼迫曹植，虽未得逞，但用心之险恶已昭然若揭；刘备因罪而斩刘封，虽感后悔，但刘封毕竟是咎由自取。单就曹、刘两大集团内部矛盾描写而言，在道德取向上，也可看出“尊刘贬曹”的倾向。

第八十回
曹丕废帝篡炎刘　汉王正位续大统

总评

延康元年（220）十月，在曹氏集团的逼迫下，当了多年傀儡皇帝的汉献帝黯然走下宝座，把江山拱手交给曹丕。至此，早已名存实亡的东汉王朝终于寿终正寝，就像一座早已摇摇欲坠的大厦终于彻底坍塌。从此，曹魏政权正式挂出招牌，真正的“三国”时期也就正式开始。

历史上的曹丕，在曹操苦心经营二十五年的基础上，篡汉称帝，建立曹氏王朝，本属政治实力长期倾斜的必然产物，是用强权支撑的改朝换代。然而，为了给自己的篡权披上“合法”的外衣，表明自己是“天命所归，人心所向”的“真龙天子”，他却一手导演了一场“禅让”的闹剧。于是，群臣时而称说符瑞，时而上表劝进，汉献帝被迫一次又一次地下诏让位，曹丕却假惺惺地一次又一次上表推辞。直到他以为举国上下都被糊弄得差不多了，这才做出一副不得不接受的样子，在受禅台上正式表演“禅让”的仪式。罗贯中着重描写了曹丕一面纵容部下威逼汉献帝，一面假作谦逊的丑恶言行，深刻地揭露了封建政治的极端虚伪。

曹丕称帝以后，刘备为了表明自己继承了东汉王朝的“正统”，为了与曹魏抗衡，也随之称帝。这既是现实政治斗争的需要，也是大势所趋，不必隐讳。

然而，刘备却又一次玩弄了让群臣再三劝进，方才被迫依允的把戏，以图得个好名声。尽管作者极力表现刘备之得人心，今天的读者仍然觉得刘备此举未免太“假”。

自本回末尾起，作品称刘备为“先主”。这一称呼，出自陈寿《三国志·蜀书》，系与“后主”相对，既非庙号，也非谥号，读者诸君可稍加留意。

却说华歆等一班文武，入见献帝。歆奏曰："伏睹魏王，自登位以来，德布四方，仁及万物，越古超今，虽唐、虞无以过此。群臣会议，言汉祚已终，望陛下效尧、舜之道，以山川社稷，禅与魏王：上合天心，下合民意，则陛下安享清闲之福，祖宗幸甚！生灵幸甚！臣等议定，特来奏请。"帝闻奏大惊，半晌无言，觑百官而哭曰："朕想高祖提三尺剑，斩蛇起义，平秦灭楚，创造基业，世统相传，四百年矣。朕虽不才，初无过恶，安忍将祖宗大业，等闲弃了？汝百官再从公计议。"㊟

帝闻奏大惊……再从公计议——汉献帝当了三十二年傀儡，一直担惊受怕，苟延残喘，勉强维持着东汉王朝的名义；如今众官要他干脆让出皇帝宝座，眼看王朝名义即将在他手里断送，他却只能痛哭流涕，实在可怜！

华歆引李伏、许芝近前奏曰："陛下若不信，可问此二人。"李伏奏曰："自魏王即位以来，麒麟降生，凤凰来仪，黄龙出现，嘉禾蔚生，甘露下降：此是上天示瑞，魏当代汉之象也。"许芝又奏曰："臣等职掌司天，夜观乾象，见炎汉气数已终，陛下帝星隐匿不明；魏国乾象，极天际地，言之难尽。更兼上应图谶，其谶曰：'鬼在边，委相连；当代汉，无可言。言在东，午在西；两日并光上下移。'以此论之，陛下可早禅位。'鬼在边，委相连'，是'魏'字也；'言在东，午在西'，乃'许'字也；'两日并光上下移'，乃'昌'字也：此是魏在许昌应受汉禅也。愿陛下察之。"帝曰："祥瑞图谶，皆虚妄之事；奈何以虚妄之事，而遽欲朕舍祖宗之基业乎？"王朗奏曰："自古以来，有兴必有废，有盛必有衰，岂有不亡之国、不败之家乎？汉室相传四百余年，延至陛下，气数已尽。宜早退避，不可迟疑；迟则生变矣。"帝大哭，入后殿去了。百官哂笑而退。

次日，官僚又集于大殿，令宦官入请献帝。帝忧惧不敢出。曹后曰："百官请陛下设朝，陛下何故推阻？"帝泣曰："汝兄欲篡位，令百官相逼，朕故不出。"曹后大怒曰："吾兄奈何为此乱逆之事耶！"言未已，只见曹洪、曹休带剑而入，请帝出前殿。曹后大骂曰："俱是汝等乱贼，希图富贵，共造逆谋！吾父功盖寰区，威震天下，然且不敢篡窃神器。今吾兄嗣位未几，辄思篡汉，皇天必不祚尔！”言罢，痛哭入宫。左右侍者皆歔欷流涕。

曹洪、曹休力请献帝出殿。帝被逼不过，只得更衣出前殿。华歆奏曰：“陛下可依臣等昨日之议，免遭大祸。”帝痛哭曰：“卿等皆食汉禄久矣；中间多有汉朝功臣子孙，何忍作此不臣之事？”歆曰：“陛下若不从众议，恐旦夕萧墙祸起，非臣等不忠于陛下也。”帝曰：“谁敢弑朕耶？”歆厉声曰：“天下之人，皆知陛下无人君之福，以致四方大乱！若非魏王在朝，弑陛下者，何止一人？陛下尚不知恩报德，直欲令天下人共伐陛下耶？”帝大惊，拂袖而起。王朗以目视华歆。歆纵步向前，扯住龙袍，变色而言曰：“许与不许，早发一言！”帝战栗不能答。曹洪、曹休拔剑大呼曰：“符宝郎何在？”祖弼应声出曰：“符宝郎在此！”曹洪索要玉玺。祖弼叱曰：“玉玺乃天子之宝，安得擅索！”洪喝令武士推出斩之。祖弼大骂不绝口而死。后人有诗赞曰：

奸宄专权汉室亡，诈称禅位效虞唐。
满朝百辟皆尊魏，仅见忠臣符宝郎。

帝颤栗不已。只见阶下披甲持戈数百余人，皆是魏兵。帝泣谓群臣曰：“朕愿将天下禅于魏王，幸留残喘，以终天年。”㊣贾诩曰：“魏王必不负陛下。陛下可急降诏，以安众心。”帝只得令陈群草禅国之诏，令华歆赍捧诏玺，引百官直至魏王宫献纳。曹丕大喜，开读诏曰：

朕愿将天下禅于魏王，幸留残喘，以终天年——经过无数的磨难和挫折，当年那位聪明伶俐的陈留王，早已被吓得肝胆俱裂，虚弱不堪。面对曹氏死党的威逼，他只能屈服，只求保命。再也经不起任何打击的他，此时年仅四十岁！可怜，可怜！

> 朕在位三十二年，遭天下荡覆，幸赖祖宗之灵，危而复存。然今仰瞻天象，俯察民心，炎精之数既终，行运在乎曹氏。是以前王既树神武之迹，今王又光耀明德，以应其期。历数昭明，信可知矣。夫“大道之行，天下为公”；唐尧不私于厥子，而名播于无穷：朕窃慕焉。今其追踵尧典，禅位于丞相魏王。王其毋辞！

曹丕听毕，便欲受诏。司马懿谏曰：“不可。虽然诏玺已至，殿下宜且上表谦辞，以绝天下之谤。”㊣丕从之，令王朗作表，自称德薄，请别求大贤以嗣天位。帝览表，心甚惊疑，谓群臣曰：“魏王谦逊，如之奈何？”华歆曰：“昔魏武王受王爵之时，三辞而诏不许，然后受之。今陛下可再降诏，魏王自当允之。”

殿下宜且上表谦辞，以绝天下之谤——明明曹丕迫不及待地想要登上皇帝宝座，司马懿却要他“上表谦辞”，简直令人作呕！然而，这样就能“绝天下之谤”吗？休想！

帝不得已，又令桓阶草诏，遣行御史大夫太常张音*，持节奉玺至魏王宫。曹丕开读诏曰：

咨尔魏王，上书谦让。朕窃为汉道陵迟，为口已久；幸赖武王操，德膺符运，奋扬神武，芟除凶暴，清定区夏。今王丕缵承前绪，至德光昭，声教被四海，仁风扇八区；天之历数，实在尔躬。昔虞舜有大功二十，而放勋禅以天下；大禹有疏导之绩，而重华禅以帝位。汉承尧运，有传圣之义，加顺灵祇，绍天明命。使行御史大夫张音，持节奉皇帝玺绶。王其受之！

曹丕接诏欣喜，谓贾诩曰："虽二次有诏，然终恐天下后世，不免篡窃之名也。"诩曰："此事极易：可再命张音赍回玺绶。却教华歆令汉帝筑一坛，名'受禅坛'；择吉日良辰，集大小公卿，尽到坛下，令天子亲奉玺绶，禅天下与王，便可以释群疑而绝众议矣。"㊎

令天子亲奉玺绶，禅天下与王，便可以释群疑而绝众议矣——无论玩弄多少花招，逼迫献帝让位都是显而易见的。要想一手遮尽天下人耳目，不过是一厢情愿而已。

丕大喜，即令张音赍回玺绶，仍作表谦辞。音回奏献帝。帝问群臣曰："魏王又让，其意若何？"华歆奏曰："陛下可筑一坛，名曰'受禅坛'，集公卿庶民，明白禅位；则陛下子子孙孙，必蒙魏恩矣。"帝从之，乃遣太常院官，卜地于繁阳，筑起三层高坛，择于十月庚午日寅时禅让。

至期，献帝请魏王曹丕登坛受禅，坛下集大小官僚四百余员，御林虎贲禁军三十余万。帝亲捧玉玺奉曹丕。丕受之。坛下群臣跪听册曰：

咨尔魏王！昔者唐尧禅位于虞舜，舜亦以命禹：天命不于常，惟归有德。汉道陵迟，世失其序；降及朕躬，大乱滋昏：群凶恣逆，宇内颠覆。赖武王神武，拯兹难于四方，惟清区夏，以保绥我宗庙；岂予一人获乂，俾九服实受其赐。今王钦承前绪，光于乃德；恢文武之大业，昭尔考之弘烈。皇灵降瑞，人神告征；诞惟亮采，师锡朕命。佥曰：尔度克协于虞舜，用率我唐典，敬逊尔位。於戏！"天之历数在尔躬"，君其祇顺大礼，飨兹万国，以肃承天命*！

读册已毕，魏王曹丕即受八般大礼，登了帝位。贾诩引大小官僚朝于坛下。改延康元年为黄初元年。国号大魏。丕即传旨，大赦天下，谥父曹操为太祖武皇帝。华歆奏曰："'天无二日，民无二王'。汉帝既禅天下，理宜退就藩服。乞降明旨，安置刘氏于何地？"言讫，扶献帝跪于坛下听旨。丕降旨，封帝为山阳公，即日便行。华歆按剑指帝，厉声而言曰：“立一帝，废一帝，古之常道！今上仁慈，不忍加害，封汝为山阳公。今日便行，非宣召不许入朝！”献帝含泪拜谢，上马而去。坛下军民人等见之，伤感不已。丕谓群臣曰：“舜、禹之事，朕知之矣！”㊣群臣皆呼“万岁”。后人观此受禅坛，有诗叹曰：

舜、禹之事，朕知之矣——曹丕此语，本于《三国志·魏书·文帝纪》注引《魏氏春秋》，得意之态，溢于言表。是的，历代统治者大肆吹嘘的所谓“禅让”，其实就是这么回事。

两汉经营事颇难，一朝失却旧江山。
黄初欲学唐虞事，司马将来作样看。

百官请曹丕答谢天地。丕方下拜，忽然坛前卷起一阵怪风，飞砂走石，急如骤雨，对面不见；坛上火烛，尽皆吹灭。丕惊倒于坛上，百官急救下坛，半晌方醒。侍臣扶入宫中，数日不能设朝。后病稍可，方出殿受群臣朝贺。封华歆为司徒，王朗为司空；大小官僚，一一升赏。丕疾未痊，疑许昌宫室多妖，乃自许昌幸洛阳，大建宫室。

早有人到成都，报说曹丕自立为大魏皇帝，于洛阳盖造宫殿，且传言汉帝已遇害。汉中王闻知，痛哭终日；下令百官挂孝，遥望设祭，上尊谥曰“孝愍皇帝”。玄德因此忧虑，致染成疾，不能理事，政务皆托与孔明。孔明与太傅许靖、劝学从事谯周*商议，言天下不可一日无君，欲尊汉中王为帝。谯周曰：“近有祥风庆云之瑞；成都西北角有黄气数十丈，冲霄而起；帝星见于毕、胃、昴之分，煌煌如月：此正应汉中王当即帝位，以继汉统，更复何疑？”

于是孔明与许靖，引大小官僚上表，请汉中王即皇帝位。汉中王览表，大惊曰：“卿等欲陷孤为不忠不义之人耶？”孔明奏曰：“非也。曹丕篡汉自立，王上乃汉室苗裔，理合继统以延汉祀。”汉中王勃然变色曰：“孤岂效逆贼所为！”拂袖而起，入于后宫。众官皆散。三日后，孔明又引众官入朝，请汉中王出。众皆拜伏于前。许靖奏曰：“今汉天子已被曹丕所弑，王上不即帝位，兴师讨逆，不得为忠义也。今天下无不欲王上为君，为孝愍皇帝雪恨。若不从臣等所议，是失民望矣。”汉中王曰：“孤虽是景帝之孙，并未有德泽以布于民；今一旦自立为帝，与篡窃何异！”孔明苦劝数次，汉中王坚执不从。㊣孔明乃设一计，谓众官曰：如此如此。于是孔明托病不出。

孔明苦劝数次，汉中王坚执不从——这一情节纯属虚构，意在表现刘备忠于汉室，甘居臣位，毫无野心。

汉中王闻孔明病笃，亲到府中，直入卧榻边，问曰：“军师所感何疾？”孔明答曰：“忧心如焚，命不久矣！”汉中王曰：“军师所忧何事？”连问数次，孔明只推病重，瞑目不答。汉中王再三请问。孔明喟然叹曰：“臣自出茅庐，得遇大王，相随至今，言听计从；今幸大王有益州之地，不负臣夙昔之言。目今曹丕篡位，汉祀将斩，文武官僚，咸欲奉大王为帝，灭魏兴刘，共图功名；不想大王坚执不肯。众官皆有怨心，不久必尽散矣。若文武皆散，吴、魏来攻，益州难保。臣安得不忧乎？”汉中王曰：“吾非推阻，恐天下人议论耳。”㊣孔明曰：“圣人云：‘名不正，则言不顺。’今大王名正言顺，有何可议？岂不闻‘天与弗取，反受其咎？’”汉中王曰：“待军师病可，行之未迟。”㊣孔明听罢，从榻上跃然而起，将屏风一击，外面文武百官皆入，拜伏于地曰：“王上既允，便请择日以行大礼。”汉中王视之，乃是太傅许靖、安汉将军麋竺、青衣侯向举、阳泉侯刘豹、太常赖恭、光禄勋黄柱、少府王谋、偏将军张裔、黄权、大司马属殷纯、益州别驾赵莋、治中杨洪、从事祭酒何宗、议曹从事杜琼、劝学从事张爽、尹默、谯周*、昭文将军伊籍*、从事祭酒秦宓*等众也。汉中王惊曰：“陷孤于不义，皆卿等也！”孔明曰：“王上既允所请，便可筑坛择吉，恭行大礼。”即时送汉中王还宫，一面令博士许慈、议郎孟光*掌礼，筑坛于成都武担之南。

诸事齐备，多官整设銮驾，迎请汉中王登坛致祭。谯周在坛上，高声朗读祭文曰：

> 惟建安二十六年四月丙午*，皇帝备，敢昭告于皇天后土：汉有天下，历数无疆。曩者，王莽篡盗，光武皇帝震怒致诛，社稷复存。今曹操阻兵残忍，戮杀主后，罪恶滔天；操子丕，载肆凶逆，窃据神器。群下将士，以为汉祀堕废，备宜延之，嗣武二祖，躬行天罚。备惧无德忝帝位，询于庶民，外及遐荒君长，佥曰：天命不可以不答，祖业不可以久替，四海不可以无主。率土式望，在备一人。备畏天明命，又惧高、光之业，将坠于地，谨择吉日，登坛告祭，受皇帝玺绶，抚临四方。惟神飨祚汉家，永绥历服！

读罢祭文，孔明率众官恭上玉玺。汉中王受了，捧于坛上，再三推辞曰：“备无才德，请择有才德者受之。”㊣孔明奏曰：“王上平定四海，功德昭于天下，况是大汉宗派，宜即正位。已祭告天神，

吾非推阻，恐天下人议论耳——此语方才暴露了刘备的真实心理：不是不想当皇帝，只是担心别人议论罢了。

待军师病可，行之未迟——经过几番劝说，刘备终于答应称帝。这样，他便感到名正言顺，心安理得，再也不担心别人说闲话了。

备无才德，请择有才德者受之——事已至此，刘备还要表示谦逊，这就完全是装模作样了。

复何让焉！”文武各官，皆呼“万岁”。拜舞礼毕，改元章武元年。立妃吴氏为皇后，长子刘禅为太子；封次子刘永为鲁王，三子刘理为梁王；封诸葛亮为丞相，许靖为司徒；大小官僚，一一升赏。大赦天下。益州军民，无不欣跃。

先主降诏曰——刘备刚一登基，便下诏伐吴，可见其念念不忘为关羽报仇，已经急不可待。

次日设朝，文武官僚拜毕，列为两班。先主降诏曰：㊢“朕自桃园与关、张结义，誓同生死。不幸二弟云长，被东吴孙权所害；若不报仇，是负盟也。朕欲起倾国之兵，剪伐东吴，生擒逆贼，以雪此恨！”言未毕，班内一人，拜伏于阶下，谏曰：“不可。”先主视之，乃虎威将军赵云也。正是：君王未及行天讨，臣下曾闻进直言。未知子龙所谏若何，且看下文分解。

尾评：

曹丕篡位，刘备登基，使三国鼎立的政治局面正式形成。而刘备下诏伐吴，又使作品转入下一个情节单元——夷陵之战（第八十一至第八十四回）。

第八十一回
急兄仇张飞遇害　雪弟恨先主兴兵

总评

历史上的刘备之所以决心伐吴，欲为关羽报仇固然是一个原因，但最重要、最根本的原因则是企图夺回荆州。如不夺回荆州，则刘备集团的地盘仅剩益州，僻处西南，势单力薄，实在很难实现恢复汉室、统一天下的目标。罗贯中根据广大民众的心理，有意淡化刘备伐吴的功利目的，而大大突出刘备与关羽、张飞之间“君臣而兄弟”的理想关系，强调刘备忠于桃园之盟，把兄弟情谊看得比万里江山更重，不惜一切代价，定要为结拜兄弟报仇。这样，刘备的伐吴之举虽然很不明智，却被赋予了崇高的色彩，这正符合小生产者的道德观念和审美心理。

张飞之死，本于《三国志·蜀书·张飞传》:“先主伐吴，飞当率兵万人，自阆中会江州。临发，其帐下将张达、范彊杀飞，持其首，顺流而奔孙权。”罗贯中对史实加以生发，描写张飞因急于替关羽报仇，命军中三日内制办白衣白甲，范彊、张达请求宽限，被鞭打，乃乘其醉卧而杀之，持其首级投奔东吴。这样，张飞那性如烈火、暴躁易怒的性格特征便一直保持到其生命的最后时刻，成为其区别于其他人物的重要标志。

张飞之死，使刘蜀集团失去了又一员大将，为《三国演义》中的这一重要人物写下了悲壮苍凉的最后一笔。历史上的张飞，与关羽并称“万人敌”，而“雄壮威猛，亚于关羽”；其突出特点是“爱敬君子而不恤小人”。罗贯中按照下层民众的审美心理，把张飞塑造为一个出身卖酒屠猪之家，带有较多市井气息的大英雄。他“豹头环眼”，形貌粗莽；武艺高强，勇猛善战；性情豪爽，嫉恶如仇；闻过知改，时见天真。在钩心斗角的官场上，他总是直来直去，从来不会耍小心眼；而在刀兵相见的战场上，他却粗中有细，常常出人意料地使出一条妙计。在众多的英雄人物中，他的快人快语最为突出，最具个性色彩。当然，他也有明显的缺点，并因暴躁而死于非命。作为一个富有魅力的英雄，张飞被公认为《三国演义》中最成功的艺术形象之一，深受读者喜爱。

历史上的关兴，“少有令问，丞相诸葛亮深器异之。弱冠为侍中、中监军，数岁卒。”(《三国志·蜀书·关羽传》)而历史上的张苞则“早夭”(《三国志·蜀书·张飞传》)。二者均未及建立卓越战功。罗贯中有意虚构他们先随刘备伐吴，后又随诸葛亮北伐，从而塑造了两个将门虎子的形象。

却说先主欲起兵东征，赵云谏曰："国贼乃曹操，非孙权也。今曹丕篡汉，神人共怒。陛下可早图关中，屯兵河、渭上流，*以讨凶逆，则关东义士，必裹粮策马以迎王师；若舍魏以伐吴，兵势一交，岂能骤解？愿陛下察之。"先主曰："孙权害了朕弟，又兼士仁、糜芳、潘璋、马忠皆有切齿之仇：啖其肉而灭其族，方雪朕恨！卿何阻耶？"云曰："汉贼之仇，公也；兄弟之仇，私也。愿以天下为重。"㊣先主答曰："朕不为弟报仇，虽有万里江山，何足为贵？"㊣遂不听赵云之谏，下令起兵伐吴；且发使往五谿，借番兵五万，共相策应；一面差使往阆中，迁张飞为车骑将军，领司隶校尉，封西乡侯*。使命赍诏而去。

却说张飞在阆中，闻知关公被东吴所害，旦夕号泣，血湿衣襟。诸将以酒解劝，酒醉，怒气愈加。帐上帐下，但有犯者即鞭挞之，多有鞭死者。㊣每日望南切齿睁目怒恨，放声痛哭不已。忽报使至，慌忙接入，开读诏旨。飞受爵，望北拜毕，设酒款待来使。飞曰："吾兄被害，仇深似海；庙堂之臣，何不早奏兴兵？"使者曰："多有劝先灭魏而后伐吴者。"飞怒曰："是何言也！昔我三人桃园结义，誓同生死；今不幸二兄半途而逝，吾安得独享富贵耶！吾当面见天子，愿为前部先锋，挂孝伐吴，生擒逆贼，祭告二兄，以践前盟！"言讫，就同使命望成都而来。

却说先主每日自下教场操演军马，克日兴师，御驾亲征。于是公卿都至丞相府中见孔明，曰："今天子初临大位，亲统军伍，非所以重社稷也。丞相秉钧衡之职，何不规谏？"孔明曰："吾苦谏数次，只是不听。今日公等随我入教场谏去。"当下孔明引百官来奏先主曰："陛下初登宝位，若欲北讨汉贼，以伸大义于天下，方可亲统六师；若只欲伐吴，命一上将统军伐之可也，何必亲劳圣驾？"先主见孔明苦谏，心中稍回。忽报张飞到来，先主急召入。飞至演武厅，

汉贼之仇，公也；兄弟之仇，私也。愿以天下为重——赵云进谏之事，本于《三国志·蜀书·赵云传》注引《赵云别传》。在刘蜀集团诸将中，惟赵云在此重大关头直言进谏，又一次表现了他的政治识见。而此语尤为切直。

朕不为弟报仇，虽有万里江山，何足为贵——刘备此语，在政治上十分糊涂，却表现了对兄弟情谊的极端忠实，堪称徇小义而忘大义的典型。

但有犯者即鞭挞之，多有鞭死者——张飞被报仇的念头冲昏头脑，以酒制怒，拿部下出气，可谓自取死道。

拜伏于地，抱先主足而哭。先主亦哭。飞曰："陛下今日为君，早忘了桃园之誓！二兄之仇，如何不报？"先主曰："多官谏阻，未敢轻举。"飞曰："他人岂知昔日之盟？若陛下不去，臣舍此躯与二兄报仇！若不能报时，臣宁死不见陛下也！"先主曰："朕与卿同往：卿提本部兵，自阆中而出*，朕统精兵会于江州，共伐东吴，以雪此恨！"飞临行，先主嘱曰："朕素知卿酒后暴怒，鞭挞健儿，而复令在左右；此取祸之道也。㊣今后务宜宽容，不可如前。"飞拜辞而去。

此取祸之道也——刘备对张飞的劝诫，本于《三国志·蜀书·张飞传》，为张飞被刺埋下了伏笔。

次日，先主整兵要行。从事祭酒秦宓奏曰*："陛下舍万乘之躯，而徇小义，古人所不取也。愿陛下思之。"先主曰："云长与朕，犹一体也。大义尚在，岂可忘耶？"宓伏地不起曰："陛下不从臣言，诚恐有失。"先主大怒曰："朕欲兴兵，尔何出此不利之言！"叱武士推出斩之。宓面不改色，回顾先主而笑曰："臣死无恨，但可惜新创之业，又将颠覆耳！"㊣众官皆为秦宓告免。先主曰："暂且囚下，待朕报仇回时发落。"孔明闻知，即上表救秦宓。其略曰：

臣死无恨，但可惜新创之业，又将颠覆耳——秦宓谏阻刘备伐吴，本于《三国志·蜀书·秦宓传》。这是秦宓第二次得到正面描写，表现了这位蜀中才子可贵的胆识。

> 臣亮等切以吴贼逞奸诡之计，致荆州有覆亡之祸；陨将星于斗牛，折天柱于楚地：此情哀痛，诚不可忘。但念迁汉鼎者，罪由曹操；移刘祚者，过非孙权。窃谓魏贼若除，则吴自宾服。愿陛下纳秦宓金石之言，以养士卒之力，别作良图，则社稷幸甚！天下幸甚！

先主看毕，掷表于地曰："朕意已决，无得再谏！"㊣遂命丞相诸葛亮保太子守益州；骠骑将军马超并弟马岱，助镇北将军魏延守汉中，以当魏兵；虎威将军赵云为后应，兼督粮草；黄权、程畿为参谋；马良、陈震掌理文书；黄忠为前部先锋；冯习、张南为副将；傅彤*、张翼为中军护尉；赵融、廖化*为合后。蜀将数百员，并五谿番将等，共兵七十五万，择定章武元年七月丙子日出师*。

朕意已决，无得再谏——刘备断然拒绝一切进谏，表现出前所未有的专横，从而踏上了一条失败之路。

却说张飞回到阆中，下令军中：限三日内制办白旗白甲，三军挂孝伐吴。次日，帐下两员末将范疆*、张达，入帐告曰："白旗白甲，一时无措，须宽限方可。"飞大怒曰："吾急欲报仇，恨不明日便到逆贼之境，汝安敢违我将令！"叱武士缚于树上，各鞭背五十。鞭毕，以手指之曰："来日俱要完备！若违了限，即杀汝二人示众！"打得二人满口出血。回到营中商议，范疆曰："今日受了刑责，着我等如何办得？其人性暴如火，倘来日不完，你我皆被杀矣！”张达曰：“比如他杀我，不如我杀他。”彊曰：“怎奈不得近前。”达曰：“我两个若不当死，则他醉于床上；若是当死，则他不醉。”二人商议停当。

却说张飞在帐中，神思昏乱，动止恍惚，乃问部将曰：“吾今心惊肉颤，坐卧不安，此何意也？”部将答曰：“此是君侯思念关公，以致如此。”飞令人将酒来，与部将同饮，不觉大醉，卧于帐中。范、张二贼，探知消息，初更时分，各藏短刀，密入帐中，诈言欲禀机密重事，直至床前。原来张飞每睡不合眼，当夜寝于帐中，二贼见他须竖目张，本不敢动手；因闻鼻息如雷，方敢近前，以短刀刺入飞腹。飞大叫一声而亡，㉧时年五十五岁。后人有诗叹曰：

安喜曾闻鞭督邮，黄巾扫尽佐炎刘。
虎牢关上声先震，长板桥边水逆流。
义释严颜安蜀境，武欺张郃震中州*。
伐吴未克身先死，秋草长遗阆地愁。

飞大叫一声而亡——张飞英雄一世，威震敌胆，竟然死于非命，实在令人叹息！

却说二贼当夜割了张飞首级，便引数十人，连夜投东吴去了。次日，军中闻知，起兵追之不及。时有张飞部将吴班，向自荆州来见先主，先主用为牙门将，使佐张飞守阆中。当下吴班先发表章，奏知天子；然后令长子张苞具棺椁盛贮，令弟张绍守阆中，苞自来报先主。时先主已择期出师，大小官僚，皆随孔明送十里方回。孔明回至成都，怏怏不乐，顾谓众官曰：“法孝直若在，必能制主上东行也。”

却说先主是夜心惊肉颤，寝卧不安，出帐仰观天文，见西北一星，其大如斗，忽然坠地。先主大疑，连夜令人来问孔明。孔明回奏曰：“合损一上将。三日之内，必有惊报。”先主因此按兵不动。忽侍臣奏曰：“阆中张车骑部将吴班，差人赍表至。”先主顿足曰：“噫！三弟休矣！”及至览表，果报张飞凶信。先主放声大哭，昏绝于地，众官救醒。次日，人报一队军马骤风而至。先主出营观之，良久，见一员小将，白袍银铠，滚鞍下马，伏地而哭，乃张苞也。苞曰：“范彊、张达杀了臣父，将首级投吴去了！”先主哀痛至甚，饮食不进。群臣苦谏曰：“陛下方欲为二弟报仇，何可先自摧残龙体？”先主方才进膳；遂谓张苞曰："卿与吴班，敢引本部军作先锋，为卿父报仇否？"苞曰："为国为父，万死不辞！"先主正欲遣苞起兵，又报一彪军风拥而至。先主令侍臣探之。须臾，侍臣引一小将军，白袍银铠，入营伏地而哭。先主视之，乃关兴也。先主见了关兴，想起关公，又放声大哭。众官苦劝。先主曰："朕想布衣时，与关、张结义，誓同生死；今朕为天子，正欲与二弟共享富贵，不幸俱死于非命！见此二侄，能不断肠！"言讫又哭。众官曰："二小将军且退，容圣上将息龙体。"侍臣奏曰："陛下年过六旬，不宜过于哀痛。"先主曰："二弟俱亡，朕安忍独生！"㊟言讫，以头顿地而哭。

二弟俱亡，朕安忍独生——关羽之仇未报，张飞又被刺杀，这使刘备痛不欲生，更增强了他的报仇欲望，也更增强了他的盲目情绪。以后的种种败着，均与此有关。

多官商议曰："今天子如此烦恼，将何解劝？"马良曰："主上亲统大兵伐吴，终日号泣，于军不利。"陈震曰："吾闻成都青城山之西，有一隐者，姓李，名意其*。世人传说此老已三百余岁，能知人之生死吉凶，乃当世之神仙也。何不奏知天子，召此老来，问他吉凶，胜如吾等之言。"遂入奏先主。先主从之，即遣陈震赍诏，往青城山宣召。震星夜到了青城，令乡人引入山谷深处，遥望仙庄，清云隐隐，瑞气非凡。忽见一小童来迎曰："来者莫非陈孝起乎？"震大惊曰："仙童如何知我姓字？"童子曰："吾师昨者有言：'今日必有皇帝诏命至，使者必是陈孝起。'"震曰："真神仙也！人言信不诬矣！"遂与小童同入仙庄，拜见李意其，宣天子诏命。李意其推老不行。震曰："天子急欲见仙翁一面，幸勿吝鹤驾。"再三敦请，李意其方行。

既至御营，入见先主。先主见李意其鹤发童颜，碧眼方瞳，灼灼有光，身如古柏之状，知是异人，优礼相待。李意其曰："老夫乃荒山村叟，无学无识。辱陛下宣召，不知有何见谕？"先主曰："朕与关、张二弟结生死之交，三十余年矣。今二弟被害，亲统大军报仇，未知休咎如何。久闻仙翁通晓玄机，望乞赐教。"李意其曰："此乃天数，非老夫所知也。"先主再三求问，意其乃索纸笔，画兵马器械四十余张，画毕便一一扯碎。又画一大人仰卧于地上，傍边一人掘土埋之，上写一大"白"字，㊟遂稽首而去。先主不悦，谓群臣曰："此狂叟也！不足为信。"即以火焚之，便催军前进。

傍边一人掘土埋之，上写一大"白"字——此事本于《三国志·蜀书·先主传》注引葛洪《神仙传》，显系后人为解释刘备兵败夷陵，死于白帝城而编造的传说。

张苞入奏曰："吴班军马已至。小臣乞为先锋。"先主壮其志，即取先锋印赐张苞。苞方欲挂印，又一少年将奋然出曰："留下印与我！”视之，乃关兴也。苞曰：“我已奉诏矣。”兴曰：“汝有何能，敢当此任？”苞曰：“我自幼习学武艺，箭无虚发。”先主曰：“朕正要观贤侄武艺，以定优劣。”苞令军士于百步之外，立一面旗，旗上画一红心。苞拈弓取箭，连射三箭，皆中红心。众皆称善。关兴挽弓在手曰：“射中红心，何足为奇？”正言间，忽值头上一行雁过。兴指曰：“吾射这飞雁第三只。”一箭射去，那只雁应弦而落。文武官僚，齐声喝采。苞大怒，飞身上马，手挺父所使丈八点钢矛，大叫曰：“你敢与我比试武艺否？”兴亦上马，绰家传大砍刀，纵马而出曰：“偏你能使矛！吾岂不能使刀！”

二将方欲交锋，先主喝曰：“二子休得无礼！”兴、苞二人慌忙下马，各弃兵器，拜伏请罪。先主曰：“朕自涿郡与卿等之父结异姓之交，亲如骨肉。今汝二人亦是昆仲之分，正当同心协力，共报父仇，奈何自相争竞，失其大义！父丧未远而犹如此，况日后乎？”二人再拜伏罪。先主问曰：“卿二人谁年长？”苞曰：“臣长关兴一岁。”先主即命兴拜苞为兄。二人就帐前折箭为誓，永相救护。先主下诏，使吴班为先锋，令张苞、关兴护驾。水陆并进，船骑双行，浩浩荡荡，杀奔东吴来*。

却说范彊、张达将张飞首级，投献孙权，细告前事。孙权听罢，收了二人，乃谓百官曰：“今刘玄德即了帝位，统精兵七十余万，御驾亲征，其势甚大，如之奈何？”百官尽皆失色，面面相觑。诸葛瑾出曰：“某食君侯之禄久矣，无可报效，愿舍残生，去见蜀主，以利害说之，使两国相和，共讨曹丕之罪。”㊣权大喜，即遣诸葛瑾为使，来说先主罢兵。正是：两国相争通使命，一言解难赖行人。未知诸葛瑾此去如何，且看下文分解。

使两国相和，共讨曹丕之罪——历史上的诸葛瑾在刘备伐吴时，曾写信与备，说明利害。此处写他往见刘备，更有利于表现人物性格。

尾评：

从本回到第八十四回，构成“夷陵之战”这一情节单元。本回描写刘备不顾文武大臣谏阻，决意伐吴，可以视为夷陵之战的预备阶段。刘备的刚愎自用，意气用事，在这里已经表现得相当突出，这就为其遭到惨败埋下了伏笔。

第八十二回
孙权降魏受九锡　先主征吴赏六军

总评

刘备伐吴，进一步打乱了三分鼎立的政治格局，使三方关系发生了新的变化；孙权为了避免两面受敌，特向曹丕请降，接受吴王封爵；刘备既要进攻东吴，还要防备魏国攻其侧翼；曹丕则坐山观虎斗，欲待吴、蜀双方决出胜负后，再来收拾残局，消灭仅剩的一个对手。三家各有打算，斗争错综复杂，每一方的行动都直接影响着另外两方，使得形势千变万化，波澜起伏。这是“三分”故事异于其他时代故事的显著特征，也是它最富魅力的根本原因之一。

赵咨出使魏国，与曹丕谈论孙权之事，本于《三国志·吴书·吴主传》及裴注引韦昭《吴书》。面对声威赫赫的“大魏皇帝”，赵咨不卑不亢，有理有节，从容应对，言辞畅达，有效地维护了东吴的尊严，赢得了曹丕的赞许，成为《三国演义》中虽仅出场一次，却给读者以较深印象的次要人物。其称孙权为“聪明、仁智、雄略之主”，并非虚夸；综观孙权一生作为，确实不愧如此评价。

孙桓、朱然领兵迎战刘备，算是东吴组织的第一次大规模抵抗（历史上孙桓、朱然系作为陆逊部将抵御蜀军，并未先于陆逊挂帅）。结果吴军大败，孙桓被围，朱然后退。作品如此描写，意在先扬后抑：先写刘备取胜，为蜀军挣点面子，为其以后的惨败进行铺垫。

却说章武元年秋八月，先主起大军至夔关，驾屯白帝城，前队军马已出巫峡*。近臣奏曰："吴使诸葛瑾至。"先主传旨教休放入。黄权奏曰："瑾弟在蜀为相，必有事而来。陛下何故绝之？当召入，看他言语。可从则从；如不可，则就借彼口说与孙权，令知问罪有名也。"先主从之，召瑾入城。瑾拜伏于地。先主问曰："子瑜远来，有何事故？"瑾曰："臣弟久事陛下，臣故不避斧钺，特来奏荆州之事：前者，关公在荆州时，孙将军数次求亲，关公不允。后关公取襄阳，曹操屡次致书孙将军，使袭荆州；孙将军本不肯许，因吕蒙与关公不睦，故擅自兴兵，误成大事。今孙将军悔之不及。此乃吕蒙之罪，非孙将军之过也。今吕蒙已死，冤仇已息。孙夫人一向思归。今孙将军令臣为使，愿送归夫人，缚还降将，并将荆州仍旧交还，永结盟好，共灭曹丕，以正篡逆之罪。"先主怒曰："汝东吴害了朕弟，今日敢以巧言来说乎！"瑾曰："臣请以轻重大小之事，与陛下论之：陛下乃汉朝皇叔，今汉帝已被曹丕篡夺，不思剿除；却为异姓之亲，而屈万乘之尊：是舍大义而就小义也。中原乃海内之地，两都皆大汉创业之方，陛下不取，而但争荆州：是弃重而取轻也。天下皆知陛下即位，必兴汉室，恢复山河；今陛下置魏不问，反欲伐吴：窃为陛下不取。"先主大怒曰："杀吾弟之仇，不共戴天！欲朕罢兵，除死方休！㊟不看丞相之面，先斩汝首！今且放汝回去，说与孙权：洗颈就戮！"诸葛瑾见先主不听，只得自回江南。

㊟欲朕罢兵，除死方休——诸葛瑾委婉进言，刘备却予以痛斥。这是他断然拒绝东吴的第一次求和，重申报仇决心。

却说张昭见孙权曰："诸葛子瑜知蜀兵势大，故假以请和为辞，欲背吴入蜀。此去必不回矣。"权曰："孤与子瑜，有生死不易之盟；孤不负子瑜，子瑜亦不负孤。昔子瑜在柴桑时，孔明来吴，孤欲使子瑜留之。子瑜曰：'弟已事玄德，义无二心；弟之不留，犹瑾之不往。'其言足贯神明。今日岂肯降蜀乎？孤与子瑜可谓神交，非外言所得闻也。”㊟正言间，忽报诸葛瑾回。权曰：“孤言若何？”张昭满面羞惭而退。瑾见孙权，言先主不肯通和之意。权大惊曰：“若如此，则江南危矣！”阶下一人进曰：“某有一计，可解此危。”视之，乃中大夫赵咨也。权曰：“德度有何良策？”咨曰：“主公可作一表，某愿为使，往见魏帝曹丕，陈说利害，使袭汉中，则蜀兵自危矣。”权曰：“此计最善。但卿此去，休失了东吴气象。”咨曰：“若有些小差失，即投江而死，安有面目见江南人物乎！”

权大喜，即写表称臣，令赵咨为使。星夜到了许昌*，先见太尉贾诩等，并大小官僚。次日早朝，贾诩出班奏曰：“东吴遣大夫赵咨上表。”曹丕笑曰：“此欲退蜀兵故也。”即令召入。咨拜伏于丹墀。丕览表毕，遂问咨曰：“孙将军乃何如主也？”咨曰：“聪明、仁智、雄略之主也。”丕笑曰：“卿褒奖毋乃太甚？”咨曰：“臣非过誉也。孙将军纳鲁肃于凡品，是其聪也；拔吕蒙于行阵，是其明也；获于禁而不害，是其仁也；取荆州兵不血刃，是其智也；据三州虎视天下*，是其雄也；屈身于陛下，是其略也：以此论之，岂不为聪明、仁智、雄略之主乎？”丕又问曰：“孙将军颇知学乎*？”咨曰：“孙将军浮江万艘，带甲百万，任贤使能，志存经略；少有余闲，博览书传，历观史籍，采其大旨，不效书生寻章摘句而已。”丕曰：“朕欲伐吴，可乎？”咨曰：“大国有征伐之兵，小国有御备之策。”丕曰：“吴畏魏乎？”咨曰：“带甲百万，江汉为池，何畏之有？”丕曰：“东吴如大夫者几人？”咨曰：“聪明特达者八九十人；如臣之辈，车载斗量，不可胜数。”丕叹曰：“‘使于四方，不辱君命’，卿可以当之矣。”㊟于是即降诏，命太常卿邢贞赍册封孙权为吴王，加九锡。赵咨谢恩出城。

侍中刘晔谏曰*：“今孙权惧蜀兵之势，故来请降。以臣愚见：蜀、吴交兵，乃天亡之也。今若遣上将提数万之兵，渡江袭之，蜀攻其外，魏攻其内，东吴之亡，不出旬日。吴亡则蜀孤矣。陛下何不早图之？”丕曰：“孙权既以礼服朕，朕若攻之，是沮天下欲降者之心；不若纳之为是。”刘晔又曰：“孙权虽有雄才，乃残汉骠骑将军、南昌侯之职。官轻则势微，尚有畏中原之心；若加以王位，则去陛下一阶耳。今陛下信其诈降，崇其位号以封殖之，是与虎添翼也。”丕曰：“不然。朕不助吴，亦不助蜀。待看吴、蜀交兵，若灭一国，

孤与子瑜可谓神交，非外言所得间也——孙权此语，本于《三国志·吴书·诸葛瑾传》注引《江表传》，充分表现了孙权善于知人、用人不疑的优点，这是江东人才济济的一个重要原因。

“使于四方，不辱君命”，卿可以当之矣——赵咨的风度、才干，赢得了曹丕的衷心赞许，堪称《三国演义》中又一个成功的使者形象。

若灭一国，止存一国，那时除之，有何难哉——曹丕接受孙权的请降，却坐山观虎斗，企图收渔人之利。此计虽然未必得逞，但其老谋深算，亦颇有水平。

岂以江南无方寸之刃耶——张昭此语，本于《三国志·吴书·张昭传》，其正言厉色，溢于言表，足以震慑仗势欺人者。此公为人刚直不阿，可惜《三国演义》很少予以表现。

封孙桓为左都督，朱然为右都督，即日起兵——孙权求和不成，只得命孙桓、朱然出兵抵御蜀军。这是东吴组织的第一次大规模抵抗。

止存一国，那时除之，有何难哉？㊖朕意已决，卿勿复言。”遂命太常卿邢贞同赵咨捧执册锡，径至东吴。

却说孙权聚集百官，商议御蜀兵之策。忽报：“魏帝封主公为王，礼当远接。”顾雍谏曰：“主公宜自称上将军、九州伯*，不当受魏帝封爵。”权曰：“当日沛公受项羽之封，盖因时也；何故却之？”遂率百官出城迎接。邢贞自恃上国天使，入门不下车。张昭大怒，厉声曰：“礼无不敬，法无不肃，而君敢自尊大，岂以江南无方寸之刃耶？”㊖邢贞慌忙下车，与孙权相见，并车入城。忽车后一人放声哭曰：“吾等不能奋身舍命，为主并魏吞蜀，乃令主公受人封爵，不亦辱乎！”众视之，乃徐盛也。邢贞闻之，叹曰：“江东将相如此，终非久在人下者也！”

却说孙权受了封爵，众文武官僚拜贺已毕，命收拾美玉明珠等物，遣人赍进谢恩。早有细作报说：“蜀主引本国大兵，及蛮王沙摩柯番兵数万，又有洞溪汉将杜路、刘宁二枝兵，水陆并进，声势震天。水路军已出巫口，旱路军已到秭归。”时孙权虽登王位，奈魏主不肯接应，乃问文武曰：“蜀兵势大，当复如何？”众皆默然。权叹曰：“周郎之后有鲁肃；鲁肃之后有吕蒙；今吕蒙已亡，无人与孤分忧也！”言未毕，忽班部中一少年将，奋然而出，伏地奏曰：“臣虽年幼，颇习兵书。愿乞数万之兵，以破蜀兵。”权视之，乃孙桓也。桓字叔武，其父名河，本姓俞氏，孙策爱之，赐姓孙，因此亦系吴王宗族；河生四子，桓居其三*，弓马熟娴，常从吴王征讨，累立奇功，官授安东中郎将*；时年二十五岁。权曰：“汝有何策胜之？”桓曰：“臣有大将二员：一名李异，一名谢旌，俱有万夫不当之勇。乞数万之众，往擒刘备。”权曰：“侄虽英勇，争奈年幼；必得一人相助，方可。”昭武将军朱然*出曰：“臣愿与小将军同擒刘备。”权许之，遂点水陆军五万，封孙桓为左都督，朱然为右都督，即日起兵。㊖哨马探得蜀兵已至宜都下寨，朱然引二万五千水军，于大江之中结营；孙桓引二万五千马军，屯于宜都界口*，前后分作三营，以拒蜀兵。

却说蜀将吴班领先锋之印，自出川以来，所到之处，望风而降，兵不血刃，直到宜都；探知孙桓在彼下寨，飞奏先主。时先主已到秭归，闻奏怒曰：“量此小儿，安敢与朕抗耶！”关兴奏曰：“既孙权令此子为将，不劳陛下遣大将，臣愿往擒之。”先主曰："朕正欲观汝壮气。”即命关兴前往。兴拜辞欲行，张苞出曰："既关兴前去讨贼，臣愿同行。”先主曰："二侄同行甚妙；但须谨慎，不可造次。”

二人拜辞先主，会合先锋，一同进兵，列成阵势。孙桓听知蜀兵大至，合寨多起。两阵对圆，桓领李异、谢旌立马于门旗之下，见蜀营中，拥出二员大将，皆银盔银铠，白马白旗：上首张苞挺丈八点钢矛，下首关兴横着大砍刀。苞大骂曰："孙桓竖子！死在临时，尚敢抗拒天兵乎！”桓亦骂曰："汝父已作无头之鬼；今汝又来讨死，好生不智！”张苞大怒，挺枪直取孙桓。桓背后谢旌，骤马来迎。两将战有三十余合，旌败走，苞乘胜赶来。李异见谢旌败了，慌忙拍马轮蘸金斧接战。张苞与战二十余合，不分胜负。吴军中裨将谭雄，见张苞英勇，李异不能胜，却放一冷箭，正射中张苞所骑之马。那马负痛奔回本阵，未到门旗边，扑地便倒，将张苞掀在地上。李异急向前轮起大斧，望张苞脑袋便砍。忽一道红光闪处，李异头早落地。原来关兴见张苞马回，正待接应，忽见张苞马倒，李异赶来，兴大喝一声，劈李异于马下，救了张苞，乘势掩杀。孙桓大败。各自鸣金收军。

次日，孙桓又引军来。张苞、关兴齐出。关兴立马于阵前，单搦孙桓交锋。桓大怒，拍马轮刀，与关兴战三十余合，气力不加，大败回阵。二小将追杀入营，吴班引着张南、冯习驱兵掩杀。张苞奋勇当先，杀入吴军，正遇谢旌，被苞一矛刺死。吴军四散奔走。蜀将得胜收兵，只不见了关兴。张苞大惊曰："安国有失，吾不独生！”㊟言讫，绰枪上马。寻不数里，只见关兴左手提刀，右手活挟一将。苞问曰："此是何人？”兴笑答曰："吾在乱军中，正遇仇人，故生擒来。”苞视之，乃昨日放冷箭的谭雄也。苞大喜，同回本营，斩首沥血，祭了死马。遂写表，差人赴先主处报捷。

安国有失，吾不独生——张苞、关兴仿其父辈，亦结为兄弟，患难与共，生死相助。对此虚构情节，后人颇为喜爱，称之为“小桃园”。

孙桓折了李异、谢旌、谭雄等许多将士，力穷势孤，不能抵敌，即差人回吴求救。蜀将张南、冯习谓吴班曰："目今吴兵势败，正好乘虚劫寨。”班曰："孙桓虽然折了许多将士，朱然水军现今结营江上，未曾损折。今日若去劫寨，倘水军上岸，断我归路，如之奈何？”南曰："此事至易：可教关、张二将军，各引五千军伏于山谷中；如朱然来救，左右两军齐出夹攻，必然取胜。”班曰："不如先使小卒诈作降兵，却将劫寨事告与朱然；然见火起，必来救应，却令伏兵击之，则大事济矣。”冯习等大喜，遂依计而行。

却说朱然听知孙桓损兵折将，正欲来救，忽伏路军引几个小卒上船投降。然问之，小卒曰：“我等是冯习帐下士卒，因赏罚不明，特来投降，就报机密。”然曰：“所报何事？”小卒曰：“今晚冯习乘虚要劫孙将军营寨，约定举火为号。”朱然听毕，即使人报知孙桓。报事人行至半途，被关兴杀了。朱然一面商议，欲引兵去救应孙桓。部将崔禹曰：“小卒之言，未可深信。倘有疏虞，水陆二军尽皆休矣。将军只宜稳守水寨，某愿替将军一行。”然从之，遂令崔禹引一万军前去。是夜，冯习、张南、吴班分兵三路，直杀入孙桓寨中。四面火起，吴兵大乱，寻路奔走。

且说崔禹正行之间，忽见火起，急催兵前进。刚才转过山来，忽山谷中鼓声大震：左边关兴，右边张苞，两路夹攻。崔禹大惊，方欲奔走，正遇张苞；交马只一合，被苞生擒而回。朱然听知危急，将船往下水退五六十里去了。孙桓引败军逃走，问部将曰：“前去何处城坚粮广？”部将曰：“此去正北彝陵城，可以屯兵。”桓引败军急望彝陵而走，方进得城，吴班等追至，将城四面围定。关兴、张苞等解崔禹到秭归来。先主大喜，传旨将崔禹斩却，大赏三军。自此威风震动，江南诸将无不胆寒。

却说孙桓令人求救于吴王，吴王大惊，即召文武商议曰：“今孙桓受困于彝陵，朱然大败于江中，蜀兵势大，如之奈何？”张昭奏曰：“今诸将虽多物故，然尚有十余人，何虑于刘备？可命韩当为正将，周泰为副将，潘璋为先锋，凌统为合后，甘宁为救应，起兵十万拒之。”㊕权依所奏，即命诸将速行。此时甘宁已患痢疾，带病从征。

可命韩当为正将……起兵十万拒之——孙桓、朱然败后，孙权又命韩当等老将抵御蜀军。这是东吴组织的第二次大规模抵抗（历史上韩当、潘璋等人亦在陆逊指挥下抵御蜀军，并未单独挂帅）。

却说先主从巫峡、建平起，直接彝陵界分，七百余里，连结四十余寨；㊕见关兴、张苞屡立大功，叹曰：“昔日从朕诸将，皆老迈无用矣；复有二侄如此英雄，朕何虑孙权乎！”正言间，忽报韩当、周泰领兵来到。先主方欲遣将迎敌，近臣奏曰：“老将黄忠，引五六人投东吴去了。”先主笑曰：“黄汉升非反叛之人也；因朕失口误言老者无用，彼必不服老，故奋力去相持矣。”即召关兴、张苞曰：

连结四十余寨——刘备大军分布七百余里，连营四十余寨，可谓声势浩大，令人胆寒。然而，战线拉得如此之长，究竟是否有利于破敌？不见得。

“黄汉升此去，必然有失。贤侄休辞劳苦，可去相助。略有微功，便可令回，勿使有失。”二小将拜辞先主，引本部军来助黄忠。正是：老臣素矢忠君志，年少能成报国功。未知黄忠此去如何，且看下文分解。

尾评：

面对报仇心切、斗志旺盛的蜀军，东吴组织的第一次大规模抵抗失败了。第二次大规模抵抗又将如何？刘备能否夺回荆州，报仇雪恨？带着这样的悬念，作品自然过渡到下一回。

第八十三回
战猇亭先主得仇人　守江口书生拜大将

总评

据《三国志·蜀书·黄忠传》，历史上的黄忠卒于建安二十五年（220）。章武元年（221），刘备才出兵伐吴，黄忠当然不可能从征，更不可能死于伐吴前线。《三国演义》描写他随同刘备伐吴，斩将破敌，不幸中暗箭身亡，只是为了表现他的老当益壮，为他安排一个壮烈的结局。

据《三国志·吴书·潘璋传》，历史上的潘璋卒于嘉禾三年（234），上距夷陵之战已十二年；而据《三国志·吴书·吴主传》，黄武二年（223），刘备死后，孙权还“令将军贺齐督麋芳、刘邵等袭蕲春”。可见潘璋、麋芳等人均未被蜀军所杀。罗贯中突破史籍的记载，虚构关兴杀死潘璋，麋芳、士仁刺杀马忠，持其首级归降刘备，二人又被刘备处死，范彊、张达亦被东吴送交刘备，也被处死等情节，使关羽、张飞的仇人全都不得好死。这样，尽管刘备最后在夷陵之战中失败了，但在小说中一一除掉仇人，总算实现了报仇雪恨的初衷，同情蜀汉的广大读者在心理上也得到一定补偿。这类虚构情节，从一个侧面表现了《三国演义》的传奇色彩。

据《三国志·吴书·陆逊传》，刘备出兵伐吴后，孙权即命陆逊为大都督，统率朱然、宋谦、韩当、徐盛、鲜于丹、孙桓等将领，抵御蜀军。《三国演义》

描写韩当、周泰等人组织的第二次大规模抵抗失败，东吴再次求和，又遭拒绝之后，再写阚泽竭力推荐陆逊，经过一番争论，孙权才毅然决定拜陆逊为大都督。通过这样层层铺垫，陆逊之担当重任被写得郑重其事，这位书生出身的大将被推向读者视野的中心，从而有力地突出了陆逊作为东吴擎天栋梁的重要地位。

却说章武二年春正月，后将军黄忠*随先主伐吴；忽闻先主言老将无用，即提刀上马，引亲随五六人，径到彝陵营中。吴班与张南、冯习接入，问曰："老将军此来，有何事故？"忠曰："吾自长沙跟天子到今，多负勤劳。今虽七旬有余，尚食肉十斤，臂开二石之弓，能乘千里之马，未足为老。昨日主上言吾等老迈无用，故来此与东吴交锋，看吾斩将，老也不老！"㊞

看吾斩将，老也不老——此语充满豪情壮志，令人振奋。我们尊敬的老将黄忠，仍然是宝刀未老。

正言间，忽报吴兵前部已到，哨马临营。忠奋然而起，出帐上马。冯习等劝曰："老将军且休轻进。"忠不听，纵马而去。吴班令冯习引兵助战。忠在吴军阵前，勒马横刀，单搦先锋潘璋交战。璋引部将史迹出马。迹欺忠年老，挺枪出战；斗不三合，被忠一刀斩于马下。潘璋大怒，挥关公使的青龙刀，来战黄忠。交马数合，不分胜负。忠奋力恶战，璋料敌不过，拨马便走。忠乘势追杀，全胜而回。路逢关兴、张苞。兴曰："我等奉圣旨来助老将军；既已立了功，速请回营。"忠不听。

次日，潘璋又来搦战。黄忠奋然上马。兴、苞二人要助战，忠不从；吴班要助战，忠亦不从；只自引五千军出迎。战不数合，璋拖刀便走。忠纵马追之，厉声大叫曰："贼将休走！吾今为关公报仇！"追至三十余里，四面喊声大震，伏兵齐出：右边周泰，左边韩当，前有潘璋，后有凌统，把黄忠困在垓心。忽然狂风大起，忠急退时，山坡上马忠引一军出，一箭射中黄忠肩窝，险些儿落马。吴兵见忠中箭，一齐来攻。忽后面喊声大起，两路军杀来，吴兵溃散，救出黄忠，乃关兴、张苞也。二小将保送黄忠径到御前营中。忠年老血衰，箭疮痛裂，病甚沉重。先主御驾自来看视，抚其背曰："令老将军中伤，朕之过也！"忠曰："臣乃一武夫耳，幸遇陛下。臣今年七十有五，寿亦足矣。望陛下善保龙体，以图中原！"言讫，不省人事。是夜殒于御营。㊞后人有诗叹曰：

是夜殒于御营——黄忠一生善射，没想到竟然中箭身亡，令人痛惜。不过，大丈夫血战沙场，以马革裹尸还葬，可称死得其所。

老将说黄忠，收川立大功。
重披金锁甲，双挽铁胎弓。
胆气惊河北，威名镇蜀中。
临亡头似雪，犹自显英雄。

先主见黄忠气绝，哀伤不已，敕具棺椁，葬于成都。先主叹曰："五虎大将，已亡三人。朕尚不能复仇，深可痛哉！"乃引御林军直至猇亭，大会诸将，分军八路，水陆俱进。水路令黄权领兵，先主自率大军，于旱路进发：时章武二年二月中旬也。

韩当、周泰听知先主御驾来征，引兵出迎。两阵对圆，韩当、周泰出马。只见蜀营门旗开处，先主自出，黄罗销金伞盖，左右白旄黄钺，金银旌节，前后围绕。当大叫曰："陛下今为蜀主，何自轻出？倘有疏虞，悔之何及！"先主遥指骂曰："汝等吴狗，伤朕手足，誓不与立于天地之间！"当回顾众将曰："谁敢冲突蜀兵？"部将夏恂，挺枪出马。先主背后张苞挺丈八矛，纵马而出，大喝一声，直取夏恂。恂见苞声若巨雷，心中惊惧，恰待要走；周泰弟周平见恂抵敌不住，挥刀纵马而来。关兴见了，跃马提刀来迎。张苞大喝一声，一矛刺中夏恂，倒撞下马。周平大惊，措手不及，被关兴一刀斩了。二小将便取韩当、周泰。韩、周二人，慌退入阵。先主视之，叹曰："虎父无犬子也！"㊟用御鞭一指，蜀兵一齐掩杀过去，吴兵大败。那八路兵，势如泉涌，杀的那吴军尸横遍野，血流成河。

虎父无犬子也——张苞、关兴两员小将，奋勇当先，斩将杀敌，威风不逊父辈。刘备的衷心赞叹，正合读者心理，也正是罗贯中所要达到的艺术效果。

却说甘宁正在船中养病，听知蜀兵大至，火急上马。正遇一彪蛮兵，人皆披发跣足，皆使弓弩长枪，搪牌刀斧；为首乃是番王沙摩柯，生得面如噀血，碧眼突出，使一个铁蒺藜骨朵，腰带两张弓，威风抖擞。甘宁见其势大，不敢交锋，拨马而走；被沙摩柯一箭射中头颅。宁带箭而走，到于峡口*，坐于大树之下而死，㊟树上群鸦数百，围绕其尸。吴王闻之，哀痛不已，具礼厚葬，立庙祭祀。后人有诗叹曰：

宁带箭而走……坐于大树之下而死——历史上的甘宁并未参与夷陵之战，当系病死。《三国演义》写他带病出征，兵败中箭，死于大树之下，颇具悲壮意味和传奇色彩，大概来源于民间传说。

巴郡甘兴霸，长江锦幔舟。
酬君重知己，报友化仇雠。
劫寨将轻骑，驱兵饮巨瓯。
神鸦能显圣，香火永千秋。

却说先主乘势追杀，遂得猇亭。吴兵四散逃走。先主收兵，只不见关兴，先主慌令张苞等四面跟寻。原来关兴杀入吴阵，正遇仇人潘璋，骤马追之。璋大惊，奔入山谷内，不知所往。兴寻思只在山里，往来寻觅不见。看看天晚，迷踪失路。幸得星月有光，追至山僻之间，时已二更，到一庄上，下马叩门。一老者出问何人。兴曰："吾是战将，迷路到此，求一饭充饥。"老人引入。兴见堂内点着明烛，中堂绘画关公神像。兴大哭而拜。老人问曰："将军何故哭拜？"兴曰："此吾父也。"老人闻言，即便下拜。兴曰："何故供养吾父？"老人答曰："此间皆是尊神地方。在生之日，家家侍奉，何况今日为神乎？老夫只望蜀兵早早报仇。今将军到此，百姓有福矣。"遂置酒食待之，卸鞍喂马。

三更已后，忽门外又一人击户。老人出而问之，乃吴将潘璋亦来投宿。恰入草堂，关兴见了，按剑大喝曰："歹贼休走！"璋回身便出。忽门外一人，面如重枣，丹凤眼，卧蚕眉，飘三缕美髯，绿袍金铠，按剑而入。璋见是关公显圣，大叫一声，神魂惊散；欲待转身，早被关兴手起剑落，斩于地上，㊢取心沥血，就关公神像前祭祀。兴得了父亲的青龙偃月刀，却将潘璋首级，擐于马项之下，辞了老人，就骑了潘璋的马，望本营而来。老人自将潘璋之尸拖出烧化。

早被关兴手起剑落，斩于地上——潘璋因其部将马忠擒获关羽，对关羽之死负有直接责任。《三国演义》虚构他被关羽之子关兴所杀，体现了"恶有恶报"的传统文化心理。

且说关兴行无数里，忽听得人言马嘶，一彪军来到；为首一将，乃潘璋部将马忠也。忠见兴杀了主将潘璋，将首级擐于马项之下，青龙刀又被兴得了，勃然大怒，纵马来取关兴。兴见马忠是害父仇人，气冲牛斗，举青龙刀望忠便砍。忠部下三百军并力上前，一声喊起，将关兴围在垓心。兴力孤势危。忽见西北上一彪军杀来，乃是张苞。马忠见救兵到来，慌忙引军自退。关兴、张苞一处赶来。赶不数里，前面麋芳、士仁引兵来寻马忠。两军相合，混战一处。苞、兴二人兵少，慌忙撤退，回到猇亭，来见先主，献上首级，具言此事。先主惊异，赏犒三军。

却说马忠回见韩当、周泰，收聚败军，各分头守把。军士中伤者不计其数。马忠引士仁、麋芳于江渚屯扎。当夜三更，军士皆哭声不止。麋芳暗听之，有一伙军言曰："我等皆是荆州之兵，被吕蒙诡计送了主公性命。今刘皇叔御驾亲征，东吴早晚休矣。所恨者，麋芳、士仁也。我等何不杀此二贼，去蜀营投降？功劳不小。"又一伙军言曰:“不要性急，等个空儿，便就下手。”麋芳听毕，大惊，遂与士仁商议曰:“军心变动，我二人性命难保。今蜀主所恨者马忠耳；何不杀了他，将首级去献蜀主，告称:‘我等不得已而降吴，今知御驾前来，特来诣营请罪。’”仁曰:“不可。去必有祸。”芳曰:“蜀主宽仁厚德；目今阿斗太子是我外甥，彼但念我国戚之情，必不肯加害。”二人计较已定，先备了马。三更时分，入帐刺杀马忠，将首级割了，二人带数十骑，径投猇亭而来。伏路军人先引见张南、冯习，具说其事。次日，到御营中来见先主，献上马忠首级，哭告于前曰:“臣等实无反心；被吕蒙诡计，称言关公已亡，赚开城门，臣等不得已而降。今闻圣驾前来，特杀此贼，以雪陛下之恨。伏乞陛下恕臣等之罪。”先主大怒曰:“朕自离成都许多时，你两个如何不来请罪?今日势危，故来巧言，欲全性命！朕若饶你，至九泉之下，有何面目见关公乎！”言讫，令关兴在御营中，设关公灵位。先主亲捧马忠首级，诣前祭祀。又令关兴将麋芳、士仁剥去衣服，跪于灵前，亲自用刀剐之，以祭关公。㊞忽张苞上帐哭拜于前曰:“二伯父仇人皆已诛戮；臣父冤仇，何日可报?”先主曰:“贤侄勿忧。朕当削平江南，杀尽吴狗，务擒二贼，与汝亲自醢之，以祭汝父。”苞泣谢而退。

又令关兴……亲自用刀剐之，以祭关公——麋芳、士仁虽然杀了马忠，但因其投降东吴，出卖关羽，罪过太大，仍然无法得到刘备的宽恕，所以非死不可。这也符合古代读者的心理。

此时先主威声大震，江南之人尽皆胆裂，日夜号哭。韩当、周泰大惊，急奏吴王，具言麋芳、士仁杀了马忠，去归蜀帝，亦被蜀帝杀了。孙权心怯，遂聚文武商议。步骘奏曰:“蜀主所恨者，乃吕蒙、潘璋、马忠、麋芳、士仁也。今此数人皆亡，独有范疆、张达二人，现在东吴。何不擒此二人，并张飞首级，遣使送还，交与荆州，送归夫人，上表求和，再会前情，共图灭魏，则蜀兵自退矣。”权从其言，遂具沉香木匣，盛贮飞首，绑缚范疆、张达，囚于槛车之内，令程秉为使，赍国书，望猇亭而来。

却说先主欲发兵前进。忽近臣奏曰:“东吴遣使送张车骑之首，并囚范疆、张达二贼至。”先主两手加额曰:“此天之所赐，亦由三弟之灵也！”即令张苞设飞灵位。先主见张飞首级在匣中面不改色，放声大哭。张苞自仗利刀，将范疆、张达万剐凌迟，祭父之灵。㊞

将范疆、张达万剐凌迟，祭父之灵——东吴送还范疆、张达，让张苞也报了父仇。至此，刘备报仇雪恨的目的已经达到。按理说，刘备可以考虑接受东吴的求和了；但是不行，因为这既无历史依据，又不合人物性格的逻辑。于是，蜀军还得继续打下去。

祭毕，先主怒气不息，定要灭吴。马良奏曰:“仇人尽戮，其恨可雪矣。吴大夫程秉到此，欲还荆州，送回夫人，永结盟好，共图灭魏，伏候圣旨。”先主怒曰："朕切齿仇人，乃孙权也。今若与之连和，是负二弟当日之盟矣。今先灭吴，次灭魏。”便欲斩来使，以绝吴情。多官苦告方免。程秉抱头鼠窜，回奏吴主曰："蜀不从讲和，誓欲先灭东吴，然后伐魏。众臣苦谏不听，如之奈何？”

权大惊，举止失措。阚泽出班奏曰："现有擎天之柱，如何不用耶？”权急问何人。泽曰："昔日东吴大事，全任周郎；后鲁子敬代之；子敬亡后，决于吕子明。今子明虽丧，现有陆伯言在荆州。此人名虽儒生，实有雄才大略，以臣论之，不在周郎之下；前破关公，其谋皆出于伯言。主上若能用之，破蜀必矣。如或有失，臣愿与同罪。”权曰："非德润之言，孤几误大事。”张昭曰："陆逊乃一书生耳，非刘备敌手，恐不可用。”顾雍亦曰："陆逊望轻*，恐诸公不服；若不服则生祸乱，必误大事。”步骘亦曰："逊才堪治郡耳；若托以大事，非其宜也。”阚泽大呼曰："若不用陆伯言，则东吴休矣！臣愿以全家保之！”权曰："孤亦素知陆伯言乃奇才也！孤意已决，卿等勿言。”

于是命召陆逊。逊本名陆议，后改名逊，字伯言，乃吴郡吴人也；汉城门校尉陆纡之孙，九江都尉陆骏之子；身长八尺，面如美玉；官领右护军、镇西将军*。当下奉召而至，参拜毕，权曰："今蜀兵临境，孤特命卿总督军马，以破刘备。”逊曰："江东文武，皆大王故旧之臣；臣望轻无才*，安能制之？”权曰："阚德润以全家保卿，孤亦素知卿才。今拜卿为大都督，卿勿推辞。”逊曰："倘文武不服，何如？”㊣权取所佩剑与之曰："如有不听号令者，先斩后奏。”逊曰："荷蒙重托，敢不拜命。但乞大王于来日会聚众官，然后赐臣。”阚泽曰："古之命将，必筑坛会众，赐白旄黄钺、印绶兵符，然后威行令肃。今大王宜遵此礼，择日筑坛，拜伯言为大都督，假节钺，则众人自无不服矣。”权从之，命人连夜筑坛完备，大会百官，请陆逊登坛，拜为大都督*，进封娄侯，赐以宝剑印绶，令掌东吴诸路军马*。吴王嘱之曰："阃以内，孤主之；阃以外，将军制之。”㊣

逊领命下坛，令徐盛、丁奉为护卫，即日出师；一面调诸路军马，水陆并进。文书到猇亭，韩当、周泰大惊曰："主上如何以一书生总兵耶？”比及逊至，众皆不服。逊升帐议事，众人勉强参贺。逊曰："主上命吾为大将，督军破蜀。军有常法，公等各宜遵守。违者

倘文武不服，何如——当蜀军节节胜利，东吴人心震骇之时，孙权要陆逊“总督军马，以破刘备”。这位资历不深，声望不高的“书生”，毫无畏缩之态，只是提出："倘文武不服，何如？”可见其充满自信。

阃以内，孤主之；阃以外，将军制之——孙权当众拜将，授予陆逊前所未有的兵权，表现了这位雄主明于知人的杰出眼光和用人不疑的非凡胆略。如此大胆选拔和使用人才，千载之后，犹令志士振奋。

王法无亲，勿致后悔。”众皆默然。周泰曰：“目今安东中郎将孙桓*，乃主上之侄，现困于彝陵城中，内无粮草，外无救兵。请都督早施良策，救出孙桓，以安主上之心。”逊曰：“吾素知孙安东深得军心，必能坚守，不必救之。待吾破蜀后，彼自出矣。”众皆暗笑而退。韩当谓周泰曰：“命此孺子为将，东吴休矣！公见彼所行乎？”泰曰：“吾聊以言试之，早无一计，安能破蜀也！”

次日，陆逊传下号令，教诸将各处关防，牢守隘口，不许轻敌。众皆笑其懦，不肯坚守。次日，陆逊升帐，唤诸将曰：“吾钦承王命，总督诸军。昨已三令五申，令汝等各处坚守；俱不遵吾令，何也？”韩当曰：“吾自从破虏将军平定江南*，经数百战；其余诸将，或从讨逆将军，或从当今大王，皆披坚执锐，出生入死之士。今主上命公为大都督，令退蜀兵，宜早定计，调拨军马，分头征进，以图大事；乃只令坚守勿战，岂欲待天自杀贼耶？吾非贪生怕死之人，奈何使吾等堕其锐气？”于是帐下诸将，皆应声而言曰：“韩将军之言是也。吾等情愿决一死战！”陆逊听毕，掣剑在手，厉声曰：“仆虽一介书生，今蒙主上托以重任者，以吾有尺寸可取，能忍辱负重故也。汝等各守隘口，牢把险要，不许妄动。如违令者皆斩！”㊣众皆愤愤而退。

不许妄动。如违令者皆斩——陆逊胸有成竹，不顾诸将怀疑讥讽，命令坚守关隘，不许出战。这样，就遏制了蜀军的进攻势头，稳住了吴军的阵脚，有利于等待反攻的时机。

却说先主自猇亭布列军马，直至巫峡，接连七百里，前后四十营寨，昼则旌旗蔽日，夜则火光耀天。忽细作报说：“东吴用陆逊为大都督，总制军马。逊令诸将各守险要不出。”先主问曰：“陆逊何如人也？”马良奏曰：“逊虽东吴一书生，然聪睿多才*，深有谋略；前袭荆州，皆系此人之诡计。”先主大怒曰：“竖子诡计，损朕二弟，今当擒之！”便传令进兵。马良谏曰：“陆逊之才，不亚周郎，未可轻敌。”先主曰：“朕用兵老矣，岂反不如一黄口孺子耶！”㊣遂亲领前军，攻打诸处关津隘口。

朕用兵老矣，岂反不如一黄口孺子耶——马良提醒刘备：对陆逊不可轻敌。然而，刘备却自以为老有经验，根本不把陆逊放在眼里。其实，刘备虽然征战半生，经验丰富，但他并没有真正谙熟兵法，身边又没有一个精通韬略的得力谋士，要想战胜雄才大略的陆逊，可谓难上加难。

韩当见先主兵来，差人报知陆逊。逊恐韩当妄动，急飞马自来观看，正见韩当立马于山上；远望蜀兵，漫山遍野而来，军中隐隐有黄罗盖伞。韩当接着陆逊，并马而观。当指曰：“军中必有刘备，吾欲击之。”逊曰：“刘备举兵东下，连胜十余阵，锐气正盛；今只乘高守险，不可轻出，出则不利。但宜奖励将士，广布守御之策，以观其变。今彼驰骋于平原广野之间，正自得志；我坚守不出，彼求

> 彼求战不得，必移屯于山林树木间。吾当以奇计胜之——面对急于厮杀的部将，陆逊透彻分析形势，虽未言其“奇计”为何，但已使人感到其确有制胜之策。

战不得，必移屯于山林树木间。吾当以奇计胜之。”(评)韩当口虽应诺，心中只是不服。

先主使前队搦战，辱骂百端。逊令塞耳休听，不许出迎，亲自遍历诸关隘口，抚慰将士，皆令坚守。先主见吴军不出，心中焦躁。马良曰：“陆逊深有谋略。今陛下远来攻战，自春历夏；彼之不出，欲待我军之变也。愿陛下察之。”先主曰：“彼有何谋？但怯敌耳。向者数败，今安敢再出！”先锋冯习奏曰：“即今天气炎热，军屯于赤火之中，取水深为不便。”先主遂命各营，皆移于山林茂盛之地，近溪傍涧；待过夏到秋，并力进兵。冯习遂奉旨，将诸寨皆移于林木阴密之处。马良奏曰：“我军若动，倘吴兵骤至，如之奈何？”先主曰：“朕令吴班引万余弱兵，近吴寨平地屯住；朕亲选八千精兵，伏于山谷之中。若陆逊知朕移营，必乘势来击，却令吴班诈败；逊若追来，朕引兵突出，断其归路，小子可擒矣。”文武皆贺曰：“陛下神机妙算，诸臣不及也！”马良曰：“近闻诸葛丞相在汉中点看各处隘口，恐魏兵入寇。陛下何不将各营移居之地，画成图本，问于丞相？”先主曰：“朕亦颇知兵法，何必又问丞相？”(评)良曰：“古云：‘兼听则明，偏听则蔽。’望陛下察之。”先主曰：“卿可自去各营，画成四至八道图本，亲到汉中去问丞相。如有不便，可急来报知。”马良领命而去。于是先主移兵于林木阴密处避暑。

> 朕亦颇知兵法，何必又问丞相——马良建议将蜀军移营的地理图本送去请教诸葛亮，刘备却又认为不必。如此自以为是，轻敌麻痹，岂能不败？

早有细作报知韩当、周泰。二人听得此事，大喜，来见陆逊曰：“目今蜀兵四十余营，皆移于山林密处，依溪傍涧，就水歇凉。都督可乘虚击之。”正是：蜀主有谋能设伏，吴兵好勇定遭擒。未知陆逊可听其言否，且看下文分解。

尾评：

从上回到本回，描写了夷陵之战的前两个阶段：第一阶段，蜀军步步进逼，吴军节节败退；第二阶段，陆逊下令坚守，蜀军进攻受阻，两军相持于夷陵一带。两军的对峙集中表现于主帅的较量，刘备的盲目自信、因胜而骄，陆逊的沉着冷静、指挥若定，形成了鲜明对比，为这一重大战役的结局作了最好的铺垫。

第八十四回
陆逊营烧七百里　孔明巧布八阵图

总评

历史上的夷陵之战，从蜀汉章武元年（曹魏黄初二年，公元221年）七月刘备出兵伐吴起，到章武二年（黄初三年，公元222年）闰六月吴军大破蜀军止，历时整整一年，是汉末三国时期三大战役中持续时间最长的一次。结果，东吴大获全胜，巩固了对荆州及整个长江以南地区的控制；蜀汉则元气大伤，从此再也不可能实现《隆中对》提出的从荆州和益州两路北伐的战略计划。罗贯中巧为虚构，苦心经营，把这场声势浩大的战役写得曲折起伏，波澜壮阔，艺术地反映了吴胜蜀败的必然性，突出了吴军以火攻取胜的战术特点，成功地塑造了刘备、陆逊等人物的艺术形象。特别是在本回，作品集中描写了战役的第三个阶段——决战阶段，写陆逊指挥吴军火烧连营，蜀军大乱，伤亡惨重，刘备仓皇逃入白帝城，令人读来惊心动魄。

在“夷陵之战”这个情节单元里，刘备的形象得到了深化和丰富。综观全书，刘备给人的主要印象是宽厚、仁爱、弘毅、坚忍。他颠沛半生，屡遭挫折，却一直奋斗不息，始终不忘“上报国家，下安黎庶”的理想；他胸襟豁达，能屈能伸，礼贤下士，从善如流，堪称封建社会中“明君”的典型。然而，在这一情节单元中，他却不识大体，不顾大局，不管新建的蜀汉正需君臣同心，兢兢业业，逐步增强国力，一心只想为结拜兄弟报仇；对于文武大臣的进谏，他根本听不进去，差一点杀了秦宓的头，这与他多年来虚心纳谏，闻过则改的表现，相去何止万里！在战场上，他因胜而骄，因骄而怠，盲目自信，轻敌麻痹，这与他多年来谨言慎行的作风又是多么不合拍！刘备的惨败，使其多年辛苦积蓄的力量丧失殆尽，蜀汉集团由盛而衰。血写的教训告诉人们：在封建社会里，即使是“明君”，也常常有不明之时。

与刘备相比，陆逊的形象更为突出。如果说，在袭夺荆州之前，他向吕蒙献计还只是初露锋芒的话，那么在这里，他的雄才大略便大放光彩了。他受命于危难之时，以对形势的正确判断而使众将尽皆叹服：然后巧妙布置，发动火攻，大败蜀军，使东吴危而复安，立下赫赫功勋。在整个战役过程中，他始终高瞻远瞩，不急不怒，因势利导，指挥若定，表现出敏锐的政治眼光和非凡的军事才能。夷陵之战的胜利，使他赢得崇高的威望，理所当然地成为东吴政权的擎天柱，成为三国鼎立时期最杰出的人才之一。作者在“忍辱负重”四字上大作文章，使陆逊形象独具个性特色。

“八阵图”本是历史上诸葛亮创造的一套阵法。唐宋以来，附会颇多，赋予它若干神秘色彩。而据《三国志·蜀书·先主传》及《吴书·陆逊传》，刘备在夷陵之战中惨败逃回白帝城后，陆逊本人旋即退军防备魏国入侵，并未到达鱼复浦，而仅遣将军李异、刘阿等追击刘备。由此可见，“八阵图困陆逊”的情节，纯属《三国演义》的虚构。

却说韩当、周泰探知先主移营就凉，急来报知陆逊。逊大喜，遂引兵自来观看动静：只见平地一屯，不满万余人，大半皆是老弱之众，大书“先锋吴班”旗号。周泰曰：“吾视此等兵如儿戏耳。愿同韩将军分两路击之。如其不胜，甘当军令。”陆逊看了良久，以鞭指曰：“前面山谷中，隐隐有杀气起；其下必有伏兵，故于平地设此弱兵，以诱我耳。诸公切不可出。”众将听了，皆以为懦。

次日，吴班引兵到关前搦战，耀武扬威，辱骂不绝；多有解衣卸甲，赤身裸体，或睡或坐。徐盛、丁奉入帐禀陆逊曰：“蜀兵欺我太甚！某等愿出击之！”逊笑曰：“公等但恃血气之勇，未知孙、吴妙法。此彼诱敌之计也㊣：三日后必见其诈矣。”徐盛曰：“三日后，彼移营已定，安能击之乎？”逊曰：“吾正欲令彼移营也。”诸将哂笑而退。过三日后，会诸将于关上观望，见吴班兵已退去。逊指曰：“杀气起矣。刘备必从山谷中出也。”言未毕，只见蜀兵皆全装惯束，拥先主而过。吴兵见了，尽皆胆裂。逊曰：“吾之不听诸公击班者，正为此也。今伏兵已出，旬日之内，必破蜀矣。”诸将皆曰：“破蜀当在初时。今连营五六百里，相守经七八月，其诸要害，皆已固守，安能破乎？”逊曰：“诸公不知兵法。备乃世之枭雄，更多智谋，其兵始集，法度精专；今守之久矣，不得我便，兵疲意沮*，取之正在今日。”㊣诸将方才叹服，后人有诗赞曰：

虎帐谈兵按《六韬》，安排香饵钓鲸鳌。

三分自是多英俊，又显江南陆逊高。

却说陆逊已定了破蜀之策，遂修笺遣使奏闻孙权，言指日可以破蜀之意。权览毕，大喜曰：“江东复有此异人，孤何忧哉！诸将皆上书言其懦，孤独不信，今观其言，果非懦也！”于是大起吴兵来接应。

此彼诱敌之计也——韩当、周泰等老将急于出击，陆逊却一眼便看穿了刘备的诱敌之计，对比之下，陆逊的见识确实高出一筹。

取之正在今日——此语本于《三国志·吴书·陆逊传》。他敏锐地看到了敌方的变化，抓住了乘虚进攻的良机，剖析形势入木三分，使那些只知硬拼的将领不能不叹服。

却说先主于猇亭尽驱水军，顺流而下，沿江屯扎水寨，深入吴境。黄权谏曰："水军沿江而下，进则易，退则难。臣愿为前驱。陛下宜在后阵，庶万无一失。"㊟先主曰："吴贼胆落，朕长驱大进，有何碍乎？"众官苦谏，先主不从，遂分兵两路：命黄权督江北之兵，以防魏寇；先主自督江南诸军，夹江分立营寨，以图进取。

陛下宜在后阵，庶万无一失——黄权此计，以谨慎为要，力求防患于未然。如果刘备听从，即使兵败，损失也不会那么惨重。

细作探知，连夜报知魏主，言："蜀兵伐吴，树栅连营，纵横七百余里，分四十余屯，皆傍山林下寨。今黄权督兵在江北岸，每日出哨百余里，不知何意。"魏主闻之，仰面笑曰："刘备将败矣！"群臣请问其故。魏主曰："刘玄德不晓兵法：岂有连营七百里，而可以拒敌者乎？包原隰险阻屯兵者，此兵法之大忌也。玄德必败于东吴陆逊之手。㊟——旬日之内，消息必至矣。"群臣犹未信，皆请拨兵备之。魏主曰："陆逊若胜，必尽举兵去取益州；吴兵远去，国中空虚，朕虚托以兵助战，令三路一齐进兵，东吴唾手可取也。"㊟众皆拜服。魏主下令，使曹仁督一军出濡须，曹休督一军出洞口，曹真督一军出南郡："三路军马会合日期，暗袭东吴。朕随后自来接应。"调遣已定。

玄德必败于东吴陆逊之手——此语本于《三国志·魏书·文帝纪》。刘备用兵之失，曹丕一语道破，并断定其必败，可谓"旁观者清"。

令三路一齐进兵，东吴唾手可取也——曹丕早就坐山观虎斗，如今欲利用吴军追击蜀军之机，乘虚而入，真是老奸巨猾。可惜东吴早有防范，此计未能得逞。

不说魏兵袭吴。且说马良至汉中，入见孔明，呈上图本而言曰："今移营夹江，横占七百里，下四十余屯，皆依溪傍涧，林木茂盛之处。皇上令良将图本来与丞相观之。"孔明看讫，拍案叫苦曰："是何人教主上如此下寨？可斩此人！"马良曰："皆主上自为，非他人之谋。"孔明叹曰："汉朝气数休矣！"良问其故。孔明曰："包原隰险而结营，此兵家之大忌。倘彼用火攻，何以解救？又，岂有连营七百里而可拒敌乎？祸不远矣！陆逊拒守不出，正为此也。汝当速去见天子，改屯诸营，不可如此。"良曰："倘今吴兵已胜，如之奈何？"孔明曰："陆逊不敢来追，成都可保无虞。"良曰："逊何故不追？"孔明曰："恐魏兵袭其后也。主上若有失，当投白帝城避之。吾入蜀时，已伏下十万兵在鱼复浦矣。"㊟良大惊曰："某于鱼复浦往来数次，未尝见一卒，丞相何作此诈语？"孔明曰："后来必见，不劳多问。"马良求了表章，火速投御营来。孔明自回成都，调拨军马救应。

吾入蜀时，已伏下十万兵在鱼复浦矣——孔明此语，突如其来，不仅马良大感意外，读者也感到莫名其妙。

却说陆逊见蜀兵懈怠，不复提防，升帐聚大小将士听令曰："吾自受命以来，未尝出战。今观蜀兵，足知动静，故欲先取江南岸一营。谁敢去取？”言未毕，韩当、周泰、凌统等应声而出曰：“某等愿往。”逊教皆退不用，独唤阶下末将淳于丹曰：“吾与汝五千军，去取江南第四营：蜀将傅彤所守。今晚就要成功。吾自提兵接应。”淳于丹引兵去了。又唤徐盛、丁奉曰：“汝等各领兵三千，屯于寨外五里。如淳于丹败回，有兵赶来，当出救之，却不可追去。”二将自引军去了。

却说淳于丹于黄昏时分，领兵前进，到蜀寨时，已三更之后。丹令众军鼓噪而入。蜀营内傅彤引军杀出，挺枪直取淳于丹；丹敌不住，拨马便回。忽然喊声大震，一彪军拦住去路：为首大将赵融。丹夺路而走，折兵大半。正走之间，山后一彪军拦住去路，为首大将赵融。丹夺路而走，折兵大半。正走之间，山后一彪蛮兵拦住：为首番将沙摩柯。丹死战得脱，背后三路军赶来。比及离营五里，吴军徐盛、丁奉二人两下杀来，蜀兵退去，救了淳于丹回营。

丹带箭入见陆逊请罪。逊曰：“非汝之过也。吾欲试敌人之虚实耳。破蜀之计，吾已定矣。”徐盛、丁奉曰：“蜀兵势大，难以破之，空自损兵折将耳。”逊笑曰：“吾这条计，但瞒不过诸葛亮耳。天幸此人不在，使我成大功也。”[评]遂集大小将士听令：使朱然于水路进兵，来日午后东南风大作，用船装载茅草，依计而行；韩当引一军攻江北岸，周泰引一军攻江南岸，每人手执茅草一把，内藏硫黄焰硝，各带火种，各执枪刀，一齐而上，但到蜀营，顺风举火；蜀兵四十屯，只烧二十屯，每间一屯烧一屯。各军预带干粮，不许暂退，昼夜追袭，只擒了刘备方止。[评]众将听了军令，各受计而去。

天幸此人不在，使我成大功也——陆逊之言，分明是承认自己不如诸葛亮。让第一流的人才承认自己不及诸葛亮，以衬托诸葛亮的绝顶智慧，这是《三国演义》常用的手法。

昼夜追袭，只擒了刘备方止——陆逊布置吴军火攻，严密周到，充满杀机。“每间一屯烧一屯”的烧法，可谓遍地开花，将使刘备难以遁逃。这样的火攻，与“火烧乌巢”、“火烧赤壁”均不雷同，这不仅突出了陆逊的智谋，而且表现了战争的复杂性与多样性。

却说先主正在御营寻思破吴之计，忽见帐前中军旗幡，无风自倒。乃问程畿曰：“此为何兆？”畿曰：“今夜莫非吴兵来劫营？”先主曰：“昨夜杀尽，安敢再来？”畿曰：“倘是陆逊试敌，奈何？”正言间，人报山上远远望见吴兵尽沿山望东去了。先主曰：“此是疑兵。”令众休动，命关兴、张苞各引五百骑出巡。黄昏时分，关兴回奏曰：“江北营中火起。”先主急令关兴往江北，张苞往江南，探看虚实：“倘吴兵到时，可急回报。”二将领命去了。

初更时分，东南风骤起。只见御营左屯火发；方欲救时，御营右屯又火起。风紧火急，树木皆着，喊声大震。两屯军马齐出，奔离御营中，御营军自相践踏，死者不知其数。后面吴军杀到，又不知多少军马。先主急上马，奔冯习营时，习营中火光连天而起。江南、江北，照耀如同白日。冯习慌上马，引数十骑而走，正逢吴将徐盛军到，敌住厮杀。先主见了，拨马投西便走。徐盛舍了冯习，引兵追来。先主正慌，前面又一军拦住，乃是吴将丁奉，两下夹攻。先主大惊，四面无路。忽然喊声大震，一彪军杀入重围，乃是张苞，救了先主，引御林军奔走。正行之间，前面一军又到，乃蜀将傅彤也，合兵一处而行。背后吴兵追至。先主前到一山，名马鞍山。张苞、傅彤请先主上的山时，山下喊声又起：陆逊大队人马，将马鞍山围住。张苞、傅彤死据山口。先主遥望遍野火光不绝，死尸重叠，塞江而下。㊖

先主遥望遍野火光不绝，死尸重叠，塞江而下——寥寥数语，将吴军火攻之凶猛，蜀军伤亡之惨重，写得十分形象，令人触目惊心。

次日，吴兵又四下放火烧山，军士乱窜，先主惊慌。忽然火光中一将引数骑杀上山来，视之，乃关兴也。兴伏地请曰："四下火光逼近，不可久停。陛下速奔白帝城，再收军马可也。"先主曰："谁敢断后？"傅彤奏曰："臣愿以死当之！"当日黄昏，关兴在前，张苞在中，留傅彤断后，保着先主，杀下山来。吴兵见先主奔走，皆要争功，各引大军，遮天盖地，往西追赶。先主令军士尽脱袍铠，塞道而焚，以断后军。正奔走间，喊声大震，吴将朱然引一军从江岸边杀来，截住去路。先主叫曰："朕死于此矣！"关兴、张苞纵马冲突，被乱箭射回，各带重伤，不能杀出。背后喊声又起，陆逊引大军从山谷中杀来。

先主正慌急之间，此时天色已微明，只见前面喊声震天，朱然军纷纷落涧，滚滚投岩；一彪军杀入，前来救驾。先主大喜，视之，乃常山赵子龙也。时赵云在蜀中江州，闻吴、蜀交兵，遂引军出；忽见东南一带火光冲天，云心惊，远远探视，不想先主被困，云奋勇冲杀而来。陆逊闻是赵云，急令军退。㊖云正杀之间，忽遇朱然，便与交锋；不一合，一枪刺朱然于马下，杀散吴兵，救出先主，望白帝城而走。先主曰："朕虽得脱，诸将士将奈何？"云曰："敌军在后，不可久迟。陛下且入白帝城歇息，臣再引兵去救应诸将。"此时先主仅存百余人入白帝城。㊖后人有诗赞陆逊曰：

陆逊闻是赵云，急令军退——这又是作者信手拈来的细节，从侧面衬托了赵云震慑敌胆的威风。

此时先主仅存百余人入白帝城——一番火攻，一阵溃退，刘备身边残余的人马简直少得可怜。数十万将士如今何在？真是血雨腥风，天愁地惨！

持矛举火破连营，玄德穷奔白帝城。

一旦威名惊蜀魏，吴王宁不敬书生。

却说傅彤断后，被吴军八面围住。丁奉大叫曰："蜀兵死者无数，降者极多，汝主刘备已被擒获。今汝力穷势孤，何不早降?”傅肜叱曰:“吾乃汉将，安肯降吴狗乎!”挺枪纵马，率蜀军奋力死战，不下百余合，往来冲突，不能得脱。肜长叹曰:“吾今休矣!”言讫，口中吐血，死于吴军之中。后人赞傅肜诗曰:

彝陵吴蜀大交兵，陆逊施谋用火焚。

至死犹然骂“吴狗”，傅肜不愧汉将军。

益州从事祭酒程畿*，匹马奔至江边，招呼水军赴敌。吴兵随后追来，水军四散奔逃。畿部将叫曰:“吴兵至矣!程祭酒快走罢!”畿怒曰:“吾自从主上出军，未尝赴敌而逃!”言未毕，吴兵骤至，四下无路，畿拔剑自刎。后人有诗赞曰:

慷慨蜀中程祭酒，身留一剑答君王。

临危不改平生志，博得声名万古香。

时吴班、张南久围彝陵城，忽冯习到，言蜀兵败，遂引军来救先主，孙桓方才得脱。张、冯二将正行之间，前面吴兵杀来，背后孙桓从彝陵城杀出，两下夹攻。张南、冯习奋力冲突，不能得脱，死于乱军之中。后人有诗赞曰:

冯习忠无二，张南义少双；

沙场甘战死，史册共流芳。

吴班杀出重围，又遇吴兵追赶；幸得赵云接着，救回白帝城去了。时有蛮王沙摩柯，匹马奔走，正逢周泰，战二十余合，被泰所杀。蜀将杜路、刘宁尽皆降吴。蜀营一应粮草器仗，尺寸不存。蜀军将士，降者无数。㊟

时孙夫人在吴，闻猇亭兵败，讹传先主死于军中，遂驱车至江边，望西遥哭，投江而死。㊟后人立庙江滨，号曰枭姬祠。尚论者作诗叹之曰:

先主兵归白帝城，夫人闻难独捐生。

至今江畔遗碑在，犹著千秋烈女名。

却说陆逊大获全功，引得胜之兵，往西追袭。前离夔关不远，逊在马上看见前面临山傍江，一阵杀气，冲天而起；遂勒马回顾众将曰:“前面必有埋伏，三军不可轻进。”即倒退十余里，于地势空阔处，排成阵势，以御敌军；即差哨马前去探视。回报并无军屯在此。

蜀军将士，降者无数——无数的投降者，只是蜀军的一部分，被烧死、杀死、淹死、踩死者仍是大多数。这从另一个侧面反映了蜀军兵败之惨。

望西遥哭，投江而死——历史上的孙夫人结局如何，史书失载，但可以肯定，她是绝不会为了刘备而殉情自尽的（参见第五十五回、第六十一回总评）。罗贯中在《三国演义》中并未描写孙夫人投江自尽，毛宗岗父子修订《演义》时才加上了这个结局。由于这个悲剧性结局与前面孙刘联姻的喜剧性场面形成强烈的对照，又符合人物性格的内在逻辑，因而得到人们的认可。

逊不信，下马登高望之，杀气复起。逊再令人仔细探视，哨马回报，前面并无一人一骑。逊见日将西沉，杀气越加，心中犹豫，令心腹人再往探看。回报江边止有乱石八九十堆，并无人马。逊大疑，令寻土人问之。须臾，有数人到。逊问曰："何人将乱石作堆？如何乱石堆中有杀气冲起？"土人曰："此处地名鱼复浦。诸葛亮入蜀之时，驱兵到此，取石排成阵势于沙滩之上。自此常常有气如云，从内而起。"

陆逊听罢，上马引数十骑来看石阵，立马于山坡之上，但见四面八方，皆有门有户。逊笑曰："此乃惑人之术耳，有何益焉！"遂引数骑下山坡来，直入石阵观看。部将曰："日暮矣，请都督早回。"逊方欲出阵，忽然狂风大作，一霎时，飞沙走石，遮天盖地。但见怪石嵯峨，槎枒似剑；横沙立土，重叠如山；江声浪涌，有如剑鼓之声。逊大惊曰："吾中诸葛亮之计也！"急欲回时，无路可出。㊟正惊疑间，忽见一老人立于马前，笑曰："将军欲出此阵乎？"逊曰："愿长者引出。"老人策杖徐徐而行，径出石阵，并无所碍，送至山坡之上。逊问曰："长者何人？"老人答曰："老夫乃诸葛孔明之岳父黄承彦也。昔小婿入蜀之时，于此布下石阵，名'八阵图'。反复八门，按遁甲休、生、伤、杜、景、死、惊、开。每日每时，变化无端，可比十万精兵。临去之时，曾分付老夫道：'后有东吴大将迷于阵中，莫要引他出来。'老夫适于山岩之上，见将军从'死门'而入，料想不识此阵，必为所迷。老夫平生好善，不忍将军陷没于此，故特自'生门'引出也。"逊曰："公曾学此阵法否？"黄承彦曰："变化无穷，不能学也。"㊟逊慌忙下马，拜谢而回。后杜工部有诗曰：

功盖三分国，名成八阵图。
江流石不转，遗恨失吞吴。

陆逊回寨，叹曰："孔明真'卧龙'也，吾不能及！"于是下令班师。左右曰："刘备兵败势穷，困守一城，正好乘势击之；今见石阵而退，何也？"逊曰："吾非惧石阵而退；吾料魏主曹丕，其奸诈与父无异，今知吾追赶蜀兵，必乘虚来袭。吾若深入益州，急难退矣。"遂令一将断后，逊率大军而回。退兵未及二日，三处人来飞报："魏兵曹仁出濡须，曹休出洞口，曹真出南郡：三路兵马数十万，星夜至境，未知何意。"逊笑曰："不出吾之所料。吾已令兵拒之矣。"㊟

急欲回时，无路可出——这段虚构的情节，将八阵图的威力写得神乎其神。

变化无穷，不能学也——黄承彦救出陆逊，当然亦属虚构。而此语更将八阵图的玄妙吹得无以复加。

不出吾之所料。吾已令兵拒之矣——尽管曹丕老奸巨猾，但陆逊早有防范，这表明陆逊智谋高出曹丕一筹。

正是：雄心方欲吞西蜀，胜算还须御北朝。未知如何退兵，且看下文分解。

尾评：

在“夷陵之战”这个情节单元中，诸葛亮由于奉命留守益州，并未参与谋划。然而。情节发展的全过程却使人无时不想到诸葛亮，而马良之请教，陆逊之庆幸，特别是战役的结局，更使人深深感到：刘备听从诸葛亮之计，事业就兴旺发达；反之，如果违背诸葛亮之谋，则会遭受严重挫折。

第八十五回
刘先主遗诏托孤儿　诸葛亮安居平五路

总评

刘备白帝城托孤之事，本于《三国志·蜀书·诸葛亮传》:“章武三年（223）春，先主于永安病笃，召亮于成都，属以后事，谓亮曰:‘君才十倍曹丕，必能安国，终定大事。若嗣子可辅，辅之；如其不才，君可自取。’亮涕泣曰:‘臣敢竭股肱之力，效忠贞之节，继之以死！’先主又为诏敕后主曰:‘汝与丞相从事，事之如父。’”陈寿在《先主传》末尾对此作了高度评价:“及其举国托孤于诸葛亮，而心神无贰，诚君臣之至公，古今之盛轨也。”罗贯中在史实的基础上，运用如椽巨笔，把刘备托孤写得纡徐委婉，着重突出了刘备对诸葛亮的无比倚重和完全信任，具有较强的艺术感染力。

白帝城托孤之后，刘备带着无穷的悔恨、无尽的遗憾，溘然长逝了。在魏、蜀、吴三国的开国之君中，刘备是作为“明君”的典型被罗贯中满怀热情加以塑造的，而且相当成功。这里可能有正统思想的成分，但主要体现了长期遭受压迫的广大民众对“明君”的向往。但是，杰出的作家罗贯中并未把刘备写成一个一味忠厚的老好人，而是一个雄心勃勃、百折不挠的封建政治家。他弘毅坚忍，能屈能伸，善于适应各种环境；既有宽仁爱民、尊贤重士的一面，又有王霸杂用、行权用谲的一面。他高高举起“忠义”的旗帜，竭力争取人心，并不过于急功近利，但有时为了本集团的利益，又不得不违背自己的道德信条。在中国文学史上，没有第二个君主的形象能像刘备形象这样丰富而深刻。不过，现代读者对刘备形象往往不太喜爱。原因是多方面的，最根本的可能有二：一是罗贯中对刘备的宽仁爱民有时溢美过分，反而有损真实；二是现代读者的心理已与封建末世的小民大不一样，以往的小民怀着敬畏心情赞美之处，现代读者有时却并不欣赏。不管怎样，刘备形象仍然是《三国演义》中独具特色的“这一个”，给人留下了深刻的印象。

刘备去世以后，主持蜀汉军政大计的重任全部压在了丞相诸葛亮的身上。在诸葛亮的生命史上，这是一个重大的转折。如果说自“三顾茅庐”以来的十六年，他一直是以主要谋士的身份协助刘备开创蜀汉江山，那么现在，他就要独力承担维系蜀汉国运的使命了。这位智慧超群的政治家将如何应付三国之间错综复杂的斗争呢？“安居平五路”给了读者一个满意的回答，堪称诸葛亮在他生命的后半段中第一次精彩的亮相。

《三国志》中并无曹丕起五路大军攻蜀的记载；在刘备去世之前，孙权已曾“使太中大夫郑泉聘刘备于白帝”(《三国志·吴书·吴主传》)，双方关系已大大缓和；而魏、吴之间则因夷陵之战后魏军三路攻吴而处于对峙状态，不可能相约攻蜀；此外，刘禅嗣位之前，马超已经去世。凡此种种，都说明“安居平五路”这一情节基本上出于虚构。由于作者透彻地把握了三国鼎立的态势和三国当权者的心理，巧妙地运用艺术想象，使得这一虚构的情节显得真实可信，不违情理。

却说章武二年夏六月，东吴陆逊大破蜀兵于猇亭、彝陵之地；先主奔回白帝城，赵云引兵据守。忽马良至，见大军已败，懊悔不及，将孔明之言，奏知先主。先主叹曰："朕早听丞相之言，不致今日之败！今有何面目复回成都见群臣乎！"㊟遂传旨就白帝城住扎，将馆驿改为永安宫。人报冯习、张南、傅肜、程畿、沙摩柯等皆殁于王事，先主伤感不已。又近臣奏称："黄权引江北之兵，降魏去了。陛下可将彼家属送有司问罪。"先主曰："黄权被吴兵隔断在江北岸，欲归无路，不得已而降魏：是朕负权，非权负朕也。何必罪其家属？"仍给禄米以养之。

今有何面目复回成都见群臣乎——遭到惨败之后，羞于再见群臣，这的确是刘备的真实思想。

却说黄权降魏，诸将引见曹丕。丕曰："卿今降朕，欲追慕于陈、韩耶？"权泣而奏曰："臣受蜀帝之恩，殊遇甚厚，令臣督诸军于江北，被陆逊绝断。臣归蜀无路，降吴不可，故来投陛下。败军之将，免死为幸，安敢追慕于古人耶！"丕大喜，遂拜黄权为镇南将军。权坚辞不受。忽近臣奏曰："有细作人自蜀中来，说蜀主将黄权家属尽皆诛戮。"权曰："臣与蜀主，推诚相信，知臣本心，必不肯杀臣之家小也。"㊟丕然之。后人有诗责黄权曰：

降吴不可却降曹，忠义安能事两朝？
堪叹黄权惜一死，紫阳书法不轻饶。

必不肯杀臣之家小也——黄权不得已而降魏，刘备表示理解，不愿株连其家属，而黄权也断定刘备不会诛其家属。君臣相知如此，可算难得。

曹丕问贾诩曰："朕欲一统天下，先取蜀乎？先取吴乎？"诩曰："刘备雄才，更兼诸葛善能治国；东吴孙权，能识虚实，陆逊现屯兵于险要，泛舟江湖*，皆难卒谋。以臣观之，诸将之中，皆无孙权、刘备敌手。虽以陛下天威临之，亦未见万全之势也。只可持守，以待二国之变。"㊟丕曰："朕已遣三路大兵伐吴，安有不胜之理？"侍中刘晔曰*："近东吴陆逊，新破蜀兵七十万，上下齐心，更有江湖之阻，不可卒制；陆逊多谋，必有准备。"丕曰："卿前劝朕伐吴，今又谏阻，何也？"晔曰："时有不同也。昔东吴累败于蜀，其势顿挫，故

只可持守，以待二国之变——贾诩分析形势十分客观，对敌手决不盲目低估，其主张持守，甚为有理。

可击耳；今既获全胜，锐气百倍，未可攻也。”丕曰：“朕意已决，卿勿复言。”遂引御林军，亲往接应三路兵马。早有哨马报说东吴已有准备：令吕范引兵拒住曹休，诸葛瑾引兵在南郡拒住曹真，朱桓引兵当住濡须以拒曹仁。刘晔曰：“既有准备，去恐无益。”丕不从，引兵而去。㊣

丕不从，引兵而去——曹丕自以为是，拒绝贾诩、刘晔之谏，坚持出兵攻吴，可谓自取其败。

却说吴将朱桓时年四十六岁*，极有胆略，孙权甚爱之；时督军于濡须，闻曹仁引大军去取羡溪，桓遂尽拨军守把羡溪去了，止留五千骑守城。忽报曹仁令大将常雕同诸葛虔、王双，引五万精兵飞奔濡须城来。众军皆有惧色。桓按剑而言曰：“胜负在将，不在兵之多寡。兵法云：‘客兵倍而主兵半者，主兵尚能胜于客兵。’今曹仁千里跋涉，人马疲困。吾与汝等，共据高城，南临大江，北背山险，以逸待劳，以主制客：此乃百战百胜之势。虽曹丕自来，尚不足忧，况仁等耶！”于是传令，教众军偃旗息鼓，只作无人守把之状。

且说魏将先锋常雕，领精兵来取濡须城，遥望城上并无军马。雕催军急进。离城不远，一声炮响，旌旗齐竖。朱桓横刀飞马而出，直取常雕。战不三合，被桓一刀斩常雕于马下。吴兵乘势冲杀一阵，魏兵大败，死者无数。朱桓大胜，得了无数旌旗军器战马。曹仁领兵随后到来，却被吴兵从羡溪杀出。曹仁大败而退，回见魏主，细奏大败之事。丕大惊。正议之间，忽探马报：“曹真、夏侯尚围了南郡，被陆逊伏兵于内，诸葛瑾伏兵于外，内外夹攻，因此大败。”言未毕，忽探马又报：“曹休亦被吕范杀败。”丕听知三路兵败，乃喟然叹曰：“朕不听贾诩、刘晔之言，果有此败！”㊣时值夏天，大疫流行，马步军十死六七，遂引军回洛阳。吴、魏自此不和。

朕不听贾诩、刘晔之言，果有此败——曹丕并非平庸之辈，但因不听贾诩、刘晔之言，马上就吃了大亏，由此可见当权者虚心纳谏之重要。

却说先主在永安宫，染病不起，渐渐沉重。至章武三年夏四月，先主自知病入四肢，又哭关、张二弟，其病愈深；两目昏花，厌见侍从之人，乃叱退左右，独卧于龙榻之上。忽然阴风骤起，将灯吹摇，灭而复明。只见灯影之下，二人侍立。先主怒曰：“朕心绪不宁，教汝等且退，何故又来！”叱之不退。先主起而视之，上首乃云长，下首乃益德也。先主大惊曰：“二弟原来尚在？”云长曰：“臣等非人，乃鬼矣。上帝以臣二人平生不失信义，皆敕命为神。哥哥与兄弟聚会不远矣。”先主扯定大哭。忽然惊觉，二弟不见。即唤从人问之，时正三更。先主叹曰:“朕不久于人世矣!”遂遣使往成都,请丞相诸葛亮、尚书令李严等,星夜来永安宫,听受遗命。孔明等与先主次子鲁王刘永、梁王刘理,来永安宫见帝,留太子刘禅守成都。

且说孔明到永安宫,见先主病危,慌忙拜伏于龙榻之下。先主传旨,请孔明坐于龙榻之侧,抚其背曰:“朕自得丞相,幸成帝业;何期智识浅陋,不纳丞相之言,自取其败。悔恨成疾,死在旦夕。嗣子孱弱,不得不以大事相托。”言讫,泪流满面。孔明亦涕泣曰:“愿陛下善保龙体,以副天下之望!”先主以目遍视,只见马良之弟马谡在傍,先主令且退。谡退出,先主谓孔明曰:“丞相观马谡之才何如?”孔明曰:“此人亦当世之英才也。”先主曰:“不然。朕观此人,言过其实,不可大用。㊟丞相宜深察之。”分付毕,传旨召诸臣入殿,取纸笔写了遗诏,递与孔明而叹曰:“朕不读书,粗知大略。圣人云:‘鸟之将死,其鸣也哀;人之将死,其言也善。’朕本待与卿等同灭曹贼,共扶汉室;不幸中道而别。烦丞相将诏付与太子禅,令勿以为常言。凡事更望丞相教之!”孔明等泣拜于地曰:“愿陛下将息龙体!臣等尽施犬马之劳,以报陛下知遇之恩也。”先主命内侍扶起孔明,一手掩泪,一手执其手,曰:“朕今死矣,有心腹之言相告!”孔明曰:“有何圣谕?”先主泣曰:“君才十倍曹丕,必能安邦定国,终定大事。若嗣子可辅,则辅之;如其不才,君可自为成都之主。”㊟孔明听毕,汗流遍体,手足失措,泣拜于地曰:“臣安敢不竭股肱之力,尽忠贞之节,继之以死乎!”㊟言讫,叩头流血。先主又请孔明坐于榻上,唤鲁王刘永、梁王刘理近前,分付曰:“尔等皆记朕言:朕亡之后,尔兄弟三人,皆以父事丞相,㊟不可怠慢。”言罢,遂命二王同拜孔明。二王拜毕,孔明曰:“臣虽肝脑涂地,安能报知遇之恩也!”先主谓众官曰:“朕已托孤于丞相,令嗣子以父事之。卿等俱不可怠慢,以负朕望。”又嘱赵云曰:“朕与卿于患难之中,相从到今,不想于此地分别。卿可想朕故交,早晚看觑吾子,勿负朕言。”云泣拜曰:“臣敢不效犬马之劳!”先主谓众官曰:“卿等众官,朕不能一一分嘱,愿皆自爱。”言毕,驾崩㊟,寿六十三岁。时章武三年夏四月二十四日也。后杜工部有诗叹曰:

蜀主窥吴向三峡,崩年亦在永安宫。
翠华想像空山外,玉殿虚无野寺中。

朕观此人……不可大用——刘备此言,本于《三国志·蜀书·马良传》附《马谡传》,为马谡后来街亭之败埋下伏笔。看来,刘备识人之明,有时还在诸葛亮之上。

如其不才……为成都之主——刘备此语,目的当然不是要诸葛亮取代刘禅,而是表明对诸葛亮的高度信赖。孙策临终,亦曾慨然叮嘱张昭道:“若仲谋不任事者,君便自取之。”(《三国志·吴书·张昭传》注引《吴历》,《三国演义》未写此事)这是政治家的勉励和嘱托,不宜简单地斥为权术。

臣安敢不……继之以死乎——这里仅仅将《诸葛亮传》中的话改变了一下句式,便更强烈地表现了诸葛亮不负刘备嘱托,全力辅佐刘禅的决心。

尔兄弟三人,皆以父事丞相——至此,刘备把蜀汉江山和自己的儿子全都托付给了诸葛亮。这是刘备一生中最后一次选择,也是一次正确的选择。

言毕,驾崩——从章武元年(221)四月称帝,到章武三年(223)四月驾崩,这位历尽艰辛的枭雄当皇帝的时间只有整整两年。在这短短两年中,他干的唯一大事便是伐吴兵败,使刚刚建立的蜀汉面临困境。此时驾崩,他的内心怎能不充满痛苦和悔恨!

古庙杉松巢水鹤，岁时伏腊走村翁。

武侯祠屋长邻近，一体君臣祭祀同。

先主驾崩，文武官僚，无不哀痛。孔明率众官奉梓宫还成都。太子刘禅出城迎接灵柩，安于正殿之内。举哀行礼毕，开读遗诏。诏曰：

> 朕初得疾，但下痢耳；后转生杂病，殆不自济。朕闻“人年五十，不称夭寿”。今朕年六十有余，死复何恨？但以卿兄弟为念耳。勉之！勉之！勿以恶小而为之，勿以善小而不为。惟贤惟德，可以服人；卿父德薄，不足效也。卿与丞相从事，事之如父，勿怠！勿忘！卿兄弟更求闻达。至嘱！至嘱！

群臣读诏已毕。孔明曰：“国不可一日无君；请立嗣君，以承汉统。”乃立太子禅即皇帝位，(评)改元建兴。加诸葛亮为武乡侯，领益州牧。葬先主于惠陵，谥曰昭烈皇帝。尊皇后吴氏为皇太后；谥甘夫人为昭烈皇后，糜夫人亦追谥为皇后。升赏群臣，大赦天下。

乃立太子禅即皇帝位——刘禅即位，意味着诸葛亮主持军政大计的开始，蜀汉历史揭开了新的一页。

早有魏军探知此事，报入中原。近臣奏知魏主，曹丕大喜曰：“刘备已亡，朕无忧矣。何不乘其国中无主，起兵伐之？”贾诩谏曰：“刘备虽亡，必托孤于诸葛亮。亮感备知遇之恩，必倾心竭力，扶持嗣主。陛下不可仓卒伐之。”正言间，忽一人从班部中奋然而出曰：“不乘此时进兵，更待何时？”众视之，乃司马懿也。丕大喜，遂问计于懿。懿曰：“若只起中国之兵，急难取胜。须用五路大兵，四面夹攻，令诸葛亮首尾不能救应，然后可图。”丕问何五路，懿曰：“可修书一封，差使往鲜卑国*，见国王轲比能，赂以金帛，令起兵十万*，先从旱路取西平关：此一路也。再修书遣使赍官诰赏赐，直入南蛮，见蛮王孟获，令起兵十万，攻打益州、永昌、牂牁、越嶲四郡，以击益州之南：此二路也。再遣使入吴修好，许以割也，令孙权起兵十万，由峡口入蜀*，径取涪城：此三路也。又可差使至降将孟达处，起上庸兵十万，西攻汉中：此四路也。然后命大将军曹真为大都督，提兵十万，由京兆径出阳平关取益州：此五路也。共大兵五十万，五路并进。诸葛亮便有吕望之才，安能当此乎？”(评)丕大喜，随即密遣能言官四员为使前去。又命曹真为大都督，领兵十万，径取阳平关。此时张辽等一班旧将，皆封列侯，俱在冀、徐、

诸葛亮便有吕望之才，安能当此乎——司马懿这番策划，老辣狠毒，气势汹汹，一开始就形成了黑云压城城欲摧的紧张氛围。

青及合肥等处，据守关津隘口，故不复调用。

却说蜀汉后主刘禅，自即位以来，旧臣多有病亡者，不能细说。凡一应朝廷选法、钱粮、词讼等事，皆听诸葛丞相裁处。时后主未立皇后，孔明与群臣上言曰："故车骑将军张飞之女甚贤，年十七岁，可纳为正宫皇后。"后主即纳之。

建兴元年秋八月，忽有边报说："魏调五路大兵，来取益州：第一路，曹真为大都督，起兵十万，取阳平关；第二路，乃反将孟达，起上庸兵十万，犯汉中；第三路，乃东吴孙权，起精兵十万，取峡口入蜀；第四路，乃蛮王孟获，起蛮兵十万，犯益州四郡；第五路，乃鲜卑王轲比能，起兵十万*，犯西平关。此五路军马，甚是利害。已先报知丞相，丞相不知为何，数日不出视事。"后主听罢大惊，即差近侍赍旨，宣召孔明入朝。使命去了半日，回报："丞相府下人言，丞相染病不出。"后主转慌。次日，又命黄门侍郎董允、谏议大夫杜琼，去丞相卧榻前，告此大事。董、杜二人到丞相府前，皆不得入。杜琼曰："先帝托孤于丞相，今主上初登宝位，被曹丕五路兵犯境，军情至急，丞相何故推病不出？"良久，门吏传丞相令，言："病体稍可，明早出都堂议事。"董、杜二人叹息而回。次日，多官又来丞相府前伺候。从早至晚，又不见出。多官惶惶，只得散去。杜琼入奏后主曰："请陛下圣驾，亲往丞相府问计。"后主即引多官入宫，启奏皇太后。太后大惊，曰："丞相何故如此。有负先帝委托之意也！我当自往。"㊊董允奏曰："娘娘未可轻往。臣料丞相必有高明之见。且待主上先往。如果怠慢，请娘娘于太庙中，召丞相问之未迟。"太后依奏。

次日，后主车驾亲至相府。门吏见驾到，慌忙拜伏于地而迎。后主问曰："丞相在何处？"门吏曰："不知在何处。只有丞相钧旨，教挡住百官，勿得辄入。"后主乃下车步行，独进第三重门，见孔明独倚竹杖，在小池边观鱼。㊊后主在后立久，乃徐徐而言曰："丞相安乐否？"孔明回顾，见是后主，慌忙弃杖，拜伏于地曰："臣该万死！"后主扶起，问曰："今曹丕分兵五路，犯境甚急，相父缘何不肯出府视事？"孔明大笑，扶后主入内室坐定，奏曰："五路兵至，臣安得不知？臣非观鱼，有所思也。"后主曰："如之奈何？"孔明曰："鲜

丞相何故如此？……我当自往——这里接连写了五个小层次，渲染了诸葛亮在这十万火急的关键时刻深藏不露的奇特举止。

见孔明独倚竹杖，在小池边观鱼——寥寥数语，活脱脱地写出了孔明处变不惊的安详神态。这与烽火连天、羽檄交驰的紧张形势，与后主和众臣焦灼不安的情绪，形成了强烈的反差。

陛下何必忧乎——几句话说得如此轻松，事情的解决又如此顺利，完全出人意料，后主怎能不又惊又喜！

卑王轲比能*，蛮王孟获，反将孟达，魏将曹真：此四路兵，臣已皆退去了也。止有孙权这一路兵，臣已有退之之计，但须一能言之人为使。因未得其人，故熟思之。陛下何必忧乎？”㊞后主听罢，又惊又喜，曰：“相父果有鬼神不测之机也！愿闻退兵之策。”孔明曰：“先帝以陛下付托与臣，臣安敢旦夕怠慢。成都众官，皆不晓兵法之妙，贵在使人不测，岂可泄漏于人？老臣先知鲜卑国王轲比能，引兵犯西平关。臣料马超积祖西州人氏*，素得羌人之心，羌人以超为神威天将军。臣已先遣一人，星夜驰檄，令马超紧守西平关，伏四路奇兵，每日交换，以兵拒之：此一路不必忧矣。又南蛮孟获，兵犯四郡。臣亦飞檄遣魏延领一军，左出右入，右出左入，为疑兵之计；蛮兵惟凭勇力，其心多疑，若见疑兵，必不敢进：此一路又不足忧矣。又知孟达引兵出汉中。达与李严曾结生死之交；臣回成都时，留李严守永安宫；臣已作一书，只做李严亲笔，令人送与孟达；达必然推病不出，以慢军心：此一路又不足忧矣。又知曹真引兵犯阳平关。此地险峻，可以保守。臣已调赵云引一军守把关隘，并不出战；曹真若见我军不出，不久自退矣。此四路兵俱不足忧。臣尚恐不能全保，又密调关兴、张苞二将，各引兵三万，屯于紧要之处，为各路救应。此数处调遣之事，皆不曾经由成都，故无人知觉。只有东吴这路兵，未必便动：如见四路兵胜，蜀中危急，必来相攻；若四路不济，安肯动乎？臣料孙权想曹丕三路侵吴之怨，必不肯从其言。虽然如此，须用一舌辩之士，径往东吴，以利害说之，则先退东吴；其四路之兵，何足忧乎？但未得说吴之人，臣故踌躇。何劳陛下圣驾来临？”后主曰：“太后亦欲来见相父。今朕闻相父之言，如梦初觉，复何忧哉！”㊞

今朕闻相父之言，如梦初觉，复何忧哉——这句话，把后主恍然大悟、喜出望外的心情写得十分生动传神。

孔明与后主共饮数杯，送后主出府。众官皆环立于门外，见后主面有喜色。后主别了孔明，上御车回朝。众皆疑惑不定。孔明见众官中，一人仰天而笑，面亦有喜色。孔明视之，乃义阳新野人，姓邓，名芝，字伯苗，现为尚书*；汉司徒邓禹之后*。孔明暗令人留住邓芝。㊞多官皆散，孔明请芝到书院中，问芝曰：“今蜀、魏、吴鼎分三国，欲讨二国，一统中兴，当先伐何国？”芝曰：“以愚意论之：魏虽汉贼，其势甚大，急难摇动，当徐徐缓图；今主上初登宝位，民心未安，当与东吴连合，结为唇齿，一洗先帝旧怨，此乃

孔明暗令人留住邓芝——邓芝与众不同的表情，使孔明感到他与自己心意相通，故特地相留。

长久之计也。未审丞相钧意若何?”孔明大笑曰:“吾思之久矣，奈未得其人。今日方得也!”芝曰:“丞相欲其人何为?”孔明曰:“吾欲使人往结东吴。公既能明此意，必能不辱君命。使乎之任，非公不可。”㊟芝曰:“愚才疏智浅，恐不堪当此任。”孔明曰:“吾来日奏知天子，便请伯苗一行，切勿推辞。”芝应允而退。至次日，孔明奏准后主，差邓芝往说东吴。芝拜辞，望东吴而来。正是:吴人方见干戈息，蜀使还将玉帛通。未知邓芝此去若何，且看下文分解。

使乎之任，非公不可——邓芝深明三国鼎立的大势，又与孔明联吴抗魏的主张相合，正是出使东吴的最佳人选。孔明派他前往东吴，成为引出下文的过渡环节。

尾评:

“安居平五路”这一篇章，通过情节的大起大落，表现了诸葛亮泰山崩于前而色不变的从容气度，高瞻远瞩洞察敌情的战略眼光和运筹帷幄决胜千里的惊人韬略，令人信服地证明他不愧为支撑蜀汉的擎天玉柱。

在这一篇章中，作品第一次描写后主刘禅的言行举止。从手忙脚乱地宣召诸葛亮，到惴惴不安地前往相府探访，再到“面有喜色”地回宫，作者写他的每一种表现，都仅用片言只语，真是惜墨如金。通过略貌取神的描写，生动地勾画出后主幼稚无知，碌碌无为，唯知倚重诸葛亮的“庸主”形象。

第八十六回
难张温秦宓逞天辩　破曹丕徐盛用火攻

总评

据《三国志·蜀书·邓芝传》，刘备退守白帝城时，孙权曾遣使请和，刘备亦派人答礼。刘备死后，诸葛亮担心孙权对吴、蜀关系心存疑虑，邓芝建议及时遣使重申两国友好，诸葛亮乃命其出使东吴。邓芝向孙权剖析三国形势，说明吴、蜀联合之必要，孙权“遂自绝魏，与蜀连和”。从此，两国恢复联盟关系，再未发生分裂。罗贯中在史实基础上加以增饰，生动地描写了邓芝不避刀斧油鼎，从容不迫，坦率陈词，深刻分析吴与蜀联合之利及向魏称臣之弊，终于说服孙权，使其决心与蜀和好。邓芝的远见卓识、能言善辩、坦诚自信，使之成为《三国演义》中又一个成功的使者形象，给读者留下了相当深的印象。

“难张温”之事，本于《三国志·蜀书·秦宓传》:“吴遣使张温来聘，百官皆往饯焉。众人皆集而宓未往，（诸葛）亮累遣使促之。温曰:‘彼何人也?’亮曰:‘益州学士也。’及至，温问曰……答问如响，应声而出，于是温大敬服。”罗贯中有意描写了张温的自以为是，为一场辩论酿造了必要的气氛；然后，几乎照抄了《秦宓传》中那段关于“天”的玄妙问答；接着，又写秦宓反过来向张温提出一连串问题，使得“张温似醉如痴，无言可答，乃避席而谢孔明”。这是秦宓在《三国演义》中第三次得到正面描写，也是他最后一次出场，充分表现了他那渊博的学识和强劲的辩才，真可使蜀中俊杰扬眉吐气！总之，《三国演义》对秦宓的描写，比《三国志》的记载生动得多，精彩得多，寥寥几笔，就勾画出一个风流潇洒、倜傥不群、正直耿介、满腹经纶的学者可敬而又可爱的艺术形象。

徐盛临江拒守，以疑城吓退魏军之事，本于《三国志·吴书·徐盛传》及《吴主传》注引干宝《晋纪》。罗贯中在史实的基础上，着重突出了徐盛的勇于任事、善于用计、铁面无私、执法如山，并虚构孙韶渡江迎敌、丁奉乘风放火等情节，将吴军的胜利写得有声有色。

却说东吴陆逊，自退魏兵之后，吴王拜逊为辅国将军，领荆州牧，改封江陵侯*，自此军权皆归于逊。张昭、顾雍启奏吴王，请自改元。权从之，遂改为黄武元年。忽报魏主遣使至，权召入。使命陈说："蜀前使人求救于魏，魏一时不明，故发兵应之。今已大悔，欲起四路兵取蜀，东吴可来接应。若得蜀土，各分一半。"

权闻言，不能决，乃问于张昭、顾雍等。昭曰："陆伯言极有高见，可问之。"㊢权即召陆逊至。逊奏曰："曹丕坐镇中原，急不可图；今若不从，必为仇矣。臣料魏与吴皆无诸葛亮之敌手。今且勉强应允，整军预备，只探听四路如何。㊢若四路兵胜，蜀中危急，诸葛亮首尾不能救，主上则发兵以应之；先取成都，深为上策；如四路兵败，别作商议。"权从之，乃谓魏使曰："军需未办，择日便当起程。"使者拜辞而去。

权令人探得西番兵出西平关，见了马超，不战自退；南蛮孟获起兵攻四郡，皆被魏延用疑兵计杀退回洞去了；上庸孟达兵至半路，忽然染病不能行；曹真兵出阳平关，赵子龙拒住各处险道，果然"一将守关，万夫莫开"，曹真屯兵于斜谷道，不能取胜而回。㊢孙权知了此信，乃谓文武曰："陆伯言真神算也。孤若妄动，又结怨于西蜀矣。"

忽报西蜀遣邓芝到。张昭曰："此又是诸葛亮退兵之计，遣邓芝为说客也。"权曰："当何以答之？"昭曰："先于殿前立一大鼎，贮油数百斤，下用炭烧。待其油沸，可选身长面大武士一千人，各执刀在手，从宫门前直摆至殿上，却唤芝入见。休等此人开言下说词，责以郦食其说齐故事，效此例烹之，看其人如何对答。"

权从其言，遂立油鼎，命武士立于左右，各执军器，召邓芝入。芝整衣冠而入。行至宫门前，只见两行武士，威风凛凛，各持钢刀、大斧、长戟、短剑，直列至殿上。芝晓其意，并无惧色，昂然而行。

陆伯言极有高见，可问之——张昭、顾雍等人一度对陆逊缺乏信心，但自从陆逊在夷陵之战中大获全胜后，便把陆逊视为东吴栋梁，可见其只是一时保守，与嫉贤妒能之辈泾渭分明。

今且勉强应允……只探听四路如何——陆逊明知魏与吴皆无诸葛亮之对手，主张观望风色，可谓明智。这样，既可保存东吴实力，又为恢复吴、蜀友好留下了余地。

曹真屯兵于斜谷道，不能取胜而回——曹魏安排的四路攻蜀人马，皆无功而回，这既证明了陆逊的先见之明，又与诸葛亮"安居平五路"相照应。

至殿前，又见鼎镬内热油正沸。左右武士以目视之，芝但微微而笑。㊟近臣引至帘前，邓芝长揖不拜。权令卷起珠帘，大喝曰："何不拜！"芝昂然而答曰："上国天使，不拜小邦之主。"权大怒曰："汝不自料，欲掉三寸之舌，效郦生说齐乎！可速入油鼎！"芝大笑曰："人皆言东吴多贤，谁想惧一儒生！"权转怒曰："孤何惧尔一匹夫耶？"芝曰："既不惧邓伯苗，何愁来说汝等也？"权曰："尔欲为诸葛亮作说客，来说孤绝魏向蜀，是否？"芝曰："吾乃蜀中一儒生，特为吴国利害而来。乃设兵陈鼎，以拒一使，何其局量之不能容物耶！"

权闻言惶愧，即叱退武士，命芝上殿，赐坐而问曰："吴、魏之利害若何？愿先生教我。"芝曰："大王欲与蜀和，还是欲与魏和？"权曰："孤正欲与蜀主讲和；但恐蜀主年轻识浅，不能全始全终耳。"芝曰："大王乃命世之英豪，诸葛亮亦一时之俊杰；蜀有山川之险，吴有三江之固：若二国连和，共为唇齿，进则可以兼吞天下，退则可以鼎足而立。今大王若委贽称臣于魏，魏必望大王朝觐，求太子以为内侍；如其不从，则兴兵来攻，蜀亦顺流而进取：如此则江南之地，不复为大王有矣。㊟若大王以愚言为不然，愚将就死于大王之前，以绝说客之名也。"言讫，撩衣下殿，望油鼎中便跳，权急命止之，请入后殿，以上宾之礼相待。权曰："先生之言，正合孤意。㊟孤今欲与蜀主连和，先生肯为我介绍乎？"芝曰："适欲烹小臣者，乃大王也。今欲使小臣者，亦大王也；大王犹自狐疑未定，安得取信于人？"权曰："孤意已决，先生勿疑。"

于是吴王留住邓芝，集多官问曰："孤掌三州之地*，反不如西蜀偏僻之处也：蜀有邓芝，不辱其主；吴并无一人入蜀，以达孤意。"忽一人出班奏曰："臣愿为使。"众视之，乃吴郡吴人，姓张，名温，字惠恕，现为中郎将。权曰："恐卿到蜀见诸葛亮，不能达孤之情。"温曰："孔明亦人耳，臣何畏彼哉！"权大喜，重赏张温，使同邓芝入蜀通好。

却说孔明自邓芝去后，奏后主曰："邓芝此去，其事必成。吴地多贤，定有人来答礼。陛下当礼貌之，令彼回吴，以通盟好。吴若通和，魏必不敢加兵于蜀矣。吴、魏宁靖，臣当征南，平定蛮方，然后图魏。魏削则东吴亦不能久存，可以复一统之基业也。"后主

芝但微微而笑——孙权虚张声势，邓芝却看破其意，毫不畏缩。"微微而笑"，正表明其胸有成竹，充满自信。

如此则江南之地，不复为大王有矣——邓芝此语，本于《三国志·蜀书·邓芝传》，对三国之间的利害关系分析得十分透彻。

先生之言，正合孤意——此语亦本于《邓芝传》，表明邓芝已经说服了孙权。

然之。

忽报东吴遣张温与邓芝入蜀答礼。后主聚文武于丹墀，令邓芝、张温入。温自以为得志，昂然上殿，见后主施礼。后主赐锦墩，坐于殿左，设御宴待之。后主但敬礼而已。宴罢，百官送张温到馆舍。次日，孔明设宴相待。孔明谓张温曰："先帝在日，与吴不睦，今已晏驾。当今主上，深慕吴王，欲捐旧忿，永结盟好，并力破魏。望大夫善言回奏。"张温领诺。酒至半酣，张温喜笑自若，颇有傲慢之意。(评)

张温喜笑自若，颇有傲慢之意——张温的自以为是，正好为下文秦宓以雄辩折服他作了铺垫。

次日，后主将金帛赐与张温，设宴于城南邮亭之上，命众官相送。孔明殷勤劝酒。正饮酒间，忽一人乘醉而入，昂然长揖，入席就坐。(评)温怪之，乃问孔明曰："此何人也？"孔明答曰："姓秦，名宓，字子敕，益州学士也*。"温笑曰："名称学士，未知胸中曾'学事'否？"宓正色而言曰："蜀中三尺小童，尚皆就学，何况于我？"温曰："且说公何所学？"宓对曰："上至天文，下至地理，三教九流，诸子百家，无所不通；古今兴废，圣贤经传，无所不览。"温笑曰："公既出大言，请即以天为问：天有头乎？"宓曰："有头。"温曰："头在何方？"宓曰："在西方。《诗》云：'乃眷西顾。'以此推之，头在西方也。"温又问："天有耳乎？"宓答曰："天处高而听卑。《诗》云：'鹤鸣九皋，声闻于天。'无耳何能听？"温又问："天有足乎？"宓曰："有足。《诗》云：'天步艰难。'无足何能步？"温又问："天有姓乎？"宓曰："岂得无姓！"温曰："何姓？"宓答曰："姓刘。"温曰："何以知之？"宓曰："天子姓刘，以故知之。"温又问曰："日生于东乎？"宓对曰："虽生于东，而没于西。"此时秦宓语言清朗，答问如流，满座皆惊。张温无语。宓乃问曰："先生东吴名士，既以天事下问，必能深明天之理。昔混沌既分，阴阳剖判；轻清者上浮而为天，重浊者下凝而为地；至共工氏战败，头触不周山，天柱折，地维缺：天倾西北，地陷东南。天既轻清而上浮，何以倾其西北乎？又未知轻清之外，还是何物？愿先生教我。"张温无言可对，乃避席而谢曰：(评)"不意蜀中多出俊杰！恰闻讲论，使仆顿开茅塞。"孔明恐温羞愧，故以善言解之曰："席间问难，皆戏谈耳。足下深知安邦定国之道，何在唇齿之戏哉！"(评)温拜谢。孔明又令邓芝入吴答礼，就与张温同行。张、邓二人拜辞孔明，望东吴而来。

忽一人乘醉而入；昂然长揖，入席就坐——众官皆对张温礼敬有加，唯独秦宓迟到，而且似乎不把张温放在眼里，这就自然要引起张温的不满和刁难，一场舌战无法避免了。

张温无言可对，乃避席而谢曰——面对秦宓的渊博学识和强劲辩才，张温不能不心悦诚服。

足下深知安邦定国之道，何在唇齿之戏哉——诸葛亮以吴、蜀友好大局为重，及时善言开解，为张温挽回面子，又不能不使张温感动。

却说吴王见张温入蜀未还，乃聚文武商议。忽近臣奏曰："蜀遣邓芝同张温入国答礼。"权召入。张温拜于殿前，备称后主、孔明之德，愿求永结盟好，特遣邓尚书又来答礼。权大喜，乃设宴待之。权问邓芝曰："若吴、蜀二国同心灭魏，得天下太平，二主分治，岂不乐乎？"芝答曰："'天无二日，民无二王。'如灭魏之后，未识天命所归何人。但为君者，各修其德；为臣者，各尽其忠：则战争方息耳。"权大笑曰："君之诚款，乃如是耶！"㊢遂厚赠邓芝还蜀。自此吴、蜀通好。

却说魏国细作人探知此事，火速报入中原。魏主曹丕听知，大怒曰："吴、蜀连和，必有图中原之意也。不若朕先伐之。"于是大集文武，商议起兵伐吴。此时大司马曹仁、太尉贾诩已亡。侍中辛毗出班奏曰："中原之地，土阔民稀，而欲用兵，未见其利。今日之计，莫若养兵屯田十年，足食足兵，然后用之，则吴、蜀方可破也。"㊢丕怒曰："此迂儒之论也！今吴、蜀连和，早晚必来侵境，何暇等待十年！"即传旨起兵伐吴。司马懿奏曰："吴有长江之险，非船莫渡。陛下必御驾亲征，可选大小战船，从蔡、颍而入淮，取寿春，至广陵，渡江口，径取京城：此为上策。"丕从之。于是日夜并工，造龙舟十只，长二十余丈，可容二千余人；收拾战船三千余只。魏黄初五年秋八月，会聚大小将士，令曹真为前部，张辽、张郃、文聘、徐晃等为大将先行，许褚、吕虔为中军护卫，曹休为合后，刘晔、蒋济为参谋官。前后水陆军马三十余万，克日起兵。封司马懿为尚书仆射，留在许昌，凡国政大事，并皆听懿决断。㊢

不说魏兵起程。却说东吴细作探知此事，报入吴国。近臣慌奏吴王曰："今魏主曹丕，亲自乘驾龙舟，提水陆大军三十余万，从蔡、颍出淮，必取广陵渡江，来下江南。甚为利害。"孙权大惊，即聚文武商议。顾雍曰："今主上既与西蜀连和，可修书与诸葛孔明，令起兵出汉中，以分其势；一面遣一大将，屯兵京城以拒之。"权曰："非陆伯言不可当此大任。"雍曰："陆伯言镇守荆州，不可轻动。"权曰："孤非不知，奈眼前无替力之人。"言未尽，一人从班部内应声而出曰："臣虽不才，愿统一军以当魏兵。若曹丕亲渡大江，臣必生擒，以献殿下；若不渡江，亦杀魏兵大半，令魏兵不敢正视东吴。"㊢权

君之诚款，乃如是耶——此语亦本于《邓芝传》。邓芝并不回避矛盾，凭着自己的真诚坦率，赢得孙权更大的好感，进一步巩固了吴、蜀联盟。

然后用之，则吴、蜀方可破也——辛毗之言，本于《三国志·魏书·辛毗传》，仍是持重之见，有益于国计民生。

凡国政大事，并皆听懿决断——这是《三国演义》中司马懿第一次被委以重任，表明其在曹魏的地位已大大加强。

令魏兵不敢正视东吴——曹丕大兵压境，徐盛却自告奋勇统兵抵御，并保证取胜，其胆略十分可嘉。

视之，乃徐盛也。权大喜曰："如得卿守江南一带，孤何忧哉！"遂封徐盛为安东将军，都督建业、京城军马*。

盛谢恩，领命而退；即传令教众官军多置器械，多设旌旗，以为守护江岸之计。忽一人挺身出曰："今日大王以重任委托将军，欲破魏兵以擒曹丕，将军何不早发军马渡江，于淮南之地迎敌？直待曹丕兵至，恐无及矣。"盛视之，乃吴王侄孙韶也。韶字公礼，官授扬威将军，曾在广陵守御；盛年负气*，极有胆勇。盛曰："曹丕势大，更有名将为先锋，不可渡江迎敌。待彼船皆集于北岸，吾自有计破之。"韶曰："吾手下自有三千军马，更兼深知广陵路势，吾愿自去江北，与曹丕决一死战。如不胜，甘令军令。"盛不从。韶坚执要去，盛只是不肯。韶再三要行，盛怒曰："汝如此不听号令，吾安能制诸将乎？"叱武士推出斩之。刀斧手拥孙韶出辕门之外，立起皂旗。韶部将飞报孙权。权听知，急上马来救。武士恰待行刑，孙权早到，喝散刀斧手，救了孙韶。韶哭奏曰："臣往年在广陵，深知地利；不就那里与曹丕厮杀，直待他下了长江，东吴指日休矣！"权径入营来。徐盛迎接入帐，奏曰："大王命臣为都督，提兵拒魏；今扬威将军孙韶，不遵军法，违令当斩，大王何故赦之？"权曰："韶倚血气之壮，误犯军法，万希宽恕。"盛曰："法非臣所立，亦非大王所立，乃国家之典刑也。㊟若以亲而免之，何以令众乎？"权曰："韶犯法，本应任将军处治；奈此子虽本姓俞氏，然孤兄甚爱之，赐姓孙；于孤颇有劳绩。今若杀之，负兄义矣。"盛曰："且看大王之面，寄下死罪。"权令孙韶拜谢。韶不肯拜，厉声而言曰："据吾之见，只是引军去破曹丕！便死也不服你的见识！"徐盛变色。权叱退孙韶，谓徐盛曰："便无此子，何损于兵？今后勿再用之。"言讫自回。是夜，人报徐盛说："孙韶引本部三千精兵，潜地过江去了。"盛恐有失，于吴王面上不好看，乃唤丁奉授以密计，引三千兵渡江接应。

法非臣所立，亦非大王所立，乃国家之典刑也——法不阿贵，执法如山，古人尚知如此，后人岂不应该做得更好？

却说魏主驾龙舟至广陵，前部曹真已领兵列于大江之岸。曹丕问曰："江岸有多少兵？"真曰："隔岸远望，并不见一人，亦无旌旗营寨。"丕曰："此必诡计也。朕自往观其虚实。"于是大开江道，放龙舟直至大江，泊于江岸。船上建龙凤日月五色旌旗，仪銮簇拥，光耀射目。曹丕端坐舟中，遥望江南，不见一人，回顾刘晔、蒋济曰："可渡江否？"晔曰："兵法'实实虚虚'。彼见大军至，如何不作整备？陛下未可造次。㊟且待三五日，看其动静，然后发先锋渡江以探之。”丕曰：“卿言正合朕意。”

是日天晚，宿于江中。当夜月黑，军士皆执灯火，明耀天地，恰如白昼。遥望江南，并不见半点儿火光。丕问左右曰：“此何故也？”近臣奏曰：“想闻陛下天兵来到，故望风逃窜耳。”丕暗笑。及至天晓，大雾迷漫，对面不见。须臾风起，雾散云收，望见江南一带皆是连城：城楼上枪刀耀日，遍城尽插旌旗号带。顷刻数次人来报：“京城沿江一带，直至石头城，一连数百里，城郭舟车，连绵不绝，一夜成就。”曹丕大惊。原来徐盛束缚芦苇为人，尽穿青衣，执旌旗，立于假城疑楼之上。魏兵见城上许多人马，如何不胆寒？丕叹曰：“魏虽有武士千群，无所用之。江南人物如此，未可图也！”㊟

正惊讶间，忽然狂风大作，白浪滔天，江水溅湿龙袍，大船将覆。曹真慌令文聘撑小舟急来救驾。龙舟上人立站不住。文聘跳上龙舟，负丕下得小舟，奔入河港。忽流星马报道：“赵云引兵出阳平关，径取长安。”丕听得，大惊失色，便教回军。众军各自奔走。背后吴兵追至，丕传旨教尽弃御用之物而走。龙舟将次入淮，忽然鼓角齐鸣，喊声大震，刺斜里一彪军杀到：为首大将，乃孙韶也。魏兵不能抵当，折其大半，淹死者无数。诸将奋力救出魏主。魏主渡淮河，行不三十里，淮河中一带芦苇，预灌鱼油，尽皆火着；顺风而下，风势甚急，火焰漫空，绝住龙舟。丕大惊，急下小船傍岸时，龙舟上早已火着。丕慌忙上马。岸上一彪军杀来，为首一将，乃丁奉也。张辽急拍马来迎，被奉一箭射中其腰，却得徐晃救了，同保魏主而走，折军无数。背后孙韶、丁奉夺得马匹、车仗、船只、器械，不计其数。魏兵大败而回。㊟吴将徐盛全获大功，吴王重加赏赐。张辽回到许昌，箭疮迸裂而亡，㊟曹丕厚葬之，不在话下。

却说赵云引兵杀出阳平关之次，忽报丞相有文书到，说益州耆帅雍闿结连蛮王孟获，起十万蛮兵，侵掠四郡；因此宣云回军，令马超坚守阳平关，丞相欲自南征。赵云乃急收兵而回。此时孔明在成都整饬军马，亲自南征。正是：方见东吴敌北魏，又看西蜀战南蛮。未知胜负如何，且看下文分解。

陛下未可造次——兵法讲究“知己知彼”，此时魏军对东吴一无所知，当然不应贸然进攻，刘晔之言是也。

江南人物如此，未可图也——曹丕之言，本于《三国志·吴书·徐盛传》注引《魏氏春秋》及《吴主传》，表明他已感心虚，只能再次无功而退了。

魏兵大败而回——作品如此虚构，使魏兵之退显得更为狼狈。

张辽回到许昌，箭疮迸裂而亡——历史上的张辽本系病死。《三国演义》写他随曹丕伐吴，自然可以；但如此身亡，却显得有些窝囊，令人为之惋惜！

尾评：

从上回到本回，主要写魏、蜀、吴三国关系的演变。结果，魏与吴重新反目，蜀与吴恢复联盟。这样，诸葛亮就得以集中力量，安定内部，南征北伐。因此，从全书结构来看，这两回乃是书中介于“夷陵之战”和“七擒孟获”这两个情节单元之间的过渡性章回。

第八十七回

征南寇丞相大兴师　抗天兵蛮王初受执

总评

从本回到第九十回，构成“七擒孟获”这一情节单元。

历史上的诸葛亮南征，《三国志》记载十分简略，《蜀书·后主传》、《诸葛亮传》中都只有一句话，《诸葛亮传》注引《汉晋春秋》所记则较为具体，其中不仅第一次出现了“七纵七禽”（“禽”通“擒”）的说法，而且有了孟获心服口服，表示“南人不复反矣”的举动。尽管它没有叙述“七擒”的过程，却为后人提供了广阔的想象空间。罗贯中正是在此基础上挥洒才情，创造出一个色彩斑斓的情节单元。

历史上的孟获起兵，本是南中地区上层人物背蜀自立的权力之争，而非少数民族反抗压迫的斗争，当地少数民族群众并不愿意参加，因而不能简单地说它有什么进步性。诸葛亮南征，固然是为了维护蜀汉王朝的利益，但也是为了贯彻《隆中对》提出的:“西和诸戎，南抚夷越”的方针，达到稳定南中，“夷、汉相安”的目的，这在客观上是有利于汉族与少数民族和睦相处的；同时，诸葛亮在南征时虽然使用了武力，但并不迷信武力，而是始终坚持“攻心为上”的方针，对孟获以礼相待，务使其心服，事毕立即撤退，并不留兵，这也是富有远见的，收到了很好的效果。正因为这样，各族人民对诸葛亮平定南方基本上予以肯定。罗贯中完全赞同诸葛亮的民族政策，并作了生动的艺术表现。他描写了南征中的武力征服，但更突出了“以诚服人”。在他的笔下，诸葛亮对俘获的少数民族官兵，总是不杀不辱，好言抚慰，“各赐酒食米粮而遣之”；而少数民族“皆感孔明恩德，乃为孔明立生祠，四时享祭，皆呼之为‘慈父’”。由此可见，“七擒孟获”虽然多少带有大汉族主义的成分，但从总体上看，它所反映的仍是封建社会中具有积极意义的民族观。罗贯中第一次在古代长篇小说中反映了这样的民族观，也是难能可贵的。

却说诸葛丞相在于成都，事无大小，皆亲自从公决断。益州之民，忻乐太平，夜不闭户，路不拾遗。又幸连年大熟，老幼鼓腹讴歌，凡遇差徭，争先早办：因此军需器械应用之物，无不完备；米满仓廒，财盈府库。㊟

建兴三年，益州飞报："蛮王孟获，大起蛮兵十万，犯境侵掠。益州郡太守雍闿*，乃汉朝什方侯雍齿之后，今结连孟获造反。牂牁郡太守朱褒、越嶲郡太守高定，二人献了城。止有永昌太守王伉不肯反。现今雍闿、朱褒、高定三人部下人马，皆与孟获为向导官，攻打永昌郡。今王伉与功曹吕凯，会集百姓，死守不韦城*，其势甚急。"孔明乃入朝奏后主曰："臣观南蛮不服，实国家之大患也。臣当自领大军，前去征讨。"后主曰："东有孙权，北有曹丕，今相父弃朕而去，倘吴、魏来攻，如之奈何？"孔明曰："东吴方与我国讲和，料无异心；若有异心，李严在白帝城，此人可当陆逊也。曹丕新败，锐气已丧，未能远图；且有马超守把汉中诸处关口，不必忧也。臣又留关兴、张苞等分两军为救应，保陛下万无一失。今臣先去扫荡蛮方，然后北伐，以图中原，报先帝三顾之恩，托孤之重。"㊟后主曰："朕年幼无知，惟相父斟酌行之。"言未毕，班部内一人出曰："不可！不可！"众视之，乃南阳人也。姓王，名连，字文仪，现为屯骑校尉*。连谏曰："南方不毛之地，瘴疫之乡；丞相秉钧衡之重任，而自远征，非所宜也。且雍闿等乃疥癣之疾，丞相只须遣一大将讨之，必然成功。"孔明曰："南蛮之地，离国甚远，人多不习王化，收伏甚难。吾当亲去征之，可刚可柔，别有斟酌，非可容易托人。"王连再三苦劝，孔明不从。

是日，孔明辞了后主，令蒋琬为参军，费祎为长史，董厥、樊建二人为掾史；赵云、魏延为大将，总督军马；王平、张翼为副将；并蜀将数十员：共起蜀兵十五万*，前望益州郡进发*。忽有关

米满仓廒，财盈府库——这里用极其简略的笔触，概括了诸葛亮治蜀的成效。由于作者重在描写关系蜀汉兴亡的政治军事斗争，这里本应展开的许多内容甚至没有提到，未免令人遗憾。

报先帝三顾之恩，托孤之重——只有先解除后顾之忧，然后才能进取中原。"南征"与"北伐"紧密相关，两者都是为了"报先帝三顾之恩，托孤之重"，这是诸葛亮的重要思想动力。

公第三子关索，入军来见孔明曰："自荆州失陷，逃难在鲍家庄养病。每要赴蜀见先帝报仇，疮痕未合，不能起行。近已安痊，打探得东吴仇人已皆诛戮，径来益州见帝，恰在途中遇见征南之兵，特来投见。"孔明闻之，嗟讶不已；一面遣人申报朝廷，就令关索为前部先锋，一同征南。大队人马，各依队伍而行；饥餐渴饮，夜住晓行；所经之处，秋毫无犯。

却说雍闿听知孔明自统大军而来，即与高定、朱褒商议，分兵三路：高定取中路，雍闿在左，朱褒在右；三路各引兵五六万迎敌。于是高定令鄂焕为前部先锋。焕身长九尺，面貌丑恶，使一枝方天戟，有万夫不当之勇；领本部兵，离了大寨，来迎蜀兵。

却说孔明统大军，已到益州郡界分。前部先锋魏延，副将张翼、王平，才入界口，正遇鄂焕军马。两阵对圆，魏延出马大骂曰："反贼早早受降！"鄂焕拍马与魏延交锋。战不数合，延诈败走，焕随后赶来。走不数里，喊声大震，张翼、王平两路军杀来，绝其后路。延复回，三员将并力拒战，生擒鄂焕，解到大寨，入见孔明。孔明令去其缚，以酒食待之，问曰："汝是何人部将？"焕曰："某是高定部将。"孔明曰："吾知高定乃忠义之士，今为雍闿所惑，以致如此。吾今放汝回去，令高太守早早归降，免遭大祸。"㊟鄂拜谢而去，回见高定，说孔明之德。定亦感激不已。

吾今放汝回去，令高太守早早归降，免遭大祸——对于雍闿、高定、朱褒三路叛军，诸葛亮一开始就采取分化瓦解政策，重在争取高定。这个虚构的情节，表明诸葛亮力图减少阻力，争取多数。

次日，雍闿至寨。礼毕，闿曰："如何得鄂焕回也？"定曰："诸葛亮以义放之。"闿曰："此乃诸葛亮反间之计，欲令我两人不和，故施此谋也。"定半信不信，心中犹豫。忽报蜀将搦战，闿自引三万兵出迎。战不数合，闿拨马便走。延率兵大进，追杀二十余里。次日，雍闿又起兵来迎。孔明一连三日不出。至第四日，雍闿、高定分兵两路，来取蜀寨。

却说孔明令魏延等两路伺候。果然雍闿、高定两路兵来，被伏兵杀伤大半，生擒者无数，都解到大寨来。雍闿的人，囚在一边；高定的人，囚在一边。却令军士谣说："但是高定的人免死，雍闿的人尽杀。"众军皆闻此言。少时，孔明令取雍闿的人到帐前，问曰："汝等皆是何人部从？"众伪曰："高定部下人也。"孔明教皆免其死，与酒食赏劳，令人送出界首，纵放回寨。孔明又唤高定的人问之。

众皆告曰："吾等实是高定部下军士。"孔明亦皆免其死，赐以酒食；却扬言曰："雍闿今日使人投降，要献汝主并朱褒首级以为功劳，吾甚不忍。汝等既是高定部下军，吾放汝等回去，再不可背反。若再擒来，决不轻恕。"

众皆拜谢而去；回到本寨，入见高定，说知此事。定乃密遣人去雍闿寨中探听，却有一般放回的人，言说孔明之德；因此雍闿部军，多有归顺高定之心。虽然如此，高定心中不稳，又令一人来孔明寨中探听虚实，被伏路军捉来见孔明。孔明故意认做雍闿的人，唤入帐中问曰："汝元帅既约下献高定、朱褒二人首级，因何误了日期？汝这厮不精细，如何做得细作！"军士含糊答应。孔明以酒食赐之，修密书一封，付军士曰："汝持此书付雍闿，教他早早下手，休得误事。"细作拜谢而去，回见高定，呈上孔明之书，说雍闿如此如此。定看书毕，大怒曰："吾以真心待之，彼反欲害吾，情理难容！"便唤鄂焕商议。焕曰："孔明乃仁人，背之不祥。我等谋反作恶，皆雍闿之故；不如杀闿以投孔明。"㊟定曰："如何下手？"焕曰："可设一席，令人去请雍闿。彼若无异心，必坦然而来；若其不来，必有异心。我主可攻其前，某伏于寨后小路候之：闿可擒矣。"高定从其言，设席请雍闿。闿果疑前日放回军士之言，惧而不来。

不如杀闿以投孔明——诸葛亮巧用反间计，促使叛军分化，果然收到了成效。这样比之血战一场，损失当然小得多。

是夜，高定引兵杀投雍闿寨中。原来有孔明放回免死的人，皆想高定之德，乘时助战。雍闿军不战自乱。闿上马望山路而走。行不二里，鼓声响处，一彪军出，乃鄂焕也：挺方天戟，骤马当先。雍闿措手不及，被焕一戟刺于马下，就枭其首级。闿部下军士皆降高定。定引两部军来降孔明，献雍闿首级于帐下。孔明高坐于帐上，喝令左右推转高定，斩首报来。定曰："某感丞相大恩，今将雍闿首级来降，何故斩也？"孔明大笑曰："汝来诈降，敢瞒吾耶！"定曰："丞相何为知吾诈降？"孔明于匣中取出一缄，与高定曰："朱褒已使人密献降书，说你与雍闿结生死之交，岂肯一旦便杀此人？吾故知汝诈也。"定叫屈曰："朱褒乃反间之计也，丞相切不可信！"孔明曰："吾亦难凭一面之词。汝若捉得朱褒，方表真心。"定曰："丞相休疑。某去擒朱褒来见丞相，若何？"孔明曰："若如此，吾疑心方息也。"

高定即引部将鄂焕并本部兵，杀奔朱褒营来。比及离寨约有十里，山后一彪军到，乃朱褒也。褒见高定军来，慌忙与高定答话。定大骂曰："汝如何写书与诸葛丞相处，使反间之计害吾耶？"褒目瞪口呆，不能回答。忽然鄂焕于马后转过，一戟刺朱褒于马下。定厉声而言曰："如不顺者皆戮之！"于是众军一齐拜降。定引两部军来见孔明，献朱褒首级于帐下。孔明大笑曰："吾故使汝杀此二贼，以表忠心。"遂命高定为益州太守，总摄三郡；㊟令鄂焕为牙将。三路军马已平。

遂命高定为益州太守，总摄三郡——据《华阳国志·蜀志》及《南中志》，"高定"作"高定元"，诸葛亮南征时斩之。《三国演义》如此描写，纯属虚构，意在表现诸葛亮"攻心"策略的初步成果，为"七擒孟获"作先导。

于是永昌太守王伉出城迎接孔明。孔明入城已毕，问曰："谁与公守此城，以保无虞？"伉曰："某今日得此郡无危者，皆赖永昌不韦人，姓吕，名凯，字季平。皆此人之力。"孔明遂请吕凯至。凯入见，礼毕。孔明曰："久闻公乃永昌高士，多亏公保守此城。今欲平蛮方，公有何高见？"吕凯遂取一图，呈与孔明曰："某自历仕以来，知南人欲反久矣，故密遣人入其境，察看可屯兵交战之处，画成一图，名曰'平蛮指掌图'。今敢献与明公。明公试观之，可为征蛮之一助也。"孔明大喜，就用吕凯为行军教授，兼向导官。于是孔明提兵大进，深入南蛮之境。

正行军之次，忽报天子差使命至。孔明请入中军，但见一人素袍白衣而进，乃马谡也。为兄马良新亡，因此挂孝。谡曰："奉主上敕命，赐众军酒帛。"孔明接诏已毕，依命一一给散，遂留马谡在帐叙话。孔明问曰："吾奉天子诏，削平蛮方。久闻幼常高见，望乞赐教。"谡曰："愚有片言，望丞相察之：南蛮恃其地远山险，不服久矣；虽今日破之，明日复叛。丞相大军到彼，必然平服；但班师之日，必用北伐曹丕；蛮兵若知内虚，其反必速。夫用兵之道：'攻心为上，攻城为下；心战为上，兵战为下。'愿丞相但服其心足矣。"㊟孔明叹曰："幼常足知吾肺腑也！"于是孔明遂令马谡为参军，即统大兵前进。

愿丞相但服其心足矣——马谡之言，本于《三国志·蜀书·马良传》附《马谡传》注引《襄阳记》。这是马谡提出的一项重要建议，与诸葛亮的思想十分合拍，因而深得赏识。

却说蛮王孟获，听知孔明智破雍闿等，遂聚三洞元帅商议：第一洞乃金环三结元帅，第二洞乃董荼那元帅，第三洞乃阿会喃元帅。三洞元帅入见孟获，获曰："今诸葛丞相领大军来侵我境界，不得不并力敌之。汝三人可分兵三路而进。如得胜者，便为洞主。"于是分金环三结取中路，董荼那取左路，阿会喃取右路，各引五万蛮兵，依令而行。

却说孔明正在寨中议事，忽哨马飞报，说三洞元帅分兵三路到来。孔明听毕，即唤赵云、魏延至，却都不分付；更唤王平、马忠至，嘱之曰："今蛮兵三路而来，吾欲令子龙、文长去；此二人不识地理，未敢用之。㊟王平可往左路迎敌，马忠可往右路迎敌。吾却使子龙、文长随后接应。今日整顿军马，来日平明进发。"二人听令而去。又唤张嶷、张翼分付曰："汝二人同领一军，往中路迎敌。今日整点军马，来日与王平、马忠约会而进。吾欲令子龙、文长去取，奈二人不识地理，故未敢用之。"张嶷、张翼听令去了。

此二人不识地理，未敢用之——孔明故意当着赵云、魏延的面说其"不识地理"，这又是他惯用的激将法。

赵云、魏延见孔明不用，各有愠色。孔明曰："吾非不用汝二人，但恐以中年涉险，为蛮人所算，失其锐气耳。"赵云曰："倘我等识地理，若何？"孔明曰："汝二人只宜小心，休得妄动。"二人快快而退。赵云请魏延到自己寨内商议曰："吾二人为先锋，却说不识地理而不肯用。今用此后辈，吾等岂不羞乎？"延曰："吾二人只今就上马，亲去探之；捉住土人，便教引进，以敌蛮兵，大事可成。"云从之，遂上马径取中路而来。方行不数里，远远望见尘头大起。二人上山坡看时，果见数十骑蛮兵，纵马而来。二人两路冲出。蛮兵见了，大惊而走。赵云、魏延各生擒几人，回到本寨，以酒食待之，却细问其故。蛮兵告曰："前面是金环三结元帅大寨，正在山口。寨边东西两路，却通五溪洞并董荼那、阿会喃各寨之后。"

赵云、魏延听知此话，遂点精兵五千，教擒来蛮兵引路。比及起军时，已是二更天气；月明星朗，趁着月色而行。刚到金环三结大寨之时，约有四更，蛮兵方起造饭，准备天明厮杀。忽然赵云、魏延两路杀入，蛮兵大乱。赵云直杀入中军，正逢金环三结元帅；交马只一合，被云一枪刺落马下，就枭其首级。余军溃散。魏延便分兵一半，望西路抄董荼那寨来；赵云分兵一半，望东路抄阿会喃寨来*。比及杀到蛮兵大寨之时，天已平明。

先说魏延杀奔董荼那寨来。董荼那听知寨后有军杀至，便引兵出寨拒敌。忽然寨前门一声喊起，蛮兵大乱。原来马忠军马早已到了*。两下夹攻，蛮兵大败。董荼那夺路走脱，魏延追赶不上。

却说赵云引兵杀到阿会喃寨后之时，王平已杀至寨前*。两下夹攻，蛮兵大败。阿会喃乘乱走脱。各自收军，回见孔明。孔明问曰："三洞蛮兵，走了两洞之主；金环三结元帅首级安在？"赵云将首级献功。众皆言曰："董荼那、阿会喃皆弃马越岭而去，因此赶他不上。"孔明大笑曰："二人吾已擒下了。"赵、魏二人并诸将皆不信。少顷，张嶷解董荼那到，张翼解阿会喃到。㊞众皆惊讶。孔明曰："吾观吕凯图本，已知他各人下的寨子，故以言激子龙、文长之锐气，故教深入重地，先破金环三结，随即分兵左右寨后抄出，以王平、马忠应之。非子龙、文长不可当此任也。吾料董荼那、阿会喃必从便径往山路而走，故遣张嶷、张翼以伏兵待之，令关索以兵接应，擒此二人。"诸将皆拜伏曰："丞相机算，神鬼莫测！"

少顷，张嶷解董荼那到，张翼解阿会喃到——蜀军顺利击败叛军，张嶷、张翼轻松擒获董荼那、阿会喃两员大将，一切都在诸葛亮预料之中，真是神机妙算。

孔明令押过董荼那、阿会喃至帐下，尽去其缚，以酒食衣服赐之，令各自归洞，勿得助恶。㊞二人泣拜，各投小路而去。孔明谓诸将曰："来日孟获必然亲自引兵厮杀，便可就此擒之。"乃唤赵云、魏延至，付与计策，各引五千兵去了。又唤王平、关索同引一军，授计而去。孔明分拨已毕，坐于帐上待之。

令各自归洞，勿得助恶——对俘虏的孟获部将不杀不辱，一一释放，这是诸葛亮一直坚持的方针，力求瓦解其抗拒之心。

却说蛮王孟获在帐中正坐，忽哨马报来，说三洞元帅，俱被孔明捉将去了；部下之兵，各自溃散。获大怒，遂起蛮兵迤逦进发，正遇王平军马。两阵对圆，王平出马横刀望之：只见门旗开处，数百南蛮骑将两势摆开，中间孟获出马：头顶嵌宝紫金冠，身披缨络红锦袍，腰系碾玉狮子带，脚穿鹰嘴抹绿靴，骑一匹卷毛赤兔马，悬两口松纹镶宝剑，昂然观望，回顾左右蛮将曰："人每说诸葛亮善能用兵；今观此阵，旌旗杂乱，队伍交错；刀枪器械，无一可能胜吾者：始知前日之言谬也。早知如此，吾反多时矣。谁敢去擒蜀将，以振军威？"言未尽，一将应声而出，名唤忙牙长；使一口截头大刀，骑一匹黄骠马，来取王平。二将交锋，战不数合，王平便走。孟获驱兵大进，迤逦追赶。关索略战又走，约退二十余里。孟获正追杀之间，忽然喊声大起，左有张嶷，右有张翼，两路兵杀出，截断归路。王平、关索复兵杀回。前后夹攻，蛮兵大败。孟获引部将死战得脱，望锦带山而逃。背后三路兵追杀将来。获正奔走之间，前面喊声大起，一彪军拦住：为首大将乃常山赵子龙也。获见了大惊，慌忙奔锦带山小路而走。子龙冲杀一阵，蛮兵大败，生擒者无数。孟获止与数十骑奔入山谷之中，背后追兵至近，前面路狭，马不能行，乃弃了马匹，爬山越岭而逃。忽然山谷中一声鼓响，乃是魏延受了孔明计策，引五百步军，伏于此处。孟获抵敌不住，被魏延生擒活捉了。㊟从骑皆降。

魏延解孟获到大寨来见孔明。孔明早已杀牛宰羊，设宴在寨；却教帐中排开七重围子手，刀枪剑戟，灿若霜雪；又执御赐黄金钺斧，曲柄伞盖，前后羽葆鼓吹，左右排开御林军，布列得十分严整。孔明端坐于帐上，只见蛮兵纷纷穰穰，解到无数。孔明唤到帐中，尽去其缚，抚谕曰："汝等皆是好百姓，不幸被孟获所拘，今受惊唬。吾想汝等父母、兄弟、妻子必倚门而望；若听知阵败，定然割肚牵肠，眼中流血。吾今尽放汝等回去，以安各人父母、兄弟、妻子之心。"㊟言讫，各赐酒食米粮而遣之。蛮兵深感其恩，泣拜而去。孔明教唤武士押过孟获来。不移时，前推后拥，缚至帐前。获跪于帐下。孔明曰："先帝待汝不薄，汝何敢背反？"获曰："益州之地，皆是他人所占土地，汝主倚强夺之，自称为帝。吾世居此处，汝等无礼，侵我土地：何为反耶？"㊟孔明曰："吾今擒汝，汝心服否？"获曰："山僻路狭，误遭汝手，如何肯服！"孔明曰："汝既不服，吾放汝去，若何？"获曰："汝放我回去，再整军马，共决雌雄；若能再擒吾，吾方服也。"㊟孔明即令去其缚，与衣服穿了，赐与酒食，给与鞍马，差人送出路，径望本寨而去。正是：寇入掌中还放去，人居化外未能降。未知再来交战若何，且看下文分解。

尾评：

从"一擒孟获"的过程可以看出，诸葛亮尽量避免强攻硬打，力求以智谋取胜，重在争取人心。这是贯穿于"七擒孟获"的基本思想，也是诸葛亮的可贵之处。

孟获抵敌不住，被魏延生擒活捉了——这是诸葛亮一擒孟获。

吾今尽放汝等回去，以安各人父母、兄弟、妻子之心——对于俘虏的普通少数民族士卒，诸葛亮更是好言抚慰，全部释放，从而极大地争取了人心。

汝等无礼，侵我土地，何为反耶——南中地区早已属于益州管辖，但孟获抓住二刘相争，统治转移的事实，不承认自己是"反"，表现了一个少数民族首领的倔强与自尊。

若能再擒吾，吾方服也——这样的话，只有像孟获这样的角色才会说出。正是此语，引出了"一擒一纵"乃至"七擒七纵"的精彩故事。

第八十八回
渡泸水再缚番王　识诈降三擒孟获

总评

《三国志·蜀书·诸葛亮传》所载《出师表》中有“五月渡泸，深入不毛”一句，渡泸的经过及战况则不详。罗贯中发挥艺术想象力，描写蜀军在当地百姓引导下，乘夜渡过泸水；孟获部将董荼那因曾受诸葛亮释放之恩，不战而退，被责打，乃与众酋长共缚孟获，送交诸葛亮：是为“二擒孟获”。

《诸葛亮传》注引《汉晋春秋》写到：诸葛亮第一次生擒孟获后，“使观于营阵之间，问曰：‘此军何如？’获对曰：‘向者不知虚实，故败。今蒙赐观看营阵，若只如此，即定易胜耳。’亮笑，纵使更战”。这是有关“七擒孟获”的少有的具体记载（《华阳国志·南中志》亦有类似记载）。罗贯中对此加以改造，描写诸葛亮二擒孟获后，有意让他观看蜀军营寨，然后释放；孟获自以为看破蜀军虚实，命其弟孟优诈降，欲里应外合，袭击蜀军；诸葛亮命人灌醉孟优，待孟获来劫寨时，大败之；孟获匹马逃跑，被马岱化装“蛮兵”诱擒：是为“三擒孟获”。

三擒孟获后，诸葛亮向众将郑重申明：对孟获乃至整个南中少数民族，“诚欲服其心，不欲灭其类也”。这一进步政策得到众将的衷心拥护和认真执行，这是南征获得成功的有力保证。罗贯中如此描写，也表现了他自己的进步思想。

却说孔明放了孟获，众将上帐问曰："孟获乃南蛮渠魁，今幸被擒，南方便定；丞相何故放之？"孔明笑曰："吾擒此人，如囊中取物耳。直须降伏其心，自然平矣。"㊟诸将闻言，皆未肯信。

直须降伏其心，自然平矣——"一擒一纵"后，诸将尚不理解，诸葛亮特地说明"降伏其心"的重要性，以便统一思想。

当日孟获行至泸水，正遇手下败残的蛮兵，皆来寻探。众兵见了孟获，且惊且喜，拜问曰："大王如何能勾回来？"获曰："蜀人监我在帐中，被我杀死十余人，乘夜黑而走；正行间，逢着一哨马军，亦被我杀之，夺了此马：因此得脱。"众皆大喜，拥孟获渡了泸水，下住寨栅，会集各洞酋长，陆续招聚原放回的蛮兵，约有十余万骑。此时董荼那、阿会喃已在洞中。孟获使人去请，二人惧怕，只得也引洞兵来。获传令曰："吾已知诸葛亮之计矣，不可与战，战则中他诡计。彼蜀兵远来劳苦，况即日天炎，彼兵岂能久住？吾等有此泸水之险，将船筏尽拘在南岸，一带皆筑土城，深沟高垒，看诸葛亮如何施谋！"㊟众酋长从其计，尽拘船筏于南岸，一带筑起土城；有依江傍崖之地，高竖敌楼；楼上多设弓弩炮石，准备久处之计。粮草皆是各洞供运。孟获以为万全之策，坦然不忧。

看诸葛亮如何施谋——孟获吸取第一次战败的教训，凭借泸水之险，坚守不出，欲使蜀军无法前进。

却说孔明提兵大进，前军已到泸水。哨马飞报说："泸水之内，并无船筏；又兼水势甚急，隔岸一带筑起土城，皆有蛮兵守把。"时值五月，天气炎热，南方之地，分外炎酷，军马衣甲，皆穿不得。孔明自至泸水边观毕，回到本寨，聚诸将至帐中，传令曰："今孟获兵屯泸水之南，深沟高垒，以拒我兵；吾既提兵至此，如何空回？汝等各各引兵，依山傍树，拣林木茂盛之处，与我将息人马。"乃遣吕凯离泸水百里，拣阴凉之地，分作四个寨子；使王平、张嶷、张翼、关索各守一寨，内外皆搭草棚，遮盖马匹，将士乘凉，以避暑气。参军蒋琬看了，入问孔明曰："某看吕凯所造之寨甚不好：正犯昔日先帝败于东吴时之地势矣。倘蛮兵偷渡泸水，前来劫寨，若用火攻，如何解救？"孔明笑曰："公勿多疑，吾自有妙算。"蒋琬等皆不晓其意。

忽报蜀中差马岱解暑药并粮米到。孔明令入。岱参拜毕，一面将米药分派四寨。孔明问曰："汝将带多少军来？"马岱曰："有三千军。"孔明曰："吾军累战疲困，欲用汝军，未知肯向前否？"岱曰："皆是朝廷军马，何分彼我？丞相要用，虽死不辞。"孔明曰："今孟获拒住泸水，无路可渡。吾欲先断其粮道，令彼军自乱。"岱曰："如何断得？"孔明曰："离此一百五十里，泸水下流沙口，此处水慢，可以扎筏而渡。汝提本部三千军渡水，直入蛮洞，先断其粮，然后会合董荼那、阿会喃两个洞主，便为内应。㊣不可有误。"

然后会合董荼那、阿会喃两个洞主，便为内应——董荼那、阿会喃何曾表示愿为蜀军作内应？诸葛亮如此安排，真是匪夷所思！

马岱欣然去了，领兵前到沙口，驱兵渡水；因见水浅，大半不下筏，只裸衣而过，半渡皆倒；急救傍岸，口鼻出血而死。马岱大惊，连夜回告孔明。孔明随唤向导土人问之。土人曰："目今炎天，毒聚泸水，日间甚热，毒气正发：有人渡水，必中其毒；或饮此水，其人必死。若要渡时，须待夜静水冷，毒气不起，饱食渡之，方可无事。"孔明遂令土人引路，又选精壮军五六百，随着马岱，来到泸水沙口，扎起木筏，半夜渡水，果然无事。岱领着二千壮军，令土人引路，径取蛮洞运粮总路口夹山峪而来。那夹山峪，两下是山，中间一条路，止容一人一马而过。马岱占了夹山峪，分拨军士，立起寨栅。洞蛮不知，正解粮到，被岱前后截住，夺粮百余车。蛮人报入孟获大寨中。

此时孟获在寨中，终日饮酒取乐，不理军务，谓众酋长曰："吾若与诸葛亮对敌，必中奸计。今靠此泸水之险，深沟高垒以待之；蜀人受不过酷热，必然退走。那时吾与汝等随后击之，便可擒诸葛亮也。"言讫，呵呵大笑。忽然班内一酋长曰："沙口水浅，倘蜀兵透漏过来，深为利害；当分军守把。"获笑曰："汝是本处土人，如何不知？吾正要蜀兵来渡此水，渡则必死于水中矣。"酋长又曰："倘有土人说与夜渡之法，当复何如？"获曰："不必多疑。吾境内之人，安肯助敌人耶？"正言之间，忽报蜀兵不知多少，暗渡泸水，绝断了夹山粮道，打着"平北将军马岱"旗号。获笑曰："量此小辈，何足道哉！"即遣副将忙牙长，引三千兵投夹山峪来。

却说马岱望见蛮兵已到，遂将二千军摆在山前。两阵对圆，忙牙长出马，与马岱交锋；只一合，被岱一刀，斩于马下。蛮兵大败走回，来见孟获，细言其事。获唤诸将问曰："谁敢去敌马岱？"言未毕，董荼那出曰："某愿往。"孟获大喜，遂与三千兵而去。获又恐有人再渡泸水，即遣阿会喃，引三千兵，去守把沙口。

却说董荼那引蛮兵到了夹山峪下寨，马岱引兵来迎。部内军有认得是董荼那，说与马岱如此如此。岱纵马向前，大骂曰："无义背恩之徒！吾丞相饶汝性命，今又背反，岂不自羞！"董荼那满面惭愧，无言可答，不战而退。马岱掩杀一阵而回。董荼那回见孟获曰："马岱英雄，抵敌不住。"获大怒曰："吾知汝原受诸葛亮之恩，今故不战而退，正是卖阵之计！"喝教推出斩了。众酋长再三哀告，方才免死，叱武士将董荼那打了一百大棍，放归本寨。诸多酋长皆来告董荼那曰："我等虽居蛮方，未尝敢犯中国；中国亦不曾侵我。今因孟获势力相逼，不得已而造反。想孔明神机莫测，曹操、孙权尚自惧之，何况我等蛮方乎？况我等皆受其活命之恩，无可为报。今欲舍一死命，杀孟获去投孔明，以免洞中百姓涂炭之苦。"㊟董荼那曰："未知汝等心下若何？"内有原蒙孔明放回的人，一同齐声应曰："愿往！"于是董荼那手执钢刀，引百余人，直奔大寨而来。时孟获大醉于帐中，董荼那引众人持刀而入。帐下有两将侍立，董荼那以刀指曰："汝等亦受诸葛丞相活命之恩，宜当报效。"二将曰："不须将军下手，某当生擒孟获，去献丞相。"于是一齐入帐，将孟获执缚已定，押到泸水边，驾船直过北岸，㊟先使人报知孔明。

却说孔明已有细作探知此事。于是密传号令，教各寨将士，整顿军器，方教为首酋长解孟获入来，其余皆回本寨听候。董荼那先入中军见孔明，细说其事。孔明重加赏劳，用好言抚慰，遣董荼那引众酋长去了，然后令刀斧手推孟获入。孔明笑曰："汝前者有言：'但再擒得，便肯降服。'今日如何？"获曰："此非汝之能也；乃吾手下之人自相残害，以致如此：如何肯服！"㊟孔明曰："吾今再放汝去，若何？"孟获曰："吾虽蛮人，颇知兵法；若丞相端的肯放吾回洞中，吾当率兵再决胜负。若丞相这番再擒得我，那时倾心吐胆归降，并不敢改移也。"孔明曰："这番生擒，如又不服，必无轻恕。"令左右去其绳索，仍前赐以酒食，列坐于帐上。孔明曰："吾自出茅庐，战无不胜，攻无不取。汝蛮邦之人，何为不服？"获默然不答。

孔明酒后，唤孟获同上马出寨，观看诸营寨栅所屯粮草，所积

杀孟获去投孔明，以免洞中百姓涂炭之苦——孟获毒打董荼那，促使众多酋长由寒心到变心，不愿再与蜀军为敌，因而决定共同除掉孟获。

将孟获执缚已定，押到泸水边，驾船直过北岸——这就是二擒孟获。

乃吾手下之人自相残害，以致如此：如何肯服——孟获并不检查自己的过失，只强调第二次被擒是"自相残害"所致，而非"战败被擒"，所以仍然不服。这虽是辩词，但亦非毫无道理。

唤孟获同上马出寨，观看诸营寨栅所屯粮草，所积军器——诸葛亮带孟获观看蜀军营寨，既是示威，也是故意让其了解虚实，为下一步的斗智斗勇预作准备。

军器。[评]孔明指谓孟获曰："汝不降吾，真愚人也。吾有如此之精兵猛将，粮草兵器，汝安能胜吾哉？汝若早降，吾当奏闻天子，令汝不失王位，子子孙孙，永镇蛮邦。意下若何？"获曰："某虽肯降，怎奈洞中之人未肯心服。若丞相肯放回去，就当招安本部人马，同心合胆，方可归顺。"孔明忻然，又与孟获回到大寨。饮酒至晚，获辞去；孔明亲自送至泸水边，以船送获归寨。

孟获来到本寨，先伏刀斧手于帐下，差心腹人到董荼那、阿会喃寨中，只推孔明有使命至，将二人赚到大寨帐下，尽皆杀之，弃尸于涧。孟获随即遣亲信之人，守把隘口，自引军出了夹山峪，要与马岱交战，却并不见一人；及问土人，皆言昨夜尽搬粮草，复渡泸水，归大寨去了。获再回洞中，与亲弟孟优商议曰："如今诸葛亮之虚实，吾已尽知。汝可去如此如此。"[评]

汝可去如此如此——孟获自以为已知蜀军虚实，欲趁机用计，这表明孟获颇知兵法。可惜诸葛亮智高一筹，早有防范，孟获之计，实难得逞。

孟优领了兄计，引百余蛮兵，搬载金珠、宝贝、象牙、犀角之类，渡了泸水，径投孔明大寨而来；方才过了河时，前面鼓声齐鸣，一彪军摆开：为首大将乃马岱也。孟优大惊。岱问了来情，令在外厢，差人来报孔明。孔明正在帐中与马谡、吕凯、蒋琬、费祎等共议平蛮之事，忽帐下一人，报称孟获差弟孟优来进宝贝。孔明回顾马谡曰："汝知其来意否？"谡曰："不敢明言。容某暗写于纸上，呈与丞相，看合钧意否？"孔明从之。马谡写讫，呈与孔明。孔明看毕，抚掌大笑曰："擒孟获之计，吾已差派下也。汝之所见，正与吾同。"遂唤赵云入，向耳畔分付如此如此；又唤魏延入，亦低言分付；又唤王平、马忠、关索入，亦密密地分付。

各人受了计策，皆依令而去——此处暂不说明诸葛亮的布置，留待下文再揭开谜底，可使作品增加波澜。

各人受了计策，皆依令而去，[评]方召孟优入帐。优再拜于帐下曰："家兄孟获，感丞相活命之恩，无可奉献，辄具金珠宝贝若干，权为赏军之资。续后别有进贡天子礼物。"孔明曰："汝兄今在何处？"优曰："为感丞相天恩，径往银坑山中收拾宝物去了，少时便回来也。"孔明曰："汝带多少人来？"优曰："不敢多带，只是随行百余人，皆运货物者。"孔明尽教入帐看时，皆是青眼黑面，黄发紫须，耳带金环，髽头跣足，身长力大之士。孔明就令随席而坐，教诸将劝酒，殷勤相待。

却说孟获在帐中专望回音，忽报有二人回了；唤入问之，具说："诸葛亮受了礼物大喜，将随行之人，皆唤入帐中，杀牛宰羊，设宴相待。二大王令某密报大王：今夜二更，里应外合，以成大事。”

孟获听知甚喜，即点起三万蛮兵，分为三队。获唤各洞酋长分付曰：“各军尽带火具。今晚到了蜀寨时，放火为号。吾当自取中军，以擒诸葛亮。”诸多蛮将，受了计策，黄昏左侧，各渡泸水而来。孟获带领心腹蛮将百余人，径投孔明大寨，于路并无一军阻当。前至寨门，获率众将骤马而入，乃是空寨，并不见一人。获撞入中军，只见帐中灯烛荧煌，孟优并番兵尽皆醉倒。原来孟优被孔明教马谡、吕凯二人管待，令乐人搬做杂剧，殷勤劝酒，酒内下药，尽皆昏倒，浑如醉死之人。孟获入帐问之，内有醒者，但指口而已。获知中计，急救了孟优等一干人；却待奔回中队，前面喊声大震，火光骤起，蛮兵各自逃窜。一彪军杀到，乃是蜀将王平。获大惊，急奔左队时，火光冲天，一彪军杀到，为首蜀将乃是魏延。获慌忙望右队而来，只见火光又起，又一彪军杀到，为首蜀将乃是赵云。三路军夹攻将来，四下无路。孟获弃了军士，匹马望泸水而逃。正见泸水上数十个蛮兵，驾一小舟，获慌令近岸。人马方才下船，一声号起，将孟获缚住。㊖原来马岱受了计策，引本部兵扮作蛮兵，撑船在此，诱擒孟获。

一声号起，将孟获缚住——孟获自以为逃脱，不料却自投罗网。这就是三擒孟获。

于是孔明招安蛮兵，降者无数。孔明一一抚慰，并不加害。就教救灭了余火。须臾，马岱擒孟获至；赵云擒孟优至；魏延、马忠、王平、关索擒诸洞酋长至。孔明指孟获而笑曰：“汝先令汝弟以礼诈降，如何瞒得过吾！今番又被我擒，汝可服否？”获曰：“此乃吾弟贪口腹之故，误中汝毒，因此失了大事。吾若自来，弟以兵应之，必然成功。此乃天败，非吾之不能也，如何肯服？”㊖孔明曰：“今已三次，如何不服？”孟获低头无语。孔明笑曰：“吾再放汝回去。”孟获曰：“丞相若肯放吾兄弟回去，收拾家下亲丁，和丞相大战一场；那时擒得，方才死心塌地而降。”孔明曰：“再若擒住，必不轻恕。汝可小心在意，勤攻韬略之书，再整亲信之士，早用良策，勿生后悔。”遂令武士去其绳索，放起孟获，并孟优及各洞酋长，一齐都放。孟获等拜谢去了。此时蜀兵已渡泸水。孟获等过了泸水，只见岸口陈兵列将，旗帜纷纷。获到营前，马岱高坐，以剑指之曰：“这番拿住，必无轻放！”孟获到了自己寨时，赵云早已袭了此寨，布列兵马。云坐于大旗下，按剑而言曰：“丞相如此相待，休忘大恩！”

此乃天败，非吾之不能也，如何肯服——分明是计谋不如诸葛亮，自取其败，却还是不肯服输，如此嘴硬，真是又可笑，又可爱。

获喏喏连声而去。将出界口山坡，魏延引一千精兵，摆在坡上，勒马厉声而言曰："吾今已深入巢穴，夺汝险要；汝尚自愚迷，抗拒大军！这回拿住，碎尸万段，决不轻饶！"孟获等抱头鼠窜，望本洞而去。后人有诗赞曰：

五月驱兵入不毛，月明泸水瘴烟高。
誓将雄略酬三顾，岂惮征蛮七纵劳。

却说孔明渡了泸水，下寨已毕，大赏三军，聚众将于帐下曰："孟获第二番擒来，吾令遍观各营虚实，正欲令其来劫营也。吾知孟获颇晓兵法，吾以兵马粮草炫耀，实令孟获看吾破绽，必用火攻。彼令其弟诈降，欲为内应耳。吾三番擒之而不杀，诚欲服其心，不欲灭其类也。㊎吾今明告汝等，勿得辞劳，可用心报国。"众将拜伏曰："丞相智、仁、勇三者足备，虽子牙、张良不能及也。"孔明曰："吾今安敢望古人耶？皆赖汝等之力，共成功业耳。"帐下诸将听得孔明之言，尽皆喜悦。

诚欲服其心，不欲灭其类也——不迷信武力征服，而是努力争取"服其心"，以达到民族和解的目的，这是诸葛亮的英明之处，是他千百年来深受各族民众尊崇的根本原因。

却说孟获受了三擒之气，忿忿归到银坑洞中，即差心腹人赍金珠宝贝，往八番九十三甸等处，并蛮方部落，借使牌刀獠丁军健数十万。克日齐备，各队人马，云堆雾拥，俱听孟获调用。伏路军探知其事，来报孔明。孔明笑曰："吾正欲令蛮兵皆至，见吾之能也。"遂上小车而行。正是：若非洞主威风猛，怎显军师手段高！未知胜负如何，且看下文分解。

尾评：

在"二擒二纵"、"三擒三纵"的过程中，诸葛亮的深谋远虑、大智大勇焕发出新的光彩，而孟获的桀骜不驯、顽强自信也在读者心目中逐渐加深了印象。

第八十九回

武乡侯四番用计　南蛮王五次遭擒

总评

“四擒孟获”、“五擒孟获”均无史籍记载为依据，纯系罗贯中艺术虚构的产物。经过精心安排，作者把这两次斗争写得各具特色。

“三擒三纵”之后，急欲改变战局的孟获纠集大军，欲与蜀军决一死战。诸葛亮先是坚守不出，继而诈作退军，诱使孟获追赶，暗令赵云攻其后方；孟获大败，领十余骑奔逃，忽遇诸葛亮，欲奋力杀之，却掉入陷坑被擒：是为“四擒孟获”。这一擒，虽然依靠诸葛亮的智谋，但毕竟还是通过战场交锋而实现。

“四纵”之后，孟获退往秃龙洞，企图凭借四种毒泉对付蜀军。由于孟获之兄孟节的帮助，蜀军破了“哑泉”，又自掘甘泉，使另外三种毒泉也不起作用。银冶洞主杨锋诈称愿助孟获，孟获大喜，设宴相待，被擒于席上，送交诸葛亮：是为“五擒孟获”。这一擒，表明南中地区广大民众和许多上层人士都已不满孟获继续对抗蜀军，并以实际行动帮助蜀军，这是诸葛亮南征胜利的决定因素之一。

却说孔明自驾小车，引数百骑前来探路。前有一河，名曰叶榆水*：水势虽慢，并无一只船筏。孔明令伐木为筏而渡，其木到水皆沉。孔明遂问吕凯，凯曰："闻叶榆水上流有一山，其山多竹，大者数围。可令人伐之，于河上搭起竹桥，以渡军马。"孔明即调三万人入山，伐竹数十万根，顺水放下，于河面狭处，搭起竹桥，阔十余丈。乃调大军于河北岸一字儿下寨，便以河为壕堑，以浮桥为门，垒土为城；过桥南岸，一字下三个大营，以待蛮兵。

却说孟获引数十万蛮兵，恨怒而来。将近叶榆水，孟获引前部一万刀牌獠丁，直扣前寨搦战。孔明头戴纶巾，身披鹤氅，手执羽扇，乘驷马车，左右众将簇拥而出。孔明见孟获身穿犀皮甲，头顶朱红盔，左手挽牌，右手执刀，骑赤毛牛，口中辱骂；手下万余洞丁，各舞刀牌，往来冲突。孔明急令退回本寨，四面紧闭，不许出战。蛮兵皆裸衣赤身，直到寨门前叫骂。诸将大怒，皆来禀孔明曰："某等情愿出寨决一死战！"孔明不许。诸将再三欲战，孔明止曰："蛮方之人，不遵王化，今此一来，狂恶正盛，不可迎也；且宜坚守数日，待其猖獗少懈，吾自有妙计破之。"㊣

待其猖獗少懈，吾自有妙计破之——面对孟获纠集的大军，诸葛亮为了减少伤亡，不愿硬拼，宁可待对方锐气消磨后再设计破之。这不仅表现了诸葛亮的仁者之心，而且表现了他稳操胜券的信心。

于是蜀兵坚守数日。孔明在高阜处探之，窥见蛮兵已多懈怠，乃聚诸将曰："汝等敢出战否？"众将欣然要出。孔明先唤赵云、魏延入帐，向耳畔低言，分付如此如此。二人受了计策先进。却唤王平、马忠入帐，受计去了。又唤马岱分付曰："吾今弃此三寨，退过河北；吾军一退，汝可便拆浮桥，移于下流，却渡赵云、魏延军马过河来接应。"岱受计而去。又唤张翼曰："吾军退去，寨中多设灯火。孟获知之，必来追赶，汝却断其后。"张翼受计而退。孔明只教关索护车。众军退去，寨中多设灯火。蛮兵望见，不敢冲突。

次日平明，孟获引大队蛮兵径到蜀寨之时，只见三个大寨，皆无人马，于内弃下粮草车仗数百余辆。孟优曰："诸葛弃寨而走，莫非有计否？”孟获曰：“吾料诸葛亮弃辎重而去，必因国中有紧急之事：若非吴侵，定是魏伐。故虚张灯火以为疑兵，弃车仗而去也。可速追之，不可错过。”于是孟获自驱前部，直到叶榆水边。望见河北岸上，寨中旗帜整齐如故，灿若云锦；沿河一带，又设锦城。蛮兵哨见，皆不敢进。获谓优曰：“此是诸葛亮惧吾追赶，故就河北岸少住，不二日必走矣。”遂将蛮兵屯于河岸；又使人去山上砍竹为筏，以备渡河；却将敢战之兵，皆移于寨前面；却不知蜀兵早已入自己之境。

是日，狂风大起。四壁厢火明鼓响，蜀兵杀到。蛮兵獠丁，自相冲突。孟获大惊，急引宗族洞丁杀开条路，径奔旧寨。忽一彪军从寨中杀出，乃是赵云。获慌忙回叶榆水，望山僻处而走。又一彪军杀出，乃是马岱。孟获只剩得数十个败残兵，望山谷中而逃。见南、北、西三处尘头火光，因此不敢前进，只得望东奔走。方才转过山口，见一大林之前，数十从人，引一辆小车；车上端坐孔明，呵呵大笑曰：“蛮王孟获！天败至此，吾已等候多时也！”获大怒，回顾左右曰：“吾遭此人诡计，受辱三次；今幸得这里相遇。汝等奋力前去，连人带车砍为粉碎！”数骑蛮兵，猛力向前。孟获当先呐喊，抢到大林之前，趵踏一声，踏了陷坑，一齐塌倒。大林之内，转出魏延，引数百军来，一个个拖出，用索缚定。㊟孔明先到寨中，招安蛮兵，并诸甸酋长洞丁。此时大半皆归本乡去了，除死伤外，其余尽皆归降。孔明以酒肉相待，以好言抚慰，尽令放回。蛮兵皆感叹而去。少顷，张翼解孟优至。孔明诲之曰：“汝兄愚迷，汝当谏之。今被吾擒了四番，有何面目再见人耶！”孟优羞惭满面，伏地告求免死。孔明曰：“吾杀汝不在今日。吾且饶汝性命，劝谕汝兄。”令武士解其绳索，放起孟优。优泣拜而去。

> 一个个拖出，用索缚定——孟获兵败之余，欲杀孔明以泄忿，反而落入陷坑，这就是四擒孟获。

不一时，魏延解孟获至。孔明大怒曰：“你今番又被吾擒了，有何理说！”获曰：“吾今误中诡计，死不瞑目！”㊟孔明叱武士推出斩之。获全无惧色，回顾孔明曰：“若敢再放吾回去，必然报四番之恨！”孔明大笑，令左右去其缚，赐酒压惊，就坐于帐中。孔明问曰：“吾今四次以礼相待，汝尚然不服，何也？”获曰：“吾虽是化外之人，不似丞相专施诡计，吾如何肯服？”孔明曰：“吾再放汝回去，复能战乎？”获曰：“丞相若再拿住吾，吾那时倾心降服，尽献本洞之

> 吾今误中诡计，死不瞑目——孟获第四次被擒，仍归咎于对方的“诡计”，不肯认输。这种顽劣态度，一般人难以容忍，却正反衬出诸葛亮的雍容大度。

丞相若再拿住吾……誓不反乱——前三次被擒，孟获不服之后，均表示若下次再被擒获，一定诚心降服。不知这次能否说话算话？

物犒军，誓不反乱。”㊢孔明即笑而遣之。

获忻然拜谢而去，于是聚得诸洞壮丁数千人，望南迤逦而行。早望见尘头起处，一队兵到，乃是兄弟孟优，重整残兵，来与兄报仇。兄弟二人，抱头相哭，诉说前事。优曰：“我兵屡败，蜀兵屡胜，难以抵当。只可就山险洞中，退避不出*。蜀兵受不过暑气，自然退矣。”获问曰：“何处可避？”优曰：“此去西南有一洞，名曰秃龙洞。洞主朵思大王，与弟甚厚，可投之。”于是孟获先教孟优到秃龙洞，见了朵思大王。朵思慌引洞兵出迎。孟获入洞，礼毕，诉说前事。朵思曰：“大王宽心。若蜀兵到来，令他一人一骑不得还乡，与诸葛亮皆死于此处！”获大喜，问计于朵思。朵思曰：“此洞中止有两条路：东北上一路，就是大王所来之路，地势平坦，土厚水甜，人马可行；若以木石垒断洞口，虽有百万之众，不能进也。西北上有一条路，山险岭恶，道路窄狭；其中虽有小路，多藏毒蛇恶蝎；黄昏时分，烟瘴大起，直至巳、午时方收，惟未、申、酉三时，可以往来；水不可饮，人马难行。此处更有四个毒泉：一名哑泉，其水颇甜，人若饮之，则不能言，不过旬日必死；二曰灭泉，此水与汤无异，人若沐浴，则皮肉皆烂，见骨必死；三曰黑泉，其水微清，人若溅之在身，则手足皆黑而死；四曰柔泉，其水如冰，人若饮之，咽喉无暖气，身躯软弱如绵而死。㊢此处虫鸟皆无，惟有汉伏波将军曾到；自此以后，更无一人到此。今垒断东北大路，令大王稳居敝洞。若蜀兵见东路截断，必从西路而入；于路无水，若见此四泉，定然饮水：虽百万之众，皆无归矣。——何用刀兵耶！”孟获大喜，以手加额曰：“今日方有容身之地！”又望北指曰：“任诸葛神机妙算，难以施设！四泉之水，足以报败兵之恨也！”自此，孟获、孟优终日与朵思大王筵宴。

身躯软弱如绵而死——此处对四种毒泉的介绍，显系传闻夸大之辞。古代小说中，每每有此类带有神秘色彩的描写，乃是古人对某些事物缺乏了解所致。

却说孔明连日不见孟获兵出，遂传号令，教大军离叶榆水，望南进发。此时正当六月炎天，其热如火。有后人咏南方苦热诗曰：

山泽欲焦枯，火光覆太虚。
不知天地外，暑气更何如！

又有诗曰：

赤帝施权柄，阴云不敢生。

云蒸孤鹤喘，海热巨鳌惊。

忍舍溪边坐？慵抛竹里行。

如何沙塞客，擐甲复长征！

孔明统领大军，正行之际，忽哨马飞报："孟获退往秃龙洞中不出，将洞口要路垒断，内有兵把守；山恶岭峻，不能前进。"孔明请吕凯问之，凯曰："某曾闻此洞有条路，实不知详细。"蒋琬曰："孟获四次遭擒，既已丧胆，安敢再出？况今天气炎热，军马疲乏，征之无益；不如班师回国。"孔明曰："若如此，正中孟获计也。吾军一退，彼必乘势追之。今已到此，安有复回之理！"㊟遂令王平领数百军为前部；却教新降蛮兵引路，寻西北小径而入。前到一泉，人马皆渴，争饮此水。王平探有此路，回报孔明。比及到大寨之时，皆不能言，但指口而已。

今已到此，安有复回之理——诸葛亮对孟获四擒四纵，是要使其心服，以求南方的长期安定。在此目的尚未达到之前，无论遇到什么困难，他都决不会半途而废。

孔明大惊，知是中毒，遂自驾小车，引数十人前来看时，见一潭清水，深不见底，水气凛凛，军不敢试。孔明下车，登高望之，四壁峰岭，鸟雀不闻，心中大疑。忽望见远远山冈之上，有一古庙。孔明攀藤附葛而到，见一石屋之中，塑一将军端坐，旁有石碑，乃汉伏波将军马援之庙：因平蛮到此，土人立庙祀之。孔明再拜曰："亮受先帝托孤之重，今承圣旨，到此平蛮；欲待蛮方既平，然后伐魏吞吴，重安汉室。今军士不识地理，误饮毒水，不能出声。万望尊神，念本朝恩义，通灵显圣，护佑三军！"

祈祷已毕，出庙寻土人问之。隐隐望见对山一老叟扶杖而来，形容甚异。孔明请老叟入庙，礼毕，对坐于石上。孔明问曰："丈者高姓？"老叟曰："老夫久闻大国丞相隆名，幸得拜见。蛮方之人，多蒙丞相活命，皆感恩不浅。"孔明问泉水之故，老叟答曰："军所饮水，乃哑泉之水也：饮之难言，数日而死。此泉之外，又有三泉：东南有一泉，其水至冷，人若饮之，咽喉无暖气，身躯软弱而死，名曰柔泉；正南有一泉，人若溅之在身，手足皆黑而死，名曰黑泉；西南有一泉，沸如热汤，人若浴之，皮肉尽脱而死，名曰灭泉。敝处有此四泉，毒气所聚，无药可治。又烟瘴甚起，惟未、申、酉三个时辰可往来；余者时辰，皆瘴气密布，触之即死。"

孔明曰："如此则蛮方不可平矣。蛮方不平，安能并吞吴、魏，再兴汉室？有负先帝托孤之重，生不如死也！"老叟曰："丞相勿忧。老夫指引一处，可以解之。”孔明曰：“老丈有何高见，望乞指教。”老叟曰：“此去正西数里，有一山谷；入内行二十里，有一溪名曰万安溪。上有一高士，号为‘万安隐者’；此人不出溪有数十余年矣。其草庵后有一泉，名安乐泉。人若中毒，汲其水饮之即愈。有人或生疥癞，或感瘴气，于万安溪内浴之，自然无事。更兼庵前有一等草，名曰‘薤叶芸香’。人若口含一叶，则瘴气不染。丞相可速往求之。”孔明拜谢，问曰：“承丈者如此活命之德，感刻不胜。愿闻高姓。”老叟入庙曰：“吾乃本处山神，奉伏波将军之命，特来指引。”㊣言讫，喝开庙后石壁而入。孔明惊讶不已，再拜庙神，寻旧路上车，回到大寨。

吾乃本处山神，奉伏波将军之命，特来指引——四种毒泉原本带有神秘色彩，若要破之，自然不得不借助超人的神秘力量。罗贯中如此描写，恐怕也是不得已吧？

次日，孔明备信香、礼物，引王平及众哑军，连夜望山神所言去处，迤逦而进。入山谷小径，约行二十余里，但见长松大柏，茂竹奇花，环绕一庄；篱落之中，有数间茅屋，闻得馨香喷鼻。孔明大喜，到庄前扣户，有一小童出。孔明方欲通姓名，早有一人，竹冠草履，白袍皂绦，碧眼黄发，忻然出曰：“来者莫非汉丞相否？”孔明笑曰：“高士何以知之？”隐者曰：“久闻丞相大纛南征，安得不知！”遂邀孔明入草堂。礼毕，分宾主坐定。孔明告曰：“亮受昭烈皇帝托孤之重，今承嗣君圣旨，领大军至此，欲服蛮邦，使归王化。不期孟获潜入洞中，军士误饮哑泉之水。夜来蒙伏波将军显圣，言高士有药泉，可以治之。望乞矜念，赐神水以救众兵残生。”隐者曰：“量老夫山野废人，何劳丞相枉驾。此泉就在庵后。”教取来饮。

于是童子引王平等一起哑军，来到溪边，汲水饮之；随即吐出恶涎，便能言语。童子又引众军到万安溪中沐浴。隐者于庵中进柏子茶、松花菜，以待孔明。隐者告曰：“此间蛮洞多毒蛇恶蝎，柳花飘入溪泉之间，水不可饮；但掘地为泉，汲水饮之方可。”孔明求“薤叶芸香”，隐者令众军尽意采取：“各人口含一叶，自然瘴气不侵。”孔明拜求隐者姓名，隐者笑曰：“某乃孟获之兄孟节是也。”㊣孔明愕然。隐者又曰：“丞相休疑，容伸片言：某一父母所生三人：长即老夫孟节，次孟获，又次孟优。父母皆亡。二弟强恶，不归王化。某屡谏不从，故更名改姓，隐居于此。今辱弟造反，又劳丞相深入不毛之地，如此生受，孟节合该万死，故先于丞相之前请罪。”孔明叹曰：“方信盗跖、下惠之事，今亦有之。”遂与孟节曰：“吾申

某乃孟获之兄孟节是也——这位帮助蜀军解除“哑泉”之毒的隐士，竟然是孟获之兄！这一出人意料的安排告诉读者：孟获反叛蜀汉政权，其根基并不稳固；而诸葛亮争取人心之举，已经收到明显效果。

奏天子，立公为王，可乎？”节曰：“为嫌功名而逃于此，岂复有贪富贵之意！”孔明乃具金帛赠之，孟节坚辞不受。孔明嗟叹不已，拜别而回。后人有诗曰：

高士幽栖独闭关，武侯曾此破诸蛮。
至今古木无人境，犹有寒烟锁旧山。

孔明回到大寨之中，令军士掘地取水。掘下二十余丈，并无滴水；凡掘十余处，皆是如此。军心惊慌。孔明夜半焚香告天曰：“臣亮不才，仰承大汉之福，受命平蛮。今途中乏水，军马枯渴。倘上天不绝大汉，即赐甘泉！若气运已终，臣亮等愿死于此处！”是夜祝罢，平明视之，皆得满井甘泉。后人有诗曰：

为国平蛮统大兵，心存正道合神明。
耿恭拜井甘泉出，诸葛虔诚水夜生。

孔明军马既得甘泉，遂安然由小径直入秃龙洞前下寨。

蛮兵探知，来报孟获曰：“蜀兵不染瘴疫之气，又无枯渴之患，诸泉皆不应。”朵思大王闻知不信，自与孟获来高山望之。只见蜀兵安然无事，大桶小担，搬运水浆，饮马造饭。朵思见之，毛发耸然，回顾孟获曰：“此乃神兵也！”获曰：“吾兄弟二人与蜀兵决一死战，就殒于军前，安肯束手受缚！”朵思曰：“若大王兵败，吾妻子亦休矣。当杀牛宰马，大赏洞丁，不避水火，直冲蜀寨，方可得胜。”于是大赏蛮兵。

正欲起程，忽报洞后迤西银冶洞二十一洞主杨锋引三万兵来助战。孟获大喜曰：“邻兵助我，我必胜矣！”即与朵思大王出洞迎接。杨锋引兵入曰：“吾有精兵三万，皆披铁甲，能飞山越岭，足以敌蜀兵百万；我有五子，皆武艺足备：愿助大王。”锋令五子入拜，皆彪躯虎体，威风抖擞。孟获大喜，遂设席相待杨锋父子。酒至半酣，锋曰：“军中少乐，吾随军有蛮姑，善舞刀牌，以助一笑。”获忻然从之。须臾，数十蛮姑，皆披发跣足，从帐外舞跳而入。群蛮拍手，以歌和之。杨锋令二子把盏。二子举杯诣孟获、孟优前。二人接杯，方欲饮酒，锋大喝一声，二子早将孟获、孟优执下座来。朵思大王却待要走，已被杨锋擒了。蛮姑截于帐上，谁敢近前。获曰：“‘兔死狐悲，物伤其类。’吾与汝皆是各洞之主，往日无冤，何故害我？”锋曰：“吾兄弟子侄皆感诸葛丞相活命之恩，无可以报。今汝反叛，何不擒献！”于是各洞蛮兵，皆走回本乡。

杨锋将孟获、孟优、朵思等解赴孔明寨来㊟。孔明令入，杨锋等拜于帐下曰："某等子侄皆感丞相恩德，故擒孟获、孟优等呈献。"孔明重赏之，令驱孟获入。孔明笑曰："汝今番心服乎？"获曰："非汝之能，乃吾洞中之人，自相残害，以致如此。要杀便杀，只是不服！"㊟孔明曰："汝赚吾入无水之地，更以哑泉、灭泉、黑泉、柔泉如此之毒，吾军无恙，岂非天意乎？汝何如此执迷？"获又曰："吾祖居银坑山中，有三江之险，重关之固。汝若就彼擒之，吾当子子孙孙，倾心服事。"㊟孔明曰："吾再放汝回去，重整兵马，与吾共决胜负；如那时擒住，汝再不服，当灭九族。"叱左右去其缚，放起孟获。获再拜而去。孔明又将孟优并朵思大王皆释其缚，赐酒食压惊。二人悚惧，不敢正视。孔明令鞍马送回。正是：深临险地非容易，更展奇谋岂偶然！未知孟获整兵再来，胜负如何，且看下文分解。

杨锋将孟获、孟优、朵思等解赴孔明寨来——孟获毫无防备，又被擒获。这就是五擒孟获。

要杀便杀，只是不服——此次被擒，孟获又归咎于内部的自相残杀，还是不服。其实，孟获此次被擒，表面上与第二次被擒相似，实则大不一样：第二次被擒，是因责打董荼那而激起部下心变，此次则是杨锋主动来擒孟获，送交诸葛亮，以图尽早结束战乱。这表明孟获坚持对抗已经越来越失去人心。

汝若就彼擒之，吾当子子孙孙，倾心服事——孟获此次表态，表面上与前几次相似，实则也大不一样：将与蜀军决战的地点退到自己的祖居，说明其处境已经比前一段差多了。

尾评：

经过“四擒四纵”、“五擒五纵”，尽管孟获仍然表示不服，但实际上却是步步败退，其处境已每况愈下，其对抗蜀军的基础也越来越薄弱。可以说，诸葛亮“攻心为上”的方针，已收到了很大成效。

第九十回

驱巨兽六破蛮兵　烧藤甲七擒孟获

总评

“六擒孟获”之后，孟获丧失了自己的祖居之地银坑洞；“七擒孟获”之后，孟获已经走投无路，连搬救兵也找不到地方了。直到此时，诸葛亮还要将他释放。这使倔强的孟获深受感动，羞愧不已，终于敌意全消，主动向诸葛亮谢罪，并恳切表示：“南人不复反矣！”至此，孟获完全口服心服，南征取得了极大的成功。

综观“七擒孟获”这个情节单元，作品着重突出了“人心”和“人谋”的决定性作用。在南征的全部过程中，诸葛亮始终把争取人心放在首位。无论是降服高定，还是七擒孟获，他都着眼于使其心服；除了上层人物之外，他十分注意争取少数民族的广大将士平民；他还一再告诫部下：“诚欲服其心，不欲灭其类也。”在军事指挥上，诸葛亮虽然手握重兵，却从不强攻硬打，而是重视掌握情报，充分发挥智谋的作用，或伏击，或偷渡，或伪装，或奔袭，虚虚实实，千变万化，一次又一次地赢得胜利。即使写到火烧藤甲军这样的血腥场面，作品也视为万不得已之事，并让诸葛亮痛心地说：“是吾之大罪也！”这一切，形象地表现了“得人心者得天下”的进步政治主张和“心战为上，兵战为下”的军事思想，给后人以深刻的启迪。

却说孔明放了孟获等一干人，杨锋父子皆封官爵，重赏洞兵。杨锋等拜谢而去。孟获等连夜奔回银坑洞。那洞外有三江：乃是泸水、甘南水、西城水。三路水会合，故为三江。其洞北近平坦三百余里，多产万物。洞西二百里，有盐井。西南二百里，直抵泸、甘。正南三百里，乃是梁都洞。洞中有山，环抱其洞；山上出银矿，故名为银坑山。山中置宫殿楼台，以为蛮王巢穴。其中建一祖庙，名曰“家鬼”。四时杀牛宰马享祭，名为“卜鬼”。每年常以蜀人并外乡之人祭之。若人患病，不肯服药，只祷师巫，名为“药鬼”。其处无刑法，但犯罪即斩。有女长成，却于溪中沐浴，男女自相混淆，任其自配，父母不禁，名为“学艺”。年岁雨水均调，则种稻谷；倘若不熟，杀蛇为羹，煮象为饭。每方隅之中，上户号曰“洞主”，次曰“酋长”。每月初一、十五两日，皆在三江城中买卖，转易货物。其风俗如此。

却说孟获在洞中，聚集宗党千余人，谓之曰：“吾屡受辱于蜀兵，立誓欲报之。汝等有何高见？”言未毕，一人应曰：“吾举一人，可破诸葛亮。”众视之，乃孟获妻弟，现为八番部长，名曰“带来洞主”。获大喜，急问何人。带来洞主曰：“此去西南八纳洞，洞主木鹿大王，深通法术：出则骑象，能呼风唤雨，常有虎豹豺狼、毒蛇恶蝎跟随。手下更有三万神兵，甚是英勇。㊟大王可修书具礼，某亲往求之。此人若允，何惧蜀兵哉！”获忻然，令国舅赍书而去。却令朵思大王守把三江城，以为前面屏障。

手下更有三万神兵，甚是英勇——古代西南少数民族确有驯兽之术，作品对此又有所夸张。

却说孔明提兵直至三江城，遥望见此城三面傍江，一面通旱；即遣魏延、赵云同领一军，于旱路打城。军到城下时，城上弓弩齐发：原来洞中之人，多习弓弩，一弩齐发十矢，箭上皆用毒药；但有中箭者，皮肉皆烂，见五脏而死。赵云、魏延不能取胜，回见孔明，言药箭之事。孔明自乘小车，到军前看了虚实，回到寨中，令军退数里下寨。蛮兵望见蜀兵远退，皆大笑作贺，只疑蜀兵惧怯而退，因此夜间安心稳睡，不去哨探。

却说孔明约军退后，即闭寨不出。一连五日，并无号令。黄昏左侧，忽起微风。孔明传令曰："每军要衣襟一幅，限一更时分应点。无者立斩。"诸将皆不知其意，众军依令准备。初更时分，又传令曰："每军衣襟一幅，包土一包。无者立斩。"众军亦不知其意，只得依令预备。孔明又传令曰："诸军包土，俱在三江城下交割。先到者有赏。"众军闻令，皆包净土，飞奔城下。孔明令积土为蹬道，先上城者为头功。于是蜀兵十余万，并降兵万余，将所包之土，一齐弃于城下。一霎时，积土成山，接连城上。一声暗号，蜀兵皆上城。蛮兵急放弩时，大半早被执下，余者弃城而走。朵思大王死于乱军之中。蜀将督军分路剿杀。孔明取了三江城，所得珍宝，皆赏三军。㊟

孔明取了三江城，所得珍宝，皆赏三军——孔明奇袭三江城，直逼孟获祖居银坑洞，使孟获已无回旋余地。

败残蛮兵逃回见孟获说："朵思大王身死，失了三江城。"获大惊。正虑之间，人报蜀兵已渡江，现在本洞前下寨。孟获甚是慌张。忽然屏风后一人大笑而出曰："既为男子，何无智也？我虽是一妇人，愿与你出战。"获视之，乃妻祝融夫人也。夫人世居南蛮，乃祝融氏之后；善使飞刀，百发百中。㊟孟获起身称谢。夫人忻然上马，引宗党猛将数百员、生力洞兵五万，出银坑宫阙，来与蜀兵对敌。方才转过洞口，一彪军拦住：为首蜀将，乃是张嶷。蛮兵见之，却早两路摆开。祝融夫人背插五口飞刀，手挺丈八长标，坐下卷毛赤兔马。张嶷见之，暗暗称奇。二人骤马交锋。战不数合，夫人拨马便走。张嶷赶去，空中一把飞刀落下。嶷急用手隔，正中左臂，翻身落马。蛮兵发一声喊，将张嶷执缚去了。马忠听得张嶷被执，急出救时，早被蛮兵捆住。望见祝融夫人挺标勒马而立，忠忿怒向前去战，坐下马绊倒，亦被擒了。都解入洞中来见孟获。获设席庆贺。夫人叱刀斧手推出张嶷、马忠要斩，获止曰："诸葛亮放吾五次，今番若杀彼将，是不义也。㊟且囚在洞中，待擒住诸葛亮，杀之未迟。"夫人从其言，笑饮作乐。

善使飞刀，百发百中——祝融夫人武艺高强，临危不惧，堪称少数民族中的巾帼英杰。

今番若杀彼将，是不义也——祝融夫人要杀俘虏的蜀将，孟获急忙制止，认为此举"不义"。这说明孟获颇有头脑，懂得"礼尚往来"。

却说败残兵来见孔明，告知其事。孔明即唤马岱、赵云、魏延三人受计，各自领军前去。次日，蛮兵报入洞中，说赵云搦战。祝融夫人即上马出迎。二人战不数合，云拨马便走。夫人恐有埋伏，勒兵而回。魏延又引军来搦战，夫人纵马相迎。正交锋紧急，延诈败而逃。夫人只不赶。次日，赵云又引军来搦战，夫人领洞兵出迎。二人战不数合，云诈败而走，夫人按标不赶。欲收兵回洞时，魏延引军齐声辱骂，夫人急挺标来取魏延。延拨马便走。夫人忿怒赶来，延骤马奔入山僻小路。忽然背后一声响亮，延回头视之，夫人仰鞍落马：原来马岱埋伏在此，用绊马索绊倒，就里擒缚，解投大寨而来。蛮将洞兵皆来救时，赵云一阵杀散。孔明端坐于帐上，马岱解祝融夫人到，孔明急令武士去其缚，请在别帐赐酒压惊，㊟遣使往告孟获，欲送夫人换张嶷、马忠二将。

孔明急令武士去其缚，请在别帐赐酒压惊——孔明对被俘的祝融夫人，也以礼相待，这仍然是为了使孟获心服。

孟获允诺，即放出张嶷、马忠，还了孔明。孔明遂送夫人入洞。孟获接入，又喜又恼。忽报八纳洞主到。孟获出洞迎接，见其人骑着白象，身穿金珠缨络，腰悬两口大刀，领着一班喂养虎豹豺狼之士，簇拥而入。获再拜哀告，诉说前事。木鹿大王许以报仇。获大喜，设宴相待。次日，木鹿大王引本洞兵带猛兽而出。赵云、魏延听知蛮兵出，遂将军马布成阵势。二将并辔立于阵前视之，只见蛮兵旗帜器械皆别：人多不穿衣甲，尽裸身赤体，面目丑陋；身带四把尖刀；军中不鸣鼓角，但筛金为号；木鹿大王腰挂两把宝刀，手执蒂钟，身骑白象，从大旗中而出。赵云见了，谓魏延曰："我等上阵一生，未尝见如此人物。"二人正沉吟之际，只见木鹿大王口中不知念甚咒语，手摇蒂钟。忽然狂风大作，飞砂走石，如同骤雨；一声画角响，虎豹豺狼，毒蛇猛兽，乘风而出，张牙舞爪，冲将过来。蜀兵如何抵当，往后便退。蛮兵随后追杀，直赶到三江界路方回。

赵云、魏延收聚败兵，来孔明帐前请罪，细说此事。孔明笑曰："非汝二人之罪。吾未出茅庐之时，先知南蛮有驱虎豹之法。吾在蜀中已办下破此阵之物也：随军有二十辆车，俱封记在此。今日且用一半；留下一半，后有别用。"遂令左右取了十辆红油柜车到帐下，留十辆黑油柜车在后。众皆不知其意。孔明将柜打开，皆是木刻彩画巨兽，俱用五色绒线为毛衣，钢铁为牙爪，一个可骑坐十人。孔明选了精壮军士一千余人，领了一百，口内装烟火之物，藏在军中。次日，孔明驱兵大进，布于洞口。蛮兵探知，入洞报与蛮王。木鹿大王自谓无敌，即与孟获引洞兵而出。孔明纶巾羽扇，身衣道袍，端坐于车上。孟获指曰："车上坐的便是诸葛亮！若擒住此人，大事定矣！”木鹿大王口中念咒，手摇蒂钟。顷刻之间，狂风大作，猛兽突出。孔明将羽扇一摇，其风便回吹彼阵中去了。蜀阵中假兽拥出。蛮洞真兽见蜀阵巨兽口吐火焰，鼻出黑烟，身摇铜铃，张牙舞爪而来，诸恶兽不敢前进，皆奔回蛮洞，反将蛮兵冲倒无数。孔明驱兵大进，鼓角齐鸣，望前追杀。木鹿大王死于乱军之中。㊟洞内孟获宗党，皆弃宫阙，扒山越岭而走。孔明大军占了银坑洞。

次日，孔明正要分兵缉擒孟获，忽报：蛮王孟获妻弟带来洞主，因劝孟获归降，获不从，今将孟获并祝融夫人及宗党数百余人尽皆擒来，献与丞相。”孔明听知，即唤张嶷、马忠，分付如此如此。二将受了计，引二千精壮兵，伏于两廊。孔明即令守门将，俱放进来。带来洞主引刀斧手解孟获等数百人，拜于殿下。孔明大喝曰：“与吾擒下！”两廊壮兵齐出，二人捉一人，尽被执缚。㊟孔明大笑曰：“量汝些小诡计，如何瞒得过我！汝见二次俱是本洞人擒汝来降，吾不加害；汝只道吾深信，故来诈降，欲就洞中杀吾！”喝令武士搜其身畔，果然各带利刀。孔明问孟获曰：“汝原说在汝家擒住，方始心服；今日如何？”获曰：“此是我等自来送死，非汝之能也，吾心未服。”㊟孔明曰：“吾擒住六番，尚然不服，欲待何时耶？”获曰：“汝第七次擒住，吾方倾心归服，誓不反矣。”孔明曰：“巢穴已破，吾何虑哉！”令武士尽去其缚，叱之曰：“这番擒住，再若支吾，必不轻恕！”孟获等抱头鼠窜而去。

却说败残蛮兵有千余人，大半中伤而逃，正遇蛮王孟获。获收了败兵，心中稍喜，却与带来洞主商议曰：“吾今洞府已被蜀兵所占，今投何地安身？”带来洞主曰：“止有一国可以破蜀。”获喜曰：“何处可去？”带来洞主曰：“此去东南七百里，有一国，名乌戈国。国主兀突骨，身长丈二，不食五谷，以生蛇恶兽为饭；身有鳞甲，刀箭不能侵。其手下军士，俱穿藤甲。其藤生于山涧之中，盘于石壁之上；国人采取，浸于油中，半年方取出晒之；晒干复浸，凡十余遍，却才造成铠甲；穿在身上，渡江不沉，经水不湿，刀箭皆不能入：因此号为‘藤甲军’。今大王可往求之。若得彼相助，擒诸葛亮如利刀破竹也。”孟获大喜，遂投乌戈国，来见兀突骨。其洞无宇舍，皆居土穴之内。孟获入洞，再拜哀告前事。兀突骨曰：“吾起本洞之兵，

木鹿大王死于乱军之中——木鹿大王训练的真兽，反而被诸葛亮制造的假兽吓倒。这样的虚构情节虽然夸张较多，但也不无道理。

二人捉一人，尽被执缚——带来洞主诈作擒献孟获，欲刺杀诸葛亮；诸葛亮识破其计，趁机将其一网打尽。这就是六擒孟获。

此是我等自来送死……吾心未服——孟获兵败力穷，自投罗网，照理应该无话可说，但他仍然声称“吾心未服”，还想再与蜀军较量，这就太过分了。幸好诸葛亮自信必胜，而又一定要使他心服，故愿再给他一次机会。

与汝报仇。”获欣然拜谢。于是兀突骨唤两个领兵俘长：一名土安，一名奚泥，起三万兵，皆穿藤甲，离乌戈国，望东北而来。行至一江，名桃花水，两岸有桃树，历年落叶于水中，若别国人饮之尽死，惟乌戈国人饮之，倍添精神。兀突骨兵至桃花渡口下寨，以待蜀兵。

却说孔明令蛮人哨探孟获消息，回报曰：“孟获请乌戈国主，引三万藤甲军，现屯于桃花渡口。孟获又在各番聚集蛮兵，并力拒战。”孔明听说，提兵大进，直至桃花渡口。隔岸望见蛮兵，不类人形，甚是丑恶；又问土人，言说即日桃叶正落，水不可饮。孔明退五里下寨，留魏延守寨。

次日，乌戈国主引一彪藤甲军过河来，金鼓大震。魏延引兵出迎。蛮兵卷地而至。蜀兵以弩箭射到藤甲之上，皆不能透，俱落于地；刀砍枪刺，亦不能入。蛮兵皆使利刀钢叉，蜀兵如何抵当，尽皆败走。蛮兵不赶而回。魏延复回，赶到桃花渡口，只见蛮兵带甲渡水而去；内有困乏者，将甲脱下，放在水面，以身坐其上而渡。魏延急回大寨，来禀孔明，细言其事。孔明请吕凯并土人问之。凯曰：“某素闻南蛮中有一乌戈国，无人伦者也。更有藤甲护身，急切难伤。又有桃叶恶水，本国人饮之，反添精神；别国人饮之即死。如此蛮方，纵使全胜，有何益焉？不如班师早回。”孔明笑曰：“吾非容易到此，岂可便去！㊣吾明日自有平蛮之策。”于是令赵云助魏延守寨，且休轻出。

吾非容易到此，岂可便去——此时孟获地盘已失，将士已散，已经没有单独与蜀军较量的实力，只得到处求救；而诸葛亮历经艰险，已经胜利在望，当然不会因为藤甲军而打退堂鼓。

次日，孔明令土人引路，自乘小车到桃花渡口北岸山僻去处，遍观地理。山险岭峻之处，车不能行，孔明弃车步行。忽到一山，望见一谷，形如长蛇，皆光峭石壁，并无树木，中间一条大路。孔明问土人曰：“此谷何名？”土人答曰：“此处名为盘蛇谷。出谷则三江城大路，谷前名塔郎甸。”孔明大喜曰：“此乃天赐吾成功于此也！”遂回旧路，上车归寨，唤马岱分付曰：“与汝黑油柜车十辆，须用竹竿千条，柜内之物，如此如此。可将本部兵去，把住盘蛇谷两头，依法而行。与汝半月限，一切完备。至期如此施设。倘有走漏，定按军法。”马岱受计而去。又唤赵云分付曰：“汝去盘蛇谷后，三江大路口如此守把。所用之物，克日完备。”赵云受计而去。又唤魏延分付曰：“汝可引本部兵，去桃花渡口下寨。如蛮兵渡水来敌，汝便弃了寨，望白旗处而走。限半个月内，须要连输十五阵，弃七个寨栅。

若输十四阵，也休来见我。”魏延领命，心中不乐，怏怏而去。孔明又唤张翼另引一军，依所指之处，筑立寨栅去了；却令张嶷、马忠引本洞所降千人，如此行之。各人都依计而行。

却说孟获与乌戈国主兀突骨曰：“诸葛亮多有巧计，只是埋伏。今后交战，分付三军：但见山谷之中，林木多处，切不可轻进。”㊟兀突骨曰：“大王说的有理。吾已知道中国人多行诡计。今后依此言行之。吾在前面厮杀，汝在背后教道。”两人商议已定。忽报蜀兵在桃花渡口北岸立起营寨。兀突骨即差二俘长引藤甲军渡了河，来与蜀兵交战。不数合，魏延败走。蛮兵恐有埋伏，不赶自回。次日魏延又去立了营寨。蛮兵哨得，又引众军渡过河来战。延出迎之。不数合，延败走。蛮兵追杀十余里，见四下并无动静，便在蜀寨中屯住。次日，二俘长请兀突骨到寨，说知此事。兀突骨即引兵大进，将魏延追一阵。蜀兵皆弃甲抛戈而走，只见前有白旗。延引败兵，急奔到白旗处，早有一寨，就寨中屯住。兀突骨驱兵追至，魏延引兵弃寨而走。蛮兵得了蜀寨，次日，又望前追杀。魏延回兵交战，不三合又败，只看白旗处而走，又有一寨，延就寨屯住。次日，蛮兵又至。延略战又走，蛮兵占了蜀寨。

林木多处，切不可轻进——孟获吃够了埋伏的苦头，心有余悸；藤甲军最怕火烧，对林木多处更是警惕。不过，只想到林木多处易遭火攻，仍是只知其一，不知其二。

话休絮烦，魏延且战且走，已败十五阵，连弃七个营寨。蛮兵大进追杀。兀突骨自在军前破敌，于路但见林木茂盛之处，便不敢进；却使人远望，果见树阴之中，旌旗招飐。兀突骨谓孟获曰：“果不出大王所料。”孟获大笑曰：“诸葛亮今番被吾识破！大王连日胜了他十五阵，夺了七个营寨。蜀兵望风而走，诸葛亮已是计穷。只此一进，大事定矣！”兀突骨大喜，遂不以蜀兵为念。至第十六日，魏延引败残兵，来与藤甲军对敌。兀突骨骑象当先，头戴日月狼须帽，身披金珠缨络，两肋下露出生鳞甲，眼目中微有光芒，手指魏延大骂。延拨马便走。后面蛮兵大进。魏延引兵转过了盘蛇谷，望白旗而走。兀突骨统引兵众，随后追杀。兀突骨望见山上并无草木，料无埋伏，放心追杀。赶到谷中，见数十辆黑油柜车在当路。蛮兵报曰：“此是蜀兵运粮道路，因大王兵至，撇下粮车而走。”兀突骨大喜，催兵追赶。将出谷口，不见蜀兵，只见横木乱石滚下，垒断谷口。兀突骨令兵开路而进，忽见前面大小车辆，装载干柴，尽皆火起。兀突骨忙教退兵，只闻后军发喊，报说谷口已被干柴垒断，车中原来皆是火药，一齐烧着。兀突骨见无草木，心尚不慌，令寻路而走。只见山上两边乱丢火把，火把到处，地中药线皆着，就地飞起铁炮。满谷中火光乱舞，但逢藤甲，无有不着。将兀突骨并三万藤甲军，烧得互相拥抱，死于盘蛇谷中。孔明在山上往下看时，只见蛮兵被火烧的伸拳舒腿，大半被铁炮打的头脸粉碎，皆死于谷中，臭不可闻。孔明垂泪而叹曰："吾虽有功于社稷，必损寿矣！"㊟左右将士，无不感叹。

吾虽有功于社稷，必损寿矣——火烧藤甲军，乃是南征中最残酷的一仗。诸葛亮不得已而为之，并对此深感痛心。通过这个情节，罗贯中表现了比较进步的战争观。

却说孟获在寨中，正望蛮兵回报。忽然千余人笑拜于寨前，言说："乌戈国兵与蜀兵大战，将诸葛亮围在盘蛇谷中了。特请大王前去接应。我等皆是本洞之人，不得已而降蜀；今知大王前到，特来助战。"孟获大喜，即引宗党并所聚番人，连夜上马；就令蛮兵引路。方到盘蛇谷时，只见火光甚起，臭气难闻。获知中计，急退兵时，左边张嶷，右边马忠，两路军杀出。获方欲抵敌，一声喊起，蛮兵中大半皆是蜀兵，将蛮王宗党并聚集的番人，尽皆擒了。孟获匹马杀出重围，望山径而走。

正走之间，见山凹里一簇人马，拥出一辆小车；车中端坐一人，纶巾羽扇，身衣道袍，乃孔明也。孔明大喝曰："反贼孟获！今番如何？"获急回马走。旁边闪过一将，拦住去路，乃是马岱。孟获措手不及，被马岱生擒活捉了。㊟此时王平、张翼已引一军赶到蛮寨中，将祝融夫人并一应老小皆活捉而来。

孟获措手不及，被马岱生擒活捉了——又一次惨败，使孟获心惊胆战，在逃跑中被擒。这就是七擒孟获。

孔明归到寨中，升帐而坐，谓众将曰："吾今此计，不得已而用之，大损阴德。㊟我料敌人必算吾于林木多处埋伏，吾却空设旌旗，实无兵马，疑其心也。吾令魏文长连输十五阵者，坚其心也。吾见盘蛇谷止一条路，两壁厢皆是光石，并无树木，下面都是沙土，因令马岱将黑油柜车安排于谷中，车中油柜内，皆是预先造下的火炮，名曰'地雷'，一炮中藏九炮，三十步埋之，中用竹竿通节，以引药线；才一发动，山损石裂。吾又令赵子龙预备草车，安排于谷口。又于山上准备大木乱石。却令魏延赚兀突骨并藤甲军入谷，放出魏延，即断其路，随后焚之。吾闻：'利于水者必不利于火。'藤甲虽刀箭不能入，乃油浸之物，见火必着。蛮兵如此顽皮，非火攻安能取胜？使乌戈国之人不留种类者，是吾之大罪也！"众将拜伏曰："丞相天机，鬼神莫测也！"孔明令押过孟获来，孟获跪于帐下。孔明令去

吾今此计，不得已而用之，大损阴德——诸葛亮再次为火烧藤甲军而忏悔，表现了不愿如此而又不得不如此的矛盾痛苦心态。

其缚，教且在别帐与酒食压惊。孔明唤管酒食官至坐榻前，如此如此，分付而去。

却说孟获与祝融夫人并孟优、带来洞主、一切宗党在别帐饮酒，忽一人入帐谓孟获曰："丞相面羞，不欲与公相见。特令我来放公回去，再招人马来决胜负。公今可速去。"孟获垂泪言曰："七擒七纵，自古未尝有也。吾虽化外之人，颇知礼义，直如此无羞耻乎？"㊟遂同兄弟妻子宗党人等，皆匍匐跪于帐下，肉袒谢罪曰："丞相天威，南人不复反矣！"㊟孔明曰："公今服乎？"获泣谢曰："某子子孙孙皆感覆载生成之恩，安得不服！"孔明乃请孟获上帐，设宴庆贺，就令永为洞主。所夺之地，尽皆退还。孟获宗党及诸蛮兵，无不感戴，皆欣然跳跃而去。后人有诗赞孔明曰：

羽扇纶巾拥碧幢，七擒妙策制蛮王。
至今溪洞传威德，为选高原立庙堂。

长史费祎入谏曰："今丞相亲提士卒，深入不毛，收服蛮方；目今蛮王既已归服，何不置官吏，与孟获一同守之？"孔明曰："如此有三不易：留外人则当留兵，兵无所食，一不易也；蛮人伤破，父兄死亡，留外人而不留兵，必成祸患，二不易也；蛮人累有废杀之罪，自有嫌疑，留外人终不相信，三不易也。今吾不留人，不运粮，与相安于无事而已。"㊟众人尽服。于是蛮方皆感孔明恩德，乃为孔明立生祠，四时享祭，皆呼之为"慈父"；各送珍珠金宝、丹漆药材、耕牛战马，以资军用，誓不再反。南方已定。

却说孔明犒军已毕，班师回蜀，令魏延引本部兵为前锋。延引兵方至泸水，忽然阴云四合，水面上一阵狂风骤起，飞沙走石，军不能进。延退兵回报孔明。孔明遂请孟获问之。正是：塞外蛮人方帖服，水边鬼卒又猖狂。未知孟获所言若何，且看下文分解。

直如此无羞耻乎——正如孟获自己所说："七擒七纵，自古未尝有也。"到了这种地步，他不能不深受感动，不能不自觉惭愧了，一度十分顽固的对立情绪，终于被诸葛亮的诚心所消融。

丞相天威，南人不复反矣——此语本于《三国志·蜀书·诸葛亮传》注引《汉晋春秋》，此时让孟获说出，以表现其心服口服，可谓水到渠成。

今吾不留人，不运粮，与相安于无事而已——诸葛此语，亦本于《诸葛亮传》注引《汉晋春秋》。如此处理，堪称最佳方案。后来的历代统治者，在处理少数民族问题时，对此多有借鉴。

尾评：

历史上的诸葛亮南征，本是分兵三路，《三国演义》

却写成只有诸葛亮亲自率领的一路。对于讲究故事有头有尾的古代小说来说，这样叙事比较方便，不必多加计较。

“七擒孟获”的过程，几乎全属虚构；作者却巧妙构思，把“七擒”的内容写得各不相同，使情节波澜起伏，摇曳多姿，读来颇为生动有趣。

在这一情节单元中，诸葛亮和孟获这两个主要人物刻画得相当鲜明。诸葛亮不仅继续保持了高瞻远瞩、神机妙算的风采，而且突出地表现了开阔的胸襟和豁达的气度，凭着极大的耐心，终于使孟获心服口服。从这里，我们看到了一个成熟的封建政治家的形象。孟获的形象也很有特色。他气概轩昂，雄武有力，性格倔强，前几次被擒一直不肯服输，非要与诸葛亮再见高低。他有时略显狡狯却不失豪爽本色，看似愚鲁其实颇明道理。尽管作者对其塑造得还不够深刻，他仍给人们留下了较深的印象。

第九十一回

祭泸水汉相班师　伐中原武侯上表

总评

诸葛亮自南中班师时夜祭泸水，可算“七擒孟获”故事的余脉。通过诸葛亮同时祭奠死去的蜀军和少数民族将士，作品表达了对民族和睦、国家安定的渴望，为诸葛亮开明的民族政策作了一个生动的注脚，也为南征画上了一个圆满的句号。

司马懿主动要求镇守雍、凉二州，诸葛亮采纳马谡之计，实行反间之策，使懿被削职回乡，纯属虚构。据《晋书·宣帝纪》，魏太和元年（227）六月，魏明帝命司马懿以骠骑将军身份都督荆、豫二州诸军事，屯宛城（今河南南阳）；直到太和四年（230）升任大将军，方与大司马曹真率兵攻蜀，其间并未被贬。由于在整个诸葛亮北伐期间，曹魏方面唯有司马懿堪与诸葛亮旗鼓相当，罗贯中有意如此虚构，以便突出司马懿在曹魏的作用，安排一系列有关情节。

据《三国志·蜀书·诸葛亮传》:“(建兴)五年(227)，率诸军北驻汉中，临发，上疏”。诸葛亮北驻汉中，是要准备北伐；出发前所上之“疏”，便是历来备受称赞的《出师表》。罗贯中将此表全文移入《三国演义》，它直陈形势，正反对比，坦诚进谏，把诸葛亮忧国忧民、忠心耿耿、志在统一、顽强进取的精神境界表现得淋漓尽致，感人肺腑。全篇情辞恳切，一气贯注，被刘勰誉为“志尽文畅”(《文心雕龙·章表》)，不愧为千古传诵的名篇。

却说孔明班师回国，孟获率引大小洞主酋长，及诸部落，罗拜相送。前军至泸水，时值九月秋天，忽然阴云布合，狂风骤起；兵不能渡，回报孔明。孔明遂问孟获，获曰："此水原有猖神作祸，往来者必须祭之。"孔明曰："用何物祭享？"获曰："旧时国中因猖神作祸，用七七四十九颗人头并黑牛白羊祭之，自然风恬浪静，更兼连年丰稔。"孔明曰："吾今事已平定，安可妄杀一人？"遂自到泸水岸边观看。果见阴风大起，波涛汹涌，人马皆惊。孔明甚疑，即寻土人问之。土人告说："自丞相经过之后，夜夜只闻得水边鬼哭神号。自黄昏直至天晓，哭声不绝。瘴烟之内，阴鬼无数。因此作祸，无人敢渡。"孔明曰："此乃我之罪愆也。前者马岱引蜀兵千余，皆死于水中；更兼杀死南人，尽弃此处：狂魂怨鬼，不能解释，以致如此。吾今晚当亲自往祭。"土人曰："须依旧例，杀四十九颗人头为祭，则怨鬼自散也。"孔明曰："本为人死而成怨鬼，岂可又杀生人耶？㊟吾自有主意。"唤行厨宰杀牛马，和面为剂，塑成人头，内以牛羊等肉代之，名曰"馒头"。当夜于泸水岸上，设香案，铺祭物，列灯四十九盏，扬幡招魂；将馒头等物，陈设于地。三更时分，孔明金冠鹤氅，亲自临祭，令董厥读祭文。其文曰：

本为人死而成怨鬼，岂可又杀生人耶——孔明拒绝杀人为祭，这正符合"仁者爱人"的传统道德，也是一个开明政治家应有的态度。

维大汉建兴三年秋九月一日，武乡侯、领益州牧、丞相诸葛亮，谨陈祭仪，享于故殁王事蜀中将校及南人亡者阴魂曰：

我大汉皇帝，威胜五霸，明继三王。昨自远方侵境，异俗起兵；纵虿尾以兴妖，恣狼心而逞乱。我奉王命，问罪遐荒，大举貔貅，悉除蝼蚁；雄军云集，狂寇冰消；才闻破竹之声，便是失猿之势。但士卒儿郎，尽是九州豪杰；官僚将校，皆为四海英雄：习武从戎，投明事主，莫不同申三令，共展七擒；齐坚奉国之诚，并效忠君之志。何期汝等偶失兵机，缘落奸计：或为流矢所中，魂掩泉台；或为刀剑所伤，魄归长夜：生则有勇，死则成名。今凯歌欲还，献俘将及。汝等英灵尚在，祈祷必闻：随我旌旗，逐我部曲，同回上国，各认本乡，受骨肉之蒸尝，领家人之祭祀；莫作他乡之鬼，徒为异域之魂。我当奏之天子，使汝等各家尽霑恩露，年给衣粮，月赐廪禄：用兹酬答，以慰汝心。至于本境土神，南方亡鬼，血食有常，凭依不远；生者既凛天威，死者亦归王化，想宜宁帖，毋致号啕。聊表丹诚，敬陈祭祀。呜呼，哀哉！伏惟尚飨！读毕祭文，孔明放声大哭，极其痛切，情动三军，无不下泪。孟获等众，尽皆哭泣。只见愁云怨雾之中，隐隐有数千鬼魂，皆随风而散。于是孔明令左右将祭物尽弃于泸水之中。

次日，孔明引大军俱到泸水南岸，但见云收雾散，风静浪平。蜀兵安然尽渡泸水，果然"鞭敲金镫响，人唱凯歌还"。行到永昌，孔明留王伉、吕凯守四郡；发付孟获领众自回，嘱其勤政驭下，善抚居民，勿失农务。孟获涕泣拜别而去。㊣孔明自引大军回成都。后主排銮驾出郭三十里迎接，下辇立于道傍，以候孔明。孔明慌下车，伏道而言曰："臣不能速平南方，使主上怀忧，臣之罪也。"后主扶起孔明，并车而回，设太平筵会，重赏三军。自此远邦进贡来朝者二百余处。孔明奏准后主，将殁于王事者之家，一一优恤。人心欢悦，朝野清平。

孟获涕泣拜别而去——诸葛亮赢得孟获的倾心敬服之后，仍然让其继续管理南中，使之更加感动。"涕泣拜别"四字，把这位倔强的少数民族首领依依不舍之情表现得颇为传神。

却说魏主曹丕，在位七年，即蜀汉建兴四年也。丕先纳夫人甄氏，即袁绍次子袁熙之妇，前破邺城时所得。后生一子，名睿，字元仲，自幼聪明，丕甚爱之。后丕又纳安平广宗人郭永之女为贵嫔*，甚有颜色；其父尝曰："吾女乃女中之王也。"故号为"女王"。自丕纳为贵嫔，因甄夫人失宠，郭贵嫔欲谋为后，却与幸臣张韬商议。时丕有疾，韬乃诈称于甄夫人宫中掘得桐木偶人，上书天子年月日时，为魇镇之事。丕大怒，遂将甄夫人赐死，立郭贵嫔为后。因无出，养曹睿为己子。虽甚爱之，不立为嗣。睿年至十五岁，弓马熟娴。当年春二月，丕带睿出猎，行于山坞之间，赶出子母二鹿。丕一箭射倒母鹿，回观小鹿驰于曹睿马前。丕大呼曰："吾儿何不射之？"睿在马上泣告曰："陛下已杀其母，臣安忍复杀其子也？"丕闻之，掷弓于地曰："吾儿真仁德之主也！"于是遂封睿为平原王。

夏五月，丕感寒疾，医治不痊，乃召中军大将军曹真、镇军大将军陈群、抚军大将军司马懿三人入寝宫。丕唤曹睿至，指谓曹真等曰："今朕病已沉重，不能复生。此子年幼，卿等三人可善辅之，勿负朕心。"三人皆告曰："陛下何出此言？臣等愿竭力以事陛下，至千秋万岁。"丕曰："今年许昌城门无故自崩，乃不祥之兆，朕故自知必死也。"正言间，内侍奏征东大将军曹休入宫问安。丕召入，谓曰："卿等皆国家柱石之臣也，若能同心辅朕之子，朕死亦瞑目矣！"言讫，堕泪而薨。时年四十岁，在位七年。

于是曹真、陈群、司马懿、曹休等，一面举哀，一面拥立曹睿为大魏皇帝。谥父丕为文皇帝，谥母甄氏为文昭皇后。封钟繇为太傅，曹真为大将军，曹休为大司马，华歆为太尉，王朗为司徒，陈群为司空，司马懿为骠骑大将军。其余文武官僚，各各封赠。大赦天下。时雍、凉二州缺人守把，司马懿上表，乞守雍、凉等处*。曹睿从之，遂命懿都督雍、凉兵马*。㊟领诏去讫。

早有细作飞报入蜀。孔明大惊曰："曹丕已死，孺子曹睿即位，余皆不足虑；司马懿深有谋略，今督雍、凉兵马，倘训练成时，必为蜀中之大患。㊟不如先起兵伐之。"参军马谡曰："今丞相平南方回，军马疲敝，只宜存恤，岂可复远征？某有一计，使司马懿自死于曹睿之手，未知丞相钧意允否？"孔明问是何计，马谡曰："司马懿虽是魏国大臣，曹睿素怀疑忌。何不密遣人往洛阳、邺城等处，布散流言，道此人欲反；更作司马懿告示天下榜文，遍贴诸处：使曹睿心疑，必然杀此人也。"㊟孔明从之，即遣人密行此计去了。

曹睿从之，遂命懿都督雍、凉兵马——精通韬略的司马懿镇守雍、凉二州，直接与蜀汉相对，这对诸葛亮将要进行的北伐是一个不利因素。

倘训练成时，必为蜀中之大患——尽管此前司马懿从未统兵出征，但诸葛亮已知其谋略过人，把他视为今后的主要对手。

使曹睿心疑，必然杀此人也——马谡此计，正合诸葛亮之意，更增加了诸葛亮对他的信任，这就为后来诸葛亮用他守街亭埋下了伏笔。

却说邺城门上，忽一日见贴下告示一道，守门者揭了，来奏曹睿，睿观之，其文曰：

骠骑大将军总领雍、凉等处兵马事司马懿，谨以信义布告天下：昔太祖武皇帝，创立基业，本欲立浚仪王子建为社稷主*；不幸奸谗交集，岁久潜龙。皇孙曹睿，素无德行，妄自居尊，有负太祖之遗意。今吾应天顺人，克日兴师，以慰万民之望。告示到日，各宜归命新君。如不顺者，当灭九族！先此告闻，想宜知悉。

曹睿览毕，大惊失色，急问群臣，太尉华歆奏曰："司马懿上表乞守雍、凉，正为此也。先时太祖武皇帝尝谓臣曰：'司马懿鹰视狼顾，不可付以兵权；久必为国家大祸。'今日反情已萌，可速诛之。"王朗奏曰："司马懿深明韬略，善晓兵机，素有大志；若不早除，久必为祸。"睿乃降旨，欲兴兵御驾亲征。忽班部中闪出大将军曹真，奏曰："不可。文皇帝托孤于臣等数人，是知司马仲达无异志也。今事未知真假，遽尔加兵，乃逼之反耳。或是蜀、吴奸细行反间之计，使我君臣自乱，彼却乘虚而击，㊟未可知也。陛下幸察之。"睿曰："司马懿若果谋反，将奈何？"真曰："如陛下心疑，可仿汉高伪游云梦之计，御驾幸安邑。司马懿必然来迎，观其动静，就车前擒之，可也。"睿从之，遂命曹真监国，亲自领御林军十万，径到安邑。

司马懿不知其故，欲令天子知其威严，乃整兵马，率甲士数万来迎。近臣奏曰："司马懿果率兵十余万，前来抗拒，实有反心矣。"睿慌命曹休先领兵迎之。司马懿见兵马前来，只疑车驾亲至，伏道而迎。曹休出曰："仲达受先帝托孤之重，何故反耶？"懿大惊失色，汗流遍体，乃问其故。休备言前事。懿曰："此吴、蜀奸细反间之计，欲使我君臣自相残害，彼却乘虚而袭。某当自见天子辨之。"遂急退了军马，至睿车前俯伏泣奏曰："臣受先帝托孤之重，安敢有异心？必是吴、蜀之奸计。臣请提一旅之师，先破蜀，后伐吴，报先帝与陛下，以明臣心。"睿疑虑未决。华歆奏曰："不可付之兵权。可即罢归田里。"睿依言，将司马懿削职回乡*。㊟曹睿驾回洛阳。

却说细作探知此事，报入蜀中。孔明闻之，大喜曰："吾欲伐魏久矣，奈有司马懿总雍、凉之兵。今既中计遭贬，吾有何忧！"次日，后主早朝，大会官僚。孔明出班，上《出师表》一道。表曰：

> 臣亮言：先帝创业未半，而中道崩殂；今天下三分，益州罢敝，此诚危急存亡之秋也。然侍卫之臣，不懈于内；忠志之士，忘身于外者：盖追先帝之殊遇，欲报之于陛下也。诚宜开张圣听，以光先帝遗德，恢弘志士之气；不宜妄自菲薄，引喻失义，以塞忠谏之路也。㊟宫中府中，俱为一体；陟罚臧否，不宜异同。若有作奸犯科，及为忠善者，宜付有司，论其刑赏，以昭陛下平明之治；不宜偏私，使内外异法也。侍中、侍郎郭攸之、费祎、董允等，此皆良实，志虑忠纯，是以先帝简拔以

使我君臣自乱，彼却乘虚而击——曹真怀疑蜀、吴行反间计，其智比华歆、王朗略高一筹。幸亏有此一谏，才使曹魏内部避免了一场战乱。

睿依言，将司马懿削职回乡——曹睿将司马懿削去兵权，使其暂时无法抵御诸葛亮。这样，后面写诸葛亮首次北伐节节胜利的一系列情节就便于展开了。

不宜妄自菲薄，引喻失义，以塞忠谏之路也——这里正反对照，勉励后主广泛纳谏，励精图治，而不要怠惰昏庸，堵塞言路。

遗陛下：愚以为宫中之事，事无大小，悉以咨之，然后施行，必得裨补阙漏，有所广益。将军向宠，性行淑均，晓畅军事，试用于昔日，先帝称之曰“能”，是以众议举宠以为督：愚以为营中之事，事无大小，悉以咨之，必能使行阵和穆，优劣得所也。亲贤臣，远小人，此先汉所以兴隆也；亲小人，远贤臣，此后汉所以倾颓也。㊟先帝在时，每与臣论此事，未尝不叹息痛恨于桓、灵也。侍中、尚书、长史、参军，此悉贞亮死节之臣也，愿陛下亲之、信之，则汉室之隆，可计日而待也。

亲小人，远贤臣，此后汉所以倾颓也——对贤臣与小人，亲近谁，疏远谁，直接关系到政治是否清平，国家能否兴旺，是当权者生死攸关的大事。当然，什么是贤臣，什么是小人，首先要有正确的评判标准；如果当权者被私利所蒙蔽，就会颠倒是非，混淆黑白，更使小人得志，贤臣遭殃。千百年来，这类教训实在太多，太多！

臣本布衣，躬耕南阳，苟全性命于乱世，不求闻达于诸侯。先帝不以臣卑鄙，猥自枉屈，三顾臣于草庐之中，谘臣以当世之事，由是感激，遂许先帝以驱驰。后值倾覆，受任于败军之际，奉命于危难之间：尔来二十有一年矣。先帝知臣谨慎，故临崩寄臣以大事也。受命以来，夙夜忧虑，恐付托不效，以伤先帝之明；故五月渡泸，深入不毛。今南方已定，甲兵已足，当奖帅三军，北定中原，庶竭驽钝，攘除奸凶，兴复汉室，还于旧都：此臣所以报先帝而忠陛下之职分也。㊟至于斟酌损益，进尽忠言，则攸之、祎、允之任也。愿陛下托臣以讨贼兴复之效，不效则治臣之罪，以告先帝之灵；若无兴复之言，则责攸之、祎、允等之咎，以彰其慢。陛下亦宜自谋，以谘诹善道，察纳雅言，深追先帝遗诏。臣不胜受恩感激！今当远离，临表涕泣，不知所云。

此臣所以报先帝而忠陛下之职分也——诸葛亮日理万机，不避艰险，始终以“兴复汉室，还于旧都”为自己的最高职责。不管这一目标能否实现，其赤胆忠心都足以光昭日月，垂范后世！

后主览表曰：“相父南征，远涉艰难；方始回都，坐未安席；今又欲北征，恐劳神思。”孔明曰：“臣受先帝托孤之重，夙夜未尝有怠。今南方已平，可无内顾之忧；不就此时讨贼，恢复中原，更待何日？”忽班部中太史谯周出奏曰：“臣夜观天象，北方旺气正盛，星曜倍明，未可图也。”乃顾孔明曰：“丞相深明天文，何故强为？”孔明曰：“天道变易不常，岂可拘执？吾今且驻军马于汉中，观其动静而后行。”谯周苦谏不从。于是孔明乃留郭攸之、董允、费祎等为侍中，总摄宫中之事；又留向宠为大将，总督御林军马；蒋琬为参军，张裔为长史，掌丞相府事；杜琼、杜微为谏议大夫；杨洪为蜀郡太守*；孟光为屯骑校尉；来敏为虎贲中郎将*；尹默、李谍为博士；郤正、费诗为秘书；谯周为太史：内外文武官僚一百余员，同理蜀中之事。

孔明受诏归府，唤诸将听令：督前部*——镇北将军、领丞相司马、凉州刺史、都亭侯魏延；前军都督——领扶风太守张翼；牙门将——裨将军王平；后军领兵使——安汉将军、领建宁太守李恢，副将——定远将军、领汉中太守吕义*；兼管运粮左军领兵使——平北将军、陈仓侯马岱，副将——飞卫将军廖化；右军领兵使——奋威将军、博阳亭侯马忠，抚戎将军、关内侯张嶷；行中军师——车骑将军、都乡侯刘琰*；中监军——扬武将军邓芝；中参军——安远将军马谡；前将军——都亭侯袁綝；左将军——高阳乡侯吴懿*；右将军——玄乡侯高翔*；后将军——安乐亭侯吴班*；领长史——绥军将军杨仪；前监军——征南将军刘巴*；前护军——偏将军、汉成亭侯许允*；左护军——笃信中郎将丁咸；右护军——偏将军刘敏；中典军——讨虏将军上官雝*；行参军——昭武中郎将胡济；行参军——建义将军阎晏*；行参军——偏将军爨习；行参军——裨将军杜义，武略中郎将杜祺，绥戎都尉盛勃*；从事——武略中郎将樊岐；典军书记——樊建；丞相令史——董厥；帐前左护卫使——龙骧将军关兴；右护卫使——虎翼将军张苞。——以上一应官员，都随着平北大都督、丞相、武乡侯、领益州牧、知内外事诸葛亮。分拨已定，又檄李严等守川口以拒东吴。选定建兴五年春三月丙卯日*，出师伐魏。㊞

选定建兴五年春三月丙卯日，出师伐魏——诸葛亮北伐前的这一番布置，井井有条，人才济济，真可谓堂堂之师，气势威严。

忽帐下一老将，厉声而进曰：“我虽年迈，尚有廉颇之勇，马援之雄。此二古人皆不服老，何故不用我耶？”众视之，乃赵云也。孔明曰：“吾自平南回都，马孟起病故，吾甚惜之，以为折一臂也。今将军年纪已高，倘稍有参差，动摇一世英名，减却蜀中锐气。”云厉声曰：“吾自随先帝以来，临阵不退，遇敌则先。大丈夫得死于疆场者，幸也，吾何恨焉？愿为前部先锋！”孔明再三苦劝不住。云曰：“如不教我为先锋，就撞死于阶下！”㊞孔明曰：“将军既要为先锋，须得一人同去。”言未尽，一人应曰：“某虽不才，愿助老将军，先引一军前去破敌。”孔明视之，乃邓芝也。孔明大喜，即拨精兵五千，副将十员，随赵云、邓芝去讫。

如不教我为先锋，就撞死于阶下——大军尚未出发，赵云便争当先锋，真是雄心不减，老当益壮。

孔明出师，后主引百官送于北门外十里。孔明辞了后主，旌旗蔽野，戈戟如林，率军望汉中迤逦进发。

自幼嗣与夏侯惇为子——据《三国志·魏书·夏侯惇传》注引《魏略》，夏侯楙乃是夏侯惇的“中子”。《三国演义》有意改变人物关系，以便把夏侯楙写成一个急于报父之仇而自不量力的纨绔子弟。

吾若不生擒诸葛亮，誓不回见天子——无能者偏偏爱说大话。夏侯楙口出狂言，正好为他后来兵败被俘，无颜回朝作一伏笔。

却说边庭探知此事，报入洛阳。是日曹睿设朝，近臣奏曰：“边官报称：诸葛亮率领大兵三十余万，出屯汉中；令赵云、邓芝为前部先锋，引兵入境。”睿大惊，问群臣曰：“谁可为将，以退蜀兵？”忽一人应声而出曰：“臣父死于汉中，切齿之恨，未尝得报。今蜀兵犯境，臣愿引本部猛将，更乞陛下赐关西之兵，前往破蜀：上为国家效力，下报父仇，臣万死不恨！”众视之，乃夏侯渊之子夏侯楙也。楙字子林*，其性最急，又最吝，自幼嗣与夏侯惇为子。㊣后夏侯渊为黄忠所斩，曹操怜之，以女清河公主招楙为驸马，因此朝中钦敬。虽掌兵权，未尝临阵。当时自请出征，曹睿即命为大都督，调关西诸路军马前去迎敌。司徒王朗谏曰：“不可。夏侯驸马素不曾经战，今付以大任，非其所宜。更兼诸葛亮足智多谋，深通韬略，不可轻敌。”夏侯楙叱曰：“司徒莫非结连诸葛亮，欲为内应耶？吾自幼从父学习韬略，深通兵法，汝何欺我年幼？吾若不生擒诸葛亮，誓不回见天子！”㊣王朗等皆不敢言。夏侯楙辞了魏主，星夜到长安，调关西诸路军马二十余万，来敌孔明。正是：欲秉白旄麾将士，却教黄吻掌兵权。未知胜负如何，且看下文分解。

尾评：

本回描写诸葛亮南征成功，除去后顾之忧以后，抓住曹丕去世，曹睿继位之机，统率大军，准备北伐。从全书结构来看，本回又是介于“七擒孟获”和“六出祁山”这两个情节单元之间的过渡性章回。

第九十二回
赵子龙力斩五将　诸葛亮智取三郡*

总评

从本回到第一〇五回，构成“六出祁山”这一情节单元。这是《三国演义》中篇幅最大的一个情节单元。

据《三国志·蜀书·后主传》及《诸葛亮传》，历史上的诸葛亮与魏国共进行过六次战争。其中五次系诸葛亮北伐：建兴六年（228）春出祁山，因马谡败于街亭而退；建兴六年冬出散关，围陈仓，粮尽而回，击斩率兵追赶的魏将王双；建兴七年（229）春攻取武都、阴平二郡；建兴九年（231）春再攻祁山，粮尽退军，射死魏将张郃；建兴十二年（234）春由斜谷攻渭滨，八月卒于五丈原。五次北伐中，仅有两次出祁山。此外，另有一次属防御，即建兴八年（230）秋，曹真、司马懿等攻汉中，遇雨而退。宋元以来，通俗文艺中已有“六出祁山”之说，出现了若干与史实相距甚远的传闻故事。罗贯中以史实为基本线索，吸取通俗文艺的某些成分，并发挥自己的艺术想象力，从而编织出“六出祁山”这一情节单元。

从总体上看，“六出祁山”这一情节单元中虚构成分较多，某些情节甚至全属虚构；这在艺术上是完全可以的，有的虚构情节还十分精彩，脍炙人口。不过，由于某些历史记载与虚构成分存在矛盾，特别是历史上诸葛亮有的出兵地点与祁山相距甚远，罗贯中却勉强地将历次北伐的主战场都放在祁山，以照顾“六出祁山”的框架，致使书中描写出现一些疏漏。当然，瑕不掩瑜，这一情节单元总的说来还是成功的。

据《三国志·蜀书·赵云传》，诸葛亮首次北伐，命赵云与邓芝率领偏师，出斜谷以拒曹真大军，诸葛亮本人则率主力攻祁山。结果，赵云因兵弱敌强，失利而退。《三国演义》写年已六旬左右的赵云自告奋勇充当蜀军先锋，初次出战便力斩五将，大败魏军，纯属虚构，意在显示赵云威风不减当年，使赵云在其最后一次出征中保持了“常胜将军”的美名。

却说孔明率兵前至沔阳，经过马超坟墓，乃令其弟马岱挂孝，孔明亲自祭之。祭毕，回到寨中，商议进兵。忽哨马报道："魏主曹睿遣驸马夏侯楙，调关中诸路军马，前来拒敌。"魏延上帐献策曰："夏侯楙乃膏粱子弟，懦弱无谋。延愿得精兵五千，取路出褒中，循秦岭以东，当子午谷而投北，不过十日，可到长安。夏侯楙若闻某骤至，必然弃城而走。横门邸阁之粮，足资军用。比魏军合聚东方，尚需二十日，丞相大驱士马，自斜谷而进，必足以达*：如此行之，则咸阳以西，一举可定也。"㊟孔明笑曰："此非万全之计也。汝欺中原无好人物。倘有人进言，于山僻中以兵截杀，非惟五千人受害，亦大伤锐气。决不可用。"魏延又曰："丞相兵从大路进发，彼必尽起关中之兵，于路迎敌：则旷日持久，何时而得中原？"孔明曰："吾从陇右取平坦大路，依法进兵，何忧不胜！"遂不用魏延之计。魏延怏怏不悦。㊟孔明差人令赵云进兵。

如此行之，则咸阳以西，一举可定也——魏延此计，本于《三国志·蜀书·魏延传》注引《魏略》。这一设想，大胆精明，出人意料，堪称一条难得的妙计，确有可能成功。可惜的是，诸葛亮却因"非万全之计"而不予采纳，错过了一个出奇制胜的良机。

魏延怏怏不悦——魏延性格刚强高傲，见诸葛亮不用其计，自然很不高兴，这就为后来对诸葛亮不满埋下了伏笔。

却说夏侯楙在长安聚集诸路军马。时有凉州大将韩德，善使开山大斧，有万夫不当之勇，引西羌诸路兵八万到来，见了夏侯楙。楙重赏之，就遣为先锋。德有四子，皆精通武艺，弓马过人：长子韩瑛，次子韩瑶，三子韩琼，四子韩琪。韩德带四子并西羌兵八万，取路至凤鸣山，正遇蜀兵。两阵对圆。韩德出马，四子列于两边。德厉声大骂曰："反国之贼，安敢犯吾境界！"赵云大怒，挺枪纵马，单搦韩德交战。长子韩瑛，跃马来迎；战不三合，被赵云一枪刺死于马下。次子韩瑶见之，纵马挥刀来战。赵云施逞旧日虎威，抖擞精神迎战。瑶抵敌不住。三子韩琼，急挺方天戟，骤马前来夹攻。云全然不惧，枪法不乱。四子韩琪，见二兄战云不下，也纵马抡两口日月刀而来，围住赵云。云在中央独战三将。少时，韩琪中枪落马，韩阵中偏将急出救去。云拖枪便走。韩琼按戟，急取弓箭射之，连放三箭，皆被云用枪拨落。琼大怒，仍绰方天戟，纵马赶来；却被云一箭射中面门，落马而死。韩瑶纵马举宝刀便砍赵云。云弃枪于地，闪过宝刀，生擒韩瑶归阵，复纵马取枪，杀过阵来。(评)韩德见四子皆丧于赵云之手，肝胆皆裂，先走入阵去。凉州兵素知赵云之名，今见其英勇如昔，谁敢交锋？赵云马到处，阵阵倒退。赵云匹马单枪，往来冲突，如入无人之境。后人有诗赞曰：

忆昔常山赵子龙，年登六十建奇功*。

独诛四将来冲阵，犹似当阳救主雄。

复纵马取枪，杀过阵来——顷刻之间，韩德那“精通武艺”的四个儿子均被杀死或生擒，赵云确实是宝刀未老，雄心犹存。

邓芝见赵云大胜，率蜀兵掩杀，凉州兵大败而走。韩德险被赵云擒住，弃甲步行而逃。云与邓芝收军回寨。芝贺曰：“将军寿已六旬，英勇如昨，今日阵前力斩四将，世所罕有！”云曰：“丞相以吾年迈，不肯见用，吾故聊以自表耳。”遂差人解韩瑶，申报捷书，以达孔明。

却说韩德引败军回见夏侯楙，哭告其事。楙自统兵来迎赵云。探马报入蜀寨，说夏侯楙引兵到。云上马绰枪，引千余军，就凤鸣山前摆成阵势。当日，夏侯楙戴金盔，坐白马，手提大砍刀，立在门旗之下。见赵云跃马挺枪，往来驰骋，楙欲自战。韩德曰：“杀吾四子之仇，如何不报！”纵马轮开山大斧，直取赵云。云奋怒挺枪来迎；战不三合，枪起处，刺死韩德于马下，(评)急拨马直取夏侯楙。楙慌忙闪入本阵。邓芝驱兵掩杀。魏兵又折一阵，退十余里下寨。楙连夜与众将商议曰：“吾久闻赵云之名，未尝见面；今日年老，英雄尚在，方信当阳长坂之事。似此无人可敌，如之奈何？”参军程武——乃程昱之子也——进言曰：“某料赵云有勇无谋，不足为虑。来日都督再引兵出，先伏两军于左右；都督临阵先退，诱赵云到伏兵处；都督却登山指挥四面军马，重叠围住，云可擒矣。”楙从其言，遂遣董禧引三万军伏于左，薛则引三万军伏于右：二人埋伏已定。

枪起处，刺死韩德于马下——第二次交锋，韩德本人也被赵云所杀。赵云的高超武艺，又一次震慑敌军。

次日，夏侯楙复整金鼓旗幡，率兵而进。赵云、邓芝出迎。芝在马上谓赵云曰：“昨夜魏兵大败而走，今日复来，必有诈也。老将军防之。”子龙曰：“量此乳臭小儿，何足道哉！(评)吾今日必当擒之！”便跃马而出。魏将潘遂出迎，战不三合，拨马便走。赵云赶去，魏阵中八员将一齐来迎；放过夏侯楙先走，八将陆续奔走。赵

量此乳臭小儿，何足道哉——赵云连胜之后，滋生轻敌情绪，以致后来中伏被围。

云乘势追杀，邓芝引兵继进。赵云深入重地，只听得四面喊声大震，邓芝急收军退回。左有董禧，右有薛则，两路兵杀到。邓芝兵少，不能解救。赵云被困在垓心，东冲西突，魏兵越厚。时云手下止有千余人，杀到山坡之下。只见夏侯楙在山上指挥三军，赵云投东则望东指，投西则望西指：因此赵云不能突围。乃引兵杀上山来。半山中擂木炮石打将下来，不能上山。赵云从辰时杀至酉时，不能脱走，只得下马少歇，且待月明再战。却才卸甲而坐，月光方出，忽四下火光冲天，鼓声大震，矢石如雨，魏兵杀到，皆叫曰："赵云早降！"云急上马迎敌。四面军马渐渐逼近，八方弩箭交射甚急，人马皆不能向前。云仰天叹曰："吾不服老，死于此地矣！"忽东北角上喊声大起，魏兵纷纷乱窜：一彪军杀到，为首大将持丈八点钢矛，马项下挂一颗人头。云视之，乃张苞也。苞见了赵云，言曰："丞相恐老将军有失，特遣某引五千兵接应。闻老将军被困，故杀透重围。正遇魏将薛则拦路，被某杀之。"云大喜，即与张苞杀出西北角来。只见魏兵弃戈奔走：一彪军从外呐喊杀入，为首大将提偃月青龙刀，手挽人头。云视之，乃关兴也。兴曰："奉丞相之命，恐老将军有失，特引五千兵前来接应。却才阵上逢着魏将董禧，被吾一刀斩之，枭首在此。丞相随后便到也。"云曰："二将军已建奇功，何不趁今日擒住夏侯楙，以定大事？"张苞闻言，遂引兵去了。兴曰："我也干功去。"遂亦引兵去了。云回顾左右曰："他两个是吾子侄辈，尚且争先干功；吾乃国家上将，朝廷旧臣，反不如此小儿耶？吾当舍老命以报先帝之恩！"㊟于是引兵来捉夏侯楙。当夜三路兵夹攻，大破魏军一阵。邓芝引兵接应，杀得尸横遍野，血流成河。夏侯楙乃无谋之人，更兼年幼，不曾经战，见军大乱，遂引帐下骁将百余人，望南安郡而走。㊟众军因见无主，尽皆逃窜。兴、苞二将闻夏侯楙望南安郡去了，连夜赶来。楙走入獂道城中*，令紧闭城门，驱兵守御。兴、苞二人赶到，将城围住；赵云随后也到：三面攻打。少时，邓芝亦引兵到。一连围了十日，攻打不下。忽报丞相留后军住沔阳，左军屯阳平，右军屯石马*，自引中军来到。赵云、邓芝、关兴、张苞皆来拜问孔明，说连日攻城不下。

孔明遂乘小车，亲到城边周围看了一遍，回寨升帐而坐，众将环立听令。孔明曰："此城壕深墙峻*，不易攻也。吾正事不在此城。

吾当舍老命以报先帝之恩——终日苦战，好不容易杀出重围，赵云仍然奋勇争先。这位白发老将，真是忠心报国，舍生忘死！

遂引帐下骁将百余人，望南安郡而走——夏侯楙既无勇，又无谋，大战尚未展开，便已兵败如山倒。如此草包，居然夸口要"生擒诸葛亮"，简直可笑之至！

汝等如只久攻，倘魏兵分道而出，以取汉中，吾军危矣。”邓芝曰：“夏侯楙乃魏之驸马，若擒此人，胜斩百将。今困于此，岂可弃之而去？”孔明曰：“吾自有计。此处东连天水郡*，北抵安定郡。二处太守，不知何人？”探卒答曰：“天水太守马遵，安定太守崔谅。”孔明大喜，乃唤魏延受计，如此如此；又唤关兴、张苞受计，如此如此；又唤心腹军士二人受计，如此行之。㊟各将领命，引兵而去。孔明却在貆道城外*，令军运柴草堆于城下，口称烧城。魏兵闻知，皆大笑不惧。

又唤心腹军士二人受计，如此行之——这里有意设置悬念，以便激起读者尽快了解下文的兴趣。

却说安定太守崔谅，在临泾城中*闻蜀兵围了貆道，困住夏侯楙，十分慌惧，即点军马约共四千，守住城池。忽见一人自正南而来，口称有机密事。崔谅唤入问之，答曰：“某是夏侯都督帐下心腹将裴绪。今奉都督将令，特来求救于天水、安定二郡。南安甚急，每日城上纵火为号，专望二郡救兵，并不见到；因复差某杀出重围，来此告急。可星夜起兵为外应。都督若见二郡兵到，却开城门接应也。”谅曰：“有都督文书否？”绪贴肉取出，汗已湿透；略教一视，急令手下换下乏马，便出城望天水而去。不二日，又有报马到，告天水太守已起兵救援南安去了，教安定早早接应。崔谅与府官商议，多官曰：“若不去救，失了南安，送了夏侯驸马，皆我两郡之罪也：只得救之。”谅即点起人马，离城而去，只留文官守城。崔谅提兵向南安大路进发，遥望见火光冲天，催兵星夜前进。离貆道尚有五十余里，忽闻前后喊声大震，哨马报道：“前面关兴截住去路，背后张苞杀来！”安定之兵，四下逃窜。谅大惊，乃领手下百余人，往小路死战得脱，奔回临泾。方到城壕边，城上乱箭射下来。蜀将魏延在城上叫曰：“吾已取了城也！何不早降？”原来魏延扮作安定军，夤夜赚开城门，蜀兵尽入，因此得了安定。

崔谅慌投天水郡来。行不到一程，前面一彪军摆开。大旗之下，一人纶巾羽扇，道袍鹤氅，端坐于车上。谅视之，乃孔明也，急拨回马走。关兴、张苞两路兵追到，只叫：“早降！”崔谅见四面皆是蜀兵，不得已遂降，同归大寨。孔明以上宾相待。孔明曰：“南安太守与足下交厚否？”谅曰：“此人乃杨阜之族弟杨陵也；与某邻郡，交契甚厚。”孔明曰：“今欲烦足下入城，说杨陵擒夏侯楙，可乎？”㊟

今欲烦足下入城，说杨陵擒夏侯楙，可乎——孔明命崔谅说降杨陵，是让其立功，还是故意试探？

谅曰："丞相若令某去，可暂退军马，容某入城说之。"孔明从其言，即时传令，教四面军马各退二十里下寨。崔谅匹马到城边，叫开城门，入到府中，与杨陵礼毕，细言其事。陵曰："我等受魏主大恩，安忍背之？可将计就计而行。"遂引崔谅到夏侯楙处，备细说知。楙曰："当用何计？"杨陵曰："只推某献城门，赚蜀兵入，却就城中杀之。"㊅

赚蜀兵入，却就城中杀之——崔谅原非真心投降，故与杨陵商量，欲将蜀军骗进城中杀害。不知孔明能否看破此计？读者不禁捏一把汗。

崔谅依计而行，出城见孔明，说："杨陵献城门，放大军入城，以擒夏侯楙。杨陵本欲自捉，因手下勇士不多，未敢轻动。"孔明曰："此事至易：今有足下原降兵百余人，于内暗藏蜀将，扮作安定军马，带入城去，先伏于夏侯楙府下；却暗约杨陵，待半夜之时，献开城门，里应外合。"崔谅暗思："若不带蜀将去，恐孔明生疑。且带入去，就内先斩之，举火为号，赚孔明入来，杀之可也。"因此应允。孔明嘱曰："吾遣亲信将关兴、张苞随足下先去，只推救军杀入城中，以安夏侯楙之心；但举火，吾当亲入城去擒之。"

时值黄昏，关兴、张苞受了孔明密计，披挂上马，各执兵器，杂在安定军中，随崔谅来到貇道城下。杨陵在城上撑起悬空板，倚定护心栏，问曰："何处军马？"崔谅曰："安定救军来到。"谅先射一号箭上城，箭上带着密书曰："今诸葛亮先遣二将，伏于城中，要里应外合；且不可惊动，恐泄漏计策。待入府中图之。"杨陵将书见了夏侯楙，细言其事。楙曰："既然诸葛亮中计，可教刀斧手百余人，伏于府中。如二将随崔太守到府下马，闭门斩之；却于城上举火，赚诸葛亮入城。伏兵齐出，亮可擒矣。"安排已毕，杨陵回到城上，言曰："既是安定军马，可放入城。"关兴跟崔谅先行，张苞在后。杨陵下城，在门边迎接。兴手起刀落，斩杨陵于马下。崔谅大惊，急拨马奔到吊桥边。张苞大喝曰："贼子休走！汝等诡计，如何瞒得丞相耶！"㊅手起一枪，刺崔谅于马下。关兴早到城上，放起火来。四面蜀兵齐入。夏侯楙措手不及，开南门并力杀出。一彪军拦住，为首大将，乃是王平；交马只一合，生擒夏侯楙于马上，㊅余皆杀死。

汝等诡计，如何瞒得丞相耶——关兴、张苞突然行动，使崔谅、杨陵之计化为泡影。关兴此语，说明诸葛亮早已设下妙计。

交马只一合，生擒夏侯楙于马上——夏侯楙不可能实现"生擒诸葛亮"的幻想，自己倒真的被生擒了，确实可笑之至！

孔明入貇道，招谕军民，秋毫无犯。众将各各献功。孔明将夏侯楙囚于车中。邓芝问曰："丞相何故知崔谅诈也？"孔明曰："吾已知此人无降心，故意使入城。彼必尽情告与夏侯楙，欲将计就计而行。吾见来情，足知其诈，复使二将同去，以稳其心。此人若有真心，必然阻当；彼忻然同去者，恐吾疑也。他意中度二将同去，赚入城内杀之未迟；又令吾军有托，放心而进。吾已暗嘱二将，就城门下图之。城内必无准备，吾军随后便到：此出其不意也。”众将拜服。孔明曰：“赚崔谅者，吾使心腹人诈作魏将裴绪也。㊟吾又去赚天水郡，至今未到，不知何故？今可乘势取之。”乃留吴懿守南安，刘琰守安定，替出魏延军马去取天水郡。

赚崔谅者，吾使心腹人诈作魏将裴绪也——直到此时，诸葛亮方才说明用计之来龙去脉。

却说天水郡太守马遵，听知夏侯楙困在獂道城中，乃聚文武官商议。功曹梁绪、主簿尹赏、主记梁虔等曰：“夏侯驸马乃金枝玉叶，倘有疏虞，难逃坐视之罪。太守何不尽起本部兵以救之？”马遵正疑虑间，忽报夏侯驸马差心腹将裴绪到。绪入府，取公文付马遵，说：“都督求安定、天水两郡之兵，星夜救应。”言讫，匆匆而去。次日又有报马到，称说：“安定兵已先去了，教太守火急前来会合。”马遵正欲起兵，忽一人自外而入曰：“太守中诸葛亮之计矣！”众视之，乃天水冀人也，姓姜名维，字伯约。父名冏，昔日曾为天水郡功曹，因羌人乱，没于王事。维自幼博览群书，兵法武艺，无所不通；奉母至孝，郡人敬之；后为中郎*，就参本郡军事。当日姜维谓马遵曰：“近闻诸葛亮杀败夏侯楙，困于獂道，水泄不通，安得有人自重围之中而出？又且裴绪乃无名下将，从不曾见；况安定报马，又无公文。以此察之，此人乃蜀将诈称魏将。赚得太守出城，料城中无备，必然暗伏一军于左近，乘虚而取天水也。”㊟马遵大悟曰：“非伯约之言，则误中奸计矣！”维笑曰：“太守放心。某有一计，可擒诸葛亮，解南安之危。”正是：运筹又遇强中手，斗智还逢意外人。未知其计如何，且看下文分解。

必然暗伏一军于左近，乘虚而取天水也——姜维初次出场，便一眼看穿诸葛亮之计，可谓精通韬略，见识不凡。

尾评：

正当诸葛亮欲用计袭夺天水时，姜维出场道破其计，使作品顿起波澜，带着强烈的悬念自然转入下一回。

第九十三回
姜伯约归降孔明　武乡侯骂死王朗

总评

据《三国志·蜀书·姜维传》:“建兴六年，丞相诸葛亮军向祁山，时天水太守适出案行，维及功曹梁绪、主簿尹赏、主记梁虔等从行。太守闻蜀军垂至，而诸县响应，疑维等皆有异心，于是夜亡保上邽。维等觉太守去，追迟，至城门，城门已闭，不纳。维等相率还冀，冀亦不入维。维等乃俱诣诸葛亮。……故维遂与母相失。”可见历史上的姜维是因太守疑其有异心，闭门不纳，这才被迫归降诸葛亮的。罗贯中对史实作了较大改造，虚构姜维识破诸葛亮之计，击败赵云，夜袭诸葛亮，诸葛亮设计收为己用等情节，使姜维一出场就表现得足智多谋，武艺高强，受到诸葛亮的特别器重，为其后来成为诸葛亮的接班人作了第一次铺垫。

历史上的王朗，不仅从未任过曹真的军师，而且从未与蜀军对阵，更谈不上与诸葛亮进行舌战。因此，“骂死王朗”纯属虚构。不过，王朗在曹丕篡汉之际，曾积极上表劝进；曹魏建立后，他更是官运亨通；刘备去世，刘禅即位后，他又分别给诸葛亮、许靖写信，企图使其投降曹魏，为此，诸葛亮曾撰文予以严厉驳斥。在“尊刘贬曹”的罗贯中看来，王朗为虎作伥，应该不得好死；加之王朗恰好死于诸葛亮首次北伐那一年（228），于是信手拈来，巧加点染，让诸葛亮在两军阵前痛骂王朗，为王朗安排了一个极不光彩的结局。

却说姜维献计于马遵曰："诸葛亮必伏兵于冀城后*，赚我兵出城，乘虚袭我。某愿请精兵三千，伏于要路。太守随后发兵出城，不可远去，止行三十里便回；但看火起为号，前后夹攻，可获大胜。㊟如诸葛亮自来，必为某所擒矣。"遵用其计，付精兵与姜维去讫，然后自与梁虔引兵出城等候；只留梁绪、尹赏守城。原来孔明果遣赵云引一军埋伏于山僻之中，只待天水人马离城，便乘虚袭之。当日细作回报赵云，说天水太守马遵，起兵出城，只留文官守城。赵云大喜，又令人报与张翼、高翔，教于要路截杀马遵。此二处兵亦是孔明预先埋伏。

前后夹攻，可获大胜——姜维不仅识破诸葛亮之计，而且将计就计，表现了优秀的军事才能。

却说赵云引五千兵，径投冀城下*，高叫曰："吾乃常山赵子龙也！汝知中计，早献城池，免遭诛戮！"城上梁绪大笑曰："汝中吾姜伯约之计，尚然不知耶？"云恰待攻城，忽然喊声大震，四面火光冲天。当先一员少年将军，挺枪跃马而言曰："汝见天水姜伯约乎！"云挺枪直取姜维。战不数合，维精神倍长。云大惊，暗忖曰："谁想此处有这般人物！"正战时，两路军夹攻来，乃是马遵、梁虔引军杀回。赵云首尾不能相顾，冲开条路，引败兵奔走。姜维赶来。亏得张翼、高翔两路军杀出，接应回去。赵云归见孔明，说中了敌人之计。孔明惊问曰："此是何人，识吾玄机？"有南安人告曰："此人姓姜，名维，字伯约，天水冀人也；事母至孝，文武双全，智勇足备，真当世之英杰也。"赵云又夸奖姜维枪法，与他人大不同。孔明曰："吾今欲取天水，不想有此人。"遂起大军前来。

却说姜维回见马遵曰："赵云败去，孔明必然自来。彼料我军必在城中。今可将本部军马，分为四枝：某引一军伏于城东，如彼兵到则截之。太守与梁虔、尹赏各引一军城外埋伏。梁绪率百姓在城上守御。"分拨已定。

却说孔明因虑姜维，自为前部，望天水郡进发。将到城边，孔明传令曰："凡攻城池，以初到之日，激励三军，鼓噪直上。若迟延日久，锐气尽隳，急难破矣。"于是大军径到城下。因见城上旗帜整齐，未敢轻攻。候至半夜，忽然四下火光冲天，喊声震地，正不知何处兵来。只见城上亦鼓噪呐喊相应，蜀兵乱窜。孔明急上马，有关兴、张苞二将保护，杀出重围。回头看时，正东上军马，一带火光，势若长蛇。孔明令关兴探视，回报曰："此姜维兵也。"孔明叹曰："兵不在多，在人之调遣耳。此人真将才也！"㊣收兵归寨，思之良久，乃唤安定人问曰："姜维之母，现在何处？"答曰："维母今居新阳县*。"孔明唤魏延分付曰："汝可引一军，虚张声势，诈取新阳县。若姜维到，可放入城。"㊣又问："此地何处紧要？"安定人曰："天水钱粮，皆在上邽；若打破上邽，则粮道自绝矣。"孔明大喜，教赵云引一军去攻上邽。孔明离城三十里下寨。早有人报入冀城*，说蜀兵分为三路：一军守此城，一军取上邽，一军取新阳*。姜维闻之，哀告马遵曰："维母现在新阳，恐母有失。维乞一军往救此城，兼保老母。"马遵从之，遂令姜维引三千军去保新阳，梁虔引三千军去保上邽。

此人真将才也——赵云败回后，诸葛亮亲自领兵前来，也遭到姜维夜袭。这连续两次胜利，使姜维赢得了诸葛亮的衷心赞叹，促使诸葛亮设计收降之。

若姜维到，可放入城——诸葛亮针对姜维"奉母至孝"的特点，首先诈作攻取维母所居之地，使姜维慌忙去救，与太守分开，以便实施反间计。

却说姜维引兵至新阳，前面一彪军摆开，为首蜀将，乃是魏延。二将交锋数合，延诈败奔走。维入城闭门，率兵守护，拜见老母，并不出战。赵云亦放过梁虔入上邽城去了。孔明乃令人去南安郡，取夏侯楙至帐下。孔明曰："汝惧死乎？"楙慌拜伏乞命。孔明曰："目今天水姜维现守新阳，使人持书来说：'但得驸马在，我愿归降。'吾今饶汝性命，汝肯招安姜维否？"楙曰："情愿招安。"孔明乃与衣服鞍马，不令人跟随，放之自去。

楙得脱出寨，欲寻路而走，奈不知路径。正行之间，逢数人奔走。楙问之，答曰："我等是新阳县百姓*；今被姜维献了城池，归降诸葛亮，蜀将魏延纵火劫财，我等因此弃家奔走，投上邽去也。"楙又问曰："今守冀城是谁*？"土人曰："冀城中乃马太守也。"楙闻之，纵马望冀城而行。又见百姓携男抱女远来，所说皆同。㊣楙至冀城下叫门，城上人认得是夏侯楙，慌忙开门迎接。马遵惊拜问之。楙细言姜维之事；又将百姓所言说了。遵叹曰："不想姜维反投蜀矣！"梁绪曰："彼意欲救都督，故以此言虚降。"楙曰："今维已降，何为

又见百姓携男抱女远来，所说皆同——明眼人一看便知，这是诸葛亮有意派人散布流言；而夏侯楙却深信不疑，真是一个大草包！

虚也？”正踌躇间，时已初更，蜀兵又来攻城。火光中见姜维在城下挺枪勒马，大叫曰：“请夏侯都督答话！”夏侯楙与马遵等皆到城上，见姜维耀武扬威大叫曰：“我为都督而降，都督何背前言？”楙曰：“汝受魏恩，何故降蜀？有何前言耶？”维应曰：“汝写书教我降蜀，何出此言？汝要脱身，却将我陷了！我今降蜀，加为上将，安有还魏之理？”言讫，驱兵打城，至晓方退。原来夜间妆姜维者，乃孔明之计，令部卒形貌相似者，假扮姜维攻城，㊟因火光之中，不辨真伪。

令部卒形貌相似者，假扮姜维攻城——这一着以假乱真，使夏侯楙、马遵都相信姜维确已降蜀。诸葛亮反间计之严密周到，令人惊叹。

孔明却引兵来攻新阳城*。城中粮少，军食不敷。姜维在城上，见蜀军大车小辆，搬运粮草，入魏延寨中去了。维引三千兵出城，径来劫粮。蜀兵尽弃了粮车，寻路而走。姜维夺得粮车，欲要入城，忽然一彪军拦住，为首蜀将张翼也。二将交锋，战不数合，王平引一军又到，两下夹攻。维力穷，抵敌不住，夺路归城；城上早插蜀兵旗号：原来已被魏延袭了。维杀条路奔冀城*，手下尚有十余骑；又遇张苞杀了一阵，维止剩得匹马单枪，来到翼城下叫门。城上军见是姜维，慌报马遵。遵曰：“此是姜维来赚我城门也。”令城上乱箭射下。姜维回顾蜀兵至近，遂飞奔上邽城来。城上梁虔见了姜维，大骂曰：“反国之贼，安敢来赚我城池！吾已知汝降蜀矣！”遂乱箭射下。姜维不能分说，仰天长叹，两眼泪流，拨马望长安而走。㊟行不数里，前至一派大树茂林之处，一声喊起，数千兵拥出：为首蜀将关兴，截住去路。维人困马乏，不能抵当，勒回马便走。忽然一辆小车从山坡中转出。其人头戴纶巾，身披鹤氅，手摇羽扇，乃孔明也。孔明唤姜维曰：“伯约此时何尚不降？”维寻思良久，前有孔明，后有关兴，又无去路，只得下马投降。孔明慌忙下车而迎，执维手曰：“吾自出茅庐以来，遍求贤者，欲传授平生之学，恨未得其人。今遇伯约，吾愿足矣。”㊟维大喜拜谢。

姜维不能分说……拨马望长安而走——到了此时，姜维已是智穷力竭，走投无路，诸葛亮收降的条件成熟了。

今遇伯约，吾愿足矣——姜维刚一归降，诸葛亮便以接班人相许，可见其对姜维的特别器重。

孔明遂同姜维回寨，升帐商议取冀城、上邽之计*。维曰：“冀城中尹赏、梁绪，与某至厚；当写密书二封，射入城中，使其内乱，城可得矣。”孔明从之。姜维写了二封密书，拴在箭上，纵马直至城下，射入城中。小校拾得，呈与马遵。遵大疑，与夏侯楙商议曰：“梁绪、尹赏与姜维结连，欲为内应，都督宜早决之。”楙曰：“可杀二人。”尹赏知此消息，乃谓梁绪曰：“不如纳城降蜀，以图进用。”

是夜，夏侯楙数次使人请梁、尹二人说话。二人料知事急，遂披挂上马，各执兵器，引本部军大开城门，放蜀兵入。夏侯楙、马遵惊慌，引数百人出西门，弃城投羌胡城而去。

梁绪、尹赏迎接孔明入城。安民已毕，孔明问取上邽之计，梁绪曰："此城乃某亲弟梁虔守之，愿招来降。"孔明大喜。绪当日到上邽，唤梁虔出城来降孔明。孔明重加赏劳，就令梁绪为天水太守，尹赏为冀城令，梁虔为上邽令。孔明分拨已毕，整兵进发。诸将问曰："丞相何不去擒夏侯楙？"孔明曰："吾放夏侯楙，如放一鸭耳。今得伯约，得一凤也！"㊟

孔明自得三郡之后*，威声大震，远近州郡，望风归降。孔明整顿军马，尽提汉中之兵，前出祁山，㊟兵临渭水之西。细作报入洛阳。

时魏主曹睿太和元年，升殿设朝。近臣奏曰："夏侯驸马已失三郡，逃窜羌中去了。今蜀兵已到祁山，前军临渭水之西，乞早发兵破敌。"睿大惊，乃问群臣曰："谁可为朕退蜀兵耶？"司徒王朗出班奏曰："臣观先帝每用大将军曹真，所到必克。今陛下何不拜为大都督，以退蜀兵？"睿准奏，乃宣曹真曰："先帝托孤与卿，今蜀兵入寇中原，卿安忍坐视乎？"真奏曰："臣才疏智浅，不称其职。"王朗曰："将军乃社稷之臣，不可固辞。老臣虽驽钝，愿随将军一往。"真又奏曰："臣受大恩，安敢推辞？但乞一人为副将。"睿曰："卿自举之。"真乃保太原阳曲人，姓郭，名淮，字伯济，封射阳亭侯*，领雍州刺史。睿从之，遂拜曹真为大都督，赐节钺；命郭淮为副都督，王朗为军师。㊟——朗时年已七十六岁矣。——选拨东西二京军马二十万与曹真。真命宗弟曹遵为先锋，又命荡寇将军朱赞为副先锋。当年十一月出师，魏主曹睿亲自送出西门之外方回。

曹真领大军来到长安，过渭河之西下寨。真与王朗、郭淮共议退兵之策。朗曰："来日可严整队伍，大展旌旗。老夫自出，只用一席话，管教诸葛亮拱手而降，蜀兵不战自退。"㊟真大喜，是夜传令：来日四更造饭，平明务要队伍整齐，人马威仪，旌旗鼓角，各按次序。当时使人先下战书。次日，两军相迎，列成阵势于祁山之前。蜀军见魏兵甚是雄壮，与夏侯楙大不相同。

今得伯约，得一凤也——把夏侯楙比作鸭，而把姜维比作凤，两相对照，诸葛亮收降姜维后的喜悦，真是溢于言表。

尽提汉中之兵，前出祁山——这是诸葛亮一出祁山。

王朗为军师——王朗自告奋勇为曹真充当军师，企图一举击退蜀军。然而，他也过高估计了自己。

只用一席话，管教诸葛亮拱手而降，蜀兵不战自退——王朗不自量力，竟然声称只用一席话便可使诸葛亮拱手而降，简直是痴心妄想。

三军鼓角已罢，司徒王朗乘马而出。上首乃都督曹真，下首乃副都督郭淮；两个先锋压住阵角。探子马出军前，大叫曰："请对阵主将答话！"只见蜀兵门旗开处，关兴、张苞分左右而出，立马于两边；次后一队队骁将分列；门旗影下，中央一辆四轮车，孔明端坐车中，纶巾羽扇，素衣皂绦，飘然而出。孔明举目见魏阵前三个麾盖，旗上大书姓名：中央白髯老者，乃军师、司徒王朗。孔明暗忖曰："王朗必下说词，吾当随机应之。"遂教推车出阵外，令护军小校传曰："汉丞相与司徒会话。"王朗纵马而出。孔明于车上拱手，朗在马上欠身答礼。朗曰："久闻公之大名，今幸一会。公既知天命、识时务，何故兴无名之兵？"孔明曰："吾奉诏讨贼，何谓无名？"朗曰："天数有变，神器更易，而归有德之人，此自然之理也。曩自桓、灵以来，黄巾倡乱，天下争横。降至初平、建安之岁，董卓造逆，傕、汜继虐；袁术僭号于寿春，袁绍称雄于邺土；刘表占据荆襄，吕布虎吞徐州*：盗贼蜂起，奸雄鹰扬，社稷有累卵之危，生灵有倒悬之急。我太祖武皇帝，扫清六合，席卷八荒；万姓倾心，四方仰德：非以权势取之，实天命所归也。世祖文帝，神文圣武，以膺大统，应天合人，法尧禅舜，处中国以临万邦，岂非天心人意乎？今公蕴大才、抱大器，自欲比于管、乐，何乃强欲逆天理、背人情而行事耶？岂不闻古人云：'顺天者昌，逆天者亡。'今我大魏带甲百万，良将千员。谅腐草之萤光，怎及天心之皓月？公可倒戈卸甲，以礼来降，不失封侯之位。㊟国安民乐，岂不美哉！"

以礼来降，不失封侯之位——王朗摇唇鼓舌，大谈"天命"，其言并非毫无道理；但在一心要兴复汉室的诸葛亮看来，不过是为"汉贼"张目而已。

孔明在车上大笑曰："吾以为汉朝大老元臣，必有高论，岂期出此鄙言！吾有一言，诸军静听：昔日桓、灵之世，汉统陵替，宦官酿祸；国乱岁凶：四方扰攘。黄巾之后，董卓、傕、汜等接踵而起，迁劫汉帝，残暴生灵。因庙堂之上，朽木为官，殿陛之间，禽兽食禄；狼心狗行之辈，滚滚当道，奴颜婢膝之徒，纷纷秉政。以致社稷丘墟，苍生涂炭。吾素知汝所行：世居东海之滨，初举孝廉入仕；理合匡君辅国，安汉兴刘，何期反助逆贼，同谋篡位！罪恶深重，天地不容！天下之人，愿食汝肉！今幸天意不绝炎汉，昭烈皇帝继统益州。吾今奉嗣君之旨，兴师讨贼。汝既为谄谀之臣，只可潜身缩首，苟图衣食；安敢在行伍之前，妄称天数耶！皓首匹夫！

苍髯老贼！汝即日将归于九泉之下，何面目见二十四帝乎！㊣老贼速退！可教反臣与吾共决胜负！”王朗听罢，气满胸膛，大叫一声，撞死于马下。㊣后人有诗赞孔明曰：

兵马出西秦，雄才敌万人。
轻摇三寸舌，骂死老奸臣。

孔明以扇指曹真曰：“吾不逼汝。汝可整顿军马，来日决战。”言讫回车。于是两军皆退。曹真将王朗尸首用棺木盛贮，送回长安去了。

副都督郭淮曰：“诸葛亮料吾军中治丧，今夜必来劫寨。可分兵四路：两路兵从山僻小路，乘虚去劫蜀寨；两路兵伏于本寨外，左右击之。”㊣曹真大喜曰：“此计与吾相合。”遂传令唤曹遵、朱赞两个先锋，分付曰：“汝二人各引一万军，抄出祁山之后。但见蜀兵望吾寨而来，汝可进兵去劫蜀寨。如蜀兵不动，便撤兵回。不可轻进。”二人受计，引兵而去。真谓淮曰：“我两个各引一枝军，伏于寨外，寨中虚堆柴草，只留数人。如蜀兵到，放火为号。”诸将皆分左右，各自准备去了。

却说孔明归帐，先唤赵云、魏延听令。孔明曰：“汝二人各引本部军去劫魏寨。”魏延进曰：“曹真深明兵法，必料我乘丧劫寨。他岂不提防？”孔明笑曰：“吾正欲曹真知吾去劫寨也。彼必伏兵在祁山之后，待我兵过去，却来袭我寨；吾故令汝二人引兵前去，过山脚后路，远下营寨，任魏兵来劫吾寨。汝看火起为号，分兵两路：文长拒住山口；子龙引兵杀回，必遇魏兵，却放彼走回，汝乘势攻之，彼必自相掩杀。可获全胜。”二将引兵受计而去。又唤关兴、张苞分付曰：“汝二人各引一军，伏于祁山要路；放过魏兵，却从魏兵来路，杀奔魏寨而去。”二人引兵受计去了。又令马岱、王平、张翼、张嶷四将，伏于寨外，四面迎击魏兵。孔明乃虚立寨栅，居中堆起柴草，以备火号；自引诸将退于寨后，以观动静。㊣

却说魏先锋曹遵、朱赞黄昏离寨，迤逦前进。二更左侧，遥望山前隐隐有军行动。曹遵自思曰：“郭都督真神机妙算！”遂催兵急进。到蜀寨时，将及三更。曹遵先杀入寨，却是空寨，并无一人。料知中计，急撤军回。寨中火起。朱赞兵到，自相掩杀，人马大乱。曹遵与朱赞交马，方知自相践踏。急合兵时，忽四面喊声大震，王

何面目见二十四帝乎——王朗虽系曹魏重臣，但毕竟当过汉朝臣民，由于传统“忠义”观的影响，其内心深处对汉朝不能无愧。因此，诸葛亮此语，使他实在难以承受。

大叫一声，撞死于马下——年迈的王朗，经受不了诸葛亮的这番痛骂，竟被活活气死。这个虚构的情节，寄托了作者鲜明的爱憎感情。

两路兵伏于本寨外，左右击之——郭淮此计，攻守结合，就一般情况而言，似乎颇合兵法；然而，面对神机妙算的诸葛亮，他还算不上知己知彼，此计亦难成功。

自引诸将退于寨后，以观动静——诸葛亮对魏军动向洞若观火，将计就计，巧作安排，其智谋比之郭淮，显然高出一筹。

平、马岱、张嶷、张翼杀到。曹、朱二人引心腹军百余骑，望大路奔走。忽然鼓角齐鸣，一彪军截住去路，为首大将乃常山赵子龙也，大叫曰："贼将那里去？早早受死！"曹、朱二人夺路而走。忽喊声又起，魏延又引一彪军杀到。曹、朱二人大败，夺路奔回本寨。守寨军士，只道蜀兵来劫寨，慌忙放起号火。左边曹真杀至，右边郭淮杀至，自相掩杀。背后三路蜀兵杀到：中央魏延，左边关兴，右边张苞，大杀一阵。魏兵败走十余里，魏将死者极多。孔明全获大胜，方始收兵。㊞

孔明全获大胜，方始收兵——郭淮布置虽巧，却完全堕入孔明设下的机关，蜀军大胜，自不待言。

曹真、郭淮收拾败军回寨，商议曰："今魏兵势孤，蜀兵势大，将何策以退之？"淮曰："胜负乃兵家常事，不足为忧。某有一计，使蜀兵首尾不能相顾，定然自走矣。"正是：可怜魏将难成事，欲向西方索救兵。未知其计如何，且看下文分解。

尾评：

诸葛亮首次北伐，大破夏侯楙，骂死王朗，大败曹真，可谓节节胜利。这三次胜利，各具特色，而每一次诸葛亮都轻松自如，稳操胜券，其高昂斗志与无比智慧，令人赞叹不已。

第九十四回

诸葛亮乘雪破羌兵　司兵懿克日擒孟达

总评

诸葛亮乘雪破羌兵之事，不见于《三国志》，纯属艺术虚构。作品描写曹真兵败之后，企图联络羌兵，夹攻蜀军；诸葛亮利用天降大雪之机，巧设埋伏，大破铁车兵，然后顺势又大败曹真。这样，诸葛亮首次北伐的胜利达到了顶点。后文再写孟达之败、街亭之失，就形成内容的巨大反差，文势的大起大落，给读者以强烈的艺术感染。

据《晋书·宣帝纪》，历史上的“擒孟达”发生于魏太和元年（227）十二月，即诸葛亮首次北伐（228年春）之前。驻守宛城的司马懿得知孟达欲反，“乃倍道兼行，八日到其城下。……上庸城三面阻水，达于城外为木栅以自固。帝渡水，破其栅，直逼城下，八道攻之。旬有六日，达甥邓贤、将李辅等开门出降，斩达，传首京师。”事后，司马懿仍回宛城继续驻守。罗贯中对史实作了较多改造，将“擒孟达”移后，使之与诸葛亮“一出祁山”大致同时，并虚构申耽、申仪兄弟一面假意参与孟达之谋，一面密报司马懿等情节，有力地突出了司马懿的精明果断、老谋深算，孟达的轻敌麻痹、疏于防范。更重要的是，罗贯中虚构司马懿斩孟达之后，便奉命抵御蜀军，于是，从此时起，司马懿就成了魏军的主要统帅，诸葛亮的主要对手，而这两位军事家的斗智便成了“六出祁山”的关键内容。

首尾夹攻，岂不大胜——在蜀汉与曹魏的对峙中，分布于雍、凉二州的羌人一直是双方争取的对象，《三国演义》对此屡有表现。郭淮在兵败之后，欲联合羌兵夹攻蜀军，亦属自然之势。

兴睹之良久，无破敌之策——羌人的铁车兵设计独特，可攻可守，犹如活动的军营。关兴勇而少谋，自然一时想不出破敌之策。

弓弩一齐骤发。蜀兵大败——铁车兵气势威猛，蜀军却无破敌之策，盲目上阵，吃败仗实在不奇怪。

却说郭淮谓曹真曰："西羌之人，自太祖时连年入贡，文皇帝亦有恩惠加之。我等今可据住险阻，遣人从小路直入羌中求救，许以和亲，羌人必起兵袭蜀兵之后。吾却以大兵击之，首尾夹攻，岂不大胜？"㊣真从之，即遣人星夜驰书赴羌。

却说西羌国王彻里吉，自曹操时年年入贡；手下有一文一武：文乃雅丹丞相，武乃越吉元帅。时魏使赍金珠并书到国，先来见雅丹丞相，送了礼物，具言求救之意。雅丹引见国王，呈上书礼。彻里吉览了书，与众商议。雅丹曰："我与魏国素相往来，今曹都督求救，且许和亲，理合依允。"彻里吉从其言，即命雅丹与越吉元帅起羌兵一十五万，皆惯使弓弩、枪刀、蒺藜、飞锤等器；又有战车，用铁叶裹钉，装载粮食军器什物：或用骆驼驾车，或用骡马驾车，号为"铁车兵"。二人辞了国王，领兵直扣西平关。守关蜀将韩祯，急差人赍文报知孔明。孔明闻报，问众将曰："谁敢去退羌兵？"张苞、关兴应曰："某等愿往。"孔明曰："汝二人要去，奈路途不熟。"遂唤马岱曰："汝素知羌人之性，久居彼处，可作向导。"便起精兵五万，与兴、苞二人同往。

兴、苞等引兵而去。行有数日，早遇羌兵。关兴先引百余骑登山坡看时，只见羌兵把铁车首尾相连，随处结寨；车上遍排兵器，就似城池一般。兴睹之良久，无破敌之策，㊣回寨与张苞、马岱商议。岱曰："且待来日见阵，观看虚实，另作计议。"次早，分兵三路：关兴在中，张苞在左，马岱在右，三路兵齐进。羌兵阵里，越吉元帅手挽铁锤，腰悬宝雕弓，跃马奋勇而出。关兴招三路兵径进。忽见羌兵分在两边，中央放出铁车，如潮涌一般，弓弩一齐骤发。蜀兵大败，㊣马岱、张苞两军先退；关兴一军，被羌兵一裹，直围入西北角上去了。

兴在垓心，左冲右突，不能得脱；铁车密围，就如城池。蜀兵你我不能相顾。兴望山谷中寻路而走。看看天晚，但见一簇皂旗，蜂拥而来，一员羌将，手提铁锤，大叫曰："小将休走！吾乃越吉元帅也！"关兴急走到前面，尽力纵马加鞭，正遇断涧，只得回马来战越吉。兴终是胆寒，抵敌不住，望涧中而逃；被越吉赶到，一铁锤打来，兴急闪过，正中马胯。那马望涧中便倒，兴落于水中。忽听得一声响处，背后越吉连人带马，平白地倒下水来。兴就水中挣起看时，只见岸上一员大将，杀退羌兵。兴提刀待砍越吉，吉跃水而走。关兴得了越吉马，牵到岸上，整顿鞍辔，绰刀上马。只见那员将，尚在前面追杀羌兵。兴自思此人救我性命，当与相见，遂拍马赶来。看看至近，只见云雾之中，隐隐有一大将，面如重枣，眉若卧蚕，绿袍金铠，提青龙刀，骑赤兔马，手绰美髯，分明认得是父亲关公。兴大惊。忽见关公以手望东南指曰："吾儿可速望此路去。吾当护汝归寨。"言讫不见。关兴望东南急走。至半夜，忽一彪军到，乃张苞也，问兴曰："你曾见二伯父否？"兴曰："你何由知之？"苞曰："我被铁车军追急，忽见伯父自空而下，惊退羌兵，指曰：'汝从这条路去救吾儿。'因此引军径来寻你。"关兴亦说前事，共相嗟异。二人同归寨内。马岱接着，对二人说："此军无计可退，我守住寨栅，你二人去禀丞相，用计破之。"于是兴、苞二人星夜来见孔明，备说此事。

孔明随命赵云、魏延各引一军埋伏去讫；[评]然后点三万军，带了姜维、张翼、关兴、张苞，亲自来到马岱寨中歇定。次日上高阜处观看，见铁车连络不绝，人马纵横，往来驰骤。孔明曰："此不难破也。"[评]唤马岱、张翼分付如此如此。二人去了。乃唤姜维曰："伯约知破车之法否？"维曰："羌人惟恃一勇力，岂知妙计乎？"孔明笑曰："汝知吾心也。今彤云密布，朔风紧急，天将降雪，吾计可施矣。"便令关兴、张苞二人引兵埋伏去讫；令姜维领兵出战，但有铁车兵来，退后便走；寨口虚立旌旗，不设军马。准备已定。

是时十二月终，果然天降大雪。姜维引军出，越吉引铁车兵来。姜维即退走。羌兵赶到寨前，姜维从寨后而去。羌兵直到寨外观看，听得寨内鼓琴之声，四壁皆空竖旌旗，急回报越吉。越吉心疑，未敢轻进。雅丹丞相曰："此诸葛亮诡计，虚设疑兵耳。可以攻之。"越吉引兵至寨前，但见孔明携琴上车，引数骑出寨*，望后而走。羌兵

孔明随命赵云、魏延各引一军埋伏去讫——孔明领兵去破铁车兵之前，先让赵云、魏延两员大将设下埋伏，虽未说明用意，却可见其安排周密。

孔明曰："此不难破也"——关兴、张苞对铁车兵无计可施，一触即败，孔明却称其"不难破"，这就是水平的差别，这就是古人常说的"将在谋而不在勇"。

抢入寨栅，直赶过山口，见小车隐隐转入林中去了。雅丹谓越吉曰："这等兵虽有埋伏，不足为惧。"遂引大兵追赶。又见姜维兵俱在雪地之中奔走。越吉大怒，催兵急追。山路被雪漫盖，一望平坦。正赶之间，忽报蜀兵自山后而出。雅丹曰："纵有些小伏兵，何足惧哉！"只顾催趱兵马，往前进发。忽然一声响，如山崩地陷，羌兵俱落于坑堑之中；背后铁车正行得紧溜，急难收止，并拥而来，自相践踏。后兵急要回时，左边关兴，右边张苞，两军冲出，万弩齐发；背后姜维、马岱、张翼三路兵又杀到。铁车兵大乱。越吉元帅望后面山谷中而逃，正逢关兴；交马只一合，被兴举刀大喝一声，砍死于马下。雅丹丞相早被马岱活捉，解投大寨来。羌兵四散逃窜。（评）

羌兵四散逃窜——诸葛亮利用天降大雪之机，巧设埋伏，使铁车兵善于进攻的长处难以发挥，反而自相践踏，无法进行有效的抵抗，就此遭到惨败。

孔明升帐，马岱押过雅丹来。孔明叱武士去其缚，赐酒压惊，用好言抚慰。雅丹深感其德。孔明曰："吾主乃大汉皇帝，今命吾讨贼，尔如何反助逆？吾今放汝回去，说与汝主：吾国与尔乃邻邦，永结盟好，勿听反贼之言。"遂将所获羌兵及车马器械，尽给还雅丹，俱放回国。众皆拜谢而去。（评）孔明引三军连夜投祁山大寨而来，命关兴、张苞引军先行，一面差人赍表，奏报捷音。

俱放回国，众皆拜谢而去——诸葛亮对俘获的羌兵将士也善言抚慰，一律释放。这与南征时的"攻心为上"一样，目的在于民族和好，争取人心。

却说曹真连日望羌人消息，忽有伏路军来报说："蜀兵拔寨收拾起程。"郭淮大喜曰："此因羌兵攻击，故尔退去。"遂分两路追赶。前面蜀兵乱走，魏兵随后追袭。先锋曹遵正赶之间，忽然鼓声大震，一彪军闪出，为首大将乃魏延也，大叫曰："反贼休走！"曹遵大惊，拍马交锋；不三合，被魏延一刀斩于马下。副先锋朱赞引兵追赶。忽然一彪军闪出，为首大将乃赵云也。朱赞措手不及，被云一枪刺死。曹真、郭淮见两路先锋有失，欲收回兵；背后喊声大震，鼓角齐鸣：关兴、张苞两路兵杀出，围了曹真、郭淮，痛杀一阵。曹、郭二人，引败兵冲路走脱。蜀兵全胜，直追到渭水，夺了魏寨。曹真折了两个先锋，哀伤不已；只得写本申朝，乞拨援兵。（评）

只得写本申朝，乞拨援兵——曹真连战皆败，损兵折将，说明曹魏宗室中已无诸葛亮的对手。这就为被贬黜的司马懿东山再起创造了条件。

却说魏主曹睿设朝，近臣奏曰："大都督曹真，数败于蜀，折了两个先锋，羌兵又折了无数，其势甚急。今上表求救，请陛下裁处。"睿大惊，急问退军之策。华歆奏曰："须是陛下御驾亲征，大会诸侯，人皆用命，方可退也。不然，长安有失，关中危矣！"太傅钟繇奏曰："凡为将者，智过于人，则能制人。孙子云：'知彼知己，百战百胜。’臣量曹真虽久用兵，非诸葛亮对手。臣以全家良贱，保举一人，可退蜀兵。未知圣意准否？”睿曰：“卿乃大老元臣；有何贤士，可退蜀兵，早召来与朕分忧。”钟繇奏曰：“向者，诸葛亮欲兴师犯境，但惧此人，故散流言，使陛下疑而去之，方敢长驱大进。今若复用之，则亮自退矣。”睿问何人。繇曰：“骠骑大将军司马懿也。”睿叹曰：“此事朕亦悔之。今仲达现在何地？”繇曰：“近闻仲达在宛城闲住。”睿即降诏，遣使持节，复司马懿官职，加为平西都督，㊕就起南阳诸路军马，前赴长安。睿御驾亲征，令司马懿克日到彼聚会。使命星夜望宛城去了。

复司马懿官职，加为平西都督——曹魏形势不利，曹睿急欲寻求大将之才，所以钟繇一推荐，便马上恢复司马懿官职。这样，司马懿便名正言顺地成了抗拒蜀军，支撑曹魏政权的主要统帅之一。

却说孔明自出师以来，累获全胜，心中甚喜；正在祁山寨中，会聚议事，忽报镇守永安宫李严令子李丰来见。孔明只道东吴犯境，心甚惊疑，唤入帐中问之。丰曰：“特来报喜。”孔明曰：“有何喜？”丰曰：“昔日孟达降魏，乃不得已也。彼时曹丕爱其才，时以骏马金珠赐之，曾同辇出入，封为散骑常侍，领新城太守，镇守上庸、西城等处*，委以西南之任。自丕死后，曹睿即位，朝中多人嫉妒。孟达日夜不安，常谓诸将曰：‘我本蜀将，势逼于此。’今累差心腹人，持书来见家父，教早晚代禀丞相：前者五路下蜀之时，曾有此意。今在新城，听知丞相伐魏，欲起西城、新城、上庸三处军马，就彼举事，径取洛阳；㊕丞相取长安：两京大定矣。今某引来人并累次书信呈上。”孔明大喜，厚赏李丰等。忽细作人报说：“魏主曹睿，一面驾幸长安；一面诏司马懿复职，加为平西都督，起本处之兵，于长安聚会。”孔明大惊。参军马谡曰：“量曹睿何足道！若来长安，可就而擒之。丞相何故惊讶？”孔明曰：“吾岂惧曹睿耶？所患者惟司马懿一人而已。今孟达欲举大事，若遇司马懿，事必败矣。㊕达非司马懿对手，必被所擒。孟达若死，中原不易得也。”马谡曰：“何不急修书，令孟达提防？”孔明从之，即修书，令来人星夜回报孟达。

就彼举事，径取洛阳——孟达所处位置十分有利，便于奇袭洛阳。如果此举成功，正好与诸葛亮形成两路并出的形势，将使曹魏遭到严重威胁。

若遇司马懿，事必败矣——诸葛亮深知孟达不是司马懿的对手，若仓促起事，很可能被其所败。此语使读者为孟达之败作了心理准备。

却说孟达在新城，专望心腹人回报。一日，心腹人到来，将孔明回书呈上。孟达拆封视之。书略曰：

近得书，足知公忠义之心，不忘故旧，吾甚喜慰。若成大事，则公汉朝中兴第一功臣也。然极宜谨密，不可轻易托人。慎之！戒之！近闻曹睿复诏司马懿起宛、洛之兵，若闻公举事，必先至矣。须万全提备，勿视为等闲也。

孟达览毕，笑曰："人言孔明心多，今观此事可知矣。"乃具回书，令心腹人来答孔明。孔明唤入帐中，其人呈上回书。孔明拆封视之。书曰：

适承钧教，安敢少怠。窃谓司马懿之事，不必惧也：宛城离洛阳约八百里，至新城一千二百里。若司马懿闻达举事，须表奏魏主：往复一月间事，达城池已固，诸将与三军皆在深险之地。司马懿即来，达何惧哉？丞相宽怀，惟听捷报！

孔明看毕，掷书于地而顿足曰："孟达必死于司马懿之手矣！"马谡问曰："丞相何谓也？"孔明曰："兵法云：'攻其不备，出其不意。'岂容料在一月之期？曹睿既委任司马懿，逢寇即除，何待奏闻？[评] 若知孟达反，不须十日，兵必到矣，安能措手耶？"众将皆服。孔明急令来人回报曰："若未举事，切莫教同事者知之；[评] 知则必败。"其人拜辞，归新城去了。

曹睿既委任司马懿，逢寇即除，何待奏闻——针对孟达认为司马懿必须先奏闻曹睿方可出兵的麻痹心理，诸葛亮又一语道破其误，这就再次预示孟达最终失败的命运。历史上诸葛亮并未写信提醒孟达，《三国演义》如此描写，无非是表现诸葛亮的先见之明罢了。

若未举事，切莫教同事者知之——这是诸葛亮最后一次提醒孟达，然而孟达早已违反，岂能不败！孟达之败，从反面证明了诸葛亮的正确。

却说司马懿在宛城闲住，闻知魏兵累败于蜀，乃仰天长叹。懿长子司马师，字子元；次子司马昭，字子上*：二人素有大志，通晓兵书。当日侍立于侧，见懿长叹，乃问曰："父亲何为长叹？"懿曰："汝辈岂知大事耶？"司马师曰："莫非叹魏主不用乎？"司马昭笑曰："早晚必来宣召父亲也。"言未已，忽报天使持节至。懿听诏毕，遂调宛城诸路军马。忽又报西城太守申仪*家人，有机密事求见。懿唤入密室问之，其人细说孟达欲反之事，更有孟达心腹人李辅并达外甥邓贤，随状出首。[评] 司马懿听毕，以手加额曰："此乃皇上齐天之洪福也！诸葛亮兵在祁山，杀得内外人皆胆落；今天子不得已而幸长安，若旦夕不用吾时，孟达一举，两京休矣！此贼必通谋诸葛亮：吾先擒之，诸葛亮定然心寒，自退兵也。"长子司马师曰："父亲可急写表申奏天子。"懿曰："若等圣旨，往复一月之间，事无及矣。"[评] 即传令教人马起程，一日要行二日之路，如迟立斩；一面令参军梁幾*赍檄星夜去新城，教孟达等准备征进，使其不疑。梁幾先行，懿随后发兵。行了二日，山坡下转出一军，乃是右将军徐晃。晃下马见懿，说："天子驾到长安，亲拒蜀兵，今都督何往？"懿低言曰："今孟达造反，吾去擒之耳。"晃曰："某愿为先锋。"懿大喜，合兵一

更有孟达心腹人李辅并达外甥邓贤，随状出首——孟达视为同盟的申仪、心腹李辅、外甥邓贤，全都出卖了他，孟达竟然还蒙在鼓里，还在沾沾自喜，真是糊涂透顶！

若等圣旨，往复一月之间，事无及矣——司马懿之言，与诸葛亮所论如出一辙，可谓英雄所见略同。

处。徐晃为前部，懿在中军，二子押后。又行了二日，前军哨马捉住孟达心腹人，搜出孔明回书，来见司马懿。懿曰："吾不杀汝，汝从头细说。"其人只得将孔明、孟达往复之事，一一告说。懿看了孔明回书，大惊曰："世间能者所见皆同。吾机先被孔明识破。幸得天子有福，获此消息：孟达今无能为矣。"遂星夜催军前行。

却说孟达在新城，约下西城太守申仪、上庸太守申耽，克日举事。耽、仪二人佯许之，每日调练兵马，只待魏兵到，便为内应；却报孟达：军器粮草，俱未完备，不敢约期起事。达信之不疑。忽报参军梁畿来到，孟达迎入城中。畿传司马懿将令曰："司马都督今奉天子诏，起诸路军以退蜀兵。太守可集本部军马，听候调遣。"达问曰："都督何日起程?"畿曰："此时约离宛城，望长安去了。"达暗喜曰："吾大事成矣！"ⓟ遂设宴待了梁畿，送出城外，即报申耽、申仪知道：明日举事，换上大汉旗号，发诸路军马，径取洛阳。忽报："城外尘土冲天，不知何处兵来。"孟达登城视之，只见一彪军，打着"右将军徐晃"旗号，飞奔城下。达大惊，急扯起吊桥。徐晃坐下马收拾不住，直来到壕边，高叫曰："反贼孟达，早早受降！"达大怒，急开弓射之，正中徐晃头额，魏将救去。城上乱箭射下，魏兵方退。孟达恰待开门追赶，四面旌旗蔽日，司马懿兵到。达仰天长叹曰："果不出孔明所料也！"ⓟ于是闭门坚守。

却说徐晃被孟达射中头额，众军救到寨中，取了箭头，令医调治；当晚身死，时年五十九岁。司马懿令人扶柩还洛阳安葬。次日，孟达登城遍视，只见魏兵四面围得铁桶相似。达行坐不安，惊疑未定。忽见两路兵自外杀来，旗上大书"申耽"、"申仪"。孟达只道是救军到，ⓟ忙引本部兵，大开城门杀出。耽、仪大叫曰："反贼休走！早早受死！"达见事变，拨马望城中便走。城上乱箭射下，李辅、邓贤二人在城上大骂曰："吾等已献了城也！"达夺路而走，申耽赶来。达人困马乏，措手不及，被申耽一枪刺于马下，枭其首级。余军皆降。李辅、邓贤大开城门，迎接司马懿入城。抚民劳军已毕，遂遣人奏知魏主曹睿。睿大喜，教将孟达首级去洛阳城市示众；加申耽、申仪官职，就随司马懿征进；命李辅、邓贤守新城、上庸。

却说司马懿引兵到长安城外下寨，懿入城来见魏主。睿大喜曰："朕一时不明，误中反间之计，悔之无及。今达造反，非卿等制之，

达暗喜曰："吾大事成矣！"——司马懿故意迷惑孟达，使其不备；孟达已经中计，却还以为司马懿不会来攻。二者一密一疏，一狡诈一糊涂，真有天渊之别。

果不出孔明所料也——直到司马懿兵临城下，孟达方才叹息没听诸葛亮的话，但已悔之晚矣！

孟达只道是救军到——事到如今，孟达居然还不知道申耽、申仪已经出卖自己，你说该不该死！

两京休矣！”懿奏曰：“臣闻申仪密告反情，意欲表奏陛下，恐往复迟滞，故不待圣旨，星夜而去。若待奏闻，则中诸葛亮之计也。”言罢，将孔明回孟达密书奉上。睿看毕，大喜曰：“卿之学识，过于孙、吴矣！”赐金钺斧一对，后遇机密重事，不必奏闻，便宜行事。就令司马懿出关破蜀。懿奏曰：“臣举一大将，可为先锋。”睿曰：“卿举何人？”懿曰：“左将军张郃*，可当此任。”睿笑曰：“朕正欲用之。”遂命张郃为前部先锋，随司马懿离长安来破蜀兵。正是：既有谋臣能用智，又求猛将助施威。未知胜负如何，且看下文分解。

尾评：

孟达不听诸葛亮的再三提醒，麻痹大意，以致兵败身亡。司马懿领得胜之兵，前来抵御蜀军。于是，“一出祁山”的形势开始发生逆转。

第九十五回
马谡拒谏失街亭　武侯弹琴退仲达

总评

历史上的"失街亭"，是诸葛亮一生中遭到的最惨重的失败。《三国志·蜀书·诸葛亮传》记载道："（建兴）六年（228）春……亮身率诸军攻祁山……魏明帝西镇长安，命张郃拒亮。亮使马谡督诸军在前，与郃战于街亭。谡违亮节度，举动失宜，大为郃所破。"《三国志·魏书·张郃传》亦云："诸葛亮出祁山，加郃位特进，遣督诸军，拒亮将马谡于街亭。谡依阻南山，不下据城。郃绝其汲道，击，大破之。南安、天水、安定郡反应亮，郃皆破平之。"罗贯中抓住了事件的关键，在"谡违亮节度"上巧做文章，而对人物关系作了调整：把魏军主帅写成是司马懿，张郃则被安排为"先锋"，这样，既符合张郃勇而寡谋的性格基调，又有利于维护诸葛亮的形象，而且使"失街亭"这一情节成为诸葛亮与司马懿这两大军事家互相斗智的前奏，在《三国演义》的整个情节链条中具有不可忽视的作用。

历史上早有关于诸葛亮使用"空城计"的传说。《三国志·蜀书·诸葛亮传》裴松之注曾引《蜀记》所载郭冲之言："亮屯于阳平，遣魏延诸军并兵东下，亮惟留万人守城。晋宣帝（按：即司马懿）率二十万众拒亮，而与延错道，径至前，当亮六十里所，侦候白宣帝说亮在城中兵少力弱。亮亦知宣帝垂至，已与相逼，欲前赴延军，相去又远，回迹反追，势不相及。将士失色，莫知其计。亮意气自若，敕军中皆卧旗息鼓，不得妄出庵幔，又令大开四城门，扫地却洒。宣帝常谓亮持重，而猥见势弱，疑其有伏兵，于是引军北趣山。……宣帝后知，深以为恨。”故事很有传奇色彩，但裴松之本人并不相信，指出其并非史实。然而，罗贯中却看中了这个传说，经过精心加工，创造出了一个撼人心魄的情节。

“空城计”是诸葛亮与司马懿之间第一次面对面的斗智斗谋，它为这两大军事家后来反复进行的变幻无常的较量定下了基调，给人留下了深刻的印象。

为什么“空城计”能够成功？首先，这是因为诸葛亮善于随机应变，敢于冒险。这种冒险，是在特定条件下的必须，又是在掌握敌军统帅司马懿的个性、气质基础上的施用妙计。《孙子兵法》云：“善出奇者，无穷如天地，不竭如江河。”（《兵势篇》）“兵无常势，水无常形，故因敌变化而取胜者，谓之神。”（《虚实篇》）因此，“空城计”的成功，乃是“兵不厌诈”军事原则的胜利。其次，“空城计”的成功，又是“知己知彼”军事原则的胜利。《孙子兵法》云：“知彼知己者，百战不殆；不知彼而知己，一胜一负；不知彼，不知己，每战必殆。”（《谋攻篇》）作为《三国演义》中的两大军事家，诸葛亮和司马懿都力求做到知己知彼，但又有所差别。司马懿对诸葛亮是“知”的，但却知之不透，因而想不到诸葛亮竟然在他面前冒了一次大大的风险。诸葛亮则不仅知己知彼，而且知彼之知己，对其了解更深入了一个层次。两相对照，诸葛亮确实比司马懿高出一筹。而司马懿自己事后也不得不承认：“吾不如孔明也！”

却说魏主曹睿令张郃为先锋，与司马懿一同征进；一面令辛毗、孙礼二人领兵五万，往助曹真。二人奉诏而去。

且说司马懿引二十万军，出关下寨，请先锋张郃至帐下曰："诸葛亮平生谨慎，未敢造次行事。若是吾用兵，先从子午谷径取长安，早得多时矣。他非无谋，但怕有失，不肯弄险。㊟今必出军斜谷，来取郿城。若取郿城，必分兵两路，一军取箕谷矣。吾已发檄文，令子丹拒守郿城，若兵来不可出战；令孙礼、辛毗截住箕谷道口，若兵来则出奇兵击之。"郃曰："今将军当于何处进兵？"懿曰："吾素知秦岭之西，有一条路，地名街亭；傍有一城，名列柳城：此二处皆是汉中咽喉。诸葛亮欺子丹无备，定从此进。吾与汝径取街亭，望阳平关不远矣。亮若知吾断其街亭要路，绝其粮道，则陇西一境，不能安守，必然连夜奔回汉中去也。彼若回动，吾提兵于小路击之，可得全胜；若不归时，吾却将诸处小路，尽皆垒断，俱以兵守之。一月无粮，蜀兵皆饿死，亮必被吾擒矣。"㊟张郃大悟，拜伏于地曰："都督神算也！"懿曰："虽然如此，诸葛亮不比孟达。将军为先锋，不可轻进。当传与诸将：循山西路，远远哨探。如无伏兵，方可前进。若是怠忽，必中诸葛亮之计。"张郃受计，引军而行。

却说孔明在祁山寨中，忽报新城探细人来到。孔明急唤入问之，细作告曰："司马懿倍道而行，八日已到新城，孟达措手不及；又被申耽、申仪、李辅、邓贤为内应：孟达被乱军所杀。今司马懿撤兵到长安，见了魏主，同张郃引兵出关，来拒我师也。"孔明大惊曰："孟达作事不密，死固当然。今司马懿出关，必取街亭，断吾咽喉之路。"㊟便问："谁敢引兵去守街亭？"言未毕，参军马谡曰："某愿往。"孔明曰："街亭虽小，干系甚重：倘街亭有失，吾大军皆休矣。汝虽深通谋略，此地奈无城郭，又无险阻，守之极难。"谡曰："某自

他非无谋，但怕有失，不肯弄险——司马懿此语，既证明魏延之计确有取胜的可能，更突出了诸葛亮"平生谨慎，不曾弄险"的性格特点，为"空城计"作了铺垫。

一月无粮，蜀兵皆饿死，亮必被吾擒矣——此语剖析了街亭的极端重要性，可见司马懿这一招极富韬略，十分凶狠。

今司马懿出关，必取街亭，断吾咽喉之路——诸葛亮一下子就判定了司马懿的进兵路线，可谓英雄所见略同。于是，小小的街亭便成了蜀、魏两军争夺的焦点，成了读者注意的中心。

幼熟读兵书，颇知兵法，岂一街亭不能守耶？”孔明曰：“司马懿非等闲之辈；更有先锋张郃，乃魏之名将：恐汝不能敌之。”谡曰：“休道司马懿、张郃，便是曹睿亲来，有何惧哉！若有差失，乞斩全家。”孔明曰：“军中无戏言。”谡曰：“愿立军令状。”孔明从之。谡遂写了军令状呈上。孔明曰：“吾与汝二万五千精兵，再拨一员上将，相助你去。”即唤王平分付曰：“吾素知汝平生谨慎，故特以此重任相托。汝可小心谨守此地：下寨必当要道之处，㊟使贼兵急切不能偷过。安营既毕，便画四至八道地理形状图本来我看。凡事商议停当而行，不可轻易。如所守无危，则是取长安第一功也。戒之！戒之！”二人拜辞，引兵而去。

下寨必当要道之处——诸葛亮谆谆叮嘱王平，这一点尤其重要，是守卫街亭的基本部署。

孔明寻思，恐二人有失，又唤高翔曰：“街亭东北上有一城，名列柳城，乃山僻小路，此可以屯兵扎寨。与汝一万兵，去此城屯扎。但街亭危，可引兵救之。”高翔引兵而去。孔明又思：高翔非张郃对手，必得一员大将，屯兵于街亭之后*，方可防之，遂唤魏延引本部兵，去街亭之后屯扎。延曰：“某为前部，理合当先破敌，何故置某于安闲之地？”孔明曰：“前锋破敌，乃偏裨之事耳。今令汝接应街亭，当阳平关冲要道路，总守汉中咽喉：此乃大任也，何为安闲乎？汝勿以等闲视之，失吾大事。切宜小心在意！”魏延大喜，引兵而去。㊟孔明恰才心安，乃唤赵云、邓芝分付曰：“今司马懿出兵，与旧日不同。汝二人各引一军出箕谷，以为疑兵。如逢魏兵，或战，或不战，以惊其心。吾自统大军，由斜谷径取郿城；若得郿城，长安可破矣。”二人受命而去。孔明令姜维作先锋，兵出斜谷。

魏延大喜，引兵而去——为了确保街亭不失，诸葛亮又命高翔、魏延分别领兵策应。这层层设防、前后呼应的布置，进一步表现了他谨慎周密的性格。

却说马谡、王平二人兵到街亭，看了地势，马谡笑曰：“丞相何故多心也？量此山僻之处，魏兵如何敢来！”王平曰：“虽然魏兵不敢来，可就此五路总口下寨；却令军士伐木为栅，以图久计。”谡曰：“当道岂是下寨之地？此处侧边一山，四面皆不相连，且树木极广，此乃天赐之险也。可就山上屯军。”平曰：“参军差矣。若屯兵当道，筑起城垣，贼兵总有十万，不能偷过；今若弃此要路，屯兵于山上，倘魏兵骤至，四面围定，将何策保之？”谡大笑曰：“汝真女子之见！兵法云：‘凭高视下，势如劈竹。’若魏兵到来，吾教他片甲不回！”平曰：“吾累随丞相经阵，每到之处，丞相尽意指教。今观此山，乃绝地也：若魏兵断我汲水之道，军士不战自乱矣。”谡曰：“汝莫乱道！孙子云：‘置之死地而后生。’若魏兵绝我汲水之道，蜀兵岂不死战？以一可当百也。吾素读兵书，丞相诸事尚问于我，汝奈何相阻耶！”平曰：“若参军欲在山上下寨，可分兵与我，自于山西下一小寨，为掎角之势，倘魏兵至，可以相应。”马谡不从。忽然山中居民，成群结队，飞奔而来，报说魏兵已到。王平欲辞去，马谡曰：“汝既不听吾令，与汝五千兵自去下寨。待吾破了魏兵，到丞相面前须分不得功！”(评)王平引兵离山十里下寨，画成图本，星夜差人去禀孔明，具说马谡自于山上下寨。

待吾破了魏兵，到丞相面前须分不得功——马谡完全违背了诸葛亮的叮嘱，一再拒绝王平的劝告，坚持屯兵于山上。明明自陷死地，还对要求分兵扎营的王平说什么“分不得功”之类的废话，真是痴人说梦！

却说司马懿在城中，令次子司马昭去探前路：若街亭有兵守御，即当按兵不行。司马昭奉令探了一遍，回见父曰：“街亭有兵守把。”懿叹曰：“诸葛亮真乃神人，吾不如也！”昭笑曰：“父亲何故自堕志气耶？男料街亭易取。”懿问曰：“汝安敢出此大言？”昭曰：“男亲自哨见，当道并无寨栅，军皆屯于山上，故知可破也。”懿大喜曰：“若兵果在山上，乃天使吾成功矣！”遂更换衣服，引百余骑亲自来看。是夜天晴月朗，直至山下，周围巡哨了一遍，方回。马谡在山上见之，大笑曰：“彼若有命，不来围山！”(评)传令与诸将：“倘兵来，只见山顶上红旗招动，即四面皆下。”

彼若有命，不来围山——司马懿父子已经看出马谡安营之误，蜀军已经危在旦夕，马谡却仍在说大话，实在可笑。

却说司马懿回到寨中，使人打听是何将引兵守街亭。回报曰：“乃马良之弟马谡也。”懿笑曰：“徒有虚名，乃庸才耳！(评)孔明用如此人物，如何不误事！”又问：“街亭左右别有军否？”探马报曰：“离山十里有王平安营。”懿乃命张郃引一军，当住王平来路。又令申耽、申仪引两路兵围山，先断了汲水道路；待蜀兵自乱，然后乘势击之。当夜调度已定。

徒有虚名，乃庸才耳——司马懿毫不客气，一语道破马谡的致命弱点。

次日天明，张郃引兵先往背后去了。司马懿大驱军马，一拥而进，把山四面围定。马谡在山上看时，只见魏兵漫山遍野，旌旗队伍，甚是严整。蜀兵见之，尽皆丧胆，不敢下山。马谡将红旗招动，军将你我相推，无一人敢动。谡大怒，自杀二将。众军惊惧，只得努力下山来冲魏兵。魏兵端然不动。蜀兵又退上山去。马谡见事不谐，教军紧守寨门，只等外应。(评)

教军紧守寨门，只等外应——战斗刚一开始，马谡便束手无策，陷于被动，只能龟缩于寨中，等待救援，那些背得烂熟的兵法条文全都成了废物。

却说王平见魏兵到，引军杀来，正遇张郃；战有数十余合，平力穷势孤，只得退去。魏兵自辰时困至戌时，山上无水，军不得马谡料守不住，只得驱残兵杀下山西逃奔——短短的一天，马谡就一败涂地，弃寨而逃，给蜀军造成了难以挽回的损失。无情的事实，证明了夸夸其谈的极大危害。

食，寨中大乱。嚷到半夜时分，山南蜀兵大开寨门，下山降魏。马谡禁止不住。司马懿又令人于沿山放火，山上蜀兵愈乱。马谡料守不住，只得驱残兵杀下山西逃奔。㊟司马懿放条大路，让过马谡。背后张郃引兵追来。赶到三十余里，前面鼓角齐鸣，一彪军出，放过马谡，拦住张郃；视之，乃魏延也。延挥刀纵马，直取张郃。郃回军便走。延驱兵赶来，复夺街亭。赶到五十余里，一声喊起，两边伏兵齐出：左边司马懿，右边司马昭，却抄在魏延背后，把延困在垓心。张郃复来，三路兵合在一处。魏延左冲右突，不得脱身，折兵大半。正危急间，忽一彪军杀入，乃王平也。延大喜曰："吾得生矣！"二将合兵一处，大杀一阵，魏兵方退。二将慌忙奔回寨时，营中皆是魏兵旌旗，申耽、申仪从营中杀出。王平、魏延径奔列柳城，来投高翔。此时高翔闻知街亭有失，尽起列柳城之兵，前来救应，正遇延、平二人，诉说前事。高翔曰："不如今晚去劫魏寨，再复街亭。"当时三人在山坡下商议已定。待天色将晚，兵分三路。魏延引兵先进，径到街亭，不见一人，心中大疑，未敢轻进，且伏在路口等候。忽见高翔兵到，二人共说魏兵不知在何处。正没理会，又不见王平兵到。忽然一声炮响，火光冲天，鼓声震地：魏兵齐出，把魏延、高翔围在垓心。二人往来冲突，不得脱身。忽听得山坡后喊声若雷，一彪军杀入，乃是王平，救了高、魏二人，径奔列柳城来。比及奔到城下时，城边早有一军杀到，旗上大书"魏都督郭淮"字样。原来郭淮与曹真商议，恐司马懿得了全功，乃分淮来取街亭；闻知司马懿、张郃成了此功，遂引兵径袭列柳城。正遇三将，大杀一阵。蜀兵伤者极多。魏延恐阳平关有失，慌与王平、高翔望阳平关来。㊟

慌与王平、高翔望阳平关来——尽管王平、魏延、高翔奋力拼杀，几番争夺，仍无法挽回败局，街亭终于失守了！

却说郭淮收了军马，乃谓左右曰："吾虽不得街亭，却取了列柳城，亦是大功。"引兵径到城下叫门。只见城上一声炮响，旗帜皆竖，当头一面大旗，上书"平西都督司马懿"。懿撑起悬空板，倚定护心木栏干，大笑曰："郭伯济来何迟也？"淮大惊曰："仲达神机，吾不及也！"遂入城。相见已毕，懿曰："今街亭已失，诸葛亮必走。公可速与子丹星夜追之。"郭淮从其言，出城而去。懿唤张郃曰："子丹、伯济，恐吾全获大功，故来取此城池。吾非独欲成功，乃侥幸而已。吾料魏延、王平、马谡、高翔等辈，必先去据阳平关。吾若去取此关，诸葛亮必随后掩杀，中其计矣。兵法云：‘归师勿掩，穷寇莫追。’汝可从小路抄箕谷退兵，吾自引兵当祁山之兵*。若彼败走，不可相拒，只宜中途截住：蜀兵辎重，可尽得也。”张郃受计，引兵一半去了。懿下令：“径由西县而进*。㊢西县虽山僻小县，乃蜀兵屯粮之所，又南安、天水、安定三郡总路。若得此城，三郡可复矣。”于是司马懿留申耽、申仪守列柳城，自领大军望西县进发*。

径由西县而进——司马懿夺得街亭，立即下令向西县进发，又一次把兵锋指向蜀军的要害之处，使作品向“空城计”这一情节过渡。

却说孔明自令马谡等守街亭去后，犹豫不定。忽报王平使人送图本至，孔明唤入。左右呈上图本，孔明就文几上拆开视之，拍案大惊曰：“马谡无知，坑陷吾军矣！”左右问曰：“丞相何故失惊？”孔明曰：“吾观此图本，失却要路，占山为寨。倘魏兵大至，四面围合，断汲水道路，不须二日，军自乱矣。若街亭有失，吾等安归？”长史杨仪进曰：“某虽不才，愿替马幼常回。”孔明将安营之法，一一分付与杨仪。正待要行，忽报马到来，说：“街亭、列柳城，尽皆失了！”孔明跌足长叹曰：“大事去矣！此吾之过也！”急唤关兴、张苞分付曰：“汝二人各引三千精兵，投武城山小路而行*。如遇魏兵，不可大击，只鼓噪呐喊，为疑兵惊之。彼当自走，亦不可追。待军退尽，便投阳平关去。”又令张翼先引军去修理阁道*，以备归路。又密传号令，教大军暗暗收拾行装，以备起程。又令马岱、姜维断后，先伏于山谷中，待诸军退尽，方始收兵。又差心腹人，分路报与天水、南安、安定三郡官吏军民，皆入汉中。又遣心腹人到冀县搬取姜维老母，送入汉中。㊢

又遣心腹人到冀县搬取姜维老母，送入汉中——在这紧急时刻，诸葛亮不是消极撤退，而是注意袭扰敌军；对于归顺蜀汉的官吏军民，乃至姜维之母，都妥善安排，这两点很值得称赞。

孔明分拨已定，先引五千兵退去西县搬运粮草*。忽然十余次飞马报到，说：“司马懿引大军十五万，望西县蜂拥而来！”时孔明身边别无大将，只有一班文官，所引五千军，已分一半先运粮草去了，只剩二千五百军在城中。㊢众官听得这个消息，尽皆失色。孔明登城望之，果然尘土冲天，魏兵分两路望西县杀来*。孔明传令，教“将旌旗尽皆隐匿；诸军各守城铺，如有妄行出入，及高言大语者，斩之！大开四门，每一门用二十军士，扮作百姓，洒扫街道。如魏兵到时，不可擅动，吾自有计。”孔明乃披鹤氅，戴纶巾，引二小童携琴一张，于城上敌楼前，凭栏而坐，焚香操琴。㊢

只剩二千五百军在城中——变生仓促，而双方力量对比又如此悬殊，要打，打不过；要守，守不住；要跑，跑不掉。形势真是万分危急！

于城上敌楼前，凭栏而坐，焚香操琴——在这极端危急的关头，诸葛亮采取了大大出乎人们意料的行动。这就是“空城计”。

却说司马懿前军哨到城下，见了如此模样，皆不敢进，急报与司马懿。懿笑而不信，遂止住三军，自飞马远远望之。果见孔明坐于城楼之上，笑容可掬，焚香操琴。左有一童子，手捧宝剑；右有一童子，手执麈尾。城门内外，有二十余百姓，低头洒扫，傍若无人。懿看毕大疑，便到中军，教后军作前军，前军作后军，望北山路而退。次子司马昭曰："莫非诸葛亮无军，故作此态？父亲何故便退兵？"懿曰："亮平生谨慎，不曾弄险。今大开城门，必有埋伏。我兵若进，中其计也。㊣汝辈岂知？宜速退。"于是两路兵尽皆退去。孔明见魏军远去，抚掌而笑。众官无不骇然，乃问孔明曰："司马懿乃魏之名将，今统十五万精兵到此，见了丞相，便速退去，何也？"孔明曰："此人料吾生平谨慎，必不弄险，见如此模样，疑有伏兵，所以退去。吾非行险，盖因不得已而用之。㊣此人必引军投山北小路去也。吾已令兴、苞二人在彼等候。"众皆惊服曰："丞相之机，神鬼莫测。若某等之见，必弃城而走矣。"孔明曰："吾兵止有二千五百，若弃城而走，必不能远遁。得不为司马懿所擒乎？"后人有诗赞曰：

瑶琴三尺胜雄师，诸葛西城退敌时。
十五万人回马处，土人指点到今疑。

言讫，拍手大笑，曰："吾若为司马懿，必不便退也。"遂下令，教西县百姓，随军入汉中；司马懿必将复来。于是孔明离西县，望汉中而走。天水、安定、南安三郡官吏军民，陆续而来。

却说司马懿望武城山小路而走*。忽然山坡后喊杀连天，鼓声震地。懿回顾二子曰："吾若不走，必中诸葛亮之计矣。"㊣只见大路上一军杀来，旗上大书"右护卫使虎翼将军张苞"。魏兵皆弃甲抛戈而走。行不到一程，山谷中喊声震地，鼓角喧天，前面一杆大旗，上书："左护卫使龙骧将军关兴"。山谷应声，不知蜀兵多少；更兼魏军心疑，不敢久停，只得尽弃辎重而去。兴、苞二人皆遵将令，不敢追袭，多得军器粮草而归。司马懿见山谷中皆有蜀兵，不敢出大路，遂回街亭。

此时曹真听知孔明退兵，急引兵追赶。山背后一声炮响，蜀兵漫山遍野而来：为首大将，乃是姜维、马岱。真大惊，急退军时，先锋陈造已被马岱所斩。真引兵鼠窜而还。蜀兵连夜皆奔回

我兵若进，中其计也——司马懿基于"亮平生谨慎，不曾弄险"的事实，断定诸葛亮必有埋伏，因而慌忙退兵。有勇无谋的莽夫决不会这样，只有精通韬略的司马懿才会犯如此错误。

吾非行险，盖因不得已而用之——这是诸葛亮的实话。军事上固然常需要冒险，但像"空城计"这样的冒险，不到万不得已，决不可轻用，否则便是冒失鬼了。

吾若不走，必中诸葛亮之计矣——关兴、张苞率领的疑兵，使司马懿以为诸葛亮真的有埋伏，越发认为自己撤得对。至此，"空城计"获得了完全的成功。

汉中。

却说赵云、邓芝伏兵于箕谷道中，闻孔明传令回军，云谓芝曰："魏军知吾兵退，必然来追。吾先引一军伏于其后，公却引兵打吾旗号，徐徐而退。吾一步步自有护送也。"

却说郭淮提兵再回箕谷道中，唤先锋苏颙分付曰："蜀将赵云，英勇无敌。汝可小心提防。彼军若退，必有计也。"苏颙欣然曰："都督若肯接应，某当生擒赵云。"遂引前部三千兵，奔入箕谷。看看赶上蜀兵，只见山坡后闪出红旗白字，上书"赵云"。苏颙急收兵退走。行不到数里，喊声大震，一彪军撞出；为首大将，挺枪跃马，大喝曰："汝识赵子龙否！"苏颙大惊曰："如何这里又有赵云？"措手不及，被云一枪刺死于马下。余军溃散。云迤逦前进，背后又一军到，乃郭淮部将万政也。云见魏兵追急，乃勒马挺枪，立于路口，待来将交锋。蜀兵已去三十余里。万政认得是赵云，不敢前进。云等得天色黄昏，方才拨回马，缓缓而进。郭淮兵到，万政言赵云英勇如旧，因此不敢近前。淮传令教军急赶，政令数百骑壮士赶来。行至一大林，忽听得背后大喝一声曰："赵子龙在此！"惊得魏兵落马者百余人，余者皆越岭而去。万政勉强来敌，被云一箭射中盔缨，惊跌于涧中。云以枪指之曰："吾饶汝性命回去！快教郭淮赶来！"万政脱命而回。云护送车杖人马，望汉中而去，沿途并无遗失。㊗曹真、郭淮复夺三郡，以为己功。

却说司马懿分兵而进。此时蜀兵尽回汉中去了。懿引一军复到西县，因问遗下居民及山僻隐者，皆言孔明止有二千五百军在城中，又无武将，只有几个文官，别无埋伏。武城山小民告曰："关兴、张苞，只各有三千军，转山呐喊，鼓噪惊追，又无别军，并不敢厮杀。"懿悔之不及，仰天叹曰："吾不如孔明也！"㊗遂安抚了诸处官民，引兵径还长安，朝见魏主。睿曰："今日复得陇西诸郡，皆卿之功也。"懿奏曰："今蜀兵皆在汉中，未尽剿灭。臣乞大兵并力收蜀，以报陛下。"睿大喜，令懿即便兴兵。忽班内一人出奏曰："臣有一计，足可定蜀降吴。"正是：蜀中将相方归国，魏地君臣又逞谋。未知献计者是谁，且看下文分解。

云护送车仗人马，望汉中而去，沿途并无遗失——赵云凭着自己的勇猛和精细，做到了在撤退中毫无损失，值得称赞。

仰天叹曰："吾不如孔明也——让司马懿自己承认不如孔明，为这一场较量作了结论。在《三国演义》中，司马懿多次承认自己不如孔明，使孔明的绝顶智慧在读者心目中的印象不断强化。

尾评：

在“失街亭”这一情节中，作者既不回避蜀军战败这一事实，又通过马谡的行动和司马懿的言辞，巧妙地暗示读者：街亭之失，完全是马谡违背诸葛亮指挥的结果；司马懿虽然获胜，但实属侥幸，其计已在诸葛亮意料之中。这样，就为随之而来的“空城计”作了很好的铺垫。

“空城计”虽然十分奇妙，但由于在此以前的大量情节已经使诸葛亮的神机妙算深入人心，作者又作了必要的交代，因而读者觉得奇而不怪，一切都在情理之中。综观全篇，诸葛亮的临危不惧、雍容高雅，司马懿的老谋深算、师心自用，都表现得栩栩如生。

尽管“空城计”只是一次小小的胜利，远远无法弥补街亭之败的惨重损失；但它却大大冲淡了蜀军战败的影响，使读者在心理上感到蜀军似乎是转败为胜，觉得诸葛亮似乎是不可战胜的。这种“败中写胜”的艺术手法，是《三国演义》描写战争的一个重要特点，值得认真借鉴。

第九十六回
孔明挥泪斩马谡　周鲂断发赚曹休

总评

赵云从容撤军，毫无损失，诸葛亮予以赏赐，赵云却婉言谢绝。这段描写，本于《三国志·蜀书·赵云传》注引《赵云别传》。这位老将的谦虚谨慎、正直诚恳、顾全大局，被写得十分生动感人。这样，赵云形象的亮点就一直保持到了最后。

“斩马谡”之事，本于《三国志·蜀书·诸葛亮传》:“亮拔西县千余家，还于汉中，戮（马）谡以谢众。上疏曰:‘……咎皆在臣授任无方。臣明不知人，恤事多闇,《春秋》责帅，臣职是当。请自贬三等，以督厥咎。’于是以亮为右将军，行丞相事，所总统如前。”《三国演义》在史实的基础上，把这一情节写得情韵深长，感人肺腑，有力地突出了诸葛亮执法之严明，律己之严格。

平心而论，马谡并非纯粹的庸才，曾经出过一些好主意。但是，好参谋并不等于好将帅，出谋献策之才与临机决断之才并非一码事。马谡缺乏自知之明，轻率请战，而又违背诸葛亮的部署，结果昨是今非，身首异处，实在可悲。而以诸葛亮之明，竟也一时见不及此，付之以关系全局的重任，也令人惋惜。诸葛亮挥泪斩马谡之后，上疏请求自贬三等，固然是严于律己的表现，但也是事出有因的。

“断发赚曹休”之事，本于《三国志·吴书·吴主传》：黄武七年（228），“夏五月，鄱阳太守周鲂伪叛，诱魏将曹休。秋八月，权至皖口，使将军陆逊督诸将，大破休于石亭。”《周鲂传》：“鲂初建密计时，频有郎官奉诏诘问诸事，鲂乃诣部郡门下，因下发谢。故休闻之，不复疑虑。”《三国演义》在史实基础上加以增饰，使周鲂之机智权变、曹休之昏庸无能、贾逵之精明果断都表现得相当鲜明。

却说献计者，乃中书令孙资也*。曹睿问曰："卿有何妙计？"资奏曰："昔太祖武皇帝收张鲁时，危而后济；常对群臣曰：'南郑之地，真为天狱。中斜谷道为五百里石穴，非用武之地。'今若尽起天下之兵伐蜀，则东吴又将入寇。不如以现在之兵，分命大将据守险要，养精蓄锐。不过数年，中国日盛，吴、蜀二国必自相残害。那时图之，岂非胜算？乞陛下裁之。"睿乃问司马懿曰："此论若何？"懿奏曰："孙令所言极当*。"睿从之，命懿分拨诸将守把险要，留郭淮、张郃守长安，大赏三军，驾回洛阳。

却说孔明回到汉中，计点军士，只少赵云、邓芝，心中甚忧，乃令关兴、张苞，各引一军接应。二人正欲起身，忽报赵云、邓芝到来，并不曾折一人一骑，辎重等器，亦无遗失。孔明大喜，亲引诸将出迎。赵云慌忙下马伏地曰："败军之将，何劳丞相远接？"孔明急扶起，执手而言曰："是吾不识贤愚，以致如此！各处兵将败损，惟子龙不折一人一骑，何也？"邓芝告曰："某引兵先行，子龙独自断后，斩将立功，敌人惊怕，因此军资什物，不曾遗弃。"孔明曰："真将军也！"遂取金五十斤以赠赵云，又取绢一万匹赏云部卒。云辞曰："三军无尺寸之功，某等俱各有罪；若反受赏，乃丞相赏罚不明也。且请寄库，候今冬赐与诸军未迟。"㊞孔明叹曰："先帝在日，常称子龙之德，今果如此！"乃倍加钦敬。

> 且请寄库，候今冬赐与诸军未迟——赵云撤军虽然毫无损失，但整个蜀军却是损失惨重，因而赵云绝不感到沾沾自喜，不愿接受赏赐。这种以大局为重的精神，确实令人钦佩。

忽报马谡、王平、魏延、高翔至。孔明先唤王平入帐，责之曰："吾令汝同马谡守街亭，汝何不谏之，致使失事？"平曰："某再三相劝，要在当道筑土城，安营守把。参军大怒不从，某因此自引五千军，离山十里下寨。魏军骤至，把山四面围合，某引兵冲杀十余次，皆不能入。次日土崩瓦解，降者无数。某孤军难立，故投魏文长求救。半途又被魏兵困在山谷之中，某奋死杀出。比及归寨，早被魏兵占了。及投列柳城时，路逢高翔，遂分兵三路去劫魏寨，指望克复街亭。因见街亭并无伏路军，以此心疑。登高望之，只见魏延、高翔被魏兵围住，某即杀入重围，救出二将，就同参军并在一处。某恐失却阳平关，因此急来回守。非某之不谏也。丞相不信，可问各部将校。”孔明喝退，又唤马谡入帐。谡自缚跪于帐前。孔明变色曰：“汝自幼饱读兵书，熟谙战法。吾累次丁宁告戒：街亭是吾根本。汝以全家之命，领此重任。汝若早听王平之言，岂有此祸？今败军折将，失地陷城，皆汝之过也！若不明正军律，何以服众？(评)汝今犯法，休得怨吾。汝死之后，汝之家小，吾按月给与禄粮，汝不必挂心。”叱左右推出斩之。谡泣曰：“丞相视某如子，某以丞相为父。某之死罪，实已难逃；愿丞相思舜帝殛鲧用禹之义，某虽死亦无恨于九泉！”言讫大哭。孔明挥泪曰：“吾与汝义同兄弟，汝之子即吾之子也，不必多嘱。”左右推出马谡于辕门之外，将斩。参军蒋琬自成都至，见武士欲斩马谡，大惊，高叫：“留人！”入见孔明曰：“昔楚杀得臣而文公喜。今天下未定，而戮智谋之臣，岂不可惜乎？”孔明流涕而答曰：“昔孙武所以能制胜于天下者，用法明也。今四方分争，兵戈方始，若复废法，何以讨贼耶？合当斩之。”须臾，武士献马谡首级于阶下。孔明大哭不已。蒋琬问曰：“今幼常得罪，既正军法，丞相何故哭耶？”孔明曰：“吾非为马谡而哭。吾想先帝在白帝城临危之时，曾嘱吾曰：‘马谡言过其实，不可大用。’今果应此言。乃深恨己之不明，追思先帝之言，因此痛哭耳！”(评)大小将士，无不流涕。马谡亡年三十九岁，时建兴六年夏五月也。后人有诗曰：

失守街亭罪不轻，堪嗟马谡枉谈兵。

辕门斩首严军法，拭泪犹思先帝明。

却说孔明斩了马谡，将首级遍示各营已毕，用线缝在尸上，具棺葬之，自修祭文享祀；将谡家小加意抚恤，(评)按月给与禄米。于是孔明自作表文，令蒋琬申奏后主，请自贬丞相之职。琬回成都，入见后主，进上孔明表章。后主拆视之。表曰：

臣本庸才，叨窃非据，亲秉旄钺，以励三军。不能训章明法，临事而惧，至有街亭违命之阙，箕谷不戒之失。咎皆在臣，授任无方。臣明不知人，恤事多闇。《春秋》责帅，臣职是当。请自贬三等，以督厥咎。(评)臣不胜惭愧，俯伏待命！

后主览毕曰：“胜负兵家常事，丞相何出此言？”侍中费祎奏曰：

若不明正军律，何以服众——尽管马谡曾经有过功劳，但街亭之败使首次北伐的成果毁于一旦，蜀军损失惨重，其罪实难宽恕，非斩首不可。军纪严明，执法如山，这是诸葛亮治军的主要特点，值得后人认真借鉴。

追思先帝之言，因此痛哭耳——此处照应第八十五回，表明诸葛亮自愧知人不及刘备，为此而深感痛心。

将谡家小加意抚恤——诸葛亮斩马谡，为是的严明军纪，对其本人则毫无成见。斩马谡后，对其家属注意抚恤，正表现了诸葛亮对将士的爱护，也正是他得人心之处。

请自贬三等，以督厥咎——诸葛亮并不因斩了马谡而文过饰非，而是主动承担用人不当之责，并要求贬黜自己。对于掌权者而言，这是需要很大勇气的。诸葛亮的崇高之所以难以企及，正在于此。

“臣闻治国者，必以奉法为重。㊞法若不行，何以服人？丞相败绩，自行贬降，正其宜也。”后主从之，乃诏贬孔明为右将军，行丞相事，照旧总督军马，就命费祎赍诏到汉中。孔明受诏贬降讫，祎恐孔明羞赧，乃贺曰：“蜀中之民，知丞相初拔三郡*，深以为喜。”孔明变色曰：“是何言也！得而复失，与不得同。公以此贺我，实足使我愧赧耳。”祎又曰：“近闻丞相得姜维，天子甚喜。”孔明怒曰：“兵败师还，不曾夺得寸土，此吾之大罪也。量得一姜维，于魏何损？”祎又曰：“丞相现统雄师数十万，可再伐魏乎？”孔明曰：“昔大军屯于祁山、箕谷之时，我兵多于贼兵，而不能破贼，反为贼所破。此病不在兵之多寡，在主将耳。今欲减兵省将，明罚思过，较变通之道于将来；如其不然，虽兵多何用？自今以后，诸人有远虑于国者，但勤攻吾之阙，责吾之短，则事可定，贼可灭，功可翘足而待矣。”㊞费祎诸将皆服其论。费祎自回成都。

孔明在汉中，惜军爱民，励兵讲武，置造攻城渡水之器，聚积粮草，预备战筏，以为后图。细作探知，报入洛阳。

魏主曹睿闻知，即召司马懿商议收蜀之策。懿曰：“蜀未可攻也。方今天道亢炎，蜀兵必不出。若我军深入其地，彼守其险要，急切难下。”睿曰：“倘蜀兵再来入寇，如之奈何？”懿曰：“臣已算定今番诸葛亮必效韩信暗度陈仓之计。㊞臣举一人往陈仓道口，筑城守御，万无一失。此人身长九尺，猿臂善射，深有谋略。若诸葛亮入寇，此人足可当之。”睿大喜，问曰：“此何人也？”懿奏曰：“乃太原人，姓郝，名昭，字伯道，现为杂号将军，镇守河西。”睿从之，加郝昭为镇西将军，命守把陈仓道口，遣使持诏去讫。

忽报大司马、扬州都督曹休*上表，说东吴鄱阳太守周鲂，愿以郡来降，密遣人陈言七事，说东吴可破，乞早发兵取之。睿就御床上展开，与司马懿同观。懿奏曰：“此言极有理，吴当灭矣！臣愿引一军往助曹休。”忽班中一人进曰：“吴人之言，反覆不一，未可深信。周鲂智谋之士，必不肯降。此特诱兵之诡计也。”众视之，乃建威将军贾逵也。懿曰：“此言亦不可不听，机会亦不可错失。”魏主曰：“仲达可与贾逵同助曹休。”二人领命去讫。于是曹休引大军径取皖城；贾逵引前将军满宠、东莞太守胡质，径取西阳*，直向东关；

臣闻治国者，必以奉法为重——封建社会虽以人治为主，但仍强调“奉法”之重要。现代的法治社会，岂不更应执法必严？

功可翘足而待矣——此语本于《三国志·蜀书·诸葛亮传》注引《汉晋春秋》。公开号召部下攻己之缺，责己之短，这又是很难做到的，果能如此，事业必能大有所成。

臣已算定今番诸葛亮必效韩信暗度陈仓之计——据《三国志·魏书·曹真传》：“真以（诸葛）亮惩于祁山，后出必从陈仓，乃使将军郝昭、王生守陈仓，治其城。”《三国演义》把曹真之计加在司马懿头上，是要突出司马懿在曹魏的作用，而把曹真写成平庸之辈。

司马懿引本部军径取江陵。

却说吴主孙权在武昌*，会多官商议曰："今有鄱阳太守周鲂密表，奏称魏扬州都督曹休，有入寇之意。今鲂诈施诡计，暗陈七事，引诱魏兵深入重地，可设伏兵擒之。今魏兵分三路而来，诸卿有何高见？"顾雍进曰："此大任非陆伯言不敢当也。"权大喜，乃召陆逊，拜为大都督*，统御林大兵，摄行王事：授以白旄黄钺，文武百官，皆听约束。权亲自与逊执鞭。㊟逊领命谢恩毕，乃保二人为左右都督，分兵以迎三道。权问何人，逊曰："奋武将军朱桓*，绥南将军全琮，二人可为辅佐。"权从之，即命朱桓为左都督，全琮为右都督。于是陆逊总率东吴之众七十余万*，令朱桓在左，全琮在右，逊自居中，三路进兵。朱桓献策曰："曹休以亲见任，非智勇之将也。今听周鲂诱言，深入重地，元帅以兵击之，曹休必败。败后必走两条路：一为夹石，一为挂车*。此二条路，皆山僻小径，最为险峻。某愿与全子璜各引一军，伏于山险，先以柴木大石塞断其路，曹休可擒矣。若擒了曹休，便长驱直进，唾手而得寿春，以窥许、洛，此万世一时也。"㊟逊曰："此非善策，吾自有妙用。"于是朱桓怀不平而退。逊令诸葛瑾等拒守江陵，以敌司马懿。诸路俱各调拨停当。

却说曹休兵临皖城，周鲂来迎，径到曹休帐下。休问曰："近得足下之书，所陈七事，深为有理，奏闻天子，故起大军三路进发。若得江东之地，足下之功不小。有人言足下多谋，诚恐所言不实。吾料足下必不欺我。"周鲂大哭，急掣从人所佩剑欲自刎。休急止之。鲂仗剑而言曰："吾所陈七事，恨不能吐出心肝。今反生疑，必有吴人使反间之计也。若听其言，吾必死矣。吾之忠心，惟天可表！"言讫，又欲自刎。曹休大惊，慌忙抱住曰："吾戏言耳，足下何故如此！"鲂乃用剑割发，掷于地曰："吾以忠心待公，公以吾为戏。吾割父母所遗之发，以表此心！"曹休乃深信之，设宴相待。席罢，周鲂辞去。忽报建威将军贾逵来见。休令人，问曰："汝此来何为？"逵曰："某料东吴之兵，必尽屯于皖城。都督不可轻进，待某两下夹攻，贼兵可破矣。"休怒曰："汝欲夺吾功耶？"㊟逵曰："又闻周鲂截发为誓，此乃诈也。昔要离断臂，刺杀庆忌。未可深信。"休大

权亲自与逊执鞭——此事本于《三国志·吴书·陆逊传》注引《吴录》。对于陆逊这样的杰出人才，孙权放手使用，尊崇有加，恩礼备至，实在难得，所以后人往往传为美谈。

若擒了曹休，便长驱直进……此万世一时也——朱桓此计，本于《三国志·吴书·朱桓传》，极为大胆，又极为精辟；战役的结果也证明这确是一条妙计。若陆逊采用此计，东吴完全可以乘势夺取寿春，形成更加有利的战略态势。然而，陆逊偏偏未用此计，惜哉！

休怒曰："汝欲夺吾功耶？"——曹休原本才智平平，又因贪功而中计；贾逵好意相劝，他竟倚仗权势，大发雷霆。这种皇亲国戚，活该惨败！

怒曰："吾正欲进兵，汝何出此言以慢军心！"叱左右推出斩之。众将告曰："未及进兵，先斩大将，于军不利。且乞暂免。"休从之，将贾逵兵留在寨中调用，自引一军来取东关。时周鲂听知贾逵削去兵权，暗喜曰："曹休若用贾逵之言，则东吴败矣！今天使我成功也！"即遣人密到皖城，报知陆逊。逊唤诸将听令曰："前面石亭，虽是山路，足可埋伏。早先去占石亭阔处，布成阵势，以待魏军。"遂令徐盛为先锋，引兵前进。

却说曹休命周鲂引兵而进。正行间，休问曰："前至何处？"鲂曰："前面石亭也，堪以屯兵。"休从之，遂率大军并车仗等器，尽赴石亭驻扎。次日，哨马报道："前面吴兵不知多少，据住山口。"休大惊曰："周鲂言无兵，为何有准备？"急寻鲂问之。人报周鲂引数十人，不知何处去了。休大悔曰："吾中贼之计矣！——虽然如此，亦不足惧！"遂令大将张普为先锋，引数千兵来与吴兵交战。两阵对圆，张普出马骂曰："贼将早降！"徐盛出马相迎。战无数合，普抵敌不住，勒马收兵，回见曹休，言徐盛勇不可当。休曰："吾当以奇兵胜之。"就令张普引二万军伏于石亭之南，又令薛乔引二万军伏于石亭之北："明日吾自引一千兵搦战，却佯输诈败，诱到北山之前，放炮为号，三面夹攻，必获大胜。"二将受计，各引二万军，到晚埋伏去了。

却说陆逊唤朱桓、全琮分付曰："汝二人各引三万军，从石亭山路抄到曹休寨后，放火为号；吾亲率大军从中路而进：可擒曹休也。"当日黄昏，二将受计，引兵而进。二更时分，朱桓引一军正抄到魏寨后，迎着张普伏兵。普不知是吴兵，径来问时，被朱桓一刀斩于马下。魏兵便走。桓令后军放火。全琮引一军抄到魏寨后，正撞在薛乔阵里，就那里大杀一阵。薛乔败走，魏兵大损，奔回本寨。后面朱桓、全琮两路杀来。曹休寨中大乱，自相冲击。休慌上马，望夹石道奔走。徐盛引大队军马，从正路杀来。魏兵死者不可胜数，逃命者尽弃衣甲。曹休大惊，在夹石道中，奋力奔走。㊟忽见一彪军从小路冲出，为首大将，乃贾逵也。休惊慌少息，自愧曰："吾不用公言，果遭此败！"逵曰："都督可速出此道：若被吴兵以木石塞断，吾等皆危矣！"㊟于是曹休骤马而行，贾逵断后。逵于林木盛茂处，及险峻小径，多设旌旗以为疑兵。及至徐盛赶到，见山坡下闪

曹休大惊，在夹石道中，奋力奔走——曹休明知已经中计，为了面子，仍硬着头皮与吴军交战，结果迅速溃败，狼狈逃窜。此时此刻，曹皇亲还想贪功乎？

若被吴兵以木石塞断，吾等皆危矣——贾逵之言，从反面证明了朱桓之计的正确。

因此救了曹休——曹休差点杀了贾逵，却全靠贾逵救了一命。贾逵公忠体国，固然应该，但曹休难道就不深感惭愧么？！

出旗角，疑有埋伏，不敢追赶，收兵而回。因此救了曹休。㊟司马懿听知休败，亦引兵退去。

却说陆逊正望捷音，须臾，徐盛、朱桓、全琮皆到。所得车仗、牛马、驴骡、军资、器械，不计其数，降兵数万余人。逊大喜，即同太守周鲂并诸将班师还吴。吴主孙权，领文武官僚出武昌城迎接，以御盖覆逊而入。诸将尽皆升赏。权见周鲂无发，慰劳曰："卿断发成此大事，功名当书于竹帛也。"即封周鲂为关内侯；大设筵会，劳军庆贺。陆逊奏曰："今曹休大败，魏已丧胆；可修国书，遣使入蜀，教诸葛亮进兵攻之。"权从其言，遂遣使赍书入蜀去。正是：只因东国能施计，致令西蜀又动兵。未知孔明再来伐魏，胜负如何，且看下文分解。

尾评：

蜀军败于西，而吴军胜于东，三国形势，真是错综复杂，变幻莫测。吴军的胜利，促使诸葛亮再次北伐，由此引出了"二出祁山"。

第九十七回
讨魏国武侯再上表　破曹兵姜维诈献书

总评

正当诸葛亮准备再次北伐之时，深受读者喜爱的赵云因病去世了，给读者留下了极大的遗憾。

作为历史人物，论才干，论在蜀汉政权中的地位，赵云不仅不及关羽、张飞、马超、黄忠，而且不及魏延。然而，作为《三国演义》中的艺术形象，赵云留给人们的印象不仅大大超过马超、黄忠、魏延，而且似乎比关羽、张飞还好一些。原因何在？这里有多种因素，最主要的可能有两方面：第一，罗贯中将深刻的现实主义精神与浓郁的浪漫主义情调相结合，笔酣墨饱地塑造了一个光彩照人的赵云形象。首先，他超越史书记载，树立起了赵云勇冠三军的虎将形象；其次，他使用大量笔墨，从多方面表现了赵云的美德，如深明大义、正直谦虚等，并特别突出了他的机警和精细；再次，他精思妙裁，将赵云的亮点一直保持到最后。这样，就使罗贯中笔下的赵云成为一个真实性与独创性融为一体的鲜明的艺术形象。第二，更重要的是，现代读者的审美心理发生了巨大的变化：他们对被誉为“古今来名将中第一奇人”的关羽已经没有封建社会小民的敬畏和崇拜；而赵云的英勇善战和一系列美德，则更容易得到他们的理解和欣赏。因此，尽管按照艺术典型的标准，赵云形象还不是充分个性化的，不及关羽形象那样丰富和深刻；但广大读者却不管这些，仍然把赵云列为仅次于诸葛亮的最受喜爱的人物，艺术的法则就是这样奇妙！

诸葛亮所上的《后出师表》，不见于《三国志》诸葛亮本传和《诸葛亮集》，而见于裴松之注引张俨《默记》。加上其他因素，后人多认为《后出师表》并非出自诸葛亮之手，而系伪托。不过，对此尚有讨论的余地。不管如何，此表积极进取、奋斗不息的精神正与《出师表》一脉相承。因此，罗贯中将它全文移入《三国演义》(个别文字略有改动)。其中“鞠躬尽瘁，死而后已”八个字(原作“鞠躬尽力，死而后已”)，慷慨悲壮，正气凛然，更是公认为集中概括了诸葛亮的崇高精神，永远具有催人奋进的力量。

姜维向曹真献诈降书，使其中计兵败之事，《三国志》中不见踪影，纯属虚构。作品如此描写，是为了给虚构的“二出祁山”充实内容，为原本比较平淡的第二次北伐增添一点光彩。

却说蜀汉建兴六年秋九月，魏都督曹休被东吴陆逊大破于石亭，车仗马匹，军资器械，并皆罄尽。休惶恐之甚，气忧成病，到洛阳，疽发背而死。魏主曹睿敕令厚葬。司马懿引兵还，众将接入，问曰："曹都督兵败，即元帅之干系，何故急回耶？"懿曰："吾料诸葛亮知吾兵败，必乘虚来取长安。倘陇西紧急，何人救之？吾故回耳。"众皆以为惧怯，哂笑而退。

却说东吴遣使致书蜀中，请兵伐魏，并言大破曹休之事：一者显自己威风，二者通和会之好。后主大喜，令人持书至汉中，报知孔明。时孔明兵强马壮，粮草丰足，所用之物，一切完备，正要出师。听知此信，即设宴大会诸将，计议出师。忽一阵大风，自东北角上而起，把庭前松树吹折。众皆大惊。孔明就占一课，曰："此风主损一大将！"诸将未信。正饮酒间，忽报镇军将军赵云*长子赵统、次子赵广，来见丞相。孔明大惊，掷杯于地曰："子龙休矣！"二子入见，拜哭曰："某父昨夜三更病重而死。"孔明跌足而哭曰："子龙身故，国家损一栋梁，吾去一臂也！"㊞众将无不挥涕。孔明令二子入成都面君报丧。后主闻云死，放声大哭曰："朕昔年幼，非子龙则死于乱军之中矣！"即下诏追赠大将军，谥封顺平侯，敕葬于成都锦屏山之东；建立庙堂，四时享祭。后人有诗曰：

常山有虎将，智勇匹关张：
汉水功勋在，当阳姓字彰。
两番扶幼主，一念答先皇。
青史书忠烈，应流百世芳。

却说后主思念赵云昔日之功，祭葬甚厚；封赵统为虎贲中郎，赵广为牙门将，就令守坟。二人辞谢而去。忽近臣奏曰："诸葛丞相将军马分拨已定，即日将出师伐魏。"后主问在朝诸臣，诸臣多言未可轻动。后主疑虑未决。忽奏丞相令杨仪赍出师表至。㊞后主宣入，

国家损一栋梁，吾去一臂也——寥寥数语，把诸葛亮痛悼赵云的心情表达得至为深切。尽管作品没有正面描写赵云之死，但这位英雄的去世，标志着开创蜀汉江山的一代豪杰已经凋零殆尽，仍然具有深沉的悲剧力量。

忽奏丞相令杨仪赍出师表至——诸葛亮再度出师，再度上表，这就是《后出师表》。

先帝虑汉、贼不两立，王业不偏安——开宗明义，直入正题。诸葛亮之所以再次北伐，根本原因正在于此。

臣鞠躬尽瘁，死而后已——"鞠躬尽瘁，死而后已"这八个字，字字千钧，惊天动地，是诸葛亮奋斗精神的高度概括，也是中华民族代代相传的优秀传统。凡有志者，当永远以此自勉！

仪呈上表章。后主就御案上拆视，其表白：

先帝虑汉、贼不两立，王业不偏安，㊟故托臣以讨贼也。以先帝之明，量臣之才，故知臣伐贼，才弱敌强也。然不伐贼，王业亦亡。惟坐而待亡，孰与伐之？是故托臣而弗疑也。臣受命之日，寝不安席，食不甘味，思惟北征，宜先入南，故五月渡泸，深入不毛，并日而食。臣非不自惜也，顾王业不可偏安于蜀都，故冒危难以奉先帝之遗意，而议者谓为非计。今贼适疲于西，又务于东，兵法"乘劳"，此进趋之时也。谨陈其事如左：

高帝明并日月，谋臣渊深，然涉险被创，危然后安。今陛下未及高帝，谋臣不如良、平，而欲以长策取胜，坐定天下：此臣之未解一也。刘繇、王朗，各据州郡，论安言计，动引圣人，群疑满腹，众难塞胸；今岁不战，明年不征，使孙策坐大*，遂并江东：此臣之未解二也。曹操智计，殊绝于人，其用兵也，仿佛孙、吴，然困于南阳，险于乌巢，危于祁连，逼于黎阳，几败北山，殆死潼关，然后伪定一时耳；况臣才弱，而欲以不危而定之：此臣之未解三也。曹操五攻昌霸不下，四越巢湖不成，任用李服而李服图之，委任夏侯而夏侯败亡，先帝每称操为能，犹有此失；况臣驽下，何能必胜？此臣之未解四也。自臣到汉中，中间期年耳，然丧赵云、阳群、马玉、阎芝、丁立、白寿、刘郃、邓铜等，及曲长屯将七十余人，突将无前，賨、叟、青羌，散骑武骑一千余人，此皆数十年之内，所纠合四方之精锐，非一州之所有；若复数年，则损三分之二也，当何以图敌？此臣之未解五也。今民穷兵疲，而事不可息；事不可息，则住与行，劳费正等；而不及今图之，欲以一州之地，与贼持久：此臣之未解六也。

夫难平者，事也。昔先帝败军于楚，当此之时，曹操拊手，谓天下已定。然后先帝东连吴、越，西取巴、蜀，举兵北征，夏侯授首，此操之失计，而汉事将成也。然后吴更违盟，关羽毁败，秭归蹉跌，曹丕称帝。凡事如是，难可逆见。臣鞠躬尽瘁，死而后已；㊟至于成败利钝，非臣之明所能逆睹也。

后主览表甚喜，即敕令孔明出师。孔明受命，起三十万精兵，令魏延总督前部先锋，径奔陈仓道口而来。

早有细作报入洛阳。司马懿奏知魏主，大会文武商议。大将军曹真出班奏曰："臣昨守陇西，功微罪大，不胜惶恐。今乞引大军往擒诸葛亮。臣近得一员大将，使六十斤大刀，骑千里征駹马，开两石铁胎弓，暗藏三个流星锤，百发百中，有万夫不当之勇，乃陇西狄道人，姓王，名双，字子全。臣保此人为先锋。"睿大喜，便召王双上殿。视之，身长九尺，面黑睛黄，熊腰虎背。睿笑曰："朕得此大将，有何虑哉！"遂赐锦袍金甲，封为虎威将军、前部大先锋。曹真为大都督。真谢恩出朝，遂引十五万精兵，会合郭淮、张郃，分道守把隘口。

却说蜀兵前队哨至陈仓，回报孔明，说："陈仓口已筑起一城，内有大将郝昭守把，深沟高垒，遍排鹿角，十分谨严；不如弃了此城，径趋祁山*。"孔明曰："陈仓西北是街亭*；必得此城，方可进兵。"命魏延引兵到城下，四面攻之。连日不能破。魏延复来告孔明，说城难打。孔明大怒，欲斩魏延。忽帐下一人告曰："某虽无才，随丞相多年，未尝报效。愿去陈仓城中，说郝昭来降，不用张弓只箭。"众视之，乃部曲靳祥也。孔明曰："汝用何言以说之？"祥曰："郝昭与某，同是太原人氏*，自幼交契。某今到彼，以利害说之，必来降矣。"孔明即令前去。靳祥骤马径到城下，叫曰："郝伯道故人靳祥来见。"城上人报知郝昭。昭令开门放入，登城相见。昭问曰："故人因何到此？"祥曰："吾在西蜀孔明帐下，参赞军机，待以上宾之礼。特令某来见公，有言相告。"昭勃然变色曰："诸葛亮乃我国仇敌也！吾事魏，汝事蜀，各事其主。昔时为昆仲，今时为仇敌！汝再不必多言，便请出城！"靳祥又欲开言，郝昭已出敌楼上了。魏军急催上马，赶出城外。祥回头视之，见昭倚定护心木栏杆。祥勒马以鞭指之曰："伯道贤弟，何太情薄耶？"昭曰："魏国法度，兄所知也。吾受国恩，但有死而已。兄不必下说词，早回见诸葛亮，教快来攻城：吾不惧也！"祥回告孔明曰："郝昭未等某开言，便先阻却。"孔明曰："汝可再去见他，以利害说之。"祥又到城下，请郝昭相见。昭出到敌楼上，祥勒马高叫曰："伯道贤弟，听吾忠言：汝据守一孤城，怎拒数十万之众？今不早降，后悔无及！且不顺大汉而事奸魏，抑何不知天命、不辨清浊乎？愿伯道思之。”郝昭大怒，拈弓搭箭，指靳祥而喝曰：“吾前言已定，汝不必再言！可速退！吾不射汝！”

靳祥回见孔明，具言郝昭如此光景。孔明大怒曰：“匹夫无礼太甚！岂欺吾无攻城之具耶？”随叫土人问曰：“陈仓城中，有多少人马？”土人告曰：“虽不知的数，约有三千人。”孔明笑曰：“量此小城，安能御我！休等他救兵到，火速攻之！”于是军中起百乘云梯，一乘上可立十数人，周围用木板遮护。军士各把短梯软索，听军中擂鼓，一齐上城。郝昭在敌楼上，望见蜀兵装起云梯，四面而来，即令三千军各执火箭，分布四面；待云梯近城，一齐射之。孔明只道城中无备，故大造云梯，令三军鼓噪呐喊而进；不期城上火箭齐发，云梯尽着，梯上军士多被烧死。城上矢石如雨，蜀兵皆退。孔明大怒曰：“汝烧吾云梯，吾却用‘冲车’之法！”于是连夜安排下冲车。次日，又四面鼓噪，呐喊而进。郝昭急命运石凿眼，用葛绳穿定飞打，冲车皆被打折。孔明又令人运土填城壕，教廖化引三千锹镬军，从夜间掘地道，暗入城去。郝昭又于城中掘重壕横截之。如此昼夜相攻，二十余日，无计可破。㊟孔明正在营中忧闷，忽报：“东边救兵到了，旗上书：‘魏先锋大将王双’。”孔明问曰：“谁可迎之？”魏延出曰：“某愿往。”孔明曰：“汝乃先锋大将，未可轻出。”又问曰：“谁敢迎之？”裨将谢雄应声而出。孔明与三千军去了。孔明又问曰：“谁敢再去？”裨将龚起应声要去。孔明亦与三千兵去了。孔明恐城内郝昭引兵冲出，乃把人马退二十里下寨。

> 如此昼夜相攻，二十余日，无计可破——诸葛亮包围陈仓，屡次进攻而不能得手的情节，本于《三国志·魏书·明帝纪》注引《魏略》。这样的情节，在《三国演义》中几乎是绝无仅有，这正说明作家的艺术虚构不能不受基本史实的制约。

却说谢雄引军前行，正遇王双；战不三合，被双一刀劈死。蜀兵败走，双随后赶来。龚起接着，交马只三合，亦被双所斩。败兵回报孔明。孔明大惊，忙令廖化、王平、张嶷三人出迎。两阵对圆，张嶷出马，王平、廖化压住阵角。王双纵马来与张嶷交马，数合不分胜负。双诈败便走，嶷随后赶去。王平见张嶷中计，忙叫曰：“休赶！”嶷急回马时，王双流星锤早到，正中其背。嶷伏鞍而走，双回马赶来。王平、廖化截住，救得张嶷回阵。王双驱兵大杀一阵，蜀兵折伤甚多。㊟嶷吐血数口，回见孔明，说：“王双英雄无敌；如今将二万兵就陈仓城外下寨，四围立起排栅，筑起重城，深挖壕堑，守御甚严。”孔明见折二将，张嶷又被打伤，即唤姜维曰：“陈仓道口

> 王双驱兵大杀一阵，蜀兵折伤甚多——王双连胜数阵，足见其勇猛过人，这就为诸葛亮设计除之埋下了伏笔。

这条路不可行，别求何策？”维曰：“陈仓城池坚固，郝昭守御甚密，又得王双相助，实不可取。不若令一大将，依山傍水，下寨固守；再令良将守把要道，以防街亭之攻；却统大军去袭祁山，某却如此如此用计，可捉曹真也。”孔明从其言，即令王平、李恢，引二枝兵守街亭小路；魏延引一军守陈仓口。马岱为先锋，关兴、张苞为前后救应使，从小径望祁山进发*。㊢

从小径望祁山进发——陈仓一时难以攻破，诸葛亮便避实击虚，出兵祁山。作品如此描写，不仅构成“二出祁山”的情节，而且使蜀军赢得了相当可观的胜利，避免了照搬史书的尴尬。

却说曹真因思前番被司马懿夺了功劳，因此到郿城分调郭淮、孙礼东西守把*；又听的陈仓告急，已令王双去救。闻知王双斩将立功，大喜，乃令中护军大将费耀，权摄前部总督，诸将各自守把隘口。忽报山谷中捉得细作来见。曹真令押入，跪于帐前。其人告曰：“小人不是奸细，有机密来见都督，误被伏路军捉来，乞退左右。”真乃教去其缚，左右暂退。其人曰：“小人乃姜伯约心腹人也。蒙本官遣送密书。”真曰：“书安在？”其人于贴肉衣内取出呈上。真拆视曰：

> 罪将姜维百拜，书呈大都督曹麾下：维念世食魏禄，忝守边城，叨窃厚恩，无门补报。昨日误遭诸葛亮之计，陷身于巅崖之中。思念旧国，何日忘之！今幸蜀兵西出，诸葛亮甚不相疑。赖都督亲提大兵而来：如遇敌人，可以诈败；维当在后，以举火为号，先烧蜀人粮草，却以大兵翻身掩之，则诸葛亮可擒也。非敢立功报国，实欲自赎前罪。倘蒙照察，速赐来命。

曹真看毕，大喜曰：“天使吾成功也！”㊢遂重赏来人，便令回报，依期会合。

天使吾成功也——曹真接到姜维的诈降书，不作仔细推敲，便轻率相信，其浮躁与平庸，真是如在目前。

真唤费耀商议曰：“今姜维暗献密书，令吾如此如此。”耀曰：“诸葛亮多谋，姜维智广，或者是诸葛亮所使，恐其中有诈。”真曰：“他原是魏人，不得已而降蜀，又何疑乎？”耀曰：“都督不可轻去，只守定本寨。某愿引一军接应姜维。如成功，尽归都督；倘有奸计，某自支当。”㊢真大喜，遂令费耀引五万兵，望祁山而进*。行了两三程，屯下军马，令人哨探。当日申时分，回报：“山口道中*，有蜀兵来也。”耀忙催兵进。蜀兵未及交战，先退。耀引兵追之，蜀兵又来。方欲对阵，蜀兵又退：如此者三次，俄延至次日申时分。魏军

如成功，尽归都督；倘有奸计，某自支当——费耀之言，进退皆宜，甚为稳妥。若非他劝阻，曹真危矣。

一日一夜，不曾敢歇，只恐蜀兵攻击。方欲屯军造饭，忽然四面喊声大震，鼓角齐鸣，蜀兵漫山遍野而来。门旗开处，闪出一辆四轮车，孔明端坐其中，令人请魏军主将答话。耀纵马而出，遥见孔明，心中暗喜，回顾左右曰："如蜀兵掩至，便退后走。若见山后火起，却回身杀去，自有兵来相应。"分付毕，跃马出呼曰："前者败将，今何敢又来！"孔明曰："唤汝曹真来答话！"耀骂曰："曹都督乃金枝玉叶，安肯与反贼相见耶！"孔明大怒，把羽扇一招，左有马岱，右有张嶷，两路兵冲出。魏兵便退。行不到三十里，望见蜀兵背后火起，喊声不绝。费耀只道号火，便回身杀来。蜀兵齐退。耀提刀在前，只望喊处追赶。将次近火，山路中鼓角喧天，喊声震地，两军杀出：左有关兴，右有张苞。山上矢石如雨，往下射来。魏兵大败。费耀知是中计，急退军望山谷中而走，人马困乏。背后关兴引生力军赶来，魏兵自相践踏及落涧身死者，不知其数。耀逃命而走，正遇山坡口一彪军，乃是姜维。耀大骂曰："反贼无信！吾不幸误中汝奸计也！"维笑曰："吾欲擒曹真，误赚汝矣！速下马受降！"耀骤马夺路，望山谷中而走。忽见谷口火光冲天，背后追兵又至。耀自刎身死，余众尽降。孔明连夜驱兵，直出祁山前下寨，收住军马，重赏姜维。维曰："某恨不得杀曹真也！"孔明亦曰："可惜大计小用矣。"㊢

可惜大计小用矣——其实，真正的秘密在于：《三国演义》可以虚构费耀中计自刎，却无法虚构蜀军生擒曹真。否则，后面的故事便难以展开了。这仍然反映了史实对艺术虚构的制约作用。

却说曹真听知折了费耀，悔之不及，遂与郭淮商议退兵之策。于是孙礼、辛毗星夜具表申奏魏主，言蜀兵又出祁山，曹真损兵折将，势甚危急。睿大惊，即召司马懿入内曰："曹真损兵折将，蜀兵又出祁山。卿有何策，可以退之？"懿曰："臣已有退诸葛亮之计。不用魏军扬武耀威，蜀兵自然走矣。"正是：已见子丹无胜术，全凭仲达有良谋。未知其计如何，且看下文分解。

尾评：

诸葛亮第二次北伐，受阻于陈仓；于是二出祁山，计胜曹真。然而，陈仓横亘于蜀军运粮路上，毕竟是一大威胁。这一问题能否解决，便引出了下一回的故事。

第九十八回

追汉军王双受诛　袭陈仓武侯取胜

总评

“斩王双”之事，本于《三国志·蜀书·诸葛亮传》:“(建兴六年)冬，亮复出散关，围陈仓，曹真拒之，亮粮尽而还。魏将王双率骑追亮，亮与战，破之，斩双。”罗贯中仅用短短数百字，便将诸葛亮设计斩王双的过程写得闪闪烁烁，神出鬼没，笔力之雄健，实在令人称美不已。

三分鼎立形成后，曹丕、刘备相继称帝，唯有孙权迟迟不动，直到黄龙元年(229)，方才挟大破曹休之威而称帝。孙权如此沉得住气，为的是避免树大招风，以便集中力量巩固地盘，稳定内部，发展经济，可谓见机而作，后发制人。对于蜀汉来说，孙权称帝也等于“篡逆”，政治上难以接受；但若与之断绝同盟关系，甚至刀兵相向，又将使蜀汉陷于孤立地位。面对这一大难题，诸葛亮采取现实主义态度，毅然承认孙吴政权的合法性(其实，东吴之独立存在，早已是客观事实)，以便加强同盟关系，共同对付曹魏。孙权、诸葛亮都堪称杰出的政治家，其政治策略，足令后人深长思之。

据《三国志·蜀书·诸葛亮传》，诸葛亮第三次北伐的经过是:“(建兴)七年(229)，亮遣陈式攻武都、阴平。魏雍州刺史郭淮率众欲击式，亮自出至建威，淮退还，遂平二郡。”另据《三国志·魏书·明帝纪》注引《魏略》:“诏嘉

（郝）昭善守，赐爵列侯。及还，帝引见慰劳之……仍欲大用之。会病亡。”可见历史上并无“奇袭陈仓”之事。罗贯中虚构诸葛亮趁郝昭病重之机，巧出奇兵，夜袭陈仓，一举成功，在内容上是对史实的巧妙引申，在艺术上则完全合情合理，使诸葛亮的神机妙算又一次焕发出光彩。

却说司马懿奏曰："臣尝奏陛下，言孔明必出陈仓，故以郝昭守之，今果然矣。彼若从陈仓入寇，运粮甚便。今幸有郝昭、王双守把，不敢从此路运粮。其余小道，搬运艰难。臣算蜀兵行粮止有一月，利在急战。我军只宜久守。陛下可降诏，令曹真坚守诸路关隘，不要出战。不须一月，蜀兵自走。那时乘虚而击之，诸葛亮可擒也。"㊞睿欣然曰："卿既有先见之明，何不自引一军以袭之？"懿曰："臣非惜身重命，实欲存下此兵，以防东吴陆逊耳。孙权不久必将僭号称尊；如称尊号，恐陛下伐之，定先入寇也：臣故欲以兵待之。"正言间，忽近臣奏曰："曹都督奏报军情。"懿曰："陛下可即令人告戒曹真：凡追赶蜀兵，必须观其虚实，不可深入重地，以中诸葛亮之计。"睿即时下诏，遣太常卿韩暨持节告戒曹真："切不可战，务在谨守；只待蜀兵退去，方才击之。"司马懿送韩暨于城外，嘱之曰："吾以此功让与子丹；公见子丹，休言是吾所陈之意，㊞只道天子降诏，教保守为上。追赶之人，大要仔细，勿遣性急气躁者追之。"暨辞去。

却说曹真正升帐议事，忽报天子遣太常卿韩暨持节至。真出寨接入，受诏已毕，退与郭淮、孙礼计议。淮笑曰："此乃司马仲达之见也。"真曰："此见若何？"淮曰："此言深识诸葛亮用兵之法。久后能御蜀兵者，必仲达也。"真曰："倘蜀兵不退，又将如何？"淮曰："可密令人去教王双，引兵于小路巡哨，彼自不敢运粮。待其粮尽兵退，乘势追击，可获全胜。"孙礼曰："某去祁山虚妆做运粮兵，车上尽装干柴茅草，以硫黄焰硝灌之，却教人虚报陇西运粮到。若蜀人无粮，必然来抢。待入其中，放火烧车，外以伏兵应之，可胜矣。"㊞真喜曰："此计大妙！"即令孙礼引兵依计而行。又遣人教王双引兵于小路上巡哨，郭淮引兵提调箕谷、街亭，令诸路军马守把险要。真又令张辽子张虎为先锋，乐进子乐綝为副先锋，同守头营，

那时乘虚而击之，诸葛亮可擒也——司马懿此计，确实抓住了蜀军的弱点。如果拿不出恰当的办法，蜀军将被曹军所困。

公见子丹，休言是吾所陈之意——此时曹真位在司马懿之上，又有宗室之贵，故司马懿不愿与之争功，反而有意让之，以免为其所忌。

待入其中，放火烧车，外以伏兵应之，可胜矣——曹真不愿坐等诸葛亮退兵，孙礼即献诱敌之计，欲火烧蜀军，结果反而给诸葛亮提供了进攻之机。

不许出战。

却说孔明在祁山寨中，每日令人挑战，魏兵坚守不出。孔明唤姜维等商议曰："魏兵坚守不出，是料吾军中无粮也。今陈仓转运不通，其余小路盘涉艰难，吾算随军粮草，不敷一月用度，如之奈何？"正踌躇间，忽报："陇西魏军运粮数千车于祁山之西，运粮官乃孙礼也。"孔明曰："其人如何？"有魏人告曰："此人曾随魏主出猎于大石山，忽惊起一猛虎，直奔御前，孙礼下马拔剑斩之。从此用为上将*。乃曹真心腹人也。"孔明笑曰："此是魏将料吾乏粮，故用此计：车上装载者，必是茅草引火之物。吾平生专用火攻，彼乃欲以此计诱我耶？㊣彼若知吾军去劫粮车，必来劫吾寨矣。可将计就计而行。"遂唤马岱分付曰："汝引三千军，径到魏兵屯粮之所，不可入营，但于上风头放火。若烧着车仗，魏兵必来围吾寨。"又差马忠、张嶷各引五千兵，在外围住，内外夹攻。三人受计去了。又唤关兴、张苞分付曰："魏兵头营接连四通之路。今晚若西山火起，魏兵必来劫吾营。汝二人却伏于魏寨左右，只等他兵出寨，汝二人便可劫之。"又唤吴班、吴懿分付曰："汝二人各引一军伏于营外。如魏兵到，可截其归路。"孔明分拨已毕，㊣自在祁山上凭高而坐。魏兵探知蜀兵要来劫粮，慌忙报与孙礼。礼令人飞报曹真。真遣人去头营分付张虎、乐綝："看今夜山西火起，蜀兵必来救应。可以出军，如此如此。"二将受计，令人登楼专看号火。

吾平生专用火攻，彼乃欲以此计诱我耶——孙礼之计，被诸葛亮一眼看穿，真是班门弄斧，惹人嗤笑！

孔明分拨已毕——孔明将计就计，对四路人马的调遣井井有条，针对性极强。不等交战，读者已知其稳操胜券了。

却说孙礼把军伏于山西，只待蜀兵到。是夜二更，马岱引三千兵来，人皆衔枚，马尽勒口，径到山西。见许多车仗，重重叠叠，攒绕成营，车仗虚插旌旗。正值西南风起，岱令军士径去营南放火，车仗尽着，火光冲天。孙礼只道蜀兵到魏寨内放号火，急引兵一齐掩至。背后鼓角喧天，两路兵杀来：乃是马忠、张嶷，把魏军围在垓心。孙礼大惊。又听的魏军中喊声起，一彪军从火光边杀来，乃是马岱。内外夹攻，魏兵大败。火紧风急，人马乱窜，死者无数。孙礼引中伤军，突烟冒火而走。

却说张虎在营中，望见火光，大开寨门，与乐綝尽引人马，杀奔蜀寨来，寨中却不见一人。急收军回时，吴班、吴懿两路兵杀出，断其归路。张、乐二将急冲出重围，奔回本寨，只见土城之上，箭如飞蝗，原来却被关兴、张苞袭了营寨。魏兵大败，皆投曹真寨来。方欲入寨，只见一彪败军飞奔而来，乃是孙礼；遂同入寨见真，各言中计之事。真听知，谨守大寨，更不出战。㊟

真听知，谨守大寨，更不出战——人家司马懿早就劝你“切不可战，务在谨守”，你偏要贪功；如今吃了败仗才来“谨守大寨”，不仅太晚，而且放松了对蜀军的监视，可谓一举两失。

蜀兵得胜，回见孔明。孔明令人密授计与魏延，一面教拔寨齐起。杨仪曰：“今已大胜，挫尽魏兵锐气，何故反欲收军？”孔明曰：“吾兵无粮，利在急战。今彼坚守不出，吾受其病矣。彼今虽暂时兵败，中原必有添益；若以轻骑袭吾粮道，那时要归不能。今乘魏兵新败，不敢正视蜀兵，便可出其不意，乘机退去。所忧者但魏延一军，在陈仓道口拒住王双，急不能脱身；吾已令人授以密计，教斩王双，使魏人不敢来追。只今后队先行。”当夜，孔明只留金鼓守在寨中打更。一夜兵已尽退，只落空营。㊟

一夜兵已尽退，只落空营——诸葛亮抓住了曹真惊魂未定之机，连夜退兵，这又大大出乎曹真的意外。孔明之用兵，真是变幻莫测，来不可当，退不可追！

却说曹真正在寨中忧闷，忽报左将军张郃领军到。郃下马入帐，谓真曰：“某奉圣旨，特来听调。”真曰：“曾别仲达否？”郃曰：“仲达分付云：‘吾军胜，蜀兵必不便去；若吾军败，蜀兵必即去矣。’今吾军失利之后，都督曾往哨探蜀兵消息否？”真曰：“未也。”于是即令人往探之，果是虚营，只插着数十面旌旗，兵已去了二日也。曹真懊悔无及。

且说魏延受了密计，当夜二更拔寨，急回汉中。早有细作报知王双。双大驱军马，并力追赶。追到二十余里，看看赶上，见魏延旗号在前，双大叫曰：“魏延休走！”蜀兵更不回头。双拍马赶来。背后魏兵叫曰：“城外寨中火起，恐中敌人奸计。”双急勒马回时，只见一片火光冲天，慌令退军。行到山坡左侧，忽一骑马从林中骤出，大喝曰：“魏延在此！”王双大惊，措手不及，被延一刀砍于马下。㊟魏兵疑有埋伏，四散逃走。延手下止有三十骑人马，望汉中缓缓而行。后人有诗赞曰：

孔明妙算胜孙庞，耿若长星照一方。
进退行兵神莫测，陈仓道口斩王双。

原来魏延受了孔明密计：先教存下三十骑，伏于王双营边；只待王双起兵赶时，却去他营中放火；待他回寨，出其不意，突出斩之。魏延斩了王双，引兵回到汉中见孔明，交割了人马。孔明设宴大会，不在话下。

王双大惊，措手不及，被延一刀砍于马下——王双武艺，原本与魏延不相上下，魏延却按照诸葛亮之计，先乱其心，然后出其不意斩之，这就比硬拼省事多了。在《三国演义》中，处处可见这种“斗智优于斗力”的生动例证。

且说张郃追蜀兵不上，回到寨中。忽有陈仓城郝昭差人申报，言王双被斩。曹真闻知，伤感不已，因此忧成疾病，遂回洛阳，命郭淮、孙礼、张郃守长安诸道。

却说吴王孙权设朝，有细作人报说："蜀诸葛丞相出兵两次，魏都督曹真兵损将亡。"于是群臣皆劝吴王兴师伐魏，以图中原。权犹疑未决。张昭奏曰："近闻武昌东山，凤凰来仪；大江之中，黄龙屡现。主公德配唐、虞，明并文、武，可即皇帝位，然后兴兵。"多官皆应曰："子布之言是也。"遂选定夏四月丙申日*，筑坛于武昌南郊。是日，群臣请权登坛即皇帝位，㊟改黄武八年为黄龙元年。谥父孙坚为武烈皇帝，母吴氏为武烈皇后，兄孙策为长沙桓王。立子孙登为皇太子。命诸葛瑾长子诸葛恪为太子左辅，张昭次子张休为太子右弼。

是日，群臣请权登坛即皇帝位——孙权称帝，比曹丕晚九年，比刘备晚八年，仅此即可看出其在政治上待时而动的特点。

恪字元逊，身长七尺，极聪明，善应对。权甚爱之。年六岁时，值东吴筵会，恪随父在座。权见诸葛瑾面长，乃令人牵一驴来，用粉笔书其面曰："诸葛子瑜"。众皆大笑。恪趋至前，取粉笔添二字于其下曰："诸葛子瑜之驴"。满座之人，无不惊讶。权大喜，遂将驴赐之。又一日，大宴官僚，权命恪把盏。巡至张昭面前，昭不饮，曰："此非养老之礼也。"权谓恪曰："汝能强子布饮乎？"恪领命，乃谓昭曰："昔姜尚父年九十，秉旄仗钺，未尝言老。今临阵之日，先生在后；饮酒之日，先生在前：何谓不养老也？"昭无言可答，只得强饮。权因此爱之，㊟故命辅太子。张昭佐吴王，位列三公之上，故以其子张休为太子右弼。又以顾雍为丞相；陆逊为上大将军*，辅太子守武昌。权复还建业。群臣共议伐魏之策。张昭奏曰："陛下初登宝位，未可动兵。只宜修文偃武，增设学校，以安民心；遣使入蜀，与蜀同盟，共分天下，缓缓图之。"

权因此爱之——此处插叙有关诸葛恪的两则小故事，不仅可为作品增添一点情趣，而且为孙权临终托孤于诸葛恪埋下伏笔。

权从其言，即令使命星夜入蜀，来见后主。礼毕，细奏其事。后主闻知，遂与群臣商议。众议皆谓孙权僭逆，宜绝其盟好。蒋琬曰："可令人问于丞相。"后主即遣使到汉中问孔明。孔明曰："可令人赍礼物入吴作贺，乞遣陆逊兴师伐魏。㊟魏必命司马懿拒之。懿若南拒东吴，我再出祁山，长安可图也。"后主依言，遂令卫尉陈震*，将名马、玉带、金珠、宝贝，入吴作贺。震至东吴，见了孙权，呈上国书。权大喜，设宴相待，打发回蜀。权召陆逊入，告以

乞遣陆逊兴师伐魏——诸葛亮面对现实，以对孙权称帝的承认，换取吴国出兵伐魏，以便分散曹魏兵力。这是一种实际的选择，也是一种不得已的选择。在错综复杂的政治斗争中，这是常有的现象。

西蜀约会兴兵伐魏之事。逊曰："此乃孔明惧司马懿之谋也。既与同盟，不得不从。今却虚作起兵之势，遥与西蜀为应。待孔明攻魏急，吾可乘虚取中原也。"即时下令，教荆、扬各处都要训练人马*，择日兴师。

却说陈震回到汉中，报知孔明。孔明尚忧陈仓不可轻进，先令人去哨探。回报说："陈仓城中郝昭病重。"孔明曰："大事成矣。"㊞遂唤魏延、姜维分付曰："汝二人领五千兵，星夜直奔陈仓城下；如见火起，并力攻城。"二人俱未深信，又来告曰："何日可行？"孔明曰："三日都要完备；不须辞我，即便起行。"二人受计去了。又唤关兴、张苞至，附耳低言，如此如此。二人各受密计而去。

孔明曰："大事成矣。"——郝昭病重，给诸葛亮以可乘之机。这也从反面证明郝昭智勇双全，堪称蜀军劲敌。

且说郭淮闻郝昭病重，乃与张郃商议曰："郝昭病重，你可速去替他。我自写表申奏朝廷，别行定夺。"张郃引着三千兵，急来替郝昭。时郝昭病危，当夜正呻吟之间，忽报蜀军到城下了。昭急令人上城守把。时各门上火起，城中大乱。昭听知惊死。蜀兵一拥入城。㊞

昭听知惊死。蜀兵一拥入城——正当张郃前来接替郝昭之时，蜀军已经里应外合，一举夺取陈仓，这就叫"兵贵神速"。

却说魏延、姜维领兵到陈仓城下看时，并不见一面旗号，又无打更之人。二人惊疑，不敢攻城。忽听得城上一声炮响，四面旗帜齐竖。只见一人纶巾羽扇，鹤氅道袍，大叫曰："汝二人来的迟了！"二人视之，乃孔明也。二人慌忙下马，拜伏于地曰："丞相真神计也！"孔明令放入城，谓二人曰："吾打探得郝昭病重，吾令汝三日内领兵取城，此乃稳众人之心也。吾却令关兴、张苞，只推点军，暗出汉中。吾即藏于军中，星夜倍道径到城下，使彼不能调兵。吾早有细作在城内放火，发喊相助，令魏兵惊疑不定。兵无主将，必自乱矣。吾因而取之，易如反掌。兵法云：'出其不意，攻其无备。'正谓此也。"魏延、姜维拜伏。孔明怜郝昭之死，令彼妻小扶灵柩回魏，以表其忠。㊞孔明谓魏延、姜维曰："汝二人且莫卸甲，可引兵去袭散关。把关之人，若知兵到，必然惊走。若稍迟便有魏兵至关，即难攻矣。"

令彼妻小扶灵柩回魏，以表其忠——郝昭虽曾给蜀军造成很大的麻烦，但其忠于职守，有勇有谋，仍然赢得了诸葛亮的尊重，这也是所谓"英雄识英雄"。

魏延、姜维受命，引兵径到散关。把关之人，果然尽走。二人上关，才要卸甲，遥见关外尘头大起，魏兵到来。二人相谓曰："丞相神算，不可测度！"急登楼视之，乃魏将张郃也。二人乃分兵守住险道。张郃见蜀兵把住要路，遂令退军。魏延随后追杀一阵，魏兵死者无数，张郃大败而去。延回到关上，令人报知孔明。孔明先自领兵出陈仓，取了建威*。后面蜀兵陆续迸发。后主又命大将陈式来助。孔明驱大兵复出祁山，[评]安下营寨。孔明聚众言曰："吾二次出祁山，不得其利；今又到此，吾料魏人必依旧战之地，与吾相敌。彼意疑我取雍、郿二处，必以兵拒守。吾观阴平、武都二郡，与汉连接，若得此地*，亦可分魏兵之势。何人敢取之？"姜维曰："某愿往。"王平应曰："某亦愿往。"孔明大喜，遂令姜维引兵一万取武都，王平引兵一万取阴平。二人领兵去了。

孔明驱大兵复出祁山——历史上诸葛亮第三次北伐，并未到祁山（参见第九十二回及本回总评）。这里是《三国演义》所写的"三出祁山"。

再说张郃回到长安，见郭淮、孙礼，说："陈仓已失，郝昭已亡，散关亦被蜀兵夺了。今孔明复出祁山，分道进兵。"淮大惊曰："若如此，必取雍、郿矣！"乃留张郃守长安，令孙礼保雍城，淮自引兵星夜来郿城守御，一面上表入洛阳告急。

却说魏主曹睿设朝，近臣奏曰："陈仓城已失，郝昭已亡，诸葛亮又出祁山，散关亦被蜀兵夺了。"睿大惊。忽又奏满宠等有表，说："东吴孙权僭称帝号，与蜀同盟。今遣陆逊在武昌训练人马，听候调用。只在旦夕，必入寇矣。"睿闻知两处危急，举止失措，甚是惊慌。此时曹真病未痊，即召司马懿商议。懿奏曰："以臣愚意所料，东吴必不举兵。"睿曰："卿何以知之？"懿曰："孔明尝思报猇亭之仇，非不欲吞吴也，只恐中原乘虚击彼，故暂与东吴结盟。陆逊亦知其意，故假作兴兵之势以应之，实是坐观成败耳。陛下不必防吴，只须防蜀。"[评]睿曰："卿真高见！"遂封懿为大都督，总摄陇西诸路军马，令近臣取曹真总兵将印来。懿曰："臣自去取之。"遂辞帝出朝，径到曹真府下，先令人入府报知，懿方进见。问病毕，懿曰："东吴、西蜀会合，兴兵入寇，今孔明又出祁山下寨，明公知之乎？"真惊讶曰："吾家人知我病重，不令我知。似此国家危急，何不拜仲达为都督，以退蜀兵耶？"懿曰："某才薄智浅，不称其职。"真曰："取印与仲达。"懿曰："都督少虑。某愿助一臂之力，只不敢受此印也。"真跃起曰："如仲达不领此任，中国必危矣！吾当抱病见帝以保之！"[评]懿曰："天子已有恩命，但懿不敢受耳。"真大喜曰："仲达今领此任，可退蜀兵。"懿见真再三让印，遂受之，入内辞了魏主，引

陛下不必防吴，只须防蜀——司马懿此言，深刻剖析了蜀、吴既是同盟，又有矛盾的真实关系，其眼力非常人可及。

吾当抱病见帝以保之——此时的司马懿，曹睿欲用之，曹真欲保之，可见其在曹魏政权中已经处于举足轻重的关键地位。

兵往长安来与孔明决战。正是：旧帅印为新帅取，两路兵惟一路来。未知胜负如何，且看下文分解。

尾评：

从计斩王双到奇袭陈仓，诸葛亮乘时而进，见可而退，总是力争主动，神出鬼没，使敌军防不胜防，表现了极其高超的用兵艺术。罗贯中以轻灵的笔触描写这些情节，给读者带来美的享受。

第九十九回
诸葛亮大破魏兵　司马懿入寇西蜀

总评

历史上诸葛亮第三次北伐，并未到祁山（参见第九十二回、第九十八回总评）。罗贯中虚构“三出祁山”，在本回绘声绘色地描写了蜀军与魏军的三次战斗：第一次，诸葛亮命姜维、王平分取武都、阴平二郡，又设下埋伏，大败前去救援的魏将郭淮、孙礼；第二次，司马懿命张郃、戴陵抄袭蜀军之后，反遭包围，大败而回；第三次，诸葛亮见司马懿不敢出战，诈作退兵，司马懿分兵追击，诸葛亮一面截击追兵，一面派兵袭击魏军大寨，使司马懿慌忙败退，越发不敢出战。三次战斗，司马懿均有妙计，但每次都因诸葛亮棋高一着而失败；甚至连诸葛亮退兵，司马懿也是过了五天方知。因此，司马懿只好一次又一次地长叹：“孔明真有神出鬼没之计，吾不能及也！”这就使读者深信：司马懿确实不及诸葛亮。

曹真、司马懿率兵攻蜀，本于《三国志·蜀书·后主传》：“（建兴）八年（230）秋，魏使司马懿由西城，张郃由子午，曹真由斜谷，欲攻汉中。丞相亮待之于城固、赤坂。大雨道绝，真等皆还。”对于这个双方并未实际交锋的战役，《三国演义》描写诸葛亮早已算定将有一月大雨，以突出其上知天文、下知地理的才干；而诸葛亮命张嶷、王平率一千兵去守陈仓古道，二人惊疑而不敢去的情节，更使人忍俊不禁。

蜀汉建兴七年夏四月，孔明兵在祁山，分作三寨，专候魏兵。

却说司马懿引兵到长安，张郃接见，备言前事。懿令郃为先锋，戴陵为副将，引十万兵到祁山，于渭水之南下寨。郭淮、孙礼入寨参见。懿问曰："汝等曾与蜀兵对阵否？"二人答曰："未也。"懿曰："蜀兵千里而来，利在速战；今来此不战，必有谋也。㊟陇西诸路，曾有信息否？"淮曰："已有细作探得各郡十分用心，日夜提防，并无他事。只有武都、阴平二处，未曾回报。"懿曰："吾自差人与孔明交战。汝二人急从小路去救二郡，却掩在蜀兵之后，彼必自乱矣。"二人受计，引兵五千，从陇西小路来救武都、阴平，就袭蜀兵之后。郭淮于路谓孙礼曰："仲达比孔明如何？"礼曰："孔明胜仲达多矣。"㊟淮曰："孔明虽胜，此一计足显仲达有过人之智。蜀兵如正攻两郡，我等从后抄到，彼岂不自乱乎？"正言间，忽哨马来报："阴平已被王平打破了，武都已被姜维打破了。前离蜀兵不远。"礼曰："蜀兵既已打破了城池，如何陈兵于外？必有诈也。不如速退。"郭淮从之。方传令教军退时，忽然一声炮响，山背后闪出一枝军马来，旗上大书："汉丞相诸葛亮"。中央一辆四轮车，孔明端坐于上；左有关兴，右有张苞。孙、郭二人见之，大惊。孔明大笑曰："郭淮、孙礼休走！司马懿之计，安能瞒得过吾？他每日令人在前交战，却教汝等袭吾军后。武都、阴平吾已取了。汝二人不早来降，欲驱兵与吾决战耶？"郭淮、孙礼听毕，大慌。忽然背后喊杀连天，王平、姜维引兵从后杀来。兴、苞二将又引军从前面杀来。两下夹攻，魏兵大败。郭、孙二人弃马爬山而走。张苞望见，骤马赶来；不期连人带马，跌入涧内，后军急忙救起，头已跌破。孔明令人送回成都养病。

却说郭、孙二人走脱，回见司马懿曰："武都、阴平二郡已失。孔明伏于要路，前后攻杀，因此大败，弃马步行，方得逃回。"懿曰："非汝等之罪，孔明智在吾先。可再引兵守把雍、郿二城，切勿

今来此不战，必有谋也——司马懿对蜀军行动的分析，颇有道理。可惜郭淮等人见不及此，待司马懿指出，已经晚了。

孔明胜仲达多，矣——孙礼此语，与司马懿本人一再自叹不如孔明，互相映衬，共同使读者强化了"司马懿不如诸葛亮"的印象。这是"六出祁山"这一情节单元的一个显著特点。

出战。吾自有破敌之策。”二人拜辞而去。懿又唤张郃、戴陵分付曰：“今孔明得了武都、阴平，必然抚百姓以安民心，不在营中矣。汝二人各引一万精兵，今夜起身，抄在蜀兵营后，一齐奋勇杀将过来；吾却引军在前布阵，只待蜀兵势乱，吾大驱士马，攻杀进去：两军并力，可夺蜀寨也。若得此地山势，破敌何难？”二人受计，引兵而去。戴陵在左，张郃在右，各取小路进发，深入蜀兵之后。三更时分，来到大路，两军相遇，合兵一处，却从蜀兵背后杀来。行不到三十里，前军不行。张、戴二人自纵马视之，只见数百辆草车横截去路。郃曰：“此必有准备。可急取路而回。”才传令退军，只见满山火光齐明，鼓角大震，伏兵四下皆出，把二人围住。孔明在祁山上大叫曰：“戴陵、张郃可听吾言：司马懿料吾往武都、阴平抚民，不在营中，故令汝二人来劫吾寨，却中吾之计也。㊞汝二人乃无名下将，吾不杀害，下马早降！”郃大怒，指孔明而骂曰：“汝乃山野村夫，侵吾大国境界，如何敢发此言！吾若捉住汝时，碎尸万段！”言讫，纵马挺枪，杀上山来。山上矢石如雨。郃不能上山，乃拍马舞枪，冲出重围，无人敢当。蜀兵困戴陵在垓心。郃杀出旧路，不见戴陵，即奋勇翻身又杀入重围，救出戴陵而回。孔明在山上，见郃在万军之中，往来冲突，英勇倍加，乃谓左右曰：“尝闻张益德大战张郃，人皆惊惧。吾今日见之，方知其勇也。若留下此人，必为蜀中之害。吾当除之。”㊞遂收军还营。

故令汝二人来劫吾寨，却中吾之计也——诸葛亮对司马懿之计，简直洞若观火，魏兵岂能不败？

若留下此人，必为蜀中之害。吾当除之——孔明此语，为第一〇一回箭射张郃埋下了伏笔。

却说司马懿引兵布成阵势，只待蜀兵乱动，一齐攻之。忽见张郃、戴陵狼狈而来，告曰：“孔明先如此提防，因此大败而归。”懿大惊曰：“孔明真神人也！不如且退。”即传令教大军尽回本寨，坚守不出。

且说孔明大胜，所得器械、马匹，不计其数，乃引大军回寨。每日令魏延挑战，魏兵不出。一连半月，不曾交兵。孔明正在帐中思虑，忽报天子遣侍中费祎赍诏至。孔明接入营中，焚香礼毕，开诏读曰：

> 街亭之役，咎由马谡；而君引愆，深自贬抑。重违君意，听顺所守。前年耀师，馘斩王双；今岁爰征，郭淮遁走；降集氐、羌，复兴二郡；威震凶暴，功勋显然。方今天下骚扰，元恶未枭，君受大任，干国之重，而久自抑损，非所以光扬洪烈

矣。今复君丞相，君其勿辞！

孔明听诏毕，谓费祎曰："吾国事未成，安可复丞相之职？"坚辞不受。祎曰："丞相若不受职，拂了天子之意，又冷淡了将士之心。宜且权受。"孔明方才拜受。祎辞去。

孔明见司马懿不出，思得一计，传令教各处皆拔寨而起。当有细作报知司马懿，说孔明退兵了。懿曰："孔明必有大谋，不可轻动。"张郃曰："此必因粮尽而回，如何不追？"懿曰："吾料孔明上年大收，今又麦熟，粮草丰足；虽然转运艰难，亦可支吾半载，安肯便走？彼见吾连日不战，故作此计引诱。㊟可令人远远哨之。"军士探知，回报说："孔明离此三十里下寨。"懿曰："吾料孔明果不走。且坚守寨栅，不可轻进。"住了旬日，绝无音信，并不见蜀将来战。懿再令人哨探，回报说："蜀兵已起营去了。"懿未信，乃更换衣服，杂在军中，亲自来看，果见蜀兵又退三十里下寨。懿回营，谓张郃曰："此乃孔明之计也，不可追赶。"㊟又住了旬日，再令人哨探。回报说："蜀兵又退三十里下寨。"郃曰："孔明用缓兵之计，渐退汉中，都督何故怀疑，不早追之？郃愿往决一战！"懿曰："孔明诡计极多，倘有差失，丧我军之锐气。不可轻进。"㊟郃曰："某去若败，甘当军令。"懿曰："既汝要去，可分兵两枝：汝引一枝先行，须要奋力死战。吾随后接应，以防伏兵。汝次日先进，到半途驻扎，后日交战，使兵力不乏。"遂分兵已毕。次日，张郃、戴陵引副将数十员、精兵三万，奋勇先进，到半路下寨。司马懿留下许多军马守寨，只引五千精兵，随后进发。㊟

原来孔明密令哨探，见魏兵半路而歇。是夜，孔明唤众将商议曰："今魏兵来追，必然死战。汝等须以一当十，吾以伏兵截其后：非智勇之将，不可当此任。"言毕，以目视魏延。延低头不语。王平出曰："某愿当之。"孔明曰："若有失，如何？"平曰："愿当军令。"孔明叹曰："王平肯舍身亲冒矢石，真忠臣也！虽然如此，奈魏兵分两枝前后而来，断吾伏兵在中；平纵然智勇，只可当一头，岂可分身两处？须再得一将同去为妙。怎奈军中再无舍死当先之人！"言未毕，一将出曰："某愿往！"孔明视之，乃张翼也。孔明曰："张郃乃魏之名将，有万夫不当之勇，汝非敌手。"翼曰："若有失事，愿献首于帐下。"孔明曰："汝既敢去，可与王平各引一万精兵伏于山谷

彼见吾连日不战，故作此计引诱——司马懿这一判断，又是对的，可见其确实老谋深算，眼力不凡。

此乃孔明之计也，不可追赶——司马懿仍然认为孔明退兵是计。如果他坚持此见，诸葛亮将别无良策，只好一直退回汉中。

倘有差失，丧我军之锐气。不可轻进——司马懿还是主张"不可轻进"，但因张郃一再催促追赶，口气已不那么坚决了。

只引五千精兵，随后进发——司马懿终于决定追赶蜀军，但仍是小心谨慎，留有余地。这几个层次，充分表现了司马懿稳扎稳打的特点，使他在众多魏将中显得出类拔萃。

中；只待魏兵赶上，任他过尽，汝等却引伏兵从后掩杀。若司马懿随后赶来，却分兵两头：张翼引一军当住后队，王平引一军截其前队。两军须要死战。吾自有别计相助。”二人受计，引兵而去。孔明又唤姜维、廖化分付曰：“与汝二人一个锦囊，引三千精兵，偃旗息鼓，伏于前山之上。如见魏兵围住王平、张翼，十分危急，不必去救，只开锦囊看视，自有解危之策。”二人受计，引兵而去。又令吴班、吴懿、马忠、张嶷四将，附耳分付曰：“如来日魏兵到，锐气正盛，不可便迎，且战且走。只看关兴引兵来掠阵之时，汝等便回军赶杀，吾自有兵接应。”四将受计，引兵而去。又唤关兴分付曰：“汝引五千精兵，伏于山谷；只看山上红旗飐动，却引兵杀出。”兴受计，引兵而去。㊖

兴受计，引兵而去——诸葛亮接连调遣五支人马，或明言交代，或授以锦囊，与司马懿的布置遥相对照，为一场激战酿造了紧张的气氛。

却说张郃、戴陵领兵前来，骤如风雨。马忠、张嶷、吴懿、吴班四将接着，出马交锋。张郃大怒，驱兵追杀。蜀兵且战且走。魏兵追赶约有二十余里，时值六月天气，十分炎热，人马汗如泼水。走到五十里外，魏兵尽皆气喘。孔明在山上把红旗一招，关兴引兵杀出。马忠等四将，一齐引兵掩杀回来。张郃、戴陵死战不退。忽然喊声大震，两路军杀出，乃王平、张翼也。各奋勇追杀，截其后路。郃大叫众将曰：“汝等到此，不决一死战，更待何时！”魏兵奋力冲突，不得脱身。忽然背后鼓角喧天，司马懿自领精兵杀到。懿指挥众将，把王平、张翼围在垓心。翼大呼曰：“丞相真神人也！计已算定，必有良谋。吾等当决一死战！”即分兵两路：平引一军截住张郃、戴陵，翼引一军力当司马懿。两头死战，叫杀连天。姜维、廖化在山上探望，见魏兵势大，蜀兵力危，渐渐抵当不住。维谓化曰：“如此危急，可开锦囊看计。”二人拆开视之，内书云：“若司马懿兵来围王平、张翼至急，汝二人可分兵两枝，竟袭司马懿之营；懿必急退，汝可乘乱攻之。营虽不得，可获全胜。”二人大喜，即分兵两路，径袭司马懿营中而去。

原来司马懿亦恐中孔明之计，沿途不住的令人传报。懿正催战间，忽流星马飞报，言蜀兵两路竟取大寨去了。懿大惊失色，乃谓众将曰：“吾料孔明有计，汝等不信，勉强追来，却误了大事！”即提兵急回，军心惶惶乱走。张翼随后掩杀，魏兵大败。张郃、戴陵见势孤，亦望山僻小路而走，蜀兵大胜。背后关兴引兵接应诸路。司马懿大败一阵，奔入寨时，蜀兵已自回去。懿收聚败军，责骂诸将曰：“汝等不知兵法，只凭血气之勇，强欲出战，致有此败。今后切不许妄动，㊟再有不遵，决正军法！”众皆羞惭而退。这一阵，魏军死者极多，遗弃马匹器械无数。

今后切不许妄动——连续几次战败，使司马懿深知自己不是诸葛亮的对手，故尔严禁诸将出战。这样，诸葛亮“三出祁山”便取得了明显的胜利。

却说孔明收得胜军马入寨，又欲起兵进取。忽报有人自成都来，说张苞身死。孔明闻知，放声大哭，口中吐血，昏绝于地。众人救醒。孔明自此得病，卧床不起。诸将无不感激。后人有诗叹曰：

> 悍勇张苞欲建功，可怜天不助英雄！
> 武侯泪向西风洒，为念无人佐鞠躬。

旬日之后，孔明唤董厥、樊建等入帐分付曰：“吾自觉昏沉，不能理事；不如且回汉中养病，再作良图。汝等切勿走泄：司马懿若知，必来攻击。”遂传号令，教当夜暗暗拔寨，皆回汉中。孔明去了五日，懿方得知，乃长叹曰：“孔明真有神出鬼没之计，吾不能及也！”㊟于是司马懿留诸将在寨中，分兵守把各处隘口；懿自班师回。

孔明真有神出鬼没之计，吾不能及也——司马懿之言，强烈地表现了他对孔明的敬畏和无可奈何。

却说孔明将大军屯于汉中，自回成都养病。文武官僚出城迎接，送入丞相府中。后主御驾自来问病，命御医调治，日渐痊可。

建兴八年秋七月，魏都督曹真病可，乃上表说：“蜀兵数次侵界，屡犯中原，若不剿除，必为后患。今时值秋凉，人马安闲，正当征伐。臣愿与司马懿同领大军，径入汉中，殄灭奸党，以清边境。”魏主大喜，问侍中刘晔曰：“子丹劝朕伐蜀，若何？”晔奏曰：“大将军之言是也。今若不剿除，后必为大患。陛下便可行之。”睿点头。晔出内回家，有众大臣相探，问曰：“闻天子与公计议兴兵伐蜀，此事如何？”晔应曰：“无此事也。蜀有山川之险，非可易图；空费军马之劳，于国无益。”众官皆默然而出。杨暨入内奏曰：“昨闻刘晔劝陛下伐蜀；今日与众臣议，又言不可伐：是欺陛下也。陛下何不召而问之？”睿即召刘晔入内，问曰：“卿劝朕伐蜀；今又言不可，何也？”晔曰：“臣细详之，蜀不可伐。”睿大笑。少时，杨暨出内。晔奏曰：“臣昨日劝陛下伐蜀，乃国之大事，岂可妄泄于人？夫兵者，诡道也：事未发切宜秘之。”睿大悟曰：“卿言是也。”自此愈加敬重。旬日内，司马懿入朝，魏主将曹真表奏之事，逐一言之。懿奏曰：

引四十万大兵……径来取汉中——在“六出祁山”这一情节单元中，这是魏军仅有的一次主动进攻，可谓来势汹汹。

汝二人先引一千兵去守陈仓古道——魏军多达四十万，诸葛亮却命张嶷、王平只领一千兵去抵挡，真是不可思议！读者看到此处，也难以猜出诸葛亮的葫芦里究竟卖的是什么药。

待魏兵退，那时以大兵掩之——如此解释，既出人意料，又合乎情理，足以让人放心。

“臣料东吴未敢动兵，今日正可乘此去伐蜀。”睿即拜曹真为大司马、征西大都督，司马懿为大将军、征西副都督，刘晔为军师。三人拜辞魏主，引四十万大兵，前行至长安，径来取汉中*。㊞其余郭淮、孙礼等，各取路而行。

汉中人报入成都。此时孔明病好多时，每日操练人马，习学八阵之法，尽皆精熟，欲取中原；听得这个消息，遂唤张嶷、王平分付曰：“汝二人先引一千兵去守陈仓古道，㊞以当魏兵；吾却提大兵便来接应。”二人告曰：“人报魏军四十万，诈称八十万，声势甚大，如何只与一千兵去守隘口？倘魏兵大至，何以拒之？”孔明曰：“吾欲多与，恐士卒辛苦耳。”嶷与平面面相觑，皆不敢去。孔明曰：“若有疏失，非汝等之罪。不必多言，可疾去。”二人又哀告曰：“丞相欲杀某二人，就此请杀，只不敢去。”孔明笑曰：“何其愚也！吾令汝等去，自有主见：吾昨夜仰观天文，见毕星躔于太阴之分，此月内必有大雨淋漓；魏兵虽有四十万，安敢深入山险之地？因此不用多军，决不受害。吾将大军皆在汉中安居一月，待魏兵退，那时以大兵掩之：㊞以逸待劳，吾十万之众，可胜魏兵四十万也。”二人听毕，方大喜，拜辞而去。孔明随统大军出汉中，传令教各处隘口，预备干柴草料细粮，俱够一月人马支用，以防秋雨；将大军宽限一月，先给衣食，伺候出征。

却说曹真、司马懿同领大军，径到陈仓城内，不见一间房屋；寻土人问之，皆言孔明回时放火烧毁。曹真便要从陈仓道进发。懿曰：“不可轻进。我夜观天文，见毕星躔于太阴之分，此月内必有大雨。若深入重地，常胜则可；倘有疏虞，人马受苦，要退则难。且宜在城中搭起窝铺住扎，以防阴雨。”真从其言。未及半月，天雨大降，淋漓不止。陈仓城外，平地水深三尺，军器尽湿，人不得睡，昼夜不安。大雨连降三十日，马无草料，死者无数，军士怨声不绝。传入洛阳，魏主设坛，求晴不得。散骑常侍王肃*上疏曰：

前志有之：“千里馈粮，士有饥色，樵苏后爨，师不宿饱。”此谓平途之行军者也。又况于深入险阻，凿路而前，则其为劳，必相百也。今又加之以霖雨，山坂峻滑，众逼而不展，粮远而难继：实行军之大忌也。闻曹真发已逾月，而行方半谷，治道功大，战士悉作：是彼偏得以逸待劳，乃兵家之所惮也。言之前代，则武王伐纣，出关而复还；论之近事，则武、文征权，临江而不济：岂非顺天知时，通于权变者哉？愿陛下念水雨艰剧之故，休息士卒；后日有衅，乘时用之。所谓“悦以犯难，民忘其死”者也。

魏主览表，正在犹豫，杨阜、华歆亦上疏谏。魏主即下诏，遣使诏曹真、司马懿还朝。

却说曹真与司马懿商议曰："今连阴三十日，军无战心，各有思归之意，如何禁止？”懿曰："不如且回。”真曰："倘孔明追来，怎生退之？”懿曰："先伏两军断后，方可回兵。”正议间，忽使命来召。二人遂将大军前队作后队，后队作前队，徐徐而退。㊟

二人遂将大军前队作后队，后队作前队，徐徐而退——曹军大动干戈，却一无所获，只得悻悻而退；不过，曹真、司马懿到底久经战阵，退兵还是颇有章法的。

却说孔明计算一月秋雨将尽，天尚未晴，自提一军屯于城固，又传令教大军会于赤阪驻扎*。孔明升帐，唤众将言曰："吾料魏兵必走，魏主必下诏来取曹真、司马懿兵回。吾若追之，必有准备；不如任他且去，再作良图。”忽王平令人报来，说魏兵已回。孔明分付来人，传与王平："不可追袭。吾自有破魏兵之策。”正是：魏兵纵使能埋伏，汉相原来不肯追。未知孔明怎生破魏，且看下文分解。

尾评：

本回写诸葛亮三次打败魏军，均将司马懿的计策揭得明明白白，丝毫不差，令人觉得简直神乎其神。作为古代长篇小说，《三国演义》编织情节，塑造人物，往往带有浓郁的浪漫情调和传奇色彩，与现代严格的现实主义小说大不相同。明确这一点，人们才能更好地欣赏它。

第一〇〇回

汉兵劫寨破曹真　武侯斗阵辱仲达

总评

据《三国志·魏书·明帝纪》、《曹真传》，魏太和四年（蜀汉建兴八年，公元230年）七月，命大司马曹真、大将军司马懿攻蜀；九月，因连日大雨，命曹真等退兵；曹真因病回到洛阳，魏明帝亲自到其府中看望；直到太和五年（231）三月，曹真才病死。罗贯中对史实大胆加以改造，并巧为虚构，描写曹真、司马懿从汉中退兵后，诸葛亮利用曹真的麻痹情绪，派兵袭击，气得曹真卧床不起，诸葛亮趁机"四出祁山"；接着，诸葛亮致书曹真，大加嘲讽，将曹真活活气死；然后，诸葛亮又与司马懿交锋，通过斗阵法，大败魏军。这一系列虚构的情节，使蜀军在"四出祁山"中又一次成为胜利者，使诸葛亮又一次表现为战无不胜的大军事家。

正当"四出祁山"节节胜利之际，李严部属苟安因运粮误期，受到责罚，竟怀恨投奔司马懿，并奉命回成都散布谣言，诬蔑诸葛亮将欲篡位，使后主下诏宣诸葛亮班师回朝。诸葛亮明知有人进谗，但为了维护忠臣的形象，仍不得不退兵。这一情节虽系虚构，却充分揭露了小人之可恨，后主之昏庸。忠臣在外出生入死，小人却在内造谣诬陷，连地位尊崇、功德盖世的诸葛亮也被暗箭所伤，怎不令志士寒心！这就使读者的心灵蒙上了一层预感北伐难以成功的阴影。

却说众将闻孔明不追魏兵，俱入帐告曰："魏兵苦雨，不能屯扎，因此回去，正好乘势追之。丞相如何不追？"孔明曰："司马懿善能用兵，今军退必有埋伏。吾若追之，正中其计。不如纵他远去，吾却分兵径出斜谷而取祁山，使魏人不提防也。"众将曰："取长安之地，别有路途；丞相只取祁山，何也？"孔明曰："祁山乃长安之首也：陇西诸郡，倘有兵来，必经由此地；更兼前临渭滨*，左出右入，可以伏兵，乃用武之地。吾故欲先取此，得地利也。"众将皆拜服。孔明令魏延、张嶷、杜琼、陈式出骆谷*；马岱、王平、张翼、马忠出斜谷：俱会于祁山。调拨已定，孔明自提大军，令关兴、廖化为先锋，随后进发。

却说曹真、司马懿二人，在后监督人马，令一军入陈仓古道探视，回报说蜀兵不来。又行旬日，后面埋伏众将皆回，说蜀兵全无音耗。真曰："连绵秋雨，栈道断绝，蜀人岂知吾等退军耶？"懿曰："蜀兵随后出矣。"㊟真曰："何以知之？"懿曰："连日晴明，蜀兵不赶，料吾有伏兵也，故纵我兵远去；待我兵过尽，他却夺祁山矣。"曹真不信。懿曰："子丹如何不信？吾料孔明必从两谷而来。吾与子丹各守一谷口，十日为期。若无蜀兵来，我面涂红粉，身穿女衣，来营中伏罪。"真曰："若有蜀兵来，我愿将天子所赐玉带一条、御马一匹与你。"即分兵两路：真引兵屯于斜谷口*，懿引军屯于骆谷口*。各下寨已毕。懿先引一枝兵伏于山谷中；其余军马，各于要路安营。懿更换衣装，杂在众军之内，遍观各营。忽到一营，有一偏将仰天而怨曰："大雨淋了许多时，不肯回去；今又在这里顿住，强要赌赛，却不苦了官军！"懿闻言，归寨升帐，聚众将皆到帐下，挨出那将来。懿叱之曰："朝廷养军千日，用在一时。汝安敢出怨言，以慢军心！"其人不招。懿叫出同伴之人对证，那将不能抵赖。懿曰："吾非赌赛；欲胜蜀兵，令汝各人有功回朝。汝乃妄出怨言，自取罪

蜀兵随后出矣——曹真以为蜀军不出，司马懿却认为蜀军必出，二人眼光之高低于此可见，曹真之败亦于此可见。

戾！”喝令武士推出斩之。须臾，献首帐下。众将悚然。懿曰：“汝等诸将皆要尽心以防蜀兵。听吾中军炮响，四面皆进。”众将受令而退。

却说魏延、张嶷、陈式、杜琼四将，引二万兵，取骆谷而进。正行之间，忽报参谋邓芝到来。四将问其故，芝曰：“丞相有令：如出骆谷，提防魏兵埋伏，不可轻进。”陈式曰：“丞相用兵何多疑耶？吾料魏兵连遭大雨，衣甲皆毁，必然急归；安得又有埋伏？今吾兵倍道而进，可获大胜，如何又教休进？”芝曰：“丞相计无不中，谋无不成，汝安敢违令？”式笑曰：“丞相若果多谋，不致街亭之失！”魏延想起孔明向日不听其计，亦笑曰：“丞相若听吾言，径出子午谷，此时休说长安，连洛阳皆得矣！今执定要出祁山，有何益耶？既令进兵，今又教休进，何其号令不明！”式曰：“吾自有五千兵，径出骆谷，先到祁山下寨，看丞相羞也不羞！”芝再三阻当，式只不听，径自引五千兵出骆谷去了。邓芝只得飞报孔明。

却说陈式引兵行不数里，忽听的一声炮响，四面伏兵皆出。式急退时，魏兵塞满谷口，围得铁桶相似。式左冲右突，不能得脱。忽闻喊声大震，一彪军杀入，乃是魏延。救了陈式，回到谷中，五千兵只剩得四五百带伤人马。背后魏兵赶来，却得杜琼、张嶷引兵接应，魏兵方退。陈、魏二人方信孔明先见如神，懊悔不及。

且说邓芝回见孔明，言魏延、陈式如此无礼。孔明笑曰：“魏延素有反相，吾知彼常有不平之意，因怜其勇而用之。久后必生患害。”㊟正言间，忽流星马报到，说陈式折了四千余人，止有四五百带伤人马，屯在谷中。孔明令邓芝再来骆谷抚慰陈式，防其生变；一面唤马岱、王平分付曰：“斜谷若有魏兵守把，汝二人引本部军越山岭，夜行昼伏，速出谷口之左*，举火为号。”又唤马忠、张翼分付曰：“汝等亦从山僻小路，昼伏夜行，径出谷口之右*，举火为号，与马岱、王平会合，共劫曹真营寨。吾自从谷中三面攻之，魏兵可破也。”四人领命，分头引兵去了。孔明又唤关兴、廖化分付曰：如此如此。二人受了密计，引兵而去。孔明自领精兵，倍道而行。正行间，又唤吴班、吴懿授与密计，亦引兵先行。

却说曹真心中不信蜀兵来，以此怠慢，纵令军士歇息；只等十

魏延素有反相……久后必生患害——诸葛亮每每抑制魏延，又不用其奇计，魏延自然心中不平，但这与企图谋反完全是两码事。《三国演义》多次写诸葛亮称“魏延素有反相”，以证明诸葛亮有先见之明。而从后人眼光看来，这只能说是诸葛亮对魏延早有偏见。

日无事，要羞司马懿。不觉守了七日，忽有人报谷中有些小蜀兵出来。真令副将秦良引五千兵哨探，不许纵令蜀兵近界。秦良领命，引兵刚到谷口，哨见蜀兵退去。良急引兵赶来，行到五六十里，不见蜀兵，心下疑惑，教军士下马歇息。忽哨马报说："前面有蜀兵埋伏。"良上马看时，只见山中尘土大起，急令军士提防。不一时，四壁厢喊声大震：前面吴班、吴懿引兵杀出，背后关兴、廖化引兵杀来。左右是山，皆无路走。山上蜀兵大叫："下马投降者免死！"魏兵大半多降。秦良死战，被廖化一刀斩于马下。孔明把降兵拘于后军，却将魏兵衣甲与蜀兵五千人穿了，扮作魏兵，令关兴、廖化、吴班、吴懿四将引着，径奔曹真寨来；先令报马入寨说："只有些小蜀兵，尽赶去了。"真大喜。忽报司马都督差心腹人至，真唤入问之。其人告曰："今都督用埋伏计，杀蜀兵四千余人。司马都督致意将军，教休将赌赛为念，务要用心提备。"真曰："吾这里并无一个蜀兵。"㊟遂打发来人回去。忽又报秦良引兵回来了。真自出帐迎之。比及到寨，人报前后两把火起。真急回寨后看时，关兴、廖化、吴班、吴懿四将，指麾蜀军，就营前杀将进来；马岱、王平从后面杀来；马忠、张翼亦引兵杀到。魏军措手不及，各自逃生。众将保曹真望东而走，背后蜀兵赶来。曹真正奔走，忽然喊声大震，一彪军杀到。真胆战心惊，视之，乃司马懿也。懿大战一场，蜀兵方退。真得脱，羞惭无地。懿曰："诸葛亮夺了祁山地势，吾等不可久居此处；宜去渭滨安营，再作良图。"真曰："仲达何以知吾遭此大败也？"懿曰："见来人报称子丹说并无一个蜀兵，吾料孔明暗来劫寨，因此知之，故相接应。今果中计。切莫言赌赛之事，只同心报国。"曹真甚是惶恐，气成疾病，卧床不起。㊟兵屯渭滨，懿恐军心有乱，不敢教真引兵。

却说孔明大驱士马，复出祁山。㊟劳军已毕，魏延、陈式、杜琼、张嶷入帐拜伏请罪。孔明曰："是谁失陷了军来？"延曰："陈式不听号令，潜入谷口，以此大败。"式曰："此事魏延教我行来。"孔明曰："他倒救你，你反攀他！将令已违，不必巧说！"即叱武士推出陈式斩之。须臾，悬首于帐前，以示诸将。此时孔明不杀魏延，欲留之以为后用也。孔明既斩了陈式，正议进兵，忽有细作报说曹真

吾这里并无一个蜀兵——蜀兵已经入其境，斩其将，俘虏其巡逻人马，曹真却全然不知，还在自以为平安无事。如此麻痹大意，岂能不败！

曹真甚是惶恐，气成疾病，卧床不起——司马懿小心戒备，结果消灭蜀军四千余人；曹真满不在乎，结果被蜀军打得狼狈逃窜。两相对照，高低判然，曹真怎么不气出病来！

却说孔明大驱士马，复出祁山——这就是《三国演义》描写的"四出祁山"。

卧病不起，现在营中治疗。孔明大喜，谓诸将曰："若曹真病轻，必便回长安。今魏兵不退，必为病重，故留于军中，以安众人之心。吾写下一书，教秦良的降兵持与曹真，真若见之，必然死矣！"㊣遂唤降兵至帐下，问曰："汝等皆是魏军，父母妻子多在中原，不宜久居蜀中。今放汝等回家，若何?"众军泣泪拜谢。孔明曰："曹子丹与吾有约；吾有一书，汝等带回，送与子丹，必有重赏。"魏军领了书，奔回本寨，将孔明书呈与曹真。真扶病而起，拆封视之。其书曰：

> 汉丞相、武乡侯诸葛亮，致书于大司马曹子丹之前：窃谓夫为将者，能去能就，能柔能刚；能进能退，能弱能强。不动如山岳，难测如阴阳；无穷如天地，充实如太仓；浩渺如四海，眩曜如三光。㊣预知天文之旱涝，先识地理之平康；察阵势之期会，揣敌人之短长。嗟尔无学后辈，上逆穹苍；助篡国之反贼，称帝号于洛阳；走残兵于斜谷，遭霖雨于陈仓；水陆困乏，人马猖狂；抛盈郊之戈甲，弃满地之刀枪；都督心崩而胆裂，将军鼠窜而狼忙！无面见关中之父老，何颜入相府之厅堂！史官秉笔而记录，百姓众口而传扬：仲达闻阵而惕惕，子丹望风而遑遑！吾军兵强而马壮，大将虎奋以龙骧；扫秦川为平壤，荡魏国作丘荒！

曹真看毕，恨气填胸；至晚，死于军中。司马懿用兵车装载，差人送赴洛阳安葬。魏主闻知曹真已死，即下诏催司马懿出战。懿提大军来与孔明交锋，隔日先下战书。

孔明谓诸将曰："曹真必死矣。"遂批回"来日交锋"，使者去了。孔明当夜教姜维受了密计：如此而行。又唤关兴分付：如此如此。次日，孔明尽起祁山之兵，前到渭滨：一边是河，一边是山，中央平川旷野，好片战场！两军相迎，以弓箭射住阵角。三通鼓罢，魏阵中门旗开处，司马懿出马，众将随后而出。只见孔明端坐于四轮车上，手摇羽扇。懿曰："吾主上法尧禅舜，相传二帝，坐镇中原，容汝蜀、吴二国者，乃吾主宽慈仁厚，恐伤百姓也。汝乃南阳一耕夫，不识天数，强要相侵，理宜殄灭！如省心改过，宜即早回，各守疆界，以成鼎足之势，免致生灵涂炭，汝等皆得全生！"孔明笑曰："吾受先帝托孤之重，安肯不倾心竭力以讨贼乎！汝曹氏不久为

真若见之，必然死矣——对曹真的病情，诸葛亮的分析甚为有理。在《三国演义》中，这类极富辩证精神的分析，真是不胜枚举。正是在此基础上，诸葛亮决定抓住时机，致书曹真，给予致命的一击。

浩渺如四海，眩曜如三光——这一组排比句，气势轩昂，文采焕然，把为将之道的丰富多彩、变幻莫测写得令人神往。

汉所灭。汝祖父皆为汉臣，世食汉禄，不思报效，反助篡逆，岂不自耻?”懿羞惭满面曰:“吾与汝决一雌雄！汝若能胜，吾誓不为大将！汝若败时，早归故里，吾并不加害。”

孔明曰:“汝欲斗将？斗兵？斗阵法?”懿曰:“先斗阵法。”孔明曰:“先布阵我看。”懿入中军帐下，手执黄旗招飐，左右军动，排成一阵。复上马出阵，问曰:“汝识吾阵否?”孔明笑曰:“吾军中末将，亦能布之。——此乃‘混元一气阵’也。”懿曰:“汝布阵我看。”孔明入阵，把羽扇一摇，复出阵前，问曰:“汝识我阵否?”懿曰:“量此‘八卦阵’，如何不识！”孔明曰:“识便识了，敢打我阵否?”懿曰:“既识之，如何不敢打！”孔明曰:“汝只管打来。”司马懿回到本阵中，唤戴陵、张虎、乐綝三将，分付曰:“今孔明所布之阵，按休、生、伤、杜、景、死、惊、开八门。汝三人可从正东‘生门’打入，往西南‘休门’杀出，复从正北‘开门’杀入：此阵可破。汝等小心在意！”于是戴陵在中，张虎在前，东綝在后，各引三十骑，从生门打入。两军呐喊相助。三人杀入蜀阵，只见阵如连城，冲突不出。三人慌引骑转过阵脚，往西南冲去，却被蜀兵射住，冲突不出。阵中重重叠叠，都有门户，那里分东西南北？三将不能相顾，只管乱撞，但见愁云漠漠，惨雾蒙蒙。喊声起处，魏军一个个皆被缚了，㊟送到中军。孔明坐于帐中，左右将张虎、戴陵、乐綝并九十个军，皆缚在帐下。孔明笑曰:“吾纵然捉得汝等，何足为奇！吾放汝等回见司马懿，教他再读兵书，重观战策，那时来决雌雄，未为迟也。汝等性命既饶，当留下军器战马。”遂将众人衣服脱下，以墨涂面，步行出阵。

喊声起处，魏军一个个皆被缚了——司马懿派出张虎等人攻打蜀阵，由于诸葛亮技高一筹，魏军尽皆被俘。当然，这里的描写带有一定神秘色彩，与实际的古代阵法颇有出入。

司马懿见之大怒，回顾诸将曰:“如此挫败锐气，有何面目回见中原大臣耶！”即指挥三军，奋死掠阵。懿自拔剑在手，引百余骁将，催督冲杀。两军恰才相会，忽然阵后鼓角齐鸣，喊声大震，一彪军从西北上杀来*，乃关兴也。懿分后军当之，复催军向前厮杀。忽然魏兵大乱：原来姜维引一彪军悄地杀来，蜀兵三路夹攻。懿大惊，急忙退军。蜀兵周围杀到，懿引三军望北死命冲出*。魏兵十伤六七。司马懿退在渭水南岸下寨*，坚守不出。㊟

司马懿退在渭水南岸下寨，坚守不出——这一仗，司马懿再次败在诸葛亮手下，只得又“坚守不出”。这样，蜀军在“四出祁山”中又取得了压倒性的胜利。

孔明收得胜之兵，回到祁山时，永安城李严遣都尉苟安解送粮米，至军中交割。苟安好酒，于路怠慢，违限十日。孔明大怒曰：

"吾军中专以粮为大事，误了三日，便该处斩！汝今误了十日，有何理说？"喝令推出斩之。长史杨仪曰："苟安乃李严用人，又兼钱粮多出于益州，若杀此人，后无人敢送粮也。"孔明乃叱武士去其缚，杖八十放之。苟安被责，心中怀恨，连夜引亲随五六骑，径奔魏寨投降。懿唤入，苟安拜告前事。懿曰："虽然如此，孔明多谋，汝言难信。汝能为我干一件大功，吾那时奏准天子，保汝为上将。"安曰："但有甚事，即当效力。"懿曰："汝可回成都布散流言，说孔明有怨上之意，早晚欲称为帝，使汝主召回孔明：即是汝之功矣。"苟安允诺，径回成都，见了宦官，布散流言，说孔明自倚大功，早晚必将篡国。宦官闻知大惊，即入内奏帝，细言前事。后主惊讶曰："似此如之奈何？"宦官曰："可诏还成都，削其兵权，免生叛逆。"后主下诏，宣孔明班师回朝。蒋琬出班奏曰："丞相自出师以来，累建大功，何故宣回？"后主曰："朕有机密事，必须与丞相面议。"即遣使赍诏，星夜宣孔明回。使命径到祁山大寨，孔明接入，受诏已毕，仰天叹曰："主上年幼，必有佞臣在侧！吾正欲建功，何故取回？我如不回，是欺主矣。若奉命而退，日后再难得此机会也。"㊟姜维问曰："若大军退，司马懿乘势掩杀，当复如何？"孔明曰："吾今退军，可分五路而退。今日先退此营，假如营内一千兵，却掘二千灶，明日掘三千灶，后日掘四千灶：每日退军，添灶而行。"杨仪曰："昔孙膑擒庞涓，用添兵减灶之法而取胜；今丞相退兵，何故增灶？"孔明曰："司马懿善能用兵，知吾兵退，必然追赶；心中疑吾有伏兵，定于旧营内数灶；见每日增灶，兵又不知退与不退，则疑而不敢追。吾徐徐而退，自无损兵之患。"㊟遂传令退军。

却说司马懿料苟安行计停当，只待蜀兵退时，一齐掩杀。正踌躇间，忽报蜀寨空虚，人马皆去。懿因孔明多谋，不敢轻追，自引百余骑前来蜀营内踏看，教军士数灶，仍回本寨；次后，又教军士赶到那个营内，查点灶数。回报说："这营内之灶，比前又增一分。"司马懿谓诸将曰："吾料孔明多谋，今果添兵增灶，吾若追之，必中其计；不如且退，再作良图。"于是回军不追。孔明不折一人，望成都而去。次日，川口土人来报司马懿，说孔明退兵之时，未见添兵，只见增灶。懿仰天长叹曰："孔明效虞诩之法，瞒过吾也！其谋略吾不如之！"㊟遂引大军还洛阳。正是：棋逢敌手难相胜，将遇良才不

若奉命而退，日后再难得此机会也——明知有人进谗，明知退兵就会失去取胜良机，但为了避免"欺主"、"不忠"的恶名，诸葛亮仍然不得不退兵。这是诸葛亮的悲哀，也是历史的悲哀！

吾徐徐而退，自无损兵之患——诸葛亮在退兵中采用逐日增灶之法，以迷惑司马懿，这又是出人意料的妙计。

其谋略吾不如之——司马懿明明估计苟安的反间计能够生效，但因害怕诸葛亮多谋，仍不敢轻易追赶；见了蜀军增灶，更是决定不追。等到事后得知真情，司马懿又只有感慨的份了。

敢骄。未知孔明退回成都，竟是如何，且看下文分解。

尾评：

由于昏庸的后主听信了流言，诸葛亮不得不放弃乘胜进兵的良机，下令退兵。不过，诸葛亮毕竟是诸葛亮，在退兵中，他仍然从容不迫，指挥若定，出入意料地采用增灶之法，使司马懿不敢追击，使其退兵成为又一个成功的战例。在司马懿面前，诸葛亮终究还是胜利者！

第一〇一回
出陇上诸葛妆神　奔木门张郃中计*

总评

据《三国志·蜀书·后主传》:“(建兴)九年(231)春二月,(诸葛)亮复出军围祁山，始以木牛运。魏司马懿、张郃救祁山。夏六月，亮粮尽退军，郃追至青封，与亮交战，被箭死。”《诸葛亮传》亦有类似记载。这是历史上诸葛亮第四次北伐，是他第二次出兵祁山。由于《三国演义》将曹真、司马懿率兵攻蜀发展为诸葛亮“四出祁山”，于是，此次北伐就被写成了“五出祁山”。

诸葛亮为了抢收陇上小麦，有意安排四辆同样的四轮车，分别向魏军挑战，以吸引魏军注意力，趁魏军惊疑不定之机，三万蜀军一举将小麦收完。对此带有一定神秘色彩的描写，有人颇不以为然。其实，在科学很不发达，神鬼崇拜普遍存在的古代，日常生活中不乏装神弄鬼的现象，在军事上以装神弄鬼迷惑对方也是完全可能的。罗贯中如此描写，不难理解；而从战术意识来看，以小股部队制造假象，牵制对方，而以大军实现主要目标，完全符合声东击西、避实击虚的军事原则。今人读古代小说，应当善于真正把握其合理的内涵、美好的精髓。

张郃中伏被射之事,《三国志·蜀书·后主传》、《诸葛亮传》、《魏书·张郃传》均有记载。特别值得注意的是《张郃传》注引《魏略》:“(诸葛)亮军退,司马宣王使郃追之。郃曰：'军法，围城必开出路，归军勿追。'宣王不听。郃不得已，遂进。蜀军乘高布伏，弓弩乱发，矢中郃髀。”这就是说，历史上的张郃反对追赶蜀军，司马懿却硬要他追赶，以致他中伏身亡。大概身为晋臣的陈寿害怕得罪司马氏，在《三国志》中不敢如实记载，而只含糊过去。罗贯中为了保持小说中司马懿老谋深算、张郃有勇无谋的性格基调的连续性，对史实作了大幅度的改造，虚构诸葛亮设计诱敌，张郃力主追赶，司马懿一再劝阻而无效等情节，把几个人物的形象都刻画得十分鲜明。

李严谎报军情而被废黜之事，本于《三国志·蜀书·李严传》。李严身为托孤重臣，竟利令智昏，干出这等蠢事，结果害国害己，遗恨终生。这一触目惊心的事件，给后人留下了极其深刻的教训。

却说孔明用减兵添灶之法，退兵到汉中；司马懿恐有埋伏，不敢追赶，亦收兵回洛阳去了*，因此蜀兵不曾折了一人。孔明大赏三军已毕，回到成都，入见后主，奏曰："老臣出了祁山，欲取长安，忽承陛下降诏召回，不知有何大事？"后主无言可对；良久，乃曰："朕久不见丞相之面，心甚思慕，故特诏回，一无他事。"孔明曰："此非陛下本心，必有奸臣谗谮，言臣有异志也。"后主闻言，默然无语。孔明曰："老臣受先帝厚恩，誓以死报。今若内有奸邪，臣安能讨贼乎？"后主曰："朕因过听宦官之言，一时召回丞相。今日茅塞方开，悔之不及矣！"㊟孔明遂唤众宦官究问，方知是苟安流言；急令人捕之，已投魏国去了。孔明将妄奏的宦官诛戮，余皆废出宫外；又深责蒋琬、费祎等不能觉察奸邪，规谏天子。二人唯唯服罪。

今日茅塞方开，悔之不及矣——下诏班师，葬送的是将士们用鲜血和智慧创造的大好形势，如今轻飘飘一句"悔之不及"，又有什么用？！庸主误国，千载之后，犹令人拍案而起！

孔明拜辞后主，复到汉中，一面发檄令李严应付粮草，仍运赴军前；一面再议出师。杨仪曰："前数兴兵，军力罢敝，粮又不继。今不如分兵两班，以三个月为期：且如二十万之兵，只领十万出祁山，住了三个月，却教这十万替回，循环相转。若此则兵力不乏，然后徐徐而进，中原可图矣。"孔明曰："此言正合我意。吾伐中原，非一朝一夕之事，正当为此长久之计。"遂下令，分兵两班，限一百日为期，循环相转，违限者按军法处治。

建兴九年春二月，孔明复出师伐魏。时魏太和五年也。魏主曹睿知孔明又伐中原，急召司马懿商议。懿曰："今子丹已亡，臣愿竭一人之力，剿除寇贼，以报陛下。"睿大喜，设宴待之。次日，人报蜀兵寇急。睿即命司马懿出师御敌，亲排銮驾送出城外。懿辞了魏主，径到长安，大会诸路人马，计议破蜀兵之策。张郃曰："吾愿引一军去守雍、郿，以拒蜀兵。"懿曰："吾前军不能独当孔明之众，而又分兵为前后，非胜算也。不如留兵守上邽，余众悉往祁山。公肯为先锋否？"郃大喜曰："吾素怀忠义，欲尽心报国，惜未遇知己；今都督肯委重任，虽万死不辞！”于是司马懿令张郃为先锋，总督大军。又令郭淮守陇西诸郡，其余众将各分道而进。前军哨马报说：“孔明率大军望祁山进发，前部先锋王平、张嶷，径由散关而来*。”司马懿谓张郃曰：“今孔明长驱大进，必将割陇西小麦，以资军粮。㉑汝可结营守祁山，吾与郭淮巡略天水诸郡，以防蜀兵割麦。”郃领诺，遂引四万兵守祁山。懿引大军望陇西而去。

必将割陇西小麦，以资军粮——司马懿这一判断，又是完全正确。对于诸葛亮而言，他确实是一个强劲的对手。

却说孔明兵至祁山，㉑安营已毕，见渭滨有魏军提备，乃谓诸将曰：“此必是司马懿也。即今营中乏粮，屡遣人催并李严运米应付，却只是不到。吾料陇上麦熟，可密引兵割之。”于是留王平、张嶷、吴班、吴懿四将守祁山营，孔明自引姜维、魏延等诸将，前到卤城。卤城县令*素知孔明，慌忙开城出降。孔明抚慰毕，问曰：“此时何处麦熟？”县令告曰：“陇上麦已熟。”孔明乃留张翼、马忠守卤城，自引诸将并三军望陇上而来。前军回报说：“司马懿引兵在此。”孔明惊曰：“此人预知吾来割麦也！”即沐浴更衣，推过一般三辆四轮车来，车上皆要一样妆饰。此车乃孔明在蜀中预先造下的。当下令姜维引一千军护车，五百军擂鼓，伏在上邽之后；马岱在左，魏延在右，亦各引一千军护车，五百军擂鼓。每一辆车，用二十四人，皂衣跣足，披发仗剑，手执七星皂幡，在左右推车。三人各受计，引兵推车而去。孔明又令三万军皆执镰刀、驮绳，伺候割麦。却选二十四个精壮之士，各穿皂衣，披发跣足，仗剑簇拥四轮车，为推车使者。令关兴结束做天蓬模样，手执七星皂幡，步行于车前。孔明端坐于上，望魏营而来。

却说孔明兵至祁山——这就是《三国演义》所写的“五出祁出”。

哨探军见之大惊，不知是人是鬼，火速报知司马懿。懿自出营视之，只见孔明簪冠鹤氅，手摇羽扇，端坐于四轮车上；左右二十四人，披发仗剑；前面一人，手执皂幡，隐隐似天神一般。懿曰：“这个又是孔明作怪也！”遂拨二千人马，分付曰：“汝等疾去，连车带人，尽情都捉来！”魏兵领命，一齐追赶。孔明见魏兵赶来，便教回车，遥望蜀营缓缓而行。魏兵皆骤马追赶，但见阴风习习，冷雾漫漫，尽力赶了一程，追之不上。各人大惊，都勒住马言曰：“奇怪！我等急急赶了三十里，只见在前，追之不上。如之奈何？”孔明见兵不来，又令推车过来，朝着魏兵歇下。魏兵犹豫良久，又放马赶来。孔明复回车慢慢而行。魏兵又赶了二十里，只见在前，不曾赶上，尽皆痴呆。孔明教回过车，朝着魏军，推车倒行。魏兵又欲追赶。后面司马懿自引一军到，传令曰："孔明善会八门遁甲，能驱六丁六甲之神。此乃六甲天书内'缩地'之法也。众军不可追之。"众军方勒马回时，左势下战鼓大震，一彪军杀来。懿急令兵拒之，只见蜀兵队里二十四人，披发仗剑，皂衣跣足，拥出一辆四轮车；车上端坐孔明，簪冠鹤氅，手摇羽扇。懿大惊曰："方才那个车上坐着孔明，赶了五十里，追之不上，如何这里又有孔明？怪哉！怪哉！"言未毕，右势下战鼓又鸣，一彪军杀来，四轮车上亦坐着一个孔明，左右亦有二十四人，皂衣跣足，披发仗剑，拥车而来。懿心中大疑，回顾诸将曰："此必神兵也！"众军心下大乱，不敢交战，各自奔走。正行之际，忽然鼓声大震，又一彪军杀来：当先一辆四轮车，孔明端坐于上，左右前后推车使者，同前一般。魏兵无不骇然。司马懿不知是人是鬼，又不知多少蜀兵，十分惊惧，急急引兵奔入上邽，闭门不出。㊟此时孔明早令三万精兵将陇上小麦割尽，运赴卤城打晒去了。㊟

急急引兵奔入上邽，闭门不出——诸葛亮制造种种奇奇怪怪的现象，为的是惊吓司马懿，使其龟缩不出，无法干扰蜀军割麦。

运赴卤城打晒去了——魏军龟缩不出，蜀军正好集中全力收割小麦。诸葛亮"装神弄鬼"，其实是打了一个漂亮仗。

司马懿在上邽城中，三日不敢出城。后见蜀兵退去，方敢令军出哨；于路捉得一蜀兵，来见司马懿。懿问之，其人告曰："某乃割麦之人，因走失马匹，被提前来。"懿曰："前者是何神兵？"答曰："三路伏兵，皆不是孔明，乃姜维、马岱、魏延也。每一路只有一千军护车，五百军擂鼓。只是先来诱阵的车上乃孔明也。"懿仰天长叹曰："孔明有神出鬼没之机！"忽报副都督郭淮入见。懿接入，礼毕，淮曰："吾闻蜀兵不多，现在卤城打麦，可以击之。"懿细言前事。淮笑曰："只瞒过一时；今已识破，何足道哉！吾引一军攻其后，公引一军攻其前，卤城可破，孔明可擒也。"懿从之，遂分兵两路而来。

却说孔明引军在卤城打晒小麦，忽唤诸将听令曰："今夜敌人必来攻城。吾料卤城东西麦田之内，足可伏兵；谁敢为我一往？"姜维、魏延、马忠、马岱四将出曰："某等愿往。"孔明大喜，乃命姜维、魏延各引二千兵，伏在东南、西北两处；马岱、马忠各引二千兵，伏在西南、东北两处："只听炮响，四角一齐杀来。"四将受计，引兵去了。孔明自引百余人，各带火炮出城，伏在麦田之内等候。㊟

孔明自引百余人，各带火炮出城，伏在麦田之内等候——孔明一面安排伏兵，一面亲自出城施放号炮，其用计之高妙，胆气之豪壮，均堪为千古将帅之楷模。

却说司马懿引兵径到卤城下，日已昏黑，乃谓诸将曰："若白日进兵，城中必有准备；今可乘夜晚攻之。此处城低壕浅，可便打破。”遂屯兵城外。一更时分，郭淮亦引兵到。两下合兵，一声鼓响，把卤城围得铁桶相似。城上万弩齐发，矢石如雨，魏兵不敢前进。忽然魏军中信炮连声，三军大惊，又不知何处兵来。淮令人去麦田搜时，四角上火光冲天，喊声大震，四路蜀兵，一齐杀至；卤城四门大开，城内兵杀出：里应外合，大杀了一阵，魏兵死者无数。司马懿引败兵奋死突出重围，占住了山头；郭淮亦引败兵奔到山后扎住。孔明入城，令四将于四角安营。郭淮告司马懿曰：“今与蜀兵相持许久，无策可退；目下又被杀了一阵，折伤三千余人；若不早图，日后难退矣。”懿曰：“当复如何？”淮曰：“可发檄文，调雍、凉人马并力剿杀。吾愿引军袭剑阁，截其归路，使彼粮草不通，三军慌乱。那时乘势击之，敌可灭矣。”懿从之，即发檄文，星夜往雍、凉调拨人马。不一日，大将孙礼引雍、凉诸郡人马到。懿即令孙礼助战*。

却说孔明在卤城相拒日久，不见魏兵出城，乃唤姜维、马岱入城听令曰：“今魏兵守住山险，不与我战：一者料吾麦尽无粮；二者令兵去袭剑阁，断吾粮道也。汝二人各引一万军，先去守住险要，魏兵见有准备，自然退去。”二人引兵去了。长史杨仪入帐告曰：“向者丞相令大兵一百日一换，今已限足，汉中兵已出川口，前路公文已到，只待会兵交换：现存八万军，内四万该与换班。”孔明曰：“既有令，便教速行。”众军闻知，各各收拾起程。忽报孙礼引雍、凉人马二十万来助战，司马懿自引兵来攻卤城了。蜀兵无不惊骇。杨仪入告孔明曰：“魏兵来得甚急，丞相可将换班军且留下退敌，待新来兵到，然后换之。”孔明曰：“不可。吾用兵命将，以信为本；㊞既有令在先，岂可失信？且蜀兵应去者，皆准备归计，其父母妻子倚扉而望；吾今便有大难，决不留他。”即传令教应去之兵，当日便行。众军闻之，皆大呼曰：“丞相如此施恩于众，我等愿且不回，各舍一命，大杀魏兵，以报丞相！”孔明曰：“尔等该还家，岂可复留于此？”众军皆要出战，不愿回家。㊞孔明曰：“汝等既要与我出战，可出城安营，待魏兵到，莫待他息喘，便急攻之：此以逸待劳之法也。”众兵领命，各执兵器，欢喜出城，列阵而待。

却说雍、凉人马倍道而来*，走的人马困乏；方欲下营歇息，被

吾用兵命将，以信为本——语云：“自古皆有死，人无信不立。”“人而无信，不知其可。”无论是政治家、军事家，都必须“以信为本”。

众军皆要出战，不愿回家——此事本于《三国志·蜀书·诸葛亮传》注引郭冲之言。尽管裴松之指出此非史实，但其故事性却颇有吸引力。罗贯中采入《三国演义》而稍加增饰，生动地表现了诸葛亮“以信为本”的强大感召力。语云：“悦以犯难，民忘其死”，“众志成城”。将士皆愿效死，蜀军岂能不胜？

蜀兵一拥而进，人人奋勇，将锐兵骁，雍、凉兵抵敌不住，望后便退。蜀兵奋力追杀，杀得那雍、凉兵尸横遍野，血流成渠。孔明出城，收聚得胜之兵，入城赏劳。

忽报永安李严有书告急。孔明大惊，拆封视之。书云：

近闻东吴令人入洛阳，与魏连和；魏令吴取蜀，幸吴尚未起兵。今严探知消息，伏望丞相，早作良图。㊟

伏望丞相，早作良图——李严此信，虽然出人意料，但却煞有介事。人们无论如何也想不到，这位与诸葛亮一同接受托孤的大臣，竟然会谎报军情！

孔明览毕，甚是惊疑，乃聚诸将曰："若东吴兴兵寇蜀，吾须索速回也。"即传令，教祁山大寨人马，且退回益州："司马懿知吾屯军在此，必不敢追赶。"于是王平、张嶷、吴班、吴懿，分兵两路，徐徐退入益州去了。

张郃见蜀兵退去，恐有计策，不敢来追，乃引兵往见司马懿曰："今蜀兵退去，不知何意。"懿曰："孔明诡计极多，不可轻动。不如坚守，待他粮尽，自然退去。"大将魏平出曰："蜀兵拔祁山之营而退，正可乘势追之。都督按兵不动，畏蜀如虎，奈天下笑何？"懿坚执不从。

却说孔明知祁山兵已回，遂令杨仪、马忠入帐，授以密计，令先引一万弓弩手，去木门道两下埋伏*："若魏兵追到，听吾炮响，急滚下木石，先截其去路，两头一齐射之。"二人引兵去了。又唤魏延、关兴引兵断后，城上四面遍插旌旗，城内乱堆柴草，虚放烟火。大兵尽望木门道而去。

魏营巡哨军来报司马懿曰："蜀兵大队已退，但不知城中还有多少兵。"懿自往视之，见城上插旗，城中烟起，笑曰："此乃空城也。"令人探之，果是空城。懿大喜曰："孔明已退，谁敢追之？"先锋张郃曰："吾愿往。"懿阻曰："公性急躁，不可去。"郃曰："都督出关之时，命吾为先锋；今日止是立功之际，却不用吾，何也？"懿曰："蜀兵退去，险阻处必有埋伏，须十分仔细，方可追之。"郃曰："吾已知得，不必挂虑。"懿曰："公自欲去，莫要追悔。"郃曰："大丈夫舍身报国，虽万死无恨。"懿曰："公既坚执要去，可引五千兵先行；却教魏平引二万马步兵后行，以防埋伏。吾却引三千兵随后策应。"

张郃领命，引兵火速望前追赶。行到三十余里，忽然背后一声喊起，树林内闪出一彪军，为首大将，横刀勒马大叫曰："贼将引兵那里去！”郃回头视之，乃魏延也。郃大怒，回马交锋。不十合，延诈败而走。郃又追赶三十余里，勒马回顾，全无伏兵，又策马前追。方转过山坡，忽喊声大起，一彪军闪出，为首大将，乃关兴也，横刀勒马大叫曰："张郃休赶！有吾在此！”郃就拍马交锋。不十合，兴拨马便走，郃随后追之。赶到一密林内，郃心疑，令人四下哨探，并无伏兵；于是放心又赶。不想魏延却抄在前面；郃又与战十余合，延又败走。郃奋怒追来，又被关兴抄在前面，截住去路。郃大怒，拍马交锋。战有十合，蜀兵尽弃衣甲什物等件，塞满道路，魏军皆下马争取。延、兴二将，轮流交战，张郃奋勇追赶。看看天晚，赶到木门道口，魏延拨回马，高声大骂曰："张郃逆贼！吾不与汝相拒，汝只顾赶来。吾今与汝决一死战！”郃十分忿怒，挺枪骤马，直取魏延。延挥刀来迎。战不十合，延大败，尽弃衣甲、头盔，匹马引败兵望木门道中而走。张郃杀得性起，又见魏延大败而逃，乃骤马赶来。㊊此时天色昏黑，一声炮响，山上火光冲天，大石乱柴滚将下来，阻截去路。郃大惊曰："我中计矣！”急回马时，背后已被木石塞满了归路，中间只有一段空地，两边皆是峭壁，郃进退无路。忽一声梆子响，两下万弩齐发，将张郃并百余个部将，皆射死于木门道中。㊊后人有诗曰：

伏弩齐飞万点星，木门道上射雄兵。

至今溹水行人过*，犹说军师旧日名。

却说张郃已死，随后魏兵追到，见塞了道路，已知张郃中计。众军勒回马急退。忽听得山头上大叫曰："诸葛丞相在此！”众军仰视，只见孔明立于火光之中，指众军而言曰："吾今日围猎，欲射一‘马’，误中一‘獐’。汝各人安心而去，上复仲达：早晚必为吾所擒矣。”魏兵回见司马懿，细告前事。懿悲伤不已，仰天叹曰："张儁乂身死，吾之过也！”乃收兵回洛阳。魏主闻张郃死，挥泪叹息，令人收其尸，厚葬之。

却说孔明入汉中，欲归成都见后主。都护李严妄奏后主曰："臣已办备军粮，行将运赴丞相军前，不知丞相何故忽然班师。”㊊后主闻奏，即命尚书费祎入汉中见孔明，问班师之故。祎至汉中，宣后主之意。孔明大惊曰："李严发书告急，说东吴将兴兵寇蜀，因此回师。”费祎曰："李严奏称军粮已办，丞相无故回师，天子因此命

张郃杀得性起……乃骤马赶来——诸葛亮针对张郃急躁少谋的特点，让魏延、关兴轮流出战，逐步激怒张郃，将其引入埋伏地点。如此描写，甚为可信。

将张郃并百余个部将，皆射死于木门道中——到了此时，张郃已是插翅难飞，诸葛亮用计除掉了这个劲敌。

不知丞相何故忽然班师——李严向诸葛亮谎报军情，使其急忙退军；反过来却又向后主奏称“不知丞相何故忽然班师”。如此两面撒谎，牛头不对马嘴，真是何等愚蠢！

某来问耳。”孔明大怒，令人访察：乃是李严因军粮不济，怕丞相见罪，故发书取回；却又妄奏天子，遮饰己过。㊟孔明大怒曰：“匹夫为一己之故，废国家大事！”令人召至，欲斩之。费祎劝曰：“丞相念先帝托孤之意，姑且宽恕。”孔明从之。费祎即具表启奏后主。后主览表，勃然大怒，叱武士推李严出斩之。丞相留府长史蒋琬出班奏曰*：“李严乃先帝托孤之臣，乞望恩宽恕。”后主从之，即谪为庶人，徙于梓潼郡闲住。

却又妄奏天子，遮饰己过——为了掩盖自己办事不力之过，李严竟不惜损害北伐大计，实在可恶！

孔明回到成都，用李严子李丰督主江州*；积草屯粮，讲阵论武，整治军器，存恤将士：三年然后出征。益州人民军士，皆仰其恩德。光阴荏苒，不觉三年：时建兴十二年春二月。孔明入朝奏曰：“臣今存恤军士，已经三年。粮草丰足，军器完备，人马雄壮，可以伐魏。今番若不扫清奸党，恢复中原，誓不见陛下也！”㊟后主曰：“方今已成鼎足之势，吴、魏不曾入寇，相父何不安享太平？”孔明曰：“臣受先帝知遇之恩，梦寐之间，未尝不设伐魏之策。竭力尽忠，为陛下克复中原，重兴汉室：臣之愿也。”言未毕，班部中一人出曰：“丞相不可兴兵。”众视之，乃谯周也。正是：武侯尽瘁惟忧国，太史知机又论天。未知谯周有何议论，且看下文分解。

今番若不扫清奸党，恢复中原，誓不见陛下也——这是诸葛亮最后一次北伐，而他也下了最大的决心。铮铮誓言，慷慨激越！

尾评：

几度北伐，几番坎坷，诸葛亮费尽心血，历尽艰辛。当他最后一次北伐时，年已五十四岁，早已是衰病之身。那句“若不扫清奸党，恢复中原，誓不见陛下”的誓言，蕴含其中的，是必胜的信心，还是不祥的预感？也许两者都有。看到这里，我们心中已经充满悲壮之感！

第一〇二回

司马懿占北原渭桥　诸葛亮造木牛流马

总评

据《三国志·蜀书·诸葛亮传》:"(建兴)十二年(234)春，亮悉大众由斜谷出，以流马运，据武功五丈原，与司马宣王对于渭南。"这是历史上诸葛亮第五次，也是最后一次北伐。罗贯中在前面一系列情节的基础上，将这次北伐写成诸葛亮“六出祁山”，艺术上可谓一脉相承。不过，诸葛亮所据的五丈原，与司马懿所据的北原，均在今陕西岐山南，隔渭水相对，而与祁山相距数百里。罗贯中误以为五丈原与祁山邻近，叙事中存在矛盾之处。古人写作条件远远不如今天，我们对此应予体谅，而主要关注作品中人物与情节自身的思想内涵和艺术魅力。

诸葛亮虚攻北原，欲夺魏国渭南寨，却被司马懿识破，使蜀军损兵折将；司马懿命郑文诈降，又被诸葛亮识破，将计就计，诱使司马懿劫寨，几乎将其活捉。这两个虚构的情节，相反相成，表明诸葛亮与司马懿这两个老对手，在多年的对抗中，虽然诸葛亮略高一筹，但总体上仍是旗鼓相当，势均力敌，不愧为三国时期的两大军事家。

历史上诸葛亮制作木牛流马,《三国志·蜀书·后主传》、《诸葛亮传》均有记载，裴松之注引《诸葛亮集》还附有“作木牛流马法”；但因记载过于简略，木牛流马的形状究竟如何，怎样制造，并不清楚。后人对此作过多种探讨，但见解分歧，直到今天，仍是一桩悬案。在宋元以来的通俗文艺中，木牛流马被赋予了若干神秘色彩。罗贯中受此影响，在《三国演义》中把木牛流马的功能写得神乎其神，夸大了它对解决蜀军运输困难的作用。尽管这样，作为杰出政治家、军事家的诸葛亮竟有如此巧思，创造出在当时堪称先进的运输工具，毕竟是十分值得赞誉的。

却说谯周官居太史，颇明天文；见孔明又欲出师，乃奏后主曰："臣今职掌司天台，但有祸福，不可不奏。近有群鸟数万，自南飞来，投于汉水而死，此不祥之兆；臣又观天象，见奎星躔于太白之分，盛气在北，不利伐魏；又成都人民，皆闻柏树夜哭：有此数般灾异，丞相只宜谨守，不可妄动。"孔明曰："吾受先帝托孤之重，当竭力讨贼，岂可以虚妄之灾氛，而废国家大事耶！"遂命有司设太牢，祭于昭烈之庙，㊣涕泣拜告曰："臣亮五出祁山，未得寸土，负罪非轻！今臣复统全师，再出祁山，誓竭力尽心，剿灭汉贼，恢复中原，鞠躬尽瘁，死而后已！"祭毕，拜辞后主，星夜至汉中，聚集诸将，商议会师。忽报关兴病亡。孔明放声大哭，昏倒于地，半晌方苏。众将再三劝解，孔明叹曰："可怜忠义之人，天不与以寿！我今番出师，又少一员大将也！"后人有诗叹曰：

生死人常理，蜉蝣一样空。

但存忠孝节，何必寿乔松。

孔明引蜀兵三十四万，分五路前进，令姜维、魏延为先锋，皆出祁山取齐；令李恢先运粮草于斜谷道口伺候。

遂命有司设太牢，祭于昭烈之庙——诸葛亮最后一次北伐，已经下定破釜沉舟，最终决定成败的决心，故而特地设祭于昭烈庙，以示郑重。

却说魏国因旧岁有青龙自摩陂井内而出*，改为青龙元年，此时乃青龙二年春二月也。近臣奏曰："边官飞报：蜀兵三十余万，分五路复出祁山。"魏主曹睿大惊，急召司马懿至，谓曰："蜀人三年不曾入寇，今诸葛亮又出祁山，如之奈何？"懿奏曰："臣夜观天象，见中原旺气正盛，奎星犯太白，不利于益州。今孔明自负才智，逆天而行，乃自取败亡也。臣托陛下洪福，当往破之；但愿保四人同去。"睿曰："卿保何人？"懿曰："夏侯渊有四子：长名霸，字仲权；次名威，字季权；三名惠，字稚权；四名和，字义权。霸、威二人，弓马熟娴；惠、和二人，谙知韬略：此四人常欲为父报仇。臣今保夏侯霸、夏侯威为左右先锋，夏侯惠、夏侯和为行军司马，共赞军机，以退蜀兵。”睿曰：“向者夏侯楙驸马违误军机，失陷了许多人马，至今羞惭不回。今此四人，亦与楙同否？”懿曰：“此四人非夏侯楙所可比也。”睿乃从其请，即命司马懿为大都督，凡将士悉听量才委用，各处兵马皆听调遣。㊟懿受命，辞朝出城。睿又以手诏赐懿曰：

各处兵马皆听调遣——此时司马懿已经成为曹魏政权中唯一可与诸葛亮抗衡的统帅，曹睿授予他指挥全权，表明了对他的特别倚重。

> 卿到渭滨，宜坚壁固守，勿与交锋。蜀兵不得志，必诈退诱敌，卿慎勿追。待彼粮尽，必将自走，然后乘虚攻之，则取胜不难，亦免军马疲劳之苦：计莫善于此也。

司马懿顿首受诏，即日到长安，聚集各处军马共四十万，皆来渭滨下寨；又拨五万军，于渭水上搭起九座浮桥，令先锋夏侯霸、夏侯威过渭水安营；又于大营之后东原，筑起一城，以防不虞。懿正与众将商议间，忽报郭淮、孙礼来见。懿迎入，礼毕，淮曰：“今蜀兵现在祁山，倘跨渭登原，接连北山，阻绝陇道，大可虞也。”懿曰：“所言甚善。公可就总督陇西军马，据北原下寨，深沟高垒，按兵休动；只待彼兵粮尽，方可攻之。”郭淮、孙礼领命，引兵下寨去了。

却说孔明复出祁山——这就是《三国演义》所写的“六出祁山”。

却说孔明复出祁山，㊟下五个大寨，按左、右、中、前、后；自斜谷直至剑阁，一连又下十四个大寨，分屯军马，以为久计。每日令人巡哨。忽报郭淮、孙礼领陇西之兵，于北原下寨。孔明谓诸将曰：“魏兵于北原安营者，惧吾取此路，阻绝陇道也。吾今虚攻北原，却暗取渭滨。令人扎木筏百余只，上载草把，选惯熟水手五千人驾之。我夤夜只攻北原，司马懿必引兵来救。彼若少败，我把后军先渡过岸去，然后把前军下于长筏中，休要上岸，顺水取浮桥，放火烧断，以攻其后。吾自引一军去取前营之门。若得渭水之南，则进兵不难矣。”诸将遵令而行。

早有巡哨军飞报司马懿。懿唤诸将议曰：“孔明如此设施，其中有计：彼以取北原为名，顺水来烧浮桥，乱吾后，却攻吾前也。”即传令与夏侯霸、夏侯威曰：“若听得北原发喊，便提兵于渭水南山之中，待蜀兵至击之。”又令张虎、乐綝，引二千弓弩手，伏于渭水浮桥北岸：“若蜀兵乘木筏顺水而来，可一齐射之，休令近桥。”又传令郭淮、孙礼曰：“孔明来北原暗渡渭水，汝新立之营，人马不多，可尽伏于半路。若蜀兵于午后渡水，黄昏时分，必来攻汝。汝诈败而走，蜀兵必追。汝等皆以弓弩射之。吾水陆并进。若蜀兵大至，只看吾指挥而击之。”各处下令已毕，又令二子司马师、司马昭，引兵救应前营。懿自引一军救北原。㊟

> 懿自引一军救北原——以往司马懿与诸葛亮斗智，老是稍逊一筹，老是事后方知；而这一次，他一开始就识破了诸葛亮之计，并及时采取对策，看来是要胜利一回了。

却说孔明令魏延、马岱引兵渡渭水攻北原；令吴班、吴懿引木筏兵去烧浮桥；令王平、张嶷为前队，姜维、马忠为中队，廖化、张翼为后队：兵分三路，去攻渭水旱营。是日午时，人马离大寨，尽渡渭水，列成阵势，缓缓而行。却说魏延、马岱将近北原，天色已昏。孙礼哨见，便弃营而走。魏延知有准备，急退军时，四下喊声大震：左有司马懿，右有郭淮，两路兵杀来。魏延、马岱奋力杀出，蜀兵多半落于水中，余众奔逃无路。幸得吴懿兵杀来，救了败兵过岸拒住。吴班分一半兵撑筏，顺水来烧浮桥，却被张虎、乐綝在岸上乱箭射住。吴班中箭，落水而死；余军跳水逃命，木筏尽被魏兵夺去。此时王平、张嶷，不知北原兵败，直奔到魏营，已有二更天气，只听得喊声四起。王平谓张嶷曰：“军马攻打北原，未知胜负。渭南之寨，现在面前，如何不见一个魏兵？莫非司马懿知道了，先作准备也？我等且看浮桥火起，方可进兵。”二人勒住军马，忽背后一骑马来报，说：“丞相教军马急回。北原兵、浮桥兵，俱失了。”王平、张嶷大惊，急退军时，却被魏兵抄在背后，一声炮响，一齐杀来，火光冲天。王平、张嶷引兵相迎，两军混战一场。平、嶷二人奋力杀出，蜀兵折伤大半。孔明回到祁山大寨，收聚败兵，约折了万余人，㊟心中忧闷。

> 收聚败兵，约折了万余人——综观《三国演义》全书，在由诸葛亮亲自指挥的战事中，这样的败仗极为罕见。这给读者这样的印象：“六出祁山”从一开始就不大顺利。

忽报费祎自成都来见丞相，孔明请入。费祎礼毕，孔明曰：“吾有一书，正欲烦公去东吴投递，不知肯去否？”祎曰：“丞相之命，岂敢推辞？”孔明即修书，付费祎去了。祎持书径到建业，入见吴主孙权，呈上孔明之书。权拆视之，书略曰：

汉室不幸，王纲失纪，曹贼篡逆，蔓延及今。亮受昭烈皇帝寄托之重，敢不竭力尽忠。今大兵已会于祁山，狂寇将亡于渭水。伏望陛下念同盟之义，命将北征，共取中原，同分天下。书不尽言，万希圣听！

权览毕，大喜，乃谓费祎曰：“朕久欲兴兵，未得会合孔明。今既有书到，即日朕自亲征，入居巢湖口*，取魏新城；再令陆逊、诸葛瑾等屯兵于江夏、沔口，取襄阳；孙韶、张承等出兵广陵，取淮阴等处*：三处一齐进军，共三十万，克日兴师。”费祎拜谢曰：“诚如此，则中原不日自破矣！”权设宴款待费祎。饮宴间，权问曰：“丞相军前，用谁当先破敌？”祎曰：“魏延为首。”权笑曰：“此人勇有余，而心不正。若一朝无孔明，彼必为祸。——孔明岂未知耶？”祎曰：“陛下之言极当！臣今归去，即当以此言告孔明。”遂拜辞孙权，回到祁山，见了孔明，具言吴主起大兵三十万，御驾亲征，兵分三路而进。孔明又问曰：“吴主别有所言否？”费祎将论魏延之语告之。孔明叹曰：“真聪明之主也！吾非不知此人，为惜其勇，故用之耳。”祎曰：“丞相早宜区处。”孔明曰：“吾自有法。”祎辞别孔明，自回成都。

孔明正与诸将商议征进，忽报有魏将来投降。孔明唤入问之，答曰：“某乃魏国偏将军郑文也。近与秦朗同领人马，听司马懿调用。不料懿徇私偏向，加秦朗为前将军，而视文如草芥，因此不平，特来投降丞相。愿赐收录。”言未已，人报秦朗引兵在寨外，单搦郑文交战。孔明曰：“此人武艺比汝若何？”郑文曰：“某当立斩之。”孔明曰：“汝若先杀秦朗，吾方不疑。”郑文欣然上马出营，与秦朗交锋。孔明亲自出营视之。只见秦朗挺枪大骂曰：“反贼盗我战马来此，可早早还我！”言讫，直取郑文。文拍马舞刀相迎，只一合，斩秦朗于马下。魏军各自逃走。郑文提首级入营。孔明回到帐中坐定，唤郑文至，勃然大怒，叱左右：“推出斩之！”郑文曰：“小将无罪！”孔明曰：“吾向识秦朗；汝今斩者，并非秦朗。——安敢欺我！”㊢文拜告曰：“此实秦朗之弟秦明也。”孔明笑曰：“司马懿令汝来诈降，于中取事，却如何瞒得我过！若不实说，必然斩汝！”郑文只得诉告其实是诈降，泣求免死。孔明曰：“汝既求生，可修书一封，教司马懿自来劫营，吾便饶汝性命。若捉住司马懿，便是汝之功，还当重用。”郑文只得写了一书，呈与孔明。孔明令将郑文监下。樊建问曰：“丞相何以知此人诈降？”孔明曰：“司马懿不轻用人。若加秦朗为前将军，必武艺高强；今与郑文交马只一合，便为文所杀，必不是秦朗也。以故知其诈。”㊢众皆拜服。

汝今斩者，并非秦朗。——安敢欺我——孔明此举，突如其来，简直给了郑文当头一棒。难道孔明真的认识秦朗？

今与郑文交马只一合，便为文所杀，必不是秦朗也——原来孔明并不认识秦朗，而是从事实推断出郑文之降有诈。对于为将者来说，明辨真假，识别诈伪，掌握对手心理，甚为重要。正是由于孔明识破了郑文的诈降，才能将计就计，大败司马懿。

孔明选一舌辩军士，附耳分付如此如此。军士领命，持书径来魏寨，求见司马懿。懿唤入，拆书看毕，问曰：“汝何人也？”答曰：

“某乃中原人，流落蜀中，郑文与某同乡。今孔明因郑文有功，用为先锋。郑文特托某来献书，约于明日晚间，举火为号，望乞都督尽提大军前来劫寨，郑文在内为应。”司马懿反覆诘问，又将来书仔细检看，果然是实；即赐军士酒食，分付曰：“本日二更为期，我自来劫寨。大事若成，必重用汝。”军士拜别，回到本寨告知孔明。孔明仗剑步罡，祷祝已毕，唤王平、张嶷分付如此如此；又唤马忠、马岱分付如此如此；又唤魏延分付如此如此。孔明自引数十人，坐于高山之上，指挥众军。

却说司马懿见了郑文之书，便欲引二子提大兵来劫蜀寨。长子司马师谏曰：“父亲何故据片纸而亲入重地？倘有疏虞，如之奈何？不如令别将先去，父亲为后应可也。”懿从之，遂令秦朗引一万兵，去劫蜀寨，懿自引兵接应。是夜初更，风清月朗；将及二更时分，忽然阴云四合，黑气漫空，对面不见。懿大喜曰：“天使我成功也！”于是人尽衔枚，马皆勒口，长驱大进。秦朗当先，引一万兵直杀入蜀寨中，并不见一人。朗知中计，忙叫退兵。四下火把齐明，喊声震地：左有王平、张嶷，右有马岱、马忠，两路兵杀来。秦朗死战，不能得出。背后司马懿见蜀寨火光冲天，喊声不绝，又不知魏兵胜负，只顾催兵接应，望火光中杀来。忽然一声喊起，鼓角喧天，火炮震地：左有魏延，右有姜维，两路杀出。魏兵大败，十伤八九,四散逃奔。此时秦朗所引一万兵，都被蜀兵围住，箭如飞蝗。秦朗死于乱军之中。司马懿引败兵奔入本寨。

三更以后，天复清朗。孔明在山头上鸣金收军。原来二更时阴云暗黑，乃孔明用遁甲之法；后收兵已了，天复清朗，乃孔明驱六丁六甲扫荡浮云也。

当下孔明得胜回寨，命将郑文斩了，再议取渭南之策。每日令兵搦战，魏军只不出迎。孔明自乘小车，来祁山前、渭水东西，踏看地理。忽到一谷口，见其形如葫芦之状，内中可容千余人；两山又合一谷，可容四五百人；背后两山环抱，只可通一人一骑。孔明看了，心中大喜，问向导官曰：“此处是何地名？”答曰：“此名上方谷，又号葫芦谷。”孔明回到帐中，唤禆将杜睿、胡忠二人，附耳授以密计，令唤集随军匠作一千余人，入葫芦谷中，制造“木牛”“流捉司马懿之计，只在此举——孔明如此郑重其事，究竟有何妙计？怎样才能活捉司马懿？这里又留下一个巨大的悬念。

牛马皆不水食，可以昼夜转运不绝也——木牛流马都是木制车辆，自然不需要喂草喂水；以之运输粮草，比肩挑背扛当然轻松多了。

马”应用；又令马岱领五百兵守住谷口。孔明嘱马岱曰：“匠作人等，不许放出；外人不许放入。吾还不时自来点视。捉司马懿之计，只在此举。㊟切不可走漏消息。”马岱受命而去。杜睿等二人在谷中监督匠作，依法制造。孔明每日往来指示。

忽一日，长史杨仪入告白：“即今粮米皆在剑阁，人夫牛马，搬运不便，如之奈何？”孔明笑曰：“吾已运谋多时也。前者所积木料，并益州收买下的大木，教人制造‘木牛’‘流马，搬运粮米，甚是便利。牛马皆不水食，可以昼夜转运不绝也。”㊟众皆惊曰：“自古及今，未闻有‘木牛’‘流马’之事。不知丞相有何妙法，造此奇物？”孔明曰：“吾已令人依法制造，尚未完备。吾今先将造木牛流马之法，尺寸方圆，长短阔狭，开写明白，汝等视之。”众大喜。孔明即手书一纸，付众观看。众将环绕而视。造木牛之法云：

方腹曲头，一脚四足；头入领中，舌着于腹。载多而行少：独行者数十里，群行者二十里。曲者为牛头，双者为牛脚，横者为牛领，转者为牛足，覆者为牛背，方者为牛腹，垂者为牛舌，曲者为牛肋，刻者为牛齿，立者为牛角，细者为牛鞅，摄者为牛鞦轴。牛仰双辕，人行六尺，牛行四步。每牛载十人所食一月之粮，人不大劳，牛不饮食。

造流马之法云：

肋长三尺五寸，广三寸，厚二寸二分：左右同。前轴孔分墨去头，四寸，径中二寸。前脚孔分墨二寸，去前轴孔四寸五分，广一寸。前杠孔去前脚孔分墨二寸七分，孔长二寸，广一寸。后轴孔去前杠分墨一尺五分，大小与前同。后脚孔分墨去后轴孔三寸五分，大小与前同。后杠孔去后脚孔分墨二寸七分，后载克去后杠孔分墨四寸五分。前杠长一尺八寸，广二寸，厚一寸五分。后杠与等。板方囊二枚，厚八分，长二尺七寸，高一尺六寸五分，广一尺六寸：每枚受米二斛二斗。从上杠孔去肋下七寸：前后同。上杠孔去下杠孔分墨一尺三寸，孔长一寸五分，广七分：八孔同。前后四脚广二寸，厚一寸五分。形制如象，靬长四寸，径面四寸三分。孔径中三脚杠，长二尺一寸，广一寸五分，厚一寸四分，同杠耳。

众将看了一遍，皆拜伏曰：“丞相真神人也！”过了数日，木牛流马皆造完备，宛然如活者一般；上山下岭，各尽其便。众军见之，无不欣喜。孔明令右将军高翔，引一千兵驾着木牛流马，自剑阁直抵祁山大寨，往来搬运粮草，供给蜀兵之用。后人有诗赞曰：

剑关险峻驱流马，斜谷崎岖驾木牛。

后世若能行此法，输将安得使人愁？

却说司马懿正忧闷间，忽哨马报说："蜀兵用木牛流马转运粮草，人不大劳，牛马不食。"懿大惊曰："吾所以坚守不出者，为彼粮草不能接济，欲待其自毙耳。今用此法，必为久远之计，不思退矣。如之奈何？"急唤张虎、乐綝二人分付曰："汝二人各引五百军，从斜谷小路抄出；待蜀兵驱过木牛流马，任他过尽，一齐杀出；不可多抢，只抢三五匹便回。"二人依令，各引五百军，扮作蜀兵，夜间偷过小路，伏在谷中，果见高翔引兵驱木牛流马而来。将次过尽，两边一齐鼓噪杀出。蜀兵措手不及，弃下数匹。张虎、乐綝欢喜，驱回本寨。司马懿看了，果然进退如活的一般，乃大喜曰："汝会用此法，难道我不会用！"便令巧匠百余人，当面拆开，分付依其尺寸长短厚薄之法，一样制造木牛流马。不消半月，造成二千余只，与孔明所造者一般法则，亦能奔走。遂令镇远将军岑威，引一千军驱驾木牛流马，去陇西搬运粮草，往来不绝。魏营军将，无不欢喜。

却说高翔回见孔明，说魏兵抢夺木牛流马各五六匹去了。孔明笑曰："吾正要他抢去。㊟——我只费了几匹木牛流马，却不久便得军中许多资助也。"诸将问曰："丞相何以知之？"孔明曰："司马懿见了木牛流马，必然仿我法度，一样制造。那时我又有计策。"数日后，人报魏兵也会造木牛流马，往陇西搬运粮草。孔明大喜曰："不出吾之算也。"便唤王平分付曰："汝引一千兵，扮作魏人，星夜偷过北原，只说是巡粮军，径到运粮之所，将护粮之人尽皆杀散；却驱木牛流马而回，径奔过北原来。此处必有魏兵追赶，汝便将木牛流马口内舌头扭转，牛马就不能行动，汝等竟弃之而走。背后魏兵赶来，牵拽不动，扛抬不去。吾再有兵到，汝却回身再将牛马舌扭过来，长驱大行。魏兵必疑为怪也！"王平受计，引兵而去。

> 吾正要他抢去——木牛流马被抢，孔明不以为忧，反以为喜，因为他估计到司马懿肯定要依样画葫芦，看到了下一步用计的可能。这就告诉人们：只要深刻掌握对手的心理，妙计就会源源而来。

孔明又唤张嶷分付曰："汝引五百军，都扮作六丁六甲神兵，鬼头兽身，用五彩涂面，妆作种种怪异之状；一手执绣旗，一手仗宝剑；身挂葫芦，内藏烟火之物，伏于山傍。待木牛流马到时，放起烟火，一齐拥出，驱牛马而行。魏人见之，必疑是神鬼，不敢来追赶。”张嶷受计，引兵而去。

孔明又唤魏延、姜维分付曰：“汝二人同引一万兵，去北原寨口接应木牛流马，以防交战。”又唤廖化、张翼分付曰：“汝二人引五千兵，去断司马懿来路。”又唤马忠、马岱分付曰：“汝二人引二千兵，去渭南搦战。”六人各各遵令而去。

且说魏将岑威引军驱木牛流马，装载粮米，正行之间，忽报前面有兵巡粮。岑威令人哨探，果是魏兵，遂放心前进。两军合在一处。忽然喊声大震，蜀兵就本队里杀起，大呼：“蜀中大将王平在此！”魏兵措手不及，被蜀兵杀死大半。岑威引败兵抵敌，被王平一刀斩了，余皆溃散。王平引兵尽驱木牛流马而回。败兵飞奔报入北原寨内。郭淮闻军粮被劫，疾忙引军来救。王平令兵扭转木牛流马舌头，皆弃于道上，且战且走。郭淮教且莫追，只驱回木牛流马。众军一齐驱赶，却那里驱得动？郭淮心中疑惑，正无奈何，忽鼓角喧天，喊声四起，两路兵杀来，乃魏延、姜维也。王平复引兵杀回。三路夹攻，郭淮大败而走。王平令军士将牛马舌头，重复扭转，驱赶而行。郭淮望见，方欲回兵再追，只见山后烟云突起，一队神兵拥出，一个个手执旗剑，怪异之状，驱驾木牛流马，如风拥而去。郭淮大惊曰：“此必神助也！”众军见了，无不惊畏，不敢追赶。

却说司马懿闻北原兵败，急自引军来救。方到半路，忽一声炮响，两路兵自险峻处杀出，喊声震地，旗上大书：“汉将张翼廖化”。司马懿见了大惊。魏军着慌，各自逃窜。正是：路逢神将粮遭劫，身遇奇兵命又危。未知司马懿怎地抵敌，且看下文分解。

尾评：

诸葛亮“六出祁山”，虽然一直占据主动地位，但因司马懿小心翼翼，严密设防，蜀军并无大的进展。尽管木牛流马给人带来一些新奇感，本回仍然显得比较沉闷。有人认为罗贯中写到这里已是江郎才尽，其实，根本原因还在于历史没有给罗贯中提供任意虚构的可能性（参见第一〇三回总评）。

第一〇三回
上方谷司马受困　五丈原诸葛禳星

总评

据《三国志·魏书·明帝纪》、《吴书·吴主传》，魏青龙二年（蜀汉建兴十二年，吴嘉禾三年，公元234年），孙权趁诸葛亮北伐之机，亲率大军，分三路伐魏。魏明帝曹睿分兵应敌，亲自东征，使吴军无功而返。《三国演义》描写了这一场虎头蛇尾的战役，形象地告诉读者：孙权军事才能不足，应变将略更非其长，划江据守，水战破敌尚可，主动进攻，陆地作战则往往失利；虽有陆逊这样的杰出将领，仍无补于大计。这就严重限制了吴国势力向北发展，使其难以真正有效地配合诸葛亮的北伐。诸葛亮虽然保持了主动态势，但仅仅进攻曹魏的侧翼，难以动摇其根本；加之遇到司马懿这样精通韬略的强劲对手，更是相持不下，步履维艰。北伐事业之所以难成大功，这是一个根本原因。

据《三国志·蜀书·后主传》、《诸葛亮传》、《魏书·明帝纪》、《晋书·宣帝纪》等史籍，诸葛亮最后一次北伐，魏明帝明令司马懿坚壁拒守，司马懿亦自知不及诸葛亮，故魏军虽曾偶与蜀军交锋，但基本上是坚守不出。诸葛亮屡次挑战，甚至命人给司马懿送去妇女衣饰，以图激怒之，司马懿仍不为所动。魏明帝又命辛毗为大将军军师，持节前往，禁止出战。两军相持百余日，诸葛亮始终未能与司马懿展开决战，终于病重而死。由此可见，《三国演义》第一〇二回所写的蜀军兵败于渭桥、郑文诈降被识破、司马懿被诱劫寨大败而回，以及本回所写的火烧上方谷等情节，均属虚构。两军相持不战的沉闷史实制约着罗贯中；特别是身为魏军主帅的司马懿，以后还有一系列斗争与功业等着他（司马懿卒于251年），罗贯中不可能像对潘璋、麋芳、秦朗等次要人物那样，虚构其被擒被杀的结局。因此，罗贯中可以虚构一场惊心动魄的火烧上方谷，让诸葛亮的神机妙算再一次大放光彩；但又不得不安排一番骤雨浇灭大火，让司马懿父子乘机逃走，而让诸葛亮喟然长叹："谋事在人，成事在天！"这个"天"不是冥冥中的上帝，而是无情的历史。所以，无论历史演义作者有多少想象的天才和虚构的自由，在基本史实面前都会感到难以任意发挥的无奈！

却说司马懿被张翼、廖化一阵杀败，匹马单枪，望密林间而走。张翼收住后军，廖化当先追赶。看看赶上，懿着慌，绕树而转。化一刀砍去，正砍在树上，及拔出刀时，懿已走出林外。廖化随后赶出，却不知去向，但见树林之东，落下金盔一个。廖化取盔捎在马上，一直望东追赶。原来司马懿把金盔弃于林东，却反向西走去了。廖化追了一程，不见踪迹，奔出谷口，遇见姜维，同回寨见孔明。张嶷早驱木牛流马到寨，交割已毕，获粮万余石。廖化献上金盔，录为头功。魏延心中不悦，口出怨言。孔明只做不知。

且说司马懿逃回寨中，心甚恼闷。忽使命赍诏至，言东吴三路入寇，朝廷正议命将抵敌，令懿等坚守勿战。懿受命已毕，深沟高垒，坚守不出。㊟

懿受命已毕，深沟高垒，坚守不出——司马懿刚刚吃了败仗，而曹睿为了稳住西线，集中力量对付吴国大军，又命其勿与蜀军交战，自然乐得坚守不出。

却说曹睿闻孙权分兵三路而来，亦起兵三路迎之：令刘劭引兵救江夏，田豫引兵救襄阳，睿自与满宠率大军救合肥。满宠先引一军至巢湖口，望见东岸战船无数，旌旗整肃。宠入军中奏魏主曰："吴人必轻我远来，未曾提备；今夜可乘虚劫其水寨，必得全胜。"魏主曰："汝言正合朕意。"即令骁将张球领五千兵，各带火具，从湖口攻之；满宠引兵五千，从东岸攻之。是夜二更时分，张球、满宠各引军悄悄望湖口进发；将近水寨，一齐呐喊杀入。吴兵慌乱，不战而走；被魏军四下举火，烧毁战船、粮草、器具不计其数。魏兵大胜而回*。

次日，哨军报知陆逊。逊集诸将议曰："吾当作表申奏主上，请撤新城之围，以兵断魏军归路，吾率众攻其前：彼首尾不敌，一鼓可破也。"众服其言。陆逊即具表，遣一小校密地赍往新城。小校领命，赍着表文，行至渡口，不期被魏军伏路的捉住，解赴军中见魏主曹睿。睿搜出陆逊表文，览毕，叹曰："东吴陆逊真妙算也！"遂命将吴卒监下，令刘劭谨防孙权后兵。

却说诸葛瑾屯兵沔口，闻吴军在巢湖口大败一阵*，又值暑天，人马多生疾病；乃修书一封，令人转达陆逊，议欲撤兵还国。逊看书毕，谓来人曰：“拜上将军：吾自有主意。”使者回报诸葛瑾。瑾问：“陆将军作何举动？”使者曰：“但见陆将军催督众人于营外种豆菽，自与诸将在辕门射戏。”瑾大惊，亲自往陆逊营中，与逊相见，问曰：“今曹睿亲来，兵势甚盛，都督何以御之？”逊曰：“吾前遣人奉表于主上，不料为敌人所获。机谋既泄，彼必知备；与战无益，不如且退。已差人奉表，约主上缓缓退兵矣。”瑾曰：“都督既有此意，即宜速退，何又迟延？”逊曰：“吾军欲退，当徐徐而动。今若便退，魏人必乘势追赶：此取败之道也。足下宜先督船只诈为拒敌之意，吾悉以人马向襄阳而进，为疑敌之计，然后徐徐退归江东，魏兵自不敢近耳。”㊞瑾依其计，辞逊归本营，整顿船只，预备起行。陆逊整肃部伍，张扬声势，望襄阳进发。早有细作报知魏主，说吴兵已动，须用提防。魏将闻之，皆要出战。魏主素知陆逊之才，谕众将曰：“陆逊有谋，莫非用诱敌之计？不可轻进。”众将乃止。数日后，哨卒报来：“东吴三路兵马皆退矣。”魏主未信，再令人探之，回报果然尽退。魏主曰：“陆逊用兵，不亚孙、吴。㊞东南未可平也。”因敕诸将，各守险要，自引大军屯合肥，以伺其变。

然后徐徐退归江东，魏兵自不敢近耳——此事本于《三国志·吴书·陆逊传》。在孙权已经兵败，使者又被魏军截获的不利形势下，陆逊毫不慌乱，沉着应付，堪称“每临大事有静气”，实在难得。

陆逊用兵，不亚孙、吴——陆逊以进为退，调动对方，从容退兵。曹睿称其“不亚孙、吴”，诚不为过誉。

却说孔明在祁山，欲为久驻之计，乃令蜀兵与魏民相杂种田：军一分，民二分，并不侵犯，魏民皆安心乐业。司马师入告其父曰：“蜀兵劫去我许多粮米，今又令蜀兵与我民相杂屯田于渭滨，以为久计：似此真为国家大患。父亲何不与孔明约期大战一场，以决雌雄？”懿曰：“吾奉旨坚守，不可轻动。”正议间，忽报魏延将着元帅前日所失金盔，前来骂战。众将忿怒，俱欲出战。懿笑曰：“圣人云：‘小不忍则乱大谋。’但坚守为上。”诸将依令不出。魏延辱骂良久方回。

孔明见司马懿不肯出战，乃密令马岱造成木栅，营中掘下深堑，多积干柴引火之物；周围山上，多用柴草虚搭窝铺，内外皆伏地雷。置备停当，孔明附耳嘱之曰：“可将葫芦谷后路塞断，暗伏兵于谷中。若司马懿追到，任他入谷，便将地雷干柴一齐放起火来。”又令军士昼举七星号带于谷口，夜设七盏明灯于山上，以为暗号。马岱受计，引兵而去。孔明又唤魏延分付曰："汝可引五百兵去魏寨讨战，务要诱司马懿出战。不可取胜，只可诈败。懿必追赶，汝却望七星旗处而入；若是夜间，则望七盏灯处而走。只要引得司马懿入葫芦谷内，吾自有擒之之计。"魏延受计，引兵而去。孔明又唤高翔分付曰："汝将木牛流马或二三十为一群，或四五十为一群，各装米粮，于山路往来行走。如魏兵抢去，便是汝之功。"高翔领计，驱驾木牛流马去了。孔明将祁山兵一一调去，只推屯田，分付："如别兵来战，只许诈败；若司马懿自来，方并力只攻渭南，断其归路。"孔明分拨已毕，自引一军近上方谷下营。㊟

孔明分拨已毕，自引一军近上方谷下营——诸葛亮经过多时准备，设下了火烧司马懿的妙计，并精心调遣人马，只等司马懿上钩了。

且说夏侯惠、夏侯和二人入寨告司马懿曰："今蜀兵四散结营，各处屯田，以为久计。若不趁此时除之，纵令安居日久，深根固蒂，难以摇动。"懿曰："此必又是孔明之计。"二人曰："都督若如此疑虑，寇敌何时得灭？我兄弟二人，当奋力决一死战，以报国恩。"懿曰："既如此，汝二人可分头出战。"遂令夏侯惠、夏侯和，各引五千兵去讫。懿坐待回音。

却说夏侯惠、夏侯和二人分兵两路，正行之间，忽见蜀兵驱木牛流马而来。二人一齐杀将过去，蜀兵大败奔走，木牛流马尽被魏兵抢获，解送司马懿营中。次日又劫掳得人马百余，亦解赴大寨。懿将解到蜀兵，诘审虚实。蜀兵告曰："孔明只料都督坚守不出，尽命我等四散屯田，以为久计。不想却被擒获。"懿即将蜀兵尽皆放回。夏侯和曰："何不杀之？"懿曰："量此小卒，杀之无益。放归本寨，令说魏将宽厚仁慈，释彼战心：此吕蒙取荆州之计也。"遂传令：今后凡有擒到蜀兵，俱当善遣之，仍重赏有功将吏。诸将皆听令而去。

却说孔明令高翔佯作运粮，驱驾木牛流马，往来于上方谷内；夏侯惠等不时截杀，半月之间，连胜数阵。司马懿见蜀兵屡败，心中欢喜。一日，又擒到蜀兵数十人。懿唤至帐下问曰："孔明今在何处？"众告曰："诸葛丞相不在祁山，在上方谷西十里下营安住，令每日运粮屯于上方谷。"懿备细问了，即将众人放去；乃唤诸将分付曰："孔明今不在祁山，在上方谷安营。汝等于明日，可一齐并力攻取祁山大寨。吾自引兵来接应。"众将领命，各各准备出战。司马师曰："父亲何故反欲攻其后？"懿曰："祁山乃蜀人之根本，若见我兵攻之，各营必尽来救；我却取上方谷，烧其粮草，使彼首尾不接，必大败也。"㊣司马师拜服。懿即发兵起行，令张虎、乐綝各引五千兵，在后救应。

且说孔明正在山上，望见魏兵或三五千一行，或一二千一行，队伍纷纷，前后顾盼，料必来取祁山大寨，乃密传令众将："若司马懿自来，汝等便往劫魏寨，夺了渭南。"众将各各听令。

却说魏兵皆奔祁山寨来。蜀兵四下一齐呐喊奔走，虚作救应之势。司马懿见蜀兵都去救祁山寨，便引二子并中军护卫人马，杀奔上方谷来。魏延在谷口，只盼司马懿到来；忽见一枝魏兵杀到，延纵马向前视之，正是司马懿。延大喝曰："司马懿休走！"舞刀相迎。懿挺枪接战。不上三合，延拨回马便走，懿随后赶来。延只望七星旗处而走。懿见魏延只一人，军马又少，放心追之；令司马师在左，司马昭在右，懿自居中，一齐攻杀将来。魏延引五百兵皆退入谷中去。懿追到谷口，先令人入谷口哨探。回报谷内并无伏兵，山上皆是草房。懿曰："此必是积粮之所也。"遂大驱士马，尽入谷中。懿忽见草房上尽是干柴，前面魏延已不见了。懿心疑，谓二子曰："倘有兵截断谷口，如之奈何？"言未已，只听得喊声大震，山上一齐丢下火把来，烧断谷口。魏兵奔逃无路。山上火箭射下，地雷一齐突出，草房内干柴都着，刮刮杂杂，火势冲天。司马懿惊得手足无措，乃下马抱二子大哭曰："我父子三人皆死于此处矣！"㊣正哭之间，忽然狂风大作，黑气漫空，一声霹雳响处，骤雨倾盆。满谷之火，尽皆浇灭：地雷不震，火器无功。司马懿大喜曰："不就此时杀出，更待何时！"即引兵奋力冲杀。张虎、乐綝亦各引兵杀来接应。马岱军少，不敢追赶。司马懿父子与张虎、乐綝合兵一处，同归渭南大寨，不想寨栅已被蜀兵夺了。郭淮、孙礼正在浮桥上与蜀兵接战。司马懿等引兵杀到，蜀兵退去。懿烧断浮桥，据住北岸。

且说魏兵在祁山攻打蜀寨，听知司马懿大败，失了渭南营寨，军心慌乱；急退时，四面蜀兵冲杀将来，魏兵大败，十伤八九，死者无数，余众奔过渭北逃生。孔明在山上，见魏延诱司马懿入谷，一霎时火光大起，心中甚喜，以为司马懿此番必死。不期天降大雨，火不能着，哨马报说司马懿父子俱逃去了。孔明叹曰："'谋事在人，

使彼首尾不接，必大败也——司马懿仔细打听诸葛亮的行踪，直到确信诸葛亮在上方谷后，又设声东击西之计，可谓十分小心，力求稳妥。但是，诸葛亮智高一筹，知己知彼，司马懿终究还是上了大当。

我父子三人皆死于此处矣——写到这里，似乎诸葛亮这次就要成就大功了。果真如此的话，三国历史就将改写。然而，基本史实毕竟不能改变，读者惊喜之余，随之感到的却是深深的遗憾！

“谋事在人，成事在天。”不可强也——作者描写诸葛亮作此长叹，是对诸葛亮的妙计未能成功的勉强解释，更表现了对无情历史的无可奈何。

诸将如再言出战者斩——火烧上方谷，使司马懿心有余悸，再不敢有侥幸取胜的想法，因而更加严厉地禁止诸将出战。

孔明食少事烦，其能久乎——此事本于《三国志·蜀书·诸葛亮传》注引《魏氏春秋》。作者信手拈来，既表现了司马懿善于制怒，善于转移情绪的性格特点，又从侧面反映了诸葛亮忠勤国事，奋不顾身的精神。一个好的细节，常常可以起到重要的作用。

成事在天。’㊣不可强也！”后人有诗叹曰：

谷口风狂烈焰飘，何期骤雨降青霄。

武侯妙计如能就，安得山河属晋朝！

却说司马懿在渭北寨内传令曰：“渭南寨栅，今已失了。诸将如再言出战者斩！”㊣众将听令，据守不出。郭淮入告曰：“近日孔明引兵巡哨，必将择地安营。”懿曰：“孔明若出武功，依山而东，我等皆危矣；若出渭南，西止五丈原，方无事也。”令人探之，回报果屯五丈原。司马懿以手加额曰：“大魏皇帝之洪福也！”遂令诸将：“坚守勿出，彼久必自变。”

且说孔明自引一军屯于五丈原，累令人搦战。魏兵只不出。孔明乃取巾帼并妇人缟素之服，盛于大盒之内，修书一封，遣人送至魏寨。诸将不敢隐蔽，引来使入见司马懿。懿对众启盒视之，内有巾帼妇人之衣，并书一封。懿拆视其书，略曰：

> 仲达既为大将，统领中原之众，不思披坚执锐，以决雌雄，乃甘窟守土巢，谨避刀箭，与妇人又何异哉！今遣人送巾帼素衣至，如不出战，可再拜而受之。倘耻心未泯，犹有男子胸襟，早与批回，依期赴敌。

司马懿看毕，心中大怒，乃佯笑曰：“孔明视我为妇人耶！”即受之，令重待来使。懿问曰：“孔明寝食及事之烦简若何？”使者曰：“丞相夙兴夜寐，罚二十以上皆亲览焉。所啖之食，日不过数升。”懿顾谓诸将曰：“孔明食少事烦，其能久乎？”㊣使者辞去，回到五丈原，见了孔明，具说：“司马懿受了巾帼女衣，看了书札，并不嗔怒，只问丞相寝食及事之烦简，绝不提起军旅之事。某如此应对，彼言：‘食少事烦，岂能长久？’”孔明叹曰：“彼深知我也！”主簿杨颙谏曰：“某见丞相常自校簿书，窃以为不必。夫为治有体，上下不可相侵。譬之治家之道，必使仆执耕，婢典爨，私业无旷，所求皆足，其家主从容自在，高枕饮食而已。若皆身亲其事，将形疲神困，终无一成，岂其智之不如婢仆哉？失为家主之道也。是故古人称：坐而论道，谓之三公；作而行之，谓之士大夫。昔丙吉忧牛喘，而不问横道死人；陈平不知钱谷之数，曰：‘自有主者。’今丞相亲理细事，汗流终日，岂不劳乎？司马懿之言，真至言也。”孔明泣曰：“吾非不知。但受先帝托孤之重，惟恐他人不似我尽心也！”众皆垂泪。自此孔明自觉神思不宁，㊟诸将因此未敢进兵。

却说魏将皆知孔明以巾帼女衣辱司马懿，懿受之不战。众将不忿，入帐告曰：“我等皆大国名将，安忍受蜀人如此之辱！即请出战，以决雌雄。”懿曰：“吾非不敢出战，而甘心受辱也。奈天子明诏，令坚守勿动。今若轻出，有违君命矣。”众将俱忿怒不平。懿曰：“汝等既要出战，待我奏准天子，同力赴敌，何如？”众皆允诺。懿乃写表，遣使，直至合肥军前，奏闻魏主曹睿。睿拆表览之。表略曰：

臣才薄任重，伏蒙明旨，令臣坚守不战，以待蜀人之自敝；奈今诸葛亮遗臣以巾帼，待臣如妇人，耻辱至甚！臣谨先达圣聪：旦夕将效死一战，以报朝廷之恩，以雪三军之耻。臣不胜激切之至！

睿览讫，乃谓多官曰：“司马懿坚守不出，今何故又上表求战？”卫尉辛毗曰：“司马懿本无战心，必因诸葛亮耻辱，众将忿怒之故，特上此表，欲更乞明旨，以遏诸将之心耳。”睿然其言，即令辛毗持节至渭北寨传谕，令勿出战。司马懿接诏入帐，辛毗宣谕曰：“如再有敢言出战者，即以违旨论。”众将只得奉诏。懿暗谓辛毗曰：“公真知我心也！”于是令军中传说：魏主命辛毗持节，传谕司马懿勿得出战。蜀将闻知此事，报与孔明。孔明笑曰：“此乃司马懿安三军之法也。”㊟姜维曰：“丞相何以知之？”孔明曰：“彼本无战心；所以请战者，以示武于众耳。岂不闻：‘将在外，君命有所不受。’安有千里而请战者乎？此乃司马懿因将士忿怒，故借曹睿之意，以制众人。今又播传此言，欲懈我军心也。”

正论间，忽报费祎到。孔明请入问之，祎曰：“魏主曹睿闻东吴三路进兵，乃自引大军至合肥，令满宠、田豫、刘劭分兵三路迎敌。满宠设计，尽烧东吴粮草战具。吴兵多病。陆逊上表于吴王，约会前后夹攻，不意赍表人中途被魏兵所获，因此机关泄漏，吴兵无功而退。”孔明听知此信，长叹一声，不觉昏倒于地；㊟众将急救，半晌方苏。孔明叹曰：“吾心昏乱，旧病复发，恐不能生矣！”是夜，孔明扶病出帐，仰观天文，十分惊慌；入帐谓姜维曰：“吾命在旦夕矣！”维曰：“丞相何出此言？”孔明曰：“吾见三台星中，客星倍明，主星幽隐，相辅列曜，其光昏暗：天象如此，吾命可知！”维曰：

自此孔明自觉神思不宁——长期以来，诸葛亮夙兴夜寐，日理万机，实在太辛苦了。如今，面对坚守不出的魏军，眼看战事处于胶着状态，自己身体不支，大业难成，他怎能不忧心如焚？！

此乃司马懿安三军之法也——司马懿明明主张坚守，却又上表请战，明眼人一看便知，这不过是司马懿虚张声势，企图借助皇帝的权威来抑制众将的愤懑情绪罢了。

孔明听知此信，长叹一声，不觉昏倒于地——吴国大军败退，使蜀军失去呼应，只能独力进攻，北伐成功的希望已经非常渺茫了。这对孔明该是多么巨大的打击！

“天象虽则如此，丞相何不用祈禳之法挽回之？”孔明曰：“吾素谙祈禳之法，但未知天意若何。汝可引甲士四十九人。各执皂旗，穿皂衣，环绕帐外；我自于帐中祈禳北斗。若七日内主灯不灭，吾寿可增一纪；如灯扑灭，吾必死矣。闲杂人等，休教放入。凡一应需用之物，只令二小童搬运。”姜维领命，自去准备。

是夜银河耿耿，玉露零零，旌旗不动，刁斗无声——寥寥数语，把诸葛亮病重时的凄凉、沉重气氛烘托得十分感人。

时值八月中秋，是夜银河耿耿，玉露零零，旌旗不动，刁斗无声。㊟姜维在帐外引四十九人守护。孔明自于帐中设香花祭物，地上分布七盏大灯，外布四十九盏小灯，内安本命灯一盏。孔明拜祝曰：“亮生于乱世，甘老林泉；承昭烈皇帝三顾之恩，托孤之重，不敢不竭犬马之劳，誓讨国贼。不意将星欲坠，阳寿将终。谨书尺素，上告穹苍：伏望天慈，俯垂鉴听，曲延臣算，使得上报君恩，下救民命，克复旧物，永延汉祀。非敢妄祈，实由情切。”拜祝毕，就帐中俯伏待旦。次日，扶病理事，吐血不止。日则计议军机，夜则步罡踏斗。

延脚步急，竟将主灯扑灭——按照《三国演义》的描写，眼看诸葛亮禳星即将成功，其寿命又可延长一纪（十二年），不料魏延却把主灯扑灭，如此一来，魏延之罪大矣！

却说司马懿在营中坚守，忽一夜仰观天文，大喜，谓夏侯霸曰：“吾见将星失位，孔明必然有病，不久便死。你可引一千军去五丈原哨探。若蜀人攘乱，不出接战，孔明必然患病矣。吾当乘势击之。”霸引兵而去。孔明在帐中祈禳已及六夜，见主灯明亮，心中甚喜。姜维入帐，正见孔明披发仗剑，踏罡步斗，压镇将星。忽听得寨外呐喊，方欲令人出问，魏延飞步入告曰：“魏兵至矣！”延脚步急，竟将主灯扑灭。㊟孔明弃剑而叹曰：“死生有命，不可得而禳也！”魏延惶恐，伏地请罪；姜维忿怒，拔剑欲杀魏延。正是：万事不由人做主，一心难与命争衡。未知魏延性命如何，且看下文分解。

尾评：

“火烧上方谷”虽系虚构，但其情节大起大落，使读者的情绪产生剧烈的震荡，并为后面的情节作了有力的铺垫，因而收到了很好的艺术效果。

诸葛亮禳星本属虚构，魏延将主灯扑灭当然更属虚构。罗贯中把这一情节写得煞有介事，以图证明魏延实在该死，完全是对魏延的偏见，是为了维护诸葛亮的完美形象而留下的败笔。

第一〇四回

陨大星汉丞相归天　见木像魏都督丧胆

总评

《三国演义》的真正主角是诸葛亮。作者怀着满腔的仰慕之情，发挥极大的艺术才华，倾注全部心血，把诸葛亮塑造为我们民族智慧的优秀代表，传统美德的光辉典范，高度成功的艺术典型。他的一言一行都闪现着不凡的光彩，他的一举一动都牵动着读者的心。人们为他的高洁儒雅而悠然神往，为他的神机妙算而啧啧称赞，为他取得的一个又一个胜利而拍手叫好；而当读到"遗恨五丈原"这一情节时，又为他的壮志未酬而发出沉痛的浩叹。

《三国志》的作者陈寿对诸葛亮是十分尊崇的，但限于"正史"的体例，他在《蜀书·诸葛亮传》中记载诸葛亮之死时，只有这样干巴巴的几句："其年（234）八月，亮疾病，卒于军，时年五十四。"而作为艺术家的罗贯中，则突破史传的记载，尽力展开想象的翅膀，以蘸满感情的笔触，传神尽意的描绘，创造出一个悲壮动人的篇章。在这里，作者着力刻画了诸葛亮崇高的内心世界，描写他在生命旅途的最后关头，时时牵挂的是蜀军的安危和蜀汉的存亡，是今后的方针大计和接班人选，极其鲜明地表现了他那忠心耿耿、克己奉公的高尚品格和鞠躬尽瘁、死而后已的奋斗精神，使人物形象焕发出永不磨灭的光彩。

在"遗恨五丈原"这一篇章里，作者不仅通过五个层次的正面描写和廖立、李严得知噩耗后悲痛不已的侧面描写，反复强调了诸葛亮精神之伟大；而且极力渲染了诸葛亮逝世时的悲凉气氛："是夜，天愁地惨，月色无光，孔明奄然归天。"真是字字带血，声声含泪，悼惜之情，溢于言表，使人读来荡气回肠，久久难忘。

诸葛亮的去世，不仅完成了一个才华盖世的英雄人物的命运悲剧，而且反映了人类社会发展中理想与现实的矛盾。因此，"遗恨五丈原"这一撼人心魄的篇章，在使千百万读者感情激荡的同时，不断地给人们以深刻的启示和无穷的联想。

却说姜维见魏延踏灭了灯，心中忿怒，拔剑欲杀之。孔明止之曰："此吾命当绝，非文长之过也。"维乃收剑。孔明吐血数口，卧倒床上，谓魏延曰："此是司马懿料吾有病，故令人来探视虚实。汝可急出迎敌。"魏延领命，出帐上马，引兵杀出寨来。夏侯霸见了魏延，慌忙引军退去。延追赶二十余里方回。孔明令魏延自回本寨把守。

姜维入帐，直至孔明榻前问安。孔明曰："吾本欲竭忠尽力，恢复中原，重兴汉室；奈天意如此，吾旦夕将死。吾平生所学，已著书二十四篇，计十万四千一百一十二字，内有八务、七戒、六恐、五惧之法。吾遍观诸将，无人可授，独汝可传我书。㊣切勿轻忽！"维哭拜而受。孔明又曰："吾有'连弩'之法，不曾用得。其法矢长八寸，一弩可发十矢，皆画成图本。汝可依法造用。"维亦拜受。孔明又曰："蜀中诸道，皆不必多忧；惟阴平之地，切须仔细。㊣此地虽险峻，久必有失。"又唤马岱入帐，附耳低言，授以密计，嘱曰："我死之后，汝可依计行之。"岱领计而出。少顷，杨仪入。孔明唤至榻前，授与一锦囊，密嘱曰："我死，魏延必反。待其反时，汝与临阵，方开此囊。㊣那时自有斩魏延之人也。"孔明一一调度已毕，便昏然而倒，至晚方苏，便连夜表奏后主。后主闻奏大惊，急命尚书仆射李福*，星夜至军中问安，兼询后事。李福领命，趱程赴五丈原，入见孔明，传后主之命。问安毕，孔明流涕曰："吾不幸中道丧亡，虚废国家大事，得罪于天下。我死后，公等宜竭忠辅主。国家旧制，不可改易；吾所用之人，亦不可轻废。吾兵法皆授与姜维，他自能继吾之志，为国家出力。吾命已在旦夕，当即有遗表上奏天子也。"李福领了言语，匆匆辞去。

孔明强支病体，令左右扶上小车，出寨遍观各营；自觉秋风吹面，彻骨生寒，乃长叹曰："再不能临阵讨贼矣！悠悠苍天，曷此其

独汝可传我书——从姜维归降之时起，诸葛亮就有心将其培养成自己的传人，如今终于把自己的遗著传给他。这无疑是对姜维的极大鼓励。

惟阴平之地，切须仔细——此语已为后来阴平之失埋下伏笔。

待其反时，汝与临阵，方开此囊——魏延后来是否算是"反叛"，尚须辨析。这里如此描写，是要表现诸葛亮的先见之明。

极！”㊟叹息良久。回到帐中，病转沉重，乃唤杨仪分付曰：“王平、廖化、张嶷、张翼、吴懿等，皆忠义之士，久经战阵，多负勤劳，堪可委用。我死之后，凡事俱依旧法而行，缓缓退兵，不可急骤。汝深通谋略，不必多嘱。姜伯约智勇足备，可以断后。”杨仪泣拜受命。孔明令取文房四宝，于卧榻上手书遗表，以达后主。表略曰：

伏闻生死有常，难逃定数；死之将至，愿尽愚忠：臣亮赋性愚拙，遭时艰难，分符拥节，专掌钧衡，兴师北伐，未获成功；何期病入膏肓，命垂旦夕，不及终事陛下，饮恨无穷！伏愿陛下：清心寡欲，约己爱民；达孝道于先皇，布仁恩于宇下；提拔幽隐，以进贤良；屏斥奸邪，以厚风俗。

臣家成都，有桑八百株，薄田十五顷，子弟衣食，自有余饶。至于臣在外任，别无调度，随身衣食，悉仰于官，不别治生，以长尺寸。臣死之日，不使内有余帛，外有赢财，以负陛下也。㊟

孔明写毕，又嘱杨仪曰：“吾死之后，不可发丧。可作一大龛，将吾尸坐于龛中；以米七粒，放吾口内；脚下用明灯一盏；军中安静如常，切勿举哀：则将星不坠。吾阴魂更自起镇之。司马懿见将星不坠，必然惊疑。吾军可令后寨先行，然后一营一营缓缓而退。若司马懿来追，汝可布成阵势，回旗返鼓。等他来到，却将我先时所雕木像，安于车上，推出军前，令大小将士，分列左右。懿见之，必惊走矣。”㊟杨仪一一领诺。

是夜，孔明令人扶出，仰观北斗，遥指一星曰：“此吾之将星也。”众视之，见其色昏暗，摇摇欲坠。孔明以剑指之，口中念咒。咒毕急回帐时，不省人事。众将正慌忙间，忽尚书仆射李福又至；见孔明昏绝，口不能言，乃大哭曰：“我误国家之大事也！”须臾，孔明复醒，开目遍视，见李福立于榻前。孔明曰：“吾已知公复来之意。”福谢曰：“福奉天子命，问丞相百年后，谁可任大事者。适因匆遽，失于谘请，故复来耳。”孔明曰：“吾死之后，可任大事者，蒋公琰其宜也。”福曰：“公琰之后，谁可继之？”孔明曰：“费文伟可继之。”福又问：“文伟之后，谁当继者？”孔明不答。众将近前视之，已薨矣。㊟时建兴十二年秋八月二十三日也，寿五十四岁。后杜工部有诗叹曰：

再不能临阵讨贼矣！悠悠苍天，曷此其极——这一声长叹，可谓感慨万端。对于一个志在统一全国的政治家、军事家来说，还有什么比抛下未竟的事业更令人难过的呢？

臣死之日，不使内有余帛，外有赢财，以负陛下也——诸葛亮执掌大权多年，但一生清正廉洁，克己奉公。后世为官者，当永远以之为楷模。

懿见之必惊走矣——在生命之火即将熄灭之际，诸葛亮仍在考虑保证蜀军安全撤退的妙计，这进一步表现了他至死不忘杀敌报国的拳拳之心。

众将近前视之，已薨矣——诸葛亮说的最后一句话，是推荐自己的接班人。然后，这位在历史舞台上夭矫腾飞了二十七年的“卧龙”，终于告别了他所挚爱的人间。

长星昨夜坠前营，讣报先生此日倾。
虎帐不闻施号令，麟台惟显著勋名。
空余门下三千客，辜负胸中十万兵。
好看绿阴清昼里，于今无复雅歌声！

白乐天亦有诗曰：

先生晦迹卧山林，三顾那逢圣主寻。
鱼到南阳方得水，龙飞天汉便为霖。
托孤既尽殷勤礼，报国还倾忠义心。
前后出师遗表在，令人一览泪沾襟。

初，蜀长水校尉廖立，自谓才名宜为孔明之副，尝以职位闲散，怏怏不平，怨谤无已。于是孔明废之为庶人，徙之汶山。及闻孔明亡，乃垂泣曰："吾终为左衽矣！"李严闻之，亦大哭病死。盖严尝望孔明复收己，得自补前过；度孔明死后，人不能用之故也。后元微之有赞孔明诗曰：

拨乱扶危主，殷勤受托孤。
英才过管乐，妙策胜孙吴。
凛凛《出师表》，堂堂八阵图。
如公全盛德，应叹古今无。

是夜，天愁地惨，月色无光，孔明奄然归天——一代英杰溘然长逝，万众共悼，天地同悲！

是夜，天愁地惨，月色无光，孔明奄然归天。㊞姜维、杨仪遵孔明遗命，不敢举哀，依法成殓，安置龛中，令心腹将卒三百人守护；随传密令，使魏延断后，各处营寨一一退去。

却说司马懿夜观天文，见一大星，赤色，光芒有角，自东北方流于西南方，坠于蜀营内，三投再起，隐隐有声。懿惊喜曰："孔明死矣！"即传令起大兵追之，方出寨门，忽又疑虑曰："孔明会六丁六甲之法，今见我久不出战，故以此术诈死，诱我出耳。今若追之，必中其计！"遂复勒马回寨不出，只令夏侯霸暗引数十骑，往五丈原山僻哨探消息。

却说魏延在本寨中，夜作一梦，梦见头上忽生二角，醒来甚是疑异。次日，占梦赵直至*，延请入问曰："久知足下深明《易》理。吾夜梦头生二角，不知主何吉凶？烦足下为我决之。"赵直想了半晌，答曰："此大吉之兆：麒麟头上有角，苍龙头上有角，乃变化飞腾之象也。”延大喜曰：“如应公言，当有重谢！”直辞去，行不数里，正遇丞相司马费祎*。祎问何来。直曰：“适至魏文长营中，文长梦头生角，令我决其吉凶。此本非吉兆，但恐直言见怪，因以麒麟苍龙解之。”祎曰：“足下何以知非吉兆？”直曰：“角之字形，乃‘刀’下‘用’也。今头上用刀，其凶甚矣！”祎曰：“君且勿泄漏。”直别去。费祎至魏延寨中，屏退左右，告曰：“昨夜三更，丞相已辞世矣。临终再三嘱付，令将军断后以当司马懿，缓缓而退，不可发丧。今兵符在此，便可起兵。”延曰：“何人代理丞相之大事？”祎曰：“丞相一应大事，尽托与杨仪；用兵密法，皆授与姜伯约。此兵符乃杨仪之令也。”延曰：“丞相虽亡，吾今现在。杨仪不过一长史，安能当此大任？他只宜扶柩入蜀安葬。我自率大兵攻司马懿，务要成功。岂可因丞相一人而废国家大事耶？”㊟祎曰：“丞相遗令，教且暂退，不可有违。”延怒曰：“丞相当时若依我计，取长安久矣！吾今官任前军师、征西大将军，封南郑侯*，安肯与长史断后！”㊟祎曰：“将军之言虽是，然不可轻动，令敌人耻笑。待吾往见杨仪，以利害说之，令彼将兵权让与将军，何如？”延依其言。

祎辞延出营，急到大寨见杨仪，具述魏延之语。仪曰：“丞相临终，曾密嘱我曰：‘魏延必有异志。’今我以兵符往，实欲探其心耳。今果应丞相之言。吾自令伯约断后可也。”于是杨仪领兵扶柩先行，令姜维断后；依孔明遗令，徐徐而退。魏延在寨中，不见费祎来回复，心中疑惑，乃令马岱引十数骑往探消息。回报曰：“后军乃姜维总督，前军大半退入谷中去了。”延大怒曰：“竖儒安敢欺我！我必杀之！”因顾谓岱曰：“公肯相助否？”岱曰：“某亦素恨杨仪，今愿助将军攻之。”延大喜，即拔寨，引本部兵望南而行。

却说夏侯霸引军至五丈原看时，不见一人，急回报司马懿曰：“蜀兵已尽退矣。”懿跌足曰：“孔明真死矣！可速追之！”夏侯霸曰：“都督不可轻追。当令偏将先往。”懿曰：“此番须吾自行。”遂引兵同二子一齐杀奔五丈原来；呐喊摇旗，杀入蜀寨时，果无一人。懿顾二子曰：“汝急催兵赶来，吾先引军前进。”于是司马师、司马昭在后催军；懿自引军当先，追到山脚下，望见蜀兵不远，乃奋力追赶。忽然山后一声炮响，喊声大震，只见蜀兵俱回旗返鼓，树影中飘出中军大旗，上书一行大字曰：“汉丞相武乡侯诸葛亮”。懿大惊失

岂可因丞相一人而废国家大事耶——分析魏延之言，只可看出他对杨仪的不服，哪有什么反叛之意？

安肯与长史断后——魏延此时身为蜀汉头号大将，地位、威望都明显高于杨仪。诸葛亮临终安排后事时把魏延排除在外，让杨仪全权负责撤退事宜，然后由杨仪给魏延一个“断后”的命令，这样做显然不大妥当。魏延产生不满情绪，可说事出有因。

色，定睛看时，只见中军数十员上将，拥出一辆四轮车来；车上端坐孔明：纶巾羽扇，鹤氅皂绦。懿大惊曰："孔明尚在！吾轻入重地，堕其计矣！"急勒回马便走。背后姜维大叫："贼将休走！你中了我丞相之计也！"魏兵魂飞魄散，弃甲丢盔，抛戈撇戟，各逃性命，自相践踏，死者无数。司马懿奔走了五十余里。背后两员魏将赶上，扯住马嚼环，叫曰："都督勿惊。"懿用手摸头曰："我有头否？"[评]二将曰："都督休怕，蜀兵去远了。"懿喘息半晌，神色方定；睁目视之，乃夏侯霸、夏侯惠也；乃徐徐按辔，与二将寻小路奔归本寨，使众将引兵四散哨探。

懿用手摸头曰："我有头否？"——这一句描写，极其简略，但却神情毕肖，令人哑然失笑。

过了两日，乡民奔告曰："蜀兵退入谷中之时，哀声震地，军中扬起白旗：孔明果然死了，止留姜维引一千兵断后。前日车上之孔明，乃木人也。"懿叹曰："吾能料其生，不能料其死也！"因此蜀中人谚曰："死诸葛能走生仲达。"[评]后人有诗叹曰：

长星半夜落天枢，奔走还疑亮未殂。

关外至今人冷笑，头颅犹问有和无！

因此蜀中人谚曰："死诸葛能走生仲达。"——民谚反映了人心。寥寥八个字，对诸葛亮与司马懿的高低，作了最后的结论。

司马懿知孔明死信已确，乃复引兵追赶，行到赤岸坡，见蜀兵已去远，乃引还，顾谓众将曰："孔明已死，我等皆高枕无忧矣！"遂班师回。一路上见孔明安营下寨之处，前后左右，整整有法，懿叹曰："此天下奇才也！"[评]于是引兵回长安，分调众将，各守隘口。懿自回洛阳面君去了。

懿叹曰："此天下奇才也！"——此语本于《三国志·蜀书·诸葛亮传》，再一次表现了司马懿对诸葛亮的由衷钦佩。

却说杨仪、姜维排成阵势，缓缓退入栈阁道口，然后更衣发丧，扬幡举哀。蜀军皆撞跌而哭，至有哭死者。蜀兵前队正回到栈阁道口，忽见前面火光冲天，喊声震地．一彪军拦路。众将大惊，急报杨仪。正是：已见魏营诸将去，不知蜀地甚兵来。未知来者是何处军马，且看下文分解。

尾评：

"死诸葛能走生仲达"的故事，本于《三国

志·蜀书·诸葛亮传》注引《汉晋春秋》，魏晋以来，流传甚广。《三国演义》将这一情节写得十分生动，使诸葛亮那惊人的智慧在其身后依然光芒四射。而司马懿那句“我有头否”，更是将其惊恐心理表现得活灵活现，极为传神。

第一〇五回
武侯预伏锦囊计　魏主拆取承露盘

总评

“遗计斩魏延”是《三国演义》中一个流传颇广的情节，是一桩引人注目的公案。

历史上的魏延究竟背叛蜀汉没有？《三国志·蜀书·魏延传》记载十分清楚：“（诸葛）亮病困，密与长史杨仪、司马费祎、护军姜维等作身殁之后退军节度，令延断后……延曰：‘丞相虽亡，吾自见在。府亲官属便可将丧还葬，吾自当率诸军击贼，云何以一人死废天下之事邪？且魏延何人，当为杨仪所部勒，作断后将乎！’”魏延的意思很明白：诸葛亮死后，论地位，论威望，都应由他统率诸军继续北伐，要他听从杨仪的号令，他实在不服。这与“背叛”是风马牛不相及的。当杨仪不理魏延，径自率领大军南撤之时，魏延长期郁积的对杨仪的不满爆发了。盛怒之中，他率兵抢先南归，与杨仪争相上表朝廷，互相攻击对方为叛逆。最后，双方在南谷口刀兵相见，魏延失败，被马岱“追斩之”。所以，陈寿在传末作了一个比较客观的结论：“原延意不北降魏而南还者，但欲除杀仪等。平日诸将素不同，冀时论必当以代（诸葛）亮。本指如此，不便背叛。”但是，像魏延这样一个身经百战、勋劳赫赫的大将，没有死于北伐曹魏的战场，却死于自己人的刀下，这无论如何都是一场悲剧！对于这场悲剧，主要责任应由魏延本人承担。在大敌当前，三军新失统帅，亟须加强团结，稳定军心之时，他却非要同杨仪见个高低，这种因私忿而不顾大局的行为当然是十分错误的，也是不得人心的，他也因此而失去将士拥戴，成了孤家寡人，终于被杀。不过，诸葛亮对此悲剧也有一定责任。首先，诸葛亮对心高气傲的魏延似乎颇有保留，未能充分发挥其积极性，难免使魏延感到不快；其次，诸葛亮对魏延与杨仪的矛盾一直未能妥善解决，临终的安排显然也不恰当，魏、杨矛盾的激化，不能不说与此有关。今天，我们越是敬佩诸葛亮的高风亮节，就越是为他没有处理好魏延问题而深感惋惜。在某种意义上可以说，魏延的悲剧多少反映了蜀汉政权人才不盛、难乎为继的悲剧。

在《三国演义》中，罗贯中对魏延的描写比史书记载更具体，也更丰富，表现了魏延的智勇功勋；但是，为了维护诸葛亮形象的完美性，他又煞费苦心地把诸葛亮对待魏延的不当之处改造为先知先觉，力图表现魏延背叛了蜀汉和这背叛的必然性，所谓“魏延脑后有反骨”、“遗计斩魏延”，均出于此，以便证明诸葛亮早就看出魏延该杀，并最终遗计将他除掉。然而，这类情节不仅无助于美化诸葛亮，反而使人替魏延感到不平，成了违背现实主义的败笔。从罗贯中塑造魏延形象的得失中，我们不是可以领悟到某些艺术的辩证法吗?

却说杨仪闻报前路有兵拦截，忙令人哨探。回报说魏延烧绝栈道，引兵拦路。仪大惊曰："丞相在日，料此人久后必反，谁想今日果然如此！今断吾归路，当复如何？"费祎曰："此人必先捏奏天子，诬吾等造反，故烧绝栈道，阻遏归路。吾等亦当表奏天子，陈魏延反情，然后图之。"姜维曰："此间有一小径，名槎山，虽崎岖险峻，可以抄出栈道之后。"一面写表奏闻天子，一面将人马望槎山小道进发。

且说后主在成都，寝食不安，动止不宁；夜作一梦，梦见成都锦屏山崩倒；遂惊觉，坐而待旦，聚集文武，入朝圆梦。谯周曰："臣昨夜仰观天文，见一星，赤色，光芒有角，自东北落于西南，主丞相有大凶之事。今陛下梦山崩，正应此兆。"后主愈加惊怖。忽报李福到，后主急召入问之。福顿首泣奏丞相已亡；将丞相临终言语，细述一遍。后主闻言，大哭曰：天丧我也！"㊣哭倒于龙床之上。侍臣扶入后宫。吴太后闻之，亦放声大哭不已。多官无不哀恸，百姓人人涕泣。后主连日伤感，不能设朝。忽报魏延表奏杨仪造反，群臣大骇，入宫启奏后主。时吴太后亦在宫中。后主闻奏大惊，命近臣读魏延表。其略曰：

> 征西大将军、南郑侯臣魏延，诚惶诚恐，顿首上言：杨仪自总兵权，率众造反，劫丞相灵柩，欲引敌人入境。臣先烧绝栈道，以兵守御。谨此奏闻。

读毕，后主曰："魏延乃勇将，足可拒杨仪等众，何故烧绝栈道？"㊣吴太后曰："尝闻先帝有言：孔明识魏延脑后有反骨，每欲斩之；因怜其勇，故姑留用。今彼奏杨仪等造反，未可轻信。杨仪乃文人，丞相委以长史之任，必其人可用。今日若听此一面之词，杨仪等必投魏矣。此事当深虑远议，不可造次。众官正商议间，忽报长史杨仪有紧急表到。近臣拆表读曰：

后主闻言，大哭曰："天丧我也！"——后主即位十二年来，处处仰仗诸葛亮，也十分敬重诸葛亮。如今诸葛亮溘然长逝，后主确实深感痛心和惶恐。

后主曰："魏延乃勇将……何故烧绝栈道？"——从此言来看，后主还能明白事理，并不那么糊涂。

丞相长史、绥军将军臣杨仪*，诚惶诚恐，顿首谨表：丞相临终，将大事委于臣，照依旧制，不敢变更，使魏延断后，姜维次之。今魏延不遵丞相遗语，自提本部人马，先入汉中，放火烧断栈道，劫丞相灵车，谋为不轨。变起仓卒，谨飞章奏闻。

太后听毕，问："卿等所见若何？"蒋琬奏曰："以臣愚见：杨仪为人虽禀性过急，不能容物，至于筹度粮草，参赞军机，与丞相办事多时，今丞相临终，委以大事，决非背反之人。魏延平日恃功务高，人皆下之；仪独不假借，延心怀恨；今见仪总兵，心中不服，故烧栈道，断其归路，又诬奏而图陷害。臣愿将全家良贱，保杨仪不反，实不敢保魏延。"董允亦奏曰："魏延自恃功高，常有不平之心，口出怨言。向所以不即反者，惧丞相耳。今丞相新亡，乘机为乱，势所必然。㊟若杨仪，才干敏达，为丞相所任用，必不背反。"后主曰："若魏延果反，当用何策御之？"蒋琬曰："丞相素疑此人，必有遗计授与杨仪。若仪无恃，安能退入谷口乎？延必中计矣。陛下宽心。"不多时，魏延又表至，告称杨仪背反。正览表之间，杨仪又表到，奏称魏延背反。二人接连具表，各陈是非。忽报费祎到，后主召入，祎细奏魏延反情。后主曰："若如此，且令董允假节释劝，用好言抚慰。"允奉诏而去。

乘机为乱，势所必然——说魏延"有不平之心"则可，说他"乘机为乱"则未必。董允此语，其实是罗贯中观点的演绎。

却说魏延烧断栈道，屯兵南谷，把住隘口，自以为得计；不想杨仪、姜维星夜引兵抄到南谷之后。仪恐汉中有失，令先锋王平*引三千兵先行。仪同姜维等引兵扶柩，望汉中而来。

且说王平引兵径到南谷之后，擂鼓呐喊。哨马飞报魏延，说杨仪令先锋王平引兵自槎山小路抄来搦战。延大怒，急披挂上马，提刀引兵来迎。两阵对圆，王平出马，大骂曰："反贼魏延安在？"延亦骂曰："汝助杨仪造反，何敢骂我！"平叱曰："丞相新亡，骨肉未寒，汝焉敢造反！"乃扬鞭指蜀兵曰："汝等军士，皆是益州之人，蜀中多有父母妻子，兄弟亲朋；丞相在日，不曾薄待汝等。今不可助反贼，宜各回家乡，听候赏赐。"众军闻言，大喊一声，散去大半。㊟延大怒，挥刀纵马，直取王平。平挥刀来迎*。战不数合，平诈败而走，延随后赶来。众军弓弩齐发，延拨马而回。见众军纷纷溃散，延转怒，拍马赶上，杀了数人，却只止遏不住；只有马岱所领三百人不动。延谓岱曰："公真心助我，事成之后，决不相负。"遂与马岱追杀

众军闻言，大喊一声，散去大半——魏延不顾大局，与杨仪刀兵相见，毕竟是大错特错，众军弃之而去，乃是理所应当。

王平。平引兵飞奔而去。魏延收聚残军，与马岱商议曰："我等投魏，若何？"岱曰："将军之言，不智甚也。大丈夫何不自图霸业，乃轻屈膝于人耶？吾观将军智勇足备，益州之士，谁敢抵敌？吾誓同将军先取汉中，随后进攻益州。"延大喜，遂同马岱引兵直取南郑。

姜维在南郑城上，见魏延、马岱耀武扬威，蜂拥而来。维急令拽起吊桥。延、岱二人大叫："早降！"姜维令人请杨仪商议曰："魏延勇猛，更兼马岱相助，虽然军少，何计退之？"仪曰："丞相临终，遗一锦囊，嘱曰：'若魏延造反，临阵对敌之时，方可开拆，便有斩魏延之计。'今当取出一看。"遂出锦囊，拆封看时，题曰："待与魏延对敌，马上方许拆开。"维大喜曰："既丞相有戒约，长史可收执。吾先引兵出城，列为阵势，公可便来。"姜维披挂上马，绰枪在手，引三千军，开了城门，一齐冲出，鼓声大震，排成阵势。维挺枪立马于门旗之下，高声大骂曰："反贼魏延！丞相不曾亏你，今日如何背反？"延横刀勒马而言曰："伯约，不干你事。只教杨仪来！"仪在门旗影里，拆开锦囊视之，如此如此。仪大喜，轻骑而出，立马阵前，手指魏延而笑曰："丞相在日，知汝久后必反，教我提备，今果应其言。汝敢在马上连叫三声'谁敢杀我'，便是真大丈夫，吾就献汉中城池与汝。"延大笑曰："杨仪匹夫听着！若孔明在日，吾尚惧他三分；他今已亡，天下谁敢敌我？休道连叫三声，便叫三万声，亦有何难！"遂提刀按辔，于马上大叫曰："谁敢杀我？"一声未毕，脑后一人厉声而应曰："吾敢杀汝！"手起刀落，斩魏延于马下。众皆骇然。斩魏延者，乃马岱也。㊟原来孔明临终之时，授马岱以密计，只待魏延喊叫时，便出其不意斩之；当日，杨仪读罢锦囊计策，已知伏下马岱在彼，故依计而行，果然杀了魏延。后人有诗曰：

> 斩魏延者，乃马岱也——历史上马岱系奉杨仪之命追斩魏延；《三国演义》写他奉诸葛亮密计，假意依附魏延，伺机斩之，此即所谓"遗计斩魏延"。

诸葛先机识魏延，已知日后反西川。

锦囊遗计人难料，却见成功在马前。

却说董允未及到南郑，马岱已斩了魏延，与姜维合兵一处。杨仪具表，星夜奏闻后主。后主降旨曰："既已名正其罪，仍念前功，赐棺椁葬之。"杨仪等扶孔明灵柩到成都，后主引文武官僚，尽皆挂孝，出城二十里迎接。后主放声大哭。上至公卿大夫，下及山林百姓，男女老幼，无不痛哭，哀声震地。㊟后主命扶柩入城，停于丞相府中。其子诸葛瞻守孝居丧。

> 男女老幼，无不痛哭，哀声震地——蜀汉军民，对诸葛亮逝世痛心疾首，反映了诸葛亮深得人心，遗爱千秋。

后主还朝，杨仪自缚请罪。后主令近臣去其缚曰："若非卿能依丞相遗教，灵柩何日得归？魏延如何得灭？大事保全，皆卿之力也。"遂加杨仪为中军师。马岱有讨逆之功，即以魏延之爵爵之。仪呈上孔明遗表。后主览毕，大哭，降旨卜地安葬。费祎奏曰："丞相临终，命葬于定军山，不用墙垣砖石，亦不用一切祭物。"后主从之。择本年十月吉日，后主自送灵柩至定军山安葬。㊟后主降诏致祭，谥号忠武侯；令建庙于沔阳，四时享祭。后杜工部有诗曰：

丞相祠堂何处寻？锦官城外柏森森。
映阶碧草自春色，隔叶黄鹂空好音。
三顾频烦天下计，两朝开济老臣心。
出师未捷身先死，长使英雄泪满襟！

又杜工部诗曰：

诸葛大名垂宇宙，宗臣遗像肃清高。
三分割据纡筹策，万古云霄一羽毛。
伯仲之间见伊吕，指挥若定失萧曹。
运移汉祚终难复，志决身歼军务劳。

却说后主回到成都，忽近臣奏曰："边庭报来，东吴令全琮引兵数万，屯于巴丘*，未知何意。"后主惊曰："丞相新亡，东吴若负盟侵界*，如之奈何？"蒋琬奏曰："臣敢保王平、张嶷引兵数万屯于永安，以防不测。陛下再命一人去东吴报丧，以探其动静。"后主曰："须得一舌辩之士为使。"一人应声而出曰："微臣愿往。"众视之，乃南阳安众人，姓宗，名预，字德艳，官任参军、右中郎将。后主大喜，即命宗预往东吴报丧，兼探虚实。

宗预领命，径到金陵，入见吴主孙权。礼毕，只见左右人皆着素衣。权作色而言曰："吴、蜀已为一家，卿主何故而增白帝之守也？"预曰："臣以为东益巴丘之戍，西增白帝之守，皆事势宜然，俱不足以相问也。"㊟权笑曰："卿不亚于邓芝。"乃谓宗预曰："朕闻诸葛丞相归天，每日流涕，令官僚尽皆挂孝。朕恐魏人乘丧取蜀，故增巴丘守兵万人，以为救援，别无他意也。"预顿首拜谢。权曰："朕既许以同盟，安有背义之理？"预曰："天子因丞相新亡，特命臣来报丧。"权遂取金铍箭一枝折之，设誓曰："朕若负前盟，子孙绝灭！"又命使赍香帛奠仪，入蜀致祭。

后主自送灵柩至定军山安葬——皇帝亲自为大臣送葬，这是封建社会中的最高礼遇，再一次表现了后主对诸葛亮去世的深切哀悼。

皆事势宜然，俱不足以相问也——此语本于《三国志·蜀书·宗预传》，它肯定了双方行动的合理性，含蓄而又通达，甚为得体。

宗预拜辞吴主，同吴使还成都，入见后主，奏曰："吴主因丞相新亡，亦自流涕，令群臣皆挂孝。其益兵巴丘者，恐魏人乘虚而入，别无异心。今折箭为誓，并不背盟。"后主大喜，重赏宗预，厚待吴使去讫。遂依孔明遗言，加蒋琬为大将军，录尚书事*；[评]加费祎为尚书令，同理政事*；加吴懿为车骑将军，假节督汉中；姜维为辅汉将军、平襄侯，总督诸处人马，同吴懿出屯汉中，以防魏兵。其余将校，各依旧职。

加蒋琬为大将军，录尚书事——从此时起，蒋琬成为蜀汉的第二任执政者。历史上的蒋琬为人贤明，颇有可写之处；可惜《三国演义》未能叙述其政绩。

杨仪自以为年宦先于蒋琬，而位出琬下；且自恃功高，未有重赏，口出怨言，谓费祎曰："昔日丞相初亡，吾若将全师投魏，宁当寂寞如此耶！"费祎乃将此言具表密奏后主。后主大怒，命将杨仪下狱勘问，欲斩之。蒋琬奏曰："仪虽有罪，但日前随丞相多立功劳，未可斩也。当废为庶人。"后主从之，遂贬杨仪赴汉嘉郡为民。仪羞惭，自刎而死。[评]

仪羞惭自刎而死——杨仪心胸狭隘，不能容人，诸葛亮不以其为接班人，完全正确。而杨仪却大为不满，胡言乱语，终至自刎而死，可谓咎由自取。

蜀汉建兴十三年，魏主曹睿青龙三年，吴主孙权嘉禾四年，三国各不兴兵。单说魏主封司马懿为太尉，总督军马，安镇诸边。懿拜谢，回洛阳去讫。魏主在许昌，大兴土木，建盖宫殿；又于洛阳造昭阳殿*、太极殿，筑总章观，俱高十丈；又立崇华殿、青霄阁、凤凰楼、九龙池，命博士马钧监造，极其华丽：雕梁画栋，碧瓦金砖，光辉耀日。选天下巧匠三万余人，民夫三十余万，不分昼夜而造。民力疲困，怨声不绝。[评]

民力疲困，怨声不绝——三国时期，征战频繁，老百姓负担已经很重，曹睿还要大兴土木，怎不惹人怨恨？

睿又降旨起土木于芳林园，使公卿皆负土树木于其中。司徒军议掾董寻*上表切谏曰：

> 伏自建安以来，野战死亡，或门殚户尽；虽有存者，遗孤老弱。若今宫室狭小，欲广大之，犹宜随时，不妨农务。况作无益之物乎？陛下既尊群臣，显以冠冕，被以文绣，载以华舆，所以异于小人也。今又使负木担土，沾体涂足，毁国之光，以崇无益：甚无谓也。孔子云："君使臣以礼，臣事君以忠。"无忠无礼，国何以立？臣知言出必死；而自比于牛之一毛，生既无益，死亦何损。秉笔流涕，心与世辞。臣有八子，臣死之后，累陛下矣。不胜战栗待命之至！

睿览表，怒曰："董寻不怕死耶！"左右奏请斩之。睿曰："此人素有忠义，今且废为庶人。再有妄言者必斩！”时有太子舍人张茂，字彦林*，亦上表切谏，睿命斩之。即日召马钧，问曰："朕建高台峻阁，欲与神仙往来，以求长生不老之方。”钧奏曰："汉朝二十四帝，惟武帝享国最久，寿算极高，盖因服天上日精月华之气也；尝于长安宫中，建柏梁台；台上立一铜人，手捧一盘，名曰'承露盘'，接三更北斗所降沆瀣之水，其名曰'天浆'，又曰'甘露'。取此水，用美玉为屑，调和服之，可以反老还童。”睿大喜曰："汝今可引人夫，星夜至长安，拆取铜人，移置芳林园中。”

钧领命，引一万人至长安，令周围搭起木架，上柏梁台去。不移时间，五千人连绳引索，旋环而上。那柏梁台高二十丈，铜柱圆十围。马钧教先拆铜人。多人并力拆下铜人来，只见铜人眼中潸然泪下。众皆大惊。忽然台边一阵狂风起处，飞砂走石，急若骤雨；一声响亮，就如天崩地裂：台倾柱倒。压死千余人。钧取铜人及金盘回洛阳，入见魏主，献上铜人、承露盘。魏主问曰："铜柱安在？”钧奏曰："柱重百万斤，不能运至。”睿令将铜柱打碎，运来洛阳，铸成两个铜人，号为"翁仲"，列于司马门外；又铸铜龙凤两个：龙高四丈，凤高三丈余，立在殿前。又于上林苑中，种奇花异木，蓄养珍禽怪兽。少府杨阜*上表谏曰：

> 臣闻尧尚茅茨，而万国安居；禹卑宫室，而天下乐业；及至殷、周，或堂崇三尺，度以九筵耳：古之圣帝明王，未有极宫室之高丽，以凋敝百姓之财力者也。桀作璇室、象廊，纣为倾宫、鹿台，以丧其社稷；楚灵以筑章华而身受其祸；秦始皇作阿房而殃及其子，天下叛之，二世而灭。夫不度万民之力，以从耳目之欲，未有不亡者也。㊣陛下当以尧、舜、禹、汤、文、武为法则，以桀、纣、楚、秦为深诫。而乃自暇自逸，惟宫台是饰，必有危亡之祸矣。君作元首，臣为股肱，存亡一体，得失同之。臣虽驽怯，敢忘诤臣之义？言不切至，不足以感寤陛下。谨叩棺沐浴，伏俟重诛。

表上，睿不省，只催督马钧建造高台，安置铜人、承露盘。又降旨广选天下美女，入芳林园中。众官纷纷上表谏诤，睿俱不听。

却说曹睿之后毛氏，乃河内人也；先年睿为平原王时，最相恩爱；及即帝位，立为后；后睿因宠郭夫人，毛后失宠。郭夫人美而

夫不度万民之力，以从耳目之欲，未有不亡者也——杨阜之言，十分尖锐，十分深刻，乃是历史经验的正确概括。后世统治者，当时时引以为戒。

慧，睿甚嬖之，每日取乐，月余不出宫闼。是岁春三月，芳林园中百花争放，睿同郭夫人到园中赏玩饮酒。郭夫人曰："何不请皇后同乐？"睿曰："若彼在，朕涓滴不能下咽也。"遂传谕宫娥，不许令毛后知道。毛后见睿月余不入正宫，是日引十余宫人，来翠花楼上消遣，只听的乐声嘹亮，乃问曰："何处奏乐？"一宫官启曰："乃圣上与郭夫人于御花园中赏花饮酒。"毛后闻之，心中烦恼，回宫安歇。次日，毛皇后乘小车出宫游玩，正迎见睿于曲廊之间，乃笑曰："陛下昨游北园，其乐不浅也！"睿大怒，即命擒昨日侍奉诸人到，叱曰："昨游北园，朕禁左右不许使毛后知道，何得又宣露！"喝令宫官将诸侍奉人尽斩之。毛后大惊，回车至宫。睿即降诏，赐毛皇后死，㊅立郭夫人为皇后。朝臣莫敢谏者。

睿即降诏赐毛皇后死——曹睿骄奢淫逸，喜新厌旧，毛皇后无端得罪，竟被"赐死"。难道他就忘了其父曹丕喜新厌旧，将其生母甄氏"赐死"的惨痛教训吗？！

忽一日，幽州刺史毌丘俭上表，报称辽东公孙渊造反，自号为燕王，改元绍汉元年，建宫殿，立官职，兴兵入寇，摇动北方。睿大惊，即聚文武官僚，商议起兵退渊之策。正是：才将土木劳中国，又见干戈起外方。未知何以御之，且看下文分解。

尾评：

本回除描写魏延、杨仪之争，蜀汉政权之交接外，还用不多的篇幅，描写了魏明帝曹睿的种种无道之行。曹睿文韬武略，均远远不及其祖曹操、其父曹丕；但由于不知创业之艰难，故尔缺乏励精图治的雄心，反而不惜民力，贪图享乐，削弱了曹魏政权的基础。

第一〇六回
公孙渊兵败死襄平　司马懿诈病赚曹爽

总评

司马懿平定公孙渊叛乱之事，本于《三国志·魏书·公孙度传》附《公孙渊传》、《晋书·宣帝纪》。罗贯中在史书记载的基础上加以增饰，简明生动地描写了这一战役。魏军在战役中完全掌握了主动权，进展相当顺利，基本上实现了司马懿出兵前的估计，这就把司马懿精通韬略、善于把握战机的特点表现得甚为突出。

据《三国志·魏书·明帝纪》注引《汉晋春秋》、《刘放传》及裴注引《世语》等史料，当魏明帝曹睿病重垂危时，领军将军夏侯献、屯骑校尉曹肇、骁骑将军秦朗等人曾与久专权宠的中书监刘放、中书令孙资展开过一场激烈的斗争。刘放、孙资为了自保，采取阴谋手段，力劝曹睿罢免了大将军曹宇及夏侯献等，而以平庸无能的曹爽为大将军。这场斗争对曹魏政权后来的演变影响甚大，本来很有写头，可惜罗贯中叙述得十分简单。

曹睿临终，将年仅八岁的太子曹芳托付给大将军曹爽和太尉司马懿。这两个人，一个是承受父荫、才干平平的宗室亲贵，一个是久经沙场、老谋深算的元勋旧臣。他们之间的关系有三种发展可能：一是相安无事，维持共同辅政的局面；二是一方逊让退避，让另一方独揽大权，以求消弭矛盾；三是彼此猜忌，互相残杀。作品清楚地表明，司马懿选择了第三种可能，用残酷的屠戮为自己争得了独揽一切的大权。

却说公孙渊乃辽东公孙度之孙，公孙康之子也。建安十二年，曹操追袁尚，未到辽东，康斩尚首级献操，操封康为襄平侯。后康死，有二子：长曰晃，次曰渊，皆幼；康弟公孙恭继职。曹丕时，拜恭为车骑将军，封平郭侯*，太和二年，渊长大，文武兼备，性刚好斗，夺其叔公孙恭之位，曹睿拜渊为扬烈将军、辽东太守。后孙权遣张弥、许晏赍金珠珍玉赴辽东，封渊为燕王。渊惧中原，乃斩张、许二人，送首与曹睿。睿拜渊为大司马，封乐浪公。渊心不足，与众商议，自号为燕王，改元绍汉元年。(评)副将贾范谏曰："中原待主公以上公之爵，不为卑贱；今若背反，实为不顺。更兼司马懿善能用兵，西蜀诸葛武侯且不能取胜，何况主公乎？"渊大怒，叱左右缚贾范，将斩之。参军纶直*谏曰："贾范之言是也。圣人云：'国家将亡，必有妖孽。'今国中屡见怪异之事：近有犬戴巾帻，身披红衣，上屋作人行；又城南乡民造饭，饭甑之中，忽有一小儿蒸死于内；襄平北市中，地忽陷一穴，涌出一块肉，周围数尺，头面眼耳口鼻都具，独无手足，刀箭不能伤，不知何物，卜者占之曰：'有形不成，有口无声；国家亡灭，故现其形。'有此三者，皆不祥之兆也。主公宜避凶就吉，不可轻举妄动。"渊勃然大怒，叱武士绑纶直，并贾范同斩于市。令大将军卑衍为元帅，杨祚为先锋，起辽兵十五万，杀奔中原来。

自号为燕王，改元绍汉元年——公孙渊野心勃勃，反复无常，自称燕王，纯系割据分裂，应予平定。

边官报知魏主曹睿。睿大惊，乃召司马懿入朝计议。懿奏曰："臣部下马步官军四万，足可破贼。"睿曰："卿兵少路远，恐难收复。"懿曰："兵不在多，在能设奇用智耳。臣托陛下洪福，必擒公孙渊以献陛下。"(评)睿曰："卿料公孙渊作何举动？"懿曰："渊若弃城预走，是上计也；守辽东拒大军，是中计也；坐守襄平，是为下计，必被臣所擒矣。"睿曰："此去往复几时？"懿曰："四千里之地，往百日，攻百日，还百日，休息六十日，大约一年足矣。"睿曰："倘吴、

臣托陛下洪福，必擒公孙渊以献陛下——像公孙渊这样无德无才，只有一片野心的家伙，根本不是司马懿的对手，所以司马懿有充分的信心将其擒获。

蜀入寇，如之奈何？”懿曰：“臣已定下守御之策，陛下勿忧。”睿大喜，即命司马懿兴师征讨公孙渊。

懿辞朝出城，令胡遵为先锋，引前部兵先到辽东下寨。哨马飞报公孙渊。渊令卑衍、杨祚分八万兵屯于辽隧，围堑二十余里，环绕鹿角，甚是严密。胡遵令人报知司马懿。懿笑曰：“贼不与我战，欲老我兵耳。我料贼众大半在此，其巢穴空虚，不若弃却此处，径奔襄平；贼必往救，却于中途击之，必获全功。”㊟于是勒兵从小路向襄平进发。

却说卑衍与杨祚商议曰：“若魏兵来攻，休与交战。彼千里而来，粮草不继，难以持久，粮尽必退；待他退时，然后出奇兵击之，司马懿可擒也。昔司马懿与蜀兵相拒，坚守渭南，孔明竟卒于军中：今日正与此理相同。”二人正商议间，忽报：“魏兵往南去了。”卑衍大惊曰：“彼知吾襄平军少，去袭老营也。若襄平有失，我等守此处无益矣。”遂拔寨随后而起。早有探马飞报司马懿。懿笑曰：“中吾计矣！”乃令夏侯霸、夏侯威，各引一军伏于辽水之滨：“如辽兵到，两下齐出。”二人受计而往，早望见卑衍、杨祚引兵前来。一声炮响，两边鼓噪摇旗：左有夏侯霸，右有夏侯威，一齐杀出。卑、杨二人，无心恋战，夺路而走；奔至首山，正逢公孙渊兵到，合兵一处，回马再与魏兵交战。卑衍出马骂曰：“贼将休使诡计！汝敢出战否？”夏侯霸纵马挥刀来迎。战不数合，被夏侯霸一刀斩卑衍于马下，辽兵大乱。霸驱兵掩杀。公孙渊引败兵奔入襄平城去，闭门坚守不出。魏兵四面围合。

时值秋雨连绵，一月不止，平地水深三尺，运粮船自辽河口直至襄平城下。魏兵皆在水中，行坐不安。左都督裴景入帐告曰：“雨水不住，营中泥泞，军不可停，请移于前面山上。”懿怒曰：“捉公孙渊只在旦夕，安可移营？如有再言移营者斩！”裴景喏喏而退。少顷，都督令史张静*又来告曰：“军士苦水，乞太尉移营高处。”懿大怒曰：“吾军令已发，汝何敢故违！”即命推出斩之，㊟悬首于辕门外。于是军心震慑。

懿令南寨人马暂退二十里，纵城内军民出城樵采柴薪，牧放牛马。司马陈珪*问曰：“前太尉攻上庸之时，兵分八路，八日赶至城下，遂生擒孟达而成大功；今带甲四万，数千里而来，不令攻打城

却于中途击之，必获全功——不攻坚固设防之敌，而是设法调动对方，在其运动中攻打，确是妙计。

即命推出斩之——司马懿令出如山，有违反者，立即斩首。治军固然应当严格，但与其他将帅相比，司马懿似乎更多几分凶狠。

池，却使久居泥泞之中，又纵贼众樵牧。某实不知太尉是何主意？”懿笑曰：“公不知兵法耶？昔孟达粮多兵少，我粮少兵多，故不可不速战；出其不意，突然攻之，方可取胜。今辽兵多，我兵少，贼饥我饱，何必力攻？正当任彼自走，然后乘机击之。㊞我今放开一条路，不绝彼之樵牧，是容彼自走也。”陈珪拜服。于是司马懿遣人赴洛阳催粮。

正当任彼自走，然后乘机击之——司马懿暂不强攻襄平，还让城中军民出城樵采放牧，仍是想让对方出逃，在其逃跑中追而歼之。这也深合兵法。

魏主曹睿设朝，群臣皆奏曰：“近日秋雨连绵，一月不止，人马疲劳。可召回司马懿，权且罢兵。”睿曰：“司马太尉善能用兵，临危制变，多有良谋，捉公孙渊计日而待。卿等何必忧也？”遂不听群臣之谏，使人运粮解至司马懿军前。

懿在寨中，又过数日，雨止天晴。是夜，懿出帐外，仰观天文，忽见一星，其大如斗，流光数丈，自首山东北，坠于襄平东南。各营将士，无不惊骇。懿见之大喜，乃谓众将曰：“五日之后，星落处必斩公孙渊矣。来日可并力攻城。”

众将得令，次日侵晨，引兵四面围合，筑土山，掘地道，立炮架，装云梯，日夜攻打不息，箭如急雨，射入城去。公孙渊在城中粮尽，皆宰牛马为食。人人怨恨，各无守心，欲斩渊首，献城归降。渊闻之，甚是惊忧，慌令相国王建、御史大夫柳甫，往魏寨请降。二人自城上系下，来告司马懿曰：“请太尉退二十里，我君臣自来投降。”懿大怒曰：“公孙渊何不自来？殊为无理！”叱武士推出斩之，将首级付与从人。从人回报，公孙渊大惊，又遣侍中卫演来到魏营。司马懿升帐，聚众将立于两边。演膝行而进，跪于帐下，告曰：“愿太尉息雷霆之怒。克日先送世子公孙修为质当，然后君臣自缚来降。”懿曰：“军事大要有五：能战当战，不能战当守，不能守当走，不能走当降，不能降当死耳！㊞何必送子为质当？”叱卫演回报公孙渊。演抱头鼠窜而去，归告公孙渊。渊大惊，乃与子公孙修密议停当，选下一千人马，当夜二更时分，开了南门，往东南而走。渊见无人，心中暗喜。行不到十里，忽听得山上一声炮响，鼓角齐鸣，一枝兵拦住，中央乃司马懿也，左有司马师，右有司马昭，二人大叫曰：“反贼休走！”渊大惊，急拨马寻路欲走。早有胡遵兵到，左有夏侯霸、夏侯威，右有张虎、乐綝：四面围得铁桶相似。公孙渊父子，只得下马纳降。懿在马上顾诸将曰：“吾前夜丙寅日，见大星

不能降当死耳——公孙渊明明派人请降，司马懿却冷冰冰地答复“不能降当死”，这就明确告诉对方：公孙渊只有死路一条。

落于此处，今夜壬申日应矣。”众将称贺曰：“太尉真神机也！”懿传令斩之。公孙渊父子对面受戮。㊢司马懿遂勒兵来取襄平，未及到城下时，胡遵早引兵入城。城中人民焚香拜迎，魏兵尽皆入城。懿坐于衙上，将公孙渊宗族，并同谋官僚人等，俱杀之，计首级七十余颗。出榜安民。人告懿曰：“贾范、纶直苦谏渊不可反叛，俱被渊所杀。”懿遂封其墓而荣其子孙。就将库内财物，赏劳三军，班师回洛阳。

公孙渊父子对面受戮——公孙渊逆历史潮流而动，分裂国家，不得人心。其迅速败亡，实属罪有应得。

却说魏主在宫中，夜至三更，忽然一阵阴风，吹灭灯光，只见毛皇后引数十个宫人哭至座前索命，睿因此得病。病渐沉重，命中书监刘放、中书令孙资掌机密事务*，又召武帝子燕王曹宇*为大将军，佐太子曹芳摄政。宇为人恭俭温和，未肯当此大任，坚辞不受。睿召刘放、孙资问曰：“宗族之内，何人可任？”二人久得曹真之惠，乃保奏曰：“惟曹子丹之子曹爽可也。”睿从之。二人又奏曰：“欲用曹爽，当遣燕王归国。”睿然其言。二人奉请睿降诏，赍出谕燕王曰：“有天子手诏，命燕王归国，限即日就行；若无诏不许入朝。”燕王涕泣而去。遂拜曹爽为大将军，总摄朝政。㊢睿病渐危，急令使持节诏司马懿还朝。懿受命，径到洛阳*，入见魏主。睿曰：“朕惟恐不得见卿；今日得见，死无恨矣。”懿顿首奏曰：“臣在途中，闻陛下圣体不安，恨不肋生两翼，飞至阙下。今日得睹龙颜，臣之幸也。”睿宣太子曹芳、大将军曹爽、中书监刘放、中书令孙资等*，皆至御榻之前。睿执司马懿之手曰：“昔刘玄德在白帝城病危，以幼子刘禅托孤于诸葛孔明，孔明因此竭尽忠诚，至死方休。偏邦尚然如此，何况大国乎？朕幼子曹芳，年才八岁，不堪掌理社稷。幸太尉及宗兄元勋旧臣，竭力相辅，无负朕心！”又唤芳曰：“仲达与朕一体，尔宜敬礼之。”遂命懿携芳近前。芳抱懿颈不放。睿曰：“太尉勿忘幼子今日相恋之情！”言讫，潸然泪下。懿顿首流涕。魏主昏沉，口不能言，只以手指太子，须臾而卒；在位十三年，寿三十六岁，时魏景初三年春正月下旬也。

遂拜曹爽为大将军，总摄朝政——曹爽本系庸才，却被委以重任，实在是历史的误会。

当下司马懿、曹爽，扶太子曹芳即皇帝位。芳字兰卿，乃睿乞养之子，秘在宫中，人莫知其所由来。于是曹芳谥睿为明帝，葬于高平陵；尊郭皇后为皇太后；改元正始元年。司马懿与曹爽辅政。

爽事懿甚谨，一应大事，必先启知。爽字昭伯，自幼出入宫中；明帝见爽谨慎，甚是爱敬。爽门下有客五百人，内有五人以浮华相尚：一是何晏，字平叔；一是邓飏，字玄茂，乃邓禹之后；一是李胜，字公昭；一是丁谧，字彦靖；一是毕轨，字昭先。又有大司农桓范，字元则，颇有智谋，人多称为“智囊”。此数人皆爽所信任。何晏告爽曰：“主公大权，不可委托他人，恐生后患。”爽曰：“司马公与我同受先帝托孤之命，安忍背之？”晏曰：“昔日先公与仲达破蜀兵之时，累受此人之气，因而致死。——主公如何不察也？”爽猛然省悟，遂与多官计仪停当，入奏魏主曹芳曰：“司马懿功高德重，可加为太傅。”芳从之，自是兵权皆归于爽。爽命弟曹羲为中领军，曹训为武卫将军，曹彦为散骑常侍，各引三千御林军，任其出入禁宫。又用何晏、邓飏、丁谧为尚书，毕轨为司隶校尉，李胜为河南尹，此五人日夜与爽议事。于是曹爽门下宾客日盛。司马懿推病不出，㊣二子亦皆退职闲居。爽每日与何晏等饮酒作乐，凡用衣服器皿，与朝廷无异。各处进贡玩好珍奇之物，先取上等者入己，然后进宫。佳人美女，充满府院。黄门张当，谄事曹爽，私选先帝侍妾七八人，送入府中。爽又选善歌舞良家子女三四十人，为家乐。又建重楼画阁，造金银器皿，用巧匠数百人，昼夜工作。㊣

司马懿推病不出——曹爽采纳何晏之言，以明升暗黜的手法，加司马懿为太傅，将兵权集中到自己手里。面对曹爽集团咄咄逼人的气势，司马懿以退为进，“推病不出”，暂时避开曹爽的锋芒。

用巧匠数百人，昼夜工作——曹爽独揽大权后，在政治上毫无建树，却沉湎酒色，纵情享乐。这样一个醉生梦死的腐朽集团，既不可能得人心，也根本不是司马懿的对手，其垮台势在必然。

却说何晏闻平原管辂明数术，请与论《易》。时邓飏在座，问辂曰：“君自谓善《易》，而语不及《易》中词义，何也？”辂曰：“夫善《易》者，不言《易》也。”晏笑而赞之曰：“可谓要言不烦。”因谓辂曰：“试为我卜一卦：可至三公否？”又问：“连梦青蝇数十，来集鼻上，此是何兆？”辂曰：“元、恺辅舜，周公佐周，皆以和惠谦恭，享有多福。今君侯位尊势重，而怀德者鲜，畏威者众，殆非小心求福之道。且鼻者，山也；山高而不危，所以长守贵也。今青蝇臭恶而集焉。位峻者颠，可不惧乎？愿君侯裒多益寡，非礼勿履：然后三公可至，青蝇可驱也。”邓飏怒曰：“此老生之常谈耳！”辂曰：“老生者见不生，常谈者见不谈。”遂拂袖而去。二人大笑曰：“真狂士也！”辂到家，与舅言之。舅大惊曰：“何、邓二人，威权甚重，汝奈何犯之？”辂曰：“吾与死人语，何所畏耶！”舅问其故。辂曰：“邓飏行步，筋不束骨，脉不制肉，起立倾倚，若无手足：此为‘鬼躁’之相。何晏视候，魂不守宅，血不华色，精爽烟浮，容若槁木，此为‘鬼幽’之相。二人早晚必有杀身之祸，何足畏也！”其舅大骂辂为狂子而去。

却说曹爽尝与何晏、邓飏等畋猎，其弟曹羲谏曰：“兄威权太甚，而好出外游猎，倘为人所算，悔之无及！”爽叱曰：“兵权在吾手中，何惧之有！”㊟司农桓范亦谏，不听。时魏主曹芳，改正始十年为嘉平元年。曹爽一向专权，不知仲达虚实，适魏主除李胜为荆州刺史，即令李胜往辞仲达，就探消息。胜径到太傅府中，早有门吏报入。司马懿谓二子曰：“此乃曹爽使来探吾病之虚实也。”乃去冠散发，上床拥被而坐，又令二婢扶策，方请李胜入府。胜至床前拜曰：“一向不见太傅，谁想如此病重。今天子命某为荆州刺史，特来拜辞。”懿佯答曰：“并州近朔方，好为之备。”胜曰：“除荆州刺史，非‘并州’也。”懿笑曰：“你方从并州来？”胜曰：“汉上荆州耳。”懿大笑曰：“你从荆州来也！”胜曰：“太傅如何病得这等了？”左右曰：“太傅耳聋。”胜曰：“乞纸笔一用。”左右取纸笔与胜。胜写毕，呈上。懿看之，笑曰：“吾病的耳聋了。此去保重。”言讫，以手指口。侍婢进汤，懿将口就之，汤流满襟，乃作哽噎之声曰：“吾今衰老病笃，死在旦夕矣。二子不肖，望君教之。君若见大将军，千万看觑二子！”㊟言讫，倒在床上，声嘶气喘。李胜拜辞仲达，回见曹爽，细言其事。爽大喜曰：“此老若死，吾无忧矣！”㊟

司马懿见李胜去了，遂起身谓二子曰：“李胜此去，回报消息，曹爽必不忌我矣。只待他出城畋猎之时，方可图之。”不一日，曹爽请魏主曹芳去谒高平陵，祭祀先帝。大小官僚，皆随驾出城。爽引三弟，并心腹人何晏等，及御林军护驾正行，司农桓范叩马谏曰：“主公总典禁兵，不宜兄弟皆出。倘城中有变，如之奈何？”爽以鞭指而叱之曰：“谁敢为变！再勿乱言！”㊟当日，司马懿见爽出城，心中大喜，即起旧日手下破敌之人，并家将数十，引二子上马，径来谋杀曹爽。正是：闭户忽然有起色，驱兵自此逞雄风。未知曹爽性命如何，且看下文分解。

兵权在吾手中，何惧之有——曹爽一味作威作福，又好出猎，其弟谏之，他却自以为兵权在手，满不在乎。如此麻痹大意，极易遭到突然袭击。司马懿就是要等这样的机会。

君若见大将军，千万看觑二子——面对来探虚实的李胜，司马懿将计就计，竭力制造假象，似乎真的是“衰老病笃，死在旦夕”了。

此老若死，吾无忧矣——李胜对司马懿制造的假象信以为真，连忙报告曹爽；昏庸的曹爽更是毫不怀疑，大为高兴。这是一个富有戏剧性的情节，它充分表现了司马懿的诡诈权谲。

谁敢为变！再勿乱言——被司马懿瞒过的曹爽，以为自己已是安如泰山，更加麻痹大意，因而对桓范的提醒感到极不顺耳。然而，桓范却偏偏不幸而言中了。

尾评：

本回所写的“司马懿装病”，是一个富有戏剧性的情节，写得十分生动，充分表现了司马懿的诡诈权谲。正当曹爽自以为可以高枕无忧之时，司马懿已经举起屠刀，准备向他下手了。

第一〇七回
魏主政归司马氏　姜维兵败牛头山

总评

“诛灭曹爽”这一情节，本于《三国志·魏书·曹爽传》及裴注引《世语》、《魏氏春秋》、《魏略》等书，以及《晋书·宣帝纪》的记载。这是司马懿发动的一场政变，是一场关系曹魏政权命运的激烈斗争。罗贯中以雄健的笔力，把这场斗争写得紧张曲折，惊心动魄，成为《三国演义》后半部中反映三国自身国运消长的最具典型意义的一个篇章。

诛灭曹爽集团，是魏国历史上的一大转折。从此，曹魏的军政大权全部落到了司马懿的手中。以后，在十六年的漫长岁月里，经过司马懿、司马师、司马昭父子兄弟的苦心经营，经过几度废立和一次又一次的屠戮，司马氏根基日益巩固，终于把曹氏的魏国变成了司马氏的晋朝。

在“诛灭曹爽”这一篇章中，司马懿形象十分突出，给人留下了极深的印象。在以往的章回里，我们看到了他善于出奇的韬略、当机立断的才干，并越来越熟悉他的老谋深算、坚韧顽强；但是，只有在这一篇章里，我们才洞见了他的灵魂。为了扳倒曹爽集团，他费尽了心思，耍尽了手腕：时而推病不出，以退为进；时而诈称病危，迷惑对方；一旦抓住时机，立即大举进攻，毫不手软。为了使曹爽不致起兵对抗，他信誓旦旦，保证只要兵权，别无他意；一面命人包围曹爽家，一面又假惺惺地遣人送去一百斛粮食；最后则背信弃义，大肆屠戮，踩着政敌的尸骨登上了权力的宝座。他的阴险、狡诈、冷酷、残忍，简直令人毛骨悚然！看到这里，人们心目中才有了一个完整的司马懿形象——一个足智多谋而又阴狠毒辣的封建政治家的典型形象。

作为《三国演义》中一个匆匆来去的过客，曹爽也给人留下了很深的印象。他无德无才，依赖父辈余荫而骤得高位，实在是历史的误会。当大权在握之时，他既不能澄清政治，又不能推贤进士，只知呼朋引类，宴饮田猎，依然是个骄奢淫逸的公子哥儿。当变故猝然发生之际，他仓皇失措，犹豫不决，竟听信司马懿的许诺，拱手交权，自投罗网；直到司马懿准备将他置于死地之时，他还因为司马懿送来一点粮食而大喜，终于糊里糊涂地做了刀下之鬼。曹爽的庸懦形象，具有相当的认识意义和审美价值。

从本回后半到第一一五回，构成《三国演义》的又一个情节单元。贯串这个单元的情节主线是姜维“八伐中原”。据《三国志·蜀书·后主传》，历史上姜维确实曾经八次北伐：1. 延熙十二年（249）秋，姜维出攻雍州，不克而还；2. 延熙十三年（250），姜维复出西平，不克而还；3. 延熙十六年（253）夏，姜维攻南安，不克而还；4. 延熙十七年（254），姜维出陇西，将狄道等三县民迁于绵竹、繁县；5. 延熙十八年（255），姜维复出狄道，大破魏雍州刺史王经，退还钟提；6. 延熙十九年（256），姜维被魏将邓艾所破，退还成都；7. 延熙二十年（257），姜维率军出骆谷，至芒水；8. 景耀五年（262），姜维出侯和，被邓艾所破，退军沓中。《三国演义》对姜维第二、第四次北伐未作描写，而它所写的六伐、七伐则纯属虚构。另外，《李卓吾先生批评三国志》、毛本《三国演义》等版本均有“九伐中原”之说；其实姜维第八次北伐退兵后，仅在沓中屯田，并未第九次出兵。

却说司马懿闻曹爽同弟曹羲、曹训、曹彦并心腹何晏、邓飏、丁谧、毕轨、李胜等及御林军，随魏主曹芳，出城谒明帝墓，就去畋猎。懿大喜，即到省中，令司徒高柔假以节钺，行大将军事，先据曹爽营；又令太仆王观行中领军事，据曹羲营。懿引旧官入后宫奏郭太后，言爽背先帝托孤之恩，奸邪乱国，其罪当废。郭太后大惊曰："天子在外，如之奈何？"懿曰："臣有奏天子之表，诛奸臣之计。太后勿忧。"太后惧怕，只得从之。懿急令太尉蒋济、尚书令司马孚，一同写表，遣黄门赍出城外，径至帝前申奏。懿自引大军据武库。早有人报知曹爽家。其妻刘氏急出厅前，唤守府官问曰："今主公在外，仲达起兵何意？"帐下督严世曰*："夫人勿惊，我去问来。"乃引弓弩手数十人，登门楼望之。正见司马懿引兵过府前，世令人乱箭射下，懿不得过。偏将孙谦在后止之曰："太傅为国家大事，休得放箭。"连止三次，世方不射。司马昭护父司马懿而过，引兵出城，屯于洛河，守住浮桥。㊖

且说曹爽手下司马鲁芝，见城中事变，来与参军辛敞商议曰："今仲达如此变乱，将如之何？"敞曰："可引本部兵出城去见天子。"芝然其言。敞急入后堂，其姊辛宪英见之，问曰："汝有何事，慌速如此？"敞告曰："天子在外，太傅闭了城门，必将谋逆。"宪英曰："司马公未必谋逆，特欲杀曹将军耳。"敞惊曰："此事未知如何？"宪英曰："曹将军非司马公之对手，必然败矣。"敞曰："今鲁司马教我同去，未知可去否？"宪英曰："职守，人之大义也。凡人在难，犹或恤之；执鞭而弃其事，不祥莫大焉。"敞从其言，乃与鲁芝引数十骑，斩关夺门而出。人报知司马懿。懿恐桓范亦走，急令人召之。范与其子商议。其子曰："车驾在外，不如南出。"范从其言，乃上马至平昌门，城门已闭，把门将乃桓范旧吏司蕃也。范袖中取出一竹版曰："太后有诏，可即开门。"司蕃曰："请诏验之。"范叱曰："汝是

引兵出城，屯于洛河，守住浮桥——这里写了司马懿发动政变后，首先采取的四项措施：其一，通过高柔、王观，把京师兵权抓到手里；其二，向郭太后指控曹爽等人，并联名表奏魏主，在政治上争取主动；其三，亲自领兵占据武库，以供战备之需；其四，率军出屯洛河，防止曹爽反扑。这些措施，有章有法，老辣周密，表现了司马懿统驭全局的高度才干，也反映出他确是蓄谋已久。

吾故吏，何敢如此！”蕃只得开门放出。范出的城外，唤司蕃曰：“太傅造反，汝可速随我去。”蕃大惊，追之不及。人报知司马懿，懿大惊曰：“‘智囊’泄矣！如之奈何？”蒋济曰：“驽马恋栈豆，必不能用也。”㊟懿乃召许允、陈泰，曰：“汝去见曹爽，说太傅别无他事，只是削汝兄弟兵权而已。”许、陈二人去了。又召殿中校尉尹大目至；令蒋济作书，与目持去见爽。懿分付曰：“汝与爽厚，可领此任。汝见爽，说吾与蒋济指洛水为誓，只因兵权之事，别无他意。”㊟尹大目依令而去。

驽马恋栈豆，必不能用也——蒋济此语，十分尖锐，十分形象，确实指出了曹爽目光短浅的本质特点。

只因兵权之事，别无他意——司马懿接连派人去见曹爽，声称自己只是要削去曹爽的兵权，力图尽快解除曹爽的精神武装。

却说曹爽正飞鹰走犬之际，忽报城内有变，太傅有表。爽大惊，几乎落马。㊟黄门官捧表跪于天子之前。爽接表拆封，令近臣读之。表略曰：

爽大惊，几乎落马——面对这突然发生的政变，曹爽毫无精神准备，简直如同五雷轰顶，“几乎落马”形象地表现了他的极度惊惶。

> 征西大都督、太傅臣司马懿，诚惶诚恐，顿首谨表：臣昔从辽东还，先帝诏陛下与秦王及臣等，升御床，把臣臂，深以后事为念。今大将军曹爽，背弃顾命，败乱国典；内则僭拟，外专威权；以黄门张当为都监，专共交关；看察至尊，候伺神器；离间二宫，伤害骨肉；天下汹汹，人怀危惧：此非先帝诏陛下及嘱臣之本意也。
>
> 臣虽朽迈，敢忘往言？太尉臣济、尚书令臣孚等，皆以爽为有无君之心，兄弟不宜典兵宿卫，奏永宁宫；皇太后令，敕臣如奏施行。臣辄敕主者及黄门令，罢爽、羲、训吏兵，以侯就第，不得逗留，以稽车驾；敢有稽留，便以军法从事。臣辄力疾将兵，屯于洛水浮桥，伺察非常。谨此上闻，伏干圣听。

魏主曹芳听毕，乃唤曹爽曰：“太傅之言若此，卿如何裁处？”爽手足失措，回顾二弟曰：“为之奈何？”羲曰：“劣弟亦曾谏兄，兄执迷不听，致有今日。司马懿谲诈无比，孔明尚不能胜，况我兄弟乎？不如自缚见之，以免一死。”言未毕，参军辛敞、司马鲁芝到。爽问之，二人告曰：“城中把得铁桶相似，太傅引兵屯于洛水浮桥，势将不可复归。宜早定大计。”正言间，司农桓范骤马而至，谓爽曰：“太傅已变，将军何不请天子幸许都，调外兵以讨司马懿耶？”爽曰：“吾等全家皆在城中，岂可投他处求援？”范曰：“匹夫临难，尚欲望活。今主公身随天子，号令天下，谁敢不应？岂可自投死地乎？”爽闻言不决，惟流涕而已。范又曰：“今主公别营兵马，近在阙南，呼之即至。此去许都，不过中宿，城中武库，足支数载。所忧当在粮草，而大司农之印，某将在此*。主公可急行，迟则休矣！”㊟爽曰：“多官勿太催逼，待吾细细思之。”少顷，侍中许允、尚书陈泰至。二人告曰：“太傅只为将军权重，不过要削去兵权，别无他意。将军可早归城中。”爽默然不语。又只见殿中校尉尹大目到。目曰：“太傅指洛水为誓，并无他意。有蒋太尉书在此。将军可削去兵权，早归相府。”爽信为良言。桓范又告曰：“事急矣，休听外言而就死地！”

是夜，曹爽意不能决，乃拔剑在手，嗟叹寻思；自黄昏直流泪到晓，终是狐疑不定。桓范入帐催之曰：“主公思虑一昼夜，何尚不能决？”爽掷剑而叹曰：“我不起兵，情愿弃官，但为富家翁足矣！”㊟范大哭，出帐曰：“曹子丹以智谋自矜，今兄弟三人，真豚犊耳！”痛哭不已。许允、陈泰令爽先纳印绶与司马懿。爽令将印送去。主簿杨综扯住印绶而哭曰：“主公今日舍兵权，自缚去降，不免东市受戮也！”爽曰：“太傅必不失信于我。”于是曹爽将印绶与许、陈二人，先赍与司马懿。众军见无将印，尽皆四散。爽手下只有数骑官僚。到浮桥时，懿传令，教曹爽兄弟三人，且回私宅；余皆发监，听候敕旨。爽等入城时，并无一人侍从。桓范至浮桥边，懿在马上以鞭指之曰：“桓大夫何故如此？”范低头不语，入城而去。于是司马懿请驾拔营入洛阳。

曹爽兄弟三人回家之后，懿用大锁锁门，令居民八百人围守其宅。曹爽心中忧闷。羲谓爽曰：“今家中乏粮，兄可作书与太傅借粮。如肯以粮借我，必无相害之心。”爽乃作书，令人持去。司马懿览毕，遂遣人送粮一百斛，运至曹爽府内。爽大喜曰：“司马公本无害我之心也！”㊟遂不以为忧。原来司马懿先将黄门张当捉下狱中问罪。当曰：“非我一人，更有何晏、邓飏、李胜、毕轨、丁谧等五人，同谋篡逆。”懿取了张当供词，却捉何晏等勘问明白：皆称三月间欲反。懿用长枷钉了。城门守将司蕃告称：“桓范矫诏出城，口称太傅谋反。”懿曰：“诬人反情，抵罪反坐。”亦将桓范等皆下狱，然后押曹爽兄弟三人并一干人犯，皆斩于市曹，灭其三族；㊟其家产财物，尽抄入库。

时有曹爽从弟文叔之妻，名夏侯令女*，早寡而无子。其父欲改

主公可急行，迟则休矣——桓范对形势分析颇为透彻，其计也堪称上策。如果曹爽照办，则可名正言顺地“奉天子以讨不臣”，而将司马懿置于叛逆的地位，那么，曹爽集团还有取胜的可能。可惜，这位“智囊”面对的却是一个草包，其计虽佳，却无法实施。

我不起兵，情愿弃官，但为富家翁足矣——在这千钧一发的关键时刻，曹爽一直举棋不定，最后终于作出了屈服的抉择。至此，司马懿完全控制了局势，曹爽集团则成了他的囊中之物。

司马公本无害我之心也——此时，司马懿已将投靠曹爽的黄门张当下狱，企图给曹爽等人定下“谋反”的罪名。曹爽死到临头，还以为司马懿不会害他，真是痴人说梦，糊涂透顶！

然后押曹爽兄弟三人并一干人犯，皆斩于市曹，灭其三族——想当初，曹真与司马懿多年同僚，还曾为司马懿说过好话；如今司马懿为了夺取朝廷大权，却将其子诛灭三族，实在太心狠手辣了。

嫁之，女截耳自誓。及爽被诛，其父复将嫁之，女又断去其鼻。其家惊惶，谓之曰："人生世间，如轻尘栖弱草，何至自苦如此？且夫家又被司马氏诛戮已尽，守此欲谁为哉？"女泣曰："吾闻'仁者不以盛衰改节，义者不以存亡易心'。曹氏盛时，尚欲保终；况今灭亡，何忍弃之？此禽兽之行，吾岂为乎！"懿闻而贤之，听使乞子以养，为曹氏后。后人有诗曰：

弱草微尘尽达观，夏侯有女义如山。

丈夫不及裙钗节，自顾须眉亦汗颜。

却说司马懿斩了曹爽，太尉蒋济曰："尚有鲁芝、辛敞斩关夺门而出，杨综夺印不与，皆不可纵。"懿曰："彼各为其主，乃义人也。"遂复各人旧职。辛敞叹曰："吾若不问于姊，失大义矣！"后人有诗赞辛宪英曰：

为臣食禄当思报，事主临危合尽忠。

辛氏宪英曾劝弟，故令千载颂高风。

司马懿饶了辛敞等，仍出榜晓谕：但有曹爽门下一应人等，尽皆免死；有官者照旧复职。军民各守家业，内外安堵。何、邓二人死于非命，果应管辂之言。后人有诗赞管辂曰：

传得圣贤真妙诀，平原管辂相通神。

"鬼幽""鬼躁"分何邓，未丧先知是死人。

却说魏主曹芳封司马懿为丞相，加九锡。懿固辞不肯受。芳不准，令父子三人同领国事。㊟懿忽然想起："曹爽全家虽诛，尚有夏侯玄守备雍州等处，系爽亲族，倘骤然作乱，如何提备？必当处置。"即下诏遣使往雍州，取征西将军夏侯玄赴洛阳议事。玄叔夏侯霸听知大惊，便引本部三千兵造反。有镇守雍州刺史郭淮，听知夏侯霸反，即率本部兵来，与夏侯霸交战。淮出马，大骂曰："汝既是大魏皇族，天子又不曾亏汝，何故背反？"霸亦骂曰："吾祖父于国家多建勤劳，今司马懿何等匹夫，灭吾兄曹爽宗族，又来取我，早晚必思篡位。吾仗义讨贼，何反之有？"淮大怒，挺枪骤马，直取夏侯霸。霸挥刀纵马来迎。战不十合。淮败走，霸随后赶来。忽听的后军呐喊，霸急回马时，陈泰引兵杀来。郭淮复回，两路夹攻。霸大败而走，折兵大半；寻思无计，遂投汉中来降后主。

芳不准，令父子三人同领国事——一场权力斗争，终于以大屠杀结束，曹魏的军政大权，全部落到了司马氏的手中。

有人报与姜维，维心不信，令人体访得实，方教入城。霸拜见毕，哭告前事。维曰："昔微子去周，成万古之名。公能匡扶汉室，无愧古人也。"遂设宴相待。维就席问曰："今司马懿父子掌握重权，有窥我国之志否？"霸曰："老贼方图谋逆，未暇及外。但魏国新有二人*，若使领兵马，实吴、蜀之大患也。"㊢维问："二人是谁？"霸告曰："一人现为秘书郎，乃颍川长社人，姓钟，名会，字士季，太傅钟繇之子，幼有胆智。繇尝率二子见文帝，会时年七岁，其兄毓年八岁。毓见帝惶惧，汗流满面。帝问毓曰：'卿何以汗？'毓对曰：'战战惶惶，汗出如浆。'帝问会曰：'卿何以不汗？'会对曰：'战战栗栗，汗不敢出。'帝独奇之。及稍长，喜读兵书，深明韬略；司马懿与蒋济皆奇其才。一人现为南安太守，乃义阳棘阳人也*，姓邓名艾，字士载。幼年失父，素有大志，但见高山大泽，辄窥度指画，何处可以屯兵，何处可以积粮，何处可以埋伏。人皆笑之，独司马懿奇其才，遂令参赞军机。艾为人口吃，每奏事必称'艾……艾……'。懿戏谓曰：'卿称艾艾，当有几艾？'艾应声曰：'"凤兮凤兮"，故是一凤。'其资性敏捷，大抵如此。此二人深可畏也。"维笑曰："量此孺子，何足道哉！"

若使领兵马，实吴、蜀之大患也——这里有意引出钟会、邓艾二人，为其后来灭蜀预为伏笔。

于是姜维引夏侯霸至成都，入见后主。㊢维奏曰："司马懿谋杀曹爽，又来赚夏侯霸，霸因此投降。目今司马懿父子专权，曹芳懦弱，魏国将危。臣在汉中有年，兵精粮足；臣愿领王师，即以霸为向导官，克服中原，重兴汉室：以报陛下之恩，以终丞相之志。"大将军费祎曰*："近者，蒋琬、董允皆相继而亡，内治无人。伯约只宜待时，不宜轻动。"维曰："不然。人生如白驹过隙，似此迁延岁月，何日恢复中原乎？"祎又曰："孙子云：'知彼知己，百战百胜。'我等皆不如丞相远甚，丞相尚不能恢复中原，何况我等？"维曰："吾久居陇上，深知羌人之心；今若结羌人为援，虽未能克复中原，自陇而西，可断而有也。"后主曰："卿既欲伐魏，可尽忠竭力，勿堕锐气，以负朕命。"于是姜维领敕辞朝，同夏侯霸径到汉中，计议起兵。维曰："可先遣使去羌人处通盟，然后出西平，近雍州。先筑二城于麴山之下，令兵守之，以为犄角之势。我等尽发粮草于川口，依丞相旧制，次第进兵。"㊢是年秋八月，先差蜀将句安、李歆同引一万五千兵，往麴山前连筑二城：句安守东城，李歆守西城。

于是姜维引夏侯霸至成都，入见后主——历史上的张飞由于偶然因素，娶夏侯霸的堂妹为妻，其女儿即为刘禅皇后。这就是说，夏侯霸算是刘禅皇后的隔房舅舅。因此，刘禅与夏侯霸见面，应该颇有写头。可惜罗贯中在《三国演义》中却无一字涉及此事。

依丞相旧制，次第进兵——这是姜维第一次北伐。

早有细作报与征西将军郭淮*。淮一面申报洛阳，一面遣雍州刺史陈泰*引兵五兵，来与蜀兵交战。句安、李歆各引一军出迎；因兵少不能抵敌，退入城中。泰令兵四面围住攻打，又以兵断其汉中粮道。句安、李歆城中粮缺。郭淮自引兵亦到，看了地势，忻然而喜；回到寨中，乃与陈泰计议曰："此城山势高阜，必然水少，须出城取水；若断其上流，蜀兵皆渴死矣。"遂令军士掘土堰断上流。城中果然无水。李歆引兵出城取水，雍州兵围困甚急。歆死战不能出，只得退入城去。句安城中亦无水，乃会了李歆，引兵出城，并在一处；大战良久，又败入城去。军士枯渴。安与歆曰："姜都督之兵，至今未到，不知何故。"歆曰："我当舍命杀出求救。"遂引数十骑，开了城门，杀将出来。雍州兵四面围合，歆奋死冲突，方才得脱；只落得独自一人，身带重伤，余皆没于乱军之中。是夜北风大起，阴云布合，天降大雪，因此城内蜀兵分粮化雪而食。

却说李歆撞出重围，从西山小路行了两日，正迎着姜维人马。歆下马伏地告曰："麴山二城，皆被魏兵围困，绝了水道。幸得天降大雪，因此化雪度日。甚是危急。"维曰："吾非来迟；为聚羌兵未到，因此误了。"遂令人送李歆入蜀养病。维问夏侯霸曰："羌兵未到，魏兵围困麴山甚急，将军有何高见？"霸曰："若等羌兵到，麴山二城皆陷矣。吾料雍州兵，必尽来麴山攻打，临洮城定然空虚*。将军可引兵径往牛头山，抄在临洮之后*，郭淮、陈泰必回救临洮，则麴山之围自解矣。"㊟维大喜曰："此计最善！"于是姜维引兵望牛头山而去。

郭淮、陈泰必回救临洮，则麴山之围自解矣——此计实即"围魏救赵"之计的翻版，颇为有理。可惜它被陈泰料中，未能成功。

却说陈泰见李歆杀出城去了，乃谓郭淮曰："李歆若告急于姜维，姜维料吾大兵皆在麴山，必抄牛头山袭吾之后。将军可引一军去取白水*，断绝蜀兵粮道；吾分兵一半，径往牛头山击之。彼若知粮道已绝，必然自走矣。"郭淮从之，遂引一军暗取白水*。陈泰引一军径往牛头山来。

却说姜维兵至牛头山，忽听的前军发喊，报说魏兵截住去路。维慌忙自到军前视之。陈泰大喝曰："汝欲袭吾临洮*！吾已等候多时了！"维大怒，挺枪纵马，直取陈泰。泰挥刀而迎。战不三合，泰败走，维挥兵掩杀。雍州兵退回，占住山头。维收兵，就牛头山下寨。维每日令兵搦战，不分胜负。夏侯霸谓姜维曰："此处不是久停之所。连日交战，不分胜负，乃诱兵之计耳，必有异谋。不如暂退，再作良图。”正言间，忽报郭淮引一军取白水*，断了粮道。维大惊，急令夏侯霸先退，维自断后。陈泰分兵五路赶来。维独拒五路总口，战住魏兵。泰勒兵上山，矢石如雨。维急退到白水之时*，郭淮引兵杀来。维引兵往来冲突。魏兵阻其去路，密如铁桶。维奋死杀出，折兵大半，㊟飞奔上阳平关来。前面又一军杀到；为首一员大将，纵马横刀而出。那人生得圆面大耳，方口厚唇，左耳下生个黑瘤，瘤上生数十根黑毛，乃司马懿长子卫将军司马师也*。维大怒曰："孺子焉敢阻吾归路！"拍马挺枪，直来刺师。师挥刀相迎。只三合，杀败了司马师。维脱身径奔阳平关来，城上人开门放入姜维。司马师也来抢关，两边伏弩齐发，一弩发十矢，乃武侯临终时所遗"连弩"之法也。正是：难支此日三军败，独赖当年十矢传。未知司马师性命如何，且看下文分解。

维奋死杀出，折兵大半——姜维首次北伐，便大败而回，挫折了蜀军锐气。比之诸葛亮，姜维的才干、谋略确实差多了。

尾评：

从建兴十二年（234）诸葛亮去世，蒋琬开始执政，到延熙十二年（249）姜维首次北伐，时间长达十五年。这十五年占了整个蜀汉历史（221—263）的三分之一强，其间蜀汉政局有什么发展变化，几任执政大臣有什么功过得失，后主是怎样逐步由庸主变成昏君的，作品完全没有描写，这不能不说是《三国演义》后半部内容的一大缺陷。

第一〇八回
丁奉雪中奋短兵　孙峻席间施密计

总评

本回主要描写了吴国政治演变的几件大事。其中第一件便是孙权的去世。

《三国演义》中的孙权，给人的印象是一个善于识才用才的明君。其实，历史上的孙权与封建时代的许多创业之君一样，也是一个性格复杂的人物。在人才问题上，他就表现出明显的二重性。首先应当肯定，孙权确有识人之鉴，用人之明；特别是在关系孙吴集团安危存亡的关键时刻，这一优点表现得更为突出。在黄龙元年（229）称帝以前的将近三十年中，他不拘一格选拔人才，对于东吴的先后四任统帅，更是放手使用，尊崇有加，甚至脱略行迹，恩礼备至，遂使江东人才济济，雄视魏、蜀。对此，后人往往传为美谈。然而，孙权也有不敬才、不爱才的时候。在称帝以后的二十多年中，由于三国鼎立的局面相对稳定，他承受的压力有所减弱，而又久握权柄，唯我独尊，于是骄矜日甚，怠惰渐生，礼贤下士的风度消磨殆尽，忌才害才的行为却多了起来。陈寿就曾把他比为勾践。是的，在人才问题上，他同那位“可共患难而不可共安乐”的越王勾践相似，也带有很强的实用性。罗贯中在《三国演义》中把孙吴集团置于陪衬地位，不可能充分展示孙权性格的各个方面，而只能选择和强化某一两个侧面。经过这种选择和强化，孙权的“明主”形象逐步凸显，而人物性格的丰富性和复杂性却遭到削弱。这真是一种不得已的遗憾。

丁奉乘雪破魏兵之事，本于《三国志·吴书·丁奉传》、《诸葛恪传》。在敌军大兵压境，天降大雪之时，丁奉不惧强敌，不畏严寒，身先士卒，一举打败骄傲轻敌的魏军，为吴军取得东兴之战的胜利发挥了关键作用，其勇敢坚毅在吴国后期诸将中表现得十分突出。

诸葛恪被杀之事，本于《三国志·吴书·诸葛恪传》。诸葛恪才智过人，处事果断，执政不久便指挥吴军取得东兴之战的胜利。然而，由于他自恃才高，刚愎自用，一战获胜，便骄傲轻敌，竟不听劝阻，轻率发动大军伐魏；包围合肥新城时，只知强攻，不思用计，反而上了魏将张特的当，以致兵败而退；回到建业，不知反躬自省，抚恤部众，反而文过饰非，以杀立威。结果大失人心，被野心家孙峻钻了空子，惨遭杀害，株连全家。诸葛恪之死，使孙峻、孙綝先后把持吴国大权，众多文臣武将被害，政局动荡，人心不宁，严重削弱了国力，真是害己误国。

却说姜维正走，遇着司马师引兵拦截。原来姜维取雍州之时，郭淮飞报入朝，魏主与司马懿商议停当，懿遣长子司马师引兵五万，前来雍州助战。师听知郭淮敌退蜀兵，师料蜀兵势弱，就来半路击之，直赶到阳平关。却被姜维用武侯所传连弩法，于两边暗伏连弩百余张，一弩发十矢，皆是药箭，两边弩箭齐发，前军连人带马射死不知其数。司马师于乱军之中，逃命而回。

却说麴山城中蜀将句安，见援兵不至，乃开门降魏。姜维折兵数万，领败兵回汉中屯扎。(评)司马师自还洛阳。

至嘉平三年秋八月，司马懿染病，渐渐沉重，乃唤二子至榻前嘱曰："吾事魏历年，官授太傅，人臣之位极矣。人皆疑吾有异志，吾尝怀恐惧。吾死之后，汝二人善理国政，慎之！慎之！"言讫而亡。长子司马师，次子司马昭，二人申奏魏主曹芳。芳厚加祭葬，优锡赠谥，以师为大将军，总领尚书机密大事，(评)昭为骠骑上将军。

却说吴主孙权，先有太子孙登，乃徐夫人所生，于吴赤乌四年身亡，遂立第三子孙和为太子*，乃琅琊王夫人所生。和因与全公主不睦，被公主所谮，权废之，和忧恨而死；又立少子孙亮为太子*，乃潘夫人所生。此时陆逊、诸葛瑾皆亡，一应大小事务，皆归于诸葛恪。(评)太元元年秋八月初一日，忽起大风，江海涌涛，平地水深八尺。吴主先陵所种松柏，尽皆拔起，直飞到建业城南门外，倒卓于道上。权因此受惊成病。至次年四月内，病势沉重，乃召太傅诸葛恪、大司马吕岱至榻前，嘱以后事。嘱讫而薨。(评)在位二十四年，寿七十一岁，乃蜀汉延熙十五年也。后人有诗曰：

紫髯碧眼号英雄，能使臣僚肯尽忠。
二十四年兴大业，龙盘虎踞在江东。

孙权既亡，诸葛恪立孙亮为帝，大赦天下，改元建兴元年。谥

姜维折兵数万，领败兵回汉中屯扎——此处承接上回，写姜维首次北伐以失败告终。

以师为大将军，总领尚书机密大事——司马懿去世，司马师继之掌握朝廷大权，司马氏巩固其权势的斗争进入了新的阶段。

一应大小事务，皆归于诸葛恪——十几年来吴国政治的演变，作品也未具体描述，仅以几句话略作交代，也使人感到是个缺陷。

嘱讫而薨——孙权威震江东数十年，堪称一代雄主。但其晚年毛病不少，家庭生活也相当不幸。仅就立嗣问题而言，便拖延多年，败着不断，弄得父子反目，兄弟成仇，大臣凋零，朝纲不振。当他临终之时，不知有多少悔恨，多少担心，《三国演义》却都没有写，实在可惜！

权曰大皇帝，葬于蒋陵。

早有细作探知其事，报入洛阳。司马师闻孙权已死，遂议起兵伐吴。尚书傅嘏曰："吴有长江之险，先帝屡次征伐，皆不遂意；不如各守边疆，乃为上策。"师曰："天道三十年一变，岂得常为鼎峙乎？吾欲伐吴。"昭曰："今孙权新亡，孙亮幼懦，其隙正可乘也！"遂令征南大将军王昶引兵十万攻南郡，征东将军胡遵引兵十万攻东兴，镇南将军毌丘俭*引兵十万攻武昌：三路进发。又遣弟司马昭为大都督，总领三路军马。是年冬十二月，司马昭兵至东吴边界，屯住人马，唤王昶、胡遵、毌丘俭到帐中计议曰："东吴最紧要处，惟东兴也*。今他筑起大堤，左右又筑两城，以防巢湖后面攻击，诸公须要仔细。"遂令王昶、毌丘俭各引一万兵，列在左右："且勿进发；待取了东兴*，那时一齐进兵。"㊟昶、俭二人受令而去。昭又令胡遵为先锋，总领三路兵前去："先搭浮桥，取东兴大堤；若夺得左右二城，便是大功。"遵领兵来搭浮桥。

待取了东兴，那时一齐进兵——司马昭的部署，表明了东兴在这场战役中所处的关键地位。

却说吴太傅诸葛恪，听知魏兵三路而来，聚众商议。冠军将军丁奉曰*："东兴乃东吴紧要处所，若有失，则南郡、武昌危矣。"恪曰："此论正合吾意。公可就引三千水兵从江中去，吾随后令吕据、唐咨、留赞各引一万马步兵，分三路来接应。但听连珠炮响，一齐进兵。吾自引大兵后至。"丁奉得令，即引三千水兵，分作三十只船，望东兴而来。㊟

丁奉得令，即引三千水兵，分作三十只船，望东兴而来——吴国亦知东兴之特别重要，故丁奉首先来东兴拒敌。

却说胡遵渡过浮桥，屯军于堤上，差桓嘉、韩综攻打二城。左城中乃吴将全端守把，右城中乃吴将留略守把。此二城高峻坚固，急切攻打不下。全、留二人见魏兵势大，不敢出战，死守城池。胡遵在徐塘下寨。时值严寒，天降大雪，胡遵与众将设席高会。忽报水上有三十只战船来到。遵出寨视之，见船将次傍岸，每船上约有百人。遂还帐中，谓诸将曰："不过三千人耳，何足惧哉！"只令部将哨探，仍前饮酒。丁奉将船一字儿抛在水上，乃谓部将曰："大丈夫立功名，取富贵，正在今日！"遂令众军脱去衣甲，卸了头盔，不用长枪大戟，止带短刀。魏兵见之大笑，更不准备。忽然连珠炮响了三声，丁奉扯刀当先，一跃上岸。众军皆拔短刀，随奉上岸，砍入魏寨，魏兵措手不及。韩综急拔帐前大戟迎之，早被丁奉抢入怀内，手起刀落，砍翻在地。桓嘉从左边转出，忙绰枪刺丁奉，被奉挟住枪杆。嘉弃枪而走，奉一刀飞去，正中左肩，嘉望后便倒。奉赶上，就以枪刺之。三千吴兵，在魏寨中左冲右突。胡遵急上马，夺路而走。魏兵齐奔上浮桥，浮桥已断，大半落水而死；杀倒在雪地者，不知其数。车仗马匹军器，皆被吴兵所获。司马昭、王昶、毌丘俭听知东兴兵败，亦勒兵而退。㊞

司马昭、王昶、毌丘俭听知东兴兵败，亦勒兵而退——魏军在东兴大败，失去进攻势头，于是全线退军。东兴对于吴国的极端重要性，这里又可看出。

却说诸葛恪引兵至东兴，收兵赏劳了毕，乃聚诸将曰："司马昭兵败北归，正好乘势进取中原。"㊞遂一面遣人赍书入蜀，求姜维进兵攻其北，许以平分天下；一面起大兵二十万，来伐中原。临行时，忽见一道白气，从地而起，遮断三军，对面不见。蒋延曰："此气乃白虹也，主丧兵之兆。太傅只可回朝，不可伐魏。"恪大怒曰："汝安敢出不利之言，以慢吾军心！"叱武士斩之。众皆告免，恪乃贬蒋延为庶人，仍催兵前进。丁奉曰："魏以新城为总隘口，若先取得此城，司马师破胆矣。"恪大喜，即趱兵直至新城。守城牙门将军张特，见吴兵大至，闭门坚守。恪令兵四面围定。早有流星马报入洛阳。主簿虞松告司马师曰："今诸葛恪困新城，且未可与战。吴兵远来，人多粮少，粮尽自走矣。待其将走，然后击之，必得全胜。但恐蜀兵犯境，不可不防。"师然其言，遂令司马昭引一军助郭淮防姜维；毌丘俭、胡遵拒住吴兵。

正好乘势进取中原——吴军获得东兴大捷，诸葛恪顿时头脑发热，便想乘势进取中原，而不顾条件是否成熟。这样，胜利不久又会转化为失败。

却说诸葛恪连月攻打新城不下，下令众将："并力攻城，怠慢者立斩。"于是诸将奋力攻打，城东北角将陷。张特在城中定下一计，乃令一舌辩之士，赍捧册籍，赴吴寨见诸葛恪，告曰："魏国之法：若敌人困城，守城将坚守一百日，而无救兵至，然后出城降敌者，家族不坐罪。今将军围城已九十余日；望乞再容数日，某主将尽率军民出城投降。今先具册籍呈上。"恪深信之，收了军马，遂不攻城。原来张特用缓兵之计，哄退吴兵，遂拆城中房屋，于破城处修补完备，乃登城大骂曰："吾城中尚有半年之粮，岂肯降吴狗耶！尽战无妨！"恪大怒，催兵打城。城上乱箭射下。恪额上正中一箭，翻身落马。诸将救起还寨，金疮举发。众军皆无战心；又因天气亢炎，军士多病。恪金疮稍可，欲催兵攻城。营吏告曰："人人皆病，安能战乎？"恪大怒曰："再说病者斩之！"众军闻知，逃者无数。忽报都尉蔡林*引本部军投魏去了。恪大惊，自乘马遍视各营，果见军士面色黄肿，各带病容，遂勒兵还吴。早有细作报知毌丘俭，俭尽起大兵，随后掩杀。吴兵大败而归。㊙恪甚羞惭，托病不朝。吴主孙亮自幸其宅问安，文武官僚皆来拜见。恪恐人议论，先搜求众官将过失，轻则发遣边方，重则斩首示众。于是内外官僚，无不悚惧。㊙又令心腹将张约、朱恩管御林军，以为牙爪。

却说孙峻字子远，乃孙坚弟孙静曾孙，孙恭之子也。孙权在日，甚爱之，命掌御林军马。今闻诸葛恪令张约、朱恩二人掌御林军，夺其权，心中大怒。太常卿滕胤，素与诸葛恪有隙，乃乘间说峻曰："诸葛恪专权恣虐，杀害公卿，将有不臣之心。公系宗室，何不早图之？"峻曰："我有是心久矣；今当即奏天子，请旨诛之。"于是孙峻、滕胤入见吴主孙亮，密奏其事。亮曰："朕见此人，亦甚恐怖；常欲除之，未得其便。今卿等果有忠义，可密图之。"胤曰："陛下可设席召恪，暗伏武士于壁衣中，掷杯为号，就席间杀之，以绝后患。"亮从之。

却说诸葛恪自兵败回朝，托病居家，心神恍惚。一日，偶出中堂，忽见一人穿麻挂孝而入。恪叱问之，其人大惊无措。恪令拿下拷问，其人告曰："某因新丧父亲，入城请僧追荐。初见是寺院而入，却不想是太傅之府，却怎生来到此处也？"恪大怒，召守门军问之。军士告曰："某等数十人，皆荷戈把门，未尝暂离，并不见一人入来。"恪大怒，尽数斩之。是夜，恪睡卧不安，忽听得正堂中声响如霹雳。恪自出视之，见中梁折为两段。恪惊归寝室，忽然一阵阴风起处，见所杀披麻人与守门军士数十人，各提头索命。恪惊倒在地，良久方苏。次早洗面，闻水甚血臭。恪叱侍婢，连换数十盆，皆臭无异。

恪正惊疑间，忽报天子有使至，宣太傅赴宴。恪令安排车仗。方欲出府，有黄犬衔住衣服，嘤嘤作声，如哭之状。恪怒曰："犬戏我也！"叱左右逐去之，遂乘车出府。行不数步，见车前一道白虹，自地而起，如白练冲天而去。恪甚惊怪。心腹将张约进车前密告曰："今日宫中设宴，未知好歹，主公不可轻入。"恪听罢，便令回车。行不到十余步，孙峻、腾胤乘马至车前曰："太傅何故便回？"恪曰："吾忽然腹痛，不可见天子。"胤曰："朝廷为太傅军回，不曾面叙，故特设宴相召，兼议大事。太傅虽感贵恙，还当勉强一行。"

吴兵大败而归——这一仗，除了被张特欺骗、士卒多病、士气低落等原因之外，诸葛恪不善用计，不注意抚恤部下的毛病也充分暴露。吴兵大败，并不奇怪。

于是内外官僚，无不悚惧——兵败之后，诸葛恪不反躬自省，却企图强行压制人们的议论。然而，防人之口，甚于防川，高压并不能使人信服，反而失去人心。比之街亭大败后的诸葛亮，诸葛恪实在差得太远了。

恪从其言，遂同孙峻、腾胤入宫，张约亦随之。恪见吴主孙亮，施礼毕，就席而坐。亮命进酒，恪心疑，辞曰：“病躯不胜杯酌。”孙峻曰：“太傅府中常服药酒，可取饮乎？”恪曰：“可也。”遂令从人回府取自制药酒到，恪方才放心饮之。酒至数巡，吴主孙亮托事先起。孙峻下殿，脱了长服，着短衣，内披环甲，手提利刃，上殿大呼曰：“天子有诏诛逆贼！”诸葛恪大惊，掷杯于地，欲拔剑迎之，头已落地。[评]张约见峻斩恪，挥刀来迎。峻急闪过，刀尖伤其左指。峻转身一刀，砍中张约右臂。武士一齐拥出，砍倒张约，剁为肉泥。孙峻一面令武士收恪家眷，一面令人将张约并诸葛恪尸首，用芦席包裹，以小车载出，弃于城南门外石子岗乱冢坑内。

却说诸葛恪之妻正在房中，心神恍惚，动止不宁。忽一婢女入房，恪妻问曰：“汝遍身如何血臭？”其婢忽然反目切齿，飞身跳跃，头撞屋梁，口中大叫：“吾乃诸葛恪也！被奸贼孙峻谋杀！”恪合家老幼，惊惶号哭。不一时，军马至，围住府第，将恪全家老幼，俱缚至市曹斩首。[评]时吴建兴二年冬十月也。昔诸葛瑾存日，见恪聪明尽显于外，叹曰：“此子非保家之主也！”又魏光禄大夫张缉，曾对司马师曰：“诸葛恪不久死矣。”师问其故，缉曰：“威震其主，何能久乎？”至此果中其言。

却说孙峻杀了诸葛恪，吴主孙亮以峻为丞相、大将军，封富春侯，总督中外诸军事，自此权柄尽归孙峻矣。[评]

且说姜维在成都，接得诸葛恪书，欲求相助伐魏，遂入朝，奏准后主，复起大兵，北伐中原。正是：一度兴师未奏绩，两番讨贼欲成功。未知胜负如何，且看下文分解。

诸葛恪大惊，掷杯于地，欲拔剑迎之，头已落地——尽管诸葛恪绝顶聪明，但上失君心，下失民心，已使自己处境不妙，终于被小人所算，死于非命。

将恪全家老幼，俱缚至市曹斩首——诸葛恪被杀，全家随之遭殃。不仅如此，吴国政治也因此动荡不已，哀哉！

自此权柄尽归孙峻矣——孙峻本系小人，因杀害诸葛恪而骤掌大权。吴国之衰落，从此开始。

尾评：

本回叙述吴国政治的演变，末尾又回到姜维准备再次北伐。蜀汉兴亡，蜀汉与曹魏的斗争，才是罗贯中注意的中心。

第一〇九回

困司马汉将奇谋　废曹芳魏家果报

总评

姜维“二伐中原”，主要取材于历史上的姜维第三次北伐（第二次北伐《三国演义》未写，参见第一〇八回总评），其中带有若干虚构成分，而姜维包围司马昭于铁笼山，陈泰诈降前来支援姜维的羌兵，使其反助魏军，乘隙大败姜维等情节，则纯属虚构。在这一情节里，姜维虽能用计，斩徐质，困司马，但疏于防范，竟因其联络的羌兵被陈泰利用而转胜为败，甚为可惜。这就又一次使人感到，在掌握战争主动权方面，姜维比之诸葛亮还差得太远。当然，姜维困住司马昭却无法将其擒获，与诸葛亮火烧上方谷却未能烧死司马懿一样，也是因为受制于基本史实。

司马氏控制曹魏大权后，与反对其篡权的政治势力先后进行了四次重大的较量，诛灭夏侯玄、李丰、张缉，废黜曹芳，另立曹髦为帝，便是其中的第一次。此事本于《三国志·魏书·夏侯玄传》，《三国演义》在史实基础上又有所增饰，把司马师骄横傲慢，根本不把曹芳放在眼里，曹芳不甘受辱，但又胆小怕事的形象刻画得相当鲜明。这场惊心动魄的殊死斗争，给忠于曹魏的力量一次沉重的打击，使曹魏皇帝受到更严密的监视和控制，从而进一步扩大了司马氏的势力。

蜀汉延熙十六年夏*，卫将军姜维*起兵二十万，令廖化、张翼为左右先锋，夏侯霸为参谋，张嶷为运粮使，大兵出阳平关伐魏。(评)维与夏侯霸商议曰："向取雍州，不克而还；今若再出，必又有准备。公有何高见？"霸曰："陇上诸郡，只有南安钱粮最广；若先取之，足可为本。向者不克而还，盖因羌兵不至。今可先遣人会羌人于陇右，然后进兵出石营，从董亭直取豲道*。"维大喜曰："公言甚妙！"遂遣郤正为使，赍金珠蜀锦入羌，结好羌王。羌王迷当，得了礼物，便起兵五万，令羌将俄何烧戈为大先锋，引兵南安来。(评)

大兵出阳平关伐魏——这就是《三国演义》所写的姜维"二伐中原"。

令羌将俄何烧戈为大先锋，引兵南安来——姜维首次北伐，曾联络羌兵，而羌兵未到；这次羌兵出动，似乎可与姜维夹攻魏军了。

魏车骑将军郭淮闻报*，飞奏洛阳。司马师问诸将曰："谁敢去敌蜀兵？"辅国将军徐质曰："某愿往。"师素知徐质英勇过人，心中大喜，即令徐质为先锋，令司马昭为大都督，领兵望陇西进发。军至董亭，正遇姜维，两军列成阵势。徐质使开山大斧，出马挑战。蜀阵中廖化出迎。战不数合，化拖刀败回。张翼纵马挺枪而迎，战不数合，又败入阵。徐质驱兵掩杀，蜀兵大败，退三十余里。司马昭亦收兵回，各自下寨。

姜维与夏侯霸商议曰："徐质勇甚，当以何策擒之？"霸曰："来日诈败，以埋伏之计胜之。"维曰："司马昭乃仲达之子，岂不知兵法？若见地势掩映，必不肯追。吾见魏兵累次断吾粮道，今却用此计诱之，(评)可斩徐质矣。"遂唤廖化分付如此如此，又唤张翼分付如此如此，二人领兵去了。一面令军士于路撒下铁蒺藜，寨外多排鹿角，示以久计。

今却用此计诱之——在古代战争中，粮草一直具有特殊的重要地位，用粮草引诱对方，往往有效。

徐质连日引兵搦战，蜀兵不出。哨马报司马昭说："蜀兵在铁笼山后，用木牛流马搬运粮草，以为久计，只待羌兵策应。"昭唤徐质曰："昔日所以胜蜀者，因断彼粮道也。今蜀兵在铁笼山后运粮，汝今夜引兵五千，断其粮道，蜀兵自退矣。"徐质领令，初更时分，引兵望铁笼山来，果见蜀兵二百余人，驱百余头木牛流马，装载粮草而行。魏兵一声喊起，徐质当先拦住。蜀兵尽弃粮草而走。质分兵一半，押送粮草回寨；自引兵一半追来。追不到十里，前面车仗横截去路。质令军士下马拆开车仗，只见两边忽然火起。质急勒马回走，后面山僻窄狭处，亦有车仗截路，火光迸起。质等冒烟突火，纵马而出。一声炮响，两路军杀来：左有廖化，右有张翼，大杀一阵，魏兵大败。徐质奋死只身而走，人困马乏。正奔走间，前面一枝兵杀到，乃姜维也。质大惊无措，被维一枪刺倒坐下马，徐质跌下马来，被众军乱刀砍死。质所分一半押粮兵，亦被夏侯霸所擒，尽降其众。

霸将魏兵衣甲，令蜀兵穿了，马匹就令骑坐*，打着魏军旗号，从小路径奔回魏寨来。魏军见本部兵回，开门放入。蜀兵就寨中杀起。司马昭大惊，慌忙上马走时，前面廖化杀来。昭不能前进，急退时，姜维引兵从小路杀到。昭四下无路，只得勒兵上铁笼山据守。㊣原来此山只有一条路，四下皆险峻难上；其上惟有一泉，止够百人之饮。此时昭手下有六千人，被姜维绝其路口，山上泉水不敷，人马枯渴。昭仰天长叹曰："吾死于此地矣！"后人有诗曰：

妙算姜维不等闲，魏师受困铁笼间：
庞涓始入马陵道，项羽初围九里山。

主簿王韬曰："昔日耿恭受困，拜井而得甘泉。将军何不效之？"昭从其言，遂上山顶泉边，再拜而祝曰："昭奉诏来退蜀兵，若昭合死，令甘泉枯竭，昭自当刎颈，教部军尽降；如寿禄未终，愿苍天早赐甘泉，以活众命！"祝毕、泉水涌出，取之不竭，因此人马不死。

却说姜维在山下困住魏兵，谓众将曰："昔日丞相在上方谷，不曾捉住司马懿，吾深为恨；今司马昭必被吾擒矣。"

却说郭淮听知司马昭困于铁笼山上，欲提兵来。陈泰曰："姜维会合羌兵，欲先取南安。今羌兵已到，将军若撤兵去救，羌兵必乘虚袭我后也。可先令人诈降羌人，于中取事。若退了此兵，方可救铁笼之围。"㊣郭淮从之，遂令陈泰引五千兵，径到羌王寨内，解甲而入，泣拜曰："郭淮妄自尊大，常有杀泰之心，故来投降。郭淮军中虚实，某俱知之。只今夜愿引一军前去劫寨，便可成功。如兵到魏寨，自有内应。"迷当大喜，遂令俄何烧戈同陈泰来劫魏寨。俄何

昭四下无路，只得勒兵上铁笼山据守——姜维诱敌成功，杀死徐质，并利用魏兵衣甲旗号，杀入魏军大营，迫使司马昭困守铁笼山。这一虚构情节，使"二伐中原"达到高潮。"铁笼山"这一地名，也虚构得很有意思：将司马昭困于此山，犹如困兽于铁笼，比喻十分形象。

若退了此兵，方可救铁笼之围——陈泰此计，不仅可避免两面受敌，而且可利用羌兵，给姜维一个措手不及，确是上策。

烧戈教泰降兵在后，令泰引羌兵为前部，是夜二更，竟到魏寨。寨门大开，陈泰一骑马先入。俄何烧戈骤马挺枪入寨之时，只叫得一声苦，连人带马，跌在陷坑里。陈泰兵从后面杀来，郭淮从左边杀来，羌兵大乱，自相践踏，死者无数，生者尽降。俄何烧戈自刎而死。郭淮、陈泰引兵直杀到羌人寨中，迷当大王急出帐上马时，被魏兵生擒活捉，来见郭淮。淮慌下马，亲去其缚，用好言抚慰曰："朝廷素以公为忠义，今何故助蜀人也？"迷当惭愧伏罪。淮乃说迷当曰："公今为前部，去解铁笼山之围，退了蜀兵，吾奏准天子，自有厚赐。"迷当从之，遂引羌兵在前，魏兵在后，径奔铁笼山。

时值三更，先令人报知姜维。维大喜，教请入相见。魏兵多半杂在羌人部内；行到蜀寨前，维令大兵皆在寨外屯扎，迷当引百余人到中军帐前。姜维、夏侯霸二人出迎。魏将不等迷当开言，就从背后杀将起来。维大惊，急上马而走。羌、魏之兵，一齐杀入。蜀兵四分五落，各自逃生。维手无器械，腰间止有一副弓箭，走得慌忙，箭皆落了，只有空壶。维望山中而走，背后郭淮引兵赶来；见维手无寸铁，乃骤马挺枪追之。看看至近，维虚拽弓弦，连响十余次。淮连躲数番，不见箭到，知维无箭，乃挂住钢枪，拈弓搭箭射之。维急闪过，顺手接了，就扣在弓弦上；待淮追近，望面门上尽力射去，淮应弦落马。维勒回马来杀郭淮，魏军骤至。维下手不及，只掣得淮枪而去。魏兵不敢追赶，急救淮归寨，拔出箭头，血流不止而死。司马昭下山引兵追赶，半途而回。夏侯霸随后逃至，与姜维一齐奔走。维折了许多人马，一路收扎不住，自回汉中。㊟虽然兵败，却射死郭淮，杀死徐质，挫动魏国之威，将功补罪。

维折了许多人马，一路收扎不住，自回汉中——由于羌兵倒戈，魏兵混于其中以攻蜀军，姜维仓促退却，使"二伐中原"由胜转败，甚为可惜。作品虚构姜维射死郭淮（历史上的郭淮死于魏正元二年，即255年），算是为姜维挽回一点面子。

却说司马昭犒劳羌兵，发遣回国去讫。班师还洛阳，与兄司马师专制朝权，群臣莫敢不服。魏主曹芳每见师入朝，战栗不已，如针刺背。一日，芳设朝，见师带剑上殿，慌忙下榻迎之。师笑曰："岂有君迎臣之礼也？请陛下稳便。"须臾，群臣奏事，司马师俱自剖断，并不启奏魏主。㊟少时朝退，师昂然下殿，乘车出内，前遮后拥，不下数千人马。芳退入后殿，顾左右止有三人，乃太常夏侯玄，中书令李丰，光禄大夫张缉。缉乃张皇后之父，曹芳之皇丈也。

司马师俱自剖断，并不启奏魏主曹芳——司马师独揽大权，完全不把曹芳放在眼里。比之当年曹操对待汉献帝，他更多一些飞扬跋扈，少一些乔装打扮。如此凌驾于曹芳之上，自然要引起反抗。

芳叱退近侍，同三人至密室商议。芳执张缉之手而哭曰："司马师视朕如小儿，觑百官如草芥，社稷早晚必归此人矣！”言讫大哭。李丰奏曰：“陛下勿忧。臣虽不才，愿以陛下之明诏，聚四方之英杰，以剿此贼。”夏侯玄奏曰：“臣叔夏侯霸降蜀，因惧司马兄弟谋害故耳；今若剿除此贼，臣叔必回也。臣乃国家旧戚，安敢坐视奸贼乱国，愿同奉诏讨之。”芳曰：“但恐不能耳。”三人哭奏曰：“臣等誓当同心灭贼，以报陛下！”芳脱下龙凤汗衫，咬破指尖，写了血诏，授与张缉，㊟乃嘱曰：“朕祖武皇帝诛董承，盖为机事不密也。卿等须谨细，勿泄于外。”丰曰：“陛下何出此不利之言？臣等非董承之辈，司马师安比武皇帝也*？陛下勿疑。”

三人辞出，至东华门左侧，正见司马师带剑而来，从者数百人，皆持兵器。三人立于道傍。师问曰：“汝三人退朝何迟？”李丰曰：“圣上在内廷观书，我三人侍读故耳。”师曰：“所看何书？”丰曰：“乃夏、商、周三代之书也。”师曰：“上见此书，问何故事？”丰曰：“天子所问伊尹扶商、周公摄政之事，我等皆奏曰：‘今司马大将军，即伊尹、周公也。’”师冷笑曰：“汝等岂将吾比伊尹、周公！其心实指吾为王莽、董卓！”三人皆曰：“我等皆将军门下之人，安敢如此？”师大怒曰：“汝等乃口谀之人！适间与天子在密室中所哭何事？”三人曰：“实无此状。”师叱曰：“汝三人泪眼尚红，如何抵赖！”夏侯玄知事已泄，乃厉声大骂曰：“吾等所哭者，为汝威震其主，将谋篡逆耳！”师大怒，叱武士捉夏侯玄。玄揎拳裸袖，径击司马师，却被武士擒住。师令将各人搜检，于张缉身畔搜出一龙凤汗衫，上有血字。左右呈与司马师。师视之，乃密诏也。诏曰：

> 司马师弟兄，共持大权，将图篡逆。所行诏制，皆非朕意。各部官兵将士，可同仗忠义，讨灭贼臣，匡扶社稷。功成之日，重加爵赏。

司马师看毕，勃然大怒曰：“原来汝等正欲谋害吾兄弟！情理难容！”遂令将三人腰斩于市，灭其三族。㊟三人骂不绝口，比临东市中，牙齿尽被打落，各人含糊数骂而死。

师直入后宫。魏主曹芳正与张皇后商议此事。皇后曰：“内廷耳目甚多，倘事泄露，必累妾矣！”正言间，忽见师入，皇后大惊。师按剑谓芳曰：“臣父立陛下为君，功德不在周公之下；臣事陛下，亦与伊尹何别乎？今反以恩为仇，以功为过，欲与二三小臣，谋害臣

写了血诏，授与张缉——曹芳授血诏与张缉，与当年汉献帝授衣带诏与董承，情形颇为相似。权臣当道，皇帝身边几乎没有可用之人，唯有仰仗个别皇亲，其处境实在可怜。

遂令将三人腰斩于市，灭其三族——与曹操一样，司马师也在皇宫中遍布耳目，早已得知夏侯玄等三人有密谋，于是立即将其破获，诛灭三族，给反对司马氏的势力一次沉重打击。

吒左右将张后捉出，至东华门内，用白练绞死——司马师杀害张皇后，与当年曹操杀害董贵人、伏皇后又是如出一辙。

吾谨按伊尹、霍光之法，别立新君——曹操一次又一次地镇压反对派，甚至杀害贵人、皇后，但却始终保留汉献帝的君位。相比之下，司马师显得更加残暴，更加肆无忌惮。

彭城王乃老身之叔——曹据系曹操之子，即曹睿之叔，亦即郭太后之叔。如果立他为新君，郭太后将何以堪？

芳泣拜太后，纳了国宝，乘王车大哭而去——从司马懿发动政变诛灭曹爽集团（249），到司马师废黜曹芳（254），不过短短五年。司马氏手段之暴虐，于此可见。

兄弟，何也？”芳曰：“朕无此心。”师袖中取出汗衫，掷之于地曰：“此谁人所作耶！”芳魂飞天外，魄散九霄，战栗而答曰：“此皆为他人所逼故也。朕岂敢兴此心？”师曰：“妄诬大臣造反，当加何罪？”芳跪告曰：“朕合有罪，望大将军恕之！”师曰：“陛下请起。国法未可废也。”乃指张皇后曰：“此是张缉之女，理当除之！”芳大哭求免。师不从，吒左右将张后捉出，至东华门内，用白练绞死。㊟后人有诗曰：

当年伏后出宫门，跣足哀号别至尊。
司马今朝依此例，天教还报在儿孙。

次日，司马师大会群臣曰：“今主上荒淫无道，亵近娼优，听信谗言，闭塞贤路：其罪甚于汉之昌邑，不能主天下。吾谨按伊尹、霍光之法，别立新君，㊟以保社稷，以安天下，如何？”众皆应曰：“大将军行伊、霍之事，所谓应天顺人，谁敢违命。”师遂同多官入永宁宫，奏闻太后。太后曰：“大将军欲立何人为君？”师曰：“臣观彭城王曹据，聪明仁孝，可以为天下之主。”太后曰：“彭城王乃老身之叔，㊟今立为君，我何以当之？今有高贵乡公曹髦，乃文皇帝之孙；此人温恭克让，可以立之。卿等大臣，从长计议。”一人奏曰：“太后之言是也。便可立之。”众视之，乃司马师宗叔司马孚也。师遂遣使往元城召高贵乡公；请太后升太极殿，召芳责之曰：“汝荒淫无度，亵近娼优，不可承天下；当纳下玺绶，复齐王之爵，目下起程，非宣召不许入朝。”芳泣拜太后，纳了国宝，乘王车大哭而去。㊟只有数员忠义之臣，含泪而送。后人有诗曰：

昔日曹瞒相汉时，欺他寡妇与孤儿。
谁知四十余年后，寡妇孤儿亦被欺。

却说高贵乡公曹髦，字彦士，乃文帝之孙，东海定王霖之子也。当日，司马师以太后命宣至，文武官僚备銮驾于西掖门外拜迎。髦慌忙答礼。兼太常王肃曰*：“主上不当答礼。”髦曰：“吾亦人臣也，安得不答礼乎？”文武扶髦上辇入宫，髦辞曰：“太后诏命，不知为何，吾安敢乘辇而入？”遂步行至太极东堂。司马师迎着，髦先下拜，师急扶起。问候已毕，引见太后。后曰：“吾见汝年幼时，有帝王之相；汝今可为天下之主。务须恭俭节用，布德施仁，勿辱先帝也。”髦再三谦辞。师令文武请髦出太极殿，是日立为新君，改嘉平六年为正元元年，大赦天下；假大将军司马师黄钺，入朝不趋，奏事不名，带剑上殿；㊞文武百官，各有封赐。

正元二年春正月，有细作飞报，说镇东将军毌丘俭、扬州刺史文钦，以废主为名，起兵前来。司马师大惊。正是：汉臣曾有勤王志，魏将还兴讨贼师。未知如何迎敌，且看下文分解。

入朝不趋，奏事不名，带剑上殿——曹操从迁汉献帝许都到获得“赞拜不名，入朝不趋，剑履上殿”的特殊待遇，用了十七年；而司马师从继其父司马懿掌权到获此待遇，仅仅用了三年。司马氏攫取权力之急迫，于此又可见。

尾评：

司马师杀害夏侯玄等人，其手段与当年曹操对付政敌的行径相似；而迫不及待地废黜曹芳，则比曹操更为凶狠。由此可见，司马氏在篡权的道路上虽然仿效了曹操，但其残忍毒辣，比之曹操，实有过之而无不及，可谓后来居上。

第一一〇回
文鸯单骑退雄兵　姜维背水破大敌

总评

毌丘俭、文钦起兵讨伐司马师之事，本于《三国志·魏书·毌丘俭传》、《晋书·景帝纪》。这是司马氏与反对派之间的第二次重大斗争。由于毌丘俭等准备不足（距司马师废曹芳仅四个月），又未联络其他反司马氏势力，加之毌丘俭谋略不高，文钦有勇无谋，在司马师大军的围攻下，起事很快失败。斗争的结果，忠于曹魏的势力进一步削弱，司马氏的权势则进一步加强。

文鸯单骑退雄兵之事，本于《毌丘俭传》注引《魏氏春秋》、《晋书·景帝纪》。罗贯中以简练的笔触，把文鸯勇冠三军、所向无敌的形象写得相当鲜明，给读者留下了较深的印象。

司马师临终，反复叮嘱司马昭："大事切不可轻托他人，自取灭族之祸。"这与第一〇八回所写的司马懿临终前叮嘱二子之言，可谓一脉相承。司马师死后，魏主曹髦命司马昭驻军许昌，司马昭担心大权旁落，立即率兵回洛阳，迫使曹髦命其主持朝政。由此可见，司马氏虽然位高权重，但在严酷的政治斗争中，却一直战战兢兢，如临深渊，如履薄冰。

姜维"三伐中原"，本于《三国志·蜀书·姜维传》、《魏书·陈泰传》。姜维背水一战，大破王经，真是有勇有谋；但在邓艾的疑兵计面前，却不辨真假，匆忙撤军，甚为可惜。这是姜维与邓艾第一次打交道，它预示了姜维智略不及邓艾，在两人的抗衡中败多胜少的前景。

却说魏正元二年五月，扬州都督、镇东将军、领淮南军马毌丘俭，字仲恭，河东闻喜人也。闻司马师擅行废立之事，心中大怒。长子毌丘甸曰："父亲官居方面，司马师专权废主，国家有累卵之危，安可宴然自守？"俭曰："吾儿之言是也。"遂请刺史文钦商议。钦乃曹爽门下客，当日闻俭相请，即来拜谒。俭邀入后堂，礼毕，说话间，俭流泪不止。钦问其故，俭曰："司马师专权废主，天地反覆，安得不伤心乎！"钦曰："都督镇守方面，若肯仗义讨贼，钦愿舍死相助。钦中子文俶*，小字阿鸯，有万夫不当之勇，常欲杀司马师兄弟，与曹爽报仇，今可令为先锋。"俭大喜，即时酹酒为誓。二人诈称太后有密诏，令淮南大小官兵将士，皆入寿春城，立一坛于西，宰白马，歃血为盟，宣言司马师大逆不道，今奉太后密诏，令尽起淮南军马，仗义讨贼。㊣众皆悦服。俭提六万兵，屯于项城。文钦领兵二万在外为游兵，往来接应。俭移檄诸郡，令各起兵相助。

今奉太后密诏，令尽起淮南军马，仗义讨贼——"名不正则言不顺，言不顺则事不行"。毌丘俭、文钦诈称奉太后密诏，乃是在政治上争取主动，争取人心的最佳办法。

却说司马师左眼肉瘤，不时痛痒，乃命医官割之，以药封闭，连日在府养病；忽闻淮南告急，乃请河南尹王肃商议*。肃曰："昔关云长威震华夏，孙权令吕蒙袭取荆州，抚恤将士家属，因此关羽军势瓦解*。今淮南将士家属，皆在中原，可急抚恤，更以兵断其归路：必有土崩之势矣。"师曰："公言极善。但吾新割目瘤，不能自往。若使他人，心又不稳。"时中书侍郎钟会在侧，进言曰："淮楚兵强，其锋甚锐；若遣人领兵去退，多是不利。倘有疏虞，则大事废矣。"㊣师蹶然起曰："非吾自往，不可破贼！"遂留弟司马昭守洛阳，总摄朝政。师乘软舆，带病东行。令镇南将军诸葛诞*，总督豫州诸军，从安风津取寿春；又令征东将军胡遵，领青州诸军，出谯、宋之地，绝其归路*。师领大军屯于汝阳*，聚文武于帐下商议。光禄勋郑袤曰："毌丘俭好谋而无断，文钦有勇而无智。今大军出其不意，江、淮之卒锐气正盛，不可轻敌；只宜深沟高垒，以挫其

倘有疏虞，则大事废矣——钟会之吾，实际上表现了司马氏对他人均不放心，唯有自出的虚弱心理。

锐。——此亚夫之长策也。”监军王基曰：“不可。淮南之反，非军民思乱也；皆因毌丘俭势力所逼，不得已而从之。若大军一临，必然瓦解。”师曰：“此言甚妙。”遂进兵于滍水之上，中军屯于滍桥。基曰：“南顿极好屯兵，可提兵星夜取之。若迟则毌丘俭必先至矣。”师遂令王基率前部兵，来南顿城下寨。

却说毌丘俭在项城，闻知司马师自来，乃聚众商议。先锋葛雍曰：“南顿之地，依山傍水，极好屯兵；若魏兵先占，难以驱遣，可速取之。”俭然其言，起兵投南顿来。正行之间，前面流星马报说，南顿已有人马下寨。俭不信，自到军前视之，果然旌旗遍野，营寨齐整。俭回到军中，无计可施。㊟忽哨马飞报：“东吴孙峻提兵渡江袭寿春来了。”俭大惊曰：“寿春若失，吾归何处！”是夜退兵于项城。

俭回到军中，无计可施——毌丘俭仅仅因为南顿被司马师先取，便“无计可施”，可见其谋略不高，将才不足。如此指挥战事，要想打败司马师大军，谈何容易！

司马师见毌丘俭军退，聚多官商议。尚书傅嘏曰：“今俭兵退者，忧吴人袭寿春也，必回项城分兵拒守。将军可令一军取乐嘉城，一军取项城，一军取寿春，则淮南之卒必退矣。兖州刺史邓艾，足智多谋；若领兵径取乐嘉，更以重兵应之，破贼不难也。”师从之，急遣使持檄文，教邓艾起兖州之兵破乐嘉城。师随后引兵到彼会合。

却说毌丘俭在项城，不时差人去乐嘉城哨探，只恐有兵来。请文钦到营共议，钦曰：“都督勿忧。我与拙子文鸯，只消五千兵，敢保乐嘉城。”俭大喜。钦父子引五千兵投乐嘉来。前军报说：“乐嘉城西，皆是魏兵，约有万余。遥望中军，白旄黄钺，皂盖朱幡，簇拥虎帐，内竖一面锦绣帅字旗，必是司马师也。安立营寨，尚未完备。”时文鸯悬鞭立于父侧，闻知此语，乃告父曰：“趁彼营寨未成，可分兵两路，左右击之，可全胜也。”钦曰：“何时可去？”鸯曰：“今夜黄昏，父引二千五百兵，从城南杀来；儿引二千五百兵，从城北杀来：三更时分，要在魏寨会合。”钦从之，当晚分兵两路。

且说文鸯年方十八岁，身长八尺，全装惯甲，腰悬钢鞭，绰枪上马，遥望魏寨而进。是夜，司马师兵到乐嘉，立下营寨，等邓艾未至。师为眼下新割肉瘤，疮口疼痛，卧于帐中，令数百甲士环立护卫。三更时分，忽然寨内喊声大震，人马大乱。师急问之，人报曰：“一军从寨北斩围直入，为首一将，勇不可当！”师大惊，心如火烈，眼珠从肉瘤疮口内迸出，血流遍地，疼痛难当；又恐有乱军心，只咬被头而忍，被皆咬烂。㊟原来文鸯军马先到，一拥而进，在寨

又恐有乱军心，只咬被头而忍，被皆咬烂——这一细节，取自《晋书·景帝纪》。在军情紧急之际，司马师为了稳定军心，强忍痛苦，毅力非同一般，算得一条汉子。

中左冲右突；所到之处，人不敢当，有相拒者，枪搠鞭打，无不被杀。鸯只望父到，以为外应，并不见来。数番杀到中军，皆被弓弩射回。鸯直杀到天明，只听得北边鼓声喧天。鸯回顾从者曰："父亲不在南面为应，却从北至，何也？"鸯纵马看时，只见一军行如猛风，为首一将，乃邓艾也，跃马横刀，大呼曰："反贼休走！"鸯大怒，挺枪迎之，战有五十合，不分胜败。正斗间，魏兵大进，前后夹攻。鸯部下兵各自逃散，只文鸯单人独马，冲开魏兵，望南而走。背后数百员魏将，抖擞精神，骤马追来；将至乐嘉桥边，看看赶上。鸯忽然勒回马，大喝一声，直冲入魏将阵中来；钢鞭起处，纷纷落马，各各倒退。鸯复缓缓而行。魏将聚在一处，惊讶曰："此人尚敢退我等之众耶！可并力追之！"于是魏将百员，复来追赶。鸯勃然大怒曰："鼠辈何不惜命也！"提鞭拨马，杀入魏将丛中，用鞭打死数人，复回马缓辔而行。魏将连追四五番，皆被文鸯一人杀退。㊟后人有诗曰：

魏将连追四五番，皆被文鸯一人杀退——文鸯武艺高强，临危不慌，一再打退魏兵的追击，堪称一员虎将。

长坂当年独拒曹，子龙从此显英豪。
乐嘉城外争锋处*，又见文鸯胆气高。

原来文钦被山路崎岖，迷入谷中，行了半夜，比及寻路而出，天色已晓；文鸯人马不知所向，只见魏兵大胜。钦不战而退。魏兵乘势追杀，钦引兵望寿春而走。

却说魏殿中校尉尹大目，乃曹爽心腹之人，因爽被司马懿谋杀，故事司马师，常有杀师报爽之心；又素与文钦交厚。今见师眼瘤突出，不能动止，乃入帐告曰："文钦本无反心，今被毌丘俭逼迫，以致如此。某去说之，必然来降。"师从之。大目顶盔惯甲，乘马来赶文钦；看看赶上，乃高声大叫曰："文刺史见尹大目么？"钦回头视之，大目除盔放于鞍鞒之前，以鞭指曰："文刺史何不忍耐数日也？"此是大目知师将亡，故来留钦。钦不解其意，厉声大骂，便欲开弓射之。㊟大目大哭而回。钦收聚人马奔寿春时，已被诸葛诞引兵取了；欲复回项城时，胡遵、王基、邓艾三路皆到。钦见势危，遂投东吴孙峻去了。

钦不解其意，厉声大骂，便欲开弓射之——此事本于《毌丘俭传》注引《魏末传》。文钦久历仕宦，却粗疏浅薄，反应迟钝，一味暴躁易怒，好勇斗狠，白白错过了一个机会，真是无谋匹夫！

却说毌丘俭在项城内，听知寿春已失，文钦势败，城外三路兵到，俭遂尽撤城中之兵出战，正与邓艾相遇。俭令葛雍出马，与艾交锋，不一合，被艾一刀斩之，引兵杀过阵来。毌丘俭死战相拒。

江淮兵大乱。胡遵、王基引兵四面夹攻。毌丘俭敌不住，引十余骑夺路而走。前至慎县城下，县令宋白开门接入，设席待之。俭大醉，被宋白令人杀了，将头献与魏兵。于是淮南平定。㊢

司马师卧病不起，唤诸葛诞入帐，赐以印绶，加为镇东大将军，都督扬州诸路军马；一面班师回许昌。师目痛不止，每夜只见李丰、张缉、夏侯玄三人立于榻前。师心神恍惚，自料难保，遂令人往洛阳取司马昭到。昭哭拜于床下。师遗言曰："吾今权重，虽欲卸肩，不可得也。汝继我为之，大事切不可轻托他人，自取灭族之祸。"㊢言讫，以印绶付之，泪流满面，昭急欲问时，师大叫一声，眼睛迸出而死。时正元二年二月也。

于是司马昭发丧，申奏魏主曹髦。髦遣使持诏到许昌，即命暂留司马昭屯军许昌，以防东吴。㊢昭心中犹豫未决。钟会曰："大将军新亡，人心未定，将军若留守于此，万一朝廷有变，悔之何及？"㊢昭从之，即起兵还屯洛水之南。髦闻之，大惊。河南尹王肃奏曰："昭既继其兄掌大权，陛下可封爵以安之。"髦遂命王肃持诏，以司马昭为大将军，录尚书事。㊢昭入朝谢恩毕。自此，中外大小事情，皆归于昭。

却说西蜀细作哨知此事，报入成都。姜维奏后主曰："司马师新亡，司马昭初握重权，必不敢擅离洛阳。臣请乘间伐魏，以复中原。"后主从之，遂命姜维兴师伐魏。

维到汉中，整顿人马。征西大将军张翼曰："蜀地浅狭，钱粮鲜薄，不宜远征；不如据险守分，恤军爱民：此乃保国之计也。"维曰："不然。昔丞相未出茅庐，已定三分天下，然且六出祁山以图中原；不幸半途而丧，以致功业未成。今吾既受丞相遗命，当尽忠报国以继其志，虽死而无恨也。今魏有隙可乘，不就此时伐之，更待何时！"夏侯霸曰："将军之言是也。可将轻骑先出枹罕，若得洮西南安，则诸郡可定。"张翼曰："向者不克而还，皆因军出甚迟也。兵法云：'攻其无备，出其不意。'今若火速进兵，使魏人不能提防，必然全胜矣。"

于是姜维引兵五万，望枹罕进发。㊢兵至洮水，守边军士报知雍州刺史王经、征西将军陈泰。王经先起马步兵七万来迎。姜维分

于是淮南平定——毌丘俭、文钦迅速失败，司马氏又安然度过了一场危机。

大事切不可轻托他人，自取灭族之祸——封建政治家一旦掌握大权，便骑虎难下，必须全力保权，否则便有杀身之祸。这也是残酷政治斗争中的一种无奈。

即命暂留司马昭屯军许昌，以防东吴——曹髦此举，很有可能是想借机摆脱司马氏对朝政的控制。

万一朝廷有变，悔之何及——钟会之言，洞见利害，对司马氏保持大权立了一功，而对曹魏皇室则是一大坏事。

以司马昭为大将军，录尚书事——就这样，司马昭成了司马氏垄断朝政的第三位强人，使整个力量对比进一步有利于司马氏。

于是姜维引兵五万，望枹罕进发——这就是《三国演义》所写的姜维"三伐中原"。

付张翼如此如此，又分付夏侯霸如此如此，二人领计去了。维乃自引大军，背洮水列阵。王经引数员牙将，出而问曰："魏与吴、蜀，已成鼎足之势；汝累次入寇，何也？"维曰："司马师无故废主，邻邦理宜问罪，何况仇敌之国乎？"经回顾张明、花永、刘达、朱芳四将曰："蜀兵背水为阵，败则皆没于水矣。姜维骁勇，汝四将可战之。彼若退动，便可追击。"四将分左右而出，来战姜维。维略战数合，拨回马望本阵中便走。王经大驱士马，一齐赶来。维引兵望着洮水而走；将次近水，大呼将士曰："事急矣！诸将何不努力！"众将一齐奋力杀回，魏兵大败。张翼、夏侯霸抄在魏兵之后，分两路杀来，把魏兵困在垓心。维奋武扬威，杀入魏军之中，左冲右突。魏兵大乱，自相践踏，死者大半，逼入洮水者无数，斩首万余，叠尸数里。㊣王经引败兵百骑，奋力杀出，径往狄道城而走；奔入城中，闭门保守。姜维大获全功，犒军已毕，便欲进兵攻打狄道城。张翼谏曰："将军功绩已成，威声大震，可以止矣。今若前进，倘不如意，正如'画蛇添足'也。"维曰："不然。向者兵败，尚欲进取，纵横中原；今日洮水一战，魏人胆裂，吾料狄道唾手可得。汝勿自堕其志也。"张翼再三劝谏，维不从，遂勒兵来取狄道城。

斩首万余，叠尸数里——姜维背水一战，大败王经，取得了北伐以来少见的胜利。

却说雍州征西将军陈泰，正欲起兵与王经报兵败之仇，忽行安西将军邓艾*引兵到。泰接着，礼毕，艾曰："今奉大将军之命，特来助将军破敌。"泰问计于邓艾，艾曰："洮水得胜，若招羌人之众，东争关陇，传檄四郡：此吾兵之大患也。今彼不思如此，却图狄道城；其城垣坚固，急切难攻，空劳兵费力耳。吾今陈兵于项岭，然后进兵击之，蜀兵必败矣。"陈泰曰："真妙论也！"遂先拨二十队兵，每队五十人，尽带旌旗、鼓角、烽火之类，日伏夜行，去狄道城东南高山深谷之中埋伏；只待兵来，一齐鸣鼓吹角为应，夜则举火放炮以惊之。调度已毕，专候蜀兵到来。于是陈泰、邓艾，各引二万兵相继而进。

却说姜维围住狄道城，令兵八面攻之，连攻数日不下，心中郁闷，无计可施。是日黄昏时分，忽三五次流星马报说："有两路兵来，旗上明书大字：一路是征西将军陈泰，一路是行安西将军邓艾。"维大惊，遂请夏侯霸商议。霸曰："吾向尝为将军言：邓艾自幼深明兵法，善晓地理。今领兵到，颇为劲敌。"维曰："彼军远来，我休容他住脚，便可击之。”乃留张翼攻城，命夏侯霸引兵迎陈泰，维自引兵来迎邓艾。行不到五里，忽然东南一声炮响，鼓角震地，火光冲天。维纵马看时，只见周围皆是魏兵旗号。维大惊曰：“中邓艾之计矣！”遂传令教夏侯霸、张翼各弃狄道而退。于是蜀兵皆退*。㊟维自断后，只听得背后鼓声不绝。维退入安故之时*，方知火鼓二十余处，皆虚设也。维收兵退屯于钟提。

且说后主因姜维有洮西之功，降诏封维为大将军。维受了职，上表谢恩毕，再议出师伐魏之策。正是：成功不必添蛇足，讨贼犹思奋虎威。不知此番北伐如何，且看下文分解。

于是蜀兵皆退——姜维中了邓艾的疑兵计，不战自退，使此次北伐的成果未能巩固和扩大，甚为可惜。

尾评：

后主因姜维大败王经之功，拜维为大将军（此前费祎已死）。这样，姜维成了蜀汉名副其实的统帅，更是急欲建功，以图早日实现诸葛亮的遗愿。

第一一一回

邓士载智败姜伯约　诸葛诞义讨司马昭

总评

姜维“四伐中原”，本于《三国志·蜀书·姜维传》、《魏书·邓艾传》。邓艾明辨形势，指出姜维有“五必出”，取自《邓艾传》，可谓知己知彼，目光如炬。姜维分析蜀军有“五可胜”，则史无其事，而是罗贯中在邓艾之说的基础上，顺带虚构而成，以表明姜维与邓艾智略相近，旗鼓相当。即使如此，邓艾毕竟着鞭在先，稍占上风。罗贯中尊重基本史实，描写邓艾针对姜维的用兵，抢先一步，设下埋伏，在段谷大败蜀军，使之遭到自姜维北伐以来最惨重的损失，突出了邓艾熟悉地理形势，善于出奇制胜的大将之才。姜维声东击西，其计原本不错，可惜遇到邓艾这样强劲的对手，不幸而败；不过，战败之后，他能仿效诸葛亮的先例，主动引咎自责，自贬为后将军，行大将军事，仍然表现出正直坦诚的品格。

诸葛诞起兵伐司马昭之事，本于《三国志·魏书·诸葛诞传》、《晋书·文帝纪》。这是司马氏与反对派之间的第三次重大斗争。与毌丘俭、文钦讨伐司马师相比，这次斗争具有新的特点：一方面，诸葛诞为了避免后顾之忧，主动向吴国求救，实力大为增强；另一方面，司马昭既不愿把兵权授予他人，又生怕自己统兵出征朝内有变，竟挟持郭太后及魏主曹髦，搞什么“御驾亲征”，开了一个恶劣的先例，暴露了其极端狡诈、极端虚弱的本质。——当年曹操“挟天子以令诸侯”达二十多年，每逢出征，尚有荀彧等人留在许都主持朝廷事务，从未把汉献帝挟持到前线；司马氏胆略才干不及曹操，搞阴谋诡计的本事却胜过曹操，令人深感憎恶。由于双方都大动干戈，使得这场斗争比之以往更加尖锐。

却说姜维退兵屯于钟提，魏兵屯于狄道城外。王经迎接陈泰、邓艾入城，拜谢解围之事，设宴相待，大赏三军。泰将邓艾之功，申奏魏主曹髦。髦封艾为安西将军，假节，领护东羌校尉，同陈泰屯兵于雍、凉等处。邓艾上表谢恩毕，陈泰设席与邓艾作贺曰："姜维夜遁，其力已竭，不敢再出矣。"艾笑曰："吾料蜀兵必出有五。"(评)泰问其故，艾曰："蜀兵虽退，终有乘胜之势；吾兵终有弱败之实：其必出一也。蜀兵皆是孔明教演，精锐之兵，容易调遣；吾将不时更换，军又训练不熟：其必出二也。蜀人多以船行，吾军皆在旱地，劳逸不同：其必出三也。狄道、陇西、南安、祁山四处皆是守战之地；蜀人或声东击西，指南攻北，吾兵必须分头守把；蜀兵合为一处而来，以一分当我四分：其必出四也。若蜀兵自南安、陇西，则可取羌人之谷为食；若出祁山，则有麦可就食：其必出五也。"陈泰叹服曰："公料敌如神，蜀兵何足虑哉！"于是陈泰与邓艾结为至交*。艾遂将雍、凉等处之兵，每日操练；各处隘口，皆立营寨，以防不测。

吾料蜀兵必出有五——陈泰以为蜀兵不敢再出，邓艾却断定蜀兵必出。相比之下，邓艾之远见卓识，明显高于陈泰。

却说姜维在钟提大设筵宴，会集诸将，商议伐魏之事。尚书仆射樊建*谏曰："将军屡出，未获全功；今日洮西之捷，魏人已服威名，何故又欲出也？万一不利，前功尽弃。"维曰："汝等只知魏国地宽人广，急不可得；却不知攻魏者有五可胜。"(评)众问之，维答曰："彼洮西一败，挫尽锐气，吾兵虽退，不曾损折：今若进兵，一可胜也。吾兵船载而进，不致劳困，彼兵皆旱地来迎：二可胜也。吾兵久经训练之众，彼皆乌合之徒，不曾有法度：三可胜也。吾兵自出祁山，掠抄秋谷为食：四可胜也。彼兵须各守备，军力分开，吾兵一处而去，彼安能救：五可胜也。不在此时伐魏，更待何日耶？"夏侯霸曰："艾机谋深远*；近封为安西将军之职，必于各处准备，非同往日矣。"维厉声曰："吾何畏彼哉！公等休长他人锐气，灭自己威

却不知攻魏者有五可胜——邓艾指出蜀兵有"五必出"，姜维便来个攻魏"五可胜"。双方都算得上知己知彼，两相对照，甚为有趣。不过，邓艾料敌在先，仍然容易占据主动地位。

风！吾意已决，必先取祁山*。”众不敢谏。

维自领前部，令众将随后而进。于是蜀兵尽离钟提，杀奔祁山来。哨兵报说：魏兵已先在祁山立下九个寨栅。维不信，引数骑凭高望之，果见祁山九寨势如长蛇，首尾相顾。维回顾左右曰："夏侯霸之言，信不诬矣。此寨形势绝妙，止吾师诸葛丞相能之；今观邓艾所为，不在吾师之下。"遂回本寨，唤诸将曰："魏人既有准备，必知吾来矣。吾料邓艾必在此间。汝等可虚张吾旗号，据此谷口下寨；每日令百余骑出哨，每出哨一回，换一番衣甲、旗号，按青、黄、赤、白、黑五方旗帜相换。吾却提大兵偷出董亭，径袭南安去也。"遂令鲍素屯兵于祁山谷口，维尽率大兵，望南安进发。㊟

却说邓艾知蜀兵出祁山，早与陈泰下寨准备；见蜀兵连日不来搦战，一日五番哨马出寨，或十里或十五里而回。艾凭高望毕，慌入帐与陈泰曰："姜维不在此间，必取董亭袭南安去了。出寨哨马只是这几匹，更换衣甲，往来哨探，其马皆困乏，主将必无能者。陈将军可引一军攻之，其寨可破也。破了寨栅，便引兵袭董亭之路，先断姜维之后。吾当先引一军救南安，径取武城山。若先占此山头，姜维必取上邽。上邽有一谷，名曰段谷，地狭山险，正好埋伏。彼来争武城山时，吾先伏两军于段谷，破维必矣。"㊟泰曰："吾守陇西六七年*，未尝如此明察地理。公之所言，真神算也！公可速去，吾自攻此处寨栅。"于是邓艾引军星夜倍道而行，径到武城山；下寨已毕，蜀兵未到，即令子邓忠，与帐前校尉师纂，各引五千兵，先去段谷埋伏，如此如此而行。二人受计而去。艾令偃旗息鼓，以待蜀兵。

却说姜维从董亭望南安而来，至武城山前，谓夏侯霸曰："近南安有一山，名武城山；若先得了，可夺南安之势。只恐邓艾多谋，必先提防。"正疑虑间，忽然山上一声炮响，喊声大震，鼓声齐鸣，旌旗遍竖，皆是魏兵；中央风飘起一黄旗，大书"邓艾"字样。蜀兵大惊。山上数处精兵杀下，势不可当，前军大败。维急率中军人马去救时，魏兵已退。维直来武城山下搦邓艾战，山上魏兵并不下来。维令军士辱骂，至晚，方欲退军，山上鼓角齐鸣，却又不见魏兵下来。维欲上山冲杀，山上炮石甚严，不能得进。守至三更，欲回，山上鼓角又鸣。维移兵下山屯扎。比及令军搬运木石，方欲竖

遂令鲍素屯兵于祁山谷口，维尽率大兵，望南安进发——姜维本欲夺取祁山，见魏兵已有准备，便及时调整部署，声东击西，而以主力进攻南安，这在战术上是很有道理的。不幸的是，此计又被邓艾识破，未能成功。

吾先伏两军于段谷，破维必矣——邓艾识破姜维之计，抢先采取措施，又把主动权抓到自己手里。

立为寨，山上鼓角又鸣，魏兵骤至。蜀兵大乱，自相践踏，退回旧寨。次日，姜维令军士运粮草车仗，至武城山，穿连排定，欲立起寨栅，以为屯兵之计。是夜二更，邓艾令五百人，各执火把，分两路下山，放火烧车仗。两军混杀了一夜*，营寨又立不成。维复引兵退，再与夏侯霸商议曰："南安未得，不如先取上邦。上邦乃天水郡屯粮之所；若得上邦，天水郡自危矣*。"遂留霸屯于武城山，维尽引精兵猛将，径取上邽。行了一宿，将及天明。见山势狭峻，道路崎岖，乃问向导官曰："此处何名？"答曰："段谷。"维大惊曰："其名不美：'段谷'者，'断谷'也。倘有人断其谷口，如之奈何？"正踌躇未决，忽前军来报："山后尘头大起，必有伏兵。"维急令退兵。师纂、邓忠两军杀出，维且战且走。前面喊声大震，邓艾引兵杀到，三路夹攻，蜀兵大败。幸得夏侯霸引兵杀到，魏兵方退，救了姜维，欲再往祁山。霸曰："祁山寨已被陈泰打破，鲍素阵亡，全寨人马皆退回汉中去了。"维不敢取董亭，急投山僻小路而回。后面邓艾急追，维令诸军前进，自为断后。正行之际，忽然山中一军突出，乃魏将陈泰也。魏兵一声喊起，将姜维困在垓心。维人马困乏，左冲右突，不能得出。荡寇将军张嶷，闻姜维受困，引数百骑杀入重围。维因乘势杀出，嶷被魏兵乱箭射死。维得脱重围，复回汉中，㊕因感张嶷忠勇，殁于王事，乃表赠其子孙。于是蜀中将士多有阵亡者，皆归罪于姜维。维照武侯街亭旧例，乃上表自贬为后将军，行大将军事。

维得脱重围，复回汉中——姜维为邓艾所算，损兵折将，遭受了前所未有的损失。"四伐中原"，就此失败。

却说邓艾见蜀兵退尽，乃与陈泰设宴相贺，大赏三军。泰表邓艾之功，司马昭遣使持节，加艾官爵，赐印绶，并封其子邓忠为亭侯。

时魏主曹髦，改正元三年为甘露元年。司马昭自为天下兵马大都督，出入常令三千铁甲骁将前后簇拥，以为护卫；一应事务，不奏朝廷，就于其府裁处*：自此常怀篡逆之心。有一心腹人，姓贾，名充，字公闾，乃故建威将军贾逵之子，为昭府下长史。充语昭曰："今主公掌握大柄，四方人心必然未安；且当暗访，然后徐图大事。"昭曰："吾正欲如此。汝可为我东行，只推慰劳出征军士为名，以探消息。"

贾充领命，径到淮南，入见征东大将军诸葛诞*。诞字公休，乃琅琊阳都人*，即武侯之族弟也；向事于魏，因武侯在蜀为相，因此不得重用；后武侯身亡，诞在魏历任重职，封高平侯，总摄两淮军马。当日，贾充托名劳军，至淮南见诸葛诞。诞设宴待之。酒至半酣，充以言挑诞曰："近来洛阳诸贤，皆为主上懦弱，不堪为君；司马大将军三辈辅国，功德弥天，可以禅代魏统。未审钧意若何？"诞大怒曰："汝乃贾豫州之子，世食魏禄，安敢出此乱言！"充谢曰："某以他人之言告公耳。"诞曰："朝廷有难，吾当以死报之！"㊣充默然。

朝廷有难，吾当以死报之——诸葛诞誓作曹魏忠臣，也就明确否定了司马氏代魏自立的企图。这样，他与司马氏的矛盾势必迅速尖锐化。

次日辞归，见司马昭，细言其事。昭大怒曰："鼠辈安敢如此！"充曰："诞在淮南，深得人心，久必为患，可速除之。"昭遂暗发密书与扬州刺史乐綝，一面遣使赍诏，征诞为司空。诞得了诏书，已知是贾充告变，遂捉来使拷问。使者曰："此事乐綝知之。"诞曰："他如何得知？"使者曰："司马将军已令人到扬州送密书与乐綝矣。"诞大怒，叱左右斩了来使，遂起部下兵千人，杀奔州城来*。将至南门，城门已闭，吊桥拽起。诞在城下叫门，城上并无一人回答。诞大怒曰："乐綝匹夫，安敢如此！"遂令将士打城。手下十余骁骑，下马渡壕，飞身上城，杀散军士，大开城门。于是诸葛诞引兵入城，乘风放火，杀至綝家。綝慌上楼避之。诞提剑上楼，大喝曰："汝父乐进，昔日受魏国大恩，不思报本，反欲顺司马昭耶！"綝未及回言，为诞所杀。一面具表数司马昭之罪，使人申奏洛阳；一面大聚两淮屯田户口十余万，并扬州新降兵四万余人，积草屯粮，准备进兵；又令长史吴纲，送子诸葛靓入吴为质求援，务要合兵诛讨司马昭。㊣

务要合兵诛讨司马昭——诸葛诞向吴国求援，不仅避免了腹背受敌，而且可以增强与司马昭对抗的实力。不过，这样一来，诸葛诞也就算不上曹魏的纯臣了。

此时东吴丞相孙峻病亡，从弟孙綝辅政。綝字子通，为人强暴，杀大司马滕胤、将军吕据、王惇等，因此权柄皆归于綝。吴主孙亮，虽然聪明，无可奈何。于是吴纲将诸葛靓至石头城，入拜孙綝。綝问其故，纲曰："诸葛诞乃蜀汉诸葛武侯之族弟也，向事魏国；今见司马昭欺君罔上，废主弄权，欲兴师讨之，而力不及，故特来归降。诚恐无凭，专送亲子诸葛靓为质。伏望发兵相助。"綝从其请，便遣大将全怿、全端为主将，于诠为合后，朱异、唐咨为先锋，文钦为向导，起兵七万，分三队而进。吴纲回寿春报知诸葛诞，诞大喜，遂陈兵准备。

却说诸葛诞表文到洛阳，司马昭见了大怒，欲自往讨之。贾充谏曰："主公乘父兄之基业，恩德未及四海，今弃天子而去，若一朝有变，悔之何及？不如奏请太后及天子一同出征，可保无虞。"昭喜曰："此言正合吾意。"遂入奏太后曰："诸葛诞谋反，臣与文武官僚，计议停当：请太后同天子御驾亲征，以继先帝之遗意。"太后畏惧，只得从之。次日，昭请魏主曹髦起程。髦曰："大将军都督天下军马，任从调遣，何必朕自行也？"昭曰："不然。昔日武皇帝纵横四海，文帝、明帝有包括宇宙之志，并吞八荒之心，凡遇大敌，必须自行。陛下正宜追配先君，扫清故孽，何自畏也？"髦畏威权，只得从之。昭遂下诏，尽起两都之兵二十六万，命镇南将军王基为正先锋，安东将军陈骞为副先锋，监军石苞为左军，兖州刺史州泰为右军，保护车驾，浩浩荡荡，杀奔淮南而来。

东吴先锋朱异，引兵迎敌。两军对圆，魏军中王基出马，朱异来迎；战不三合，朱异败走。唐咨出马，战不三合，亦大败而走。王基驱兵掩杀，吴兵大败，[评]退五十里下寨，报入寿春城中。

王基驱兵掩杀，吴兵大败——吴国出兵援助诸葛诞，借机扩张其势力，在战略上是正确的。然而，此时的吴国，孙峻死后，从弟孙綝继掌大权，其为人更加暴虐，杀害诸多大臣，使得吴军将士人心惶惶，战斗力大大削弱，一交战就被魏军打败。

诸葛诞自引本部锐兵，会合文钦并二子文鸯、文虎，雄兵数万，来敌司马昭。正是：方见吴兵锐气堕，又看魏将劲兵来。未知胜负如何，且看下文分解。

尾评：

司马氏在篡夺曹魏政权的过程中，先后遇到毌丘俭、诸葛诞的武装讨伐，爆发了两次大规模的战斗。这种情况，在曹操父子篡汉夺权的过程中从未出现，原因何在？根本原因在于，曹操父子与司马氏篡权的历史条件大不相同。当曹操奉迎汉献帝时，献帝虽有"正统"的名义，却从未掌过实权，全部军政权力均由曹操掌握，重要将领均由曹操一手提拔。因此，董承、伏完、耿纪等效忠汉室者虽然多次密谋除掉曹操，但因手无兵权，均无法名正言顺地讨伐曹操，结果，或因密谋泄露而束手就擒，或仅凭少数家僮而孤注一掷，各地军队则未发生大的骚动。而当司马氏控制朝政时，曹魏政权已历三世，根基稳固，各地将领大多由朝廷培养而成，以曹魏为“正统”，司马氏的心腹仅占一部分；因此，对于非嫡系的重要将领，司马氏只有以多种方式，或竭力笼络，或逐步翦除，而不可能一下子全部消灭，一些实力较强的将领也就有可能以武力公开对抗司马氏。这样，司马氏篡权的过程便带有更多的血腥味。

第一一二回
救寿春于诠死节　取长城伯约鏖兵

总评

诸葛诞与司马氏大军对抗，初战失利后，便据城固守，别无良策。由于全端、全怿等吴将畏惧孙綝而出降，诸葛诞又拒绝蒋班、焦彝速战之计，并错杀文钦，逼反文鸯兄弟，致使寿春城中人心涣散，四分五裂。在此情况下，司马昭乘机发动猛攻，诸葛诞军自然土崩瓦解，彻底失败了。分析诸葛诞失败的原因，从根本上看主要有三：其一，诸葛诞出于现实需要，向吴称臣，而司马昭则挟持太后、皇帝“御驾亲征”，这样，诸葛诞便不可能自称“奉诏讨贼”，在政治上失去了主动。其二，在军事上，诸葛诞并无明确计划，指挥无方，被动防守，难以持久。其三，诸葛诞与文钦，与吴军只是临时结合，彼此缺乏真正的信任感，一旦形势危急，便离心离德，各奔前程。因此，诸葛诞之败实属必然。不过，诸葛诞被杀后，其麾下数百亲兵皆宁死不屈，无一投降，表明他平时善待部属，深得人心，这一点给人印象颇深。

在镇压诸葛诞之役中，钟会屡次进献良策，被司马昭称为“吾之子房”，可见其深通政治谋略。然而，此人心术不正，品格低下，虽然才干出众，仍无法赢得读者的喜爱。

姜维“五伐中原”，本于《三国志·蜀书·姜维传》。此次姜维乘司马昭率兵镇压诸葛诞之机，大败魏将司马望（司马孚之子，时任征西将军，都督雍、凉诸军事），威震敌胆，形势颇为有利；但因邓艾固守不战，姜维进无所得，又闻司马昭已破诸葛诞，魏军援兵将至，乃主动退军。综观战役的全过程，姜维见机而进，见可而退，始终处于主动地位；邓艾在不利情况下因地制宜，等待时机，表现也很明智。

却说司马昭闻诸葛诞会合吴兵前来决战，乃召散骑常侍裴秀*、黄门侍郎钟会，商议破敌之策。钟会曰："吴兵之助诸葛诞，实为利也；以利诱之，则必胜矣。"昭从其言，遂令石苞、州泰先引两军于石头城埋伏，王基、陈骞领精兵在后，却令偏将成倅引兵数万先去诱敌；又令陈俊引车仗牛马驴骡，装载赏军之物，四面聚集于阵中，如敌来则弃之。

是日，诸葛诞令吴将朱异在左，文钦在右，见魏阵中人马不整，诞乃大驱士马径进。成倅退走，诞驱兵掩杀，见牛马驴骡，遍满郊野；南兵争取，无心恋战。忽然一声炮响，两路兵杀来：左有石苞，右有州泰。诞大惊，忽欲退时，王基、陈骞精兵杀到，诞兵大败。司马昭又引兵接应。诞引败兵奔入寿春，闭门坚守。昭令兵四面围困，并力攻城。

时吴兵退屯安丰，魏主车驾驻于项城。钟会曰："今诸葛诞虽败，寿春城中粮草尚多，更有吴兵屯安丰以为掎角之势。今吾兵四面攻围，彼缓则坚守，急则死战，吴兵或乘势夹攻：吾军无益。不如三面攻之，留南门大路，容贼自走；走而击之，可全胜也。吴兵远来，粮必不继，我引轻骑抄在其后，可不战而自破矣。"(评)昭抚会背曰："君真吾之子房也！"(评)遂令王基撤退南门之兵。

却说吴兵屯于安丰，孙𬘭唤朱异责之曰："量一寿春城不能救，安可并吞中原？如再不胜必斩！"朱异乃回本寨商议。于诠曰："今寿春南门不围，某愿领一军从南门入去，助诸葛诞守城。将军与魏兵挑战，我却从城中杀出：两路夹攻，魏兵可破矣。"异然其言。于是全怿、全端、文钦等，皆愿入城；遂同于诠引兵一万，从南门而入城。魏兵不得将令，未敢轻敌，任吴兵入城，乃报知司马昭。昭曰："此欲与朱异内外夹攻，以破我军也。"乃召王基、陈骞分付曰："汝可引五千兵截断朱异来路，从背后击之。"二人领命而去。朱异正引

我引轻骑抄在其后，可不战而自破矣——钟会此计，重在避免强攻，待机而动，颇合兵法。

君真吾之子房也——司马昭处事，总是有意无意地模仿曹操。曹操称荀彧为"吾之子房"，司马昭亦称钟会为"吾之子房"。单就才干而言，钟会庶几近之；但从人品来看，则钟会无法与荀彧相提并论。

兵来，忽背后喊声大震：左有王基、右有陈骞，两路军杀来。吴兵大败。朱异回见孙綝，綝大怒曰："累败之将，要汝何用！"叱武士推出斩之。㊟又责全端从子全祎曰*："若退不得魏兵，汝叔侄休来见我*！"于是孙綝自回建业去了。

钟会与昭曰："今孙綝退去，外无救兵，城可围矣。"昭从之，遂催军攻围。全祎引兵欲入寿春，见魏兵势大，寻思进退无路，遂降司马昭。昭加祎为偏将军。祎感昭恩德，乃修家书与叔全端、全怿*，言孙綝不仁，不若降魏，将书射入城中。怿得祎书，遂与端引数千人开门出降。诸葛诞在城中忧闷，部将蒋班、焦彝进言曰*："城中粮少兵多，不能久守。可率吴、楚之众，与魏兵决一死战。"诞大怒曰："吾欲守，汝欲战，莫非有异心乎！再言必斩！"二人仰天长叹曰："诞将亡矣！我等不如早降，免至一死！"是夜二更时分，蒋、焦二人逾城降魏，司马昭重用之。因此城中虽有敢战之士，不敢言战。

诞在城中，见魏兵四下筑起土城以防淮水，只望水泛，冲倒土城，驱兵击之。不想自秋至冬，并无霖雨，淮水不泛。城中看看粮尽。文钦在小城内与二子坚守，见军士渐渐饿倒，只得来告诞曰："粮皆尽绝，军士饿损，不如将北方之兵尽放出城，以省其食。"诞大怒曰："汝教我尽去北军，欲谋我耶？"叱左右推出斩之。㊟文鸯、文虎见父被杀，各拔短刀，立杀数十人，飞身上城，一跃而下，越壕赴魏寨投降。司马昭恨文鸯昔日单骑退兵之仇，欲斩之。钟会谏曰："罪在文钦。今文钦已亡，二子势穷来归，若杀降将，是坚城内人之心也。"昭从之，遂召文鸯、文虎入帐，用好言抚慰，赐骏马锦衣，加为偏将军，封关内侯。二子拜谢，上马绕城大叫曰："我二人蒙大将军赦罪赐爵，汝等何不早降！"城内人闻言，皆计议曰："文鸯乃司马氏仇人，尚且重用，何况我等乎？"于是皆欲投降。诸葛诞闻之大怒，日夜自来巡城，以杀为威。㊟

钟会知城中人心已变，乃入帐告昭曰："可乘此时攻城矣。"昭大喜，遂激三军，四面云集，一齐攻打。守将曾宣献了北门，放魏兵入城。诞知魏兵已入，慌引麾下数百人，自城中小路突出；至吊桥边，正撞着胡奋，手起刀落，斩诞于马下，数百人皆被缚。王基引兵杀到西门，正遇吴将于诠。基大喝曰："何不早降！"诠大怒曰："受命而出，为人救难，既不能救，又降他人，义所不为也！"乃掷

叱武士推出斩之——朱异乃吴国大将，孙綝竟轻率斩之，这必然会使其他将领感到不安。

叱左右推出斩之——文钦随吴军前来救援诸葛诞，且系大将，其计即使不当，亦可商量；而诸葛诞竟一怒而杀之。这就必然导致内部分裂，自陷孤立。

诸葛诞闻之大怒……以杀为威——蒋班、焦彝、文鸯、文虎先后投降司马昭，诸葛诞毫不反省自己，反而只知以杀为威，这只能进一步加剧内部的离心倾向。

盔于地，大呼曰："人生在世，得死于战场者，幸耳！"急挥刀死战三十余合，人困马乏，为乱军所杀。㊟后人有诗赞曰：

司马当年围寿春，降兵无数拜车尘。

东吴虽有英雄士，谁及于诠肯杀身！

司马昭入寿春，将诸葛诞老小尽皆枭首，灭其三族。武士将所擒诸葛诞部卒数百人缚至。昭曰："汝等降否？"众皆大叫曰："愿与诸葛公同死，决不降汝！"昭大怒，叱武士尽缚于城外，逐一问曰："降者免死。"并无一人言降。直杀至尽，终无一人降者。㊟昭深加叹息不已，令皆埋之。后人有诗赞曰：

忠臣矢志不偷生，诸葛公休帐下兵。

《薤露》歌声应未断，遗踪直欲继田横！

却说吴兵大半降魏，裴秀告司马昭曰："吴兵老小，尽在东南江、淮之地，今若留之，久必为变；不如坑之。"钟会曰："不然。古之用兵者，全国为上，戮其元恶而已。若尽坑之，是不仁也。不如放归江南，以显中国之宽大。"㊟昭曰："此妙论也。"遂将吴兵尽皆放归本国。唐咨因惧孙綝，不敢回国，亦来降魏。昭皆重用，令分布三河之地。淮南已平。正欲退兵，忽报西蜀姜维引兵来取长城，邀截粮草。昭大惊，慌与多官计议退兵之策。

时蜀汉延熙二十年*，姜维在汉中，选蜀将两员，每日操练人马：一是蒋舒，一是傅佥。二人颇有胆勇，维甚爱之。忽报淮南诸葛诞起兵讨司马昭，东吴孙綝助之，昭大起两都之兵，将魏太后并魏主一同出征去了。维大喜曰："吾今番大事济矣！"遂表奏后主，愿兴兵伐魏。中散大夫谯周听知，叹曰："近来朝廷溺于酒色，信任中贵黄皓，不理国事，只图欢乐；伯约累欲征伐，不恤军士：国将危矣！"㊟乃作《仇国论》一篇，寄与姜维。维拆封视之。论曰：

或问：古往能以弱胜强者，其术何如？曰：处大国无患者，恒多慢；处小国有忧者，恒思善。多慢则生乱，思善则生治，理之常也。故周文养民，以少取多；句践恤众，以弱毙强。此其术也。

或曰：曩者楚强汉弱，约分鸿沟，张良以为民志既定，则难动也，率兵追羽，终毙项氏；岂必由文王、句践之事乎？曰：

人困马乏，为乱军所杀——吴军众将，只有于诠一人拼死决战。此事本于《三国志·魏书·诸葛诞传》注引《晋纪》。于诠虽仅出场一次，但其以死殉职的态度仍有可取之处。

直杀至尽，终无一人降者——数百亲兵皆愿与诸葛诞同死，可见其平时深得人心。

不如放归江南，以显中国之宽大——诛灭投降者，历来被视为大不仁；而释放吴兵，则有利于争取人心。钟会之言，颇有政治头脑。

国将危矣——姜维虽有继承诸葛亮之志，但连年出兵伐魏，得不偿失，徒耗民力。不管人们对谯周后来力劝后主投降有何看法，其对形势的分析仍属清醒之言。

商、周之际，王侯世尊，君臣久固。当此之时，虽有汉祖，安能仗剑取天下乎？及秦罢侯置守之后，民疲秦役，天下土崩，于是豪杰并争。今我与彼，皆传国易世矣，既非秦末鼎沸之时，实有六国并据之势，故可为文王，难为汉祖。时可而后动，数合而后举，故汤、武之师，不再战而克，诚重民劳而度时审也。如遂极武黩征，不幸遇难，虽有智者，不能谋之矣。

姜维看毕，大怒曰："此腐儒之论也！"掷之于地。遂提蜀兵来取中原。乃问傅佥曰："以公度之，可出何地？"佥曰："魏屯粮草，皆在长城。今可径取骆谷，度沈岭，直到长城，先烧粮草，然后直取秦川，则中原指日可得矣。"维曰："公之见与吾计暗合也。"即提兵径取骆谷，度沈岭，望长城而来。㊟

即提兵径取骆谷，度沈岭，望长城而来——长城粮多兵少，姜维以此为进攻目标，十分精明。

却说长城镇守将军司马望，乃司马昭之族兄也。城内粮草甚多，人马却少。望听知蜀兵到，急与王真、李鹏二将，引兵离城二十里下寨。次日，蜀兵来到，望引二将出阵。姜维出马，指望而言曰："今司马昭迁主于军中，必有李傕、郭汜之意也。吾今奉朝廷明命，前来问罪，汝当早降。若还愚迷，全家诛戮！"望大声而答曰："汝等无礼，数犯上国，如不早退，令汝片甲不归！"言未毕，望背后王真挺枪出马，蜀阵中傅佥出迎。战不十合，佥卖个破绽，王真便挺枪来刺；傅佥闪过，活捉真于马上，便回本阵。李鹏大怒，纵马轮刀来救。佥故意放慢，等李鹏将近，努力掷真于地，暗掣四楞铁简在手，鹏赶上，举刀待砍；傅佥偷身回顾，向李鹏面门只一简，打得眼珠迸出，死于马下。王真被蜀军乱枪刺死。姜维驱兵大进。司马望弃寨入城，闭门不出。维下令曰："军士今夜且歇一宿，以养锐气。来日须要入城。"次日平明，蜀兵争先大进，一拥至城下，用火箭火炮打入城中。城上草屋一派烧着，魏兵自乱。维又令人取干柴堆满城下，一齐放火，烈焰冲天。城已将陷，魏兵在城内嚎啕痛哭，声闻四野。㊟

魏兵在城内嚎啕痛哭，声闻四野——姜维大败司马望，包围长城，大举进攻。魏兵惊慌失措，"嚎啕痛哭，声闻四野"八字，写得甚为形象。

正攻打之间，忽然背后喊声大震。维勒马回看，只见魏兵鼓噪摇旗，浩浩而来。维遂令后队为前队，自立于门旗下候之。只见魏阵中一小将，全装惯带，挺枪纵马而出，约年二十余岁，面如傅粉，唇似抹朱，厉声大叫曰："认得邓将军否！"维自思曰："不知此是邓艾何人*？"挺枪纵马来迎。二人抖擞精神，战到三四十合，不分胜负。那小将军枪法无半点放闲。维心中自思："不用此计，安得胜乎？"便拨马望左边山路中而走。那小将骤马追来。维挂住了钢枪，暗取雕弓羽箭射之。那小将眼乖，早已见了，弓弦响处，把身望前一倒，放过羽箭。维回头看时，小将已到，挺枪来刺；维一闪，那枪从肋傍边过，被维挟住。那小将弃枪，望本阵而走。维嗟叹曰："可惜！可惜！"再拨马赶来。追至阵门前，一将提刀而出曰："姜维匹夫，勿赶吾儿！邓艾在此！"维大惊。原来小将乃艾之子邓忠也。维暗暗称奇；欲战邓艾，又恐马乏，乃虚指艾曰："吾今日识汝父子也。各且收兵，来日决战。"艾见战场不利，亦勒马应曰："既如此，各自收兵，暗算者非丈夫也。"于是两军皆退。邓艾据渭水下寨，姜维跨两山安营。艾见了蜀兵地理，乃作书于司马望曰："我等切不可战，只宜固守。待关中兵至时，蜀兵粮草皆尽，三面攻之，无不胜也。今遣长子邓忠相助守城。"一面差人于司马昭处求救。

却说姜维令人于艾寨中下战书，约来日大战，艾佯应之。次日五更，维令三军造饭，平明布阵等候。艾营中偃旗息鼓，却如无人之状。维至晚方回。次日又令人下战书，责以失期之罪。艾以酒食待使，答曰："微躯小疾，有误相持，明日会战。"次日，维又引兵来，艾仍前不出。㊣如此五六番。傅佥谓维曰："此必有谋也，宜防之。"维曰："此必捱关中兵到，三面击我耳。吾今令人持书与东吴孙綝，使并力攻之。"忽探马报说："司马昭攻打寿春，杀了诸葛诞，吴兵皆降。昭班师回洛阳，便欲引兵来救长城。"维大惊曰："今番伐魏，又成画饼矣。不如且回。"㊣正是：已叹四番难奏绩，又嗟五度未成功。未知如何退兵，且看下文分解。

次日，维又引兵来，艾仍前不出——邓艾见形势不利，有意回避交战，使姜维难以继续进兵。这表明邓艾善于待时而动，而不一味硬拼，真正是大将之才。

今番伐魏，又成画饼矣。不如且回——姜维见形势已经变化，继续对峙已无实际意义，便主动退军，堪称明智之举。

尾评：

司马昭诛灭诸葛诞，巩固了其独揽朝政的地位，提高了其威望；而反对司马氏的势力则进一步削弱，此后再也无法用武力讨伐司马氏了。在司马氏与忠于曹魏的势力的较量中，这是一大关目。

谯周之言，从侧面反映了蜀汉政治的衰败。无论姜维在战场上是胜是负，其实都已无补大局。然而，姜维不明大势，不顾客观条件，仍在坚持北伐，惜哉！

第一一三回
丁奉定计斩孙綝　姜维斗阵破邓艾

总评

吴主孙亮欲诛孙綝，事泄反遭废黜，孙綝立孙休为帝，被孙休命丁奉设计斩之等情节，本于《三国志·吴书·三嗣主传》、《孙綝传》、《丁奉传》。罗贯中在史书记载的基础上略加增饰，描写了吴国政局的这一场变动，其中孙綝比较值得注意。此人无德无才，凶残暴虐，极具破坏性，纯属乱国之贼。大权在握时，他滥杀无辜，作威作福，败坏朝纲，甚至擅自废黜国君；一旦沦为阶下囚，他却做出一副可怜相，连连叩头，只求不死，简直令人恶心。如此混世魔王，竟然一度垄断军政大权，掌握了国家命运，实在是吴国的不幸！

姜维“六伐中原”，斗阵破邓艾之事，《三国志》中不见踪影，纯属虚构（参见第一〇七回总评）。罗贯中编织这一情节，是要借助经过夸张的“武侯八阵”的威力，为败多胜少的姜维北伐增添一段令人高兴的胜利，以适应“尊刘贬曹”的普遍社会心理。同时，通过邓艾命党均散布流言，使后主召回姜维的结局，既未改变史实的基本走向，又鲜明地提示读者：姜维北伐之所以不能成功，与国君昏庸、宦官专权大有关系。

却说姜维恐救兵到，先将军器车仗，一应军需，步兵先退，然后将马军断后。细作报知邓艾。艾笑曰："姜维知大将军兵到，故先退去。不必追之，追则中彼之计也。"乃令人哨探，回报果然骆谷道狭之处，堆积柴草，准备要烧追兵。众皆称艾曰："将军真神算也！"遂遣使赍表奏闻。于是司马昭大喜，又加赏邓艾。

却说东吴大将军孙綝，听知全端、唐咨等降魏，勃然大怒，将各人家眷，尽皆斩之。吴主孙亮，时年方十六，见綝杀戮太过，心甚不然。一日出西苑，因食生梅，令黄门取蜜，须臾取至，见蜜内有鼠粪数块，召藏吏责之。藏吏叩首曰："臣封闭甚严，安有鼠粪？"亮曰："黄门曾向尔求蜜食否？"藏吏曰："黄门于数日前曾求蜜食，臣实不敢与。"亮指黄门曰："此必汝怒藏吏不与尔蜜，故置粪于蜜中，以陷之也！"黄门不服。亮曰："此事易知耳。若粪久在蜜中，则内外皆湿；若新在蜜中，则外湿内燥。"命剖视之，果然内燥，黄门服罪。亮之聪明，大抵如此。虽然聪明，却被孙綝把持，不能主张。綝令弟威远将军孙据入苍龙宿卫，武卫将军孙恩、偏将军孙干、长水校尉孙闿分屯诸营。

一日，吴主孙亮闷坐，黄门侍郎全纪在侧，纪乃国舅也。亮因泣告曰："孙綝专权妄杀，欺朕太甚；今不图之，必为后患。"㊣纪曰："陛下但有用臣处，臣万死不辞。"亮曰："卿可只今点起禁兵，与将军刘丞各把城门，朕自出杀孙綝。但此事切不可令卿母知之，卿母乃綝之姊也。倘若泄漏，误朕匪轻。"纪曰："乞陛下草诏与臣。临行事之时，臣将诏示众，使綝手下人皆不敢妄动。"亮从之，即写密诏付纪。纪受诏归家，密告其父全尚。尚知此事，乃告妻曰："三日内杀孙綝矣。"妻曰："杀之是也。"口虽应之，却私令人持书报知孙綝。綝大怒，当夜便唤弟兄四人，点起精兵，先围大内；一面将

今不图之，必为后患——孙綝独揽大权，残暴好杀，确实构成了对吴国政权的一大威胁。孙亮决意诛之，完全有理。

全尚、刘丞并其家小俱拿下。比及平明，吴主孙亮听得宫门外金鼓大震，内侍慌入奏曰："孙綝引兵围了内苑。"亮大怒，指全后骂曰："汝父兄误我大事矣！"乃拔剑欲出。全后与侍中近臣，皆牵其衣而哭，不放亮出。孙綝先将全尚、刘丞等杀讫，然后召文武于朝内，下令曰："主上荒淫久病，昏乱无道，不可以奉宗庙，今当废之。汝诸文武，敢有不从者，以谋叛论！"众皆畏惧，应曰："愿从将军之令。"尚书桓彝大怒，从班部中挺然而出，指孙綝大骂曰："今上乃聪明之主，汝何敢出此乱言！吾宁死不从贼臣之命！"綝大怒，自拔剑斩之，即入内，指吴主孙亮骂曰："无道昏君！本当诛戮以谢天下！看先帝之面，废汝为会稽王，[评]吾自选有德者立之！"叱中书郎李崇夺其玺绶，令邓程收之。亮大哭而去。后人有诗叹曰：

乱贼诬伊尹，奸臣冒霍光。
可怜聪明主，不得莅朝堂。

看先帝之面，废汝为会稽王——尽管孙亮一再叮嘱，密谋仍被泄露，孙綝先发制人，反而将孙亮废黜。在尖锐激烈的政治斗争中，事不机密的严重危害，于此可见一斑！

孙綝遣宗正孙楷、中书郎董朝，往会稽迎请琅琊王孙休为君*。休字子烈，乃孙权第六子也，在会稽夜梦乘龙上天*，回顾不见龙尾，失惊而觉。次日，孙楷、董朝至，拜请回都。行至曲阿，有一老人，自称姓干，名休，叩头言曰："事久必变，愿殿下速行，"休谢之。行至布塞亭，孙恩将车驾来迎。休不敢乘辇，乃坐小车而入。百官拜迎道傍，休慌忙下车答礼。孙綝出，令扶起，请入大殿，升御座即天子位。休再三谦让，方受玉玺。[评]文官武将朝贺已毕，大赦天下，改元永安元年；封孙綝为丞相、荆州牧；多官各有封赏；又封兄之子孙皓为乌程侯。孙綝一门五侯，皆典禁兵，权倾人主。吴主孙休，恐其内变，阳示恩宠，内实防之。[评]綝骄横愈甚。

休再三谦让，方受玉玺——孙休意外得到当皇帝的机会，又有权臣在侧，自然不能不小心谨慎，多加谦让。这也是封建政治运行中的惯例吧。

阳示恩宠，内实防之——孙休虽系被孙綝扶上皇帝宝座，但孙綝一贯喜怒无常，胡作非为，实在难以令人信任。孙休"阳示恩宠，内实防之"，举措得当，表现出相当的政治头脑。

冬十二月，綝奉牛酒入宫上寿，吴主孙休不受。綝怒，乃以牛酒诣左将军张布府中共饮。酒酣，乃谓布曰："吾初废会稽王时，人皆劝吾为君。吾为今上贤，故立之。今我上寿而见拒，是将我等闲相待。吾早晚教你看！"布闻言，唯唯而已。次日，布入宫密奏孙休。休大惧，日夜不安。数日后，孙綝因光禄勋孟宗求出屯武昌，休许之，拨与中营所管精兵一万五千。綝搬尽武库内军器*。于是，将军魏邈、武卫士施朔二人密奏孙休曰："綝调兵在外，又搬尽武库内军器，早晚必为变矣。"休大惊，急召张布计议。布奏曰："老将丁奉，计略过人，能断大事，可与议之。”休乃召奉入内，密告其事。奉奏曰：“陛下无忧。臣有一计，为国除害。”休问何计，奉曰：“来朝腊日，只推大会群臣，召綝赴席，臣自有调遣。”休大喜。奉同魏邈、施朔掌外事，张布为内应。(评)

是夜，狂风大作，飞沙走石，将老树连根拔起。天明风定，使者奉旨来请孙綝入宫赴会。孙綝方起床，平地如人推倒，心中不悦。使者十余人，簇拥入内。家人止之曰：“一夜狂风不息，今早又无故惊倒，恐非吉兆，不可赴会。”綝曰：“吾弟兄共典禁兵，谁敢近身！倘有变动，于府中放火为号。”嘱讫，升车入内。吴主孙休忙下御座迎之，请綝高坐。酒行数巡，众惊曰：“宫外望有火起！”綝便欲起身。休止之曰：“丞相稳便。外兵自多，何足惧哉？”言未毕，左将军张布拔剑在手，引武士三十余人，抢上殿来，口中厉声而言曰：“有诏擒反贼孙綝！”綝急欲走时，早被武士擒下。綝叩头奏曰：“愿徙交州，归田里。”休叱曰：“尔何不徙滕胤、吕据、王惇耶？”命推下斩之。于是张布牵孙綝下殿东斩讫。(评)从者皆不敢动。布宣诏曰：“罪在孙綝一人，余皆不问。”众心乃安。布请孙休升五凤楼。丁奉、魏邈、施朔等，擒孙綝兄弟至，休命尽斩于市；宗党死者数百人，灭其三族；命军士掘开孙峻坟墓，戮其尸首。将被害诸葛恪、滕胤、吕据、王惇等家，重建坟墓，以表其忠；其牵累流远者，皆赦还乡里。(评)丁奉等重加封赏。

驰书报入成都。后主刘禅遣使回贺，吴使薛珝答礼。珝自蜀中归，吴主孙休问蜀中近日作何举动。珝奏曰：“近日中常侍黄皓用事，公卿多阿附之。入其朝，不闻直言；经其野，民有菜色。(评)所谓‘燕雀处堂，不知大厦之将焚’者也。”休叹曰：“若诸葛武侯在时，何至如此乎！”于是又写国书，教人赍入成都，说司马昭不日篡魏，必将侵吴、蜀以示威，彼此各宜准备。

姜维听得此言，忻然上表，再议出师伐魏。时蜀汉景耀元年冬，大将军姜维以廖化、张翼为先锋，王含、蒋斌为左军，蒋舒、傅佥为右军，胡济为合后，维与夏侯霸总中军，共起蜀兵二十万，拜辞后主，径到汉中。与夏侯霸商议，当先攻取何地。霸曰：“祁山乃用武之地，可以进兵，故丞相昔日六出祁山，因他处不可出也。”维从

奉同魏邈、施朔掌外事，张布为内应——丁奉此计，不动声色，严密周到，可见这位老将颇有谋略。

于是张布牵孙綝下殿东斩讫——不管孙綝如何叩头求饶，孙休都坚持将其斩首，以免后患。孙綝被杀，实是咎由自取。

其牵累流远者，皆赦还乡里——孙休斩了孙綝，立即为被害者平反昭雪，这自然是争取人心，巩固政权之必须。不过，耐人寻味的是，对被废黜的孙亮，却无一字提到。据《三国志·吴书·三嗣主传》，永安三年（260），由于会稽郡谣传孙亮将重当皇帝，孙休将他贬为候官侯，逼得孙亮自杀。如果罗贯中对此稍作叙述，将很有认识价值。

入其朝，不闻直言；经其野，民有菜色——寥寥十六个字，把蜀汉后期政治之腐败、百姓之困苦，概括得十分形象，十分深刻。

遂令三军并望祁山进发——这就是《演义》所写的姜维“六伐中原”。

其言，遂令三军并望祁山进发，㊞至谷口下寨。

时邓艾正在祁山寨中，整点陇右之兵，忽流星马报到，说蜀兵现下三寨于谷口。艾听知，遂登高看了，回寨升帐，大喜曰：“不出吾之所料也！”原来邓艾先度了地脉，故留蜀兵下寨之地；地中自祁山寨直至蜀寨，早挖了地道，待蜀兵至时，于中取事。此时姜维至谷中，分作三寨，地道正在左寨之中，乃王含、蒋斌下寨之处。邓艾唤子邓忠，与师纂各引一万兵，为左右冲击；却唤副将郑伦，引五百掘子军，于当夜二更，径从地道直至左营，于帐后地下拥出。

却说王含、蒋斌因立寨未定，恐魏兵来劫寨，不敢解甲而寝。忽闻中军大乱，急绰兵器上的马时，寨外邓忠引兵杀到。内外夹攻，王、蒋二将奋死抵敌不住，弃寨而走。姜维在帐中听得左寨中大喊，料道有内应外合之兵，遂急上马，立于中军帐前，传令曰：“如有妄动者斩！便有敌兵到营边，休要问他，只管以弓弩射之！”一面传示右营，亦不许妄动。果然魏兵十余次冲击，皆被射回。只冲杀到天明，魏兵不敢杀入。邓艾收兵回寨，乃叹曰：“姜维深得孔明之法！兵在夜而不惊，将闻变而不乱：真将才也！”㊞次日，王含、蒋斌收聚败兵，伏于大寨前请罪。维曰：“非汝等之罪，乃吾不明地脉之故也。”又拨军马，令二将安营讫。却将伤死身尸，填于地道之中，以土掩之。令人下战书，单搦邓艾来日交锋。艾忻然应之。

兵在夜而不惊，将闻变而不乱：真将才也——邓艾此语，对姜维作了高度评价。对于一个将领而言，要如邓艾所说，很不容易。

次日，两军列于祁山前。维按武侯八阵之法，依天、地、风、云、鸟、蛇、龙、虎之形，分布已定。邓艾出马，见维布成八卦，乃亦布之，左右前后，门户一般。维持枪纵马大叫曰：“汝效吾排八阵，亦能变阵否？”艾笑曰：“汝道此阵只汝能布耶？吾既会布阵，岂不知变阵！”艾便勒马入阵，令执法官把旗左右招飐，变成八八六十四个门户；复出阵前曰：“吾变法若何？”维曰：“虽然不差，汝敢与吾八阵相围么？”艾曰：“有何不敢！”两军各依队伍而进。艾在中军调遣。两军冲突，阵法不曾错动。姜维到中间，把旗一招，忽然变成“长蛇卷地阵”，将邓艾困在垓心，四面喊声大震。艾不知其阵，心中大惊。蜀兵渐渐逼近，艾引众将冲突不出。只听得蜀兵齐叫曰：“邓艾早降！”艾仰天长叹曰：“我一时自逞其能，中姜维之计矣！”

忽然西北角上一彪军杀入，艾见是魏兵，遂乘势杀出。救邓艾者，乃司马望也。比及救出邓艾时，祁山九寨，皆被蜀兵所夺。㊢艾引败兵，退于渭水南下寨。艾谓望曰："公何以知此阵法而救出我也？"望曰："吾幼年游学于荆州*，曾与崔州平、石广元为友，讲论此阵。今日姜维所变者，乃'长蛇卷地阵'也。若他处击之，必不可破。吾见其头在西北，故从西北击之，自破矣。"艾谢曰："我虽学得阵法，实不知变法。公既知此法，来日以此法复夺祁山寨栅，如何？"望曰："我之所学，恐瞒不过姜维。"艾曰："来日公在阵上与他斗阵法，我却引一军暗袭祁山之后。两下混战，可夺旧寨也。"㊢于是令郑伦为先锋，艾自引军袭山后；一面令人下战书，搦姜维来日斗阵法。维批回去讫，乃谓众将曰："吾受武侯所传密书，此阵变法共三百六十五样，按周天之数。今搦吾斗阵法，乃'班门弄斧'耳！但中间必有诈谋，公等知之乎？"廖化曰："此必赚我斗阵法，却引一军袭我后也。"㊢维笑曰："正合我意。"即令张翼、廖化，引一万兵去后山埋伏。

祁山九寨，皆被蜀兵所夺——经过斗阵，姜维大败邓艾，取得了令人振奋的胜利。

两下混战，可夺旧寨也——邓艾企图让司马望牵制姜维，自己领兵夺回祁山，这可算一条妙计。

此必赚我斗阵法，却引一军袭我后也——邓艾之计虽妙，却被廖化识破，姜维更是一眼看穿。这样一来，邓艾又要吃败仗了。

次日，姜维尽拔九寨之兵，分布于祁山之前。司马望引兵离了渭南，径到祁山之前，出马与姜维答话。维曰："汝请吾斗阵法，汝先布与吾看。"望布成了八卦。维笑曰："此即吾所布八阵之法也，汝今盗袭，何足为奇！"望曰："汝亦窃他人之法耳！"维曰："此阵凡有几变？"望笑曰："吾既能布，岂不会变：此阵有九九八十一变。"维笑曰："汝试变来。"望入阵变了数番，复出阵曰："汝识吾变否？"维笑曰："吾阵法按周天三百六十五变。汝乃井底之蛙，安知玄奥乎！"望自知有此变法，实不曾学全，乃勉强折辩曰："吾不信，汝试变来。"维曰："汝教邓艾出来，吾当布与他看。"望曰："邓将军自有良谋，不好阵法。"维大笑曰："有何良谋！不过教汝赚吾在此布阵，他却引兵袭吾山后耳！"望大惊，恰欲进兵混战，被维以鞭梢一指，两翼兵先出，杀的那魏兵弃甲抛戈，各逃性命。

却说邓艾催督先锋郑伦来袭山后。伦刚转过山角，忽然一声炮响，鼓角喧天，伏兵杀出：为首大将，乃廖化也。二人未及答话，两马交处，被廖化一刀，斩郑伦于马下。邓艾大惊，急勒兵退时，张翼引一军杀到。两下夹攻，魏兵大败。㊢

两下夹攻，魏兵大败——姜维针对邓艾之计，巧作安排，再次大败魏兵。至此，"六伐中原"达到了高潮。

艾舍命突出，身被四箭。奔到渭南寨时，司马望亦到。二人商议退兵之策。望曰："近日蜀主刘禅，宠幸中贵黄皓，日夜以酒色为乐。可用反间计召回姜维，此危可解。”(评)艾问众谋士曰：“谁可入蜀交通黄皓？”言未毕，一人应声曰：“某愿往。”艾视之，乃襄阳党均也。艾大喜，即令党均赍金珠宝物，径到成都结连黄皓，布散流言，说姜维怨望天子，不久投魏。于是成都人人所说皆同。黄皓奏知后主，即遣人星夜宣姜维入朝。

可用反间计召回姜维，此危可解——司马望此计，与当年司马懿命苟安散布谣言，使后主召回诸葛亮，可谓如出一辙。

却说姜维连日搦战，邓艾坚守不出。维心中甚疑。忽使命至，诏维入朝。维不知何事，只得班师回朝。(评)邓艾、司马望知姜维中计，遂拔渭南之兵，随后掩杀。正是：乐毅伐齐遭间阻，岳飞破敌被谗回。未知胜负如何，且看下文分解。

维不知何事，只得班师回朝——姜维奉诏退军，与当年诸葛亮奉诏退军相似。不过，诸葛亮是明知有小人进谗而不得不退军，姜维却是不知何事而奉命退军，相比之下，姜维的智略确实远远不及诸葛亮。

尾评：

姜维“六伐中原”，由于纯属虚构，作者写起来比较自由，比之姜维前几次北伐更显生动。不过，作者仍然是在基本史实的框架内进行虚构，写到蜀军的胜利达到高潮后，便急转直下，写魏军有意造谣，使后主召回姜维，整个情节大起大落，戛然而止。这样，故事虽然精彩，却未超过应有的“度”。这一点，很值得后人借鉴。

第一一四回
曹髦驱车死南阙　姜维弃粮胜魏兵

总评

曹髦亲自讨伐司马昭，被害身亡之事，本于《三国志·魏书·三少帝纪》注引《汉晋春秋》、《晋书·文帝纪》等记载。这是司马氏与其对立面之间的第四次重大斗争，也是最惊心动魄的一场生死较量。在此以前，从来没有哪位皇帝公开与把持朝政的权臣刀兵相见，也从来没有哪位权臣敢于公然杀害皇帝。这种事竟然发生在司马氏当权的曹魏后期，足见双方矛盾已经达到白热化程度。曹髦不甘坐受废辱，宁可拼死一搏，性格颇为刚烈；但堂堂皇帝，竟只能“聚集殿中宿卫苍头官僮三百余人”，也实在可怜。司马昭蓄谋已久，悍然杀害曹髦，血染皇宫，其凶狠残暴简直令人发指。斗争的结果，司马氏彻底摧毁了对立面，曹魏已名存实亡，司马氏取而代之只是时间问题了。

司马昭当众威逼曹髦，引发武装冲突；支使心腹贾充率兵对抗时，又明言“只要死的”；而当曹髦被害以后，他却佯作大惊，假惺惺地痛哭一番；待到陈泰提出杀贾充以谢天下时，他又诿罪于成济，灭其三族，还乘势杀害了忠于曹髦的王经全家。如此虚伪奸诈，如此厚颜无耻，在历史上极为罕见。然而，一手终究难掩天下耳目，司马昭之心，早已是路人皆知！

姜维“七伐中原”，识破王瓘诈降计，设伏大败邓艾之事，《三国志》中毫无记载，纯属虚构（参见第一〇七回总评）。姜维之计虽妙，但因未想到王瓘计败后反而杀向汉中，烧毁沿途栈道关隘，因而被迫放弃追赶邓艾，退兵汉中。这样的虚构，仍然显得比较合理。

却说姜维传令退兵，廖化曰："'将在外，君命有所不受。'今虽有诏，未可动也。"张翼曰："蜀人为大将军连年动兵，皆有怨望；不如乘此得胜之时，收回人马，以安民心，再作良图。"维曰："善。"遂令各军依法而退；命廖化、张翼断后，以防魏兵追袭。

却说邓艾引兵追赶，只见前面蜀兵旗帜整齐，人马徐徐而退。艾叹曰："姜维深得武侯之法也！"因此不敢追赶，勒军回祁山寨去了。

且说姜维至成都，入见后主，问召回之故。后主曰："朕为卿在边庭，久不还师，恐劳军士，故诏卿回朝，别无他意。"维曰："臣已得祁山之寨，正欲收功，不期半途而废。此必中邓艾反间之计矣。"后主默然不语。㊣姜维又奏曰："臣誓讨贼，以报国恩，陛下休听小人之言，致生疑虑。"后主良久乃曰："朕不疑卿；卿且回汉中，俟魏国有变，再伐之可也。"姜维叹息出朝，自投汉中去讫。

却说党均回到祁山寨中，报知此事。邓艾与司马望曰："君臣不和，必有内变。"就令党均入洛阳，报知司马昭。昭大喜，便有图蜀之心，乃问中护军贾充曰："吾今伐蜀，如何？"充曰："未可伐也。天子方疑主公，若一旦轻出，内难必作矣。旧年黄龙两见于宁陵井中，群臣表贺，以为祥瑞。天子曰：'非祥瑞也。龙者君象，乃上不在天，下不在田，屈于井中，是幽困之兆也。'遂作《潜龙》诗一首。诗中之意，明明道着主公。㊣其诗曰：

'伤哉龙受困，不能跃深渊。
上不飞天汉，下不见于田。
蟠居于井底，鳅鳝舞其前。
藏牙伏爪甲，嗟我亦同然！'"

司马昭闻之大怒，谓贾充曰："此人欲效曹芳也！若不早图，彼

后主默然不语——下诏召回姜维以后，方知中了邓艾的反间计，当然无话可说。比之当年召回诸葛亮的那副蠢相（参见第一〇一回），这位庸主似乎更蠢了。

诗中之意，明明道着主公——此事本于《三国志·魏书·三少帝纪》注引《汉晋春秋》。《三国演义》置于此处，一方面表现曹髦对司马昭专权的不满，另一方面则表现司马昭对曹髦监视之严密。

若不早图，彼必害我——此语表明司马昭已生杀机，打算伺机除掉曹髦，直接引出下文。

昭冷笑下殿——司马昭当着百官欺凌曹髦，显然是有意激化矛盾，逼迫曹髦跳进他设下的陷阱。

朕意已决，便死何惧——曹髦不甘受辱，决心以武力讨伐司马昭。这虽属冒险，但也表明曹髦颇有血性。

司马公有令：只要死的——此语清楚地表明，司马昭才是杀害曹髦的罪魁祸首。

乃佯作大惊之状，以头撞辇而哭——一面指使部下行凶杀人，一面又企图用几滴假惺惺的眼泪洗去手上的血迹，司马昭之虚伪无耻，真是无以复加！

必害我。”㊣充曰：“某愿为主公早晚图之。”

时魏甘露五年夏四月，司马昭带剑上殿，髦起迎之。群臣皆奏曰：“大将军功德巍巍，合为晋公，加九锡。”髦低头不答。昭厉声曰：“吾父子兄弟三人有大功于魏，今为晋公，得毋不宜耶？”髦乃应曰：“敢不如命？”昭曰：“《潜龙》之诗，视吾等如鳅鳝，是何礼也？”髦不能答。昭冷笑下殿，㊣众官凛然。髦归后宫，召侍中王沈、尚书王经、散骑常侍王业三人，入内计议。髦泣曰：“司马昭将怀篡逆，人所共知！朕不能坐受废辱，卿等可助朕讨之！”王经奏曰：“不可。昔鲁昭公不忍季氏，败走失国；今重权已归司马氏久矣，内外公卿，不顾顺逆之理，阿附奸贼，非一人也。且陛下宿卫寡弱，无用命之人。陛下若不隐忍，祸莫大焉。且宜缓图，不可造次。”髦曰：“‘是可忍也，孰不可忍也’！朕意已决，便死何惧！”㊣言讫，即入告太后。王沈、王业谓王经曰：“事已急矣。我等不可自取灭族之祸，当往司马公府下出首，以免一死。”经大怒曰：“主忧臣辱，主辱臣死，敢怀二心乎？”王沈、王业见经不从，径自往报司马昭去了。

少顷，魏主曹髦出内，令护卫焦伯，聚集殿中宿卫苍头官僮三百余人，鼓噪而出。髦仗剑升辇，叱左右径出南阙。王经伏于辇前，大哭而谏曰：“今陛下领数百人伐昭，是驱羊而入虎口耳，空死无益。臣非惜命，实见事不可行也！”髦曰：“吾军已行，卿无阻当。”遂望云龙门而来。

只见贾充戎服乘马，左有成倅，右有成济，引数千铁甲禁兵，呐喊杀来。髦仗剑大喝曰：“吾乃天子也！汝等突入宫庭，欲弑君耶？”禁兵见了曹髦，皆不敢动。贾充呼成济曰：“司马公养你何用？正为今日之事也！”济乃绰戟在手，回顾充曰：“当杀耶？当缚耶？”充曰：“司马公有令：只要死的。”㊣成济撚戟直奔辇前。髦大喝曰：“匹夫敢无礼乎！”言未讫，被成济一戟刺中前胸，撞出辇来；再一戟，刃从背上透出，死于辇傍。焦伯挺枪来迎，被成济一戟刺死。众皆逃走。王经随后赶来，大骂贾充曰：“逆贼安敢弑君耶！”充大怒，叱左右缚定，报知司马昭。昭入内，见髦已死，乃佯作大惊之状，以头撞辇而哭，㊣令人报知各大臣。

时太傅司马孚入内，见髦尸，枕尸于股而哭曰*：“弑陛下者，臣之罪也！”遂将髦尸用棺椁盛贮，停于偏殿之西。昭入殿中，召群臣会议。群臣皆至，独有尚书仆射陈泰不至。昭令泰之舅尚书荀顗召之。泰大哭曰：“论者以泰比舅，今舅实不如泰也。”乃披麻带孝而入，哭拜于灵前。昭亦佯哭而问曰：“今日之事，何法处之？”泰曰：“独斩贾充，少可以谢天下耳。”昭沉吟良久，又问曰：“再思其次？”泰曰：“惟有进于此者，不知其次。”㊣昭曰：“成济大逆不道，可剐之，灭其三族。”㊣济大骂昭曰：“非我之罪，是贾充传汝之命！”昭令先割其舌。济至死叫屈不绝。兄成倅亦斩于市*，尽灭三族。后人有诗叹曰：

司马当年命贾充，弑君南阙赭袍红。

却将成济诛三族，只道军民尽耳聋。

昭又使人收王经全家下狱。王经正在廷尉厅下，忽见缚其母至。经叩头大哭曰：“不孝子累及慈母矣！”母大笑曰：“人谁不死？正恐不得死所耳！以此弃命，何恨之有！”次日，王经全家皆押赴东市，王经母子含笑受刑。㊣满城士庶，无不垂泪。后人有诗曰：

汉初夸伏剑，汉末见王经：

真烈心无异，坚刚志更清。

节如泰华重，命似鸿毛轻。

母子声名在，应同天地倾。

太傅司马孚请以王礼葬曹髦，昭许之。贾充等劝司马昭受魏禅，即天子位。昭曰：“昔文王三分天下有其二，以服事殷，故圣人称为至德。魏武帝不肯受禅于汉，犹吾之不肯受禅于魏也。”㊣贾充等闻言，已知司马昭留意于子司马炎矣，遂不复劝进。是年六月，司马昭立常道乡公曹璜为帝。改元景元元年。璜改名曹奂，字景明，乃武帝曹操之孙，燕王曹宇之子也。奂以昭为相国，封晋公，㊣赐钱千万*、绢万匹。其文武多官，各有封赏。

早有细作报入蜀中，姜维闻司马昭弑了曹髦，立了曹奂，喜曰：“吾今日伐魏，又有名矣。”遂发书入吴，令起兵问司马昭弑君之罪。一面奏准后主，起兵十五万，车乘数千辆，皆置板箱于上；令廖化、张翼为先锋：化取子午谷，翼取骆谷；维自取斜谷，皆要出长安之前取齐。三路兵并起，杀奔扶风、京兆而来*。㊣

时邓艾在祁山寨中，训练人马，闻报蜀兵三路杀出*，乃聚诸将

惟有进于此者，不知其次——陈泰此语，明指司马昭应对曹髦之死负责，可谓有胆有识，使司马昭难以对答。

成济大逆不道，可剐之，灭其三族——司马昭不可能由自己承担罪责，又不愿抛弃心腹贾充，便诿罪于直接杀害曹髦的成济，企图以此掩盖天下人耳目。

王经母子含笑受刑——王经劝阻曹髦起兵，却是真正忠于曹髦。司马昭将其全家杀害，真不知有何罪名！

魏武帝不肯受禅于汉，犹吾之不肯受禅于魏也——司马昭处处步曹操之后尘，连篡权的形式也要模仿曹操，令人好笑。

奂以昭为相国，封晋公——曹髦被杀后，被司马昭另立的曹奂成了彻底的傀儡，首先就给司马昭加官晋爵，昭之威势愈加嚣张。

三路兵并起，杀奔扶风、京兆而来——这就是《三国演义》所写的姜维“七伐中原”。

计议。参军王瓘曰："吾有一计，不可明言，现写在此，谨呈将军台览。"艾接来展看毕，笑曰："此计虽妙，只怕瞒不过姜维。"瓘曰："某愿舍命前去。"艾曰："公志若坚，必能成功。"遂拨五千兵与瓘。

瓘连夜从斜谷迎来，正撞蜀兵前队哨马。瓘叫曰："我是魏国降兵，可报与主帅。"哨军报知姜维，维令拦住余兵，只教为首的将来见。瓘拜伏于地曰："某乃王经之侄王瓘也。近见司马昭弑君，将叔父一门皆戮，某痛恨入骨。今幸将军兴师问罪，故特引本部兵五千来降。愿从调遣，剿除奸党，以报叔父之恨。"维大喜，谓瓘曰："汝既诚心来降，吾岂不诚心相待？吾军中所患者，不过粮耳。今有粮车数千，现在川口，汝可运赴郿城。吾只今去取郿城也*。"瓘心中大喜，以为中计，忻然领诺。姜维曰："汝去运粮，不必用五千人，但引三千人去，留下二千人引路，以打郿城*。"瓘恐维疑惑，乃引三千兵去了。维令傅佥引二千魏兵随征听用。忽报夏侯霸到。霸曰："都督何故准信王罐之言也？吾在魏，虽不知备细，未闻王瓘是王经之侄。其中多诈，请将军察之。"维大笑曰："我已知王瓘之诈，故分其兵势，将计就计而行。"㊣霸曰："公试言之。"维曰："司马昭奸雄比于曹操，既杀王经，灭其三族，安肯存亲侄于关外领兵？故知其诈也。仲权之见，与我暗合。"于是姜维不出斜谷，却令人于路暗伏，以防王瓘奸细。不旬日，果然伏兵捉得王瓘回报邓艾下书人来见。维问了情节，搜出私书，书中约于八月二十日，从小路运粮送归大寨，却教邓艾遣兵于坛山谷中接应。维将下书人杀了，却将书中之意，改作八月十五日，约邓艾自率大兵，于坛山谷中接应。一面令人扮作魏军，往魏营下书；一面令人将现有粮车数百辆卸了粮米，装载干柴茅草引火之物，用青布罩之，令傅佥引二千原降魏兵，执打运粮旗号。维却与夏侯霸各引一军，去谷中埋伏。令蒋舒出斜谷，廖化、张翼俱各进兵*。

故分其兵势，将计就计而行——正如邓艾所担心的，姜维一眼便看穿了王瓘之计，决定将计就计，而王瓘却还自以为得计呢。

却说邓艾得了王瓘书信，大喜，急写回书，令来人回报。至八月十五日，邓艾引五万精兵径往坛山谷中来，远远使人凭高眺探，只见无数粮车，接连不断，从山凹中而行。艾勒马望之，果然皆是魏兵。左右曰："天已昏暮，可速接应王瓘出谷口。"艾曰："前面山势掩映，倘有伏兵，急难退步；只可在此等候。"正言间，忽两骑马骤至，报曰："王将军因将粮草过界，背后人马赶来，望早救应。"艾大惊，急催兵前进。时值初更，月明如昼。只听得山后呐喊，艾只道王瓘在山后厮杀。径奔过山后时，忽树林后一彪军撞出，为首蜀将傅佥，纵马大叫曰："邓艾匹夫！已中吾主将之计，何不早早下马受死！"艾大惊，勒回马便走。车上火尽着，那火便是号火。两势下蜀兵尽出，杀得魏兵七断八续，但闻山下山上只叫："拿住邓艾的，赏千金，封万户侯！"唬得邓艾弃甲丢盔，撇了坐下马，杂在步军之中，爬山越岭而逃。㊟姜维、夏侯霸只望马上为首的径来擒捉，不想邓艾步行走脱。维领得胜兵去接王瓘粮车。

杂在步军之中，爬山越岭而逃——邓艾虽然处处小心，仍然中了姜维之计，被打得狼狈逃窜。这使"七伐中原"取得了可观的胜利。

却说王瓘密约邓艾，先期将粮草车仗，整备停当，专候举事。忽有心腹人报："事已泄漏，邓将军大败，不知性命如何。"瓘大惊，令人哨探，回报三路兵围杀将来，背后又见尘头大起，四下无路。瓘叱左右令放火，尽烧粮草车辆。一霎时，火光突起，烈火烧空。瓘大叫曰："事已急矣！汝等宜死战！"乃提兵望南杀出*。背后姜维三路追赶。维只道王瓘舍命撞回魏国，不想反杀入汉中而去。瓘因兵少，只恐追兵赶上，遂将栈道并各关隘尽皆烧毁。姜维恐汉中有失，遂不追邓艾，提兵连夜抄小路来追杀王瓘。瓘被四面蜀兵攻击，投黑龙江而死。余兵尽被姜维坑之。维虽然胜了邓艾，却折了许多粮草，又毁了栈道，乃引兵还汉中。㊟邓艾引部下败兵，逃回祁山寨内，上表请罪，自贬其职。司马昭见艾数有大功，不忍贬之，复加厚赐。艾将原赐财物，尽分给被害将士之家。昭恐蜀兵又出，遂添兵五万，与艾守御。姜维连夜修了栈道，又议出师：正是：连修栈道兵连出，不伐中原死不休。未知胜负如何，且看下文分解。

乃引兵还汉中——王瓘见其计败，横下一条心，反而杀向汉中，还烧毁沿途栈道关隘，迫使姜维退兵。好事多磨，令人为之一叹！

尾评：

《晋书·宣帝纪》有记载云："明帝（按：指司马懿玄孙司马绍）时，王导侍坐，帝问前世所以得天下，导乃陈帝（按：指司马懿）创业之始及文帝（按：指司马昭）末高贵乡公事。明帝以面覆床曰：'若如公言，晋祚复安得长远！'" 由此可见，司马懿父子篡夺曹魏政权时表现出来的凶残，连其后辈子孙都感到羞耻。

姜维"七伐中原"，虽然损失不小，但毕竟是乘胜而退，因而时隔不久，姜维又准备"八伐中原"。这就自然过渡到下一回。

第一一五回
诏班师后主信谗　托屯田姜维避祸

总评

姜维“八伐中原”，本于《三国志·蜀书·后主传》：景耀五年（262），“姜维复率众出侯和，为邓艾所破，还住沓中。”《姜维传》记载相同。罗贯中不仅参考史籍，描写姜维接连败于洮阳、侯和，而且虚构姜维败而不馁，袭击祁山，打败邓艾，将其包围，却因黄皓进谗而被召回。这样，姜维便不是因被邓艾所败而退驻沓中，而是为避小人陷害，寻求保国安身之策而往沓中屯田。如此描写，既为姜维的最后一次北伐增添了几分胜利色彩，维护了姜维形象，又更深刻地反映了小人当道，英雄壮志难酬的历史真实。

综观姜维的八次北伐，几乎没有什么实际成效。在三国之中，蜀汉本来就疆域最小，国力最弱。到其后期，后主刘禅昏庸无能，沉溺酒色；宦官黄皓专权乱政，结党营私；朝政腐败，百姓疲惫，以致“入其朝，不闻直言；经其野，民有菜色”。国势如此衰微，姜维还只凭一厢情愿，年年出兵，徒耗民力。这样，不仅无法取得根本性的胜利，而且实际上加速了蜀汉的灭亡。尽管如此，经过历史的沉淀，当一时的胜负已经显得不那么重要之时，人们仍然怀着敬重之情，把姜维视为诸葛亮的真正继承者，充分肯定他那忠勤国事，“知其不可而为之”的奋斗精神。于是，姜维便成为一个敢于向命运挑战的志士，一个永远令人缅怀的悲剧英雄。

从本回后半部分到第一二〇回，构成“三分归晋”这个情节单元。这是《三国演义》的最后一个情节单元，也是全书的大收束。作者以高度凝炼的笔触，概括了从邓艾、钟会出兵攻蜀到西晋灭吴这十八年（263—280）的历史进程，展现了波澜壮阔的历史画面。在极其丰富而复杂的矛盾斗争中，作品着重描写了蜀汉的灭亡。整个情节单元总共占了五回半篇幅，其中写魏晋禅代只用了半回，写西晋灭吴只用了一回，而写蜀汉之亡则用了整整四回。这种安排，与全书以刘蜀集团为中心的整体构思是一致的。

却说蜀汉景耀五年，冬十月，大将军姜维，差人连夜修了栈道，整顿军粮兵器，又于汉中水路调拨船只，俱已完备。上表奏后主曰："臣累出战，虽未成大功，已挫动魏人心胆。今养兵日久，不战则懒，懒则致病。况今军思效死，将思用命。臣如不胜，当受死罪。"后主览表，犹豫未决。谯周出班奏曰："臣夜观天文，见西蜀分野，将星暗而不明。今大将军又欲出师，此行甚是不利。陛下可降诏止之。"后主曰："且看此行若何。果然有失，却当阻之。"谯周再三苦谏不从，乃归家叹息不已，遂推病不出。

却说姜维临兴兵，乃问廖化曰："吾今出师，誓欲恢复中原，当先取何处？"化曰："连年征伐，军民不宁；兼魏有邓艾，足智多谋，非等闲之辈。将军强欲行难为之事，此化所以未敢专也。"㊟维勃然大怒曰："昔丞相六出祁山，亦为国也。吾今八次伐魏，岂为一己之私哉？今当先取洮阳。如有逆吾者必斩！"遂留廖化守汉中，自同诸将提兵三十万，径取洮阳而来。㊟

早有川口人报入祁山寨中。时邓艾正与司马望谈兵，闻知此信，遂令人哨探。回报蜀兵尽从洮阳而出。司马望曰："姜维多计，莫非虚取洮阳而实来取祁山乎？"邓艾曰："今姜维实出洮阳也。"望曰："公何以知之？"艾曰："向者姜维累出吾有粮之地，今洮阳无粮，维必料吾只守祁山，不守洮阳，故径取洮阳；如得此城，屯粮积草，结连羌人，以图久计耳。"望曰："若此，如之奈何？"艾曰："可尽撤此处之兵，分为两路去救洮阳。离洮阳二十五里，有侯和小城*，乃洮阳咽喉之地。公引一军伏于洮阳，偃旗息鼓，大开四门，如此如此而行；我却引一军伏侯和，必获大胜也。"筹画已定，各各依计而行。㊟只留偏将师纂守祁山寨。

却说姜维令夏侯霸为前部，先引一军径取洮阳。霸提兵前进，将近洮阳，望见城上并无一杆旌旗，四门大开。霸心下疑惑，未敢

此化所以未敢专也——在敌强我弱、国小民贫的大势下，坚持北伐虽可保持进攻态势，却只能进一步削弱国力。廖化之言，已经预示北伐难以成功。

自同诸将提兵三十万，径取洮阳而来——姜维不听劝阻，坚持出兵，虽然不是为一己之私，仍属不明大势之举。这就是《三国演义》所写的姜维"八伐中原"。

筹画已定，各各依计而行——邓艾料知姜维意图，设下埋伏，蜀军危矣！

入城，回顾诸将曰："莫非诈乎？"诸将曰："眼见得是空城，只有些小百姓，听知大将军兵到，尽弃城而走了。"霸未信，自纵马于城南视之，只见城后老小无数，皆望西北而逃。霸大喜曰："果空城也。"遂当先杀人，余众随后而进。方到瓮城边，忽然一声炮响，城上鼓角齐鸣，旌旗遍竖，拽起吊桥。霸大惊曰："误中计矣！"慌欲退时，城上矢石如雨。可怜夏侯霸同五百军，皆死于城下。㊟后人有诗叹曰：

可怜夏侯霸同五百军，皆死于城下——夏侯霸中伏而死，这是姜维在"八伐中原"中遭到的第一次失败。

大胆姜维妙算长，谁知邓艾暗提防。

可怜投汉夏侯霸，顷刻城边箭下亡。

司马望从城内杀出，蜀兵大败而逃。随后姜维引接应兵到，杀退司马望，就傍城下寨。维闻夏侯霸射死，嗟伤不已。是夜二更，邓艾自侯和城内，暗引一军潜地杀入蜀寨。蜀兵大乱，姜维禁止不住。城上鼓角喧天，司马望引兵杀出。两下夹攻，蜀兵大败。㊟维左冲右突，死战得脱，退二十余里下寨。蜀兵两番败走之后，心中摇动。维与众将曰："胜败乃兵家之常，今虽损兵折将，不足为忧。成败之事，在此一举，汝等始终勿改。如有言退者立斩。"张翼进言曰："魏兵皆在此处，祁山必然空虚。将军整兵与邓艾交锋，攻打洮阳、侯和；某引一军取祁山，取了祁山九寨，便驱兵向长安。此为上计。"维从之，即令张翼引后军径取祁山。

两下夹攻，蜀兵大败——被邓艾、司马望夜袭而败，这是姜维在"八伐中原"中遭到的第二次失败。

维自引兵到侯和，搦邓艾交战。艾引军出迎。两军对圆，二人交锋数十余合，不分胜负，各收兵回寨。次日，姜维又引兵挑战，邓艾按兵不出。姜维令军辱骂。邓艾寻思曰："蜀人被吾大杀一阵，全然不退，连日反来搦战：必分兵去袭祁山寨也。守寨将师纂，兵少智寡，必然败矣。吾当亲往救之。"乃唤子邓忠分付曰："汝用心守把此处，任他搦战，却勿轻出。吾今夜引兵去祁山救应。"是夜二更，姜维正在寨中设计，忽听得寨外喊声震地，鼓角喧天，人报邓艾引三千精兵夜战。诸将欲出，维止之曰："勿得妄动。"原来邓艾引兵至蜀寨前哨探了一遍，乘势去救祁山，邓忠自入城去了。姜维唤诸将曰："邓艾虚作夜战之势，必然去救祁山寨矣。"乃唤傅佥分付曰："汝守此寨，勿轻与敌。"嘱毕，维自引三千兵来助张翼。

却说张翼正在祁山攻打，守寨将师纂兵少，支持不住。看看待破，忽然邓艾兵至，冲杀了一阵，蜀兵大败，把张翼隔在山后，绝了归路。正慌急之间，忽听的喊声大震，鼓角喧天，只见魏兵纷纷倒退，左右报曰："大将军姜伯约杀到！"翼乘势驱兵相应。两下夹攻，邓艾折了一阵，急退上祁山寨不出。㊊姜维令兵四面攻围。

话分两头。却说后主在成都，听信宦官黄皓之言，又溺于酒色，不理朝政。时有大臣刘琰妻胡氏，极有颜色，因入宫朝见太后，太后留在宫中*，一月方出。琰疑其妻与后主私通，乃唤帐下伍伯将妻绑缚，以履挞其面数十*，几死复苏。后主闻之大怒，令有司议刘琰罪。有司议得："卒非挞妻之人，面非受履之地*：合当弃市。"遂斩刘琰。自此命妇不许入朝。然一时官僚以后主荒淫，多有疑怨者。于是贤人渐退，小人日进。时右大将军阎宇*，身无寸功，只因阿附黄皓，遂得重爵；闻姜维统兵在祁山，乃说皓奏后主曰："姜维屡战无功，可命阎宇代之。"后主从其言，遣使赍诏，召回姜维。㊊维正在祁山攻打寨栅，忽一日三道诏至，宣维班师。维只得遵命，先令洮阳兵退，次后与张翼徐徐而退。邓艾在寨中，只听得一夜鼓角喧天，不知何意。至平明，人报蜀兵尽退，止留空寨。艾疑有计，不敢追袭。㊊

姜维径到汉中，歇住人马，自与使命入成都见后主。后主一连十日不朝。维心中疑惑。是日至东华门，遇见秘书郎郤正。维问曰："天子召维班师，公知其故否？"正笑曰："大将军何尚不知？黄皓欲使阎宇立功，奏闻朝廷，发诏取回将军。今闻邓艾善能用兵，因此寝其事矣。"维大怒曰："我必杀此宦竖！"郤正止之曰："大将军继武侯之事，任大职重，岂可造次？倘若天子不容，反为不美矣。"维谢曰："先生之言是也。"次日，后主与黄皓在后园宴饮，维引数人径入。早有人报知黄皓，皓急避于湖山之侧。维至亭下，拜了后主，泣奏曰："臣困邓艾于祁山，陛下连降三诏，召臣回朝，未审圣意为何？"后主默然不语。维又奏曰："黄皓奸巧专权，乃灵帝时十常侍也。陛下近则鉴于张让，远则鉴于赵高，早杀此人，朝廷自然清平，中原方可恢复。"后主笑曰："黄皓乃趋走小臣，纵使专权，亦无能为。昔者董允每切齿恨皓，朕甚怪之。卿何必介意？"维叩头奏曰："陛下今日不杀黄皓，祸不远也。"㊊后主曰："'爱之欲其生，恶之欲其死。'卿何不容一宦官耶？"令近侍于湖山之侧，唤出黄皓至亭下，

邓艾折了一阵，急退上祁山寨不出——这一仗，姜维转败为胜，这正符合读者希望蜀军取胜的心理。

后主从其言，遣使赍诏，召回姜维——作品如此处理，既使蜀军获得胜利的势头，又没有改变历史的基本轨迹，"虚"与"实"取得了协调。

艾疑有计，不敢追袭——姜维乘胜而退，本出邓艾意外。加之姜维虚张声势，更使邓艾摸不着头脑。《三国演义》描写退军，多有这类深合兵法的巧妙设计，读来颇有趣味。

陛下今日不杀黄皓，祸不远也——黄皓误国之深，姜维深有体会。然而，不要说后主舍不得杀黄皓，即使此时杀之，祸亦不远矣！

命拜姜维伏罪。皓哭拜维曰："某早晚趋侍圣上而已，并不干与国政。将军休听外人之言，欲杀某也。某命系于将军，惟将军怜之！"言罢，叩头流涕。

维忿忿而出，即往见郤正，备将此事告之。正曰："将军祸不远矣。将军若危，国家随灭！"维曰："先生幸教我以保国安身之策。"正曰："阴平之北有一去处*，名曰沓中，此地极其肥壮。将军何不效武侯屯田之事，奏知天子，前去沓中屯田？一者，得麦熟以助军实；二者，可以尽图陇右诸郡；三者，魏人不敢正视汉中；四者，将军在外掌握兵权，人不能图，可以避祸：此乃保国安身之策也，㊣宜早行之。"维大喜，谢曰："先生金玉之言也。"次日，姜维表奏后主，求沓中屯田，效武侯之事。后主从之。

此乃保国安身之策也——姜维身系蜀汉安危，郤正之计，进退皆宜，确是保国安身之上策。

维遂还汉中，聚诸将曰："某累出师，因粮不足，未能成功。今吾提兵八万，往沓中种麦屯田，徐图进取。汝等久战劳苦，今且敛兵聚谷，退守汉中。魏兵千里运粮，经涉山岭，自然疲乏。疲乏必退：那时乘虚追袭，无不胜矣。"遂令胡济守汉寿城，王含守乐城，蒋斌守汉城，蒋舒、傅佥同守阳安关*。分拨已毕，维自引兵八万，来沓中种麦，以为久计㊣。

维自引兵八万，来沓中种麦，以为久计——姜维接受郤正建议，率兵到沓中屯田，至此，"八伐中原"宣告结束。

却说邓艾闻姜维在沓中屯田，于路下四十余营，连络不绝，如长蛇之势。艾遂令细作相了地形，画成图本，具表申奏。晋公司马昭见之，大怒曰："姜维屡犯中原，不能剿除，是吾心腹之患也！"贾充曰："姜维深得孔明传授，急难退之。须得一智勇之将，往刺杀之，可免动兵之劳。"从事中郎荀勖曰："不然。今蜀主刘禅溺于酒色，信用黄皓，大臣皆有避祸之心。姜维在沓中屯田，正避祸之计也。若令大将伐之，无有不胜，何必用刺客乎？"㊣昭大笑曰："此言最善。吾欲伐蜀，谁可为将？"荀勖曰："邓艾乃世之良材，更得钟会为副将，大事成矣。"昭大喜曰："此言正合吾意。"乃召钟会入而问曰："吾欲令汝为大将，去伐东吴，可乎？"会曰："主公之意，本不欲伐吴，实欲伐蜀也。"昭大笑曰："子诚识吾心也。但卿往伐蜀，当用何策？"会曰："某料主公欲伐蜀，已画图本在此。"昭展开视之，图中细载一路安营下寨屯粮积草之处，从何而进，从何而退，一一皆有法度。昭看了大喜，曰："真良将也！卿与邓艾合兵取蜀，何如？"会曰："蜀川道广，非一路可进，当使邓艾分兵各进，可也。"㊣昭遂拜

何必用刺客乎——贾充建议派人刺杀姜维，仍是小人行径；荀勖主张派兵出征，方是堂堂之师，像个争取统一的样子。

当使邓艾分兵各进，可也——钟会此语，表面上符合兵法，有利于灭蜀，暗地里却是企图争功。野心家总是善于假公济私，在冠冕堂皇的旗号下为自己捞取最大好处。

钟会为镇西将军，假节钺，都督关中人马*；一面差人持节令邓艾为征西将军，都督关外陇上，使约期伐蜀。

次日，司马昭于朝中计议此事。前将军邓敦曰："姜维屡犯中原，我兵折伤甚多，只今守御，尚自未保；奈何深入山川危险之地，自取祸乱耶？"昭怒曰："吾欲兴仁义之师，伐无道之主，汝安敢逆吾意！"叱武士推出斩之。须臾，呈邓敦首级于阶下。众皆失色。昭曰："吾自征东以来，息歇六年，治兵缮甲，皆已完备，欲伐吴、蜀久矣。今先定西蜀，乘顺流之势，水陆并进，并吞东吴：此灭虢取虞之道也。吾料西蜀将士，守成都者八九万，守边境者不过四五万，姜维屯田者不过六七万。今吾已令邓艾引关外陇右之兵十余万，绊住姜维于沓中，使不得东顾；遣钟会引关中精兵二三十万直抵骆谷，三路以袭汉中。蜀主刘禅昏暗，边城外破，士女内震，其亡可必矣。"㊟众皆拜服。

边城外破，士女内震，其亡可必矣——此语本于《晋书·文帝纪》，仅对蜀军人数有所扩大（全书描写历次战役，对各方兵力基本上都有不同程度的夸大）。司马昭对灭蜀必然性的分析，十分透彻，可见其眼力过人，堪称老练的政治家。

却说钟会受了镇西将军之印，起兵伐蜀。会恐机谋或泄，却以伐吴为名，令青、兖、豫、荆、扬等五处各造大船；又遣唐咨于青州东莱郡傍海之处*，拘集海船。司马昭不知其意，遂召钟会问之曰："子从旱路收蜀，何用造船耶？"会曰："蜀若闻我兵大进，必求救于东吴也。故先布声势，作伐吴之状，吴必不敢妄动。一年之内，蜀已破，船已成，而伐吴，岂不顺乎？"昭大喜，选日出师。时魏景元四年秋七月初三日，钟会出师。司马昭送之于城外十里方回。西曹掾邵悌密谓司马昭曰："今主公遣钟会领十万兵伐蜀，愚料会志大心高，不可使独掌大权。"㊟昭笑曰："吾岂不知之？"悌曰："主公既知，何不使人同领其职？"昭言无数语，使邵悌疑心顿释。正是：方当士马驱驰日，早识将军跋扈心。未知其言若何，且看下文分解。

愚料会志大心高，不可使独掌大权——邵悌之言，点破了钟会的野心；建议司马昭对钟会加以防范，亦有一定道理。

尾评：

姜维伐魏结束，司马昭赓即决定灭蜀。这不仅是因为“汉、贼不两立”，更重要的是，此时司马昭在国内的地位已经完全巩固，而蜀汉的国力已经十分衰弱，正是灭蜀的最佳时机。于是，“三分归一”的决定性阶段开始了！

第一一六回
钟会分兵汉中道　武侯显圣定军山

总评

司马昭答复邵悌之言，本于《三国志·魏书·钟会传》、《晋书·文帝纪》。明知钟会有野心，却要利用他的胆略和才智灭蜀，暴露了司马昭的城府之深，机心之险；明知钟会灭蜀后可能作乱，却又断定他难成大事，表现了司马昭对人们心理的深刻把握。简短的分析，完全预见到形势的发展，证明司马昭善于洞察全局，因势利导，确是一个成熟的政治家。——当然，也是一个心狠手辣、令人害怕的政治家。

当魏兵准备灭蜀时，姜维表奏后主，要求及早加强对阳安关、阴平桥这两个关键地方的防守，此事本于《三国志·蜀书·姜维传》。如果后主采纳此议，魏兵的进攻短时间内将难以得手。然而，由于黄皓进谗，后主竟未采取任何措施。结果，钟会夺取阳安关，顺势占领整个汉中（见本回）；邓艾偷度阴平，直捣蜀汉腹心（见第一一七回）。顿时，蜀汉的防御部署被打乱，很快陷于土崩瓦解的境地。昏君佞臣，误国害民，竟至于此，真是十恶不赦！

据《三国志·蜀书·诸葛亮传》，景耀六年（263）秋，“魏镇西将军钟会征蜀，至汉川，祭亮之庙，令军士不得于亮墓所左右刍牧樵采。”在蜀汉行将灭亡之际，这一点极其难得，这表明诸葛亮的崇高人格甚至赢得了敌方将领的极大尊重。罗贯中在此基础上，虚构诸葛亮先是一再惊扰魏军，继而又托梦与钟会，望其入蜀后，万勿杀害生灵，使钟会凛然遵从。这一“显圣”故事虽然带有神异色彩，却把诸葛亮始终心系蜀汉，遗爱于民的崇高精神表现得十分动人。

却说司马昭谓西曹掾邵悌曰："朝臣皆言蜀未可伐，是其心怯；若使强战，必败之道也。今钟会独建伐蜀之策，是其心不怯；心不怯，则破蜀必矣。蜀既破，则蜀人心胆已裂：'败军之将，不可以言勇；亡国之大夫，不可以图存。'会即有异志，蜀人安能助之乎？至若魏人得胜思归，必不从会而反，更不足虑耳。此言乃吾与汝知之，切不可泄漏。"㊟邵悌拜服。

此言乃吾与汝知之，切不可泄漏——对于邵悌的顾虑，司马昭早有算计，作了精辟的答复；但为了更好地利用钟会，又叮嘱邵悌切勿泄漏。阴谋家的面目，如在目前。

却说钟会下寨已毕，升帐大集诸将听令。时有监军卫瓘，护军胡烈，大将田续、庞会、田章、爰彰、丘建、夏侯咸、王买、皇甫闿、句安等八十余名。会曰："必须一大将为先锋，逢山开路，遇水叠桥。谁敢当之？"一人应声曰："某愿往。"会视之，乃虎将许褚之子许仪也。众皆曰："非此人不可为先锋。"会唤许仪曰："汝乃虎体猿班之将，父子有名；今众将亦皆保汝。汝可挂先锋印，领五千马军、一千步军，径取汉中。兵分三路：汝领右路，出斜谷；中军出骆谷；左军出子午谷*。此皆崎岖山险之地，当令军填平道路，修理桥梁，凿山破石，勿使阻碍。如违必按军法。"许仪受命，领兵而进。钟会随后提十万余众，星夜起程。

却说邓艾在陇西，既受伐蜀之诏，一面令司马望往遏羌人；又遣雍州刺史诸葛绪、天水太守王颀、陇西太守牵弘、金城太守杨欣，各调本部兵前来听令。比及军马云集，邓艾夜作一梦：梦见登高山，望汉中，忽于脚下迸出一泉，水势上涌。须臾惊觉，浑身汗流；遂坐而待旦，乃召殄虏护军爰邵*问之。邵素明《周易》。艾备言其梦，邵答曰："《易》云：'山上有水曰《蹇》。'《蹇卦》者：'利西南，不利东北。'孔子云：'《蹇》利西南，往有功也；不利东北，其道穷也。'将军此行，必然克蜀；但可惜蹇滞不能还。"艾闻言，愀然不乐。忽钟会檄文至，约艾起兵，于汉中取齐。艾遂遣雍州刺史诸葛绪，引兵一万五千，先断姜维归路；次遣天水太守王颀，引兵一万五千，从左攻沓中；陇西太守牵弘，引一万五千人，从右攻沓中；又遣金城太守杨欣，引一万五千人，于甘松邀姜维之后。艾自引兵三万，往来接应。

却说钟会出师之时，有百官送出城外，旌旗蔽日，铠甲凝霜，人强马壮，威风凛然，人皆称羡。惟有相国参军刘寔，微笑不语。太尉王祥见寔冷笑，就马上握其手而问曰："钟、邓二人，此去可平蜀乎？"寔曰："破蜀必矣，但恐皆不得还都耳。"㊟王祥问其故，刘寔但笑而不答，祥遂不复问。

破蜀必矣，但恐皆不得还都耳——刘寔此语，本于《晋书·刘寔传》。这既是深知邓艾、钟会之言，更是深知司马昭之言。

却说魏兵既发，早有细作入沓中报知姜维。维即具表申奏后主："请降诏遣左车骑将军张翼领兵守护阳安关，右车骑将军廖化领兵守阴平桥：这二处最为要紧，若失二处，汉中不保矣。一面当遣使入吴求救。臣一面自起沓中之兵拒敌。"㊟时后主改景耀六年为炎兴元年，日与宦官黄皓在宫中游乐。忽接姜维之表，即召黄皓问曰："今魏国遣钟会、邓艾大起人马，分道而来，如之奈何？"皓奏曰："此乃姜维欲立功名，故上此表。陛下宽心，勿生疑虑。臣闻城中有一师婆，供奉一神，能知吉凶，可召来问之。"后主从其言，于后殿陈设香花纸烛、享祭礼物，令黄皓用小车请入宫中，坐于龙床之上。后主焚香祝毕，师婆忽然披发跣足，就殿上跳跃数十遍，盘旋于案上。皓曰："此神人降矣。陛下可退左右，亲祷之。"后主尽退侍臣，再拜祝之。师婆大叫曰："吾乃益州土神也。陛下欣乐太平，何为求问他事？数年之后，魏国疆土亦归陛下矣。陛下切勿忧虑。"言讫，昏倒于地，半晌方苏。后主大喜，重加赏赐，㊟自此深信师婆之说，遂不听姜维之言，每日只在宫中饮宴欢乐。姜维累申告急表文，皆被黄皓隐匿，因此误了大事。

臣一面自起沓中之兵拒敌——魏国大兵压境，姜维向后主提出了三点建议：及早加强对阳安关、阴平桥的防守，向吴国求救，亲率主力抵御。在当时的形势下，蜀汉能够采取的主要措施，大概就是这些。

后主大喜，重加赏赐——巫婆之言，纯属鬼话，后主居然深信不疑，真是糊涂透顶！

却说钟会大军，迤逦望汉中进发。前军先锋许仪，要立头功，先领兵至南郑关。仪谓部将曰："过此关即汉中矣，关上不多人马，我等便可奋力抢关。"众将领命，一齐并力向前。原来守关蜀将卢逊，早知魏兵将到，先于关前木桥左右，伏下军士，装起武侯所遗十矢连弩；比及许仪兵来抢关时，一声梆子响处，矢石如雨。仪急退时，早射倒数十骑。魏兵大败。仪回报钟会。会自提帐下甲士百余骑来看，果然箭弩一齐射下。会拨马便回，关上卢逊引五百军杀下来。会拍马过桥，桥上土塌，陷住马蹄，争些儿掀下马来。马挣不起，会弃马步行；跑下桥时，卢逊赶上，一枪刺来，却被魏兵中荀恺回身一箭，射卢逊落马。钟会麾众乘势抢关，关上军士因有蜀兵在关前，不敢放箭，被钟会杀散，夺了山关。即以荀恺为护军，以全副鞍马铠甲赐之。会唤许仪至帐下，责之曰："汝为先锋，理合逢山开路，遇水叠桥，专一修理桥梁道路，以便行军。吾方才到桥上，陷住马蹄，几乎堕桥；若非荀恺，吾已被杀矣！汝既违军令，当按军法！"叱左右推出斩之。诸将告曰："其父许褚有功于朝廷，望都督恕之。"会怒曰："军法不明，何以令众？"㊟遂令斩首示众。诸将无不骇然。

军法不明，何以令众——执法严明当然应该，但钟会坚持将许仪斩首，显然包含以杀立威的用意。

时蜀将王含守乐城，将斌守汉城，见魏兵势大，不敢出战，只闭门自守。钟会下令曰："兵贵神速，不可少停。"乃令前将军李辅围乐城*，护军荀恺围汉城，自引大军取阳安关。守关蜀将傅佥与副将蒋舒商议战守之策。舒曰："魏兵甚众，势不可当，不如坚守为上。"佥曰："不然。魏兵远来，必然疲困，虽多不足惧。我等若不下关战时，汉、乐二城休矣。"蒋舒默然不答。㊟忽报魏兵大队已至关前，蒋、傅二人至关上视之。钟会扬鞭大叫曰："吾今统十万之众到此。如早早出降，各依品级升用；如执迷不降，打破关隘，玉石俱焚！"傅佥大怒，令蒋舒把关，自引三千兵杀下关来。钟会便走，魏兵尽退。佥乘势追之，魏兵复合。佥欲退入关时，关上已竖起魏家旗号，只见蒋舒叫曰："吾已降了魏也！"佥大怒，厉声骂曰："忘恩背义之贼，有何面目见天下人乎！"拨回马，复与魏兵接战。魏兵四面合来，将傅佥围在垓心。佥左冲右突，往来死战，不能得脱；所领蜀兵，十伤八九。佥乃仰天叹曰："吾生为蜀臣，死亦当为蜀鬼！"乃复拍马冲杀，身被数枪，血盈袍铠；坐下马倒，佥自刎而死。㊟后人有诗叹曰：

蒋舒默然不答——大敌当前，蒋舒的种种言行，已令人怀疑其有异心。

一日抒忠愤，千秋仰义名。
宁为傅佥死，不作蒋舒生。

佥自刎而死——傅佥之父傅肜，当年在夷陵之战中英勇战死；如今傅佥本人又为守卫阳安关而战死，可谓两代忠烈，一脉相承。

钟会得了阳安关，关内所积粮草、军器极多，大喜，遂犒三军。是夜，魏兵宿于阳安城中，忽闻东北上喊声大震*。钟会慌忙出帐视之，绝无动静。魏军一夜不敢睡。次夜三更，东北上喊声又起*。钟会惊疑，向晓，使人探之。回报曰："远哨十余里，并无一人。"会惊疑不定，乃自引数百骑，俱全装惯带，望东北巡哨*。前至一山，只见杀气四面突起，愁云密合，雾锁山头。会勒住马，问向导官曰："此何山也？"答曰："此乃定军山，昔日夏侯渊殁于此处。"会闻之，怅然不乐，遂勒马而回。转过山坡，忽然狂风大作，背后数千骑突出，随风杀来。会大惊，引众纵马而走。诸将坠马者，不计其数。及奔到阳安关时，不曾折一人一骑，只跌损面目，失了头盔。皆言曰："但见阴云中人马杀来，比及近身，却不伤人，只是一阵旋风而已。"会问降将蒋舒曰："定军山有神庙乎？"舒曰："并无神庙，惟有诸葛武侯之墓。"会惊曰："此必武侯显圣也。吾当亲往祭之。"次日，钟会备祭礼，宰太牢，自到武侯墓前再拜致祭。祭毕，狂风顿息，愁云四散。忽然清风习习，细雨纷纷，一阵过后，天色晴朗。魏兵大喜，皆拜谢回营。是夜，钟会在帐中伏几而寝，忽然一阵清风过处，只见一人，纶巾羽扇，身衣鹤氅，素履皂绦，面如冠玉，唇若抹朱，眉清目朗，身长八尺，飘飘然有神仙之概。其人步入帐中，会起身迎之曰："公何人也？"其人曰："今早重承见顾。吾有片言相告：虽汉祚已衰，天命难违，然益州生灵，横罹兵革，诚可怜悯。汝入境之后，万勿妄杀生灵。"㊞言讫，拂袖而去。会欲挽留之，忽然惊醒，乃是一梦。会知是武侯之灵，不胜惊异。于是传令前军，立一白旗，上书"保国安民"四字；所到之处，如妄杀一人者偿命。于是汉中人民，尽皆出城拜迎。会一一抚慰，秋毫无犯。㊞后人有诗赞曰：

数万阴兵绕定军，致令钟会拜灵神。
生能决策扶刘氏，死尚遗言保蜀民。

汝入境之后，万勿妄杀生灵——诸葛亮虽已仙逝，其英灵却时时牵挂蜀中军民安危，令人为之感动。

会一一抚慰，秋毫无犯——钟会此举，当然不是因为诸葛亮托梦，根本原因还是为了争取人心。

却说姜维在沓中，听知魏兵大至，传檄廖化、张翼、董厥提兵接应；一面自分兵列将以待之。忽报魏兵至，维引兵迎之。魏阵中为首大将乃天水太守王颀也。颀出马大呼曰："吾今大兵百万，上将千员，分二十路而进，已到成都。汝不思早降，犹欲抗拒，何不知天命耶！"维大怒，挺枪纵马，直取王颀。战不三合，颀大败而走。姜维驱兵追杀至二十里，只听得金鼓齐鸣，一枝兵摆开，旗上大书"陇西太守牵弘"字样。维笑曰："此等鼠辈，非吾敌手！"遂催兵追之。又赶到十里，却遇邓艾领兵杀到。两军混战。维抖擞精神，与艾战有十余合，不分胜负。后面锣鼓又鸣。维急退时，后军报说："甘松诸寨，尽被金城太守杨欣烧毁了。"维大惊，急令副将虚立旗号，与邓艾相拒。维自撤后军，星夜来救甘松，正遇杨欣。欣不敢交战，望山路而走。维随后赶来。将至山岩下，岩上木石如雨，维不能前进。比及回到半路，蜀兵已被邓艾杀败。魏兵大队而来，将姜维围住。维引众骑杀出重围，奔入大寨坚守，以待救兵。忽然流星马到，报说："钟会打破阳安关，守将蒋舒归降，傅佥战死，汉中已属魏矣。乐城守将王含，汉城守将蒋斌，知汉中已失，亦开门而降。胡济抵敌不住，逃回成都求援去了。"㊞维大惊，即传令拔寨。

胡济抵敌不住，逃回成都求援去了——这里只用寥寥数语，侧面交代了汉中之失。

是夜兵至彊川口，前面一军摆开，为首魏将，乃是金城太守杨欣。维大怒，纵马交锋，只一合，杨欣败走。维拈弓射之，连射三箭皆不中。维转怒，自折其弓，挺枪赶来。战马前失，将维跌在地上。杨欣拨回马来杀姜维。维跃起身，一枪刺去，正中杨欣马脑。背后魏兵骤至，救欣去了。维骑上从马，欲待追时，忽报后面邓艾兵到。维首尾不能相顾，遂收兵要夺汉中。哨马报说："雍州刺史诸葛绪已断了归路。"维乃据山险下寨。魏兵屯于阴平桥头。维进退无路，长叹曰："天丧我也！"副将宁随曰："魏兵虽断阴平桥头，雍州必然兵少。将军若从孔函谷径取雍州，诸葛绪必撤阴平之兵救雍州，将军却引兵奔剑阁守之，㊞则汉中可复矣。"维从之，即发兵入孔函谷，诈取雍州。细作报知诸葛绪。绪大惊曰："雍州是吾合守之地，倘有疏失，朝廷必然问罪。"急撤大兵，从南路去救雍州，只留一枝兵守桥头。姜维入北道，约行三十里，料知魏兵起行，乃勒回兵，后队作前队，径到桥头，果然魏兵大队已去，只有些小兵把桥；被维一阵杀散，尽烧其寨栅。诸葛绪听知桥头火起，复引兵回，姜维兵已过半日了，因此不敢追赶。

将军却引兵奔剑阁守之——宁随建议声东击西，调开诸葛绪，以便蜀兵冲散阴平桥头之敌，撤回剑阁，确是妙计。

却说姜维引兵过了桥头，正行之间，前面一军来到，乃左车骑将军张翼、右车骑将军廖化也*。维问之，翼曰："黄皓听信师巫之言，不肯发兵。翼闻汉中已危，自起兵来时，阳安关已被钟会所取。今闻将军受困，特来接应。"遂合兵一处，前赴白水关。化曰："今四面受敌，粮道不通，不如退守剑阁，再作良图。"维疑虑未决。忽报钟会、邓艾分兵十余路杀来。维欲与翼、化分兵迎之。化曰："白水地狭路多，非争战之所，不如且退去救剑阁可也；若剑阁一失，是绝路矣。”维从之，遂引兵来投剑阁。将近关前，忽然鼓角齐鸣，喊声大起，旌旗遍竖，一枝军把住关口。正是：汉中险峻已无有，剑阁风波又忽生。未知何处之兵，且看下文分解。

尾评：

邓艾、钟会两路大军攻蜀，使蜀军顾此失彼，难以应付。很快，钟会夺取了具有战略地位的汉中，姜维被迫退守剑门关。这样，战役的第一阶段，魏军就处于压倒优势，蜀军则被动防御，形势十分不利。

第一一七回

邓士载偷度阴平　诸葛瞻战死绵竹

总评

据《三国志·魏书·钟会传》:“会与(诸葛)绪军向剑阁，会欲专军势，密白绪畏懦不进，槛车征还，军悉属会。”罗贯中对此加以改造，描写钟会借口诸葛绪兵败，欲将其斩首；监军卫瓘提出绪乃邓艾部下，钟会竟口出狂言:“便是邓艾有罪，亦当斩之!”虽经众将劝解，钟会仍将诸葛绪所部收归自己调遣。其实，按照魏晋制度，钟会根本无权杀身为刺史的诸葛绪，更不敢杀邓艾(邓艾时任征西将军，地位略高于钟会)。作品作此夸张性的描写，不仅表现了钟会野心勃勃，而且活画出一副小人得志的狂傲嘴脸。

邓艾偷度阴平之事，本于《三国志·魏书·邓艾传》：魏景元四年(263)“冬十月，艾自阴平道行无人之地七百余里，凿山通道，造作桥阁。山高谷深，至为艰险，又粮运将匮，频于危殆。艾以毡自裹，推转而下。将士皆攀木缘崖，鱼贯而进。先登至江油，蜀守将马邈降。”此举虽然冒险，但直插蜀汉薄弱环节，径取蜀中战略要地涪城(今四川绵阳)，确是奇计。罗贯中在史实的基础上，生动地描写了年过六旬的邓艾率军凿山通道，奇袭江油，直取涪城的经过，充分表现了邓艾善于出奇、攻敌不备的军事才干和身先士卒、不畏艰险的顽强精神。

诸葛瞻战死绵竹之事，本于《三国志·蜀书·诸葛亮传》附《诸葛瞻传》：“(景耀)六年(263)冬，魏征西将军邓艾伐蜀，自阴平由景谷道旁入。瞻督诸军至涪停住，前锋破，退还，住绵竹。艾遣书诱瞻曰：‘若降者，必表为琅邪王。’瞻怒，斩艾使。遂战，大败，临阵死，时年三十七。……瞻长子尚，与瞻俱没。”罗贯中描写诸葛瞻率兵抵御邓艾时，对史实作了一定改造，略去了诸葛瞻在涪城战败后退守绵竹一节，虚构了他两次打败魏军的情节，以利于表现他与诸葛尚父子二人的忠勇气概。但是，罗贯中仍然尊重基本史实，描写诸葛瞻被邓艾打得大败，困守绵竹，后在奋勇突围时中箭落马，自刎而死，诸葛尚也英勇战死，从而塑造了诸葛瞻父子为国捐躯的忠烈形象。

却说辅国大将军董厥，闻魏兵十余路入境，乃引二万兵守住剑阁，当日望尘头大起，疑是魏兵，急引军把住关口。董厥自临军前视之，乃姜维、廖化、张翼也。厥大喜，接入关上，礼毕，哭诉后主黄皓之事。维曰："公勿忧虑。若有维在，必不容魏来吞蜀也。且守剑阁，徐图退敌之计。"厥曰："此关虽然可守，争奈成都无人，倘为敌人所乘，大势瓦解矣。"㊟维曰："成都山险地峻，非可易取，不必忧也。"正言间，忽报诸葛绪领兵杀至关下，维大怒，急引五千兵杀下关来，直撞入魏阵中，左冲右突，杀得诸葛绪大败而走，退数十里下寨，魏军死者无数。蜀兵抢了许多马匹器械，维收兵回关。

倘为敌人所乘，大势瓦解矣——董厥之言，虽未提到阴平，但已指出魏军偷袭成都的可能。可惜姜维和蜀汉朝廷均未能及时采取防范措施，以致被邓艾所乘。

却说钟会离剑阁二十里下寨，诸葛绪自来伏罪。会怒曰："吾令汝守把阴平桥头，以断姜维归路，如何失了！今又不得吾令，擅自进兵，以致此败！"绪曰："维诡计多端，诈取雍州；绪恐雍州有失，引兵去救，维乘机走脱；绪因赶至关下，不想又为所败。"会大怒，叱令斩之。监军卫瓘曰："绪虽有罪，乃邓征西所督之人；不争将军杀之，恐伤和气。"会曰："吾奉天子明诏、晋公钧命，特来伐蜀。便是邓艾有罪，亦当斩之！"㊟众皆力劝。会乃将诸葛绪用槛车载赴洛阳，任晋公发落；随将绪所领之兵，收在部下调遣。

便是邓艾有罪，亦当斩之——钟会自恃是司马昭心腹，又手握重兵，不把邓艾放在眼里，表现甚为轻狂。这就在两位主将之间引起了矛盾。

有人报与邓艾。艾大怒曰："吾与汝官品一般，吾久镇边疆，于国多劳，汝安敢妄自尊大耶！"子邓忠劝曰："'小不忍则乱大谋'，父亲若与他不睦，必误国家大事，望且容忍之。"艾从其言，然毕竟心中怀怒，乃引十数骑来见钟会。会闻艾至，便问左右："艾引多少军来？"左右答曰："只有十数骑。"会乃令帐上帐下列武士数百人。艾下马入见。会接入帐，礼毕。艾见军容甚肃，心中不安，乃以言挑之曰："将军得了汉中，乃朝廷之大幸也。可定策早取剑阁。"会曰："将军明见若何？"艾再三推称无能。会固问之，艾答曰："以愚意度之，可引一军从阴平小路经汉德阳亭*，用奇兵径取成都，姜维必撤将军乘虚就取剑阁，可获全功——邓艾此计，洞察全局，确是出奇制胜的上策。若照此计，将使姜维进退两难：回救成都，则剑阁必失；如不回救，则成都难保。邓艾的将才，于此可见。

兵来救，将军乘虚就取剑阁，可获全功。”㊟会大喜曰：“将军此计甚妙！可即引兵去。吾在此专候捷音！”二人饮酒相别。会回本帐，与诸将曰：“人皆谓邓艾有能，今日观之，乃庸才耳！”众问其故。会曰：“阴平小路，皆高山峻岭。若蜀以百余人守其险要，断其归路，则邓艾之兵皆饿死矣。吾只以正道而行，何愁蜀地不破乎！”遂置云梯炮架，只打剑阁关。

却说邓艾出辕门上马，回顾从者云：“钟会待吾若何？”从者曰：“观其辞色，甚不以将军之言为然，但以口强应而已。”艾笑曰：“彼料我不能取成都，我偏欲取之！”回到本寨，师纂、邓忠一班将士接问曰：“今日与钟镇西有何高论？”艾曰：“吾以实心告彼，彼以庸才视我。彼今得汉中，以为莫大之功；若非吾屯沓中绊住姜维，彼安能成功耶！吾今若取了成都，胜取汉中矣！”㊟当夜下令，尽拔寨望阴平小路进兵，离剑阁七百里下寨。有人报钟会，说：“邓艾要去取成都了。”会笑艾不智。

吾今若取了成都，胜取汉中矣——邓艾这一估计，完全正确。但其对钟会愤懑不平之意，也已充分流露。

却说邓艾一面修密书，遣使驰报司马昭，一面聚诸将于帐下，问曰：“吾今乘虚去取成都，与汝等立功名于不朽，汝等肯从乎？”诸将应曰：“愿遵军令，万死不辞！”艾乃先令子邓忠引五千精兵，不穿衣甲，各执斧凿器具，凡遇峻危之处，凿山开路，搭造桥阁，以便军行。艾选兵三万，各带干粮绳索进发。约行百余里，选下三千兵，就彼扎寨；又行百余里，又选三千兵下寨。是年十月自阴平进兵，至于巅崖峻谷之中，凡二十余日，行七百余里，皆是无人之地。魏兵沿途下了数寨，只剩下二千人马。前至一岭，名摩天岭，马不堪行，艾步行上岭，正见邓忠与开路壮士尽皆哭泣。艾问其故。忠告曰：“此岭西皆是峻壁巅崖，不能开凿，虚废前劳，因此哭泣。”艾曰：“吾军到此，已行了七百余里，过此便是江油，岂可复退？”乃唤诸军曰：“‘不入虎穴，焉得虎子？’吾与汝等来到此地，若得成功，富贵共之。”众皆应曰：“愿从将军之命！”艾令先将军器撺将下去。艾取毡自裹其身，先滚下去。㊟副将有毡衫者裹身滚下，无毡衫者各用绳索束腰，攀木挂树，鱼贯而进。邓艾、邓忠，并二千军，及开山壮士，皆度了摩天岭，方才整顿衣甲器械而行。忽见道傍有一石碣，上刻：“丞相诸葛武侯题”。其文云：“二火初兴，有人越此。

艾取毡自裹其身，先滚下去——此时邓艾年已六十七岁，如此奋不顾身，自能鼓舞全军将士。

二士争衡，不久自死。”Ⓟ艾观讫大惊，慌忙对碣再拜曰：“武侯真神人也！艾不能以师事之，惜哉！”后人有诗曰：

阴平峻岭与天齐，玄鹤徘徊尚怯飞。
邓艾裹毡从此下，谁知诸葛有先几。

却说邓艾暗度阴平，引兵行时，又见一个大空寨。左右告曰：“闻武侯在日，曾拨一千兵守此险隘。今蜀主刘禅废之。”艾嗟呀不已，乃谓众人曰：“吾等有来路而无归路矣！前江油城中，粮食足备：汝等前进可活，后退即死，须并力攻之。”众皆应曰：“愿死战！”于是邓艾步行，引二千余人，星夜倍道来抢江油城。

却说江油城守将马邈，闻汉中已失，虽为准备，只是提防大路；又仗着姜维全师守住剑阁关，遂将军情不以为重。当日操练人马回家，与妻李氏拥炉饮酒。其妻问曰：“屡闻边情甚急，将军全无忧色，何也？”邈曰：“大事自有姜伯约掌握，干我甚事？”其妻曰：“虽然如此，将军所守城池，不为不重。”邈曰：“天子听信黄皓，溺于酒色，吾料祸不远矣。魏兵若到，降之为上，何必虑哉？”其妻大怒，唾邈面曰：“汝为男子，先怀不忠不义之心，枉受国家爵禄，吾有何面目与汝相见耶！”Ⓟ马邈羞惭无语。忽家人慌入报曰：“魏将邓艾不知从何而来，引二千余人，一拥而入城矣！”邈大惊，慌出纳降，Ⓟ拜伏于公堂之下，泣告曰：“某有心归降久矣。今愿招城中居民，及本部人马，尽降将军。”艾准其降，遂收江油军马于部下调遣，即用马邈为向导官。忽报马邈夫人自缢身死。艾问其故，邈以实告。艾感其贤，令厚礼葬之，亲往致祭。魏人闻者，无不嗟叹。后人有诗赞曰：

后主昏迷汉祚颠，天差邓艾取西川。
可怜巴蜀多名将，不及江油李氏贤。

邓艾取了江油，遂接阴平小路诸军，皆到江油取齐，径来攻涪城。部将田续曰：“我军涉险而来，甚是劳顿，且当休养数日，然后进兵。”艾大怒曰：“兵贵神速，汝敢乱我军心耶！”喝令左右推出斩之。众将苦告方免。Ⓟ艾自驱兵至涪城。城内官吏军民疑从天降，尽皆投降。

蜀人飞报入成都。后主闻知，慌召黄皓问之。皓奏曰：“此诈传耳，神人必不肯误陛下也。”后主又宣师婆问时，却不知何处去了。

二火初兴，有人越此。二士争衡，不久自死——这是作者为了突出诸葛亮的先见之明而编造的隐语。“二火初兴”，隐指蜀汉炎兴元年（263）；“二士争衡”，隐指邓艾（字士载）与钟会（字士季）互相争斗。

吾有何面目与汝相见耶——李氏关心国家安危，痛斥麻木不仁的丈夫，其忠义之慨令人钦佩。

邈大惊，慌出纳降——尽管在当时条件下，抵抗魏军难以有所作为；然而，马邈毫无报国之心，屈膝投降，仍然是可耻的懦夫行为，因而永远被人斥责。

众将苦告方免——邓艾欲斩田续，结下仇恨，为后来被其所杀埋下伏笔。

此时远近告急表文，一似雪片，往来使者，联络不绝。后主设朝计议，多官面面相觑，并无一言。郤正出班奏曰："事已急矣！陛下可宣武侯之子商议退兵之策。"原来武侯之子诸葛瞻，字思远。其母黄氏，即黄承彦之女也。母貌甚陋，而有奇才：上通天文，下察地理；凡韬略遁甲诸书，无所不晓。武侯在南阳时，闻其贤，求以为室。武侯之学，夫人多所赞助焉。及武侯死后，夫人寻逝，临终遗教，惟以忠孝勉其子瞻。瞻自幼聪敏，尚后主女，为骑都尉*。后袭父武乡侯之爵。景耀四年，迁行都护、卫将军*。时为黄皓用事，故托病不出。当下后主从郤正之言，即时连发三诏，召瞻至殿下。后主泣诉曰："邓艾兵已屯涪城，成都危矣。卿看先君之面，救朕之命！"㊟瞻亦泣奏曰："臣父子蒙先帝厚恩、陛下殊遇，虽肝脑涂地，不能补报。愿陛下尽发成都之兵，与臣领去决一死战。"后主即拨成都兵将七万与瞻。瞻辞了后主，整顿军马，聚集诸将问曰："谁敢为先锋？"言未讫，一少年将出曰："父亲既掌大权，儿愿为先锋。"众视之，乃瞻长子诸葛尚也。尚时年一十九岁，博览兵书，多习武艺。瞻大喜，遂命尚为先锋。是日，大军离了成都，来迎魏兵。

卿看先君之面，救朕之命——邓艾袭夺涪城，给蜀汉造成极大威胁。后主此语，活画出其惊惶失措的昏君形象。

却说邓艾得马邈献地理图一本，备写涪城至成都三百六十里山川道路，阔狭险峻，一一分明。艾看毕，大惊曰："若只守涪城，倘被蜀人据住前山，何能成功耶？如迁延日久，姜维兵到，我军危矣。"速唤师纂并子邓忠，分付曰："汝等可引一军，星夜径去绵竹，以拒蜀兵。吾随后便至。切不可怠缓。若纵他先据了险要，决斩汝首！"

师、邓二人引兵将至绵竹，早遇蜀兵。两军各布成阵。师、邓二人勒马于门旗下，只见蜀兵列成八阵。三鼕鼓罢，门旗两分，数十员将簇拥一辆四轮车，车上端坐一人：纶巾羽扇，鹤氅方裾。车傍展开一面黄旗，上书："汉丞相诸葛武侯"。諕得师、邓二人汗流遍身，回顾军士曰："原来孔明尚在，我等休矣！"急勒兵回时，蜀兵掩杀将来，魏兵大败而走。㊟蜀兵掩杀二十余里，遇见邓艾援兵接应，两家各自收兵。

蜀兵掩杀将来，魏兵大败而走——这是诸葛瞻军与魏军的第一次交战，由于魏军慑于诸葛亮的威名，不战而退，蜀军趁势掩杀，轻松获胜。

艾升帐而坐，唤师纂、邓忠责之曰："汝二人不战而退，何也？"忠曰："但见蜀阵中诸葛孔明领兵，因此奔还。"艾怒曰："纵使孔明更生，我何惧哉！汝等轻退，以致于败，宜速斩以正军法！"众皆苦劝，艾方息怒。令人哨探，回说孔明之子诸葛瞻为大将，瞻之子诸葛尚为先锋，车上坐者乃木刻孔明遗像也。艾闻之，谓师纂、邓忠曰："成败之机，在此一举。汝二人再不取胜，必当斩首！"

师、邓二人又引一万兵来战。诸葛尚匹马单枪，抖擞精神，战退二人。诸葛瞻指挥两掖兵冲出，直撞入魏阵中，左冲右突，往来杀有数十番。魏兵大败，死者不计其数，(评)师纂、邓忠中伤而逃。瞻驱军马随后掩杀二十余里，扎营相拒。师纂、邓忠回见邓艾，艾见二人俱伤，未便加责，乃与众将商议曰："蜀有诸葛瞻善继父志，两番杀吾万余人马，今若不速破，后必为祸。"监军丘本曰："何不作一书以诱之？"艾从其言，遂作书一封，遣使送入蜀寨。守门将引至帐下，呈上其书。瞻拆封视之。书曰：

> 征西将军邓艾，致书于行都护、卫将军诸葛思远麾下*：切观近代贤才，未有如公之尊父也。昔自出茅庐，一言已分三国，扫平荆、益，遂成霸业，古今鲜有及者；后六出祁山，非其智力不足，乃天数耳。今后主昏弱，王气已终。艾奉天子之命，以重兵伐蜀，已皆得其地矣。成都危在旦夕，公何不应天顺人，仗义来归？艾当表公为琅琊王，以光耀祖宗，决不虚言。幸存照鉴。

瞻看毕，勃然大怒，扯碎其书，叱武士立斩来使，令从者持首级回魏营见邓艾。艾大怒，即欲出战。丘本谏曰："将军不可轻出，当用奇兵胜之。"艾从其言，遂令天水太守王颀、陇西太守牵弘，伏两军于后，艾自引兵而来。此时诸葛瞻正欲搦战，忽报邓艾自引兵到。瞻大怒，即引兵出，径杀入魏阵中。邓艾败走，瞻随后掩杀将来。忽然两下伏兵杀出。蜀兵大败，退入绵竹。(评)艾令围之，于是魏兵一齐呐喊，将绵竹围的铁桶相似。

诸葛瞻在城中，见事势已迫，乃令彭和赍书杀出，往东吴求救。(评)和至东吴，见了吴主孙休，呈上告急之书。吴主看罢，与群臣计议曰："既蜀中危急，孤岂可坐视不救？"即令老将丁奉为主帅，丁封、孙异为副将，率兵五万，前往救蜀。丁奉领旨出师，分拨丁封、孙异引兵二万向沔中而进，自率兵三万向寿春而进：分兵三路来援。

却说诸葛瞻见救兵不至，谓众将曰："久守非良图。"遂留子尚与

魏兵大败，死者不计其数——这是诸葛瞻军与魏军的第二次交战，虽然再次获胜，却完全是死拼硬打，并未表现出值得赞许的谋略。

蜀兵大败，退入绵竹——这是诸葛瞻军与魏军的第三次交战，邓艾稍一用计，诸葛瞻就被打得大败，退守绵竹。看来，诸葛瞻简直没有学到其父诸葛亮的用兵方略，太令人遗憾了！

乃令彭和赍书杀出，往东吴求救——此时的诸葛瞻，既不与扼守剑阁的姜维联络，又不向蜀汉朝廷请求增援，却派人到几千里外的建业（今南京市）向吴国求救，真是莫名其妙。

遂拔剑自刎而死——救兵暂时未到，守城的办法本来还有许多，诸葛瞻却又轻率地亲自领兵突围，结果中箭落马，自刎而死，使蜀汉顿失栋梁，实在可惜之至！

遂策马杀出，死于阵中——诸葛瞻硬拼而死，诸葛尚也别无良策，又是硬拼而死。父子二人败亡如此之快，毫无半点诸葛亮的韬略，令人叹息不已！

尚书张遵守城，瞻自披挂上马，引三军大开三门杀出。邓艾见兵出，便撤兵退。瞻奋力追杀。忽然一声炮响，四面兵合，把瞻困在垓心。瞻引兵左冲右突，杀死数百人。艾令众军放箭射之，蜀兵四散。瞻中箭落马，乃大呼曰："吾力竭矣，当以一死报国！"遂拔剑自刎而死。(评)其子诸葛尚在城上，见父死于军中，勃然大怒，遂披挂上马。张遵谏曰："小将军勿得轻出。"尚叹曰："吾父子祖孙，荷国厚恩，今父既死于敌，我何用生为！"遂策马杀出，死于阵中。(评)后人有诗赞瞻、尚父子曰：

不是忠臣独少谋，苍天有意绝炎刘。
当年诸葛留嘉胤，节义真堪继武侯。

邓艾怜其忠，将父子合葬，乘虚攻打绵竹。张遵、黄崇、李球三人，各引一军杀出。蜀兵寡，魏兵众，三人亦皆战死。艾因此得了绵竹。劳军已毕，遂来取成都。正是：试观后主临危日，无异刘璋受逼时。未知成都如何守御，且看下文分解。

尾评：

诸葛瞻迅速败亡，原因何在？最根本的原因是：此时的蜀汉，庸主在位，宦官专权，政治腐败，国力衰落，军心涣散，已无法同魏军长期抗衡。不过，诸葛瞻不谙兵机，缺乏将才，也是不容否认的事实。尽管如此，诸葛瞻在兵败势危之际，断然拒绝邓艾的诱降，义无反顾，慷慨赴敌，以死殉国，仍然在蜀汉历史上写下了悲壮的一页。其忠贞的志节，凛然的正气，与其父诸葛亮"鞠躬尽瘁，死而后已"的奋斗精神，可谓一脉相承，令人崇敬。千百年来，人们异口同声地颂扬他对蜀汉的赤胆忠心，并把它升华为对民族，对祖国的无比忠诚。这种忠诚，将光耀天地，万世长存！

第一一八回

哭祖庙一王死孝　入益州二士争功*

总评

诸葛瞻败亡后，邓艾兵临雒城（今四川广汉北），威逼成都。在这千钧一发的危急关头，后主刘禅采纳谯周之议，决定投降。从忠于蜀汉的立场来看，这当然是难以接受的；从“拥刘”的角度来看，这也是令人惋惜的。然而，这却是不可避免的结局。蜀汉灭亡时，总共只有二十八万户，九十四万人；如此少的人口，却要供养十万二千军队、四万官吏，加上连年战争，百姓的负担该是多么沉重！仅就这一点而言，蜀汉政权已经无法维持；即使后主决定拼死一战，也不可能支撑多久。因此，尽管罗贯中把满腔尊崇敬佩之情献给了蜀汉的“忠义”之士，但他并没有把蜀汉之亡写得一片凄凄惨惨戚戚，当后主向邓艾投降时，《三国演义》写道：“于是成都之人，皆具香花迎接。”这里没有亡国的深哀巨恸，有的却是对统一大业的拥护。这充分表现了罗贯中尊重历史的强烈现实主义精神。

“哭祖庙”之事，本于《三国志·蜀书·后主传》注引《汉晋春秋》：“后主将从谯周之策，北地王谌怒曰：‘若理穷力屈，祸败必及，便当父子君臣背城一战，同死社稷，以见先帝可也。’后主不纳，遂送玺绶。是日，谌哭于昭烈之庙，先杀妻子，而后自杀，左右无不为涕泣者。”比之自己那位昏庸懦弱的父亲，刘谌以死殉国，表现了刚烈忠贞的气节，赢得了后人的尊敬。直到今天，成都武侯祠刘备殿中，没有刘禅的立足之地，却有刘谌的塑像陪祀，表现了人们对为国尽忠者的深深缅怀。

“二士争功”之事，本于《三国志·魏书·邓艾传》、《钟会传》。罗贯中在史实的基础上，生动地描写了邓艾率先灭蜀，钟会深感嫉妒；姜维投降钟会，邓艾又大为不满，表现了二人互争雄长的必然性。不过，邓艾只是自恃功高，藐视钟会，并无阴谋；钟会则怀有野心，故意制造假象，陷害邓艾。两相对比，二人品格之高低，鲜明如见。

却说后主在成都，闻邓艾取了绵竹，诸葛瞻父子已亡，大惊，急召文武商议。近臣奏曰："城外百姓，扶老携幼，哭声大震，各逃生命。"后主惊惶无措。忽哨马报到，说魏兵将近城下。多官议曰："兵微将寡，难以迎敌；不如早弃成都，奔南中七郡。其地险峻，可以自守，就借蛮兵，再来克复未迟。"光禄大夫谯周曰："不可。南蛮久反之人，平昔无惠；今若投之，必遭大祸。"多官又奏曰："蜀、吴既同盟，今事急矣，可以投之。"周又谏曰："自古以来，无寄他国为天子者。臣料魏能吞吴，吴不能吞魏。若称臣于吴，是一辱也；若吴被魏所吞，陛下再称臣于魏，是两番之辱矣。不如不投吴而降魏。㊟魏必裂土以封陛下，则上能自守宗庙，下可以保安黎民。愿陛下思之。"后主未决，退入宫中。

次日，众议纷然。谯周见事急，复上疏诤之。后主从谯周之言，正欲出降，忽屏风后转出一人，厉声而骂周曰："偷生腐儒，岂可妄议社稷大事！自古安有降天子哉！"㊟后主视之，乃第五子北地王刘谌也。后主生七子：长子刘璿，次子刘瑶，三子刘琮，四子刘瓒，五子即北地王刘谌，六子刘恂，七子刘璩。七子中惟谌自幼聪明，英敏过人，馀皆懦善。后主谓谌曰："今大臣皆议当降，汝独仗血气之勇，欲令满城流血耶？"谌曰："昔先帝在日，谯周未尝干预国政；今妄议大事，辄起乱言，甚非理也。臣切料成都之兵，尚有数万；姜维全师，皆在剑阁，若知魏兵犯阙，必来救应：内外攻击，可获大功。㊟岂可听腐儒之言，轻废先帝之基业乎？"后主叱之曰："汝小儿岂识天时！"谌叩头哭曰："若势穷力极，祸败将及，便当父子君臣背城一战，同死社稷，以见先帝可也。奈何降乎！"后主不听。谌放声大哭曰："先帝非容易创立基业，今一旦弃之，吾宁死不辱也！"㊟后主令近臣推出宫门，遂令谯周作降书，遣侍中张绍*、

不如不投吴而降魏——千百年来，谯周因劝后主投降而受尽嘲骂。然而，客观地说，谯周对形势的分析是符合实际的。

自古安有降天子哉——未见其人，先闻其声。刘谌之言，充分表现了血气方刚、宁死不屈的气概。

内外攻击，可获大功——刘谌之言，虽有一定合理成分，但对蜀汉的深层危机却认识不足，对整个军事态势也不够了解，故其主张事实上难以做到。

吾宁死不辱也——后主决定投降，刘谌虽无力扭转大局，却不愿苟且偷生，忠贞之节，正符合传统的"忠义"观念。

驸马都尉邓良同谯周赍玉玺来雒城请降。(评)

遣侍中张绍、驸马都尉邓良同谯周赍玉玺来雒城请降——经过一番争论，后主在投降的道路上迈出了决定性的一步。

时邓艾每日令数百铁骑来成都哨探。当日见立了降旗，艾大喜。不一时，张绍等至，艾令人迎入。三人拜伏于阶下，呈上降款玉玺。艾拆降书视之，大喜，受下玉玺，重待张绍、谯周、邓良等。艾作回书，付三人赍回成都，以安人心。三人拜辞邓艾，径还成都，入见后主，呈上回书，细言邓艾相待之善。后主拆封视之，大喜，即遣太仆蒋显赍敕，令姜维早降；遣尚书郎李虎，送文簿与艾：共户二十八万，男女九十四万，带甲将士十万二千，官吏四万，(评)仓粮四十余万，金银各二千斤，锦绮彩绢各二十万匹。余物在库，不及具数。择十二月初一日，君臣出降。

带甲将士十万二千，官吏四万——即使是今天，一个百万人口的大县也无法供养如此多的军队官吏。一千七百多年前的蜀汉百姓，却要承受如此沉重的负担，其极端困苦简直难以想象！

北地王刘谌闻知，怒气冲天，乃带剑入宫。其妻崔夫人问曰："大王今日颜色异常，何也?"谌曰："魏兵将近，父皇已纳降款，明日君臣出降，社稷从此殄灭。吾欲先死，以见先帝于地下，不屈膝于他人也！"崔夫人曰："贤哉！贤哉！得其死矣！妾请先死，王死未迟。"谌曰："汝何死耶?"崔夫人曰："王死父，妾死夫，其义同也。夫亡妻死，何必问焉！"言讫，触柱而死。谌乃自杀其三子，并割妻头，提至昭烈庙中，伏地哭曰："臣羞见基业弃于他人，故先杀妻子，以绝挂念，后将一命报祖！祖如有灵，知孙之心！"大哭一场，眼中流血，自刎而死。(评)蜀人闻知，无不哀痛。后人有诗赞曰：

君臣甘屈膝，一子独悲伤。
去矣西川事，雄哉北地王！
捐身酬烈祖，搔首泣穹苍。
凛凛人如在，谁云汉已亡?

后主听知北地王自刎，乃令人葬之。

大哭一场，眼中流血，自刎而死——刘谌之死，虽不应全盘肯定，但比之偷生的刘禅之流，无论如何要高出一筹。在蜀汉的皇室成员中，刘谌是唯一为社稷而死者。

次日，魏兵大至。后主率太子诸王，及群臣六十余人，面缚舆榇，出北门十里而降。邓艾扶起后主，亲解其缚，焚其舆榇，并车入城。后人有诗叹曰：

魏兵数万入川来，后主偷生失自裁。
黄皓终存欺国意，姜维空负济时才。
全忠义士心何烈，守节王孙志可哀。
昭烈经营良不易，一朝功业顿成灰。

于是成都之人，皆具香花迎接。艾拜后主为骠骑将军，其余文武，各随高下拜官；请后主还宫，出榜安民，交割仓库。又令太常张峻、益州别驾汝超*，招安各郡军民。又令人说姜维归降。一面遣人赴洛阳报捷。艾闻黄皓奸险，欲斩之。皓用金宝赂其左右，因此得免。自是汉亡。[评]后人因汉之亡，有追思武侯诗曰：

鱼鸟犹疑畏简书，风云长为护储胥。
徒令上将挥神笔，终见降王走传车。
管乐有才真不忝，关张无命欲如何！
他年锦里经祠庙，《梁父》吟成恨有余！

且说太仆蒋显到剑阁，入见姜维，传后主敕命，言归降之事。维大惊失语。帐下众将听知，一齐怨恨，咬牙怒目，须发倒竖，拔刀砍石大呼曰："吾等死战，何故先降耶！"号哭之声，闻数十里。维见人心思汉，乃以善言抚之曰："众将勿忧。吾有一计，可复汉室。"众皆求问。姜维与诸将附耳低言，说了计策。[评]即于剑阁关遍竖降旗，先令人报入钟会寨中，说姜维引张翼、廖化、董厥等来降。会大喜，令人迎接维入帐。会曰："伯约来何迟也？"维正色流涕曰："国家全军在吾，今日至此，犹为速也。"会甚奇之，下座相拜，待为上宾。[评]维说会曰："闻将军自淮南以来，算无遗策；司马氏之盛，皆将军之力，维故甘心俯首。如邓士载，当与决一死战，安肯降之乎？"会遂折箭为誓，与维结为兄弟，情爱甚密，仍令照旧领兵。[评]维暗喜，遂令蒋显回成都去了。

却说邓艾以师纂领益州刺史，牵弘、王颀等各领诸郡*；又于绵竹筑台以彰战功，大会蜀中诸官饮宴。艾酒至半酣，乃指众官曰："汝等幸遇我，故有今日耳。若遇他将，必皆殄灭矣。"多官起身拜谢。忽蒋显至，说姜维自降钟镇西了，艾因此痛恨钟会。[评]遂修书，令人赍赴洛阳，致晋公司马昭。昭得书视之。书曰：

臣艾切谓兵有先声而后实者，今因平蜀之势以乘吴，此席卷之时也。然大举之后，将士疲劳，不可便用。宜留陇右兵二万、蜀兵二万，煮盐兴冶，并造舟船，预备顺流之计；然后发使，告以利害，吴可不征而定也。今宜厚待刘禅，以致孙休；若便送禅来京，吴人必疑，则于向化之心不劝。且权留之于蜀，

自是汉亡——至此，由刘备经历千辛万苦才建立起来的蜀汉政权，终于在刘禅手中宣告灭亡。

姜维与诸将附耳低言，说了计策——后主已降，姜维等蜀军将士将何去何从？这里有意造成一个悬念，为下文埋下伏笔。

会甚奇之，下座相拜，待为上宾——姜维威名素著，投降时不卑不亢，因而赢得钟会的尊重。

仍令照旧领兵——钟会如此厚待姜维，可能已经另有所图，打算利用姜维。这当然正中姜维之下怀。

艾因此痛恨钟会——邓艾率先灭蜀，又让后主下诏招降姜维，不料姜维却降了钟会，这当然会使他感到钟会有意抢功，岂能不恨？

须来年冬月抵京。今即可封禅为扶风王，锡以资财，供其左右，爵其子为公侯，以显归命之宠：则吴人畏威怀德，望风而从矣。

司马昭览毕，深疑邓艾有自专之心——司马昭本是篡权能手，也最担心手下将领尾大不掉。邓艾因胜而骄，不能不引起他的怀疑。

司马昭览毕，深疑邓艾有自专之心，㊟乃先发手书与卫瓘，随后降封艾诏曰：

征西将军邓艾：耀威奋武，深入敌境，使僭号之主，系颈归降；兵不逾时，战不终日，云彻席卷，荡定巴、蜀。虽白起破强楚，韩信克劲赵，不足比勋也。其以艾为太尉，增邑二万户，封二子为亭侯，各食邑千户。

邓艾受诏毕，监军卫瓘取出司马昭手书与艾。书中说邓艾所言之事，须候奏报，不可辄行。艾曰："'将在外，君命有所不受。'吾既奉诏专征，如何阻当？"遂又作书，令来使赍赴洛阳。

时朝中皆言邓艾必有反意，司马昭愈加疑忌。忽使命回，呈上邓艾之书。昭拆封视之。书曰：

艾衔命征行*，元恶既服，当权宜行事，以安初附。若待国命，则往复道途，延引日月。《春秋》之义：大夫出疆，有可以安社稷、利国家，专之可也。今吴未宾，势与蜀连，不可拘常以失事机。兵法：进不求名，退不避罪。艾虽无古人之节，终不自嫌以损于国也。先此申状，见可施行。

邓艾恃功而骄，任意行事，反形露矣——说邓艾"恃功而骄"，确是事实；但说邓艾企图谋反，却是冤枉。

司马昭看毕大惊，忙与贾充计议曰："邓艾恃功而骄，任意行事，反形露矣。㊟如之奈何？"贾充曰："主公何不封钟会以制之？"昭从其议，遣使赍诏，封会为司徒，就令卫瓘监督两路军马；以手书付瓘，使与会伺察邓艾，以防其变。会接读诏书。诏曰：

镇西将军钟会：所向无敌，前无强梁，节制众城，网罗迸逸；蜀之豪帅，面缚归命，谋无遗策，举无废功。其以会为司徒，进封县侯，增邑万户，封子二人亭侯，邑各千户。

钟会既受封，即请姜维计议曰："邓艾功在吾之上，又封太尉之职；今司马公疑艾有反志，故令卫瓘为监军，诏吾制之。伯约有何高见？"维曰："愚闻邓艾出身微贱，幼为农家养犊，今侥幸自阴平斜径，攀木悬崖，成此大功；非出良谋，实赖国家洪福耳。若非将军与维相拒于剑阁，艾安能成此功耶？今欲封蜀主为扶风王，乃大结蜀人之心，其反情不言可见矣。晋公疑之是也。"会深喜其言。维又曰："请退左右，维有一事密告。"会令左右尽退。维袖中取一图与会，曰："昔日武侯出草庐时，以此图献先帝，且曰：'益州之地，沃野千里，民殷国富，可为霸业。'先帝因此遂创成都。今邓艾至此，安得不狂？"会大喜，指问山川形势。维一一言之。会又问曰："当以何策除艾？"维曰："乘晋公疑忌之际，当急上表，言艾反状；晋公必令将军讨之，一举而可擒矣。"㊞会依言，即遣人赍表进赴洛阳，言邓艾专权恣肆，结好蜀人，早晚必反矣。于是朝中文武皆惊。会又令人于中途截了邓艾表文，按艾笔法，改写傲慢之辞，以实己之语。㊞

司马昭见了邓艾表章，大怒，即遣人到钟会军前，令会收艾；又遣贾充引三万兵入斜谷，昭乃同魏主曹奂御驾亲征。西曹掾邵悌谏曰："钟会之兵，多艾六倍，当令会收艾足矣，何必明公自行耶？"昭笑曰："汝忘了旧日之言耶？汝曾道会后必反。吾今此行，非为艾，实为会也。"㊞悌笑曰："某恐明公忘之，故以相问。今既有此意，切宜秘之，不可泄漏。"昭然其言，遂提大兵起程。时贾充亦疑钟会有变，密告司马昭。昭曰："如遣汝，亦疑汝耶？吾到长安，自有明白。"㊞早有细作报知钟会，说昭已至长安。会慌请姜维商议收艾之策。正是：才看西蜀收降将，又见长安动大兵。不知姜维以何策破艾，且看下文分解。

晋公必令将军讨之，一举而可擒矣——姜维竭力挑动钟会寻机除掉邓艾，其投降钟会之用意，已经开始露出端倪。

改写傲慢之辞，以实己之语——钟会为了证明邓艾确有谋反之意，竟然篡改其表章，制造假象，手段实属卑劣。

吾今此行，非为艾，实为会也——司马昭一面命钟会逮捕邓艾，一面又亲率大军前往长安，以图对付钟会。"螳螂捕蝉，黄雀在后"，司马昭之阴险狠毒，实在令人惊骇。

吾到长安，自有明白——司马昭明明早已怀疑钟会，此行又正是为了对付钟会，但对贾充这样的心腹也不说真话，城府之深，也令人惊骇。

尾评：

灭蜀之后，邓艾恃功而骄，授人以柄；钟会挖空心思，诬陷邓艾；姜维竭力挑动钟会除掉邓艾，以便从中取事；司马昭则坐山观虎斗，企图消灭一切对己不忠者，维护司马氏对权力的垄断。一时间，整个形势错综复杂，扑朔迷离，令人看来眼花缭乱。

第一一九回
假投降巧计成虚话　再受禅依样画葫芦

总评

蜀汉灭亡之后，围绕着益州的前途，各种政治力量各有打算，明争暗斗。经过一场错综复杂的斗争，姜维、钟会、邓艾全都身亡，最后胜利落到了司马昭手里。姜维忠于蜀汉，志在复国，欲利用矛盾，使邓艾杀卫瓘，钟会杀邓艾，杀魏军诸将，然后杀钟会，乘势恢复蜀汉政权，其计甚巧；可惜事机泄露，被魏将所攻，受伤自刎而死，成为一个令人同情的悲剧英雄。钟会才干虽高而品格甚低，陷害邓艾后，自以为手握雄兵，野心膨胀，企图割据自立；但因违背历史潮流，不得人心，反被众将所杀，死不足惜。邓艾长于用兵，却疏于防患，因自恃功高，言行不慎，竟被诬为谋反；钟会死后，本已获释，却又被挟嫌报复的田续杀害，死于非命，亦属悲剧英雄。司马昭明了天下大势，深谙社会心理，善于把握全局，比姜、邓、钟三人站得更高，看得更远，堪称成熟的政治家。尽管他为人阴险狠毒，但作为顺应要求统一的历史潮流的代表人物，他却必然赢得最后胜利。

蜀汉灭亡后，刘禅来到洛阳，老奸巨猾的司马昭故意问他是否思蜀。他先是表示“乐不思蜀”，后照郤正所教，表示“乃心西悲，无日不思”，却“欲哭无泪，遂闭其目”；司马昭一语点破，吓得他连忙“开目惊视曰：‘诚如尊命。’”

真是苟且偷生，毫无血性！有人认为这是刘禅假装糊涂，避害自保。然而，至少从诸葛亮去世以后，刘禅长期沉溺酒色，昏庸误国，早已糊涂透顶，还谈得上什么“假装糊涂”？退一万步说，即使他在司马昭面前装了一次糊涂，也不是像其父刘备当年在曹操身边那样“勉从虎穴暂趋身”，等待时机大展宏图，而是要让司马昭对自己彻底放心，安心当一辈子亡国之君，永远醉生梦死！

魏咸熙二年（265）八月，司马昭死，其子司马炎继为相国、晋王。仅仅四个月后，此年十二月，司马炎便逼迫魏主曹奂“禅让”。比之曹丕篡汉，司马炎更加迫不及待（曹操死于建安二十五年一月，同年十月，曹丕代汉自立，其间相距九个月），更加明目张胆。在篡权夺位的道路上，司马氏每每以曹氏为先例，但论凶狠残暴、厚颜无耻，司马氏可谓后来居上。当然，曹魏之亡，也是必然之势，司马氏取而代之，并不奇怪。在历史的长河中，这不过是“你方唱罢我登场”的一出小戏而已！

司马炎称帝后，封曹奂为陈留王，比之曹丕封汉献帝为山阳公，似乎更为优待。其实，曹丕称帝时，重臣皆封列侯，汉献帝封山阳公，班次高于群臣一个等级；而司马炎称帝时，重臣皆封公，曹奂封陈留王，班次也只比群臣高一个等级，二者地位实际上差不多。更重要的是，作为被废黜的亡国之君，封公也好，封王也罢，都并无行动自由，形同囚徒，还计较什么名号高低！

却说钟会请姜维计议收邓艾之策。维曰："可先令监军卫瓘收艾。艾若杀瓘，反情实矣。将军却起兵讨之，可也。"(评)会大喜，遂令卫瓘引数十人入成都，收邓艾父子。瓘手下人止之曰："此是钟司徒令邓太尉杀将军*，以正反情也。切不可行。"瓘曰："吾自有计。"(评)遂先发檄文二三十道。其檄曰："奉诏收艾，其余各无所问。若早来归，爵赏如先；敢有不出者，灭三族。"随备槛车两乘，星夜望成都而来。

比及鸡鸣，艾部将起见檄文者，皆来投拜于卫瓘马前。时邓艾在府中未起。瓘引数十人突入，大呼曰："奉诏收邓艾父子！"艾大惊，滚下床来。瓘叱武士缚于车上。其子邓忠出问，亦被捉下，缚于车上。府中将吏大惊，欲待动手抢夺，早望见尘头大起，哨马报说钟司徒大兵到了。众各四散奔走。钟会与姜维下马入府，见邓艾父子已被缚。会以鞭挞邓艾之首而骂曰："养犊小儿，何敢如此！"姜维亦骂曰："匹夫行险徼幸，亦有今日耶！"艾亦大骂。会将艾父子送赴洛阳。

会入成都，尽得邓艾军马，威声大震。乃谓姜维曰："吾今日方趁平生之愿矣！"(评)维曰："昔韩信不听蒯通之说，而有未央宫之祸；大夫种不从范蠡于五湖，卒伏剑而死：斯二子者，其功名岂不赫然哉？徒以利害未明，而见几之不早也。今公大勋已就，威震其主，何不泛舟绝迹，登峨嵋之岭，而从赤松子游乎？"会笑曰："君言差矣。吾年未四旬，方思进取，岂能便效此退闲之事？"维曰："若不退闲，当早图良策。此则明公智力所能，无烦老夫之言矣。"会抚掌大笑曰："伯约知吾心也。"(评)二人自此每日商议大事。维密与后主书曰："望陛下忍数日之辱，维将使社稷危而复安，日月幽而复明，必不使汉室终灭也。"(评)

却说钟会正与姜维谋反，忽报司马昭有书到。会接书。书中言：

将军却起兵讨之，可也——让卫瓘先去逮捕邓艾，若邓艾反抗，杀死卫瓘，正好证实其谋反，钟会再去讨伐邓艾，就可名正言顺了。姜维此计，颇为厉害。

吾自有计——卫瓘看穿钟会之用意，但又无法公开拒绝其命令，便另行设法，可见卫瓘亦颇有谋略。

吾今日方趋平生之愿矣——除去邓艾这个竞争对手，又兼并其军马，钟会得意之态可掬，野心也已露出苗头。

伯约知吾心也——姜维有意挑动钟会的野心，钟会竟以之为心腹之交，可谓利令智昏。

必不使汉室终灭也——至此，姜维已经表明利用钟会，乱中取事，以图恢复蜀汉的打算。

“吾恐司徒收艾不下，自屯兵于长安；相见在近，以此先报。”会大惊曰：“吾兵多艾数倍，若但要我擒艾，晋公知吾独能办之。今日自引兵来，是疑我也！”遂与姜维计议。维曰：“君疑臣则臣必死，岂不见邓艾乎？”会曰：“吾意决矣！事成则得天下，不成则退西蜀，亦不失作刘备也。”㊟维曰：“近闻郭太后新亡，可诈称太后有遗诏，教讨司马昭，以正弑君之罪。据明公之才，中原可席卷而定。”会曰：“伯约当作先锋。成事之后，同享富贵。”维曰：“愿效犬马微劳。但恐诸将不服耳。”会曰：“来日元宵佳节，于故宫大张灯火，请诸将饮宴。如不服从者尽杀之。”维暗喜。

次日，会、维二人请诸将饮宴。数巡后，会执杯大哭。诸将惊问其故，会曰：“郭太后临崩有遗诏在此，为司马昭南阙弑君，大逆无道，早晚将篡魏，命吾讨之。汝等各自佥名，共成此事。”众皆大惊，面面相觑。会拔剑出鞘曰：“违令者斩！”众皆恐惧，只得相从。画字已毕，会乃困诸将于宫中，严兵禁守。维曰：“我见诸将不服，请坑之。”会曰：“吾已令宫中掘一坑，置大棒数千，如不从者，打死坑之。”

时有心腹将丘建在侧。建乃护军胡烈部下旧人也。时胡烈亦被监在宫，建乃密将钟会所言，报知胡烈。烈大惊，泣告曰：“吾儿胡渊领兵在外，安知会怀此心耶？汝可念向日之情，透一消息，虽死无恨。”建曰：“恩主勿忧，容某图之。”遂出告会曰：“主公软监诸将在内，水食不便，可令一人往来传递。”会素听丘建之言，遂令丘建监临。会分付曰：“吾以重事托汝，休得泄漏。”㊟建曰：“主公放心，某自有紧严之法。”建暗令胡烈亲信人入内，烈以密书付其人。其人持书，火速至胡渊营内，细言其事，呈上密书。渊大惊，遂遍示诸营知之。众将大怒，急来渊营商议曰：“我等虽死，岂肯从反臣耶？”渊曰：“正月十八日中，可骤入内，如此行之。”监军卫瓘深喜胡渊之谋，即整顿了人马，令丘建传与胡烈。烈报知诸将。

却说钟会请姜维问曰：“吾夜梦大蛇数千条咬吾，主何吉凶？”维曰：“梦龙蛇者，皆吉庆之兆也。”会喜，信其言，乃谓维曰：“器仗已备，放诸将出问之，若何？”维曰：“此辈皆有不服之心，久必为害，不如乘早戮之。”会从之，即命姜维领武士往杀众魏将。维领命，方欲行动，忽然一阵心疼，昏倒在地；左右扶起，半晌方苏。忽报宫

事成则得天下，不成则退西蜀，亦不失作刘备也——钟会过高估计自己，决心割据称雄，如意算盘打得很美。然而，正如司马昭所分析的，他要强迫魏军将士实行割据，决非易事；即使他暂时得手，姜维也会杀掉他，借机恢复蜀汉。钟会自以为聪明，却只能被聪明所误。

吾以重事托汝，休得泄漏——其实，丘建早已向胡烈泄漏了机密。钟会用人不当，结果自取其败。

外人声沸腾。会方令人探时，喊声大震，四面八方，无限兵到。维曰："此必是诸将作恶，可先斩之。"忽报兵已入内。会令闭上殿门，使军士上殿屋，以瓦击之，互相杀死数十人。宫外四面火起，外兵砍开殿门杀入。会自掣剑立杀数人，却被乱箭射倒。㊟众将枭其首。维拔剑上殿，往来冲突，不幸心疼转加。维仰天大叫曰："吾计不成，乃天命也！"遂自刎而死㊟。时年六十三岁*。宫中死者数百人。卫瓘曰："众军各归营所，以待王命。"魏兵争欲报仇，共剖维腹，其胆大如鸡卵。众将又尽取姜维家属杀之。

会自掣剑立杀数人，却被乱箭射倒——诸军共讨钟会，钟会已无计可施，死于乱箭之下。勃勃野心，就此化为泡影。

遂自刎而死——姜维复国之计既已暴露，又陷于魏军包围之中，只得自刎而死，用鲜血为自己悲壮的历程画上了一个句号。

邓艾部下之人，见钟会、姜维已死，遂连夜去追劫邓艾。早有人报知卫瓘。瓘曰："是我捉艾；今若留他，我无葬身之地矣。"护军田续曰："昔邓艾取江油之时，欲杀续，得众官告免。今日当报此恨！"瓘大喜，遂遣田续引五百兵赶至绵竹，正遇邓艾父子放出槛车，欲还成都。艾只道是本部兵到，不作准备；欲待问时，被田续一刀斩之。㊟邓忠亦死于乱军之中。后人有诗叹邓艾曰：

被田续一刀斩之——邓艾毫无防备，竟被小人所杀，死于非命，悲哉！一时间，三位叱咤风云的雄杰之士接连被杀，令人惊心动魄。

自幼能筹画，多谋善用兵。
凝眸知地理，仰面识天文。
马到山根断，兵来石径分。
功成身被害，魂绕汉江云。

又有诗叹钟会曰：

髫年称早慧，曾作秘书郎。
妙计倾司马，当时号子房。
寿春多赞画，剑阁显鹰扬。
不学陶朱隐，游魂悲故乡。

又有诗叹姜维曰：

天水夸英俊，凉州产异才。
系从尚父出，术奉武侯来。
大胆应无惧，雄心誓不回。
成都身死日，汉将有余哀。

却说姜维、钟会、邓艾已死，张翼等亦死于乱军之中。太子刘璿、汉寿亭侯关彝，皆被魏兵所杀。军民大乱，互相践踏，死者不计其数。旬日后，贾充先至，出榜安民，方始宁靖。留卫瓘守成都，乃迁后主赴洛阳。㊟止有尚书令樊建、侍中张绍、光禄大夫谯周、

乃迁后主赴洛阳——至此，蜀汉算是彻底灭亡了。

秘书郎郤正等数人跟随。廖化、董厥皆托病不起，后皆忧死。

时魏景元五年，改为咸熙元年。春三月，吴将丁奉见蜀已亡，遂收兵还吴。中书丞华覈奏吴主孙休曰："吴、蜀乃唇齿也，'唇亡则齿寒'：臣料司马昭伐吴在即，乞陛下深加防御。"休从其言，遂命陆逊子陆抗为镇军将军，都督西陵*，守江口；领军将军孙异守京城诸处隘口*；又沿江一带，屯兵数百营，老将丁奉总督之，以防魏兵。

建宁太守霍弋闻成都不守，素服望西大哭三日。诸将皆曰："既汉主失位，何不速降？"弋泣谓曰："道路隔绝，未知吾主安危若何。若魏主以礼待之，则举城而降，未为晚也；万一危辱吾主，则主辱臣死，何可降乎？"众然其言，乃使人到洛阳，探听后主消息去了。

且说后主至洛阳时，司马昭已自回朝。昭责后主曰："公荒淫无道，废贤失政，理宜诛戮。"后主面如土色，不知所为。文武皆奏曰："蜀主既失国纪，幸早归降，宜赦之。"昭乃封禅为安乐公，㊟赐住宅，月给用度，赐绢万匹，僮婢百人。子刘瑶及群臣樊建、谯周、郤正等，皆封侯爵。后主谢恩出内。昭因黄皓蠹国害民，令武士押出市曹，凌迟处死。时霍弋探听得后主受封，遂率部下军士来降。

次日，后主亲诣司马昭府下拜谢。昭设宴款待，先以魏乐舞戏于前，蜀官感伤，独后主有喜色。昭令蜀人扮蜀乐于前，蜀官尽皆堕泪，后主嬉笑自若。酒至半酣，昭谓贾充曰："人之无情，乃至于此！虽使诸葛孔明在，亦不能辅之久全，何况姜维乎？"乃问后主曰："颇思蜀否？"后主曰："此间乐，不思蜀也。"㊟须臾，后主起身更衣，郤正跟至厢下曰："陛下如何答应不思蜀也？倘彼再问，可泣而答曰：'先人坟墓，远在蜀地，乃心西悲，无日不思。'晋公必放陛下归蜀矣。"后主牢记入席。酒将微醉，昭又问曰："颇思蜀否？"后主如郤正之言以对，欲哭无泪，遂闭其目。昭曰："何乃似郤正语耶？"后主开目惊视曰："诚如尊命。"㊟昭及左右皆笑之。昭因此深喜后主诚实，并不疑虑。后人有诗叹曰：

追欢作乐笑颜开，不念危亡半点哀。
快乐异乡忘故国，方知后主是庸才。

昭乃封禅为安乐公——"生于忧患，死于安乐"。刘禅一辈子贪图安乐，封其为"安乐公"，真是名副其实。

此间乐，不思蜀也——对于一个极端享乐主义者来说，亡国尚且可以接受，又何必思蜀呢？

诚如尊命——司马昭之言，不知是出于调侃，还是监视无孔不入，刘禅早已吓坏，只得老实坦白。短短一句话，把人物形象写得十分鲜明。

却说朝中大臣因昭收蜀有功，欲尊之为王，表奏魏主曹奂。时奂名为天子，实不能主张，政皆由司马氏，不敢不从，遂封晋公司马昭为晋王，㊞谥父司马懿为宣王，兄司马师为景王。昭妻乃王肃之女，生二子：长曰司马炎，人物魁伟，立发垂地，两手过膝，聪明英武，胆量过人；次日司马攸，情性温和，恭俭孝悌，昭甚爱之，因司马师无子，嗣攸以继其后。昭常曰："天下者，乃吾兄之天下也。"于是司马昭受封晋王，欲立攸为世子。山涛谏曰："废长立幼，违礼不祥。"贾充、何曾、裴秀亦谏曰："长子聪明神武，有超世之才；人望既茂，天表如此：非人臣之相也。"昭犹豫未决。太尉王祥、司空荀顗谏曰："前代立少，多致乱国。愿殿下思之。"昭遂立长子司马炎为世子。㊞

遂封晋公司马昭为晋王——灭蜀之后，司马昭威势达到顶点，于是又模仿曹操，进封晋王。这样，离皇位只剩一步了。

昭遂立长子司马炎为世子——司马炎名位亦定，这就为其篡夺曹魏政权准备了充分条件。

大臣奏称："今年襄武县*，天降一人，身长三丈余*，脚迹长三尺二寸，白发苍髯，着黄单衣，裹黄巾，拄藜头杖，自称曰：'吾乃民王也。今来报汝：天下换主，立见太平。'如此在市游行三日，忽然不见。此乃殿下之瑞也。殿下可戴十二旒冠冕，建天子旌旗，出警入跸，乘金根车，备六马，进王妃为王后，立世子为太子。"昭心中暗喜；回到宫中，正欲饮食，忽中风不语。次日，病危。太尉王祥、司徒何曾、司空荀顗*及诸大臣入宫问安。昭不能言，以手指太子司马炎而死，㊞时八月辛卯日也。何曾曰："天下大事，皆在晋王；可立太子为晋王，然后祭葬。"是日，司马炎即晋王位，封何曾为晋丞相，司马望为司徒，石苞为骠骑将军，陈骞为车骑将军，谥父为文王。

昭不能言，以手指太子司马炎而死——这一句，十分形象，把司马昭有口难开的神情写得栩栩如生。

安葬已毕，炎召贾充、裴秀入宫问曰："曹操曾云：'若天命在吾，吾其为周文王乎！'果有此事否？"充曰："操世受汉禄，恐人议论篡逆之名，故出此言。乃明教曹丕为天子也。"炎曰："孤父王比曹操何如？"充曰："操虽功盖华夏，下民畏其威而不怀其德。子丕继业，差役甚重，东西驱驰，未有宁岁。后我宣王、景王，累建大功，布恩施德，天下归心久矣。文王并吞西蜀，功盖寰宇，又岂操之可比乎？"炎曰："曹丕尚绍汉统，孤岂不可绍魏统耶？"贾充、裴秀二人再拜而奏曰："殿下正当法曹丕绍汉故事，复筑受禅坛，布告天下，以即大位。"

炎大喜，次日带剑入内。此时，魏主曹奂连日不曾设朝，心神恍惚，举止失措。炎直入后宫，奂慌下御榻而迎。炎坐毕，问曰："魏之天下，谁之力也？"奂曰："皆晋王父祖之赐耳。"炎笑曰："吾观陛下，文不能论道，武不能经邦。何不让有才德者主之？"㊢奂大惊，口噤不能言。傍有黄门侍郎张节大喝曰："晋王之言差矣！昔日太祖武皇帝*，东荡西除，南征北讨，非容易得此天下；今天子有德无罪，何故让与人耶？"炎大怒曰："此社稷乃大汉之社稷也。曹操挟天子以令诸侯，自立魏王，篡夺汉室。吾祖父三世辅魏，得天下者，非曹氏之能，实司马氏之力也：四海咸知。吾今日岂不堪绍魏之天下乎？"㊢节又曰："欲行此事，是篡国之贼也！"炎大怒曰："吾与汉家报仇，有何不可！"叱武士将张节乱瓜打死于殿下。奂泣泪跪告。炎起身下殿而去。奂谓贾充、裴秀曰："事已急矣，如之奈何？"充曰："天数尽矣，陛下不可逆天。当照汉献帝故事，重修受禅坛，具大礼，禅位与晋王：上合天心，下顺民情，陛下可保无虞矣。"

奂从之，遂令贾充筑受禅坛。以十二月丙寅日*，奂亲捧传国玺，立于坛上，大会文武。后人有诗叹曰：

魏吞汉室晋吞曹，天运循环不可逃。
张节可怜忠国死，一拳怎障泰山高。

请晋王司马炎登坛，授与大礼。奂下坛，具公服立于班首。炎端坐于坛上。贾充、裴秀列于左右，执剑，令曹奂再拜伏地听命。充曰："自汉建安二十五年，魏受汉禅，已经四十五年矣。今天禄永终，天命在晋。司马氏功德弥隆，极天际地，可即皇帝正位，以绍魏统。封汝为陈留王，出就金墉城居止；当时起程，非宣诏不许入京。"奂泣谢而去。太傅司马孚哭拜于奂前曰："臣身为魏臣，终不背魏也。"炎见孚如此，封孚为安平王。孚不受而退。是日，文武百官，再拜于坛下，山呼万岁。炎绍魏统，国号大晋，㊢改元为泰始元年，大赦天下。魏遂亡。后人有诗叹曰：

晋国规模如魏王，陈留踪迹似山阳。
重行受禅台前事，回首当车止自伤。

晋帝司马炎，追谥司马懿为宣帝，伯父司马师为景帝，父司马昭为文帝，立七庙以光祖宗。那七庙？汉征西将军司马钧，钧生豫章太守司马量，量生颍川太守司马隽，隽生京兆尹司马防，防生宣帝司马懿，懿生景帝司马师、文帝司马昭：是为七庙也。大事已定，

何不让有才德者主之——司马炎刚刚继位，便迫不及待地亲自逼迫曹奂让位，比其长辈司马师、司马昭更加凶狠。

吾今日岂不堪绍魏之天下乎——公开篡权夺位，居然振振有词，真是强盗口吻！

炎绍魏统，国号大晋——至此，曹魏宣告灭亡，西晋王朝正式建立。

每日设朝计议伐吴之策。正是：汉家城郭已非旧，吴国江山将复更。未知怎生伐吴，且看下文分解。

尾评：

尽管有许多血腥，许多混乱，许多阴谋，历史仍在颠颠簸簸地前进。蜀汉、曹魏先后灭亡，西晋已是三分天下有其二，只等消灭吴国，就可重新实现全国统一了。

第一二〇回
荐杜预老将献新谋　降孙皓三分归一统

总评

本回以简练的笔触，描述了吴国的衰败和西晋灭吴的过程，从而圆满地结束了“三分归晋”这一情节单元，为全书画上了最后一个句号。

综观“三分归晋”这一情节单元，可以看到这样几个突出的特点：

（一）艺术地表现了三分归晋的历史必然性。在《三国演义》中，我们强烈地感到，魏、蜀、吴三国的鼎立，只是由汉末大乱到重新统一的一个过渡阶段。尽管由于罗贯中世界观、历史观的局限，作品没有很好地表现广大人民对于实现重新统一的推动作用；但是，活动在前台的各国统治集团，却都没有忘记统一天下这个战略目标，他们彼此间的争斗攻伐，从根本上来说，也都是为了使天下归一。至于天下究竟统一于谁家，则取决于各国经济、政治、军事诸因素综合构成的力量对比。“三分归晋”这个情节单元，正是通过三国后期各国内政的演变，形象地表现了三分归晋的历史必然性。即以本回描写的吴国而言：吴国疆域广大，国力不弱；但蜀汉既亡，魏晋禅代，吴国势不能独存。恰在这时，吴主孙休病逝，孙皓嗣位。他骄奢淫逸，穷凶极恶，滥杀无辜，大兴土木；全国人口不过二百三十万，而他的后宫竟达五千余人！他在位的十六年间，吴国迅速衰落，将士离心，百姓嗟怨，而他依旧倒行逆施，怎能不导致国亡身虏的下场？

（二）历史评判与道德评判的交错融合。作为杰出的古代作家，罗贯中在编织情节，塑造人物时，不断地进行历史和道德的双重评判：他的历史评判，以向往国家统一为政治理想；他的道德评判，则以“忠义”为准则。他力图把二者融合在一起，既没有把历史道德化而随意抹煞某些人物的历史功绩，又没有忘记文学艺术追求真善美、鞭挞假恶丑的使命。尽管他的评判标准本身不可避免地带有历史的局限，但他既重视历史发展的方向，又坚持中华民族品评人物时“尚德”的优良传统，却是难能可贵的，这正是《三国演义》在思想内容上达到相当的高度和深度的根本原因。在“三分归晋”中，虽然他把一片尊敬之情献给了蜀汉的“忠义”之士，却并没有因为“尊刘”而曲解历史（参见第一〇八回总评）。反之，罗贯中对司马昭、司马炎父子颇为反感，对他们的残忍、奸诈时时予以贬斥；然而，对于他们完成统一大业的历史功绩，却给予充分的肯定。尽管西晋统一只是短暂的，但这种统一比起三国鼎立的局面来，毕竟又是一个历史的进步。因此，罗贯中欣喜地写道：“自此三国归于晋帝司马炎，为一统之基矣。”这也体现了历史评价与道德评判的有机融合。

（三）人物形象鲜明生动。这一单元时间跨度较大，重在叙述魏、蜀、吴三国先后灭亡的结局，没有贯串整个单元的中心人物；然而，在尖锐激烈而又错综复杂的矛盾斗争中，不少人物的形象仍然刻画得相当生动，给人留下了鲜明的印象。如司马昭的专权猜忌、老谋深算，邓艾的出奇制胜、恃功而骄，钟会的足智多谋、擅作威福，姜维的心雄胆大、坚韧不拔，刘禅的昏聩无能、苟且偷生，羊祜的深谋远虑、儒雅潇洒，陆抗的稳重老练、见机而作，孙皓的荒淫无道、暴虐凶残，王濬的老当益壮、一往无前等等，都各具特色。

却说吴主孙休，闻司马炎已篡魏，知其必将伐吴，忧虑成疾，卧床不起，乃召丞相濮阳兴入宫中，令太子孙𩅦出拜。吴主把兴臂，手指𩅦而卒。兴出，与群臣商议，欲立太子孙𩅦为君。左典军万彧曰："𩅦幼不能专政，不若取乌程侯孙皓立之。"左将军张布亦曰："皓才识明断，堪为帝王。"丞相濮阳兴不能决，入奏朱太后。太后曰："吾寡妇人耳，安知社稷之事？卿等斟酌立之可也。"兴遂迎皓为君。㊊

皓字元宗，大帝孙权太子孙和之子也。当年七月，即皇帝位，改元为元兴元年，封太子孙𩅦为豫章王，追谥父和为文皇帝，尊母何氏为太后，加丁奉为右大司马。次年改为甘露元年。皓凶暴日甚，酷溺酒色，宠幸中常侍岑昏。濮阳兴、张布谏之，皓怒，斩二人，灭其三族。㊊由是廷臣缄口，不敢再谏。又改宝鼎元年，以陆凯、万彧为左右丞相。时皓居武昌，扬州百姓泝流供给，甚苦之；又奢侈无度，公私匮乏。㊊陆凯上疏谏曰：

> 今无灾而民命尽，无为而国财空，臣窃痛之。昔汉室既衰，三家鼎立；今曹、刘失道，皆为晋有：此目前之明验也。臣愚，但为陛下惜国家耳。武昌土地险瘠，非王者之都。且童谣云："宁饮建业水，不食武昌鱼；宁还建业死，不止武昌居！"此足明民心与天意也。今国无一年之蓄，有露根之渐；官吏为苛扰，莫之或恤。大帝时，后宫女不满百；景帝以来，乃有千数：此耗财之甚者也。又左右皆非其人，群党相挟，害忠隐贤，此皆蠹政病民者也。愿陛下省百役，罢苛扰，简出宫女，清选百官，则天悦民附而国安矣。

疏奏，皓不悦。又大兴土木，作昭明宫，令文武各官入山采木；又召术士尚广，令筮蓍问取天下之事。尚对曰："陛下筮得吉兆：庚子岁，青盖当入洛阳。"皓大喜，谓中书丞华覈曰："先帝纳卿之言，

兴遂迎皓为君——濮阳兴听信万彧、张布之言，迎孙皓为帝，铸成大错。在封建社会里，国君是否贤明，直接关系到国家命运，历史上这类教训可谓不胜枚举。

皓怒，斩二人，灭其三族——濮阳兴、张布迎孙皓为帝，对孙皓应有大功，但仅仅因其进谏，孙皓便将其斩首灭族，恩将仇报，竟至于此！

又奢侈无度，公私匮乏——整个形势对吴不利，孙皓却不修德政，反而大肆挥霍，真是无道昏君！

分头命将，沿江一带，屯数百营，命老将丁奉总之。朕欲兼并汉土，以为蜀主复仇，当取何地为先？”覈谏曰："今成都不守，社稷倾崩，司马炎必有吞吴之心。陛下宜修德以安吴民，乃为上计。(评)若强动兵甲，正犹披麻救火，必致自焚也。愿陛下察之。”皓大怒曰："朕欲乘时恢复旧业，汝出此不利之言！若不看汝旧臣之面，斩首号令！”叱武士推出殿门。华覈出朝叹曰："可惜锦绣江山，不久属于他人矣！”遂隐居不出。于是皓令镇军大将军陆抗部兵屯江口*，以图襄阳。

陛下宜修德以安吴民，乃为上计——此言甚是。在当时的形势下，即使孙皓能够"修德安民"，也只能争取偏安江东，等待时机；若不顾国计民生，强行出兵攻晋，只会加速吴国的衰亡。

早有消息报入洛阳，近臣奏知晋主司马炎。晋主闻陆抗寇襄阳，与众官商议。贾充出班奏曰："臣闻吴国孙皓，不修德政，专行无道。陛下可诏都督羊祜率兵拒之，俟其国中有变，乘势攻取，东吴反掌可得也。”炎大喜，即降诏遣使到襄阳，宣谕羊祜。祜奉诏，整点军马，预备迎敌。自是羊祜镇守襄阳，甚得军民之心。吴人有降而欲去者，皆听之。减戍逻之卒，用以垦田八百余顷。其初到时，军无百日之粮；及至末年，军中有十年之积。祜在军，尝着轻裘，系宽带，不披铠甲，帐前侍卫者不过十余人。一日，部将入帐禀祜曰："哨马来报：吴兵皆懈怠。可乘其无备而袭之，必获大胜。”祜笑曰："汝众人小觑陆抗耶？此人足智多谋，日前吴主命之攻拔西陵，斩了步阐及其将士数十人，吾救之无及。此人为将，我等只可自守；候其内有变，方可图取。若不审时势而轻进，此取败之道也。”(评)众将服其论，只自守疆界而已。

若不审时势而轻进，此取败之道也——羊祜知己知彼，深谋远虑，不贪一时之功，这才是大将之才。

一日，羊祜引诸将打猎，正值陆抗亦出猎。羊祜下令："我军不许过界。”众将得令，止于晋地打围，不犯吴境。陆抗望见，叹曰："羊将军有纪律，不可犯也。”日晚各退。祜归至军中，察问所得禽兽，被吴人先射伤者皆送还。吴人皆悦，来报陆抗。抗召来人入，问曰："汝主帅能饮酒否？”来人答曰："必得佳酿，则饮之。”抗笑曰："吾有斗酒，藏之久矣。今付与汝持去，拜上都督：此酒陆某亲酿自饮者，特奉一勺，以表昨日出猎之情。”来人领诺，携酒而去。左右问抗曰："将军以酒与彼，有何主意？”抗曰："彼既施德于我，我岂得无以酬之？”众皆愕然。

却说来人回见羊祜，以抗所问并奉酒事，一一陈告。祜笑曰："彼亦知吾能饮乎！”遂命开壶取饮。部将陈元曰："其中恐有奸诈，都督且宜慢饮。”祜笑曰：“抗非毒人者也，不必疑虑。”竟倾壶饮之。自是使人通问，常相往来。㉔一日，抗遣人候祜。祜问曰：“陆将军安否？”来人曰：“主帅卧病，数日未出。”祜曰：“料彼之病，与我相同。吾已合成熟药在此，可送与服之。”来人持药回见抗。众将曰：“羊祜乃是吾敌也，此药必非良药。”抗曰：“岂有酖人羊叔子哉！汝众人勿疑。”遂服之。次日病愈，众将皆拜贺。抗曰：“彼专以德，我专以暴，是彼将不战而服我也。今宜各保疆界而已，无求细利。”众将领命。

忽报吴主遣使来到，抗接入问之。使曰：“天子传谕将军：作急进兵，勿使晋人先入。”抗曰：“汝先回，吾随有疏章上奏。”使人辞去，抗即草疏，遣人赍到建业。近臣呈上，皓拆观其疏，疏中备言晋未可伐之状，且劝吴主修德慎罚，以安内为念，不当以黩武为事。吴主览毕，大怒曰：“朕闻抗在边境与敌人相通，今果然矣！”遂遣使罢其兵权，降为司马，却令领军将军孙异代领其军*。群臣皆不敢谏。吴主皓自改元建衡，至凤凰元年，恣意妄为，穷兵屯戍，上下无不嗟怨。丞相万彧、将军留平、大司农楼玄三人见皓无道，直言苦谏，皆被所杀。前后十余年，杀忠臣四十余人。㉔皓出入常带铁骑五万，群臣恐怖，莫敢奈何。

却说羊祜闻陆抗罢兵，孙皓失德，见吴有可乘之机，乃作表，遣人往洛阳请伐吴，㉔其略曰：

> 夫期运虽天所授，而功业必因人而成。今江淮之险，不如剑阁；孙皓之暴，过于刘禅；吴人之困，甚于巴蜀；而天晋兵力，盛于往时。不于此际平一四海，而更阻兵相守，使天下困于征戍，经历盛衰，不可长久也。

司马炎观表，大喜，便令兴师。贾充、荀勖、冯统三人，力言不可，炎因此不行。祜闻上不允其请，叹曰：“天下不如意事，十常八九。㉔今天与不取，岂不大可惜哉！”

至咸宁四年，羊祜入朝，奏辞归乡养病。炎问曰：“卿有何安邦之策，以教寡人？”祜曰：“孙皓暴虐已甚，于今可不战而克。若皓不幸而殁，更立贤君，则吴非陛下所能得也。”炎大悟曰：“卿今便提兵往伐，若何？”祜曰：“臣年老多病，不堪当此任。陛下另选智勇之士，可也。”遂辞炎而归。是年十一月，羊祜病危，司马炎车驾亲临

自是使人通问，常相往来——羊祜与陆抗，虽然各为其主，却能互相尊重，以礼相待，宁可等待时机，而不屑于玩弄小动作，使双方边境暂时保持宁静，在历史上传为美谈。

前后十余年，杀忠臣四十余人——忠臣者，国之栋梁也。孙皓残害忠臣，不仅是昏君，更是暴君！如此倒行逆施，非亡国不可！

乃作表，遣人往洛阳请伐吴——这是西晋上层第一次酝酿伐吴。

天下不如意事，十常八九——此语本于《晋书·羊祜传》（原作“天下不如意，恒十居七八”），表现了志士面对人生的种种缺陷而产生的深沉浩叹，已成千古名言。

拜官公朝，谢恩私门，臣所不取也——此语亦本于《晋书·羊祜传》，亦为千古名言。做官掌权者，当牢记于心，为国荐贤，千万不要热衷于"谢恩私门"，以至拉帮结派！

时人谓之"左传癖"——此事本于《晋书·杜预传》。杜预酷爱《左传》，又是一员儒将，在历史上传为美谈。直到今天，我们还在读他的《左传集解》。

其家问安。炎至卧榻前，祜下泪曰："臣万死不能报陛下也！"炎亦泣曰："朕深恨不能用卿伐吴之策。今日谁可继卿之志？"祜含泪而言曰："臣死矣，不敢不尽愚诚：度支尚书杜预可任*；若伐吴，须当用之。"炎曰："举善荐贤，乃美事也；卿何荐人于朝，即自焚奏稿，不令人知耶？"祜曰："拜官公朝，谢恩私门，臣所不取也。"㊢言讫而亡。炎大哭回宫，敕赠太傅、巨平侯。南州百姓闻羊祜死，罢市而哭。江南守边将士，亦皆哭泣。襄阳人思祜存日，常游于岘山，遂建庙立碑，四时祭之。往来人见其碑文者，无不流涕，故名为"堕泪碑"。后人有诗叹曰：

晓日登临感晋臣，古碑零落岘山春。
松间残露频频滴，疑是当年堕泪人。

晋主以羊祜之言，拜杜预为镇南大将军，都督荆州事。杜预为人，老成练达，好学不倦，最喜读左丘明《春秋传》，坐卧常自携，每出入必使人持《左传》于马前，时人谓之"左传癖"。㊢及奉晋主之命，在襄阳抚民养兵，准备伐吴。

此时吴国丁奉、陆抗皆死。吴主皓每宴群臣，皆令沉醉；又置黄门郎十人为纠弹官，宴罢之后，各奏过失，有犯者或剥其面，或凿其眼。由是国人大惧。晋益州刺史王濬上疏请伐吴。其疏曰：

孙皓荒淫凶逆，宜速征伐。若一旦皓死，更立贤主，则强敌也；臣造船七年，日有朽败；臣年七十，死亡无日：三者一乖，则难图矣。愿陛下无失事机。

晋主览疏，遂与群臣议曰："王公之论，与羊都督暗合。朕意决矣。"侍中王浑奏曰："臣闻孙皓欲北上，军伍已皆整备，声势正盛，难与争锋。更迟一年，以待其疲，方可成功。"晋主依其奏，乃降诏止兵莫动，退入后宫，与中书令张华*围棋消遣，近臣奏边庭有表到。晋主开视之，乃杜预表也。表略云：

往者，羊祜不博谋于朝臣，而密与陛下计，故令朝臣多异同之议。凡事当以利害相校。度此举之利，十有八九，而其害止于无功耳。自秋以来，讨贼之形颇露；今若中止，孙皓恐怖，徙都武昌，完修江南诸城，迁其居民，城不可攻，野无所掠，则明年之计亦无及矣。

晋主览表才罢，张华突然而起，推却棋枰，敛手奏曰："陛下圣武，国富民强；吴主淫虐，民忧国敝。今若讨之，可不劳而定。愿勿以为疑。”晋主曰：“卿言洞见利害，朕复何疑！”㊟即出升殿，命镇南大将军杜预引兵十万出江陵*；镇东大将军琅琊王司马伷出涂中；安东将军王浑*出横江；建威将军王戎出武昌；平南将军胡奋出夏口：各引兵五万，皆听预调用。又遣龙骧将军王濬、广武将军唐彬浮江东下：水陆兵二十余万，战船数万艘。又令贾充为大都督，行冠军将军杨济副之，出屯襄阳*，节制诸路人马。

卿言洞见利害，朕复何疑——此事亦本于《晋书·杜预传》。由于吴国疆域广大，又有长江之险，西晋统治集团内部反对伐吴者不少。几经反复，直到此时晋武帝司马炎方才下定决心。

早有消息报入东吴。吴主皓大惊，急召丞相张悌、司徒何植、司空滕循，计议退兵之策。悌奏曰：“可令车骑将军伍延为都督，进兵江陵，迎敌杜预；骠骑将军孙歆进兵拒夏口等处军马。臣敢为军师，领丹阳太守沈莹*、副军师诸葛靓*，引兵十万，出兵牛渚，接应诸路军马。”皓从之，遂令张悌引兵去了。皓退入后宫，不安忧色。幸臣中常侍岑昏问其故。皓曰：“晋兵大至，诸路已有兵迎之；争奈王濬率兵数万，战船齐备，顺流而下，其锋甚锐：朕因此忧也。”昏曰：“臣有一计，令王濬之舟，皆为齑粉矣。”皓大喜，遂问其计。岑昏奏曰：“江南多铁，可打连环索百余条，长数百丈，每环重二三十斤，于沿江紧要去处横截之。再造铁锥数万，长丈余，置于水中。若晋船乘风而来，逢锥则破，岂能渡江也？”皓大喜，传令拨匠工于江边连夜造成铁索、铁锥，设立停当。

却说晋镇南大将军杜预，兵出江陵，令牙将周旨：引水手八百人，乘小舟暗渡长江，夜袭乐乡，多立旌旗于山林之处，日则放炮擂鼓，夜则各处举火。旨领命，引众渡江，伏于巴山。次日，杜预领大军水陆并进。前哨报道：“吴主遣伍延出陆路，陆景出水路，孙歆为先锋：三路来迎。”杜预引兵前进。孙歆船早到。两兵初交，杜预便退。歆引兵上岸，迤逦追时，不到二十里，一声炮响，四面晋兵大至。吴兵急回，杜预乘势掩杀，吴兵死者不计其数。孙歆奔到城边，周旨八百军混杂于中，就城上举火，歆大惊曰：“北来诸军乃飞渡江也？”急欲退时，被周旨大喝一声，斩于马下。陆景在船上，望见江南岸上一片火起，巴山上风飘出一面大旗，上书：“晋镇南大将军杜预”。陆景大惊，欲上岸逃命，被晋将张尚马到斩之。伍延见各军皆败，乃弃城走，被伏兵捉住，缚见杜预。预曰：“留之无用！”

叱令武士斩之，遂得江陵。于是沅、湘一带，直抵广州诸郡，守令皆望风赍印而降。(评)预令人持节安抚，秋毫无犯。遂进兵攻武昌，武昌亦降。杜预军威大振，遂大会诸将，共议取建业之策。胡奋曰："百年之寇，未可尽服。方今春水泛涨，难以久住。可俟来春，更为大举。"预曰："昔乐毅济西一战而并强齐；今兵威大振，如破竹之势，数节之后，皆迎刃而解，无复有着手处也。"遂驰檄约会诸将，一齐进兵，攻取建业。(评)

时龙骧将军王濬率水兵顺流而下。前哨报说："吴人造铁索，沿江横截；又以铁锥置于水中为准备。"濬大笑，遂造大筏数十，方百余步*，上缚草为人，披甲执杖，立于周围，顺水放下。吴兵见之，以为活人，望风先走。暗锥着筏，尽提而去。又于筏上作火炬，长十余丈，大十余围，以麻油灌之，但遇铁索，燃炬烧之，须臾皆断。(评)两路从大江而来，所到之处，无不克胜。

却说东吴丞相张悌，令丹阳太守沈莹、副军师诸葛靓，来迎晋兵。莹谓靓曰："上流诸军不作提防，吾料晋军必至此，宜尽力以敌之。若幸得胜，江南自安。今渡江与战，不幸而败，则大事去矣。"靓曰："公言是也。"言未毕，人报晋兵顺流而下，势不可当。二人大惊，慌来见张悌商议。靓谓悌曰："东吴危矣，何不遁去？"悌垂泣曰："吴之将亡，贤愚共知；今若君臣皆降，无一人死于国难，不亦辱乎！"(评)诸葛靓亦垂泣而去。张悌与沈莹挥兵抵敌，晋兵一齐围之。周旨首先杀入吴营。张悌独奋力搏战，死于乱军之中。沈莹被周旨所杀。吴兵四散败走。后人有诗赞张悌曰：

"杜预"巴山见大旗，江东张悌死忠时。

已拚王气南中尽，不忍偷生负所知。

却说晋兵克了牛渚，深入吴境。王濬遣人驰报捷音，晋主炎闻知大喜。贾充奏曰："吾兵久劳于外，不服水土，必生疾病。宜召军还，再作后图。"张华曰："今大兵已入其巢，吴人胆落，不出一月，孙皓必擒矣。若轻召还，前功尽废，诚可惜也。"(评)晋主未及应，贾充叱华曰："汝不省天时地利，欲妄邀功绩，困弊士卒，虽斩汝不足以谢天下！"炎曰："此是朕意，华但与朕同耳，何必争辩！"忽报杜预驰表到。晋主视表，亦言宜急进兵之意。晋主遂不复疑，竟下征进之命。王濬等奉了晋主之命，水陆并进，风雷鼓动，吴人望旗

守令皆望风赍印而降——由于孙皓暴虐无道，吴国内部早已离心离德，一旦晋军大举进攻，很快就土崩瓦解。

遂驰檄约会诸将，一齐进兵，攻取建业——晋军初战顺利，杜预抓住战机，约会诸将，大举深入，确系高明之见。

但遇铁索，燃炬烧之，须臾皆断——此事本于《晋书·王濬传》。王濬有勇有谋，巧破吴国的横江铁索，所向披靡，真是"千寻铁锁沉江底，一片降幡出石头"。

今若君臣皆降，无一人死于国难，不亦辱乎——吴国大势已去，张悌却宁愿为国捐躯。此语既沉痛，又悲壮，十分感人。

若轻召还，前功尽废，诚可惜也——明明吴国已经濒临灭亡，贾充还在劝司马炎召还晋军，简直荒唐已极。张华驳之，完全正确。

而降。

吴主皓闻之，大惊失色。诸臣告曰："北兵日近，江南军民不战而降，将如之何？"皓曰："何故不战？"众对曰："今日之祸，皆岑昏之罪，㊞请陛下诛之。臣等出城决一死战。"皓曰："量一中贵，何能误国？"众大叫曰："陛下岂不见蜀之黄皓乎！"遂不待吴主之命，一齐拥入宫中，碎割岑昏，生啖其肉。陶濬奏曰："臣领战船皆小，愿得二万兵乘大船以战，自足破之。"皓从其言，遂拨御林诸军与陶濬上流迎敌。游击将军张象*，率水兵下江迎敌。二人部兵正行，不想西北风大起，吴兵旗帜，皆不能立，尽倒竖于舟中；兵卒不肯下船，四散奔走，只有张象数十军待敌。

今日之祸，皆岑昏之罪——是这样吗？当然不是。这不过是因为群臣不敢当面指责孙皓本人，只好归罪于佞臣岑昏罢了。

却说晋将王濬，扬帆而行，过三山，舟师曰："风波甚急，船不能行；且待风势少息行之。"濬大怒，拔剑叱之曰："吾目下欲取石头城，何言住耶！"遂擂鼓大进。吴将张象引从军请降。濬曰："若是真降，便为前部立功。"象回本船，直至石头城下，叫开城门，接入晋兵。孙皓闻晋兵已入城，欲自刎。中书令胡冲、光禄勋薛莹奏曰："陛下何不效安乐公刘禅乎？"皓从之，亦舆榇自缚，率诸文武，诣王濬军前归降。㊞濬释其缚，焚其榇，以王礼待之。唐人有诗叹曰：

西晋楼船下益州，金陵王气黯然收。
千寻铁锁沉江底，一片降旗出石头。
人世几回伤往事，山形依旧枕寒流。
今逢四海为家日，故垒萧萧芦荻秋。

皓从之……诣王濬军前归降——至此，吴国终于宣告灭亡。

于是东吴四州，四十三郡，三百一十三县，户五十二万三千*，官吏三万二千，兵二十三万，男女老幼二百三十万，米谷二百八十万斛，舟船五千余艘，后宫五千余人，皆归大晋。大事已定，出榜安民，尽封府库仓廪。次日，陶濬兵不战自溃。琅琊王司马伷并王戎大兵皆至，见王濬成了大功，心中忻喜。次日，杜预亦至，大犒三军，开仓赈济吴民。于是吴民安堵。惟有建平太守吾彦，拒城不下；闻吴亡，乃降。

王濬上表报捷。朝廷闻吴已平，君臣皆贺，上寿。晋主执杯流涕曰："此羊太傅之功也。惜其不亲见之耳！"骠骑将军孙秀退朝，向南而哭曰：㊞"昔讨逆壮年，以一校尉创立基业；今孙皓举江南而弃之！'悠悠苍天，此何人哉！'"

骠骑将军孙秀退朝，向南而哭曰——孙秀系孙策幼弟孙匡之孙，曾任吴国前将军、夏口督，建衡二年（270）因惧孙皓迫害而投奔晋国。他虽已为晋臣，仍有故国之思，因而为吴国的灭亡而痛哭。

却说王濬班师，迁吴主皓赴洛阳面君。皓登殿稽首以见晋帝。帝赐坐曰："朕设此座以待卿久矣。"皓对曰："臣于南方，亦设此座以待陛下。"㊟帝大笑。贾充问皓曰："闻君在南方，每凿人眼目，剥人面皮：此何等刑耶？"皓曰："人臣弑君及奸回不忠者，则加此刑耳。"充默然甚愧。帝封皓为归命侯，诸子拜郎中*，随降宰辅皆封列侯。丞相张悌阵亡，封其子孙。封王濬为辅国大将军。其余各加封赏。

臣于南方，亦设此座以待陛下——孙皓已成为亡国之君，尚不知羞耻，卖弄嘴皮，真是可恶，可鄙！

自此三国归于晋帝司马炎，为一统之基矣。㊟此所谓"天下大势，合久必分，分久必合"者也。后来后汉皇帝刘禅亡于晋泰始七年，魏主曹奂亡于太安元年，吴主孙皓亡于太康四年，皆善终。后人有古风一篇，以叙其事曰：

自此三国归于晋帝司马炎，为一统之基矣——经过漫长而曲折的斗争，三国终于归一，全国的重新统一终于实现。行文至此，罗贯中已无法抑制欣喜之情。

高祖提剑入咸阳，炎炎红日升扶桑；
光武龙兴成大统，金乌飞上天中央；
哀哉献帝绍海宇，红轮西坠咸池傍！
何进无谋中贵乱，凉州董卓居朝堂；
王允定计诛逆党，李傕郭汜兴刀枪；
四方盗贼如蚁聚，六合奸雄皆鹰扬：
孙坚孙策起江左，袁绍袁术兴河梁；
刘焉父子据巴蜀，刘表军旅屯荆襄；
张修张鲁霸南郑*，马腾韩遂守西凉；
陶谦张绣公孙瓒，各逞雄才占一方。
曹操专权居相府，牢笼英俊用文武；
威挟天子令诸侯，总领貔貅镇中土。
楼桑玄德本皇孙，义结关张愿扶主；
东西奔走恨无家，将寡兵微作羁旅；
南阳三顾情何深，卧龙一见分寰宇；
先取荆州后取川，霸业图王在天府；
呜呼三载逝升遐，白帝托孤堪痛楚！
孔明六出祁山前，愿以只手将天补；
何期历数到此终，长星半夜落山坞！
姜维独凭气力高，八伐中原空劬劳*；
钟会邓艾分兵进，汉室江山尽属曹。

丕睿芳髦才及奂，司马又将天下交；
受禅台前云雾起，石头城下无波涛；
陈留归命与安乐，王侯公爵从根苗。
纷纷世事无穷尽，天数茫茫不可逃；
鼎足三分已成梦，后人凭吊空牢骚。㊢

后人凭吊空牢骚——嘉靖本《三国志通俗演义》、《李卓吾先生批评三国志》等版本此处均作“一统乾坤归晋朝”，只是概括三国鼎立的最后结局，并无哀伤之意。毛本修改为此，意味殊弱。

尾评：

从小说艺术的角度来看，“三分归晋”这一情节单元的成就不算很高。然而，作为全书的收束，它却保证了《三国演义》在艺术上的完整性。尽管作品对三国归晋的原因表现得不够深刻，叙述也过于匆忙；但由于作者抓住了历史发展的基本线索和主要趋势，整个单元仍然如同大江东去，蔚为壮观。读罢这一情节单元，吟咏那篇总括全书的《古风》，那一幕幕风云变幻的情节又在眼前闪现，就像一首气势磅礴的交响乐，久久地震撼着我们的心灵，给我们带来无穷的韵味，无尽的启迪……

附　　录

《三国演义》技术性错误校正一览表

说明

1．关于“技术性错误”的概念及种类，请见本书《前言》第五部分“本书的主要特点”。

2．同一问题多次出现者，仅举例言之，不一一具列。

3．表中“序号”一项指编排顺序，按问题在书中出现之先后列出。

4．表中“页码”一项系指正文页码。

序号	页码	原　文	今　作	依　据
1	3	建宁二年四月望日	建宁二年四月癸巳	《后汉书·灵帝纪》(“望日”即农历每月十五，此年四月癸巳则为四月廿二)。
2	3	光和元年……六月朔	光和元年……六月丁丑	同上书(“朔”即农历每月初一，此年六月丁丑则为六月廿九)。
3	3	后张让、赵忠……等十人朋比为奸	后张让、赵忠……等十二人朋比为奸	《后汉书·宦者列传》。
4	4	幽州太守刘焉	幽州刺史刘焉	据《后汉书·百官志》，州长官为刺史或牧，郡长官方为太守(历史上的刘焉未任幽州刺史)。
5	4	汉武时封涿鹿亭侯	汉武时封中山国陆成侯	《汉书·王子侯表》。
6	4	玄德年已二十八岁矣	玄德年已二十四岁矣	据《三国志·蜀书·先主传》推算。
7	5	字翼德	字益德	《三国志·蜀书·张飞传》(嘉靖壬午本《三国志通俗演义》、《李卓吾先生批评三国志》等均作“益德”)。
8	5	河东解良人也	河东解县人也	解良即“解梁”，系金代地名。据《三国志·蜀书·关羽传》改。
9	6	青州太守龚景	青州刺史龚景	同4。
10	6	直赶至青州城下	直赶至临菑城下	青州系州名，而非具体城名，此处指州治临菑。
11	7	时皇甫嵩、朱儁领军拒贼，贼战不利，退入长社，依草结营	时皇甫嵩、朱儁领军拒贼，战不利，退入长社。贼四面围定，依草结营	据《后汉书·皇甫嵩传》，本系官军退入长社城内，黄巾军在外包围，依草结营。原文颠倒双方态势，以致语意混乱。
12	7	沛国谯郡人也	沛国谯县人也	沛国系王国，下应辖县。据《三国志·魏书·武帝纪》改。
13	9	张翼德怒鞭督邮	张益德怒鞭督邮	同7。
14	11	朝廷加皇甫嵩为车骑将军	朝廷加皇甫嵩为左车骑将军	《后汉书·皇甫嵩传》。

（续表）

序号	页码	原　文	今　作	依　据
15	11	孙仲	孙夏	《后汉书·朱儁传》。
16	11	荐为校尉	荐为县尉	《三国志·吴书·孙破虏传》（校尉系高级军职）。
17	11	坚与郡司马招募勇士千余人	坚以郡司马招募勇士千余人	《三国志·吴书·孙破虏传》。
18	12	诏封为车骑将军、河南尹	诏拜为右车骑将军	《后汉书·朱儁传》。
19	12	除别郡司马	除别部司马	《三国志·吴书·孙破虏传》。
20	12	郎中张钧	侍中张钧	《后汉书·灵帝纪》。
21	12	定州中山府安喜县	冀州中山国安喜县	定州、中山府均为后代地名。据《后汉书·郡国志》。
22	13	督邮归告定州太守	督邮归告中山相	承上文。
23	13	玄德、关、张三人往代州	玄德、关、张三人往代郡	东汉只有代郡，属幽州，而无代州。
24	13	帝又封赵忠等为车骑将军	帝又以赵忠为车骑将军	《后汉书·宦者传》。
25	14	江夏平	长沙平	原文与小说上文“长沙贼区星作乱”矛盾。据《三国志·吴书·孙破虏传》改。
26	14	迁高堂尉	迁高唐尉	《三国志·蜀书·先主传》。
27	14	司马潘隐	蹇硕司马潘隐	司马系常设将军等的属官，蹇硕时为上军校尉，统诸军，故属官有司马。原文交代不明。据《后汉书·何进传》增补。
28	14	司徒袁逢	司空袁逢	《后汉书·袁安传》。
29	15	举柩回京，葬于文陵	葬于慎陵	《后汉书·灵帝纪》（慎陵系灵帝父刘苌陵墓，在河间国）。
30	19	鳌乡侯、西凉刺史董卓	并州牧、斄乡侯董卓	《后汉书·董卓传》、《三国志·魏书·董卓传》。

（续表）

序号	页码	原　文	今　作	依　据
31	19	牛辅守住陕西	牛辅守住陕县	陕西成为行政区划是在宋代，此处指陕县（今属河南）。据《三国志·魏书·董卓传》改。
32	20	赵忠、程旷、夏恽、郭胜四个……张让、段珪、曹节、侯览	赵忠、高望、夏恽、郭胜四个……张让、段珪、毕岚、宋典	参见3。
33	20	河南中部掾吏闵贡	河南中部掾闵贡	《三国志·魏书·董卓传》注引《英雄记》。
34	21	司徒王允	河南尹王允	据《后汉书·王允传》，允此时任河南尹，献帝即位后拜太仆，次年始为司徒。
35	21	太尉杨彪	卫尉杨彪	据《后汉书·杨震传》附《杨彪传》，彪此时任卫尉，献帝即位后曾任司空、司徒，兴平元年（194）始任太尉。
36	21	左军校尉淳于琼、右军校尉赵萌	右校尉淳于琼、助军左校尉赵融	《后汉书·灵帝纪》注引《山阳公载记》。
37	21	后军校尉鲍信	骑都尉鲍信	《三国志·魏书·董卓传》。
38	21	中军校尉袁绍	司隶校尉袁绍	据《三国志·魏书·袁绍传》，绍曾任中军校尉，此时则为司隶校尉（第二回已写到）。
39	22	董卓招诱何进兄弟部下之兵，尽归掌握。私谓李儒曰	董卓招诱何进兄弟部下之兵，尽归掌握。李儒劝卓擢用名流，以收人望，因荐蔡邕之才。卓命征之，邕不赴。卓怒，使人谓邕曰：“如不来，当灭汝族！”邕惧，只得应命而至。卓见邕大喜，一月三迁其官，拜为侍中，甚见亲厚。卓私谓李儒曰	董卓征辟蔡邕原在第四回，叙述脱节。参照《后汉书·蔡邕传》调整。

（续表）

序号	页码	原　文	今　作	依　据
40	22	荆州刺史丁原	执金吾丁原	据《三国志·魏书·吕布传》，丁原曾任并州刺史，此时为执金吾，未曾任荆州刺史。
41	22	公乃外郡刺史	公乃外州刺史	董卓为并州牧，并州不能称为“郡”。
42	23	某说今日丁刺史耳	某说今日丁金吾耳	同40。
43	24	自领前将军事	自为太尉，领前将军事	《后汉书·献帝纪》、《董卓传》。
44	24	封吕布为骑都尉、中郎将、都亭侯	以吕布为中郎将，封都亭侯	据《三国志·魏书·吕布传》，董卓始以布为骑都尉，后升任中郎将，封都亭侯。
45	28	剑履上殿，威福莫比。李儒劝卓擢用名流，以收人望，因荐蔡邕之才。卓命征之，邕不赴。卓怒，使人谓邕曰:“如不来，当灭汝族。”邕惧，只得应命而至。卓见邕大喜，一月三迁其官，拜为侍中，甚见亲厚	剑履上殿，威福莫比	参见39。
46	29	乃差人赍密书来见王允	乃差人赍密书来见司徒王允	承34，加“司徒”二字，以为交代。
47	30	丞相何在	相国何在	《三国志·魏书·董卓传》（上文已写到“董卓为相国”）。
48	30	吾有西凉进来好马	吾有凉州进来好马	东汉只有凉州，宋代始置西凉府。
49	30	飞奔谯郡	飞奔谯县	当时无谯郡，只有谯县，属豫州沛国，系曹操故乡。
50	34	此间有孝廉卫弘	此间有孝廉卫兹	《三国志·魏书·武帝纪》注引《世语》。
51	34	山阳钜鹿人	山阳钜野人	山阳、钜鹿均为郡名，分属兖州、冀州。据《三国志·魏书·李典传》改。

（续表）

序号	页码	原　文	今　作	依　据
52	35	冀州刺史韩馥	冀州牧韩馥	《三国志·魏书·武帝纪》。
53	35	北海太守孔融	北海相孔融	《后汉书·孔融传》（北海系王国，其行政长官为相）。
54	35	西凉太守马腾	凉州刺史马腾	东汉只有凉州，其行政长官为刺史（历史上的马腾未曾任凉州刺史）。
55	35	北平太守公孙瓒	右北平太守公孙瓒	东汉只有右北平郡，属幽州（历史上公孙瓒曾屯右北平，但非太守）。
56	35	祁乡侯、渤海太守袁绍	邟乡侯、渤海太守袁绍	《三国志·魏书·袁绍传》。
57	35	路经德州平原县	路经青州平原县	据《后汉书·郡国志》，平原县属青州平原郡。德州系隋代地名。
58	36	零陵人也	零陵泉陵人也	《三国志·吴书·黄盖传》。
59	37	太守韩馥	冀州牧韩馥	同52。
60	39	体挂西川红锦百花袍	体挂西蜀红锦百花袍	东汉尚无“西川”之名，故改为“西蜀”。
61	44	司徒荀爽	司空荀爽	《后汉书·荀爽传》。
62	44	太守徐荣	中郎将徐荣	《三国志·魏书·武帝纪》。
63	46	秦二十六年	秦始皇二十六年	原文文意含糊，故加“始皇”二字。
64	47	兖州太守刘岱	兖州刺史刘岱	《三国志·魏书·武帝纪》及第五回。
65	47	时号“江夏八俊”	时号“八友”	据《三国志·魏书·刘表传》注引《汉末名士录》。此八人既非江夏人，又未聚集江夏。
66	47	渤海范康	渤海苑康	《后汉书·党锢传》。
67	47	延平人蒯良、蒯越	中庐人蒯良、蒯越	《三国志·魏书·刘表传》注引《战略》。

（续表）

序号	页码	原　文	今　作	依　据
68	49	别驾关纯	别驾闵纯	《三国志·魏书·袁绍传》（原文因“闵”之繁体“閔”与“关”之繁体“關”形近而误）。
69	50	因公孙瓒曾与羌人战	因公孙瓒曾与乌桓战	《后汉书·公孙瓒传》。
70	52	女名仁。坚又过房俞氏一子，名韶，字公礼	女名仁	《三国志·吴书·孙破虏传》注引《志林》。《吴书·宗室传》。
71	53	此人是刘表后妻之兄也	此人是刘表后妻之弟也	《后汉书·刘表传》。
72	53	刘表以新娶其妹	刘表以新娶其姊	承上。
73	54	军吏桓阶	坚旧吏桓阶	据《三国志·魏书·桓阶传》，孙坚任长沙太守时，桓阶曾任功曹。
74	57	司空张温	卫尉张温	据《三国志·魏书·董卓传》，张温曾任司空、太尉，此时任卫尉。
75	67	连夜奔凉州去了	连夜奔陕县去了	凉州在长安以西，陕县在长安以东。原文既与史不合，又与下文矛盾。据《三国志·魏书·董卓传》。
76	68	遂流言于西凉州	遂流言于凉州人	当时李傕等在陕县，不在凉州；但其部多凉州人。
77	68	王允听知西凉兵来	王允听知凉州兵来	承上文改。
78	73	勒要如此官品	勒要如此官爵	据下文，李、郭等人既得“官”，又封“爵”。
79	73	张济为骠骑将军	张济为镇东将军	《后汉书·献帝纪》、《后汉书·董卓传》（第十三回方写到“诏封张济为骠骑将军”）。
80	74	李傕之侄李别	李傕之侄李利	《三国志·魏书·董卓传》注引《九州春秋》。
81	75	劫掠良民。太仆朱儁保举一人……	劫掠良民，攻入兖州，刺史刘岱被杀。太仆朱儁保举一人……	原文交代不清，与下文难以合榫。据《三国志·魏书·武帝纪》增补。

（续表）

序号	页码	原 文	今 作	依 据
82	75	要破山东群贼	要破青、兖群贼	东汉时“山东”泛指崤山或华山以东广大地区。据上文改。
83	75	击贼于寿阳	击贼于寿张	《三国志·魏书·武帝纪》。
84	75	朝廷加曹操为镇东将军	朝廷加曹操为兖州牧	同上。
85	75	遂以为行军司马	遂以为司马	《三国志·魏书·荀彧传》。
86	75	操以为行军教授	操以为军师	《三国志·魏书·荀攸传》。
87	75	字子阳	字子扬	《三国志·魏书·刘晔传》。
88	75	一个是武城人	一个是任城人	《三国志·魏书·吕虔传》。
89	76	命为点军司马	命为军司马	《三国志·魏书·于禁传》。
90	76	此乃陈留人	此乃陈留己吾人	《三国志·魏书·典韦传》。
91	76	遂命为帐前都尉	遂命为夏侯惇部司马	同上（第十二回方写到典韦被“加为都尉”）。
92	76	威镇山东	威镇兖州	同82。
93	76	往琅琊郡取父曹嵩	往琅琊国取父曹嵩	《后汉书·郡国志》。
94	76	便与弟曹德	便与子曹德	据《三国志·魏书·武帝纪》注引《世语》，曹德系曹操之弟，而非曹嵩之弟。
95	76	太守陶谦	州牧陶谦	同4。据《三国志·魏书·陶谦传》改。
96	77	以救徐州一郡百姓之命	以救徐州百姓之命	徐州是“州”，辖五个郡、国，而非“一郡”。
97	77	府君久镇徐州	使君久镇徐州	汉代郡太守尊称“府君”，州刺史（或牧）则尊称“使君”。
98	80	姓麋，名竺	姓麋，名竺	《三国志·蜀书·麋竺传》。
99	80	某愿亲往北海郡	某愿亲往北海国	《后汉书·郡国志》。
100	80	我系李相通家	我系李君通家	李膺当时为河南尹，不应称之为“相”。据《后汉书·孔融传》改。
101	81	往北海郡进发	往北海进发	北海系王国而非郡，故删“郡”字。

（续表）

序号	页码	原　文	今　作	依　据
102	83	直到徐州城下	直到下邳城下	徐州系州名，而非具体城名，此处指州治下邳。
103	84	便令吕布袭破兖州，随据濮阳	便迎吕布为兖州牧，进据濮阳，诸郡县皆应之	《三国志·魏书·吕布传》。
104	84	兖州、濮阳已失	兖州诸郡县已失	濮阳仅为兖州之一县。原文大小地名混用。承上文改。
105	85	已过滕县	已过公丘	滕县系秦代所置，汉武帝改名公丘。
106	85	汝可引军一万，坚守兖州	汝可引军一万，坚守昌邑	此处非指整个兖州（兖州辖八个郡、国），仅指其州治昌邑（今山东金乡西北）。
107	85	第二个泰山华阴人	第二个泰山华县人	《三国志·魏书·臧霸传》（华阴属司隶州弘农郡）。
108	85	两马相交，双枪齐举	两马相交，刀枪齐举	在《三国演义》中，乐进所用兵器为刀。
109	86	正西鼓声大震	正东鼓声大震	原文与上文不合。
110	88	加为领军都尉	加为都尉	《三国志·魏书·典韦传》。
111	89	候其兵半渡而击之	候其兵半度而击之	越山应称“度”，过水方称“渡”。
112	90	刘使君若不领此郡	刘使君若不领此州	徐州系“州”而非“郡”。
113	90	葬于黄河之原	葬于泗水之原	陶谦死于下邳，距黄河甚远，原文不合情理。据地理改。
114	91	我乃谯国谯县人也	我乃沛国谯县人也	《后汉书·郡国志》（谯国始建于建安二十二年）。
115	92	正值济郡麦熟	正值济阴郡麦熟	东汉三国无“济郡”。据《后汉书·郡国志》改。
116	93	山东一境，尽被曹操所得	兖州一境，尽被曹操所得	《三国志·魏书·武帝纪》。
117	95	怎解此郡之祸	怎解此州之祸	同112。
118	96	却说曹操平了山东	却说曹操平了兖州	同116。

（续表）

序号	页码	原　文	今　作	依　据
119	96	加操为建德将军、费亭侯	加操为镇东将军，封费亭侯	据《三国志·魏书·武帝纪》，曹操于建安元年二月拜建德将军，六月迁镇东将军，封费亭侯。
120	96	郭汜自为大将军	郭汜自为车骑将军	《后汉书·献帝纪》、《后汉书·董卓传》（时间本在李、郭相攻后）。
121	98	今天子以某是西凉人	今天子以某是凉州人	同48。
122	99	奉不胜，引军投西安去了	奉不胜，引军投东去了	“西安”实指长安，在郿坞之东。明代始置西安府。
123	99	张济统领大军，自陕西来到	张济统领大军，自陕县来到	同31。
124	100	此人河东杨郡人	此人河东杨县人	东汉只有杨县，而无杨郡。据《三国志·魏书·徐晃传》。
125	100	若到山东	若到东都	承上文“帝命早赴东都”。
126	100	李乐军到，会于渭阳	李乐军到，会于曹阳	《三国志·魏书·董卓传》。
127	103	吕奉先乘夜袭徐郡	吕奉先乘夜袭徐州	徐州系“州”而非“郡”。
128	105	今曹操在山东	今曹操在兖州	同116。
129	106	帝乃封操领司隶校尉	帝乃命操领司隶校尉	“封”字使原文不通，故改。
130	107	引本部军屯于大梁去了	引本部军屯于梁县去了	大梁系战国时地名，在今河南开封西北（隋唐以后称今开封为大梁）。据《三国志·魏书·武帝纪》改。
131	107	官封正议郎	官拜议郎	《三国志·魏书·董昭传》。
132	107	惟移驾幸许都为上策	惟移驾幸许县为上策	当时应称“许”或“许县”，汉献帝移驻后方可称“许都”。
133	108	行军从事满宠曰	从事满宠曰	《三国志·魏书·满宠传》。
134	108	郭嘉为司马祭酒	郭嘉为司空军祭酒	《三国志·魏书·郭嘉传》。
135	108	毛玠、任峻为典农中郎将	毛玠为东曹掾，任峻为典农中郎将	《三国志·魏书·毛玠传》。
136	109	程昱为东平相	程昱为尚书	《三国志·魏书·程昱传》。

（续表）

序号	页码	原　文	今　作	依　据
137	109	满宠为许都令	满宠为许县令	《三国志·魏书·满宠传》。
138	109	封刘备为征东将军、宜城亭侯	拜刘备为镇东将军，封宜城亭侯	《三国志·蜀书·先主传》。
139	109	出郭迎接入郡	出郭迎接入府	徐州不应称“郡”，“府”，指州衙。
140	110	报说刘备上密表，要略南郡	报说刘备上密表，要略淮南	南郡属荆州，系刘表地盘。据《三国志·魏书·袁术传》，术当时占据淮南。小说下文亦云：“玄德已往淮南。”
141	110	离徐州望南阳进发	离徐州望淮南进发	同上（南阳亦属荆州）。
142	110	今辄占据大郡	今辄占据一州	徐州是“州”，辖五个郡、国。
143	111	小沛离徐州只四五十里	小沛离下邳只一百余里	徐州系州名，而非具体城名，此处指州治下邳，其与小沛距离约百余里。
144	115	孙坚旧从事官也	孙坚旧督军校尉也	《三国志·吴书·朱治传》。
145	115	乃袁术谋士，汝南细阳人	乃汝南细阳人	据《三国志·吴书·吕范传》，范当时避乱于寿春，并非袁术谋士。在小说中，他也未替袁术出谋划策。
146	115	我表你为折冲校尉、殄寇将军	我表你为折冲校尉、行殄寇将军	《三国志·吴书·孙讨逆传》。
147	115	策长瑜两月	策长瑜一月	《三国志·吴书·周瑜传》注引《江表传》。
148	116	张纮为参谋正议校尉	张纮为正议校尉	《三国志·吴书·张纮传》。
149	116	旧为扬州刺史，屯于寿春	为扬州刺史，旧屯于寿春	刘繇此时仍为扬州刺史。
150	116	使屯兵零陵城拒敌	使屯兵秣陵城拒敌	零陵属荆州。据下文改。
151	118	乃部将于麋也	乃部将于麋也	《三国志·吴书·孙讨逆传》。
152	118	刘繇与笮融走豫章投刘表去了	刘繇与笮融走豫章去了	刘表当时镇守荆州，驻襄阳，距豫章甚远。
153	120	数州皆平	数县皆平	嘉兴、乌程等均为“县”，而非“州”。
154	120	乃固守会稽城而不出	乃固守山阴城而不出	会稽系郡，辖十四县。王朗所守实为郡治山阴。

（续表）

序号	页码	原　文	今　作	依　据
155	121	此人乃沛国谯郡人	此人乃沛国谯县人	《三国志·魏书·方技传》。
156	121	长史杨大将	长史杨弘	《三国志·吴书·孙讨逆传》云："（袁）术死，长史杨弘、大将张勋等……"。《三国演义》作者漏看"弘"字，且断句不当，遂误。
157	122	却来徐郡斗蛟龙	却来徐州斗蛟龙	同127。
158	127	玄德在小沛招军买马	刘备在小沛招军买马	探子向吕布报告，应直呼刘备之名。
159	129	奉军都尉王则	奉车都尉王则	《三国志·魏书·吕布传》注引《英雄记》。
160	129	操之兄子曹安民	操弟之子曹安民	《三国志·魏书·武帝纪》。
161	134	梁刚	梁纲	《三国志·魏书·武帝纪》。
162	134	张勋一军从大路径取徐州，……陈纪一军取沂都，雷薄一军取琅琊……韩暹一军取下邳	张勋一军从大路径取下邳……陈纪一军取临沂，雷薄一军取相县……韩暹一军取彭城	吕布占据徐州时，治下邳；袁术军由淮南北攻徐州，西为"左"，东为"右"。原文叙述混乱，据《三国志》及地理方位改。
163	135	将军若用老夫之言	将军若用某之言	陈登此时三十余岁，不应在吕布面前自称"老夫"。
164	135	陈宫引一军进沂都，敌陈纪；张辽、臧霸引一军出琅琊，敌雷薄	陈宫引一军进临沂，敌陈纪；张辽、臧霸引一军出相县，敌雷薄	承162改。
165	136	布保韩暹为沂都牧、杨奉为琅琊牧	布保韩暹为沂都令、杨奉为琅琊令	汉代县级长官不称"牧"，而称"令"、"长"。
166	136	封其子典满为中郎	拜其子典满为郎中	《三国志·魏书·典韦传》。
167	136	袁术乏粮，劫掠陈留	袁术乏粮，劫掠陈国	《后汉书·袁术传》。
168	136	两军会于寿春界口	两军会于蕲县界口	寿春在淮水之南，下文方叙袁术渡淮避曹操，则此处非寿春。下文亦如此。据《资治通鉴》卷62胡三省注改。

（续表）

序号	页码	原　文	今　作	依　据
169	137	焚烧伪造宫室殿宇、一应犯禁之物；寿春城中，收掠一空	蕲县城中，收掠一空	承168删改。
170	137	南阳、江陵诸县复反	南阳、章陵诸县复反	《三国志·魏书·武帝纪》。
171	138	法不加于尊	罚不加于尊	《三国志·魏书·武帝纪》注引《曹瞒传》。
172	138	操引军赶至南阳城下	操引军赶至穰城下	南阳系郡名，而非具体城名。据《三国志·魏书·武帝纪》改。
173	141	操军缓缓而行，至襄城，到淯水	操军缓缓而行，到淯水	襄城距淯水甚远，据172，曹军系从穰城撤退。
174	142	诩劝表回荆州，绣守襄城	诩劝表回襄阳，绣守穰城	《三国志·魏书·张绣传》。
175	142	乃镇威中郎将	乃振威中郎将	《三国志·魏书·李通传》。
176	143	彼退无归路，必将死战	彼遏吾归路，我军必将死战	原文与上文矛盾。据《三国志·魏书·武帝纪》改。
177	143	奏封绍为大将军、太尉	奏拜绍为大将军	据《后汉书·袁绍传》，曹操先以袁绍为太尉，绍不受，乃拜为大将军。
178	144	东取山东兖州诸郡	西取兖州诸郡	同116。
179	147	便令糜竺引玄德妻小，去徐州安置	便令糜竺引玄德妻小，去彭城安置	东汉末徐州系州名，而非具体城名，其治所在下邳，作者却误以为在彭城（今江苏徐州）。据上下文改。
180	147	布自引军投山东兖州境上	布自引军投兖州境上	同116。
181	147	取路出梁城	取路出梁国	《三国志·蜀书·先主传》注引《英雄记》。
182	148	前至山东，路近萧关	路近萧县	“山东”应指兖州，删去。萧关在今宁夏固原东南，距徐州极远，据《后汉书·郡国志》改（萧县属豫州沛国，治所在今安徽萧县西北）。

（续表）

序号	页码	原　文	今　作	依　据
183	148	令陈珪守徐州	令陈珪守彭城	徐州系州名，而非具体城名，刘备领徐州，治下邳；吕布自称徐州刺史，仍治下邳。故小说写吕布先失“徐州”，再守下邳，有误。此处“徐州”应作“彭城”。
184	148	容某先到萧关	容某先到萧县	参见182。
185	148	登乃先到关上	登乃先到城上	承上文改。
186	149	我在海州路上住扎	我在东海路上住扎	海州始置于东魏。据《后汉书·郡国志》改。
187	149	加封十县之禄	加赠珪十县之禄	原文封赠对象不明，故补“珪”字。
188	149	况今山东尚有臧霸……未曾归顺	况今泰山尚有臧霸……未曾归顺	《三国志·魏书·武帝纪》及上文。
189	149	吾自当山东诸路	吾自当东、西、北诸路	地理及上下文。
190	151	东有表、绣之患	西有表、绣之患	刘表驻襄阳，张绣屯穰城，均在曹操西南方。
191	156	操军回许昌	操军回许都	曹丕称帝后，方改许县为许昌，为魏五都之一。
192	156	胜生陆城亭侯刘贞	胜生陆成侯刘贞	《汉书·王子侯表》。
193	156	遂拜玄德为左将军、宜城亭侯	遂拜玄德为左将军	第十四回已写封刘备为宜城亭侯。原文此处重复。
194	157	时北海太守孔融在许都	时北海相孔融征入许都为将作大匠	《后汉书·孔融传》、《杨震传》附《杨彪传》。
195	159	侍郎王子服	将军王子服	《三国志·蜀书·先主传》。
196	160	西凉太守马腾	征西将军马腾	据《三国志·蜀书·马超传》，马腾此时为征西将军（第十回已写到）。
197	163	见有豫州牧刘玄德在此	见有左将军刘玄德在此	《三国志·蜀书·先主传》及第二十回。
198	163	工部侍郎王子服	将军王子服	同195。
199	163	昭信将军吴子兰	将军吴子兰	《三国志·蜀书·先主传》。

（续表）

序号	页码	原　文	今　作	依　据
200	164	名称八俊，威镇九州	名称八友，威镇九郡	“八俊”误，参见65；“威镇九州”与刘表身份作为不符，应作“九郡”（荆州辖九郡）。
201	165	瓒与绍战不利，筑城围圈	瓒与绍战不利，退守易京，筑城围圈	《三国志·魏书·公孙瓒传》。
202	165	积粟三十万以自守	积粟三百万斛以自守	同上。
203	166	雷薄、陈兰皆投嵩山	雷薄、陈兰皆投灊山	《三国志·魏书·袁术传》。
204	167	侄袁胤	从弟袁胤	《三国志·吴书·孙讨逆传》注引《江表传》。
205	167	封徐璆为高陵太守	拜徐璆为廷尉	汉代郡长官为太守；高陵系县，长官为令。据《后汉书·徐璆传》改。
206	170	桓帝朝，玄官至尚书	灵帝朝，玄官至侍中	《后汉书·郑玄传》。
207	171	遂令书记陈琳草檄	遂令记室陈琳草檄	东汉三国时无“书记”官名，据下文改。《三国志·魏书·陈琳传》未言陈琳在袁绍部下官名。
208	171	灵帝时为主簿	灵帝时为大将军何进主簿	原文隶属关系不明，据《三国志·魏书·陈琳传》补。
209	174	前军刘岱	司空长史刘岱	《三国志·魏书·武帝纪》注引《魏武故事》。
210	174	后军王忠	中郎将王忠	《三国志·魏书·武帝纪》注引《魏略》。
211	174	去徐州攻刘备。原来刘岱旧为兖州刺史；及操取兖州，岱降于操，操用为偏将，故今差他与王忠一同领兵	去徐州攻刘备	当时有两个刘岱：一为兖州刺史刘岱，东莱牟平（今山东牟平）人，刘繇之兄，初平三年（192）被青州黄巾军击杀；一为曹操所任司空长史，沛国（治今安徽濉溪西北）人，建安四年（199）与王忠往徐州击刘备。两者并非一人。

（续表）

序号	页码	原　文	今　作	依　据
212	175	刘岱昔为兖州刺史，虎牢关伐董卓时，也是一镇诸侯	刘岱乃曹操亲信，多立功绩	《三国志·魏书·武帝纪》注引《魏武故事》岱……以司空长史从征伐有功，封列侯。”参见211。
213	178	封贾诩为执金吾使	拜贾诩为执金吾	《后汉书·百官志》、《三国志·魏书·贾诩传》。
214	180	从事中郎将韩嵩	从事中郎韩嵩	《三国志·魏书·刘表传》。
215	180	然后移兵向江东	然后移兵向江汉	江东此时属孙策，原文不当。据《三国志·魏书·刘表传》改（江汉，代指荆州）。
216	181	刘表遂赦之	刘表乃不诛而囚之	原文与后文“释韩嵩之囚”不合。据《三国志·魏书·刘表传》注引《傅子》改。
217	181	此医乃洛阳人，姓吉，名太，字称平，人皆呼为吉平，当时名医也	此医乃洛阳人，姓吉，名本，当时名医也	原文因“本”、“平”形近而误。据《三国志·魏书·武帝纪》改。
218	181	起西凉军七十二万	起凉州军二十万	“西凉”应作“凉州”。七十二万夸张过分，据嘉靖壬午本《三国志通俗演义》改。
219	184	医国有称平	医国有吉本	参见217。
220	185	国贼行凶杀贵妃	国贼行凶杀贵人	据《后汉书·后纪》，皇后之下为贵人（南朝宋始有“贵妃”之名）。
221	186	贵妃乃董承之妹	贵人乃董承之女	《后汉书·伏皇后纪》及嘉靖壬午本《三国志通俗演义》。
222	188	奔至青州城下叫门	奔至临菑城下叫门	青州系州名，而非具体城名。此处实指州治临菑。
223	189	袁绍亲自引众出邺郡三十里迎接玄德	袁绍亲自引众出邺城二百里迎接玄德	据《后汉书·郡国志》，邺系县名，属冀州魏郡，为州治、郡治所在地。据《三国志·蜀书·先主传》改。
224	189	某与关公有一面之交	某与关羽有一面之交	张辽在曹操面前直呼关羽之名或称其字均可，称“关公”则不妥。

（续表）

序号	页码	原　文	今　作	依　据
225	191	今可即差刘备手下投降之兵入下邳，见关公……	今可即差刘备手下投降之兵，入下邳，见关羽……	同上。
226	196	被云长手起一刀，刺于马下	被云长手起一刀，斩于马下	在《三国演义》中，关羽既用刀，则动词应为“斩”、“砍”、“劈”。
227	199	悠悠黄河，吾其济乎	悠悠黄河，吾其不反乎	原文义不通。据《三国志·魏书·袁绍传》注引《献帝传》改（反，通“返”）。
228	201	绍令退军武阳	绍令退军阳武（今河南原阳东南）	“武阳”应为东武阳，在今山东莘县南，方位不合。据《三国志·魏书·武帝纪》改。
229	201	云长夺得州县	云长夺得郡县	汝南系郡，下辖县、侯国三十七（东汉三国政区分州、郡、县三级，其州辖区远远大于唐以后的州）。
230	203	北门守将飞报：“关公夺门而去……”	北门守将飞报：“关羽夺门而去……”	守将向曹操禀报，应直呼关羽之名。
231	208	荥阳太守王植	荥阳守将王植	荥阳系县，其长官为“令”。此处酌改为“守将”。
232	209	洛阳太守韩福	河南尹韩福	洛阳系县，为河南尹治所，其长官亦称“河南尹”。
233	210	将军离蒲东几年矣	将军离解县几年矣	蒲东指蒲州，系十六国时所置地名。据《三国志·蜀书·关羽传》改。
234	211	又于路杀太守并守关将校	又于路杀守关将校	关羽所杀数人，皆非太守。
235	211	行至滑州界首	行到白马界首	滑州系隋代所置行政区划，治所在白马。据《后汉书·郡国志》并承二十五回改。
236	218	孙乾匹马入冀州见玄德	孙乾匹马入邺城见玄德	冀州系州名，而非具体城名，此处指州治邺城。
237	223	救回吴会养病	救回吴县养病	“吴会”系吴郡、会稽郡的合称，此处指吴县（吴郡治所）。

（续表）

序号	页码	原　文	今　作	依　据
238	224	贫道乃琅琊宫道士	贫道乃琅琊道士	琅琊系于吉籍贯，而非宫观名。据《三国志·吴书·孙讨逆传》注引《江表传》改。
239	227	临淮东川人也	临淮东城人也	《三国志·吴书·鲁肃传》。
240	228	琅琊南阳人也	琅琊阳都人也	琅琊属徐州，南阳属荆州，原文误。据《三国志·吴书·诸葛瑾传》改。
241	228	奏封孙权为将军	奏拜孙权为讨虏将军	《三国志·吴书·吴主传》。
242	228	张纮为会稽都尉	张纮为会稽东部都尉	《三国志·吴书·张纮传》。
243	228	乃中郎蔡邕之徒	乃左中郎将蔡邕之徒	据《后汉书·蔡邕传》。后人称蔡邕为“蔡中郎”，系省称。
244	234	汝可回邺都	汝可回邺城	邺本为县名，建安十八年（213）曹操封魏王后，始称邺都。参见223。
245	237	淳于琼耳鼻皆无，手足尽落	淳于琼耳鼻皆无，手指尽落	“手足尽落”与上文不合。承上文改。
246	240	议还冀州	议还邺城	黎阳本在冀州魏郡境内，故不应说“还冀州”，而是回州治、郡治邺城。
247	243	被高览一刀砍于马下	被高览一枪刺于马下	据三十回，高览所用兵器为枪。
248	244	到郡入见刘表	到襄阳，入见刘表	荆州辖九郡，并非具体城名，孙乾所至，乃是州治襄阳。
249	245	表遂与玄德等同入荆州	表遂与玄德等同入襄阳	同248。
250	247	袁尚挺抢来战	袁尚舞双刀来战	据三十一回，袁尚所用兵器为双刀。
251	247	急急引军奔回冀州	急急引军奔回邺城	同246。
252	247	立袁尚为大司马将军	立袁尚为大将军	袁绍官衔为大将军，袁尚继其位，官衔未变。见《三国志·魏书·袁绍传》。
253	248	徐晃一刀斩汪昭于马下	徐晃一斧斩汪昭于马下	在《三国演义》中，徐晃用斧。
254	248	操引兵追至冀州	操引兵追至邺城	同246。

（续表）

序号	页码	原　文	今　作	依　据
255	251	东至阳平，屯军阳平亭	东至阳平亭	《三国志·魏书·袁绍传》。
256	252	只得遣豫州刺史阴夔至操营请降	只得遣故豫州刺史阴夔至操营请降	据《三国志·魏书·武帝纪》，补“故”字。
257	252	审荣大开西门	审荣大开东门	《三国志·魏书·武帝纪》、《袁绍传》。
258	255	曹操统领众将入冀州城	曹操统领众将入邺城	冀州辖九个郡、国，并非具体城名。此处指州治邺县（即邺城）。
259	257	急驰入城中	急驰入城	从下文看，郭图未能回到城里，故删去“中”字。
260	257	乃袁熙部将焦触、张南也	乃袁熙部将张南也	下文“乌桓触”即焦触，与此处不协，故删去“焦触”。参见263。
261	257	二将倒戈卸甲	张南倒戈卸甲	同上。
262	257	可使袁氏降将焦触、张南等自攻之	可使袁氏降将张南等自攻之	同上。
263	257	幽州刺史乌桓触	袁熙部将焦触，自称幽州刺史	《三国志·魏书·袁绍传》云:“熙、尚为其将焦触、张南所攻，奔辽西乌桓。触自号幽州刺史……”此处“触”即焦触。作者断句不当，遂误为“乌桓触”。
264	258	高干守住壶关口	高干守住壶口关	《三国志·魏书·袁绍传》。
265	258	往投单于	往投匈奴单于	同上。
266	258	正迎北番左贤王	正迎匈奴左贤王	“北番”语不确。承265改。
267	258	操商议西击乌桓	操商议北击乌桓	乌桓在并州以北。
268	259	遂留郭嘉于易州养病	前留郭嘉于易县养病	易州系隋代地名。据《后汉书·郡国志》及《三国志·魏书·郭嘉传》改。
269	259	袁绍旧将田畴	刘虞旧将田畴	《三国志·魏书·田畴传》。
270	259	封田畴为柳亭侯	封田畴为亭侯	同上。
271	259	岂可卖卢龙之寨	岂可卖卢龙之塞	同上。
272	260	是夜宿于冀州城东角楼上	是夜宿于邺城东角楼上	同258。

（续表）

序号	页码	原　文	今　作	依　据
273	265	刘备遣三将居外，而自居荆州	刘备遣三将居外，而自居襄阳	其时，荆州州治在襄阳。
274	265	玄德乃往荆州	玄德乃往襄阳	新野本属荆州，从新野“往荆州”不通，应是往州治襄阳。
275	267	即日大会众官于荆州，就彼处谋之	即日大会众官于襄阳，就此处谋之	荆州系州名，而非具体城名，州治在襄阳。作者误以为刘表驻“荆州”，而将襄阳视为另外一地，由此造成一系列错误。
276	267	请主公一行	请主公主持	刘表本在襄阳，说“一行”不妥。
277	267	九郡四十二州官员	九郡四十二县官员	东汉共十三州，荆州仅为其一，原文误。“四十二县”指襄阳、南阳、江夏等郡所辖县总数，荆州全境则共117县。
278	271	九郡四十二州县官僚俱在此	九郡四十二县官僚俱在此	东汉三国政区分州、郡、县三级，郡下辖县。
279	271	庞德公字山民，长俺师父十岁	庞德公长俺师父十岁	据《三国志·蜀书·庞统传》注引《襄阳记》，庞山民乃庞德公之子。
280	274	特差曹仁……屯樊城	特差曹仁……屯穰城	樊城在新野以南，紧靠襄阳。原文既与史不合，亦于情理不合。
281	276	玄德用计袭樊城	玄德用计袭穰城	承280。
282	280	沛郡小辈	涿郡小辈	《三国志·蜀书·先主传》。
283	282	字子贡	字君贡	《三国志·蜀书·诸葛亮传》。
284	282	亮与弟诸葛均躬耕于南阳	亮与弟诸葛均躬耕于南阳邓县之隆中	原文出自《出师表》，但在此处太笼统，据《诸葛亮传》注引《汉晋春秋》及上文改（隆中当时隶属南阳郡邓县，位于襄阳城西二十里）。
285	282	同关、张前去南阳请孔明	同关、张前去隆中请孔明	南阳系郡名，而非具体地名，用在此处不确。

（续表）

序号	页码	原　文	今　作	依　据
286	295	非其主不能守	而其主不能守	《三国志·蜀书·诸葛亮传》。
287	295	此西川五十四州之图也	此益州五十四县之图也	① 西川作为政区名，始于唐代，且不含汉中；此处实指益州。② 东汉三国政区分州、郡、县三级，“五十四州”应为“五十四县”，指益州之蜀郡、巴郡、广汉、汉中、犍为五郡所辖县总数。
288	295	后即取西川建基业	后即取益州建基业	同287①。
289	297	开宾馆于吴会	开宾馆于吴县	同237（孙权此时驻吴县）。
290	297	沛县薛综	沛郡薛综	据《三国志·吴书·薛综传》，综系沛郡竹邑人。
291	297	汝阳程秉	汝南程秉	据《三国志·吴书·程秉传》，秉系汝南南顿人。
292	297	时诸将县令，皆集丹阳	时诸将县令，皆集宛陵	丹阳郡治在宛陵（今安徽宣城），郡内另有丹阳县（今安徽当涂东北）。据《三国志·吴书·宗室传》改。
293	298	二将军可差人星夜报知吴侯	二将军可差人星夜报知讨虏将军	历史上孙权未封吴侯，此时官衔为讨虏将军，领会稽太守（第二十九回已写到）。
294	301	荆州城公子三求计	襄阳城公子三求计	同275。
295	303	遂奔江夏，望荆州而走	遂奔江夏，望襄阳而走	江夏本属荆州，“望荆州而走”不通，应是往州治襄阳。
296	304	命甘宁……往夏口镇守	命甘宁……往当口镇守	原文与上文“弃江夏”矛盾。据《三国志·吴书·甘宁传》改。
297	306	又命于樊城取回赵云	又命于穰城取回赵云	承281改。
298	311	选定建安十三年秋七月丙午日出师	选定建安十三年秋七月丙子日出师	据《二十史朔闰表》，此月无丙午日。
299	313	命治中邓义、别驾刘先守荆州	命治中邓义、别驾刘先守江陵	此处“荆州”实指江陵（刘备“借荆州”后，治江陵，作者误以为刘表亦驻江陵）。
300	313	蔡夫人自与刘琮前赴襄阳驻扎	蔡夫人自与刘琮驻扎襄阳	蔡夫人、刘琮本来就随刘表驻襄阳。参见275。

（续表）

序号	页码	原　文	今　作	依　据
301	313	刘琮至襄阳，方才歇马，忽报曹操引大军径望襄阳而来	忽报曹操引大军径望襄阳而来	承上文删改。
302	313	幼时往见中郎蔡邕	幼时往见左中郎将蔡邕	《三国志·魏书·王粲传》。
303	313	逐刘备于陇右	逐刘备于徐州	刘备从未到过陇右。据《三国志·蜀书·先主传》及《三国演义》第二十四回改。
304	313	宋忠……取路回荆襄	宋忠……取路回襄阳	“荆襄”泛指整个荆州，此处所写应为州治襄阳。
305	314	引一千军去博陵渡口埋伏	引一千军去白河渡口埋伏	博陵与白河相距甚远。据嘉靖壬午本《三国志通俗演义》改。
306	320	魏延大怒，挺枪跃马	魏延大怒，挥刀跃马	在以后各回中，魏延均使刀。
307	321	遂封蒯越为江陵太守、樊城侯	遂拜蒯越为章陵太守，封樊亭侯	《三国志·魏书·刘表传》注引《傅子》。
308	321	傅巽、王粲等皆为关内侯	傅巽、王粲等皆为关内侯；释韩嵩之囚，加为大鸿胪；其余众官，各有封赏	“释韩嵩之囚……各有封赏”两句，原在第四十二回曹操取江陵后。韩嵩系被囚于刘表的荆州治所襄阳，故移至此。
309	321	青州近帝都，教你随朝为官	异日教你随朝为官	青州距许都比襄阳远得多。据文意改。
310	327	张翼德大闹长坂桥	张益德大闹长坂桥	同7。
311	331	亮自至江夏	亮自至沙羡	江夏系郡名，从下文看，此处指郡治沙羡。
312	331	公子自回江夏	公子自回沙羡	夏口属江夏郡，说刘备到夏口，刘琦“回江夏”，不通。应是回郡治沙羡。
313	331	遂引荆州军民出郭投降	遂引江陵军民出郭投降	江陵系荆州之一县，不能代表整个荆州，承上文改。
314	321	释韩嵩之囚，加为大鸿胪；其余众官，各有封赏	（移至第四十一回“傅巽、王粲等皆为关内侯”句后）	韩嵩系被囚于襄阳。参见308。
315	332	西连荆、峡，东接蕲、黄	西起江陵，东接蕲春	原文地名均为后代所置。据《后汉书·郡国志》改。

（续表）

序号	页码	原　文	今　作	依　据
316	332	屯兵柴桑郡	屯兵柴桑	柴桑系县，属扬州豫章郡。
317	333	苍梧太守吴臣	苍梧太守吴巨	《三国志·吴书·士燮传》。
318	339	乃汝阳程德枢也	乃汝南程德枢也	同291。
319	339	现为东吴粮官	现为东吴丹阳都尉	“粮官”非职官名，且《三国演义》中并未写黄盖管军粮。据《三国志·吴书·黄盖传》改。
320	339	贤弟见过吴侯	贤弟见过孙将军	参见293。
321	349	所得袁氏之众，亦止七八万耳	所得刘表之众，亦止七八万耳	《三国志·吴书·周瑜传》注引《江表传》所得（刘）表众，亦极七八万耳”。原文因“表”“袁”形近而误。
322	354	却说玄德分付刘琦守江夏	却说玄德分付刘琦守沙羡	同312。
323	355	以十一月二十甲子日后为期	以十一月二十壬申日后为期	据《二十史朔闰表》推算，建安十三年十一月二十为壬申日。
324	356	一面差人到吴侯处报捷	一面差人到孙权处报捷	参见293。
325	356	二人久居江东	二人久居江汉	蔡、张二人既非江东人，又未在江东做官。改为“江汉”，则代指荆州。
326	358	张、蔡二都督道	蔡、张二都督道	按辈分及官职，均应称“蔡、张”。
327	371	与人佣工，尝借人书来看，看过一遍，更不遗忘	常为人佣书，以供纸笔，写过一遍，更不遗忘	《三国志·吴书·阚泽传》（佣书，受雇替人抄书）。
328	378	江南八十一州百姓	江南八十三县百姓	孙权所辖吴郡、会稽、丹阳、豫章、庐陵、庐江六郡皆属扬州，共辖七十八县，权又新置五县。
329	379	昔日乔公与吾至契，吾知其二女皆有国色。后不料为孙策、周瑜所娶	吾知乔公二女皆有国色，不料为孙策、周瑜所娶	与曹操交厚者乃桥玄（109—184），字公祖，睢阳（今河南商丘南）人。而乔公（《三国演义》中的乔国老）乃庐江皖县（今安徽潜山）人，年代比桥玄晚。

（续表）

序号	页码	原　文	今　作	依　据
330	380	馥子刘熙	馥子刘靖	据《三国志·魏书·刘馥传》，刘熙乃刘靖之子，刘馥之孙。
331	386	十一月二十日甲子祭风，至二十二日丙寅风息	十一月二十日壬申祭风，至二十二日甲戌风息	据《二十史朔闰表》推算。参见323。
332	387	那船望上水去了	那船望下水去了	刘备驻夏口，系在蒲圻赤壁下游，故船应往下水。
333	388	直奔黄州地界	直奔鄂县地界	黄州系隋以后地名，其地在东汉时属鄂县。
334	388	直截彝陵界首	直截州陵界首	彝陵在赤壁西北数百里，原文不合情理。
335	388	一面拨战船四只	一面拨战船四队	从下文看，“四只”当作“四队”。
336	388	直抵蕲、黄地面进兵	直抵蕲春地面进兵	同315。
337	388	一条通南郡，一条取荆州	一条通竟陵，一条取江陵	①南郡属荆州，二者不应并列；②此处“荆州”实指江陵（参见229），系南郡郡治，二者也不应并列；③本回说“曹操不敢往”南郡，第五十回则写曹操逃到南郡，原因在于荆州、南郡、江陵三者混淆不清。
338	388	南郡势迫，曹操不敢往；必来荆州	竟陵势迫，曹操不敢往；必往江陵	承337。
339	388	截断彝陵这条路	截断江陵这条路	彝陵距乌林数百里，且在江陵西北，原文不合情理。承337改。
340	388	曹操不敢走南彝陵，必望北彝陵去。来日雨过，必然来埋锅造饭	来日雨过，曹操必然来埋锅造饭	承339（东汉三国无“南彝陵”、“北彝陵”地名）。
341	389	武昌一望之地	沙羡一望之地	此处“武昌”为唐以后地名，其地东汉时属沙羡。
342	395	操只得望彝陵而走	操只得望江陵而走	承337、338。

（续表）

序号	页码	原　文	今　作	依　据
343	395	此是乌林之西，宜都之北	此是乌林之西	宜都在江陵之西，原文方位错误。
344	395	一边是南彝陵大路，一边是北彝陵山路	一边是大路，一边是山路	参见339、340。
345	395	军士禀曰："取北彝陵过葫芦口去最便。"操教走北彝陵	军士禀曰："取山路过葫芦口去最便。"操教走山路	承344。
346	396	大半皆是彝陵道上被赶得慌	大半皆是道上被赶得慌	承345，删去"彝陵"二字。
347	396	赶到荆州将息未迟	赶到江陵将息未迟	此处"荆州"实指江陵。
348	397	比及天晚，已近南郡	比及天晚，已近江陵	华容亦属南郡，故"已近南郡"不通。此处实指郡治江陵。
349	398	荆州托汝管领	南郡托汝管领	襄阳亦属荆州，二者不应并列。据上文改。
350	398	曹仁自遣曹洪据守彝陵、南郡	曹仁自遣曹洪据守彝陵	彝陵为南郡所辖县，二者不应并列，此处"南郡"实指江陵，已由曹仁驻守。
351	401	他若提兵来	他若提起	原文与上下文不协。据余象斗刊《新刻按鉴全像批评三国志传》改。
352	401	吾东吴久欲吞并汉江	吾东吴久欲吞并江汉	南郡不属汉水流域，原文不确。"江汉"则可代指荆州。
353	401	曹操临归，令曹仁守南郡等处	曹操临归，令曹仁守南郡	参见349。
354	402	早晚教主公在南郡城中高坐	早晚教主公在江陵城中高坐	南郡系郡名，而非具体城名。此处指郡治江陵。
355	402	且说曹仁在南郡	且说曹仁在江陵	同上。
356	402	吴兵已渡汉江	吴兵已渡大江	参见352。据《三国志·吴书·周瑜传》改。
357	405	使甘宁引数千军马，径取荆州；凌统引数千军马，径取襄阳	使凌统引数千军马，径取襄阳	荆州系州名，而非具体城名，此处实指江陵，而江陵已被赵云袭取。作者地理概念不清，因而叙述错乱。

（续表）

序号	页码	原　文	今　作	依　据
358	405	忽然探马急来报说："诸葛亮自得了南郡，遂用兵符，星夜诈调荆州守城军马来救，却教张飞袭了荆州。"又一探马飞来报说："夏侯惇在襄阳，被诸葛亮差人赍兵符，诈称曹仁求救，诱惇引兵出，却教云长袭取了襄阳。二处城池，全不费力，皆属刘玄德矣。"	忽然探马急来报说："夏侯惇在襄阳，被诸葛亮差人赍兵符，诈称曹仁求救，诱惇引兵出，却教关羽袭取了襄阳。"	① 承357，删去"张飞袭荆州"数语，"二处城池……"亦随之删去。② 东吴探马应直称关羽之名，而不应称"云长"。
359	405	他拿住陈矫，兵符自然尽属之矣	他得了江陵，拿住陈矫，兵符自然尽属之矣	358删去"诸葛亮自得了南郡"（实指江陵），此处补回，使语意完整。
360	409	又闻他袭了荆襄	又闻他袭了襄阳	参见354、358（袭江陵、袭襄阳均属虚构
361	409	于是鲁肃引从者径投南郡来，到城下叫门。赵云出问，肃曰："我要见刘玄德有话说。"云答曰："吾主与军师在荆州城中。"肃遂不入南郡，径奔荆州	于是鲁肃引从者径投江陵来（下删）	荆州系州名，而非具体城名。《三国演义》屡称"荆州城"，概念混乱；此处应即指江陵（按史籍，赤壁之战后，刘备驻油江口，改名公安；称荆州牧时，仍治公安；周瑜死后，"借"荆州，始以江陵为州治）。
362	410	却说刘玄德自得荆州、南郡、襄阳	却说刘玄德自得南郡、襄阳	同360。
363	410	荆襄马氏	襄阳马氏	据《三国志·蜀书·马良传》，马良兄弟系襄阳宜城人。
364	410	荆襄四面受敌之地，恐不可久守	襄阳四面受敌之地，恐不可久守	"荆襄"指整个荆州；从下文看，此处仅指襄阳。
365	410	湘江之西，零陵最近，可先取之	湘江之西，可先取零陵	由江陵看，武陵最近，零陵较远，故改。
366	410	请孔明商议送刘琦回襄阳，替云长回荆州	请孔明商议送刘琦回襄阳，替云长回江陵	同361。

（续表）

序号	页码	原　文	今　作	依　据
367	410	留云长守荆州，糜竺、刘封守江陵	留云长守江陵	承366。
368	410	我本州上将邢道荣	我本郡上将邢道荣	零陵乃荆州之一郡。
369	410	离城三十里	离泉陵城三十里	零陵郡治所在泉陵（今湖南零陵），原文交代不明。郡内另有零陵县（治今广西全州西南）。
370	410	吾乃南阳诸葛孔明也	吾乃琅琊诸葛孔明也	此处诸葛亮应自称籍贯——琅琊。南阳仅为隆中当时所属之郡。
371	411	刘贤回零陵见父刘度	刘贤回泉陵见父刘度	同369。
372	411	其子刘贤赴荆州随军办事	其子刘贤赴江陵随军办事	零陵郡本属荆州，从零陵“赴荆州”不通，应是赴江陵。参见361。
373	412	陈应领三千人马出城迎敌	陈应领三千人马出郴县城迎敌	桂阳郡治所在郴县（今湖南郴州市），原文交代不明。郡内另有桂阳县（治今广东连县）。
374	413	第三要与家兄同姓	第三要与汝兄同姓	“家兄”不合樊氏口吻。
375	413	连夜到桂阳城下叫门	连夜到郴县城下叫门	承373改。
376	417	金旋……出城迎敌	金旋……出临沅城迎敌	武陵系郡名，而非具体城名；郡治在临沅（今湖南常德市西）。
377	417	遂教张飞星夜去替云长守荆州	遂教张飞星夜去替云长守江陵	承367改。
378	418	遂令杨龄引军一千，飞奔出城	遂令杨龄引军一千，飞奔出临湘城	长沙系郡名，而非具体城名；治所在临湘（今湖南长沙）。
379	419	玄德大喜，遂入长沙	玄德大喜，遂入临湘	同上。
380	419	白发犹然困汉南	白发犹然困江南	“汉南”与黄忠经历不合。长沙郡在长江以南。
381	420	玄德班师回荆州	玄德班师回江陵	四郡皆属荆州，“回荆州”不通，应是回江陵。参见361。

（续表）

序号	页码	原　文	今　作	依　据
382	420	令甘宁守巴陵郡，令凌统守汉阳郡	令甘宁守巴丘，令凌统守汉昌郡	① 东汉三国无巴陵郡。据地理改。② 古代汉阳郡在甘肃境，方位不合。据《三国志·吴书·吴主传》，孙权于建安十五年（201）置汉昌郡，治陆口（今湖北嘉鱼西南）。
383	421	你去前面叫反	你去前面叫反，我在后面叫反	据余象斗刊《新刻按鉴全像批评三国志传》（简称“余本《三国》”）增补。
384	421	回南徐润州	回京城	南徐、润州为不同时代地名，均指今江苏镇江，二者连用不伦不类。孙权驻此时，称为京城。
385	422	当带三尺剑，立不世之功	当带七尺之剑，立不世之功	《三国志·吴书·太史慈传》注引韦昭《吴书》。
386	422	命厚葬于南徐北固山下	命厚葬于京城北固山下	同384。
387	422	养其子太史亨于府中	养其子太史享于府中	《三国志·吴书·太史慈传》。原文因“享”“亨”形近而误。
388	425	占据六郡八十一州	占据六郡八十三县	同328。
389	425	岂惧周郎一小儿乎	岂惧周郎乎	诸葛亮比周瑜小六岁，不应称瑜为“小儿”。
390	427	吾年已半百	吾年近半百	据《三国志·蜀书·先主传》推算，刘备此时虚岁五十。下文亦云“备年近五旬”。
391	428	老夫已知多日了	老夫已知多时了	“多日”与上文不合，故改为“多时”。
392	442	闻操会群臣于邺郡	闻操会群臣于邺城	同223。
393	444	汉上九郡大半已属备矣	江汉九郡大半已属备矣	荆州江南四郡均不在汉水流域，“汉上九郡”不通。
394	445	表奏周瑜为总领南郡太守	表奏周瑜为南郡太守	“总领”二字纯属多余。

（续表）

序号	页码	原　文	今　作	依　据
395	445	封华歆为大理少卿	拜华歆为议郎	东汉末无大理少卿官职。据《三国志·魏书·华歆传》。
396	446	东吴军马收川	东吴军马收蜀	东汉三国无“西川”之名，故益州可简称“蜀”，而不能简称“川”。参见287。
397	447	关某从江陵杀来	关羽从襄阳杀来	①东吴探马应直呼关羽之名。②第五十三回已写到刘琦死后，刘备命关羽守襄阳。原文此处明显疏误。
398	450	玄德、孔明在前山顶上饮酒取乐	刘备、诸葛亮在前山顶上饮酒取乐	东吴军士应直呼刘备、诸葛亮之名。
399	450	人报吴侯遣弟孙瑜到	人报孙权遣从兄孙瑜到	据《三国志·吴书·宗室传》，孙瑜系孙权叔父孙静之子，比孙权年长五岁。
400	450	吾奉兄命来助都督	吾奉命来助都督	同上。
401	450	亮自柴桑一别	亮自赤壁一别	在《三国演义》中，诸葛亮随周瑜大军到赤壁抗曹，直至总攻前才离去。
402	453	此去东北一百三十里	此去东南一千里	刘备当时驻江陵，耒阳在其东南约一千里。原文方位误。
403	454	遂拜庞统为副军师中郎将	遂拜庞统为军师中郎将	东汉三国时无“副军师中郎将”官职。据《三国志·蜀书·庞统传》改。
404	455	门下侍郎黄奎	侍郎黄奎	唐代始有门下侍郎官名。
405	459	差人往南郡请孔明	差人往临烝请孔明	刘备驻江陵，而江陵本为南郡郡治，原文不通。据《三国志·蜀书·诸葛亮传》注引《零陵先贤传》改。
406	460	西凉太守韩遂	镇西将军韩遂	据《三国志·蜀书·马超传》改（第五十七回已明言韩遂为镇西将军）。
407	460	即封汝为西凉侯	即封汝为允吾侯	侯爵最高等级为县侯，而“西凉”（应作“凉州”）系州，原文不合情理，故改。

（续表）

序号	页码	原　文	今　作	依　据
408	460	长安郡守钟繇	长安守将钟繇	① 长安非郡，自然无郡守。② 据《三国志·魏书·钟繇传》，繇以侍中守司隶校尉，持节督关中诸军，驻长安，故可简称“守将”。
409	461	洪年幼躁暴	洪性躁暴	曹洪自随曹操起兵讨董卓，至此时已二十一年，至少已四十岁左右，不应称其“年幼”。
410	461	小将军已下关了	曹洪将军已下关了	承409改。
411	463	操自领兵渡渭河	操自领兵渡河水	① 东汉时黄河称为“河”或“河水”，渭水在淹关汇入河水。② 河水在潼关地区的走向为L形。曹操军原在潼关东，由此北渡河水，再由蒲阪津西渡河水，来到渭北；然后南渡渭，与马超军决战。作者不明于此，本回及下回地理描写混乱。
412	463	吾当引一军循河拒住岸北	吾当引一军循河拒住河岸	见411。马超军始据潼关；曹操迂回至渭北后，退至渭口、渭南；并未到过河北。
413	463	不消二十日，河东粮尽，操兵必乱	不消二十日，操兵粮尽，必乱	费操渡至河北，即在河东郡境内。马超既欲阻止曹操渡河，则原文不通。
414	463	却说曹操整兵已毕，分三停军，前渡渭河	却说曹操整兵已毕，分三停军，前渡河水	同411。
415	463	时有渭南县令丁斐	时有校尉丁斐	东汉末并无渭南县，自然无“渭南县令”。据《三国志·魏书·武帝纪》改。
416	464	遂命为典军校尉	遂重赏丁斐	承415。
417	464	遂唤诸将各分头循河筑起甬道	遂唤诸将渡往河西，各分头循河筑起甬道	见411。

（续表）

序号	页码	原　文	今　作	依　据
418	464	还只拒住北岸，使彼不得渡河	还只拒往北岸，使彼不得渡渭	曹操已西渡河水，处于渭北。此处“北岸”应指渭水北岸，马超是要防止曹军渡到渭南。
419	464	韩遂与庞德将兵五万，直抵渭南	韩遂与庞德将兵五万，直抵渭北	见412、418。
420	464	操于河北立了营寨	操于渭北立了营寨	同418。
421	468	却说当夜两兵混战	却说当夜两军混战	原文“两兵”不确。
422	468	吾即谯郡许褚也	吾即沛国许褚也	此时尚无谯郡，许褚故乡谯县隶属沛国。
423	469	乃密令徐晃、朱灵尽渡河西结营	乃密令徐晃、朱灵尽渡渭南结营	曹操在潼关前时，已命徐、朱二人由蒲阪津暗渡河西。此时操已在渭北，马超在渭南；二人渡往渭南，才谈得上“前后夹攻”。
424	469	忽报操有一军，已在河西下了营寨	忽报操有一军，已在渭南下了营寨	承423。
425	469	操兵乘虚已渡河西	操兵乘虚已渡渭南	同上。
426	470	将军今年妙龄几何	将军今年年寿几何	据《三国志·魏书·武帝纪》注引《典略》，韩遂死于建安二十年（215），年七十余，则此时已近七十岁。《三国演义》信笔而写，误差太大。
427	470	四十岁矣	年近七十矣	同426。
428	470	何期又中旬矣	何期又入晚境矣	此时韩遂年近七十，曹操已五十六岁，二人皆已进入老境。
429	471	杨秋为西凉太守	杨秋为安定太守	“西凉太守”误，见45。参考《三国志·魏书·武帝纪》改。
430	472	超于桥上大喝一声，杀入河北	超于桥上大喝一声，杀入渭北。	参见418。

（续表）

序号	页码	原　文	今　作	依　据
431	472	授西凉侯之职	授允吾侯之爵	① 侯系封爵，而非“职”。② 侯爵最高等级为县侯，而“西凉”（应为凉州）系州名，封“西凉侯”不合情理，故改为“允吾侯”更妥（允吾系县名，为金城郡治所）。
432	473	就命鲁为镇南中郎将	就命鲁为镇民中郎将	《三国志·魏书·张鲁传》。
433	473	先取西川四十一州为本	先取益州四十五县为本	益州除南中四郡外，主体五郡共辖五十四县；除去汉中郡九县，则为四十五县。参见287。
434	473	早有细作报入川中	早有细作报入蜀中	益州古称“蜀”。参见396。
435	477	南有孙权，北有张鲁，西有刘备	南有孙权、刘备，西有张鲁	以许都为观察点，原文方位错乱。
436	477	现为丞相门下掌库主簿	现为丞相仓曹属主簿	《三国志·魏书·陈思王传》注引《典略》。
437	478	清高体貌疏	清高礼貌疏	原文因“体”、“礼”二字之繁体形近而误。据嘉靖壬午本改。
438	479	夺船避箭于渭水	夺船避箭于河水	参见411。
439	479	前至郢州界口	前至江夏界口	郢州为南朝地名。其地东汉末属荆州江夏郡。
440	479	来到荆州界首	来到南郡界首	江夏本属荆州，“来到荆州”不通。当时刘备驻江陵，系南郡郡治。
441	480	今闻回都	今闻自许都回程	原文不当。据郑少垣本《三国志传》（简称“郑本《三国》”）改。
442	480	东吴据六郡八十一州	东吴据六郡八十三县	同328。
443	481	贤士法真之子	贤士法真之孙	《三国志·蜀书·法正传》（法正之父乃法衍）。
444	481	达字子庆	达字子度	原文因“庆”“度”形近而误。据《三国志·蜀书·刘封传》改。

（续表）

序号	页码	原　文	今　作	依　据
445	481	四十一州郡	四十五县	同433。
446	481	乃西阆中巴人	乃巴西阆中人	《三国志·蜀书·黄权传》。
447	482	乃帐前从事官王累也	乃从事王累也	“帐前从事官”职名不确。据《三国志·蜀书·刘璋传》改。
448	482	久伏电天	久伏电誉	嘉靖壬午本、“李卓吾评本”。
449	483	关公拒襄阳要路，当青泥隘口	关羽拒襄阳要路，当青泥河口	青泥隘口在今陕西蓝田东南，与襄阳方位相去甚远。青泥河口则在襄阳附近。
450	483	璋便发书告报沿途州郡	璋便发书告报沿途郡县	东汉政区为州、郡、县三级，益州属下只能有郡、县。
451	484	泠苞	冷苞	原文因“泠”、“冷”形近而误。据《三国志·蜀书·先主传》改。
452	488	乃令白水都督杨怀、高沛二人，守把涪水关	乃令白水军督杨怀、高沛二人，守把白水关	①据《三国志·蜀书·先主传》，杨怀、高沛系“白水军督”；②白水关，《华阳国志·汉中志》有载。
453	489	坐领八十一州	坐领八十三县	同328（此时，孙权已辖交州，共领一百数十县，因《三国演义》未写，姑承上文）。
454	489	七岁孩子阿斗	五岁孩子阿斗	阿斗生于建安十二年（207年），此时（建安十六年）应为五岁。
455	491	上岸击贼，跣足入船	上岸击贼，洗足入船	《三国志·吴书·吕蒙传》注引《吴录》。
456	495	取涪关杨高授首	取白水杨高授首	承452。
457	497	来到关前，杨怀、高沛闻知此事	杨怀、高沛闻知此事	杨怀、高沛镇守的白水关在葭萌关西北，刘备遣人到成都，无须经过白水关。
458	498	只说曹操令部将乐进引兵至青泥镇	只说曹操令部将乐进引兵至青泥	《三国志·蜀书·先主传》。参见449。
459	498	却说玄德提兵回涪城，先令人报上涪水关	却说玄德提兵而回，先令人报上白水关	承上文（“提兵而回”指离开葭萌关，诈为回荆州之势）。

（续表）

序号	页码	原　文	今　作	依　据
460	498	玄德此回若何	刘备此回若何	杨怀、高沛怀着敌意谈论刘备，应直呼其名。
461	499	前至涪水之上	前至白水之上	葭萌关、白水关均靠近白水，距涪水尚远。此处白水、涪水混为一谈，遂将白水关误为“涪水关”（“涪关”）。参见452。
462	499	兵不血刃，得了涪关	兵不血刃，得了白水关	同452。
463	499	遂即分兵前后守把	遂即进据涪城，分兵前后守把	上文已写到庞统献计：“夺了关隘，先取涪城，然后却向成都”；此处却将“涪关”（实应为白水关）与涪城混淆。据《三国志·蜀书·先主传》，补“进据涪城”四字。
464	500	刘璋闻玄德……袭了涪水关	刘璋闻玄德……袭了涪城	承463。
465	500	吾辈今日行军，正从锦屏山过，何不试往问之	吾辈今日行军，何不试往问之	锦屏山在成都西南，雒县、涪城则在成都之北，故删“正从锦屏山过”。
466	500	左龙右凤，飞入西川	左龙右凤，飞入蜀关	汉末人不可能用“西川”一词。参照《三国志·吴书·贺邵传》改。
467	500	却说玄德既得涪水关	却说玄德既得涪城	承464改。
468	502	东川张鲁	汉中张鲁	唐代始置剑南东川节度使（简称东川），且不辖汉中。据《三国志·魏书·张鲁传》改。
469	503	此人曾在荆州刘表部下为中郎将	此人曾在荆州刘表部下	《三国志·蜀书·霍峻传》（峻归刘备后，始任中郎将）。
470	504	张翼德义释严颜	张益德义释严颜	同7。
471	506	魏延解冷苞到涪关	魏延解冷苞到涪城	①同425。②参见436（第六十二回末已写到刘备“自回涪城”）。

（续表）

序号	页码	原　文	今　作	依　据
472	508	玄德……奔回涪关	玄德……奔回涪城	承471改。
473	509	取大路杀奔巴州、雒城之西	取大路杀奔雒城之西	巴州系晋末地名。据《三国志·蜀书·张飞传》。
474	510	前至巴郡	前至江州	巴郡系郡名，而非具体城名。此处指郡治江州（今四川重庆）。
475	510	引数百骑来巴郡城下搦战	引数百骑来江州城下搦战	承上文改。
476	515	原来南门一带都是山路，北门有涪水	原来北门一带都是山路，南门有雒水	《水经·江水》（涪水离雒城较远）。
477	518	惟恐外州郡不宁	惟恐外郡县不宁	益州为州，其下为郡、县两级政区。
478	518	赵云抚外水江阳、犍为等处所属州郡	赵云抚外水江阳、犍为等处所属诸县	江阳、犍为皆系郡，不可能辖“州郡”，故为“诸县”。
479	518	张飞抚巴西、德阳所属州郡	张飞抚巴西、德阳诸郡县	巴西系郡，德阳系县，均不可能辖“州郡”；二者非平级，故称“诸郡县”。
480	518	未闻动民以备敌也	未闻动民以避敌也	《三国志·蜀书·法正传》。
481	518	即时遣妻弟费观	即时遣女婿费观	据《三国志·蜀书·杨戏传》附《季汉辅臣赞》改。
482	519	攻拔陇西州郡	攻拔陇上郡县	“陇西”仅为凉州之一郡，“陇上”则泛指整个凉州。据《三国志·蜀书·马超传》改。
483	519	刺史韦康	凉州刺史韦康	原文交代不明。
484	519	来见抚彝将军姜叙	来见抚夷将军姜叙	《三国志·魏书·杨阜传》注引《列女传》。
485	519	妄杀郡守	妄杀刺史	韦康系凉州刺史，原文误。
486	520	夏侯渊自行安抚陇西诸州人民	夏侯渊自行安抚陇上诸郡人民	同482。
487	520	何颜受职	何颜受爵	关内侯系“爵”，而非“职”。
488	520	西可以吞益州	南可以吞益州	益州在汉中之南。原文方位误。

（续表）

序号	页码	原　文	今　作	依　据
489	520	东西两川，实为唇齿；西川若破，东川亦难保矣	益州、汉中，实为唇齿；益州若破，汉中亦难保矣	①“西川”应作“益州”，见287；②“东川”应作“汉中”，见468。
490	520	当以二十州相酬	当以二十县相酬	参见287、433。
491	524	务要刘璋割二十州奉还主公	务要刘璋割二十县奉还主公	同490。
492	525	渭桥六战，杀得曹操割须弃袍	潼关大战，杀得曹操割须弃袍	《三国演义》中并无“渭桥六战”情节。据第五十八回改。
493	525	马岱……挺枪跃马	马岱……挥刀跃马	据第五十八回，马岱所用兵器是刀。
494	528	却说败兵回到益州	却说败兵回到成都	二刘争战本在益州境内，原文不通。此处实指回到益州治所成都。
495	529	吾方得蜀郡	吾方得蜀	蜀郡仅为益州之一郡，此处指整个益州（简称“蜀”）。
496	529	严颜为前将军	严颜为裨将军	此时刘备尚为左将军（第三品），严颜不可能与之并列。参照黄忠官品酌改。（见502）。
497	529	庞义为营中司马	庞羲为左将军司马	①原文因“义”之繁体“義”与“羲”形近而误。②据《三国志·蜀书·刘二牧传》，刘备定蜀，以庞羲为左将军司马（刘备当时官衔为左将军）。
498	529	刘巴为左将军	刘巴为左将军西曹掾	《三国志·蜀书·刘巴传》（参见497②）。
499	529	黄权为右将军	黄权为偏将军	《三国志·蜀书·黄权传》。
500	529	吕义	吕乂	原文因“义”“乂”形近而误。
501	529	赵云为镇远将军	赵云为翊军将军	《三国志·蜀书·赵云传》。
502	529	黄忠为征西将军	黄忠为讨虏将军	《三国志·蜀书·黄忠传》。
503	529	魏延为扬武将军	魏延为牙门将军	《三国志·蜀书·魏延传》。

（续表）

序号	页码	原　文	今　作	依　据
504	530	位极则残	位极则贱	原文因“贱”“残”形近而误。据《三国志·蜀书·诸葛亮传》注引《蜀记》改。
505	530	四十一州地面	四十五县地面	同433。
506	530	须用取索汉上诸郡	须用取索江汉诸郡	同393。
507	534	容吾取了东川、汉中诸郡	容吾取了凉州	“东川”实即汉中，原文误。据《三国志·吴书·吴主传》改。
508	536	卫凯	卫觊	原文因“凯”“觊”形近而误。据《三国志·魏书·卫觊传》改。
509	536	中书令荀攸曰	尚书令荀攸曰	《三国志·魏书·荀攸传》。
510	536	丞相官至魏公	丞相爵至魏公	魏公系“爵”，丞相方系“官”。
511	537	御林将军郗虑	御史大夫郗虑	《后汉书·伏皇后纪》。
512	542	兄在汉宁	兄在南郑	汉宁即汉中。此处指郡治南郑。
513	545	封鲁为镇南将军	拜鲁为镇南将军，封阆中侯	《三国志·魏书·张鲁传》。
514	545	曹操传令各郡分设太守，置都尉	曹操传令分汉中置西城郡、上庸郡，各郡分设太守，置都尉	原文对“各郡”未作交代。据《三国志·魏书·武帝纪》增补。
515	545	到秣陵	到建业	第六十一回已写到孙权“迁治建业”。
516	545	所有荆州南郡、零陵	所有南郡、零陵、武陵	《三国志·蜀书·先主传》。
517	545	望君侯起兵攻之	望将军起兵攻之	孙权未曾封吴侯（见293），此时官衔为车骑将军。
518	546	却说军马渡江，取和州	却说军马渡江，取历阳	和州系南北朝时地名，东汉时名历阳（第十五回已写到）。
519	546	皖城太守朱光	庐江太守朱光	皖城仅为庐江郡之一县。承上文改。
520	547	忽曹操差薛悌送木匣一个	忽曹操差人送教帖与护军薛悌	《三国志·魏书·张辽传》。

（续表）

序号	页码	原　文	今　作	依　据
521	547	张辽便开匣观之	薛悌教张辽拆开教帖	承上文改。
522	547	又见吴侯败合肥	又见孙权败合肥	参见293。
523	548	铁骑甫能平陇右	铁骑甫能平汉中	曹操平定的是汉中，而非陇右（陇右已在其管辖之下）。
524	552	乐进连忙持枪来刺。枪还未到	乐进连忙挥刀来砍。刀还未到	据第五十三回，乐进所用兵器是刀。
525	553	盘根遍体	斑痕遍体	据文意改。
526	554	乃问计于中大夫贾诩	乃问计于太中大夫贾诩	《三国志·魏书·贾诩传》。
527	554	再往温州取柑子	再往永宁取柑子	温州系唐代以后地名，东汉时名永宁。
528	555	贫道于西川嘉陵峨嵋山中	贫道于益州峨嵋山中	①“西川”应作“益州”，见287；②“嘉陵”系“嘉州”之误，但嘉州为北周所置，故删。
529	561	乃汉相金日磾之后	乃汉功臣金日磾之后	据《汉书·金日磾传》，日磾不曾为相。
530	562	太医吉平之子	太医吉本之子	同217。
531	563	遂定侯爵六等十八级	遂定封爵六等：除列侯、关内侯之外，又置名号侯爵十八级	原文缺漏，以致不通。据《三国志·魏书·武帝纪》注引王沈《魏书》增补。
532	564	又置关内外侯十六级	关外侯十六级	①531已补“又置名号侯……”，此处“又置”应删；②据《通志·职官六》，“内”字为衍文，故删。
533	563	银印龟纽墨绶	铜印龟纽墨绶	《三国志·魏书·武帝纪》注引王沈《魏书》。
534	817	老黄忠计夺天荡山	老黄忠计夺米仓山	见536。
535	567	直赶到宕渠山	直赶到宕渠寨	宕渠系县名，而非山名。
536	570	此去有山，名天荡山	此去有山，名米仓山	米仓山在定军山东南，天荡山在定军山东北，黄忠由葭萌关北上，进攻路线应是米仓山—定军山—天荡山。因此，第七十回、七十一回中“天荡山”、“米仓山”二地名应对调。

（续表）

序号	页码	原　文	今　作	依　据
537	571	此天荡山，乃粮草之所；更接米仓山，亦屯粮之地	此米仓山，乃粮草之所；更有天荡山，亦屯粮之地	①同536；②天荡山与米仓山相距较远，故将“更接”改为“更有”。
538	571	“米仓山有吾叔夏侯渊分兵守护……天荡山有吾…兄夏侯德镇守……”于是张郃与二将连夜投天荡山来	“天荡山有吾叔夏侯渊分兵守护……米仓山有吾兄夏侯德镇守……”于是张郃与二将连夜投米仓山来	同536。
539	572	张郃……只得弃天荡山	张郃……只得弃米仓山	同上。
540	576	洪星夜前到许昌	洪星夜差人前到许都	曹洪为统兵大将，不应亲自回许都禀报（从下文看，洪并未回许都）。据余本《三国》，补“差人”二字。
541	577	昔和帝时	昔顺帝时	原文时间误差较大，据《后汉书·列女传》改。
542	577	上虞令度尚奏闻朝廷	至元嘉元年，上虞长度尚奏闻朝廷	①按原文，似乎曹娥之死与度尚奏闻朝廷紧接，实则相隔八年；②县行政长官，万户以上称“令”，万户以下称“长”。据《后汉书·列女传》改。
543	577	妾父蔡邕闻而往观	妾父闻而往观	子女不能直呼父亲姓名。对尊长言谈上书，至多称父之名而已。
544	578	定军山西	定军山南	第六十九回有“定军之南，伤折一股”隐语，此处与之照应。
545	579	今定军山已失，可将米仓山粮草移于北山寨中屯积	今定军山已失，可将天荡山粮草移于北山寨中屯积	同536。
546	579	加忠为征西大将军	加忠为征西将军	《三国志·蜀书·黄忠传》。
547	579	目今张郃在米仓山搬运粮草	目今张郃在天荡山搬运粮草	承545。
548	580	操非夏侯渊之比	张郃非夏侯渊之比	据上下文，此处所议乃张郃，而非曹操。

（续表）

序号	页码	原　文	今　作	依　据
549	581	刘封、孟达……从米仓山路杀来	刘封、孟达……从天荡山路杀来	承545。
550	582	我料必得汉水矣	我料必得汉川矣	《三国志·蜀书·先主传》（汉川即汉中）。
551	582	现充牙门将军	现充校尉	《三国志·蜀书·王平传》。
552	585	遂命王平为偏将军	遂命王平为牙门将	《三国志·蜀书·王平传》。
553	586	玄德大兵追至南郑褒州	玄德大兵追至褒中	① 上文已写到张飞、魏延夺了南郑，故此句删去“南郑”；② 据《后汉书·郡国志》，“褒州”应为“褒中”。
554	586	往褒州路上而来	往褒中路上而来	见553。
555	589	修死年三十四岁	修死年四十五岁	《后汉书·杨震传》附《杨修传》注引《续汉书》。
556	591	云长攻拔襄阳郡	云长攻拔襄阳城	据本回正文改。
557	593	今已抚有两川之地	今已抚有两州之地	“两川”不当。“两州”指荆州、益州。
558	593	今有荆襄、两川之地	今有荆、益两州之地	①“荆襄”即荆州；② 汉中原属益州，此处不必单独列出。
559	594	魏延为汉中太守	魏延为督汉中镇远将军，领汉中太守	《三国志·蜀书·魏延传》。
560	594	伪为乱阶	造为乱阶	原文“伪”字不通。据《三国志·蜀书·先主传》改。
561	594	赖陛下圣德威临，人臣同应	赖陛下圣德威灵，人神同应	《三国志·蜀书·先主传》。
562	594	曹操在邺郡闻知玄德自立汉中王	曹操在长安，闻知玄德自立汉中王	据《三国志·魏书·武帝纪》，曹操此时在长安。若按原文，则与下文曹仁遣使至长安告急相矛盾。
563	596	守御东川	守御汉中	同468。
564	596	汉中王封我何爵	汉中王授我何职	“五虎将”非爵位，而系虚构的官称。

（续表）

序号	页码	原　文	今　作	依　据
565	596	傅士仁	士仁	据《三国志·蜀书·关羽传》、《吴书·吴主传》、《吕蒙传》，"傅"为衍字，应删。
566	596	先引一军于荆州城外屯扎	先引一军于江陵城外屯扎	同361。
567	597	罚糜芳守南郡	罚糜芳守江陵	据《三国志·蜀书·关羽传》，糜芳以南郡太守身份守江陵（江陵系南郡郡治）。
568	597	都督荆襄九郡事	都督荆州事	此时曹操占有荆州一部分，孙权占有江夏、长沙、桂阳等郡，关羽所统仅南郡、武陵、零陵等郡。据《三国志·蜀书·关羽传》改。
569	598	可差军前都督粮料官赵累代之	可差都督赵累代之	"军前都督粮料官"名不确。据《三国志·吴书·吴主传》改。
570	602	加庞德为征西都先锋	加庞德为征南都先锋	当时关羽在曹操之南。《三国演义》既写于禁为"征南将军"，庞德自应为"征南都先锋"，嘉靖壬午本正如此（历史上庞德系立义将军）。
571	602	不得已而降魏	不得已而降魏王	此时曹魏尚未建立，曹操名义上尚为汉臣。
572	602	其亲兄庞柔	其从兄庞柔	《三国志·魏书·庞德传》注引《魏略》。
573	603	部将五百人皆曰	部属五百人皆曰	此五百人为庞德亲军，但不可能皆为"将"。
574	606	船上那将跳下水去，生擒庞德上船	筏上那将跳下水去，生擒庞德上筏	上文明言周仓"撑大筏而至"。
575	610	乃沛国谯郡人	乃沛国谯县人	《三国志·魏书·方技传》。
576	611	魏兵挫锐	我军挫锐	此时汉献帝尚在位，曹魏尚未建立，不可能自称"魏兵"。
577	611	前到阳陵坡驻扎	前到阳陵陂驻扎	《三国志·魏书·徐晃传》。

（续表）

序号	页码	原 文	今 作	依 据
578	612	今操远在河北	今操远在许都	原文出自《三国志·吴书·吕蒙传》，系吕蒙代鲁肃之前所说，其时曹操在邺（河北）。作品将说话时间移后，而到此时，作品已明言曹操在许都。
579	612	拜陆逊为偏将军、右都督	拜陆逊为偏将军、右部督	《三国志·吴书·陆逊传》。
580	612	某年幼无学	某无学	此时陆逊已三十七岁（仅比孙权小一岁），不应自称“年幼”。
581	613	驾快船往浔阳江去	驾快船往寻阳去	寻阳在今湖北黄梅西南；浔阳江则系唐代地名，在今江西九江市北。据《三国志·吴书·吕蒙传》。
582	613	于是长驱大进，径取荆州，无人知觉。将至荆州，吕蒙将沿江墩台所获官军，用好言抚慰，各各重赏，令赚开城门……不一日，孙权领众至，吕蒙出郭迎接入衙。权慰劳毕，仍命潘濬为治中，掌荆州事；监内放出于禁，遣归曹操；安民赏军，设宴庆贺	于是长驱大进，径取公安，无人知觉	据《三国志·吴书·吴主传》及《吕蒙传》，吕蒙袭取荆州的过程是：奇袭关羽所置江边屯候—取公安—取江陵（江陵既是荆州州治，又是南郡郡治）。演义写成夜袭烽火台—袭“荆州”—取公安—取南郡，方位错乱。故本回及第七十六回有关内容应重新整理。
583	613	权谓吕蒙曰：“今荆州已得，但公安傅士仁、南郡麋芳，此二处如何收复？”	将至公安，吕蒙谓众将曰：“公安士仁、江陵麋芳，此二处如何收复？”	承上文改（第七十六回方写孙权江陵）。
584	613	权曰	蒙曰	承上文改。
585	613	却说傅士仁听知荆州有失	却说士仁听知东吴军至	承上文改。
586	614	想起关公去日恨吾之意	想起关公去日恨己之意	原文不通，故改“吾”为“己”。

（续表）

序号	页码	原 文	今 作	依 据
587	614	士仁……来荆州投降	士仁……来吕蒙军前投降	此处“荆州”指州治江陵，尚被麋芳据守（吴军先取公安，后取江陵）。
588	614	径投南郡招安麋芳	径投江陵招安麋芳	同567。
589	616	却说麋芳闻荆州有失	却说麋芳闻公安有失	承上文（参见582）。
590	616	今荆州已被东吴所取	今荆州已被东吴阻隔	此时东吴已取荆州部分地区，尚未得州治江陵。
591	617	径往洛阳之南阳陵坡驻扎	径往洛阳之南摩陂驻扎	《三国志·魏书·武帝纪》。
592	618	荆州已被吕蒙所夺，家眷被陷	荆州已被吕蒙偷袭	此处“荆州”泛指关羽辖区。“家眷”在江陵，见593。
593	618	招麋芳都降东吴去了	招麋芳都降东吴去了。家眷皆被陷	“家眷”在江陵，麋芳降吴，家眷方被陷。
594	620	加刘封为副将军	加刘封为副军将军	东汉三国无“副将军”官职。据《三国志·蜀书·刘封传》改。
595	620	荆州九郡，俱已属彼	荆州数郡，俱已属彼	赤壁之战后，曹、刘、孙三分荆州，此处指关羽所统数郡。
596	621	将军所统汉上九郡	将军所统数郡	①“汉上九郡”不通，见393；②赤壁之战后，曹、刘、孙三分荆州；建安二十年（215）后，关羽所统仅南郡、武陵、零陵等郡。
597	626	行至决石	行至夹石	《三国志·吴书·潘璋传》。
598	627	乃荆门州当阳县一座山	乃南郡当阳县一座山	荆门州系元代所置。东汉三国时，当阳县属南郡。
599	627	遂尽收荆襄之地	遂收荆州之地	当时襄阳、南阳等郡为曹操辖区。
600	628	今刘备已有两川之兵	今刘备已有益州之兵	“两川”（西川、东川）之说始于唐代，东汉三国时称益州。
601	628	尽力南征	尽力东征	东吴在益州之东。
602	629	孙夫人又南归	孙夫人又东归	同上。

（续表）

序号	页码	原　文	今　作	依　据
603	634	以麻肺汤饮之	以麻沸散饮之	《三国志·魏书·方技传》。
604	635	表封孙权为骠骑将军、南昌侯，领荆州牧	表孙权为骠骑将军，领荆州牧，封南昌侯	《三国志·吴书·吴主传》（先叙官职，后叙爵位）。
605	636	又遗命于彰德府讲武城外	又遗命于邺城外	彰德府讲武城系金代以后地名，实即东汉三国时的邺城。
606	637	萧怀侯曹熊	萧侯曹熊	“萧”即萧县，系封邑；“怀”则系谥号，死后所加。
607	637	兵部尚书陈矫曰	尚书陈矫曰	东汉三国无“兵部尚书”官名。据《三国志·魏书·陈矫传》改。
608	641	葬于邺郡高陵	葬于邺城高陵	“邺”本系县名，为冀州、魏郡治所，建安十八年（213），曹操封魏王，以邺为都。
609	641	萧怀使者回报：“萧怀侯曹熊惧罪，自缢身死。”	萧县使者回报：“萧侯曹熊惧罪，自缢身死。”	见606。
610	641	追赠萧怀王	后追赠萧怀公	据《三国志·魏书·曹熊传》，曹丕称帝后，追封谥熊为萧怀公；魏明帝太和三年（229），又追封爵为王。
611	643	可升此二人为郡守	可命此二人为郡守	刘封地位高于郡守，孟达已为郡守，“升”字不通。
612	643	上庸、房陵都尉申耽、申仪弟兄二人	上庸太守申耽、西城太守申仪弟兄二人	《三国志·蜀书·刘封传》。
613	645	封立脚不住，只得望房陵而奔	封立脚不住，只得望西城而奔	房陵在襄阳与上庸之间，刘封不可能由上庸折回房陵；西城则在上庸之西，且申仪本为西城太守。改后方与下文合榫。
614	651	遣高庙使张音	遣行御史大夫太常张音	汉代无“高庙使”官职。据《三国志·魏书·文帝纪》注引《献帝传》改。
615	651	飨万国以肃承天命	飨兹万国，以肃承天命	《三国志·魏书·文帝纪》。

（续表）

序号	页码	原文	今作	依据
616	652	光禄大夫谯周	劝学从事谯周	《三国志·蜀书·先主传》。
617	653	别驾赵祚、治中杨洪、议曹杜琼、从事张爽、太常卿赖恭、光禄卿黄权、祭酒何宗、学士尹默、司业谯周、大司马殷纯、偏将军张裔、少府王谋	太常赖恭、光禄勋黄柱、少府王谋、偏将军张裔、黄权、大司马属殷纯、益州别驾赵莋、治中杨洪、从事祭酒何宗、议曹从事杜琼、劝学从事张爽、尹默、谯周	原文有的人名错讹（如“光禄卿黄权”应为“光禄勋黄柱”），有的官职错讹（如“大司马属”误为“大司马”），有的职官非东汉三国所有（如“学士、司业”），且顺序混乱。据《三国志·蜀书·先主传》改。
618	653	昭文博士伊籍	昭文将军伊籍	《三国志·蜀书·伊籍传》。
619	653	从事郎秦宓	从事祭酒秦宓	《三国志·蜀书·秦宓传》。
620	653	谏议郎孟光	议郎孟光	《三国志·蜀书·先主传》。
621	653	惟建安二十六年四月丙午朔，越十二日丁巳	惟建安二十六年四月丙午	据《二十史朔闰表》推算，此日非朔日，而系初六，故删去“朔”字。
622	657	屯兵渭河上流	屯兵河、渭上流	《三国志·蜀书·赵云传》注引《赵云别传》。
623	657	封西乡侯，兼阆中牧。	封西乡侯。	州长官方称牧，“阆中牧”不通。据《三国志·蜀书·张飞传》改。
624	658	自阆州而出	自阆中而出	“阆州”系唐代所置地名，东汉三国时名“阆中”。
625	658	学士秦宓奏曰	从事祭酒秦宓奏曰	东汉三国无“学士”官职。据《三国志·蜀书·秦宓传》。
626	658	傅彤	傅肜	原文因“彤”“肜”形近而误。据《三国志·蜀书·杨戏传》附《季汉辅臣赞》。
627	658	廖淳	廖化	据《三国志·蜀书·廖化传》，廖化原名廖淳。
628	658	择定章武元年七月丙寅日出师	择定章武元年七月丙子日出师	据《二十史朔闰表》推算，章武元年七月无丙寅日。参照“李卓吾评本”改。

（续表）

序号	页码	原　文	今　作	依　据
629	658	范疆	范彊	“彊”为“强”的异体字，原文因其与“疆”形近而误。据《三国志·蜀书·张飞传》改。
630	659	智欺张郃定中州	武欺张郃震中州	原文“定”字不当，参考嘉靖壬午本改。
631	660	姓李，名意	姓李，名意其	《三国志·蜀书·先主传》注引《神仙传》。
632	661	杀奔吴国来	杀奔东吴来	此时孙权尚未称帝，不应称“吴国”。
633	664	前队军马已出川口	前队军马已出巫峡	《三国志·吴书·陆逊传》。
634	665	星夜到了许都	星夜到了许昌	曹丕称帝后，都洛阳，改许县为许昌，不再称“许都”。
635	665	据三江虎视天下	据三州虎视天下	《三国志·吴书·吴主传》（“三州”指扬州、荆州、交州）。
636	665	吴主颇知学乎	孙将军颇知学乎	承上文改。
637	665	大夫刘晔谏曰	侍中刘晔谏曰	《三国志·魏书·刘晔传》。
638	666	主公宜自称上将军、九州伯之位	主公宜自称上将军、九州伯	“之位”二字使原句不通，故删。
639	666	河生四子，桓居其长	河生四子，桓居其三	《三国志·吴书·宗室传》注引韦昭《吴书》。
640	666	官授武卫都尉	官授安东中郎将	《三国志·吴书·宗室传》。
641	666	虎威将军朱然	昭武将军朱然	《三国志·吴书·朱然传》。
642	666	孙桓引二万五千军马，屯于宜都界口	朱然引二万五千水军，于大江之中结营；孙桓引二万五千马军，屯于宜都界口	原文叙述阙略，据嘉靖壬午本增改。
643	672	武威后将军黄忠	后将军黄忠	《三国志·蜀书·黄忠传》。
644	673	到于富池口	到于峡口	富池口在今湖北阳新县东，距彝陵近千里，方位误。据地理改。
645	676	陆逊年幼望轻	陆逊望轻	此时陆逊已三十九岁，不应称之为“年幼”。

（续表）

序号	页码	原　文	今　作	依　据
646	676	官领镇西将军	官领右护军、镇西将军	《三国志・吴书・陆逊传》。
647	676	臣年幼无才	臣望轻无才	参见645。
648	676	拜为大都督、右护军镇西将军	拜为大都督	陆逊此前已为右护军、镇西将军（见646）。
649	676	令掌六郡八十一州兼荆楚诸路军马	令掌东吴诸路军马	原文用语不确，故改。
650	677	安东将军孙桓	安东中郎将孙桓	《三国志・蜀书・宗室传》。
651	677	吾自从孙将军平定江南	吾自从破虏将军平定江南	原文“孙将军”所指含混。据嘉靖壬午本、“李卓吾评本”改（“破虏将军”，指孙坚）。
652	677	然年幼多才	然聪睿多才	马良比陆逊小四岁，不应称其“年幼”。参《陆逊传》改。
653	682	兵疲意阻	兵疲意沮	《陆逊传》。
654	686	蜀祭酒程畿	益州从事祭酒程畿	《三国志・蜀书・杨戏传》附《季汉辅臣赞》。
655	691	隔江泛湖	泛舟江湖	《三国志・魏书・贾诩传》。
656	691	尚书刘晔曰	侍中刘晔曰	《三国志・魏书・刘晔传》。
657	692	年方二十七岁	时年四十六岁	据《三国志・吴书・朱桓传》推算。
658	694	差使往辽东鲜卑国	差使往鲜卑国	轲比能所部不在辽东郡。
659	694	令起辽西羌兵十万	令起兵十万	原文语意混乱：“辽西”与上文“辽东”矛盾，“羌”与“鲜卑”更非一族。
660	694	攻两川峡口	由峡口入蜀	当时有两个峡口：一在今湖北宜昌东，已在孙权辖区；另一在今四川乐山东，北上即达成都，而不必“取涪城”。故原文不通。
661	695	乃番王轲比能，起羌兵十万	乃鲜卑王轲比能，起兵十万	① 古代称西方边境各族为“番”，而鲜卑在北方；② 羌与鲜卑并非一族，当时羌人分布于今青海、甘肃、四川一带。

（续表）

序号	页码	原　文	今　作	依　据
662	696	羌王轲比能	鲜卑王轲比能	见661②。
663	696	马超积祖西川人氏	马超积祖西州人氏	马超自祖父马肃起，世居凉州。当时称凉州为西州。原文因“州”“川”形近而误。
664	696	现为户部尚书	现为尚书	东汉三国时无“户部尚书”官名。据《三国志·蜀书·邓芝传》改。
665	696	汉司马邓禹之后	汉司徒邓禹之后	据《后汉书·邓禹传》，禹曾任司徒，未任司马。参见《邓芝传》。
666	700	吴王拜逊为辅国将军、江陵侯，领荆州牧	吴王拜逊为辅国将军、领荆州牧，改封江陵侯	《三国志·吴书·陆逊传》（逊先已封娄侯，故此处为“改封”）。
667	701	孤掌江南八十一州，更有荆楚之地	孤掌三州之地	原文地理概念混乱。据《三国志·吴书·吴主传》改。参见635。
668	702	现为益州学士	益州学士也	东汉三国无“学士”官职。据《三国志·蜀书·秦宓传》，宓当时任长水校尉；诸葛亮称其为“益州学士”意为“益州学识渊博之士”。
669	704	总镇都督建业、南徐军马	都督建业、京城军马	①“总镇”一词多余，删去；②“南徐”系南朝宋所置地名，三国时名京城。
670	704	年幼负气	盛年负气	据《三国志·吴书·宗室传》推算，孙韶时年三十七，不应称“年幼”。
671	709	建宁太守雍闿	益州郡太守雍闿	据《三国志·蜀书·后主传》，诸葛亮平定南方后，始改益州郡为建宁郡。
672	709	死守此城	死守不韦城	永昌系郡名，而非具体城名，此处指郡治不韦县（今云南保山北）。
673	709	现为谏议大夫	现为屯骑校尉	《三国志·蜀书·王连传》。

（续表）

序号	页码	原　文	今　作	依　据
674	709	共起川兵五十万	共起蜀兵十五万	“五十万”夸张过分。后文写诸葛亮北伐，最高兵力为“三十四万”（历史上蜀汉总兵力不到二十万）。据种德堂本、双峰堂本《三国》改。
675	709	前望益州进发	前望益州郡进发	益州郡属益州，二者应分清。
676	713	魏延便分兵一半，望东路抄董荼那寨来；赵云分兵一半，望西路抄阿会喃寨来	魏延便分兵一半，望西路抄董荼那寨来；赵云分兵一半，望东路抄阿会喃寨来	此时“蛮兵”在南，左路董荼那应在西，右路阿会喃则在东。
677	713	原来王平军马早已到了	原来马忠军马早已到了	蜀军与“蛮兵”相对，左路王平应对“蛮兵”右路阿会喃，右路马忠则对“蛮兵”左路董荼那。
678	713	马忠已杀至寨前	王平已杀至寨前	同上。
679	724	前有一河，名曰西洱河	前有一河，名曰叶榆水	西洱河系后代名称，东汉三国时名叶榆水。
680	726	只可就山阴洞中，退避不出	只可就山险洞中，退避不出	原文“山阴”意不明。据嘉靖壬午本改。
681	743	后丕又纳安平广宗人郭永之女为贵妃	后丕又纳安平广宗人郭永之女为贵嫔	“贵妃”称号始于南朝宋。据《三国志·魏书·后妃传》改。
682	744	司马懿上表乞守西凉等处	司马懿上表，乞守雍、凉等处	“西凉”系后代地名，据上下文改。
683	744	遂封懿提督雍、凉等处兵马	遂命懿都督雍、凉兵马	①“封”字不通，改为“命”；②东汉三国不用“提督”，而用“都督”。
684	744	本欲立陈思王子建为社稷主	本欲立浚仪王子建为社稷主	据《三国志·魏书·陈思王传》，曹植（子建）此时为浚仪王。太和六年（232）始改封陈王；“思”则为谥号，此处更不当用。
685	745	将司马懿削职回乡，命曹休总督雍、凉兵马	将司马懿削职回乡	下文写诸葛亮北伐，曹休根本没有出面（历史上曹休以大司马身份都督扬州）。

（续表）

序号	页码	原　文	今　作	依　据
686	746	杜琼为谏议大夫；杜微、杨洪为尚书	杜琼、杜微为谏议大夫；杨洪为蜀郡太守	《三国志·蜀书·杜微传》、《杨洪传》。
687	746	孟光、来敏为祭酒	孟光为屯骑校尉；来敏为虎贲中郎将	《三国志·蜀书·孟光传》、《来敏传》。
688	747	前督部	督前部	《三国志·蜀书·魏延传》。
689	747	领汉中太守吕义	领汉中太守吕乂	《三国志·蜀书》有《吕乂传》，原文因“乂”“义”形近而误。
690	747	车骑大将军、都乡侯刘琰	车骑将军、都乡侯刘琰	《三国志·蜀书·刘琰传》。
691	747	高阳侯吴懿	高阳乡侯吴懿	《三国志·蜀书·杨戏传》附《季汉辅臣赞》。
692	747	玄都侯高翔	玄乡侯高翔	《三国志·蜀书·李严传》注引诸葛亮上书。
693	747	安乐侯吴班	安乐亭侯吴班	同上。
694	747	前将军—征南将军刘巴	前监军——征南将军刘巴	同上。
695	747	汉城亭侯许允	汉成亭侯许允	同上。
696	747	后护军—典军中郎将官雝	中典军——讨虏将军上官雝	同上。
697	747	谏议将军阎晏	建义将军阎晏	同上。
698	747	绥戎都尉盛敦	绥戎都尉盛勃	同上。
699	747	建兴五年春三月丙寅日	建兴五年春三月丙卯日	据《二十史朔闰表》推算，建兴五年三月无丙寅日。
700	748	楙字子休	楙字子林	《三国志·魏书·夏侯惇传》注引《魏略》。
701	749	诸葛亮智取三城	诸葛亮智取三郡	天水、南安、安定系“三郡”，共辖十余县，“三城”误。
702	751	夏侯楙若闻某骤至，必然弃城望横门邸阁而走。某却从东方而来，丞相可大驱士马，自斜谷而进	夏侯楙若闻某骤至，必然弃城而走。横门邸阁之粮，足资军用。比魏军合聚东方，尚需二十日，丞相大驱士马，自斜谷而进，必足以达	横门为长安西北之门，邸阁为粮库，说夏侯楙从长安“望横门邸阁而走，”不通。后一句语意亦含混。据《三国志·蜀书·魏延传》注引《魏略》改。

（续表）

序号	页码	原　文	今　作	依　据
703	752	年登七十建奇功	年登六十建奇功	赵云年龄小于刘、关、张，此时应为六十岁左右。
704	753	楙走入城中	楙走入豲道城中	南安系郡名，而非具体城名，此处指郡治豲道（今甘肃陇西东南）。
705	753	右军屯石城	右军屯石马	《三国志·蜀书·后主传》（石马即白马塞）。
706	753	此郡壕深城峻	此城壕深墙峻	承704改。
707	754	此处西连天水郡	此处东连天水郡	原文方位颠倒。
708	754	孔明却在南安城外	孔明却在豲道城外	同704（当时另有南安县，属益州犍为郡，治所在今四川乐山）。
709	754	安定太守崔谅，在城中	安定太守崔谅，在临泾城中	安定系郡名，而非具体城名，此处指郡治临泾（今甘肃镇原南）。
710	756	后为中郎将	后为中郎	中郎品秩远低于中郎将。据《三国志·蜀书·姜维传》改。
711	758	诸葛亮必伏兵于郡后	诸葛亮必伏兵于冀城后	天水系郡名，而非具体城名，此处指郡治冀城（今甘肃甘谷东）。
712	758	径投天水郡城下	径投冀城下	同711。
713	759	维母今居冀县	维母今居新阳县	天水郡郡治即冀县，作者却以为冀县另在一处，由此造成一连串地理错误（历史上姜维母居冀县，姜维则因被太守怀疑，在外归降诸葛亮）。
714	759	早有人报入天水郡	早有人报入冀城	同711。
715	759	一军守此郡，一军取上邽，一军取冀城	一军守此城，一军取上邽，一军取新阳	① 天水郡与其辖县不应并列，原文“此郡”实指冀城（冀县）；②“冀城”改“新阳”，见713。
716	759	我等是冀县百姓	我等是新阳县百姓	承715。

（续表）

序号	页码	原　文	今　作	依　据
717	759	今守天水城是谁	今守冀城是谁	同711。
718	760	孔明却引兵来攻冀城	孔明却引兵来攻新阳城	承716。
719	760	维杀条路奔天水城	维杀条路奔冀城	同711。
720	760	升帐商议取天水、上邽之计	升帐商议取冀城、上邽之计	“天水”系郡名，不应与其辖县并列，此处实指冀城。
721	761	孔明自得三城之后	孔明自得三郡之后	《三国志·蜀书·诸葛亮传》（三郡指南安、安定、天水）。
722	761	官封射亭侯	封射阳亭侯	《三国志·魏书·郭淮传》。
723	762	吕布虎吞徐郡	吕布虎吞徐州	徐州系“州”，而非“郡”。
724	767	但见孔明携琴上车，引数骑入寨	但见孔明携琴上车，引数骑出寨	上文明写诸葛亮在“寨内鼓琴”，则此处应是“出寨”望后而走。
725	769	镇守上庸、金城等处	镇守上庸、西城等处	金城属曹魏凉州，而上庸、西城属曹魏荆州，方位相去甚远。据《三国志·蜀书·刘封传》改（曹魏将西城郡改为魏兴郡）。
726	770	次子司马昭，字子尚	次子司马昭，字子上	《晋书·文帝纪》。
727	770	金城太守申仪	西城太守申仪	同725。
728	770	参军梁畿	参军梁幾	原文因“畿”与幾（“几”的繁体）形近而误。据《三国志·魏书·明帝纪》注引《魏略》改。
729	772	右将军张郃	左将军张郃	《三国志·魏书·张郃传》。
730	776	屯兵于街亭之右	屯兵于街亭之后	据下文。
731	779	吾自引兵当斜谷之兵	吾自引兵当祁山之兵	此时诸葛亮尚在祁山（斜谷在祁山以东数百里）。
732	779	径取斜谷，由西城而进	径由西县而进	① 斜谷在西县以东数百里，原文不顺；故删去“取斜谷”；② 当时有西县，属雍州天水郡；另有西城县，属荆州西城郡（曹魏改为魏兴郡原文“西城”实即“西县”。

（续表）

序号	页码	原　文	今　作	依　据
733	779	自领大军望斜谷进发	自领大军望西县进发	承732。
734	779	投武功山小路而行	投武城山小路而行	武功山在郿县以东，距西县甚远。据地理，改为“武城山”较为合理。
735	779	又令张翼先引军去修理剑阁	又令张翼先引军去修理阁道	剑阁在汉中西南，蜀军撤回汉中，无须经过剑阁。
736	779	孔明分拨已定，先引五千兵退去西城县搬运粮草	孔明分拨已定，先引五千兵去西县搬运粮草	同732。
737	779	魏兵分两路望西城县杀来	魏兵分两路望西县杀来	承732。
738	780	却说司马懿望武功山小路而走	却说司马懿望武城山小路而走	承734。
739	785	乃尚书孙资也	乃中书令孙资也	《三国志·魏书·刘放传》附《孙资传》。
740	785	孙尚书所言极当	孙令所言极当	承739改。当时称中书令为“×令”。
741	787	知丞相初拔四县	知丞相初拔三郡	“四县”所指不明，据上文，应为“三郡南安、安定、天水）。
742	787	扬州司马大都督曹休	大司马、扬州都督曹休	原文词序混乱，导致官称错误。据《三国志·魏书·曹休传》改。
743	787	东莞太守胡质，径取阳城	东莞太守胡质，径取西阳	阳城在今河南登封东南，距东关甚远，且方位不合。据《三国志·魏书·贾逵传》改。
744	788	却说吴主孙权，在武昌东关	却说吴主孙权在武昌	武昌在今湖北鄂城，东关在今安徽含山，相距甚远，不能拉在一起，据《三国志·吴书·吴主传》改。
745	788	封为辅国大将军、平北都元帅	拜为大都督	《三国志·吴书·陆逊传》。
746	788	奋威将军朱桓	奋武将军朱桓	《三国志·吴书·朱桓传》。

（续表）

序号	页码	原　文	今　作	依　据
747	788	于是陆逊总率江南八十一州并荆湖之众七十余万	于是陆逊总率东吴之众七十余万	“江南八十一州”误，参见328（东吴灭时，共有四州，四十三郡，三百一十三县）；“荆湖”系宋代政区名。
748	788	左乃夹石，右乃挂车	一为夹石，一为挂车	从吴、魏两军所处方位看，夹石、挂车难分左右。
749	793	镇南将军赵云	镇军将军赵云	《三国志·蜀书·赵云传》。
750	794	使孙权坐大	使孙策坐大	《三国志·蜀书·诸葛亮传》注引《汉晋春秋》。
751	795	不如弃了此城，从太白岭鸟道出祁山甚便	不如弃了此城，径趋祁山	太白岭在陈仓东南，祁山在陈仓以西，若弃陈仓往祁山，无须经过太白岭。
752	795	陈仓正北是街亭	陈仓西北是街亭	据地理改。
753	795	同是陇西人氏	同是太原人氏	据《三国志·魏书·明帝纪》注引《魏略》，郝昭系太原人（《三国演义》第九十六回亦已写到）。
754	797	从小径出斜谷望祁山进发	从小径望祁山进发	斜谷在陈仓以东，祁山在陈仓以西，原文不通。参照下文改。
755	797	因此到洛阳分调郭淮、孙礼东西守把	因此到郿城分调郭淮、孙礼东西守把	洛阳距前线甚远，且曹真已辞曹睿，“到洛阳”不通。参考《三国志·魏书·曹真传》改。
756	797	望斜谷而进	望祁山而进	承754。
757	797	斜谷道中	山口道中	承756。
758	802	从此封为上将军	从此用为上将	此处“上将军”非官名，称“封”不当（据《三国志·魏书·孙礼传》，礼此时任尚书）。
759	804	遂选定夏四月丙寅日	遂选定夏四月丙申日	《三国志·吴书·吴主传》（此月无丙寅日）。
760	804	陆逊为上将军	陆逊为上大将军	《三国志·吴书·陆逊传》。

（续表）

序号	页码	原　文	今　作	依　据
761	804	遂令太尉陈震	遂令卫尉陈震	《三国志·蜀书·诸葛亮传》注引《汉晋春秋》及《陈震传》。
762	805	教荆襄各处都要训练人马	教荆、扬各处都要训练人马	当时魏、吴各置荆州，襄阳属魏国，故此处不能说“荆襄”。“荆、扬”指吴国的荆州和扬州。
763	806	孔明先自领兵，出陈仓斜谷，取了建威	孔明先自领兵出陈仓，取了建威	斜谷在陈仓东南，建威在陈仓西南，由陈仓取建威，无须经过斜谷。
764	806	若得此城	若得此地	阴平、武都系二郡，称“此城”不通。
765	814	径奔剑阁，来取汉中	径来取汉中	剑阁在汉中西南约三百里，魏军攻汉中，无须经过剑阁。
766	814	黄门侍郎王肃	散骑常侍王肃	《三国志·魏书·王朗传》附《王肃传》。
767	815	又传令教大军会于赤坡驻扎	又传令教大军会于赤阪驻扎	《三国志·蜀书·后主传》。
768	817	更兼前临渭滨，后靠斜谷	更兼前临渭滨	斜谷在祁山以东数百里，作者却误以为二者相邻，由此造成一系列方位混乱。
769	817	孔明令魏延……出箕谷	孔明令魏延……出骆谷	箕谷在汉中郡境内，原文与上文不合。据地理改。
770	817	真引兵屯于祁山之西，斜谷口	真引兵屯于斜谷口	原文方位大误（参见768）。
771	817	懿引军屯于祁山之东，箕谷口	懿引军屯于骆谷口	承上文，“箕谷”当作“骆谷”，在祁山以东数百里。
772	818	一面唤马岱、王平分付曰：“……速出祁山之左……”	一面唤马岱、王平分付曰：“……速出谷口之左……”	曹真既屯兵于斜谷口，马岱、王平自应出“谷口”之左。参见768、770。
773	818	又唤马忠、张翼分付曰：“……径出祁山之右……”	又唤马忠、张翼分付曰：“……径出谷口之右……”	同772。

（续表）

序号	页码	原　文	今　作	依　据
774	821	一彪军从西南上杀来	一彪军从西北上杀来	渭滨在北，祁山在南；故魏军在北，蜀军在南。关兴抄到魏军之后，只能是“西北”，而不可能是“西南”。
775	821	懿引三军望南死命冲出	懿引三军望北死命冲出	司马懿退兵，只能是“望北”。参见774。
776	821	司马懿退在渭滨南岸下寨	司马懿退在渭水南岸下寨	“渭滨南岸”不通。
777	824	奔剑阁张郃中计	奔木门张郃中计	据《三国志·魏书·张郃传》，郃系在木门被射死（《三国演义》亦如此写）；剑阁则在木门以南数百里。作者以为剑阁与木门相邻，故有此误。
778	826	司马懿……亦收兵回长安去了	司马懿……亦收兵回洛阳去了	据第一百回末及下文改。
779	827	径出陈仓，过剑阁，由散关望斜谷而来	径由散关而来	剑阁在汉中西南，诸葛亮由汉中出兵，无须“过剑阁”；散关在陈仓西南，斜谷在陈仓以东，原文语意混乱。承上文改。
780	827	卤城太守	卤城县令	卤城系县，其长官为令。
781	829	懿即令孙礼约会郭淮去袭剑阁	懿即令孙礼助战	下文仅有孙礼到卤城助战内容。
782	829	却说西凉人马倍道而来	却说雍、凉人马倍道而来	承上文。
783	830	去剑阁木门道，两下埋伏	去木门道两下埋伏	剑阁在木门以南数百里，不能凑在一起。参见694。
784	831	至今剑阁行人过	至今漾水行人过	剑阁距木门甚远（参见777、783）；漾水则傍木门。
785	832	参军蒋琬出班奏曰	丞相留府长史蒋琬出班奏曰	据《三国志·蜀书·蒋琬传》，琬曾任丞相参军，建兴八年（230）升为丞相留府长史。

（续表）

序号	页码	原　文	今　作	依　据
786	832	用李严子李丰为长史	用李严子李丰督主江州	《三国志·蜀书·李严传》。
787	835	有青龙自摩坡井内而出	有青龙自摩陂井内而出	原文因“坡”“陂”形近而误。据《三国志·魏书·明帝纪》改。
788	837	入居巢门	入居巢湖口	《三国志·魏书·明帝纪》（居巢湖即今安徽巢湖。）
789	838	孙韶、张承等出兵广陵，取淮阳等处	孙韶、张承等出兵广陵，取淮阴等处	淮阳（此时已改为陈郡）离广陵甚远。据《资治通鉴》卷72改。
790	846	诸葛瑾率败兵逃走沔口。魏兵大胜而回	魏兵大胜而回	第一〇二回明说诸葛瑾与陆逊“屯兵于江夏、沔口，取襄阳”（史实亦如此），此处却说他从合肥“逃走沔口”，自相矛盾。
791	847	却说诸葛瑾大败一阵	却说诸葛瑾屯兵沔口，闻吴军在巢湖口大败一阵	上文删去“诸葛瑾率败兵逃走沔口”（见790），此处相应修改，语意方明。
792	856	急命尚书李福	急命尚书仆射李福	《三国志·蜀书·杨戏传》附《季汉辅臣赞》。
793	858	行军司马赵直至	占梦赵直至	《三国志·蜀书·魏延传》（“占梦”系军中专门解梦之人）。
794	859	正遇尚书费祎	正遇丞相司马费祎	《三国志·蜀书·魏延传》。
795	859	吾今官任前将军、征西大将军、南郑侯	吾今官任前军师、征西大将军，封南郑侯	①“前将军、征西大将军”不可能同时兼任；②“南郑侯”非“官”，而是“爵”。据《魏延传》改。
796	865	长史、绥军将军臣杨仪	丞相长史、绥军将军臣杨仪	三公及常设将军均有长史。此处应说明所属。
797	865	先锋何平	先锋王平	据《三国志·蜀书·王平传》，王平曾名何平。
798	865	平挺枪来迎	平挥刀来迎	在《三国演义》中，王平所用兵器为刀。

（续表）

序号	页码	原　文	今　作	依　据
799	867	屯于巴丘界口	屯于巴丘	巴丘在今湖南岳阳，并非在吴蜀边界。据《三国志·蜀书·宗预传》，删去“界口”。
800	867	东吴负盟侵界	东吴若负盟侵界	承799，加“若”字。
801	868	加蒋琬为丞相、大将军，录尚书事	加蒋琬为大将军，录尚书事	据《三国志·蜀书·蒋琬传》，诸葛亮卒后，琬始为尚书令，继迁大将军，后为大司马，未任丞相。
802	868	加费祎为尚书令，同理丞相事	加费祎为尚书令，同理政事	承801。
803	868	又于洛阳造朝阳殿	又于洛阳造昭阳殿	《三国志·魏书·明帝纪》。
804	868	司徒董寻	司徒军议掾董寻	《三国志·魏书·明帝纪》注引《魏略》（司徒系三公之一，第一品；司徒军议掾则系司徒属官，第七品）。
805	869	时有太子舍人张茂，字彦材	时有太子舍人张茂，字彦林	原文因“材”“林”形近而误。据《三国志·魏书·明帝纪》注引《魏略》改。
806	869	少傅杨阜	少府杨阜	《三国志·魏书·杨阜传》。
807	872	曹丕时封恭为车骑将军、襄平侯	曹丕时，拜恭为车骑将军，封平郭侯	《三国志·魏书·公孙度传》。
808	872	参军伦直	参军纶直	《晋书·宣帝纪》。
809	873	右都督仇连	都督令史张静	同上。
810	873	司马陈群问曰	司马陈珪问曰	同上。
811	875	命侍中光禄大夫刘放、孙资，掌枢密院一切事务	命中书监刘放、中书令孙资掌机密事务	枢密院始设于五代。据《三国志·魏书·刘放传》改。
812	875	又召文帝子燕王曹宇	又召武帝子燕王曹宇	据《三国志·魏书·武文世王公传》，曹宇为曹操环夫人所生。
813	875	懿受命，径到许昌	懿受命，径到洛阳	据《三国志·魏书·明帝纪》，曹睿此时在洛阳。
814	875	侍中刘放、孙资等	中书监刘放、中书令孙资等	同811。

（续表）

序号	页码	原　文	今　作	依　据
815	881	守门将潘举曰	帐下督严世曰	《晋书·宣帝纪》。
816	883	此去许都，不过中宿。城中粮草，足支数载。今主公别营兵马，近在阙南，呼之即至。大司马之印，某将在此	今主公别营兵马，近在阙南，呼之即至。此去许都，不过中宿，城中武库，足支数载。所忧当在粮草，而大司农之印，某将在此	原文不合情理（当时无人任大司马；即使有，其印也不会由桓范掌管）。据《三国志·魏书·曹爽传》注引《魏略》改（桓范时任大司农，可调发粮草）。
817	883	乃夏侯令女也	名夏侯令女	《三国志·魏书·曹爽传》注引《列女传》。
818	885	但魏国新有二人，正在妙龄之际	但魏国新有二人	邓艾生于197年，此时已五十三岁，不应称“妙龄”。
819	885	一人现为掾吏，乃义阳人也	一人现为南安太守，乃义阳棘阳人也	《三国志·魏书·邓艾传》（棘阳在今河南南阳市南）。
820	885	尚书令费祎谏曰	大将军费祎曰	《三国志·蜀书·姜维传》（此时姜维任卫将军，位在费祎之下）。
821	885	早有细作报与雍州刺史郭淮	早有细作报与征西将军郭淮	《三国志·魏书·陈泰传》、《郭淮传》。
822	886	一面遣副将陈泰	一面遣雍州刺史陈泰	同上。
823	886	雍州城定然空虚	临洮城定然空虚	原文所谓“雍州城”，当指雍州州治长安；但长安在麴山以东近千里，牛头山则在麴山西南，方位不合。据地理改。
824	886	将军可引兵径往牛头山，抄在雍州之后	将军可引兵径往牛头山，抄在临洮之后	同上。
825	886	将军可引一军去取洮水	将军可引一军去取白水	洮水在牛头山之北，距蜀军粮道尚远。据《三国志·魏书·陈泰传》改。
826	886	郭淮从之，遂引一军暗取洮水	郭淮从之，遂引一军暗取白水	同上。
827	886	汝欲袭吾雍州	汝欲袭吾临洮	同823。
828	887	忽报郭淮引一军取洮水	忽报郭淮引一军取白水	同825。
829	887	维急退到洮水之时	维急退到白水之时	承828。

（续表）

序号	页码	原　文	今　作	依　据
830	887	乃司马懿长子骠骑将军司马师也	乃司马懿长子卫将军司马师也	《晋书·景帝纪》。
831	890	遂立次子孙和为太子	遂立第三子孙和为太子	《三国志·吴书·吴主五子传》。
832	890	又立三子孙亮为太子	又立少子孙亮为太子	《三国志·吴书·三嗣主传》。
833	891	镇南都督毌丘俭	镇南将军毌丘俭	《三国志·魏书·三少帝纪》、《毌丘俭传》。
834	891	东吴最紧要处，惟东兴郡也	东吴最紧要处，惟东兴也	当时无东兴郡。据《三国志·吴书·诸葛恪传》改（“东兴”指东兴堤）。
835	891	待取了东兴郡	待取了东兴	同上。
836	891	平北将军丁奉曰	冠军将军丁奉曰	《三国志·吴书·丁奉传》。
837	892	都督蔡林	都尉蔡林	《三国志·吴书·诸葛恪传》。
838	896	蜀汉延熙十六年秋	蜀汉延熙十六年夏	《三国志·蜀书·姜维传》。
839	896	将军姜维	卫将军姜维	同上。
840	896	从董亭直取南安	从董亭直取豲道	南安系郡名，而非具体城名，此处指郡治豲道（石营、董亭均属南安）。
841	896	魏左将军郭淮闻报	魏车骑将军郭淮闻报	据《三国志·魏书·郭淮传》，淮任征西将军前，曾任左将军，此时已升任车骑将军。
842	897	覇将魏兵衣甲马匹，令蜀兵穿了，就令骑坐	覇将魏兵衣甲，令蜀兵穿了，马匹就令骑坐	原文有语病。据文意改。
843	899	司马师安比武祖也	司马师安比武皇帝也	曹魏臣民称曹操，或称庙号“太祖”。或称谥号“武皇帝”。
844	900	太尉王肃曰	兼太常王肃曰	《三国志·魏书·王朗传》附《王肃传》（王肃本职为河南尹）。
845	904	钦中子文淑	钦中子文俶	《三国志·魏书·毌丘俭传》注引《魏氏春秋》。

（续表）

序号	页码	原　文	今　作	依　据
846	904	乃请太尉王肃商议	乃请河南尹王肃商议	同844。
847	904	因此关公军势瓦解	因此关羽军势瓦解	王肃为魏国大臣，应直称关羽之名。
848	904	令镇东将军诸葛诞	令镇南将军诸葛诞	《三国志·魏书·毌丘俭传》、《诸葛诞传》。
849	904	绝其归路。又遣荆州刺史、监军王基，领前部兵，先取镇南之地	绝其归路	原文叙王基事，与下文王基参与谋议，受命进取南顿不合，故删。
850	904	师领大军屯于襄阳	师领大军屯于汝阳	《毌丘俭传》（襄阳在项县西南数百里，方位大为不合）。
851	906	东嘉城内争锋处	乐嘉城外争锋处	据上文，司马师大寨在乐嘉城外。
852	908	兖州刺史邓艾	行安西将军邓艾	《三国志·魏书·三少帝纪》、《邓艾传》。
853	909	于是蜀兵皆退于汉中	于是蜀兵皆退	下文明说“维收兵退屯于钟提《三国志·蜀书·姜维传》同），而汉中在钟提东南近千里之遥，原文方位混乱。
854	909	维退入剑阁之时	维退入安故之时	剑阁在汉中西南。蜀兵不可能退至汉中，又往西北至钟提；更不可能退至剑阁再到钟提。承853改（安故在狄道与钟提之间）。
855	912	于是陈泰与邓艾结为忘年之交	于是陈泰与邓艾结为至交	此时邓艾已六十岁，陈泰年龄与之相近，不应称“忘年之交”。
856	912	令史樊建	尚书仆射樊建	《三国志·蜀书·诸葛亮传》附《樊建传》。
857	912	艾年虽幼，而机谋深远	艾机谋深远	参见855。
858	913	吾意已决，必先取陇西	吾意已决，必先取祁山	姜维此时在钟提，已在陇西境内。据上下文改。
859	913	吾守陇西二三十年	吾守陇西六七年	据《三国志·魏书·陈泰传》，泰于嘉平初任雍州刺史，至此时最多七年。

（续表）

序号	页码	原文	今作	依据
860	914	两兵混杀了一夜	两军混杀了一夜	据文意改。
861	914	上邽乃南安屯粮之所；若得上邽，南安自危矣	上邽乃天水郡屯粮之所；若得上邽，天水郡自危矣	上邽属天水郡，（第九十三回已写到此点）原文不合情理。
862	914	就于相府裁处	就于其府裁处	当时司马昭尚未任相国。
863	915	镇东大将军诸葛诞	征东大将军诸葛诞	《三国志·魏书·三少帝纪》、《诸葛诞传》。
864	915	诞字公休，乃琅琊南阳人	诞字公休，乃琅琊阳都人	《三国志·魏书·诸葛诞传》。
865	915	诞大怒……杀奔扬州城来	诞大怒……杀奔州城来	①诸葛诞都督扬州，驻寿春；乐綝任扬州刺史，州治亦在寿春：故原文不通。②“州城”指寿春城中刺史所居小城。
866	920	散骑长史裴秀	散骑常侍裴秀	《晋书·裴秀传》。
867	921	又责全端子全祎曰	又责全端从子全祎曰	据《三国志·吴书·三嗣主传》，全祎系全琮长子全绪之子，即全端从子。
868	921	汝父子休来见我	汝叔侄休来见我	承867。
869	921	祎感昭恩德，乃修家书与父全端、叔全怿	祎感昭恩德，乃修家书与叔全端、全怿	参见867。
870	921	谋士蒋班、焦彝进言曰	部将蒋班、焦彝进言曰	据《三国志·魏书·诸葛诞传》，蒋、焦二人乃诞部下“将军”。
871	922	时蜀汉延熙二十年，改为景耀元年	时蜀汉延熙二十年	据《三国志·蜀书·后主传》，延熙二十一年始改为景耀元年。
872	923	此必是邓艾矣。	不知此是邓艾何人？	邓艾此时已六十一岁，姜维与之作战数次，尚以其为二十余岁青年，太不合情理。
873	928	往虎林迎请琅琊王孙休为君	往会稽迎请琅琊王孙休为君	据《三国志·吴书·三嗣主传》，孙休初居虎林，后徙丹阳，复徙会稽（其封地琅琊属魏国，遥领而已）。

（续表）

序号	页码	原　文	今　作	依　据
874	928	在虎林夜梦乘龙上天	在会稽夜梦乘龙上天	同873。
875	928	孙綝遣中书郎孟宗，拨与中营所管精兵一万五千，出屯武昌；又尽将武库内军器与之	孙綝因光禄勋孟宗求出屯武昌，休许之，拨与中营所管精兵一万五千。綝搬尽武库内军器	①据《三国志·吴书·三嗣主传》孟宗时为光禄勋；②据《吴书·孙綝传》，綝"因（通过）孟宗求出屯武昌"，而非遣孟宗出屯（因此，孟宗在孙綝被诛时未受牵连）。
876	931	吾幼年游学于荆南	吾幼年游学于荆州	"荆南"系唐代方镇名，此处应称"荆州"。
877	936	首枕其股而哭曰	枕尸于股而哭曰	《晋书·宗室传》。
878	937	弟成倅亦斩于市	兄成倅亦斩于市	据《三国志·魏书·三少帝纪》，成倅为兄，成济为弟。
879	937	奂封昭为相国、晋公，赐钱十万	奂以昭为相国，封晋公，赐钱千万	《三国志·魏书·三少帝纪》。
880	937	皆要出祁山之前取齐。三路兵并起，杀奔祁山而来	皆要出长安之前取齐。三路兵并起，杀奔扶风、京兆而来	斜谷在祁山以东几百里，斜谷之东近百里为骆谷，再往东百余里才是子午谷。蜀兵三道并出，只能前往郿县—武功—槐里—长安一线（分属曹魏雍州扶风郡、京兆郡），战略目标则为长安。
881	937	闻报蜀兵三路杀到	闻报蜀兵三路杀出	承880改。
882	938	汝可运赴祁山。吾只今去取祁山寨也	汝可运赴郿城。吾只今去取郿城也	姜维出斜谷，应取郿城（即郿县参见880。
883	938	留下二千人引路，以打祁山	留下二千人引路，以打郿城	同上。
884	938	令蒋舒出斜谷，廖化、张翼俱各进兵，来取祁山	令蒋舒出斜谷，廖化、张翼俱各进兵	参见880。
885	939	乃提兵望西杀出	乃提兵望南杀出	从斜谷杀向汉中，应是"望南"。
886	943	离洮阳二十五里，有侯河小城	离洮阳二十五里，有侯和小城	《三国志·魏书·邓艾传》、《蜀书·姜维传》。

（续表）

序号	页码	原　文	今　作	依　据
887	945	因入宫朝见皇后，后留在宫中	因入宫朝见太后，太后留在宫中	《三国志·蜀书·刘琰传》。
888	945	乃唤帐下军士五百人，列于前，将妻绑缚，令军以履挞其面数十	乃唤帐下伍伯将妻绑缚，以履挞其面数十	《刘琰传》（伍伯系侍从小吏）。
889	945	面非受刑之地	面非受履之地	《刘琰传》。
890	945	右将军阎宇	右大将军阎宇	《三国志·蜀书·姜维传》。
891	946	陇西有一去处	阴平之北有一去处	沓中当时在益州阴平郡北部，接近曹魏陇西郡。
892	946	蒋舒、傅佥同守关隘	蒋舒、傅佥同守阳安关	原文“关隘”太笼统，与上文不协。据《三国志·蜀书·姜维传》改（阳安关又名“关城”，作者或刻写者误为“关隘”）。
893	947	都督关中人马；调遣青、徐、兖、豫、荆、扬等处	都督关中人马	“调遣”句既无史实依据，又不合情理，故删。
894	947	又遣唐咨于登、莱等州傍海之处	又遣唐咨于青州东莱郡傍海之处	登州、莱州均为隋唐地名，其地三国时属青州东莱郡。
895	951	汝领中路，出斜谷；左军出骆谷；右军出子午谷	汝领右路，出斜谷；中军出骆谷；左军出子午谷	“三谷”自西向东的顺序为：斜谷，骆谷，子午谷。钟会从关中南下，则右为斜谷，左为子午谷。原文方位混乱。
896	951	护卫爰邵	殄虏护军爰邵	《三国志·魏书·邓艾传》。
897	953	乃令前军李辅围乐城	乃令前将军李辅围乐城	《三国志·魏书·钟会传》。
898	953	忽闻西南上喊声大震	忽闻东北上喊声大震	定军山在阳安关东北。原文方位误。
899	953	西南上喊声又起	东北上喊声又起	同上。
900	954	望西南巡哨	望东北巡哨	同上。
901	955	乃左将军张翼、右将军廖化也	乃左车骑将军张翼、右车骑将军廖化也	《三国志·蜀书·姜维传》、《张翼传》、《廖化传》（上文亦已写到）。

（续表）

序号	页码	原　文	今　作	依　据
902	959	可引一军从阴平小路出汉中德阳亭	可引一军从阴平小路经汉德阳亭	《三国志·魏书·邓艾传》。
903	962	为驸马都尉	为骑都尉	《三国志·蜀书·诸葛亮传》附《诸葛瞻传》。
904	962	迁行军护卫将军	迁行都护、卫将军	同上。
905	963	致书于行军护卫将军诸葛思远麾下	致书于行都护、卫将军诸葛思远麾下	同上。
906	965	入西川二士争功	入益州二士争功	承前改。
907	967	遣私署侍中张绍	遣侍中张绍	“私署”意为“私自任命”，系刘禅求降时自认不合法的卑词；此处为作者叙事，不当用。
908	969	益州别驾张绍	益州别驾汝超	上文明言张绍为侍中。据《三国志·蜀书·后主传》注引《蜀记》改。
909	969	却说邓艾封师纂为益州刺史，牵弘、王颀等各领州郡	却说邓艾以师纂领益州刺史，牵弘、王颀等各领诸郡	《三国志·魏书·邓艾传》（益州仅为一州）。
910	970	艾衔命西征	艾衔命征行	邓艾从雍州西部攻益州，应为“南征”。据《三国志·魏书·邓艾传》改。
911	974	此是钟司徒令邓征西杀将军	此是钟司徒令邓太尉杀将军	邓艾此时已授太尉，不应再称“邓征西”。
912	976	时年五十九岁	时年六十三岁	据《三国志·蜀书·姜维传》推算，维生于202年，此时应为六十三岁。
913	977	遂命陆逊子陆抗为镇东大将军，领荆州牧	遂命陆逊子陆抗为镇军将军，都督西陵	《三国志·吴书·陆逊传》附《陆抗传》。
914	977	左将军孙异守南徐诸处隘口	领军将军孙异守京城诸处隘口	①据《三国志·吴书·宗室传》，孙异系孙韶之子，此时为领军将军；②“南徐”当作“京城”，见384。

（续表）

序号	页码	原　文	今　作	依　据
915	978	当年襄武县	今年襄武县	《三国志·魏书·三少帝纪》记此事是在司马昭死之月（265年8月），并非追述往事。
916	978	身长二丈余	身长三丈余	《三国志·魏书·三少帝纪》。
917	978	司马荀𫖮	司空荀𫖮	《三国志·魏书·三少帝纪》、《晋书·荀𫖮传》（小说上文亦写到“司空荀𫖮”）。
918	979	昔日魏武祖皇帝	昔日太祖武皇帝	同843。
919	979	以十二月甲子日	以十二月丙寅日	《晋书·武帝纪》。
920	984	于是皓令镇东将军陆抗部兵屯江口	于是皓令镇军大将军陆抗部兵屯江口	《三国志·吴书·陆逊传》附《陆抗传》。
921	985	却令左将军孙冀伐领其军	却令领军将军孙异代领其军	原文因“异”之繁体“異”与“冀”形近而误。承914①改。
922	986	右将军杜预可任	度支尚书杜预可任	《晋书·杜预传》。
923	986	秘书丞张华	中书令张华	同上。
924	987	命镇南大将军杜预为大都督，引兵十万出江陵	命镇南大将军杜预引兵十万出江陵	参见926。
925	987	安东大将军王浑	安东将军王浑	《晋书·武帝纪》、《王浑传》。
926	987	又令冠军将军杨济出屯襄阳	又令贾充为大都督，行冠军将军杨济副之，出屯襄阳	《晋书·武帝纪》。
927	987	领左将军沈莹	领丹阳太守沈莹	《三国志·吴书·三嗣主传》。
928	987	右将军诸葛靓	副军师诸葛靓	《三国志·吴书·三嗣主传》注引《晋记》。
929	988	遂造大筏数十万	遂造大筏数十，方百余步	原文不合情理。据《晋书·王濬传》改。
930	989	前将军张象	游击将军张象	《晋书·王濬传》。

（续表）

序号	页码	原　文	今　作	依　据
931	989	户口五十二万三千	户五十二万三千	“户”指家庭，“口”指人口，二者概念不同。据《三国志·吴书·三嗣主传》注引《晋阳秋》改。
932	990	子孙封中郎	诸子拜郎中	《三国志·吴书·三嗣主传》。
933	990	张燕张鲁霸南郑	张修张鲁霸南郑	《三国志·魏书·张鲁传》（张燕系在河北）。
934	990	九伐中原空劬劳	八伐中原空劬劳	姜维第八次北伐退兵后，仅在沓中屯田，并未第九次北伐。

图书在版编目(CIP)数据

沈伯俊评点《三国演义》：全2册 /（明）罗贯中著；沈伯俊评校. —上海：东方出版中心，2018.9
ISBN 978－7－5473－1311－4

Ⅰ. ①沈…　Ⅱ. ①罗…　②沈…　Ⅲ. ①《三国演义》评论　Ⅳ. ①I207.413

中国版本图书馆CIP数据核字（2018）第121808号

策划/责编：梁　惠
装帧设计：田　松

沈伯俊评点《三国演义》

出版发行：东方出版中心
地　　址：上海市仙霞路345号
电　　话：（021）62417400
邮政编码：200336
经　　销：全国新华书店
印　　刷：北京旭丰源印刷技术有限公司
开　　本：710 mm × 1000 mm　1/16
字　　数：1260千字
印　　张：68.75
版　　次：2018年9月第1版第1次印刷
ISBN　978-7-5473-1311-4
定　　价：198.00元（上下册精装）

检